陕西师范大学中国语言文学"世界一流学科建设"经费资助

国家社会科学基金重大项目"延安文艺与现代中国研究"(批准号:18ZDA280)、"陕甘宁文艺文献的整理与研究"(批准号:16ZDA187)阶段性成果

延安文艺研究年鉴
2015—2016

袁盛勇 ◎ 主编

中国社会科学出版社

图书在版编目（CIP）数据

延安文艺研究年鉴.2015－2016/袁盛勇主编.—北京：中国社会科学出版社，2019.4
　ISBN 978－7－5203－2925－5

Ⅰ.①延… Ⅱ.①袁… Ⅲ.①中国文学—现代文学—文学研究—年鉴 Ⅳ.①I206.6－54

中国版本图书馆 CIP 数据核字（2019）第 039960 号

出 版 人	赵剑英
责任编辑	郭晓鸿
特约编辑	王　潇
责任校对	石春梅
责任印制	戴　宽

出　　版	中国社会科学出版社
社　　址	北京鼓楼西大街甲 158 号
邮　　编	100720
网　　址	http：//www.csspw.cn
发 行 部	010－84083685
门 市 部	010－84029450
经　　销	新华书店及其他书店

印刷装订	北京君升印刷有限公司
版　　次	2019 年 4 月第 1 版
印　　次	2019 年 4 月第 1 次印刷

开　　本	710×1000　1/16
印　　张	55.75
字　　数	889 千字
定　　价	258.00 元

凡购买中国社会科学出版社图书，如有质量问题请与本社营销中心联系调换
电话：010－84083683
版权所有　侵权必究

《延安文艺研究年鉴·2015—2016》学术委员会

顾问（排名不分先后）：

  杨　义　张　江　游旭群　党圣元　张金锁
  孙　郁　丁　帆　张福贵　白　烨　王中忱

主　任：

  李继凯　赵学勇

副主任：

  袁盛勇　梁向阳

学术委员会成员（按姓氏笔画排列）：

  王兆胜　王彬彬　王　刚　王俊虎　文学武
  田　刚　刘　勇　朴宰雨【韩】　朱国华
  朱鸿召　江震龙　邵宁宁　陈汉萍　李　杨
  吴　俊　吴　敏　吴义勤　何吉贤　张洁宇
  张　曦　张中良　罗　岗　周景雷　周维东
  茹梅芳　武新军　段建军　唐小兵【美】
  郜元宝　高远东　郭国昌　萨支山　程国君
  解志熙　谭桂林　鲁太光

主　编：袁盛勇

副主编：宋颖慧

编　校：杜　睿　尚　进　王　帆　郭雪霞

前　言

延安文艺是中国现代文艺史上一种富有精神魅力的文艺形态，有其较为独特的历史、文化和思想内涵，也形成了较为独特的审美风貌和内在美学机理。它在时间上大致以1935年10月中共领导的红军到达陕北始，以1949年7月于北平召开的第一次全国文代会止。

延安文艺有广义、狭义两种：狭义是以中共战时首府延安为中心开展的文艺、文化运动和思潮，重点是发生在陕甘宁边区的文艺运动和思潮以及出现的各种文艺现象、作家、作品等；广义是以延安、陕甘宁边区为中心，发生在中共领导的各抗日民主根据地及后来解放区的文艺、文化运动和思潮及出现的各种文艺现象、作家、作品等，这在以往被称为解放区文艺。本年鉴取广义用法，但以发生在延安、陕甘宁边区的延安文艺为主。

延安文艺在中国现当代文学史上发生了重要影响，也是中国现当代文学发生历史性转换的一个重要联结点，起着承上启下的历史作用，这是历史事实，应采取积极而复杂的学理眼光研究之，理解之。延安文艺不只是一种历史存在物，它的复杂面影在社会主义阳光下还会生动呈现，所以，延安文艺在某种意义上也是活生生的社会主义文艺现实的一部分。既然延安文艺与当代中国文艺和文化的发展具有一种密切关联，那么，如何自觉传承其积极因素，限制其消极因素，也是延安文艺研究的应有之义。

延安文艺的复杂性是在其历史进程中形成的。延安文艺并非铁板一块，有其繁杂的声响和光色，与其远远观望，不如真诚而静静地走进历史深处聆听。延安文艺的复杂性表现在文艺和文化构成的方方面面：以文艺门类言之，包括了当时不断形成的延安文学、音乐、美术、戏剧、舞蹈、电影、理论与批评等；从文艺赖以形成的影响因素而言，有左翼文艺、苏区文艺影响，也有苏俄文艺、苏联政策以及其他外国文艺等方面的影响，当然，也有"五四"新文学、民间文艺和古典文学、文化的影响；从创作主体而言，延安文艺的复杂性主要体现在它是跟延安文人的有关认知和心灵的深刻变迁密切联系在一起，也是跟独特的历史性政治文化空间与一些制度性文化的变迁密切联系在一起的。如此等等，不一而足。

正因如此，本年鉴对延安文艺研究成果的汇集与呈现采取开放和包容的学术态度。延安文艺研究与其他学术研究一样，需要建构一种较为民主的学术文化机制，在尊重学术求真的基础上，不同研究者和多样的学术方法、观点等都可得到较为充分的展现与碰撞。唯其如此，富有较大原创性、思想性，也更为接近延安文艺本真的学术成果才会蓬勃出现，相关共识也才会于延安文艺研究中不断形成和发展。我们相信，新时代社会主义文艺、思想和文化的创造性，必将充分展现在延安文艺研究的学术天空中，在对历史、文化的个体性沉思与感悟中，思想和学术之花散发的芬芳，也就有可能真正伴着你我走过学术人生的春夏秋冬。写到此处，冬天和煦的阳光正洒满整个天穹，那样无拘无束，如此古老又如此鲜活，往日习见的雾霾仿佛已悄然远去。

本年鉴只是一个不断检视国内外延安文艺研究成果（限于条件，仅选刊国内已公开发表的成果）的平台而已，但愿以此对延安文艺和中国现当代文艺尤其是现当代文学等方面的研究有所促动，有所鞭策。只要条件许可，本年鉴将持续编纂。真挚希望富有创造性、经典性的延安文艺研究成果和学术研讨、纪念、展览等活动，能够更多出现在人们的思考、表达和实践中，能够不断汇聚并呈现在我们这部愿尽绵薄之力的年鉴中。

袁盛勇

2017 年 12 月 4 日

目　　录

第一篇　研究述评

延安文学研究的还原性特征 …………………………… 袁盛勇　3
延安戏曲改革研究：大众化视角下的回顾与反思 …… 武菲菲　赵学勇　12
2015—2016年延安文学研究的进展与趋势 …………… 王俊虎　31

第二篇　访谈与对话

被颠倒的历史的再颠倒
　　——访《延安文艺大系》总主编刘润为 …………… 刘润为　47
什么是深入生活
　　——从赵树理的小说说起
　　………… 对话人：张江　阎晶明　白烨　杨占平　葛水平　59

第三篇　论文选粹

一　延安文艺政策、理论和批评

现场·问题及其特点
　　——以延安文艺批评为例 ……………………………… 吴艳　71
延安戏曲改革理论 ……………………………………… 郭玉琼　83
延安美术意识形态批评模式的形成 …………………… 闫靖阳　95
论抗战时期国共两党文艺政策的分与合 ……………… 王爱松　104

启蒙·想象·理性
　　——延安时期文艺理论的现代性诉求 …………………… 李　惠　124
延安文艺政策与现代长篇小说新格局的形成 ……… 陈思广　廖海杰　135

二　延安文艺运动与思潮

民歌之"用"
　　——论抗战时期北方根据地的新民歌搜集活动 …………… 刘　卓　149
延安时期解放区革命歌谣：社会记忆与时代"共名" ……… 毛巧晖　161
革命文艺与社会治理：以延安时期新秧歌运动为中心 ……… 韩　伟　170
延安时期的戏剧运动 ……………………………………… 惠雁冰　183

三　延安文学与作家作品

1940年代社会转型与新中国文学形态的建构 …………… 韩晓芹　199
延安文人的宗派主义问题考论
　　——以"鲁艺"和"文抗"为中心 …………………… 赵卫东　209
延安女作家群创作中集体与边缘的双重叙事 …………… 赵学勇　228
论延安文学中劳动英模形象的创构 ……………………… 宋颖慧　237
论解放区前期文学中知识分子的自我批判 ……………… 秦林芳　247

四　延安美术

抗战时期延安版画家作品个性与民族化的探索研究 ……… 李　夏　265
"反现代"的现代性
　　——延安版画的艺术特征 ………………………………… 高颖君　278

五　延安出版、体制与传播

20世纪40年代"国统区"的延安文艺
　　——论延安文艺及其作品在"国统区"的编辑出版 ……… 王　荣　291
奖励机制的转型与延安文艺体制的确立 ………………… 郭国昌　310

左翼知识分子与延安文学体制建构 …………………… 王俊虎 330
出版延安的"知识"与"政治"
　　——延安与生活书店的战时交往史 ……………… 范　雪 339
延安文艺整风与"鲁艺"的教育体制变革 …………… 王江鹏 354

六　延安文艺研究专题

（一）《讲话》与毛泽东文艺思想

抗战文学的分野与联动
　　——新民主主义文化理论的形成与战时区域政治 ………… 周维东 369
复调语境中的《在延安文艺座谈会上的讲话》 ………… 杨向荣 384
误译、改造与立法
　　——从列宁的《党的组织和党的文学》到毛泽东的
　　《讲话》 ……………………………………………… 张景兰 393

（二）丁玲研究

女性立场、革命想象与文学表述
　　——以《太阳照在桑干河上》和《秧歌》为例 …… 颜　浩 405
《我在霞村的时候》的版本与修改 …………………… 陈　扬 420
土改运动的心灵史诗和复杂书写
　　——重读《太阳照在桑干河上》 …………………… 袁盛勇 431
丁玲的逻辑 ……………………………………………… 贺桂梅 442
反法西斯战争中的"隐蔽力量"
　　——以丁玲《我在霞村的时候》及其翻译为例 …… 熊　鹰 452
红色文艺光环下的丁玲解读
　　——以钱杏邨、冯雪峰、茅盾的评论为中心 ……… 文学武 470
一类故事的两种写法
　　——《我在霞村的时候》与《金宝娘》的互文阅读 ……… 李明彦 485

（三）赵树理研究

回到"事情"本身：重读《邪不压正》 ……………… 罗　岗 502

乡村变革的文化权力根基
　　——再读《小二黑结婚》与《李有才板话》……………… 程　凯　536
"赵树理方向"与《讲话》的历史辩证法 ………………… 李　杨　553
"民间伦理"与现代文学的雅俗互动及其分野
　　——以三仙姑、曹七巧形象为中心 ………………………… 洪　亮　572
地方色彩与解放区文学
　　——以赵树理的文学语言为中心 ………………………… 李松睿　584
赵树理的话本实践与"民族形式"探索 ………………… 郭冰茹　602
寻找"能说话"的人
　　——赵树理小说片论 …………………………………… 李国华　616

（四）《白毛女》研究

《白毛女》与诉苦传统的形成 ……………………………… 王彬彬　627
《白毛女》：从民间本事到歌剧、电影、京剧、舞剧
　　——兼论在文体演变中革命叙事对民间叙事的
　　　渗透 ………………………………………… 高旭东　蒋永影　644
意象的革命
　　——兼谈歌剧《白毛女》的意象与主题 ………………… 鲁太光　659

第四篇　观点摘编

论延安文艺的时代性及其现实意义 ……………………… 沈文慧　673
延安文学：现代性与民族性的双重追求 ………… 赵学勇　张英芳　673
重新思考左翼文学 ………………………………………… 旷新年　674
赵树理小说中女性解放的艺术建构 ……………………… 王卓玉　675
从"鲁迅方向"到"赵树理方向"
　　——论20世纪三四十年代政治文化语境下的解放区
　　　文学 …………………………………………………… 黄高峰　675
东北解放区新启蒙运动
　　——延安启蒙文学的地域实践 ………………………… 宋喜坤　676

重视普及与呼唤精品
　　——读毛泽东《在延安文艺座谈会上的讲话》和习近平
　　　《在文艺工作座谈会上的讲话》…………………… 赵炎秋　676
文学史视阈中的"革命文学"及其结构谱系研究论纲 ……… 杨洪承　677
城市与乡村之间：日本战俘、"日本八路"的延安形象书写
　　——兼与西方记者报道比较 ………………………… 张焕香　677
陇东红色歌谣：政治美学、革命记忆及民间叙事 ………… 王贵禄　678
现代中国革命"新生"故事的复杂性
　　——以丁玲为中心 …………………………………… 卢燕娟　678
"工农兵的出场"与"人民性"的误读
　　——延安文艺的当代诠释与新世纪文学的底层想象 … 张继红　679
毛泽东与中华美学精神三题 ……………………………… 陈　晋　679
毛泽东与马克思主义美学中国化
　　——新民主主义革命时期的实践和理论 ……………… 张玉能　680
《新民主主义论》与周扬新文学史观的变化探微 ………… 张婧磊　680
论整风前的延安文艺与外国文学 ………………………… 常海波　681
抗战时期中国共产党领导下的文艺动员及其成效 ………… 李先明　681
无法忽视的"传统"
　　——"延安鲁艺"办学经验对共和国"作家培养体制"
　　　之启示 ………………………………………………… 毕红霞　682
"农村新人"形象的叙事演变与土地制度的变迁
　　——以《太阳照在桑干河上》《创业史》《平凡的世界》
　　　《麦河》为中心 ……………………………………… 李兴阳　682
论延安新音乐运动 ………………………………………… 张艳伟　683
现当代文学研究的知识社会学视野与互文性方法
　　——以土改叙事研究为例 …………………………… 阎浩岗　683
《讲话》的接受与"暴露派"的转向
　　——以刘白羽、艾青为考察中心 …………………… 商昌宝　684
开掘新的话语空间
　　——"抗战文艺"的历史、现状及可能性 …………… 鲁太光　684
"记录历史"与"创造历史"
　　——论斯诺《西行漫记》的历史诗学 ……………… 李　杨　685

1940年代延安文学中的妇女问题	李　振	685
"鲁艺木刻工作团"及其木刻创作	向　谦	686
"文摊"文学家与当代说书人		
——论赵树理和莫言的小说创作与说书传统的承继和发展	张相宽	686
延安文学精神论纲	李晓峰	687
延安时期新文字运动的历史价值与经验教训	王　莉	687
延安文艺大众化的微观权力运行机制	张仁竞	688
丁玲抗战小说的时代特色	曼　红	688
文艺要表现时代文化精神		
——再论毛泽东《在延安文艺座谈会上的讲话》的当下启示	丁国旗　包明德	689
从上海到延安："文学旗手"建构的空间政治诗学		
——延安文艺体制中的高尔基形象塑造	郭国昌	689
在观念与经验之间		
——丁玲小说《在医院中时》新读	秦林芳	690
延安散文的"中国表达"		
——延安文艺大系散文卷前言	张器友	690
新的、民主的、沐浴着阳光的人民形象		
——古元版画艺术论	张作明	691
延安两大文人集团"文抗"与"鲁艺"的观念分歧	程鸿彬	691
延安时期知识分子叙事转型论	吴国如	692
1946—1947年赵树理小说在解放区外的传播与回响	郭文元	692
《白毛女》："再解读"之后的反思	何吉贤	693
丁玲的女性现代性体验书写		
——延安女作家群研究之一	李　静	693
隐喻性叙事范式：解放区文学的情爱书写	孙红震	694
论柳青延安时期小说的语言风格及其成因	白振有	694
延安"部艺"：军队文艺教育的先驱	白　烨	694
延安民间艺人改造的意义		
——以文艺"形式"问题为视角的考察	罗立桂	695

延安"鲁艺"教育理念的演变 …………………………… 闵靖阳 696
延安时期丁玲女性书写的转变与"新人"塑造
　　——社会史视野下的《夜》的重读 ……………… 王书吟 696
"新的写作作风"
　　——探讨丁玲整风之后的报告文学写作 ………… 刘　卓 697
赵树理与文学的人民性
　　——再谈"十七年"文学的"人民性" ……………… 武新军 697
略论1940年代解放区土改题材小说的政治暴力形态 ……… 黎保荣 698
延安文艺：马克思主义大众化实践的成功经验及
　　当代价值 …………………………………………… 许培春 698
赵树理小说的民俗化叙事 ………………………………… 白春香 699
农民形象的政治性与现代性叙事研究
　　——以左翼美术运动和延安美术中的农民图像为中心 …… 李公明 699
延安木刻对民间美术的重视和利用 ……………………… 吴继金 700
文化的"政治化"：再论毛泽东的"延安讲话" ………… 王晓平 700
包容与吸纳
　　——试论延安时期文艺理论的开放性 ……………… 李　惠 701
民间歌者、民间现实与民族风格
　　——以《李有才板话》与《天堂蒜薹之歌》为例 ………… 田　丰 701
在一派天然之中孕育
　　——赵树理的早期作品分析 ………………………… 龚自强 702
通过"柳青现象"反观"赵树理方向" ………………… 魏　巍 702
文化领导权的话语生成路径
　　——以《解放日报》改版为中心的考察 ……………… 杨　琳 703
人民性：延安文艺的民俗学阐释 ………………………… 徐明君 703
《水浒传》改编与延安戏剧文学的革命叙事 ……………… 焦欣波 704
延安文艺的传播环境生态探析 …………………………… 于　敏 704
论延安时期文学教育的历史特征 ………………………… 翟二猛 705
"新英雄主义"：萧军的自我改造与创生 ………………… 宋喜坤 705
延安鲁迅艺术学院音乐教育模式对当代音乐教育的
　　启示 ………………………………………………… 李　萍 706

解放区和"十七年"小说民俗叙事的政治化
　　建构 …………………………………………… 罗宗宇　张　超　706
卞之琳延安时期诗歌创作中的"奥顿风"
　　——以《慰劳信集》为例 ………………………………… 罗　玲　707
消融的"历史实践主体"
　　——赵树理小说中农民的政治化生存 ………… 李　刚　钱振纲　707
解放区"有奖征文":"日常民族主义"的情感认同与
　　建构 …………………………………………………… 门红丽　708
时代曲
　　——冼星海和贺绿汀的红色音乐 ……………………… 张姝佳　708
延安时期文化下乡运动对美术创作的意义 ……………………… 闫靖阳　709
周扬、周立波与鲁迅艺术文学院的
　　"关门提高" …………………………………… 张根柱　付道磊　709
解放区小说中地主形象的不同书写 ……………………………… 王雨田　710
土地法令与现代作家的乡土书写 ………………………………… 颜同林　710
从政治实践话语到文化阐释策略
　　——以詹姆逊对毛泽东思想的美学挪用为例 ………… 吴娱玉　711
"拥军"的图景
　　——古元《拥护咱们老百姓自己的军队》中的叙事、形式、
　　　风格及观念 ………………………………………… 曾小凤　711
置换与改写:解放区土地斗争小说对民间故事的借用 ……… 张文诺　712
《野百合花》文本探析与知识分子身份悖论 ………………… 续小强　712
贺敬之:延安精神铸就中流砥柱 ………………………………… 李云雷　713
以《讲话》精神引领和推进当代中国马克思主义
　　文论研究 ……………………………………………… 党圣元　713
俄苏文艺思想对延安文学的影响
　　——以别林斯基、车尔尼雪夫斯基、杜勃罗留波夫文艺
　　　思想为例 …………………………………………… 施新佳　714
论20世纪40年代迁徙视阈中的解放区文学与沦陷区
　　文学的互动 …………………………………………… 祝学剑　714
《我在霞村的时候》的经典化历程 ……………………………… 李明彦　715

第五篇　博士学位论文摘要

《救赎 蜕变 转型——解放区文学再思考》 ………… 孙胜存　719
《抗战时期延安木刻中的风景及权力关系》 ………… 谢依阳　720
《〈在延安文艺座谈会上的讲话〉理论溯源》 ………… 田韶峻　721
《延安时期马克思主义大众化的文艺路径生成研究》 … 敖叶湘琼　722
《红旗下的激越与迟疑——周立波的文学创作与评价史》 …… 张维阳　724
《中国现代文论中"小资产阶级知识分子"话语研究》 …… 尹传兰　725
《从群体突围到个体救赎——时空转换与孙犁小说叙事的
　嬗变》 …………………………………………………… 李华秀　727
《丁玲的多重身份与其文学活动》 ………………… 凌　菁　729
《周扬文化艺术管理思想研究》 ……………………… 王容美　730

第六篇　新书评介

强化文学史书写空间意识的成功尝试
　——评周维东《中国共产党的文化战略与延安时期的
　文学生产》 …………………………………………… 高树博　735
新视角新收获
　——评孙红震专著《解放区文学的革命伦理阐释》 ……… 沈文慧　737
《丁玲传》的求真与创新 …………………………………… 袁盛勇　739

第七篇　学术活动

一　学术会议

延安文艺与文艺面向人民
　——"纪念《讲话》发表73周年"研讨会在武汉召开 …… 崔　柯　745
第二届丁玲研究青年论坛在黑龙江省举行 ……………… 章晓虹　749
全国毛泽东文艺思想研究会2015年学术年会综述 ……… 梁玉水　750

纪念毛泽东同志《在延安文艺座谈会上的讲话》发表74周年
  暨柳青同志诞辰100周年全国学术研讨会会议综述 ……… 张子华 754

二　纪念展览等

中国艺术摄影学会在延安举行座谈会 …………………… 祁小军 763
坚守"与生活同在"的文学信念
  ——雷加百年诞辰纪念座谈会在北京举行 ……………… 李晓晨 763
薪火相传
  ——纪念毛泽东同志《在延安文艺座谈会上的
  讲话》发表七十三周年山西木刻版画展作品选 ………… 765
《丁玲传》出版座谈会召开 ………………… 李墨波 李云雷 766
近700件珍贵抗战文物国博首展 ………………………… 张茜琦 766
文艺界纪念华君武诞辰百年 ……………………………… 吴　华 767
中国文联召开"抗战中的中国文艺"座谈会
  ——回顾与总结文艺在抗战中发挥的重要作用 ………… 王春梅 768
严文井百年诞辰纪念座谈会举行 ………………………… 吴　波 769
新版歌剧《白毛女》在延安举行全国巡演第一场演出 … 陶　明 770
纪念歌剧《白毛女》首演70周年座谈会举行 …………… 鲁博林 770
罗工柳：从文艺战士到画坛耆宿
  "创新先驱之路——罗工柳百年诞辰纪念展"
  在北京举行 ……………………………………………… 黄　茜 771
纪念"5·23"延安文艺座谈会召开74周年 …………… 房　佳 771
"鲁艺之路"系列活动在延安举办 ………………白振华 白增峰 772
走向自由——古元艺术的内在精神 ……………………… 薛　良 773
纪念赵树理诞辰110周年座谈会召开 …………………… 郑　璐 774
在新的时代继续传递和跃动"初心"
  ——刘白羽百年诞辰纪念座谈会在北京举行 …………… 李晓晨 775
《延安文艺简史展》开展
  ——千余图片再现延安时期文艺繁荣景象 ………李振武 鲁舰平 777
"抗战中的延安鲁艺"在北大红楼展出 ………………… 屈　菡 778

他的诗句永远留在中国人记忆中
　　——田间百年诞辰纪念座谈会在北京举行 ················· 李云雷　778

第八篇　研究成果索引

2015—2016 年延安文艺研究专著、史料、论文集 ······ 袁盛勇　宋颖慧　783
2015—2016 年延安文艺研究期刊论文 ················ 袁盛勇　宋颖慧　797
2015—2016 年延安文艺研究博士、硕士学位论文 ······ 袁盛勇　宋颖慧　835
2015—2016 年延安文艺研究报纸资料 ················ 袁盛勇　宋颖慧　843

后　　记 ··· 874

第一篇　研究述评

延安文学研究的还原性特征

袁盛勇[*]

延安文学是20世纪40年代在特定历史文化场域形成的一种文学形态和类型。延安文学研究在新世纪以来的十余年间取得了长足进步，产生了一些较为重要的学术成果，而且这个时期的延安文学研究，已经突破了其自身的限制，对中国现代文学和当代文学的深入认知和研究产生了积极影响。所以，大家可以看到，近年延安文学研究成了一个较为持续的研究热点和前沿性话题之一，一些年轻的学者很乐意在这个领域贡献自己的激情和才智，这是很难得的。

新世纪以来延安文学研究新气象的出现和渐次形成，离不开20世纪90年代一批学者的研究成果。在很大程度上，新的延安文学研究乃是这些研究成果的接续和强化，只是这些成果在20世纪90年代是忽明忽暗、若有若无的，而到了新世纪，就形成了一种自觉的研究行为，一种不可多得的研究氛围。在20世纪90年代，钱理群先生对于丁玲、萧军等人富有激情和思想深度的关注和研究；李书磊在"走向民间"的历史语境中对于延安文事的叙写；王培元对于抗战时期延安鲁艺的倾心勾勒；黄昌勇在历史的明暗之间体味王实味内心和王实味事件的悲凉，他的那本在20世纪末出版的《王实味传》[①]为人们打开了一扇较为特别的认知历史的窗口。也许，在对延安文学的理解方面，海外学者唐小兵所提出的致力于探究"大众文艺与意识形态"复杂性关系的"再解读"思路和论述模式[②]，为人们

---

[*] 作者单位：重庆师范大学文学院。

[①] 该书由河南人民出版社于2000年出版。此前，他还以黄樾之笔名发表《延安四怪：王实味、塞克、萧军、冼星海》，中国青年出版社1999年版，并编选了《王实味：野百合花》一书，中国青年出版社1999年版。

[②] 唐小兵：《再解读：大众文艺与意识形态》，香港牛津大学出版社1993年版。

理解延安文学和艺术的多样性与丰富性提供了不可多得的研究范式。我虽然至今不认同其把延安文艺界定为"大众文艺"的提法，因为这样的理解和界定恰恰是肢解和混淆了延安时期"意识形态"的动态性变迁以及后期更为根本性的趋向凝固和僵化的一面，笔者也不喜欢内含于其理论思辨中的某种别扭感，但是，此种致力于现代性、文化性和多元性理解，并着力于探究历史文本背后之意义结构和运作机制的努力，还是极大地突破了此前的"工农兵文学"研究范式，对国内学界产生了富有冲击力的影响，并且，此种影响与后来在国内学界悄然流行的那种对于红太阳如何升起[①]以及革命中的"延安道路"[②]的关注和反思联系起来，其震撼力尤其令人难忘。尽管近年有学者对"再解读"等方法和成果有所质疑，在我看来，这种质疑和批评值得肯定，因为文学研究本身就是一项非常严肃和严谨的事情，但是，对于一些已经在历史和现实中产生了积极影响的思路和成果，也应采取辩证包容的态度，可以帮助其进行反思和完善，而不要简单地走向一种较为偏执的否定。

如上所述，21世纪以来，延安文学研究的崛起经历了一个较长的学术积累和发展过程，是一些内外因素或主客观因素多方面促成的结果，但是，它的直接诱因在于一批新锐学人的迅速出现和成长，他们中不少人把博士学位论文的选题敏锐地限定在延安文学研究领域，而另外一些学者在进行20世纪40年代文学与文化的研究时，也往往驻足于此。这样，经过十余年来的不懈努力，延安文学研究界终于从不同角度、在不同层面取得了一些新的研究成果，它们所内含的创造性品格不能不引起人们的高度重视，而其对于以往研究成果的超越性努力也就越发值得肯定，新的延安文学研究也就日渐形成和崛起了。在这崛起中，延安文学的种种复杂性因素得到了不少学人的多方面揭示：有的学者更多地揭示了延安文学的体制化；有的更多关注了延安文学的民间化；有的对延安文学所蕴含的革命伦理做了较为细致的阐释；有的对延安文学的文艺、美学观念的演进做了整体性考察；有的对延安文学的传播和接受做了一番较为全面的梳理；有的

---

① 高华：《红太阳是怎样升起的：延安整风运动的来龙去脉》，香港中文大学出版社2000年版。必须指出，该书把任何事件和话语实践均指向毛泽东巩固个人权威的谋略，在我看来也是比较片面而不太符合历史实际的。

② [美] 马克·赛尔登：《革命中的中国：延安道路》，魏晓明、冯崇义译，社会科学文献出版社2002年版。

对延安文学发展过程中的一些重大现象比如鲁迅现象、突击文化现象进行了较为深入的探讨；有的直面延安文学作品和文体本身，对其做了种种富有历史、人文和美学意味的细读；有的从中国现代文化和意识形态嬗变的角度总体性地探讨了延安文学的复杂化形成，而延安文人可歌可叹的心路历程及其命运也引起了研究者的持续关注；有的对延安文学从媒体、版本角度做了种种梳理和考证；如此等等，不一而足。可贵的是，这些研究者大多力图从一个新的角度或层面揭示延安文学，接近或部分地还原延安文学的历史真相，努力寻求并揭示延安文学发展过程中呈现出来的本体属性及其复杂内涵。当然，延安文学中是否有些属于它自身的本体性因素存在，其美学和文化等方面的内涵到底表现在哪些方面，这些都是仁者见仁、智者见智的，也是延安文学的魅力所在。

概言之，自20世纪90年代中期以来，现代中国文学研究的一个重要特色在于文学—文化研究的展开，这在广度和深度两方面都极大拓展了现代文学研究的空间。21世纪以来的延安文学研究显然构成了这种研究趋向的一个重要环节，显现了自己浓厚的文化特征。新的延安文学研究应该说体现了一种高度的文化自觉。这种文化自觉首先体现在研究者所普遍具有的对于真正富有文化意味的研究方法和视角的选择上，其次，表现在对延安文学之文化内涵所做的多方面揭示与阐释。在一定意义上，由于某种更为内在的权力机制和权力意识的规训，延安文学在其形成过程中承受的复杂性远远超出了文学作品本身，也正因为如此，单纯从审美角度并不能揭示延安文学的丰富历史。纯文学视角与延安文学本来就是格格不入的，延安文学现象在本质上是一种复杂得多的文化现象。因此，在我看来，只有采取一种较文学本身更为阔大的研究视角，比如文学—文化的视角、文学—社会的视角或所谓大文学的视角，才能真正走向延安文学的历史深处，才能充分理解延安文学在其发展中呈现出来的复杂化景观，也才能让我们在重新认识和研究延安文学的同时一并焕发出新的思想活力。

政治文化视角曾经引起学界的广泛注意。朱晓进曾据此集中探讨过20世纪30年代的文学，然后又把它贯穿到了对于整个现代中国文学史的理解之中，认为现代中国文学的发展具有复杂而特殊的政治文化背景，这个背景对于文学发展产生了巨大影响，所以现代中国文学具有一种强烈的非文学特征，在此意义上，就中国文学而言，20世纪也就成了一个非文学的世纪。① 新的延安文学研究无疑也受到了这个研究视角的启发，在此影响下，新的延安文学研究应该说显现了较大的学术活力，体现了向纵深发展而直抵延安文学本来面目的态势。黄昌勇曾经对王实味"《野百合花》现象"进行过多方面考量②，在他的论述中，这种现象本身就是一个被扩大化了的政治文化事件。朱鸿召曾在对延安文人与文化的考察中，力求从兵法文化角度来理解那种准军事化的延安政治与文化形态，但是，文艺整风前延安文人、延安文学与文化观念内部也存在着一些或隐或显的冲突。③ 吴敏在探讨延安文人的复杂际遇时，力求把对延安时期小资产阶级话语的梳理当作一个重要的文化中介来把握延安历史的形成。④ 梁向阳面对延安时期的散文流变，指出"延安时期"散文话语经历了一个由自由状态到自觉状态的整合过程，而这打破了散文在"五四"新文化运动以来所形成的张扬个性及多元话语传统，在新的历史境遇下产生了新的话语规范，而成为既定秩序的维护者。⑤ 说到底，以上研究其实都是在理解一种政治文化的形成及其特质。袁盛勇在其探究延安文学的形成及其流变时认为，新时期"重写文学史"尽管发生了多方面的积极作用，但是也在对文学审美与形式的张扬中又异常明显地遮蔽了现代中国文学与政治文化之间不可分割的广泛联系；他进而指出，延安文学在本质上是一种意识形态化的文学，因此，探究其意识形态化的形成应该作为延安文学研究的重要出发点。⑥ 自此，延安文学形成中的"意识形态"一维得到了学界的普遍重视，一度成为新的延安文学研究中的关键词。意识形态在延安文学与文化形成上所发挥的结构性作用非常明显，但其结构化过程非常复杂，非常耐

---

① 朱晓进：《非文学的世纪：20世纪中国文学与政治文化关系史论》，南京师范大学出版社 2004年版。

② 黄昌勇：《宿命中的沉浮：丁玲与王实味》（《文艺争鸣》2002年第3期）、《〈野百合花〉与延安文学思潮》[《延安大学学报》（哲学社会科学版）2000年第4期]、《〈野百合花〉的前前后后》（《新文学史料》2000年第3期）、《〈野百合花〉如何被国民党利用》（《南方周末》2000年5月19日）；另见其《砖瓦的碎影》，同济大学出版社2008年版，第240—282页。

③ 朱鸿召：《延安文人》之第2章第4节"在不能安身处安心立命"等，广东人民出版社2001年版。

④ 吴敏：《试论40年代延安文坛的"小资产阶级"话语》，《中国现代文学研究丛刊》2004年第2期。

⑤ 梁向阳：《从自由言说到自觉言说的整合——"延安时期"散文现象浅论》，《延安大学学报》（社会科学版）2002年第2期。

⑥ 袁盛勇：《延安文学及延安文学研究刍议》，《文学评论》2005年第1期。

人寻味，这既显示了延安文学形成的复杂性，也表征了延安文学研究所必然具有的某种文化意趣。周维东在其探究"突击文化"与延安文学的关系时指出，"突击文化"是对延安文学发生语境的一种概括，它集中反映了抗日革命根据地社会日常生活的军事化色彩、为建立现代民族国家的"焦虑"心态，以及潜在的"突围"心理。他认为，从"突击文化"的角度研究延安文学，能够使延安文学研究从"政治"的视野步入更深入的"文化"空间，进而丰富人们对延安文学内在复杂性的认识。近年，他又把这一思路置于民国文学史的视野和空间内，从一个比较自觉和开阔的角度来思考和研究延安文学的生产及其社会—政治—文化属性[①]，我认为，这是很有意义的。但是，需要提醒的是，延安文学的空间和社会属性其实也是过程和意义生成之中的一部分，两者并不是对立的，而是互补的、回环往复的。

延安文学与民间文化、民俗文化的关系也在一些研究者的成果中得到了多方面呈现。毛巧晖在探讨延安文学中的"民间文化"时指出，延安时期的民间文学在中共政治体制影响下发生了涵化，同时民间文学自身固有规律所产生的张力，使得其偏离了本位，在涵化与归化的合力作用下形成了特殊的"民间文学"；并且认为，影响延安时期民间文学的发展和兴盛的另外两个因素是中国共产党重视民间文学传统和陕北人文生态中丰富的民间文化或地域文化底蕴，前者使得延安时期中共在民间文学领域形成一套较成熟的政策，将民间文学纳入了文学的体系，而且将其作为结合群众的一种表现，成为更好地领导群众、让群众了解中国共产党政策的一种方式；后者则为延安时期民间文学的兴盛提供了较为合适的人文环境。[②] 在此基础上，沈文慧认为农民文化恰恰是延安文学赖以产生的不可忽视的文化语境，她倾向于比较全面系统地探究农民文化与延安文学双向互动的复杂关系。在她看来，农民文化在传统中国更是民间文化最主要的构成部分，在"延安道路"中农民与知识分子之间存在着一种双向启蒙的互动关系。以毛泽东为核心的中共领导层和知识分子思想深处潜藏的农民情结是延安文学观念建构的潜在动因。农民情结不仅体现为延安文人始终在文学

---

① 周维东：《中国共产党的文化战略与延安时期的文学生产》，花城出版社2014年版。
② 毛巧晖：《涵化与归化——论延安时期解放区的"民间文学"》，博士学位论文，华东师范大学，2005年。

实践中努力寻求文学走近农民的方法与途径，积极主动地创制"为农民的文学"，在理论和实践两个方面为延安文学观念的形成奠定了坚实基础，还表现为他们思想深处所积淀的农民文化心理与精神结构，这种农民文化心理与精神结构使他们在权威话语面前极易丧失自我，这正是《讲话》权威化的一个重要原因。而作为延安文学观念最主要的建构者毛泽东，其意识深处的农民情结也以或隐或显的方式左右着他的文学观。[①] 这对深入理解延安文学具有一定积极意义，但是农民文化在延安文学尤其是后期延安文学中处于什么样的位置，研究者应该有清醒的判断，否则，其理解就可能严重偏离延安文学发展的本来面目。

"翻身得解放"曾是20世纪40年代解放区的重要政治和文化现象之一，也是延安文学中的重要主题之一。杜霞曾对这一现象进行过较为细致的文本解读和分析，认为"翻身"是一个新的时代命题和新的意识形态现象，而延安文学中"翻身"主题的定型化，正透露出文本与历史的同构性以及特定话语权力系统强大的自我生产和复制机能。因此，她的研究方式乃是一种"文化—形式—文化"的研究方式，文本叙事的修辞功能在一种文化观念的烛照下获得了一种较为广泛的历史和文化意义。[②] 黄晓华则较为深入地展示了延安文学中翻身派的"身体意识"[③]。他认为，为了塑造革命需要的身体，延安文学建构了一套革命的性话语生产与分配方式，然而，这套方式在将性革命化的同时，也使性封建化并最终成为对身体的一种桎梏。[④] 他所论述的身体规训其实也是一种文化规训，显然内含着延安政治文化的调控属性。在贺桂梅那里，女性主义、西方马克思主义、现代民族国家理论等之所以进入了她的研究视野，也是为了更为深刻地揭示延安文学和延安文人所具有的文化特征。李洁非、杨劼对延安文学的理解其实具有一种现代中国文化发展的大视野，延安文学的呈现是在一种带有历史理性建构意味的文化脉络中逐渐展开并定型的，所以，在他们看来，延

[①] 沈文慧：《延安文学与农民文化》，博士学位论文，华中师范大学，2008年。

[②] 杜霞：《翻身道情——解放区小说主题叙事研究》，河北人民出版社2006年版，第6—15页。

[③] 黄晓华：《现代人建构的身体维度：中国现代文学身体意识论》之第四章，中国社会科学出版社2008年版，第225—303页。

[④] 黄晓华：《话语分配与身体调控——论解放区文学中的性话语》，《湖北大学学报》（哲学社会科学版）2009年第1期。

安时代的真正影响力是在文化上，延安文学和文化的发生与延续对现代中国而言就成了一个最重要的文化事件。①

新的延安文学研究所具有的文化特征，其实是为了更好地还原延安文学，更好地让人们接近延安文学的本原。进行历史和文学的还原因而成为新的延安文学研究的基本动力，也是一个重要的学术特征。"还原"首先是一种对于历史原初风貌的揭示。刘增杰先生曾经对延安文学研究提出"回到原初"②的主张，正是坚守回到原初的学术立场，所以他才会在延安文学研究中多有收获，并且还能盘查出延安文学中那些一度被遮蔽的另类作品③。在我看来，新的延安文学研究在总体上做到了"回到原初"这一点，而这也反过来促使新的延安文学研究具有更为坚实而成熟的学术品格。新的延安文学研究注重对延安时期原始报刊资料的阅读、梳理和发掘，注重对一些相关文艺版本之流变的考察，注重对一些历史场景和史料进行认真细致的辨析，以求让人们更为真切地进入历史情境，认知延安文学的传播和流变。在这方面，金宏宇对毛泽东《讲话》之版本源流所做的历史考察和辨析④、王荣对李季《王贵与李香香》之版本变迁与文本修改的叙述与分析⑤、江震龙对王实味《政治家·艺术家》和金灿然《读实味同志的〈政治家·艺术家〉后》等文章写作和发表时间的考辨与纠错⑥及高浦棠对延安文艺座谈会决策过程、讨论议题等所做的系列考察⑦，还有王增如、李向东对丁玲所写关于《在医院中》检讨文章的发现与整理⑧，

---

① 李洁非、杨劼：《解读延安——文学、知识分子和文化》，当代中国出版社 2010 年版，第 312 页。

② 刘增杰：《回到原初——解放区文学研究中的一个问题》，《中国现代文学研究丛刊》1999 年第 4 期。

③ 刘增杰：《一个被遮蔽的文学世界——解放区另类作品考察》，《文学评论》2003 年第 6 期。

④ 金宏宇：《〈在延安文艺座谈会上的讲话〉的版本与修改》，《中国现代文学研究丛刊》2005 年第 6 期。

⑤ 王荣：《〈论王贵与李香香〉的版本变迁与文本修改》，《复旦学报》（社会科学版）2007 年第 6 期。

⑥ 江震龙：《解放区散文研究》，上海三联书店 2005 年版，第 267—274 页。

⑦ 高浦棠：《延安文艺座谈会讨论议题形成过程考察》（《中国现代文学研究丛刊》2007 年第 1 期）、《〈讲话〉公开发表过程的历史内情探析》[《西南民族大学学报》（人文社科版）2006 年第 7 期]、《召开延安文艺座谈会的决策过程考辨》[《延安大学学报》（社会科学版）2006 年第 2 期]。

⑧ 王增如、李向东：《读丁玲〈关于〈在医院中〉〉》（草稿），《中国现代文学研究丛刊》2007 年第 6 期。

等等,都是非常具有学术价值的研究成果。

"还原"也是一种历史态度和写作立场。新的延安文学研究基本上体现了尊重历史与文学发展的态度,这对新的延安文学研究者来说乃是一种学术研究和写作的共识。朱鸿召在探究延安文人、文艺整风及延安日常生活中的历史时,曾说自己争取做到述而不论、述而少论,言必有据、据必做注,在他看来,这绝非学究气息,而是因为延安时期的历史内涵太沉重了,臧否的条件似乎还不成熟。① 吴敏在探究延安文人的思想转变时,方法论上的自觉是很显然的,她采用的是曾为胡适所提倡的历史的方法,有七分证据不说八分的话,并且自觉把延安文人身上所具有的一些重要思想现象和文化现象的产生与发展置放到历史的脉络中予以理解和把握。② 黄科安以为进行延安文学研究的最有效途径,乃是回到历史的语境中,揭示延安文人如何承担既定的意识形态并对一些事关重大的历史事件做"经典化"的工作。并且认为只有这样,研究者才有可能真正走向延安文学的历史深处。③ 潘磊在考察"鲁迅"在延安的旅行时,为了防止夸大"鲁迅"在延安文化建构中的影响力,宣称尽量用史料说话,不过甚其辞,不发惊人之语。在写作方式上,力求呈现复杂的历史语境,在历史呈现中还原历史,无限地逼近历史事实本身。④ 杨琳在梳理延安文学报刊传播及其特点之后,认为回到历史叙事的现场,从文学作品传播的媒介及其规律入手,应成为延安文学研究的重要的也是基本的途径。⑤ 以上这些研究态度和方法,均有其相通之处,都是为了让延安文学与文化研究更好地进入较为真切的历史场域,逼近历史与文学的本原。

对于历史与文学本来的探究不能不打上研究者的人文烙印。还原分为表象的虚假还原和内在的真实还原,表象的虚假还原在以往的延安文学研究中大量存在,不少研究者自以为掌握了科学的社会—美学或历史—美学的研究方法,但到头来并没有揭示多少历史与文学的真相,更缺乏对于真

---

① 朱鸿召:《延安文人》,广东人民出版社2001年版,第2页。
② 吴敏:《延安文人研究》,香港文汇出版社2010年版,第9—10页。
③ 黄科安:《延安文学研究——建构新的意识形态与话语体系》,文化艺术出版社2009年版,第9页。
④ 潘磊:《"鲁迅"在延安》,广西师范大学出版社2008年版,第7页。
⑤ 杨琳:《容纳与建构:1935—1948延安报刊与文学传播》,《西安交通大学学报》(社会科学版)2007年第5期。

知的探求。而内在的真实还原则加上了较为符合历史与文化本来的评判尺度,加上了进行积极反思的人文尺度。研究者并不能简单地以历史之是为是,以历史之非为非,应该有所抉择和评判。在我看来,新的延安文学研究显然具有这样一种历史与文学之反思的品格,并且,只有在文学和历史的还原中加入这样一个反思的维度,对历史与文学所进行的新的有价值的重构才有可能:还原与重构在新的延安文学研究中是紧密联结、不可分割的。在"还原"方法和态度上,新的延安文学研究显然受到过法国著名思想家福柯知识考古学理论的影响,知识考古学的方法和态度能够让延安文学与文化的复杂性境遇得到多方面考量,但是,历史并非冷冰冰的存在,历史在福柯那里也是一种令人关切的现实存在。福柯曾说,他之所以要写一部关于法国"监狱的诞生"的思想史著作,原因并不在于对过去的历史发生兴趣,他曾坦率指出:"如果这意味着从现在的角度来写一部关于过去的历史,那不是我的兴趣所在。如果这意味着写一部关于现在的历史,那才是我的兴趣所在。"① 毫无疑问,新的延安文学研究也体现了这样一种研究和书写的动机,这也是我要反复强调"重构"的原因所在。而倘若在还原之上没有历史的重识和意义的重构,那么,新的延安文学研究也终归不会那样生动地参与到当下和未来中国文学与文化的建构中去。

综上所述,新世纪以来的延安文学研究呈现了较好的发展态势,也形成了自身的学术风范和历史—文化还原特征,但此种新的延安文学研究只是刚刚起步,延安文学还有很多方面值得细细清理和研究,也需要研究者在新的历史和文化语境中拓展新的视野、付出更大努力。

(原载《文艺争鸣》2015 年第 9 期)

---

① [法]米歇尔·福柯:《规训与惩罚:监狱的诞生》,刘北成、杨远婴译,生活·读书·新知三联书店 2003 年版,第 33 页。

延安戏曲改革研究：
大众化视角下的回顾与反思

武菲菲 赵学勇[*]

20世纪中国文学是以文学大众化为主潮，以变革、实验为主要特征的文学历程。延安文艺因其相对封闭而完整的社会环境、有组织有体系的意识形态引导、知识分子的倾力参与、频繁深入的接受互动、系统有力的媒介传播，成为20世纪中国文学大众化追求中用力最深、影响最广、变革意味最强烈的文学实践活动，并承上启下，成为20世纪中国文学的关键性历史阶段。在延安文艺活动中，戏曲这一集文学、美术、音乐、舞蹈等于一体的综合性文艺体式因其自身的艺术特性、官方的着力提倡、特殊的接受环境等因素，成为延安文艺中大众化特征最为鲜明、变革最为剧烈的文艺样式。由此，延安戏曲改革成为20世纪中国文学史上张力最为丰富、冲突最为激烈、典型性最为突出的一个点，全面察看延安戏曲改革，是客观考察延安文艺，深度认知20世纪中国文学大众化思潮的最佳视角。

本文所论述的延安戏曲限定于从1935年10月中共中央主力红军到达陕北，至1947年3月中央撤离延安期间产生的平剧（京剧）、秦腔、眉户、秧歌剧及在秧歌剧基础上产生的以《白毛女》为代表的歌剧等戏曲品种，其共同特点是融合了文学、音乐、美术、舞蹈等因素，最终以妆扮的表演方式呈现出的艺术形态[①]。与来自西方的话剧相比，戏曲更多地表现出中华文化的传统艺术特色，在当时当地拥有更广泛的接受基础，经历了更为剧烈的变革，所取得的即时社会效果也更显著，所产生的历史影响更

---

[*] 作者单位：陕西师范大学文学院。
[①] "妆扮"这一术语借鉴了傅谨先生的观点，具体论述见傅谨《中国戏剧艺术论》，山西教育出版社2003年版，第25页。

久远，因此更典型地成为延安戏剧改革实验的代表。

延安戏曲改革作为延安文艺活动的重要组成部分，对延安戏曲改革与延安文艺的研究是同步展开的。众多研究者对延安文艺研究历程做阶段性划分时，尽管切入角度有别，但基本上倾向于划分为三个时间段：刘增杰认为，从20世纪40年代至70年代末是以颂扬为基本格调；80年代是新旧杂陈的蜕变阶段；90年代以后是富有新意的研究阶段[1]。毕海认为从新中国成立到80年代以前延安文学研究是在新民主主义革命文化视野下的阐释；80年代至90年代中期是在"现代化"观念支配下的"重写文学史"和"现代性"思考激发出的"再解读"思潮；90年代后期则是在重新理解"文学"和"政治"关系的基础上试图还原延安文学的复杂性[2]。赵学勇则认为从第一次文代会召开到80年代早期是从"建构"角度出发的新民主主义革命文化视野下的文学史叙事；80年代中后期至90年代是以"解构"为动机的"新启蒙"、"重写文学史"、"20世纪中国文学"和"再解读"思潮；新世纪以来，则是在意识到"中国经验"重要性前提下的多维研究[3]。可见，尽管切入角度不同、时间起止略有区别，但基本上认为三个阶段的研究互有承继与转折，并隐隐有"一阶段有一阶段之研究"的进步意味。延安戏曲改革研究也基本适用于这样的划分，但另一方面，延安戏曲改革研究又体现出独有的流变。

一 有所侧重的史料整理

在延安戏曲进入大规模改革时期，延安的文学刊物已大为减少，事实上只剩下了一份《解放日报》综合副刊，而《解放日报》又是作为"党报"存在的。因此，这一时期对延安戏曲改革的报道以新闻式的即时、具体记录了许多详细丰富的细节，体现出一以贯之的肯定态度，而罕见有反面、批评的声音。如果以新闻的忠实客观标准来衡量的话，这无疑是不足之处。在中华人民共和国成立后，出于建构新时代意识形态体系的需要，延安戏曲改革被迅速推上"传统"的位置，与时间范畴的"历史"不同，

---

[1] 刘增杰等：《中国解放区文学史》，河南大学出版社1988年版，第274—275页。
[2] 参见毕海《延安文学研究的历史与现状》，《文艺争鸣》2011年第1期。
[3] 参见赵学勇《延安文艺研究：历史重评与当代性建构》，《陕西师范大学学报》（哲学社会科学版）2012年第3期。

"传统"更偏重于价值断定，其潜在含义是可供继承的经验，需要发扬的精神。所以，在新中国成立初，一些历史亲历者纷纷以自豪的心情撰写回忆文章，如安波的《一段最美好的回忆》、任颖的《回忆王大化》、李波的《延安秧歌运动的片段回忆》等。这些饱含细节的回忆为后人提供了诸多生动的片段。

20世纪80年代之后，学界开始力求成规模成体系地整理延安时期的文艺运动史料。1983年，山西人民出版社出版了《抗日战争时期延安及各抗日民主根据地文学运动资料》，收录1937年7月到1945年9月延安及其他抗日民主根据地较有代表性的文学运动资料，包含关于延安戏曲改革的记载和批评文章，既有个人观点，也有社团、期刊的声明等，可与其后出版的《延安文艺丛书·文艺理论卷》对照阅读。二者显著的不同之处在于《抗日战争时期延安及各抗日民主根据地文学运动资料》以时间为顺序编排，而《延安文艺丛书·文艺理论卷》以著者身份分类。

1984年，湖南人民出版社出版了十六卷本的《延安文艺丛书》，其中《文艺理论卷》收录了一部分记载、论述戏曲改革的文章，《秧歌剧卷》《歌剧卷》《戏曲卷》收录了延安戏曲改革中出现的众多代表性作品，关于秧歌舞的论述则收入《舞蹈、曲艺、杂技卷》。《文艺史料卷》在以时间为序的"延安文艺运动大事记"中详细地记录了延安戏曲改革的过程，并概述了延安时期戏剧团体的组织活动情况，还整理了延安时期各种戏剧演出的剧目。

1987年艾克恩编纂的《延安文艺运动纪盛》以编年体形式，详细记录了1937—1948年的延安文艺活动面貌，与《延安文艺丛书·文艺史料卷》相比，该著着意将延安文艺置于广阔的抗日战争背景上，对同时期国统区的重要文艺活动也有所涉及，呈现了延安文艺与国统区文艺的交流状况。其中，延安戏曲改革的诸多细节得到了生动展示。

与上述资料汇编性著作不同，朱鸿召、王克明等学者注重史料梳理。朱鸿召在《秧歌是这样开发的》一文中将延安时期对传统秧歌的利用改造与整风运动中知识分子的改造联系起来，认为秧歌被开发的动力来自整风后的知识分子出于精神受虐和肉体受虐的扭曲心态，为表白个人的政治态度，期待脱胎换骨求得新生的政治求生欲望，由此将传统秧歌进行了"从内容到形式的政治改造，革命意识形态占领了这种民间艺术形式的所有审美空间，秧歌队是宣传队，具有号召群众、教育群众、组织群众的革命斗争功能。"①

值得注意的是王克明的《〈讲话〉前后的延安戏剧》和《古装传统戏：〈讲话〉前后的延安主流艺术》两文。前文通过精确的数据分析，指出《讲话》前并未出现"大洋古"占领舞台的现象，文艺运动也未"脱离抗战"，《讲话》后也没有创作出"一大批适应抗战需要"的作品。其中，特别提及"一场载誉近70年的'延安文艺运动'已知的主体成就是这302个秧歌剧"②。而在后文中，作者进行了详细的剧目整理，得出"古装戏曲在《讲话》前后始终是延安的主流艺术，且在《讲话》后得以更大发展"③的结论。王克明先生对史料发掘的深入和数字统计的精细令人钦佩，但所得出的结论并不妥当。从文学价值角度考察，《白毛女》《暴风骤雨》《黄河大合唱》的艺术感染力至今不减；从政治影响看，《逼上梁山》《三打祝家庄》等戏曲改革的经验一直影响到新中国成立后，秧歌剧改造无疑是延安文艺活动的重要部分，但绝非全部。而《古装传统戏：〈讲话〉前后的延安主流艺术》一文更需要仔细辨析。如文中数据显示，传统戏的确是延安文艺演出活动的主要内容，但这是否可以证明"大洋古"没有反思的必要，知识分子思想改造毫无意义，"革命文艺运动"是虚妄的呢？

这个问题直接关系到对延安文艺运动的性质定位。"延安文艺运动"是一个时间概念还是一个意义概念？如果是时间概念，那所指范围就是延安时期的所有文艺活动，包括知识分子的新文学创作、"怀安诗社"的古诗词唱和、民间依然存在的传统秧歌舞、说书，以及韦君宜1943年创作而2002年才发表的"八年来/对人说/这儿是我们的家"这种"潜在写作"，这是一个原生态的混沌状态。如果是意义概念，那延安文艺运动就是以文艺大众化为主要追求，以变革实验为主要特征的文艺实践活动类型。在这一意义上，只有这些呈现出强烈变革意味的戏曲改革活动才是延安戏曲运动的主体，而那些在演出数量上占绝对优势的古装戏曲只是一种消遣意义上的生活娱乐，是延安社会生活的重要部分，而非延安文艺运动的重要部分。考虑到延安文艺在历史上的重要地位，笔者倾向于将延安文艺运动定

---

① 朱鸿召：《秧歌是这样开发的》，《励耘学刊》（文学卷）2008年第1期。
② 王克明：《〈讲话〉前后的延安戏剧》，《炎黄春秋》2013年第5期。
③ 王克明：《古装传统戏：〈讲话〉前后的延安主流艺术》，《炎黄春秋》2013年第10期。

义为后者，具体到延安戏曲运动，无疑是指延安戏曲改革。

这一问题提示人们：任何对文学史实的记录都不可能是完全忠于历史的"真实再现"，研究者总是从某种视角出发予以选择性表述，即便是资料性汇编也会有所取舍、有所侧重。因此，真正学理性的研究应该是尽量将作为一个"点"的文学活动置于一个由纵深的历时背景和宽广的共时环境共同形成的"面"上，以此避免认识的偏狭。当然，即便如此，也绝非可以得到不随时移世易而改变的"最后之真理"。

二 二元对立的外部研究

延安戏曲改革是一场有组织有步骤地展开的文学实验，戏曲改革活动展开的同时相关的研究批评也在同步进行，这些研究批评不是外在于改革活动的独立行为，而是迅捷有力地反馈到戏曲改革的具体活动中，或起到总结经验指导戏改的作用，或是知识分子的政治表态，甚至因批评者的特殊地位而成为直接决定戏曲改革方向的决定性意见。这其中，有三个代表性的文献需要仔细分析。

毛泽东在1944年1月9日看了《逼上梁山》后写给杨绍萱、齐燕铭的信是延安戏曲改革活动中出现的最重要的批评，其影响与《在延安文艺座谈会上的讲话》不相上下。来信寥寥数语但含义丰富。第一，"历史是人民创造的"[1]。尽管中国传统文化中有根基深厚的民本思想，但这一人民史观无疑来自西方的马克思主义唯物史观。人民史观在当时的延安史学界声势大盛，范文澜以人民史观为主导思想主持编写的《中国通史简编》上册、中册分别于1941年、1942年出版，但如何普及这一史观，使听惯了三皇五帝、习惯了寄希望于明君清官的中国普通民众接受这种外来的崭新思想，将历史上的阶层问题转译为阶级矛盾，既为当下的实践斗争提供精神动力，又建立起自成体系的政治意识形态以争夺话语权，显然是一个艰难的甚至是无从下手的难题。实践证明，话剧、小说都无法承担这一大众化任务，而以搬演历史故事为主要内容，为普通民众喜闻乐见，但又被知识分子漠视的戏曲恰恰是最适合被改造利用的文艺样式。第二，"这种历

---

[1] 毛泽东：《看了〈逼上梁山〉后写给杨绍萱齐燕铭二同志的信》，刘增杰等编《抗日战争时期延安及各抗日民主根据地文学运动资料》（上），山西人民出版社1983年版，第277页。

史的颠倒，现在由你们再颠倒过来，恢复了历史的面目"①，历史生活要按照"历史的本质"重新认识，按照同样的逻辑，现实生活也要按照"生活的本质"认知，这种认识论后来被发挥为"革命浪漫主义与革命现实主义相结合""以阶级斗争为纲"等一系列论述，对当代文艺创作和社会政治生活都产生了深远的影响。

毛泽东的上述见解被迅速贯彻到《逼上梁山》的修改中去，直接指导了《三打祝家庄》的创作，为马克思主义中国化找到了行之有效的新思路，也为古典气息浓厚的戏曲如何跟上时代发展指出了一条道路，并进而为20世纪中国文学大众化提供了经验借鉴。当然，毛泽东的主要出发点是前者，是文学的政治功用。

周扬的《表现新的群众的时代——看了春节秧歌以后》发表于1944年3月21日，其写作背景是延安秧歌剧运动已从1943年偶然性的专业团体演出演变成1944年有计划的群众性活动。文章主要对秧歌剧的创作者、剧本内容和表演形式三方面做了总结分析，指出1944年春节的秧歌剧是一种完全的集体创作，工农兵不再是单纯的被表现者和欣赏者，而是积极的参加者，这在文艺史上是开创性的。知识分子也积极地参与了秧歌剧运动，并在参与过程中改变了自己的态度。在内容方面，传统秧歌中"恋爱"的主题、随之而来的"调情"特色被"生产和战斗，劳动的主题"代替，"丑角"被"工农兵和人民大众的形象"取代。形式上吸收了"五四以来新文艺形式的要素"，但"这种创造无论如何不能离开本来的秧歌舞的基础，要保持民间舞蹈的健康、明朗、有力的特色，要拒绝都市的小市民歌舞的庸俗作风的影响"。② 作为延安文艺界的重要领导人，周扬的文章更多一些文艺批评的色彩，但政治标准依然是主要批评依据。同样是秧歌剧运动参与者，工农兵的参与显示的是作为历史主体的正当性，知识分子的参与则是一次政治改造的过程；"恋爱"这种私人情感成为不重要的生活，更无须被表现，只有"生产和战斗、劳动"才是更有意义的生活，值得言说的"民间舞蹈"只能是农民式的，都市被排除出民间，小市民也被排除出群众，审美风格的取舍隐藏的是对农民和小市民的阶级划分。

---

① 毛泽东：《看了〈逼上梁山〉后写给杨绍萱齐燕铭二同志的信》，刘增杰等编《抗日战争时期延安及各抗日民主根据地文学运动资料》（上），山西人民出版社1983年版，第277页。
② 周扬：《表现新的群众的时代——看了春节秧歌以后》，《解放日报》1944年3月21日。

张庚作为延安戏剧"大洋古"的主要责任人,在《谈秧歌运动的概况》一文中总结秧歌剧的改造过程中表现出了知识分子的检讨和学习的姿态。"这些新秧歌是把中心放在内容上,注意所反映的生活的现实性,不为技术上的理由歪曲一点点现实,真正以革命工作者的精神,把老百姓的喜怒哀乐如实地反映给广大的观众;而这反映的角度不是站在小资产阶级'同情'、欣赏或'指导'的立场,而是要求站在老百姓自己的立场。"① 形式取舍决定于内容,内容如何反映决定于立场,归根结底,一切决定于政治。

如果说延安时期的批评因为尚未拉开时间段,未能形成一种有分寸的距离感,因而显得就事论事的话,那么,周扬于1949年发表的《新的人民的文艺——在中华全国文学艺术工作者代表大会上关于解放区文艺运动的报告》可以看作第一篇具备了文学史意味的延安文艺研究的标志性论著。该报告将"旧剧的改革"作为解放区文艺运动的重要经验予以详细介绍,指出延安戏曲改革的方针是"从思想到形式逐步加以改革"②。周扬认为,对于民众而言,传统戏曲起到了讲述历史事件的教科书作用,但灌注于其中的是封建统治阶级的意识形态,延安戏曲改革的成就在于以新的科学的意识形态即"历史唯物主义的观点"重新阐释历史事件,构建出"历史的本来面目"。形式的改革则是"反对不适当地强调旧剧(主要是平剧)艺术上的'完整性',强调掌握技术的困难",要"大胆突破旧剧形式"③。

王瑶的《中国新文学史稿》是新民主主义文学史的代表性著作。这部诞生于20世纪50年代初期的文学史详细地叙述了秧歌剧的产生、旧剧改革的过程和成果,并将上述艺术形式概括为广义的"新歌剧"。王瑶对戏曲改革的总结沿袭了周扬内容和形式的两分法,又进一步抬高了内容的重要性:"从内容着手,从主题思想的正确表现着手,是创造新歌剧首先必须注意的事情;一切关于形式的问题,只有在通过如何可以更恰当地表现人民大众的生活与斗争(包括历史性的内容)这一任务,才有其积极的意义。"④ 强调内容的决定性地位事实上是强调以新民主主义史观去表现,阐

---

① 张庚:《谈秧歌运动的概况》,《群众》1946年第9期。
② 周扬:《新的人民的文艺——在中华全国文学艺术工作者代表大会上关于解放区文艺运动的报告》,《人民文学》1949年第1期。
③ 同上。
④ 王瑶:《中国新文学史稿》(下),新文艺出版社1953年版,第389—390页。

释历史题材和现实生活,是对"政治标准第一,艺术标准第二"的发挥,态度较周扬更为激进。

新中国成立后,戏曲经由"十七年"时期的大规模、有组织、有步骤的政治运动式改革,最终走向了史无前例的"革命样板戏"。延安戏改的政治意识形态化努力被更激进更坚决的政治话语全盘推翻,延安戏改的标志性成就歌剧《白毛女》成为"忠于资产阶级的反动立场,忠于周扬的文艺黑线及其总后台党内头号走资本主义道路当权派污蔑和暴露人民的反动的历史观和文艺观"[①] 的标本。

刘增杰的《中国解放区文学史》出版于1988年,所体现的历史转折期的印记分外清晰。该著在梳理延安戏曲改革从秧歌剧到新歌剧的流变、旧剧改革的历程以及分析新秧歌剧受到群众欢迎的原因诸方面并无新意,值得注意的是对《白毛女》的分析:

> 《白毛女》之所以获得巨大成功,主题思想之"非常适合时宜"是其主要原因。而主题思想的获得,同主人公喜儿形象的内涵、同她具有传奇性的生活经历有非常密切的关系。……奶奶庙仇人相遇那场戏,把喜儿的反抗性格推向了高峰。这时,她简直成了复仇的化身,喜儿形象的塑造,到此也就基本完成了。喜儿进山后成为白毛女的生活遭遇,有力地说明了"旧社会把人逼成'鬼'"的悲惨事实。但如果仅止于此,就会大大降低剧本的思想价值和严重削弱剧本的感人力量。剧本最后写八路军搭救喜儿出山,斗倒了黄世仁,喜儿由"鬼"变成了人,真正翻身得解放,这才"卒章显志",把带有浓厚封建迷信色彩的"白毛仙姑"的故事变成了具有深刻的思想内容和高度思想价值的《白毛女》,使剧本的主题思想升华到新的高度,新的境界。正是这个变化,使《白毛女》取得了划时代的成就。[②]

戏曲作为一种通俗意味极强的叙事性文体,具有鲜明生动的人物形象、曲折多变的故事情节、浓厚的传奇色彩,这些艺术因素对《白毛女》

[①] 李希凡:《在两条路线尖锐斗争中诞生的艺术明珠——从芭蕾舞剧〈白毛女〉的再创作看周扬文艺黑线及其总后台的"写真实"谬论的破产》,湖南师范学院中文系编:《无产阶级文艺的新纪元:赞革命文艺样板》,1970年,第348页。

[②] 刘增杰等:《中国解放区文学史》,河南大学出版社1988年版,第274—275页。

的艺术魅力做出了巨大的贡献。而喜儿在奶奶庙与仇人相遇之后，性格塑造已经定型，不再继续推动情节发展，人物形象的内涵被削弱了。刘增杰的这些分析说明他已经触摸到了《白毛女》的审美价值得失，但接下来的论述却没有继续在艺术范围内做分析，而是以是否体现了政治意识形态做出最终评价。

孟悦的《〈白毛女〉演变的启示——兼论延安文艺的历史多质性》是"再解读"思潮中出现的《白毛女》研究的典范之作。在之前发表的《女性表象与民族神话》中，作者已经提出在歌剧《白毛女》的叙事设计中，阶级冲突是借助一个性别压迫的情节进入叙事的，其后又通过抹杀女性的性别标志和身体特征，阶级斗争、党的权威和位置等这些政治象征秩序才得以成立。在《〈白毛女〉演变的启示——兼论延安文艺的历史多质性》中，孟悦进一步发掘了《白毛女》的"历史多质性"：在歌剧《白毛女》中，政治话语只有在民间伦理逻辑的掩护下才能潜滋暗长，并且直到叙事终止处才取得了权威地位。"民间伦理逻辑乃是政治主题合法化的基础、批准者和权威"[1]。电影版《白毛女》也采取了相同的叙事策略，"以市井流行文艺中的富于悲欢离合的娱乐性形式翻译并转换了歌剧所表现的乡土伦理原则"[2]，两者的文化内涵有所区别，但叙事功能一致。综合两文可知，孟悦认为《白毛女》之所以受到大众的喜爱，就在于非政治话语比政治话语占据了更高的支配地位，从而留下了比较宽裕的审美空间。

20世纪90年代后期特别是21世纪以来，对延安文艺以及延安戏曲的研究日趋多元化。但值得强调的是，一大批学术质量相当高的研究依然是在与80年代中后期以来的研究成果作对话。这其中有两个代表性的文本，一个是前文提及的孟悦的《〈白毛女〉演变的启示——兼论延安文艺的历史多质性》，另一个则是陈思和的《民间的浮沉：对抗战到文革文学史的一个尝试性解释》。陈思和在文中提出了"国家权力支持的政治意识形态，知识分子为主体的西方外来文化形态和保存在中国民间社会的民间文化形

---

[1] 孟悦：《〈白毛女〉演变的启示——兼论延安文艺的历史多质性》，唐小兵编《再解读：大众文艺与意识形态》（增订版），北京大学出版社2007年版，第58页。

[2] 同上书，第62页。

态"①三分天下的文学史观。文章从"民间"的角度出发,以政治意识形态和民间文化形态之间的冲突为线索,将抗战到"文革"的文学史划分为三个阶段。其中,"延安时代对旧秧歌剧和旧戏曲的改造,便是冲突的第一阶段。"②在这一阶段,政治意识形态通过知识分子之手对民间文化形态进行了渗透和改造。但民间文化并非完全被动,而是以"民间隐形结构"予以反渗透、反改造,成为文本中隐晦但顽强地存在着的另一套话语体系。在《白毛女》和"文革"样板戏这样的宣传品中,以往的研究都认为其是对政治意识形态的高纯度阐释,甚至本身就是形象化了的意识形态。但在孟悦和陈思和的论述中,这些文本被发现事实上存在着两套话语体系:政治话语与非政治话语。一反王瑶、刘增杰的判断,这些以表现政治话语为目的的戏曲之所以受到大众欢迎,却是因为其中存在着的非政治话语。非政治话语可以是偏重于思想内容的伦理逻辑、道德规范等,也可以是审美趣味、语言游戏等偏重于形式的表达。比较而言,孟悦更高地强调了非政治话语的决定作用。

针对孟悦和陈思和的观点,李杨在《50—70年代中国文学经典再解读》一书中一显一隐地同时做了回应。他赞同孟悦对《白毛女》中政治话语通过民间伦理逻辑的运行而成立的分析,指出其中隐藏着一个"恶有恶报,善有善报"的俗文学创作思维模式,这与陈思和提出的"民间隐形结构"有暗合之处。但李杨反对孟悦将"民间"和"政治"对立起来的解读策略,而陈思和对"民间"的定义是"民间是与国家相对的一个概念,民间文化形态是指在国家权力中心控制范围的边缘区域形成的文化空间"。③李杨则认为"政治"与"民间"不能二元对立,政治通过对民间的借用制造了民族国家—阶级这样的"现代政治",而这些现代的政治意识形态最后又内化成了新的"民间"。因此,"民间"与"政治"之间存在着"真正复杂的现代性关系"④。

如果说李杨的分析因为出于某种原因以抽象能指代替具体所指而导致行文艰涩,李洁非等则简洁诙谐地将延安戏曲改革中对旧形式的改造称之

---

① 陈思和:《民间的浮沉:对抗战到文革文学史的一个尝试性解释》,《上海文学》1994年第1期。

② 同上。

③ 同上。

④ 李杨:《50—70年代中国文学经典再解读》,山东教育出版社2002年版,第287页。

为"延安体"。旧形式作为民间文化的产物,天然地存在着破坏、消解统治性文化的野性。所以在革命意识形态呈在野状态时,两者可以彼此投合,但革命意识形态的最终目标是走向"庙堂",必然会对民间文化做出招安式的改编。因此,延安戏曲改革"推陈出新"的文化策略"并不是'革命意识心态+旧形式'那样简单。在本质上,这是一个使原本根植民间、表现民间性格的旧形式'庙堂化'的过程"①。李洁非等也同样借鉴了陈思和的"民间""庙堂"的文化观点,但也认为两者的关系并不是对立的而是互相渗透,在这一点上与李杨达成了一致。

袁盛勇的博士学位论文《宿命的召唤——论延安文学意识形态化的形成》从意识形态化的形成角度对延安文学做了整体观照,将延安文学定义为"一种意识形态化的文学"。在吸收了政治权力、知识分子、民间三分天下的理论基础上,袁盛勇从集体创作的写作方式角度分析了旧戏曲改革的意识形态化过程,从知识分子和民间艺人改造的角度分析了旧秧歌旧说书的意识形态化改造过程。由于延安的知识分子已经成为"有机化知识分子",所以"延安文人、权力意志与民间三者的关系其实可以简化为权力意志与民间的关系……在延安文人、权力意志和民间三者之间,起着决定性作用的只能是权力意志或新的意识形态,而延安文人和民间所起的都仅仅是一种工具性作用。权力意志或政治意识形态在当时的历史情境下对于延安文人和民间来说,也都会起到同样的规约作用"②。

黄科安在《延安文学研究——建构新的意识形态与话语体系》一书中指出,延安戏曲改革是为了建构现代民族国家的意识形态。与李杨、李洁非等相仿,黄科安同样不赞成孟悦将"民间"与"政治"对立起来的解读,指出,"在当时的延安,人们对'民间伦理'和'民间形式'发生浓厚的兴趣,归根到底还是出于政治力量和政治话语的需要"③。对于这一过程中知识分子的作用,黄科安通过对《白毛女》细节修改过程的钩沉,指出延安知识分子依然顽强地继承了五四启蒙话语。

---

① 李洁非、杨劼:《解读延安》,当代中国出版社2010年版,第208页。
② 袁盛勇:《宿命的召唤——论延安文学意识形态化的形成》,博士学位论文,复旦大学,2004年,第184页。
③ 黄科安:《延安文学研究——建构新的意识形态与话语体系》,文化艺术出版社2009年版,第82页。

在《民间文化与"十七年"戏曲改编》①中,周涛将延安戏曲改革作为"十七年"戏改的历史经验予以考察,以《逼上梁山》为例,指出延安戏曲改编是为了借助戏曲这一大众熟知的形式工具而推行民族、阶级的政治意识形态,在这一过程中,戏曲作为积淀了丰富民间文化的形式,具有独立的艺术作用,政治意识形态的正当性要在民间伦理逻辑的认可下才能成立。但政治意识话语并非完全被动,在威权与压制下,民间文化会选择妥协。因此,周涛的结论是民间与政治在延安时期达成了一种"共谋"。

文贵良在《话语与生存:解读战争年代文学(1937—1948)》②中提出了"话语生存论"的阐释方法,将陈思和的民间、广场和庙堂转化为民间、知识者和大众话语的话语主体。这是一个非常有意思的发现,在五四文化氛围中民间与庙堂的对立是大众和非大众的对立(五四时期的论述中采用的词汇是平民和贵族)。而在延安时期,这种对立的界限开始模糊了,民间、知识分子、政治权力都卷入了文艺大众化的潮流,似乎都在大众化中拥有话语权。但文贵良对此作了精细的分解,在其论述中大众话语更像是一个话语的场域,在这个场域里,以毛泽东思想为主题的政治话语占据着中心地位,但并不能完全覆盖;民间既参与又被改造;知识分子没有自我言说的权力,却是不可缺少的言说中介。延安时期这种大众话语的表达方式呈现为军事术语和民间形式的结合。作者以秧歌剧的改造说明了尽管民间被从政治方向改造,但最终改造的深度仍受限于民间形态。

至此,研究延安戏曲改革的一条主要线索清晰地显现出来:从产生之初至今,延安戏改研究始终围绕着政治意识形态而争论。以20世纪80年代后期为界,之前的研究中,延安戏改的成就以无限趋近政治意识形态而受到肯定;之后的研究中,延安戏改的价值则在于多大程度上背离政治意识形态。尽管所持标准截然相反,但思维模式相当一致,依然是根深蒂固的二元对立。对此,周维东提出了从"价值论"转向"发生论"的解决方式:"研究者必须放弃自己文学合法性评判者的角色,不再证明什么样的文学合法且具有价值,而要作为一个历史的叙述者,说明文学史上一个个历史现象是如何在复杂的语境中发生的,研究的目的就是说明文学史的丰

---

① 参见周涛《民间文化与"十七年"戏曲改编》,广西师范大学出版社2012年版。
② 参见文贵良《话语与生存:解读战争年代文学(1937—1948)》,上海书店出版社2007年版。

富性和复杂性。"① 换言之，周维东指出政治对延安文学产生了影响，这已经成为共识，无须过多阐释。延安文学研究深化的可能性在于客观地叙述这一影响是如何产生的，而不是对这一影响做价值褒贬。但是，笔者认为，这种研究方式对于某些文艺形态是适用的，但对于自觉地"肩住黑暗的闸门"的 20 世纪中国文学来说，特别是对于投身于血与火的延安文艺而言，不正面面对这一文艺活动中的政治性价值，就是无言的贬低。

三 有所偏向的内部研究

对延安戏曲的内部研究始于延安时期。丁里的《秧歌舞简论》发表于 1942 年 9 月，显示出历史草创期特有的驳杂和鲜活，这在延安时期的戏曲研究中是十分少见的。该文的主要研究对象是偏原始的秧歌舞，这种舞蹈的优势在于"群众性"，即广受民众欢迎又容易被民众掌握，能紧密地配合政治宣传任务。但缺点在于表现形式千篇一律，舞姿与表现内容不协调，人物性格一般化。因此，丁里认为秧歌舞发展的方向是舞蹈而不是"歌舞剧"，更不可能成为"政治论文或行动纲领的抄本"②。丁里的这一预言在延安时期是落空了，但在其后更长的历史时段中却成了现实。秧歌剧在延安时期经历过高潮之后难以为继，时至今日，延安时期的创作大多成为停留在史料中的历史遗迹，也不见有新的创作出现。以舞蹈为主的秧歌舞在节庆之时仍有集体演出，但舞蹈样式甚至不如当年丰富多彩，其中原因值得深思。

艾青的《秧歌剧的形式》从表现手法、音乐、曲调、唱词、舞蹈形式、化装、服装、道具、规模和审美风格方面对秧歌剧进行了全面分析。艾青曾担任过中央党校秧歌队副队长，是秧歌运动的主要参加人之一，他以切身的经验和丰厚的艺术素养使这篇文章成为延安戏改研究的重要论述。而且，由于当年的表演已经无法再现，该文的记载以及相关的针对性研究更多了一重史料价值。其中对旧剧和话剧表现手法的利弊分析，"大团圆"的时代适用性的研究，既是对五四全盘否定传统戏曲表现手法和审美风格的客观反思，也是延安时期文艺思想的忠实反映。

---

① 周维东：《"文学性"的偏至与文学内、外部研究的危机——以延安文学"政治决定论"的形成为例》，《延安大学学报》（社会科学版）2007 年第 1 期。
② 丁里：《秧歌舞简论》（续完），《解放日报》1942 年 9 月 24 日。

1944年3月，周扬在《表现新的群众的时代——看了春节秧歌以后》中有着这样精到的分析：在旧秧歌中，"调情"是恋爱的畸形表达，"丑角"是变形的抗议。60年后，来自韩国的安荣银在《对旧秧歌的改造与利用——"新秧歌"形态探讨之一》中对"调情""丑角"两个秧歌改造的关键因素做了详细解读，是与周扬观点的对话，也是拓展。

"调情"消失，周扬解释是因为"恋爱退到了生活中的极不重要的地位"①，而安荣银发现，正是因为延安男女比例严重失调，恋爱成为个人生活中难以解决的问题，以至于影响到了政权建设，才将"调情"作为严加防范的敏感因素彻底排除。"调情"排除之后，对"身体"的阐释也随之变化。首先，表现情感的身体形象被转变为宣传劳动、生产的"功能的身体"，秧歌剧中的人物分为投身劳动的英雄和脱离劳动的"二流子"，通过对不同形象的颂扬或鞭挞，"落后、分散的解放区农村就注入了现代的民族国家意识，逐渐建立起对共产党政权的'阶级'认同"②。其次，"调情"被消除后，作为"调情"主要因素的女性身体被转化为"穿着劳动服的女性身体形象"，妇女并未走出家庭但开始解放，不过，"传统秧歌中的妇女作为被'调情'的对象，被压抑的身体在新秧歌中得到了解放，但又通过'比赛'，'比较'，'超过'，'挑战'，'竞赛'成为无性别差异的英雄、模范，又受到新的压抑"③。

"丑角"是旧秧歌中的重要角色，但在新秧歌中受到了限制。周扬的解释是由于"在新的社会条件下，小丑的身份已经完全改变了。边区及各根据地是处在工农兵和人民大众当权的朝代，人民是主人公，是皇帝，不再是小丑了"④。但安荣银指出，"这样'再不需要丑角'的观点，表面上看来只是由于新社会的丑角诞生，已失去其作用，但里面隐藏着对丑角会打破新的秩序的警惕。……在新的人民时代刚开始的时期，文艺家警惕丑角前言不搭后语的语言和行动里暗含着对共产党政策的批评的可能性"⑤。

---

① 周扬：《表现新的群众的时代——看了春节秧歌以后》，《解放日报》1944年3月21日。
② 安荣银：《对旧秧歌的改造与利用——"新秧歌"形态探讨之一》，《中国现代文学研究丛刊》2005年第3期。
③ 同上。
④ 周扬：《表现新的群众的时代——看了春节秧歌以后》，《解放日报》1944年3月21日。
⑤ 安荣银：《对旧秧歌的改造与利用——"新秧歌"形态探讨之一》，《中国现代文学研究丛刊》2005年第3期。

而且，丑角并未消失，只是转化为"二流子""巫师"这样的落后分子，在民众的欣赏感受中，这些新的丑角并不是周扬认定的"完全否定的人物，没有丝毫积极的作用"①，而是被观众嘲笑和帮助改造的同伴，而且在丑角引发的笑声中，民众的娱乐需求和政府的教育目的同时得到了实现，其积极作用还是存在的。

郭玉琼的《发现秧歌：狂欢与规训——论二十世纪四十年代延安新秧歌运动》一文综合了陈思和的官方、民间、知识分子三分天下说和巴赫金的文化诗学理论，指出在新秧歌运动中"传统秧歌体现着狂欢化特征的内容和形式被一系列带有强烈意识形态象征意味的话语和符号系统所替代、置换。与这个替代、置换过程相伴相生的，是官方规训的全面深入秧歌。官方的规训通过知识分子，以秧歌为载体，在狂欢化四面敞开、无限阔大的广场上，最终顺利传递到最广大的民众那里"②。

郭国昌的《二十世纪中国文学的大众化之争》将延安戏曲改革定位为中国戏剧通过民间形式走向大众化的探索，也是"文学大众化"思潮的民间化趋向中的一环。这样的认知将延安戏曲改革置于大众化和民间化的链条中，视野开阔，但论述较为简略，未能展开具体文本分析支撑上述判断。

贾冀川的《解放区戏剧研究》是一部综合研究解放区戏剧的专著，从戏剧题材、作家、作品、戏剧形象等方面呈现了解放区戏剧景观，简要勾勒了解放区戏曲改革的过程。论著指出《逼上梁山》《三打祝家庄》有着强烈的政治色彩，而《白毛女》的现代意义在于揭露了由地主所主导的契约的不平等，指出了建立在这种契约上的社会秩序的不合理性，对普通民众起到了政治启蒙的作用。

孟远的博士学位论文《歌剧〈白毛女〉研究》以延安文艺的现代性及其复杂结构为问题意识，以革命经典的形成内在理路，梳理了歌剧《白毛女》的创作经过、改编过程、传播路线及其经典化命运，试图以《白毛女》为例将延安文艺置于一个开阔的视野内，突破先前政治化研究模式的局限。

总体而言，对延安戏曲的内部研究偏向于抽象的理论概括，少见具体

---

① 周扬：《表现新的群众的时代——看了春节秧歌以后》，《解放日报》1944年3月21日。
② 郭玉琼：《发现秧歌：狂欢与规训——论二十世纪四十年代延安新秧歌运动》，《中国现代文学研究丛刊》2006年第1期。

的文本分析；偏向于抽取个别特征阐释，少有综合的整体审视；特别是新时期以来，偏向于依据艺术审美标准予以解构，少有置于历史具体语境中给予理解；集中于对《白毛女》的一再言说，少见对其他作品的认真清理。在这样的研究格局中，尽管研究者们一再声称要"回到历史现场"，但丰富多彩的延安戏曲在长期的研究中风华尽失，面目干枯。

四 延安戏曲改革研究的"大众化"研究视角

综观半个世纪以来的延安戏曲改革研究，可以发现，关于延安戏曲改革的史料梳理、外部研究和内部研究都呈现出"片面的深刻"的特点。尽管在某些点的挖掘上达到了"深刻"，但研究视野的"片面"尤为明显。这种"片面的深刻"源于整体观的缺失：延安戏曲改革作为延安文艺乃至20世纪中国文学大众化的重要组成部分，尚未有专著对此进行基本史实脉络的清理及对作为完整体系的文学运动予以观照；诸多研究者或是在论证某一观点的过程中零星拾取延安戏曲改革作为例证，或是只针对延安戏改的某一特点就事论事，延安戏曲改革所蕴含的丰富艺术价值、思想价值、文学史价值被轻视甚至被否定。这两方面互为因果，恶性循环。因缺乏对延安戏曲改革过程、成就的全面梳理，故不能发现其中蕴含的丰富价值；因价值估计不足，所以无意甚至不屑对延安戏曲改革做系统整理，从而使延安戏曲改革这样一个在20世纪中国文学史上承上启下的关键文学活动成为被遮蔽的存在。因此，对延安戏曲改革的研究急需引入整体性的、涵盖力强的研究视角，既切合延安时期的现实又能站在制高点上俯视历史，能担此重任的，非大众化莫属。但在目前的研究中，尚未有将延安戏曲改革与20世纪中国文学大众化思潮联系起来的具体考察。

延安戏曲改革是延安文艺大众化努力的标志性成果，是20世纪中国文学大众化在理论建设和实践探索上最为深入的阶段，延安戏曲改革的得失只有置于大众化这一背景上才能予以准确的辨识。大众化是20世纪中国文学的主潮，将民主、科学、建构民族国家、实现共产主义理想等一系列旨在救国救民的现代性思想最大限度地普及于广大民众中去，是20世纪中国历史的要求，也是20世纪中国文学的使命。正是在文学大众化追求中，才产生了延安时期对戏曲这一民族特色浓厚的文艺体式的改革，才规定了延安戏曲改革中文艺与政治紧密结合的改革方向，也才决定了延安戏曲改革的种种细节性的表现。

深化延安戏曲改革研究的可能性在于将延安戏曲改革和 20 世纪中国文学大众化思潮的互相作用作为中心线索，以延安戏曲改革怎样体现、实践、推动了大众化，大众化如何指导、限定了延安戏曲改革为主要问题，清理延安戏曲改革的发生、性质定位、相关的外部研究、内部研究。其中，必须格外注意延安戏曲改革中文学与政治的关系、知识分子的状态、延安戏曲改革的当代启示等重要话题，这一切分析又必须落实到文本分析方能不空疏无当。

如上文分析显示，关于延安戏曲改革中政治意识形态产生了重要影响这一点，学界已达成共识，分歧之处在于政治意识形态在多大程度上影响了延安戏曲改革？其影响是正面的还是负面的？尽管众多研究者争辩激烈，却忽略了对此问题的前提的清理：那无处不在却又大而化之的政治意识形态到底包括哪些含义？是否只有阶级冲突、人民战争等政党话语？是否继承了人的解放、妇女解放等现代性意识？阶级启蒙、革命启蒙是否也属于另一种现代性意识？这是一系列具有学术原点意义的问题，只有在理清上述问题的前提下，才能公正客观地认知延安戏曲改革中文学与政治的关系、对延安戏曲改革的价值判定，以及对文学大众化正反面经验的总结等广阔的学术命题。

政治意识形态对延安戏曲改革的作用该如何评价？从上文的总结可见，这一问题以 20 世纪 80 年代后期为界，之前被笼统而不加分析地肯定，之后又被强硬而不顾历史具体语境地否定。文学投身于传播政治意识形态是否一定是对文学自身的损害？文学是否应该取得审美价值和社会价值的平衡？正如赵学勇所强调的，"文学到底是一种文化消费品，还是一种与民族命运联系在一起的精神活动？文学活动到底是作家个体行为，还是一种与大众的命运联系在一起的事业？到底是作家的文学才华重要，还是体验和正视现实的生活重要？到底是大众的接受重要，还是在形式上的花样翻新重要？这些问题都关乎文学存在的根基"[①]。

探讨延安戏曲改革中文学与政治的问题，就不能不追问知识分子在这样一次文学实验活动中的作用。以往的研究将知识分子定格为"思想改

---

① 赵学勇：《延安文艺的大众化：历史实践与当代启示》，《中国社会科学报》2012 年 5 月 28 日。

造"的姿态,周扬、张庚的陈述中,知识分子表现出的是"放下臭架子,甘当小学生"的诚恳;而在新时期以来的研究中,知识分子的改造是在政治威权压迫下的被动之举。

在延安时期,知识分子作为一个整体性的阶层接受思想改造,这是无可争辩的历史事实。但问题之一在于,经历过思想改造的知识分子是否彻底丧失了主体性,失去了自我言说的能力?"作为这些战争的好些领导者、参加者的知识分子们,也在现实中为这场战争所征服。具有长久传统的农民小生产者的意识形态和心理结构,不仅挤走了原有那一点可怜的民主、启蒙观念,而且这种农民意识和传统的文化心理结构还渗进了刚学来的马克思主义思想中。"① 李泽厚的这一判断显然是不能成立的。"无论现实与历史有多大距离和如何不同,它仍包含有无法排斥的过去的某些东西。所以,尽管现代中国知识分子抛弃了大量遗产,但他们还是从遗产中接受了现代没有或无法抛弃的东西。实质上,从儒学统一性大厦赖以建立的智力自信和职业优越这一基本原则中派生出来的社会责任心和使命感,也仍然是现代中国知识分子生活的主要目的之一。"② 何况,在延安戏曲改革中发挥重要作用的文艺工作者不仅是经历了思想解放的现代知识分子,更是在政治恐怖下奋起抗争,怀抱着革命信仰来到延安的大无畏者,让这样一批时代精英在短时期内彻底"缴械投降",其可能性需要深入分析。

关于知识分子的问题之二在于:在延安戏曲改革中,知识分子对自我的认知努力地从"化大众"的启蒙者向"大众化"的学习者转变,这一思想改造的过程是心悦诚服的主动追求,还是被动的无可奈何?这个问题的回答关系到对整个20世纪中国文学大众化思潮的价值认知。五四新文化运动提出"人的文学""平民文学",意在唤醒民众,改造"国民性",20年代的革命文学以及左联作家更是鲜明地提出"文学大众化"的理想追求,但都无法打破文学与民众的巨大隔膜,知识分子陷入了无物之阵的困境。毛泽东适时地提出了将知识分子的立足点转移到工农大众的立场上来,提供了打破这一僵局的思路,使"文学大众化"在延安时期真正落到了实

---

① 李泽厚:《启蒙与救亡的双重变奏》,《中国现代思想史论》,生活·读书·新知三联书店2008年版,第32页。
② [美]格里德尔:《知识分子与现代中国》,单正平译,南开大学出版社2002年版,第1—2页。

处，在理论建设和实践展开方面都取得了前所未有的突破。对于知识分子而言，将文学实用化，直接实现文学的物质性功用，既满足了知识分子经世济用的精神追求，又解脱了知识分子在战争处境中"百无一用是书生"的角色困窘。可以说，在延安戏曲改革的文学大众化追求中，官方、知识分子、民间达成了合作与共赢。至于知识分子精神定位的不断下移，要放在新中国成立以后的历史环境中予以解读了。

  大众化是20世纪中国文学最重要的经验，但这一潮流在当下的文学创作中变得面目模糊、指向不明。一方面，精英文学日益自我封闭，无法与广大民众发生联系，更遑论社会影响；另一方面，大众文化迅猛发展，成为民众最主要的娱乐产品，但必须指出的是，受消费语境的影响，一些作品缺乏严肃的精神追求，深切的人文关怀，甚至出现了诸多封建意识的沉渣泛起，这样的文化看似贴近了大众，但无益于文学，也无益于人民。习近平总书记指出"当高楼大厦在我国大地上遍地林立时，中华民族精神的大厦也应该巍然耸立"[①]。21世纪的中国在建设物质文明的同时，更要着力建设精神文明，要继承20世纪文学大众化思潮中知识分子对社会、对人民秉承的使命感责任感，学习文学大众化中以民族化和现代化为两翼的策略和精神实质。可喜的是，随着国家整体实力的增强，人民文化水平的提高，大众化有了更好的社会环境，达到了鲁迅先生当年所期待的"若是大规模的设施，就必须政治之力的帮助"[②]。文学大众化必将有着更广阔的发展前景，这是文学之幸、也是人民之幸。

（原载《长江学术》2016年第4期）

---

① 习近平：《在文艺工作座谈会上的讲话》，《人民日报》2015年10月15日。
② 鲁迅：《文艺的大众化》，《鲁迅全集》第7卷，人民文学出版社1981年版，第350页。

2015—2016 年延安文学研究的进展与趋势

王俊虎[*]

2015—2016 年的延安文学研究在学理上进一步深化，研究领域与范围进一步拓展，研究者普遍看重历史场域对于还原和审视延安文艺的重要性，特别关注相应时期知识分子的思想改造、《在延安文艺座谈会上的讲话》与马克思主义文艺理论的中国化、延安时期文艺生产机制的形成、延安文艺的意识形态属性及其与社会主义文化之间的关系等。如袁盛勇就提出了延安文艺的大传统与小传统问题，并把延安文艺置于社会主义中国的文化发展历程中来解读和审视，认为在当代和未来中国，延安文艺作为一种非常重要的红色文化，在当代中国文化的建构上，它理应具有更加广泛、生动和深刻的认知价值与历史人文意义。[①]还有学者对于延安时期产生的重要文学现象如"赵树理方向"进行细致考辨，深刻地揭示了过去多年诸多学者对于理解"赵树理方向"与《讲话》之间关系的错位与误读原因，进而指出，《讲话》并不是如过去人们理解的是一本单纯的文艺学或美学文献，而是一种以文艺为名的文化政治实践。[②]凡此种种，均推动了延安文艺研究的纵深发展，这些研究凸显了延安文艺的当下价值及如何更好地提炼延安文学包蕴的中国智慧与中国经验。当然，怎样挖掘延安文学的广泛、生动和深刻的认知价值与历史人文意义，需要后来的学者们持续追踪与继续探究。本文从延安文学与《讲话》、马克思主义中国化、民俗方言、本体论、作家作品等方面对 2015—2016 年度延安文学研究的概况与特色加以鸟瞰式梳理并进行述评，难免挂一漏万，还望方家指正。

---

[*] 作者单位：延安大学文学院。
[①] 袁盛勇：《对延安文艺的重新认知》，《河北学刊》2016 年第 5 期。
[②] 李杨：《"赵树理方向"与〈讲话〉的历史辩证法》，《文学评论》2015 年第 4 期。

一　关于毛泽东《在延安文艺座谈会上的讲话》的研究

毛泽东《在延安文艺座谈会上的讲话》对延安文艺的建构、发展方向及当代文学的走向都有深远的影响，因此，研究延安文学，《在延安文艺座谈会上的讲话》是不可忽略的内容，长期受到研究者们的关注。

学术界对《讲话》的研究过去一直存在分歧，褒贬皆有，美之者认为《讲话》是马列文论的光辉篇章，是中国文艺发展走向的指南针；贬之者则认为《讲话》戕害了文艺的自由发展个性，导致新中国成立后文艺百花园一枝独秀，这种观点当然在官方媒体、正规刊物上不多见，但是在一些学者的会议发言、茶余饭后还是有一定传播空间的。如何对待《讲话》，至今仍是一个需要理性、科学的问题。随着历史车轮的不断前进，研究者们不仅能越来越客观和公正地对待《讲话》，而且也能够从当下视角去看待《讲话》的启示意义与价值。

杨向荣从中国传统文化、中国现代文论话语、马克思主义文论中国化及延安政治文化语境等多个方面对《在延安文艺座谈会上的讲话》进行了透彻的分析，指出《讲话》整合了时代、语境和理论等多重理论话语，呈现出一种复调的审美文艺观。[1] 从多维视角将中国传统思想文化、五四以来的文艺话语、马克思主义文论话语和中国的政治文化语境有机地结合起来审视和研究《讲话》，视野更加宏阔，具有相当的说服力。

沈金霞从《讲话》中看到了文艺党性和人民性的统一，认为站在中国特色社会主义文艺发展的新起点上，面对文艺界的新情况、新问题，《讲话》关于文艺要坚持党性和人民性的思想仍然具有深刻的启示作用。[2] 卢燕娟从中日战争中全民族文化反思和重构的历史视野出发，重新讨论延安文艺座谈会前后，延安文艺语言风格所发生的转型，揭示这一转型并非单纯的语言风格、表达习惯的变更，而是呼应着中国现代文化转型与文化权力重构而出现的带有历史本质性的文化问题。[3] 她认为语言风格的转变，

---

[1] 杨向荣：《复调语境中的〈在延安文艺座谈会上的讲话〉》，《文学评论》2015年第6期。

[2] 沈金霞：《坚持文艺党性和人民性的统一——重读毛泽东〈在延安文艺座谈会上的讲话〉》，《湖南科技大学学报》（社会科学版）2016年第1期。

[3] 卢燕娟：《从文艺腔到工农兵语言——延安文艺座谈会前后语言风格转型再讨论》，《首都师范大学学报》（社会科学版）2015年第5期。

其实质也是文艺人民性与通俗化的表现之一。

李杨详细考证了"赵树理方向"形成的真实路径,解构了以往学者关于赵树理写于1943年的《小二黑结婚》等小说是受《讲话》影响的错误观点。赵树理由于对贯穿《讲话》的"经"与"权"的历史辩证法缺乏深入的理解,在处理"政治"与"政策"、"普及"与"提高"、"为工农兵服务"与"为农民服务"等诸多关系时都遇到了无法克服的困难,导致其最终成了中国左翼文坛上极具悲剧色彩的人物。对赵树理与《讲话》之间进行辩证的相互观照,使读者得以重新思考和理解《讲话》这一现代性方案的文化政治意义。李杨认为,《讲话》并不是如过去很多学者包括周扬或"赵树理们"理解的,是一本单纯的文艺学或美学文献,而是一种以文艺为名的文化政治实践。① 作者通过探讨延安时期代表性作家赵树理的文学道路与《讲话》之间错综复杂的关系,为我们深刻理解"赵树理方向"、"赵树理现象"、"赵树理道路"及《讲话》提供了新的视角与思路。孙国林②运用历史辩证的视角及对大量资料的收集与整理,较为细致地对延安文艺座谈会的细节与花絮进行了梳理,对于还原当年文艺座谈会的历史现场大有裨益。

部分学者挖掘了《讲话》对当下文学与文化的启示意义。杨琳③从主体论、方向论、价值论三个维度生成的具有中国情怀的文化美学角度考察《讲话》中文化与工农兵大众审美主体的嵌入方式,解释当代文化美学的建构模式,并提炼出《讲话》的当代价值。丁国旗、包明德④围绕"文艺要表现时代文化精神"这一主题,阐释了《讲话》对于当下文艺理论与创作实践的启示意义。杨帆⑤通过对原始资料的钩沉,以《讲话》作为影响东北解放区文学的主线,从历史的视角对东北解放区的通俗小说走向进行研究,真实地呈现了当时在解放区新文学蓬勃发展的情况下时代政策对通俗小说的影响,并探求通俗小说对于解放区文学的意义和所承载的历史使命,丰富了解放区文学的研究内容。

---

① 李杨:《"赵树理方向"与〈讲话〉的历史辩证法》,《文学评论》2015年第4期。
② 孙国林:《延安文艺座谈会的细节与花絮》,《领导文萃》2015年第8期。
③ 杨琳:《文化美学与中国情怀——论〈在延安文艺座谈会上的讲话〉的当代价值》,《湖北民族学院学报》(哲学社会科学版)2015年第6期。
④ 丁国旗、包明德:《文艺要表现时代文化精神——再论毛泽东〈在延安文艺座谈会上的讲话〉的当下启示》,《社会科学家》2015年第7期。
⑤ 杨帆:《东北解放区小说通俗化的理论号角——〈在延安文艺座谈会上的讲话〉的光辉指引》,《边疆经济与文化》2016年第11期。

有些学者从比较视域将1942年的文艺座谈会与新时期的文艺座谈会进行多角度和多层次的分析比较,从中获得建设新时代社会主义文化的启示意义。赵炎秋将《讲话》与习近平《在文艺工作座谈会上的讲话》进行对比分析后认为两次"讲话"的侧重点是不同的,认为毛泽东重视普及与提高的问题,强调普及;习近平则强调文艺精品是推动文艺繁荣发展的关键,但一些结构性矛盾阻碍着优秀文艺作品的产生,只有化解这些结构性矛盾,才能多出文艺精品。所谓结构性矛盾,一是经济价值与精神价值之间的矛盾,化解这两者之间的矛盾,关键在于提高作为个人的欣赏者的欣赏品位和文艺修养、科学并准确地评判文艺精品的价值且保证其能够获得适当的经济收入。二是一元和多元的矛盾。文艺为人民服务,但人民不是抽象的,是由具体的个体组成的。化解这一矛盾的关键在于首先要提倡创作自由,不要给作家艺术家多加束缚。其次是政府要真正树立执政为民的理念,将自己的利益融合在人民的利益之中。①

二 延安文学与马克思主义中国化研究

马克思主义中国化的过程需要一定的历史契机。在抗战时期,延安文学就是马克思主义文艺理论中国化的具体实践形态。敖叶湘琼、谭元亨认为从抗战时期延安文艺工作与马克思主义大众化的关系演变中,不难发现,要实现文艺工作有效推进马克思主义大众化,文艺工作就必须实现与马克思主义大众化的有机整合,发展为马克思主义大众化的具体实践形态。这也就表明共生才是文艺工作与马克思主义大众化的关系实质。②

刘润为在《迎接中国化马克思主义文艺理论的春天》③ 一文中认为,习近平总书记讲话既是毛泽东《在延安文艺座谈会上的讲话》精神的承续,又是新时代文艺实践的科学总结,不仅为发展社会主义文艺事业提供了新的指导思想,也为改进高校文艺理论教学指明了方向。作者认为广大文艺工作者如果能够认真贯彻总书记讲话精神,抓住机遇、创造性地开展

---

① 赵炎秋:《重视普及与呼唤精品——读毛泽东〈在延安文艺座谈会上的讲话〉和习近平"在文艺工作座谈会上的讲话"》,《中国文学批评》2015年第2期。
② 敖叶湘琼、谭元亨:《抗战时期延安文艺工作与马克思主义大众化的关系演变》,《广西社会科学》2015年第11期。
③ 刘润为:《迎接中国化马克思主义文艺理论的春天》,《文艺理论与批评》2015年第1期。

工作，文艺界必将迎来"马克思主义文艺理论的春天"。周维东则把"新民主主义"文化理论的形成与延安文艺联系起来，认为要追踪《讲话》的理论基础就必须回到"新民主主义"文化理论。"新民主主义"文化理论本身就是马克思主义中国化的具体表现。"新民主主义"是"三民主义"在抗战时期的发展，同时又是共产主义在中国实现的第一阶段目标。新民主主义理论在处理"三民主义"与"共产主义"的关系上，采用了"时间压倒空间"的策略，消解了"三民主义"与"共产主义"之间的内在分歧。他认为在看待延安文艺相关问题上应该重视"新民主主义"文化理论产生的复杂背景即"域外语境"。域外语境（抗战时期的国统区与沦陷区）对于长期处于弱势地位但却心怀天下的共产党（解放区）来说有着重要的意义，他们必须不断调整与"域外"的联系，并能够将对"域外"的反应迅速内化在自己的施政纲领和理论创造中。①

2015—2016 年博硕士学位论文涉及延安文学与马克思主义中国化研究的共有四篇。敖叶湘琼将研究目光主要放在延安时期马克思主义大众化的文艺路径生成上，作者认为"延安时期马克思主义大众化得以获得瞩目的成绩，很大程度上就在于这一阶段中共采取了多种路径的原因，文艺是其中之一"②。作者从历史发展层面对延安时期马克思主义大众化文艺路径的生成问题进行探讨，以期完善人们对于延安时期文艺推进马克思主义大众化的认识，进而从中提取有益的经验启示。邓宁认为"典型理论作为一个舶来品。当它从本土移位到异地，在新的环境之下，自然会与异地的文化产生激烈的碰撞，从而发生变形，成为带有某一地域色彩的理论"③。作者主要通过分析鲁迅、瞿秋白、周扬、胡风、毛泽东、蔡仪这几位极具代表性的人物对马克思主义典型理论的接受、运用，梳理出一条比较清晰的马克思主义典型理论在中国传播、发展的路线，从而揭示出马克思主义典型理论在中国的发展路线，并挖掘出典型理论作为一种话语在历史语境与政治之间的辩证统一关系。

---

① 周维东：《抗战文学的分野与联动——新民主主义文化理论的形成与战时区域政治》，《北京师范大学学报》（社会科学版）2015 年第 3 期。

② 敖叶湘琼：《延安时期马克思主义大众化的文艺路径生成研究》，博士学位论文，华南理工大学，2015 年。

③ 邓宁：《1950 年以前马克思主义典型理论在中国的传播》，硕士学位论文，陕西师范大学，2016 年。

三 延安文学与陕北民俗方言研究

延安时期，在《在延安文艺座谈会上的讲话》发表之前，文艺工作者就已经注意到了从民间文艺中汲取素材与营养。《讲话》的发表使文艺工作者对陕北民俗方言及民间文艺的重视和学习出现了由自发到自觉的转变。

韩伟在《革命文艺与社会治理：以延安时期新秧歌运动为中心》中认为新秧歌社会作用的发挥，得益于中国共产党的新文艺政策，得益于根据地文艺工作者与人民群众的集体智慧，也与秧歌自身的文艺特质有关。[1]作者不仅对新秧歌运动兴起的背景、新秧歌中的社会动员与治理及新秧歌运动发挥社会功能的原因做了探析，而且对文艺的政治功能与社会效用进行了深度的思考。韩伟以社会史的视角，采用"质性社会学"的研究取向，利用当时报纸、期刊及新见档案史料，在国家社会关系的视角下，侧重分析"新秧歌"在社会动员、社会改造及广义的社会治理中的作用，并试图阐释这一作用得以发挥的内在原因。他认为秧歌的大众化，实际是要求其语言、舞蹈等艺术表现形式更符合老百姓的审美需求。大众化的表现之一就是语言，必须要用地方民众熟悉的语言来表演，才能更好地服务于革命的需求。

白振有认为欧阳山的《高干大》在人物语言、叙述语言中使用了延安方言，而延安方言的使用实践了文学语言的通俗化与大众化、强化了小说的地域文化色彩、对塑造人物形象起了不可替代的重要作用。[2] 白振有在另一篇论文《论延安时期秧歌剧对陕北方言资源的运用》指出，陕北方言的使用满足了受众的期待视野，有利于观众对秧歌剧的接受，促进了秧歌剧及延安文学语言的通俗化与大众化，陕北方言在塑造人物形象、增强作品地域风貌等方面也发挥了不可替代的作用。[3]

延安时期，文艺工作者除了在文学创作中引入陕北方言之外，对陕北

---

[1] 韩伟：《革命文艺与社会治理：以延安时期新秧歌运动为中心》，《人文杂志》2016年第5期。

[2] 白振有：《论欧阳山〈高干大〉对延安方言的运用》，《延安大学学报》（社会科学版）2015年第1期。

[3] 白振有：《论延安时期秧歌剧对陕北方言资源的运用》，《咸阳师范学院学报》2016年第1期。

民间艺术的整理和研究也用力甚勤。石娟娟站在一名专业音乐者的角度对革命战争时期延安民间音乐出版物进行了整理与研究，她认为，延安民间音乐出版物为民族音乐学做出了突出贡献，而且那一时期的研究成果至今对民族音乐学发展还具有重要的指导意义，也是民族音乐教学的主要内容。① 刘满平认为陕北剪纸艺术的大发展是延安文艺座谈会和《讲话》发表后，文艺工作者与工农兵密切结合，为实现党的新文艺方针所取得的重大收获。陕北剪纸在特殊的历史背景下被赋予了崭新的时代内容，展现了鲜活和旺盛的艺术生命力，从艺术实践上实现了文艺民族化与大众化，对于今天我国文化产业的支柱化发展颇具启示意义。②

四 延安文学本体研究

延安文学本体研究包括对"延安文学"的现代性、民族性、时代性、奖励制度、命名、地域范围、起止时间、性质的重新界定；研究的现状与深化的可能；延安文学的内外部研究等。新世纪以来，越来越多的有识之士意识到延安文学的独特性、重要性和现代性。这种强调显然不同于20世纪40—70年代因为政治形势、政治权威等"外力"因素才抬高延安文学使之成为一门"显学"，而是有着学理层面的需求和本体论的意义。

赵学勇、张英芳认为，延安文学所追求的现代性是包含着民族性的现代性，延安文学所确立的民族性是内含着现代性的民族性，民族性塑造着现代性，现代性目标又深化着民族性的诉求，二者之间是一种双向沟通和对接的过程，由此构成了延安文学的双重追求：民族性与现代性并重。③ 徐明君在延安文艺的民俗学中阐释人民性，探析大众化与延安文艺的"民族形式"的来源，并对通俗化与延安文艺的"民间形式"传统进行了全面地梳理，作者认为，延安文艺的民俗形式体现了其人民性的表征，紧密联系了民众的社会生活，促进了文艺大众化目标的实现。④ 沈文慧认为，延

---

① 石娟娟：《革命战争时期延安民间音乐出版物与民族音乐学》，《出版广角》2015年第12期。

② 刘满平：《延安文艺座谈会对陕北剪纸艺术发展的影响》，《陕西学前师范学院学报》2016年第6期。

③ 赵学勇、张英芳：《延安文学：现代性与民族性的双重追求》，《厦门大学学报》（哲学社会科学版）2015年第1期。

④ 徐明君：《人民性：延安文艺的民俗学阐释》，《社会科学辑刊》2016年第4期。

安文艺为现代中国革命和文化建设提供了弥足珍贵的精神支撑和历史经验，延安文艺的时代性、人民性、民族性和创新性具有普适性和永恒性的精神内核，这些精神品质使延安文艺超越了特定历史时空，具有恒久的思想价值和艺术魅力。他认为，对时代精神的准确把握和自觉弘扬是延安文艺最重要的本质。① 李晓峰对延安文学精神的内涵、形成因素、价值以及影响等进行了多方面的论述，认为延安文学精神深深地影响了中国当代文学发展的实践，从而证明了延安文学精神的巨大价值和文学意义。②

袁盛勇以大量的文献阅读与史料收集对延安文艺的历史地位与价值等进行了重新阐发和认识，预示在当代和未来中国，延安文艺必将作为一种非常重要的红色文化，引起人们进一步关注和思考。③ 袁盛勇将延安文艺与社会主义红色文化联系起来进行思考，是对其前些年关于延安文艺民族性、党性特征研究的深化与突破。如果作者能够将延安文艺与习近平新时代社会主义文艺思想结合起来研究，有望产生更多、更丰厚的研究成果。

郭国昌④在梳理解放区文艺奖金起源的前提下，通过分析延安文艺座谈会召开前后奖励机制的变化，提出文艺奖金的设立在延安文艺体制生成过程中的建构力量。商昌宝、邱晟楠对整风前的延安文艺状况和整风后的文艺状况进行了探讨和研究，认为整风前报告文学只是初步发展，整风后则异常繁荣。作者认为，报告文学以最直观的方式展现了这种转变的发生，由此可以窥见整个延安文艺转型时期的概况。⑤ 于敏⑥从传播环境生态论的角度对延安文艺传播的环境生态，即自然地理环境、社会时代环境及媒介环境状况等方面进行全景考察，深入分析环境生态对延安文艺传播的各要素的形成与构成关系的影响，揭示了环境生态对文学传播的重要作用，这对我们今天深入认知文学传播与环境生态的关系、构建良好的文化传播环境具有一定的启迪意义。

延安文学与外国文学之间的关系也受到一些学者的关注。常海波对整

---

① 沈文慧：《论延安文艺的时代性及其现实意义》，《信阳师范学院学报》（哲学社会科学版）2015年第1期。
② 李晓峰：《延安文学精神论纲》，《宝鸡文理学院学报》（社会科学版）2015年第6期。
③ 袁盛勇：《对延安文艺的重新认知》，《河北学刊》2016年第5期。
④ 郭国昌：《奖励机制的转型与延安文艺体制的确立》，《中共党史研究》2015年第4期。
⑤ 商昌宝、邱晟楠：《由报告文学创作看延安文艺转型》，《长安大学学报》（社会科学版）2016年第1期。
⑥ 于敏：《延安文艺的传播环境生态探析》，《长江学术》2016年第4期。

风前的政策导向、鲁艺专门化办学、演大戏风潮、批判性杂文等四个方面进行了细致地梳理,认为整风前延安文艺并不存在统一的文化领导权,民主宽松的文化政策促成了外国文学作品在延安解放区的流行。与此同时,蜂拥而来的知识分子与政治领袖的思想分歧也开始日益凸显。①

郭国昌②以鲁迅、高尔基、赵树理作为解放区不同时期的革命文学旗手展开探讨,并对文学旗手的建构与延安文艺的体制化进行了思考和总结。他认为以1942年延安文艺座谈会的召开为分界线,解放区文学旗手的建构经历了前、后两个明显阶段。解放区前期文学旗手的建构以鲁迅和高尔基为中心,解放区后期文学旗手的建构以赵树理为中心。解放区前后期文学旗手的调整意味着中国共产党以毛泽东"文艺理论"为主体的延安文艺政策的形成,也表明以工农兵为核心的延安文艺体制的确立,解放区文学的发展由此走向了以"大众化"为方向的体制化。从鲁迅、高尔基到赵树理,文学旗手的调整过程既是中共的政治意识形态对作家的规范过程,也是知识分子作家融入延安文艺体制的过程。"赵树理方向"的提出以及赵树理被确定为文学旗手意味着以工农兵为主体的文艺"大众化"方向的确立,毛泽东的"文艺理论"作为中共的文艺政策开始在解放区广泛实践,并极大地影响了新中国成立后的共和国文学,解放区文学也以体制化的方式完成了马克思主义文艺理论的中国化进程。

延安文艺整风对"鲁艺"的教育体制的变革产生了深刻的影响,王江鹏认为"它使'鲁艺'在教学方针上强调文艺为人民大众服务,文艺服从于政治,从而明确了文艺的阶级属性和任务"③,延安文艺整风对"鲁艺"的教育体制的变革在中国共产党文艺建设史上具有里程碑的意义。陈思广、廖海杰注意到延安文艺座谈会之后,文艺的独立属性发生转变,作家的地位也随之位移,解放区长篇小说创作因之出现新格局,作者在这里特别分析比较了两部作品——《种谷记》和《高干大》,作者透过这两部作

---

① 常海波:《论整风前的延安文艺与外国文学》,《延安大学学报》(社会科学版)2015年第4期。
② 郭国昌:《文学旗手的调整与延安文艺新方向的确立》,《中共党史研究》2016年第11期。
③ 王江鹏:《延安文艺整风与"鲁艺"的教育体制变革》,《西北大学学报》(哲学社会科学版)2016年第6期。

品，看到了这一特别审美范式促成了十七年长篇小说审美品格的形成。[①]

李惠对"延安文学"及其相关概念源流进行了较为细致地考察，他认为研究者在延安文艺研究中应极力避免使用"延安文学"概念，因为"延安文学"概念本质上属于地域文学范畴而不能另有所指，而且这样的指称会抹杀"延安时期文学""解放区文学"等概念的时代特性与印记。[②] 他还在《试论"延安文学"命名的合理性——兼向袁盛勇教授请教》一文中，再次提出"延安文学"与"延安文艺"两个概念之间虽有交叉，但概念本身有着明晰的外延与内涵，不易混淆，互相指称。[③] 作者对于延安文学的命名这个老话题谈出了自己的理解和看法，一些观点值得关注。

五 作家与延安文学关系的研究

2015 年至 2016 年涉及作家与延安文学关系的研究论文有 20 余篇，相关的博硕士学位论文有 9 篇，在众多作家或知识分子与延安文学关系的研究中，丁玲和鲁迅又是大多数研究者普遍关注的焦点。同时，也可以看到，对作家群体与延安文学关系的研究也逐渐进入研究者的视野，比如对左翼知识分子、"鲁艺""文抗"作家群与延安文学关系的研究。

延安时期中国共产党和知识分子的关系问题，一直是一个值得关注的问题。王俊虎认为延安文学的诞生、发展、繁荣与战时背景、地域文化、政党革命有着密切的联系，同时也与知识分子尤其左翼知识分子有着不容忽视的联系。延安文学及其建构者都是中国历史、中国风格和中国气派最典范的体现者，20 世纪中国文学、文化史上的各种重大现象和问题都可以与延安文学、中国现代知识分子联系起来进行阐释。延安时期党通过对知识分子的改造，完成思想和精神的统一，确立了文化领导权。延安文学体制的成功建构与左翼知识分子的世界观、人生观、价值观以及创作心态、作品体式等均有密切的联系，左翼知识分子群体对延安文学现代性品格的

---

① 陈思广、廖海杰：《延安文艺政策与现代长篇小说新格局的形成》，《贵州师范大学学报》（社会科学版）2016 年第 5 期。

② 李惠：《"延安文学"正名及其相关概念考辨》，《北京化工大学学报》（社会科学版）2015 年第 4 期。

③ 李惠：《试论"延安文学"命名的合理性——兼向袁盛勇教授请教》，《楚雄师范学院学报》2015 年第 11 期。

生成和丰富也产生了不容忽视的作用。①

　　文学武运用比较的视角,对丁玲和陈学昭的人生道路进行系统梳理和细致比较,认为她们基本上都经历了个性主义者、同情革命的左翼文化者以及革命者这几种身份的转换。而这几种身份本身却又有着难以调和的某种矛盾,如自由、独立、尊严和集体、党性、组织的高度一元化的关系;启蒙者和被启蒙者的关系;批判者和受难者的关系。由此造成了丁玲、陈学昭一生的曲折、复杂和矛盾,成为20世纪中国革命政治文化链条中的重要一环。②刘卓将关注的视点转入丁玲整风之后的报告文学的写作之中,重点分析了被毛泽东称赞为展现了"新的写作作风"的《田保霖》。通过梳理丁玲的这一阶段创作历程来阐释"新"产生的原因,认为在这个偏离的过程中生成了一重新的关系——作为新文化的创造者与群众的关系,这构成了"新的写作作风"的真正起源。③曼红以丁玲的抗战小说为例,将民族学植入一种新的历史土壤和文化语境,从民族学的角度来探讨抗日作品的时代特色,认为抗战时代虽已过去,但是值得反复书写,不论从国家、民族利益的价值体系,还是从人类自身在那个特殊的时代产生的作品中"生存""道德"与"民族"的观念来研究民族史,尊重生命、爱好和平对于当下更有深刻的意义。④杨秀明通过对一手资料的收集与整理,对萧军描写回族的原因和准备工作做了详细的研究,认为萧军所喜爱的回族的"信仰的精神"与"强梁的精神"并非专属于"他者",而是萧军精神的"自我"投射。⑤

　　"文抗"和"鲁艺"是延安时期两大文人集团,而两派之间的论争不断。龚云⑥结合史料实事求是地叙述了延安时期党与知识分子的关系,特别是与文艺知识分子的关系。秦林芳将焦点聚焦于解放区前期文学中知识

---

①　王俊虎:《左翼知识分子与延安文学体制建构》,《宝鸡文理学院学报》(社会科学版) 2015年第5期。
②　文学武:《女性·革命·炼狱——丁玲、陈学昭人生道路比较》,《文艺争鸣》2015年第2期。
③　刘卓:《"新的写作作风"——探讨丁玲整风之后的报告文学写作》,《中国现代文学研究丛刊》2016年第1期。
④　曼红:《丁玲抗战小说的时代特色》,《社科纵横》2015年第7期。
⑤　杨秀明:《论延安时期萧军的个性化回族叙事——基于萧军日记和创作笔记》,《延安大学学报》(社会科学版) 2016年第1期。
⑥　龚云:《延安时期党与知识分子的关系》,《红旗文稿》2015年第11期。

分子的自我批判上，由于知识分子的自我批判单一地以可见之"用"作为标准，因此会发生知识分子价值立场偏移的倾向，而这种倾向在作者看来"是与当时解放区政治、思想文化界的主流认知相抵牾的，但稍后却又为解放区后期文学中知识分子改造问题的表现提供了历史的关联和线索"①。程鸿彬运用大量的史料对"文抗"和"鲁艺"两大文人集团之间的观念分歧做了剖析，认为在延安文艺座谈会召开前夕，两派文人围绕着"写什么"和"怎样写"展开了一场激烈论争。这场论争并非肇因于意气用事或宗派纠纷，而是存在着深层次的观念分歧。在此后的当代文学进程中，类似的观念分歧仍然反复显现，以致衍化为体制化文学语境中无从化解的悖论。②赵卫东从史料入手，以时间为经、关系为纬，重新梳理延安文人关系演化的方式与过程，对延安文人的宗派主义问题及其原因做出了较为客观的分析。③

鲁迅生前虽未曾到过革命圣地延安，但并不意味着他对延安没有发生影响，恰恰相反，其精神在延安大放光芒。宋颖慧的《延安文艺报刊中的"鲁迅"及其传播》④便是对鲁迅精神为何能"魂游天下"，甚至是在相对封闭的延安进行传播的最好阐释，作者还对"鲁迅"的文化领军地位在整风之后逐渐被取代的原因作了客观的说明。对鲁迅思想的研究绕不开何干之，这正如研究延安文学绕不开毛泽东《在延安文艺座谈会上的讲话》一样，康桂英⑤正是站在这一视角上，对何干之对鲁迅的研究做了详尽的阐发，从而也为研究鲁迅提供了借鉴和启示。任毅不仅对中国共产党推崇对鲁迅的表面原因——出于政治和战略的目的进行分析之外，还对更深层次的原因进行了深刻的阐述，同时指出，文化研究需要吸取历史教训，不能只看到表面的研究现象。⑥赵志强通过对延安时期文艺领域"党化"鲁迅

---

① 秦林芳：《论解放区前期文学中知识分子的自我批判》，《文学评论》2016年第5期。
② 程鸿彬：《延安两大文人集团"文抗"与"鲁艺"的观念分歧》，《东岳论丛》2015年第10期。
③ 赵卫东：《延安文人的宗派主义问题考论——以鲁艺和文抗为中心》，《中国现代文学研究丛刊》2015年第3期。
④ 宋颖慧：《延安文艺报刊中的"鲁迅"及其传播》，《延安大学学报》（社会科学版）2016年第1期。
⑤ 康桂英：《延安时期何干之对鲁迅思想的研究》，《湖南人文科技学院学报》2016年第4期。
⑥ 任毅：《"鲁迅"：毛泽东时代的文化符号》，《福建论坛》（人文社会科学版）2015年第6期。

的各种努力的辨析，认识延安文艺战略布局下"鲁迅"作为一个符号具有的特殊意义，并以此深入了解中共文艺政策形成的内在逻辑。① 王川霞以冯雪峰对鲁迅传统的官方化建构为主线，在展现冯雪峰与鲁迅交往的基础上，深入探讨了冯雪峰在平衡鲁迅与党之间关系时所采取的策略与方法，以及由此体现出的冯雪峰在对待文学与政治关系时所秉持的态度。② 作者通过冯雪峰对鲁迅传统官方化的建构的具体案例出发来探寻文学与政治的关系。

综上所述，近两年来的延安文学研究涉及延安文学的命名、价值、创作主体、文艺奖励机制、陕北民间民俗、理论资源等各个方面，从方法论上有跨学科、平行比较、文献查阅和实证研究等方法，为延安文学的研究提供了丰富的研究范例，一定程度上体现了延安文学的学术价值和学术增长空间。当然，在诸如确立延安文学的文学史地位等方面，现有的研究与文学史著作显然还应该进一步探索与深化。文学史研究的目的并不仅仅在于揭示文学艺术发展的脉络与走向，还需要展示和呈现出文学发展过程中繁复曲折的复杂性与丰富性，凭借单一标准来界定延安文学的价值和确立其文学史地位的做法都是不合理的。中国现代文学史是一个从发生到发展，再到渐趋完善的过程，延安文学的本质特征在以往的学术研究中逐渐凸显出来，关于延安文艺的内部研究如延安文艺本体研究、作家作品研究等已取得了显著的成果，但外部研究还有待深化，例如延安文艺与苏区文艺、左翼文艺、五四新文学、当代文学之间的流变规律；延安文学与中国传统文化、古代文学的承传与变异；延安时期如何使五四文学成功转型；"延安道路"的现代性；延安文学体制建构与陕北本土文化之间的关系；延安时期党对于知识分子的"有机化"改造；延安文学与新时代社会主义文化等问题还需在今后的延安文学研究中进一步加强。

---

① 赵志强：《延安文艺战略中的鲁迅存在》，硕士学位论文，延安大学，2015年。
② 王川霞：《文学与政治之间——冯雪峰与鲁迅传统的官方化建构》，博士学位论文，苏州大学，2016年。

第二篇　访谈与对话

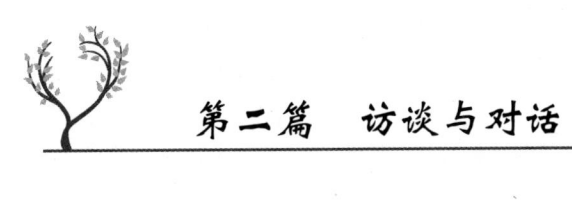

被颠倒的历史的再颠倒
——访《延安文艺大系》总主编刘润为

刘润为[*]

2015年是延安文艺运动发起80周年。一些长期从事延安文艺研究的学者与湖南文艺出版社携手推出了《延安文艺大系》。《延安文艺大系》总主编、《求是》杂志原副主编刘润为先生在接受本刊记者尹江伟的采访时，就出版此书的意义、革命文艺的产生、发展、基本性质及其对于繁荣社会主义文艺的借鉴作用等问题，做了比较全面的阐述。

问：刘老师，今年是延安文艺运动发起80周年。听说您主编了一部《延安文艺大系》，能否说一说出版这部书的意义？

答：首先必须说明的是，这部书的主要工作是湖南文艺出版社的同志们做的，尤其是责任编辑徐应才同志。我和中国红色文化研究会的其他同志只是做了一些服务性的工作。把我安排为总主编，其实有点贪天之功以为己有的味道，但是湖南文艺出版社的同志坚持这样做，没办法。说到这部书的意义，我以为它不仅是特定时期文艺史料的汇编，更是一种震古烁今的时代精神的载体；不仅是一座煊赫辉煌与骄傲的丰碑，更是人们获取智慧与勇气的启示录。其间蕴涵的全部伟大意义，必将在创造新的历史的伟大进程中引人入胜地展开。

问：这样说有些太笼统，您能否展开来说？

答：这要从人民的文艺权利问题说起。大家都知道，恩格斯在《马克

---

[*] 作者单位：《求是》杂志社。

思墓前的讲话》中指出:"正像达尔文发现有机界的发展规律一样,马克思发现了人类历史的发展规律,即历来为繁芜丛杂的意识形态所掩盖着的一个简单事实:人们首先必须吃、喝、住、穿,然后才能从事政治、科学、艺术、宗教等等。"[1] 生产这些直接的物质生活资料的,不是别人,正是最广大的劳动人民。没有人民从事艰苦劳动这个基础,任何文艺的产生和发展都是不可想象的。人民在从事劳动生产的同时还创造了大量文艺作品和文艺半成品,如著名的《弹歌》:"断竹、续竹、飞土、逐肉",就是上古劳动者的逸响绝唱;经典诗篇《木兰辞》的问世,固然离不开文人的加工,但是起码百分之七十的功劳应当归于人民群众的原始创作。综观整个文艺活动的系统,可以明确地得出这样的结论:人民是文艺的第一创造者。既然如此,人民应该成为文艺的主人。然而,在剥削阶级统治的旧中国,基本的文艺资源却被少数富人、贵人所占有,人民不仅被剥夺了文艺表现的权利,而且被剥夺了文艺享受的权利,这无疑是对于历史的颠倒。

对于这种颠倒,自古以来都不曾停止过质疑、不平甚至不同程度的抗争。比如,白居易曾经主张把人民的疾苦作为创作的对象("唯歌生民病"),并且尽量让自己的诗歌通俗化;刘禹锡甚至接触到劳动造成艺术的社会真实("美人首饰侯王印,尽是沙中浪底来");郑板桥则公开声明:"凡吾画兰、画竹、画石,用以慰天下之劳人,非以供天下之安享人也。"但是这些古代士大夫的议论,还远不能说是把立足点移到了人民一边,而仅仅是对人民的不平境遇有几分恻隐之心或人道情怀而已。五四新文化运动期间,陈独秀、胡适等上承梁启超的"三界(诗界、文界、小说界)革命",举起"文学革命"的旗帜,号召"推倒雕琢的阿谀的贵族文学,建设平易的抒情的国民文学",为在文艺领域动摇封建贵族的统治做出了基础性贡献。不过这里所说的国民,主要是指资产阶级、小资产阶级特别是他们的知识分子。在中国,真正把劳动人民置于文艺主人公地位的,是觉醒的劳动人民自己,是觉醒的劳动人民的代表——中国共产党。

问:您能否谈一谈中国共产党早期对这一问题的探索?

答:好吧。应当说,早在中国共产党自成立之初,即在着手解决中国

---

[1] 《马克思恩格斯选集》第3卷,人民出版社1995年版,第776页。

社会问题的同时，紧密团结左翼文艺阵营，努力用马克思主义的唯物史观和文艺理论解决中国的文艺问题。

从理论上说，李大钊早在1923年1月就指出："无论是文学，是戏曲，是诗歌，是标语，若不导以平民主义的旗帜，他们决不能被传播于现在的社会，决不能得群众的讴歌。"① 很明显，李大钊所提倡的是劳动大众的平民文学，而非五四时期一般意义上的城市资产阶级、小资产阶级及其知识分子的文学。此后，瞿秋白、邓中夏、恽代英、萧楚女等则通过《中国青年》提出"新诗人须从事革命的实际活动"，主张用文艺唤起工农的阶级觉悟和革命勇气，强调"现在还没有进煤窑的文学家""是文学家的耻辱"。在1928年开始的革命文学论争中，郭沫若倡导文学青年"到兵间去，民间去，工厂间去，革命的漩涡中去"。成仿吾呼吁"以农工大众为我们的对象"。左联成立以后，在关于文艺大众化的讨论中，瞿秋白倡导革命文艺工作者"向群众去学习""给大众服务""养成群众的新的习惯"，"表现革命的英雄，尤其要表现群众的英雄"。在苏区中央政府领导教育和文艺工作期间，瞿秋白更是告诫革命文艺工作者切勿闭门造车，要向高尔基学习，到生活中去，到斗争最尖锐的地方去，与群众联系，创作群众容易听懂、看懂的艺术。② 中国文化革命的主将鲁迅，则最早提出文艺工作者改造世界观的问题。他说："我以为根本问题是在作者可是一个'革命人'……从喷泉里出来的都是水，从血管里出来的都是血。"正是出于这样的自觉，他敏锐察觉到自己的"灵魂里有毒气和鬼气"，所以"月月，时时，自己和自己战"，并且"从别国窃得火来"③，"煮自己的肉"。

从创作上说，国统区的革命文艺工作者在中国共产党的领导下，顽强地推进革命文艺运动，创作出了一些具有历史主动性的工人、农民形象。如田汉于1925年创作的话剧《顾正红之死》，五卅运动为题材，热情讴歌了中国工人阶级反抗帝国主义压迫的不屈精神。蒋光慈于1930年创作的长篇小说《田野的风》（原名《咆哮了的土地》），以大革命前后农村复杂的社会现实为背景，反映了广大农民在中国共产党的领导下挣脱反革命封建势力的桎梏、掌握自己命运的英勇斗争。其中对于贫苦农民王荣发走上革

---

① 李大钊：《平民主义》，《李大钊文集》第4卷，人民出版社1999年版，第245页。
② 参见李伯钊《回忆瞿秋白同志》，《人民日报》1950年6月18日。
③ 按：指翻译马克思主义著作。

命道路的心路历程的描写，尤其符合人物的性格逻辑和生活逻辑，表现出了较大的思想深度和意识到的历史内容。叶紫的短篇小说集《丰收》，将主要笔墨集中于他的家乡洞庭湖滨，描写了旧中国农村的深重苦难和广大农民中蕴藏的火山一样的革命力量，揭示了人民革命取得最终胜利的历史必然性，被鲁迅誉为回答压迫者的战斗文学。在中央苏区，中国共产党则积极推动人民文艺运动，于举国肃杀之中开辟出了一块花团锦簇的文艺胜地。戏剧是苏区文艺中最为鲜艳的花朵。各种剧团、剧社、俱乐部遍及部队和城乡。如毛泽东搞过调查的兴国县长冈乡，就成立了四个俱乐部，每村一个，每个俱乐部里都有新戏。戏剧工作者根据革命斗争需要，编演了《父与子》《破牢》《松鼠》《活菩萨》《武装起来》等反映革命斗争生活、深受广大军民欢迎的作品，从而与国统区的左翼戏剧运动形成相互呼应之势。与争奇斗艳的戏剧相映生辉的是人民群众的山歌创作。唱山歌是苏区人民的悠久传统。自从中国工农红军在这里建立根据地以后，山歌的格调便为之一变，成为人民群众抒发新的感觉、愿望和激情的有效形式。"山歌不打不风流，共产不行不自由。行起共产郎先去，唱起山歌妹带头。"正是在这些歌声的激励下，兴国县曾在三天之内组建起模范师、工人师、少共师三支红军队伍，因此留下了"一首山歌三个师"的千古佳话。

　　从1921年中国共产党成立到1935年党中央和红一方面军到达陕北，这一时期党所领导的革命文艺运动，是划破暗夜的曙光，是冰天雪地中报道春天的一簇寒梅，是人民争夺文艺的威武活剧的序幕。14年的艰难奋斗，为人民文艺积累了作家作品、实践经验和理论创新的基石。但是，那一时期的人民文艺毕竟还处于初始阶段，局限和不足是不可避免的。在国统区，尽管中国共产党发出了到实际斗争中去的号召，但是，由于国民党反动派疯狂进行文化围剿，革命文艺工作者受到禁锢、压迫，甚至惨遭杀害，致使革命文艺运动未能与实际革命斗争紧密结合在一起。在这种情况下，无论革命文艺工作者多么热切地想去表现工农、服务工农，进入创作过程以后也必然会遇到难为无米之炊的困窘。茅盾在总结《子夜》描写工人失败的教训时深有体会地说："由于我们生长在旧社会中，故凭观察亦就可以描写旧社会的人物。但要描写斗争中的工人群众则首先你必须在他们中间生活过；否则，不论你的'第二手'材料如何多而且好，你还是不能写得有血有肉的。"至于中央苏区，才仅仅存在7年，而且是异常艰难危厄的7年，几乎每天要面对国民党反动派的经济封锁和军事围剿，这就决定苏区文艺不可能形成大规模的有深度的运动。在理论上，早期共产党人虽然做出了宝贵探索，但是那些成果还不可能实现对于文艺运动的全面、有力的指导。从主观上说，不少革命文艺工作者虽然信仰马克思主义，抱定表现工农、服务工农的宗旨，但是由于其世界观并未发生根本改变，小资产阶级个人主义的东西，如自我表现、自我欣赏、自我膨胀及其他小情小调，仍然潜藏在意识的深处。以这样的思想状态和情感状态去对接工农，是很难产生共振共鸣的。这种毛病，在国统区的革命文艺工作者那里似乎显得更为突出一些。

问：是不是可以说，早期探索所取得的这些成就以及产生的问题，都作为宝贵遗产和内在动力，为在延安实现人民文艺运动的巨大飞跃准备了充足的条件？

答：您说得很对，确实是这样。但是这些成就和问题是与陕甘宁革命根据地的经济、政治等因素综合在一起发挥作用的。

抗日民族统一战线的建立，为陕甘宁革命根据地创造了相对和平的外部环境。这就使得中国共产党在集中力量投入抗战的同时，能够相对稳定地进行根据地的经济、政治建设。减租减息、调节劳资关系等法令、政令的推行，劳动互助等生产组织方式的建立，精兵简政政策的实施，军民大生产运动的开展，极大激发了社会生产力，为战胜困难、改善人民生活、争取抗战胜利奠定了物质基础。"三三制""保障人权"等民主政治的落实，使得各级政权真正掌握在工农群众手里。经济、政治上的翻身，必然要导致文化上的翻身；精神上的焕发和进取，必然要转化为文艺上的参与和创造。于是，一场大规模的深入持久的延安文艺运动便应运而生、磅礴兴起。

"时来天地皆同力"。国统区的大批革命文艺工作者纷纷来到延安，与原中央苏区、陕北革命根据地的文艺队伍胜利会师。全国各地文艺青年的不断涌入，又增添了新的生力军。所有这些，为延安文艺运动提供了坚实的人才支撑。

1935年10月，党中央和红一方面军到达吴起镇，与陕北军民举行盛大文艺联欢，由此拉开了延安文艺运动的序幕。此后，党中央指导文艺工作的文件陆续推出，各种文艺组织纷纷成立，文艺表演团体接踵奔赴抗日前线，"长征记"征稿、街头诗等大型群众性创作活动接连不断，戏剧、秧歌剧、诗歌朗诵等文艺表演令广大军民目不暇接……然而，就在延安文艺运动热火朝天、凯歌行进的时候，小资产阶级个人主义的东西又一次探出身来，顽强地表现自己、放大自己。其具体表现是：有的将30年代革命文艺运动中的宗派情绪带到延安，搞无谓的争论，甚至相互攻击；有的拒绝理论武装，认为马克思主义是束缚创作自由的绳索；有的标榜所谓独立人格，不屑于歌颂党和人民的光明，而热衷于"暴露黑暗"；有的自诩高雅，无视群众需要、脱离实际斗争，模仿"洋""大""古"，搞所谓"关门提高"；有的离开阶级分析，痴迷于"爱的呓语"；有的孤芳自赏、顾影自怜，偏爱同类、疏离工农兵，常常照自己的形象来塑造笔下的人物，因而出现了"衣服是劳动人民，面孔却是小资产阶级知识分子"这样的分裂形象。也许这篇题为《隔膜与欢乐》的散文诗，能够让我们窥测到当时的一些情形：

  多少至诚的大勇者，为要冲破这些又高又厚的重重叠叠的城墙，受伤了，"可笑"地倒下了。
  马克思就是受伤最深的一个。
  我像看见他也灰心了，也沉郁了，也失望了。
  ……

人们一看便知，在这里，作家犯了以己度人的错误，即把自己的小资产阶级感伤情绪安到了马克思的头上。凡此种种，引起广大军民和革命文艺工作者的严重不满。前方的文艺战士甚至发出质问："堡垒里的作家为什么躲在窑洞里连洞门都不愿意打开去看看外面的世界？""提高是否就是不叫人看懂或'解不了'？"很明显，倘若任由这些消极现象滋长蔓延，20年来中国共产党在文艺战线取得的斗争成果必将付诸东流，如火如荼的延安文艺运动必将半途而废。

  人民文艺运动发展到这个阶段，无论是取得的成绩还是存在的问题，都迫切需要得到理论上的回答和引导，同时也为理论回答和引导提供了各种必要的条件，于是便有了毛泽东《在延安文艺座谈会上的讲话》。

  这篇重要讲话是在中国共产党团结和带领全国各族人民争取民族独

立、人民解放的伟大实践中，在总结人民文艺运动理论与实践两个方面的成果，并借鉴世界无产阶级文艺运动宝贵经验的基础上，形成的中国化马克思主义文艺理论。它在中国第一次全面、深刻地回答了什么是人民文艺，人民文艺与整个革命事业的关系、与社会生活的关系、与文艺工作者的关系，人民文艺工作者与社会生活的关系、与革命事业的关系、与人民群众的关系，人民文艺与古代文艺、外国文艺的关系，文艺工作者思想改造，文艺批评的方法和标准，文艺队伍的团结和建设等问题，从而揭示了人民文艺的本质及其普遍联系，形成了一个完整严密而又充满发展活力的科学体系。《讲话》的诞生，是划时代的标志。它向全世界庄严宣告：数千年来被剥夺文艺权利的中国人民已经有了自己的强大理论武器，中国工人阶级、农民阶级在文艺领域已经由自在的阶级转变为自为的阶级，近百年来屡遭侵略的中华文化将在世界民族文化之林中再度崛起。

"理论在一个国家实现的程度，总是决定于理论满足这个国家的需要的程度。"[①] 在延安文艺运动面临歧路和迷茫的关键时刻，《讲话》分辨了是非、澄清了疑惑、指明了方向、给出了办法，所以它必然会像久旱之中的甘霖，唤起万紫千红的动人春色。在《讲话》精神指引下，广大革命文艺工作者积极投入文艺整风运动，随后又以意气风发的姿态奔赴抗日前线，深入火热生活，在与工农兵一起摸爬滚打中实现彼此的相知和相通，在无限丰富的生活中不断进行创作素材和思想感情的积累，于是描写军民形象、传达群众心声、深受百姓喜爱的作品如同群星一样闪烁在根据地的上空。艾青为了创作叙事长诗《吴满有》，主动住到吴满有家里，与他朝夕相处、平等交流，终于走进其生活世界和情感世界的深处。写出初稿以后，诗人又到吴满有家里当面听取意见、不断修改，直到吴满有满意为止。诗人倾心于人民的回报，就是人民对于自己作品的肯定。1944年，艾青被评为陕甘宁边区甲等模范工作者。贺敬之于1943年创作的歌词《翻身道情》，由于没有署名，一直被认为是地地道道的民歌。这一长达半个多世纪的"误会"表明，诗人经过深入陕北农民生活，已经在情感方式和语言形式上完全实现了民族化、农民化和陕北农民化。革命文艺工作者与工农兵的结合，还包括与群众文艺运动的结合。在革命文艺工作者的参

---

① 马克思：《〈黑格尔法哲学批判〉导言》，《马克思恩格斯文集》第1卷，人民出版社2009年版，第12页。

与、支持下，延安群众性文艺创作出现空前繁荣的局面，其间涌现出不少的杰出人才和优秀作品。如民间艺术家韩起祥，就是在边区文化协会的帮助下创作出《刘巧团圆》等优秀曲目，成了边区家喻户晓的明星。

概括地说，从1935年10月到1949年9月，持续14年之久的延安文艺运动，终于以科学的成体系的理论方式与自觉的大规模的实践方式，完成了对于被颠倒的历史的再颠倒，终于将中国人民推上了文艺主人的宫殿。这是扭转乾坤的历史巨变！

问：有人说，延安文艺"艺术水平低"，这个问题您是怎么看的？

答：当然，从今天来看，延安文艺中确有一部分作品显得粗糙一些，但是如果历史地来看，这种粗糙则有其不可避免的客观原因。延安文艺不是一般意义上的文艺，而是民族解放战争、人民解放战争年代的革命文艺。战争，用战争的手段去赢得民族解放和人民解放，是当时压倒一切的大局。其他各条战线、各项工作，都必须服从、服务于这个大局。革命文艺工作者是拿笔的战士，也是拿枪的战士。战事紧迫时，他们要冲上火线，与敌人进行生死的搏斗。而当他们拿起笔来时，也是要以笔为刀枪，让它迅捷地发挥团结人民、教育人民，打击敌人、消灭敌人的作用。任务的急迫和条件的限制，往往不容许他们进行精雕细刻的创作。作为文艺家，谁不钟爱自己的作品，谁不希望自己的作品成为无瑕的美玉？但是，在那样一种特定环境下，革命文艺工作者为了民族和人民的根本利益，宁可舍弃作品的精致，这是具有使命感和奉献精神的表现。我们这些享受他们当年奋斗成果的人，非但不对他们当年的忘我奋斗心存敬意，反而无端地加以指责，这难道是应该的么？与此同时，我们还应当看到，这些作品尽管粗糙，但是，无不透露出昂扬奋发的神采，无不是推动民族解放和人民解放的助力。相反，周作人等在侵略者用刺刀搭成的安乐窝中优哉游哉地炮制出来的小品文，固然精致得可以，但是，到了最危险时刻的中华民族需要这样的精致么？粗衣俗表的战士毕竟是战士，精致完美的苍蝇毕竟是苍蝇，我们应取这样的评价尺度。另一面的事实是，尽管处在那样一种异常严峻的环境中，但是，通过革命文艺工作者和广大人民群众的共同努力，仍然创造出了一大批内容与形式完美结合的经典作品。如交响乐《黄河大合唱》，歌剧《白毛女》，小说《荷花淀》《小二黑结婚》《太阳照在桑干河上》《暴风骤雨》,诗歌《王贵与李香香》,歌曲《东方红》《咱们的领袖毛泽东》《歌唱南泥湾》《山丹丹开花红艳艳》等,都以对那一时期时代精神和人民情绪的独特概括,感染着一代又一代的来者。纵观历史,任何一场文艺运动,无论规模多大、时间多长,留下来的经典作家和经典作品终究是少数。唐代古文运动和宋代散文革新运动合在一起,流传下来的也仅有唐宋散文八大家和他们的代表性作品。两相比较,延安文艺运动岂不远胜于古所云耶?更何况参加延安文艺经典创造的,还有李有源、孙万福等农民文艺家,这更是亘古未有的文艺奇观。

问:回顾、总结延安文艺运动的实践,对今天发展繁荣社会主义文艺有哪些借鉴意义呢?

答:这是一个很大的题目。在这里,我只能从三个方面简单地谈一谈。

第一,延安文艺运动不是一种独立自足的实践。经济、政治、文艺上的斗争,从来都是相互交叉、相互渗透、相互转化的。没有经济、政治上的胜利,就没有文艺上的胜利。革命文艺工作者在国统区进行了长期的不屈斗争,为什么未能形成大规模的文艺运动?就是因为那里的经济、政治不掌握在人民手里。相反,如果没有文艺斗争的胜利,也不能保障和推动经济斗争、政治斗争的胜利。没有延安文艺的辉煌,就不可能激发起"千千万万"和"浩浩荡荡",从而加快民族解放、人民解放的进程。这个道理同样适用于社会主义条件下巩固人民的文艺权利。只要有阶级和阶级斗争存在,人民的文艺权利与经济权利、政治权利一样,总是面临得而复失的危险。人民的经济权利、政治权利的丧失,必然从根本上导致人民的文艺权利的丧失;人民的文艺权利的丧失,也必然反作用于经济和政治,最终导致人民一切权利的丧失。改革开放以来,社会主义文艺有了很大发展,但也不可否认,在文艺以至整个文化领域的某些环节、某些方面,人民的权利已经被部分地甚至全部地剥夺。人民文艺的经典遭到篡改,为争取和保卫人民权利而牺牲的英雄遭到荼毒,中国共产党领导人民争取人民权利的斗争历史遭到颠覆,作为主人的广大劳动者遭到嘲弄……凡此种种,在延安时期是不可想象的。其间折射出来的经济、政治方面的消息,是颇为耐人寻味、发人深省的。要巩固人民在文艺上的主人公地位,首先必须言行一致地而非虚与周旋地坚持公有制为主体、多种所有制经济共同发展的基本经济制度，必须毫不动摇地而非忽冷忽热地坚持中国共产党领导、人民当家做主的基本政治制度。当务之急是要把巩固、壮大公有制经济落到实处，把缩小两极分化落到实处，把广大劳动者在政治生活中的主体地位落到实处。延安时期的经济基础，虽不能叫作市场经济，也是多种所有制并存的复杂经济体系，而且还有相当多的工人、农民受着地主、资本家的剥削。但是，中国共产党完全有办法让广大工人、农民当家作主，完全有办法让广大工人、农民在社会上扬眉吐气。因此，工农群众才在文艺上表现出那么强烈的首创精神，并牢牢占领了文艺阵地。这一宝贵经验，值得我们认认真真地记取。

第二，延安文艺运动在本质上是中国共产党领导的一场群众运动。人民不仅是这场运动的主导主体、推进主体、受益主体，而且是其间一切成败得失的评判主体。这是延安文艺运动健康发展的根本保证。20世纪五六十年代之交，毛泽东在读苏联《社会主义政治经济学》的谈话中，进一步深刻指出："社会主义民主的问题，首先就是劳动者有没有权利来克服各种敌对势力和它们的影响的问题。像报纸、刊物、广播、电影这类东西，掌握在谁手里，由谁来发议论，都是属于权利的问题……总之，人民自己必须管理上层建筑，不管理上层建筑是不行的。我们不能够把人民的权利问题，了解为国家只能由一部分人管理，人民在这些人的管理下享受劳动、教育、社会保险等等权利。"在今天，我们同样不能把人民的文艺权利理解为人民的文化福利，理解为一种只管吃不管做的被动存在。然而，在一些文艺组织那里，摒人民于文艺之外的关门主义早已不是个别现象。所谓文艺，在一定程度上成了少数人放纵情欲、物欲、自我表现欲的闹场；至于某些文艺组织，也在一定程度上成了以利益为纽带的"联邦"或"邦联"。说到评价尺度，则言必称收视率、言必称市场份额、言必称国际标准。人民群众喜欢什么、厌恶什么，则是这些人从来都不大理会的。可以说，他们与人民的唯一联系，就是诱取人民群众手中的钱袋。既然脱离了人民这一深厚土壤和根本依靠，那个文艺能搞得好吗？能够成为人民的文艺么？大概正是出于这样的忧虑，习近平同志在文艺座谈会上谆谆告诫文艺工作者："文艺不能在市场经济大潮中迷失方向，不能在为什么人的问题上发生偏差，否则文艺就没有生命力。"必须"把满足人民精神文化需求作为文艺和文艺工作的出发点和落脚点,把人民作为文艺表现的主体,把人民作为文艺审美的鉴赏家和评判者,把为人民服务作为文艺工作者的天职"。要把这一重要讲话精神落到实处,首先是必须保证文艺工作的领导权牢牢掌握在忠于人民的马克思主义者手里。没有这一条,人民的一切文艺权利都无从谈起。其次是必须健全人民管理文艺的体制机制。比如各种评奖和项目评审,必须有一定比例的劳动群众的代表参加,并赋予他们以有效的否决权;又比如,必须出台相应措施,鼓励媒体开展实质性的文艺批评,尤其要畅通人民群众表达意见的渠道,把文艺工作置于广泛的舆论监督之下。最后是必须开展群众性的创作活动。"十步之泽,必有香草"。群众性的创作活动一定能够涌现出一批工农文艺家。对于这样一批文艺家,要像延安革命文艺工作者那样给予热情扶持,为他们的崭露头角拍手叫好,为他们的成长鸣锣开道。习近平同志主持召开的文艺座谈会,特别邀请农民网络作家花千芳参加,托意重要而深远。希望总书记的示范能得到更多响应,在全国蔚成风气。

第三,从一定意义上说,延安文艺运动是一场革命文艺工作者的自我教育运动。教育的实质是克服资产阶级、小资产阶级及其他错误思想的影响,把立足点、思想感情真正转移到以无产阶级为核心的劳动人民一边。延安文艺整风是教育,整风以后深入生活、深入工农兵更是教育。《讲话》发表以后,延安文艺运动之所以能够焕发新活力、开辟新境界,从主观上说,就是因为多数革命文艺工作者实现了思想感情的蜕变。欧阳山在20世纪20年代曾写过不少传达苦闷感伤情绪的小说,直至来到延安以后,仍然存在"马列主义妨碍文艺创作"之类的糊涂观念。但是经过整风,特别是经过火热斗争的洗礼,他逐渐甩掉小资产阶级的因袭重担,逐渐学会用马克思主义的观点观察事物,于是写出了深受广大工农兵喜爱的长篇小说《高干大》。如果我们把这部作品和其早期作品《桃君的情人》《密斯红》等作一番比较,便不难看出,二者无论在思想深度、生活厚度还是艺术高度上,都不可同日而语矣。实践证明,以马克思主义为指导,在深入生活、深入群众的过程中不断改造主观世界,是文艺工作者把握生活真实、激发艺术潜能、获取创作自由的必由之路。新中国成立以后,广大文艺工作者发扬延安传统,一直在深入生活中自觉地改造世界观,从创作主体上保障了文艺的社会主义性质、推动了社会主义文艺的发展繁荣。但是,

"改造世界观"这个本来正确的命题后来却被极左倾向所利用,成为压制、打击文艺工作者的借口。进入新时期以后,事情似乎又走到另一极端:由反对极左倾向而把"改造世界观"的命题一起否定。人的精神生命和物质生命一样,一旦停止新陈代谢的运动,必然要导致腐败。文艺圈子中人在圈内、圈外生出的种种乱象,都可以从这里找到原因。事实总是在从正反两方面提醒人们:在社会主义市场经济条件下,要巩固人民作为文艺主人的地位,就必须对文艺工作者重提"改造世界观"的要求;文艺工作者倘若还有为人民服务的愿望,就必须把改造世界观作为自己主动采取的精神形式。为此,以适当方式专门搞一次文艺整风也是必要的。

古人说:"欲知大道,必先为史。"一切从人民的意愿出发,一切由人民主导,一切归结于人民的根本利益,就是延安文艺运动昭示给我们的大道。只有遵循这一大道,而不是别的什么旁门左道,社会主义文艺才能从繁荣走向更大繁荣,才能促进中国文化软实力的提升,才能保障民族伟大复兴的中国梦变成辉煌的现实。

(原载《西部学刊》2015 年第 10 期)

什么是深入生活
——从赵树理的小说说起

对话人：张　江　阎晶明　白　烨　杨占平　葛水平[*]

今年是赵树理诞辰110周年。赵树理的小说是以大众化、通俗化为标志的，他用农民听得懂的语言写农民感兴趣的故事，讲农民关心的社会问题。

生活是文艺创作的富矿，创作者扎根生活的深浅，决定了他收获的多寡。赵树理为什么能够创作出那么多脍炙人口的佳作？其中一个重要原因就是他扎根生活的深度，远远超越同时代的一般作家。

文艺创作不能仅仅满足于杯中风暴、一己悲欢。如何学习赵树理的问题，事实上是如何突破自我的认知局限，补充新的生活体验，进而拓展情感体验和创作格局的问题。

张江： 问渠哪得清如许，为有源头活水来。文艺创作的源头活水是什么？生活。作家、艺术家只有吃透生活，才能源源不断地贡献出优秀作品。这个道理无须赘言。但是，如何吃透生活？这里面是有大文章的。在当代文学史上，赵树理是位有分量的作家。赵树理的意义，不仅在于他留下了一批风格独特的作品，也在于他在作家深入生活上做出了表率，提供了经验。

---

[*] 作者单位：中国社会科学院；中国作家协会书记处；中国社会科学院文学研究所；山西省作家协会；陕西省作家协会。

一　赵树理的启示

阎晶明：对作家而言，深入生活，是对现实生活的深入了解，深切体察，非如此，不可能将创作楔入作家所生活的时代与现实，作家的创作就很可能错失了对一个时代的真实表现，也错失了同时代和更长久时代读者的认可。

今天重提赵树理，探讨他深入生活与文学创作之间的必然联系，仍然具有重要的启示价值。赵树理生长在中国北方农村，是响应毛泽东同志《在延安文艺座谈会上的讲话》走上文学创作道路，并在新中国成立后重新回到农村工作、生活、创作的作家，他对生活的了解配得上"深入"这个定语。赵树理的小说是对他所生活的农村社会的真实描写，这些描写中，深刻地烙印着中国农村在政策层面上发生的变革，在建设热潮中产生的巨变，农村政策如何落实到农村、农业、农民当中，如何影响和改变着他们的生活，他的小说可以说是对一段社会历史的真实记录。与此同时，我们还应看到，赵树理的"农村题材"小说，既有对新时代农村生活的热情歌颂，也有对农村现实中存在的腐朽势力、落后现象的批评，甚至包含了具体政策在针对性上的偏差，在有效性上的距离。他的《在大连"农村题材短篇小说创作座谈会"上的发言》，所谈的除了小说外，还有对"浮夸风"的批评，反映了农民关于"统购"问题的困惑。这些担忧，不是出于对个人创作的考虑，而是发自内心对农民利益的关心。没有深入生活，不可能掌握如此深刻的问题，没有对农民的深厚感情，也就不可能关心如此"非文学"的话题。

赵树理的小说是以大众化、通俗化为标识的，他用农民听得懂的语言写农民感兴趣的故事，讲农民关心的社会问题。他的小说艺术却绝不是"低端"的，他从来不用粗鄙化的语言来显示"民间色彩"，他从来不以高一等的、冷漠的姿态看待农民，他是用朴实的语言在写乡村的故事，热爱与批评、歌赞与担忧在小说里融合着。他的语言艺术，是他长期浸润于农村生活的结果，走马观花的创作者不可能学得到。正如他自己所说，"我的语言是被我的出身所决定的"，他在"说说唱唱"的民间艺术中向农民学习，在同农民的漫谈中感受那些俏皮话，那种与土地息息相关的独特而丰富的表达。对他来说，农村绝不仅仅是创作素材的搜集地，而是如鱼得水的栖居地，也是他文学创作得以维系的"语言学校"。

当我读到太多用粗鄙的俚语装扮"土得掉渣儿"的小说语言，看到太多被过滤成"符号化"的农民形象，读到太多以"底层"或时代落伍者塑造的农民形象、讲述的农民故事后，总会想到赵树理。今天重提他与深入生活的关系，其实有很多已不可能复制，时代和社会的变迁也决定了文学创作的丰富多彩。值得我们认真思考的，是一个创作者与生活的真正关系，表现生活时的态度与感情，朴素感情与朴实语言再生的可能性，勇敢地直面生活的勇气，热情讴歌时代发展，勇于面对生活中出现的矛盾、问题，发自骨子里的民间气息，烂熟于心的生活语言的运用。从这些层面上讲，经典作家不会过时，因为他们不是用来模仿和照搬的，而是时时能带给我们启示，同时启示我们用新的创作需求去调整、去借鉴、去创新。

二 要做"家人"，不做"客人"

张江：生活是文艺创作的富矿，创作者扎根生活的深浅，决定了他收获的多寡。赵树理为什么能够创作出那么多脍炙人口的佳作？其中一个重要原因就是他扎根生活的深度，远远超越同时代的一般作家。对于农民的生活，赵树理不是浮在上面，而是深入其中、融入其中，他不是旁观者，而是参与者，是当事人，他是农民的"家人"，而不是"客人"。这样，他的获取当然非同一般。

白烨：赵树理由《小二黑结婚》《李有才板话》等作品所体现的从人民大众中来、到人民大众中去的创作追求，在1947年的晋冀鲁豫边区文联召开的文艺工作座谈会上，就被认为是"实践毛泽东文艺思想的方向"。时任晋冀鲁豫边区文联副主席的陈荒煤曾在《人民日报》发表文章，题目就是《向赵树理方向迈进》。

"赵树理方向"包含了文艺为什么人服务和怎样服务的重大问题，也包含了文艺家怎样给自己定位、怎样对待生活的具体问题。对于今天的文艺家最富启迪意义的，一是赵树理的文艺创作坚持对于现实的介入性，二是赵树理在创作中始终保持与生活的互动性。这样两个基本支点，使得他在深入生活、扎根人民方面，走出了自己的路子，形成了自己的风格，也给广大文艺家如何对待生活和人民，树立了光辉的榜样。

我们今天常常讲"深入生活，扎根人民"，这是因为我们当今的文艺，创作与生活产生了隔膜，作家与人民出现了断裂，个中存在的诸多问题需要引起注意和加以解决。而这些问题在赵树理看来，都不是问题，不该成为问题。因为在他看来，他这个作家本来就是"乡下人"，写作只是与务农有所不同的一个岗位，只有到了乡下，才觉得自在踏实，才可能继续写作。因此，他在新中国成立后虽然先后就职于北京市文联、大众文艺研究会和工人出版社，但每年都有一半的时间回到山西的晋东南，跟他的老熟人们一起"共事"。合作化期间，他先后参加过山西10个农业合作社的试点与试验，在此基础上，写出了反映合作化运动中农村生活与农民精神的深刻变动的长篇小说《三里湾》。之后，他把"共事"与"写作"结合起来，一边就自己了解到农村的问题、农民的意见，向当地的县委、地委反映情况，陈述民情，一边先后写作出《套不住的手》《实干家潘永福》《锻炼锻炼》等短篇小说，引动了"现实主义深化"的写作倾向，引发了"中间人物"的创作讨论，实现了自己的"问题小说"创作的不断突破，也带动了现实题材创作的深化热潮。

关于如何对待创作与生活的关系，处理作家与人民的联系，赵树理在不同时期都有一些堪称至理名言的深切体会。如在1947年的晋冀鲁豫边区文艺工作座谈会上发言时说："我的体会是，要和农民成为一家人，当客人是不行的。"在《谈"久"——下乡的一点体会》一文中，他谈到自己的做法时说："为了避免下去做客，我每到一个村子里，总还要在生产机构中找点事，我常把我的做法叫作和群众'共事'。"而这种"长期性""共事"的好处，他归结为"久则亲"、"久则全"、"久则通"、"久则约"。这些注重"长期"、看重"经久"的经验之谈，赵树理自己是不折不扣地、忠实地践行了一辈子的，而这正是对"深入生活，扎根人民"的最好诠释。

三 关键在于与人民感情相通

张江：在赵树理身上，更重要的，是他在情感上实现了与农民的同声共振，快乐着农民的快乐，悲伤着农民的悲伤。也正是因为这一点，他创作的作品才会受到农民的认同、认可。而做到这一点，对一个作家而言，显然更难。我们经常讲"悲悯情怀"，什么是真正的"悲悯情怀"？不是居高临下的虚伪同情，而是真正从内心深处升腾起来的痛感，这种痛感的建立，前提是情感的相通。

杨占平：赵树理1943年就以短篇小说《小二黑结婚》，确立了他在文学界的地位。之后，又以《李有才板话》《孟祥英翻身》《李家庄的变迁》《催粮差》《福贵》等小说，在中国文坛打出了一片天地，声誉与日俱增。但是，功成名就的赵树理没有坐享城市的安逸生活，没有放松自己的创作追求，依然经常回乡，心系乡民，并经由自己的创作，继续保持一个乡土作家的应有本色，究其底里，是他在思想感情上与人民群众紧密相连，声息相通。

中华人民共和国成立后，赵树理随工作单位进了北京。从1949年进京，到1965年举家迁回山西，15年的时间里，赵树理有一多半是在晋东南农村生活的。他跟农民们吃住在一起，如鱼得水般愉快。他把自己当作农民中的一员，操心庄稼收成好坏，研究农业政策的实施，帮助农民开展文化娱乐活动。他选择这种方式，一方面是为了体验生活，获取创作素材；另一方面是要同农民一道，寻找过好日子的途径，让农民能尽快从千百年的贫穷落后中摆脱出来。因而，他总是心甘情愿地充当农民的代言人，时时处处维护农民的利益。看到农民生活有起色，他就特别欣慰；发现农村政策有误，农民利益受损害，他就忧心忡忡；在生命的最后时刻，他惦记着的仍然是农民过着艰苦日子。

可以说，在中国现当代作家中，没有几位像赵树理这样与农民的利益息息相关，这样期盼农民过上好日子的。特别是在失去理智的"大跃进"年头，浮夸虚假风气甚嚣尘上，农民的利益潜伏着严重危机。多数作家尝过了挨批受整的苦涩，对此现状采取观望态度，唯有赵树理敢于站出来为农民的利益说话。

在时下的一些作家看来，赵树理活得实在是沉重，你一个作家只管写你的小说就够了，当什么农民的代言人，管什么农业生产该如何领导，而且还要写成文章，往人家枪口上撞，累不累呀！的确，赵树理时刻想着农村政策，想着农业生产，想着农民的利益。按常理，这些事情应当由各级政府官员去想、去做，不是他一个作家必须想的，而他却想得那么投入、那么执着，并且要奔走呼号。应当说，这就是赵树理的性格特征。正是这种性格铸就了赵树理的独特人格，也是他能够写出一部又一部脍炙人口的小说、创造出一个又一个让人难忘的艺术形象的重要原因。我们完全可以相信，如果赵树理生活在当今时代，按照他的一贯性格，依旧会做农民利益的代言人。事实上，现在的农民非常需要代言人，农村中不光弄虚作假之风没有根除，各种新的腐败又在侵害农民的利益，农民热切期盼作家能替他们说话，能维护他们的利益，能有很多赵树理式的作家。

作为一个具有独特思想认识和艺术追求的作家，赵树理成了20世纪中国文坛最重要的作家之一，在文学史上取得了别人无法代替的地位，形成了以他为代表的"山药蛋"文学流派。他的作品产生过极为广泛的轰动效应，曾经影响过众多年轻的文学工作者，影响过一代文风。他的作品还在40多个国家和地区翻译出版，国外有不少专家学者在研究他的人生道路与作品的价值。随着时间的推移，赵树理作品的价值，将会更加显现。

张江：社会发展到今天，作家、艺术家的创作环境、生活条件大大地改善了，但是，社会的飞速发展也给文艺创作带来了新的挑战，那就是作家、艺术家对自身之外的生活越来越陌生，原有的生活经验已经难以支撑当下的创作。文艺创作不能仅仅满足于杯中风暴、一己悲欢。如何学习赵树理的问题，事实上是如何突破自我的认知局限，补充新的生活体验，进而拓展情感体验和创作格局的问题。

四 今天如何学习赵树理

葛水平：赵树理是一位最具农民情怀的作家，因为他出身于农村。他的《小二黑结婚》《李有才板话》等作品已经成为百年中国文学的不朽经典。他对农民农村的描写、刻画，至今读来依然亲切。赵树理也是毛泽东《在延安文艺座谈会上的讲话》之后涌现出来的一位著名作家，他的文学创作类型和地域写作，催生创造出一个文学流派"山药蛋派"，他带着问题写作的创作态度、方法，则成为作家走近大众的一个很好的形式。

我与赵树理同来自"山西沁水县"，同喝一条河水——"沁河"，河水两岸至今传说着他走近农民农村的写作故事，而我在阅读他的作品时，一再感动他的创作素材始终是放置在乡间炕头的，他的语言朴素，至死都没有学会油滑和狡诈。他的文风亦如他的做人，对生活凡事喜欢细问，从不掩饰自己的观点，常常话随心到、口无遮拦。他是一位来自民间的作家，永远把农民当作朋友的作家，一个敢于讲真话的作家，一个富有传奇色彩的作家，虽然已经离开我们40余年，但是，他的那种"深入生活，为平民百姓鼓与呼"的精神却永远留在了我的心中。

赵树理的成长，正逢一个特殊的年代，社会经历了抗日斗争、解放战争、生产自救、减租减息、文化建设、群众生活等，每天都有许多新事物，也会遇到许多新问题，在这新与旧、真与假、善与恶、美与丑的矛盾斗争之中，新生事物和真善美占据了主流，赵树理有效地把握住了这个主流的大方向，创造出了农民群众喜闻乐见的大众化文学样式。

今年是赵树理诞辰110周年。他是一个天才的文学家。以我的理解，他每天都活在矛盾中，除了外界给他带来的矛盾，更多还有他生命内部滋长出来的矛盾。所谓"伟大的人心胸复杂，杰出的人心里复杂"。相对于文学多重矛盾性，他给了我们巨大的文学"民间"的阅读快乐。文字带给了我们一种绵远的、发自内心深处的美好。如今，他家乡老一些的人说起他，更多的时候只有一句话：赵树理把沁河两岸的人和事都写活了。

作家的责任不在解决问题，难题应留待政治家去完成，作家是重在发现问题，用艺术的形式反映出来。

今天，我们学习赵树理，首先，要学习他用农民的语言，写农民的事，让农民来看。其次，要学习他深入生活，扎根民间，只有低下头走进百姓的生活，才知他们的生活其实是充满了滋味。一切都是和土地有关。它承续身体之外的经验，又在身体之内启悟未曾有过的感知。只有和老百姓贴心贴肺地交往，他所写作品才可能有情有意，有血有肉。又一个春天来临了，赵树理活着时，我没有见过他，从沁河两岸四季变换的风物人事中，我可以想见他活着时的情形：他只知道土地对他的情分不薄，他只知道他熟悉的人事便是一条河流两岸的庄稼，收割了就算完事的一茬，他只知道他该牵挂一条河水两岸的风物人事。作为写作者，他太看重这人世苦乐了，他有牵挂，有不舍，他却在牵挂未果中走远了，他是这个时代永远的高度。

张江：某种程度上说，作家、艺术家永远在追赶生活，因为生活在不停地延展、更新。当然，一些优秀的创作者有可能凭借自己的预判走到生活的前面，但是，这种预判也是建立在对现有生活的深刻把握基础上的。赵树理出身农民，他对农村、农民的熟悉程度远远超越一般作家，但是，即便如此，赵树理还是要长期深入农村，与农民摸爬滚打在一起。可以说，他笔下那些鲜活的农民形象、那些生动的语言，都是在农村的土地上熏出来的。这一点，值得当下的作家、艺术家永远铭记。

（原载《文汇报》2016年5月21日第4版）

第三篇 论文选粹

一　延安文艺政策、理论和批评

现场·问题及其特点
——以延安文艺批评为例

吴 艳[*]

一

延安文艺时间和空间的划定，学界有不同的意见，为了方便行文和收集材料，本文采用狭义时空界定，即把中共中央和中央红军到达陕北的1935年10月作为"延安文艺"的上限，下限则是1947年3月中国共产党领导的军队主动撤离延安的时间。我们把发生于这近13年里，延安和陕甘宁边区的文艺运动和文艺作品称之为"延安文艺"。

狭义的延安文艺发展分为前后两个时期：前期是开创和发展时期（1935年10月—1942年4月），后期是新文艺方向确立与完型期（1942年5月—1947年3月）。"还原现场"一方面是这13年里延安和陕甘宁边区的文艺运动和文艺创作原有形态的还原，一方面也注意其继承性和延续性，包括对"五四"新文化运动的继承和发展；对20世纪30年代左翼文艺的继承和发展；对苏区文艺的直接继承和发展。因为说到底，延安文艺是陕北革命根据地文艺的汇流，同时，延安文艺更是中国共产党领导的工农红军二万五千里长征的"随行产物"。[①]

延安时期的文艺批评是延安文艺的重要组成部分。对延安文艺批评史实的梳理，是还原现场的基础。与延安文艺批评事件、批评形态、批评质量与效果关系最为重大的两个元素是当时的文艺队伍组成成分和党的领导，

---

[*] 作者单位：江汉大学武汉语言文化研究中心，江汉大学延安文艺研究所。
[①] 艾克恩编著：《延安文艺史》，河北教育出版社2009年版，第8页。

也就是我们常说的文艺批评主体以及由此带来的文艺批评特点。

延安文艺队伍由三方面人员组成：一是中央红军和陕北红军所属革命文艺队伍中的成员；二是从其他地区（苏区和白区）来延安的党的文艺领导和文艺工作者；三是从其他地区（苏区和白区）来延安的文艺工作者，其中包括有影响的作家、艺术家。延安文艺队伍的开放性质，为其文艺创作和开展文艺批评奠定了良好基础。

延安文艺的品质乐观向上、生机蓬勃，带有革命英雄主义的浪漫色彩。形成这样局面的，还有一个很重要的元素，那就是党对文艺的领导。延安文艺是中国共产党领导的工农红军二万五千里长征的"随行产物"，而党对文艺的领导则是通过多种方式体现。主导方式是以"指示""决定"发出，要求各级组织贯彻执行，这在战争年代是必需的，也是有效的。延安文艺同时是对苏区文艺领导经验的发扬光大。苏区文艺领导经验表现在党直接领导文艺、组织文艺团队和活动的方法、文艺对革命斗争的配合方式、培养革命文艺人才、对群众性文艺创作活动的发动指导和作品的收集整理[①]等，除此之外，还有党的领导人个人文艺素养、人格魅力对文艺带来的直接影响。

前期党对文艺领导的相关文本如下：

1939年12月，毛泽东为中共中央起草的《关于大量吸收知识分子的决定》先以党内文件形式下达执行，后来又刊于党内刊物《共产党人》第3期；

1940年9月，延安时期的党中央发布了第一个关于文化问题的指示即《中央关于发展文化运动的指示》；

1940年10月，由中央宣传部、中央文化工作委员会联合发出《关于各抗日根据地文化人与文化人团体的指示》；

1941年1月，八路军总政治部、中央文委发出《关于部队文艺工作的指示》；

1941年6月7日，党中央的机关报《解放日报》发表了《奖励自由研究》的社论；

1941年6月10日，《解放日报》发表《欢迎科学艺术人才》的社论；

---

① 艾克恩编著：《延安文艺史》，河北教育出版社2009年版，第11页。

1941年8月3日,《解放日报》发表《努力开展文艺运动》的社论;

1942年3月25日,《解放日报》发表《把文化工作推进一步》的社论。

这八个文件的关键词有"吸收知识分子""发展文化运动""文化人与文化人团体""部队文艺工作""奖励自由研究""欢迎科学艺术人才""开展文艺运动""把文化工作推进一步"等。几乎涵盖了文化、文艺建设的方方面面,同时我们还应该注意为"自由研究"而专门发出的文件。党的领导以发出"指示""决定"为主导方式,同时又融入党的领导人个人文艺素养、人格魅力成分,形成强烈的战争色彩和中国共产党的领导作风和领导特色,为形成延安文艺开创和发展期的开放性和"多元共生"提供有力保证,为吸引人才、培养人才、繁荣文艺创作和文艺批评、动员民众、服务战争、组成最广泛的统一战线都发挥了积极作用。

延安文艺队伍、党的领导特色是延安开放性的主导方面,而开放性还表现在对延安以外和国外的诸多活动方面。其大事记有:

1936年7月,毛泽东在保安会见了美国记者斯诺;

1939年,老舍代表全国文艺界抗敌协会,随"全国慰劳总会北路慰问团"抵达延安;

1940年2月14日,国民政府军委政治部领导的中国电影制片厂西北摄影队,为拍摄《塞上风云》外景路过延安,15日毛泽东、朱德接见电影队,16日边区文化界与电影队座谈;

1940年3月初,四川旅外剧队抵达延安,先后演出《雷雨》《抓壮丁》等剧目;

1945年1月1日,鲁艺举行毕加索画展;

1945年1月10日,边区文协电唁法国作家罗曼·罗兰逝世;

1945年3月6日,毛泽东电唁A.托尔斯泰逝世;

1946年7月,中央党校俱乐部举行珂勒惠支逝世纪念展。

保持对内对外的开放性,不仅为文艺的繁荣发展提供保障,同时也充分显示延安文艺的良好的造血功能,显示了延安文艺及其文艺批评发展中的恢宏气派。

前期的延安文艺批评大事记如下:

1938年1月,关于诗歌朗诵问题的研讨;

1940年5月，关于文学才能问题的讨论；

1941年4月，陈企霞与何其芳关于诗的争论；

1941年8月，萧军和雪伟关于文艺批评的争论；

1941年7月，关于周扬《文学与生活漫谈》引起的争论；

1941年8月，力群与胡蛮关于美术创作的争论；

1941年11月，杨思仲与魏东明关于果戈理评价的争论；

……

前期的延安文艺的重要方面还有"概评"形式，是总结性的文艺批评，有的是针对延安文艺的总结，有的也面向全国的俯瞰与归纳。有艾思奇《抗战中的陕甘宁边区文化运动》（1941年8月20日《中国文化》第1卷第2期）、欧阳山《抗战以来的中国小说》（1940年4月15日，《中国文化》刊发，23000字）、张庚《戏剧的一些成绩和问题》（27000余言）、胡蛮《抗战以来的美术运动》（1941年第3卷第2、3期合刊《中国文化》，16000字）、冼星海《边区的音乐运动》（1940年1月8日，在陕甘宁边区文协第一次代表大会上的报告）等。每一篇"概评"都洋洋洒洒几万字，既充分总结成绩，也一针见血指出相关之不足，并为后来毛泽东《在延安文艺座谈会上的讲话》（以下简称《讲话》）提供了素材。

有关延安时期对马列文论的译介情况，也与延安文艺批评关系密切。1939年5月初，萧三从苏联回延安，按照毛主席的建议到鲁艺工作，筹划并成立了延安专门的翻译文艺论著和作品的机构——鲁迅艺术学院（1940年后更名为"鲁迅艺术文学院"，简称"鲁艺"）翻译处，萧三任处长，曹葆华、天蓝为主要成员。

1940年5月，出版发行了第一本马列文论译著《马克思恩格斯列宁论艺术》，由曹葆华、天蓝合译。

1943年4月，读者出版社出版的单行本《列宁论文化与艺术》，是萧三根据1938年苏联国立艺术出版社《列宁论文化与艺术》和伏莱德金纳的"引言"翻译的。

1944年3月，周扬根据毛泽东《讲话》精神，编辑出版《马克思主义与文艺》，选录了上述两个译著中的许多段文字，还收录了斯大林、普列汉诺夫、高尔基、鲁迅和毛泽东有关文艺的评论和意见。

为配合延安文艺座谈会，1942年5月14日，《解放日报》发表了列宁

《党的组织和党的文学》（现名《党的组织和党的出版物》）、《恩格斯论现实主义》《列宁论文学》等5篇论文。有的为《解放日报》社长博古新译，有的由毛泽东办公室加了按语发表。

1942年1月15日，《谷雨》第1卷第2、3合刊发表《列宁与艺术创作底根本问题》，是曹葆华翻译的亚尔特曼为纪念列宁逝世16周年而撰写的论文。

这些译文或译著既有完整的译著，也有选本或选段的编辑本；既有建设马克思文艺理论体系的考量，也有配合当下形势而做出的选译即俗称的"选本"。"选本"的长处是帮助读者在较短时间里了解马克思主义文艺理论，其不足是带有选者个人视野的局限性。

在没有接触到延安文艺原始材料的时候，许多人可能会存有一个简单的想法，以为延安文艺包括延安文艺批评是从毛泽东的《讲话》后出现一百八十度的改变，这看法显然是将复杂问题简单化了。延安文艺前后期的发展有一个合理的轨迹，如果说前期"多元共生"是原生态的必然体现，那么后期的确立新方向、强调为工农兵服务则也是原生态的必然体现，其中的变化存在一个复杂、渐行的过程。通过对延安文艺批评及其相关历史的还原，我们可以说，延安文艺前期的"多元共生"与延安文艺后期的高歌"主旋律"存在一脉相承的联系。没有前期"多元共生"的繁荣就不会有后来文艺的新方向与新气派。

二

延安文艺批评是文艺批评实践、领袖个人贡献和全党集体智慧的产物，从学理上分析，延安文艺批评涉及面极广，有的关乎文艺批评一般性或根本性问题，有的则是延安时期的特殊问题。梳理问题的立足点仍然是历史的现场：主要是延安文艺批评实践活动和毛泽东的《讲话》。《讲话》是对前者的集中和提炼，并融入建设新中国的大战略，用现在的话说《讲话》是一个非常缜密的"顶层设计"。

延安文艺批评理论所涉及的问题可以从上述"现场还原"的关键词和《讲话》内容中归纳，有关《讲话》前后的延安文艺也是我们应该注意的重要因素。这里，需要说明的是，(1) 延安文艺整风是延安时期中国共产党整风运动的重要组成部分；(2)《讲话》之前，毛泽东曾做过广泛的调查和研究，如先后找舒群、欧阳山、艾青、何其芳、严文井、周立波、曹葆华、姚时晓、周扬、丁玲、李又然、肖向荣和刘白羽谈话；（3）座谈会和《讲话》细节。1942年4月10日，中共中央书记处决议，同意召开延安文艺座谈会；1942年4月27日分发100多份请帖，名单由周扬和舒群草拟，毛泽东补充审定。《讲话》的"结论"部分毛泽东事先（1942年5月21日）在中央政治局会议上对要点征求意见，得到会议的一致同意；"结论"讲话后的第5天，又在中央学习组上宣讲《讲话》的主要精神，"以统一全党认识，贯彻文艺新方向"。①

毛泽东《讲话》的发表时间和形式则是更加应该重视的问题。1942年5月2日，毛泽东在延安文艺座谈会上发表《讲话》"引言"部分，1942年5月23日作总结报告，内容就是《讲话》的"结论"部分。迟至1943年3月13日，《解放日报》才刊发《讲话》部分内容，原因是毛泽东作"结论"部分讲话时说过："这个讲话不是最后结论，同志们还可以提出不同意见，等到中央讨论了印成正式文件，那才是最后的结论。"后来，毛泽东嘱咐秘书胡乔木根据速记稿加以整理，胡乔木在速记稿基础上，参考他自己的笔记调整了《讲话》次序，将"引言"和"结论"合成一篇交给毛泽东审阅，最后由毛泽东又细细修改并定稿。1943年3月13日，为配合延安文艺界遵照《讲话》精神掀起的下乡热潮，经毛泽东同意，这才在《解放日报》上刊登了毛泽东《讲话》部分内容，是《讲话》首次公开发表。1943年10月19日，为纪念鲁迅先生逝世7周年，《解放日报》用第1、4两个整版和第2版的三分之一版面，正式发表《讲话》全文。紧接着，1943年10月20日，中央总学委发出《通知》，指出《讲话》"是中国共产党在思想建设、理论建设事业上最重要的贡献，是毛泽东同志用通俗的语言所写的马列主义中国化的教科书……是解决任何问题应该具有辩证唯物主义历史唯物主义思想的典型示范"②。1943年10月22日，《解放日报》发表了《通知》全文。1943年10月30日，晋西北根据地《抗战日报》转载《讲话》和《通知》全文。1943年11月7日中共中央宣传部发出《关于执行党的文艺政策的决定》，次日《解放日报》刊发全文。《抗战日报》11月26日又全文转载此《决定》。《决定》指出"毛泽

---

① 艾克恩编著：《延安文艺史》，河北教育出版社2009年版，第307页。
② 同上书，第308页。

东同志讲话的全部精神,同样适合于一切文化部门,也同样适合于党的一切工作部门。全党应该认识这个文件不但是解决文艺观文化观的教育材料,并且也是解决人生观与方法论的教育材料"①。

《讲话》是直接针对文艺界,又超越文艺界直至文化领域和其他所有领域,其"顶层设计"目标与建立新中国存在千丝万缕的联系。如果将我们的视线延至中国共产党 1947 年撤离延安后的历史,尤其是"延安文艺大军分赴新区"艰难而成功的历程,我们可能会恍然大悟,延安文艺与建立新中国的紧密联系,革命战争时期文艺功能的服务、工具、武器等色彩确实存在合理的一面。

通过还原现场,让问题的复杂方面展示出来,避免将鲜活而复杂的文艺批评理论问题变成是与非的简化问题。在所有延安时期文艺批评提出的问题里,我以为,可以将它们划分成两类,文艺批评一般性问题和延安时期的特殊问题。先说延安时期的特殊问题。比如文艺是应该"歌颂"还是"暴露"的问题。

按照周扬在 1978 年 4 月接受美籍华裔赵浩生采访的记录,"当时延安有两派,一派是以'鲁艺'为代表,包括何其芳,当然是以我为首。一派是以'文抗'为代表,以丁玲为首。这两派本来在上海就有点闹宗派主义。大体上是这样:我们'鲁艺'这一派的人主张歌颂光明,虽然不能和工农兵结合,和他们打成一片,但还是主张歌颂光明。而'文抗'这一派主张要暴露黑暗……我为回答他们写了一篇文章……那是在整风以前。我的思想也没有改造。当然那篇文章不会很有力量,但是我是反对他们的。后来就是因为我写了这篇文章,延安有五个作家联名写了一篇文章反对我。有萧军、艾青。还有白朗、舒群"②。延安文艺整风中挨了批评或批判的作品有丁玲的小说《在医院中》和杂文《三八节有感》、艾青的论文《了解作家、尊重作家》、罗峰杂文《还是杂文的时代》、萧军杂文《论同志之"爱"与"耐"》,还有就是王实味的杂文《野百合花》《政治家,艺术家》。这些文本的共同特点,是"暴露"延安的阴暗面。延安时期的文艺,就不能抒写延安的阴暗面吗?我们知道文艺作品从来就不回避现实中

---

① 艾克恩编著:《延安文艺史》,河北教育出版社 2009 年版,第 314 页。
② 周扬:《与赵浩生谈历史功过》,艾克恩《延安文艺回忆录》,中国社会科学出版社 1992 年版,第 38 页。

存在的问题，从某个角度甚至可以说文艺创作是作家"不满"的产物！暴露延安问题的杂文或小说在今天看来没有什么问题或者没有什么大问题，但是，当我们看到王实味《野百合花》被国民党特务收入"反共小册子"中，我们是不是会吓得出一身冷汗？文艺的歌颂与暴露问题，在延安时期就不是一个简单的学术问题，但在今天，就只是一个常识问题。我们今天没有必要为常识问题而争论。像这样的常识问题还有哪些？我们应该一一辨析清楚，通过还原现场，这类问题就可以迎刃而解。

还有一类问题，表面上是延安时期的特殊问题，通过还原现场，问题可一目了然，但往深处思考，其实蕴含方法论的意味，比如有关"普及与提高的问题"。为什么延安时期那么重视文艺的普及工作，延安时期的"演大戏"昙花一现，而秧歌剧却红红火火？《讲话》以后更是如此。这好像也只是一个简单问题，我们仍然可以用战时的工具论、服务论解释，但这是不够的。我们知道，马克思主义文艺批评理论中国化的根本点是坚持马克思主义基本原理与中国文艺批评理论结合，是中国作风和中国气派。理论与实际的结合，看似简单，不是问题，而多数情况下，就是一个大问题，既涉及方法论，也关系到认识论。

提出"普及与提高问题"重要基础是战时的工具论与服务论，这是不错的。具体说就是当时、当地的文艺受众状况决定了普及重于提高。要知道，在红军到达陕北之前，延安是全国最落后的地方之一，也是文化教育的荒原。陕甘宁边区成立以后这种状况有了很大改变但还没有得到根本改变。据《解放日报》统计，1941年11月，陕甘宁边区的文盲人数占总人口的百分之九十三到百分之九十五，学龄儿童在学的只有四分之一，[①] 所谓的贫穷、落后，反映在物资的、文化的、地域的、时代的诸多方面，这就是延安文艺面对的艺术受众与现实的最大特点。鲁艺的演"大戏"，开始为了学习技术，开阔视野是可以的，后来把"大戏"的演出与政治活动联系起来，以表示为政治服务的热情，结果显得文不对题。如欢迎周恩来等回延安，演出罗穆的《钟表匠与女医生》等。关键还在于，当时的延安处在战事频繁、物质匮乏、民众文化水平低下的环境里，要演好大戏十分困难；大戏演多了也不合时宜。在飞沙走石的年代，纯艺术的追求总是被

---

① 邹贤敏：《东方马克思主义的典型示范》，《邹贤敏学术文集》，湖北人民出版社2008年版，第768页。

大打折扣。所以说,"普及与提高的问题",看似简单,其实也关系到方法论和认识论,是典型的延安文艺批评问题,又具备文艺批评理论的一般性,属于应该举一反三的问题。

三

延安文艺批评风格清新,平实,富有"革命精神"和"现实意识",与当时文艺创作形成伴生和互补关系,延安文艺批评同时也提出文艺批评一般性理论,带有原始创新因素。本文第一部分提到前期的延安文艺批评七件大事、延安文艺批评的"概评"成果、对马克思主义文艺批评理论译介等史实充分证明了这个特点。文艺批评一般性理论则主要从毛泽东有关文本中体现出来。

文艺批评的"现实意识"即关注当下文艺现象,是延安文艺批评实践最显著特点。以艾青《秧歌剧的形式》为例。秧歌剧是"大鲁艺"的产物,是1942年延安文艺座谈会以后,延安的广大文艺工作者,响应毛泽东同志和党中央的号召,投身于工农兵群众之中,认真研究民间艺术,热情地向群众学习流行于陕北农村的一种歌舞形式——秧歌,在群众性秧歌的基础上,熔歌、舞、剧于一炉而创作出的艺术形式。其情节单纯,人物少,道具、化装简便,载歌载舞。代表作有《兄妹开荒》《夫妻识字》《动员起来》《宝山参军》等。当年在延安秧歌运动红红火火,却少有文艺批评理论工作者及时的研究与总结,艾青《秧歌剧的形式》填补了这个空白。

艾青说:"秧歌剧之所以能很快的发展,主要的原因是:它体现了毛主席的文艺方向——和群众结合,内容表现群众的生活和斗争,形式为群众所熟悉,所欢迎","一边舞,一边唱,一边打鼓,动作粗壮有力,节奏明显,歌声嘹亮,充满劳动者的健康和愉快"。艾青的文章还分别论述了秧歌剧的表现手法、音乐、歌曲、唱词、舞蹈、化装、服装、道具等。[①]这篇在当时堪称最为系统论述秧歌剧的文章,当时就引起广泛的关注。据艾青本人回忆,"在一个晚会上,我遇见毛主席,他说:'你的文章我看

[①] 艾青:《论秧歌剧的形式》,《解放日报》1944年6月28日。

了，写得很好，你应该写三十篇.'我知道这是对我的鼓励。"① 艾青这篇文章经毛泽东审阅，除在《解放日报》上发表外，还被印成小册子，作为学习的"范本"。艾青自己也因为主动承担中央党校秧歌队副队长和写作《秧歌剧的形式》等突出贡献，于1945年初荣获陕甘宁边区群英大会16名甲等奖之一，即"甲等模范工作者"。由此可见延安文艺批评对"现实意识"和理论研究的迫切需求和高度重视。

具体到对文艺批评一般性问题的讨论，则主要以毛泽东的《讲话》为蓝本。《讲话》结论第4部分是对文艺批评的专论。

毛泽东首先将文艺批评看成是"文艺界的主要的斗争方法之一"，同时承认文艺批评"是一个复杂的问题，需要许多专门的研究"。在许多需要专门研究的问题中，选择了"批评标准问题"。认为"文艺批评有两个标准，一个是政治标准，一个是艺术标准"。紧接着分别阐释什么是政治标准，什么是艺术标准；两者关系如何，当时的延安文艺存在哪些问题，如何解决这些问题。

长期以来，有些涉及《讲话》文艺批评标准的文章，常常是强调一方而忽略另一方，或者以自己的理解取代原文的丰富性、复杂性和辩证性。实际上，只要仔细阅读《讲话》全文，就不难发现其中哪些论断是基于解决当时延安文艺的理论问题，哪些超越了延安文艺的时间和空间，显示了文艺批评理论的原创性、包容性和复杂性。比如，把文艺批评看作"文艺界的主要的斗争方法之一"，同时，承认文艺批评"是一个复杂的问题，需要许多专门的研究"。前者留有战争年代的烙印，后者又分明遵从文艺批评的特殊性。再比如，原文提出的两个"容许"："我们应该容许包含各种各色政治态度的文艺作品的存在"，"也应该容许各种各色艺术品的自由竞争。"而两个"容许"存在的前提，恰恰是文艺批评存在的理由，面对复杂而多元的文艺存在，文艺批评应该发挥其甄别作用和引领作用。

《讲话》里有关文艺批评的文字不到5000字，内容平实而简洁，却充满逻辑力量。凡是认真阅读的人，都能清晰了解其主要内容。然而，对其中内容的丰富性、复杂性和理论思维辩证性的认识和把握，却不是一件容易的事情。《讲话》针对现实问题作出的理性分析和主张，是今天的许多

---

① 艾青：《延安文艺座谈会前后》，《艾青全集》第5卷，花山文艺出版社1991年版，第607页。

人所不愿意面对的系列难题。

延安文艺批评理论还涉及"语言问题"和"民族形式的讨论"等文艺根本性问题。因篇幅有限，这里只以语言问题为例。

延安的整风运动包括对学风、党风和文风的整顿。整顿文风的主要文本是毛泽东的《反对党八股》。在这篇文章里，毛泽东首先肯定"五四"反对文言文、提倡白话文，反对旧教条、提倡科学和民主，以及反帝精神，是"极大的功绩"。紧接着说，"但到后来就产生了洋八股、洋教条。我们党内的一些违反了马克思主义的人则发展了这种洋八股、洋教条，成为主观主义、宗派主义和党八股的东西"。其逻辑关系是这样的，中国共产党是"五四"运动的产物，它同时秉承了"五四"文化中正确与错误两种东西；而"五四"在文化上的主要错误就体现为洋八股，所以，洋八股就是党八股，党八股也就是洋八股，在毛泽东那里，二者实一、等量齐观，没有分别。毛泽东的原话是"洋八股或党八股"。①

"五四"白话文运动，以白话彻底取代文言，同时运用大量外国词汇、术语，包括西式语法来改造中国口语，使之成为与过去截然不同的新白话即"现代白话"。这种语体，与文言相比是大众的，但与真正的民间日常语仍然存在巨大区别，它带有知识分子的烙印，是知识分子文化、价值观的产物……包括鲁迅在内用现代白话写的新小说，受众也主要是接受了现代教育的知识分子和青年学生。毛泽东既认为洋八股、党八股违背五四精神，同时认为它们是"五四"的一部分，是"五四"自身一种内在缺陷。这个看法及其难能可贵，"在现代思想史上具有转折意义"。②

再看毛泽东的《讲话》。"引言"共讲了四点——立场问题、态度问题、工作对象问题和学习问题。其中，工作对象问题的重点是语言。当然，1942年毛泽东力谈语言问题，主要目的不在文艺，而是从整体扭转现代思想和文化方向。文艺只是突破口，一个便利而有益的依凭。因此，我们可以说，"就社会层面而言，延安语言革命的根本作用是促使文化重心下移。其文化意义即便不说比'五四时代'更重要，起码也可以与

---

① 李洁非：《且向邻翁学作诗——语言问题和延安变革》，《北京日报》2012年5月17日，第18版。

② 同上。

之并驾齐驱"。①

  延安文艺批评理论提出的问题，大致可以分为两类，一类是延安文艺批评的特殊性问题，一类是超越延安时期的文艺批评一般性问题。对于延安文艺批评特殊性问题，有的可以通过还原现场而让结果一目了然，有的表面看似特殊，其深层里却也关系到方法论和认识论。延安文艺批评里那些超越延安时期的一般性问题，许多也是我们今天仍然存在的问题或者难题。而延安时期的方针策略、具体方法，一方面显示了马克思主义文艺批评理论中国化的努力成果，显示出中国作风和中国气派；一方面也启示我们，只有坚持马克思主义基本原理与中国文艺批评理论结合，才可能使我们的文艺批评理论真正富有原始创新意味。

（原载《文艺理论与批评》2015 年第 1 期）

---

  ① 李洁非：《且向邻翁学作诗——语言问题和延安变革》，《北京日报》2012 年 5 月 17 日，第 18 版。

延安戏曲改革理论

郭玉琼[*]

一 引言

从1937年1月毛泽东带领中共中央机关进驻延安到1947年3月毛泽东等人撤离，十年间，延安成为"指导中国革命的中心"，在20世纪中国革命历史上占据重要位置。与此同时，中国共产党在延安着手的一系列文化改造和建设，开启新中国文化发展变化之端。而在延安文化图景中，戏曲改革被予以显赫地位。

在2012年5月"戏曲的改革与发展——纪念毛泽东《在延安文艺座谈会上的讲话》发表70周年学术研讨会"上，与会者这样描述新中国60多年来戏曲走过的历程中的"一些基本的事实和有意味的现象"："没有其他任何一种艺术门类像戏曲那样长期、持续地受到党和国家最高领导人、最高领导层的单独专注和重视"，"没有其他任何一种艺术形式、艺术门类，像戏曲那样持续不断地得到来自从最高领导人到党和国家宣传文化主管部门那么多的专门对戏曲的行政性、政策性的指令、指示、意见和建议"，"没有其他任何一种艺术形式、艺术门类能像中国的戏曲艺术那样，在很长一段历史时期，被持续地带入党和国家层面的政治漩涡中去"[①]。延安戏曲改革正预示着新中国戏曲这一些"基本的事实和有意味的现象"。

延安戏曲改革理论指导和总结延安戏曲改革实践，也是延安文化改造、建设思想的反映及构成部分。延安戏曲改革理论研究应注意一些问题。

---

[*] 作者单位：厦门理工学院文化产业学院。
[①] 《中国戏曲学院，戏曲的改革与发展——纪念毛泽东〈在延安文艺座谈会上的讲话〉发表70周年学术研讨会隆重召开》，http://www.nacta.edu.cn/node/5867。

首先，延安戏曲改革行进于抗战历史情境，与民族生死存亡时的文化吁求息息相关。离开对抗战的认识、对战时中国救亡图存之急迫要求的理解而孤立地来把握延安时期的戏曲改革，容易失之偏颇。其次，延安戏曲改革理论表达的背景和基础是中国共产党自延安开始自觉且趋于成熟的文化理论构建。毛泽东代表的中国共产党在这一时期的文化理论探索和阐述延伸到戏曲改革理论中，是延安戏曲改革理论研究不可忽略的基础。最后，延安戏曲改革受战时中国共产党直接领导，因此，共产党的相关方针、政策、指示，包括领导人正式和非正式场合的讲话等成为延安戏曲改革理论表达的重要形态，这也预示着新中国建立后戏曲改革理论表达之特点。

二 "民族的科学的大众的文化"：延安戏曲改革理论产生背景

戏曲在延安文化图景中的价值凸显是延安时期中国共产党文化追求的必然和直接的结果。在党的文化思想渐渐明朗之前，戏曲还并不据有重要地位。正如任桂林回忆，"我们这些京剧（那时称平剧）工作者，当年去延安时，几乎没有一个人是打算京剧工作的，更没有想到京剧改革。那时都认为京剧与革命，是风马牛不相及的事"，"可是到了延安之后，领导上号召和工作的需要，我们先后都成了京剧工作者"①。任均也说："我在参加革命之前，是个学生，课余爱好京剧。到延安后，考进'鲁艺'戏剧系，学习话剧。最初，我演京剧，是作为业余活动参加的，我不愿以京剧为专业。周副主席在信中给我的鼓励，使我当时下了决心，服从党的工作需要。于是，在战争时期，在解放区内，我坚持从事京剧改革，直到全国解放前夕。"② 与抗战时期国统区如欧阳予倩等人的桂剧改革、沦陷区如袁雪芬等人的越剧改革不同，延安戏曲改革直接是革命工作的构成部分，与戏曲被意识到的在革命工作中的意义息息相关，与共产党中央的号召密不可分。

延安初期，毛泽东已然意识到文化包括文艺的重要性，延安敞开胸怀吸引大量知识分子，但至于延安要建构什么样的文化图景，毛泽东等人一

---

① 任桂林：《毛泽东同志和京剧》，简朴主编《旧剧革命的划时期的开端——延安平剧研究院纪念文集》，中国戏剧出版社2005年版，第35、37、40页。

② 任均：《毛主席和周副主席对京剧改革的关怀和鼓励》，简朴主编，《旧剧革命的划时期的开端——延安平剧研究院纪念文集》，中国戏剧出版社2005年版，第44页。

开始并没有非常明确的思路。"那时候,共产党的文艺政策,毛泽东对新文艺方向和创作上的一些规律性的东西,还没有形成十分明确和系统的思路。"① 延安文化包括文艺的道路1938年后开始逐渐明晰。戏曲随着"民族""民间""传统"等一系列词汇在共产党文化思路中的浮现而进入共产党和文艺工作者的视野。始于1938年的民族形式讨论为戏曲的意义显现提供了直接的动因。1938年10月,毛泽东在中共中央六届六中全会的报告《论新阶段》中,针对"中国问题的特殊性和中国革命的特殊性"提出"马克思主义在中国具体化"的问题,称"全党亟待了解并亟须解决的问题"是"使马克思主义在中国具体化,使之在其每一表现中带着必须有的中国的特性,即是说,按照中国的特点去应用它"。毛泽东说:"洋八股必须废止,空洞抽象的调头必须少唱,教条主义必须休息,而代之以新鲜活泼的、为中国老百姓所喜闻乐见的中国作风和中国气派。"② 毛泽东的谈话虽然直接针对的是王明的马克思主义教条化,却引起了延安及至全国文艺界的民族形式大讨论。当然"民族形式"成为其时文艺界重大论题,绝不只因毛泽东一人的影响力,实为抗战时期文艺界普遍而强烈的理论关切终于得到一个喷发的契机。

"民族形式"讨论余波未平,1940年1月毛泽东在陕甘宁边区文化协会第一次代表大会上做题为"新民主主义的政治与新民主主义的文化"的讲演,提出"民族的科学的大众的文化"的建设思路。毛泽东强调,"我们要建立一个新中国。建立中华民族的新文化,这就是我们在文化领域中的目的"。"中华民族的新文化"即新民主主义的文化。它首先是"民族的","主张中华民族的尊严和独立","是我们这个民族的,带有我们民族的特性";其次是"科学的",毛泽东说,"中国的长期封建社会中,创造了灿烂的古代文化。清理古代文化的发展过程,剔除其封建性的糟粕,吸收其民主性的精华,是发展民族新文化提高民族自信心的必要条件";最后是大众的,因而也是民主的,"它应为全民族中百分之九十以上的工农劳苦民众服务,并逐渐成为他们的文化"③。

---

① 陈晋:《文人毛泽东》,上海人民出版社2005年版,第175页。
② 毛泽东:《中国共产党在民族战争中的地位》,《毛泽东选集》第2卷,人民出版社1991年版,第534页。
③ 毛泽东:《新民主主义论》,北京未来新世纪教育科学研究所编《毛泽东的文艺理论》,远方出版社2005年版,第310—312页。

毛泽东在这一时期对文化问题进行了集中而紧张的思考，他的"民族的科学的大众的"新民主主义文化论及具体的关于传统文化等的一系列阐述，一方面与建立抗战统一战线、增强国人的民族认同相关，另一方面也与其时国民党的文化复古主义及认为马克思主义是外来的东西不合中国国情的论调有关。1940年毛泽东发表《新民主主义论》时，延安戏曲改革已然开启帷幕。陕甘宁边区民众剧团于1938年在毛泽东的直接倡导下成立，马健翎、柯仲平等改革秦腔、眉户等陕北地方戏，创作演出《好男儿》《一条路》《中国魂》等获得了巨大成功；鲁艺在1938年成立后不久，即由戏剧系演出"旧瓶装新酒"的平剧《松花江上》《刘家村》《赵家镇》《夜袭飞机场》等。但其时延安新秧歌剧还没有闹起来，延安平剧研究院的建立也还是两年后的事情，而离毛泽东称为"旧剧改革的划时期的开端"的《逼上梁山》的创演还有四年时间。毛泽东在"民族形式"论争之末对于"民族的科学的大众的"文化的阐述正给延安接下来的戏曲改革确立了基调。任桂林说，毛泽东《新民主主义论》中关于如何看待中国文化遗产问题的论述使他们得到很大教益，这也巩固了大家对京剧改革的信心。及至1942年毛泽东《在延安文艺座谈会上的讲话》确立了文艺的工农兵方向，其后毛泽东多次在不同场合如在鲁艺对于文艺工作包括戏曲改革作具体指示，延安戏曲改革进入新的阶段。

三 延安戏曲认识论

延安时期中国共产党的文化改造和建设思想直接塑造了戏曲的本质论和功能论。毛泽东《新民主主义论》开篇这样反复强调："一定的文化是一定社会的政治和经济在观念形态上的反映，又给予伟大影响和作用于一定社会的政治和经"；文化革命与政治革命、经济革命的目的，"在于建设一个中华民族的新社会和新国家"[①]。毛泽东根据马克思关于经济基础和上层建筑关系的论述，指出文化服务于经济和政治，并最终为抗战和建国服务。1942年的《讲话》则更具体地确定了文艺的政治性能："在现在的世界上，一切文化或文学艺术都是属于一定阶级，属于一定的政治路线的"，

---

① 毛泽东：《新民主主义论》，北京未来新世纪教育科学研究所编《毛泽东的文艺理论》，远方出版社2005年版，第265页。

"无产阶级文学艺术是无产阶级整个革命事业的一部分","是整个革命机器中的'齿轮和螺丝钉'";党的文艺工作"是服从党在一定革命时期内所规定的革命任务的","要使文艺很好地成为整个革命机器的一个组成部分,作为团结人民、教育人民、打击敌人、消灭敌人的有力武器"①。

戏曲在延安的意义凸显正由于其作为民族形式服务于抗战和建国的优越性,即其"深厚的群众基础""为广大群众所喜闻乐见",是"有中国气派的民族的艺术表现形式"。1938年4月,毛泽东观看秦腔演出,有感于观众的热烈呼应,提倡"要搞这种群众喜闻乐见的中国气派的形式"②。陕甘宁边区民众剧团由此组建成立。民众剧团的名称,及"采取旧形式新内容之手法,改进各项民众艺术,以发扬抗战力量"的宗旨都说明民众剧团被赋予的使命。1942年延安平剧研究院成立,毛泽东题词"推陈出新"。这绝不是关于戏曲除旧布新的泛泛之谈,而有其"特定的背景和意义"。这个"特定的背景"即抗战的历史情境及毛泽东《在延安文艺座谈会上的讲话》中勾勒出来的文艺与政治的关系和"对文艺工作的指示";"特定意义则是'以扬弃批判的态度接受平剧遗产,开展平剧的改造运动'使平剧能完善地为新民主主义服务"③。"推陈出新"已经包含着毛泽东确立的包括戏曲在内的一切文艺与政治的关系的内涵。这一内涵很快为延安平剧研究院理解和把握。延安平剧研究院《创立缘起》中称建院目的是为了"研究平剧、改造平剧,进行平剧为新民主主义服务的工作"。延安平剧研究院《致全国平剧界书》说:"改造平剧,同时说明两个问题:一个是宣传抗战的问题,一个是承继遗产的问题。前者说明它今天的功能,后者说明它将来的转变,从而由旧时代的旧艺术,一变而为新时代的新艺术。"④

与"五四"新文化运动激进派完全否定戏曲、主张废除戏曲不同,延安时期戏曲受到前所未有的重视。但这并不意味着延安对传统戏曲的认识较之"五四"时期有了本质的区别。"平剧是封建时代的产物,落后、保

---

① 毛泽东:《在延安文艺座谈会上的讲话》,北京未来新世纪教育科学研究所编《毛泽东的文艺理论》,远方出版社2005年版,第82、61页。
② 艾克恩编著:《延安文艺史》上册,河北教育出版社2009年版,第144页。
③ 王安祈:《当代戏曲》,三民书局2002年版,第11页。
④ 延安平剧研究院:《致全国平剧界书》,《延安平剧活动史料集》第1集,延安平剧活动史料征集组内部印行,1985年,第190页。

守；其表现形式与内容，均不能适应时代要求"①；"平剧是中国封建社会末期的产物……因为它是封建社会的艺术，基本上是代表封建统治者宣传的。多数的平剧与人民群众的利益就不能不产生矛盾。一般的说群众在多数平剧中是没有地位的。……有许多平剧虽因历史传统习惯，还能得到一部分群众的欢迎。但在本质上却是闭塞群众的觉悟，妨害革命斗争的东西，不加以限制，不加以改造就在群众中公演，是不适宜的。"② 到了1944年1月毛泽东看了新编历史剧《逼上梁山》，当夜给杨绍萱、齐燕铭写信，信中明确定性传统戏曲："历史是人民创造的，但在旧戏舞台上（在一切离开人民的旧文学、旧艺术上），人民都成了渣滓，由老爷太太少爷小姐们统治着舞台"，《逼上梁山》一剧的重要贡献就在于将"这种历史的颠倒""再颠倒过来""恢复了历史的面目"③。因此，延安时期对传统戏曲的认识与"五四"时期实质上一脉相承，生发于传统中国的戏曲，被认为是"老爷太太少爷小姐们"统治的领域，传递错误的历史观，这一认识延及新中国成立之后，又生发出诸如"在舞台上无非就是帝王将相、才子佳人""文化部就要改名字，改为帝王将相部、才子佳人部、外国死人部"等表达。

与"五四"时期新文化运动者由对戏曲的认识提出戏曲废除论不同，延安时期的主张是积极改革。1941年底1942年初延安鲁艺师生关于平剧的争论表明了"五四"戏曲观与延安戏曲观的异同。其时，鲁艺的两个学生"承袭五四新文化运动以来的旧剧观"，发表墙报文章称"平剧没有前途，不能服务于革命事业"。阿甲、柯仲平等人提出了不同的观点，柯仲平说，"问题不是可以不可以，问题是你肯不肯，能不能下苦功去做"④。"下苦功"改造戏曲，使之成为新民主主义文化的一部分，为抗战和建国服务，成为延安戏曲工作的重要任务。

---

① 延安平剧研究院：《致全国文艺界书》，《延安平剧活动史料集》第1集，延安平剧活动史料征集组内部印行1985年版，第192页。
② 执行中央文委决定：《平剧院确定今后方向》，简朴主编《旧剧革命的划时期的开端——延安平剧研究院纪念文集》，中国戏剧出版社2005年版，第326—327页。
③ 中央文献研究室编：《毛泽东书信选集》，人民出版社1983年版，第222页。
④ 柯仲平：《献给我们的平剧院》，简朴主编《旧剧革命的划时期的开端——延安平剧研究院纪念文集》，中国戏剧出版社2005年版，第12页。

四　延安戏曲改革主张

在延安戏曲本质论和功能论的规约之下，延安戏曲改革必然以戏曲题材、主题的改造为首要任务。延安时期毛泽东直接针对戏曲改革的一系列谈话都表明了这一点。毛泽东观看秦腔《五典坡》等剧后说："群众喜欢这种形式，我们应该搞，就是内容太旧了。如果加进抗日的内容，那就成了革命的戏了。"而关于"旧瓶装新酒"的争论，毛泽东说："现在许多人谈旧瓶装新酒，我看新瓶新酒、旧瓶新酒都可以，只要对抗战有利。"[①] 到评价《逼上梁山》和《三打祝家庄》时，毛泽东的戏曲改革观念已经非常明确。《逼上梁山》之后，《三打祝家庄》"是在毛泽东的直接指导下编创的"，毛泽东观戏后写信说："我看了你们的戏，觉得很好，很有教育意义。继《逼上梁山》之后，此剧创造成功，巩固了平剧革命的道路。"[②] 1945年8月重庆谈判期间，笃爱京剧的毛泽东应邀观看厉家班的表演，回到延安后，当延安平剧研究院有人问"他们的技术比我们好吧？"时，毛泽东这样回答："演技当然比你们强，不过演出风格不如你们高。"

显然，服务于政治，服务于抗战，是延安戏曲改革最重要的目标和标准，戏曲内容、主题的改造因此被摆在第一位，而戏曲形式、技术的表现则居次要位置。由此，延安改革使得戏曲发生了重要的转折，即由内容取代形式，剧作家取代演员，剧本主题的表现压倒唱念做打的表演，戏曲从表演的艺术变为剧本的艺术。"毛泽东的肯定、鼓励、赞扬，无疑使这条路径成为往后创作的最高准则。戏曲以政治功能为主，对京剧理论的研究而言，其意义在于：'剧本的主题'成为最重要的创作核心，'表演艺术唱念做打'的优劣已不在主要评论之列，'剧本—编剧'取代了演员的地位，整体京剧的质性为之转换。"[③]

这是从延安戏曲本质论和功能论出发戏曲改革的必然趋势，但其为延安戏曲工作者所完全理解、认同和把握也并不顺利，期间也存在讨论和争

[①] 艾克恩：《崭新的时代崭新的文艺——延安文艺活动纪盛》，《延安文艺研究》1984年第1期，第121页。

[②] 钟敬之、金紫光：《延安文艺丛书》第16卷，湖南文艺出版社1987年版，第222页。

[③] 王安祈：《"演员剧场"向"编剧中心"的过渡——大陆"戏曲改革"效应与当代戏曲质性转变之观察》，《中国文哲研究集刊》2001年第19期，第257页。

鸣。为着"利用旧形式"为抗战服务，延安戏曲改革之初采用的主要是"旧瓶装新酒"的做法。然而，"旧瓶装新酒"呈现出来的舞台现象就是诸如"敲着'急急风'跳出一个游击队来，打着'四击头'耍着手枪花下场"。造成"旧艺术体制和革命现实"之间的矛盾的原因显而易见。阿甲说："由于这种旧剧的一定的程式，一定的风格，套在一个演员的身段上、歌唱上，使这种外形，和他在心理上所要求传达新的思想感情，是对立的。比如说：要表演一个游击队员的生活感情，因为把'走边''趟马'等身段套上去，那游击队员的感觉，马上叫人变成梁山好汉的感觉。"① 如何看待形式和内容的这种矛盾，阿甲认为，这并不妨碍戏曲为抗战服务。他说："前方作为宣传用的新内容旧形式的演剧，这种做法，固然别扭，可是更好的东西暂时还拿不出，怎么办？……其实，事情很简单：我们在服从政治的任务下，只要老百姓爱看，兵士爱看，就是好的，就是实际出发。"② 至于如何解决这一矛盾，阿甲与其他人则存在分歧。在阿甲看来，为了克服"旧瓶装新酒"的弊端，就要"扬弃"旧技术，而"扬弃"的基础是学习、掌握旧技术。阿甲说，平剧的技术"究竟不是直接的生活写实，它是以歌舞来表现生活的"，"不能掌握歌舞的规律，那是无法演戏的，只看旧剧利用的一点上，旧伶人便比我们有戏做，这证明他们掌握了技术的缘故"。为了学习掌握平剧的技术，阿甲认为就要多上演旧戏，"只要是技术上完整，而内容上差池的剧本也可以在学习中使它演出"。然而，在演旧戏以学习其技术的过程中，阿甲看到了客观上京剧内容和形式之间浑然一体的状态："这样做去，在我们初学的经验里，是一个很难避免的过程；这是由于一个好的剧本及其演出，结构是很严密的，形式内容，不容你随便分割。我们改编旧剧本，为了在政治上加强主题，往往使艺术上减色，如改编的'坐楼杀惜'把宋江那些比较淫猥的情调裁剪了，积极性加强了，可是演出比原来的要逊色。"阿甲认为，目前剧本创作上和演出上发生了矛盾，"这是表现着剧本的创作能力，和舞台的创作能力还没有达到结合的程度"。阿甲认为，我们的困难在于"旧的懂得不够"，"谈不

---

① 阿甲：《平剧研究院和平剧工作》，简朴主编：《旧剧革命的划时期的开端——延安平剧研究院纪念文集》，中国戏剧出版社2005年版，第59页。
② 同上书，第60页。

上真正掌握技术","因此,学习旧技术,还是我们主要的任务。"①

事实也是如此。延安平剧研究院在1942年建院之后,"为了学习掌握平剧的技术、规律","以备进行平剧研究和改革",虽然只是"权宜之计",却不可置疑地"大量演传统戏",包括《四郎探母》《梅龙镇》《状元谱》等,"新的创作便很少","相当长的一段时间里,边区的观众们对他们的期待以及研究院的功能,基本上只限于上演在延安难得一见的京剧传统戏。至于改造云云,仿佛只能是遥遥无期的未来。"② 平剧研究院的这种工作状态到1943年受到了批评。

1943年春夏,在学习毛泽东《在延安座谈会上的讲话》和延安整风运动中,延安平剧研究院开展了延安平剧活动方向问题的讨论。这次讨论,在"戏剧更应切实的服务于抗战、生产、教育的任务""改造平剧使它能够适应于政治的需要"的指示下进行,针对的是"当时延安平剧活动的严重偏向"。是年4月18日,阿甲在《解放日报》上发表《关于平剧的接受遗产与服务政治问题》,再次表达他学习旧技术的平剧改革观,认为应尊重、重视平剧艺术的"完整性","利用旧形式,必先费一番工夫去理解它,掌握它,然后才能知道'陈'究竟如何'推'法,'新'究竟如何'出'法。""'推陈出新'本身包括一种克服困难的态度,不能够钻进去认识哪些是'陈',便没法去'推','新'就无从可'出'。因此研究平剧,研究它的完整性,是我们必要的态度。"③ 阿甲的观点很快遭到批评。《解放日报》接下来相继发表柯仲平、李纶、周振吾等人的文章,批评平剧改革中的"错误看法",批评"延安两年来的平剧活动,基本上沉溺在'陈'中,以致将许多'宣传封建秩序,颠倒是非黑白'的旧剧本,原封不动的搬上舞台"④。在这次讨论争鸣后,"有一点是很明确的,即延安(包括其他抗日民主根据地)的平剧活动,不能原封不动地上演未经改造的旧平剧,不能脱离火热的革命斗争实际,不能关门学习艺术,关门研究

---

① 参见阿甲《平剧研究院和平剧工作》,简朴主编《旧剧革命的划时期的开端——延安平剧研究院纪念文集》,中国戏剧出版社2005年版,第62—66页。

② 傅谨:《延安平剧研究院始末》,《读书》2012年第9期。

③ 阿甲:《关于平剧的接受遗产与服务政治问题》,简朴主编:《旧剧革命的划时期的开端——延安平剧研究院纪念文集》,中国戏剧出版社2005年版,第311页。

④ 周振吾:《谈平剧活动的偏向》,简朴主编:《旧剧革命的划时期的开端——延安平剧研究院纪念文集》,中国戏剧出版社2005年版,第321页。

平剧，必须实行一面学习平剧艺术，一面进行改革平剧方针的研究，平剧必须革新，以便为抗战、生产、教育服务"。简朴称，讨论之后，"延安平剧研究院的平剧工作者和延安广大平剧爱好者的认识提高了，精神振奋了，错误纠正了，方向端正了，作风改进了，推陈出新的方针得以认真的贯彻执行"[①]。"延安的平剧工作开创出新的局面"，"平剧研究院气象一新"，出现了反映现实生活的平剧现代戏《难民曲》《上天堂》等剧，直至出现了1944年的《逼上梁山》和《三打祝家庄》等。

五　延安戏曲改革理论反思

"延安时代对20世纪中国文化，其重要性都超乎想象"，"'延安'就像一粒纽扣——系上它，20世纪的历史和文化便'旧貌换新颜'。""只有解开它，才能看见历史和文化的内部发生了什么。"[②] 同样，延安戏曲改革是理解20世纪戏曲改革的关键，解读延安戏曲改革思想和实践，才能把握从"五四"时期到新中国建立后，直至"文革"时期戏曲改革的逻辑和变异。

放置在20世纪戏曲改革历程中，延安戏曲改革的突出之处或曰历史性的变化及对未来产生影响作用的主要表现在以下几个方面。

第一，确定了戏曲的工具性和共产党中央对戏曲工作的绝对领导权。尽管自晚清起，戏曲改革尤其受到知识界力推的主要原因即戏曲的工具价值，但是，延安时期，在中国历史上首次由未来的执政者在建构文化秩序时明确戏曲服务于抗战和建国的宣传、鼓动、教育的实用性质和功能。这种性质和功能一经确定，便放大、延伸，消解了戏曲祭仪、娱乐、审美等性能，规定了延安时期及新中国戏曲变化的方向。延安文艺指导思想包括戏曲改革指导思想"有经有权"的性质在新中国建立后又被有意或无意地忽略了，那些"适应一定环境和条件的权宜之计"成了"经常之道理，普遍规律"，这其中包括戏曲工具论。在确定戏曲的工具性的同时，共产党

[①] 简朴：《艺术思想的大解放　艺术成果的大丰收——对一九四三年延安平剧活动方向问题讨论情况的回忆》，简朴主编《旧剧革命的划时期的开端——延安平剧研究院纪念文集》，中国戏剧出版社2005年版，第330页。

[②] 李洁非、杨劼：《解读延安——文学、知识分子和文化》，当代中国出版社2010年版，第333页。

中央也确立了对戏曲工作的绝对领导权。戏曲改革已不再是戏曲艺人及文人能决定的事情，艺人和文人都成为共产党中央戏曲改革主张的执行者。可以说，20世纪50年代吴祖光"谈戏剧工作的领导问题"，称"组织力量把个人的主观能动性排挤完了"，其结果在延安时期就已经可以预见。

第二，不可置疑地，作为民族形式，戏曲在延安时期受到政权从而也受到知识者前所未有的普遍重视。这一点迥异于"五四"时期。尽管"五四"前后戏曲之中京剧迅速发展直至进入鼎盛状态，到了20世纪30年代更是走出国门，走上世界舞台，在这过程中，齐如山、罗瘿公、陈墨香、金仲荪等一些文人参与京剧，但是其时京剧发展还主要以艺人为主体，包括京剧在内的戏曲真正进入知识者的视野，受到知识者的普遍关注却还是延安时期的事。

知识者的普遍介入对20世纪戏曲发展变化的影响作用还需要得到充分的分析和估量。当然，这并不是说，延安时期及至共和国时期，戏曲从艺人主导变成为知识者主导。无论是新文艺工作者作为主要力量推动戏曲改革，还是共产党中央在政策中多次强调戏曲改革要依靠艺人，实际上，这两方面都不完全把握戏曲改革的方向。

第三，延安戏曲改造方向和方法规定了新中国戏曲改革的道路。1949年7月，中华全国文学艺术工作者代表大会宣告延安解放区的文艺作为"真正的新的人民的文艺"，指明了"新中国的文艺的方向"，"除此之外，再没有第二个方向了"①，而在戏曲领域，延安"旧剧革命"开辟了新中国戏曲发展道路。这条道路首先规定了传统戏曲的"原罪"，即与"历史是由人民创造的"的真理相悖逆，因此，戏曲改革成为文化改造和建设的题中应有之义，同时新中国戏曲改革与延安戏曲改革一样将改造戏曲内容放在第一位，即使戏曲表达和传递"历史是由人民创造的"等观念，题材的意识形态受到极端重视。

新中国戏曲改革大多数指导意见、政策等都与改革戏曲内容相关，包括审定旧剧目的"有利、有害和无害"论、评价戏曲的"人民性"、"现实主义"标准以及剧目政策等。其中，譬如剧目工作始终是新中国戏曲改革中的突出部分，而"三并举""两条腿走路"等剧目政策几乎可以看作

---

① 周扬：《新的人民的文艺》，《周扬集》，中国社会科学出版社2000年版，第64页。

传统剧目、新编历史剧等在更易于直接表达"历史是由人民创造的"的真理、实现戏曲的工具意义的现代戏的压抑下争取存在合法性所作的努力。在强调戏曲内容的意识形态的时候，那些凝聚表演艺术精华而内容不合乎意识形态要求的传统剧目或即被禁，丧失了舞台展示的机会。

今天回过头来看战时延安戏曲改革，应该肯定，处于其时历史情境和全国政权格局中，延安戏曲改革策略有其必然性，我们无法抛开抗战救亡的时代主题、从城市到乡村的文化迁徙等来评价延安戏曲改革。新中国建立后，历史情境和文化空间已然发生了巨大变化，然而，戏曲改革的方向和方法本应朝向更多维的可能，却在延安道路上一步步进入狭促之地。从延安时期到"文革"时期，戏曲终于如何变化，历史走向的逻辑和变异还有待仔细辨识。

（原载《云南艺术学院学报》2015 年第 1 期）

延安美术意识形态批评模式的形成

闵靖阳[*]

美术批评是以一定标准对美术作品或美术现象进行理论分析或价值判断。美术批评针对的具体对象不同,其中以美术作品或美术现象蕴含的意识形态为分析对象的属于意识形态批评。意识形态批评中仅仅围绕政治展开的属于政治批评。美术批评包含意识形态批评,意识形态批评包含政治批评。延安时期的美术批评以意识形态批评为主导,也包含着政治批评。

一 中共对文艺知识分子的管理与文艺思想的建构

(一)知识分子整风。遵义会议之后,中国共产党的思想路线存在着毛泽东思想与王明思想的重大分歧。毛泽东领导下的中共通过党内意识形态统一、知识分子思想改造和工农兵教育,完成了延安解放区的意识形态整合与统一。党内意识形态统一由中共核心领导层变动和党内整风完成。知识分子出身于小资产阶级,根据毛泽东思想,中共必须对知识分子的身份和意识形态进行彻底的无产阶级改造。知识分子又是工农兵教育的主力军,因此,知识分子改造对于中共的意识形态整合与统一工作意义重大。所以整风运动刚刚开始即由党内整风扩展到知识分子改造。

1941年之前,中共将投奔来的知识分子分配到一个个单位中,通过政权体制来监督管理知识分子,将知识分子确立为干部身份,根据不同的干部身份和级别配给生存资源。获得中共授予的为社会认可的归属于单位的"身份"是知识分子在延安生存和发展的前提。这时的延安文艺界固然坚持中共的领导,但多数文艺界人士只是在革命和救亡两个维度上与中共一

---

[*] 作者单位:鲁迅美术学院文化传播与管理系。

致，并不完全认同马克思主义，文艺界依然处于思想多元、相对独立的状态。

　　1941年9月毛泽东全面负责中共的意识形态工作，随即开展整风运动。1942年4月，延安解放区开展大规模的整风学习，以马列主义、毛泽东思想对知识分子进行教育和改造。整风学习阶段过后，1943年整风运动转入审干阶段，同时中共发起了针对知识分子的"文化下乡运动"。通过了审查的知识分子陆续主动或被迫下乡，深入工农兵生活，在实际生产和斗争中继续改造。改造后的知识分子也普遍响应，文化下乡运动普遍推行。整风后，"文艺为工农兵服务、为无产阶级政治服务"成为文艺的指导思想，文艺符合"二为"方向，文艺工作者要创作直接为工农兵服务、与中共意识形态相符的作品，从而获得认可，进而获得生存资源与发展空间。中共根据工农兵和革命斗争的需要指导管理规范文艺创作。知识分子成为工农兵的一员，工农兵辅助中共对其进行改造，同时知识分子又能对工农兵进行文化启蒙，提升了工农兵的思想政治觉悟与文化素质。知识分子改造与工农兵教育同步展开，实现了中共知识分子改造与工农兵教育合二为一的政策。经过整风运动，"知识分子被整合进体制之中"[①]，意识形态彻底改变，小资产阶级自由知识分子真正改造成了中国共产党的无产阶级文艺工作者，成为中共政权体制中的"齿轮和螺丝钉"。

　　（二）《在延安文艺座谈会上的讲话》发表。"毛泽东召开延安文艺座谈会、进行文艺界整风的目的是改造旧知识分子和培养具有无产阶级意识形态的新知识分子，再由他们对工农兵开展无产阶级教育，最终提升人民的文化素质。"[②] 毛泽东《在延安文艺座谈会上的讲话》（以下简称《讲话》）是文艺知识分子改造的纲领与依据。《讲话》的宗旨在于对文艺知识分子的立场问题、态度问题、工作对象问题、工作问题和学习问题进行改造，从而实现文艺整风的根本目的——文艺为无产阶级政治服务、文艺为工农兵服务。《讲话》的时代意义在于整合统一了文艺知识分子的意识形态，确立了中共的文化领导权。《讲话》提出三种方法改造文艺知识分子

---

　　① 闫靖阳：《延安鲁艺美术生产方式在"十七年"（1949—1966）的传承研究》，《美术学报》2014年第1期，第41—47页。
　　② 闫靖阳：《论延安鲁艺美术系对毛泽东文艺"二为"方向的实践》，《文艺理论与批评》2013年第6期，第103—106页。

的意识形态，包括学习马克思主义、学习社会和开展毛泽东思想指导下的文艺批评。学习马克思主义由整风学习解决，学习社会由知识分子下乡解决，文艺问题则由意识形态批评解决。

中共将文艺批评视作意识形态改造的工具。《讲话》宣布："文艺批评有两个标准，一个是政治标准，一个是艺术标准。按照政治标准来说，一切利于抗日和团结的，鼓励群众同心同德的，反对倒退、促成进步的东西，便都是好的；而一切不利于抗日和团结的，鼓动群众离心离德的，反对进步、拉着人们倒退的东西，便都是坏的……任何阶级社会中的任何阶级，总是以政治标准放在第一位，以艺术标准放在第二位的……我们的要求则是政治和艺术的统一，内容和形式的统一，革命的政治内容和尽可能完美的艺术形式的统一。"①《讲话》限定文艺批评的政治标准为是否有利于抗日、团结和进步。从事文艺批评，首先审查作品有无政治问题，如果政治上是有利于抗日、团结和进步的，再探讨艺术问题。即使艺术上很不完善，也能因政治正确得到鼓励。但如果政治上不合要求，那么则开展政治教育或政治批判，不再讨论文艺问题了。"政治标准第一、艺术标准第二"自《讲话》发布日起成为解放区文艺批评的指导原则，新中国成立前30年，文艺批评一直以"政治标准第一"为原则开展，但是，没有做到既考察政治内容又关注艺术形式，而是以政治标准作为唯一尺度，是彻底的意识形态批评，甚至成为政治批判的工具。

二 延安美术意识形态批评模式的形成过程

（一）文艺"民族形式"的讨论。抗日民族统一战线形成后，延安解放区相对安定，中共开始关注文艺问题，并思考制定文艺政策。毛泽东在1938年六届六中全会上的《中国共产党在民族战争中的地位》报告中强调："洋八股必须废止，空洞抽象的调头必须少唱，教条主义必须休息，而代之以新鲜活泼的、为中国老百姓所喜闻乐见的中国作风和中国气派。"毛泽东将民族形式确定为中共文化政策，在文艺领域产生重大影响。1939年初周扬、艾思奇、萧三等文艺工作者纷纷论述文艺要运用、发扬民族形式，掀起了关于文艺"民族形式"的讨论。周扬发表《对旧形式利用在文

---

① 《毛泽东选集》第2卷，人民出版社1991年版，第868页。

学上的一个看法》，胡蛮发表《论美术上的民族形式与抗日内容》、江丰发表《绘画上利用旧形式问题》，对如何利用旧形式表现新内容等问题积极展开讨论。1940年初毛泽东在《新民主主义论》中提出："中国文化应有自己的形式，这就是民族形式。民族的形式，新民主主义的内容——这就是我们今天的新文化"，要求"发展民族新文化提高民族自信心"①。对民族文化遗产的态度，毛泽东指出："排泄其糟粕，吸收其精华。"经过毛泽东的指示和"民族形式"讨论之后，运用民族形式就成了延安文艺界文艺创作的普遍准则，是否正确继承了民族文化遗产、运用了民族形式成为文艺批评的重要尺度。鲁艺美术家将源自西方的木刻版画根据老百姓的审美品位和美术界的共识做出调整，主题完全转变为工农兵生活，突出人物正面形象，强化正反面人物对比，放弃了之前普遍运用的透视法则，弱化光线明暗差别，画面恢复了传统的明亮色调，木刻工作团还运用传统技法制作了少量套色木刻，用连环图画表现一个完整故事。鉴于年画广受工农兵欢迎，鲁艺美术家又利用年画的形式表现革命生活。鲁艺的新年画沿用传统版画的阳刻方法，单线条描绘人、物，平涂颜料，画面色调明亮，充满喜庆味道，符合百姓品位，布局紧凑，物象丰富，将欧洲木刻与传统年画风格熔于一炉，人、物也符合农民的理想。这些用民族形式反映新民主主义内容的木刻版画、新年画和新连环画受到中共中央、文艺界与老百姓的共同欢迎，开拓了美术发展的新方向。这时候不符合用民族形式反映新民主主义内容的美术作品就遭到了批评，于是爆发了"马蒂斯之争"。

（二）"马蒂斯之争"。1942年初鲁艺教师庄言、焦心河利用从国统区带回的颜料创作了多幅描绘绥德、米脂、佳县一带乡村生活和景色的油画和水彩画。庄言的油画传世五幅：《延安军马房》展现了几匹军马在山脚下马房外悠闲地歇息、吃草的场景。《陕北庄稼汉》刻画了一个陕北青年男农民形象。《陕北农家》描绘了一个老农妇在窑洞门前做鞋子，身边一个小孩在玩耍的场面。《陕北好地方》画了一群农民在黄土坡上种地。《青涧美丽石窑山村》表现了宁静村落的秀美景致。5月庄言与马达、焦心河在延安展出了这些油画水彩画。因延安长期以来缺乏颜料，这几幅油画和水彩画的突然出现引起了大规模争议。鲁艺的墙报《同人》用一整期发表

---

① 《毛泽东选集》第2卷，人民出版社1991年版，第534、707页。

批评文章。江丰后来回忆道："在延安公开提倡这种脱离生活、脱离人民、歪曲现象,并专在艺术形式上做功夫的所谓现代派绘画是错误的。它完全不符合革命实际的需要,它与广大人民的欣赏习惯格格不入……他们的兴趣,主要是放在少数小资产阶级知识分子上面。"[1] 庄言在下一期《同人》上反驳:"战争生活并不排斥色彩和形式,要是能达到完美的效果,什么形式都可以采用。"[2] 庄言的反驳被江丰认定为公然主张"革命的新美术也应该学习和仿效西欧现代派绘画",说这已经超越了个人爱好的范围,造成了某种不良的社会影响,性质是严重的[3]。江丰、胡蛮、罗工柳等人围绕阶级立场、题材和形式三个层面展开对庄言、焦心河的批判。(1) 庄言、焦心河认为存在脱离阶级的纯艺术,并热心追求,固守小资产阶级思想,不能用美术为工农兵服务。(2) 庄言、焦心河热衷于描绘乡村景致,无视残酷的抗战现实,没有用美术表现革命斗争。(3) 庄言、焦心河崇拜马蒂斯、毕加索等资产阶级画家,沉溺于擅长玩弄色彩、不表达革命主题的现代主义绘画,对中国革命迅速取得胜利大为不利。1982年张望依然以只追求形式主义,不在乎思想内容;只注重关门提高,不顾抗战需要为由抨击40年前的庄言等人。西方现代派美术因其资产阶级的阶级属性,表现极端个人主义、带有浓重悲观、虚无色彩的思想意识,超现实的艺术形式,不符合民族形式与抗日内容结合的要求,必然受到批判。"马蒂斯之争"爆发在整风初期,知识分子改造运动正在进行,油画、水彩画的出现确实不合时宜,江丰等人的批评也是时势使然,对美术题材和形式的不同理解和争论在那个时代环境下自然成为意识形态事件,演变为意识形态批判。整风后,文艺批评完全局限于意识形态批评,新中国成立后前30年意识形态批评越来越集中为政治批评。由文艺批评引发意识形态批判,最终升级为政治批判,这个批评模式由延安时期初步形成,十七年持续强化,"文革"最终泛滥。

(三) 对暴露黑暗思潮的批判。1941年之前,中共奉行大量吸收知识分子的政策,对知识分子相当优待,干预和管制较少,知识分子能够自由

---

[1] 江丰:《温故拾零》,《延安岁月》,陕西人民出版社1985年版,第124页。
[2] 沈默:《时代、年表、历程——庄言画集》,北京国际艺苑股份有限公司1989年版,第3页。
[3] 王培元:《延安鲁艺风云录》,广西师范大学出版社2004年版,第129页。

思考和表达，因此，文艺活动活跃。而此时延安社会存在着诸多不符合知识分子理想社会状况的现象。来自国统区的文艺家大多受鲁迅影响，认同鲁迅"揭出病苦，引起疗救的注意"的观念，主张通过文艺暴露黑暗，以敦促中共认清问题改造现实。故这时期文艺的主题除了歌颂光明，还要暴露黑暗，于是产生了一批批判现实的作品，影响较大的有丁玲的《三八节有感》、艾青的《了解作家、尊重作家》、萧军的《论同志之"爱"与"耐"》、罗烽的《还是杂文的时代》、王实味的《野百合花》等。1942年2月延安举办蔡若虹、华君武、张谔讽刺画展。画展《作者自白》指出，延安社会生活中存在着大量不符合知识分子理想和标准的思想和现象，"我们的讽刺画展的任务就在于揭露他们的原形，要大家警惕，使他们不至于在新的社会，新的生活，新的革命事业中存在和滋长"①。

暴露黑暗思潮的盛行，说明中共并未对知识分子意识形态进行有效的整合。"整风之前，中国共产党没有对文艺批评进行监管，文艺批评属自发行为，依然是不同文艺思想的交锋，很少升级为根本的意识形态的冲突，更没有发生过大规模的政治批判。"② 大规模的意识形态批判出现于整风全面开展、《讲话》发布之后。

"漫画还要发展"是毛泽东看完三人讽刺漫画展后交代的唯一的话。1942年6月毛泽东邀请三位漫画家到枣园会谈。毛泽东围绕着漫画讽刺问题提出了看法：漫画的讽刺主要针对敌人，将讽刺运用于人民内部矛盾时不能以冷嘲热讽的态度，且适可而止，必须注意讽刺的是局部，不能让人误以为是整体，最好将批评的和褒扬的对比着来画，并以华君武的《1939年所植的树林》为例提出了改正方法。毛泽东同三位漫画家的谈话虽然围绕着漫画如何运用讽刺展开，目的却是对漫画作者进行思想教育意识形态改造，要求漫画家转变为并坚守无产阶级立场，利用漫画讽刺敌人配合工农兵革命斗争。临别，毛泽东再一次嘱咐"要想到人民"。之后，延安解放区内部讽刺漫画消失，延安漫画家全部转向创作抨击法西斯的反人类统治和揭露国民党消极抗日的对敌斗争漫画。毛泽东对三位漫画家的教育固然完全是意识形态的，但并未组织政治批判，依然可视为意识形态批评。延安时期文艺批评转向政治批判的唯一事件是整风运动初期的"王实味事件"。

---

① 毕克官、黄远林：《中国漫画史》，文化艺术出版社2006年版，第208页。
② 闫靖阳：《延安鲁艺美术生产机制研究》，《中华文化论坛》2014年第3期，第53—54页。

1942年3月中央研究院研究员王实味在《解放日报·副刊》分两期发表《野百合花》。《野百合花》分为五个部分。《前记》通过回忆女战友就义经过反衬延安的"歌转玉堂春,舞回金莲步",暗中表达对中共领导人每周跳交际舞不满。《我们的生活里缺少什么?》批评革命队伍里缺少领导与群众作为同志的爱。《碰〈碰壁〉》反对一篇反对学生发牢骚的文章,希望中共广开言路。《"必然性"和"天塌不下来"与"小事情"》提出不能只知道延安必然有黑暗,必须努力防止黑暗的产生、消灭黑暗。《平均主义与等级制度》反对延安的等级制度,要求进一步平均和公平。毛泽东看了《野百合花》后,认为王实味要求绝对平均,没有站在无产阶级立场,对人民内部矛盾冷嘲热讽,伤害了人民团结。为推进意识形态整合与统一,知识分子改造运动开展了。毛泽东对王实味展开批判是知识分子改造进程的一个环节,王实味事件的出现是必然的,而王实味出现是偶然的。毛泽东的意见发布后,对王实味的批判便铺天盖地涌现,中央研究院连续召开整风及王实味批判大会,《解放日报》连续发表文章进行政治批判。毛泽东将批判升级,称王实味为托派分子,延安存在托派分子集团,于是很快又引发了针对干部和知识分子的"审干运动"和"抢救失足者运动"。根据时事需要,经过全面部署,文艺问题便成为政治问题,知识分子整风运动如火如荼地展开了。

(四)知识分子的自我改造。毛泽东1942年5月23日在延安座谈会上发表总结的讲话后,延安文艺界人士立即发表文章,阐释毛泽东《讲话》思想。文艺知识分子思想意识迅速转变,一个月前还盛行的暴露黑暗思潮消失殆尽。6月15日《谷雨》发表艾思奇、丁玲、刘白羽的三篇文章作为对毛泽东《讲话》的呼应,都强调知识分子意识形态改造的必要性和改造的方法。艾思奇的《谈延安文艺工作的立场、态度和任务》将"坚定的立场和正确的思想意识"看作文艺工作者正确地看清现实的第一个重要条件,因此,文艺知识分子在延安生存、用文艺支援抗战支持革命首当其冲的条件是自觉地接受整风与意识形态改造。两个多月前还因写作《三八节有感》而被批判的丁玲思想意识突变,《关于立场问题我见》陈述了对《讲话》的完全接受和自我改造的决心。与暴露黑暗思潮盛行时文艺知识分子普遍要求文艺保持自身一定的独立性的思想已完全不同。丁玲表态深入学习马列主义,长期与群众一起生活。刘白羽《对当前文艺上诸问题的意见》也认为，文艺应该服从政治，"以文艺的手段达到政治的目的"[①]。知识分子必须站在无产阶级的立场、党的立场，知识分子的出路即是与工农的现实生活结合。蔡若虹后来说，在聆听毛泽东"讲话"时，"我很痛恨自己，觉得这（创作内部讽刺漫画）是我生活中的污点，发誓一定要改正错误"[②]。此时大规模的知识分子整风学习刚刚开始，审干运动还没有开展，知识分子就已经几乎全盘接受了整风与改造。因此，延安时期的知识分子的阶级属性与意识形态的成功改造并不是完全由中共中央一元维度决定的，而是与国家民族危在旦夕的社会境况要求知识分子直接为抗战服务，与天生具有革命与救亡思想传统、服务下层民众的组织传统的左翼知识分子群体自觉接受中共领导和改造等多元维度合作合力的成果。

（五）整风后的美术意识形态批评。整风后，延安美术知识分子普遍下乡，用木刻版画、漫画、年画、连环画等民族形式与革命内容结合的美术创作完成了整风的要求，实践了"二为"方向。意识形态批评成为美术批评的主导。张仃在1942年9月10日的《解放日报》发表《街头美术》，依然认为，"用现代绘画技术描写工农，同时在民间艺术中吸取养分，经过创作实践，欧化美术和民间形式定会变质。创作出为'老百姓所喜闻乐见'的民族形式"[③]。张仃整风运动初期的文章还没有强烈的意识形态意味，而半年之后《解放日报》社总编辑陆定一评古元的《向吴满有看齐》的文章《文化下乡》则完全是集中于意识形态的评论。"在这张木刻里，古元同志把艺术与宣传极其技巧地统一起来了……它给了我们一个很好的范例，很好的榜样。这是整风运动在艺术领域的一个大收获。"接着陆定一便转向论述文化下乡的必要性与困难。最后号召向古元学习，给农民"思想上政治上和技巧上很好的新食粮"[④]。陆定一的文章借美术批评宣讲文化下乡，可视为完全的意识形态批评。由评论文艺作品引出对中共文艺思想的宣讲，之后再号召学习先进人物，成为文艺意识形态批评的重要模

---

① 参见金紫光、何洛《延安文艺丛书·文艺理论卷》，湖南人民出版社1984年版，第232—296页。
② 蔡若虹：《在党的领导下认真工作》，《蔡若虹文集》，人民美术出版社1995年版，第677页。
③ 张仃：《街头美术》，《中国现当代美术史文献》，中国青年出版社2013年版，第289页。
④ 陆定一：《文化下乡》，《中国现当代美术史文献》，中国青年出版社2013年版，第292—293页。

式。整风后延安美术家普遍把美术作为政治宣传的工具,对美术的探索主要是意识形态维度的。陈书亮等人 1944 年 7 月作的调查报告《几种美术宣传方式的试验》完全把美术作为宣传工具,试验不同艺术形式组合的宣传效果,得出结论,拉洋片与大鼓结合、宣传画与口头演讲结合、漫画与地图结合三种形式宣传效果更显著。《解放日报》社副总编辑艾思奇在 1944 年 7 月 28 日的《解放日报》上发表了《美术工作与群众的进一步结合》,对陈书亮等人的报告进行评论,要求美术界积极探索如何更密切地与群众结合,除了要开拓发展为老百姓喜欢的美术形式,还要重视多种艺术形式的综合。江丰在 1946 年 2 月 6 日在《晋察冀日报》发表的《介绍延安木刻展》赞扬了延安木刻的民族形式和木刻家深入体验如实反映生活,引导观众从作品中了解解放区新民主主义社会的面貌。胡蛮 1946 年 2 月回顾抗战时期解放区的美术运动时高度肯定《讲话》对美术界的决定性影响,"美术家们听了毛主席的讲话以后,在艺术思想上起了一个划时代的转变,从此开始了解决美术如何为群众服务的问题。美术家们带着新的认识和新的感觉自觉地和工农兵人民逐渐打成一片,走进工厂,下乡担任乡政府文书,走入部队"[①]。张望这样评论整风后的文艺创作:"通过文艺座谈会和整风学习后,文艺者工作者的阶级觉悟和政治热情空前地高涨,十分鲜明地展示了:延安的艺术创作必须为保卫边区服务,为人民群众的切身利益和生产斗争而发挥积极作用。"[②] 整风运动之后的美术批评都是站在马克思主义立场上,以意识形态作为文章的核心,都属于意识形态批评。持续 40 年之久的美术意识形态批评模式正式形成。

(原载《广西社会科学》2015 年第 1 期)

[①] 胡蛮:《抗战八年来解放区的美术运动》,《中国现当代美术史文献》,中国青年出版社 2013 年版,第 307 页。

[②] 张望:《从桥儿沟、杨家岭到深入生活》,《延安岁月》,陕西人民出版社 1985 年版,第 335 页。

论抗战时期国共两党文艺政策的分与合

王爱松[*]

一

所谓文艺政策，按1934年出版的一本辞典的说法，是指"政党、政府或全国的领导文艺团体，为适合于一般的政治路线，其所决定的文艺活动的路线与策略"[①]。在特定的历史场域中，政党、政府或全国性的文艺团体的领导人常常是这种文艺政策的颁布者或代言人，这种文艺政策还经常与特定地域一个时期的文化政策形成交织和重叠，构成更大系统的文化政策的一个子系统。

一般认为，文艺而有政策，在中国始自20世纪20年代后期。天羽在发表于1934年的《殖民地文艺政策》一文中说："把'文艺'和'政策'扭合在一块来，还是晚近四五年的事。"[②]梁实秋则说得更为详细："文艺而有政策，从前大概是没有的，有之盖始于苏联。我记得大约在民国十五六年的时候，鲁迅先生用'硬译'的方法译出了一部《文艺政策》，在上海出版。那是苏联的文艺政策。在那时我们中国有些人很显然是拥护苏联的文艺政策的，有意识或无意识的服从苏联文艺政策的指导，所以发起了澎湃一时的普罗文学运动，继之以左翼作家联盟。"[③]梁实秋所说的这段史实，与苏联的一场涉及文艺政策的论战及其在中国的介绍和影响有关。1923年至1924年间，苏联文艺界爆发了一场涉及文艺政策的论争。卷入这场文学

---

[*] 作者单位：南京大学中国新文学研究中心。
[①] 邢墨卿：《新名词辞典》，新生命书局1934年版，第19页。
[②] 天羽：《殖民地文艺政策》，《清华周刊》1934年第42卷第3、4期合刊。
[③] 梁实秋：《关于"文艺政策"》，《文化先锋》第1卷第8期，1942年10月20日。

论争的，有《列夫》《在岗位上》《红色处女地》等杂志为代表的一系列文学团体及众多作家与政治、文艺领导人。论争过程中，各派所持观点并不一致，甚至差别颇大。为了解决分歧，1924年5月9日，召开了俄共（布）中央所催开的关于文艺政策的讨论会。1925年1月，"全联邦无产阶级作家联盟"第一次大会形成了有关无产阶级文学和"同路人"的决议《意识形态战线与文学》。1925年6月18日，俄共（布）中央委员会通过了《在文艺领域内的党的政策》的决议，最终为这场论争做出了官方总结。该决议既强调无产阶级文学领导权的建设："文学方面的领导权是属于拥有其全部物质的和精神的资源的整个工人阶级的。无产阶级作家的领导权现在还没有建立，因而党应当帮助这些作家去赢得领导权这一个历史权力"，也强调文学领域内的自由竞赛："党应当主张文学领域中的不同集团和流派的自由竞赛。任何别的解决问题的方法都只是官僚主义的官样文章，无助于真正解决问题。同样，不允许用一纸命令或党的决议来使某个集团或文学组织对文学出版事业的垄断合法化。"①

有关苏联这场论争的过程及党的文艺政策的出台，中国文艺界先后通过任国桢、冯雪峰、鲁迅的译介工作获得了较集中的了解。1925年8月，北新书局出版了任国桢所译的《苏俄的文艺论战》，内收褚沙克的《文学与艺术》、阿卫巴赫等的《文学与艺术》、瓦浪斯基（沃隆斯基）的《认识生活的艺术与今代》、瓦列夫松的《蒲力汗诺夫与艺术问题》。按任国桢自己所写的《小引》，其中前三篇代表的是论争中三大队伍有关艺术问题的论文，反映的是《在文艺领域内的党的政策》颁布苏联文艺界有关文艺问题和文艺政策的一些看法。特别是前两篇的副标题均为《讨论在文艺范围内苏俄左党的政略》，更是标明了文章本身与文艺政策论题之间的关联②。1928年，冯雪峰以《新俄的文艺政策》为书名翻译了日本藏原惟人、外村史郎共同辑译的《俄国K. P.的文艺政策》一书在光华书局出版。

---

① 《关于党的文学政策》，白嗣宏编选《无产阶级文化派资料选编》，中国社会科学出版社1983年版，第140、141—142页。

② 例如，阿卫巴赫等的《文学与艺术》便提出，着眼于文艺的具体写作技巧问题，"左党要掺杂自己的意见是没有什么意思的，左党不但不能实行什么政略，并且也不应当实行什么政略。这不是左党应该去干涉的事情，实在在这些地方左党应守中立，让各派的作家去维持自己的主张，发表个人的意见的"，但着眼于文学是一种武器，却不存在所谓无党派的文学，"左党就不能，并且不应当在文艺的问题上持'中立不倚'的态度，在文学的范围上，左党很应当实行一定的政略"。（《苏俄的文艺论战》，任国械译，北新书局1925年版，第9、10页）

该书收入了 1924 年 5 月 9 日座谈会的速记材料《关于在文艺上的党底政策》、"全联邦无产阶级作家联盟"第一次大会的决议《Ideology 战线与文学》和俄共（布）中央委员会的《在文艺领域内的党底政策》。在不知情的情况下，鲁迅同样开启了对藏原惟人、外村史郎共同辑译的《俄国 K. P. 的文艺政策》的翻译，并且开始从 1928 年《奔流》第 1 卷第 1 期起陆续刊出，全部译稿于 1930 年 6 月辑为《文艺政策》一书由水沫书店出版，书中同时附收了日本冈泽秀虎所作、冯雪峰所译的《以理论为中心的俄国无产阶级文学发达史》。

20 世纪 20 年代苏联有关文艺政策论战的文献，给后来中国文学的发展以重要影响。在 20 年代末的"革命文学"论争中，苏联的文艺政策论战文献表现出了对中国左翼作家的文学观念、话语模式、审美取向等的强大塑形能力，一种无处不在的气氛开始改变五四以来中国文学的走向，形成了成仿吾所说的"从文学革命到革命文学"的方向性转变。无论是文艺的宣传论、阶级论，还是对待工农作家、同路人的态度和立场，或者是一些具体词句的表达，人们都不难从中找到苏联文艺政策论战对中国左翼文学理论和创作产生影响的例证[①]。虽然由于传播条件和鲁迅等人"硬译"[②]的影响，有的左翼作家对苏联文学和文艺政策的接受通常只能得其大意，但在总体形貌上却正如梁实秋所说的，中国的普罗作家和左翼作家的"口吻颇多与俄国共产党的文艺政策相合的地方"，而同样按梁实秋的说法：

[①] 例如：《关于文艺领域上的党的政策》说："在阶级社会里，中立底艺术，是不会有的。"（《鲁迅译文全集》第 5 卷，福建教育出版社 2008 年版，第 121 页）成仿吾则说："谁也不许站在中间。你到这边来，或者到那边去。"（《从文学革命到革命文学》，《创造月刊》第 1 卷第 9 期，1928 年 2 月 1 日）

[②] 例如，鲁迅对《关于文艺领域上的党的政策》第十五条的翻译，即有明显的"硬译"痕迹："党应当竭一切手段，排除对于文学之事的手制的，而且不懂事的行政的妨害。党为了保证对于我们文学的真是正当的，有益的，而且战术底的指导起见，应该虑及那在职掌出版事务的各种官办上，十分留心的人员的选择。"（《鲁迅译文全集》第 5 卷，福建教育出版社 2008 年版，第 125 页）20 世纪 40 年代收入周扬编选的《马克思主义与文艺》的陈雪帆对这一段的翻译，仍不无"硬译"痕迹："党对于文学的事情，应该用尽一切手段排除杜撰的、不懂事的行政上的妨碍。为了保证对于我们文学的真是正当的，有益的，而且战术的指导起见，应该慎重考虑各种官办事业上掌管出版事务的人选。"（《马克思主义与文艺》，大连大众书店 1946 年版，第 246 页）1984 年作家出版社改版重印的《马克思主义与文艺》，采用人民文学出版社 1953 年版的《苏联文学艺术问题》一书中对该文的新译，则明白晓畅多了："党应当用一切办法根除对文学事业的专横的和不胜任的行政干涉的尝试。党应当仔细注意出版事业机关的人选，以便保证对我们文学的真正正确的、有益的和有分寸的领导。"（第 252 页）

"俄国共产党的文艺政策虽然也有十几段，洋洋数千言，其实它的主旨也不过是——'无产阶级必须拥护自己的指导底位置，使之坚固，还要加以扩张……'"[1] 以今日的眼光来看，这里所涉及的无产阶级的"指导底位置"，也就是葛兰西所说的无产阶级的文化领导权问题。这种对文化领导权的强调，不仅从1929年6月中国共产党第六届中央执行委员会第二次全体会议通过的《宣传工作决议案》中体现出来，而且从"左联"成立大会所通过的"理论纲领"和左联执委会1930年8月4日通过的《无产阶级文学运动新的情势及我们的任务》表现出来。《无产阶级文学运动新的情势及我们的任务》明确提出："目前中国无产阶级文学运动已经从击破资产阶级文学影响争取领导权的阶段转入积极地为苏维埃政权而斗争的组织活动的时期。……'左联'这个文学的组织在领导中国无产阶级文学运动上，不容许他是单纯的作家同业组合，而应该是领导文学斗争的广大群众的组织。"[2] 这类理论表述，一方面折射出了当时共产党的政治路线所导致的对革命形势的激进判断与"左"倾色彩，另一方面也反映出了"左联"不是一个纯粹的文艺社团和群众组织，而是肩负着争取文化领导权使命的一个准政治团体。其组织方式是政治化的组织方式，所遵循的文艺政策与同时期中央苏区的文艺组织如工农剧社没有本质差异。强调文学的阶级性、大众化、武器论，无一不表明20世纪30年代左翼文学运动所执行的是充满强烈党派意识和政治意识的文学政策。同时，与苏联文艺政策的关联，更多地吸收了其中对文化领导权的强调，而忽视了其中对自由竞赛的鼓励和对同路人作家的联合问题。

当革命文学运动如火如荼展开之时，右翼文人也在摩拳擦掌，呼吁国民党出台文艺政策。针对"我们的党政府及党人不曾真真注意到文艺方面"的现状，廖平提出，"第一：我们国民党的文艺界要联合起来，成一个大规模中国国民党文艺战争团。……第二：政府要给这种团体相当的援助，以及指导。此外对于一切反革命派的刊物，要检查，禁止，以免影响青年，致有错误的思想"[3]。1929年6月，国民党中宣部召开第一次"全国宣传会议"，通过了《确定适应本党主义之文艺政策案》《规定艺术宣传

---

[1] 梁实秋：《所谓"文艺政策者"》，《新月》1932年第3卷第3期。
[2] 《文化斗争》第1卷第1期，1930年8月15日。
[3] 摩平：《国民党不应该有文艺政策吗》，《革命评论》（周刊）1928年第16期。

方法案》。这两个文件既呼应了此前右翼文人对于出台文艺政策的吁求，也搭建了此后国民党文艺政策的宏观框架。《确定适应本党主义之文艺政策案》提出了创造"三民主义文学"的总方针，强调"第一，创造三民主义文学（如发扬民族精神，阐发民治思想，促进民生建设等文艺作品）；第二，取缔违反三民主义之一切文艺作品（如斫丧民族生命，反映封建思想，鼓吹阶级斗争等文艺作品）"[①]。一创造，一取缔，基本规定了此后国民党文艺政策的两大方向。不过，由于国民党意识形态宣传的空洞和无能，更因为国民党文艺统制机构的政出多门、相互掣肘，此时国民党文艺政策的实施总体上取缔长于创造、口号多于实践，其结果正好构成了毛泽东所提出的一个经典问题，那就是在1927年至1937年期间，"其中最奇怪的，是共产党在国民党统治区域内的一切文化机关中处于毫无抵抗力的地位，为什么文化'围剿'也一败涂地了？"[②] 这一问题或许只有放到更长的历史时段中才能获得圆满解答。

二

全面抗战之前近十年的国共两党的文艺政策，构成了抗战时期国共两党文艺政策的"前史"。抗战时期，无论国民党还是共产党的文艺政策，都与上一个十年既保持某种历史的连续性，也呈现出由时代的变化所引起的一定程度的非连续性或曰断裂。这种变化的由来，首先表现在中国共产党自1935年8月发表《为抗日救国告全体同胞书》（《八一宣言》）、12月举行瓦窑堡会议确定抗日统一战线的方针，率先对自己的战略、战策做出了调整。1936年春"左联"的解散及随之而来的"两个口号"的论争，正是这种政治路线的调整在左翼文坛所引起的转型和转型期的短暂混乱的反映。西安事变的和平解决，卢沟桥事变的爆发，特别是1937年7月17日蒋介石庐山谈话的发表，标志着中国共产党从反蒋抗日、逼蒋抗日到联蒋抗日的政策调整有了现实的必要和可能。而随后到来的国共两党的第二次合作，进一步促成了抗战时期共产党文艺政策的主动调整。

[①] 国民党中执委宣传部编：《全国宣传会议录》，1929年6月，第31页。转引自牟泽雄《民族主义与国家文艺体制的形成——国民党南京政府时期（1927—1937）的文艺政策研究》，云南人民出版社2013年版，第45页。

[②] 毛泽东：《新民主主义论》，《毛泽东选集》第2卷，人民出版社1966年版，第663页。

坚持抗日统一战线和坚守文化领导权是抗战时期共产党文化和文艺政策的两个重要主题。在日寇进攻武汉期间，中共中央所强调的宣传鼓动工作中应注意的事项之一是："说明抗战的目前任务是克服困难，坚持抗战，准备反攻，以争取对日抗战的最后胜利，为达到这个任务，必须坚持统一战线，拥护蒋委员长与国民政府，反对日寇亲日分子托派之分裂中国团结反蒋运动和酝酿对日妥协的一切阴谋。"① 即使是在皖南事变之后，中央宣传部在规划共产党在文化运动上的任务时，第一条仍然是"团结一切抗日不反共的文化力量，建立文化运动上最广泛的统一战线，向着一个共同的目标：反对民族敌人——日本帝国主义，反对民族投降主义，反对黑暗复古主义"②。

值得注意的是，在坚持抗日统一战线和坚守文化领导权之间，共产党将优先性赋予了坚持抗日统一战线。1938年4月28日，毛泽东在鲁迅艺术学院演讲时便强调，为了共同抗日，艺术界同样需要统一战线，"今天第一条是一切爱国者的抗日民族统一战线，第二条才是我们自己艺术上的政治立场。艺术上每一派都有自己的阶级立场，我们是站在无产阶级劳苦大众方面的，但在统一战线原则之下，我们并不用马克思主义来排斥别人。排斥别人，那是关门主义，不是统一战线"③。正是在这种抗战救国优先、统一战线优先的时代背景下，海伦·斯诺1937年上半年才在延安观察到了一种典型的文艺服从于政治和政策的现象："无论何时，政治路线一旦有所变化，舞台戏剧就完全变了过来，适应其需要。……我在延安时，正值取消苏维埃之际，一切戏剧的武器都搬了出来，为这一改变进行解释、宣传，赢得人们的同情。反对国民党、反对蒋介石的话听不见了；任何赞成内战的观点不允许说了。一切都朝着促成统一战线的方面发展。戏剧的主要内容变成促进群众运动，反对日本侵略，唤起民众，要求民主，而没有宣传苏维埃的内容了。"④ 这种变化，实际上是建立在毛泽东后来所

---

① 《中央关于目前日军进攻武汉对各政治机关宣传鼓动工作的指示》（1938年10月7日），《中国共产党宣传工作文献选编》（1937—1949），学习出版社1996年版，第24页。

② 《中央宣传部关于党的宣传鼓动工作提纲》（1941年6月20日），《中国共产党宣传工作文献选编》（1937—1949），学习出版社1996年版，第257页。

③ 毛泽东：《在鲁迅艺术学院演讲》（1938年4月28日），《毛泽东文艺论集》，中央文献出版社2002年版，第16页。

④ ［美］海伦·斯诺：《卓有成效的延安舞台》，安危译，《陕西戏剧》1984年第4期。

说的"党的一切政策,都是为着战胜日寇"①的基础之上的。对于这种文艺政策的调整,海伦·斯诺给予了充分的同情的理解。而某些接近国民党的文人,则无法理解或装作不理解这种随时代变化而来的调整,并从中找到了攻击共产党的口实——他们由此认为中共没有一贯的文艺政策,要说有,也只有"机会主义"与"盲动主义"②。

在具体历史情境中,坚持抗日统一战线与坚守文化领导权两种取向之间,无疑会形成某种紧张关系。而这种紧张关系,集中地落实到了对文学合法性的垄断和竞争之上——反映在战时文艺政策上,即如何处置文学与三民主义之间的关系。从20世纪30年代国民党提倡三民主义文艺和民族主义文学运动开始,三民主义与文学之间就建立起了牵扯不清的关系。国民党派文人一直力图通过三民主义与民族意识建立起对文学的权威话语的垄断,左翼作家则对那种只谈民族、不谈民权和民生的狭隘的三民主义与民族意识保持高度警惕。进入抗战时期,这种分歧常常因为对三民主义的不同理解和不同层面的强调而加剧。事实上,长期以来,无论国民党人还是共产党人,始终都承认存在着对三民主义的多重、纷乱的理解。毛泽东不仅在多个地方指出存在着真、假三民主义,而且反复强调"我们同意以孙中山先生的革命的三民主义、三大政策及其遗嘱,作为各党派各阶层统一战线的共同纲领"③。而所谓"革命的三民主义",即是"联俄、联共、扶助农工三大政策的三民主义。没有三大政策,或三大政策缺一,在新时期中,就都是伪三民主义,或半三民主义"④。中国共产党的另一重要领导人张闻天,则不仅旗帜鲜明地表明"我们反对对三民主义的曲解,反对一民主义,反对假三民主义"⑤,而且在《抗战以来中华民族的新文化运动与今后任务》一文中详细分析了孙中山三民主义思想体系中的积极因素和消极因素:"为民族、为民主、为科学、为大众而斗争的政治思想"及其中

---

① 《一个极其重要的政策》(1942年9月7日),《毛泽东选集》第3卷,人民出版社1966年版,第836页。

② 杜华:《中共的文化政策》,《青光》第1卷第4期,1945年12月1日。

③ 《和美国记者贝特兰的谈话》(1937年10月25日),《毛泽东选集》第2卷,人民出版社1966年版,第348页。

④ 《新民主主义论》(1940年12月),《毛泽东选集》第2卷,人民出版社1966年版,第650页。

⑤ 张闻天:《支持长期抗战的几个问题》(1939年8月23日),《中国共产党宣传工作文献选编》(1937—1949),学习出版社1996年版,第76—77页。

不符合中华民族新文化的"复古的倾向""反民主、反大众的倾向""唯心的、反科学的倾向"。张闻天最后得出结论说:"因此,孙中山三民主义的政治主张与政治纲领,可以成为各党派、各阶级抗战建国统一战线的政治纲领;但它的思想体系,它的理论与方法,正因为存在着上述的弱点,所以不能成为新文化运动的总的理论与方法的基础。而且对于新文化运动的贡献也比较的少。""应该坚决反对以三民主义来垄断新文化运动的任何企图,反对以政治力量来强迫新文化运动者去全部接受或信仰三民主义的思想体系,以及对于三民主义的思想体系的自由讨论与科学批判的限制与取缔。三民主义不能限制新文化。相反的,三民主义只是新文化的一个组成部分而已。"[①] 这种对三民主义思想体系的归纳和概括,清楚表明了抗战时期共产党人所服膺的是将三民主义作为抗日建国统一战线的政治纲领,而不是当作新文化运动的思想体系和理论纲领。而如果我们将毛泽东思想当作集体智慧的结晶,那么,可以说,这种对三民主义的认识,以及其中所折射出的坚持抗日统一战线与坚守文化领导权之间的某种紧张关系,正好构成了毛泽东《新民主主义论》和《在延安文艺座谈会上的讲话》出台的一个重要思想背景。

三

抗战时期,国民党政府和中央及所属各机构制定、通过、颁发了相当多的有关文化政策、文化运动、文化出版、文化组织等的提案、决议、纲领、法规,其中或多或少涉及国民党的战时文艺政策。这类文艺政策,尤以国民党中央宣传部、社会部、军委会政治部等机构制定和颁布的数量为最多,影响也最广,在战时的文化动员和文化统制方面产生了重要影响(这种影响主要在国统区但不限于国统区)。不过,总体上,国民党抗战时期试图推行全国一致同意的文艺政策、实行党治文化的目标始终没有得到实现。

1938年3月31日,国民党临时全国代表会议通过了陈果夫等的关于确定文化建设原则纲领的提案。该提案提出了中华民国文化建设的三大原

[①] 《抗战以来中华民族的新文化运动与今后任务》,《张闻天文集》第3卷,中共党史出版社1994年版,第44—45页。

则和二十二条纲领。其中三大原则是:"一、根据总理'保持吾民族独立地位,发扬我固有文化,并吸收世界文化而光大之'之遗训,以建设中华民族之新文化。二、以文化力量,发扬民族精神,恢复民族自信,加强全国民众之精神国防,以达民族复兴之目的。三、对于一切文化事业,尽保育扶持之责,以督促、指导、奖励及取缔方法,促成全国协同一致之发展。"二十二条纲领中与文艺相关者有五条:"十五、建立三民主义的哲学、文艺及社会科学之理论体系。十六、实施总理纪念奖金办法,以策励文艺、社会科学、自然科学、教育及社会服务之进步。……十八、明定奖励出版办法,保障著作人之权益,以提高出版道德,文化水准,并取缔违反国家民族利益或妨害民族意识之言论文字。十九、推广新闻、广播、电影、戏剧等事业,以发扬民族意识为主旨。二十、设立国家学会,选拔文学、艺术、科学等积学之专家,以奖进学术研究之深造。"① 这个提案基本规定了国民党战时文化、文艺政策的基本指导思想和方向。无论是《国民党中央宣传部文化运动委员会工作纲领》(1942年)、军委会抄发的《当前之文化政策与宣传原则》(1942年5月1日)、中央宣传部所检送的《各省市县党部三十年度通俗宣传实施纲要》(1942年5月15日),还是国民党第五届中央执行委员会第十一次会议所通过的《文化运动纲领案》(1943年9月8日)、国民党中央宣传部所奉发的《文化运动纲领实施办法》(1945年4月23日),都沿袭了陈果夫等的提案的基本思路:强调文化建设对于建国和抗战的重要意义,强调三民主义作为文艺运动和文化政策的思想基础,强调文化活动和文学实践以民族国家为本位,当然,同时也强调对马克思主义的传播和共产党主张的流传持警戒态度。

抗战初期,国民党作为执政党在全民抗战的热潮中声望得到提高。军委会政治部第三厅和中华全国文艺界抗敌协会的成立,给开展全国性的文化运动、进行全国性的文艺动员带来了新的可能和便利。但是,国民党的战时文艺政策,更多的是一种惯性运动。在处理文艺与时代的关系时,仍如20世纪30年代的文艺政策一样,被动多于主动,消极措施多于积极措施。1931年,在谈及民族主义文学运动和三民主义的文艺时,朱应鹏曾

---

① 《国民党临时全国代表会议通过陈果夫等关于确定文化建设原则纲领的提案》(1938年3月31日),中国第二历史档案馆编:《中华民国史档案资料汇编》第五辑第二编"文化",凤凰出版传媒集团凤凰出版社1998年版,第1页、第2—3页。

说:"所谓党的文艺政策,又是由于共产党有文艺政策而来的;假如共产党没有文艺政策,国民党也许没设有文艺政策。"① 国民党这种被动创设文艺政策的局面,实际上到抗战时期也没有根本改变。1942年9月,张道藩发表《我们所需要的文艺政策》,意在改变这种被动局面。该文提出了"六不""五要"的政策。所谓"六不政策",即:"(一)不专写社会黑暗,(二)不挑拨阶级的仇恨,(三)不带悲观的色彩,(四)不表现浪漫的情调,(五)不写无意义的作品,(六)不表现不正确的意识。""五要政策",即:"(一)要创造我们的民族文艺,(二)要为最苦痛的平民而写作,(三)要以民族的立场来写作,(四)要从理智里产作品,(五)要用现实的形式。"② 鉴于张道藩身为国民党文化官员的身份等因素,该文发表后在文坛引起相当大反响。按王集丛的说法,"一时之间,中国文艺政策问题,成了文坛议论的中心。这可说是抗战建国期中中国文艺界的一件大事"③。目前学界多倾向将该文所主张的文艺政策当作战时国民党的文艺政策。然而,结合该文发表后的种种遭遇来看,此种说法言过其实。该文当时虽然引起右翼文人相当多的附和与赞同,但也激起不少的反对和嘲讽。有左翼文人嘲讽"嚷嚷'不描写黑暗'的论客们"是"鸵鸟主义在作祟"④。自由主义文人梁实秋则秉持他20世纪30年代以来的一贯主张,认为文艺政策是一种妨碍文艺自由发展的、带有一定强迫性的统制文艺的企图⑤。更值得注意的是,甚至附和张道藩观点的右翼文人也多指出《我们所需要的文艺政策》的种种不足。有人不满于该文没有名正言顺地称我们所需要的文艺为"三民主义的文艺"或"三民主义文艺"⑥,有人指出"这六不五要""作为纲目条文,其间界限未清,而含义大小不一,有的可以合并,有的可以补充"⑦。更有人提出:"时至今日,不只是我,恐怕广大的读者们看到'政策'这字面,都会感觉头痛。现在,作者既是站在主义和国家民族的立场,提出文艺的建设性和永久性的法则,并不是为了应

---

① 朱应鹏:《朱应鹏氏的民族主义文学谈》,《文艺新闻》1931年3月23日。
② 张道藩:《我们所需要的文艺政策》,《文艺先锋》第1卷第1期,1942年9月1日。
③ 王集丛:《三民主义文艺政策的提出和其意义》,《中国新文学大系(1937—1949)》第1集"文学理论卷一",上海文艺出版社1990年版,第91—92页。
④ 苏黎:《鸵鸟》,《新华日报》1942年9月27日。
⑤ 梁实秋:《关于"文艺政策"》,《文化先锋》第1卷第8期,1942年10月20日。
⑥ 易君左:《我们所需要的文艺原则纲要》,《文艺先锋》第2卷第4期,1943年。
⑦ 王梦鸥:《戴老光眼镜读文艺政策》,《文化先锋》第1卷第21期,1943年。

付眼前，维持现状的'政策'，那么，在标题上取消'政策'的字面，干脆发出一个洪亮的号召：'我们所需要的文艺！'实在尤为允当而适切。"①但这样的主张，一旦真的付诸实践，则恰恰等于取消了张道藩所主张的文艺政策。而张道藩自己，面对梁实秋的诘难，后来似乎也显得底气不足——声称"我们绝不是'奉命'开场"，自己之所以"未曾称为'政府的文艺政策'或'中国的文艺政策'，而只称为'我们所需要的文艺政策'"，实际上是期盼"全国的文艺界来批评、补充，以求一全国一致同意的政策"②。可以说，自 20 世纪 30 年代以来，国民党人一直在渴望由"党的文艺政策来统制中国的文艺"③，从而实现党治文化的梦想，但这个梦想到 40 年代也始终无法实现。

一种制度只有在相当一部分人接受并同意贯彻它时，才能被成功付诸实施。从这个角度上讲，张道藩所主张的"我们所需要的文艺政策"，还只能算是一种文艺政策的设想，而不能说是一种获得同意并贯彻的文艺政策。他有感于建立"全国一致同意的政策"的必要性，实际上却无法推出这种"全国一致同意"的文艺政策。相比之下，毛泽东的《在延安文艺座谈会上的讲话》则堪称建立起了一种受到相当一部分人接受且成功付诸实践的文艺政策。

《在延安文艺座谈会上的讲话》也是在要建立一个具有高度合法性的文艺政策的背景之下出台的。它一方面是毛泽东文艺思想长期发展的水到渠成的一个结果，一方面是革命文艺发展的迫切要求。据王德芬回忆，1941 年萧军要求离开延安时曾向毛泽东建言。毛泽东在当面回答萧军的"党有没有文艺政策"的询问时回答："哪有什么文艺政策，现在忙着打仗，种小米，还顾不上哪！"而萧军则说："党应当制定一个文艺政策，使延安和各个抗日根据地的文艺工作者有所遵循有所依据，统一思想统一行动，加强团结，有利于革命文艺工作正确发展。"④ 结合后来的历史文献来看，王德芬这里所述的对话的细节或许可能与历史场景有出入，但其基本骨骼应当是真实的。1944 年 3 月 22 日，毛泽东在中共中央宣传委员会召

---

① 王平陵：《评〈我们所需要的文艺政策〉》，《中央周刊》第 5 卷第 16 期，1942 年。
② 张道藩：《关于文艺政策的答辩》，《文化先锋》第 1 卷第 8 期，1942 年 10 月 20 日。
③ 殷作桢：《文艺统制之理论与目标》，《前途》第 2 卷第 8 号，1934 年。
④ 王德芬：《萧军在延安》，《新文学史料》1987 年第 4 期。

开的宣传工作会议上说:"在内战时期、抗战初期,甚至于现在,在我们一些同志中间还有一种思想,就是认为政治、军事是第一的,经济、文化是次要的。这样一种看法有没有理由呢?的确,政治、军事是第一的,你不把敌人打掉,搞什么小米、大米,搞什么秧歌,都不成。因为还有敌人在压迫。"① 在1944年10月30日陕甘宁边区文教工作者会议上,毛泽东又说:"我们的工作首先是战争,其次是生产,其次是文化。没有文化的军队是愚蠢的军队,而愚蠢的军队是不能战胜敌人的。"② 毛泽东并不看轻文化对革命工作的必要性和重要性,但也从不讳言战争环境中政治、军事、经济、文化的主次轻重和先后次序。而萧军后来在"延安文艺座谈会"上发言时,明确提议"可能时应制订一种'文艺政策',大致规定共产党目前文艺方针,以及和其他党派作家的明确关系"③。在"延安文艺座谈会"结束后几天的中央学习组会议上,毛泽东通报了座谈会的情况:"党中央关于知识分子的决定已经有了,但是对于文学艺术工作,我们还没有一个统一的很好的决定。现在我们准备作这样一个决定,所以我们召集了三次座谈会。……其目的就是要解决刚才讲的结合的问题,即文学家、艺术家、文艺工作者和我们党的干部相结合,和工人农民相结合,以及和军队官兵相结合的问题。"④ 毛泽东并且数次提到"政策"一词⑤。所有这些,都表明《在延安文艺座谈会上的讲话》中所提出的文艺为什么人的问题、普及和提高的问题、文艺统一战线问题、文学批评标准问题等相关命题,都是作为政策和制度来设计的。当然,这并不意味着此前共产党没有文艺政策,毛泽东当年所说的"哪有什么文艺政策",大抵是指没有较纯粹的"成文法"意义上的文艺政策。而此后,随着中央总学委1943年10月20日颁布《关于学习毛泽东〈在延安文艺座谈会上的讲话〉的通

---

① 毛泽东:《发展陕甘宁边区的文化艺术》,《毛泽东文艺论集》,中央文献出版社2002年版,第103—104页。
② 毛泽东:《文艺工作中的统一战线》,《毛泽东文艺论集》,中央文献出版社2002年版,第110页。
③ 萧军:《关于文艺诸问题的我见》,《解放日报》1942年5月14日。
④ 毛泽东:《文艺工作者要同工农兵相结合》(1942年5月28日),《毛泽东文艺论集》,中央文献出版社2002年版,第87—88页。
⑤ 例如:"这个问题的解决当然不是一天两天的事,而是一个长期的过程,但是我们要了解党对待这个问题的政策。"(《毛泽东文艺论集》,第86页)"我们要使文艺工作者了解这些问题,掌握党的政策。"(第94页)"所以文艺家要懂得这样的政策,其他同志也要懂得这样的政策,这是一个结合的过程问题。"(第95页)

知》、中央宣传部 1943 年 11 月 7 日颁布《关于执行党的文艺政策的决定》,《讲话》所体现的文艺政策在各解放区的传播和贯彻获得了制度性的护航与保证,直到第一次文代会后成了中国大陆获得成功实施的、具有绝对文化领导权的文艺政策。

四

在全面抗战展开的过程中,众多作家发表文章主张建立战时文艺政策[①],或者就战时文艺政策的纲领展开宏观讨论,或者就战时文艺政策的具体措施献言献策。在此背景下,无论共产党的文艺政策,还是国民党的文艺政策,都既是抗战救国的需要,也是民意的一定程度的表达,同时毋庸置疑地融入了各自的党派意识。在具体推行和实施的过程中,随着时局的变化,国共两党的文艺政策既有联合,也有竞争,甚至不无斗争。正是在这种联合、竞争、斗争的复杂纠结关系中,国共两党的文艺政策引导着抗战文艺的前进方向、创作实践,一定程度上决定了抗战文艺的潮起潮落和文学版图。

抗战时期国共两党的文艺政策,使战前许多作家在呼唤的建立全国性的文艺界抗日统一战线的动议化为现实,在抗战初期便建立起了中华全国文艺界抗敌协会、中华全国戏剧界抗敌协会、中华全国电影界抗敌协会、中华全国美术界抗敌协会等全国性文艺界抗敌救亡团体。这些全国性文艺团体的建立,凝聚了全国文艺界的力量,扩大了抗日救国的舆论宣传。尤其是"文协"及其散布各地的十余个分会的成立,一定程度上形成了左、右翼和中间派作家之间的新联合。当然,由于战时环境中,中华大地实际上已处于支离破碎的碎片化的政治地缘文化环境中,如"文协"延安分会首先得服从边区政府的领导,这种新联合实际上不可能达到全国一致的理想状态,但这些全国性抗敌救亡团体的成立,仍然在推进中华民族解放运动的过程中做出了相当贡献。

抗战时期国共两党的文艺政策,促成了"文章下乡,文章入伍"的新

---

① 如西谛《战时的文艺政策》,《战时联合旬刊》1937 年第 3 期;周行《论战时文艺政策》,《武装》1938 年第 3 期;董文《战时文艺政策》,《弹花》第 3 卷第 2 期,1939 年 12 月 1 日;杜埃《确立文艺政策》,《文艺阵地》第 4 卷第 7 期,1940 年 2 月 1 日;沙雁《确立抗战文艺政策》,《东南青年》第 1 卷第 5 期,1941 年 11 月 15 日。

气象，促进了新文学在中国大地尤其是内地和乡村的传播，加强了作家、艺术家与底层民众的广泛接触和结合。尤其是军委会政治部所领导的诸多抗敌文艺宣传团队，以及如延安解放区丁玲所率领的"西北战地服务团"，在深入底层、深入第一线传播民族意识、进行战争动员等方面，做出了极大努力。

抗战时期国共两党的文艺政策，还促进了广泛的文艺民族化、大众化、通俗化运动。无论是国统区还是解放区的作家和艺术家，都看到了街头剧、墙头诗、壁报、图画、歌曲在传播抗战救亡意识、改造民众的精神世界中的巨大作用，纷纷利用各种民族化、大众化、通俗化的文学手段拉近文艺与普通民众间的距离。国民党中央宣传部制定了《各省市县党部三十一年度通俗宣传纲要》，军委会战地党政委员会制定了《文化食粮供应计划大纲》与《战地书报供应办法》。共产党人在推动文艺的大众化与通俗化上更是付出了巨大努力。从各解放区所发表或公布的一些社论、决议和规章来看①，共产党所领导的解放区的文艺的民族化、大众化、通俗化，比国民党在国统区进行得更为彻底和深入，推进到了民风、民俗、节日等层面，深入到了最底层民众的日常生活实践之中，对普通百姓的精神世界进行着潜移默化的熏陶和改造。

抗战时期国共两党的文艺政策，还促成了出版制度、图书杂志审查制度、文艺奖励制度、作家救助制度等的出台。作为当时的执政党，国民党及其下属机关所制定和颁布的这类法规和文件不计其数。如果说，出版法和图书杂志审查制度更多地体现了战时国民党文化建设的消极措施，那么，文艺奖励制度和作家救助制度则更多体现了其积极措施。受宏观战争环境的影响，当时国统区不少作家贫病交加，基本日常生计成了问题。文艺奖金和文艺界贷金、补助金的发放，虽然不能从根本上解决作家的物质贫困问题，但在战时环境中仍成为作家抱团取暖的一个措施。比较而言，抗战时期，延安等解放区由于采用供给制，作家的基本生存获得了更多保证。赵超构曾记录道："当我想多知道一点他们的日常生活时，多数作家都向我们保证他们生活得很满意。写不写，写多或写少，一种作品写作时

---

① 例如：《晋察冀边区首届艺术节宣传大纲》，《抗敌报》1940年10月16日；《新年戏剧工作大纲》，《晋察冀日报》1940年12月24日；《从春节宣传看文艺的新方向》，《解放日报》1943年4月25日；《关于发展群众艺术的决议》，《解放日报》1945年1月12日。

间的长短，并无拘束。反过来说，公家虽保证他们基本生活，并不要求一定的写作，假如他们有作品，所有的稿费和版税也是私有的。"① 这种生活和创作状态，后来久而久之虽然衍化出了一种不思进取、由"圈养"所生成的惰性，但在战时环境之下却构成了"解放区的天是明朗的天"的一部分。而解放区的文学奖励，总体上更多偏重于培养新作家和工农兵作者。至于共产党在国统区所展开的出版发行工作，尤其是在特殊和敏感时期，所执行的大体是一种相对谨慎的策略："在国民党区域的出版发行工作（党的和同情者的），要以精干政策战胜国民党的量胜政策，以分散政策抵抗其统制政策，以隐蔽政策对抗其摧残政策。因此，需要改进和改善宣传战方面的组织工作，主要是出版发行工作。"而之所以采取这种策略，所依据的是共产党进行宣传战的基本政策："一方面坚持抗日第一与抗战到底，坚持抗日民族统一战线与新民主主义政治，坚持真正三民主义与总理遗嘱，并多方揭露国民党反共投降的阴谋罪行，及其违反三民主义与总理遗嘱的言论行为，以推动国民党进步分子，争取中间分子，孤立其反动分子。又一方面，争取社会的广大同情者和同盟军，来共同反对国民党的反共、投降，反对其反动的复古主义和一党专制主义，在这方面，我们要强调思想、信仰、言论、研究、创作、出版、教育之自由，要赞助广大中间分子自由主义立场，要同情被压迫、被排斥的地方势力。"② 总体上，正是在一种对国民党既联合、又斗争，对被排斥的地方势力的既争取、又利用的灵活策略中，左翼抗战文学运动在国统区里也获得了夹缝中的生存，甚至在桂林、香港等地开展得如火如荼。

五

抗战时期，中国版图上存在着多股政治势力，国土分裂成了多个碎片化的地理政治空间。以广义的国统区、解放区、沦陷区而论，每一政治空间的政治势力都在追求各自的文化领导权，都在推行各自的文化与文艺政策。特别是日伪所推行的所谓"共存共荣"的大东亚文化战略，使战时国共两党的关系和文艺政策更趋复杂和多变。对于国共两党来说，在民族救

---

① 赵超构：《延安一月》，中国国际广播出版社 2013 年版，第 112 页。
② 《中央宣传部关于展开对国民党宣传战的指示》（1941 年 5 月 7 日），《中国共产党宣传工作文献选编》（1937—1949），学习出版社 1996 年版，第 225、223 页。

亡的层面上，日伪势力始终是一个他者。不过，由于历史的惯性和自身的利益所决定，国民党顽固势力虽然表面上已走出了"攘外必先安内"的策略怪圈，但在反苏、反共一点上仍存在与日伪结成利益共同体的苗头和可能，与此同时，共产党人则始终警惕着这种苗头和可能。毛泽东曾多次明确地谈到所谓"友军"和"异军"、"友党"和"异党"问题。事实上，自国共两党第二次合作、建立抗日统一战线之后，双方就都在警惕、排除对方身上的他者性，有意无意地实施法国文化人类学家列维－斯特劳斯所概括的两种文化策略。

在《忧郁的热带》中，列维－斯特劳斯曾提出，在人类的历史上，无论何时，当需要处理他者的他者性时，通常会运用两种策略：一种是人的区隔策略，一种是人的噬食策略。鲁迅曾说："我以为文艺家在抗日问题上的联合是无条件的，只要他不是汉奸，愿意或赞成抗日，则不论叫哥哥妹妹，之乎者也，或鸳鸯蝴蝶都无妨。但在文学问题上我们仍可以互相批判。"① 这种文化策略后来在毛泽东所说的"今天第一条是一切爱国者的抗日民族统一战线，第二条才是我们自己艺术上的政治立场"② 中获得了相当完整的延续。如果毛泽东所说的第一条是一种典型的注重同化他者性的噬食策略，那么，他所说的第二条则是一种典型的注重消除他者性的区隔策略。可以说，抗战时期共产党人对国民党人所主张的三民主义文艺所持的态度，相当集中地折射出这两种典型策略：愿意在政治基础上接受三民主义，但在思想文化基础上更强调新民主主义的文化和文学的建设。

值得注意的是，抗战时期，无论共产党的文艺政策，还是国民党的文艺政策，都受到苏联文艺政策的影响。"党的领导机关，除一般的给予他们写作上的任务与方向外，力求避免对于他们写作上人工的限制与干涉。我们应该在实际上保证他们写作的充分自由，给文艺作家规定具体题目、规定政治内容、限时限刻交卷的办法，是完全要不得的。"③ 给作家以充分的写作的自由，其思想来源、政策根源显然来自列宁的《党的组织和党的

---

① 鲁迅：《答徐懋庸并关于抗日统一战线问题》，《鲁迅全集》第 6 卷，人民文学出版社 1981 年版，第 530 页。

② 毛泽东：《在鲁迅艺术学院演讲》，《毛泽东文艺论集》，中央文献出版社 2002 年版，第 16 页。

③ 《中央宣传部、中央文化工作委员会关于各抗日根据地文化人与文化团体的指示》（1940 年 10 月 10 日），《中国共产党宣传工作文献选编》（1937—1949），学习出版社 1996 年版，第 163 页。

文学》。当然，写作的自由并不是无限制的，具体的实践更是另一回事。赵超构便注意到："苏联有'文艺政策'，延安也有'文艺政策'。延安的文艺理论，是全盘承受苏联的，主要的是列宁和高尔基的文艺观。这理论的要点，只有两句话：一，任何时代的文艺，都是带着阶级性的，都是为着它本阶级的政治利益而服务的；二，'无产阶级'的文艺家，应该为无产阶级的政治利益服务。"① 这样的观察是正确的。对文艺的政治立场和倾向的强调，是共产党的文艺政策对作家的第一要求。成仿吾甚至特别强调："关于文艺与政治的关系问题，文艺为政治服务的'政治'还是抽象的说法，法西斯也是政治。应该更具体些：文艺为一定阶级的阶级斗争服务。"② 相比之下，国民党对苏联文艺政策的态度颇多游移和暧昧，甚至可以说充满了今日所说的羡慕嫉妒恨的情绪：一方面，他们反复地指责共产党追随苏联的文艺政策，声称"苏联的文艺政策，不是我们所需要的文艺政策"③，"我们不希望以三民主义的文艺政策与日、苏、德、意的文艺政策相提并论。三民主义的政治是民主政治"④；但另一方面，又颇为羡慕苏联的文艺统制政策，不断地论证文艺统制政策的合法性⑤。梁实秋曾说："在苏联德意，文艺作家是一种战士，受严格的纪律，不合乎某一种'意德沃洛基'的作品是不能刊行的，有时还连累作者遭受迫害，不能在本国安居，或根本丧失性命。"⑥ 张道藩等人虽然矢口否定这不是"我们"所需要的文艺政策，但是，从国民党 20 世纪 30 年代以来实际上所推行的文艺政策来看，从抗战时期国民党所颁布和实行的诸多图书杂志审查标准和制度来看，他们所施行的实际上是那种高度一体化的文艺统制政策的最坏部分。而实际上，即使在苏联，也是有相当多的人反对政党对文化的统制的。在 20 年代的文艺政策论争中，布哈林说："凡有文艺上的政策的一切问题的解决，常常有人想求之于党——宛然是对于政治及其他的生活的些

---

① 赵超构：《延安一月》，中国国际广播出版社 2013 年版，第 108 页。
② 成仿吾：《在北岳区党的文艺工作会议上的发言》，《晋察冀报》1943 年 5 月 21 日。
③ 王梦鸥：《戴老光眼镜读文艺政策》，《文化先锋》第 1 卷第 21 期，1943 年。
④ 张道藩：《关于文艺政策的答辩》，《文化先锋》第 1 卷第 8 期，1942 年 10 月 20 日。
⑤ "本世纪来，能确定一个文艺政策而且行之有效——确能有助于整个国策之运用的，自然要数苏联。这个国家对文艺政策的重视，证明了这话的正确：'一个具有完整建国理论的国家必需有一个与那理论一致的文艺政策。'"参见丁伯骝《从建国的理论说到文艺政策——〈我们所需要的文艺政策〉读后感》，《文化先锋》第 1 卷第 8 期，1942 年。
⑥ 梁实秋：《关于"文艺政策"》，《文化先锋》第 1 卷第 8 期，1942 年。

细的问题，党都给以回答一般。然而这是党的文化事业的完全错误的Methodologie（方法），为什么呢，因为这是自有其本身的特殊性的。"①托洛茨基同样强调文学艺术的特殊性。他在《文学与艺术》的第七章《共产党对艺术的政策》中说，"艺术必须开辟自己的道路，并且用自己的方法。马克思的方法不是和艺术的方法相同的。党领导无产阶级，但并不领导历史底历史进程。有些领域，党在其中直接地命令地领导。有些领域，党在其中仅只合作。最后还有些领域，党在其中仅规定自己的方向就是了。艺术领域不是要党去命令的领域。党能够而且必须去保护并帮助艺术，但是他仅只间接地领导它"②。帕斯捷尔纳克在1935年于巴黎召开的一个作家代表大会上，更是不留任何情面地说，"我知道这是一次作家的聚会，目的是组织起来共同抵制法西斯主义。我只想对你们说一句话：不要去组织。组织是对艺术的扼杀。只有独立的个性才是最重要的。无论是1789年、1848年还是1917年，作家们都没有组织起来拥护什么或者反对什么。不要组织，我恳求你们，不要去组织"③。帕斯捷尔纳克如此决绝地反对对作家进行组织，除了以艺术的例外论和独立的个性的名义之外，显然还与苏联国内的一系列变动不无关联：1932年4月23日，联共（布）中央通过《关于改组文艺团体》的决议，决定成立单一的苏联作家协会；1934年8月，召开苏联第一次作家代表大会，将"社会主义现实主义"定于一尊；1934年12月1日，谢尔盖·基洛夫在列宁格勒被暗杀，成为大清洗的导火索。大致上从此时起，1925年所颁布的《在文艺领域内的党的政策》为"不同集团和流派的自由竞赛"留下的空间被彻底取消。可以说，无论中外，文艺的统制与文艺的自由之间，始终是一对矛盾。早在1934年的中国，就有人注意到了超功利的文学论与所谓的文艺政策之间的冲突和矛盾：文艺在具有其超时间和空间的超越性的同时，"也最容易为人玷污，为人利用，为人强奸！文艺正像一个不贞节的娼妓，对谁都邀之以青睐，也对谁都同样的被御用。爱护文艺的人是无法加以置辩的"④。当然，有利用和御用便总是有反利用和反御用，这是任何时代都无法抹去的历史事实

---

① 见《文艺政策》，《鲁迅译文全集》第5卷，福建教育出版社2008年版，第67页。
② ［苏］托洛茨基：《文学与革命》，韦素园、李霁野译，未名社1928年版，第288页。
③ ［英］以赛亚·柏林：《苏联的心灵：共产主义时代的俄国文化》，潘永强、刘北成译，译林出版社2010年版，第56页。
④ 天羽：《殖民地文艺政策》，《清华周刊》第42卷第3、4期合刊，1934年。

和无法摆脱的历史辩证法。

抗战时期，由于抗日统一战线的出现，国共两党之间为文化领导权而展开的斗争同战前相比，表面减缓了斗争的力度，不像此前十年那样显得剑拔弩张、势不两立；在全面抗战的初期，甚至形成了更多的联合竞争的局面，推动着民族救亡事业的文化动员的开展。然而，在本质上，两党此时所推行的文艺政策实际上大同小异，呈现出强烈的同质化趋势：在服务于民族利益的旗帜和口号之下，推广自身的政治主张，维护各自的党派利益。当然，由于受战时环境的制约，国共两党的文艺政策在国统区和解放区、以及在国统区和解放区内部的各板块之间的影响都不是均质的。国统区各地方政府和势力在抗战时期的某一阶段都曾制定和颁布过某些地方性的文艺政策和法规。共产党则一方面设法扩大革命文化和文艺在国统区的影响，另一方面也谨慎地防止这种扩大造成对统一战线的动摇。在各解放区内部，由于交通和传播条件等的限制，对《在延安文艺座谈会上的讲话》一类文艺法规和政策的传播与贯彻，也有一个渐进的过程，同样不是均质的。

总体上，从文艺政策的创设、推广和实施状况来看，抗战时期共产党无疑比国民党做得更为成功。国民党败居台湾之后，曾反思自己政权落败的一个重要原因是没有如共产党一样利用文艺展开有效的意识形态斗争。这当然不无道理。但过分夸大这一原因，也就会沦为典型的避重就轻。正如易劳逸所说的："其实，国民党政权在推行其政策、计划，在改变根深蒂固的中国社会的政治习俗方面，很少表现出有何统治能力。它的存在几乎完全依赖于军队。事实上，它只有政治和军事的组织机构，而缺乏社会的基础。它与生俱来就是所有政治体制中最为动荡的体制之一。"[1] 一个政权之社会基础的薄弱和动摇，才是这一政权不得人心、最终落败的终极原因。唐纵1941年4月24日的日记，如实记录了张道藩对自己政权的真实看法："张部长云，许多地方治安不好，一有乱子，便归咎中共的煽动，其实以现在政治经济情形，没有中共也要出乱子……"[2] 当一个政权的统

---

[1] [美]易劳逸：《毁灭的种子：战争与革命中的国民党中国（1937—1949）》，王建朗、王贤知、贾维译，江苏人民出版社2009年版，原序第2页。

[2] 唐纵：《蒋介石特工内幕：军统"智多星"唐纵日记揭秘》，团结出版社2011年版，第124页。

治者本身都对这个政权充满了不满、失去了信心之时，这个政权离在政治竞争的场域中落败就不远了。此时任何看似有效的宣传政策和文艺政策，也解决不了这一政权本身的最根本的合法性危机。

（原载《文学评论》2015 年第 5 期）

启蒙·想象·理性
——延安时期文艺理论的现代性诉求

李 惠[*]

现代性（modernily）是一个源自西方的多元而复杂的概念，它涵盖了哲学、政治学、社会学、文学等诸多领域，不同领域含义不尽相同。在西方有关现代性概念的诸多界说中，吉登斯、哈贝马斯、福柯等人的观点较具代表性。吉登斯将现代性等同于现代社会或工业化世界，包括民族国家、民主等一系列制度性建构，"意指后封建的欧洲所建立而在20世纪日益成为具有世界历史性影响的行为制度与模式"，他认为，"现代性本质上是一种后传统秩序"。[①]"现代性产生明显不同的社会形式，其中最为显著的就是民族—国家。"[②]哈贝马斯从哲学角度出发，把现代性阐释为一套源自理性的价值系统与社会模式设计，指出现代性乃是一项"未完成的设计"。[③]福柯则认为，现代性"不是历史的一个时期"，而是"一种态度"，"一种思考和感觉的方式，一种行动、行为的方式"，"有一点像希腊人叫作气质的东西"。[④]可见，吉登斯从制度层面上来阐释现代性，突出强调现代社会行为制度与模式的建构，哈贝马斯的现代性意味着一种新的社会知识和时代的建构，福柯的作为"一种态度"的现代性实乃一种对时代进行理性批判的精神品格。尽管三位思想家关于现代性的界说各不相同，但至

---

[*] 作者单位：延安大学文学院。

[①]［英］安东尼·吉登斯：《现代性与自我认同》，赵旭东等译，生活·读书·新知三联书店1998年版，第22页。

[②] 同上书，第16页。

[③]［德］哈贝马斯：《现代性的哲学话语》，曹卫东译，译林出版社2008年版，第1页。

[④]［法］米歇尔·福柯：《何为启蒙》，顾嘉琛译，《福柯集》，上海远东出版社1998年版，第534页。

少我们可以知道,现代性的内涵包含着人的理性精神、思想感觉方式、新社会制度的建构等。延安时期文艺理论通过强调文艺对大众的思想启蒙、现代民族国家想象共同体的建构及对艺术家自由主义浪漫遐想的理性规约,体现出强烈的现代性诉求。

一 劳苦大众走向现代的思想启蒙

倘若追溯西方现代性的缘起,启蒙运动功不可没。可以说,恰恰是启蒙精神催生了西方的现代性。18 世纪欧洲的启蒙运动本质上是一场资产阶级思想文化运动,旨在用理性来启发人们为中世纪宗教迷信所蒙蔽的头脑,用科学知识来照亮人们的思想,消除神话、幻想,使人摆脱愚昧、蒙蔽状态,达到思想与政治上的自主性。所以,康德说,"启蒙就是人类对他自己招致的不成熟状态的摆脱。"① 延安时期文艺理论主张以大众喜闻乐见的文艺形式实现对大众自由、民主、平等、反压迫的现代思想意识的启蒙。

首先,强调文艺对劳苦大众的启蒙教化。20 世纪三四十年代,随着日本帝国主义的入侵,中国民族革命浪潮高涨。为发动劳苦大众投身革命,取得民族救亡革命的胜利,启蒙成为抗战的首要任务。一大批具有现代性意识的知识分子怀揣革命理想,不畏艰难险阻奔赴延安,加入民族救亡的行列。然而,当时的陕甘宁边区,由于地理位置的偏远、经济状况的落后及农村教育的缺失,民众文化水平十分低下。"知识分子凤毛麟角,识字者亦极稀少。……平均起来,识字的人只占全人口的1%。"② 民众思想意识极其落后、迷信,"在一百五十万人口的陕甘宁边区内,还有一百多万文盲,两千个巫神,迷信思想还在影响广大的群众。"③ 面对如此情形,理论家们主张对不识字、无文化的工农大众进行一次"普遍的启蒙运动",解放他们为封建迷信思想所蒙蔽的头脑,唤醒他们的民族自觉性、主体性,让他们"自己起来同自己的文盲、迷信和不卫生的习惯作斗争"④。提高他们斗争的热情和胜利信心,以取得民族战争的伟大胜利。

---

① [德]康德:《道德形而上学基础》,孙少伟译,江西教育出版社 2014 年版,第 71 页。
② 林伯渠:《林伯渠文集》,华艺出版社 1996 年版,第 118 页。
③ 《毛泽东选集》,人民出版社 1991 年版,第 1011 页。
④ 同上。

为了民族救亡，文艺理论突出强调文艺启蒙功效。理论家们指出，文艺的作用"在于它能把活的事实具体地摆了出来，因此能够教育和号召全国的人，起来为抗战努力工作"①。真正有价值的"文艺不是要'束之高阁'的东西，它是社会的、民族的"，"要有推动和变革现实的力量"。②他们甚至认为，"艺术是发动人民、团结人民，激发他们的斗争热情，锻炼他们的阶级意识，促成巨大的行动，去完成与获得人生最完美的一种成果……除此之外，艺术不为别的"③。显然，文艺被理论家当作了启蒙大众现代思想、激发民族意识与斗志的东西，是实现民族救亡、求得民族解放的有效手段。但由于民众文化水平的低下，文艺需要以民众喜闻乐见的民间文艺形式呈现出来，方可实现启蒙作用。于是，文艺理论中关于文艺民间形式的运用与文艺大众化的呼声不断，产生了潘梓年的《民族形式与大众化》、林默涵的《略论文艺大众化》、何其芳的《关于艺术群众化问题》、严辰的《关于诗歌大众化》等一系列文艺理论文章，主张艺术家根据大众的需要和接受程度去创造能"教育群众的文艺形式，使文艺和群众真正的结合起来"④。以大众化的文艺来化大众，激发他们的现代意识。

其次，主张建构符合劳苦大众审美趣味的艺术美学追求。文艺大众化的发展迫使延安文艺的美学追求发生转变，文艺理论建构起一种以劳苦大众审美趣味为旨归的艺术美学追求。延安时期，因知识分子大多来自城市，有很高的学识素养，"写文章，或画图画，或演戏剧，或制歌曲，都自然而然会有城市风味，城市情调，甚至是外国风味，外国情调"。这样的风味、情调与"周围农村（而且是经过了革命的农村）的环境格格不入"，⑤ 自然不会为民众所接受。而文艺要启蒙大众，必须要符合大众的审美趣味。因此，理论家们主张，要摒弃知识分子那种吟唱优雅、闲适诗意生活的艺术，摒弃那种纤细、柔弱的病态美。那些认为"大雪天出去散步，风吹的越猛越好，真有诗意"⑥ 的艺术美学追求在抗战语境中是不合

---

① 艾思奇：《旧形式运用的基本原则》，《延安文艺丛书（文艺理论卷）》，湖南文艺出版社 1987 年版，第 601 页。
② 同上书，第 602 页。
③ 塞克：《在青年剧院学习总结会上的讲演》，《解放日报》1942 年 6 月 30 日。
④ 林默涵：《略论文艺大众化》，《延安文艺丛书（文艺理论卷）》，湖南文艺出版社 1987 年版，第 758 页。
⑤ 陆定一：《文化下乡——读古元的一幅木刻年画有感》，《解放日报》1943 年 2 月 10 日。
⑥ 塞克：《在青年剧院学习总结会上的讲演》，《解放日报》1942 年 6 月 30 日。

时宜的,是不会引发民众共鸣的。"一切随着生长病和由于生活空虚而来的字句上的花饰都该在我们摒弃之列。"① 艺术家应该关注劳苦大众的生活,描绘大众及士兵艰苦卓绝的战斗生活,从劳苦大众身上发掘美。"绝不能再认为女人的细腰为美,手指的纤细为美",因为,"这种美是病态的,是有钱人吃饱了饭没有事闲出来的臭美。真正的美应该是为真理、自由、为劳动的人民解放而斗争的力,创造的力,真正能够担负工作的健康的劳动者的躯体,和坚强的战士"②。可以说,抗战的历史现实需要知识分子放弃闲适雅致的艺术追求,赞美健康而强壮的体魄,歌颂坚强不屈的战士及他们不畏艰难坚持战斗的精神,以符合劳苦大众审美趣味的艺术来唤醒大众的主体性与现代意识,求得民族革命的胜利。

最后,提倡劳苦大众基于生活经验的文艺批评。延安时期,启蒙对文艺大众化的要求迫使知识分子走向农村,融入大众,向大众学习。艺术家与大众的界限被打破,大众获得了与理论家平等的评论文艺作品的话语权,他们根据自己的生活经验评点艺术家的作品,提出建议。如表现武装保卫耕种的《劳武合作》,有老乡针对"几个农民扛着锄头在前面走,一个民兵扛枪在后面"的画面,指出"后面的民兵也应拿把镢头,否则,前面的人好像被后面扛枪的人压迫着去生产的,而且没有敌人时还可一起翻地"③。看似可笑的挑剔,实则符合情理。再如,一个老太婆指出《慰问伤兵战士的水墨画》的不合情理之处,"战士打敌人负了伤,脸上发青是对的,但那来慰问的人的脸不应也是青青的,应该是红红的健康的颜色。嘴边上带点担忧的意思就够了。"④ 这样的例子还有很多,如胡一川的木刻《军民合作》,许多美术家都认为是精品,但熟悉农村生活的老农却毫不客气地指出"驴儿的胸鞯画得太紧了,这样驴儿会勒杀,哪还能驮子弹箱呢!松一些,弯下面一点就成了","赶驴的人要站在右手边,你却把人儿放左边了,这样牲口便不好牵了"。彦涵的《春耕》,老农认为耕牛少了一个木架,没有它,不能犁田,当彦涵问及该如何改时,老农沉思片刻道:

---

① 沙汀:《民族形式问题》,《延安文艺丛书(文艺理论卷)》,湖南文艺出版社 1987 年版,第 619 页。
② 塞克:《在青年剧院学习总结会上的讲演》,《解放日报》1942 年 6 月 30 日。
③ 王曼硕:《延安鲁艺美术系的绘画教育》,《延安文艺丛书(文艺理论卷)》,湖南文艺出版社 1987 年版,第 868 页。
④ 同上。

"那边不是一座屋吗？……画上的远景是山脚下一个农家，画上的人招招手，口里嚷嚷，让家里把木架送来好了！"① 这种基于劳苦大众自己生活经验对艺术作品的批评被文艺理论家加以肯定与提倡，认为可以纠正那些"不注意内容，只从形式或技巧上欣赏作品的旧观点"②。文艺理论提倡民众对艺术的批评，体现出鲜明的现代民主思想，劳苦大众被当作了真正意义上的"人"，发出了自己的声音。虽然这些批评缺乏理论深度，但因为有丰富生活经验的积淀，从表现生活的角度来看，充满情趣，符合生活与艺术本真，值得借鉴。

二 民族国家想象共同体的建构

民族国家意识的建构是延安时期文艺理论核心内容之一。美国学者安德森指出，民族"是一种想象的政治共同体——并且，它是被想象为本质上有限的（limited），同时也享有主权的共同体"。③ 民族的想象能在人们心中唤起一种"生来如此"的历史宿命感，并"使人们在'民族'的形象之中感受到一种真正无私的大我与群体生命的存在"，从而在心中诱发出"一种无私而尊贵的自我牺牲"。④ 延安时期文艺理论蕴含着知识分子对于民族国家的想象与认同。

首先，延安时期文艺理论承载了知识分子对于民族国家自由平等、民主富裕的想象。20世纪三四十年代的中国，在民族救亡激情的推动下，颇具现代性意识的知识分子将革命胜利后的民族国家想象为自由平等、独立富强的现代化民主国家。他们在对劳苦大众进行启蒙时声称，要彻底颠覆现存的"吃人"的传统秩序，打土豪、斗地主，建构一个无剥削压迫、人人平等的"平民世界"。文艺理论为配合抗战的胜利，以理论叙述的方式建构了自由平等、民主富强的现代化"民族国家"这一"想象共同体"。理论家指出，未来的新中国是"民主自由的乐土，是抗日的各阶级均能安

---

① 李伯钊：《敌后文艺运动概况》，《延安文艺丛书（文艺理论卷）》，湖南文艺出版社1987年版，第8547页。
② 王曼硕：《延安鲁艺美术系的绘画教育》，《延安文艺丛书（文艺理论卷）》，湖南文艺出版社1987年版，第869页。
③ ［美］安德森：《想象的共同体民族主义的起源与散布》，吴叡人译，上海人民出版社2005年版，第6页。
④ 同上书，第19页。

居乐业，享受自由民主的幸福"①的国家，因此，抗战以来中华民族新文化运动的任务就是"驱逐日寇出中国，建立独立，自由、幸福的新中国（抗战建国）"。②显然，贫穷落后不是民族革命的目的，未来的民族国家是工业发达、富裕的现代化国家。"我们不能老是用毛驴运输。我们要火车、汽车和工厂，我们要逐步地实现工业化。伟大的事业在等着我们。"③这逐步实现工业化的"伟大事业"，将要到来的自由民主、安居乐业、平等幸福的"新时代"饱含文艺理论家对全新中国的想象，激励着数以万计的劳苦大众前仆后继、甘愿做逐日的夸父，为未来全新的民族国家去战斗，从容赴死。

其次，对民族国家的想象性建构使得知识分子把个体与民族国家的命运关联在一起。在民族救亡压倒一切的历史语境和建构民族国家的话语体系中，个体的命运、情感被排除在文本叙事之外，几乎所有的叙述都成了饱含民族革命的寓言，诚如詹明信所说，"第三世界的文本，甚至那些看起来好像是关于个人和力比多趋力的文本，总是以民族寓言的形式来投射一种政治：关于个人命运的故事包含着第三世界的大众文化和社会受到冲击的寓言"。④这种寓言式的个人叙事折射出的是建构民族国家宏大的理想。譬如，冼星海给妻子的信中写道，"我应当以工作为前提，在这大时代里我们要把一些自己所能做的贡献给民族，一切贡献给党，不要时常挂怀着自己的幸福，因为我们的幸福是以解放民族、解放人类为目的。我们是渺小的，一切伟大的事业不是依靠个人成就，而是集合全体的力量而得成功。个人光荣和成功是暂时的，是虚伪的。真正成功和光荣是全人类的"。⑤可见，与民族的、国家的命运、劳苦大众的命运相比，知识分子个体命运、情感世界是渺小的，无意义的。因此，文艺要用"新现实主义"

---

① 陈毅：《关于文化运动的意见》，《延安文艺丛书》（文艺理论卷），湖南文艺出版社1987年版，第183页。

② 洛甫：《抗战以来中华民族的新文化运动与今后的任务》，《延安文艺丛书》（文艺理论卷），湖南文艺出版社1987年版，第128页。

③ 贺龙：《对文化工作者的讲话》，《延安文艺丛书》（文艺理论卷），湖南文艺出版社1987年版，第197页。

④ [美]詹明信：《晚期资本主义的文化逻辑》，陈清桥等译，生活·读书·新知三联书店2013年版，第429页。

⑤ 艾克恩编著：《延安文艺运动纪盛（1937.1—1948.3）》，文化艺术出版社1987年版，第85页。

描写"今天民族解放战争中的大众,甚至是明天建设自由幸福的新中国的大众",① 而不是抒写个体的命运与爱恨情仇,因为,"在未来的新社会里,及在今天的新环境里,已经完全是集体主义了,只有集体才有力量,只有集体才能发展,非个人时代可代替。在诗歌上发现个人的东西,早已不再为人感兴趣,从天花板寻找灵感,向醇酒妇人追求刺激的作品,早就被人唾弃,早就没落了。只有投身在大时代里,和革命的大众站在一起,歌唱大众的东西,才被大众所欢迎"②。可见,在抗战的历史语境中,个体命运与民族国家命运相比是不足挂齿的,企图剥离个人与民族国家的想法是错误的,脱离了民族国家与大众的个人是没有价值的,所以,文艺要扬弃知识分子的个人趣味与生活琐事,描写努力建设自由幸福新中国的劳苦大众。

再次,文艺理论中,"新文艺""新文字""新中国"等一系列全"新"的字眼凸显出知识分子强烈的同旧时代决裂的决心和对新时代、新中国的想象与向往。延安时期文艺理论充斥着全新时代的想象,理论叙述全都打上了"新"的烙印。抗战的文艺是"新文艺","新文艺"要使用"新文字",要运用"新现实主义"来描写"新中国"的"新形象",去完成时代赋予的"新任务"。"新文艺"被看成"是促成'建国必成'的重要的条件之一,特别为奠定新中国'文艺复兴'的基石"③。因为,"在不久的将来,新文字更加普遍实行起来的时候",旧的形式"一定会自然而然地被扬弃",蜕变成"另一种新的东西"。④ 因此,"要创造新的形式,如果有了新的内容,新的语言,新的意识,新的思想,新的社会,新的人,新的活动的话"⑤。这诸多"新"的表述承载着知识分子与罪恶的"旧社会",愚昧的"旧思想",过时的"旧内容""旧形式"等旧对象彻底决裂的决心和对全新时代的想象。在建构全新民族国家的政治诉求与美丽梦想的文艺理论指导下,大量的文艺作品以践行理论的方式传达出共同

---

① 潘梓年:《民族形式与大众化》,《延安文艺丛书(文艺理论卷)》,湖南文艺出版社1987年版,第736页。
② 严辰:《关于诗歌大众化》,《解放日报》1942年11月1日。
③ 罗思:《论美术上的民族形式与抗日内容》,《延安文艺丛书》(文艺理论卷),湖南文艺出版社1987年版,第728—729页。
④ 周文:《文化大众化实践当中的意见》,《延安文艺丛书》(文艺理论卷),湖南文艺出版社1987年版,第752页。
⑤ 萧三:《论诗歌的民族形式》,《延安文艺丛书》(文艺理论卷),湖南文艺出版社1987年版,第673页。

的现代意识。《兄妹开荒》《白毛女》《血泪仇》《穷人恨》《逼上梁山》《吕梁英雄传》《王贵与李香香》等一系列文艺作品通过反抗压迫、追求平等、自由的主题承载着对于民族国家的想象，使大众形成广泛的"认同感"，即平等、自由只有在新时代才能成为现实，从而生发出反封建压迫的革命意识，为民族独立解放、民族国家建构而献身。因此，可以说，延安时期文艺理论在"新文艺""新文字"的理论诉求中承载的是建构现代民族国家的重任。

三 自由主义文艺创作的理性规约

延安时期，知识分子对于大众的启蒙起到了重要的作用，但由于他们与大众文化水平、生活习惯、兴趣爱好等方面的巨大差异，彼此之间的隔膜日益突显出来。知识分子"感觉自己是文化人，自己从事的文化工作远高于别的工作"①，对老百姓不屑一顾。以鲁艺为例，有的知识分子整整四年，"没有到农民的窑洞去过一次"，与农民毗邻而居，但却"老死不相往来"。② 知识分子"每个人都自认为是大艺术家"，"彼此高谈阔论，上下古今，天南海北，海阔天空"。他们眼里的农民"没有文化，啥也不懂……身上只有虱子"。③ 于是，鲁艺的知识分子自顾自地"坐在窑洞里，就写自己5年以前，或10年以前的爱情"④。百姓则戏称鲁艺"戏剧系装疯卖傻，音乐系呼爹叫妈（指练声），美术系不知画啥"⑤。彼此的隔膜可见一斑。这隔膜固然有民众文化水平低下的原因，但与知识分子的自高自大不无关系。

知识分子的自高自大不仅导致了与民众的隔膜，也"导致了文艺领域自由主义的盛行"，部分知识分子"拒绝任何的批评，避免集体的行动，没有明确的目标，时而这样、时而那样"⑥，甚至认为文艺是自由自在的、

---

① 陈云：《关于党的文艺工作者的两个倾向问题》，《解放日报》1943年3月29日。
② 杜忠明：《延安文艺座谈会纪实》，中央文献出版社2012年版，第118页。
③ 张素华等：《说不尽的毛泽东：百位名人学者访谈录》下，中央文献出版社2013年版，第154页。
④ 同上。
⑤ 马可：《延安鲁艺生活杂忆》，《任文，永远的鲁艺》上册，陕西师范大学出版社2014年版，第29页。
⑥ 李初犁：《十年来新文化运动的检讨》，《延安文艺丛书》（文艺理论卷），湖南文艺出版社1987年版，第377页。

无拘无束的,"红莲、白莲、绿叶是一家;儒家、道家、释家也是一家;……政治、军事、文艺也是一家。既然各是一家,它们的辈分是平等的,谁也不能领导谁"①。这种严重脱离抗战历史语境的关于文艺自由主义的浪漫遐想与抗战所要求的团结一致、抵御外敌的政治思想背道而驰。面对知识分子脱离现实的浪漫遐想,中国共产党召开了延安文艺座谈会,有步骤地实施了整风运动,对艺术家自由主义的浪漫遐想进行适时引导与理性规约,文艺理论亦以积极、理性的姿态向艺术家自由主义浪漫遐想发出批评。

首先,文艺理论通过对严重脱离抗战现实与大众的欧化文艺的批评有意识地规约文艺创作。针对抗战初期文艺创作中严重"欧化"的倾向,理论家指出:"作家太纠缠于知识分子的圈子,太沉溺于外国作品的世界了。他接触的老百姓太少了,看自己的中国看得太少了。"②导致文学艺术"偏向于向外国的文艺里去学习",这虽然是"把高级发展了的技术介绍到中国来了",③但也因此脱离了历史现实语境,远离了中国民众。抗战的历史现实要求文艺"要克服那些远离中国大众的、不适当的'欧化'"。④文艺发展的实践表明,"欧化"的自由主义的文艺创作是严重脱离现实的知识分子的自娱自乐。"以短裙舞艳的装束表演抗战舞蹈,将美国小丑的姿态赋予游击队员,这不但不能为群众所理解,所接受,即就艺术上而论也是失败的"。⑤处于抗战中的中国,民众文化水平低下,艺术接受水平局限于民族民间文艺形式,牵强地仿效欧美无益于启蒙大众的抗战现实。因此,文艺创作必须防止和反对"一步登天的左倾空谈"与"慑服于困难而裹足不前的右的倾向",要么尽唱高调,无益于实际,要么"陶醉在自己的小天地里,'清高地'坚持自己的所谓'艺术性'"⑥。因为,在抗战压倒一切的时代,要实事求是地"根据革命实践和群众的实际需要来认识问题",

---

① 肖云儒、高杰:《延安文艺座谈会写真》之三,《陕西日报》1992年7月2日。
② 周扬:《对旧形式利用在文学上的一个看法》,《延安文艺丛书》(文艺理论卷),湖南文艺出版社1987年版,第626页。
③ 艾思奇:《旧形式问题》,《延安文艺丛书(文艺理论卷)》,湖南文艺出版社1987年版。
④ 柯仲平:《论文艺上的中国民族形式》,《延安文艺丛书》(文艺理论卷),湖南文艺出版社1987年版,第615页。
⑤ 徐懋庸:《民间艺术形式的采用》,《新中华报》1938年4月20日。
⑥ 林默涵:《略论文艺大众化》,《延安文艺丛书》(文艺理论卷),湖南文艺出版社1987年版,第763页。

绝不能"凭知识分子脑子里的蓝图来设想问题"。① 文艺理论家对不切实际的"欧化"文艺的批评,有效规约了文艺创作。

其次,对艺术家轻视民众与民间艺术创作态度的理性规约。延安时期,文艺为谁服务,应该写什么,不应该写什么,不仅毛泽东《在延安文艺座谈会上的讲话》有着明确的规约,《讲话》前后的其他文艺理论文本对文艺创作亦有明确的要求。在对不合时宜的"欧化"文艺进行理性规约的同时,文艺理论对艺术家轻视民间艺术与民众的创作态度发出了告诫。"我们决不能一听到'民间的'这个名词,便存一种轻视的心思,偶然去弄一弄这类的形式时,便觉得是自贬身价,降格低就,甚至觉得是文艺的倒退而觉痛苦",而是要"采取一场严肃的态度去研究民间形式的诗歌,去向他们学习"②。艺术家不但不能轻视民众与民间艺术,而要甘当小学生,向广大民众学习,学习他们的生活、思想以及言谈。向丰富的民间文艺学习,"把民族的、民间的旧有艺术形式中的优良成分吸收到新文艺中来,给新文艺以清新刚健营养,使新文艺更加民族化、大众化"③,这才是抗战时期一个真正的艺术家应有的创作态度。在全民抗战的历史时刻,文学家不应拘泥于自己知识分子狭小的圈子,缠绵于春花秋月之中,因为"时代规定了我们今天作品原则的标帜。违反这个原则的作品"是不真实的。"今天的春花是在疮痍满目中,今天的秋月是在照着中国人民受日本强盗的残酷压迫。"④ 因此,文艺要"写我们民族的优秀分子怎样英勇地斗争,怎样为民族的利益流最后一滴血,写我们全民族的伟大的抗敌运动"⑤,即文艺要立足抗战现实,表现中华民族英雄的壮烈史实,激发大众民族国家认同感,取得民族独立。正如艾青所说,"延安不是不需要批评",而是"必须站在中国人民大众的立场上,站在抗日的、革命的立场

---

① 林默涵:《略论文艺大众化》,《延安文艺丛书》(文艺理论卷),湖南文艺出版社1987年版,第757—758页。
② 萧三:《论诗歌的民族形式》,《延安文艺丛书》(文艺理论卷),湖南文艺出版社1987年版,第672—673页。
③ 周扬:《对旧形式利用在文学上的一个看法》,《延安文艺丛书》(文艺理论卷),湖南文艺出版社1987年版,第621—622页。
④ 成仿吾:《写什么》,《延安文艺丛书》(文艺理论卷),湖南文艺出版社1987年版,第266—267页。
⑤ 同上书,第26页。

上，却不是站在与他们对立的立场上"。① 通过理论对文艺创作的理性规约，艺术家才在理论上、实际上认识到了解大众生活习惯、思想情感的重要性，认识到抗战历史语境中文艺反映大众生活及利用民间文艺形式的重要性，从脱离现实的自由主义浪漫遐想中摆脱开来，立足抗战现实，融入大众，创造大众喜闻乐见的文艺作品，促进了民族民间文艺形式的发展。

总之，延安时期文艺理论在对抗战历史现实的深情体认下，向民族民间文艺形式、文艺大众化发出了深情呼唤。在挽救民族危亡的政治性追求中，蕴含着启蒙大众、建构民族国家、促进民族新文艺发展的现代性旨归，不仅为劳苦大众走向现代提供了可能，对民族国家的建构与认同亦有重要意义。

[原载《延安大学学报》（社会科学版）2016 年第 3 期]

---

① 艾青：《现实不容许歪曲》，《解放日报》1942 年 6 月 24 日。

延安文艺政策与现代长篇小说新格局的形成

陈思广　廖海杰[*]

1942年5月召开的延安文艺座谈会作为中国现代文学史上一个重要的文学事件已是不争的事实，它不仅是延安文学的分水岭，也是之后共和国文学的直接源头。毛泽东《在延安文艺座谈会上的讲话》（以下统称《讲话》）所阐述的基本原则及其整风运动对相应作家的影响改变了解放区作家的创作生态与文学理念，也使得延安作家的创作发生了根本性的转型，并对之后的共和国文学产生了深远影响。

一　文艺政策的制定与作家处境的变迁

众所周知，毛泽东在《讲话》中首先强调的是文艺"为工农兵"和"如何为"的问题。这一问题看似指明了创作主体的创作立场，但实际上隐含着对作家身份与地位的规训，即作家地位的位移。在五四文学传统中，作为知识分子的作家是民众的启蒙者，肩负着传播西方先进理念、促进民族国家现代化的任务。"启蒙者"的地位应在被启蒙者之上，而《讲话》谈到两者关系时的表述是"服务"。"服务"一词，即便不是指服务者低于被服务者，至少二者也已是平等的。在"如何服务"的问题上，作家被要求"必须长期地无条件地全心全意地到工农兵群众中去，到火热的斗争中去，到唯一的最广大最丰富的源泉中去"[①]，一面是去收集创作素材，一面是向群众学习、改造自身的小资产阶级缺点。从启蒙的引导者到民众的服务者、学习者，作家的启蒙者身份的地位发生了位移。

---

[*] 作者单位：四川大学文学与新闻学院。
[①] 毛泽东：《在延安文艺座谈会上的讲话》，《解放日报》1943年10月19日。

除了作家身份地位的位移，文艺的独立属性也发生了转变。在《讲话》的第三部分，毛泽东明确指出："一切文化或文学艺术都是属于一定的阶级，属于一定的政治路线的。为艺术的艺术，超阶级的艺术，和政治并行或互相独立的艺术，实际上是不存在的。"① 于是"文艺为政治服务"，即为党的革命斗争服务就成为这一时期文艺的总方针，文艺的独立性也随之动摇。

那么，从传播接受上来考察又如何呢？在延安整风期间，《诗刊》《谷雨》《文艺月报》等文艺类杂志相继停办，而《解放日报》在1942年上半年也经历了改版，强化了意识形态色彩，作家的发表空间开始变得狭小。《讲话》的第四部分确立了文学批评的标准——政治标准第一，艺术标准第二②。这个"政治标准第一"要由文学批评者来把关，而当时的文学批评者主要由党的"宣传战线"的大小干部构成。这种意义上的文学批评者，已自觉或不自觉地成为党的文艺政策的维护者，所做的文学批评就带有意识形态色彩与监督的意味。延安文艺座谈会前后，在对丁玲《在医院中时》、莫耶《丽萍的烦恼》、张棣赓《腊月二十一》等短篇小说的批评中，用词已十分严厉，政治性的话语充斥其间。《在医院中时》被断言为"主题不明确，站在小资产阶级知识分子的立场上宣扬了个人主义"③；《丽萍的烦恼》定性成"一篇含有小资产阶级偏见和歪曲现实的作品"，"已不是莫耶同志个人观念问题，只能说是晋西北学风文风中的一股阴风"④；而作为宣传部门领导者的周扬，在写给张棣赓的信里，态度更是具有警示性："的确是一篇很坏的作品""站在一个错误的立场"，要求作者"联系过去全部的言行，能有一个诚心诚意的深刻的反省"⑤。由于文字上的批评还可能升级为有组织的政治批判，这就给作家带来某种精神震慑。丁玲在座谈会前后的经历很有代表性。1942年3月，她的《三八节有感》和王实味的《野百合花》在《解放日报》先后发表，随即在参加的一次高级干部

---

① 毛泽东：《在延安文艺座谈会上的讲话》，《解放日报》1943年10月19日。
② 同上。
③ 燎荧：《"人……在艰苦中生长"——评丁玲同志底〈在医院中时〉》，《解放日报》1942年6月10日。
④ 沈毅：《与莫耶同志谈创作思想问题》，《抗战日报》1942年7月7日。
⑤ 周扬：《〈腊月二十一〉的立场问题——与张棣赓同志的通信》，《解放日报》1942年11月8日。

学习会上，同时受到全部八位发言者的集中批评。直到最后毛泽东做总结说：" 《三八节有感》同《野百合花》不一样。《三八节有感》虽然有批评，但还有建议。丁玲同王实味也不同，丁玲是同志，王实味是托派。"①这番定论让王实味的问题不断升级，最终被开除党籍、逮捕关押甚至秘密处死。丁玲后来回忆说："毛主席的话保了我，我心里一直感谢他老人家。"② 于是在批判王实味的座谈会上发言时，丁玲一面激烈表态——"揭发他的掩藏在马克思主义招牌下的托派思想，和他的反党的反阶级的活动，粉碎这种思想，打击王实味这人"③；一面自我检讨——"在整顿三风中，我学习得不够好，但我已经开始有点恍然大悟，我把过去很多想不通的问题渐渐都想明白了，大有回头是岸的感觉。"④ 在这次运动后，丁玲成了延安文艺座谈会方针的实践者，写出《太阳照在桑干河上》，并在后来回忆创作过程时表示"那时我总想着毛主席，想着这本书是为他写的……像火线上的战士喊着他的名字冲锋前进那样"⑤。

作家自身地位的位移，而其写作的对象又身兼党员、干部身份，还要面临作为组织监督者的文学批评群体，其创作心态与相对自由的写作状态大有不同。于是《讲话》以后出现的解放区长篇小说，相较五四以来的中国现代长篇小说传统，在题材选取、语言运用、人物塑造、结构布局等方面都发生了显著变化。

二 题材的选取与语言的转换

《讲话》明确了为工农兵服务的方向后，在"如何去服务"的问题上，要求作家到群众中去，因为"作为观念形态的文艺作品，都是一定的社会生活在人类头脑中的反映"，而"人民生活中本来存在着文学艺术原料的矿藏……它们使一切文学艺术相形见绌，它们是一切文学艺术的取之不

---

① 丁玲：《延安文艺座谈会的前前后后》，《新文学史料》1982 年第 2 期。
② 同上。
③ 丁玲：《文艺界对王实味应有的态度及反省》，《丁玲全集》第 7 卷，河北人民出版社 2001 年版，第 71 页。
④ 同上书，第 75 页。
⑤ 丁玲：《〈太阳照在桑干河上〉重印前言》，袁良骏编《丁玲研究资料》，知识产权出版社 2011 年版，第 145 页。

尽、用之不竭的唯一的源泉"①。不过，对这个问题，毛泽东在不同时期的表述有所不同。洪子诚对1948年和1954年两个版本的《讲话》进行对比，发现在较早版本的《讲话》中，"社会生活"被称为"自然形态的文艺"，有时又称为"原料"或"半成品"，而将创作过程称为对原料、半成品的"加工"②。群众"社会生活"的经验成为作家必须依靠的资源，于是，作家到基层体验生活与工农兵群众相结合以准备素材的创作样式，就成为解放区小说创作的新范式。《种谷记》缘自柳青在米脂县吕家崄乡担任三年文书的经历；《暴风骤雨》的写作来自周立波在东北近十个县收集的素材，"动笔的材料，都是个人的经历和见闻"③；《太阳照在桑干河上》的创作离不开丁玲参加晋察冀土地改革团的经历；袁静、孔厥《新儿女英雄传》的创作材料也是二人在冀中工作时搜集的⋯⋯这种从农村现实生活中提炼题材的创作模式，使解放区长篇小说与同期国统区的重要长篇《四世同堂》《围城》《寒夜》《财主的儿女们》相比，呈现出不同的创作风貌。

在选题上，与党所领导的现实事件紧密相联系，以党的既定方针政策为指针展现时代的新生活，具有意识形态色彩与现实功利性。抗日题材的《吕梁英雄传》1945年6月开始在报纸上连载时，日本尚未投降；柳青的《种谷记》和欧阳山的《高干大》均取材于20世纪40年代初边区的农村互助合作运动；1948年出版《暴风骤雨》和《太阳照在桑干河上》时，党所领导的土地改革运动正随着解放区的扩大在全国铺开。当然，这里的"新"不仅是在现代性意义上相对于传统的"新"，而更是在共产党领导下的"新"。《吕梁英雄传》和《新儿女英雄传》作为抗日题材小说，写中共领导下的民兵抗日行动，与叙述中"乱招架了一阵，便望风而逃"④的国民党军队形成鲜明对照；《高干大》的农村经济合作社、《种谷记》中的变工队，则是由共产党引入、变革古老农业社会生产关系的新元素；《暴风骤雨》和《太阳照在桑干河上》反映的土地改革，则是一场由共产党发动领导的彻底消灭封建土地所有制的运动。在《吕梁英雄传》、《暴风骤

---

① 毛泽东：《在延安文艺座谈会上的讲话》，《解放日报》1943年10月19日。
② 洪子诚：《中国当代文学概说》，北京大学出版社2010年版，第13页。
③ 周立波：《〈暴风骤雨〉是怎样写的?》，《东北日报》1948年5月29日。
④ 马烽、西戎：《吕梁英雄传》，人民文学出版社2004年版，第1页。

雨》和《太阳照在桑干河上》的文末同时出现的参加共产党军队（或征发民夫）情节，也可以看出宣传的意味。让大量的农村经验引入文学创作"为工农兵服务"，与"为政治服务"是一枚硬币的两面，而在该时期的解放区长篇小说创作中，对农村经验类似的剪裁加工方式，显示着小说力点的某种位移。

在语言上，以适应读者为目的，以"民族化、大众化"语言叙述，通俗易懂，强化了语言的功利性。实实在在的农村经验进入小说文本，小说语言也不得不发生改变，而这自然与"为工农兵服务"的精神和"民族化、大众化"的追求相契合。"大众化"表现为去掉欧式句法和减少修辞技巧，更接近白话口语，使文体变得平实易懂；"民族化"则表现为对方言的运用，使文体带有地方色彩和民间风味。袁静、孔厥创作《儿女英雄传》时追求"既要使认识 1000 个字以上的人能够看得懂，不认识字的人也可以听得懂"①，小说出版后受到了读者欢迎；在根据地成长的作家马烽、西戎，用章回小说的构架和流利且结合方言的白话，写出了同样成功的《吕梁英雄传》。周立波、欧阳山和丁玲作为外来知识分子作家，在《暴风骤雨》、《高干大》和《太阳照在桑干河上》中，叙事上已经去除早期欧化的句法，对方言的使用为小说增色不少。当然，这批小说对于方言的使用是有选择的。以对方言使用颇受好评的《暴风骤雨》为例，方言主要出现在老孙头等当地农民身上，而非作为共产党干部的土改队员身上；方言主要用于农民的对话中，而非叙事上；作者甚至专门对部分方言做了注释。相比《淘金记》《死水微澜》等完全用方言创作的长篇小说，《暴风骤雨》的处理显然不同：前者更多将地域文化色彩作为美学追求运用到小说中，后者则有更多传播效果方面的考虑；前者的方言运用尚且是创作主体的自觉行为，而后者主要是"为工农兵服务"。

语言转换的目的又指向何处呢？让贴近大众的农村经验进入文本，并通过平实、亲切的语言广泛传播，目的就是要"帮助群众推动历史的前进"，"使人民群众惊醒起来，感奋起来，推动人民群众走向团结和斗争"。在当时的语境下，代言"历史的前进"的当然是中国共产党，"团结和斗争"也只能是在中国共产党领导下的团结和斗争。"为工农兵服务"的目

---

① 熊坤静、李晓丽：《长篇小说〈新儿女英雄传〉创作的前前后后》，《党史博览》（纪实）2014 年第 1 期。

的，最终是让工农兵团结到党的周围来"为政治服务"。

三 模式化人物、二元对立结构与小说力点的位移

中国现代长篇小说的生成，与五四时期"人的文学"思潮是分不开的。中国古代章回体长篇小说向现代长篇小说转型的重要标志，就是小说力点位移与对人性的复杂书写和人的多维度刻画①。而对人的描写实际上也是对人性的描写，人性的丰富性也敞开了文学表现的无限可能。不过，在《讲话》里，对"人性论"的问题则有着不同的回答："只有具体的人性，没有抽象的人性。在阶级社会里就是只有带着阶级性的人性，而没有什么超阶级的人性。"② 于是，1942 年后的解放区长篇小说创作中，人物的描写开始从阶级的视野予以审视，人性的展现也被框进相对固定的模式中，人物描写也出现了大量类型化的倾向。主要人物模式包括：英明的共产党员领导者、积极革命的觉醒贫农、不觉悟者、无恶不作的地主。在这些人物模式中有一个由好到坏的序列，其中共产党员领导者形象最为光辉，在战争中智勇双全，在工作中能把握正确方向。如《吕梁英雄传》的武得民和《新儿女英雄传》的黑老蔡，是民众自发抗日的启迪者和组织者；《暴风骤雨》的萧祥队长和《太阳照在桑干河上》的章品，不但与老百姓有着亲密的联系，还对工作中出现的问题随时纠偏。觉醒的贫苦农民是抗日行动和革命斗争的主要参加者，他们与日本鬼子或是地主阶级有着深仇大恨，并在共产党领导者的指导下迅速成长为基层干部，通常为新加入的党员或有入党的愿望。如《吕梁英雄传》的孟二愣和雷石柱，《新儿女英雄传》的杨小梅、牛大水，《暴风骤雨》的赵玉林、郭全海，《太阳照在桑干河上》的张裕民、程仁，《种谷记》中的王加扶。不觉悟者的形象有时是老农，如《太阳照在桑干河上》的侯殿魁，在土改中表现为主动退还分到的地；有时是妇女，如《暴风骤雨》中阻止老花参与农会活动的张寡妇；有时是与地主有关系的佃农，如《暴风骤雨》中的狗腿子李振江，《吕梁英雄传》中屡次犯错的民兵康有富；有时是中农和富农，如《种谷记》中不愿参加变工队的富裕中农王克俭和用谣言破坏种谷的富农王国

---

① 陈思广：《人的凸现与小说力点的位移——五四时期现代长篇小说转型研究》，《同济大学学报》2001 年第 5 期。

② 毛泽东：《在延安文艺座谈会上的讲话》，《解放日报》1943 年 10 月 19 日。

雄。有趣的是抗战题材中对富农和中农的处理，如《吕梁英雄传》里的富农李德泰和乡绅二先生，阶级上的"不良"直接推定民族情感上的不可靠，当日军攻进村庄将村民聚集起来要求交出民兵时，"二先生吓得上下两排牙齿不住敲打，心中想道：'说了吧！死上几个民兵就能救下全村人！'李德泰吓得好像害了打摆子症，抖的脚也站不稳了，有好几次想跑去说，但看看康明理几个民兵的神气，念头又打消了"①，甚至在第四十九回里，面临扫荡，富农李德泰匪夷所思地拒绝在自家院子周围埋地雷，于是房子被烧，还被民兵教训道："这些顽固分子，天生下挨砖不挨瓦！宣传叫他埋雷硬不埋，这一下可受用了吧！叫他受点教训，不屈！"②《新儿女英雄传》里则将伪军头目何世雄、张金龙处理成国民党和乡村恶霸的混合体。无恶不作的地主在小说中常常是最大的反派角色，有的恶霸地主一目了然，如《暴风骤雨》的韩老六勾结土匪，《吕梁英雄传》的康锡雪勾结日军；有的则因小恩小惠有所隐藏，并常常造成工作和斗争的曲折，如《暴风骤雨》中的杜善人和唐抓子，《太阳照在桑干河上》的钱文贵。即便如此，他们常年的剥削还是让农民处于极端贫苦悲惨中，并最终受到革命力量的惩罚。这种按照阶级成分划分从好到坏的模式化人物群，正是在人物塑造中抛弃"人性论"进行"阶级化"的结果，表现了"在阶级社会里带着阶级性的人性"，使小说呈现出单调相似的元素，而这个相似的元素，其实就是位移之后的小说力点所在：阶级斗争意识。

与此同时，小说的结构也发生了转型。紧扣时代新变的题材选取使作家的创作重心由表现人转移到表现事件上来，即便写人，写的也是事中的人。如《高干大》写的主要是合作社建设中两条不同路线的斗争。对人性论的批判和题材自身的要求，使得小说力点将表现单个的"人"位移到划分阶级的人之间的斗争。"阶级"的强调，使得这批小说在文本之间出现了模式化的人物群，而"斗争"的书写使二元对立的"矛盾—斗争—胜利"结构成为这些作品的共同选择。

"矛盾—斗争—胜利"的结构贯穿这一批小说，甚至《新儿女英雄传》《高干大》的最后一章就叫"胜利"。两股力量的斗争，一方是共产党领导下的劳动人民，一方是阶级敌人，总以前者的胜利告终。抗日战争背景小

---

① 马烽、西戎：《吕梁英雄传》，人民文学出版社2004年版，第97页。
② 同上书，第211页。

说如《吕梁英雄传》和《新儿女英雄传》中的反派，除日本人之外，还有意识地把阶级敌人刻画成汉奸，如前者中的地主康锡雪，在动机被仅仅处理成贪财的情况下，投靠日本人且采用非常愚蠢的手段对民兵组织搞破坏，导致事情败露被枪决。后者中何世雄是国民党员，张金龙是农村恶霸，依附日本人的目的也只是贪图享受，背后的逻辑无非是阶级敌人本性就坏，因逐利而做汉奸是再正常不过的事。同样有趣的是，斗争进入曲折阶段通常是正义一方的宽容被反派利用。在《新儿女英雄传》中，民兵方面争取张金龙过来工作，结果是张金龙带着手下败坏队伍形象之后叛逃；《暴风骤雨》中对地主韩老六的斗争之所以受阻，是因为老百姓屡次被其以献地、交钱等折中手段麻痹；《吕梁英雄传》里，共产党员武得民因执行宽大政策，对地主康锡雪和康顺风少有防范，导致其勾结日军给游击队造成损失，马区长对此总结道："受了康顺风花言巧语的迷惑，没从反动分子的阶级本质上看，没找着根子，所以造成了后来的恶果。"① 也就是说，阶级敌人从根子上是反动的，要对其进行坚决的斗争，而态度坚决之后，果然就取得了胜利。当宽容、反思、怀疑被处理成阻碍胜利的情绪，作家的创作也走向坚决。人物塑造遵循"阶级"，结构布局表现"斗争"，小说力点也就位移到阶级斗争意识的表现上来。

四 两部小说与新格局的实质

在1942—1949年的解放区长篇小说创作中，《暴风骤雨》和《太阳照在桑干河上》于1951年获得斯大林文学奖，在当时和后世所取得的评价较高；《吕梁英雄传》和《新儿女英雄传》也作为"新英雄传奇"的代表而获得文学史地位。欧阳山的《高干大》和柳青的《种谷记》相较于前几部作品或是作者在新中国成立后的创作，其文学史地位都显得相对次要。因何如此呢？我们以为，除去作家自身艺术技巧方面的原因，《种谷记》和《高干大》在适应新创作格局上有或多或少的未尽之处。

首先在阶级斗争意识的表现上着力不够。《种谷记》出版之初被称为"给《延安文艺座谈会上的讲话》立下了一座实践的丰碑"②，在立场态

---

① 马烽、西戎：《吕梁英雄传》，人民文学出版社2004年版，第195页。
② 雪苇：《读〈种谷记〉》，《论文学的工农兵方向》，光华书店1948年版，第157—199页。

度、大众化的语言运用、丰富的农村生活经验等方面都得到了称赞。但农村经验进入文本还涉及一个转化的问题，归结起来就是阶级斗争意识贯穿到人物塑造和小说结构中去。而在《种谷记》中，对英明的共产党领导者形象和无恶不作的地主形象都塑造不足。周而复指出："我认为这本书有一个基本弱点，是没有把党的领导贯穿在整个作品中。"① 小说中确实没有写出共产党农村支部的作用，而革命的阻碍力量也只是被写成富裕中农王克俭的动摇和富农王国雄的煽动，穷凶极恶的地主完全缺席，所以方成等指出："我们觉得《种谷记》里面对于变工队所要克服的困难过程不够突出，那就是说作者对于阻碍群众力量发展的反动力量，概括不够具体，批判的不够清楚。"② 光明写得不够光明，黑暗写得不够黑暗，于是小说的斗争结构显得比较松散、沉闷，故事缺乏起伏的弱点也被接受者指出。柳青也认为《种谷记》是失败之作，吸取教训之后写作的《创业史》即具有了鲜明的阶级意识，最终成为十七年文学时期的范式之作。

其次是选题的尴尬。《高干大》在出版之后也曾受到好评，赵树理以其自身写"问题小说"的思维将接受视野定位为"反主观主义和官僚主义的小说。"③ 对这部作品的批评意见主要在于结尾部分与巫神的斗争，胡椒认为："作者描写巫神太过分强调了，未免有些小题大做，尤其是后部写闹鬼的篇幅，实在太冗长，而有沉闷之感。"④ 王瑶在《中国新文学史稿》里也有类似表述。但《高干大》真正的尴尬之处在于，小说书写的二元对立斗争，没有放在阶级矛盾上，而是发生在中国共产党内部，"反派"仅仅是强调党的领导、一心服从于上级以致思维僵化的任常有。试想，这样阶级出身好、又忠于党的"反派"，如何与之进行殊死斗争？于是矛盾发生了有趣的转移——任常有与高干大意见不合，遂取消两家儿女的订婚，将女儿许配给巫神郝四儿，而郝四儿又因医疗合作社影响了他的生意，传播谣言又假装闹鬼，于是才发生了小说结尾高干大与其徒手搏斗并双双滚下山崖的情节。小说结尾以大量篇幅用于描写与巫神的斗争实是无奈之举。除了阶级矛盾构建的尴尬外，题材表现上也比较尴尬。这本小说的主

---

① 周而复：《〈种谷记〉座谈会》，《小说》1950年第4期。
② 方成等：《评〈种谷记〉》，《大公报》1949年8月1日。
③ 赵树理：《介绍一本好小说——〈高干大〉》，《人民日报》1948年10月7日。
④ 胡椒：《读了〈高干大〉的两三点意见》，《华北文艺》创刊号，1948年12月5日。

要背景是陕甘宁边区的合作社建设,政治依据是1942年的"克服包办代替,实行民办官助"方针,但这一题材很快随着运动方针的调整而过时。因此,在1960年的再版序言中,欧阳山不得不遗憾地承认:"由于现实的变化与发展,那以后不久,不单是全国的其他合作社,就是西北地区的任何一个合作社,那做法也已经完全不一样;更不要说咱们的国家如今已经进入人民公社的时代,从前那种合作社早已成为历史的陈迹了。"① 选题上追随一时的政策,不但面临过时的尴尬,在摇摆变化的政治形势面前,甚至有成为反动作品的可能。于是十七年文学的长篇小说创作中,"三红一创,青山保林"中有六部作品都选择了相对安全的革命历史题材,欧阳山也吸取了选题上的教训,开始了《一代风流》的庞大计划,其中的《三家巷》成为十七年文学的重要收获。

《种谷记》和《高干大》作为转型过渡期的文本,因其在适应新格局上的未尽之处而受到的批评和忽视,恰好提醒我们创作新格局的内质,主要是与群众相结合所取得的农村经验如何转化为小说文本的问题。正如周立波谈到《暴风骤雨》的写作时所言:"关于题材,根据主题,作者是要有所取舍的,因为革命的现实主义反映现实,不是自然主义式的单纯的对于事实的摩写。革命的现实主义的写作,应该是站在无产阶级立场上、站在党性和阶级性的观点上所看到的一切真实之上的现实的再现。"② 新格局的内质是小说在引入民族化、大众化的农村经验的同时,更要适应中国共产党宣传的需要,要表现阶级斗争的内容,这也正是《讲话》里提到的"为工农兵服务""为政治服务"。在《讲话》影响下产生的解放区长篇小说创作新格局,如周扬所言"为今天的根据地,就正是为明天的中国"③,其中"经验教训"为之后的十七年文学所继承和借鉴,并为其奠定了基础。

总之,延安文艺座谈会召开后,文艺的独立属性发生了变化,作家的地位也随之位移,解放区长篇小说创作因之出现新格局:在选题上,紧密相连党所领导的现实事件,以党的既定方针政策为指针展现时代的新生活,体现出较强的意识形态色彩与现实功利性;在语言上,以适应读者为

---

① 欧阳山:《〈高干大再版前言〉》,人民文学出版社1979年版,第1页。
② 周立波:《现在想到的几点——〈暴风骤雨〉下卷的创作情形》,《生活报》(沈阳)1949年6月21日。
③ 周扬:《艺术教育的改造问题——鲁艺学分总结报告之理论部分:对鲁艺教育的一个检讨与自我批评》,《解放日报》1942年9月9日。

目的，以"民族化、大众化"的语言为叙述语言，强化语言的功利目的；在人物描写上，以阶级的视野审视人物，人性的展现被框进相对固定的模式中，人物描写出现了大量类型化的倾向；在结构上，日益浓烈的阶级斗争意识使作家常常以二元对立的思维模式结构小说，创作重心开始由人转向事，即便写人，也是事中之人，小说的力点由人性而位移到阶级斗争意识的表现上。符合上述要件的作品得到肯定，未能很好适应新格局的作品如《高干大》《种谷记》等则受到批评和忽视。这一审美范式也促成了十七年时期长篇小说审美品格的形成。

[原载《贵州师范大学学报》（社会科学版）2016年第5期]

二　延安文艺运动与思潮

民歌之"用"
——论抗战时期北方根据地的新民歌搜集活动

刘 卓[*]

抗战时期的延安被称为"歌的城"。吴伯箫回忆延安生活的散文有一篇题名为《歌声》,其中这样写道:"我以无限恋念的心情,想起延安的歌声来了。"吴伯箫初到延安时任陕甘宁边区文化界救亡协会秘书长,而后在边区政府教育厅工作。文章中所忆及的印象深刻的场景,多为合唱场景,比如,"最喜欢千人、万人的大会上,一个指挥用伸出的右手向前一指,唱一首歌的头一个音节定定调,全场就可以用同一种声音唱起来。一首歌唱完,指挥用两臂有力地一收,歌声便戛然停止。这样简直把唱歌变成了一种思想、一种语言,甚至一种号令。千人万人能被歌声团结起来,组织起来,踏着统一的步伐前进,听着统一号令战斗"。[①]从这一段的描述中可以感受到歌声与战争动员间的密切关系,特别是合唱这一特殊的演唱形式,在一定程度上,它改变了延安的节奏,使得整个城市的社会分工和生活形态都被有效地动员、组织起来。

作为歌声的海洋的延安,还有另外一个部分,即延安城之外更广大的边区农村和民歌。抗战以来的歌咏运动,在延安的大合唱运动中,民歌都是重要的组成部分。在一定程度上而言,它离开了原来的演唱语境,参与到一种新的语境之中。而民歌在农村的抗战动员中起到怎样的作用,它的演唱内容、形态与抗战时期根据地建设之间有着怎样的关系,尚未被充分地论及。从后来编辑出版的大量民歌选,可以推知当时农村的歌唱活动呈现出蓬勃发展的态势,且与当时延安城里流行的合唱方式有所不同。1944

---

[*] 作者单位:中国社会科学院文学研究所。
[①] 吴伯箫:《歌声》,写于1961年10月1日,《吴伯箫散文选》,人民文学出版社1983年版。

年，陕甘宁边区召开文教大会。在这次大会上，很多民间艺人、歌手如孙万福、汪庭有，练子嘴拓开科被表彰为文教英雄。他们在边区农村已很有声望，这是大会能够开起来的一个重要原因，而另外一个重要原因是该大会艺术组"会前曾经分赴各分区，考察民间文教活动，比较有系统的访问了一些民教英雄、民间艺人与民间艺术团体，得到了许多宝贵的民间音乐研究资料"。① 之所以能够在会前的短时间内摸清边区民间艺人和民间艺术团体的情况，与延安鲁艺的中国民间音乐研究会、② 柯仲平所带领的民众艺术剧团、西北战地服务团（二期）、部队文工团等长期在边区乡村、敌后乡村的活动有关。

　　从民歌选和深入乡村的艺术团体的活动情况来看，当时边区的农村已不再是"无声的乡村"，而这些被选为边区文教英雄的歌者，也不再是原来意义上自娱与娱人、谋生卖唱的艺人。从一个小的方面来说，边区文教大会是一个完全不同的舞台，他们是作为边区的新文化的重要力量而歌唱；从一个大的方面来说，整个边区构成了一个全新的空间，他们代表着一股重要的革命力量——群众——的出场。新民歌之新，不仅是新在内容上，更是在于歌者的身份，在于边区所努力构建的新文化生产体制。在一定程度上，陕甘宁边区新民歌，作为革命话语创制的重要组成部分（就其文本而言），同时也作为一场文化运动（就其动员、组织而言），呈现了延安时期文艺实践的内在逻辑中具有典型性的部分。它的形成不仅与抗战动员的时代背景相关，也标志着延安时期中国共产党在文艺实践中进入自觉的时刻。本文尝试梳理陕甘宁边区的民歌搜集活动的过程，为进一步理解这些新民歌的历史内涵及其背后的新的文艺生产机制提供一些初步的思考。

　　　　一

　　延安时期规模最大的民歌搜集活动是由"鲁艺"的中国民间音乐研究会所主持的。中国民间音乐研究会，其前身是民歌研究会，1939 年 3 月 5 日成立，根据《解放日报》1943 年 1 月 21 日的报道，边区文委为奖励该

---

① 《延安文艺丛书·文艺史料卷》，湖南文艺出版社 1984 年版，第 579 页。
② 文教大会艺术组的很多成员都是中国民间音乐研究会的会员，如李清宇、苏林、瞿维。

会从事搜集研究，所搜集民歌至两千首，特拨奖金两千元，以示鼓励。①其主要的工作分为两部分，一是采集民歌、出版民歌集，二是进行相关研究。就民歌搜集来说，更早一点还有成立于1938年5月23日的陕甘宁边区娱乐改进会，于1938年7月17日在《新华日报》上刊登了《陕甘宁边区民众娱乐改进会征求各地歌谣》的启事。征集歌谣的目的，是为了借助这一民众喜爱、广为流传的形式，来帮助动员抗战。这也是民间音乐研究会搜集歌谣的共同旨向相比较而言，由于民间音乐研究会的会员有更多专业的音乐研究者，他们在记录内容的同时，会同时关注到民歌的曲谱、②配器、记录的格式等；而边区民众娱乐改进会更多地还是强调其功用。③在启示中，他们清晰地表明了搜集民歌的意图："我们要运用这一种支配的势力帮助动员抗战……在今天，对于歌谣做搜集、整理、批判和运用的工作，绝不是书斋里的和平工作，而是一种民族大众性的战斗工作。"④

　　之所以引用这份征集歌谣启事，主要的考虑在于边区民众娱乐改进会是边区较早成立的群众性文化组织。一般来说，追溯延安的文艺活动会以中国文艺协会为开端。丁玲到延安后，开始着手筹备，得到了当时的陕甘边区苏维埃政府的支持，中国文艺协会作为一个正式的文艺团体于1936年11月22日在保安正式成立。这是陕北革命根据地的第一个文艺团体，文学史上一般将其作为延安文艺的发端。从其宗旨来看，这个协会所秉持的目标有两个：一个是致力于抗日，一个是继承、发展苏维埃文艺运动。在成立大会中，毛泽东的发言称其为"近十年来苏维埃运动的创举"，而此后的任务是"发扬苏维埃的大众文艺，发扬民族革命战争的抗日文艺"。⑤这两个任务并不冲突，但是在实际操作中，并不容易。就中国文艺协会的成员构成以及当时所组织的活动来说（由于仅仅维持了一年，时间短也是

---

　　① 《延安文艺丛书·文艺史料卷》，湖南文艺出版社1984年版，第575、582页。
　　② 从中国民间音乐研究会所编辑的丛刊来看，既包括民歌选，如《陕甘宁边区民歌第一集》《陕甘宁边区民歌第二集》《河北民歌集》《山西民歌》《绥远民歌》等，也包括《器乐曲选》《秧歌锣鼓点》《秦腔音乐》等。《延安文艺丛书·文艺史料卷》，湖南文艺出版社1984年版，第580页。
　　③ 这并不是说民众娱乐改进会并不注重歌谣搜集的专业性，而是由于其人员构成的背景、专业，使得它与中国民间音乐研究会在侧重点上有所不同。民众娱乐改进会更为注重搜集与制作民歌小调以及改造民间戏剧。在娱乐改进会成立不久，其主持者柯仲平又与马健翎一道成立了业余的"民众剧团"，是当时边区影响最大、持续时间最长（一直到新中国成立后更名为西北民众剧团，迁入西安）的演出团体。
　　④ 《延安文艺丛书·文艺史料卷》，湖南文艺出版社1984年版，第497—498页。
　　⑤ 同上书，第304页。

原因），深入群众之中，通过文艺有效地动员和组织边区民众，这一目标并没有实现。相比较而言，在其一年半之后所成立的边区民众娱乐改进会，主张利用并改进传统的文化艺术，唤起民众中潜藏的反抗力量，更为贴近后来所理解的延安文艺实践的精神。

从中国文艺协会到边区民众娱乐改进会，我们可以看出当时边区文艺发展中的一个变化，其中之一是从打破文人圈子开始走向民众，强调通俗文艺形式的有用性。延安文艺的实用性，是它一直以来饱受诟病的一点。因其实用性，缺少所谓文学之为文学的本体，易成为政治意志的宣传工具，这是理解无产阶级文学、社会主义文学中最为常见的一个偏见。[①] 就延安而言，一般会以毛泽东的《在延安文艺座谈会上的讲话》（以下简称《讲话》）作为重要的转折点，将延安的文艺实践活动分为前后两个阶段。这两个阶段的变化被概括为从"洋"转入"土"，开始注重深入民间，从松散的文人团体转入加强组织，[②] 也有研究者直接将后一段的核心特征概括为"党的文学"。[③] 就民歌搜集活动而言，它转向民间的时间要略微早于《讲话》，并且它不呈现为"断裂"式的转折，而是一个持续深入发展的过程。关键的问题并不是简单在功利/非功利、文学性/政治性中做非此即彼的选择，而是回到它的历史语境中考查这个"用"是如何产生的？为什么在这个历史时刻，民歌，以及其他的一些民间、通俗形式成为政治表达所争夺的形式，并且在后来成为新中国革命话语的重要组成部分。

二

重视民歌以及其他的一些通俗文艺形式，既有"五四"启蒙传统的影响，也与20世纪30年代以来的大众化运动密切相关，到了抗日战争时期，仍有一个不容忽视的原因，它们同时也是日军侵华的宣传战所着意使用的方式。1940年朱德到延安"鲁艺"作报告，题为《三年来华北宣传战中的艺术工作》，介绍了对日作战中一个重要的战场——宣传战。[④] 日军的每

[①] 参考夏志清《中国现代小说史》中专章讨论"共产主义小说"。
[②] 吴敏：《宝塔山下交响乐——20世纪40年代前后延安的文化组织与文学社团》，武汉出版社2011年版。
[③] 袁盛勇：《"党的文学"：后期延安文学观念的核心》，《中国现代文学研究丛刊》2005年第3期。
[④] 中共中央文献研究室编辑委员会编：《朱德选集》，人民出版社1983年版，第74页。

一步军事推进都配合有相应的舆论话语和宣传策略。在这场报告中所提到的"宣抚班"和"新民会",即是日军在华北地区为宣传"建设东亚新秩序""日满支提携"等口号所扶持的组织。最开始宣抚工作是由军队中的部门来负责,随后改变策略,扶持当地的汉奸组织,运用易为当地人所接受的宣传方式,"新民会"即是在这样的背景下出现的。它所面对的对象是普通民众和基层地方政府,渗透到沦陷区的各个社会层面,通过训练班、演讲会等推行反动宣传和奴化教育。朱德在报告中指出其注重"利用艺术,是特别注意到中国形式的"的特点与日军宣传战的"在地化"有关。在这个语境中,虽然朱德在面对着鲁艺的学员时仍使用"艺术"形式来称呼民歌、绘画、戏剧等,但更为准确的意思应当是争夺民心的战场。换言之,民歌之所以有用,并不在于其形式/内容本身是否具有艺术性或者有用性,而是在于它通向的是广大的中国民众。

　　这一点也为边区民众娱乐改进会的发起者所充分认识到。在上面所引的《陕甘宁边区民众娱乐改进会征求各地歌谣》这份启事中,提到"在日本军阀指挥下的汉奸里头,甚至有和尚、道士、尼姑,用什么'谶语'、'新出现的孔明牌'等仿佛歌谣那样的东西,企图麻醉毒害我们的大众歌谣。在我们民族中的潜在势力,有怎样的伟大和重要,也许日本军阀政客比我们自己知道得更清楚些"。① 这一段表述有一点值得注意,它并不仅仅是讨论民歌作为一个有影响的媒介或者讨论其宣传效果,而是注重探讨民众中所蕴含的力量。从这里能够看出边区民众娱乐改进会以及随后成立的"民众剧团"与当时延安的文人、知识分子群体在对待边区普通民众,特别是占到边区人口大多数的文盲、半文盲问题上略有差别。相对而言,在前者的视野里,普通民众更具有正面的、现实意义上的反抗力量,而在后者的视野里,特别是在抗战初期,普通民众更多是作为有待唤起的、潜在的反抗力量。将这个差别置于抗战初期利用旧形式进行抗战动员的大背景中会看得更清楚。通俗文艺形式在动员民众中的有效性,是当时各方文艺界的一个共识,但是对于"民众"的认识,程度有所不同。

　　以顾颉刚所主持的通俗读物编刊社为例,通俗读物编刊社的前身为"三户书社"。按照通俗读物编刊社编辑王真的回忆,在"九一八"事变之

---

① 《延安文艺丛书·文艺史料卷》,湖南文艺出版社1984年版,第498页。

后，顾颉刚即与燕京大学的师生一道，用大鼓词的形式编辑抗日通俗读物，以"三户书社"的名义出版，而后改为通俗读物编刊社，一直坚持到1940年，其间创作有大量以大鼓词为形式的唱本，发行量非常大。① 通俗读物编刊社的基本原则可以概括为"旧瓶装新酒"。"旧瓶装新酒"是抗战初期各大文艺团体下乡、到前线进行宣传动员时常用的手段。丁玲所领导的西北战地服务团随军到山西前线工作时所利用的也是这样的方式，出发前组织团员学习采用大鼓、小调、相声、秧歌等群众喜闻乐见的形式，填充以新的内容，比如《大战平型关》《打倒日本升平舞》等。"旧瓶装新酒"，仅从字面上来看，会有权宜之计的印象。顾颉刚在《通俗读物的改良》② 一文中简略阐述了当时旧读物的基本状况：

> 这些流行很广的旧读物，就内容方面来说，都是应该严加批判的，并且有很多是对民众极端有害的。它们能够保持销路，是它们旧的发行网已经普遍，而且取价低廉，形式上又能同民众接近。我们要想废除流传已久的读物，绝不是一件容易的事：第一，此等读物流行不息，是民众意识落后的表征，想废除旧读物，非先改造民众的思想不可。第二，通俗读物是民众精神上的粮食，精神上不能绝粮，想废除旧读物，先应创出新读物，才能促成新陈的代谢。

"旧瓶装新酒"是在这样一个既需要改良旧读物的内容、又不得不借助旧有的形式而采取的一个办法。这是顾颉刚自"五四"从事民歌研究、民俗调查以来长久关注的一个命题，到了20世纪30年代采取转向通俗文艺形式的新读物的创作，固然是由于抗日战争的紧迫形势，同时也是出于他对于新文化运动的反思，"自新文化运动开始以来，中间虽经过几次的转变，却毅然停滞在都市上，停滞在一部分前进的知识分子群中，没有和大众的城市下层民众同乡下人发生关系"，由于抗日民族危机的爆发，下层民众的教育问题更加变得刻不容缓。"旧瓶装新酒"呈现为内容与形式

---

① 王真：《记顾颉刚先生领导下的通俗读物编刊社》，王煦华编《顾颉刚先生学行录》，中华书局2006年版。
② 顾颉刚《通俗读物的改良》，刊登于1937年2月16日《北平市第一民众教育馆半月刊》第3期第2版，乃顾颉刚先生为北平市第一民众教育馆和通俗读物编刊社联合举办的年画唱本展览会而作。

的断裂。更为准确地说，这一断裂并不是发生在以旧形式写新内容的新读物内部，而是反映出普通民众（不仅是乡村，而且也包括城市平民）及其生活世界，在进入现代中国所遭遇的冲击。"旧瓶装新酒"是一个现代的诉求，它尝试在保持现有的沟通渠道的条件下，替换以不同的内容。这一替换的内容，可以是晏阳初等所提倡的现代理念，可以是共产党的革命理念，可以是抗日。如果仅仅从技术的角度来理解"旧瓶装新酒"所进行的新陈代谢，会无从理解共产党在陕甘宁边区的乡村所进行的文化动员，并将延安时期的新文化创造与不同政治力量在中国农村推行的文化活动混同。

　　理解作为一场新文化创造运动的陕甘宁边区的民歌运动的关键，不在于为其贴上阶级动员的标签，同时将通俗读物编刊社的抗日宣传归之为民族主义动员的范畴。这个划分并不能够有效地区分二者，抗战时期共产党的文化政策兼有阶级和民族的双重考虑，而在民族动员一致抗战的总体目标下，通俗读物编刊社在受到日本人查封的同时，也受到国民党以"赤化团体"为借口的打击，并在1940年被迫结束。[①] 然而，即便是没有受到查封，通俗读物编刊社所尝试的"旧瓶装新酒"这条道路也无法真正达成它一开始所设定的目标，即克服新文化运动以来知识分子与普通民众的二元化的问题。在"旧瓶装新酒"中暗含有精英与大众的等级秩序，旧形式是不登大雅之堂，创作者是出于民众教育的目的而勉力为之。根据王真的回忆，坚持以民间文艺形式进行宣传、并且有能力搞这样的写作的人不容易找到。通俗读物编刊社为组建自己的创作班底，费了不少的力气寻找同道。1936年后，为了应对这一困难，加强同人对这一事业的信心，通俗读物编刊社对于"旧瓶装新酒"的提法做了新的阐释，刚开始强调"这是所谓民众熟悉的文体，如章回小说、大鼓词、小调"，"我们自己也不承认它是正确的，前进的，只是已经为一般人所熟悉，暂时利用它一下罢了"，转而强调"大鼓词是继诗、词、曲发展的一种前进的新文体"，"鼓词的内容就是古代的叙事诗、诗史"。从这一转变中可以看出通俗读物编刊社努力将通俗文艺形式纳入新文学的范畴之内，为其正名。但很显然，这一努力只是在同人或编辑内部改换了名称，并没有真正打破新文学以来的雅俗

----

　　① 王真：《记顾颉刚先生领导下的通俗读物编刊社》，王煦华编《顾颉刚先生学行录》，中华书局2006年版。

二元格局。

与之相对比，边区民众娱乐改进会对于民歌的认识，向前推进了一大步。在《陕甘宁边区民众娱乐改进会征求各地歌谣》的启事中，征集人将"歌谣"与"文学"并提："歌谣从我们民族大众里生长出来，反映着各种生活的样式，它有美妙的音律节拍，它是大众情绪的食粮，它甚至包含着习惯上的道德规范，在我们民族大众中形成了一种支配的势力。它的存在和发展从来不依靠文学，只凭大众的口口相传，它潜伏在大众中的力量，差不多是非常难测的。"在这一段表述之中，歌谣是作为民众自己的语言，它的意义不需要改头换面被纳入新文学体制中而被确认。换言之，边区民众娱乐改进会中在这里所隐隐提出的、尚未充分表述的关于"歌谣"的界定，不再是视其为临时性、策略性的形式，而是肯定其为同等重要的文学形式，实际上暗含了一种对于新文学既有雅俗秩序的颠覆。需要进一步指出的是，这一颠覆的力量并不是来自形式本身，而是因为共产党对于"民众"力量的全新理解——兵民是战争胜利之本。

三

正是在这一点理解的不同，使得通俗读物编刊社的文化普及的路径与陕甘宁边区在民歌搜集的文化下乡的路径产生了很大的不同。通俗读物编刊社所从事的文化普及工作，致力于两点，一个是新读物的创作，另一个是扩展原有的传播网络。在前面所引用《通俗读物的改良》一文中，顾颉刚分析过旧的通俗读物流行的原因有三点：覆盖广、价低廉、形式为民众所接受。这也是通俗编刊社在推广其新的通俗读物时的重点，在发行上它们借助于城市中旧读物的发行书店（其中影响大的有五家：学古堂、宝文堂、泰山堂、治文堂、老二酉堂），这些书店主也不是靠书店直接销售，而是靠行贩或地摊推销。行贩大部分是由杂物小贩兼营，没有专门的通俗读物行贩。原因在于劳苦大众养不起这些专门的行贩，他们买不起书店里的书，考虑到这一点，编刊社编的小册子定价也十分低廉。在这个销售渠道之外，也通过当时的救亡团体散发到人民手中。1938年，通俗读物编刊社迁到重庆之后，主要依靠生活书店来发行，没有再像在华北时那样利用下层书店，也没有做深入的调查，这是编辑王真在回忆中颇为遗憾的地方。在重庆时他们开辟了另外一个读者群，因为通俗读物编刊社的副社长段绳武从1938年夏就任国民党军事委员会后方勤务部政治部主任。这个部的主要任务是管理和教育伤兵。伤兵当时的文化食粮很缺乏，通俗读物编刊社每月为该部编写五种小册子，由他们印刷散发给伤兵阅读。这个数量也是相当大的。从1937年到1940年抗日战争的五年中，共出多少种小册子和刊印多少份已不可查考，据估计至少当在三百种以上，刊行数量当以千万册计。[1]

关于"通俗读物编刊社"具体发行了多少种通俗读物，覆盖面有多大，尚还没有详细的考证。仅就一二编辑人员的回忆，已经能够探知他们深入民间的深度和广度。如果从"三户书社"时算起，这一民间团体以微薄之力能够深入劳苦大众之中，坚持近十年之久，是了不起的功绩。但是，我们仍需要进一步地追问，是否仅仅将读物送到普通民众手中即可，在这个宣传、传播的过程中，民众与宣传者的关系是否有所改变。在"鲁艺"的民歌搜集中，更为注重其与普通民众的关系。1945年2月，何其芳编辑《陕北民歌选》时，同时翻阅了别的地方的民歌集子、登载民歌的刊物研究，如《歌谣》《定县秧歌选》《歌谣与妇女》《西南采风录》等，[2]何其芳认为，延安的民歌运动要超过当年北京大学歌谣研究会的成绩，其原因在于"是否直接从老百姓去搜集"。[3]从老百姓直接搜集，并不仅仅保证了而今的田野调查所称道的"科学性"，[4]它所反映出的是延安时期正在形成的新型社会关系。延安的民歌搜集运动之不同于北京大学歌谣研究会、不同于定县的秧歌选以及原南开大学学生刘兆吉个人整理的《西南采风录》，是因为陕北的民歌是伴随着陕甘宁边区深入的文化动员而展开。简单就渠道而言，陕甘宁边区的民歌运动所借助的不是原有的发行网络，而是政治动员的网络。

何其芳指出，"更重要的是要有一种尊重老百姓的态度。不然，我们像这个旧中国的统治者征粮征丁一样去征民间文学，那是征不到好作品的。不要看不起老百姓，不要不耐烦。既然是去向老百姓请教，那就要有

---

[1] 王真：《记顾颉刚先生领导下的通俗读物编刊社》，王煦华编《顾颉刚先生学行录》，中华书局2006年版。
[2] 卓如：《何其芳传》，中国三峡出版社2012年版，第248页。
[3] 何其芳：《从搜集到写定》，《何其芳文集》第4卷，人民文学出版社1983年版，第148页。
[4] 刘锡诚：《20世纪中国民间文学学术史》，河南大学出版社2006年版，第573页。

一种尊敬老师与耐心向学的精神。对于他们的作品也要尊重"。① 鲁艺的民歌搜集活动中最大的变化在搜集者的心态以及搜集者与民众的关系的变化。"直接从老百姓搜集"是民歌搜集者一致认可的目标，也是难于实践的目标。1938 年，原南开大学的学生刘兆吉于南撤途中，在闻一多的指导下沿途搜集民歌，整理成《西南采风录》，在书前曾言及采风途中最主要的三项困难，言语不通、假道学的闭门羹以及受封建礼教的束缚，不易于妇女口中访问歌谣。这三项实际的困难在延安同时存在，却可以被克服，其更深的原因在于边区的新型社会关系。在《从搜集到写定》一文中，何其芳这样描述搜集的过程："鲁艺音乐系〔却是〕直接去从脚夫、农民、农家妇女去搜集。深入陕北各地，和老百姓的关系弄好，和他们一起玩，往往自己先唱起歌来，然后那些农夫农妇自然也就唱出他们喜欢唱的歌曲来了。"② 直接与老百姓沟通，并不是一个简单的事情，也并不是短时间内能够奏效的，这在当时被称为"下乡"。

之所以能够呈现出何其芳所称赞的效果，是因为在于"下乡"中的"乡"呈现了一个不同于启蒙、也不同阶级视野的世界。当时的文艺工作者，放掉知识分子的架子，与农民同吃、同住、同睡，也一同劳动。这并不仅是为了拉近农民关系、熟悉农村情况而对于知识分子的规定，而是由于当时陕甘宁边区物质短缺和贫困。文艺工作者下乡，是带有单位所开的介绍信，到老乡家中吃派饭，特别是边远地区，即便是有钱，也未必能够买到所需。同吃、同住、同劳动，在 1940 年代晚期，韩丁参加华北地区土改的时候仍然延续着这样一种方式，韩丁称"吃派饭是真正的考验"，韩丁曾经描述过他吃派饭的特殊经历，"我知道，在这些碗筷上面，在我们呼吸的空气里，都已经沾染了结核病的细菌，可是我必须作出若无其事的样子吃饭……如果你不愿意与人民同甘共苦，你就得不到他们的信任……这是一千次群众大会也做不到的"。③ 从韩丁所描述的场景可以看出，信任来自同甘共苦。中国民间音乐研究会的会员如安波、马可等下乡时候所面临的情况是相似的。在陕甘宁边区，这样的下乡，不同于《歌谣》周刊民歌搜集运动，是长期的、反复总结经验、不断深入的活动，他们不是外来

---

① 何其芳：《从搜集到写定》，《何其芳文集》第 4 卷，人民文学出版社 1983 年版，第 149 页。
② 何其芳：《从搜集到写定》，《何其芳文集》第 4 卷，人民文学出版社 1983 年版，第 148 页。
③ 韩丁：《翻身——中国一个村庄的革命纪实》，北京出版社 1980 年版，第 332 页。

者，与此相关，农民和他们的歌声，也不再是创造新的现代音乐视野中的民间元素，不是政治动员中抽象的阶级身份，而是活生生的苦难。

当"鲁艺"的文艺工作者带着民歌回到延安的时候，他们带回的不仅仅是材料，更是无法回避的现实经验以及自身的改变。在晚年的回忆录《延安十年》中，柯蓝对下乡所引起的思想变化着墨颇多。柯蓝当时是《边区群众报》的记者，下乡吃派饭，由于不付钱，使他心中有些微的内疚，他开始追问："我是不是一个吃白食的人？"当然并不如此，"他可以为群众工作"。工作的意义何在？"为人民服务"可以是一个答案，也是广为接受的答案，但是，柯蓝继续追问："我知道为人民服务，我们也为此满怀热情。但是当它联系现实的时候，还是有很多不清楚的地方。"柯蓝所指不清楚的地方，也是20世纪30年代文艺大众化运动的核心问题。在40年代的延安，因为物质短缺而与农民同吃同住的经历，使得知识分子与民众之间的沟通采取了一种特殊的方式，交换的、研究式、观光式的关系暂时让位于共同劳动，以偿还下乡期间的衣食供应，柯蓝并没有将劳动视作对于知识分子的惩罚，而是认为共同劳动能够让双方了解彼此。柯蓝的具体任务是搜集民歌，在最开始，村里的老百姓只是将他作为来自公家的尊贵的客人，而并不理解他为什么搜集民歌。和许多下乡的文艺工作者一样，柯蓝想当然的是，我们是为了革命、为了使你们的声音获得表达而来，为什么老百姓对此并无热情？但是他最终获得了老百姓的信任，"为人民服务"的理念，在这份信任之中才能真正完成。

柯蓝所感念的下乡时心路历程的改变，是很多延安的文艺工作者的共同经历。在以往的研究中，多侧重知识分子迫于政治的压力而产生的转变，却忽略了在深入民众的过程中所自然而引发的思想上的变化。正是因为有这样的下乡经历，柯仲平和民间鄜鄂艺人李卜之间能够互相激发创作，而林山能够深入了解韩起祥，并且创作出大量作品，安波能够从一个不熟悉民歌的学生变成"民歌大王"。从这个角度而言，延安的民歌运动，与北京大学的民歌搜集运动的最大不同，在于后者将民歌从民间的土壤抽离出来，而前者是补充进了新鲜的血液，使得这片古老的土地升腾起更多有生气的、鲜活的声音。这声音并不是指陕甘宁边区发现了更多不为人所熟知的新歌，而是培育了新的歌者，这其中有民歌手，如李有源、孙万福、王辰有、常永昌、杨进山、张家贵、丁喜才、张三思、李思命等。这些民歌手分别创作出了《东方红》《咱们的领袖毛泽东》《绣金匾》《三十里铺》《井岳秀》《四季生产歌》《五哥放羊》《赶牲灵》《天下黄河九十九道湾》；也有出身知识分子的文艺工作者，比如张寒晖改编陇东民歌《推炒面》曲调，填词创作了反映大生产运动的《边区十唱》。贺敬之创作的《秋收》《歌唱我们的解放区》，安波的《欢送抗日军》《拥护八路军》《拥军花鼓》《怎么办》，张鲁的《有吃有穿》，高敏夫的《打得日本强盗回东京》《崖畔上开花》等。

  以宣传动员始，以新歌和新人的出现为显著成果，从自发、率性而为，到自觉的创作，其中伴随着自抗战以来所发生的全社会各方面的动员。民歌之所以被推重，是因为它成了一个时代的反抗之声。以"中国作风""中国气派"为基调的边区文艺生产活动，是伴随这一革命主体而产生的艺术表达。文艺下乡有助于政策的宣传，不过其更深远的影响在于文化权力、文化生产机制的变革。在 20 世纪 40 年代的语境中，现代民族文化在各个不同区域的呈现方式各不相同，而在陕甘宁边区，政党主导的特征非常鲜明，伴随着政党的活动方式，伴随着它深入群众，使得群众成为政党自身成长的试验场，文化实践也形成了自己的机制。

（原载《文艺理论与批评》2015 年第 5 期）

延安时期解放区革命歌谣：
社会记忆与时代"共名"

毛巧晖[*]

革命歌谣是中国民间文学学术史上一个特殊的样式。对于革命歌谣，学界没有准确界定，有的从地域范围予以限定，即指最早在革命根据地诞生后流传到全国的歌谣，如中央苏区、大别山区、川陕革命根据地、晋冀鲁豫等地歌谣；有的从内容上规定，即只要歌谣中饱含反帝反封建的思想，无论其产生地域。另外，对于革命歌谣所指涉的时间也难以确定，有的包含土地革命时期，有的则专指抗日战争时期。因此，无论如何界定，难免会有一部分文本被遮蔽，倒是从"革命"一词框定，较为合理。另外对于作家所创作或改编的革命歌谣以往研究者则甚少谈及。因此，本文就用"革命"一词凸显此类歌谣内容的规定性与时代性。对于革命歌谣的研究，从20世纪30年代就已发端，延续至今，其内容涉及歌谣的搜集、歌谣的内容、艺术特色、社会价值等，这些研究为当下进一步探析与反思革命歌谣的社会意义与价值奠定了坚实基础。以此为基点，本文主要探讨革命歌谣所呈现的社会记忆及其特殊的时代性。

一

现代意义上的民间文学从歌谣征集开始，中国共产党的早期领导人，如李大钊、瞿秋白、恽代英等都很重视民间文学，并且20世纪20年代出现了运用民间文学形式进行创作的一个高潮。正如多尔逊所说："共产主义团体早在1919年的五四运动中就已经在活动，民俗可以为共产主义思想

---

[*] 作者单位：中国社会科学院民族文学研究所。

做宣传的作用，必然不会被忽视。他们从民俗中间发现了许多可资利用的因素，来使自己的事业同七亿伟大而无名的人民群众统一起来。"①

从《苏区文艺运动资料》②可以看出，歌谣和戏剧是苏区开展最盛的文艺形式，苏区文艺最突出的成就表现为通俗化的诗歌、歌谣的写作和故事的写作。

伴随着"启蒙"的时代主题，歌谣从19世纪末20世纪初就进入文学改良、新文化提倡者的视野，它本身所具有的特殊文学性，使得时人认为其可能成为一种"新的民族的诗"③。1927年，革命文学兴起，对于革命文学的创作，恽代英指出，"要先有革命的感情，才会有革命文学"。因此，他们要求作家和文艺青年关心社会现实，接近劳苦大众，"到民间去"，"从事革命的实际活动"，"倘若你希望做一个革命文学家，你第一件事是要投身于革命事业，培养你的革命的感情"。"若并没有要求革命的真实情感，再作一百篇文要求革命文学的产生，亦不过如祷祝（公）鸡生蛋，未免太苦人所难。"④这是从革命文学创作者的角度论述，须有革命情感，才能创作革命文学，但是革命文学所强调的是文学的宣传与教育功能，需要考虑到接受者。因此，在革命宣传中提倡"用描述故事的态度为农民解说各种世界以及中国的人事……如能将政治上各种事实编成歌曲、弹词、剧本自然更好"⑤。共产主义知识分子走向工农以及随之而来的群众革命运动的蓬勃展开，产生了以文学样式从事革命宣传的实际需要和可能。歌谣由于其与下层民众的天然联系，从土地革命时期开始，歌谣就成为革命宣传的重要方式，诸如《颈上血》《劳工记》《劳动歌》《成立俺的农协会》等，他们在当时文娱宣传活动中相当活跃。湖南等地的农民运动中，也有大量歌谣产生。毛泽东主持的农民运动讲习所，除曾设置"革命歌""革命画"等课程外，还引导学员调查全国民歌。⑥上海"五卅运动"时期也产生了《十二月革命歌》《五卅小调》《国民团结歌》《吊刘华》等反映革命思想的歌谣。中国共产党率领的中国工农红军，自从1928年创立

---

① 安德明：《多尔逊对现代中国民俗学史的论述》，《北京师范大学学报》1996年第6期。
② 汪木兰、邓家琪编：《苏区文艺运动资料》，上海文艺出版社1985年版。
③ 《发刊词》，《歌谣》周刊第1期，1922年12月17日。
④ 恽代英：《〈中国所要的文学家〉按语》，《中国青年》第80期，1925年5月16日。
⑤ 《恽代英文集》，人民出版社1984年版，第759页。
⑥ 毛泽东：《第六届农民运动讲习所办理经过》，《中国农民》1926年第9期。

井冈山根据地开始,就注意利用民间说唱形式来鼓舞群众斗志。如利用四川调写的《革命伤心记》长达 80 段,像一幅惊心动魄的革命历史画卷,描写了第一次国内革命战争的胜利和失败,表现了对历史教训的痛切认识。1934 年 1 月 6 日,《青年实话》曾对这些苏区歌谣发表评论文章,认为它们"在格调上来说,是极其单纯的,然而它是大众所理解,为大众所传诵,它是广大民众所欣赏的艺术"。正如瞿秋白在《论大众文艺》一文中所说:"工人和贫民并不念徐志摩等类的新诗,他们也不看新式白话的小说,以及俏皮的幽雅的新式独幕剧……城市的贫民工人看的是《火烧红莲寺》等类的'大戏'和影戏,如此之类的连环图画,《七侠五义》《说岳》《征东》《征西》,他们听得到的是茶馆里的说书,广场上的猢狲戏、变戏法、西洋镜……小唱、宣卷。这些东西,这些'文艺'培养着他们的'趣味',养成他们的人生观。"但是,"从前的绅士,自己弄些诗余歌曲消遣消遣";还利用"凤阳花鼓、说书唱本、果报录、警世录等类的'文艺',可以去玩弄群众,蒙蔽群众,恐吓群众"[1]。

20 世纪 30 年代开始的文艺大众化运动,其目的是"一方面,就是'艺术应该和他们(大众)的感情,思想,意志结合,而使他昂扬起来';另一方面,就是'艺术,非使大众理解不可,非使大众爱好不可'"[2]。也就是说,要通过艺术启蒙与激发民众情感,同时要让大众喜闻乐见。这一运动甚至推广到了哲学、社会科学、自然科学等领域,但是,正如鲁迅所说:"若是大规模的设施,就必须政治之力的帮助,一条腿是走不成路的。"[3] 中国共产党在延安建立革命政权以后,歌谣等民间文艺形式转化为解放区文学艺术资源的重要部分,它既承载与呈现了特殊情境中知识人与民众的社会文化,同时也是时代的需求,正如陈思和所说:"所谓文艺为工农兵服务,并不是说工农兵喜欢什么就给他们创造什么,而是他们应该接受什么,能够接受什么,并且是在什么样的水平上接受。这才是《讲话》以及其他当代文艺理论家所探讨的问题。至于给工农兵什么内容的作品,这不是由读者决定,也不完全由作家决定,而是在读者与作家之间存

---

[1] 《瞿秋白文集》第 7 卷,人民文学出版社 1991 年版,第 107 页。
[2] 《周文选集》,人民文学出版社 1981 年版,第 480 页。
[3] 同上书,第 481 页。

在着一种合力，即时代的要求。"①

二

"延安的文艺水平在整体上是偏低的。除了非常民间化的、适合广大红军战士的戏剧、舞蹈、歌谣外，延安比较高层次的文艺基本属于空白。"② 这是1936年中国文艺协会成立前的情况。毛泽东《在延安文艺座谈会上的讲话》（以下简称"《讲话》"）之后，原先被视为"萌芽状态的文艺"（墙报、壁画、民歌、民间故事等）、"原始形态的文学""较低级的群众的文学和群众艺术""群众的言语"等通俗文艺与民间文艺提升到文艺的范畴。革命歌谣自然成为被提倡的文艺形式之一，也是影响与传播最广的艺术形式，很多延续至今被称为"红色歌谣"，转化为当下的一种文化资源。

歌谣的内容受到社会情境影响较大，承载与呈现了时代的变化。当时柯仲平就指出了民间歌谣的发展规律，"民歌是会跟着人民生活的变化而变，如果没有人搜集它，研究它，它有一部分便会随着生活的大变动而逐渐消灭掉，有一部分会转化为新的民歌，使你不易找出它的历史线索"，同时强调，"为教育大众，新的音乐家、诗歌作者，到大众中去，把民歌提高一步是必要的。提高大众的文化教育，是我们底一个主要任务，为使大众更能自己作歌，从大众中培养大批的民间歌手也是很必要的"③。安波阐释了高尔基的几个关于民歌的论点，其中也包含了他对民歌理论的理解，他认为，"民歌里可以认识民族的特性"，它是"人民真正的历史""是有阶级性的"④。延安时期搜集与创作的民间歌谣呈现了特定情境的社会文化知识，同时也成为那一时期的社会（集体）记忆。当时参与民歌搜集与整理的人员涉及了音乐、文学等各个领域，当时搜集到的民歌数量巨大，存留下来的搜集资料较少，其中有吕骥《解放区的音乐》（油印本）《鲁艺音乐资料三篇》《陕北民歌选》等，其中何其芳的《陕北民歌选》

---

① 陈思和：《当代文学观念中的战争文化心理》，《当代文学关键词十讲》，复旦大学出版社2002年版，第16页。
② 蔡丽：《传统、政治与文学》，中国社会科学出版社2013年版，第122页。
③ 贾芝：《延安文艺丛书·民间文艺卷》，湖南文艺出版社1988年版，第417—424页。
④ 同上书，第427—428页。

影响最大。《陕北民歌选》共分五辑：前三辑为传统民歌，后天辑为新民歌，即当时新编唱的民歌。第一辑"揽工调"，共12首，反映了劳动人民被剥削的痛苦和他们的劳动生活。第二辑"兰花花"，共18首，其内容大多是反映封建社会里妇女的痛苦生活和歌唱男女爱情的。第三辑"信天游"，共293首，内容分三类：其一为农民情歌233首；其二为不满旧式婚姻者35首；其三为杂类。第四辑"刘志丹"，包括革命民歌24首，新内容的信天游46首，大多数是土地革命时期的新民歌。第五辑"骑白马"，共13首，主要是反映抗战和边区建设的，其中也有对于国民党反动派的揭露和诅咒。这后两辑恰是农民社会发生变化的呈现，即"在这种革命运动和革命战争中，中国农民的觉悟程度和组织起来的程度达到了空前未有的高度。这种根本的变化不能不反映在农民的抒情文学上面，就是说不能不在旧的民歌之外，产生了新的民歌。这种民歌……主要是革命的战歌和对于新社会的生活的赞颂了"①。这类革命歌谣在各个抗日根据地和解放区流传，但是被存留下来较多的当属陕北地区，其原因一为陕北解放区的政权一直在中国共产党的手中，二为搜集工作较多。音乐工作者和文学工作者完成了大量的搜集工作，记录了新的革命歌谣。如"荞麦花，红咚咚，咱二人为朋友为个甚，三哥哥当了八路军，呼嗨呦，一心去打日本"②。《骑白马》用传统的"探家调"记录了当时陕北农民积极参加八路军抗击日本侵略的行为。《刘志丹》《红军打屈县长》《有一个杨连长》等记载了陕甘宁抗日根据地红军与国民党、红军发起的土地革命的历史事件，"正月里来是新春，陕北出了个刘志丹，刘志丹来是清官，他带上队伍上呀上横山，一心要共产"③，这首歌则是用陕北流行的"打宁夏调"演述并传唱了刘志丹在陕北的事迹。"有一个杨连长，定心崖摆战场，红军呀来了山里往前跑，红军走了出乡去，捞的那好衣噢嗨裳"④，则是在革命歌谣中记载了曾经在陕北解放区所发生的战争故事，正如所创作的大量小说一样，都是讲述了民众中流传的抗日以及红军抗击国民党的故事。对于此类革命歌谣的搜集，正如弗拉基米尔·纳博科夫所言："像日常事务将在未来年代

---

① 何其芳、张松如选辑：《陕北民歌选》，新文艺出版社1955年版，第29页。
② 同上书，第331页。
③ 同上书，第319页。
④ 同上书，第326页。

的善意之镜中呈现出来的那样,去描绘日常事务",就是说,在将来的遥远时日里,"那时,我们平淡的日常生活中的每一件小事,都将让人觉得从一开始就是挑选出来的,而且像是节日里的事情一样"。① 因此搜集、记录大量反映红军在陕北的活动、陕北农民参加八路军、以及陕甘宁根据地抗击日本侵略军等内容的歌谣,只是以口头文学的形式记录与呈现了土地革命时期、抗日战争时期以及边区建设时期民众的社会记忆,而不是当下历史学家或文学创作者的历史重构。

三

以延安为中心的陕甘宁边区地理环境闭塞,远离政权统治中心。自然条件恶劣,十年九灾,农作物产量低,没有任何工业,手工业也不发达,可以说它是"山高皇帝远,穷乡僻壤",统治者无暇顾及。人口稀少,县城规模都较小,红军最早抵达的吴起镇,仅有十几户人家,而且大多是农业人口,或以农为主,兼搞他业,城镇与农村融为一体。再加上这个地区自古就是多民族交汇、少数民族分散杂居的地区。早在先秦时期,今陕西一带除居住着华夏族以外,还有獯鬻、混夷、嵎夷、猃狁等部落。秦汉时期,今天的关中以北、陕西北部的广大地区则主要聚居着匈奴民族,米脂、延长等县志中多次提到"南、北匈奴"入据。汉代末期军阀混战,"五胡乱华",少数民族大举南迁,鲜卑人、氐人、羌人等纷纷进入内地,并且建立起民族政权,同汉人杂居、通婚,形成民族大融合。唐朝关中成为全国政治、经济、文化的中心,长安作为国际性的大都会,与突厥、波斯、犹太等民族通商、派使,当时仅居住在长安的人数就达万户。宋、元以后这里又居住了许多契丹人、女真人、波斯人、阿拉伯人。这些造成了这个地区成为封建统治薄弱、封建意识淡漠的情形,而且融入了少数民族粗犷以及自由自在的文化气息,这样为封建统治者所憎恨、反感的民间文艺,尤其是反映农民生活的文化系统成了这个地区文化的主流,因此信天游、秧歌、说书等民间文艺形式为民众喜闻乐见,也是他们理解和接受知识的主要来源。1944 年陕甘宁边区召开规模甚大的文教工作者代表大会

---

① [德]哈拉尔德·韦尔策编:《社会记忆:历史、回忆、传承》,季斌、王立君、白锡堃译,北京大学出版社 2007 年版,第 9 页。

时，毛泽东特别强调，要同旧秧歌戏"做朋友"，在这次边区文教大会通过的《关于发展群众艺术的决议》则赫然写明："发展边区群众艺术运动，基本上就是发展与改造农民艺术。"

同时，士兵可以接受的文艺也是通俗文艺、民间文艺。对生活在20世纪20年代至30年代的红军来说，唱歌成为他们前进的动力，虽然他们大多数不识字，但是，传统的民歌形式和地方化的语言与革命精神结合成为支撑他们的强大力量。诚如呈送中央军委的一份报告中所讲："革命文艺不如革命口号，革命口号不如革命歌谣。"①

中国共产党非常重视民间文艺及民间艺人，毛泽东提出："我们的任务是联合一切可用的旧知识分子、旧艺人……而帮助、感化和改造他们。"②艺人生活在群众中，熟悉群众的生活、感情、艺术趣味，也熟悉民间文艺，他们是民间文艺的保存者、传播者。周扬说："为了学习和创造，我们拜民间艺人作师傅吧！为了建立乡村文艺工作上的统一战线，团结民间艺人为新社会服务，并改造他们，我们也需要与他们很好的合作呀！"③在中国共产党和知识阶层的号召与积极实践中，从1942年之后，一批民间艺人登上了延安的文艺舞台，有民间诗人吴满有（艾青：《吴满有》，《解放日报》1943年3月9日）、汪庭有（艾青：《汪庭有和他的歌》，《解放日报》1944年11月8日）、练子嘴拓老汉（萧三、安波：《练子嘴英雄拓老汉》，《解放日报》1944年9月9日）、民间艺人李卜（丁玲：《民间艺人李卜》，《解放日报》1944年10月30日）等。在延安时期民间文学的发展中，中国共产党和知识人起了推波助澜的作用。他们积极参与民间文学的搜集和研究，而且他们本人都在民众中间从事实际的工作，这样就与体验生活有着质的差别，而且他们灵活运用民众喜闻乐见的"萌芽状态"的文学样式，写作"新"的民间文学作品，其中影响最大的当属《王贵与李香香》（以下简称"《王》"）。

---

① 1927年黄麻起义后，创建了红四方面军和其他红色武装，为了宣传和发动群众，把革命内容和思想与当地民间歌谣、民间小调结合起来，创作了丰富多彩的歌谣。当时军委的报告提到麻城革命斗争就撰写了这样一段话。转引自林继富《红色记忆中的悲壮历史——乘顺革命歌谣研究》，《民间文化论坛》2013年第6期。
② 《毛泽东选集》第2卷，人民出版社1952年版，第1009—1010页。
③ 参见黄修己等编选《中国现代文学史参考资料》第2卷，中央电视大学出版社1984年版，第58页。

《王》原稿题目为《红旗插在死羊湾》，《解放日报》发表时改为《王贵与李香香——三边民间革命历史故事》，该报1946年9月22日至24日连续三天登完，同时附有解清（黎辛）的评论《从〈王贵与李香香〉谈起》，该文认为："这是用民歌'顺天游'（"信天游"）的形式写三边民间革命和爱情的历史故事。用'顺天游'的形式描述如此丰富内容的作品，无论是口传的或文字记载的，我这是第一次看到。这诗，不仅题材新鲜，风格简明，而且极生动极有地方特色地为我们刻画了一幅边区革命时农民斗争图画，可以预测这将是广大读者所欢迎的作品。"[①] 这可以说是对这首诗最早的评论，紧接着发表了陆定一《读了一首诗》，这篇文章认为《讲话》后戏剧、木刻、小说、说书等领域出现了变化，而《王》是"新诗"的象征。新华社立即把《王贵与李香香》和陆定一的推荐文章向国内外广播，接着，李敦白把诗译为英文向外广播。广播诗歌，"据我们所知，当时还是第一次。"[②] 它在解放区引起了轰动，成为文人、学者关注的对象。

仿作民谣，从中外各民族的文学史上看，都不能说是新鲜的事情。但是李季的创作具有一定的特殊性。1942年5月毛泽东发表《讲话》之后，解放区对于民间文艺的学习与创作进入了一个新的发展阶段。延安鲁迅艺术学院开设了民间文学课，还专门成立了"中国民间音乐研究会"（原名民歌研究会），著名的音乐家吕骥、安波、马可等参加了采集工作，三年多时间共搜集民间歌曲两千余首，其中以陕甘宁边区的歌曲最多，达七百余首；此外还有内蒙古、山西、河北及江南各省的民歌，数量不等。而且政府采取鼓励政策，边区政府文委特拨款两千元，作为奖金，分别奖励给几年来采集成绩最优秀者张鲁、安波、马可、鹤童、刘炽及战斗社剧彦萍、朋名等。[③] 另外，当时解放区的文艺要创作"老百姓喜闻乐见的文艺形式"，"说—听"叙事为文学样式的核心，即使小说创作也是以"讲故事"为核心精神。民间文艺样式利于与民众沟通，便于宣传中国共产党的意识形态与革命政策等。

民间歌谣的特殊性，使其可以用民众熟悉的曲调，通过改变歌词传播

---

① 解清：《从〈王贵与李香香〉谈起》，《解放日报》1946年9月22日，第4版。
② 黎辛：《〈王贵与李香香〉发表的前前后后》，《纵横》1996年第4期。
③ 参见《民间音乐研究会搜集民歌两千首边府文委发给奖金》，《解放日报》1943年1月21日，第3版。

新的内容。民国初期亦如此,"音调虽仍其旧,而歌词务求其新",使得少年儿童能"生共和观念""振尚武精神"[①]。《王》虽是集合了信天游的唱词,但其叙事情节以及核心精神则是三边革命历史故事的叙述,同时也宣传了土地革命以及阶级斗争。"收租——揽工——闹革命"以及王贵、李香香、崔二爷等情节与人物构成了"革命和爱情的历史故事",比如"山丹丹开花红姣姣,香香人材长得好;一对大眼水汪汪,就像露水珠在水上淌""十六岁的香香顶上牛一条,累死挣活吃不饱。""羊肚子手巾包冰糖,虽然人穷好心肠。"基本话语是三边地区特殊的生态环境中形成对青年男女审美标准,但其核心则转向了"吃不饱",人的好坏转向阶级立场的判断。

《王》的创作在《讲话》之后,它被关注及其广泛影响,更多是其产生的特殊时期与特殊环境,其情节与内容更多是"读者与作家之间"存在的合力所致,即响应时代要求的作品。

随着社会的发展,时间的流逝,革命的情境发生了改变,某些作品或许只能作为与时代同名之作来阐释与解读,但是,作为革命时代的社会记忆——歌谣却永久地留存下来了,成为民众认同的共同文化符号,并转化为永久的革命记忆、社会的无形财富。

(原载《民间文化论坛》2015 年第 5 期)

[①] 参见华航琛《〈共和国民唱歌集〉编辑缘起》,张静蔚编《中国近代音乐史料汇编》,人民音乐出版社 1998 年版,第 161 页。

革命文艺与社会治理：
以延安时期新秧歌运动为中心

韩 伟[*]

一 延安时期新秧歌运动的兴起

秧歌虽然在陕北广受欢迎，但作为一种民间艺术形式，在一些艺术工作者眼中，是不登大雅之堂的。整风运动之前，特别是专业的文艺工作者，对于民间艺术存在偏见，"当时有一段时间鲁艺有脱离实际'关门提高'的倾向，有的人轻视民族艺术，言必谈希腊，个别唱歌的，本来没嗓子，还想当东方大'倍斯'。"[①]秧歌作为延安的流行民间艺术，也未得到足够的重视，"延安的剧团也曾经扭过秧歌：一则因为文化工作者不去注意它，再则做戏剧工作的人自己也没有认真去研究它，所以也就没有造成一个运动"，甚至于文艺工作者对民间的秧歌还存在偏见，把它看成"一个单纯表现低级趣味、表现色情内容的东西"。[②]艺术工作者真正开始关注秧歌，并发起致力于改造秧歌的"新秧歌运动"，还是陕甘宁边区整风运动以来的事，特别是毛泽东的"延安文艺座谈会"讲话发布，更触动了艺术工作者，正如毛泽东所言："革命的文艺，则是人民生活在革命作家头脑中的反映的产物。人民生活中本来存在着文学艺术原料的矿藏，这是自然形态的东西，是粗糙的东西，但也是最生动、最丰富、最基本的东西。"[③]因

---

[*] 作者单位：陕西省社会科学院陕甘宁边区历史研究中心。
[①] 李波：《黄土高坡闹秧歌》，《新文化史料》1985年第2期。
[②] 张庚：《谈秧歌运动的概况》，《群众》1946年第9期，参见李开方等编著《延安新秧歌运动研究》，陕西人民出版社2014年版，第323—324页。

此，文艺家必须走出"学院"，走向田野，走到人民群众中观察、体验和学习。秧歌作为陕北地区最为流行的民间艺术形式，自然成为艺术家们关注的焦点。

作为一种流行的民间艺术，秧歌虽然得到百姓广泛的参与，但在初期，新秧歌的主体是延安的文艺工作者，故新秧歌运动的兴起，主要原因还在于文艺工作者思想观念的转变。通过整风运动，文艺工作者明白了一个道理，需要向老百姓学习。"整风以前，虽然有个别的剧团如民众剧团在学习民间这方面是一直在努力的，但是绝大多数的戏剧工作者对于必须向民间学习这点是没有什么认识或者认识很少的。"① 整风以后，情况就大为不同，向老百姓学习成为普遍的作风。1942 年毛泽东有关文艺的讲话发表后，鲁迅艺术学院就提出要组织一个民间形式的宣传队，于是，在陕北流行的秧歌就成为焦点，一个百余人的大秧歌队被组织起来，排演了《打花鼓》《莲花落》等秧歌小场子。1943 年的元旦、春节期间，鲁艺秧歌队又丰富了演出，演出了《赶毛驴》《推小车》等节目，并且在宝塔山下、延水河边、杨家岭上进行了演出，轰动了整个延安，"有的群众跟着秧歌队走了三十几里，连看几场，舍不得离去"。② 随后，延安各文艺团体也行动起来，普遍组织了秧歌队，在延安的街头广场，在乡村地头，进行演出，受到了群众热烈的响应，轰轰烈烈的"新秧歌运动"就此开始了。

按照毛泽东"讲话"的要求，文艺工作者必须眼睛向下，要善于向老百姓学习，这使得新文艺更为接近老百姓，当然，对于旧的民间艺术，必须从革命的目标出发加以改造，"在艺术工作方面，不但要有话剧，而且要有秦腔和秧歌。不但要有新秦腔、新秧歌，而且要利用旧戏班，利用在秧歌队总数中占百分之九十的旧秧歌队，逐步地加以改造"③。因此，改造以后的新秧歌，按照老百姓的话来说：'受苦人自己的秧歌'。"④ 之所以是

---

① 张庚：《谈秧歌运动的概况》，《群众》1946 年第 9 期，参见李开方等编著《延安新秧歌运动研究》，陕西人民出版社 2014 年版，第 323、724—725 页。

② 迪之：《记延安新秧歌舞运动》，《延安文艺丛书》第 14 卷，湖南文艺出版社 1988 年版，第 7 页。

③ 《毛泽东选集》第 3 卷，人民出版社 1966 年版，第 913 页。

④ 张庚：《谈秧歌运动的概况》，《群众》1946 年第 9 期，参见李开方等编著《延安新秧歌运动研究》，陕西人民出版社 2014 年版，第 323、724—725 页。

"受苦人"自己的秧歌,是因为秧歌的基本内容已经大为改观,"秧歌演出的都是和他们生活有密切关联的事情,而不是拿皇帝皇后皇妃武将朝臣鬼怪和丑角放在他们面前",① 这当然让老百姓感觉更为亲切了。在形式上,产生了全新的"秧歌剧","使秧歌从过去单纯以扭、跳表现喜庆欢愉情绪为主的歌舞形式,衍化为说、演、舞、唱相结合的一种综合艺术表演形式"②。当然,新秧歌运动的要旨,不只是使其更贴近百姓生活,或者说,不只是表面上的、形式上的变化,其更本质的指向,实际是秧歌的革命化与大众化。

秧歌的革命化,实际是要求秧歌要符合当时政治的需求,"文艺与政治的结合,本来是党所领导的革命文艺运动的光荣传统。从来进步的文艺界和过去的红军时代的文艺活动,八路军新四军中的文艺活动,都是革命运动的一个战斗部门"③。陕甘宁边区《群众文艺》的一篇社论指出:对于旧戏剧要进行区别改造,而审查的标准"要以对人民的有利或有害决定",有利的,包括一切反抗封建压迫,反抗贪官污吏的;有害的,则包括一切提倡封建压迫奴隶道德的,提倡民族失节的,提倡迷信愚昧的。④ 这些要求,使得新秧歌具有明确的政治方向。鲁艺文工团创作的《惯匪周子山》,表现了陕北革命的历史,它以革命历史戏的形式受到群众的关注。该剧反映革命事业的艰难缔造的过程,激发群众珍惜革命根据地的思想。⑤ 土地改革时,秧歌剧就配合土改进行革命的宣传,如新编剧《血泪仇》,启发了群众的阶级意识,"演出的时候,常常是台上台下哭声一片;'为仁厚报仇!''打倒万恶滔天的国民党!'……的口号也经常在观众中爆发"⑥。这些新秧歌剧目,很好地适应了政治的需求,推动了革命的发展。

秧歌的大众化,则要求其语言、舞蹈等艺术表现形式更符合老百姓的审美需求。秧歌本来就是民间的艺术形式,"新秧歌运动"的大众化,实际上主要是针对专业的艺术工作者而言的。大众化的表现之一就是语言,

---

① [美] G. 史坦因:《红色中国的挑战》之五,参见孙照海编《陕甘宁边区见闻史料汇编》第 2 册,国家图书馆出版社 2010 年版,第 298 页。
② 李开方等编著:《延安新秧歌运动研究》,陕西人民出版社 2014 年版,第 102 页。
③ 《从春节宣传看文艺的新方向》,《解放日报》1943 年 4 月 25 日第 1 版。
④ 《有计划有步骤的进行旧戏剧改革工作》,《群众文艺》1949 年第 6 期。
⑤ 崇基:《惯匪周子山》,《解放日报》1944 年 5 月 15 日第 4 版。
⑥ 曾刚:《一支新秧歌的播种队——忆鲁迅工作团在绥德分区》,《人民日报》1982 年 5 月 21 日,第 8 版。

必须要用地方民众熟悉的语言来表演,但在运动初期,语言的运用似乎差强人意,"他们虽然是借老百姓的口述说老百姓的事,甚至竭力讲了方言,满口的'尔格'、'一满',但听去总是空洞而又别扭的,不像是老百姓的口吻和声调,听不出真实的情感"①。对方言土语的运用流于形式,无法传达语言的情感,"关于能够真正表现老百姓生活和感情的语言我们注意的少,知道得太少,运用得更少,我们还是太强调了方音土语和歇后语,并不是说这些不能用,而是说更应当多多学习和运用那些能够充分表现老百姓生活和感情的语言,这些语言是活的,正在生长,不断生长的东西"②。此外,秧歌的唱和演必须生动活泼,能吸引人,秧歌这一形式,"第一是在于它是一种广场剧。戏场是在露天底下,观众多半是站着,流动性很大,搞得不好,他们就不看你的,走了,也不怕你难为情"③。这就需要在唱词、表演,以至整个故事性方面去提高,增加民众观看的兴趣。大众化当然也不是无原则地迁就普通百姓的趣味爱好,而是在尽量贴近百姓生活的形式下,更好地服务于革命的需求。

二 新秧歌中的社会动员与治理

1942年以来,在抗战的大背景下,新秧歌运动的主旨,主要还不在于艺术形式的变革或政治权力的渗透,而是要通过这种民间文艺形式,更好地实现战时的社会动员。同时,出于中共总体革命的需要,它又被赋予了推动社会变革任务。若从社会善治、发展等意义来理解"治理",那新秧歌运动无疑从多方面促进了根据地社会动员与治理的优化。

1. 社会动员

社会动员是指出于战争,或政府职能发挥的需要,对社会大众的引导、发动,并汲取所需的社会资源。从当时的很多秧歌剧作不难看出,社会动员是其重要目标,就军事而言,社会动员主要是征集兵员,并号召边区民众努力生产,保障战时日常生活,同时为部队提供粮草物资上的帮助。比如在绥德分区,新秧歌成为社会动员的重要部分:各校本学期共出

---

① 周扬:《表现新的群众的时代——看了春节秧歌以后》,《解放日报》1944年3月21日,第4版。
② 张庚:《鲁艺工作团——对于秧歌的一些经验》,《解放日报》1944年5月15日第4版。
③ 立波:《秧歌的艺术性》,《解放日报》1944年3月2日第4版。

演了秧歌 20 次，节目 24 个，内容多是对政策及胜利消息的宣传，和对迷信封建的破除，在各处出演的秧歌节目大体上有唱胜利、活报（表演蒋介石内战的花样及失败的状况）、一贯道、自由婚姻、红布条、做军鞋、兄妹开荒。因为内容上能与政策结合，及时地编插进去了胜利的消息，所以大部分还甚得群众的赞誉。① 这些事例表明，深受群众喜爱的秧歌艺术在社会动员中的作用是非常重要的。

做好征兵、支前、拥军宣传，是新秧歌的一个主要内容。奉行"生存伦理"的山区百姓，对于解放、革命等语词并不能完全理解，故对于参军、"支前"存在不小的顾虑，甚至是抵触。为了宣传抗战和革命，《拥军花鼓》《边区军民》就成为最早的一批新秧歌，以至于老百姓将其称之为拥军秧歌、战斗秧歌。秧歌剧《曹老板》就以生动的故事，宣传了参军"保家卫国"的道理，故事的开头，百姓对参军、支前心存恐惧："最怕的是把百姓、妇女编成慰劳队，男人逼你打冲锋，送到前线打头阵。"经过一番解释，最终认识到："解放军早去一天，他们就少受一天痛苦。咱们大家都团结起来，支援前线，只有把蒋胡匪军最后消灭了，咱人民才能过太平日子。"② 显然，新秧歌使得党的政策更容易得到理解。

除了征兵支前外，为部队征收公粮等也是边区的重要任务，这也反映在新秧歌中。《送公粮》就表现了边区民众对待公粮负担的复杂心态：作为主要人物之一的老婆，有点自私，但也是知道要保卫家乡的，只是感到公粮里多掺点糠也可以，并且还以八路军的节约来使自己的想法合理化。但这些想法，与热爱边区又性格急躁的丈夫相遇时，矛盾就展开了。另一部剧《模范妯娌》则不同，直接表现理想化的边区人民，为了拥军，不避困难和克制着自己的疲惫连夜赶做军鞋，并且希望继续保持自己拥军模范的荣誉，妯娌二人你争我赶、不甘落后。③ 该剧就表现了这样的认识错误，或者误会，展现了戏剧中的矛盾冲突，最终又形成了积极的导向。

大生产运动时，边区的文艺工作者就创作新秧歌剧鼓舞生产，褒奖劳动模范。颇为著名的秧歌剧《兄妹开荒》就是在这样的背景下，根据《解

---

① 《绥德县 1949 年上学期教育工作总结报告》，1949 年 8 月 24 日，绥德县档案馆藏，卷宗号 31—4。

② 东村部战力宣传队编：《秧歌剧〈曹老板〉》，《群众文艺》1948 年第 5 期。

③ 陈浦：《一九四七年延安春节宣传中的几个创作》，《解放日报》1947 年 2 月 13 日，第 4 版。

放日报》报道的劳动模范马丕恩父女的故事改编的,基本内容和情节为:"开始是哥哥落后,妹妹积极,经过多次讨论,才改为兄妹都是积极的,这是符合当时边区青年实际情况的。形式上采取了群众喜闻乐见的秧歌,加上情节故事,还是在锣鼓声中扭着秧歌上场,既热闹又能表现开荒的乐观情绪,下场时妹妹挑担,哥哥扛锄,扭着'龙摆尾'下去。"①《兄妹开荒》一上演,就轰动了延安,并在各个单位巡演,成为新秧歌的保留节目。1945年到访延安的黄炎培看了《兄妹开荒》,止不住地赞叹:"使我最欣赏的是一出《兄妹开荒》的秧歌剧,表演得特别绵密而生动。据说表演的不是北方人,而方言、音调和姿态,十足道地的写出北方农村,这真是'向老百姓学习'了。"② 这一形式,自然极大地鼓励了民众投入生产的热情。

2. 社会改造

除了动员,推动社会改造,实现社会发展,也是社会治理的重要内容。由于其内容贴近群众生活,易为群众理解和接受,新秧歌还承载着推动社会改造、实现移风易俗等重要功能,很多秧歌剧与具体的社会建设工作结合起来,在根据地的社会变革实践中起到了较好的效果。

改造二流子是陕甘宁边区社会建设中的一项重要工作,新秧歌中有相当数量剧目与此有关。《新状元杨朝臣》就是表现安塞杨朝臣的勤劳生产和改造二流子的真实故事。剧中二流子的原型陆喜娃是安塞有名的二流子,他在杨朝臣的感化下重新做人,而秧歌剧更强化了这一转变:"在小樵湾演出时,陆喜娃本人也来看,当他看到剧中的他刚一出场,就羞得低下了头,泪流满面地跑了。"后来他对该队负责人说:"咱今年决心学好,定要把光景闹美!"③ 这种发自内心的转变,体现了民间艺术的力量。

在庆阳,改造二流子的新秧歌剧也起到了很好效果,《懒黄转变》描述了一个转变了的二流子,讲述他过去怎样"好吃懒做怕动弹,一天到晚胡毬串"。自从"要学劳动英雄汉"后,夫妻和气了,庄稼务上了,光景过好了。由于新秧歌在边区城镇、乡村的广泛演出,使得二流子的转变成为一个普遍的现象,不少二流子表示愿意转变,如有一个人这样说:"不

----

① 李波:《黄土高坡闹秧歌》,《新文化史料》1985年第2期。
② 黄炎培:《延安归来》,重庆国讯书店1945年版,第41页。
③ 《秧歌活动简报》,《解放日报》1944年4月11日,第4版。

相信，今年干个样子叫他们看！"并在一天内砍了三捆柴，二流子婆姨对老汉说："咱也找块荒地开开，我给你送饭，打土疙瘩，满能做的了！"① 这些事例并非个别，它们很好地反映了新秧歌在二流子改造中的作用。

新秧歌将医疗教育、卫生等方面知识编排进节目中，获得了民众的赞誉。延安的难民工厂根据边区的医疗卫生实际，及时编演了秧歌剧《娃娃病了怎么办》，在九月的砖窑湾骡马大会上演出，因为这时乡间小孩很多患着气管炎或百日咳，误信巫师或乱用土法子治疗，先后致死的有几十人。节目演出后，老百姓都了解了，还清醒地说着几天来的不幸事情，大家都说迷信可误人呢，许多婆姨都哭了。② 增加育儿、妇女保健宣传之初，一些文艺工作者还担心在喜庆的春节表现灾病是否合适，没想到效果非常积极：许多乡下婆姨多是死过小孩子的，竟纷纷将她们拉到家里去，请教养育婴儿的方法。那些婆姨们批评说："你们的秧歌比从前的好。因为你们的秧歌句句话都是有用的，旧秧歌中看不中用。"③ 乡村妇女本来就喜欢秧歌，将实用的医疗卫生知识加进去，当然更容易获得她们的关注。

陕甘宁地区处于偏远落后的区域，传统的礼教思想仍十分流行，妇女缠脚等现象十分普遍，参与社会活动更被认为违背礼教。新秧歌运动后，妇女解放得以推动，但这一过程又相当谨慎："桥儿沟的秧歌队成立，很多女子都报名了。婆姨也要来参加，一满不封建了，我们要得到她们家里的同意才行……我们现在决定十四五、十五六的女子可以参加，大的婆姨现在还在考虑，怕出问题，怕家里不同意，男人不喜欢，打起架来那就糟糕了。"④ 以妇女参加跳秧歌一点来说，看起来很简单，但实际是经过了曲折的斗争过程才获得的"权利"，能从家庭的封建氛围里到参加社会活动，尤其是文化艺术活动，这不是易事，这是与妇女解放运动所不可分离的。⑤ 虽然妇女参与新秧歌仍属少数，但社会的变革却在点滴中产生。

在新秧歌带动下，妇女参与文艺活动逐渐成为平常的事。在富县三乡，劳动英雄王培有的婆姨是一个30多岁的妇女，当她坐着小花车出现在街头秧歌队时，群众都鼓掌欢迎。新秧歌队里有老百姓妇女当演员，是因

---

① 《正确的艺术方向》，《解放日报》1943年4月24日，第1版。
② 陈明：《难民工厂的戏剧活动》，《解放日报》1944年11月27日，第4版。
③ 赵超构：《延安一月》，中国国际广播出版社2013年版，第107页。
④ 《延安市文教会艺术组秧歌座谈会摘要》，《解放日报》1944年10月5日，第4版。
⑤ 丁里：《秧歌舞简论》，《解放日报》1942年9月23日，第4版。

为边区的农村妇女已经有了新的地位,她们参加了生产劳动,有的被选为劳动英雄,"王培有的婆姨就是乡妇女主任,边区农村里的妇女,现在已经是比五四时代学生出身的'新女性'更新式的人物了"①。妇女主任参与新秧歌,更多地体现了她的个人觉悟,但其潜在的社会影响却不容忽视。

陕甘宁地区曾盛行赌博,成为败坏社会风气的重要因素。新秧歌在帮助老百姓摒弃赌博恶习方面起到了积极的作用,宣传赌博有害的内容被编进了秧歌剧中。如绥德分区的《越捞越深》一剧,就生动地刻画了乡村嗜好赌博的农民艾发财形象,艾的赌瘾很大,剧中他唱道:"狗改吃屎难上难,要改赌博不简单,银钱输了上千万,眼窝都熬烂。"② 最终,他在乡政府干部和妻子的帮助下,认识到错误,戒除了赌博恶习,虽然这一过程并不简单,但通过曲折的剧情,向观众传达了赌博的社会危害,教育了群众。

三 新秧歌发挥社会功能的原因探析

源自陕北民间文艺的"新秧歌",之所以在社会动员与改造中发挥巨大的作用,并不简单是因为文艺工作者的创造,而是与秧歌这一文艺形式本身有着内在的关联,与新秧歌运动准确把握并改造民间艺术有着直接的关联。

第一,新秧歌表演"场域"的变化凸显了其社会效用。早期延安的文艺界,专业化、精英化的艺术观点占据主流,少有的几部剧作,不仅西洋化,而且还是在"小剧场"演出。"延安的一些大的戏剧艺术团体,经常演出的是外国名剧,和我国几幕几场的大戏。观众也只局限于干部和学员之间,我们的劳动群众与剧场(大礼堂)是'无缘'的,即使偶尔有这么一个看戏的机会,他们也不可能接受理解《日出》中陈白露的生活方式和《雷雨》里繁漪的心理活动。"③ 这无疑拉大了普通百姓与戏剧的距离。新秧歌则不同,它注定是与广场连在一起的"现在的秧歌是一种熔戏剧、音乐、舞蹈于一炉的综合的艺术形式,它是一种新型的广场歌舞剧。秧歌剧

---

① 默涵:《关于秧歌的三言两语》,《解放日报》1944 年 4 月 11 日,第 4 版。
② 黄锡林、安全:《秧歌剧〈越捞越深〉》,参见《崔家湾镇志》,陕西人民出版社 2011 年版,第 304 页。
③ 任颖:《回忆王大化》,《延安新秧歌运动研究》,陕西人民出版社 2014 年版,第 569 页。

是一种群众的戏剧，它必须以广场为主，就是说在广场中央演出，如同一座圆形的舞台，四面向着观众，演出既简便，和观众的接触又是最直接最密切的"①。经过广场这一大舞台，戏剧艺术走向了更广泛的大众，"从背向工农兵到面向工农兵，从窑洞走到广场。从狭小的知识分子的圈子走到广大的群众中间"②。在20世纪40年代，陕甘宁边区还属于极端落后的地区，普通农民的文化娱乐生活十分贫乏，他们迫切地需要文艺活动，"中国乡村和市镇里的人民是爱好游艺，而且渴望游艺的。秧歌对于他们真是大旱中的甘霖"③。新秧歌演出场域的变化，当然引起了农民热烈的响应，极大地强化了政治传播的效果，进而使革命导向的社会动员、社会改造得以更顺利的实现。

第二，新秧歌的创作与演出是社会民主协商的过程。很多新秧歌剧目的创作，实际是专业艺术家们与普通老百姓一起进行的过程，它是一种渗透了民主协商的集体创作，艾青就提出，"参加集体创作的同志，要养成民主作风，耐心听取别人的意见"。当然，这也不是说放弃方向性的领导，"发挥民主精神，发挥每个人的积极性、主动性的同时，我们要有作者、导演和演员中的积极分子的集中领导作用。因为群众的意见，是代表许多方面的，有正确的，也有不正确的，"④ 最终明确创作的主题和方向。通过民主协商进行集体创作，体现在诸多新秧歌剧中，如庆阳的《减租》，就是群众的集体创作。该剧是农会长黄润亲历的事，在他提议下，黄家荣、武仲山、王立效等四个人一起编导，在演出过程中，大家又一起商量，不断改进，例如把乡长编成了地主的亲家，以突出"办公事的人坚决"。⑤ 排演《破除迷信》时，巫神向老汉要布施，演老汉的马上给了两万元，有人提出这样做不像庄户人，大家一想觉得有道理，就加上了老汉老婆互相商量卖牛、卖驴借钱的一段。⑥ 民主参与的集体创作方式，极大地保证了剧

---

① 周扬：《表现新的群众的时代》，《解放日报》1944年3月21日，第4版。
② 《正确的艺术方向》，《解放日报》1943年4月24日，第1版。
③ [美] G. 史坦因：《红色中国的挑战》之五，参见孙照海编《陕甘宁边区见闻史料汇编》第2册，国家图书馆出版社2010年版，第298页。
④ 艾寒：《论秧歌剧的创作和演出》，参见孙晓忠、高明编《延安乡村建设资料》第4卷，上海大学出版社2012年版，第670页。
⑤ 柯夫：《〈减租〉是怎样创作的》，《解放日报》1944年10月5日，第4版。
⑥ 文教会艺术组：《杜芝栋和镇靖城的秧歌活动》，《延安新秧歌运动研究》，陕西人民出版社2014年版，第447页。

作符合最大多数群众的喜好，实现了秧歌的大众化。

不仅创作中，新秧歌的组织、演出中，也发扬了民主的作风。庆阳的刘志仁创办南仓社火，获得巨大成功，其中重要的经验就是"讲民主"，他说："看咱们政府办事，一切都是民主，又是开会，又是选举。"所以他建议他们的社火也建立选举制度，并进行组织和分工，在每次工作中，他们举行检讨会，在工作中犯错误的人，让他当众承认错误，用这种方法教育大家。① 正是因为发扬了民主，刘志仁领导的南仓社火克服了以往工作中的许多缺点，激发了群众的参与热情，增加了社会的团结，过去那种耍社火时，双方因耍故事而互相"压服"的现象，再也没有出现。在绥德分区的米脂县，民主也渗透进新秧歌中，充分尊重群众的主观意愿：秧歌活动，完全由群众自己组织，秧歌队的事情，领导要多同队员采取民主方式商量办理，"今年交春早，秧歌不能闹长，免得误了生产。同时要注意节省经费，要在群众自愿原则下捐助。有些乡里已有婆姨女子参加扭秧歌，但一定要征求她家里的同意"②。尽管妇女解放等革命目标趋向社会进步，但新秧歌运动并未诉诸强制，而是采用民主协商的办法，以更能使普通农民接受的方式，实现社会的变革。

第三，新秧歌发挥社会功能与其自身的特质有关。秧歌虽然也有技巧性的一面，但更多是一种群众性的娱乐活动，它没有太多的形式约束，而是反映了陕北人性格张扬、奔放的一面："地道的陕北秧歌无需抹彩画装，正宗的乡村社火，不必着意打扮，他们不懂艺术，他们压根就不是为了艺术。上了舞台的秧歌不是陕北秧歌……真正的陕北秧歌就是常年在黄土地里劳作、耕种的那些身穿羊皮袄、脚踏石壳鞋的山汉泥人自发、随意扬胳膊、摆腿的一种动作、一种心劲。"③ 正是秧歌土生土长的特质，使其很容易得到普通民众的关注、参与，再加上适应边区生活的革新，新秧歌很快在陕甘宁边区流行开，群众也就自发地参与进来。

不仅群众自发地组织秧歌队，而且由于秧歌的开放性，又增加了它特有的感染力，使得最终打破了表演者与观众的二元分立，实现了社会整体的融合。在广场、在乡村，每次秧歌表演后，还要跳"大秧歌"，这时观

---

① 《刘志仁和南仓社火》，《解放日报》1944 年 10 月 24 日，第 4 版。
② 《米脂十里铺召开民间艺人座谈会》，《解放日报》1944 年 2 月 11 日，第 2 版。
③ 贺世成：《关于新时期陕北秧歌的思考》，《绥德文史》（内部资料）2009 年版，第 281 页。

众们都可以自由地参与,"听众又聚集起来,围成一个圆圈,踏着步,摆着身体,越来越快,把秧歌舞欢天喜地结束了"①。这种热烈的氛围,甚至感染了来访的外国友人,他们尽管对秧歌剧的内容一知半解,但是,"在大秧歌舞的时候,他们常常参加到行列中去扭摆扭摆"②。由于极为广泛的参与,使得革命需要的正面导向,自然地融入秧歌中,对社会产生积极的影响,在清涧"业余剧团比过去进步的多了,他们的人员是不脱离生产的,他们演得很好,折区和石区秧歌队所编的东西适合于现在,替我们服务"③。这一过程,使得普通民众的兴趣爱好,与革命的目标很好地实现了统一。

概言之,新秧歌在社会动员与社会改造中作用的有效发挥,除了秧歌自身的特质以外,更得益于革命根据地党和政府的正面引导和推动,尤其是延安"文艺座谈会"后提出新的文艺政策,不仅使专业的艺术工作者"眼睛向下",投身参与到秧歌等民间艺术中,更广泛带动了广大民众自发地参与进来,并且这一过程始终渗透着民主协商,体现了对民众意愿的尊重,由此,新秧歌的社会作用得以极大地发挥。

四 文艺的政治功能与社会效用再思考

新秧歌运动过去已经 70 余年了,但新秧歌运动留给今天的思考仍然很多,特别是艺术与政治的关系,文化与社会的关系,构成了对其或褒或贬的主要背景。从社会治理,特别是如何发挥文化的治理功能的角度出发,仍然有必要对新秧歌运动作重新审视,尤其是挖掘其中蕴含的积极价值。就广义的社会治理而言,它确实需要多方面因素的有机配合,法律制度、道德伦理当然不可缺少,但民众喜闻乐见的、形式灵活的各种文化艺术,同样是实现更良性治理的重要因素,它们在社会治理中具有独特作用,也是法制等硬性社会制度无法实现的。

第一,通过新秧歌等文艺活动,实现社会正面价值的引导。艺术是自由的,但却又不应该是放任的,它必然受制于特定时空的价值取向,好的

---

① [美] G. 史坦因:《红色中国的挑战》之五,参见孙照海编《陕甘宁边区见闻史料汇编》第 2 册,国家图书馆出版社 2010 年版,第 297 页。
② 王奕然:《延安实录》,西安英华书店 1946 年版,第 34 页。
③ 《清涧县二届县参会记录》(1946 年 1 月),清涧县档案馆藏,卷宗号 34。

艺术作品，应该能对社会正面价值起到引领作用。风靡全球的美国电影，从来就不仅仅是一种影视艺术，它更包含了美国式的价值观。2015 年，文化部开展了对内容违规的网络音乐产品的集中排查工作，共排查出《不想上学》《自杀日记》等 120 首内容存在严重问题的网络音乐产品，将其列入"黑名单"。① 文化部的这一做法，虽遭到一些非议，但从文化的社会功能角度看，却不乏其合理性。歌曲等文艺作品，不全是个人创作自由或审美的范畴，它一经发布，就具有广泛的社会影响，宣扬低俗、暴力的网络歌曲，尽管不妨碍其成为一种艺术形式，但一旦进入大众传播，就具有广泛的社会影响力，显然与良善的社会治理的目标相悖。延伸来看，中国实施的影视剧审查制度虽广受非议，但若从社会治理的层面看，特别是着眼于转型期社会建设的复杂性，其蕴含的积极意义亦不容否认，当然，这些制度还需向法治的方向迈进。

第二，通过新秧歌等文艺活动，构建社会自主的协调机制。更好的社会治理，不止依赖于政府作用的发挥，而是需要培育社会自身的组织协调机制，发挥社会自主自治的功能。新秧歌运动中，充分发挥了民主协商，增加了普通民众在政治中的参与度，使民众从传统"私"的领域走向"公"的领域，从而促成了良性的社会治理效果，比如秧歌队之间"争斗"的旧风俗得以化解，这是旧秧歌所不具有的社会功能。事实上，有效解决社会公共领域的治理问题，绝不是单单靠政府强制职能的发挥，而是需要一个健康和充分发育的公民社会，并在其基础之上建立健全的社会自主协商机制，增强社会自主协商能力。② 当下中国广为流行的广场舞，作为民间艺术，当然具有"社会团结"的作用，但广场舞爱好者与"邻人"的冲突也不绝于缕，如何在发挥广场舞社会整合作用的同时，避免社会冲突，无疑也需要更好地发挥社会自主的协调机制。回顾历史，我们不难看到民主协商在新秧歌运动中的广泛运用，无论是编写创作，还是组织演出，都是一个民主协商的过程，民主的运用，实际体现着对个人权利、个人尊严的高度尊重，这当然有利于激发公民个体的社会责任感，最终在公民与国家的良性互动中实现社会的善治。

---

① 《文化部列"黑名单"规范网络音乐产品》，《新华每日电讯》2015 年 8 月 11 日，第 2 版。
② 谢秋山：《政府职能堕距与社会公共领域治理困境——基于广场舞冲突案例的分析》，《公共管理学报》2015 年第 3 期。

第三，通过新秧歌等文艺活动，更好向政治反馈民情民意。由于广大人民群众的自发参与，新秧歌运动中涌现出一批内容积极向上的唱词、剧作，它们虽然表现为艺术作品，但却不同程度地反映出根据地的社会实际，有助于形成社会信息反馈，推动政治决策的科学化。推广之，良好的社会治理需要政府与社会多重作用的发挥，它有赖于信息在政府与社会间良好的反馈与互动，新秧歌等文艺活动，特别是源自社会底层的自发性文艺形式，有助于及时向政府反馈社会信息，促进政府与社会的良性互动。就此而言，政府一方面要做好民间文艺的组织、引导工作，另一方面，也要放手让良性的民间文艺自由地生成、发展，只有文艺获得了足够的自由，才能真正释放它们的活力，也才能更好地发挥其反馈社会信息，促进社会政策改良的作用，最终在多元共治中实现社会的发展进步。

（原载《人文杂志》2016 年第 5 期）

延安时期的戏剧运动

惠雁冰[*]

延安文艺的形成与演进是百年中国文学史上最重大的历史文化事件，直接影响和规范了中国现代文学的转型与当代文学的发生，并以自觉、自信、自强的姿态创构了一种相对成熟、丰富的现代中国文艺形态，锻造了独特而丰富的"中国经验"。可以说，在中国当代文学的发展过程中，所有积累的正反经验都与延安文艺有着紧密而内在的关联。

在延安文艺的形态谱系中，戏剧运动是其中影响最大、涉及面最广、民族化内涵体现最为充分、"中国经验"的锻造最为深刻的环节，不仅主导了新民主主义文化的建设思路，而且深度影响了中国传统戏剧现代化的探索路向。在不同的历史阶段，不断发展、内化为当代文学特有的精神品格，渗透于中国文艺建设的各个领域。这样来看，延安时期的戏剧运动不仅是我们梳理百年戏剧发展流变的独特视窗，而且是见证中国文学民族化历程的醒目界碑，更是当代文艺发展与当代文化创新的逻辑起点。

一 延安时期戏剧运动开展的历史场景

鸦片战争以后中国陷入了日益深重的社会危机之中，"数千年未有之强敌"所引发的"数千年未有之变局"，在政治体制与思想文化领域激起巨大的波澜，一系列强国新民的艰苦探索随之展开。近代文化革新的大幕在器物革新与体制革新相继式微的特殊场景中訇然拉开，戏剧改良则是这场影响深远的近代文化革新的重要一翼。

1902年，梁启超发表在《新小说报》上的《论小说与群治之关系》，堪

---

[*] 作者单位：延安大学文学院。

称戏剧改良的宣言书。随后,三爱撰文指出"要多多排有益风化的戏,采用西法,戏中夹些演说,大可长人识见,不唱神仙鬼怪的戏,不可唱淫戏,除去富贵功名的俗套"①。面对知识界改革旧文化的呼声日渐强烈,御史乔树枏也向朝廷上折"奏诸改良戏曲,以立化俗之本"②。1904年,在由《俄事警闻》改版的《警钟日报》上,陈去病、柳亚子、刘师培等发表多篇戏剧改良文章,意在从戏剧的现实功用出发,力主编演排满等革命内容的新剧。同年,戏剧杂志《二十世纪大舞台》在上海应运而生,其发刊词就是"以改革恶俗、开通民智,提倡民族主义,唤醒国家思想为唯一之目的"③。1906年,留学日本的李叔同,接受日本新派剧的影响,在东京组织起一个以戏剧为主的综合性艺术团体"春柳社",宗旨即为"研究新旧戏曲,冀为吾国艺界改良之先导"④。同年年底,《茶花女》演出。次年,《黑奴吁天录》演出。两剧作为中国话剧的开端,时称"新剧"。随着新剧运动的不断深入,一些具有改良意味的戏剧形态开始在全国出现,如古装新戏、时装新戏、洋装新戏、时事新戏等,并在唱腔上也多有革新,《南社》群体与汪笑侬可为代表。尤其值得一提的是"海派京剧",其真刀真枪、连台本戏、自由唱腔和机关布景的写实化表演,体现出近代戏剧改良的基本思路。1907年,近代中国第一座拥有新式设备的戏剧演出场所——"新舞台"剧场开始出现。

民国初年,受言情小说的影响,戏剧改良由重在启发民智的"高台教化"转向呈现"日常生活",潜在地预示了戏剧改良从近代开始向现代逐渐过渡的迹象。

"五四"前后,作为"五四"新文化运动的主要靶矢,戏剧改良的风波再起。以胡适、陈独秀、钱玄同、刘半农、张厚载、傅斯年等为代表的新派人物对传统戏剧进行了文化决裂式的讨伐,不论是胡适所称的"遗形物",还是傅斯年所称的"百衲衣",都将其作为与"五四"新文化格格不入的异质性存在。但是,鉴于民族文化的精神内质及传统戏剧的深远影响,"五四"文化先锋依然将戏剧作为承载新文化的重要中介,只是希望

---

① 三爱:《论戏曲》,《安徽俗话报》第11期,1904年9月。
② 张福海:《中国近代戏剧改良运动研究》,上海古籍出版社2015年版,第38页。
③ 陈去病、汪笑侬:《招股启并简章》,《二十世纪大舞台》第1期,1904年10月。
④ 欧阳予倩:《回忆春柳》,中国社会科学院文学研究所近代文学研究组编《中国近代文学论文集(1949—1979)戏剧、民间文学卷》,中国戏剧出版社1958年版,第277页。

在精神蕴含、题材内容和艺术呈现上进行大刀阔斧式的改良。如戏剧内容方面必须注重对人生的关怀，表演形式方面采用白话体写戏，取消部分演唱，尤其注重新思想、新精神的根植育化。茅盾就对日益迷恋于家长里短的堕落文明戏进行了冷峻的批判："脱了龙袍，穿了洋装，这思想方面的不曾变换，也就是现在的文明戏始终还是旧戏一般的东西，或更不及旧戏的重要原因。"①

20世纪20年代之后，随着现代社会的不断发展与民族危亡的再次深重，戏剧改良运动的涛声一直没有停歇。从20年代的"国剧运动"到30年代的"海派京剧"，从1932年的河北农民戏剧运动到"七七"事变之后的广场剧，再到30年代中后期的民族化问题大讨论，戏剧改良始终是20世纪中国社会裂变、更生的醒目标识，也是传统文化求变求新的生动表情，更是不断推动中国文学民族化与现代化旅程的滚滚车轮。而40年代展开的延安时期的戏剧活动，就是在近代以来戏剧改良的大背景下萌生，并作为其中最富有建构性的环节而出现的。

延安时期戏剧运动的展开，与抗战爆发后的历史场景息息相关，也与延安作为当时区域性政治体制所建设的新民主主义文化主题一脉相承，同样也与这个体制中和传统戏剧有着深层联系的结构性主体的特殊性不可分割。1938年，毛泽东适时提出"在艺术工作方面，不但要有话剧，而且要有秦腔和秧歌，不但要有秦腔与新秧歌，而且要利用旧戏班，利用秧歌队总数占百分之九十的旧秧歌队，逐步地加以改造"②，并就秦腔《五典坡》与京剧《升官图》的演出发表了看法："你们看，群众非常喜欢这种形式，群众喜欢的形式，我们应该搞，但就是内容太旧了，应该有新的革命的内容。"③随后，1938年8月，鲁艺率先成立了实验剧团，演出的京剧《松林恨》"成为在延安不以传统戏为模子而自己创作的第一出京剧现代戏"④。1942年，延安平剧研究院成立，毛泽东亲自题词"推陈出新"。1943年3月27日，中央文委成立了戏剧工作委员会，专门致力于京剧艺术的改造。一时间，延安的戏剧运动如火如荼，民族化、大众化与现代化的三维建设

---

① 沈雁冰：《中国戏剧改良我见》，《戏剧》第1卷第4期，1921年8月。
② 胡采编：《中国解放区文艺书系·文艺运动·理论编二》，重庆出版社1992年版，第927页。
③ 《延安文艺丛书·文艺史料卷》，湖南人民出版社1985年版，第507页。
④ 王一达：《延安鲁艺与京剧改革》，《中国戏剧》1992年第2期。

思路在话剧、新歌剧、秧歌剧与传统戏剧中蓬勃展开,《兄妹开荒》《白毛女》《逼上梁山》《三打祝家庄》上演时的盛况空前,进一步确认了民族文艺重构方向的正确性。1944年,毛泽东对杨绍萱、齐燕铭发去贺信,称"你们的开端将是旧剧革命的划时代的开端,希望你们多编多演,蔚成风气,推向全国去"①。

延安时期的戏剧运动,可称为内生性与外倾性兼顾的改革运动。作为内生性改革,延安时期的戏剧运动最大程度上保留了传统戏剧的艺术元素,弥合了传统戏剧与现代社会之间的裂痕,彰显了传统戏剧的民族化、大众化特色。作为外倾性改革,它并不排除对其他文学资源的借鉴,也不回避在特定历史时期对政治文化主题的热切呼应。正是这种双向建设的改革思路,延安时期的戏剧运动不但成为中国共产党新文化建设的重要内容,而且顺势激活了传统戏剧的生命力,为传统戏剧自身的现代化转型迈出了坚实的一步,并将其深远的影响力一直投射到当代。正是在这个意义上,延安时期的戏剧运动成为近代以来中国传统戏剧现代化探索的结构性环节。

二 延安时期的戏剧组织、戏剧队伍与戏剧理念

如果仔细辨析延安文艺的内涵,不难发现,戏剧运动是其中声势最大、历时最长、影响最广、参与者最多、成就最为凸显的领域。这与传统戏剧深厚的群众基础有关,也与延安时期核心的政治任务有关。正是鉴于传统戏剧的民间化指向,延安时期依托战时环境所形成的、以鼓动大众共抗外侮的新民主主义文化与传统戏剧建立了如此深刻的联系。就拿当时的延安来说,"在鲁艺的四个系之中,最受欢迎的系,是戏剧系。之所以如此,主要是由于在延安及其他抗日根据地,文艺作品的接受主体,是没有文化或者文化程度较低的农民和来自农村的八路军指战员"②。据天蓝当时所做的一项调查,"部队战士十分喜欢有锣鼓、有武打、有歌唱的京剧"③。也正是由于当时核心的政治任务是抗日,所有的政治宣传工作与文化建设

---

① 《毛主席于1944年在延安看〈逼上梁山〉后写给杨绍萱齐燕铭二同志的信》,《人民戏剧》创刊号,1950年4月1日。
② 王培元:《延安鲁艺风云录》,广西师范大学出版社2004年版,第213页。
③ 天蓝:《部队文艺一览》,《解放日报》1945年3月19日。

工作都围绕"革命的根本敌人"与"革命的根本政策"而展开,故而,传统戏剧潜在的讽喻教化功能为新民主主义文化主题的有效传达提供了便捷的通道。从这个角度来理解延安时期的戏剧活动,便能深切感受到当时戏剧热的背后所蕴含的时代症候与历史机缘。

先看当时的戏剧组织:从1937年到1945年,在延安成立的戏剧组织就达40多个。其中,1937年先后成立的戏剧组织有:青年剧团(年初)、平凡剧团(年初)、陕北锄头剧社(2月)、人民抗日剧社总社(3月)、延安儿童剧团(6月)、西北战地服务团(8月)、抗战剧团与陕甘宁边区文化协会(11月)。1938年先后成立的戏剧组织有鲁迅艺术学院(4月)、陕甘宁边区民众娱乐改进会(5月)、陕甘宁边区民众剧团(7月)、烽火剧社(8月)、鲁艺实验剧团(8月)、鲁艺戏剧系(10月)、烽火剧团(10月)。1940年先后成立的戏剧组织有:延安文化俱乐部(3月)、鲁艺平剧团(4月)、西北青年救国联合会总剧团(4月)、工余剧社(5月)、西北文艺工作团(8月)、陕北公学文工队(9月)、西北文艺工作第二团(9月)、陕北公学文艺工作团(12月)。从上面列举的部分戏剧组织来看,每隔两三个月,就有新的戏剧组织产生,整体覆盖,服务对象各有侧重,有培养戏剧人才的高校,有专门服务农村民众的剧团,也有振奋士气的部队剧团。尽管其中不少戏剧组织多有交集,但也足以说明当时戏剧组织的众多与戏剧创作演出的繁盛。当然,我们在此还不能忽略遍地开花的村剧团,"如冀中、胶东等地,几乎村村有剧团……1945年,在胶东能起作用的农村剧团,在一万以上,而演过《白毛女》的就约有五千。"[①] 延安时期的戏剧组织具有很强的组织性特征,被中国共产党赋予了重要的政治使命与新文化建设使命,故而才能成为以延安为中心的陕甘宁边区整体文化大合唱中极为响亮的音符。

再看当时的戏剧队伍,可谓群贤蜂集,齐汇延安。有怀揣着救国梦的进步学生,如贺敬之、丁毅、成荫、沙可夫、苏一平、颜一烟、袁静等;有左翼戏剧家联盟的成员,如崔嵬、塞克、舒强、钟敬之、左明、张季纯、水华等;也有红军时期的戏剧工作者,如刘伯钊、杨醉乡等;还有地方曲艺人才黄俊耀、李卜、王依群、杨公愚、张剑颖等;还有来自上海救

---

① 张庚在第一次文代会上的发言:《解放区的戏剧》,见《张庚戏剧论文集1949—1958》,中国社会科学出版社1981年版,第4页。

亡演剧队的戏剧工作者，如丁里、胡丹沸、莫耶、欧阳山尊、王震之等；更有戏剧编导创作大家如张庚、阿甲、杨绍萱等。这些戏剧专业人士和后备人才的加盟，为延安戏剧活动的快速展开与深度开拓奠定了坚实的基础。

另看戏剧成果。首先，在传统戏剧方面，从1938年到1947年，先后改编、新编传统历史剧与现代剧62出，剧种涉及平剧、秦腔、昆曲、眉户、河北梆子、越剧等多种形态。其中，延安平剧研究院、陕甘宁边区民众剧团、陇东剧团是最为活跃的戏剧组织。而1943年由中共中央党校俱乐部和大众艺术研究社共同创作的平剧《逼上梁山》，以及1945年由延安平剧研究院集体创作的平剧《三打祝家庄》则是延安时期旧剧现代化的开拓性成果。其次，在地方民间曲艺方面，从1940年到1947年，先后创作演出秧歌剧196部。尤其是1943年和1945年，在延安上演的秧歌剧目就达87部，而代表延安戏剧大众化探索的开拓性成果《兄妹开荒》《夫妻识字》《小放牛》《周子山》《小姑贤》等剧目都出现在这一时期。再次，在话剧、歌剧方面，从1936年到1942年，先后创作演出话剧52部，创作演出大小多幕、独幕歌剧113部。其中，歌剧《白毛女》《农村曲》《穷人乐》与话剧《放下你的鞭子》《血祭上海》则是延安时期戏剧民族化的开拓性成果。正如张庚所言："就在这个基础上，解放区的戏剧无论在内容上和形式上，已经逐渐创造出来新的风格，形成了新中国新戏剧的雏形。"①

延安时期戏剧运动的深入展开，与同期进行的理论探讨不可分割，著名戏剧理论家、创作家张庚可谓代表。作为一个1932年就参加左翼戏剧家联盟，曾与洪深、夏衍、于伶等戏剧名家一同创作的专业人士，1936年就出版了第一部戏剧理论著作《戏剧概论》。1938年，张庚来到延安后，担任鲁艺戏剧系主任，以开放的视野和理性的态度着力探求中国戏剧更生发展的必由之路。他的戏剧理论对延安时期的戏剧运动产生了重大的影响，成为建构延安戏剧的精神风骨、重塑中国戏剧艺术的表现图景的重要支撑。究其理论要点，主要体现在以下方面。

其一，新剧运动要从学习外国的阶段提高到创造民族新戏剧的阶段上

---

① 张庚在第一次文代会上的发言：《解放区的戏剧》，见《张庚戏剧论文集1949—1958》，中国社会科学出版社1981年版，第3—4页。

来。从1938年开始兴起的延安戏剧运动,经历了运动初始的短平快演剧阶段、运动中期的演大剧阶段到运动后期的新戏剧创演阶段。尤其是1940年前后,延安盛演中外大剧,技术照搬和思想移植的痕迹很浓,与现实生活、大众情感的脱节现象较为严重。张庚在1942年9月11日发表的《论边区剧运和戏剧的技术教育》一文,便深刻地指出了当时戏剧创作中的主要问题:"在剧作上,我们就去学习契诃夫、易卜生和托尔斯泰,在表演技术上学习斯坦尼拉夫斯基……本是必要的,但是我们走到对于他们迷恋和机械模仿的地步……忘记了把他们的技术和中国今日的生活加以结合……这样的一种结合,比较显而易见的明明表演的是中国故事,说的却是外国语言,做着外国的行动。"①

其二,旧剧的改革必须配合着整个中国社会的变革。张庚认为,"谈改革旧剧的人,往往不能认识旧剧是一个社会的存在"②。言下之意,传统戏剧是中国封建社会的产物,其表演程式、唱腔设置都与这种社会形态息息相关。要使戏剧真正走进群众心里,必须表现"百姓的生活,现实的,抗战和民主所变更了的他们的新生活"③,故而旧剧中的方步阔袍、抖髯搓步、拖拉唱腔难以成为创造大众新戏剧的有效手段。至于旧剧现代化的中心,则在于"去掉旧剧中根深蒂固的毒素,要完全保存了旧剧几千年来最优美的东西,同时要把旧剧中用成了滥调的手法,重新给予了新的意义,成为活的"④。而"地方化"则是目前旧剧现代化与民族化的临时手段。

其三,如果迁就形式就必然歪曲内容。从晚清戏剧改良开始一直到20世纪30年代中后期,为了让旧剧承载新的时代内容,"旧瓶装新酒"曾是当时颇为流行的改良路径。时装戏、文明戏,包括后来的海派戏剧都秉持着这一创作理路。但张庚认为:"旧瓶怎么可以装新酒呢?假使不是酒瓶爆裂,就是酒味变坏,二者必居其一。"⑤这样的提醒可谓奇警,固有的艺术表现形式难以包裹崭新的时代内容,内容的更新必然伴随着艺术样态的变化。否则,既毁弃了传统戏剧的神韵,又夹生了现代生活的米粒,更不

---

① 张庚:《论边区剧运和戏剧的技术教育》,《解放日报》1942年9月11日。
② 张庚在第一次文代会上的发言:《解放区的戏剧》,见《张庚戏剧论文集1949—1958》,中国社会科学出版社1981年版,第3页。
③ 张庚:《论边区剧运和戏剧的技术教育》,《解放日报》1942年9月11日。
④ 张庚:《话剧的民族化和旧剧的现代化》,《理论与现实》1939年第3期。
⑤ 同上。

可能从大众中间抽发出民族新艺术的萌芽。1942年之后，延安戏剧运动的丰硕收获便是对张庚戏剧理论的直接回应。

三 延安时期戏剧运动的历史经验

延安时期的戏剧运动是其时政治文化建构的重要载体，是延安文艺的精神指向与现实诉求的深度体现，也是抗战时期文艺大众化运动的成功实践。其创作主题的时代"兴寄"、创作组织的高度严整与艺术呈现的大胆探索，都使延安时期的戏剧运动成为我们回望当代文艺的历史来路，甄别延安文艺的内在肌理，继而重新体味20世纪中国文学内在复杂性的重要刻度。

（一）"兴寄"原理：在延安戏剧运动的版图上，新编历史剧的地位不容忽略。这些历史剧在直接回应抗战现实的逻辑前提下，以历史表象的相似性原理艺术性地解析了历史的共同本质，表征出抗战的主体力量及无产阶级解放的必由之路，故而代表了当时戏剧改革的时代高度，也体现出传统戏剧与现代生活的成功切和。究其原因，即创作主题上始终秉持的以史喻今、绝不为史而史的"兴寄"原理。如平剧《逼上梁山》的缘起，初稿执笔人杨绍萱说得比较委婉："有一次，正在看大家排演的时候，忽然想起《水浒传》中描写的一些故事，如逼上梁山就是描写农民起义斗争的嘛。如果把今天革命的新思想加进来去演，不是更好吗？随后就把这个故事改写成京剧剧本。"[1] 金紫光则直言不讳地说道："绍萱同志之所以选择《水浒传》的林冲故事作为题材，这绝不是偶然的。因为北宋的历史情况与当时的现实情况很有些类似。绍萱同志想通过林冲被逼上梁山的故事，讲古比今，教育群众，争取敌占区的人民和军政人员弃暗投明，参加到革命队伍里来。"[2] 作为改作执笔人的齐燕铭更加坦率地道明了剧作创编的时代语境与现实诉求："这时，抗日战争已经进行了六年，国民党顽固派日益反动，消极抗战，积极反共，投降和内战的危机严重存在，对人民加紧剥削，抓丁抢粮，逼得老百姓走投无路。而中国共产党领导下的抗日根据

---

[1] 杨绍萱：《在中央党校排演〈逼上梁山〉》，艾克恩编：《延安文艺回忆录》，中国社会科学出版社1992年版，第167页。

[2] 金紫光：《在延安参加编演〈逼上梁山〉的经验——纪念毛主席关于京剧〈逼上梁山〉手书发表十周年》，《戏剧论丛》1958年第6期。

地的中心延安,则成为全中国人民仰望的灯塔。"① 作为"巩固了平剧革命的道路"的《三打祝家庄》的创作更是如此。一则源于毛泽东在马列学院讲课的启发,据任桂林回忆,"在阐述矛盾特殊性的时候,毛主席举例说:'《水浒传》上宋江三打祝家庄,两次都因情况不明,方法不对,打了败仗。后来改变方法,从调查情形入手,于是熟悉了盘陀路,拆散了李家庄、扈家庄和祝家庄的联盟,并且布置了藏在敌人营盘里的伏兵……《水浒传》上有很多唯物辩证法的事例,这个三打祝家庄,算是最好的一个。'"② 二则源于当时的整风主题,整风学习中反对主观主义、提倡调查研究、提倡对不同矛盾的解决采取不同方法的实事求是的态度,对这部历史剧的创作深具影响。三则源于革命形势发展的需要,魏晨旭曾言:"敌占城市我占农村的时代即将结束……要想正面进攻解放这些城市,一般地是不大可能的。采取古代农民战争使用的向城市派遣伏兵,运用里应外合战术(策略)打开城市的办法,就成为我军应采取的主要军事战术……对干部和战士进行运用里应外合解放敌占城市的策略教育,就成了迫切的政治需要。"③ 当然,这些历史剧在追求与现实政治的映射方面过于迫切,也难免留下一些与史实相悖的硬伤,诸如《逼上梁山》中"穿沟战法"的主张与"金人南下"的场景提出过早,林冲形象偏于高大等。再如,《三打祝家庄》中对祝朝奉加官晋爵的渲染及鹰犬嘴脸的刻画等,都有与史实及原著不符之处。但作为特定历史场景下的戏剧形态,延安时期的戏剧运动在弥合传统戏剧与现代生活的裂缝方面迈出了建设性的一步。

(二)"集体写作"范型:延安时期的戏剧创作体制,是典型的"集体写作",即上下多重力量共同浇筑。就拿《白毛女》来说,本源于1940年代晋察冀地区的民间传说,充其量是个"厉鬼复仇"的现代版本。1944年5月,西北战地服务团将白毛女的故事传播到了鲁艺,这个灵怪故事得到了延安鲁艺师生的广泛关注。尤其是主持鲁艺工作的周扬,对这个蕴含丰富意味和时代变迁信息的故事高度重视,提议将其改编成一部大型的民族新歌剧,为党的七大献礼。于是,鲁艺专门搭建写作班子,组织人员开

---

① 齐燕铭:《旧剧革命划时代的开端》,简朴主编:《延安平剧研究院纪念文集》,中国戏剧出版社2005年版,第357页。
② 任桂林:《三打祝家庄创作回忆》,任葆琦编:《任桂林戏曲文集》,中国戏剧出版社1992年版,第50页。
③ 魏晨旭:《〈三打祝家庄〉巨大的历史成就及其严重缺陷》,《中国京剧》2002年第6期。

始创作歌剧《白毛女》，并由熟悉晋察冀生活和白毛女故事的邵子南执笔。但初稿完成后，周扬持否定态度，一是初稿主题不突出，未脱封建迷信窠臼；二是曲调未跳出秦腔旧戏的固有模式，要求推倒重写。但"这些要求与邵子南同志的设想未能符合，因此，他收回了自己的稿本，退出了创作组"①。鲁艺戏剧音乐系主任张庚便重新组织贺敬之、丁毅执笔重写，并对剧本的结构框架进行了深入讨论。之后的三个月，创作组边写边改。全剧创作完成后，针对群众的意见，剧组对剧本又进行了大幅修改，如增加了大春的戏份、增加了结尾的斗争会等。《逼上梁山》也循此例。且不说中共领导人的直接介入与杨绍萱、齐燕铭的先后创作改编，单就演职群体、创作原则与持续的争论研讨就可见一斑。就演职群体而言，多以延安的党政干部为主，"他们有的是司令员，有的是政治委员，有的是党的地方领导干部，有的是文化工作干部，有的是勤杂人员，有的是党校被服厂的女工"②。就创作原则而言，《逼上梁山》融汇了多方力量的共同参与，首先是领导把握剧作的思想高度，时任延安中央党校教务处副主任的刘芝明全面组织剧组的创作与排演，并为剧作的思想主题立纲举目。其次，便是编演人员的倾心投入。最后则是接受群体的积极参与。正如刘芝明所言："把万千群众的共同的思想，共同的生活，共同的情感，融合在戏剧里。"③就剧作的争论研讨而言，从初稿一直持续到三稿，其中争论的主要问题集中在六个方面：如要不要写时代背景的问题？林冲上山是否受到了人民群众的启发和教育？林冲和鲁智深谁的觉悟更高？是林冲个人上山还是与群众一起上山？应该写什么样的革命群众？剧本应该忠实于历史还是忠实于《水浒传》？观点争锋的过程，是思想统一的过程，也是克服创作个体的局限性继而谋求理性共识的过程。现在说起"集体写作"，我们往往受到某种意识形态否定论的影响，狭隘地认为意识形态必然就是规约作家创作自主性的否定性存在。其实，政治与文学创作的关系并非严峻对立的两极，关键要看政治力量的干预结果怎样？如果政治力量的介入使戏剧作品的思想性和艺术性都有提升，那么，这样的干预就是合理而必要的。何况，

---

① 张拓、瞿维、张鲁：《歌剧〈白毛女〉是怎样诞生的——关于〈白毛女〉的通信》，《歌剧艺术研究》1995年第3期。

② 赵景瑜：《谈平剧〈逼上梁山〉》，《山西大学学报》1992年第1期。

③ 金紫光：《在延安参加编演〈逼上梁山〉的经验——纪念毛主席关于京剧〈逼上梁山〉手书发表十四周年》，《戏剧论丛》1958年第6期。

"集体写作"本身也含蕴着集体智慧的元素。

（三）"融变"性呈现：延安时期的戏剧运动在艺术呈现方面的最大特色就是"融变"，这里的"融变"，既是不同剧种表演程式之间的融合，又是中外戏剧样态表现手法的借用与新变，主要体现在行当类型、音乐设置、舞台美术、声腔念白等方面。鉴于战时环境与延安相对落后的演出设备，加之戏剧的民族化、大众化与现代化的探索尚在摸索之中，故而延安时期的戏剧融变呈现出有新有变，有忧有憾的特殊症候。这一症候，既是中国传统戏剧现代化历程中必然遇到的障碍，又是延安时期中共拓开戏剧改革之路时艰难重重的真实写照。如新编历史剧《逼上梁山》，对平剧艺术进行了力所能及的改革，如行当的设置方面就大有突破，基本做到了按照剧中人物思想、情感和性格要求，来运用京剧程式。唱腔方面，"也采用了集腔的方法，选择京剧原有唱腔中最有表现力的旋律，结合唱词来加以发挥。同时还运用了昆曲的曲牌（如点绛唇、一枝花等），更好地抒发了剧中人物的内心情绪，弥补了皮黄音乐的不足"[1]。在舞台美术方面，尽量借用话剧写实性的表现方式，控制了舞台的灯光，还营造了"飞雪"的效果。再如念白方面，一反京白、韵白之说，更多采用大众化的口语，甚至直接采用陕北地方方言。如"升官"一场，朝中太监向高俅宣读圣旨后道："孩子们，带马，回去（读音'客'）。"当然，与此同时，疑问与困惑依然存在。如作为《三打祝家庄》主创人员之一的任桂林，在回顾延安的平剧改革之路时这样说道："创作中，我们感到最困难的是乐和、顾大嫂等人的表现。他们是人民的代表，怎样表现他们呢？如果按照平剧的旧办法，一个小丑，一个彩旦，这样我们不愿意。老生吗？武生吗？花脸吗？花旦吗？都不妥当。旧角色里没有一种类型可以容纳他们。这样就使人做了难，逼迫着不能不创造，不能不突破旧的规律。"[2] 更让剧组人员尴尬的是剧中人物的出场音乐问题，顾大嫂和祝小三的音乐实在难配。传统的西皮二黄不合适，新曲调又无处觅得，最后只能藏拙，让他俩少唱。可又担心平剧变成话剧，无奈之下，只能让孙立和乐大嫂夫妻二人多唱，以

---

[1] 金紫光：《在延安参加编演〈逼上梁山〉的经验——纪念毛主席关于京剧〈逼上梁山〉手书发表十四周年》，《戏剧论丛》1958年第6期。

[2] 任桂林：《从〈三打祝家庄〉的创作谈到平剧改造问题》，《从〈逼上梁山〉〈三打祝家庄〉谈到平剧改造》，冀鲁豫书店1947年版，第28页。

补罅隙。即使是当时在戏剧民族化方面卓有建树的新歌剧《白毛女》，其在艺术形式方面的"融变"问题上依然不无遗憾。贺敬之就曾这样说道："在形式技术上始终是不完整的，没有做到整个的统一谐和，歌词也未能提高到诗的意境，许多地方是说白加韵脚，配上曲调，而一般的说白，则完全是话剧的处理方法。"① 相对于传统戏剧的现代化来说，地方曲艺的民族化与现代化则显得相对顺畅得多。尤其是陕北老百姓喜闻乐见的秧歌剧，曲调简单，载歌载舞，对场地舞台的要求较低，只要融入了新的时代内容，哀怨之声即可转为幸福之谣，"骚情"之味即可化为生产之歌。故而，《兄妹开荒》《夫妻识字》等秧歌剧便能在短期的改编创作之后就呈现出"中国过去的戏剧中所没有过的一种愉快、活泼、健康、新生的气氛"②。但总体来看，无论是传统戏剧，还是话剧、新歌剧、秧歌剧，延安时期的戏剧成果成功地表现了新的工农形象和新的斗争生活场景，开启了中国传统戏剧民族化、大众化、现代化的实验之路，正如张庚所言："在我们中国戏剧的历史上，这是别开生面的。"③

四 延安时期戏剧运动的深远影响

尽管延安时期的戏剧运动已经作为历史化的"镜像"定格在 70 多年前的烽火岁月中，但作为中国传统戏剧筚路蓝缕的开拓性阶段，延安时期的戏剧运动成果与其他延安文艺成果一样，随着新中国成立之后《讲话》精神的深度铺展与社会主义现实主义文学的全面勃兴，深刻影响了中国传统戏剧现代化的历史进程，并将其在延安时期所凝练锻造的创作体制、改革理路与实验模式浓重地镌刻在当代中国戏剧改革的漫漫长途中。具体而言，主要体现在以下几个方面。

其一，有效启迪了中国传统戏剧现代化的探索路向。平剧《逼上梁山》《三打祝家庄》上演之后，反响强烈，中共领导层对其高度赞扬，宣示了中国传统戏剧与现代生活融合的可能性，为当代戏剧改革，尤其为京剧改革积累了经验，指明了方向。20 世纪 50 年代初期旧戏班的改造、传

---

① 贺敬之、丁毅：《白毛女·前言》，人民文学出版社 1952 年版。
② 张庚在第一次文代会上的发言：《解放区的戏剧》，《张庚戏剧论文集 1949—1958》，中国社会科学出版社 1981 年版，第 4 页。
③ 张庚编：《秧歌剧选·后记》，人民文学出版社 1977 年版，第 511 页。

统剧目的清理，以及部分历史剧与现代戏的创演，可以说都是在延安戏剧运动所拓开的道路上前行。1958年兴起的大写现代戏热潮与60年代中后期以"京剧革命"为先导的"样板戏"的出现，尽管在声腔艺术、表演艺术与舞台艺术方面非《逼上梁山》《三打祝家庄》所能比肩，但在叙事模式上则大同小异。如历史暗夜的聚焦，阶级秩序的建构；如军民情谊的凸显，主要形象的精神成长与意识觉醒，甚至苦难—斗争—解放的情节推动逻辑也如出一辙。即使在艺术表现方面，"样板戏"也有对《逼上梁山》《三打祝家庄》的适度承继，如念白的通俗化，脸谱的取消，行当程式的打破，反派造型与声腔设计，以及对部分话剧元素及地方民间艺术形式的借用，等等。

其二，树立了中国传统戏剧民族化探索的第一座界碑。中国传统戏剧是在中国本土环境下生发，经千年孕育磨合而成，以歌舞事为主要艺术质素的民族性审美形态。这种审美形态一直在传承与否定的双重逻辑下发展演进，继而成为中华民族所特有的文化表情。没有承传，传统戏剧无源可发；没有否定，传统戏剧无路可走。尤其在20世纪那样一个变局重重、危难横生的时代，如何在不改变传统戏剧写意本质与民族内涵的同时，合理又更为开放性地融入现代生活的思想情感元素，就成为中国传统戏剧延缓衰亡并走向新生的唯一出路。正是在这个意义上，延安时期的戏剧运动成为中国传统戏剧民族化探索的第一座界碑。具体而言，延安时期有关"民族形式"和"旧戏改编"的讨论，解决了要不要利用地方民间曲艺形式为政治服务、为抗战服务的问题，分别在地方曲艺的思想内容改造、传统戏剧的主题置换及西方艺术的形式借用方面进行了大胆的尝试，形成了秧歌剧《兄妹开荒》、新歌剧《白毛女》与新编历史剧《逼上梁山》三个初期成果。在此影响下，20世纪50年代的"戏剧观摩大会"与"戏剧改革"讨论，解决了能不能在传统戏剧中渗透现代意识并适度表现现代生活的问题，并在戏剧范式、题材类型方面进行了广泛的实验，形成豫剧《刘胡兰》《朝阳沟》和京剧《智擒惯匪座山雕》三个中期成果。60年代的"现代戏革命"与"京剧改革"讨论，则在上述两个阶段的启示下，解决了能不能用京剧这种民族传统戏剧的高峰样态来成功表现现代生活的问题，分别就表演程式、唱腔程式与器乐程式进行了深入探索，形成了沪剧《红灯记》、《芦荡火种》与京剧《智取威虎山》三个后期成果。

其三，开创了国家文化工程的建构模式。从晚清开始到 20 世纪 30 年代中期，无数戏剧界人士为中国传统戏剧的出路上下求索，尽管在各个阶段都有他们辛勤探索的身影，但总体上在传统戏剧的精神内质与艺术呈现的改革方面收效不大。张庚就曾直言道："'五四'并没有创造出自己民族的新文化，因而也没有创造出新戏剧来。"[①] 究其原因，"忽视了把戏剧变成大众的，光拿一些外国的或旧时的东西普及一下"[②]。而延安时期的中共领导人则把戏剧艺术作为巩固新政权与建设新民主主义文化的重要组成部分，并将由此展开的戏剧运动作为一项重要的区域性的国家文化建设工程来看待。每一部剧作的构想与创演，都凝聚着从中共领导人到单位负责人、从创作组织到普通民众这个多元化创作群体的集体心血，覆盖了思想主题的设置、创作过程中的争论与整合、戏剧版本的修改、提炼整个流程，从而开创了将政治效应、美学效应与接受效应高度统一的国家文化工程建构模式。在一定程度上，这种建构模式不仅坚守了传统戏剧探索方向的正确性与民族性，而且保证了传统戏剧探索成果的精品性与持续性。

由此看来，延安时期的戏剧运动是在 20 世纪中华民族救亡图存的历史场景下展开，并作为民族文化整体现代化的一翼，融入民族新生和民族文化重建的历史大潮中。作为特定历史条件下的美学形态，延安时期的戏剧运动竭其所能地在民族精神、大众气派、现代图景方面进行了积极而大胆的探索，激活了传统戏剧的生命力，为传统戏剧的现代化转型提供具有建构意义的路径，也历史性地呈现了探索的经验与尚待缝合的罅隙。重新认知延安时期的戏剧运动，理性考量这一时期的戏剧成果与改革理路，显然对当代文艺的发展与当代文化的创新具有重要的现实意义。因为，及至今天，在中国传统戏剧的现代化、民族化问题上，究竟应该如何合理地传承？如何切实地借用？如何在不伤及传统戏剧本体精神的基础上开放性地融变？依然是所有戏剧工作者为之困惑的心结。从这个意义上来说，对延安时期戏剧运动的回望与重评就显得不仅迫切需要，而且亟待深入。

（原载《中国现代文学研究丛刊》2016 年第 12 期）

[①] 张庚：《话剧的民族化和旧剧的现代化》，《理论与现实》1939 年第 3 期。
[②] 张庚：《论边区剧运和戏剧的技术教育》，《解放日报》1942 年 9 月 11 日。

三 延安文学与作家作品

1940年代社会转型与新中国文学形态的建构

韩晓芹[*]

20世纪中国社会的转型,实际也是现代中国追求其"现代性"实现的过程,蕴含了从农业社会向工业社会,从君主社会向民主国家,从经学时代向科学时代转型的诸多内容,其中最重要的是政治的转型,以及与之相伴而生的文化的转型[①]。而社会思潮与思维方式的转变必然会对作家的创作观念构成直接影响,继而引起文学形态的发展演变。20世纪40年代是五四以来中国社会结构及文学形态面临的第二次重大转折,国统区、解放区、沦陷区分庭抗礼,民族矛盾、政治矛盾、文化矛盾错综复杂,自由主义、左翼力量、民族主义等各种文学成分、文学力量发生了分化、重组与位移,文学的工具性被放大到了极致,而工农兵作为抗战主体力量的崛起,农民大众文化的审美接受心理与五四以来新文学创作现状之间的矛盾也日益凸显。在这个变动、混融、转型的历史时期,伴随着延安文艺座谈会的召开、《讲话》的传播和接受,以延安文学及解放区文学为代表的一种新的文学形态在酝酿、生成,文学的观念、形式及生产方式、传播机制等都随之发生了重大的变化。1949年第一次文代会的召开、新旧政权的更迭更进一步确立了解放区文学的正统地位,原有的文学格局被解构,"人民文学"逐渐由边缘走向了中心,并最终成了共和国文学的奠基与雏形。

---

[*] 作者单位:东北师范大学文学院。
[①] 金耀基等:《社会转型与现代性问题座谈纪要》,《读书》2009年第7期。

一 "人"的内涵的拓展与"人民文学"话语的张扬

中国传统文学是为"圣贤"立意、"存天理、灭人欲"的载道文学，自然鲜活的人性被封建思想意识所牢牢地禁锢。五四新文化运动最大的贡献便是"个人"的发现、对"自我"的肯定、对"平民"的关注。无论是梁启超的"新民说"、周作人对"人的文学"和"平民文学"的倡导、鲁迅的"改造国民性"思想、文学研究会的"为人生"的文学观，还是郭沫若对个性和自我的颂扬与礼赞、郁达夫反叛封建礼教的大胆姿态、梁实秋的"永恒不变的人性"论，以及沈从文对"优美、健康、自然又不悖乎人性的人生形式"的向往等，都体现出了对"人的主题"的不同理解与多元化表达。主张"掊物质而张灵明，任个人而排众数"[1]，要求以文学来反映现实、观照人生。

可以说，从五四到20世纪40年代，中国现代文学的"人的内涵"在不断地深化、发展，具体到文学层面，则是"从起初'泛人性'地描绘人的自然存在，发展为'人生化'地描写人的社会存在，进而达到'个性化'地表现人的主体存在"[2]，但在延安文学之前，因为中国文学的主要形态是以鸳鸯蝴蝶派为主的通俗文学、五四新文学、革命文学，因此其接受对象被局限在了城市市民、小资产阶级知识分子的狭小圈子里，而占据全国最广大人口比例的农民大众的文学审美特征及接受心理则没有得到充分的关注。无论郭沫若《女神》中狂飙突进个性张扬的"我"、徐志摩《再别康桥》中依依惜别眷恋不舍的"我"、戴望舒《雨巷》中苦闷彷徨忧郁感伤的"我"、穆旦《我》中痛苦分裂困惑突围的"我"，实际都是小资产阶级的思想意识的表达及情感的抒发。20世纪40年代以来，在伟大的历史变革的过程中，急风暴雨般的时代唤醒了长期处于被奴役地位的农民"人的意识"，作为推动历史前进的主要力量而崛起。日益尖锐的民族矛盾、阶级矛盾及国共之争的白热化，使长期以来"沉默的大多数"——工农兵浮出了历史地表，作为抗战的主体而成为不可忽视的文化力量。知识分子与工农兵之间的地位在延安时期发生了一个戏剧性的转化："城市小

---

[1] 鲁迅：《文化偏至论》，《鲁迅全集》第1卷，人民文学出版社2005年版，第47页。
[2] 黄健：《论"五四""人的文学"观的内涵》，《徐州师范大学学报》（哲学社会科学版）2002年第3期。

资产阶级劳动群众和知识分子"已经忝列"人民"的末席,成了被改造的对象,工农兵的力量获得了极大的张扬,成为代表历史前进方向的主人公。毛泽东在《讲话》中指出:"最广大的人民,占全人口百分之九十以上的人民,是工人、农民、兵士和城市小资产阶级",要求广大革命文艺工作者"站在无产阶级的立场上",为"最广大的人民大众"服务,首先为"工农兵"服务。在毛话语以阶级论对"人民"释义后,人民文学和人民文艺这个概念一起成为毛泽东延安《讲话》精神所倡导的文艺方向的一个重要理论范畴,并从延安时期到新中国成立后的"十七年"构成了一条连贯的线索,被确认为一种以"工农兵"为主体,以民族化、大众化为特征的文学形态。"如果说人的文学的范畴基缘于人本主义的主体性理论,那么人民文学范畴则基缘于人民本位的主体性理论。"① 九叶派诗人袁可嘉认为,"人的文学"与"人民文学"精神内涵的差异在于:就文学与人生的关系或功用来说,前者坚持人本位或生命本位,后者坚持人民本位或阶级本位;就文学作为一种艺术活动而与其他的活动形式(特别是政治活动)对照着说,前者坚持文学本位或艺术本位,而后者坚持工具本位或宣传本位(或斗争本位)。②

总的来看,五四层面上的"人的文学"的精神内涵因工农兵的加入而得到了极大的拓展和丰富,但因工农兵文化水平的低下,再加上其话语权力的获得是在政治意识形态的支持下得以实现的,因此,真正原生态意义上的纯粹的"民间"并不存在,民间话语无可避免地为政治意识形态话语相裹挟,后者为"人民"代言,"人民"成了后者的传声筒,"个人"汇聚到"集体"的洪流中,人的主体力量淡化,人的内涵发生了变异。从鲁迅小说中愚昧麻木的"沉默的国民的魂灵",到鲁彦笔下庸俗冷酷狡诈的乡镇市侩、老舍笔下的"个人主义的末路鬼"祥子、王统照小说中的破产农民奚大有,到赵树理、孙犁、周立波笔下的翻身农民小二黑、小芹、水生嫂、赵玉林,乃至柳青笔下的梁生宝、浩然小说中的萧长春,中国农民的形象谱系呈现出由抑到扬的发展轨迹,逐渐褪去了"精神奴役的创伤",而成了代表历史前进力量的、洋溢着理想主义色彩的国家的主人翁——人民,而伦理关系错综复杂的乡村宗法社会也被分化为了敌我分明的两大阵

---

① 冯宪光:《人民文学论》,《当代文坛》2005年第6期。
② 袁可嘉:《论新诗现代化》,生活·读书·新知三联书店1987年版,第113—116页。

营。在正义与邪恶的斗争中，无限丰富的人性被政治话语所抽离，亲情、爱情等无不被政治理性所左右、制衡，人不再是"人"，或者被英雄化、神化、典型化，或者被丑化、异化、符号化。这一叙事模式在"十七"年红色经典中更进一步地得到了强化，到"文革"十年中则发展到了极致，演化成了人物塑造的"三突出"原则，一方面出现了"高大全"式的理想人物，另一方面被否定的对象也常常被作为一种阶级的象征定型化地出现在文本中，反而不如一些不好不坏的"中间人物"形象更加具有持久的艺术魅力，如《小二黑结婚》中的二诸葛、三仙姑，《暴风骤雨》中的老孙头，《创业史》中的梁三老汉；等等。同时，对"私人生活"及爱情的描写也成了文学题材中的禁区，被视为小资产阶级不健康情调的体现。

综上所述，在从"人"的文学向"人民文学"的转变过程中，在从"人"到"人民"、从"我"到"我们"的话语指代中，内现出的是中国文学中"人的内涵"的发展演变，体现出的是对"个人"与"集体"之间关系的不同理解，而人作为文学创作、接受与表现的主体，其地位变化集中体现了社会转型与文学形态之间的内在关联。

二 体制化的生成与文学生产方式的变迁

现代文学变革既是一场审美意识的革命，也是文学制度的革命。现代职业作家的创作机制、报纸杂志传媒机制、读者接受的消费机制、文学社团和文学机构的组织机制，以及文学批评与审查的规约机制等，构成了中国文学的体制力量，同时也可以看作中国文学追求现代性的标志之一，它对文学的意义和形式起着重要的支配、控制和引导作用。①

在1940年代社会转型与文学形态演进的过程中，首先表现为文学体制化的生成以及精英知识分子的自我改造，从自由的创作个体成了党的文艺工作者。中国传统文学生存于小农经济的社会背景下，文学的生产、流通和传播局限在人际传承和手工作业，受制于落后的生产力和文学生产方式，具有显著的个人性和主体性特点，没有形成独立完备的文学制度。从晚清到五四，中国社会结构发生了重要变化，"随着传统士绅结构的解体，新兴知识阶层的兴起，创建学会与社团成为知识分子参与社会改造、显示

---

① 王本朝：《中国当代文学制度研究（1946—1976）》，新星出版社2007年版，第2页。

自身力量的一条重要途径"①，如五四时期的文学研究会、创造社等。但此时的文学团体和作家组织，大多是作家自愿原则组合的同人性质的团体，组织起来的目的或者为加强作家之间的艺术交流，或者为保障作家们的权益，②不受政党的控制，知识分子精英话语占据文坛主导地位。1930年3月2日，伴随着左联的成立，中国文学的组织形式得到了进一步强化，也是中国共产党正式领导文学的开始。到了延安时期，特别是1942年延安文艺整风运动之后，一种新的文学生产传播体制开始形成。文学的重新定位和作家的思想改造把文学纳入了一种体制规范中，文学被组织起来，成为党的事业的一部分。作家不再具有个人的自由写作身份，而隶属于党的工作机关或党所领导的专业文化团体或研究机构，如鲁艺、文抗、边区文协等，在享受着不同的行政级别和工资待遇的同时，也必须严格遵循与职务相关的组织原则而自觉地审时度势，根据实际情况而不断调整自己的写作行为，从而由文学机构、文学批评等诸制度因素共同建构了一个迥异于五四时期的文学空间。文学团体、机构、刊物等被文化体制统管起来，成了国有生产资料，作家们衣食无忧，刊物间缺乏竞争意识，文学作品的出版、发行由国家统一安排。至此，现代文学制度日趋单纯与完善，并借助于对知识分子的思想改造和《讲话》精神在解放区、国统区、沦陷区等地的传播力量，初步建构了新中国文学秩序的雏形。从1942年延安文艺座谈会的召开到1979年第四次文代会的拨乱反正，也体现了共和国文学体制的初建、巩固、松动、重构的历史进程。

其次是政治意识形态引导下以工农兵为主体的民间写作的出现。五四时期"国语的文学，文学的国语"口号的提出，将新文学革命同现代民族语言的建设联系在一起，但在1940年代之前，尽管现代文学一直努力实践着"文艺大众化"的道路，但话语权始终牢牢掌握在知识分子精英手中。这一情形直到延安时期才得以改变，新旧交替的历史时代语境、夺取文化领导权的迫切需要，使延安主流意识形态在大力倡导知识分子应"与工农相结合"、进行思想改造的同时，亦努力培养工农作者进行文学创作，以便在普及、提高的基础上让其承担起文化构建者的历史重任。1942年，延安《解放日报》开始大力倡导工农分子写文章，并开辟了"大众习作"专

---

① 王本朝：《中国现代文学制度研究》，西南师范大学出版社2002年版，第40页。
② 洪子诚：《中国当代文学概况》，北京大学出版社2010年版，第16页。

栏，专门刊发工农兵创作的文学作品，由小资产阶级知识分子出身的编辑负责对其文字进行修改、改头换面。在延安主流意识形态的引导下，在副刊编辑、延安文人、工农干部的积极响应下，工农兵写作运动蔚然兴起，并涌现出了一大批的工农作者，从延安时期的高朗亭、李立，到新中国成立后的高玉宝、陈登科、胡万春乃至《艳阳天》的作者浩然，构成了一条连贯的线索，延安文人和工农干部"携起手"来，一步步从"自在"的民间走向"体制"的庙堂。

最后是"集体写作"方式取代个人写作成了这一时期最流行的文学生产方式。中国传统文学的书写基本都是由作家独立完成的，而五四时期更是一个高扬"自我"的年代，因此新文化运动之后，以个人为主的文学写作方式并没有发生变化，但40年代之后，集体写作却成了解放区最流行的写作方式。由于采用这种写作方式可以最大程度地避免作家们犯政治上、政策上的错误，减少其所应承担的责任，所以成为处于思想改造中的延安文人所必然采取的一种意识形态化应对机制和自我防御机制，[①]在戏剧、小说、诗歌、报告文学、散文等文学形式中被广泛采用。这一方式不仅存在于知识分子写作中，也存在于工农兵写作中，更普遍运用于知识分子与工农兵相结合的创作中。知识分子集体创作方面比较有代表性的有新编历史剧《逼上梁山》、《三打祝家庄》及新歌剧《白毛女》，农民集体创作的如秧歌剧《减租》，知识分子与工农相结合的代表如秧歌剧《惯匪周子山》。新中国成立之后，集体主义的写作方式获得了进一步的发展，到"文革"时期便形成了"三结合"的方式，即"党的领导""工农兵群众""专业文艺工作者"的结合，《金训华之歌》《牛田洋》《桐柏英雄》《理想之歌》等都是"三结合"所取得的成果。此时文学的组织活动已经由外部机制蔓延到了内部伦理中，当作品的构思和想象已经开始遵循"生活的本质"而非"生活的真实"时，延安主流意识形态在这种集体主义写作方式上所寄予的期待——为底层说话——也便难以实现了。

三 新中国文学格局的重构与文学形态的演进

社会的转型不可避免地导致文学思潮的变迁和文学形态的演进。而对

[①] 袁盛勇：《延安时期的集体创作——作为一种意识形态化写作方式的诞生》，《中山大学学报》（社会科学版）2005年第3期。

"新中国"的想象和创造是中国现代文学最重要的主题,延安文学就是一段面向未来打造新的文学形态的实验史:立足于民间,从"旧形式的改造"与"新形式的创造"两方面入手,为此后的中国文艺创建了新的概念和新的格局,在作家队伍、文学主题、叙事模式、语言形式等方面奠定了新中国文学的雏形,并在未来长达 40 年的时间里支配着中国文艺的整体面貌。[①]

在文学发展史上,因各种原因,总在不断发生作家群及文学流派的更替、兴衰现象。而作家位置的大规模位移与新陈代谢,常常发生在政治变动或者文学发展发生重大方向性转折的时代,如五四新文化运动时期。1940 年代以来,中国现代文学再次发生重大的转折性变化,其重要征象即中心作家与边缘作家位置的整体性互换。[②] 1940 年代的文坛,虽然左翼是唯一一个能够左右文坛的文学力量,但是,自由主义文学思潮仍占据重要的位置,而左翼文学内部的观念也并不统一,在延安文学向国统区、解放区、沦陷区传播的过程中,配合共产党在军事上的战略转移,左翼文学界也加紧了对不同作家的甄别,展开了全面的意识形态斗争。通过一系列的"整肃"工作,到 1949 年 7 月第一次文代会召开,各地文艺队伍会师之前,中国现代文学的格局已经发生了重要的转变,共和国的文学秩序已经基本形成。此后,在出版、评论、接受等文学制度的介入下,来自解放区、国统区与沦陷区的作家也出现了沉浮势异的局面,国统区文人在文坛上的位置大多发生了从中心向边缘的位移,如沈从文、钱钟书、张爱玲、朱光潜、萧乾、施蛰存、李健吾等,而穆旦、郑敏等九叶派诗人,张恨水等鸳鸯蝴蝶派文人则集体遭遇了体制性的冷落,大致退出了文艺界,而来自解放区的作家,如丁玲、周立波、赵树理、柳青等则由文坛边缘走向体制中心,文学创作获得了强劲的体制性支持,特别是曲波等革命传奇作家,在新中国成立后取代张恨水等鸳鸯蝴蝶派文人,拥有了广泛的大众读者。[③]

在中国文学追求"现代性"的历史进程中,实际上始终贯穿着如何对待民族文化与西方文化的根本态度和方向选择的问题,贯穿着民族主义和

[①] 杨劼:《旧形式与"延安体"》,《文艺理论与批评》2003 年第 6 期。
[②] 洪子诚:《中国当代文学概况》,北京大学出版社 2010 年版,第 26—27 页。
[③] 张均:《中国当代文学制度研究(1949—1976)》,北京大学出版社 2011 年版,第 121 页。

世界主义的根本立场和思想原则的对立与斗争。① 在 20 世纪中国文学的发展进程中，现代性的问题始终与"民族性"的问题纠结在一起，而延安文学的"现代—民族"化实验事实上也构成了对"五四"以来新文学的"欧化""个性化"局限的一种修正。在从五四启蒙理性向延安革命理性深入发展的过程中，在抗日救亡的历史背景下，如何最大限度地将启蒙的思想传入民间，从而调动起工农兵的革命热情极为重要，而启蒙的方法、途径问题就成了打破知识分子与工农之间隔膜的问题关键。为了调整五四以来现代文学的格局、重建现代民族文学表现形式，以李季、阮章竞、贺敬之、邵子南等为代表的知识分子作家从民间的歌谣、传统戏曲或"拟话本"小说等艺术形式中汲取营养，以赵树理、马烽、西戎等为代表的本土作家对民间说唱艺术或章回体小说加以改造，创造了如"民歌体叙事诗""新秧歌戏""新歌剧""新评书体小说""新三言""革命英雄传奇"等"为老百姓喜闻乐见的，具有中国作风和中国气派"的艺术形式，贡献了如《王贵与李香香》《兄妹开荒》《白毛女》《李有才板话》《李勇大摆地雷阵》《新儿女英雄传》等解放区文学经典，解决了新文学家们一直努力却始终未能完成的文艺大众化的问题，创造出了一种迥异于五四的启蒙文学，1930 年代的革命文学以工农兵为主体的新型文学，成为当代文学的奠基。而周立波、孔厥、马加等人则认真反思五四以来新文学语言的欧化偏向，努力学习民间的语言。深受俄苏文学影响的周立波开始远离自己精美的艺术趣味，着意追求农民式的粗犷质朴的美，其《暴风骤雨》中对东北方言土语的运用已经达到了非常纯熟的程度；孔厥为了学习陕北方言土语，随身总是揣着一个小本子，一有空余时间就在农民的田间炕头询问记录；② 马加认识到"旧的字眼对于新的人物已经显得没有力量了，它写不出他们新鲜的面貌，表达不出他们朴素的感情"③，决心向工农兵学习语言，走出一条新路。他的《江山村十日》在语言的使用上完全摆脱了早期创作中"佶屈聱牙"的欧化语言和学生腔，具有非常纯正的关东地域文化色彩和生活气息。

---

① 洪子诚：《当代文学关键词》，广西师范大学出版社 2002 年版，第 239 页。
② 周丽：《父亲在延安的创作生活》，程远主编《延安作家》，陕西人民教育出版社 1992 年版，第 47 页。
③ 马加：《〈江山村十日〉前言》，长青、徐国伦主编《中国现当代文学研究资料·马加专集》，辽宁民族出版社 1996 年版，第 41 页。

正如任何事物的变化都须经过内因的变化来实现一样,1940年代解放区文坛"走向民间"运动的兴起,除了政权外力的推动外,也是文学寻求自身发展的内驱力推动的结果。① 由于抗日战争产生了极为迫切的宣传动员需要,激发起了文化上久已沉寂的民族意识,以致从根本上扭转了自进入"现代性"进程以来中国文化一直不断地进行自我否定的方向,许多原来激烈反传统的知识分子一下子变成了民族主义者。文化的客观现实要求在文学形式上必须离开"新"回到"旧",离开"现代"回到"传统",离开"知识分子"回到"民间",而在此情形之下文学开始重视民族、民间形式,已不是单纯出于宣传利用的目的,也包括了美学立场的转变。② 但正如五四新文化运动时期因对西方文化的极度推崇、对中国传统文学的激烈否定而"矫枉过正"造成了中国文化自身的割裂外,20世纪40年代的文学思潮因将"民族性"与"民间性""大众化"等概念等同,无形中也导致了另一种"文化的偏至",对西方文化、精英文学的拒绝使解放区文学暂时搁置了五四以来的"现代化"进程,并伴随着新旧政权的更迭而进一步扩大化、合法化,直至1980年代中期才得以进一步延续五四新文学传统。

结语

综上所述,1940年代社会转型期的文学是承上启下的文学,也是左翼文化力量与毛泽东文艺思想在各种文化力量中突围、最终占据主导地位的文学。社会性质的改变不可避免地会推动文学形态的变异,而文学的生产与传播在政治意识的推动之下,也将通过读者的审美接受而实现其文化宣传的功能,对社会大众施加影响。在富含民间文艺的生态环境、延安主流意识形态的大力倡导、知识分子的文化认同及传媒力量的合力作用下,在1940年代的解放区形成了大规模的向传统、民间回归的艺术潮流,同时文学创作的地域文化特色亦得到了极大的凸显,五四以来知识分子所努力追求的文艺大众化方向获得了前所未有的深广度,民间文化形态以多种方式融入主流文学的构建中。而伴随着第一次文代会的召开和《讲话》方向的

---

① 万国庆:《走向民间——论40年代的延安文艺运动》,《中国文学研究》2003年第3期。
② 李洁非、杨劼:《延安的形式变革》,《理论与创作》2004年第2期。

确立，延安文学也正式由"区域文学"转化为"国家文学"，构建了新中国文学的最初形态。第一次文代会的组织制度、作家文化心理以及周扬、茅盾报告中所传达出来的信息，标志着新的文学格局已经形成、共和国文学的进程已经开始。

（原载《当代文坛》2015 年第 1 期）

延安文人的宗派主义问题考论
——以"鲁艺"和"文抗"为中心

赵卫东[*]

一 延安文坛曾遭"宗派主义"作祟

"文革"结束不久,周扬在与美国华裔记者赵浩生的一次访谈中直言延安时期文化人中曾经存在着"两派",一派是以自己"为首"的鲁艺"歌颂光明"派,另一派是以丁玲"为首"的文抗"暴露黑暗"派。[①]"访谈"刊出的题目是《周扬笑谈历史功过》,不巧的是,在周扬与记者"笑谈"之时,丁玲正在为自己的复出艰难地奔波。丁玲在条件稍微改善时即为自己奋力辩解,坚决否认自己是所谓"文抗派"的头子。[②]此后,围绕着周扬"访谈"引发的争议,却一直在相关人物中聚讼不已,也几成周、丁研究中难以绕开的一桩公案。[③]

---

[*] 作者单位:浙江科技学院人文与国际教育学院。

[①] 周扬这段话是"文革"结束后在接受美籍华裔记者赵浩生访谈时说的,先以《周扬笑谈历史功过》为题,刊于1978年香港《七十年代》月刊9月号上,后来1979年2月出版的《新文学史料》第2辑上全文转载。发表时,记者特意加文内标题《当时延安有"鲁艺""文抗"两派》以为着重。另周扬此处的回忆有误,文章署名的有五个人:萧军、艾青、罗烽、白朗、舒群。其中艾青并非东北人。

[②] 参见丁玲1979年11月8日在中国作家协会第三次会员代表大会上的讲话。见丁玲《讲一点心里话》,《丁玲文集》第4卷,湖南人民出版社1984年版。又见丁玲《延安文艺座谈会的前前后后》,《新文学史料》1982年第2期。

[③] 引起讨论的则有黎辛的系列文章《文艺界改正冤假错案的我经我见》,《纵横》1999年第8期;《丁玲同志是一个对党忠实的共产党员》,《常德师范学院学报》2001年第6期;徐庆全《丁玲历史问题何以反复》,《纵横》2005年第5期,《丁玲历史问题结论的一波三折》,《百年潮》2000年第7期;陈明《丁玲在延安——她不是暴露黑暗派的代表人物》,《新文学史料》1993年第2期;等等。

然而，丁玲可以否认自己曾为"文抗派"的首领，却似无法抹掉1940年前后宗派主义作祟文坛的事实。盖因"宗派主义"发生之时，也已不再是仅在文人圈内明争暗斗的秘事：1941年7月17—19日，周扬在《解放日报》上连续刊发《文学与生活漫谈》一文，引起文抗作家萧军、艾青、白朗、舒群、罗烽等人群情激愤，聚辩之后即由萧军执笔写成《〈文学与生活漫谈〉读后漫谈集录并商榷于周扬同志》予以回击。文章寄给了《解放日报》，却被以党报不是自由争论的地方而被退稿。萧军愤于延安的"太不民主"，遂将载有周扬文章的报纸和此文送给毛泽东，并表示无法忍受，要求离开。① 经毛提示，文章发表在萧军自己主编的《文艺月报》上。事涉毛泽东，又以两方沸沸扬扬的笔仗相始终，文艺界在闹宗派主义自然已为延安社会所有目共睹。

"宗派主义"还曾是延安文艺座谈会上的一个被公开讨伐的话题。据美术家蔡若虹回忆："诗人艾青的发言很短，他主要是批评周扬是宗派主义的典型。后来在周扬的发言中有一段很幽默，他说：'……好了，现在又多了一个典型，除了哈姆雷特、唐吉诃德之外，又多了一个周扬。'"② 艾青又在座谈会期间出版的《解放日报》著文，誓言延安"必须彻底清除宗派主义，拆毁那些堡垒，拆毁那些障碍物——请它们到宋家川去！……无情地打击造成宗派的理论、批评，以及其他一切的企图。……宗派主义的文艺理论和批评，在中国文艺运动上形成了霸权，现在也还继续强固地存在着"③。

文章显然有感而发，据说并经毛泽东事前审阅。因此，毛泽东对文人"宗派主义"问题的关注，实由作家自身的反映。《胡乔木回忆毛泽东》中记载，毛泽东在延安文艺座谈会召开之前曾与"文抗"的党员作家座谈，他将草明提出的"文艺界有宗派"视作"原则问题"，并当面表示"只有确立起为人民服务的思想并到工农兵中去改造思想，宗派主义问题才能解决"④。这说明毛泽东不但对宗派主义问题有所了解，而且对解决问题也已经有了一定程度的思考。在文艺座谈会的"结论"部分，毛泽东更特别强

---

① 《胡乔木回忆毛泽东》，人民出版社1994年版，第257页。
② 蔡若虹：《关于延安文艺座谈会的回忆观感》，《光明日报》1999年6月3日。
③ 艾青：《我对于目前文艺上几个问题的意见》，《解放日报》1942年5月15日。
④ 《胡乔木回忆毛泽东》，人民出版社1994年版，第258页。

调:"比如说文艺界的宗派主义吧,这也是原则问题,但是要去掉宗派主义,也只有把为工农,为八路军、新四军,到群众中去的口号提出来,并加以切实的实行,才能达到目的,否则宗派主义问题是断然不能解决的。"①

一些延安人物后来的回忆证实,宗派主义在当时令人印象深刻。比如严文井曾回忆道:"当时,鲁迅艺术学院住了一批作家,延安文艺界抗敌协会也住了一批作家。两边各办一个刊物。鲁迅艺术学院办的刊物叫《草叶》(从惠特曼的诗集里来的),延安文艺界抗敌协会办的刊物叫《谷雨》(大概是从日历上来的),两个刊物的名称都很和平,可是两边作家的心里面却不很和平。不知道为什么,又说不出彼此间有什么仇恨,可是看着对方总觉得不顺眼,两个刊物像两个堡垒,虽然没有经常激烈地开炮,但彼此却都戒备着,两边的人互不往来。"② 而除了"两派说"外,还有黎辛的文艺界"三个山头说"(陕甘宁边区文协、中华全国文艺界抗敌协会延安分会与鲁迅艺术学院③)以及于敏的"四个山头说"(两个大的是鲁艺、文抗;两个小的是青年艺术剧团和民众剧团④)等。

鲁艺和文抗"山头对立"的说法也曾使鲁艺的学生被动地卷入其中,如那时的鲁艺学生陆地就回忆说:"从鲁艺方面传来的说法是:鲁艺培养出来的人,写出佳作为什么不给《草叶》而拿给《谷雨》?简直是对鲁艺的背叛,向文抗投降。"⑤

文艺界的不团结几乎令所有文艺界同人感同身受,风暴眼中的周扬本人也对此不满,并希望有所改进。他在第三次"文艺月会"上,就拟了一个讨论提纲《漫谈抗战三年来的文艺运动》,借助"批评家和创作家,怎样'打通心',怎样合作,互相辅助、批评、统一着前进"⑥这个话题,想弥合大家的分歧。但萧军等并不相信周扬的诚意,提出"'打'的方法和态度问题",要他"先'通'了自己,也就是去'私'",然后再去"打

---

① 毛泽东:《在延安文艺座谈会上的讲话》,《解放日报》1943年10月19日。毛泽东在这段话里一共5次提到"宗派主义"一词。
② 严文井:《延安文艺座谈会前后》,《新疆日报》1957年5月23日。
③ 黎辛:《延安文艺座谈会的前前后后》,《纵横》2002年第5期。
④ 于敏:《光辉思想映照文艺新天——延安文艺座谈会前后》,《当代电影》2001年第4期。
⑤ 陆地:《延安"部艺"生活点滴》,《新文学史料》1995年第2期。
⑥ 周扬:《漫谈抗战三年来的文艺运动》,《文艺月报》1941年第2期。

通"别人。①

综上，尽管丁玲强烈否认，但我们却不能不依据大量的文献，得出这样几个基本结论：1. 延安文艺界确实存在着宗派问题；丁玲本人也曾在20世纪80年代承认过延安文艺界"当时有派别斗争"②。2. 鲁艺和文抗是其中两个较大、或者说最有实力也最大的"山头"；由于鲁艺与文抗当事双方主要是文学界的人物，尤其是鲁艺中涉入"宗派主义"问题的基本没有"文学系"之外的音乐、美术与戏剧等系，因而我们讨论的鲁艺一方基本上可以缩小至鲁艺文学系。3. 至于两个"山头"的首领是谁，则似未如周扬所说。

二 周扬是"鲁艺派"的首领

周扬是"鲁艺派"的首领，出于其访谈时的自供。而要考其信伪，则须先回到这样一个问题上：鲁艺是否一个"派"？它是如何练成这样一个"派"？

鲁艺的创办，是中共走到延安时期，在对文艺作为一种特殊的意识形态斗争资源。中共创办鲁艺，一方面是培养急需的文艺宣传人才，更重要的是创办一个"文艺堡垒"；堡垒者，"在冲要地点做防守用的坚固建筑物"也。鲁艺因此而在延安文艺界山头林立的"文艺单位"中，占据一个特殊重要的位置。

和文抗等协会性质或统战性质的文艺单位相比，鲁艺必须严格地、不折不扣地执行党的文艺政策。鲁艺的发起由毛泽东和周恩来领衔，"使鲁艺成为实现中共文艺政策的堡垒与核心"之教育方针，是由中共中央议定的。中共中央干部教育部部长罗迈在其成立一周年时，负责提出《鲁艺的教育方针与怎样实施教育方针》的总结报告。因此，鲁艺主张"歌颂光明"而不主张"暴露黑暗"，也就是再顺理成章不过的事情了。

---

① 萧军：《〈文学与生活漫谈〉读后漫谈集录并商榷于周扬同志》，《文艺月报》第8期，1941年8月1日。

② 丁玲在一次访谈中，曾对一位研究者说："你们在研究延安文学时不要仅仅把它看成是大专院校的，过去很多提到这段文学时仅仅写'鲁艺'的，'鲁艺'的，那只是一个大专院校嘛！一个大专院校能代表解放区吗？……现在有的研究就把历史歪曲了。当时有派别斗争，但现在的研究可以不带派性啦。"周嘉向整理：《文协成立始末及其他——丁玲1983年10月28日谈话》，《延安文艺研究》1992年第2期。

周扬和鲁艺都不会主动或自动地成为一个"派"。然而,"树欲静而风不止"。在围绕"歌颂"或"暴露"的激烈争论几乎撕裂延安文艺界的 1940 年前后,以不尽相同的文艺观点为核心,又加以各种人事矛盾的不断发酵刺激,文艺界的"派"就在所有人的不情愿中悄然滋生了。鲁艺即便不想成为一个"派",也不得不在人们的眼中被看作一个"派"。"鲁艺派"大概就是这样诞生的。

而周扬主动"认领"宗派头目的行为,似乎并非仅是劫难过后大度与超脱的"笑谈":回到历史看,从办学思想来说,周扬引导着鲁艺"歌颂光明"的大方向,总体而言实现了将鲁艺建成中共"文艺堡垒"的使命;再从行政管理方面来说,鲁艺筹办时期周扬就受命于幕后参与组织大计;正式获任"副院长"后,更用心于其专业"根据地"文学系的经营——说周扬是鲁艺的"灵魂人物",也许并不过分。

首先,周扬引领着鲁艺"歌颂光明"的办院思想,是鲁艺的"灵魂"。

周扬主事之后,鲁艺的教学逐渐趋向正规化和专门化,在教育思想上,强调以毛泽东 1940 年 1 月提出的"新民主主义文化"为指导。尽管鲁艺曾被批评追求"大、洋、古""关门提高",但在政治上还是保持了与中央政策的一致。在周扬的影响下,文学系师生总体赞成"歌颂光明"的创作主张。这一点,一直关注文艺界的毛泽东心里自然有数,因而也就有了他在文艺座谈会召开之前特意到鲁艺为文学系师生打气的一幕。① 毛泽东把鲁艺当作"自家人"的言行,极大地鼓励与感染着文学系师生。也许正因为周扬与鲁艺坚持执行了中央的文化政策与主张"歌颂光明",才赢得了毛泽东和中共中央的信任与好感。

其次,就鲁艺尤其是文学系的组织而言,周扬依据一种人事逻辑,建构了一个直到新中国成立后其工作仍然着重依靠的人事班底。周扬掌控着鲁艺,自然也就"代表"着"鲁艺派"。

这里,我们首先要纠正一个流行的误解。一般认为,周扬正式主持鲁艺日常工作始于 1939 年 11 月 28 日被任命为副院长之时,而在此之前,似乎并未参与或掌握鲁艺的组织人事。的确,如果单从时间上看,鲁艺 1938 年 2 月发起创建,3 月 7 日公布院系机构和主要负责人名单,3 月 14 日开

---

① 孙国林:《延安文艺座谈会的台前幕后》,《党史博览》2004 年第 6 期;艾克恩:《延安文艺运动纪实——毛泽东〈在延安文艺座谈会上的讲话〉的前前后后》,《新文学史料》1992 年第 3 期。

始上课，4 月 10 日举行开学典礼；在现今鲁艺旧址墙面上陈列的鲁艺第一至第五届负责人的名单中，周扬没有出现在第一届（1938 年 4—7 月）负责人名单上；第二届（1938 年 7—11 月）负责人名单，周扬只是兼任文学系的系主任（事实上由沙汀代理）；更缺席第三届（1939 年 1 月—1940 年 1 月）负责人名单；到第四届（1940 年 2 月—1941 年 3 月）时周扬才位列"副院长"（兼党团书记）。实则大谬不然：1939 年 11 月被正式任命副院长之前，周扬一直充当幕后实际组织者的角色。让我们来还原这个一直隐而不彰的真相：

1. 1938 年 2 月鲁艺发起创办，周扬名列毛泽东和周恩来领衔的《创立缘起》之九位发起人名单（排名最后）[1]，也是创立之初公布的"鲁艺董事会"的一员。[2] 周扬又是当时负责学校领导的"院务委员会"成员之一（未见正式公布）。[3] 钟敬之回忆："三月十四日开始上课，作为鲁艺开学的第一周。当时负责领导学院工作的是'院务委员会'，由沙可夫、周扬、艾思奇、朱光、李伯钊、徐以新、吕骥、张庚等同志组成。"[4] 这是周扬掌控鲁艺大局的基础。

2. 据徐懋庸在其"回忆录"中披露，他于 1938 年 5 月 23 日面见毛泽东后，毛推荐其到鲁艺工作，徐原话说："他问我：'你的工作已经分配了没有？'我说：'还没有，在文化界抗敌协会只是暂住。'他说：'那末，你到鲁迅艺术学院去工作好么？我们正在叫周扬筹办这个学院。'"徐则表示："我不想去。"[5] 而鲁艺首届行政和教学机构领导成员的公布时间是 1938 年 3 月 7 日（周扬不在其列）。毛泽东在这里明白告诉徐懋庸的是"我们正在叫周扬筹办这个学院"，可见周扬组织鲁艺师资实由党的最高层领导并不那么完全正式的授权，或许正因为"不是完全正式"，周扬能做的却反而可能更多。

3. 周扬仅以"院务委员会委员"这个"虚衔"而为戏剧系引进了张

---

[1]《新中华报》"鲁迅艺术学院周年纪念特辑"，1939 年 5 月 10 日。转引自王培元《抗战时期的延安鲁艺》，广西师范大学出版社 1999 年版，第 7 页。
[2] 参见孙国林《延安鲁艺——革命文艺的摇篮》，《党史博彩》2004 年第 8 期。
[3] 钟敬之：《延安鲁艺——我党创办的一所艺术学院》，文物出版社 1981 年版，第 8 页。
[4] 钟敬之：《延安鲁迅艺术学院概貌侧记》，《新文学史料》1982 年第 2 期。
[5] 徐懋庸：《徐懋庸回忆录·我和毛主席的一些接触》，王韦主编《徐懋庸研究资料》，江西人民出版社 1985 年版，第 107 页。

庚为第一届系主任。① 综上所述，周扬尽管没有公开的头衔，却充当着鲁艺幕后重要组织者的角色。

如果梳理文学系师资组成的人事脉络，则周扬深耕鲁艺的事实更毋庸置疑。

众所周知，鲁艺在开始招生时因师资短缺暂招戏剧、音乐、美术三科，文学系至1938年7月第二届招生时始设，首任系主任为周扬（兼）、沙汀（代）。教员除周、沙外，尚有何其芳、严文井、陈荒煤、萧三、卞之琳五人。是年冬因沙汀、何其芳率队随一二〇师去敌后，两人在第二届（1939年1月—1940年5月）教员中缺席，增加的则有周立波。第三届（1940年2月—1943年底）教员仅有何其芳（系主任）、陈荒煤、严文井、周立波、张桂，时间最长而为历届教员中人数最少；第五届、第六届为延安文艺座谈会后产生②，本节暂时不论。要说明的是，此处所引师资名单依据现今陈列于延安鲁艺旧址办公室墙上的壁板而来，除了舒群应在第三届教员名单而未在外，其他无缺。舒群进入鲁艺有两次，第一次在1940年，第二次则在1944年。旧址陈列明显有误。

引进鲁艺文学系的师资，自然是身兼文学系主任、副院长周扬的分内事。教员除萧三外，全由周扬悉心搜罗而来，而他们与周扬的"关系"，就成了与本文论题高度相关的话题，因此，不得不稍费笔墨予以揭示。

1. 众所周知，萧三是毛泽东"发小"，曾在莫斯科与高尔基有过多次接触，又身披"国际知名大牌作家"的光环，因此，他大概是唯一一位不经周扬之手直接走"人才绿色通道"进入鲁艺的教师。

2. 第一批进入鲁艺的教员沙汀、何其芳、卞之琳，均系周扬留任，其中沙汀还当上了文学系代主任。③ 沙汀与周扬关系匪浅：沙汀曾由周扬介绍加入左联，并由周扬提名任左联常委会秘书；"两个口号"论争中，沙汀站在周扬一边赞成"国防文学口号"④。据胡风夫人梅志回忆："后来胡风在左联工作时，沙汀其实是为周扬做胡风的工作，要他听他们的，不听鲁迅。从这里也可以看出宗派的由来不在胡风。沙汀是周扬最信任的得

---

① 安葵：《张庚评传》，文化艺术出版社1997年版，第76、77页。
② 均见延安鲁艺旧址办公室壁板陈列。
③ 黄曼君、马光裕编：《沙汀研究资料·沙汀年谱》，知识产权出版社2009年版，第24页。
④ 同上书，第17、18、21页。

力助手。"①

何其芳、卞之琳得与沙汀一道被周扬挽留在鲁艺，主因自然是他们和沙汀的关系。周扬的识人之明恰又表现在何其芳初到鲁艺就写了他到延安后的第一篇散文《我歌唱延安》。这篇文章曾经传诵一时，何其芳因而也被视作鲁艺歌颂光明派的代表之一。

3. 陈荒煤在上海左联时期亦曾为周扬得力助手，又同为已在鲁艺的张庚（戏剧系主任）、吕骥（音乐系主任）志同道合的好朋友。当年他一到延安就忙着打听鲁艺的地址，找到张、吕后当即被邀到鲁艺工作（在戏剧系帮张庚看剧本），② 无疑仍属周扬的核心"人脉圈"。

4. 《舒群年谱》记载："1940年春，周扬通知桂林办事处，让舒群回到延安，任延安鲁迅艺术学院文学系教员。"③ 据郭娟在《作家舒群的青春往事》中整理，舒群当年在上海想见鲁迅而不得门径，小说《没有祖国的孩子》无意间却被女作家白薇发现，大加赞扬并转给了周扬，周扬夫人苏灵扬还帮着做了若干修改。小说发表后，周扬、周立波都撰文称赞，一时轰动文坛，被看作周扬提倡的"国防文学"的代表作。④

5. 周立波的莅校，由周扬在甫一就任鲁艺副院长后急速促成："洛甫、周扬电告在桂林编《救亡日报》的周立波去延安。周立波到延后，被分配在鲁艺任编译处处长兼文学系教员，教'名著选读'。"⑤ 周立波左联时期可谓周扬在事业上的左膀右臂⑥，他们之间源远流长的关系已为学界所熟知，此处不赘。

6. 严文井进入鲁艺，显然得益于他的"京派"背景。据《严文井评传》："周扬听人说他们这些'小京派'到延安来了，写信给毛主席，请求

---

① 李辉采访胡风夫人梅志时梅志的回忆。见李辉编著《摇荡的秋千——是是非非说周扬》，海天出版社1998年版，第92页。

② 严平：《燃烧的是心灵：陈荒煤传》，中国电影出版社2006年版，第60页。另陈荒煤和周扬、沙汀、张庚、吕骥的交往情况，可参见《难忘的梦幻曲》，陈荒煤著，文化部党史资料征集工作委员会编，中国文联出版社1994年版。

③ 董兴泉编著：《中国文学史资料全编·现代卷（21）舒群研究资料》，知识产权出版社2010年版，第22页。另见王科、史建国编著《舒群年谱》，作家出版社2013年版，第39页。

④ 郭娟：《作家舒群的青春往事》，http://www.ee.com.cn/2013/1025/251225.shtml。

⑤ 艾克恩编：《延安文艺运动纪盛》，文化艺术出版社1987年版，第158页。另见荣天玙《周扬与周立波：人生难得一知己》，http://www.iyzx.com/portal.php?mod=view&aid=4679。

⑥ 二人之间的关系，参见周扬《关于周立波同志的一些情况》，《周立波研究资料》，知识产权出版社2010年版，第87—90页。

调他们到陕甘宁边区文化界救亡协会去搞创作。于是,他和刘祖春提前毕业,干上了老本行。"① 在"文协"工作一段时间后,"他找到周扬,要求去鲁迅艺术学院工作。冬天,他成了鲁艺文学系的一名教员"②。

鉴于鲁艺的特殊地位,除严文井这样小有名气的京派作家愿意攀缘外,像萧军这样名满天下且心怀天下的才俊,自然也会有所属意。据萧军夫人王德芬回忆:

> (他们夫妻)一到延安先住在陕甘宁边区政府交际处招待所,等候分配到哪个单位去合适?过了几天延安鲁迅艺术文学院院长周扬派人把舒群接走了。我和萧军却被"文协"主任丁玲接到"文协"去了。后来才知道:萧军是鲁迅的学生,理应去"鲁艺"文学系任教为宜,经丁玲和周扬联系,周扬坚决不愿让萧军到"鲁艺"去。原因是30年代在上海时期,周扬和鲁迅在对日斗争上有分歧有争论。周扬提出了"国防文学"的口号,鲁迅提出了"民族解放战争的大众文学"口号,舒群是"国防文学"派,代表作是《没有祖国的孩子》,萧军是"民族解放战争的大众文学"派,代表作是抗日小说《八月的乡村》。没有想到两个口号论证的影响会延续到四十年代的延安。③

基本上,周扬排除了过去和自己有过"过节"的人进入鲁艺。这种偏向,是否真的联系着20世纪30年代左联时期的恩怨,似乎在当时已颇受非议。周扬的做法放在中国政治的大环境下来看,似也无可厚非,因为"志同道合"的人组织在一起更容易做成事,只是事情做大了,也就自然以"特色"示人,也就容易被人目为"山头"。周扬本意肯定不在"拉帮结伙",把鲁艺搞成"宗派",但是,不能不说,其"以人画线"的人事路线,在客观上无疑是宗派问题产生的原因之一。

那么,文抗是"一派"吗?

三 "文抗"不是与鲁艺对立的一"派"

同延安林林总总的文艺协会相比,文抗无疑是延安最有实力的文艺单

---

① 巢扬:《严文井评传》,希望出版社1999年版,第154页。
② 同上。
③ 王德芬:《我和萧军风雨五十年》,中国工人出版社2004年版,第131—132页。

位，但文抗又是一个有五十来个驻会作家、会员"五湖四海"、类似"伙食单位"的松散组织，很难称得上一个共同体意义上的"派"。

文抗尽管脱胎于"陕甘宁边区文化界救亡协会"（简称"边区文协"）和"陕甘宁边区文艺界抗敌联合会"（简称"边区文联"）这两个官方组织，但其作为一个中共团结与组织来延作家的统战单位的基本性质，则始终如一。文抗在与"边区文协""边区文联"的承继与互动中，会员成分相当复杂。许多以前的"边区文协""边区文联"的会员都自动成了文抗的会员，文抗因而显得"大"而"杂"。据延安"文抗"向"文抗"总会的报告，截至1940年2月15日，文抗"登记在册的会员67人"。① 在这个广泛容纳了当时延安几乎所有知名作家的团体中，所有鲁艺的成名作家（不是驻会作家）都包括在内。而驻会作家则有林默涵、高长虹、马加、罗丹（程追）、石光、高原、方纪、于黑丁、曾克、周而复、柳青、庄启东、魏伯、雷加、高阳、舒群、罗烽、白朗、严辰、陆斐、鲁藜、李雷、韦明、张惊秋、帅田手、董速、金肇野、崔璇、方紫、伊明、郑文、王琳、艾青、韦荧、张仃、杨朔、草明、欧阳山、萧军、刘白羽等40余人。② 在这份粲然可观的名单中，萧军、舒群、艾青等"漫谈"事件的主角显然只是文抗的一个极小部分。

周扬本人以及鲁艺文学系的教员，均为文抗成员，这显示了文抗在组织上的开放性与包容性。周扬与文抗有着不解之缘：1937年11月"边区文协"成立时，周扬与成仿吾、柯仲平等同为其负责人，以后"边区文协"理事会虽迭经改选，周扬始终为其理事。周扬还是"边区文联"的发起人，又是其执委会成员。文抗发起时，周扬是发起人之一；在文抗成立的筹备大会上，周扬理所当然被选为理事。文抗成立后不久，周扬与萧三、沙可夫三人（均为鲁艺领导）又被理事会推举为常务理事。1940年1月文抗的扩大理事会上选举的五人常务理事中，鲁艺文学系的萧三、周扬、曹葆华占了其中的三席。其四个下属机构的负责人中，鲁艺文学系有肖三和周扬。1941年1月4日在文抗年会上选举的九人理事以及在九人理

---

① 参见《向总会报告会务近况》，原载《大众文艺》第1卷第1期，1940年4月15日；本文引自钟敬之、金紫光主编《延安文艺丛书·文艺史料卷》，湖南文艺出版社1987年版，第367—368页。

② 艾克恩：《延安文艺运动纪盛》，文化艺术出版社1987年版，第262页。

事中进而产生的五人常务理事中,周扬均名列其中。① 同年8月3日文抗第五届会员大会重新选举的27人理事中,萧三、周扬、吴伯萧、周立波、何其芳、陈荒煤、曹葆华等文学系教师当选,严文井和张庚也名列候补理事名单。这是文抗在文艺座谈会召开之前的最后一次人事调整。

从文抗主编的刊物《大众文艺》来看,该刊主编周文,编辑萧三,方纪协编,自1940年4月15日至12月15日共出刊9期,每期作者来自文学系的占2/3。后来取代《大众文艺》而成为文抗会刊的《谷雨》(艾青、丁玲、舒群、萧军轮流编辑)共出6期,创刊号上除丁玲的小说《在医院中时》,也有鲁艺作家何其芳的诗《饥饿》、吴伯萧的散文《书》、庄启东的诗《塞外杂吟》、周扬翻译的《艺术与现实之美好的关系》等。据粗略统计,其他五期《谷雨》上,文学系作家的作品也占一半左右。即便是在最具"文抗色彩"的刊物《文艺月报》上,鲁艺文学系作者的数量也同样可观。

就文抗与鲁艺文学系两方面人员的交流情况来看,很难看到文抗的"派"性。文抗支部书记刘白羽后来回忆说:"这两个单位(指文抗与鲁艺——引者注)聚集了大批作家、艺术家、文艺青年,两处相聚甚远,但来来往往,愈来愈频繁";② 当时的鲁艺教员骆文在回答访问时也回答:"(文艺界)大体上分为两派。不过鲁艺的人私下也和'文抗'的人来往,像我就常去看艾青。……"③ 其实只要我们再查阅一下文抗组织的"文艺月会"的活动记录,就能更加清晰地看到两方面人员来往的密切程度:在多数月会上,周扬等鲁艺文学系教员往往都还充作主持人。④

因此,从总体上看,文抗在人事上是包容周扬和鲁艺文学系师生的,历史的经纬也表明文抗并没有排斥周扬及鲁艺文学系师生的故意与事实;从逻辑上说,如果说文抗和鲁艺在搞宗派对抗,也就是说周扬在和周扬自己搞宗派对抗,因为周扬既是鲁艺的一员,也是文抗的会员。在众多解放

---

① 艾克恩:《延安文艺运动纪盛》,文化艺术出版社1987年版,第226页。
② 刘白羽:《延安文艺座谈会的前前后后》,《人民论坛》2005年第5期。刘白羽的回忆中还说,他对两方面人员频繁的来往颇为不安,于是向主管文抗的胡乔木提出,"两处的党组织应当有联系,制止这种不正常的状况"。刘白羽的这一"不正常的状况"的看法,很令人费解。难道两方面人员不通往来就是正常的吗? 此处录以存疑。
③ 李辉编著:《摇荡的秋千——是是非非说周扬》,海天出版社1998年版,第129页。
④ 艾克恩:《延安文艺运动纪盛》,文化艺术出版社1987年版,第234—235页。

区作家对延安生活的回忆中，笔者迄今也未发现鲁艺文学系师生对文抗刻意排外或施行宗派做法的抱怨。把文抗和鲁艺的历史描述为一种宗派对抗，这只是个别人的一种感受。尽管确实有部分文抗作家对周扬和鲁艺的"关门提高"或"宗派主义"意见很大，但是，更多的恐怕是个人或更小的"小圈子"之间的"宗派"问题，而不是两个单位或"山头"之间的公开的"派"与"派"的对抗。

那么，"文抗派"一说，岂非完全空穴来风？走进历史的细部去看，也不尽然。

四 "文抗"里隐约其事的"派"

当我们在上文着力排除文抗是与鲁艺对立的一派之流行看法时，是否也意味着同时彻底地消解了这一说法的嫌疑呢？非也。历史在此确有其复杂吊诡之处。

上文我们将考论的重点，放在了"作为一个'文艺单位'意义上的文抗"不是与鲁艺（文学系）对立的"一派"这这个问题上。但是，我们并没有也无法否认在文抗内部，在某些作家身上，事实上是存在着一些宗派情绪，以致形成了有时还颇为浓郁的宗派空气，在延安那时的上空飘荡。

当文化人从五湖四海奔赴延安时，恐怕没有几个是想来"拉山头"的。唯一例外的，大概只有萧军。萧军坦诚自己有"行帮和英雄主义的想头"，并萌生过在延安结成一个以东北人为核心的小团体的想法。[①] 考察萧军在延安尤其是在文抗的活动，我们不能不说，延安文艺界里的宗派气味，与萧军不无关联。

萧军曾两次来延，第一次停留短暂，第二次则从 1940 年 1 月直到最后撤离。第二次到延后，丁玲"曾建议最好萧军也一同（和舒群一同——引者注）去鲁艺，但有关方面没有同意，便留在文协了"。[②] 所谓"有关方面"，大约指的是周扬。据《萧军日记》，萧军来延目的之一，便是"扫荡

---

① 1940 年 10 月 10 日《萧军日记》，《新文学史料》2007 年第 3 期。
② 丁玲：《延安文艺座谈会的前前后后》，《新文学史料》1982 年第 2 期。

文坛"。① 天马行空、目空一切的个性，使他"不高兴做别人陪衬而存在这里的……"萧军到延后第一个大的动作就是提议成立新的文艺协会"文抗"。据丁玲回忆："……肖军这个人本身是有英雄主义的，个人英雄主义。文抗是他（指萧军——笔者按）要搞的，在延安本来没有'文抗'，本来就是我们一个'文协'嘛。他来了，他就要提议，搞文抗。……有一次在会上他就讲：我要管两个党，管一个国民党，管一个共产党……"②

萧军紧接着创办"文艺月会"与出版《文艺月报》，几乎抢尽了延安文艺界的风头。《文艺月报》的编辑情况诚如萧军所述："《文艺月报》底产生本来是跟着'文艺月会'来的。……单就编辑人讲，起始本来决定是由舒群'独裁'，因为他那时住在鲁艺来往不方便就由肖军代替。后来舒群搬到文协，又施行了少数'民主'。从第七期起，又由肖军独裁了，一直到现在。"③ 一定程度上可以说，《文艺月报》既是延安最有个性的刊物，也是最有萧军个性的刊物。

而仅有协会与刊物似也难敷萧军来延之愿，他更大的志向是"准备把延安的文艺运动开导和整理出一个规模来，那时即使我走开也是好的"。萧军甚至订出了自己的文艺政策："……对于一般不正的，卑下的文艺见解要纠正过来，对阻害文艺运动发展的东西，要给以扫除与攻击。对于小派别的门户之见，要给以消除——这是我的文艺政策。"④

1941 年 9 月 19 日，萧军日记中自问"十年来我在中国做了什么呢？"继而列举其"延安时代"的成绩，共有："发起文艺月会""编辑《文艺月报》，第一个打击俄国贩子萧三，以及一些不正的倾向。第二打击何其芳的'左'倾幼稚病，立波恶劣作品的影响，雪苇的'形式主义'，周扬的'官僚主义'""改进文抗""建立鲁迅研究会""募捐建立文抗作家俱乐部""扫荡耀眼，扶植善良，平抑冤屈，主持正义公理和党方面不正的

---

① "我兴奋的时候，总喜欢向人披露自己的心胸，比方我自己决定要秘密做的事，常常要说向人。'扫荡文坛'这雄心竟也和 T 说了，我当然也希望她能够强健起来作为我一个战友。"（1940 年 9 月 26 日的日记）《萧军日记（1940）》，《新文学史料》2007 年第 3 期。
② 《文协成立始末及其他——丁玲 1983 年 10 月 28 日谈话》，周嘉向整理，《延安文艺研究》1992 年第 2 期。
③ 编者：《为本报诞生十二期纪念献词》，《文艺月报》第 12 期，1941 年 11 月 25 日。此处转引自雷加《四十年代初延安文艺活动》（一），《新文学史料》1981 年第 2 期。
④ 1941 年 3 月 15 日萧军日记，《人与人间——萧军回忆录》，中国文联出版社 2006 年版，第 338 页。

倾向战斗，不避厉害……使延安文艺不独开展，而且一般的风气和政策全有了的新的好的转变——这就是我到延安的结果和影响。这是毫没有夸张的"①。

1941年年底，萧军日记盘点自己本年的成绩计有："……已做的事：①编八期《文艺月报》……⑥计划现实新文抗底建立，俱乐部筹款……⑦和毛泽东谈话近六七次，讨论党内外等关系，接着组织部就开始调（查）等工作，此影响甚大，改正了党内一些上下不通以及官僚主义作风。有多少被怀疑的人被理解了。我自问这是我很重要的工作之一。⑧自《文艺月报》出版后，经过我的几篇文章，开展了真切的批评作风，'轻骑队'这社会批判壁报，就是在我的影响下发展起来的。接着也引起了《解放日报》底改变，反主管注意各种论文，接着产出了近乎五种文艺刊物。……⑩我打击了周扬，立波，何其芳，雪苇等关门主义的作风和过'左'的作风。"② 在这些成绩中，萧军还估计到自己通过与毛泽东的交往，而与毛的关系"是彼此影响着，进步着"。③

除了萧军的"行帮"意识与做派给文抗打上的"派性"印记外，在文学观念上，以"《漫谈》风波"几位主角为核心的一个文抗内部"小圈子"，基本可说是延安"暴露黑暗派"文学的代表。萧军的文学主张中最鲜明的，就是格外强调文学的独立自主性、非党派性，以及文艺家与政治家"平起平坐""谁也不能领导谁"。④ 文艺座谈会召开前后，艾青《了解作家，尊重作家》、罗烽《还是杂文时代》、萧军《论同志之"爱"与"耐"》《杂文还废不得说》等文陆续发表。⑤ 尽管他们在当时四五十人的文抗驻会作家中仅占十分之一的比例，但由于他们不断有声音发出来，相对于驻会作家中"沉默的多数"，无论当时还是后来，被人视为文抗或文抗派的"代表"，也就好像有些道理了。由此看来，把他们与周扬的某些

---

① 1941年9月19日日记，《人与人间——萧军回忆录》，中国文联出版社2006年版，第355—357页。
② 1941年12月31日萧军日记，《人与人间——萧军回忆录》，中国文联出版社2006年版，第358—359页。
③ 1942年2月10日萧军日记，《人与人间——萧军回忆录》，中国文联出版社2006年版，第365页。
④ 肖云儒、高杰：《延安文艺座谈会写真》之三，《陕西日报》1992年7月2日。
⑤ 三篇文章分别载于《解放日报》1942年3月11日、3月12日、4月8日及《谷雨》1942年第5期。

宗派情绪或行为上的对立上升为"鲁艺派"和"文抗派"的宗派主义对立,这既是误解或误会,又似不全是误解或误会。

再来说丁玲。既然作为一个延安"文艺单位"的文抗总体上不能被视作一"派",那种把丁玲看成"文抗派首领"的说法也就难以成立。但是,丁玲被周扬当作"文抗派"的首领,除了一些周扬某种隐秘的个人原因外,也非完全空穴来风。

首先,丁玲是第一位享誉国统区到延安的知名作家,创办并领衔延安第一个文艺协会"中国文艺协会",组织领导"西战团",又在毛泽东、张闻天等中共高层领导中积累了深厚人脉,是延安文艺界为数不多、足以与周扬颉颃的文坛大腕。丁玲善交际,在文艺界又颇有人气,这一点连毛泽东都注意到了。有一次,抗大的学生到丁玲处玩,正好毛泽东也来看丁玲,他见这么多学生,便笑着对丁玲说:"丁玲,我看这些知识分子很喜欢同你接近,你这里有点像文化人的俱乐部。"毛泽东并指丁玲身上"有点名士气派"。① 在李又然眼里,"丁玲纯洁,待人宽厚。同她一起好多年,从没听见她刻薄谁,挖苦谁。刻薄、挖苦都对她无缘。她也有不喜欢的人,不提起;偶然提起,也总平心静气的"②。加上丁玲是"文协"的实际负责人,自然就容易给人一种文艺界"头牌"的印象。③

其次,是由于边区文协与文抗的关系比较复杂,许多当事人都往往搞混或"习焉不察",比如在20世纪80年代曾对40年代延安文学活动多方考证的当事人雷加也说:"延安有个'文协',为什么又叫'文抗',就说不清了。"④

再次,1942年2月丁玲要求调离《解放日报》,专心创作陕北革命题材小说。经中组部同意,离开报社,搬到文抗居住写作。⑤ 尽管丁玲的职务身份不属于文抗,但因住在文抗,大概因此而易使人产生"丁玲一直是文抗的人"的误解。

最后,是在文学观念上,总的来说,丁玲比较倾向于文学的批判功

---

① 丁言昭:《在男人的世界里——丁玲传》,上海文艺出版社1998年版,第256页。
② 李又然:《丁玲——回忆录之二》,《新文学史料》1982年第4期。
③ 丁玲秘书张凤珠回忆丁玲对她"曾不无得意地说过:'我一出台就是挂头牌'"。可见丁玲或有一种"领袖欲"。见张凤珠《回忆丁玲》,《黄河》2001年第1期。
④ 雷加:《四十年代初延安文艺活动》(一),《新文学史料》1981年第2期。
⑤ 王增如、李向东:《丁玲年谱长编》,天津人民出版社2006年版,第166页。

能,和文抗作家萧军、罗烽、艾青的立场接近而与周扬、何其芳等鲁艺作家的立场差距较大。在写于1940年的小说《在医院中时》和《我在霞村的时候》,丁玲暴露了革命阵营内部和农民身上的缺点。发表在1941年1月第1期《文艺月报》创刊号上的《大度、宽容与〈文艺月报〉》,寄望《文艺月报》能"展开深刻的、泼辣的自我批评,毫不宽容地指斥应该克服而还没有克服,或者借辞延误克服的现象",也许能代表丁玲在延安的办刊思路。在任文艺栏主编期间,1941年10月丁玲在《解放日报》上发表《我们需要杂文》,大张旗鼓地为杂文张目。① 到1942年3月11日"文艺栏"出版至100期,丁玲在副刊101期的"编者的话"中又总结说:"在去年10月中就号召大家写杂文,征求对社会、对文艺本身加以批判的短作。"可以说,丁玲对在延安运用杂文干预"黑暗"投入了一定的精力。据《解放日报》副刊编辑黎辛回忆,艾青的《了解作家,尊重作家》、罗烽的《还是杂文时代》发表在《文艺百期特刊》里,是丁玲在文抗"组织"来的,并由她先看签署"可用",由陈企霞带回来发表的。② 前有丁玲的《我们需要杂文》,后又有罗烽的《还是杂文的时代》以及萧军的《杂文还废不得说》等,从1940年夏末到1942年春,延安形成了一股带有强烈启蒙意识、民族自我批判精神和干预现实生活的杂文潮,丁玲"功不可没"。给延安各界印象深刻、也给丁玲带来大麻烦的《三八节有感》,是延安当时所谓"暴露黑暗"的代表作。有主张、有创作,也就难怪有人把丁玲看作"暴露黑暗"的典型了。

五 对延安文人宗派问题的思考

延安文人中确实存在着"宗派主义"问题,尽管它只发生在少数人与少数人之间,事实并不完全如周扬所说。本文所论也止于1942年"延安文艺座谈会"召开之前,这主要是因为会后作家忙于参加整风、审干、下乡等一系列旨在锻炼和转化文化人的活动,延安的社团、刊物几乎一扫而空,以前那种"宗派主义"产生的环境已不复存在了。那么,我们今天该如何认识这一问题呢?

---

① 丁玲:《我们需要杂文》,《解放日报》1941年10月23日。
② 黎辛:《〈野百合花〉·延安整风·〈再批判〉》,《新文学史料》1995年第4期。

首先，把左联时期、延安时期和"反右"前后这三场次序发生的宗派之争联系起来看，它们之间前后相继、前因后果的关系确有其事。因此，似乎左翼文人的内斗成了他们难以摆脱的历史宿命。曾经的"胡风分子"贾植芳曾总结说："我们的左翼文艺，从创造社、太阳社到左联，一直好斗。……左翼文人差不多都好斗。像钱杏邨、郭沫若、成仿吾，还有周扬。"① 这是个事实，但还不是根本原因。弄清"好斗"的问题，恐怕须从中共诞生和早期生存的处境着手。

众所周知，中共是在秘密状态下发展起来的一个"革命"政党，又在与国民党的合作失败后沦为其"革命"的对象，处于绝对的弱势。在敌强我弱、四面被围甚至随时可能被敌人剿灭的情况下发展，中共逐渐形成了对其成员在道德上绝对纯洁、思想上绝对统一、纪律上绝对严格的要求，因此，不断自我斗争、自我整肃以保证组织内部的纯洁，必然是其战斗力和凝聚力生成的必要手段。"好斗"，就典型地体现了其不断自我革命自我整肃的特点。左翼文艺起步于20世纪30年代，正逢中共组织内部的斗争哲学以及对外的"关门主义"大行其道之时，受其感染，加上人事矛盾缠夹其间，文艺界已经悄然滋生了严重的"宗派主义"问题。1940年前后几乎当年上海宗派的两方人马再次齐聚延安，在文艺观念之争的逗引下"好斗"暗疾再次爆发，庶乎已是命中注定，岂不悲哉？

其次，延安时期的宗派问题，和中国人以人脉、地域结成"圈子"行事的传统有关。左联时期，周扬和鲁迅都在自己熟悉、信任的人中建立自己的圈子发展自己的嫡系，发生得自然而然，足见"乡土中国"发展出来的这种文化传统之强大。到延安之后，周扬得到重用的机会，仍然偏向在自己的人脉圈子里建立自己的"系统"。如果鲁艺文学系的师资能再"五湖四海"一些，也许"宗派"问题发生的概率就会小很多。正因为周扬在组织鲁艺方面的这种偏好过于明显，才刺激了对方潜在的"派"的意识的萌生。"刺激—反应模式"也可以解释延安宗派发生的部分原因。引发周扬与文抗激烈对抗的"《漫谈》事件"中，执笔与周扬"商榷"的，是"带头大哥"萧军，而其他几位，便是这三位作家再加罗烽的妻子白朗。事实上，在延安文艺界，隐约可以看出有一个延续了20世纪30年代上海

---

① 李辉编著：《摇荡的秋千——是是非非说周扬》，海天出版社1998年版，第100页。

的"东北作家群"。而这个"群"的"群主",无疑非萧军莫属。① 因此,如果把"鲁艺派"和"文抗派"的宗派斗争说成是周扬与以萧军为代表的、包含了艾青的"东北作家群"之间的宗派斗争,大概是没有多少人反对的。

再次,是五四以来启蒙思想传播发展的偏至,萧军是受其流毒最深的一个。五四以来,在科举制度被废除后已然被边缘化的"士",在"唤醒中国"的运动中,通过输入、传播西方的"启蒙"价值,又一次重新站到了全社会道德和文化的制高点上,并积极塑造了自身在中国启蒙运动中高高在上的"启蒙者"形象。在这一形象的蛊惑下,知识分子往往自视高人一等,对底层百姓一边以"启蒙心态"启其"蒙昧",一边则"哀其不幸怒其不争"。对团体,则要求特殊;对同类,则"文人相轻"的恶习泛滥,"老子天下第一"。一旦被团体或他人平等相待就视其为冒犯无法容忍,毫无平民心态。萧军及其在文抗内结成的"小团体"是之谓也。

最后,是左翼文人在面对思想之争、观念之争时,缺乏相互容忍与宽容的哲学维度,根深蒂固的"一元论"思维模式常常出来作祟,争到最后只能"组织解决"。本来在延安文人中间发生的"歌颂光明"与"暴露黑暗"等文学观念之争以及其他具体的事务之争,并没有真正的对与错,无须动辄都要闹到毛泽东、洛甫等中共中央高层领导那里请求"仲裁"。胡适曾将"容忍比自由更重要"作为自己一生的座右铭,这是胡适超越于一般五四人物高明的地方,也是胡适对五四思想的重大贡献。但胡适又在阐发这一"人生哲学"时,将其视为个人"修养""习惯"的产物,则又有新的偏颇。胡适"通过个人修养达成容忍"的自由主义,还是"道德论"意义上的,关键时候能不能容忍得住,还要看一个人的"修养"如何。这种建立在道德论意义上的"容忍主义"其实意义不大。而能将"容忍""宽容"奠基于人类发展前途的哲学,是"知识论"基础上的自由主义和"容忍主义"哲学:因为人类(我们)的无知以及人类(我们)自身理性的局限,尚无法准确判明他人(对方)的对错,因而人类(我们)需要容

---

① 《文艺月报》第9期,"两月间"消息栏内曾载"于本年'九·一八'纪念日东北籍文艺工作者于文抗内成立'九·一八文艺社',研究东北历史,风土,社会及联络各地文艺工作者为中心工作"。未知是否萧军的创意。见雷加《四十年代初延安文艺活动》(四),《新文学史料》1982年第1期。

忍和宽容他人。"知识论"基础上的"容忍主义"显然是对"人类中心主义""自我中心主义""工具理性主义"等威胁人类发展的思想病症的一副解药。思想、主义、观念之争,最好还是让其在相互容忍与宽容中"百家争鸣",而不要用"一元论"的思维方式,解开这个方程。

(原载《中国现代研究丛刊》2015 年第 3 期)

延安女作家群创作中集体与边缘的双重叙事

赵学勇[*]

20世纪30年代末40年代初，大批文化人涌向延安，其中就有不少女作家，如丁玲、陈学昭、白朗、草明、颜一烟、韦君宜、莫耶、曾克、袁静、林蓝、崔璇、李纳等，她们满怀着建构新文化的憧憬，形成了一个从未被文学史提及但却是显在的作家群体——延安女作家群[①]，成为继"五四"之后中国女性作家集体发声的一支重要力量。在经过延安整风洗礼后，延安女作家们在习得延安话语系统的过程中完成了自己创作的转型，彰显着作为历史转型期女性书写所具有的复杂特征及其文化意义。

一

综观延安时期女作家的创作，不难发现，由于战争烽火的蔓延与高涨，她们往往以战时文化规范和革命理性来调整、统摄自己的创作，这使得她们的作品呈现出与"五四"女作家迥异的风貌。如果说"五四"女作家是以个性解放、思想启蒙和妇女解放意识开始登上新文学的舞台，以前所未有的反叛姿态言说中国女性特有的心理情绪的话，那么，延安女作家的创作则由于受到战时环境的影响和民族危机意识的诉求，其书写开始由"五四"时期的个性呐喊转换到民族解放的广阔天地，由子君、莎菲式的叛逆绝望走向阶级翻身的洪流之中。在这一过程中，女作家们自觉不自觉地弱化或压抑了女性自身的性别意识与女性立场以服膺于时代与新的文化建设的需要。

---

[*] 作者单位：陕西师范大学文学院。
[①] 延安女作家群的形成，有其特定的时代文化背景，对此，参见赵学勇《天地之宽与女性解放——延安女作家群述论》，《中国社会科学》2013年第7期。

值得注意的是，延安女作家创作中女性意识的淡化与女性立场的祛魅，除了战时文化语境的影响以及延安意识形态的规约等因素外，她们自身的主动追求亦是一个很重要甚至据主导地位的因素。实际上，自五四运动落潮后，中国新文学在经历从"文学革命"到"革命文学"以及步入"民族化""大众化"的集体想象后，如何克服个人主义话语便成为许多延安女作家所共同面临的难题。也正是在此基础上，个人主义话语的对立面——集体主义话语便成了她们超越个人主义话语困境的有效资源，于是她们开始主动将女性自身的解放与民族、国家的解放融为一体。体现在创作中，即开始追求宏大叙事，甚至为了凸显阶级、政党对于战时文学与新的国家的文化设计的需求而不惜主动压抑或弱化自身的女性立场和女性意识。因此，在延安女作家的创作中，民族意识与革命意识总是高调出场，女性意识则明显淡化。尤其是整风以后，女作家们往往以高度政治化的心态，自觉向主流意识形态靠拢，适时调整自己的写作立场，以革命理性统摄自己的创作，使得她们的作品在有着鲜明意识形态色彩的同时又缺乏对女性的伦理关怀，忽略了女性的性别特征，性别辨识度不高，构成了中国现代文学史上一种集体性的"被压抑的女性叙事"现象。

作为文坛宿将，丁玲早期的作品是以强烈的女性意识与女性的反叛精神为旨向，但这一时期，丁玲一贯张扬与追求的女性气质，却被浓重的革命与阶级意识所遮蔽。在《太阳照在桑干河上》这部为人们反复解读的长篇中，丁玲为女性所留下的话语空间已十分有限，暖水屯这个乡村舞台上所上演的戏码中，革命与政治是显在的主题，重要角色均由男性来承担，属于女性的戏份已经很少。显然，转换为革命阵线文艺工作者的丁玲更关注的是"土地改革是如何在一个村子里进行的，这个村子是如何成功地斗倒地主，村子里人们又是如何在土改过程中成长起来的"这样的宏大叙事。作品中，丁玲虽出于女性的敏锐，为我们创造了黑妮这一处于历史夹缝中的形象，但是，由于这个人物政治性复杂的难以把握，作者对黑妮的表现还是相当单薄，甚至还将原本想好的许多场面去掉[①]，这不能不说是革命暴力叙事对女性叙事的遮蔽与抑制。

---

① 详见丁玲的《生活、思想与人物》。这篇文章中，丁玲在谈到黑妮这一人物的创作时，指出自己并未好好发展她，她说："但是在写的时候，我又想这样的人物是不容易处理的。于是把为她想好了的好多场面去掉了。"（《丁玲全集》第 7 卷，河北人民出版社 2001 年版，第 433 页）

草明这一时期创作了《延安人》《史永平》《平凡的故事》《他没有死》《今天》《新夫妇》《咱们的女区长》《原动力》等作品，其中，女性或者处于缺席状态，或者为了意识形态的需要而出场。以《今天》为例，作品虽以女性为主人公，以妇女解放为主旨，但在叙述过程中，却格外凸显共产党是人民苦难的拯救者这样的政治主题。小说结尾，作家还特意借女主人公之口说："我这样寻思，有今天就有明天——人民有了共产党领路，还怕什么？"[1] 在这里，作者歌颂阶级翻身的同时却有意趋避女性本真的生存体验，在向主流的靠近中显然轻慢了女性于翻身解放中所经历的艰难斗争与内心波澜，特别是对中国妇女如何从封建意识的枷锁中挣脱出来寻求"精神翻身"的描述更显得薄弱。

这种女性叙事的抑制化表现，充分体现在创作中由于对女性性别特征的规避与消解所呈现出的一种无性化或雄性化倾向。在一些作品中，女作家为某种特定的政治需求无视女性的性别特征，从而使得作品主人公的性别辨识度不高，以致有时我们将"她"直接置换为"他"也不觉得突兀。白朗的报告文学《一面光荣的旗帜》，记叙了抗日女英雄赵一曼光荣而英勇的事迹，歌颂了她为国捐躯的崇高精神。但浏览全篇，却几乎看不到赵一曼作为女性的任何特征。在此，作者只是从赵一曼作为一个革命者的角度来选择、组织材料，在突出她的"刚性"的同时却有意识地隐去了其作为女性的性别特征，这实际上是对女性本真生存经验的一种遮蔽与抹杀。

以女性文学特征的淡化甚至消解为代价而形成的对国家意志与阶级意志的高扬，实际上是对女性作为女人而存在的生命意义的漠视。这是否就意味着延安女作家完全放弃了自己的女性立场呢？她们有没有尝试在政治文化框架的限制下去开拓新的话语表述空间呢？实际上，在延安时期，虽然女作家们群情激昂地投入血与火的民族战争的洪流中，自觉在文本中凸显非文学本身审美需求的革命意识形态内容，但身为女性的敏感仍然使她们注意到现实社会中女性真实的生存状态、精神困境与文化困境，因此，她们的作品内含着种种冲突与张力，具有了更为复杂的意蕴和多重阐释的空间。

---

[1] 草明：《今天》，《草明文集》第1卷，光明日报出版社1992年版，第389页。

二

在 1939 年 3 月 8 日发表的《妇女们团结起来》这篇文章中，毛泽东首先强调了女子的重要性："世界上的任何事情，要是没有女子参加，就做不成气。我们打日本，没有女子参加，就打不成；生产运动，没有女子参加，也不行。无论什么事情，没有女子，都绝不能成功。"[1] 毛泽东在这种论断中强调的是女子的社会意义，而非女子本身的性别意义。同时，毛泽东清醒地认识到女子承受着更多一重的压迫，即男子的压迫与歧视。然而，毛泽东却认为"这种歧视，是社会的歧视，而不是两性间的问题；这种压迫，是社会的压迫，也不是两性间的问题"[2]，此时，毛泽东将男女两性间的性别冲突归结到社会的根源上，从而将妇女的解放与社会的解放联结起来，男女两性间的不平等和压迫则在社会解放这个宏大命题下被遮蔽了。从某种角度讲，革命实际上纵容着男性特权的存在，妇女们的活动须得经由男性的首肯，由此出发，妇女解放的限度不言自明。

实际上，在解放区，妇女的社会地位虽有所提高，但并不意味着女性取得了话语权，她们在革命政权中仍然处于边缘地位，传统的性别秩序以及延续数千年的封建思想依旧压迫着她们，再加之生育、性等因素的影响，女性承受着常人难以想象的痛苦。同为女性的女作家自然能深深体会到她们的痛楚，她们在作品中对这一系列问题进行了揭露。这一时期，女作家关于女性真实生存境遇和性别困境的揭示存在着两种不同的路径：一种是显在的揭露，一种是隐性的呈示。

从显在的揭露来看，她们直接将女性的生存境遇及性别困境和盘托出，批判的矛头直指造成女性生存困境的根源，对之进行了严厉的诘责，代表作有丁玲的《三八节有感》《我在霞村的时候》，陈学昭的《延安访问记》，莫耶的《丽萍的烦恼》等。

以陈学昭的《延安访问记》为例，在"两性与恋爱"一节中，她敏锐地指出："我们，中国女子的斗争，是两方面并进的：在民族、社会的利益方面，我们女子的利益就是劳动者的利益，要劳动者得着解放，我们女

---

[1] 毛泽东：《妇女们团结起来》，《延安市妇女运动志》编纂委员会编《延安市妇女运动志》，陕西人民出版社 2001 年版，第 285 页。

[2] 同上书，第 296 页。

子也方能得着解放。……在两性方面，我们要同这些谋民族解放的共同友人，但却是统治惯了的，背上负着重重历史的，封建的歧视女子的恶习惯，这样的男子斗争。这个双方并进的斗争是同样的艰苦。"① 如果说陈学昭关于女性解放的前半部分论述与毛泽东在《妇女们团结起来》中的思路是一致的，那么在后半部分，身为女子的性别体验与身份认同使得她无法忽略现实中性别等级秩序的存在，因此，她没有将两性间的矛盾内置于民族、社会利益之下，而是将之特意提出来，作为与民族解放、社会进步并行的命题。而且，她对历史因袭下来的性别歧视的稳定性有着清醒的认识，强调两性间的斗争是与民族解放、社会斗争一样的艰苦。在此基础上，陈学昭分析了中国妇女的生存处境，尤其是边区妇女的境遇，指出她们虽然"地位比中国任何地方都提高了些"②，但是在实际生活中，她们仍承受着许多苦楚，如忽视男女差异的绝对平等，男子对生育的鄙视，参加战争与养育后代的双重压力，等等。同时，陈学昭还对边区的恋爱与婚姻问题投以热烈的关注，并对其中许多问题进行了省思，如对边区婚恋中革命老干部那种原始、粗糙、强制性恋爱方式的批判，对女同志丈夫卑劣恋爱心理的鞭笞等。陈学昭以觉醒女性的眼光，来观察周遭的人与事，敏锐地察觉到了日常人伦中的两性问题，并直言不讳地表达出来，在揭示边区妇女真实生存状态的同时，对造成妇女悲剧命运的根亦进行了毫不留情的批判。

实际上，对两性问题的关注与批判一直体现在陈学昭整个延安时期的创作中，即使在她后来自觉趋向政治话语形态过程中所创作的《工作着是美丽的》中亦流露出此种倾向。在这部自传体长篇中，有这样一个情节：李珊裳的丈夫陆晓平在以下药毒害她的手段未能取得成功后，便以珊裳政治上落后、妨碍工作和破坏医院团结为由欲与之离婚，并且认为事情之所以会到如此地步，全是珊裳"自作自受"，从而将责任完全归之于珊裳。但这实际上却是陆晓平为了满足自我的私欲而故意设下的圈套。这里可看到，所谓"落后"女人的政治问题乃是由男性话语所造成的性别问题，是男性以政治之名强加于女性的性别压迫和歧视，因此，作家对陆晓平这种

---

① 陈学昭著：《延安访问记》，朱鸿召编《延安访问记》，广东人民出版社2001年版，第103页。

② 同上书，第114页。

以冠冕堂皇的政治话语来掩蔽自己无耻行径的行为进行了批判与讽刺，揭露了革命队伍中冠革命之名而行性别压迫之实现象的存在。这是陈学昭的敏锐之处，但令人遗憾的是，她虽寄予珊裳以极大的同情，却并未从深层为珊裳寻找出路，最后珊裳的解脱之道乃在中共高层领导的信任和帮助以及相信时间、历史会证明一切的愿望中被消解。

然而，整风以后，上述这种显在的批判与揭露开始消失，转而更多地表现为一种隐性的呈示。具体体现在女作家的创作中，则是对"双声话语"写作策略的运用，即"既体现着主宰社会的声音，又体现着属于自己的声音"①。实际上，这正是延安女作家在政治框架内努力开拓女性自己话语表述空间的体现。众所周知，整风以后，延安作家的创作被纳入革命意识形态的框架内，政治成了显在的主题，这对女作家的创作自然也不例外。但是女作家们在向革命趋附的过程中，其作为女性的身份焦虑又促使她们在显在的政治主题下继续关注和探讨女性真实的生存与生命状态，以婉曲隐晦的艺术方式传达出另一种声音。

白朗此期的小说《孙宾与群力屯》通过孙大嫂这一形象为我们委婉地揭示了农村妇女真实的生存处境。小说中，孙大嫂因担心丈夫遭人暗算而天天向孙宾唠叨，引起了孙宾强烈的不满，在孙宾看来，"老娘们家懂个屁"，甚至发誓说："你这娘儿们要是再嘀咕，我就到区政府跟你打罢刀（离婚），我不要你这路反动老婆。"② 在这里，作者表面上似乎是在写孙宾政治上的坚定与进步，批判孙大嫂的妇人见识与落后，但实际上，作者却对孙大嫂倾注了更多感情。又如丁玲在《太阳照在桑干河上》的"好赵大爷"一章中对赵德禄女人挨打场景的描写，赵德禄之所以要打女人，是因为其接受了地主女人的"贿赂"———一件不合身的花洋布衫。表面上丁玲似乎是在写赵德禄政治立场的坚定，不为外物所诱惑。但在实际的阅读想象中，我们却几乎感受不到赵大爷的崇高品质，反而更为同情赵德禄女人卑微、屈辱的生存处境。而丁玲将这么一个场景置于"好赵大爷"的标题下，于是也就具有了浓重的反讽意味。③ 在此，无论是白朗还是丁玲正是通过对双声话语策

---

① 邱运华：《文学批评方法与案例》，北京大学出版社2005年版，第237页。
② 白朗：《孙宾和群力屯》，《白朗文集》第1卷，春风文艺出版社1984年版，第150页。
③ 参见黄丹銮《寻找丁玲"自己的声音"——重评〈太阳照在桑干河上〉中的女性视角》，《中国现代文学研究丛刊》2011年第9期。

略的创造性运用，婉曲地揭露了农村底层妇女真实的生存处境，展现了在农村家庭中存在的男人之于女人的言语暴力与行为暴力。

然而，我们并不能过于夸大女作家这种隐性揭示的力度，实际上，女作家在政治框架范围内的突围是有其限度的。在当时抗日民主根据地的历史环境中，仅从女性角度揭示女性话语与民族国家话语、政治话语之间的冲突和抵牾，阐明现代民族国家话语与政权结构中所存在的性别等级与权力关系，必然会动摇现代民族话语与革命政权的合法性，这不仅不合时宜，而且绝不被允许。女作家们显然清醒地意识到了这一点，因此，虽然她们有时在文本的罅隙处为我们揭露了女性真实的生存困境与存在状态，但却并未在创作中深入探讨关于女性的解放与出路等问题。

三

在中国历史上，女性作为缄默的"他者"，一直被放逐、流浪在文化的"边缘"地带。中国妇女解放的道路是漫长而艰难的，虽然她们开始浮出历史地表，并向着自由地带进发，但是，长期因袭的性别等级秩序与观念的限制，使得她们仍然在文化的边缘地带徘徊、张望，即使在抗日民主根据地亦是如此。一些延安女作家敏锐地意识到了这一点，她们的作品不仅委婉地揭示了女性在革命队伍中的边缘处境，而且从自身经验世界出发，书写了作为边缘人的生存体验与精神困惑。

毋庸置疑，处于抗日民主根据地的广大妇女（特别是知识女性）较之于其他地区的女性有了更多的权利和更高的社会地位。但是，由于生育、性以及家庭观念中根深蒂固的性别模式等意识的、生理的和社会文化因素的影响，实际上女性在革命队伍中仍然处于边缘地位。关于这一点，我们可从当时关于"公家人"中男女比例的统计中窥见一斑。据统计，"1938年前后，延安革命队伍里的男女比例为30∶1，几年过后，到1941年前后，男女比例稍有缓解，为18∶1，再过几年，情况向更好的方向发展，1944年4月，男女比例为8∶1，这个数字比例关系基本维持到1946年开始逐渐撤离延安"[1]。绝大多数女性仍然被拒斥于主流之外，她们很难进入这个为男性所掌控的权力体系中，更遑论掌握政治核心权力了。因此，在

---

[1] 朱鸿召：《延安男女》，《文史博览》2004年第10期。

当时的边区，女干部数量非常少①，以至于在文学书写中，女性干部的出现常常会被冠以明显的性别标签。这一点我们可从草明此期的作品《咱们的女区长》中得到印证。小说单从名字来看，便不难体认到革命政权中女性干部的稀缺，而在具体叙事中，女区长的性别身份被不断强调和突出，"女区长"似乎成了一个固定词，不断地出现在文本中，以时刻提醒读者注意区长的性别身份，这正从另一个侧面进一步证明了革命队伍中女性干部的缺乏。实际上，正是由于草明对女性在革命队伍中的边缘化境遇有着清醒的自觉体认，才会出现上述这种明显的性别标签和边缘叙事的特征，作者试图以这样一个突进革命系统的女性来证明女性的能力与价值，从而为女性向主流地带的挺进打下良好的舆论基础。但这种刻意强调的背后掩藏的却是深深的失落，毕竟个别女性突围的神话终究难掩众多女性陷落的尴尬。而且文本囿于意识形态宣传的需要，很快便由对女区长的书写转移到了对民主政府的歌颂上。

与这种边缘境遇相联系，她们的作品必然会呈现出与居于中心地位的男性作家截然不同的叙事特征。如果说男作家的书写带有更多的自信和完满的话；女作家的书写则带有更多的犹疑和彷徨，在革命队伍中的边缘地位使得她们的作品具有明显的边缘叙事特征。② 以韦君宜在延安"抢救失足者"运动中所写的一篇现代诗及其丈夫杨述的续诗为例③，这两首诗皆作于延安"抢救"运动时期，但二者的立场、态度和情感却有很大差异。在韦诗中，她追溯了"我们"背弃亲人家庭，受尽冷眼折磨，终于投奔到了黄土高原上的"家"，可是"家"却将"我们"视为外人，用辱骂、冷眼、绳索和监狱来招待"我们"。而在其丈夫杨述的诗中，坚定的信仰贯穿全篇，即便"被当作狗似的乱棍打出，我还是要进家门来，因为打不掉

---

① 虽然边区政府注重对妇女干部的培养，并特意号召成立中国女子大学以培养妇女干部，但是真正进入边区革命系统的中心并分食一杯羹的女性仍是极少的，女性在革命队伍中多从事妇运工作和医护、保育等相对边缘的工作。

② 值得注意的是，与男作家的这种自信相对应，作为边缘人的延安女作家在面对男性尤其是男性领导时往往会产生自卑与惭愧的心理，这或许可视为女作家文本中男性领袖崇拜情结产生的深层文化根源。实际上，她们的这种领袖情结与其说是对男性领导能力的膜拜和倾慕，不如说是对男性中心地位的一种憧憬和向往。

③ 这两首诗虽写成于20世纪40年代，但一直未公开发表，在时隔半个多世纪后才终于付梓面世。详见杨团《〈思痛录〉成书始末》，引自韦君宜著《思痛录·露莎的路》修订本，文化艺术出版社2003年版，第200页。

也抹煞不了的———一颗共产主义的心"。一对夫妇的诗作为何会出现这样大的反差呢？其根源在于二者对自身身份的不同定位。"家里人"—"家外人"相对应的实际乃是主体—客体间的关系。杨述"家里人"主体身份的认同，使得他的诗中更多的是坚定和执着，这种居于主体地位的自信，使得男性即使在蒙受冤屈时依然能够保持一种昂扬的精神状态，得到一种精神的满足。而韦君宜"家外人"客体身份的体认，却使得她与革命政权保持了一定的距离，因此，她的诗中充满了失望的悲哀与迷失的怅惘、怨恨。但也正是因为这种"距离"的存在，使得韦诗对所谓"家"的叩问与反思更具历史的深度，更令人回味。

综上可知，延安女作家以其作为知识女性所特有的敏感细腻，敏锐地觉察到了女性在革命队伍中的边缘化境遇，并在创作中进行了难能可贵的探索。也正是由于她们对女性的边缘化境遇有着清醒的自觉体认，她们的作品才会出现明显的性别标签和边缘叙事特征，呈现出与居于文化主流地位的男性作家的创作迥然不同的风貌。实际上，她们关于解放区女性边缘境遇的书写以及潜藏在边缘叙事中的批判、反思意识，不仅为我们了解那个时代女性的真实处境留下了珍贵的感性材料，而且使得她们的作品较之居于中心地位的男性作家的创作更具有历史内涵，更令人回味。

作为活跃于延安时期的女作家，她们以其群体性的创作追求，紧扣时代的脉搏，切近现实生活的底部，深入日常人伦的缝隙，以灵动、微妙而又细腻的笔触为我们书写了战争年代抗日民主根据地的人们尤其是女性在历史风云中的生存状态与精神境遇。虽然她们的创作受到了时代的限制，艺术个性不无损伤，有些作品存在着主题先行、结构松散、意识形态色彩浓重等缺陷，但是她们在中国新文化的建构过程中，自觉将对女性命运的关怀与思考融入对国家、社会、民族的思考之中，表现出强烈的民族承担意识与卓越的人格魅力。同时，她们在性别体验与主流话语需求间辗转突围的尝试亦为当代中国文坛持续探索女性与革命、性别与阶级、女性与社会、女性解放等20世纪中国思想文化史上的重要议题提供了弥足珍贵的历史经验。

（原载《中国现代文学研究丛刊》2015年第9期）

论延安文学中劳动英模形象的创构

宋颖慧[*]

所谓劳动英模,指的是"劳动英雄"和"模范工作者"。[①]随着延安英模表彰运动和整风运动的开展,广大文艺工作者在延安文艺座谈会召开之后,广泛深入生活,了解群众,创作了大量以边区生产、劳动为主题的文学作品,其中劳动英雄、劳动模范及其影响下的模范村、模范工厂、模范连队等成为延安文学[②]的重要表现对象。但劳动英模这一形象群体在以往的延安文学研究中受到的关注较少,笔者主要以延安文学中的劳动英模形象为研究对象,全面深入地探讨其思想艺术特点及价值、局限。

一 从普通人到理想化的英雄模范

20世纪二三十年代的鲁迅、蒋光慈、草明、谢冰莹等中国现代作家,主要把农民、工人及士兵等放在"普通人"的层面上看取,而且毫不讳言他们身上的精神痼疾和性格缺陷。到了抗战时期,从亭子间、象牙塔里来到解放区的作家们,在现实环境、政治意识形态的影响和文艺方针政策的

---

[*] 作者单位:陕西师范大学文学院。

[①] 劳动英雄主要是生产运动的产物,是推行减租、奖励生产、组织起来、公私兼顾及其他经济政策实行的结果。他们主要是生产好,并以生产影响和推动别人生产。基层一线农村的劳动英雄是"以私为主,兼公为辅",而部队学校机关以及公营企业中的劳动英雄则是"以公为主,兼私为辅",他们在生产动机和出发点上是不同的。模范工作者则主要是工作好,以其优良的革命品质、正确的思想作风真正为群众服务。见刘景范《更加推广劳动英雄和模范工作者的运动——在边区劳动英雄和模范工作者代表大会上的报告》,《解放日报》1945年1月13日。

[②] 本文中的"延安文学",指的是广义的延安文学,"就是在延安思想指导下,表现以延安为中心的解放区的那个历史时期的革命与战争的生活"。见林焕平《延安文学刍议》,《文艺理论与批评》1992年第3期。另外,在时间节点上将延安文学的"上限主要设定在1936年11月,下限设定在1949年7月"。见袁盛勇《历史的召唤 延安文学的复杂化形成》,中国戏剧出版社2007年版,第13页。

规约下，普遍"发现"了工农兵的力量和魅力。

陕甘宁边区政府成立之后，中国共产党以其为模范，先后开辟了晋察冀、晋绥、冀鲁豫等抗日根据地，建立了具有新民主主义性质的新政权，劳动群众开始翻身做主人，工人、雇农、贫农、中农等下层劳动人民开始享有选举权与被选举权。① 不仅如此，边区政府还通过土地改革、减租减息、互助合作等多项经济政策调动劳动群众的生产积极性，尤其在1939年开启的大生产运动中，边区政府动员群众掀起了劳动竞赛，并多次评选和表彰劳动英模，给予他们前所未有的政治荣耀，还在群众中"发现"了吴满有、赵占魁等人，将其树立为劳动英雄的典型，激励更多劳动群众投入生产中来。那些辛勤劳作、积极生产、拥护共产党和八路军的劳动群众获得边区政府的高度肯定，被授予"劳动英雄""模范工作者"的称号，"在中国，这是有史以来的新事件。从来只有战争中或政治舞台上的英雄，而现在劳动者也可以成为英雄了。"② "好的劳动者被选为英雄，比中状元还光荣。"③ 延安时期劳动群众政治、经济、社会地位的提高以及大生产运动中劳动英雄、劳动模范的不断涌现，激发了一大批关注现实尤其是参加过工农业生产劳动的作家的创作情思。再加之文艺政策方面，毛泽东在文艺整风中倡导文艺要"服从党在一定革命时期内所规定的革命任务"，"服从于政治"，④ 认为工人农民比未曾改造的知识分子更干净，并且规约了文艺工作者对无产阶级人民大众的书写态度——"对于人民，这个人类世界历史的创造者，为什么不应该歌颂呢？无产阶级，共产党，新民主主义，社会主义，为什么不应该歌颂呢？"⑤ 毛泽东文艺思想的权威阐释者周扬，更是明确指出："无产阶级文艺家应当歌颂无产阶级和劳动人民。"⑥ 因此，对于艺术家而言，"工农兵"具有绝对的道德高度和正确性，文艺对于

---

① 陈瑞云：《论抗日战争时期解放区的政权建设》，《史学月刊》1982年第6期。
② 《建立新的劳动观念》，《解放日报》1943年4月8日。
③ 艾思奇：《劳动也是整风》，《解放日报》1944年2月19日。
④ 毛泽东：《在延安文艺座谈会上的讲话》，《毛泽东选集》第3卷，人民出版社1991年版，第866页。
⑤ 同上书，第873页。
⑥ 周扬：《马克思主义与文艺——〈马克思主义与文艺〉序言》，《解放日报》1944年4月8日。

"工农兵"必然是歌颂的关系。① 同时也说明了"工农兵"不可以再被当作"普通人"对待,他们应作为先进代表和英雄人物出现在文学作品中。

延安文学中的英雄谱系主要包括战斗英雄和劳动英雄。不同于战斗英雄,劳动英雄主要作为"模范"被讴歌,他们被强调的不是英雄的神奇和独异,而是指向道德和现实层面,他们一般具有可模仿性和革命基本品质相似性,能为世人提供一种学习的标准和榜样。延安文学中的劳动英模形象大都脱胎于现实生活,他们代表边区"最先进"的劳动人民,主要来自农业、工业和部队等行业、部门,就其出身而言,有移民、难民、雇工、工人、军人等,如艾青的叙事诗《吴满有》中逃难来到延安的移民吴满有,师田手的小说《活跃在前列》中的某团团长陈宗尧,荒草的歌剧《烧炭英雄张德胜》中的战士张德胜,马烽的小说《张初元的故事》中佣工出身的张初元,赵树理的鼓词《战斗与生产相结合——一等英雄庞如林》中"劳武结合"的庞如林,杨朔的小说《模范班》中的某班副班长张治国,柯蓝的小说《红旗呼啦啦飘》中的青年农民刘黑三,欧阳山的小说《高干大》中的高生亮,草明的小说《原动力》中的老一辈优秀工人孙怀德等。他们吃苦耐劳、勤于生产,思想先进、政治觉悟高,而且团结群众、乐于助人,思想性格呈现出不同程度的理想化倾向。"他们是解放了的人,他们懂得自己的劳动的意义,知道自己为什么而劳动。……他们不但自己本身有高度的劳动的自觉性,而且能领导其他群众也跟着他们一样地积极劳动。他们不是旧型的、狭隘的个人英雄,而是能够带领全村全乡的人共同前进的集体英雄。"②

延安文学中理想化的劳动英模形象,是知识分子对于劳动人民的美好想象,也是延安文艺工作者配合文艺整风,与人民群众相结合,转变立场和改造世界观的重要体现,契合了中共意识形态宣传的需求,起到了很好的政治宣传和生产动员作用。被歌颂的鲜少带有国民劣根性的劳动英模形象在一定程度上实现了延安文学对工农兵形象塑造的新开拓,但除了《红旗呼啦啦飘》中的刘黑三、《高干大》中的高生亮和《原动力》中的孙怀德等以外,其他劳动英模形象大都思想性格相对单一,缺少人物精神层面

---

① 李洁非、杨劼:《解读延安——文学、知识分子和文化》,当代中国出版社 2010 年版,第 49 页。

② 《建立新的劳动观念》,《解放日报》1943 年 4 月 8 日。

的丰富性，政治色彩浓烈但个性薄弱，呈现出扁平化的倾向，总体水准不高，体现出政治意识形态对延安文学艺术上的制约。

二　别开生面的妇女劳动英模形象

传统的"男主外，女主内"的性别分工模式将女性桎梏在家务劳动中，社会劳动为男性专属，体现了男尊女卑的伦理秩序。而"妇女的解放，只有在妇女可以大量地、社会规模地参加生产，而家务劳动只占她们极少的工夫的时候，才有可能"。[①] 延安时期中共在探索妇女解放的道路上非常重视妇女参加社会生产，把妇女参加生产，在经济上获得独立视为妇女解放的关键和基础，[②] 还采取了许多鼓励妇女参与生产的特别措施，如评选妇女"劳动英雄"和"劳动模范"。多少年来被人们所轻视的妇女竟成为英雄，这巨大的变化令人兴奋，整个边区为之轰动。[③] 随着大生产运动的深入发展，陕甘宁边区各行各业，各条战线涌现了大批妇女劳动英模，[④] 其他根据地和解放区也产生了诸如孟祥英、戎冠秀、王秀鸾、荣林娘等普通劳动者出身的妇女劳动英模。作为史无前例的受到社会尊崇的劳动新女性，她们很少出现在延安女作家笔下，而是更多地进入了男作家的创作视野。赵树理、李根红、刘艺亭、傅铎等人在观照现实和响应中共文艺政策的基础上，运用小说、诗歌、戏剧等多种文体创构了诸多妇女劳动英模形象，她们普遍呈现出以下特征。

首先，"好劳动、勤生产"成为妇女劳动英模形象的核心性格特征。她们的"好劳动"主要不是指传统意义上的家务劳动和通常意义的"勤劳"美德，而更多是生产劳动和政治意义上的热爱集体劳动。列宁说过："要彻底解放妇女，要使她与男子真正平等，就必须有公共经济，必须让

[①] 恩格斯：《家庭、私有制和国家的起源》，《马克思恩格斯选集》第4卷，人民出版社1972年版，158页。

[②] 秦燕：《陕甘宁边区妇女参加社会生产的理论与实践》，《人文杂志》1992年第3期，第76页。

[③] 中华全国妇女联合会编：《中国妇女运动史（新民主主义时期）》，春秋出版社1989年版，第514页。

[④] 如以马杏儿、郭凤英为代表的农业劳动英雄；以黑玉祥、刘桂英、张芝兰为代表的纺织英雄；以刘金英为代表的抗属劳动英雄；以陈敏、柳辉明为代表的部队家属劳动英雄；以李凤莲为代表的工业劳动英雄等。见陕甘宁三省区妇联《陕甘宁边区妇女运动大事记述》（内部资料），第80页。

妇女参加共同的生产劳动。"① 妇女劳动英模不再是男性的附庸，而是像男性一样，通过参与生产劳动获得了个体尊严和主体地位，也在很大程度上实现了自我的蜕变。如小说《孟祥英翻身》中的孟祥英在组织妇女采野菜、割百草成功度过灾荒后，其妇女干部的身份才经过实践的转化，得到了众人的认可②；歌剧《王秀鸾》中的王秀鸾清醒地认识到"不参加生产男人瞧不起，家庭地位不能平"③；小说《传家宝》中的金桂"在广阔领域里的繁重的劳动互助，改变了女人所因袭的一切传统观念"④。另外，小说《李彦凤的故事》中的李彦凤、叙事诗《滏阳河的女儿》中的荣林娘、秧歌剧《一朵红花》中的胡二嫂等都是通过参加社会生产劳动、集体劳动而获得解放与自主性的妇女典范。这些在生产劳动方面"向男人看齐"的妇女英模，在以男性为中心开展的革命斗争与生产建设运动中，逐渐具备了和英雄一样的崇高理想、高度的责任感、坚忍不屈的精神以及顾全大局、不怕苦累、热爱劳动的品格。"劳动光荣"和妇女解放在延安时期更多地取得了利益上的一致，妇女劳动英模通过生产劳动完成了自我的重构和价值的实现，切实改善了自身的生活状况和经济地位，还获得了社会事务的参与权与话语权，真正从"家庭人"变为"社会人"，得到了普遍的认可和尊重。

其次，男作家笔下的妇女劳动英模多为已婚女性，她们大多身兼妻子、媳妇的角色，与其他家庭成员之间的关系颇为复杂，既有冲突反抗的一面，同时又与父权制家庭伦理形成某种协商关系。一方面，妇女劳动英模因为参加生产劳动而翻身，其价值观也发生很大变化，家庭不再是她们的人生归宿，反而往往成为她们追求解放和进步的障碍与束缚，如《孟祥英翻身》中的孟祥英和《传家宝》中的金桂，都在参与社会事务和公共劳动的过程中遭到了守旧婆婆的否定与反对。另一方面，成为劳动英模的新女性并没有对影响自身进步的父权制家长采取激烈、决绝的抗争态度，她

---

① 列宁：《论苏维埃共和国女工运动的任务》，《列宁选集》第4卷，人民出版社1972年版，第72页。
② 董丽敏：《"劳动"：妇女解放及其限度——以赵树理小说为个案的考察》，《中国现代文学研究丛刊》2010年第3期。
③ 傅铎：《王秀鸾》，艾实惕等作曲，新华书店1949年版，第13—14页。
④ 思基：《谈赵树理的短篇小说》，黄修己编《赵树理研究资料》，北岳文艺出版社1985年版，第230页。

们与"婆婆"之间的紧张关系没有走向决裂,而是以相对平和的方式趋于缓和,如《孟祥英翻身》中孟祥英和婆婆,《传家宝》中金桂与婆婆,《王秀鸾》中王秀鸾和婆婆等。这与延安时期文艺工作者对中共妇女政策的认同和宣传息息相关。中共中央在《关于各抗日根据地目前妇女工作方针的决定》中强调:"多生产,多积蓄,妇女及其家庭的生活都过得好,这不仅对根据地的经济建设起重大的作用,而且依此物质条件,她们也就能逐渐挣脱封建的压迫了,这就是在整个群众工作中广大农村妇女的特殊利益的中心所在,也就是各抗日根据地妇女工作的新方向。"① 也就是说,延安时期的妇女解放必须以保证"她们的家庭将生活得更好"② 为前提,妇女地位的提高不得破坏原有的家庭结构和家庭关系。③

此外,男作家笔下的个别妇女劳动英模在外貌、行为、价值观等方面开始呈现出较为明显的"去女性化"或者"男性化"的倾向,她们自觉以男性为标准,在一定程度上消弭了自身的女性色彩和性别意识。如《李彦凤的故事》中被选为县劳动模范的李彦凤,不仅比男人还精通农活,而且从身形装扮到行为举止毫无女性气息。延安文学中初露的这种女性异化的倾向,在20世纪50—70年代的劳动叙事文学中越发鲜明,劳动女性最终彻底丧失了女性特质,变为男性的翻版,成为"雄强"的化身和代名词,在异化之路上渐行渐远。

总体来看,延安男作家对于妇女劳动英模的叙述,主要采用第三人称的外部视点,将叙事聚焦在妇女劳动英模所处的外在环境,尤其是促进妇女解放的外部因素,如生产度荒、互助合作、共产党及男性干部的指引/拯救等,却极少进入女性的内心世界,这在很大程度上是为社会解放作注脚。"解放区的妇女解放与五四时代的最大不同在于,它第一次从政治、经济而不从文化心理角度肯定了男女两性社会地位的平等,妇女有史以来第一次有了与男人一样的经济权力和政治——社会价值。"④ 男作家笔下所

---

① 中共中央文献研究室中央档案馆编:《关于各抗日根据地目前妇女工作方针的决定》,《建党以来重要文献选编(1921—1949)》第20册,中央文献出版社2011年版,第127页。

② [瑞典]达格芬·嘉图著:《走向革命——华北的战争、社会变革和中国共产党(1937—1945)》,赵景峰译,中共党史出版社1987年版,第280页。

③ 贺桂梅:《"延安道路"中的性别问题——阶级与性别议题的历史思考》,《南开学报》2006年第6期。

④ 孟悦、戴锦华:《浮出历史地表——现代妇女文学研究》,中国人民大学出版社2004年版,第199页。

歌颂的像男人一样参加生产劳动，响应政府号召，融入集体劳动洪流且被表彰的妇女劳动英模，体现了边区政府对妇女在生产中重要作用的肯定，有利于妇女通过经济独立和社会认同提升自身地位，走向解放之路。但由于主流意识形态的规约，延安男作家对妇女劳动英模的叙写，多是将女性解放裹挟在阶级、革命与政治之中，虽然妇女劳动英模通过生产劳动而翻身，但她们的主体诉求和性别意识尚不明晰，女性的性别解放湮没于作家的政治观念和男性主体意识之中。

三 "成长"模式以及"相结合"模式

"真人真事"创作是整风后延安文坛上的常见现象，也是"文艺工作者走向工农兵，工农兵走向文艺的良好捷径"，文艺工作者"写的真人真事大半是群众中的英雄模范人物和英雄模范事迹，他们本身就是新社会中的典型，就带有教育的意义"①。延安文艺工作者主要在"真人真事"基础上"摹写"而成的以及从现实生活中提炼出的劳动英模形象，在叙事结构方面普遍呈现出模式化的倾向，主要遵循两种叙事模式："成长"模式与"相结合"模式。

延安文学中劳动英模的"成长"模式在情节结构方面主要表现为"受难—拯救—劳动新生"。作者着力表现劳动者在旧社会的辛劳、穷苦以及翻身后在新制度下的喜悦与新生，尤其淋漓尽致地展现了旧时代劳动者的卑微、劳动意义的虚无以及新时代劳动的自由、尊严和价值，并把劳动英模的"成长"首先归因于外部力量。如《吴满有》《戎冠秀》《张初元的故事》《原动力》等文本中拯救劳动英模的外部力量，主要指向革命或政治力量，有八路军、共产党、毛泽东领导下的民主政权、男性干部及妇女工作者等，他们是劳动英模"翻身把歌唱"的缔造者和解放神话得以完成的领路人。其次才是他们的主体因素，如劳动的热忱和集体主义精神等。这样叙写主要是为了确证新政权的政治合法性和道德正义性，"权力要想成为权威——要使自己合法化、合理化，主要看它对所辖集团的福利所做出的贡献……更普遍地说，可以认为，权力要证明自己的正当性，就必须维持集体安全和繁荣的状态……权威的合理性，则依其对负有责任的义务

---

① 周扬：《谈文艺问题》，《周扬文集》第一卷，人民文学出版社1984年版，第502页。

的履行情况而定"①。正是新生的革命和政治力量打倒或削弱了压迫劳动者的敌对势力，帮助劳动者获得了生产资料的所有权，从而使之具有了主人翁精神，迸发出强大的劳动热情，开启了全新的人生局面。

除了个体英雄的"成长"模式外，延安文学对劳动英模的叙写，还有个体英雄和集体模范"相结合"的叙事模式。小说《模范班》《"四斤半"》，话剧《红旗歌》，歌舞剧《烧炭英雄张德胜》等均采用了这种叙事模式。"相结合"叙事模式的情节结构可概括为：出现分歧—团结后进—共创先进。故事的矛盾冲突主要集中在"先进如何感化落后，个体英模如何带动平庸集体"②，故事的开始往往是先进个体与落后人物之间因劳动态度、责任感、荣誉感等不同而产生矛盾、分歧，之后先进人物知难而上，通过自身完美的道德人格示范和对落后者耐心的说服教育，影响、改造了落后人物，最终英模人物被所有人认可并奉为表率，而英模人物与普通工农兵之间的差异也逐渐消失，群体成员团结一致，共同迈向集体模范之路。如展现部队生活的《模范班》描写了军中劳动英雄张治国和其领导的模范集体，最后团部颁发了两面新的锦旗，一面上写着"模范班"，另一面属于张治国个人，写着"培养英雄的英雄"，这暗示了模范人物在道德上的源源不断的生产力：从一个人可以变成一个班，从一个班还可以变成一个排……③另外，工人先进分子和先进集体也在延安文学中开始出现，如以描写纱厂的劳动竞赛为背景，先进工人改造落后工人，最终集体赢得流动红旗的《红旗歌》。"相结合"的叙事模式在主题内容方面体现出鲜明的意识形态色彩，不仅推崇英雄主义，更着力凸显了物质生产领域中的集体主义精神，它没有将个体英雄与集体英雄、先进者与落后者、个性主义与集体主义绝对对立起来，而是注重它们之间的结合或转化，"强调个人模范与集体模范相结合，先进的帮助落后的，英雄带动大家，这才是真正新的集体主义的英雄主义"④。这也正是革命和建设时期中共现实的迫切需要和极力弘扬的伦理准则。

---

① [美] 詹姆斯·C. 斯科特：《农民的道义经济学：东南亚的反叛与生存》，程立显、刘建等译，译林出版社2001年版，第232页

② 李洁非、杨劼：《解读延安——文学、知识分子和文化》，当代中国出版社2010年版，第247页。

③ 同上。

④ 周扬：《论红旗歌》，《人民日报》1950年5月7日。

延安文学塑造劳动英模形象的两种典型的叙事策略,带有较为明确的意识形态诉求,彰显了中共及其领导下的民主政权的合理性、合法性和伦理正义性,而且有助于实现劳动群众思想领域的"去蔽",打碎他们旧的劳动、英雄和私有观念,配合历史和政治运动中的生产动员、土地改革、接收工厂等革命举措,"'组织'人民群众,并创造出这样的领域——人们在其中进行活动并获得对其所处地位的意识、从而进行斗争"①。同时在艺术上对后世文学产生了重要影响,很大程度上促成了"十七年文学"中英雄叙事的基本范式。

　　延安文学中劳动英模形象的创构,是时代、社会、政治、文化等多元因素作用的结果,也是延安文艺工作者响应中共号召,进行意识形态生产和建构的重要体现。意识形态的诉求与通俗化的文艺形式相结合,劳动英模形象使人民群众在审美狂欢中转变了劳动、英雄和私有观念等,实现了对新政治、新政权和新文化的认同,并激发出他们改造社会历史现实的精神伟力。但另一方面,政治意识形态的规约也使劳动英模形象的塑造出现了某些艺术轨道上的偏离,如形象的扁平化、类型化、叙事情节的模式化等。新中国成立后,政治意识形态期望借助劳动来构建理想的乌托邦,劳动在社会和文学中都被提升到前所未有的高度。在文学世界里,高大全式的扁平化的劳动英模形象频现于作家笔端,如柳青的《创业史》中的梁生宝、赵树理的《实干家潘永福》中的潘永福等;劳动女性也越发呈现出"雄强化"的倾向,如柳青的《创业史》中的徐改霞、王汶石的《黑凤》中的黑凤等。到了20世纪80年代,人们对于劳动的热情锐减,劳动失去了原本的价值中心地位。"劳动人民"这个曾经无上光荣的称号也随着市场经济的发展,国家意识形态的重心转移,逐渐缩减为"底层"的代名词。② 现如今,劳动时代已然远去,文学中的劳动精神和劳动意识也越发微弱,"劳动特别是体力劳动的力与美逐渐从小说视域中淡出,文学家们很少再去直接表现劳动的主体,也不愿意花费笔墨去描写劳动的场景、劳动的过程和劳动的技能","文学题材越来越'小',体力劳动渐行渐

---

　　① [意]安东尼奥·葛兰西:《狱中札记》,曹雷雨等译,中国社会科学出版社2000年版,第292页。
　　② 卞秋华:《作为叙事的"劳动":1950—1980年代初中国小说研究》,博士学位论文,南京师范大学,2013年,第105页。

'远'"。① 而回溯延安文学中劳动英模形象的塑造，可以窥见延安文学与政治意识形态以及"十七年文学"的密切关联，也可为新世纪文学的底层书写提供某些可资借鉴的经验、教训。

[原载《海南师范大学学报》（社会科学版）2015年第12期]

---

① 谭桂林：《文学当重新书写"劳动"》，《人民日报》2012年9月14日。

论解放区前期文学中知识分子的自我批判

秦林芳[*]

自抗战爆发至1942年5月延安文艺座谈会召开，在解放区前期文学中，许多作家对"知识分子"的批判已然展开。因为批判主体的自身身份是知识分子，所以，这种批判在性质上就成了一种知识分子的自我批判。有关解放区后期文学中知识分子批判、改造的问题，已引起了学界广泛的关注和深入的探究，但是，对于解放区前期文学中知识分子的自我批判，迄今却鲜有系统的探讨。为了还原历史真实，也为了深入理解解放区前、后期文学的内部关联，本文将以解放区前期文学中的相关作品为考察对象，以其中所着意呈现的知识分子与民众的对比关系为基本视角，对这一问题做出集中的梳理和分析，以求方家指正。

一

知识分子与民众的关系一向是中国现代文学界乃至整个政治界、思想文化界所关注的重要问题之一。抗战爆发后，动员民众为抗战服务成为一个非常急迫的现实问题。因此，知识分子必须"走进现在的广大的民众中间"以发挥其作用，也成了那个时代的主流认知。1939年5月，毛泽东就知识分子问题先后发表两篇文章，肯定"在中国的民主革命运动中，知识分子是首先觉悟的成分"，热切希望他们"到工农民众中去，变为工农民众的宣传者和组织者"[①]，以此切实承担起"把占全国人口百分之九十的

---

[*] 作者单位：南京晓庄学院文学院。
[①] 毛泽东：《五四运动》，《毛泽东选集》（一卷本），人民出版社1964年版，第546、547页。

工农大众，动员起来，组织起来"①的责任，代表了当时解放区主流政治界、思想文化界对知识分子地位和作用的认识。解放区其他一些代表性人物所持观点与毛泽东的论断是一致的。在知识分子中的"文艺人"（作家）与"民众"的关系上，艾思奇强调前者是后者的"教育"者。虽然他也要求前者向后者"学习"，要"学习他们的生活，思想，以及言谈"，但是，在他看来，"学习"只是"文艺人""拿民众自己的东西来加以精制"的手段，其最终目的还在"还给民众""教育民众"②。

在当时的历史语境中，所谓"民众"主要包括农民和主要由农民武装起来的士兵。对于知识分子与这两种民众的关系，周扬以新文学演变历程为背景、以知识分子中的"文艺人"为例，分别做出了具体的论述。其基本观点为：知识分子承担着"改造"民众与鼓舞民众的重任，其履行职能的重要途径和方法是"深入现实"、深入民众。他看到，随着抗战的爆发，新文艺的中心从大都市迁移到了广大农村和小市镇。环境上的这一巨大变化，促使"文艺人和广大民众，特别是农民进一步地接触了"；文艺人需要"向现实更深入"，一方面是为了"直接向现实生活去找原料"，另一方面也是为了"改造"环境和"大众"、使新文艺承担起"向大众方面改造"的重任③。有感于"发扬民族的积极精神的作品"之"可怜的稀少"，周扬还要求"文艺人"打破自己"生活的限制性"，号召他们"到前线去""和战争结合"，以"吸取不尽的丰富材料"来展示"中国现实的积极面，中华民族力量的储藏量"，借此"坚定读者的胜利信心"④。周扬鼓吹"发动和组织作家到前线去"，是艾思奇号召"文艺人""走进现在的广大的民众中间"的一种具体形式，其目的最终也在于通过对于日渐增长的民族抗战力量的透视来鼓舞民众的信心。

作家们对主流政治界、思想文化界"走进民众"的号召做出了积极的响应。他们中的一些人以平视的角度，一方面挖掘并展示了民众中所蕴藏着的积极力量，以此来激发民众的抗战热情，另一方面则承担起了"教育民众"的责任，对他们身上所遗留的精神痼疾进行了剖析。例如，对于其

---

① 毛泽东：《青年运动的方向》，《毛泽东选集》（一卷本），人民出版社1964年版，第553页。
② 艾思奇：《旧形式运用的基本原则》，《文艺战线》第1卷第3号，1939年4月。
③ 周扬：《对旧形式利用在文学上的一个看法》，《中国文化》创刊号，1940年2月。
④ 周扬：《我们的态度》，《文艺战线》创刊号，1939年2月。

中的"士兵",他们是既有赞赏也有剖析的。何为的小说《大地的脉息》(1940年6月作)和马加的小说《过梁》(1941年7月作)分别刻画了一个新四军战士和一个八路军通讯员的形象,通过揭示他们"总要为人民大众做些有益的事情"的情操和"肯对自己的工作负责"、不怕牺牲的精神,勾画出了中国抗战的脊梁、呈现了抗战必胜的希望。而吴奚如的散文《运输员》[①] 和丘东平的长篇小说《茅山下》(1941年7月作)所取角度则与上述作品有所不同,它们揭露了军队内部的矛盾和官兵身上的缺陷。前者通过对一个老红军出身的八路军士兵与青年学生争坐三等车厢的描写,对其头脑中潜藏着的"农民底平等观念"进行了剖析;后者通过对新四军某部那个工农出身的参谋长郭元龙复杂性格的塑造,批判了他的游击习气和对知识分子的偏见。徐懋庸在总结抗战四年来华北敌后文艺界的成绩时指出,文艺"在群众当中,在军队里发生了宣传与教育的作用……改造了军队与民众的思想"[②]。

但是,在"走进民众"的过程中,却也同时发生了这样的现象:在不少作家那里,原本作为手段的"向民众学习"却成了目的,原本应该作为目的的"教育民众"却演变成了知识分子的自我教育和自我批判。一般说来,当作家以上述平视角度对民众进行客观书写时,其内容和基调不论是"赞赏"还是"剖析",作家作为主体还是保有其独立性的。而当其书写视角由平视变为仰视时,作家自己即已与民众形成了对照,这样,民众的形象越是高大,作家(知识分子)作为其反衬必然变得越是卑微。邵子南的叙事诗《骡夫》[③] 典型地演示了这种视角的变化。

诗歌叙说"一个诗人坐在山坡上和我讲"的"晋察冀边区政府的一个饲养员的故事"。故事中的那个骡夫,是一个六十多岁的单身汉。在作者笔下,这个"一辈子流着热汗的农民",却表现出了一种"辉煌的性格"。他自愿为政府当了骡夫,骡子也交给了公家,并且亲自喂养;在捐献救国献金时,他把他靠"辛勤工作"积攒下来的钱全部交了出来。本来,歌颂这样舍己为公的品质,也未必一定导致作者主体性的缺失。但是,作者在

---

① 《七月》第2集第5期,1938年3月。
② 徐懋庸:《我对于华北敌后文艺工作的意见》,《华北文艺》第5期,1941年9月。
③ 阮章竞主编:《中国解放区文学书系·诗歌编》(一),重庆出版社1992年版,第644—648页。本诗作于1939年9月。

整体运思中却设计出了一个巨大的反转。诗歌起首写到，一个诗人"向我叙述一个故事"；最后，它以"这样的人（指骡夫——引者）的性格，／才真是诗篇的主人，／——诗人向我又这样说"结束全篇。"诗篇的主人"本是那个"诗人"。但在那个"诗人"心中，被叙说的骡夫凭着如此"辉煌"的性格，顿时就反转成了叙说者。在诗后所附"说明"中，作者写道："那时我们的思想水平低得很，对农民还没有一个明确的看法，一听之下，很感动，所以尽量按着原来的样儿写，想保存那样的一个骡夫的面貌。"正是这种"感动"的心情，导致了对仰视角度的使用，并进而导致了作者（包括那个诗人）主体性的缺失。

当然，诗歌《骡夫》所表现出来的主要还在于作家心态以及描写视角的变化。但是，作家们一旦使用了这种仰视角度，那么在具体描写时就必然会进而对知识分子与民众做出切实的比较，并表现出鲜明的褒贬扬抑的情感态度。构建出这种对比关系，是解放区前期文学中知识分子进行自我批判的最重要的方式。从这种对比关系的构建中，我们也最能看出知识分子自我批判的深度和力度。在解放区前期文学中，用以与知识分子作比的民众，有"农民"和"干部"。1938 年冬，沙汀作《贺龙将军印象记》，记述了他在前往冀中之前对贺龙的采访。在接受采访时，贺龙坦言自己就是农民，"到了今天我的生活还没有和农民脱离"，表示自己"不赞成一般人看待农民的偏见"。沙汀从他身上也看到了"农民的优良成分：朴实，亲切，并且热烈地爱好着劳作"。如果说沙汀此时尚因未及深入"农民"，所以对"农民"的如此认识还更多地停留在观念层面的话，那么，稍后与他一起到过冀中前线的何其芳则痛切地感受到了自己与"农民"的差异。1945 年何其芳在回忆当年到前线后的情况时，发自内心地慨叹过自己"在前方是一个没有用处的人"①。其所谓"没有用处"，其一便是在与当地"老百姓们"的比较中表现出来的。他的散文《老百姓和军队》写八路军一个主力团奋力打破敌人围攻，取得了胜利，自己因为手臂摔伤，没到那个团去慰问。他意识到，即使自己去慰问，也只能"用一些空话"，而老百姓们则用大车载着猪、羊、毛巾去慰劳。由此，他深深感到，"倒是老

---

① 何其芳：《〈星火集〉后记一》（写于 1945 年 1 月），《诗文学丛刊》第 1 辑《诗人与诗》，1945 年 2 月。

百姓们的慰劳对战士们更有用一些"①。

与何其芳的这篇散文相似,黄既的小说《老实人》② 也设计出了这种对比式的结构,对比的双方是行伍出身的"干部"——管理员谢宝山和知识分子出身的"我"。谢宝山文化不高,言语不多,却埋头苦干,任劳任怨。对于到炭窑去烧炭的工作,"每个人都蹙眉头"。而他一到冬天,就带领着一些人去做烧炭、运炭的工作。烧炭工作没有完,其他人一个个都走掉了,"剩下的工作,就只有自己来做"。对此,他既不会发脾气,也不会难过。为了找运炭的运输工具,雪天里,他一早出发,跑了一天,以致冻坏了身体。对于谢宝山的所作所为,"我"时刻以知识分子的眼光予以关注和打量。"我"一再探究过谢宝山的"原动力",是不是"为了什么名誉心或是领袖欲"、是不是"为了生活的舒适"？但是,"我"最终对此一一做出了否定,这也意味着"我"同时否定了自己的知识分子的价值观、那种"从旧圈子带来的成见"。小说以这种对比结构具体呈现了"我"与谢宝山在价值观上的巨大差异,在展示"民众"形象之高大的同时显露出了知识分子的狭小。

二

当然,在解放区前期文学中,用以与知识分子作对比的,最重要的还是"士兵"。在当时的战争环境中,由于"士兵"处在战争的第一线、能够直接发挥消灭敌人的特殊作用,所以,更受到了许多作家的追捧——不少人甚至还萌发过从军的愿望。从 1937 年 12 月底开始,周立波作为战地记者,曾赴华北抗日前线。他强烈感受到"一个多月的战地生活,使我变成了一个不同的人",因此,他兴奋地写信告诉周扬:"我打算正式参加部队去。……我将抛弃了纸笔,去做一名游击队员。"③ 与周立波一样,何其芳也有较强的"士兵"情结。从冀中返回延安以后,"当我因为碰上了工作中的困难而烦恼,/当我因为疲乏而感到生活是平凡而且单调",他就把

---

① 何其芳:《老百姓和军队》(写于 1939 年 9 月),香港《大公报·文艺》第 800 期,1940 年 3 月 15 日。
② 《解放日报》1941 年 7 月 28 日。
③ 周立波:《战地日记》,上海杂志公司 1938 年版,引自黄钢主编《中国解放区文学书系·报告文学编》(二),重庆出版社 1992 年版,第 1317、1321 页。

自己当作"一个兵士,/一个简简单单的兵士",把自己的工作比作是兵士"在攻打着一座城堡""在黑夜里放哨"。①

对于"士兵"的推崇以及对于知识分子身份的不满外化到文学创作中,必然会引发"士兵"与知识分子的鲜明对比。这方面值得关注的小说有丁玲的《入伍》和雷加的《帽子》。在总体构思上,他们将"士兵"与知识分子置于瞬息万变的战斗环境中,以二者之间的矛盾冲突为主线,分别对二者的行为与性格进行描写,并使之形成了强烈的对比。《入伍》是丁玲1940年春天写就的,关于小说的立意,丁玲后来做过这样的说明:它"是写知识分子到我们部队参加革命的。但那篇小说是讽刺这种知识分子的。这种知识分子不可爱,部队里面农民出身的红小鬼才是好的,我们应该向那个红小鬼学习"②。小说调用多种艺术手段,塑造出了"徐清"这样一个否定性的知识分子形象。在徐清等三个被称为"新闻记"的知识分子登场亮相之时,作者就以红小鬼杨明才为视点揭示了他们作为"另外一种人"的喜标新立异、好夸夸其谈的群体性特征。为了自己能有"更大的前途",徐清主动要求到团部去,杨明才奉命担任护送工作。途中,他们与鬼子不期而遇。此时,徐清惊慌失措,而杨明才则以自己的机智勇敢将徐清带了出去。显然,徐清从外形、行动到内在心理的另类性、异质性,均来自"知识分子"与"士兵"的对照。客观地说来,将作为不同社会群体的"知识分子"与"士兵"相对比,他们是既各有其优势也各有其不足的。究竟孰优孰劣,或者准确一点说,他们哪一方面优哪一方面劣,还要看比较者自己所取的比较角度和价值立场。作者将徐清和红小鬼杨明才作对比描写,在情感态度上一味贬抑前者、褒扬后者。这恰恰说明,作这一对照的作者不是站在"知识分子"那一边而是站在"农民"和"红小鬼"这一边的。

在丁玲的《入伍》发表半年多以后,雷加于1940年12月在延安创作了《帽子》。与《入伍》的虚构情节不同,《帽子》的情节是有所本的。那就是丁玲本人在西北战地服务团活动期间的一段经历。丁玲在1937年冬所作散文《冀村之夜》③中,对此有所记述;丁玲本人在她的窑洞里也向

---

① 何其芳:《我把我当作一个兵士》,《解放日报》1941年12月8日。
② 丁玲:《读生活这本大书》,《丁玲全集》第8卷,河北人民出版社2001年版,第464页。
③ (香港)《文艺阵地》第2卷第7期,1939年1月。

雷加讲述过"她的前线的生活"和这个"故事"。因此，雷加称"这篇小说是丁玲传记的一部分，是丁玲生活中一个真实的事件"。但是，事实上，小说对这个故事本身进行了颠覆性的修改和升华。《冀村之夜》所写为1937年10月西北战地服务团从太谷县向东赴和顺县的途中与溃兵遭遇的经过，着重描写"我"如何以"统一战线原则"平息了风波，其中，负责找住所的"管理员"只是一个极其次要的人物，丁玲对之只作了一句话（"本是一个老革命，长征过来的"）的介绍。但是，到《帽子》中，主要人物和主要事件都发生了巨大的变化。那个"管理员"一跃成为小说的主人公，而主要事件则转为"管理员"与团里的知识分子的冲突。用雷加自己的话说，小说是"以这个管理员长征干部武刚一条线贯穿下来的。我喜爱武刚这个人物。无疑地我在创作中发展了他。……武刚同知识分子之间的矛盾也被我强化了，甚至由隔阂引起了猜疑"[1]。小说中的武刚是四方面军的老战士，三十上下年纪，担任了一个戏剧团体的管理科长。他办事干练，工作认真，讲究纪律和原则，在全体大会上甚至敢于公开批评主任"生活腐化"，显得"固执和冷淡"。这个被"我们"称为"土包子"的武刚与"爱生活，爱自由"的"我们"（知识分子）不可避免地发生了冲突。"我们"对他"怀着了难言的成见"，以至于有人提出不能把他留在团里，有人还怀疑他藏"五大洲的帽子"（即"红军帽"）的小包有他不可告人的目的。在主任孤身前去处理"逃兵"事件的危急关头，团里其他人无计可施、按兵不动，只有他不顾个人安危，化装成老百姓，主动地跟在主任后面前往，表现出了他的"英勇忠诚"。事件平息之后，他赢得了全团人的"敬爱"，至于那顶"帽子"，最后也成了他对"革命的忠诚"的见证。

几年之后，雷加对一个来源于生活的真实故事做出如此颠覆性的重写，是意味深长的。不难看出，小说中的"武刚"与《冀村之夜》中一言带过的那个"管理员"相比，除了"老革命"的身份外，其他都是生发出来的。作者之所以要"发展"出这样一个理想化的、为自己所"喜爱"的人物，其主要动机是要以之为镜子照出为自己所不喜爱的"知识分子"的缺陷，彰显并强化"士兵"与"知识分子"之间的矛盾，并以前者对后者

---

[1] 雷加：《延安世纪行》，作家出版社2007年版，第251、254、256页。

的征服与后者对前者的尊崇为结局，其意显然在于在歌颂"士兵"的同时对自己所属的知识分子阶层进行辛辣的自我批判和自我否定。

总之，将"知识分子"与"民众"（主要包括"农民"、"干部"和"士兵"）做出比较，借此"对那个时代人共同认定的知识分子惯有的诸如脆弱、胆怯、夸夸其谈、华而不实等，竭尽挖苦之能事"①，对作家们自己所属的"知识分子"群体进行批判，是上述这些作品的共同特点和价值取向。这已然蕴含了知识分子必须进行改造的诉求。这种诉求在李述的散文《愉快的心情》②中得到了更明晰的表达。文中写道，冬天太阳初升时，"我"和"一个同样是小资产阶级出身的同志"所谈论的一个重要话题就是"知识分子的改造的问题"。在他就此"滔滔的陈述着他的意见"时，太阳融化了坚冰，"水流开来，把土地润湿了"。散文以这种寓情于景、以景托情的笔法，喻示了"知识分子改造"的必要性及其光明前景。

那么，知识分子如何进行自我改造呢？对此，李述的散文没有展开。倒是丁玲与何其芳在早些时候就给出了明确的答案，那就是：要"克服自己"、铲除"个人主义"思想。早在1937年冬天，丁玲就借对一名西北战地服务团成员的回忆，提出了要"在集体中受磨炼，克服自己"的"小资产阶级意识"的命题③。三年以后，何其芳对这一命题作了更为"有理"也更为有力的展开。他首先承认，"现在我们说到知识分子，往往带着一种不好的意味"。在他看来，知识分子之所以令人"讨厌"，是因为他们在观念上受到了欧洲资本主义时期的思想的"不好的影响"，最重要的就是"个人主义"和"儿童似的自我中心主义"④。因此，他的结论自然便是：知识分子要去掉"不好的意味"，就必须铲除这种"个人主义"的思想。

对于知识分子如何去"克服自己"、铲除"个人主义"思想，晋驼在小说《结合》⑤中作了形象的展示。小说运用第一人称视角，着重描写了"我"与"老姜"的冲突。"我"原是一个中学生，在抗战爆发后到了延

---

① 许志英、邹恬主编：《中国现代文学主潮（下）》，福建教育出版社2001年版，第123页。
② 《解放日报》1941年12月15日。
③ 丁玲：《忆天山》（写于1937年冬），《丁玲全集》第7卷，河北人民出版社2001年版，第87页。
④ 何其芳：《论"土地之盐"》（写于1940年10月），《中国青年》第3卷第4期，1941年2月。
⑤ 《八路军军政杂志》第3卷第10期，1941年10月。

安,"抗大"毕业后又去了前方。他有理想、有热情,但又好高骛远、不切实际。另一个重要人物"老姜"原名李民,在故乡东北做过十年的小学教师,是"一个地方上的老党员"。五年前,为避日本宪兵的追捕逃到关内,参加了革命,当了旅部教育科的副科长,是"全旅威信最高的一个新干部"。因为对别人要求严格,得了一个"老姜"的外号。他工作勤勤恳恳,不嫌琐杂。在经历过一系列冲突之后,"我"终于意识到,"我"和他之间的差别在于:"他为了他设想着的未来,努力作目前的点滴工作;我却是为幻想而幻想未来的。他所忽略的,是他现在的个人生活;我所忽略的,却是现在的工作","我"也终于从"老姜"的教诲中明白了要"让自己的'尾巴'一天一天地缩短"的道理,表示"要从他那儿取得我所缺少的东西"。

《结合》表层写的是两种性格的冲突,但骨子里却是两种价值观的冲突。小说中的"我"与"老姜",其实都是知识分子。区别在于:"老姜"克服了"个人主义"思想,而"我"则还保留着这种思想"病根"。正如当年的评论者所指出的那样,"我""留恋着过去,幻想着未来,忽略了现在"的人生态度,"基本上是个人主义的思想";"作者显然是观察了若干小资产阶级知识分子,把他们的共同缺点综合起来,表现在这个'我'上"[①]。小说以"老姜"和"我"的转变说明知识分子是可以改造的,"个人主义"思想是可以克服的。十多年前的"老姜",是现在的"我";只要勇于改造自己,"我"也就能够变成现在的"老姜"。小说题名"结合",应该寓托着这种借改造以自新的乐观内涵。

三

综上所述,在解放区前期文学中,不少作家通过知识分子与民众的比较,对自己所属的知识分子群体进行了批判,表达了知识分子必须进行自我改造的精神诉求。应该指出的是,这种自我批判、自我改造思潮的出现,不是在外力干预下发生的,而是知识分子主动作为的结果。抗战爆发以后,为了吸引更多知识分子参加到抗战中来并发挥其作用,中共中央对

[①] 荃麟、葛琴编:《文学作品选读》上册,生活·读书·新知联合发行所1949年版,第68、67页。

知识分子采取了非常优容的政策。1939年12月，毛泽东在为中共中央起草的一份决定中，强调"对于知识分子的正确的政策，是革命胜利的重要条件之一"，因而"必须善于吸收知识分子"；他在提出知识分子要"工农群众化"的同时，也号召"工农干部"要"知识分子化"①，对知识分子不含丝毫轻视、贬低之意。1940年1月，在陕甘宁边区文化协会第一次代表大会的主报告中，张闻天强调指出："看重青年知识分子，爱护青年知识分子，争取大多数青年知识分子参加到新文化运动中来，参加到抗战建国中来，是今天所有新文化运动者的最严重的任务"；对于他们，应采取"积极帮助与同情"的方针②。随后，中央宣传部、中央文委就"正确地处理文化人与文化人团体的问题"做出十三条指示，其中第一条就是："应当重视文化人，纠正党内一部分同志轻视、厌恶、猜疑文化人的落后心理"③；总政治部、中央文委也联合发出指示，要求"对部队外来的知识分子、文艺工作者，以及文艺工作的实习考察团体，必须以极热忱的、虚心的态度去对待他们"④。各解放区对中央的指示精神予以了积极的贯彻落实。如晋西北在评述本地区的文化运动时，对在一部分人中尚存在着的"轻视、猜疑文化人的落后心理"和文化工作中的"实利主义的观点"提出了批评，并就改善"文化人的生活需要"提出了明确要求⑤。在这种优容知识分子政策的导引下，知识分子在军队和社会上均享有较高的地位和声誉。刘白羽在前线时就感觉到，"在八路军中间，一贯的，对于做文化工作的人们，是非常看得起的，有一点敬意的"⑥。新四军政治部主任邓子恢在谈到华中地区的文化工作时，也表达了对"文化干部"的敬意和"希望中央派些文学艺术家来"的要求⑦。就是对自我知识分子身份相当不满

---

① 毛泽东：《大量吸收知识分子》，《毛泽东选集》（一卷本），第612、613页。
② 洛甫（张闻天）：《抗战以来中华民族的新文化运动与今后任务》，《解放》第103期，1940年4月。
③ 中央宣传部、中央文化工作委员会：《关于各抗日民主根据地文化人与文化人团体的指示》，《共产党人》第12期，1940年12月。
④ 总政治部、中央文委：《关于部队文艺工作的指示》，《八路军军政杂志》第3卷第2期，1941年2月。
⑤ 常芝青：《一年来的晋西北新文化运动》，《抗战日报》1941年1月4日。
⑥ 刘白羽：《彭雪枫》，原载《八路军七将领》，上海杂志公司1938年，黄钢主编：《中国解放区文学书系·报告文学编（一）》，重庆出版社1992年版，第63页。
⑦ 波人：《邓主任印象记》，《拂晓报》1941年6月15日，黄钢主编《中国解放区文学书系·报告文学编》（二），重庆出版社1992年版，第912、913页。

的何其芳也听到一个与工人有过接触的同志说过,"工人同志们并不轻视知识分子,并不像知识分子那样轻视知识分子"①。

从上述材料中可以看出,从延安到各解放区,政治界、思想文化界对于知识分子作用、地位的主流认知是积极肯定的;知识分子在军队和社会上是比较受人敬重的。因此,在解放区前期文学中,对知识分子缺陷的如上省察、发掘和批判,不是一种外力作用的结果,而是由知识分子自主掀起与展开的。他们之所以要做出这种自我批判,显在的原因是他们自己作为知识分子从感性层面到理性层面对于知识分子缺点都有着较为深切的认识。史轮是西北战地服务团的一个年轻成员,他从感性层面对通讯股的那些所谓"作家""总有点别致"的做派曾经作出过这样的描写:"他们不但在衣帽上,床铺上表露特殊的作风,就是在言论、行动上也老是异乎'常人'";他们说话不着边际,行动自由散漫,列队前进时步伐中总是发出不和谐的"怪音"。作为西北战地服务团的主任,丁玲从通讯股成员围着篝火跳舞的情形中也看出了"知识分子的易感性和找刺激,求一时狂欢以忘记他暂时的烦闷"的特性,她认为,一个坚强的革命家决不至于这样发泄"私人的感情"。② 何其芳在《论"土地之盐"》中则进一步运用阶级分析理论对知识分子的缺点作出了比较深入的理性分析,对史轮和史轮笔下的丁玲对知识分子缺点的感性认识做出了深化。他指出:"知识分子是一个特殊的,没有独立性的阶层,是一个摇摆于旧的营垒与新的营垒之间的阶层,是一个在某些关头显得软弱无能,容易迷失,甚至于可耻的阶层。"

从一般的意义上来说,知识分子作为社会上的一个群体,与其他社会群体一样,既具有自己的优势,也必然有着自己的不足,这些不足,用康德的话说,就是"自己所加之于自己的不成熟状态"。而既然存在着不足,自然也就可以成为"理性"批判的对象。这不仅是合理的,也是必要的。这是因为知识分子只有"公开运用自己理性"③ 来进行自我启蒙、来践行严格的自我批判,才能摒弃应该摒弃的、坚守应该坚守的、弘扬应该弘扬

---

① 何其芳:《论"土地之盐"》(写于 1940 年 10 月),《中国青年》第 3 卷第 4 期,1941 年 2 月。

② 史轮:《丁玲同志》(写于 1938 年 5 月),西北战地服务团集体创作:《西线生活》重排本,生活·读书·新知三联书店 2014 年版,第 172—173、180 页。

③ 参见康德《历史理性批判文集》,何兆武译,商务印书馆 1996 年版,第 22、24 页。

的，也才能借此"脱离"不成熟状态、保持知识分子的应有品格。在此意义上，践行自我批判本身其实也是对知识分子理想品格的一种期待和建构。

解放区前期文学中知识分子的自我批判，确实在一定程度上也反映了他们建构知识分子理想品格的努力。从形式上来看，他们的自我批判承续了"五四"启蒙主义的自我启蒙传统。作为"五四"启蒙主义者的杰出代表，鲁迅以锐利的文化批评、社会批评和蕴藉深厚的小说，深刻挖掘传统文化病根、激烈抨击各种社会乱象，以此来启蒙民众，但他没有忘却"改造自己"的任务，并将此视作"改造社会，改造世界"的前提①。在杂文集《坟》出版时，他在后记中坦言："我的确时时解剖别人，然而更多的是更无情面地解剖我自己。"②鲁迅对"改造自己""解剖我自己"的强调，代表了"五四"许多启蒙作家共同的精神追求。在"五四""自剖文学"中，许多作家在描写自我欲望的同时，对自我缺陷也进行了重点的暴露。在这种负面的"自剖"（自我批判）中，"五四"启蒙作家各自流露出来的是对如何成为一个理想的、健全的启蒙主义者的正面思考。解放区前期文学中进行自我批判的作家继承了"五四"启蒙文学的这种"自剖"传统，在他们严苛的自剖中也同样寄托着自己对知识分子理想品格的设计和追求。从动机上看，他们以严苛的自剖来建构理想品格的努力，是富有超越现实功利的理想主义色彩的。

但是，不得不承认，这种相似仅仅是形式上的。而在最根本的价值立场上，解放区前期文学中进行自我批判的作家则迥别于"五四"启蒙作家。其主要原因就在于前者的基本价值取向是崇仰"民众"、贬抑知识分子，并把与知识分子形成对比关系、处在另一极上的"民众"视为自己所要追蹑的人格典范和行为楷模，其中所显现出来的是一种非启蒙主义的立场，而后者则是从知识分子自身立场出发，高擎着的是启蒙主义的思想旗帜。这里不妨以丁玲的《入伍》和叶圣陶1925年初发表的《潘先生在难中》为例作一个简单比较。如上所述，前者通过徐清与红小鬼的对比，将重心落在了"讽刺知识分子"和赞美"农民出身的红小鬼"上面。需要进

---

① 鲁迅：《热风·恨恨而死》，《鲁迅全集》第1卷，人民文学出版社1981年版，第360页。
② 鲁迅：《坟·写在〈坟〉后面》，《鲁迅全集》第1卷，人民文学出版社1981年版，第284页。

一步指出的是，丁玲对知识分子的讽刺不是从知识分子自身立场出发的，而是从"人民的立场"出发的，小说因此在性质上也就成了一篇"从人民的立场看文化人的作品"①。后者虽然对同样具有知识分子身份的潘先生也进行了辛辣的嘲讽，对其卑怯、苟安的奴性人格也作了深刻的揭露，其嘲讽、揭露的力度甚至超过了前者，但是，从性质上来看，小说显示出来的恰恰是对知识分子独立人格和自由精神的呼求。叶圣陶隐含在小说深处的这种价值立场，其性质无疑是启蒙主义的。

四

在解放区前期文学中，作为知识分子的作家在发掘自身缺点时所显现出来的价值立场与五四启蒙作家全然不同。这种价值立场的偏移之所以发生，主要源于他们所奉行的实用理性，或者说，是因为实用理性的潜在作用，才引发了他们对自身缺点的如此认知和价值立场的如此偏移。李泽厚认为："中国的思维乃至中国文化都与实用的东西联系得比较密切……实用理性以儒家为主体，其他各家也是。"② 这些知识分子受实用理性的浸淫很深，重视经世致用，强调一切价值都要在为现实服务（"用"）的过程中实现。正是在这里，他们又表现出了极端推崇现实功利的倾向。这种倾向无疑是与理想主义相抵触的。换句话说，他们践行自我批判，在动机上，表现出了建构知识分子理想品格的努力，因而具有超越现实功利的理想主义色彩。但是，在结果上，他们却在实用理性的作用下又将之导向了对现实功利的追求，这不可避免地形成了一个巨大的悖论。自然，在当时的战争环境中最大的"用"，便是用"武器"打击敌人、消灭敌人。莎寨在小说《红五月的补充教材》③ 中写到指导员鼓励战士武必贵学习文化，其着眼点便是这样的"用"。他说："同志，枪固然能直接去打敌人，笔也一样能打敌人。"辛冷的报告《钢笔的故事》④ 中的那个小勤务员同样也将文化

---

① ［日］尾坂德司：《丁玲三、四十年代的文学活动》，孙瑞珍、王中忱编：《丁玲研究在国外》，湖南人民出版社 1985 年版，第 235 页。
② 李泽厚：《中国思想史杂谈》，《走我自己的路》，生活·读书·新知三联书店 1986 年版，第 210 页。
③ 《文艺突击》第 1 卷第 4 期，1939 年 2 月。
④ 此为《冀中一日》中的一篇。黄钢主编《中国解放区文学书系·报告文学编》（二），第 1223 页。

的象征——"笔"武器化了,认为"在八路军里钢笔跟枪一样重要的!……笔和枪一样都是我们的武器"。对于指导员和小勤务员所强调的"用"("打敌人"和作"武器"),作者自己显然也是完全认可的。

与莎寨、辛冷一样,在解放区前期文学中发起自我批判的其他知识分子也都是以"打敌人"(以及直接间接地为"打敌人"服务)这样的"用"作为其臧否人物的价值标准的。在他们看来,凡是能够切实发挥这样的"用"的人物,均值得肯定和赞美。何其芳的《夜歌(六)》[①]讴歌前方的兵士,是因为他们有"用"——他们像大禹和墨翟一样地"坚持地为人民做事","不是空口谈说着未来,/而是在为它受苦,/为它斗争"。而前文所述及的那些描写并赞美与知识分子形成鲜明对比之"农民"、"干部"和"士兵"形象的其他篇什,其着眼点也在他们的有"用"。相反,凡是不能有效地发挥这种"用"的,则均为空疏无用之辈,是必须加以否定和批判的。而"百无一用"的"书生"(知识分子)恰恰就成了这种空疏无用之辈中的代表。在他们眼中,知识分子虽有文化,但往往志大才疏、华而不实,缺乏担当精神,不能像"农民"、"干部"和"士兵"那样切实有"用"。于是,这样的"知识分子"自然就成了这些知识分子作家嘲弄和批判的对象。

解放区的知识分子奉行实用理性,所继承的是一种"以儒家为主体"的古老传统,同时也是一种现代的传统。这种现代的传统就是"五四"时期出现的、与启蒙主义相对的、重物质上可见之"用"的实用理性。如上所述,解放区的知识分子践行自我批判,在动机上,继承的是"五四"启蒙主义;而在自我批判展开的过程中,他们却又利用了这种注重实用的现代传统的思想资源。1918年11月,蔡元培发表了题为《劳工神圣》的演说。当时,他对"劳工"做出了这样的界定:"凡是用自己的劳力作成有益他人的事业,不管他用的是体力、是脑力,都是劳工。"但是,在稍后掀起的"劳工神圣"的热潮中,"五四"领袖们对"劳工"一词却做出了狭义的理解,所指仅为"作手足劳动的人",而将脑力劳动者排除在外。陈独秀指出,"只有做工的人最有用最贵重","若是没做工的人,我们便没有衣、食、住和交通,我们便不能生存。如此,人类社会,岂不是要倒

---

① 何其芳:《夜歌》(六),作于1940年12月24日,初刊《诗文学》丛刊第2辑,1945年5月。

塌吗？"① 李大钊也认为："凡是劳作的人，都是高尚的，都是神圣的，都比你们这些吃人血不作人事的绅士、贤人、政客们强得多"②；他称"那不劳而食的知识阶级，应该与那些资本家一样受排斥的"③。他们在反省劳心与劳力、知识分子与体力劳动者的关系时，以物质上的可见之"用"为标准，在充分肯定体力劳动和体力劳动者价值的同时，对脑力劳动的结果（知识）和从事脑力劳动的主体（知识分子）做出了决然的否定；这样，"神圣"的就只能是体力劳动者，作为脑力劳动者的知识分子则不但与"神圣"无缘，甚至还因其"不劳而食"而成了被"排斥"的对象。

在"五四"倡言"劳工神圣"的高潮过去以后，这种重物质上可见之"用"的思潮在20世纪30年代的思想文化界仍然衍生不息、不绝如缕。叶圣陶的那部被茅盾誉为做了"'扛鼎'似的工作"④的长篇小说《倪焕之》与20年代中期发表的《潘先生在难中》相较，其价值立场已然发生了从启蒙主义到注重实用的重大嬗变。小说通过对主人公倪焕之心理活动的描写，赞赏了"青衣短服的朋友，以及散在田野间的农人"的"伟大"，同时，以"而我，算得什么"的慨叹及其最后凄然而终的结局，表现了"我"以及自己所属的群体——"读饱了书的人"的"不中用"和不足道。不难看出，这部在20世纪30年代较早出现的长篇小说，在知识分子与体力劳动者关系的认知上仍然沿袭了"五四"领袖们的观点。

1937年全面抗战爆发以后，救亡图存成了最为迫切的时代任务。传统的实用理性借此更有了大行其道的空间。在思考有"用"于时代之路径时，对于以何种方式来发挥自己的作用，在解放区的知识分子中出现了歧见。其中，一部分人更看重自己对于民众的组织、教育作用，认为启蒙对于抗战有其独特的价值。这种认识其实与主流政治界、思想文化界的认知也是相吻合的。而另一部分则在"深入民众"的过程中，发现真正对抗战有"用"的不是知识分子而是民众。与那些有"用"的"民众"相比，他们痛切地感到了知识分子的志大才疏、空疏无用，于是一种自惭形秽的心理便油然而生——他们为自己不能直接从事救亡工作、"不能拿起武器

---

① 陈独秀：《劳动者的觉悟》，《新青年》第7卷第6号，1920年5月。
② 李大钊：《低级劳动者》，《新生活》第22期，1920年1月。
③ 李大钊：《"少年中国"的"少年运动"》，《少年中国》第1卷第3期，1919年9月15日。
④ 茅盾：《读〈倪焕之〉》，合订本《文学周报》第8卷，1929年7月。

和兵士们站在一起射击敌人"而"惭愧"不已①。于是，在实用理性的作用下，他们的自我批判就不能不导致在知识分子与民众关系上抑此扬彼倾向的出现。应该看到，在民族危亡关头，他们对传统实用理性的继承是表现出巨大的爱国热忱的。但是，他们似乎又在不经意间忽视了知识分子所应履行的社会职能以及履职方式上的特殊性，并进而造成了对"知识分子的尊严"的打击，导致了解放区前期文学中知识分子自我批判现象的发生和蔓延。

总之，解放区前期文学中知识分子的自我批判，从传统的实用理性出发，主要以"民众"为参照，大体涉及了知识分子群体的性格、心理、价值取向及其思想根源等，较早提出了"知识分子改造"的重要命题。它在一定程度上客观地表现出了知识分子的弱点和不足，也表现出了建构知识分子理想品格的主观努力，但由于在自我批判展开的过程中单一地以可见之"用"为标准进行取舍，所以，在结果上，又导致了批判者知识分子价值立场的偏移，并进而导致了对知识分子群体的过苛的指责以及对其社会作用和社会职能的不应有的否定。

1942年5月，随着延安文艺座谈会的召开，解放区前期文学结束，后期文学开始。从那以后，在外力作用下，"改造"成了知识分子的重要使命。前期文学中的"自我批判"，由此演变成了"批判"。后期文学中虽然也有"自我批判"，却是在"批判"的整体氛围中发生的，因而本质上也是一种"批判"。对于作家而言，解放区前、后期文学在知识分子批判问题上虽有方式上的主动与被动之别，但是，在内容上却是一脉相承的。尤其是前期文学中对知识分子的"尾巴"和"个人主义"思想的揭露和批判，更成了后期文学批判和改造知识分子的重点。后期文学中，外力对知识分子的规训有其特定的政治背景和现实因素，但是，前期文学中的"自我批判"事实上也为之提供了历史的关联和线索。

（原载《文学评论》2016年第5期）

---

① 何其芳：《一个平常的故事》（写于1940年5月），《中国青年》第2卷第10期，1940年8月。

四 延安美术

抗战时期延安版画家作品个性与民族化的探索研究

李 夏[*]

延安木刻版画的民族特色画风，是抗日战争时期在延安的革命环境中，在共产党领导下的延安艺术家们深入北方农民和抗日战士当中体验生活，同时又充分汲取有浓郁地域特色的黄土民间文化和艺术，从而逐渐形成的具有强烈的斗争性、政治倾向性和鲜明的民族特色的艺术风格。

抗战爆发后，许多爱国美术青年怀着投身祖国民族解放事业之心，从全国各地奔赴延安。在艰苦的战争岁月里，他们积极投身于革命美术的实践活动，同时，他们还积极地为革命队伍培养了大批的优秀的美术创作人才。抗日战争时期的延安木刻版画家，主要是由他们组成的。他们在抗战时期的延安这样的特殊历史和政治环境下成长起来。他们创作的作品，在艺术的表现形式方面，逐渐完成了从单纯模仿欧式风格到结合中国传统民间艺术形式，形成延安美术自身特点的具有民族化倾向的审美样式的转变。本论文试图通过对几位有代表性的艺术家的分析，来探讨延安木刻版画作者如何处理个性追求与民族特色的关系。在70多年后的今天，广大的美术工作者在新的形势下，仍然面临着同样的课题，重新回顾抗战时期延安木刻家们的体验生活、吸收民族传统、创作出具有时代精神的作品，将具有广泛的现实意义。

个性特征对于美术家而言，主要是通过某种自己独特的形式、表达方法在作品中体现出来。作者对构成作品的诸多因素的选择取向，显示出作

---

[*] 作者单位：南昌大学艺术与设计学院。

者的有别于一般的个性倾向。美术创作中作者的个性特色，受到该专业实践性很强的特点的制约。必须是在具备艺术风格的传承和技术水平达到相对成熟的基础之上，才逐渐得以展现。构成作品的风格因素，也包括作者对某类题材的关注和兴趣。不同类型的题材选择，表明了作者个性化的兴趣点的差异。构成作品的因素中表现手法的选择，受到作者师承关系的制约。就木刻版画的创作而言，在黑白关系的处理上，在造型的提炼、概括，形象特征的夸张、简化，木刻刀法的技术师承等方面，作者依据不同题材要求，仍有很大的选择和处理空间。对某种或某类题材的长期持续的兴趣和关注，并在一定数量的创作之中，逐渐形成表现这类题材相对稳定的处理手法，作者的个性特征便逐渐显示出来。在以写实手法为主的画风中，造型能力的严格训练和培养，对个人风格的形成至关重要。个人气质在艺术风格表现中显示出相对稳定的状态，而个人美术作品的艺术特色，在其长期的艺术实践中，呈动态的和变化的状态。

抗战时期延安的木刻家们除了和国统区的木刻家一样，都面临着民族存亡时刻的必然选择：为了抗战而将木刻艺术作为鼓动人民，打击敌人的战斗武器之外，还多了一层在共产党领导下的特定的政治环境中对艺术家的影响的因素。在延安，艺术家已不是一种自由职业，而是武装部队里的一员战士。在共产党的领导下，这批文艺人才成了一支拿笔杆子的军队。要让拿笔杆子的军队和拿枪杆子的军队一起，发挥革命的战斗作用。这支拿笔杆子的军队中包括拿着木刻刀进行创作的木刻家们。毛泽东同志对这支文艺战士队伍，曾号召其走出"小鲁艺"到"大鲁艺"去。为了达到"宣传抗日，宣传共产党"政治主张的目的，积极提倡以适合群众的欣赏口味的形式进行创作。这种提倡为后来的延安美术的整体特色的形成，起到了重大的促进作用。延安的木刻家们，在这样的政治环境中，在毛泽东同志及共产党的文艺方针的引导下，创作出了许多鼓舞人民大众团结抗战的优秀作品，并在大量的艺术实践中逐渐地形成了自己的个人风格。以下为抗战时期延安的三位木刻家的创作情况分析。这几位木刻家在延安木刻工作者中都相对较有影响，他们的经历和对作品的追求，在怀着不同艺术倾向追求的延安木刻家中有一定的代表性，试举出加以分析。

一　焦心河的追求及其作品分析

在"鲁艺"培养的人才中，焦心河的美术素养和天赋显得非常突出，其作品曾在1941年"五四"青年节文艺评奖中获得木刻创作一等奖。焦心河是河南人，曾就学于开封师范专科学校。到延安之前就在河南参加了新四军。1938年来到延安鲁迅艺术文学院学习。学习结束后就在"鲁艺"的美术研究室工作。曾参加部队文工团赴内蒙古工作，有机会在内蒙古三边体验生活，回延安后，先后创作了《蒙古之夜》《牧羊女》《夫妻》《喇嘛出巡》等一批极富民族特色的作品。在这之前1938年时候，他已成功地创作了《商定农户计划》这样具有明显现实主义倾向的作品。1939年创作的《制寒衣》，在当年下半年参加一次送去苏联展出的"中国抗战美术作品展览会"，受到苏联艺术界及当时的重庆文艺界的好评。焦心河是一位有艺术理想的青年，他"干练成熟，抱负不凡，曾有'三十岁不成名干脆改行'的壮语"①。1944年11月，王震将军奉命率三五九旅组成"八路军南下远征军"，"鲁艺"也派周立波、姚时晓和焦心河等人随军南下。他们英勇战斗，历尽艰辛。就在这次转战中，焦心河不幸牺牲。

焦心河的木刻作品《商定农户计划》作于1938年。内容是反映在共产党领导下的边区进行土地改革后，农村出现的新景象、新事物。表现的具体情节，像是分得土地的农民正在和一位代表边区政府的干部商谈着自己今年的农活安排、收成的估计、计划缴的公粮等。这是一幅具有明显的现实主义倾向的作品，采用了写实的手法，环境场景的安排是在农户的窑洞内。画面上一共有6人：年老的父母、儿子、儿媳、孙子和基层干部，以基层干部与这家的儿子的对话为画面的中心，基层干部的形象取了三分之一侧面的角度，他头戴一顶鸭舌帽，身着明显不是陕北当地农民服装的西服，坐在炕沿边上，侧身在炕桌边，身体前倾，面带微笑，态度和蔼。他一只手扶案，一手提笔，正在倾听。这家的儿子的形象取了侧面的角度，坐在炕沿上，正在扳着手指，似正在和基层干部谈着今年的打算，他头戴圆毡帽，腰间扎着腰带，坐在炕的里侧。安排在画面右下角的父亲，

---

① 林军：《延安旧及》，李小山、邹跃进主编：《明朗的天：1937—1949解放区木刻版画集》，湖南美术出版社1998年版。

扎着白头巾，留着小山羊胡须，披着件山羊皮袄，似在儿子说话的同时也在插话。坐在炕的另一侧的是儿媳和小孙子，孙子紧紧地依偎在妈妈的怀里，体现出有陌生人来时的紧张和认生感，媳妇坐在炕上，一面照应着孩子，一面精神集中地注意听着丈夫的谈话。从老汉和儿子之间的空隙看过去是坐在炕对面的儿子的母亲。作者在处理这个人物时，并没有将她的脸朝着儿子这一方向，这正是作者处理安排画面的高明之处。她似在不经意地听着，使场面显得自然、真实，画面不至于单调、呆板。场景的选择是作者在生活体验的基础上进行的。作者选择了从窑洞的最里面向窑洞口的方向看去的角度，画面的左边露出一部分窑洞的弯墙壁，背景是窑洞口封起来的墙，墙的上部开有格窗和大的风窗。那么这间窑洞的门在哪里呢？在陕北的农村，往往一户农家要开二至三孔窑洞，一般卧室的门不是直接开向窑洞口的而是通向厅堂，进出要通过厅堂屋，这样卧室就显得较隐秘了。焦心河的这幅作品所描绘的，正是一间卧室。可见，这家主人将基层干部让进卧室来谈话，表明了这家人的热情，体现出共产党领导下的根据地的老乡和政府的关系之亲密。画面上的人物形象质朴，动态自然，没有丝毫做作的成分，人物的服饰、打扮源于当时的真实生活体验，老母亲的头饰、服饰现在已很少见了。这幅作品的表现手法明显地受到了珂勒惠支的作品的影响。

　　焦心河的作品《制寒衣》的表现手法完全不同于《商定农户计划》。该作品采用了以线描为主的表现手法。在当时延安木刻版画以西方表现形式为主的情况下，显得别具一格，受到同行的重视。王琦在谈焦心河作品的民族形式探索之影响时讲："焦心河作的《制寒衣》，采用了古代木版年画的表现手法，用阳刻线条表现人物的形象和衣纹，以简洁、朴实、富有民族风格而引起大家的赞赏。这幅作品在1939年下半年参加一次送去苏联展出的'中国抗战美术作品展览会'，立即博得苏联艺术界的好评。当时重庆文艺界正在展开对于民族形式问题的热烈讨论，美术界曾把这幅作品作为木刻上探索民族形式方面比较成功的范例，向观众推荐介绍。"[①] 焦心河在1940年去内蒙古三边体验生活，《牧羊女》是焦心河创作的内蒙古组画之一。作者在这幅作品中试图通过牧羊姑娘一蹲一站的变化，站着的姑

[①] 王琦：《延安木刻在国统区》，孙新元、尚德周编：《延安岁月：延安时期革命美术活动回忆录》，陕西人民美术出版社1985年版，第49页。

娘两手举着小羊的动作，传达出一种抒情的诗意。天空中一群大雁掠过头顶飞向远方，小姑娘举起小羊的动作与之呼应。天空的处理是用刀刮出的，这幅作品中，作者已注意到用不同的肌理效果来表现画面上不同的对象。羊毛也是用刀刮出的。这种利用木刻固有的材料特性，创造出特别的表现效果，走出了以明暗素描的写实为依托的表现方法，而走向追求不同肌理组合在一起的平面形式效果。在当时的审美意识中算是较超前的。

《蒙古之夜》是焦心河的蒙古族生活组画中的另一幅作品。同是延安木刻家的林军是这样描写的："我还保存着他的《蒙古之夜》的原作。这也是一幅抒情诗式的作品。我喜爱它胜过《牧羊女》。"① 这幅作品表现一座寺庙敲钟人正在打钟的情景。悬挂的大钟，在敲击之下微微晃动，钟在画面上呈稍斜状，体现出动感，避免了画面的呆板。远处的天空中，一轮圆月已升得较高。月亮的形状画得较小，表明这时夜已很深了。在画面下方是一座古寺和几座佛塔，它们都处在阴影中。皎洁的月光照射下来，逆光下佛塔、寺庙屋顶上瓦的反光，反映出它们朦胧的轮廓来，人物形象的处理，是一个完全的黑影轮廓，使画面增添了几分神秘。这幅作品也和《牧羊女》一样，作者已开始有意识地在天空等处的处理上，用刀刮出一种特别的肌理，使画面变得丰富而不乏变化。这幅画同样是一首抒情散文诗，"古刹钟声"这一古老意境，在焦心河的笔下得到了新的诠释。

二 古元的深入生活与具有民族特色的人物形象刻画

古元是延安时期卓越的木刻家之一。他在不同时期创作了大量的既符合共产党的要求，又便于自我个性的表达和发挥的作品。古元是共产党培养出来的一位优秀艺术家。有关古元的研究和评论文章已相当多，这里之所以提到他，主要是探讨他在共产党的领导环境中，是如何通过深入生活，发挥自己的艺术才能，创作出许多既有大的政治理念又有较高的艺术水准的作品的。古元的艺术实践表明，在特定的共产党领导的政治历史环境下，将个人的艺术追求融入民族的解放事业的洪流中，个人的美术事业是大有可为的。

---

① 林军：《延安旧及》，李小山、邹跃进主编：《明朗的天：1937—1949 解放区木刻版画集》，湖南美术出版社 1998 年版。

古元生于1919年，广东中山人，为了投身抗战，中学毕业不久就由中国的最南边跑到大西北——延安。1939年，考入延安鲁迅艺术学院美术系学习绘画。在革命的环境中，他的艺术天赋得到了迅速而正常发展的机会。古元第一次体验生活，是在1940年7月，在鲁艺学习结束后，他和鲁艺文学系的几名同学由组织上安排去了延安县川口区念庄乡实习。古元回忆道："下乡前，周扬院长和我们谈了一次话，指示我们到乡下和农民打成一片，向农民和村干部学习，要参加基层工作，积极参与火热的斗争，不要作旁观的客人，只有这样才能体会到农民的思想感情，从而改造自己的思想感情，将来才能创作出优秀的文学艺术作品。"[①] 在这次实习期间，古元积极参与了乡里的工作。他们被分散在各个村庄和农民生活在一起，并分别担任乡政府的各项工作。古元去的村子，他写道："只有四十多户，每家的情形和每个人的脾气我都比较熟悉。我很喜欢他们，我看见他们的生活情景，像看见许多优美的图画一样，所以在工作之余，我便把他们的生活景象刻成木刻画，在刻的过程中，我向农民请教，他们常常帮助我改正画上的缺点。在几个月的业余时间里，我刻了《牛群》《羊群》《家园》《铡草》《冬学》《入仓》《读报的妇女》《结婚登记》等很多幅作品。这些作品，都在老乡的窑洞里发表了。观众们的喜悦表情，给予我很大的鼓励，我享受着创作劳动的快乐。"[②] 古元就是这样在深入生活的过程中，将所看到的、所感受到的一个个动人场面刻成画。这样的作品来源于生活，具有真正的艺术感染力。古元所看到的农民的生活，实际上是在共产党领导之下，经过土改后，人民群众的一种新鲜的、民主的新生活。古元将它们描绘出来。他的作品表现的革命新生活是依据生活真实的，不是枯燥的政治说教，所以具有巨大的感染力。古元作品中描绘出共产党领导下的边区人民的新生活，他的作品在国统区展出时，国统区的美术工作者和人民也为其作品中表现出的边区人民的生存状态所感染。

古元在与农民的接触中，思想感情发生了深刻的变化，他从内心产生了对农民的深厚感情。共产党的一些政治方面的主张，在古元的作品中通过艺术的形式也有所体现。这种体现是源于对农民朋友及共产党的感情的自然流露。"在念庄住了十个月，我就调回鲁艺工作了。念庄的农民常常

---

① 古元：《回到农村去》，《美术》1958年第1期。
② 同上。

到学校看我们，我们也常常到念庄看他们，我们之间有了深厚的感情，在相当长的时期内，我的作品的题材都是取自念庄人民的生活，画面上的人物也是念庄的人们。当时，同志们看《解放日报》只注意国际国内消息，对边区的新闻似乎是不大注意的，我们从农村回来的人却有点不同，很关心农村的消息，如同关心自己家里信息一样。当我看见报上登载绥德农民向地主进行斗争，讨还非法多收的租子的消息，我觉得是一件很有意义的事，马上就想创作一幅木刻"。① 古元由于对农民产生了感情，对关系到农民切身利益的事如同自己的事一样。从地主手里讨回非法多收的租子的新闻打动了古元，使他萌生创作《减租会》的念头是自然而然的。这件对农民有利的生动事例，恰恰体现出只有在共产党领导的环境中，农民的权益才能得到有效保障。这正是共产党所主张的为广大农民的利益建立起民主政权的政治理念。从这一创作动机看，古元创作具有政治倾向题材作品的最初想法是站在农民的立场上，在思想感情上深深地关心着农民而产生的创作冲动所引发。这种关心农民、热爱农民的思想，与共产党、毛泽东同志的政治主张和出发点是一致的。

古元的许多带场景、有情节的版画具有明显的现实主义倾向。他在进行这类人物较多的创作时，有别于一般作者之处就在于，在他的头脑中有许多鲜活的形象，这些形象成了他创作的最生动的原型。

> 当时我推想：假如这一场斗争会在念庄闹起来，念庄的积极分子郝万贵、康海五等人一定会露出很激动的神色，朱继忠也许站在会场的角落里，孙国亮老头子会用诙谐的话来揭露地主的阴险和狡猾。我回忆许多开会的场面，我以他们的形象作依据，创作了《减租会》。此外，《逃亡地主又归来》《哥哥的假期》等许多木刻，也都是根据念庄人民的生活情景创作出来的。②

总结古元的版画创作特点，在以下几方面都有他的独到之处：生活中"人人眼中都有，人人笔下所无"的东西，他能敏锐地观察到，并且能够冷静沉着地将其记录下来，表达出来；除此之外，古元"具有高度的获取

---

① 古元：《回到农村去》，《美术》1958 年第 1 期。
② 同上。

物体真实形象的能力，又已完成了为表现这能力所必需的技巧"①。这可以从他的大量作品中看出。古元善于捕捉人物的体貌外形特征，他画的人物形象不雷同，无论是头形、五官，或是身材，都各有特点，生动、具体；在版画创作中古元是位能干的"导演"，在构思、情节的处理上常常有许多新的点子，将情节、人物安排在一个他选定的瞬间。在确定了人物关系之后，各个人物的动态、表情、眼神等的把握和处理都非常到位。古元对以上几点的把握，都是建立在对生活的深入体验基础之上的。他年轻时，充满对新的社会、新的生活的热爱，由此所产生的激情是激励他创作出许多感人作品的原动力。

在艺术形式民族化，创造一种人民群众喜闻乐见的作品表现形式的努力方面，古元作品的画面处理方式有着清晰的阶段性。古元在1940—1941年间创作的作品，如《离婚诉》《羊群》《冬学》《初小学校》等是以西方明暗关系对比为画面黑白的基本依据。依靠明暗营造立体效果，同时增加画面的造型力度。1942年以后，这种情况有较大改变，这种艺术表现形式的改变是为了更好地适应广大农民群众的审美习惯。要达到人民大众喜闻乐见的效果，以往木刻中的明暗造型语言所形成的当地群众称之为"阴阳脸"的画法，显然不符合广大农民的欣赏口味。毛泽东同志《在延安文艺座谈会上的讲话》发表以后，延安的美术界更加重视研究传统美术遗产，注重民间美术的继承和借鉴。古元在1942年以后的作品面貌，往往是有意识地将人物面部的阴影去掉，使面部清晰明朗，更多地用阳刻线条来造型。为此，他将此前创作的《离婚诉》及《哥哥的假期》重新作了刻制，大大减弱了强烈的明暗对比。

在1943年创作的《减租会》及《乡政府办公室》画面中已很少有大面积的黑色块了。代之以阳刻线条为主的清晰可辨、一目了然的画面表现形式。作者在这种表现形式中，将注意力更多地用在了人物特征、神态的刻画上，达到了中国传统艺术中所更加讲究的传神的艺术境界。

在1942年之后的一段时期内，延安开展整风运动之后，大概在1944年，延安美术界发起了年画创作运动。在这期间，古元曾用传统木刻版形式及民间剪纸形式创作了不少作品，同样取得了较好的成绩。

---

① 艾青：《第一日》，《解放日报》1941年8月18。

古元的木刻创作，无论是对黄土高原上人民的描写所传达出的我们民族特有的习性、感情表达方式、风情民俗，还是绘画形式最终在人民大众审美趣味的基础上所形成的具有民族特色的表现样式，在抗战时期延安木刻版画所形成的主流样式中，都称得上是一位中坚骨干者。他的创作思想和创作方式，在延安木刻家中具有广泛的代表性。

三 沃渣：从象征主义倾向转向新年画创作

抗战时期，延安木刻家们在延安这一特定历史环境下，力求摆脱欧化的倾向，追求木刻版画的民族化画风。在转变过程中，运用原本擅长并有艺术感觉力的创作形式和方法来为抗战救亡运动服务，沃渣的创作实践经历印证了这一点。对沃渣的作品进行分析，就能发现他刚到延安时，创作的作品中明显带有象征主义倾向，他的这类作品已很有感染力，其画面的形式语言已达到相对成熟的状态。在他后来画风的发展中，又将木刻艺术形式中国化，吸收了一些民间年画的表现形式，创作出了一些老百姓喜闻乐见的作品。

象征主义的艺术形式的学习和创作，不同于写实主义绘画那样特别重视写实能力的培养。象征主义的主要兴趣点，在于它所追求的内在需求的精神层面上。沃渣早先在上海所受到的木刻训练，更多的是象征主义和表现主义方面的绘画模式。这可从他到延安后创作的《红星照耀中国》中明显见出。从较多对内心的关注转向对外部世界的观察，这几乎是两种完全不同的兴趣点和思维习惯。对一个在年轻时已经学成一种绘画模式的人来说，到成年后又要改学另一个画路子，是一件较困难的事，但是沃渣做到了。

沃渣（1905—1974），原名程振兴，浙江衢县人。1926年考入上海新华艺专，1935年在上海美专毕业，加入一八艺社、涛空画会等团体，从事新兴木刻运动，1937年10月到延安，1938年任鲁迅艺术学院美术系主任。1939年秋，任华北联大文艺学院美术系主任。1944年后，任延安鲁迅艺术文学院美术研究室创作组组长。沃渣在20世纪30年代初，活跃于上海画坛，积极参加或组织画会活动。涛空画会"由上海绘画研究会顾鸿干、郑野夫等人与'野穗木刻社'成员陈铁耕、陈烟桥、何白涛等人于1933年秋联合组成。不久，又遭破坏。于是该画会所有成员分成更小型的美术组织进行活动,其中部分画家组成'暑期绘画研究会',由沃渣、马达等负责"①。"1935年沃渣还和郑野夫、温涛、江丰等组织成立了'铁马版画'研究会。"②他们在鲁迅的指导下,学习西方的进步木刻版画,进行木刻创作。

从沃渣初到延安创作的作品,如《抗战总动员》(1937年创作)、《红星照耀中国》(创作于20世纪30年代晚期),看其作品中有着较多的象征主义和表现主义倾向。"欧洲文学和艺术中的象征主义,实际上是十八世纪和十九世纪初叶浪漫主义的后裔。文学中的奠基人波德莱尔和纳沃尔。……波德莱尔给浪漫主义下过一个定义:'既不是一种主题的选择,也不是严格的真理,而是一种感觉的情绪'——是在个体之中而不是在个体之外的某种东西——'亲切、脱俗、富有色彩感以及对于无限佳境的向往……'象征主义是走向最后真实的一种途径。真实仅仅是通过艺术作品中直观经验的特殊表现促成的。艺术作品的这一信条,最终结果是一种情绪上的东西,是艺术家内在精神里的东西,而不是所观察到的自然。"③ 20世纪30年代中国的新兴木刻运动,在接触西方写实艺术的同时,西方的各种流派之间的相互影响关系,也会很自然地影响到我国的木刻青年。其实,西方出现"主义"一词,如表现主义,浪漫主义等,只是用来再现艺术倾向的名词,而实际上的诸多不同的艺术倾向之间往往是有着前后背景关系的。何况区别出各种主义代表不同的艺术倾向,实际上也是相对的划分。在新兴木刻运动中学习西方木刻的青年,每个人的侧重点又因个人的兴趣爱好、气质的差异而有所不同。沃渣应属于那种具有内在激情和英雄主义气概的青年,他在写实的同时更热衷于象征和表现的追求。他的作品(初到延安后创作的一批作品)中人物充满了象征性的动作,气势宏伟,震人心魄。《红星照耀中国》可谓是他的个性强烈风格的杰出之作。画面的标题以红星象征着中国共产党。画面中塑造了以毛泽东为主的一群人,几个战友跟随在毛泽东身后,他们正走在大道上,身后跟着工人和农民组成的队伍。队伍的上方飘动着共产党党旗以及正在挥舞的许多红旗。人物

---

① 朱伯雄、陈瑞林编著:《中国西画五十年 1898—1949》,人民美术出版社1989年版,第315页。

② 同上。

③ [美] H. H. 阿纳森:《西方现代艺术史:绘画·雕塑·建筑》,邹德侬、巴竹师、刘珽译,天津人民美术出版社1986年版,第67页。

的表情坚定，充满信心。他们走在路上的脚步沉着稳健。后面的人群正在大旗的引导之下，举着拳头，群情激昂。这种场面是作者虚拟的一个场景。这场景虽然在现实中不会真的出现，但却真实地展示出作者心目中所理解的共产党的形象及党与工农的关系，表现出党正带领着工农大众坚定地走向革命的目的地。这幅作品中工农队伍由近而远，举着手，弯着腿，做着同样的动作，在红旗的映衬之下，这种不真实的场面描写，充满了象征意味。领袖们与后面的工农队伍虽在一条行列中，却在一动一静，一个无声，一个充满了震天的怒吼声的对比之中，使整个画面的象征意味达到很强的感染力度。这幅画中工人的造型——加粗加长的手臂，夸张的拳头，仍有20世纪30年代初左联时期的木刻版画的痕迹。木刻手法采用细线排列成灰调子，恰当地将当时的质朴气氛传达出来，棱形的构图、强烈的透视缩减，加强了画面的张力。

《抗战总动员》，创作于1937年。沃渣画了一群拿起枪和红缨枪的农民，正成群迈向前方。远处有红旗挥舞，天空布满了乌云。整个画面只有天边一线亮光，大部分都笼罩在黑暗之中。远处地平线上，所有房子被烧毁，浓烟冒上天空。人群中，有的站着振臂高喊，有的俯身前行。画面因人的流向由左向右，使得整个画面充满了向右上方的动感。这幅作品有着沃渣的画面中人物弯曲着腿前行的典型象征性动作。

《开荒去》是沃渣从象征主义向写实情节式绘画过渡的一幅作品。画面中已出现了现实环境中的场景。四个中年农民带着一个孩子，正向画面的左方走去，其中有两个人回过头来，看着后面的一个胡须很长的老者。老者手上拎着一把锄头，已出门欲跟上来。老农的身后有一女子（从头巾判断其为女子）正张着嘴说着什么。从神情上看，似乎是在劝老者不要去的样子，但老者不甘落后坚决赶上大家，一同去开荒。画面的生动情节描写，表现出劳动群众积极响应共产党号召大生产的情景。这幅画，沃渣仍然使用了他常用的人物正在走路的动作。但这幅画中人物的动态注意了变化，人物的角度和姿势都做了个性化处理。力求使画面真实自然。远处有人正拿着鞭子在赶牛，再后面是荷锄的符号式人物。与前两幅相比，这幅作品的画风有了明显的转变，绘画倾向已由象征主义转向写实主义。沃渣已将体验到的生活素材结合到创作中来，这是一幅用他擅长的象征性的表现语言来描写陕甘宁边区人民大生产运动的好作品。

《查路条》，是沃渣的一幅情节性版画。在这幅作品中，我们唯一能看到的是那面插在小棚子顶上的红旗的状态，似乎还有某种象征性符号的影子。整个画面，完全是一种情节化的处理了。人物形象的外形特征强烈地体现出陕北的地域特征。面部表情刻画显得生动。看得出来，沃渣在进行写实型的创作方面，他的人物形象素材来自生活。从他的画面上可以推想，他一方面将原有的创作经验作为新形式创作的依托；另一方面，对转型将面临的各种新的课题如生活积累、对社会和人的了解及情节性绘画所应具备的组织安排画面、选取人物关系的瞬间等一系列技术性问题，进行了充分准备。从而创作出他独具特色的具有表现主义手法的现实主义作品。

《五谷丰登·六畜新旺》，创作于20世纪40年代早期。是沃渣改用中国传统民间木版年画形式创作的一幅作品。在这幅作品中，两个各抱着麦穗和高粱的农民的动态仍然是沃渣在原先的画中所常用的具有象征意味的动作，象征着劳动的大丰收。画面的四周围着多种粮食：稻谷、玉米、高粱等组成图案，画面正中站着一个老汉，扎着头巾，老汉两边对称地排列着牛、马、猪、鸡、羊、狗等。画面中间的顶部画一个五角星，下部中间写着画题文字。整个画面彻底去掉了明暗，以线描形式，力图表达农民丰收及人畜兴旺的美好情景。江丰回忆了与沃渣一起搞年画创作的情况，"1939年春节前，我从总政宣传部调到鲁艺美术系。到鲁艺后我的第一件工作，就是与沃渣突击刻印新年画各一幅，以供鲁艺宣传队之用。这两幅木刻年画是陕甘宁边区最早出现的新年画。宣传地点在延安东门外远郊区拐峁镇，宣传队队长是肖三。在这里新年画取代了旧年画，被分发给农家，张贴在窑洞大门上，为农村节日增添了新鲜的欢乐气氛。农民对新年画是非常喜爱的。我清晰记得：沃渣所作新年画，题名为《五谷丰登》，我所作的《保卫家乡》。全用三色套版印制。由于刻印费时、费力，两种年画只各印了四十份"[①]。在这之后，延安的木刻新年画创作逐步地走向了有计划、有领导的阶段。

沃渣的艺术发展轨迹，从刚到延安时充满激情地刻出象征主义色彩浓厚的《红星照耀中国》，到转向对现实生活的描写，再到1939年初他和江

[①] 江丰：《温故拾零：延安美术活动散记及由此所感》，孙新元、尚德周编：《延安岁月：延安时期革命美术活动回忆录》，陕西人民美术出版社1985年版，第119页。

丰一道创作出了延安地区最早的套色木版年画。他的艺术轨迹是在特定的抗战时期延安革命的政治环境中形成的。在这种艺术表现形式一切以农民群众喜闻乐见为准则的气候条件下，沃渣所代表的这类曾经接受过西方木刻影响的艺术家，在特定的历史环境条件下，肩负着历史使命，从内心愿意主动改造自己的思想、世界观以及艺术观念。他的个人天赋在时代的机遇中达到最佳状态，他的艺术才华在这特定的外部土壤中得到了进一步的施展。

以上所述三位延安时期的木刻家，在艺术上个人的兴趣爱好与历史时期的艺术使命的结合上有一定的典型意义。除以上所举之外，尚有许多延安时期的艺术家值得我们进一步深入研究和探讨。在抗日战争的历史背景下，共产党主张"文艺为抗日救亡服务、为人民大众服务"的方针，艺术家的艺术个性和"小我"只有融入民族解放的伟大事业中去才有前途。来自全国的艺术青年以及延安"鲁艺"培养起来的新一代艺术家在延安这块红色根据地上，经过抗日战争的洗礼，无论在思想方面还是艺术技艺方面都能较好地适应革命的政治环境，将自己的追求与共产党的革命事业融为一体，在共产党为民族独立，为了实现解放千百万劳苦大众的伟大事业中，发挥出自己的艺术才华和个性。

在民族存亡的紧急关头，在延安这个特定的提倡民族精神的环境中，在民众突然觉醒的民族意识的刺激下，延安的木刻版画在艺术家们的共同努力之下，终于形成了自己特有的风格面貌。它是一种具有革命性和战斗性，同时又摆脱了模仿西方艺术模式，具有表现中华民族自己的内容和独特的民族形式的新审美范式。这种审美范式及支撑它的文艺理念对中国20世纪后半阶段的文艺思潮产生了巨大而深远的影响。

（原载《解放军艺术学院学报》2015年第4期）

"反现代"的现代性
——延安版画的艺术特征

高颖君[*]

抗日及解放战争时期,版画因其特有的艺术特征和社会功能,在延安得到了前所未有的重视和发展,并产生了古元、彦涵等一大批优秀的版画家。他们一方面继承了20世纪30年代新兴木刻运动的传统,另一方面又在《讲话》的指导下进行文艺大众化实践,创作出了一大批在形式与内容上既有"反现代"的传统面目,又有鲜明的现代特征的版画作品。这些作品在当时不仅发挥了动员民众、宣传抗战的作用,还将民主、科学、革命等现代思想传播到了民众中,完成了五四新文学家未能完成、也无法完成的启蒙任务。

一 大众化与形式的现代性

版画起源于中国,在殷商时代,即有甲骨、铜鼎,或刻于龟甲兽骨,或铸于玉器青铜,虽系文字,却又象形,这是世界上最古老的版画艺术。隋唐五代,则用雕版印行佛像、经卷,宋元明清,更以木刻为戏曲、小说刻制插图。中国虽是版画的故乡,可在20世纪30年代新兴木刻运动中,鲁迅所倡导的新兴版画却是"取法于欧洲,与古代木刻并无关系"[①],"不是沿用中国古老方法,而是直接在舶来品影响之下产生出来的新鲜东西了"[②]。从艺术传承上来讲,40年代延安版画是30年代新兴木刻运动的延

---

[*] 作者单位:北京大学中文系。
[①] 鲁迅:《记苏联版画展览会》,《申报》1936年2月24日。
[②] 陈烟桥:《鲁迅与中国新木刻》,《鲁迅与美术研究资料·学习鲁迅的美术思想》,人民美术出版社1979年版,第64页。

伸，也是在借鉴西方版画的基础上发展起来的。

20世纪30年代鲁迅大力提倡新兴木刻运动，1931年他在上海举办木刻讲习会，为木刻青年介绍范本，把珍藏的版画拿出来展览，出版木刻青年的作品《木刻纪程》，并编选、出版了《引玉集》《苏联版画集》《凯绥·珂勒惠支版画选集》等，将西方进步版画介绍给中国木刻青年。抗战爆发后，这些外国版画集传到了延安，成了延安美术青年极为珍贵的学习资料，并对他们的创作产生了深刻影响。罗工柳就说："当时鲁艺从事木刻的人大都有《引玉集》《苏联版画集》《凯绥·珂勒惠支版画选集》，我们就是靠这三本书起家的！"① 因此，在抗战的最初几年中，延安版画家多从凯绥·珂勒惠支、法朗士·麦绥莱勒等西方版画家那里获得借鉴，作品带有浓厚的舶来品的色彩。而在1942年延安文艺座谈会召开后，情况发生了很大变化，大众化开始成为他们的基本创作方向。

实际上从晚清开始，大众化就一直是文艺家关注的重要命题之一。晚清的诗界革命、小说界革命，五四的"平民文学"、20世纪20年代末的无产阶级革命文艺、30年代的文艺大众化思潮，都与此有着密切的关系。而在抗日与解放战争时期，在抗战救亡、民族解放成为时代主流精神的历史情境下，大众化在经过半个世纪的倡导之后，终于有了实现的历史条件和现实根基。与20世纪30年代新兴木刻运动相比，在40年代的延安，版画所面对的接受群体发生了很大变化，由文化水平整体较高的知识分子和市民，变成了文化水平普遍较低的农民及由农民武装起来的士兵，这就向版画家们提出了大众化的命题。而大众化真正成为他们的普遍意识和创作方向，是在延安文艺座谈会召开之后。在1942年召开的延安文艺座谈会上，毛泽东针对当时文艺界的状况和存在的问题，发表了著名的《讲话》，明确提出了文艺为政治服务、为工农兵服务，重视民族形式等主张，并倡导文艺工作者转变情感和立场，深入生活，深入群众，这对延安版画家产生了深刻影响。

早期延安版画的内容往往是反映工农兵生活的，但所运用的形式却基本源于西方，这种欧化的形式并不能为广大民众所接受。要解决这一矛盾，就必须对之进行民族化、大众化的改造。可延安版画家不少是专业美

---

① 周爱民：《延安木刻对外国美术的借鉴》，《美术》2004年第7期。

术学院出身，或是在新兴木刻运动的影响下成长起来的，这决定了他们最初认同的是西方版画的艺术观念和创作手法，对民间传统的文艺形式则是缺乏认识甚至无法接受的。而另一方面，将西与中、现代与传统、进步与落后进行互换转化，把西方文化等同于进步、现代，不加择取地全盘吸收，把中国文化等同于落后、传统而矫枉过正地加以否弃，这一典型的现代性观念在五四新文化运动之后一直居于主流，并沉淀为一种潜在的文化心理结构，延安版画家也难以摆脱这一影响。因此，这一"改造"对他们而言是非常困难，必定要经历一番思想挣扎的。力群曾这样回忆当时的心境："我自三十年代参加左翼文艺运动以来从事新兴木刻创作，就曾标榜过要为中国的劳苦大众服务，然而由于自己的立场、态度、工作对象，提高与普及诸问题没有解决，所以我的木刻要为劳苦大众服务的美好愿望只是一句空话，因为我们的欧化作品劳苦大众并不喜欢。这对于我来说，确实是一种苦闷。"[①] 可以说，当时大多数延安版画家都有这样一种情感上的苦闷。而在延安文艺座谈会召开后，实践文艺大众化，探索版画的民族形式，就成了他们必须要解决的问题。于是，他们开始转变观念，深入民间，在继承新兴木刻运动传统的基础上，又深入挖掘本民族的文艺资源，广泛吸收民间美术的营养，将古代的宗教壁画、线描手法，汉代的画像砖、画像石，以及民间流行的剪纸、窗花、木版年画等的艺术手法引入创作之中，对版画的形式语言进行了全面改造，从而创造了一种既具有西方版画的格调风范，又具有民族特征的版画艺术，形成了一种清新自然、质朴刚健的版画风格，并创作了一大批形式别开生面、深受群众喜爱的版画作品。

古元是典型代表。他1938年到延安，参加了鲁艺美术系第三期学员班的学习。鲁艺的校舍虽是"土"的，可课上老师讲授的技法却是洋的。鲁艺图书馆馆藏有限，没多少传统的书籍，更看不到民间的东西，仅有的《苏联版画集》《麦绥莱勒版画集》《凯绥·珂勒惠支版画选集》等成了他们学习的范本。古元一开始也从这些外国版画家那里寻找借鉴，尤其是珂勒惠支对他影响极大。他早期的作品如《羊群》《铡草》《家园》等，画面上处处是三角刀和小圆刀刻成的灰调子，非常注重明暗、深浅的变化，

[①] 力群：《我感到光荣》，《山西文艺界》1987年6月1日。

人物脸部有大块的黑白反差，明显是受了珂勒惠支的影响。鲁艺毕业后，响应"到大鲁艺去"的号召，1940年古元下到延安县碾庄乡参加农村基层工作。在这里，他深切地感受到了解放区翻天覆地的变化，但仍以西方版画的艺术手法来表现新生活，结果并不理想。这样的作品不能被广大农民所接受，他们看不懂、不喜欢："为啥脸上一面黑一面白，长出这许多黑道道？"① 西方版画的明暗对比法及以阴刻线条表现调子变化的方法被他们称为"阴阳脸""满脸毛"，这反映了他们的审美习惯。在我们民族的艺术传统中，是没有西方版画的光影概念的，所以他们自然不习惯、也无法接受。这使古元认识到：不以现实生活为创作源泉，不了解民众的审美习惯，完全用西式手法创作出来的作品，在形式上是有很大限制的，要创造中国版画自己的民族形式。

1942年《讲话》的发表，对古元产生了深刻影响。在《讲话》的指导下，他开始深入生活，深入群众，把现实生活作为创作的源泉，广泛汲取民间艺术的精华。1943年他到三边体验生活，对当地的民间艺术进行了考察，并以之对自己的版画语言进行了改造。在《到"大鲁艺"去学习》中他说道："我就根据群众的意见，参考我国民间绘画和装饰艺术的传统，'忍痛'舍弃不合群众口味的那些生搬硬套的手法，探索着群众喜爱的艺术形式。"② 但他并非简单套用民间艺术的表现手法，而是在保留了西方版画布局严谨、造型规范等优长之同时，又向剪纸、窗花、木版年画等民间艺术广泛取法，从而创造出了一种以阳刻线条造型，质朴明朗、简洁生动，富于装饰性和民族特征的版画语言。这一民族化、大众化的转型，大大提高了他表现新生活的能力。从1942年到1944年，他创作出了《离婚诉》《减租会》《区政府办公室》等一大批极具影响力的作品。这些作品与他以前的作品相比，风格有了明显不同，这从陆定一的评价中就能看出来："古元的木刻，向来以描写陕北农村生活著名，富有民族气派、老百姓看得懂；情调也是中国的，老百姓喜欢。"③ 力群也曾这样谈到《讲话》对他创作的影响："我在《讲话》之前刻的《饮》《听报告》也和《讲话》

---

① 古元：《从事版画创作的一点体会》，《文艺研究》1982年第4期。
② 古元：《到"大鲁艺"去学习》，《美术》1962年第3期。
③ 陆定一：《文化下乡——读古元的一幅木刻年画有感》，《延安文艺丛书》编委会：《延安文艺丛书·文艺理论卷》，湖南人民出版社1984年版，第177页。

之后刻的《丰衣足食图》《为群众修理纺车》有了很大的区别。这种区别是我们在延安文艺整风运动中在思想上建立了'群众观点'的结果。"① 这表明《讲话》要求的文艺大众化的思想已经深入延安版画家的创作观念之中。

在大众化转型过程中，延安版画家对中国民间传统艺术形式的借用，若以西与中、现代与传统、进步与落后二元对立、互换转化的现代性观念来衡量，无疑是一种反现代、退化的表征。但若走出这一被本质化了的"现代"思想，就会发现在这表层的"退化"背后，一种新的现代形式已经生成。

先来考察一下何谓"现代"。钱理群等人在《中国现代文学三十年》中对现代文学进行界定时，指出"现代"不仅是一个时间概念，更是一种性质说明。现代文学即以现代的文学语言与文学形式，表达现代中国人的思想、感情和心理的文学。那么，现代的文学形式是否等同于西方的文学形式？中国文学能否创造出属于自己的现代形式？关于这一问题的讨论汗牛充栋，其中王德威对晚清文学现代性的研究，美国学者柯文、日本学者沟口雄三所提出的在中国发现历史，在中国内部寻找现代性的发展线索等，都对此提出了别出心裁的看法。最具启发性的是，日本学者竹内好通过对鲁迅的研究，找到了亚洲近代的另一种可能。他以鲁迅敢于"反抗"这样一种面对西方文化的姿态为例，来说明近代中国文化是经过"反抗"后的"转化型"或"回心型"的文化。他认为"通过反抗，东方实现了自我的现代化"，而这是一种不同于日本近代模式的真正的亚洲近代。这为考察延安版画提供了一个全新的视角。从30年代新兴木刻运动的诞生到四十年代延安版画的发展，就反映了中国版画从最初接受西方影响，再到与本民族的社会生活和文化传统相融合，在艺术上实现新的创造的"反抗"历程。新兴版画这一从西方移植来的艺术样式，在中国生长、发展的过程中，在对特定历史时期"中国人的思想、感情和心理"进行反映时，并未遵循"冲击—回应"模式的发展路径，而是在文化"反抗"中创造出了属于自己的现代形式，生成了不同于西方的别样的现代性。

早期中国新兴版画，多是借鉴鲁迅引入的西方版画，艺术形式和表现

---

① 力群：《关于解放区的木刻创作》，《美术研究》1999年第3期。

手法比较单一，存在明显的欧化倾向和模仿痕迹。李桦等人在《十年来中国木刻运动的总检讨》一文中就指出："目前中国木刻太西洋化了，我们要把它变成中国的东西，所以要创造出木刻的民族形式。"① 力群在延安举办的个人木刻展前言中也写道："我曾有一个企图，那就是要建立自己的风格。因为我过去受的苏联木刻家的影响太深了。"显然，中国版画家已经意识到了要创造不同于西方的现代版画形式。这在20世纪40年代的延安版画中得到实现。

延安版画家在继承西方版画形式语言的基础上，又将中国民间传统艺术的形式语言融合于创作之中，打破各种艺术样式的框架，突破单一的表现手法，以一种跨语际、跨文化的多样艺术实践，对中西传统进行了创造性转化，对版画语言进行了全面改造，创造出了一种西与中、现代与传统各种艺术语言混合杂糅的现代版画语言。它既保留了西方版画以黑白对比来布局构图的特点，又不以单一的黑白色块来表现，而是融入中国传统的线描形式，摒弃烦琐的背景和人物阴影部分，力求在表达主题时画面的简洁与意义的明确，如陈叔亮的《延安保育院》《铅印突击工》。它不再是对外国版画家的步趋模仿，而是逐渐摆脱欧化风格的影响，从剪纸、窗花、木版年画等民间艺术中汲取营养，创造出了一种质朴清新、简洁明快，富有装饰风味和民间色彩的版画语言，如古元的《讲究卫生，人兴财旺》、沃渣的《五谷丰登，六畜兴旺》、力群的《丰衣足食图》。它扬弃了西方版画以阴刻线条表现调子变化的方法，而将汉代画像砖、画像石的表现形式引入创作之中，使人物的面部表情更为显豁，造像形态更为圆融，画面层次更为分明，传达出一种雄浑古朴的风味，如彦涵的《移民到陕北》、古元的《拥护咱们老百姓自己的军队》。这种版画语言带有一种众声喧哗、多音复义的"复调"特征，巴赫金所谓的"复调"即小说中的人物各具主体性，使小说呈现出一种多人之间对话、各种话语交错的复杂状态，而"复调"是区分传统与现代小说的重要标准。延安版画家在20世纪40年代延安的特殊历史语境下，在借鉴西方版画艺术形式的基础上，以一种文化"反抗"的方式创造出了属于自己的现代形式。

---

① 李桦、新波、建庵、冰兄、温涛：《十年来中国木刻运动的总检讨》，《木艺》1940年第1期。

二 启蒙与内容的现代性

通常人们认为，启蒙与救亡是中国现代史的两种基调，五四以来的中国文艺正是在这两种基调的变奏中展开的，从五四到 20 世纪 30 年代是以启蒙为主调，从 30 年代左翼到 40 年代解放区文艺，则是救亡压倒启蒙成为基本价值取向。尤其在抗战爆发之后，救亡更是成了时代的主流精神和中心任务。在这一特殊的历史语境下，中国文艺家就放弃了文艺现代化和对民众进行精神启蒙的工作，而是迎合抗战现实需要，对文艺进行了大众化改造，使之成了无论内容抑或形式，都无任何现代性质可言的政治宣传工具。在此视域中，延安版画的大众化转型，正是从启蒙、现代到救亡、反现代"变调"的佐证。可实际上，在抗日与解放战争时期，正是延安版画将民主、科学、革命等现代思想传播到了民众中，完成了五四新文学家未能完成、也无法完成的启蒙任务。

解放区这一崭新政治空间的全部现实，有关阶级斗争和民族解放，人民劳动生产与新型民主生活，每一次重大的社会运动等都在延安版画中得到了反映。有表现抗日根据地军民团结一心、英勇抗战，反抗帝国主义侵略的，如刘岘的《雁翎队》《反扫荡》，胡一川的《八百壮士》《坚持抗战，反对投降》，彦涵的《狼牙山五壮士》《当敌人搜山的时候》等。刘岘的《雁翎队》表现了一支活跃在北方敌后的水上武工队在湖区开展游击战斗的场景。胡一川的《坚持抗战，反对投降》描绘了八路军战士骑马挥刀，勇敢地向敌人头上砍去的情景。彦涵的《当敌人搜山的时候》则巧妙地抓住壮阔战争场面中的一个场景，表现了抗日军民众志成城、团结抗战的精神。画面上战壕中的两个战士，一个正在对敌射击，另一个正在奋力攀出战壕。为了让他们更好地战斗，下面的民众就组成人梯，用力将他们从战壕中托起。一个年幼的孩子则一手支撑在地，另一手高举一枚手榴弹，向上方的战士传递。这些作品从不同侧面展现了抗日军民反抗帝国主义、争取民族独立的伟大精神，主题意义鲜明，风格雄伟粗犷，能给人以巨大的心灵震撼，鼓舞了前方战士的战斗士气，激发了后方民众的爱国精神，发挥了动员人民、宣传抗战的作用。此外，开展土地革命，实行减租减息，批判封建主义是延安版画的另一个重要主题，古元的《减租会》、江丰的《清算斗争》、彦涵的《审问》《向封建堡垒进军》等是代表作品。

古元的《减租会》描绘了抗日根据地开展减租运动的场景，将农民与地主之间的激烈冲突及农民批判地主的紧张气氛表现得淋漓尽致。彦涵的《审问》则生动再现了农民在土地革命思想的引导下，对地主进行清算斗争的情景。图中人物阵垒分明，一边是代表广大群众的武装队员和农民干部，一边是孤立无援、失去声势的地主。主审人正激愤地指着地主发问，荷枪的民兵、担任记录的文书与正襟端坐的妇女干部，也都怒目而视。被审的地主则身着马褂长袍，头戴瓜皮小帽，在主审人的质问下唯唯诺诺、点头哈腰。简洁明快的构图，寥寥的几个人物，就把农民当家作主的历史性变革及农民作为历史主人翁的精神面貌刻画了出来。这些作品反映了农民反抗地主的剥削压迫，涤荡压在他们头上的封建势力，批判延续千年的封建制度的战斗热情。激发了广大农民的积极性，使之更加拥护党的领导，认同党的纲领，全身心地投入革命斗争中去。还有很多反映解放区人民劳动生产生活的作品，如古元的《运草》《羊群》《准备春耕》、杨筠的《努力织布，坚持抗战》《大家养鸡增加生产》等。而力群的《听报告》、苏晖的《街头画展》、张晓非的《识一千字》等，则表现了解放区人民积极学习文化、参与公共生活的崭新精神面貌。

更值得关注的是那些表现解放区民主生活的作品，如彦涵的《豆选》、张明坦的《投票》、张映雪的《酝酿称心人》、肖肃的《投豆豆选好人》《人民有权向政府批评建议》、石鲁的《民主评议会》等。民主选举是延安版画中最常见的一种民主生活的表现图式，张映雪的《酝酿称心人》描绘的是选举前的情景，墙上贴着"选好人，办好事"的标语，石磨上放着一本"选民册"，两名工作人员正在向农民做解释、动员工作。肖肃的《投豆豆选好人》表现的是选举的场面，一个妇女正弯腰向候选人背后的碗中投豆子。豆选的方法在延安的民主实践中是被普遍采用的，因为在文化落后的农村，有很多农民是不识字的，豆选就是用豆子作选票，让不识字的农民也能参加选举。其好处在于简单方便，弱点则是投票人投了谁的票一目了然。画面上那个妇女投了谁的票，旁边的人都能看到，可这位投票人似乎并不在意。更重要的是，这位投票人是一个农村妇女，说明妇女也有选举权，这反映了当时良好的民主氛围。肖肃的《人民有权向政府批评建议》表现了农民行使民主权利的情景，画面上一位农民正在向坐在炕上的政府工作人员侃侃而谈，其姿态、手势似乎表明他说出这番话是言之有据、胸有成竹的。石鲁的《民主评议会》则描绘了一个规模更大、更为正式、更具公共政治特征的会议场景。会议在窑洞前的空场上举行，有记录者和主持人，参与人数也比较多，一个发言的农民正在做出一个有力的手势，可以想象他发言的内容有可能是批评性的。在这些作品所表现的政治生活图景中，洋溢着现代民主政治的氛围。这对提高民众的政治觉悟和认识，动员其参与民主实践有重要作用。

尽管解放区处处呈现出了崭新的面貌，但现实的情形仍不容乐观，曾任边区政府秘书长的李维汉对边区乡村社会有过这样的观察："反映在文化教育上，就是封建、文盲、迷信和不卫生。……全区巫神多达2000余人，招摇撞骗，为害甚烈。人民不仅备受封建的经济压迫，而且吃尽了文盲、迷信、不卫生的苦头。"[①] 要改变这种落后的状况，就要在民众中间普及识字、移风易俗、推广医疗。这除了在现实政策层面上开展社会改造、教育运动之外，以文艺作品来进行政策宣传、思想动员也非常重要，版画在此就发挥了不小的作用。

古元1940年在延安县碾庄乡担任乡政府文书时，曾帮助群众扫盲识字。这个乡文化落后，除了学龄儿童，只有一个识字的，其余全是文盲。农民又要参加劳动生产，闲暇时间不多，想开展扫盲工作十分困难。为了让他们乐于学习、易于掌握，古元想到了看图识字的办法，把文字及与之相对的形象以版画的形式刻印出来，分送给农民，让他们钉在墙上，以便他们劳动归来边欣赏边识字。这个方法很有效，也大受群众欢迎，促进了碾庄乡文化学习的热潮。

改造二流子是延安当时最重要的社会运动之一，因为延安当时二流子遍布，对社会风气造成了不良影响，也不利于大生产运动的开展。为了将民众有效地动员、组织起来开展这项工作，中共在政策层面上采取了一系列措施，如让二流子在本乡本土接受村民、邻居的说服教育、监督管理等。而延安版画家也以自己的创作参与了这一社会运动，对此进行了有力的氛围渲染、广泛的政策宣传。古元的《申长林改造二流子》取材于真实的事件，申长林也曾是一个沉迷赌场多年的二流子，现在成了劳动英雄，负责教育、改造同村的二流子金三。画面上他和颜悦色、不急不缓，像是

---

① 李维汉：《回忆与研究》下册，中共党史资料出版社1986年版，第566页。

在与坐在对面的二流子促膝长谈，晓之以理，动之以情，劝他改过自新，二流子低头的动作也反映了他当时的内心活动。王式廓的《改造二流子》则表现了大生产运动中群众改造二流子的典型场景。画面上村民们聚集在二流子家门前，苦口婆心地劝说着刚从外面游荡回来的二流子。位于画面中心、正对着二流子的三个人，一个双手摊开，表示道理已经说尽；一个则以手势将人们的视线引向二流子的妻子，似乎是在质问二流子能否对得起妻儿；而那个背绳子的人据王式廓讲，是一个烈性子的农民，手指二流子，像是在说："再不改就把你捆起来！"二流子的妻子悲愤交加，扑在磨盘上泣不成声，二流子则低头蹲在地上，一副悔恨万分、无地自容的表情。整幅作品如同一出舞台剧一般，有强烈的戏剧性和感染力，在陕甘宁边区产生了广泛影响。在这无所不及的舆论压力和氛围渲染下，意识形态话语被成功地传导到了民众中去，激发了他们改造旧思想、树立新风尚的热情，二流子改造运动取得了很好的成效。1944年春夏之交，中外记者团在延安就发现"那里没有颓唐的现象，人们相互督促地生活，所以大都是被称为'突击队员'、'劳动英雄'的青年，和这些名词对峙的是二流子，这批人则到处遭到白眼，受人鄙视"[1]。《解放日报》作为当时的中央机关报则总结说："几年来我们不仅进行了经济、政治、文化各方面的改造和建设，而且还进行了'人'的改造和建设。旧社会遗留给我们的渣滓——二流子，大部分都改换了原来的面貌，变成健康勤劳的农民。"[2]

延安版画所表现的内容与主题，无论是前方战士英勇杀敌，后方人民积极支前，反抗帝国主义侵略的；是开展土地革命、实行减租减息，批判封建主义的；还是整治社会不良风气，重塑延安风尚伦理，进行二流子改造运动的；抑或是学习文化、扫除文盲，讲究卫生、推进医疗，民主选举、妇女解放，都包含着民主、科学、革命等现代思想。要在当时文化落后的中国农村，将这些现代的观念、思想传达给民众，对他们进行精神启蒙、思想改造，困难程度可以想见。而延安版画却在继承、转化中西传统的基础上，创造出了一种形式生动活泼、内容通俗易懂的艺术样式，拉近了其与民众之间的距离，使之在民间产生了广泛影响，得到了最大限度的普及。由此也开辟了一条启蒙人民大众、传播现代思想的通道，民主、科

---

[1] 谢克：《延安十年》，青年出版社1946年版，第5页。
[2] 《改造二流子》，《解放日报》1943年2月24日。

学、革命等现代思想，才开始慢慢进入民众的观念、话语之中，并对他们的行动、实践产生直接影响。正是在这一意义上，可以说，抗日与解放战争时期的延安版画，不仅在动员人民、宣传抗战中发挥了巨大作用，还在民众的精神启蒙、思想改造中扮演了重要角色，是具有不可磨灭的历史价值的。因此，从20世纪40年代至今，很多有识之士和美术史家都是将其放在一个非常重要的位置上来加以论述的。郭沫若在论及解放区木刻时就认为，它在对法西斯日本抗战的八年中"呈出了超级的贡献"（《论中国木刻》），而"北方木刻（即陕甘宁、晋察冀解放区）对于人民的教育意义也来得更为直捷，人民的生活受着艺术的影响而逐渐地合理化，美化了"[①]。

结语

在抗日与解放战争这一特殊的历史条件下，延安版画发挥了动员民众、宣传抗战的社会作用，带上了一种服务于政治、服务于人民的功利色彩，这与中国传统的文艺观念"文以载道"有一种内在的相通性。以此而言，它无疑是落后和反现代的，但以古元为代表的延安版画家，在这一最不现代的文艺观的面目下，却并未停留于政治性、口号式的宣传，而是用崭新的艺术思维来对民间传统的艺术形式进行转化，以现代的观念、思想来对陈旧、落后的艺术观念进行改造，从而使得一种带有"复调"色彩的现代形式语言，在具有民族特征的延安版画中生长了出来，使得民主、科学、革命等现代思想，透过传统文艺观念的表层传达了出来。

对延安版画这一在20世纪40年代延安特殊的历史语境中，在与中国的社会现实、文化传统碰撞交融的文化"反抗"中，在西与中、现代与传统多元对立的关系结构中生长出来，并在其时产生了重大影响的艺术样式进行考察，会使我们对中国文艺的现代化进程及与启蒙、救亡等相关的命题，有更深入的理解和观照。

（原载《美术学报》2015年第5期）

[①] 凌承纬、凌彦：《四川新兴版画发展史》，四川美术出版社1992年版，第128页。

五　延安出版、体制与传播

20世纪40年代"国统区"的延安文艺
——论延安文艺及其作品在"国统区"的编辑出版

王 荣[*]

在20世纪40年代的延安文艺运动及其发展过程中,由中国共产党及相关宣传文化领导机关主导或支持的延安出版机构,不仅在其所领导的以延安为中心的各"边区"创办文艺刊物或编辑发行出版物,同时也有意识地利用政治上"国共合作"达成的"合法性",以及"民国机制"下多元文化共存的社会生态,有组织、有目的地向当时国民政府统治地区的文化出版领域拓展。其中,从抗战初期直至20世纪40年代末,这些以公开直接的创办或隐身支持的合作等方式,通过创办编辑刊物及出版发行延安文艺及其作家作品,以向"国统区"民众及其读者展现中国共产党及其军队的政治形象,宣传其意识形态观念与各项文化政策,以及其新民主主义的政治文化实践等活动,有效地传播并配合了中国共产党的政治与文化方针策略,提升并塑造了以延安为中心的各"边区"的"新民主主义中国"景象。同时,延安的新民主主义文化运动及党的文艺政策,包括延安文艺及其创作在"国统区"的合法出版与广泛传播,尤其是抗战胜利前后延安文艺运动及其"新的人民的文艺"的"在全国实行"[①],又对当时"民国机制"下的文学发展与"国统区文艺"运动的演变,从社会历史及读者受众等各个方面,提供并奠定了多方面前提和基础。因此,从20世纪40年代现代中国文学史及出版史的角度,考察延安文艺刊物在"国统区"的出版发行活动,探讨其历史文化价值及意识形态意味,对20世纪中国文学及延安文艺研究,应当有着重要的学术价值。

---

[*] 作者单位:陕西师范大学文学院。
[①] 周扬:《表现新的群众的时代·王实味的文艺观与我们的文艺观》,海洋书屋1948年版,第16页。

一

1938年1月前后，中国共产党在"国统区"筹组多时的党刊《群众》周刊和党报《新华日报》，相继在当时国民政府的"战时首都"武汉正式创刊。作为抗战开始后，根据毛泽东等人早先提出及中共中央政治局的相关决议，在"国统区"公开出版发行的大型党报党刊，虽然在"发刊词"中公开宣布了"本报愿将自己变成一切抗日的个人、集团、团体、党派的共同的喉舌"，以及"力求成为全国民众的共同的呼声"等编辑理念与办刊宗旨①，然而事实上，则是担负着中共中央赋予并要求的"从苏区与红军的党走向建立全中国的党"，以及"争取党在全国的公开地位，利用一切活动的可能'下山'"等政治方面的任务②。因此，在"国统区"创办党报党刊和编辑出版"新民主主义文化"及延安文艺方面的书籍刊物，从始至终都是被置于中共中央及其所确定的"国民党区域的文化运动"等政治斗争策略，以及其作为"很可能广泛发展与极应该广泛发展的一项极端重要的工作"等文化方针之中③。

正是基于这样的政治策略及文化方针，延安文艺运动及其作家作品，作为中国共产党政治革命"文武两个战线"中的"文化战线"，以及所领导的"团结自己战胜敌人必不可少"的一支"文化军队"④，自然成为在"国统区"创办的党报党刊的一项重要内容，用以充分展现延安"新民主主义文化"建设及其实践方面的成绩。因此，《新华日报》及《群众》等党报党刊及其所编辑出版的文艺副刊或综合性栏目，以及由一些接受中共领导的、并且是以活跃在"国统区的进步的革命的"⑤作家名义编辑的报纸刊物，不仅成为20世纪40年代延安文艺在"国统区"公开发表及出版发行的起点，而且通过其"建立在全国公开的党报及发行网"等出版发行

---

① 《新华日报·发刊词》，《新华日报》1938年1月11日。
② 毛泽东：《目前抗战形势与党的任务报告提纲》，中共中央文献研究室中央档案馆编《建党以来重要文献选编》第14册，中央文献出版社2011年版，第656—657页。
③ 《中共中央关于发展文化运动的指示》，中共中央宣传部办公厅、中央档案馆编研部编《中国共产党宣传工作文献选编：1937—1949》，学习出版社1996年版，第526页。
④ 毛泽东：《在延安文艺座谈会上的讲话》，新华书店1949年版，第1页。
⑤ 茅盾：《在反动派压迫下斗争和发展的革命文艺——十年来国统区革命文艺运动报告提纲》，《中华全国文学艺术工作者代表大会纪念文集》，新华书店1950年版，第49页。

渠道，以具体直接的、艺术形象的方式，向"国统区"及全国民众宣传中国共产党及其军队在抗战中的新形象，传播延安的"新民主主义"革命政治实践，确立其新民主主义文化中心地位，推广延安文艺运动及其创作成就，实现其文化及文艺"推及全中国"任务目标的"合法"途径及主导方式。

于是，这些先后由中共中央长江局及南方局直接领导的，分别在全国各大中城市，如广州、重庆、桂林、长沙、南京等建立过分馆和销售点的《群众》周刊和《新华日报》，不仅是当时的中共中央及毛泽东等在"国统区"政治斗争的排阵布局中"党的一个方面军"①，而且也是20世纪40年代在"国统区"公开正面宣传报道，以及刊载、介绍延安文艺运动及其文艺创作，并一直延续到1947年初才停刊的文化阵地及文艺报刊。《新华日报》从抗战初创刊于武汉，历经重庆等不同的历史阶段，一直伴随着刊物的存续始终有意识地刊发并向"国统区"介绍延安文艺运动的动态及其作家的作品。如仅在抗战初期的《新华日报》上，就先后刊载了《陕甘宁边区民众娱乐改进会征求各地歌谣》和《八路军抗战剧团到陕赤水演剧》等文章，以及江横的《丁玲访问记》和云天的《艺术游击在太行——鲁艺实验剧团的战斗经历》等延安文艺运动动态。其中，除了丁玲的《答三个未见面的女同志》、丁洪的《下厨房——延安生活之一页》和舒新桃的《担柴——延安生活片断》等散文速写；奚如、田间、曼晴、余修、周德佑、宋非行、袁勃、方殷、力扬、雷石榆、莎寨等作家的诗歌及报告文学作品之外，尤其是刊载了诸如丁里、沃渣、华山、古元、张望、王大化、力群、焦心河等延安作家的木刻作品；高敏夫、高扬等所作的"陕北小调"等民间曲艺创作。同时，《新华日报》及《群众》周刊从创刊开始，还分别编辑出版了《团结》《星期文艺》《二三事》《老实话》《文艺之页》《戏剧研究》《木刻阵线》《时代音乐》《新华副刊》《书评专页》等综合性副刊或文艺性的报刊专栏。通过许多延安文艺及其作品的编辑发表，以及对延安及其文化及文艺方针政策的报道传达，成为中共指导及影响"国统区"文化运动及其文艺思潮的一个舆论中心与重要阵地。

1942年6月前后，在"国统区"由《新华日报》等主导的对延安

---

① 厉华等主编：《新华日报暨群众周刊画史·前言》，重庆出版社2011年版，第11页。

"文艺整风"运动,尤其是经过精心组织策划之后,对毛泽东文艺思想与党的文艺政策的宣传与传播,充分显示出20世纪40年代中共南方局及《新华日报》等党报党刊,在"国统区"的延安文艺及其编辑出版活动中所发挥的主导性作用。史实证明,为了在"国统区"宣传传播延安的文艺运动政策及毛泽东的文艺思想,当时的《新华日报》及《群众》周刊,不只是连续发表了延安"整风运动"的相关文件及其"文艺整风"运动的动态,以及转载了范文澜、艾青等延安作家批判王实味的文章等,而且以"中共中央召开文艺工作会议"及《文化建设的先决》等报道与社论的形式,对毛泽东当时在延安主持召开的"延安文艺座谈会"等进行了公开的专题宣传及舆论引导。而且,为了推进"国统区"文艺界对毛泽东文艺思想及党的文艺政策的宣传学习,又采用所谓"分而化之"的手法,将毛泽东的《在延安文艺座谈会上的讲话》的基本内容,做了节录后分别伪装成三篇不同笔名的文艺批评论文送审。从而有效地躲过了"国统区"的报刊检查,最后以《毛泽东同志对文艺问题的意见》的总标题,以及《文艺上的为群众和为何为群众的问题》、《文艺的普及和提高》和《文艺和政治》的小标题,1944年元旦的《新华日报·新华副刊》上,用了一个整版的篇幅进行了编辑发表,并在编后的"按语"中,突出并强调毛泽东的这个"讲话",是"有系统地说明了目前文艺运动上的根本问题"[①]。紧随其后,又通过转载延安《解放日报》早先发表的《中共中央宣传部关于执行党的文艺政策的决定》一文,以《文艺问题》为标题编辑出版"毛泽东在延安文艺座谈会上的讲话"单行本等方式,公开宣传及领导"国统区"文艺工作者"学习""贯彻"与"执行"毛泽东的"讲话"精神。与此同时,《新华副刊》及《群众》周刊,又在它们所编辑推出的"文艺问题特辑"中,除了分别发表周扬的《论艺术教育的方针》《马克思主义与文艺》、何其芳的《关于艺术群众化问题》、刘白羽的《新的艺术、新的群众》等"延安作家"们在"延安"学习理解毛泽东文艺思想及其延安文艺运动成就的文章之外,还刊载了艾青的诗歌《毛泽东》、公木的诗歌《风箱谣》、丁玲的小说《田宝霖》,"新英雄传奇小说"代表作家马烽、西戎的小说《吕梁英雄传》、王大化等的秧歌剧《兄妹开荒》、柯蓝的秧歌词《农户计

[①] 《〈新华日报〉就刊载"毛泽东同志对文艺问题的意见"发表按语》,见中共重庆市委党史工作委员会编《南方局领导下的重庆抗战文艺运动》,重庆出版社1989年版,第444页。

划歌》、以及何其芳的报告文学《记贺龙将军》、吴伯箫的散文《红黑点》等这些来自延安等各"边区"及"解放区"的作家作品,以配合及推进"国统区"文艺界对毛泽东文艺思想及其延安文艺的理解与学习。

此外,在20世纪40年代的"国统区",由中共南方局直接领导或建立的"文化运动上的最广泛的统一战线"[①] 及其机构团体创办的报纸杂志,也为延安文艺及其作品能够在"国统区"的公开发表与传播出版提供了制度上的合法和事实上的可能。如作为当时"国统区抗日民族统一战线的一个战斗堡垒"[②] 的国民政府军委会政治部第三厅;以中共及其党员、左派作家等为主体的,承担着指导全国抗战文艺运动"中心机关"功能的"中华全国文艺界抗敌协会";中共领导的上海战时统一战线组织"上海文化界救亡协会"等。在这些机构团体先后主办的《抗战文艺》《救亡日报》《抗战日报》等杂志报纸中,延安文艺运动及其作家作品,既是当时抗战文艺运动的一个重要组成部分,又是代表延安"表现新的群众的时代"的"人民的文艺"方向的创作活动。如在《抗战文艺》上刊载的延安作家作品中,就有鲁藜、师田手等人的报告文学《在五一节兵工厂的晚会里》《火车头》和陈荒煤的《谁的路》(鲁迅艺术学院工作团报告之一),刘白羽、孔厥的小说《火》和《一个女人翻身的故事》,厂民、柯仲平等人的诗歌《榴花》《挥起正义的利剑》和《中州平原》,吴伯箫、元留(温田丰)、方殷、杨朔等人的散文和塞克的戏剧,周而复、碧野、周立波、袁勃、李雷、莎塞、臧云远、华山、周文、白朗、草明、欧阳山、吕剑、艾青、胡征等作家的创作。

自然,20世纪40年代延安文艺作品在"国统区"的编辑出版活动中,1948年3月初在香港编辑及香港生活书店等总经销,由大众文艺丛刊社及文艺出版社等先后出版的"大众文艺丛刊",应当说是最值得关注的一个在当时"国统区"出版发行的延安文艺刊物。这既是因为刊物的编者都是当时中共华南局及其"文委"的主要领导和成员,更因为刊物的创办是在当时"国共内战"已渐分胜负之际,编辑者们出于"这新的形势也就要求

[①] 中共中央文献研究室中央档案馆编:《建党以来重要文献选编》第18册,中央文献出版社2011年版,第429页。

[②] 阳翰笙:《第三厅——国统区抗日民族统一战线的一个战斗堡垒》,《新文学史料》1980年第4期。

文艺更进一步具体地去配合它的发展"等政治的策略与文化上的目的，"为了迎接这即将到来的新形势，觉得有必要特别强调文艺上为工农兵基本方向和无产阶级思想领导的问题"，从而组织筹备在"国统区"编辑出版的一个文艺刊物①。因此，立足于毛泽东的文艺思想及其理论准则，对于当时"国统区"及全国文艺运动展开系列性的所谓"检讨、批判和今后的方向"，就成为"大众文艺丛刊"基本的编辑理念及政治立场②。于是，为"发行时应付邮政检查"，"大众文艺丛刊"在创刊后的一年时间里，总共编辑出版了六辑"以书代刊"的大型文艺刊物或"丛书"。即第一辑：荃麟、乃超等的《文艺的新方向》，第二辑：夏衍等的《人民与文艺》，第三辑：萧恺等的《论文艺统一战线》；第四辑：荃麟等的《论批评》和第五辑：《论主观问题》；第六辑：史笃等的《新形势与文艺》③。在这相继出版发行的六辑"大众文艺丛刊"中，宣传并树立毛泽东文艺思想及党的文艺政策的权威地位与理论原则，确立延安文艺与"五四"新文学、现实主义文艺传统的必然联系，批判"国统区"文艺运动及其发展过程中的"反动文艺"及其文艺思想、"小资产阶级知识分子"作家作品和文艺倾向等，进而为延安文艺及其"新的人民的文艺"等"新方向"的确立，从文艺理论上和创作实践上进行意识形态的准备及"合法性"证明，就成为编辑各辑"大众文艺丛刊"之际，编辑者刊载发表相关文学理论及文艺批评，以及延安文艺作家作品的基本准则与中心内容。

  1949年3月，"大众文艺丛刊"在编辑出版最后一辑《新形势与文艺》后宣告终刊。编者在刊物的"编后"中声明："由于局势的发展与编委会同人的流动，这期出版后，本刊暂时告一结束，俟以后在解放区再考虑复刊，敬希读者鉴察。"④从而也在20世纪40年代"国统区"的延安文艺及其编辑出版史上，留下了一道明确的历史印迹及深深的文学史影响。"大众文艺丛刊"及其表现的理论主张、批评立场及方法态度，以及所提供的来自延安文艺及其"工农兵文艺"的审美趣味与作品范本，不仅显示

---

  ① 史笃、荃麟等：《新形势与文艺·编后》，《大众文艺丛刊》1949年第6辑。
  ② 本刊同人（荃麟执笔）：《对于当前文艺运动的意见》，《大众文艺丛刊》第1辑《文艺的新方向》；香港生活书店1948年版，第4页。
  ③ 《大众文艺丛刊》的"这后三辑还有换了个书名的版本"，即胡绳等著的《鲁迅的道路》、马耶阔夫斯基等著的《怎样写诗》和于伶等著的《论电影》。
  ④ 史笃、荃麟等：《新形势与文艺·编后》，香港生活书店1949年版。

延安文艺在"国统区"的出版传播及宣传影响的强劲深入,而且充分彰显出延安文艺在20世纪40年代的"国统区"及其"文化战线"中,作为中国共产党及其领导的社会政治革命中一支"文的军队",所产生及发挥出的"为新中国文艺定调"和"新中国文艺批评的预演"等政治与文艺方面的历史作用[1]。

二

抗战开始后新的社会政治及其文艺发展格局的形成,在为延安文艺及其作品在"国统区"公开发表传播的同时,也为延安作家个人或团体在"国统区"创办"同人"刊物,以及编辑以"己意名之"的出版物或"汇集总聚"的综合类与专科类大型丛书等,提供了现实的社会条件和法律保证。于是,一些延安作家及其文艺组织团体,在中共中央及中共长江局、南方局的支持及帮助之下,开始在"国统区"筹办文艺刊物或出版自己的作品。并且尝试联合或聘用"国统区"的一些出版机构担任发行人,甚至为逃避当时"国统区"的图书审查制度,而采用不断变换名称或在境外注册"挂洋旗"等手法办刊出书。通过这些文艺作品及书籍,向"国统区"及全国民众和读者,展示中国共产党及其军队在当时的全民抗战中,是"怎样在发挥出它的内部蕴藏的力量,怎样在产生着新的民族英雄的典型"[2],以及延安等各个"边区"军民"活生生"抗战生活的同时,宣传介绍"新民主主义文化"实践及其意识形态,以及延安文艺运动的艺术成就及其审美趣味。从而使之在中共领导的"国统区文化运动"过程中成为一种"推动未来变化的武器"[3]。

1938年3月创刊于汉口,署名丁玲、舒群为主编及上海杂志公司总经销的《战地》半月刊,成为抗战初期延安作家较早在"国统区"创办的一个文艺刊物。虽然稍后围绕这个刊物的创办缘起,特别是编辑方针及内容

---

[1] 杨联芬等:《二十世纪中国文学期刊与思潮》,百花洲文艺出版社2006年版,第466—468页。

[2] 周扬:《我所希望于〈战地〉的》,《战地》1938年第1卷第1期。

[3] 《中共中央关于发展文化运动的指示》,中共中央宣传部办公厅、中央档案馆编研部编:《中国共产党宣传工作文献选编:1937—1949》第17册,学习出版社1996年版,第526页。

等，两位主编都曾先后有过不同的解释说明①，但我们从中能够明确发现的是，除了这个文艺刊物的最初名称是由丁玲提议并得到了舒群的赞同，然后经过八路军总政治部领导的"同意"与"批准"外，最后刊物的正式出版及编辑方针的确定，却是和丁玲与舒群最初设想的在"国统区"正式出版一个类似于"当时西北战地服务团"的"油印刊物《战地》"那样，并且只刊载"本团团员们的反映战地生活的短小的文艺作品和通讯报道"的抗战社团刊物完全不同，而是一个新的"全是大块文章，无一篇西北战地服务团的文章，也看不出同西北战地服务团有什么联系"的"大型"文艺刊物②。

因此，完全有根据说，这个被丁玲视为"借用了'丁玲'与'战地'的名义"编辑出版的《战地》半月刊及其在武汉的问世③，不管是办刊理念还是编辑方针，自始至终都接受了当时延安文艺界及其领导人周扬、艾思奇等的直接"授意"及具体指示④，刊物实际上的主编也一直是"受延安八路军总部的奉派来汉口创办刊物"的舒群⑤。同时，刊物的出版及其相关的沟通联系，又得到了当时中共长江局的支持及叶以群的具体协助。因此，《战地》半月刊的编辑内容及其刊载的作家作品，从创刊之时起就不同于或超出了丁玲当初提议的办刊理念和编辑方针，事实上办成了当时的延安文艺界参与全国抗战文艺运动的一个平台，以及有意识地向"国统区"读者及全国文艺界，正面介绍与传播延安文艺思潮及其创作活动，公开发表延安文艺作品的大型文艺刊物。

当然，从1938年3月中旬至同年的6月初，《战地》半月刊的存在，尽管时间上只有短短的几个月，并且也仅出版了六期，就因为战局和编辑

---

① 分别参见舒群《关于〈战地〉》，《战地》1938年5月第1卷第4期；丁玲《关于〈战地〉》，张炯等编：《丁玲全集》第10卷，河北人民出版社2001年版，第235页。

② 丁玲：《关于〈战地〉》，张炯等编：《丁玲全集》第10卷，河北人民出版社2001年版，第235页。

③ 同上。

④ "随后我收到舒群来信，说他到了延安，把我们出刊物的事向周扬、艾思奇说了，他们意见要在武汉出大型月刊，并给了他一些文稿。舒群便以他们的这一授意与介绍，到武汉联系，由叶以群同志介绍，在一家书店出版。"（丁玲：《关于〈战地〉》，张炯等编：《丁玲全集》第10卷，河北人民出版社2001年版，第236页）

⑤ 姜德明：《烽火中的〈战地〉》，见姜德明《守望冷摊》，中共中央党校出版社2002年版，第34页。

等方面的变化而"寿终正寝了"①。但是,从《战地》的各期目录中,我们能够清楚地发现,这个被当时的周扬及其延安文艺界赋予了"有计划地培养新起作家"、"扩大文学方面的工作干部"及"训练新作家"等诸多方面"希望"和"任务"的刊物②,对于当时延安发生及发展的文艺运动的全面报道,以及延安作家作品的集中发表,使其在当时"国统区"编辑出版的众多的文艺刊物中,形成了独特的编辑标准和鲜明的期刊特征。其中,除了周扬的《我所希望于〈战地〉的》和艾思奇的《文艺创作的三要素》等指导性的文艺理论文章,分别重申和强调"今天的问题不是向作家要求作品,而是向作家要求生活。生活是第一义,没有生活的深切的实践,不会有伟大的艺术产生"等③,以及所谓的"文艺的内容"与"作者的世界观"及"典型的法则"等文艺创作的关系之外④,又相继编辑发表了许多延安作家的文艺作品,展示出延安文艺创作方面所取得的成绩。如成仿吾等人的诗歌,舒群等人的小说,陈谓(陈叔亮)、塞克等的剧本,杨朔、张松如、张春桥、高阳、杨恬等作家的散文及报告文学与力群的木刻。特别是先后刊载的元留(温田丰)的长文《边区的国防文艺》《新文字运动》,艾思奇的《谈谈边区的文化》和林山记录整理的《戏剧座谈会摘要》,以及沙可夫、柯仲平和骆方等人撰述的《关于诗歌民歌演唱晚会》等文章,对延安的"边区文化"运动及其"国防文艺"活动,包括延安的诗歌朗诵、戏剧演出、文艺社团等文艺实践与探索,包括新文字的推广等,都进行了全面跟踪报道与详细介绍,从而宣示并证明"在地方偏僻,经济落后的边区","由于政治力量的推动,边区文化是在主观的努力之下把许多困难克服,使自己的水平提高到平常的状态里万万不能达到的程度了"⑤。

与此同时,更值得我们注意的,就是从抗战初期开始的"国统区"图书出版中,相继出现了多种类型的延安文艺丛书及丛刊。这些可谓"荟萃"不同时期延安文艺运动及其创作"菁华"的大型综合性与专科性文艺

---

① 丁玲:《关于〈战地〉》,见张炯等编《丁玲全集》第10卷,河北人民出版社2001年版,第237页。
② 周扬:《我所希望于〈战地〉的》,《战地》1938年第1卷第1期。
③ 同上。
④ 艾思奇:《文艺创作的三要素》,《战地》1938年第1卷第1期。
⑤ 艾思奇:《谈谈边区的文化》,《战地》1938年第1卷第2期。

书籍,不仅是当时延安作家及其文艺活动成果与风貌的一种整体展示及"新的人民的文艺"及艺术成就的"经典化"建构,而且是当时"延安"新的"文化中心"地位和中共及其军队新的政治形象的集中宣传与塑造,以及政治意识形态及文艺秩序"组织化"的形象体现。这其中以"汇集总聚"编辑出版的、影响比较大的系列延安文艺作品包括:一是抗战初期1938年3月到1939年4月间,先后在武汉及广州等地编辑出版的"战地生活丛刊""西北战地服务团丛书""鲁迅艺术学院戏曲丛刊"等;二是抗战胜利后的1946年初开始编辑出版的"北方文丛"等大型延安文艺丛书。

1938年3月至8月在武汉面向全国公开发售的"战地生活丛刊"是由叶以群主编、上海杂志公司出版、张静庐为出版人的一套大型延安文艺丛书。其第1辑中分别收录了王余杞、刘白羽的《八路军七将领》,天虚的《两个俘虏》,刘白羽的《游击中间》,奚如的《阳明堡底火战》,张天虚的《征途上》,舒群的《西线随征记》,陈克寒的《八路军学兵队》等报告文学集,以及罗烽的长篇小说《莫云与韩尔谟少尉》,丁玲、奚如等编著的《西北战地服务团戏剧集》和《西北战地服务团战地通讯录》等①。作为一套反映当时被"国统区"民众"视为神秘性的共产党人、八路军的种种小册子"中的"新的著述"②,不仅集中描绘和塑造了中共及其领导的军队——八路军与各个"边区"的新面貌,以及朱德、林彪、彭德怀、彭雪枫等八路军将领的人物"特写",而且也向全国的民众及其读者宣示,这套丛书"是战地的实际工作的写实,是战地生活的忠实报告,是伟大时代的活文学,是枪杆和笔杆同举的,血和泪交织的文艺作品"③。

同样,1938年7月至1939年4月由丁玲、奚如主编,生活书店总经销,在武汉编辑出版并面向全国发行的"西北战地服务团丛书",是反映

---

① "战地生活丛刊"的书中广告称"这套丛书为第一辑10种"(参见刘白羽《八路军学兵队·插页广告》,上海杂志公司1938年版)。有学者研究认为:抗战时期由叶以群主编的"战地生活丛刊"先后编辑出版了8册(参见章绍嗣等《武汉抗战文艺史稿》,长江文艺出版社1988年版,第58页),但现存"战地生活丛刊"版本有9种,其中的《西北战地服务团战地通讯录》缺佚或未出。

② 张静庐:《在出版界二十年——张静庐自传》,上海书店1984年影印本,第192—196页。

③ 刘白羽:《八路军学兵队·插页广告》,上海杂志公司1938年版。

并记述1937年8月由丁玲等延安作家发起组织而成立的"十八集团军西北战地服务团","在战地的各种工作、各种生活的映影"的大型文艺丛书①。这套被宣称为"有血有肉,可歌可咏"的丛书,包括劫夫、史轮、敏夫等人的抗战歌曲集《战地歌声》,丁玲的小说集《一颗未出膛的枪弹》和散文集《一年》,田间的诗歌集《呈在大风砂里奔走的岗位们》和史轮、裴东篱等人的戏剧集《白山黑水》,以及本团同志集体创作的战地服务团生活工作文集《西线生活》,张可、史轮、醒知等人的《杂技》和张可、醒知、东篱等人的《杂耍》等民间曲艺文学集②。通过展现延安作家及其"西北战地服务团"这种全身心汇入全民抗战洪流的精神及其报告纪实等艺术创作,让"国统区"读者了解、感受延安及"八路军"在全民抗战中的新形象。不过,与上述综合性的延安文艺丛书及丛刊稍有区别的是,1938年10月前后,由《新华日报》馆广州分馆服务课编印,《新华日报》广州分馆发行的"鲁迅艺术学院戏曲丛刊",则是《新华日报》广州分馆在广州沦陷前的短暂活动期间,编辑出版并较早向华南及港澳、海外地区介绍并展示延安文艺运动及"鲁迅艺术学院"文艺创作活动的一套大型文艺丛书。在这套最早在"国统区"汇编出版的鲁迅艺术学院"服务于抗战"戏剧创作实践及其成果书籍中,原计划编辑的图书有10种之多,其中有《还我的孩子》《流寇队长》《农村曲》《时候到了》《大丹河》《延安颂》《军火船》《人命贩子》《八一三的晚上》《一条路》等③。但是,或因战局的突变及出版机构的撤销等原因,实际上我们看到的仅有孙强的独幕剧《还我的孩子》和张庚、左明、孙强、崔嵬、莫耶、沈停、李伯钊、王震之、张李纯集体创作,王震之执笔的三幕剧《流寇队长》,其他编辑计划中的书目可能最终并未出版。或许正因为如此,已经出版的《流寇队长》等作品,随后又被冠以"鲁迅艺术学校戏曲集""鲁迅艺术学院戏剧丛书"等题名,分别为当时的重庆建社、上海中华大学图书公司等翻印,或者被戏剧书店收入其编印的"国防戏剧丛书"之中。由此即可见其

---

① 丁玲、奚如主编,劫夫、史轮等著:《战地歌声·插页广告》,生活书店1939年版。
② 据当时发表的书目广告及子目顺序,这套"西北战地服务团丛书"计划编辑出版10种,如《白山黑水》版权页就署为"西北战地服务团丛书之十"。但是,从《中国近代现代丛书目录》及《民国时期总书目》查阅,现存的书目版本仅有8种,可考订散佚或未出版的是丛书"之四"——丁玲的三幕剧本《联合》和"之六"——《战地歌声》(二)。
③ 张庚等集体创作,王震之执笔:《流寇队长·插页广告》,《新华日报》广州分馆1938年版。

在抗战初期的"国统区"及全国性戏剧运动中所产生的广泛影响。

自然，与抗战时期"国统区"的延安文艺及其"丛书"的编辑出版明显不同，1945年抗战胜利后，随着政治局势的逆转与国共两党的兵戎相见，"国共合作"的历史背景演变成了"剿共戡乱"的生死决斗。于是，延安文艺及其作品在"国统区"的编辑出版，一方面成为查禁及钳制在"国统区"编辑出版延安文艺的重点，以及治罪于"以文字、图书或演说为匪徒宣传者"等书刊出版业的法条[①]；另一方面，在"国统区"编辑出版延安文艺刊物图书及其系列丛书，又成为国共两党在"文化战线"上争夺意识形态及文化权力的搏杀。于是，编辑出版各种大型延安文艺及其理论丛书，就是当时"国统区"中共及其各地区"文委"必须完成的宣传和树立毛泽东文艺思想在全国文艺界的理论权威，推进并确立"工农兵文艺"新方向的意识形态的一项重要任务。

因此，1946年初，由周而复主编，上海作家书屋及香港海洋书屋、香港南洋书屋、新中国书局和谷雨社等出版发行或重编再版的"北方文丛"，就是当时主要面向"国统区"及港澳、东南亚等地区读者，可以说是"荟萃"40年代延安文艺运动及其创作"菁华"的一套大型丛书。其书目中主要有：周扬的《表现新的群众的时代》和艾青的《释新民主主义的文学》等文艺理论，萧军、马加、柯蓝、邵子南、赵树理、周而复、东平、孙犁、康濯、柳青等人的长短篇小说代表作，艾青、李季等人的长篇叙事诗歌，荒煤、周而复、姚仲明、陈波儿、任桂林和贺敬之等的话剧及新歌剧等，以及何其芳、吴伯箫的报告文学集、韩起祥的新说书集和陈祖武的战地日记等三十余种。而这套丛书之所以取名为"北方文丛"，即如编者所言："因为当时党中央军事委员会以及解放军主力部队都在西北、华北和东北，'三北'，实际上是代表解放区的称谓。不言而喻，《北方文丛》即是《解放区文丛》。"[②] 因此，从1946年初至1949年8月，这套始终题为"北方文丛"的编辑刊行，虽然历经上海、香港等地多家出版社的出版

---

① 《戡乱时期危害国家紧急治罪条例》，中国第二历史档案馆编《中华民国史档案资料汇编·第5辑》，江苏古籍出版社1999年版，第200页。

② 周而复：《〈北方文丛〉在香港》，参见吉少甫主编《郭沫若与群益出版社》，百家出版社2005年版，第250页。

重印，甚至为一些书店"冒名"刊行或选印发行①，包括各辑子目也因时顺势而多有调整修改②，但是，汇集编选的作品，都将1942年"延安文艺座谈会"之后的代表作家及其代表作品，作为这套延安文艺丛书收录及编选子目的基本准则③。

　　1948年前后，同样是由周而复等主编，香港海洋书屋刊行的"万人丛书"和"文艺理论丛书"，也是面向"国统区"读者的两套大型延安文艺综合性丛书。从其计划编选的子目来看，"文艺理论丛书"中既收录有列宁、车尔舍夫斯基、顾尔希坦等人的译作，又编选有瞿秋白、周扬、冯乃超等人的著作④。而预计编辑出版20余种的"万人丛书"，虽然也有很多人文社科类的书目，但是，延安文艺及其作家作品依然是丛书的编辑重心，如米谷、舒群、白朗、周而复、唐海、胡绳、刘石、欧文、郭杰、符公望、艾青和夏衍、刘建庵创作的小说、诗歌、戏剧及图画、歌曲等文艺作品。除此之外，值得我们注意的，就是20世纪40年代末，随着国共内战局势的变化，"国统区"的政治及文化地域也在整个大陆地区随之而缩减并不复存在。但是，与其相应的一个独特历史景观，就是在延安文艺的编辑出版方面，特别是面向所谓"新解放区"民众及读者的大型文艺丛书方面，则呈现出一种可谓"齐头并进"的趋势。其中，除了东北书店编辑出版的诸如"新文艺丛刊""新演剧丛书""新音乐丛书"等，以及上海群益出版社出版、周而复编辑的"群益文艺丛书"和武汉人民艺术出版社编辑出版的"人民艺术丛刊"等大型延安文艺丛书之外，1948年根据毛泽东的指示由周扬等延安作家编辑出版的"中国人民文艺丛书"，不仅收录了"解放区历年来，特别是1942年延安文艺座谈会以来各种优秀的与较

---

　　① 周而复：《〈北方文丛〉在香港》，参见吉少甫主编《郭沫若与群益出版社》，百家出版社2005年版，第247页。

　　② 倪墨炎：《周而复主编〈北方文丛〉》，《现代文坛内外》，上海汉语大词典出版社1998年版，第221页。

　　③ 在上海作家书屋1946年至1947年编辑出版的"北方文丛"第一辑中，始终收录有萧军20世纪30年代的旧作《八月的乡村》，而在1949年2月由新中国书局出版的3辑"北方文丛"插页广告中，《八月的乡村》开始为马烽、西戎的《吕梁英雄传》所替代。

　　④ 目前根据书目广告所能查找到的"万人丛书"版本很少，据周而复回忆："万人丛书"中"有些稿子交给书店以后，因为临近全国解放，就没有再出下去"。参见周而复《冯乃超同志二三事》，《新文学史料》1983年2期。

好的文艺作品"① 约 66 种 68 册②，而且，这套"早在解放战争初期，毛泽东就曾对周扬讲要把解放区的文艺作品挑选一下，编成一套丛书，准备新中国成立后拿到大城市出版"的延安文艺丛书③，事实上也可以说是为延安文艺及其作品在 20 世纪 40 年代"国统区"的编辑出版，画上了一个清晰的历史句号。

三

1945 年 6 月 1 日，《工人日报》的前身《新大众》杂志，在当时晋冀鲁豫边区的河北武安创刊发行。这是当时一个以"要大众来办，办给大众来读"为办刊宗旨的综合性通俗文化刊物。所以，除了编辑队伍中有著名的作家赵树理身列其中外，据说也是当时"读者最多、销路最广的一个杂志"④。不过，引起我们注意的是在 1946 年 7 月 1 日出版的第 22 期杂志上，刊载的一篇颇有深意的编者与读者交流对话的文章《再谈群众翻身运动》。文章中，有读者提出了这样一个问题："共产党主张民主、自由、党派合法，但为什么共产党在国民党地区办的有报纸，而国民党却没有到解放区来办报呢？"对此，署名"君瑜"的编者也给出了一个明确的答案："答复很简单：解放区没有国民党办的报纸，是因为国民党没有来办。国民党区有共产党办的报纸，是因为共产党去办了。若再要追问为什么共产党去办而国民党不来办呢？那就只有这样一种解释：共产党凭的是讲真理，说实话，所以理直气壮地拿着真理实话到国民党区去讲。而国民党只善于造谣言，打官腔；大约他们自己也估计拿这一套到解放区来吃不开，所以他宁可派特务，打黑枪，却不肯正正当当来出版他的报纸。否则他为

---

① 《中国人民文艺丛书编辑例言》，参见李季《王贵与李香香》，新华书店 1949 年版。
② 据新华书店华东总分店编《图书目录第十二号》（新华书店华东总分店 1950 年 12 月版，第 35—38 页）及《文艺报》1—2 卷封底广告统计证明，至 20 世纪 50 年代初，"中国人民文艺丛书"子目应在 66 种以上。所以，一些词典断言的共 55 种或其他，则显然有误或明显遗漏（参见本社编《文学百科词典》，知识出版社 1991 年版，第 1011 页；徐乃翔等编《文学词典》，学苑出版社 1999 年版，第 336 页；洪子诚主编《中国当代文学史·史料选》上卷，长江文艺出版社 2002 年版，第 184 页）。
③ 箫玉：《中国人民文艺丛书：开启文学新纪元》，《石家庄日报·周末广场》2009 年 9 月 19 日。
④ 《〈新大众〉发行增至八千余份》，《人民日报》1946 年 5 月 17 日。

什么不来呢?"① 应当说,虽然这样的答复及回应自然有它自身充分的历史原因或理由,但是,在此值得关注或讨论的,则是如此叙述场景及其感性对话中所透露出的历史或史实。并且关键之处是,20世纪40年代的报纸杂志及图书的出版发行,显然不是一个如此简单的问题。然而,当我们从20世纪40年代延安文艺及其发展的角度来讨论延安文艺及其作品在当时"国统区"编辑出版等问题的时候,则有可能给研究者很多阐释的空间及方法上的启示。

事实上,20世纪40年代的延安文艺及其作品,之所以要在并且能够在"国统区"公开发表和编辑出版,其根本性历史原因和政治前提,就是抗战爆发后"国共合作"所形成的40年代中国政治格局。这其中,从"七七事变"发生仅一周之后,中共中央提出的"取消一切推翻国民党政权的暴动政策及赤化运动",以及"取消现在的苏维埃政府"和"取消红军名义及番号"等"郑重向全国宣言"②,到1937年9月前后,国民政府军事委员会宣布红军主力改编为国民革命军第八路军,再到根据国共两党政治协议,延安及其陕甘宁"苏区"被改建为民国政府的陕甘宁"边区"。所以,在短短的60天左右时间里,以延安为首府的"中华民国陕甘宁边区政府"出现在当时中国的历史及政治版图之上,成为国民政府行政院的一个直辖行政区域。同时,之前即宣布并承诺,"取消苏维埃政府及其制度"后的"陕甘宁边区",也将"执行中央统一法令与民主制度"③。因此也可以说,"抗战救亡"及其"国家意识"下的政治认同,也构成了现代中国历史上鲜有的国家机制与政治制度的"统一",或者说是特别的20世纪40年代的中国。于是,不仅抗战时期"国共两党"一致认同的"中华民国"及其立法及相关政策④,为包括延安文艺在内的文化活动及文艺创作在"国统区"的出版发行等,提供了必需的"发表言论及刊行著作之自

---

① 君瑜:《再谈群众翻身运动》,《新大众》1946年第22期。
② 《中共中央为公布国共合作宣言》,见中共中央文献研究室、中央档案馆编《建党以来重要文献选编(1921—1949)》第14册,中央文献出版社2011年版,第370页。
③ 《中共中央书记处关于同蒋介石谈判经过和我党策略方针给共产国际的报告》,见中共中央文献研究室、中央档案馆编《建党以来重要文献选编(1921—1949)》第14册,中央文献出版社2011年版,第137页。
④ 参见《中华民国临时约法》(1911年3月11日)、《中国国民党训政纲领》(1928年10月3日)、《中华民国训政时期约法》(1931年6月1日)、《中华民国宪法草案》(1936年5月5日)、《中华民国宪法》(1946年12月25日通过)等。

由","非依法律不得停止或限制之"等制度上的基本保障及社会条件[1]，而且，作为20世纪40年代中国"抗战文艺"运动及其文艺创作的一个重要组成部分，延安文艺及其创作在"国统区"的出版发行，也就自然取得了当时社会政治及文化体制等方面的"合法性"，并且为其刊物及出版的不断发展提供了必需的历史条件与现实可能。

不过，众所周知，20世纪40年代以"延安"为首府的陕甘宁等"边区"，实际上则是中国共产党及其军队享有"为国民政府承认的，享有行政、司法、财政、教育、文化、治安等各项权力"，并且是"独立自主"的、与当时国民政府"分庭抗礼"的无产阶级政治革命区域[2]。因此，从抗战开始前后，中国共产党及毛泽东等中共领导人，除了要求全党及其军队"在任何环境下，应保持自己的政治面目与组织上的独立性"，以及"应实现自己是唯一组织者与领导者的任务"等"基本原则"之外[3]，坚持及告诫全党"中国革命是世界革命的一部分"，而且明确中国革命的最终目标，就是要建立一个"新民主主义"的政治、经济和文化的"新中国"[4]。与此同时，对于发展当时延安的新民主主义文化建设，以及推进延安文艺运动及其创作实践，也进行了系统的理论阐述及思想组织上的规划部署。1940年前后，毛泽东等中共领导人，从抗战后"敌人已将我们过去的文化中心变为文化落后区域，而我们则要将过去的文化落后区域变为文化中心"等角度[5]，明确提出了"只有延安不但在政治上而且在文化上作中流砥柱，成为全国文化的活跃的心脏"的文化战略目标[6]，并且不断强调"新民主主义文化"建设及其实践的核心问题，就是"只能受无产阶级的文化思想即共产主义思想去领导，任何别的阶级的文化思想都是不能领

---

[1] 《中华民国训政时期约法》，见郭伟编《中华民国宪法史料》，台湾文海出版社有限公司1973年版，第42—43页。

[2] 李洁非、杨劼：《解读延安》，当代中国出版社2010年版，第2页。

[3] 《中共中央关于统一战线区域内党的工作的基本原则草案》，见中共中央文献研究室、中央档案馆编《建党以来重要文献选编（1921—1949）》第14册，中央文献出版社2011年版，第5页。

[4] 毛泽东：《新民主主义的政治与新民主主义的文化》，《中国文化》创刊号，1940年2月15日。

[5] 毛泽东：《论持久战》，《毛泽东选集》第4册，中国共产党晋察冀中央局1947年编印，第41页。

[6] 《欢迎科学艺术人才》，《解放日报》（社论）（延安）1941年6月10日。

导了的"①。正是在这样的文化策略之下,"关于国民党区域的文化运动",作为中共中央"关于发展文化运动",不仅被认为是"很可能广泛发展与极应该广泛发展的一项极端重要的工作",而且抗战时期的"发展文化运动"工作中,"因为他不但是当前抗战的武器,而且是在思想上干部上准备未来变化与推动未来变化的武器",于是被确定为"有头等重要性"的工作②。因此,1941年中共中央宣传部又在其制定的"党的宣传鼓动工作提纲"中,除了要求"国统区"的"文化运动"及其"对外宣传鼓动工作中",应当认识到"报纸、刊物、书籍是党的宣传鼓动工作最锐利的武器,党应当充分的善于利用这些武器"之外,更具体地提出"办报,办刊物,出书籍应当成为党的宣传鼓动工作中的最重要的任务"③。所以,1940年延安文艺作品在"国统区"的编辑出版及发行传播,就成为中国共产党在延安开展的"新民主主义文化"建设及其文艺实践活动如何输出或影响"国统区"文化思潮及其文艺运动的一项政治任务,以及"关于国民党区域的文化运动"中的重要工作内容。从而反映出中国共产党在立足陕北与延安之后的新形势下,文化工作思想理论的自觉与对文化建设活动的重视,以及实践其文化策略方针的组织性及主动性。

同时,由于20世纪40年代延安文艺运动的发生及其发展,是从"陕北苏区文艺运动"中起步、成长起来,并将"培养无产者作家,创立工农大众的文艺,成为革命发展运动中一支战斗力量"等作为目标方向的文艺运动④。因此,延安文艺运动及其创作活动,不仅使其和中国共产党领导的"新民主主义政治"及其社会革命有着天然的联系,是"党的文艺工作"及其"整个革命事业的一部分"⑤,而且作为抗战时期延安"新民主主义文化"实践的重要组成部分,还自觉地肩负着党的"文化军队"及其文艺斗争的使命。所以,延安文艺运动及其创作活动,从来就被规定为中国共产党及其领导的中国政治革命"文武两个战线"中的"文化战线"。

---

① 毛泽东:《新民主主义的政治与新民主主义的文化》,《中国文化》创刊号,1940年2月15日。
② 《中共中央关于发展文化运动的指示》,见中共中央宣传部办公厅、中央档案馆编研部编《中国共产党宣传工作文献选编:1937—1949》第17册,学习出版社1996年版,第526页。
③ 《中共中央宣传部关于党的宣传鼓动工作提纲》,见中共中央文献研究室中央档案馆编《建党以来重要文献选编》第18册,中央文献出版社2011年版,第429页。
④ "中国文艺协会"的发起》,《红色中华》1936年11月30日。
⑤ 毛泽东:《在延安文艺座谈会上的讲话》,新华书店1949年版,第29—30页。

于是,"从苏区推及全国"或"要在全国实行"等意识观念的提出,对于20世纪40年代的延安文艺来说,也就绝非一时一地的口号或宣传,而是付诸为政党主导的持续性的政治策略与组织实施的行动。

所以,从1936年底"中国文艺协会"成立时,毛泽东等中共领导人总结反思以往"苏区文艺"运动"在文艺创作方面,我们干得很少","没有组织起来,没有专门计划的研究","过去我们都是干武的",等等①,开始提出"现在我们不但要武的,我们也要文的了,我们要文武双全"等明确的文艺政策方针,并且要求当时的"陕北苏区文艺运动"及其创作,能够"创造发展划时代的广大群众的文化,从苏区推及全中国",从而"用文艺的创作,将千百万大众的苏维埃运动的斗争故事,传达到全中国全世界"②,完成"以文艺的方法,具体的表现,去影响推动全国的作家,文艺工作者及一切有文艺兴趣的人们,促成巩固统一战线,表现苏维埃,为抗日的核心"等"艰难伟大的任务"③。到抗战开始之后,当时的中共中央及其宣传部门,从组织纪律上提醒"红军改编为国民革命军"后的政治"环境",是"一方面给了它的活动与外界不良影响的传入以更多的便利,另一方面也给了我们扩大自己影响的便利"④,并且不断发布指示及制定具体纲领,通过中共中央在"国统区"建立的政治机关及其"文化工作委员会"的精心组织,以及党在"国统区的进步的革命的"作家积极配合,在"国统区的文化运动"中通过办报办刊及相关出版机构,宣传介绍及编辑出版延安文艺及其作家作品,贯彻执行"党对于现阶段中国文艺运动的基本方针"⑤,传播张扬中国共产党的政治及其新民主主义文化主张,包括延安文艺运动的发展及其创作成就。从而也在"国统区"延安文艺及其编辑出版的组织化和规范化等方面,与各个阶段延安的"表现新的群众的时代"及其"人民的文艺"等文艺创作活动,以及"实现文艺运动的新方向"等方针政策,始终保持着理论及实践等方面的一致或同步⑥。而且,

---

① 《毛主席讲演略词》,《红色中华》1936年11月30日。
② 《博古主席讲演略词》,《红色中华》1936年11月30日。
③ 《洛甫同志讲演略词》,《红色中华》1936年11月30日。
④ 总政治部:《关于新阶段的部队政治工作的决定》,见中共中央宣传部办公厅、中央档案馆编研部编《中国共产党宣传工作文献选编:1937—1949》第14册,学习出版社1996年版,第2页。
⑤ 中共中央宣传部:《关于执行党的文艺政策的决定》,《解放日报》1943年11月8日。
⑥ 《实现文艺运动的新方向,中央文委召开党的文艺工作者会议,凯丰、陈云、刘少奇等同志讲话,指示到群众中去应有的认识》,《解放日报》1943年3月13日。

延安文艺界的领导人周扬等,根据毛泽东文艺思想及其"新的历史的时代"及"新民主主义文化"建设等理论观点,强调延安文艺运动及其创作实践的目标,"正是要把过去比较的适于大城市,局限于小资产阶级圈子的文化变为能适合于广大农村,与广大战争,以工农兵为主要对象的文化"①,明确要求将在延安等地实践的"新文艺运动"及其"文艺应为大众"的创作目标,作为"明天要在全国实行的"及坚持的"根本性方针"②。所以,在20世纪40年代,有组织地在"国统区"及全国进行"延安文艺"及其创作成果的推介与宣传工作,就成为当时"要扫除半殖民地半封建的旧文学旧艺术的残余势力,反对新文艺界内部的帝国主义国家资产阶级和中国封建主义文艺的影响",以建构并完成"新民主主义的文化革命文艺革命"及其"人民的文学艺术"等③"新中国"文学目的。也可以说是由中国共产党及其领导的"文化军队",在"国统区"及其"文化战线"和"军事战线"上的"文武"协同,从而进行并完成的一项"艰难伟大的任务"。

总之,20世纪40年代"国统区"的延安文艺及其作品的出版发行,并非一般意义上的文艺现象或传播接受的结果。政治诉求及其文化策略的"推及全国",与"发表言论及刊行著作之自由"文化机制的历史交汇,构成了40年代延安文艺运动及其接受传播过程中,"国统区"延安文艺刊物及其作品编辑出版的历史景观。所以,如果从这个角度来回复前文《新大众》读者的疑问,是否可以说,能够"理直气壮地""述说发表"的社会及"文化机制"才是决定一个时代是否可能产生"讲真理,说实话"的关键。

(原载《现代中国文化与文学》第17辑,巴蜀书社2015年版)

---

① 周扬:《王实味的文艺观与我们的文艺观》,《表现新的群众的时代》,香港海洋书屋1948年版,第16页。
② 周扬:《艺术教育的改造问题》,《表现新的群众的时代》,香港海洋书屋1948年版,第41—42页。
③ 郭沫若:《为建设新中国的人民文艺而奋斗》,《中华全国文学艺术工作者代表大会纪念文集》,新华书店1950年版,第41—44页。

奖励机制的转型与延安文艺体制的确立

郭国昌[*]

随着延安文艺座谈会的召开，中国共产党确立了以毛泽东的《在延安文艺座谈会上的讲话》为理论中心的文艺政策，解放区的文学活动迅速走向体制化。作为延安文艺体制的组成部分，奖励机制的建立是推动解放区文学活动走向体制化的文艺生产方式之一。作为奖励机制的核心因素，文艺奖金既是创作主体参与文学活动的基本方式，也是文艺机构规范文学发展的特殊途径。尽管文艺奖金是在中国文学从传统向现代转型的过程中产生的，但它们都没有能够成为推动中国现代文学发展的制度性规范力量。只有到了1942年5月延安文艺座谈会召开以后，当毛泽东的《在延安文艺座谈会上的讲话》成为中共的文艺政策并在解放区得到全面执行时，文艺奖金才变成解放区文学走向体制化的制度性规范力量。以文艺奖金的设立为基本方式，解放区逐渐建立起以中共的意识形态为核心的奖励机制，由此确立了对中国当代文艺发展产生重大影响的延安文艺体制。从解放区后期文艺发展的潮流来看，文艺奖金和延安文艺体制之间存在着一种互动关系：一方面，文艺奖金的不断设立引导着解放区文学走向规范化；另一方面，以贯彻文艺政策为目的的文艺体制又强化了文艺奖金的政党意识形态规范性。尽管21世纪以来解放区文学研究在文艺制度方面获得了较大突破，但是，对以文艺奖金为中心的奖励制度与延安文艺体制之间的关系尚未进行深入研究。因此，本文在梳理解放区文艺奖金起源的前提下，通过分析延安文艺座谈会召开前后奖励制度的变化，提出文艺奖金的设立在延安文艺体制生成过程中的建构力量。

---

[*] 作者单位：西北师范大学文学院。

一 解放区文艺奖励制度的起源

作为一种文艺体制的文艺奖金虽然是在 1942 年延安文艺座谈会召开以后才开始在解放区广泛设立，然而，如果从文艺奖励制度的起源来看，解放区的文艺奖金却是在中共领导的土地革命战争时期就已经具备雏形。具体来说，解放区以"文艺奖金"为主导的文艺奖励制度的前身是苏维埃革命根据地积极倡导并广泛盛行的以"征文启事"为中心的文艺作品征集制度。

强调文化宣传工作在社会变革和阶级斗争中的重要性是中共的历史传统。因为，在中共看来，"文化工作的本身，是具有阶级斗争的重要意义的"[①]。1921 年中共一大通过的第一个决议对宣传工作明确规定："一切书籍、日报、标语和传单的出版工作，均应受中央执行委员会或临时中央执行委员会的监督。每个地方组织均有权出版地方的通报、日报、周刊、传单和通告。不论中央或地方出版的一切出版物，其出版工作均应受党员的领导。"这是中共提出"文化宣传"主张的起点。此后，中共的每一次重要会议都会对文化宣传工作做出具体规定。倡导"文学的及科学的宣传主义"，通过"文化讲演"的方式训练"鼓动宣传人才"，建立"工人俱乐部""文化工作部"指导苏维埃革命根据地的文化运动等都是中共最重要的文化宣传工作。[②] 中共早期从事文化宣传工作的负责人都主张将文艺活动与党的各项决议统一起来，不仅要在文艺理论层面将文学纳入文化宣传的范围中来，而且也要在党的文化政策层面对文艺活动作出明确规定，将文艺活动作为党的文化宣传和政治教育的组成部分。

大革命失败后，随着工农红军的诞生和苏维埃革命根据地的建立，文化宣传工作的现实性更加突出。面对日益勃兴的工农革命运动，中共迫切需要扩大文化宣传工作的力度，增强自身在封建地主和旧式军阀长期控制下的农村地区的影响力。中国革命形势的急遽变化和中共面临的新任务决定了苏维埃革命根据地文化宣传工作的重点转向了对广大民众的"政治教育"："苏维埃政权的文化教育政策，是在使每个苏维埃公民受到苏维埃的

---

① 《湘鄂赣革命根据地文献资料》第 2 辑，人民出版社 1986 年版，第 12 页。
② 《中共中央文件选集》第 1 册，中共中央党校出版社 1989 年版，第 6—7、206、479 页。

教育，这种教育不是在愚弄民众为剥削阶级服务，而是在启发民众，使民众为自身的解放而斗争。"① 由于政党冲突和阶级矛盾的特殊性，中共领导下的苏维埃革命根据地的文化宣传工作，注重的是文化宣传的教育功能，即实行"政治化的、社会化的、劳动化的文化教育"，要求苏维埃革命根据地各级政府的"宣传工作要通俗艺术化，纠正清谈高论的大块文章，应当实行适合工农心理的口头宣传，文字要通俗，废除那半知半解的'新名词'与文言文句，施用带地方性的'白话语'惟浅短文字"②。与其在理论上强调文化宣传工作的"通俗艺术化"，不如在实践中直接采用通俗化的文艺。因为文艺是与普通民众的日常生活关系最为密切的，也最容易为他们接受。于是，文艺成为中共领导下的苏维埃革命根据地进行文化宣传工作的重要方式。

虽然中共将文艺作为文化宣传工作的基本方式，但是，苏维埃革命根据地的文化宣传工作并没有因此取得中共所期望的政治效果。因为，苏维埃革命根据地是中国经济最贫困和文化最落后的地区。当中共以文艺活动为中心全面开展文化宣传工作时，却缺乏用来开展文化宣传活动的文艺作品。于是，创作文艺作品就成为苏维埃革命根据地文化宣传工作的重要内容。收集"描写群众英勇斗争精神，统治阶级崩败的现实，以及扼要叙述斗争经验教训"等"重大的群众斗争的事实"的革命故事③；编辑"带地方性与时间性，简明、通俗"的"文化教育工作的材料及革命歌谣、戏本、各种小册子"④；成立"新剧团"，"演员自己负责编剧本"，"剧本要通俗，要革命的，但有时也可以演演滑稽剧"⑤；等等。这些都成为文艺创作的基本途径。尽管苏维埃革命根据地各级政府要求文艺工作者采取多种方式创作不同形式的文艺作品，但已有的文艺作品仍然无法满足中共进行文化宣传的需要。于是，向生活在苏维埃革命根据地的文化人征求文艺作品，呼吁他们为中共的文化宣传工作提供艺术上的帮助，就成为苏维埃革命根据地文艺活动的组成部分。作为解放区文艺奖励制度的起源，以"征文启事"为中心的文艺作品征集制度在苏维埃革命根据地开始普遍实施。

---

① 万进平主编：《福建革命根据地文学史料》，海峡文艺出版社1993年版，第111页。
② 《湘赣革命根据地史料选编》上编，江西人民出版社1984年版，第498页。
③ 《湘鄂赣革命根据地文献资料》第1辑，人民出版社1985年版，第450页。
④ 《湘赣革命根据地史料选编》下编，江西人民出版社1984年版，第608页。
⑤ 万进平主编：《福建革命根据地文学史料》，海峡文艺出版社1993年版，第74页。

在现代中国，报刊是最重要的文化传播媒介，也是作家开展文艺活动的最基本载体。苏维埃革命根据地的文艺作品征集活动最初是与报刊的创办联系在一起的。一旦一种报刊创办后，总是需要符合报刊性质和风格的各类文章。中华苏维埃临时中央政府机关报《红色中华》创刊后即在第二期发布了"投稿"启事："《红色中华》是中华苏维埃临时中央政府的机关报，凡在苏维埃旗帜下工作的同志，最好而且应该将他对于苏维埃运动一切有关系的文字，在本刊贡献出来，无论长篇短著，本报竭力欢迎。文章包括：论文、时评、工作经验、社会调查、工人运动、红军斗争、各项新闻，关于政权与群众运动、各项工作的批评、群众文艺等等。文字要用白话，通俗简明。"《红色中华》虽然是在国民党"围剿"下的江西瑞金创办的，由于受到落后的物质和文化条件的限制而没有形成现代报刊的传播和接受体系，但《红色中华》仍然是按照现代报刊的基本要求创办的。作为中华苏维埃临时中央政府的机关报，《红色中华》显示出现代报刊内容上的综合性，并且遵从现代报刊支付稿酬的基本规范。对于以政治教育为主要目标的苏维埃革命根据地的文艺报刊来说，刊载的文章必须满足政治性规范与通俗化形式。然而，在以工农大众为主体的苏维埃革命根据地，接受过五四新文化潮流和新文学革命影响的现代知识分子实在是太少了，而要让那些稍具艺术修养并且能够从事文艺创作的乡村知识分子加入文化宣传队伍更属不易。面对文化宣传工作的需要，苏维埃革命根据地的文艺报刊在编辑和出版过程中就只能利用稿件征集方式，通过征集来的文艺作品完成文化宣传任务。

虽然苏维埃革命根据地开展文艺作品征集活动的方式多种多样，但是主要以发布征文启事为主，力图征集的文艺作品类型也是多样化的。其中既有新体诗歌，例如《红色中华》上刊登的《征求诗稿启事》："为了要开展苏区的文艺运动，为了要使革命诗歌深入广大的工农群众中去，本报最近决定于十月革命节以前编印革命诗集一册，现特向各地爱好文艺的同志征稿。"[①] 也有现代戏剧，例如《红色中华》上刊登的《征求剧本启事》："人民抗日剧社征求各种剧本（话剧、歌剧、活报、歌词等），凡是经过审查后有小部分修改尚可表演的各种剧本作品一律给以报酬。"[②] 既有

[①] 红色中华社：《征求诗稿启事》，《红色中华》1933 年 9 月 27 日。
[②] 人民抗日剧社：《征求剧本启事》，《红色中华》1936 年 6 月 3 日。

通俗故事，例如《红色中华》上刊登的"《红军故事》征文启事"："为着供给红军部队的课外教育材料，为着宣扬红军的战斗史绩，特决定编辑《红军故事》丛书，但这一伟大工作，不是少数人力量所能胜任，须以集体创作来完成，希望各部队各机关的工作同志仍以写'长征记'的踊跃精神来参加，多多写作。用叙述记事体，要通俗活泼，易于阅读，每篇至多不超过二千字。"① 也有民间歌谣，例如《红色中华》上刊登的《征求山歌小调启事》："计划出版革命山歌小调集，收集各地流行的革命的山歌、小调，印行美丽的单行本，请各地及红军中的同志，有新作的或老的山歌小调，无论抄写的本子或记忆的歌子，寄投《青年实话》编辑委员会。"② 既有苏维埃革命根据地的文艺机构举办的文艺作品征集活动，例如《红色中华》上刊登的中国文艺协会的"《苏区的一日》征文启事"："希望在各红军部队中、苏区各党政机关中工作的同志们：把这一天（二月一日）的战斗，群众生活，个人的见闻和感想，全地方的或一个机关的，或个人的……种种现实，用各种的方式写出来，寄给我们。"③ 也有苏维埃革命根据地的党政机关组织的文艺作品征集活动，例如《红色中华》上刊登的中央艺术教育委员会发布的《征求艺术作品的启事》："本会为着发展苏区工农的大众艺术，特公开征求苏区内的各种艺术作品，如歌曲、戏剧、活报、京调、小说、绘画等均受欢迎，只要对于目前的政治任务和策略及一般的文化教育有宣传鼓动作用的，均给以相当的报酬。"④ 这些征文启事涵盖了普通民众日常生活能够接触到的各种文艺类型，具有相当的普遍性和代表性。

作为苏维埃革命根据地开展文化宣传活动的基本方式，征文启事是最具代表性的文艺作品征集活动。如果对这些征文启事进行分析，一方面可以看出苏维埃革命根据地开展文艺运动的基本特点，发现文艺作品征集制度的形成过程；另一方面也可以看出苏维埃革命根据地征文启事承担的意识形态功能，探寻征文启事与文艺奖金之间的内在关联。

由于苏维埃革命根据地的文艺作品征集活动起因于用来开展文化宣传

---

① 总政治部：《〈红军故事〉征文启事》，《红色中华》1936年11月3日。
② 《青年实话》编辑委员会：《征求山歌小调启事》，《红色中华》1933年8月31日。
③ 中国文艺协会：《〈苏区的一日〉征文启事》，《红色中华》1937年1月2日。
④ 中央艺术教育委员会：《征求艺术作品的启事》，《红色中华》1936年3月13日。

和政治教育的文艺作品的匮乏，因而，这些公开发布的征文启事就形成了一些普遍特点。一方面，这些征文启事具有明确的政治目的，往往是为一定的现实需要举办的，注重的是直接的革命宣传效果。它们要么"确实能够反映出在苏维埃政权下的广大工农群众英勇斗争的姿态"①；要么"对于目前的政治任务和策略及一般的文化教育有宣传鼓动作用"②；要么可以"反映苏区文化教育工作的实际情形，和群众的文化生活，要表扬模范工作以推进落后区域，给小学、夜校、俱乐部、剧社等以切实而具体的领导"，要么能够"在全国和外国举行扩大红军影响的宣传"③，都与苏维埃革命根据地具体的革命运动相联系。在阶级矛盾和政党争斗异常尖锐的情形下，苏维埃革命根据地的文艺作品征集活动只能追求革命功利主义，不可能涉及文艺作品自身的艺术追求。另一方面，苏维埃革命根据地的文艺作品征集活动面对的是贫穷落后的农村社会，中共领导下的苏维埃革命运动虽然激活了工农大众的阶级意识，但是并没有从根本上改变愚昧闭塞的文化环境，生活在苏维埃革命根据地的广大民众的文化水平和教育程度是极其低下的。因此，这些征文启事大多强调应征作品的通俗化，要能够为工农大众所理解，形式"通俗活泼，易于阅读"，"文字只求清通达意，不求钻研深奥"④ 是最基本的要求。

从文艺与生活的关系角度来看，苏维埃革命根据地举办的文艺作品征集活动的政治化和通俗化相结合的特点是与工农群众的现实生存状况一致的。然而，从文艺奖励制度的生成角度来看，文艺作品征集活动的政治化和通俗化显然与征文启事的引导性联系在一起。也就是说，征文启事提出的应征作品要求在很大程度上规范着苏维埃革命根据地文艺活动的发展方向。

如果说对应征作品在内容、形式、语言等方面的要求是与苏维埃革命根据地的阶级状况、社会现实、文化环境、教育水平等复杂因素联系在一起的话，那么，对应征作品在稿酬制度、写作方式上的规定则体现了苏维埃革命根据地文艺作品征集活动与新文学运动之间的内在关联。也就是

---

① 红色中华社：《征求诗稿启事》，《红色中华》1933 年 9 月 27 日。
② 中央艺术教育委员会：《征求艺术作品的启事》，《红色中华》1936 年 3 月 13 日。
③ 苏维埃文化编辑委员会：《苏维埃文化征稿启事》，《红色中华》1934 年 4 月 21 日。
④ 总政治部：《〈红军故事〉征文启事》，《红色中华》1936 年 11 月 3 日。

说，虽然苏维埃革命根据地的文艺活动是在相对封闭的社会状况和文化环境中开展的，但也体现了中国现代文学发展过程中的普遍性制度因素。即使在国民党的军事"围剿"导致的极其艰苦的生活环境中，苏维埃革命根据地举办的文艺作品征集活动也要给予应征作品一定的报酬。虽然文艺作品征集活动的组织者付给作者的报酬可能是极其微薄的替代性"书刊""物质"① 等东西，却符合正在形成中的现代文学制度的规范。同时，苏维埃革命根据地的文艺作品征集活动大多强调集体写作方式，要以"集体创作来完成"②，这是与中共领导的工农革命运动的群众性特点直接相关的。工农大众的普遍性参与是苏维埃革命根据地文艺作品征集活动的基本要求，无论从应征作品的创作者来说，还是从文艺作品征集活动的接受者来说，让最广大的普通民众参与其中是其基本目标。由此，苏维埃革命根据地的文艺作品征集活动才能实现其所承担的文化宣传和政治教育的最初目的。而征文启事规定的替代性酬金制度、集体化写作方式则为红军长征到达陕北后文艺奖金的普遍实施提供了基本规范。

二 解放区文艺奖金的设置类型

抗日战争全面爆发后，随着国统区的知识分子作家大量涌入解放区，延安迅速成为"全国的文化活跃的心脏"③。以来自国统区的知识分子作家为中心，解放区掀起了以全民族"共同抗日"的"统一战线"作为"艺术的指导方向"的文艺运动④。作为知识分子参与文艺运动的重要方式，苏维埃革命根据地时期开始兴起的"征文启事"逐渐过渡到民族革命战争爆发后的"文艺奖金"，解放区的文艺奖励制度逐渐走上正规化。

以延安文艺座谈会的召开为分界线，解放区文艺奖金的设置经历了两个阶段。在延安文艺座谈会召开以前，解放区设置的文艺奖金数量较少，参与文艺奖金活动的主要是来自国统区的知识分子作家，"抗战建国"是知识分子作家推动设立文艺奖金的基本目的。在延安文艺座谈会召开以前，解放区设置的文艺奖金主要有四种。

---

① 《青年实话》编辑委员会：《征求山歌小调启事》，《红色中华》1933 年 8 月 31 日。
② 总政治部：《〈红军故事〉征文启事》，《红色中华》1936 年 11 月 3 日。
③ 《欢迎科学艺术人才》，《解放日报》1941 年 6 月 10 日。
④ 柯仲平：《是鲁迅主义之发展的鲁迅艺术学院》，《新中华报》1938 年 4 月 20 日。

一是由陕甘宁边区文化界救亡协会于 1940 年 5 月设立的五四中国青年节奖金。该奖金于 1940 年 5 月发布征文启事，1941 年评选一次，共征集作品 158 篇，涉及作者 110 人，其中文艺类 97 篇、戏剧类 12 篇、美术类 18 篇、音乐歌剧类 20 篇、通俗科学类 8 篇、战时代用品及制药法 3 篇。获得五四中国青年节奖金的作品共 23 篇，除了通俗科学类和战时代用品类的 4 篇作品外，其他 19 篇作品均属于文艺的范围之内。

二是由中华全国文艺界抗敌协会晋察冀分会和晋察冀边区文化界抗日救国联合会于 1940 年 7 月设立的鲁迅文艺奖金。该奖金 1941 年 8 月发布征文启事，1942 年连续评选六次。第一、二次文艺奖金以"粉碎日寇'三次治安强化运动'"而开展的"军民誓约"为主题，共征集作品近 500 篇，获奖作品 188 篇。与此同时，中华全国文艺界抗敌协会晋察冀分会和晋察冀边区文化界抗日救国联合会在 1942 年初开展了鲁迅文艺奖金的季度奖和年度奖评选，其中季度奖评选三次，年度奖评选一次，征集作品超过 600 篇，获奖作品 84 篇。① 在延安文艺座谈会召开以前就已经设置并开始评选的文艺奖金中，晋察冀边区设立的鲁迅文艺奖金影响最大，评选次数最多，入选作品类型多样。在获奖作者中，既有解放区的普通读者，也有许多已经在解放区很有影响的作家，像孙犁、邵子南、崔嵬、胡丹沸、丁里、秦兆阳、康濯、胡可、胡征、钱丹辉等。

三是由八路军晋察冀军区政治部于 1941 年 8 月开展的部队文艺创作运动，同时设立专门针对部队作者的"创作规约"文艺奖金。该奖金于 1942 年 7 月评选一次，共征集作品 334 篇，入选作品 50 篇②。因为中华全国文艺界抗敌协会晋察冀分会、晋察冀边区文化界抗日救国联合会、八路军晋察冀军区政治部主要在北岳区活动，而且鲁迅文艺奖金和"创作规约"文艺奖金举办的时间大致重合，所以，参与这两项文艺奖金的作者有一部分是相同的，但他们提供的应征作品并没有重复。就此来说，晋察冀解放区开展的文艺奖金的影响相当广泛，推动着文学最大限度地参与了抗战救亡的民族解放运动。

---

① 鲁迅文艺奖金委员会：《公布 1942 年一季度入选作品》《公布 1942 年二季度入选作品》《公布 1942 年三、四季度入选作品》，《晋察冀日报》1942 年 5 月 18 日、1942 年 8 月 16 日、1943 年 4 月 17 日。

② 晋察冀军区政治部：《公布部队首次创作运动结果》，《晋察冀日报》1942 年 7 月 22 日。

四是由新四军第 4 师政治部于 1941 年 1 月设立的拂晓文化奖金。设置拂晓文化奖金的决定发布于新四军第 4 师政治部主办的《拂晓报》，主要针对的是军队文艺工作①。拂晓文化奖金于 1942 年 5 月评选一次，征集作品近 100 篇，入选作品 27 篇②。与其他文艺奖金不同，为了鼓励普通战士参与解放区的文艺活动，推动军队文艺运动的普遍化，拂晓文化奖金专门设立了"战士创作奖金"。此外，拂晓文化奖金还设立了"油印技术奖金"，主要是奖励一般的技术人员"在刻写钢板技术上的贡献"。

由于抗日战争的影响，延安文艺座谈会召开以前解放区设立的文艺奖金虽然数量不多，但是确立了解放区文艺奖金设置的基本规范。从文艺类型来看，在强调多样性的同时更注重直观性的艺术作品。在获奖作品中，小说、诗歌、散文、报告文学、戏剧、歌曲、木刻、连环画、舞蹈等各种形式都有，但数量最多的还是戏剧、歌曲、连环画等能够表演的直观性作品。也就是说，解放区前期的文艺奖金设置已经注意到解放区普通民众的文化教育程度，戏剧、木刻、连环画等类型就是从他们低下的接受水平出发而设置的。从获奖作者来看，在注重著名作家作品的同时，还特别关注普通读者作品的入选。全民抗战的潮流推动着许多粗通文字的普通民众也拿起笔，写下自己对时代现实、民族国家的感受。因此，文艺奖金中的获奖作品不可能是完全依据艺术标准去选择的，其中一些入选作者面向的是解放区的普通民众。他们可能只是一般的文学爱好者，但这些作者作品的入选使解放区的文艺运动走向各个角落，解放区文艺奖金的影响因此逐步扩展开来。

延安文艺座谈会召开后，解放区的文艺奖金设置迅速走向普遍化。除文艺奖金的数量不断增加外，解放区文艺的奖励机制也因文艺奖金的设置而逐渐走向成熟，并且在毛泽东《在延安文艺座谈会上的讲话》的规范之下成为延安文艺体制的基本组成部分。据不完全统计，延安文艺座谈会召开后解放区设置的文艺奖金的数量和类型超过 20 种。由于战争造成的解放区地域的分割，解放区后期文艺奖金的地域分布非常广泛，除东北解放区以外，其他解放区在不同文艺机构的组织下都普遍设立了文艺奖金，其中代表性的主要有五种。

---

① 新四军第四师政治部：《关于拂晓文化奖金的决定》，《拂晓报》1941 年 8 月 26 日。
② 新四军第四师政治部：《拂晓文化奖金第一届评定总结》，《拂晓报》1942 年 5 月 2 日。

一是山东解放区设立的"五月""七月"文艺奖金。该奖金是由山东文化界救亡协会于1943年5月设立的，1944年8月由八路军山东军分区宣传部、战士剧社、实验剧社、山东文协等文艺机构进行联合评选。"五月""七月"文艺奖金征集到的文艺作品超过700篇，共选出获奖文艺作品69篇。① 在入选作品中，戏剧所占的比例接近一半，其中既有新文学形式的话剧，也有传统的民间形式的杂耍，而且像《过关》《分家》等作品是由解放区政府和八路军所属的剧团集体创作的，集体创作的方式开始受到文艺工作者的重视。

二是晋西解放区设立的"七七七"文艺奖金。该奖金是晋西解放区文艺机构为纪念抗日战争爆发七周年而设立的，由晋西文化界抗日救国联合会和中华全国文艺界抗敌协会晋西分会于1944年2月组成委员会，聘请林枫、吕正操、张平化、张稼夫、周文、亚马等11人为"评判委员"并发布"缘起及办法"。"七七七"文艺奖金委员会共征集文艺作品123篇，入选作品29篇。② 在入选作品中，民间艺术形式受到了关注，一方面是对传统秧歌的创造性改编，围绕中共的各种政策创作的"新秧歌剧"大量涌现；另一方面是民间说书、章回体小说体式的采用。马烽的《张初元的故事》被界定为"通俗故事"，其实就是借鉴传统章回体的小说体式创作的通俗小说，他后来创作的《吕梁英雄传》就是这种创作方法的延续和发展。

三是晋东南太岳区行署设立的文化奖金。该奖金发起于1946年2月，目的主要是为了"发扬写作上为民立功的模范"。文化奖金共征集到新闻、通讯、戏剧、报告、文学、绘画、教材等各类作品近300项，由专门聘请的晋东南解放区党政和文化界负责人组成的评委会在1947年初进行了评选，共选出获奖作品39项。③ 在晋东南的文化奖金评选中，值得关注的是赵树理的短篇小说《催粮差》获得了文学类的甲等。

四是晋冀鲁豫解放区设立的"文教"作品奖金。该奖金是晋冀鲁豫边

---

① "五月""七月"奖金评奖委员会：《"五月""七月"奖金评奖》，《山东文化》1944年第2卷第2期。
② "七七七"文艺奖金委员会：《毛主席文艺方针下边区文艺的新收获》，《抗战日报》1944年9月18日。
③ 中国作家协会山西分会编：《山西革命根据地文艺资料》上，北岳文艺出版社1987年版，第327页。

区政府教育厅于 1946 年 7 月设立的,专门用来奖励 1946 年 1 月至 4 月期间发表的反映"本区现实生活"的作品。当"征奖通告"发出后,评审委员会共收到各类"文教"作品 700 余项,涉及文艺、杂志、教材等多种类型,共评出获奖作品 120 项,其中文艺类 107 项。[①]"文教"作品奖金有两个方面值得注意:一是赵树理因其小说创作被授予特等奖,这是晋冀鲁豫文联推动的"向赵树理方向迈进"的必然结果[②];二是报告、通讯类作品大量入选,这也是晋冀鲁豫解放区向普通民众展示新社会、新生活、新风貌的必然结果。

五是冀鲁豫解放区设立的季度文艺奖金。该奖金是由冀鲁豫文协于 1948 年 11 月设立的,因战争影响在 1949 年 3 月仅评选一次[③]。冀鲁豫解放区的季度文艺奖金是在解放战争的进程中设立的,出于为战争服务的目的,说唱成为入选作品的主要艺术形式,获得了阶级解放的解放区民间艺人已经开始为前线士兵和后方民众表演"杀敌""支前"的故事了。

除了上面的五种代表性文艺奖金外,解放区后期的文艺奖金还常常与集体写作运动联系在一起。例如晋冀鲁豫边区文化界联合会和中华全国文艺协会晋冀鲁豫分会于 1946 年 8 月共同发起的"边区抗战一日"写作运动、北方大学艺术学院发起的"适于演唱的艺术作品"创作运动都是如此。这也是解放区后期常见的文艺奖金类型之一,但是设立的目的性更强,征集的要求更具体,入选的作品更多,因而对延安文艺走向大众化所产生的影响也更大。面对各个解放区以文艺奖金为中心开展得异常活跃的文艺活动,中共中央决定采用文艺奖金的方式对整个解放区"文艺创作的成绩加以总结,表扬其中优秀的,巩固已取得的成果,并使这一新中国人民文艺运动推进一步"[④]。然而,由于中共中央在 1947 年 3 月主动退出延安,生活在延安的文艺工作者及其文艺机构也撤离到其他解放区,因而中共中央通过文艺奖金的方式奖励文艺创作的决定只好放弃,并没有得到实施。

[①] 晋冀鲁豫边区政府教育厅:《第一次文教作品奖金通告》,《人民日报》1947 年 8 月 20 日。
[②] 荒煤:《向赵树理方向迈进》,《人民日报》1947 年 8 月 10 日。
[③] 田仲济等编:《冀鲁豫文学史料》,河北教育出版社 1989 年版,第 184—185 页。
[④] 《中共中央文件选集》第 16 册,中共中央党校出版社 1992 年版,第 412 页。

三 评选规则的意识形态化特征

延安文艺座谈会召开以后，出于实施党的文艺政策的需要，解放区不但继续设立数量众多的文艺奖金，而且在文艺奖金的设立过程中逐渐建构了独特的评选规则。在解放区后期开展的群众性文艺运动中，文艺奖金之所以能够成为延安文艺奖励机制的主导力量，根本原因在于评选规则的建立。正是通过能够充分体现中共意识形态要求的评选规则的设置，解放区后期的文艺奖金已经变成中共的意识形态载体，成为延安文艺体制的核心要素。

从文艺奖金与评奖规则的关系及其涉及的文艺类型来看，解放区后期文艺奖金的评选规则主要有两种类型。

一是涉及范围较广、适用性较强的综合性评选规则。这类评奖规则在经过中共领导下的相关机构制定并公布后，具有相对的稳定性，能够按照评奖规则规定的要求按期进行评选。这类评选规则虽然数量不多，但是最能体现解放区后期文艺奖励机制的规范性。晋冀鲁豫边区政府于1942年6月公布的《晋冀鲁豫边区文化奖金暂行条例》最有代表性。它不但是解放区出现最早的涉及文艺奖金的评选规则，而且是解放区后期产生的最完善的评选规则。《晋冀鲁豫边区文化奖金暂行条例》全文共12条，是由晋冀鲁豫边区发布的，代表了解放区边区政府对解放区的"文化运动"及其"文化成果"的基本态度。《晋冀鲁豫边区文化奖金暂行条例》涉及条例名称、设立目的、经费来源、奖励对象、评奖程序等条款，为其他解放区制定和实施文艺奖金评选办法提供了重要参照。[①]

二是涉及范围较小、只适用于一种文艺奖金的单一性评选规则。这类评奖规则只是为特定的文艺奖金的评选而制定，一旦与之相关的文艺奖金评选活动结束后，这种评选规则即随之失效。当需要开展新的文艺奖金评选活动时，相关机构会制定新的评选规则。这种临时性的文艺奖金评选规则，在解放区的数量最多。晋西文化界抗日救国联合会和中华全国文艺界抗敌协会晋西分会于1944年3月联合公布的《"七七七"文艺奖金缘起及办法》比较有代表性，其内容包括设立缘由、征文期限、奖励金额、名额

---

① 晋冀鲁豫边区政府：《晋冀鲁豫边区文化奖金暂行条例》，《华北文化》1942年第3期。

分配等。由于"七七七"文艺奖金是为满足特殊目的而设立的专门性文艺奖金的评选规则,所以《"七七七"文艺奖金缘起及办法》对设立文艺奖金的目的和意义、应征作品的范围和要求、评选办法和评委组成等内容做了详细界定,以便评选活动的顺利开展。①

与延安文艺座谈会召开以前解放区文艺奖金的评选规则相比较,解放区后期文艺奖金的评选规则普遍强调中共的意识形态规范。其实,解放区后期文艺奖金评选规则上的这种变化是与延安文艺观念的变化密切联系在一起的。在延安文艺座谈会召开以前,解放区的文艺观念建立在以民族解放为中心的目标基础之上,文艺奖金的评选规则是在"民族主义"的意识形态规范下制定的,"抗战建国"是各种文艺奖金设立的出发点,入选的文艺作品要符合为全民抗战服务的基本目的。晋察冀边区虽然设立了以鲁迅命名的"鲁迅文艺奖金",但是在评选过程中则将设立目的与抗战现实联系起来,提出了"为粉碎日寇'三次治安强化运动'开展华北军民誓约运动"的活动意图,强调了文艺奖金评选活动的抗日救国目的②。新四军第4师政治部在1941年1月设立的"拂晓文化奖金",也明确指出设立文艺奖金的目的是"能够更好的配合着军事政治的斗争,使文化工作能更好的为抗战服务,为群众服务"③。在延安文艺座谈会召开以前,解放区设立的这些文艺奖金虽然非常注重评选规则的现实功利性,但是,它们能够与"抗战建国"的统一战线政策相配合,符合"民族主义"的现实要求和时代精神。

然而,在延安文艺座谈会召开以后,毛泽东的《在延安文艺座谈会上的讲话》成为延安文艺活动的意识形态中心,也就是文艺创作要为中共的意识形态服务。解放区后期的文学创作不再是个人主义的情绪表现,文艺活动也不再服膺于民族主义解放运动,而是要反映以工农兵大众为主体的无产阶级的思想感情,文艺工作者必须成为中共文艺政策的执行者。因此,解放区后期文艺奖金评选规则的制定要符合《在延安文艺座谈会上的

---

① "七七七"文艺奖金委员会:《"七七七"文艺奖金缘起及办法》,《抗战日报》1944年3月2日。

② 鲁迅文艺奖金委员会:《公布1942年一季度入选作品》《公布1942年二季度入选作品》《公布1942年三、四季度入选作品》,《晋察冀日报》1942年5月18日、1942年8月16日、1943年4月17日。

③ 新四军第四师政治部:《关于拂晓文化奖金的决定》,《拂晓报》1941年8月26日。

讲话》提出的基本要求，政治标准成为解放区后期文艺奖金评选规则制定的出发点，入选作品要符合中共的政治诉求。山东文化界救亡协会在1943年5月设立"五月""七月"文艺奖金的目的是要评选"内容能与实际联系，能真正为工农兵服务，创作方法是无产阶级现实主义的，一定能被广大的观众所欢迎"①的文艺作品。太行文协在1945年设立"群众文娱创作奖"，主要是奖励能够"随着时局的变迁与中心工作，反映了群众的现实生活"的文艺作品。各种文艺奖金的征文公告注重评选规则与解放区的"支前""除奸""拥军""生产"等政治运动和现实任务之间的紧密关系，表明解放区后期文艺奖金的评选规则与中共文艺政策的高度一致性。

正是在以中共意识形态为中心的文艺观念支配下，解放区后期的文艺奖金在制定评选规则的过程中形成了完全统一的奖励标准，这是解放区后期的文艺奖金之所以能够成为延安文艺体制构成因素的关键所在。作为文艺奖金评选规则的核心要素，奖励标准既包括对入选作品的思想内容、艺术特征等方面的要求，也包括对入选作品的文体类型、描写手法等方面的规定，是对入选作品综合性的整体考察。

当中共意识形态成为延安文艺活动的中心时，解放区后期设立的文艺奖金在制定评选规则时，就只能以主题内容的政治性和艺术形式的通俗性作为奖励标准。山东文化界救亡协会举办的"'五·四'文学艺术创作大竞赛"公布的征文启事，要求应征作品必须"内容丰富，形式短小，精悍、通俗，为老百姓喜闻乐见"，而对征集作品进行评选时提出的奖励标准却变得更加具体，入选作品不但"一般的政治内容，都还丰富，故无论表现技术好坏，却都有政治中心"，而且应当通俗到"要给工农兵看"的程度②。"七七七"文艺奖金的"缘起及办法"要求应征作品"在内容上，应以今年根据地的三大任务：对敌斗争、减租生产、防奸自卫为总的方向，题材必须以工农兵为主要对象，并须贯彻毛主席'组织起来'的精神。在一定的题材里，希望能把组织前和组织后的生活对比写出"，"在形式、语言、构图、音调上，必须力求通俗，能为工农兵群众懂的"③，而评

---

① 姚尔觉：《话剧创作的新阶段》，《山东文化》1944年第2卷第2期。
② 刘增杰等编：《抗日战争时期延安及各抗日民主根据地文学运动资料》下，山西人民出版社1983年版，第59—60页。
③ "七七七"文艺奖金委员会：《"七七七"文艺奖金缘起及办法》，《抗战日报》1944年3月2日。

选结束后公布入选作品时对"评判标准"所做的说明则为:"第一、是政治的正确,即是否正确反映当前晋绥边区的三大任务和实际生活;第二、是否能够普及;第三、技术的好坏。"① 两相对比,可以看到变化最大的是对入选作品在主题内容上"政治的正确"的强调和在艺术形式上"普及程度"的看重,而这两个方面的要求都是毛泽东《在延安文艺座谈会上的讲话》的核心要素,也就是中共文艺政策规定的重点发展方向。太岳行署公布的"一九四六年文化奖金"的奖励标准为:"一、内容实际,反映了太岳区人民的现实生活与创造;二、方向明确,为人民斗争指出了道路;三、在群众思想上、工作上起了启发与推动的作用;四、写作上的群众化、通俗化。"② 其特殊之处是强调了入选作品要以阶级斗争为中心的政治方向问题。

　　正是通过文艺奖金的大量设置,中共获得了建构文艺体制的丰富经验。于是,中共中央于1947年3月决定向整个解放区征集文艺作品,设立一个面向整个解放区的统一的文艺奖金。中共中央发布的征集"指示"确定的奖励标准为:"必须是反映群众的实际斗争,有相当的艺术水准,在群众斗争中起相当作用的作品。"之所以提出这样的要求,是因为在毛泽东《在延安文艺座谈会上的讲话》的指导下,解放区文艺要能够"用工农群众的语言或他们所喜闻乐见的形式描写解放区人民反帝反封建的伟大斗争。它们反映了新中国人民斗争的现实,并且与斗争结合,成为教育群众、指导现实的利器,对各解放区的土地改革、生产运动、抗日及爱国自卫战争发挥了巨大的推动作用"。③ 因此,这样的文学作品值得评选和奖励,值得在解放区范围内推广。虽然中共中央提出的延安文艺作品奖励活动并没有具体实施,但是它提出的奖励标准却是对各个解放区设立文艺奖金活动的总结。在很大程度上,它是对其他解放区正在实施的文艺奖金评选规则的肯定。而且,这样的奖励标准完全是以毛泽东《在延安文艺座谈会上的讲话》为中心的意识形态要求确定的。一方面,强调政治上的正确,能够对中共的各项政策和措施产生直接的推动作用;另一方面,要求

---

① "七七七"文艺奖金委员会:《毛主席文艺方针下边区文艺的新收获》,《抗战日报》1944年9月18日。
② 中国作家协会山西分会编:《山西革命根据地文艺资料》上,第327页。
③ 《中共中央文件选集》第16册,第412—413页。

形式上的通俗，能够为最大多数的工农兵大众所接受。尽管每一次文艺奖金都会设立专门的评奖委员会，然而，在这样的奖励标准之下，评奖委员会的功能其实已经受到极大限制，更多的只是承担了程序化的组织作用，作为评奖委员会所应当发挥的从审美立场出发的选拔和发现优秀文艺作品的功能已经被剔除了。

四 作为文艺生产方式的文艺奖金

作为中共的文艺政策，毛泽东的《在延安文艺座谈会上的讲话》明确提出了"文艺的工农兵方向"[①]，解放区后期的文艺活动主要以群众性的文艺运动为中心。以中共意识形态为中心的评选规则的逐步确立，自然使文艺奖金成为解放区后期群众性文艺运动的推动力量，文艺奖金转变为解放区文艺大众化潮流的生产方式，成为延安文艺体制的建构者。

文艺奖金作为解放区后期特殊的文艺生产方式，首先是通过对文艺类型的选择使工农兵大众自觉参与到文艺运动中，形成了解放区后期以"大众化"为基本方向的群众性文艺运动。由于文艺大众化的主体是工农兵大众，而工农兵大众的文化水平和教育程度非常低下，他们通过书面阅读直接接受中共意识形态改造的可能性非常小。因此，解放区后期的文艺奖金不但注重艺术形式易于为工农兵大众接受的通俗性，而且也注重不同文体类型所能承担的政治功利性，有意引导文艺工作者选择工农兵大众能够接受并可以产生直接的政治影响的文体类型。在众多的文体类型中，戏剧和新闻通讯成为解放区后期文艺奖金制定评选规则时的首选，许多文艺奖金在公布"征文启事"时都明确提出了应征作品的文体类型上的要求。事实上，解放区后期文艺奖金设置中的文体类型选择已经是中共文艺政策规定好了的，文艺奖金的评选规则就不单是要将其固定化，而且要让解放区的工农兵大众接受它。中共中央宣传部在1943年10月作出《关于执行党的文艺政策的决定》，明确规定了文艺大众化运动的重点："文艺工作各部分中以戏剧工作与新闻通讯工作为最有发展的必要与可能。其他部门的工作虽不能放弃或忽视，但一般地应以这两项工作为中心。内容反映人民感情意志，形式易演易懂的话剧与歌剧，已经证明是今天动员与教育群众坚持

[①]《毛泽东文艺论集》，中央文献出版社2002年版，第60页。

抗战、发展生产的有力武器，应该在各地方与部队中普遍发展……报纸是今天根据地干部与群众最主要、最普遍、最经常的读物。报纸上迅速反映现实斗争的长短通讯，在紧张的战争中是作者对读者的最好贡献，同时对作者自己的学习与创作的准备也有很大的益处。"① 从这一决定可以看出，依据中共的文艺政策，解放区的文学活动不再只是知识分子作家的个人专利，而是以工农兵大众为主体的、包括作者和读者在内的群众性文艺运动。由于戏剧注重的是群体性，是观众参与性最强的艺术形式，不识字的普通百姓都可以参与其中；而新闻通讯注重的是真实性，是最能真实反映现实生活的艺术形式，可以将工农兵大众自己的现实生活情景写入其中。因此，戏剧和新闻通讯成为解放区后期文艺奖金重点选择奖励的文体类型。

在解放区后期设立的文艺奖金中，从入选作品的文体类型比例来看，戏剧和新闻通讯的数量最多。许多文艺奖金在评选过程中随时调整评选规则，增加戏剧和新闻通讯作品的入选数量。1944年9月，晋西文化界抗日救国联合会和中华全国文艺界抗敌协会晋西分会在公布"七七七"文艺奖金入选作品时指出："在评判过程中，发现剧本一类，可当选者较多，为使不有遗漏，以资鼓励起见，该会遂决定将剧本奖金名额扩大一倍，即甲等二名，奖金各三千元，乙等四名，奖金各二千元，丙等六名，奖金各一千元。"② 而且，许多文艺奖金评奖委员会能够从解放区的现实状况和文化环境出发，注重对传统的民间艺术形式作品的选择。像地方戏曲、秧歌、杂耍、绘画、歌曲等应征作品因"故事简单，手法不多"③"形式短小、精悍通俗"④，容易为工农兵大众理解和接受而受到评奖委员会的青睐。虽然许多入选作品的作者是"小学教师，农村剧团团员干部，文工团员，民间艺人及一小部分的政府部队工作人员"⑤，"没有什么名作家与戏剧家，而且有很多是从来未有提过笔的乡村农民"，但在解放区后期的群众性文艺运动中，他们"成了农村的李有才——天才的板人，真正成为群众喜爱的

---

① 中共中央宣传部：《关于执行党的文艺政策的决定》，《解放日报》1943年11月8日。
② "七七七"文艺奖金委员会：《毛主席文艺方针下边区文艺的新收获》，《抗战日报》1944年9月18日。
③ 刘增杰等编：《抗日战争时期延安及各抗日民主根据地文学运动资料》下，第59—60页。
④ 康濯：《晋察冀边区的乡村文艺》，《解放日报》1943年6月1日。
⑤ 刘增杰等编：《抗日战争时期延安及各抗日民主根据地文学运动资料》下，第227页。

宣传鼓动家，他们创造了宣教战线上的新纪录"①。他们编写的作品在解放区的文化宣传和政治教育运动中常常扮演着不可或缺的角色。这些作品往往是演出场次和观众人数最多的，也是最受工农兵大众欢迎的。入选作品中的新闻通讯的作者主体虽然不是工农兵大众，但这些作品的描写对象是工农兵大众自己的生活。在晋冀鲁豫边区政府教育厅于1946年7月公布的第一次文教作品奖金活动中，共入选获奖作品120件，其中报告散文、新闻通讯类占44项，超过入选获奖作品总数的1/3。在这份获奖作品的"通告"中，新闻通讯类作品按照描写对象和反映生活内容的不同分为"战斗通讯""土地改革通讯""游击战争通讯"等，可以看出评奖委员会对新闻通讯的重视程度②。与延安文艺座谈会召开以前解放区的文学活动以知识分子作家为中心的状况相比较，文艺奖金的评选规则对工农兵大众的有意选择带来了作者身份上的前所未有的变化。作者身份上的这种变化表明，延安文艺座谈会召开以后的解放区文艺活动的中心已经变成了工农兵大众。正是解放区后期的文艺奖金在入选作品文体类型上的"政治性"倾斜，推动着解放区的文艺运动朝着大众化的方向发展，并在文艺的大众化实践中完成了中共的意识形态需求。

　　文艺奖金作为解放区后期特殊的文艺生产方式，也力图通过文艺批评的方式为解放区的工农兵大众重塑他们能够接受的文艺"正典"。随着解放区后期群众性文艺运动的兴起，大量为工农兵大众所喜闻乐见的文艺作品以集体写作和"真人真事"写作的方式被生产出来。虽然不同文艺奖金的评奖委员会通过评选规则的设定成功地传达了中共意识形态，由此产生了一系列具有鲜明政治倾向的获奖作品。然而，要想让这些获奖作品完全深入工农兵大众的现实生活，引导解放区的群众性文艺运动按照中共的意识形态要求全面发展，还必须通过文艺批评的介入。解放区后期的文艺奖金之所以能够发挥文艺体制的规范性力量，除了奖励标准的政治规训外，如果从文艺发展规律的角度来看，文艺批评的评介引导是不可缺失的。

　　作为延安文艺制度的一个具有建构功能的因素，解放区后期文艺奖金设置中的评介引导主要来自四个方面。一是文艺奖金主办机构发表的阐明举办文艺奖金的意义、评奖过程中遵循的原则、入选作品的特点等内容的

---

① 卜克江：《一九四六年群众文娱创作评奖》，《文艺杂志》1947年第3卷第2期。
② 晋冀鲁豫边区政府教育厅：《第一次文教作品奖金通告》，《人民日报》1947年8月20日。

文章。由于这类文章是以"集体"的姿态出现的,它往往代表了中共的意识形态倾向。1944年9月20日,在"七七七"文艺奖金公布之时,作为中共晋西区党委的机关报《抗战日报》发表了题为《"七七七"文艺奖金公布以后》的社论,指出"七七七"文艺奖金对"文艺运动的新方向"形成的意义。二是获奖作品的作者发表的谈论创作经验的文章。对于解放区正在兴起的以工农兵大众为主体的群众性文艺运动来说,这类介绍写作方法的"经验谈"更具有实际效用,它往往涉及一部能够在工农兵大众中流行起来的作品的形成途径。三是文艺奖金评奖委员会成员写作的介绍获奖作品的文章。这类文章涉及文艺奖金评奖过程中作品征集的总体情况,但更多的是对入选作品思想内容和艺术特点的分析,代表了文艺奖金评审者的个人倾向。赵树理、孙犁、康濯等人都担任过不同文艺奖金的评奖委员,对自己参与过的文艺评奖活动做过具体评论,提出了解放区的群众性文艺运动值得注意的一些倾向。四是在解放区参与革命工作的一些文艺理论家、批评家和作家发表的文艺评论。他们往往通过对一些具有代表性的获奖作品的分析,力图指出一种带有普遍性的文艺创作潮流和现象。像陈荒煤、冯牧、徐懋庸、鲁藜等著名作家虽然没有直接参与解放区文艺奖金的评奖活动,但是在文艺奖金公布后,他们都及时对一些入选作品进行过评价。

尽管来自不同领域的作家和批评家的参与,扩大了文艺奖金在解放区后期的群众性文艺运动中的影响力,然而,在延安文艺座谈会召开以后形成的文艺运动政党化的时代潮流中,针对获奖文艺作品的评介引导也难免是一种政治性评价。这样的文艺批评首先强调的仍然是入选作品的政治正确性。冯牧在谈到"七七七"文艺奖金的获奖作品时说:"它们给我们一个触目的印象,就是内容的丰富和多样性。它们不但尖锐地反映了当时当地的政治任务,而且是从各方面、以不同的方式反映了军队和人民怎样为执行党的和抗日政府的政策而斗争。"他不仅总结了入选作品的"革命性"内容,而且分析了它们成功的原因:"在敌后根据地,生活虽然艰苦,环境虽然动荡,但只要我们能够正确地执行党的文艺政策,我们还是有充分的可能创作出好的文艺作品来。"此外,他还指出了文艺奖金与群众性文艺运动的关系:"不是专门从事文艺工作的同志们,只要他们有丰富的实际斗争生活,有一般文化水平的文字修养,他们就可能写出动人的真实的作品来,而且也只有有着丰富的实际生活的人,才可能写出成功的、动人而真实的作品来。"①

其次,艺术形式的通俗与否也是作家和批评家评介引导的重要方面。《抗战日报》在关于"七七七"文艺奖金的社论中明确指出,这些获奖作品"一般说来,在内容上,都能符合于当前边区的政治任务,在形式、技术上,大都能够普及,为群众所喜闻乐见,且多样化"。康濯在评介自己参与评审的"乡村文艺创作征文"获奖作品时说:"入选的一百五十八件作品,是根据什么条件选择的呢?首要的条件,是内容上要反映当前群众的实际斗争,要具体,形式要短小精悍,适合战斗的需要;作品质量只求通顺简明,曾经演出过或流行于群众中的。"② 赵树理在谈到自己参与评审的晋察冀解放区秧歌剧本征集活动时说:"这次征集的作品中,好的是很多的。好坏是拿什么标准来说呢?就是看能否为群众服务,能否以艺术手法取得服务于群众的效果。"③ 这些评论或者从思想内容与艺术形式的关系入手,或者从文艺作品与现实生活的关系入手,或者从政治倾向与现实功能的关系入手,对它们与中共文艺政策之间契合的关系进行了充分论证。可以说,在很大程度上,解放区后期文艺奖金设置的奖励标准和文艺批评遵循的评价标准是一致的。其实,毛泽东已经在《在延安文艺座谈会上的讲话》中确定了文艺批评活动的评价标准:"任何阶级社会中的任何阶级,总是以政治标准放在第一位,以艺术标准放在第二位的","我们的要求则是政治和艺术的统一,内容和形式的统一,革命的政治内容和尽可能完美的艺术形式的统一"④。在解放区后期的文艺奖金活动中,无论是设置文艺奖金的奖励标准,还是开展与文艺奖金相关的批评活动,都必须以此为据。正是这种文艺奖金的政治性评介,反而进一步强化了文艺奖金在群众性文艺运动中的引导作用,使文艺奖金承担的文艺制度的规范功能愈加突出。

(原载《中共党史研究》2015年第4期)

---

① 冯牧:《敌后文艺运动的新收获》,《解放日报》1945年5月6日。
② 张学新等编:《晋察冀文学史料》,天津社会科学院出版社1989年版,第300页。
③ 《赵树理全集》第2卷,大众文艺出版社2006年版,第423页。
④ 《毛泽东文艺论集》,第73—74页。

左翼知识分子与延安文学体制建构

王俊虎[*]

延安文学在20世纪中国文学史上具有极其重要的地位与丰富的内涵，延安文学的诞生、发展、繁荣与战时背景、地域文化、政党革命有着密切的联系，同时也与知识分子尤其左翼知识分子有着不容忽视的联系。延安文学及其建构者都是中国历史、中国风格和中国气派最典范的体现者，20世纪中国文学、文化史上的各种重大现象和问题都可以与延安文学、中国现代知识分子联系起来进行阐释。延安时期，党通过对知识分子的有机化，完成思想和精神的统一，确立了文化领导权。延安文学体制的成功建构与左翼知识分子的世界观、人生观、价值观以及创作心态、作品体式等均有密切的联系，左翼知识分子群体对延安文学现代性品格的生成和丰富也产生了不容忽视的作用。

一 渴望与召唤：延安文学的兴起

延安文学是指在毛泽东文艺思想指导下，1935年10月19日中央红军长征到达陕北吴起镇，至1949年7月第一次全国文代会召开，以延安为中心，包括陕甘宁边区及其周边抗日民主根据地和解放区在内的一切文学活动，是毛泽东思想在中国文艺领域结出的灿烂奇葩。

左翼文学是延安文学的坚实基础。大革命失败后，国内革命斗争以新的形式展开。为了适应新的斗争形势，广大进步革命作家以无产阶级思想为指导，结合世界无产阶级革命运动高涨趋势，掀起了无产阶级文学运动高潮。1930年3月2日，"中国左翼作家联盟"（简称"左联"）在上海成

---

[*] 作者单位：延安大学文学院。

立，开始倡导无产阶级革命文学。鲁迅在"左联"成立大会上发表了《对于左翼作家联盟的意见》的讲话，成为左翼作家的指导思想，在实际斗争中发挥了积极的战斗作用。左翼文学是中国共产党直接领导的并与当时革命斗争形势相一致的文艺运动，取得了巨大成就。左翼文学强调文艺在革命事业中要作为斗争的武器，文艺作家要担负起革命斗争的使命。"左联"先后出版了《拓荒者》《十字街头》《北斗》等进步刊物，自觉运用马克思主义基本原理同"新月派"等文学派别鼓吹的反动文艺思想作斗争，为马克思主义文艺在中国的发展与建设奠定了坚强基础。但是，由于国民党反动派对革命根据地实行严酷的军事围剿与文化围剿，加之革命文艺运动初步兴起，缺乏实践经验，政治上受当时"左"倾路线的影响，组织上存在关门主义、宗派主义倾向，左翼文学并没有很好地与当时的革命斗争结合起来。所以，从"左翼"与"自由人""第三种人"、国民党领导的"民族主义文艺"激烈交锋与艰苦论战中可以看出，20世纪30年代"左联"领导的文艺大众化讨论，并没有成为当时文艺界普遍认同的主流，只是在理论上为20世纪40年代"延安时期"文艺大众化做了前期准备。

　　1936年底，随着民族危机的进一步加剧和中国共产党坚决抗日的政治主张的影响，大批进步文人与左翼作家奔赴延安解放区，"1938年5月至8月间，经西安八路军办事处介绍赴延安的知识青年就达2288人，全年奔赴延安的知识分子人数总计一万多人"[①]。截至1943年底，"抗战后到延安的知识分子总共4万余人，就文化程度而言，初中以上71%（其中高中以上19%），初中以下约30%"[②]。这其中著名的左翼知识分子有丁玲、莫耶、艾思奇、柯仲平、塞克、王朝闻、舒群、艾青、周扬、王若望、徐懋庸、雷加、贺敬之、李又然、欧阳山尊、穆青、马加、石光、萧军、周而复、李辉英、草明、梁彦、茅盾、黑丁、罗烽、郭小川、白朗、吴伯萧、林默涵、张仃、魏东明、孔厥、王实味、陈学昭、曾克、何其芳、卞之琳、张庚、王大化、田间、顾准、苏灵扬、魏伯、金肇野、严辰、逯斐、冯牧、韦君宜、沙汀、陈荒谋、秦兆阳、刘宾雁等，这些左翼文人，同时也是向往光明和自由的进步知识分子，怀着坚定的革命理想，离开物质条件较好的国内大城市，投奔物质贫瘠、交通闭塞但却代表着中国光明和未来的精

---

① 刘煜：《圣地风云录》，陕西旅游出版社1992年版，第78页。
② 胡乔木：《胡乔木回忆毛泽东》，人民出版社1994年版，第279页。

神高地——延安，他们后来就成为延安时期文学艺术活动的主要发起者、组织者、参与者与建构者。

左翼知识分子奔赴延安的动机尽管复杂多样，朱鸿召将这一时期奔赴延安的文人知识分子分为"叛逆者、逃亡者与追求者"①。但是这些左翼知识分子在对抗日本侵略者的疯狂进攻、憎恶国民党当局黑暗与腐朽的专制统治、寻求民族解放的热望方面与延安革命根据地军民是一致的。加上中国共产党这一时期对于知识分子也是"求贤若渴"，迫切需要建立文化统一战线，以占据抗日战争的文化主动权，所以迎来了成千上万的知识分子奔赴延安的壮观场面。

丁玲是第一个奔赴陕北革命根据地的国统区著名左翼作家。她的到来，受到了中国共产党的热烈欢迎，在延（当时的保安县，今陕西省延安市志丹县）的中共高层领导张闻天、毛泽东、周恩来等悉数出席欢迎丁玲的宴会，这让南京"出牢人"丁玲既激动又亲切，她感觉"这是我有生以来，也是一生中最幸福、最光荣的时刻吧。……就像从远方回到家里的一个孩子，在向父亲母亲那么亲昵的喋喋不休的饶舌"②。党的领袖毛泽东诗兴大发，还专门写下著名的《临江仙·赠丁玲》，并通过军用电报发给已在陇东前线的丁玲。丁玲奔赴延安后享受的殊荣并非一般左翼文人可比，但是尊敬、亲切、自由、欢快可能是这一时期所有奔赴延安解放区的文人作家共同的感受，"像梦一样，我们跨进了一个新世界，感到一切都是美好的，有意义的"③。在国统区过着颠沛流离、衣食无着的左翼知识分子来到这里，享受着人人皆有的不愁吃穿的供给制。宽松自由的政治氛围唤起了他们的创作热望，要拿起手中笔揭露黑暗、歌颂光明，这本来也是左翼文学的优良传统。

在这些左翼知识分子的努力下，中国文艺协会、陕甘宁边区文化界抗日救亡协会、西北战地服务团、边区民众剧团、边区音协、边区文联、延安电影团、烽火剧团、边区美协、边区剧协、中华全国文艺界抗敌协会延安分会（简称"延安文抗"）等文艺社团和组织在延安相继成立。《文艺突击》《文艺月报》《草叶》《谷雨》《中国文艺》《诗刊》等刊物先后创

---

① 朱鸿召：《延河边的文人们》，东方出版中心2010年版。
② 丁玲：《到前线去·写在前面》，四川人民出版社1980年版，第2页。
③ 艾克恩：《延安文艺回忆录》，中国社会科学出版社1992年版，第152页。

办，极大地丰富了这一时期延安的文学活动。徐懋庸、柯仲平、沙汀、周文等还就文艺大众化进行了热烈的讨论，在旧形式利用和新形式的创造问题、建设开放的与发展的中国新文艺的民族形式、批判旧形式的滥用等方面提出了宝贵的意见，在理论上为延安文学的健康发展提供了新的思路与可贵的经验。文艺团体的迅速成立、文艺刊物的兴办加上文艺大众化的热烈、深入讨论，偏僻闭塞的边地小城延安迅速成为歌的海洋、诗的世界，文艺给这座边塞小城注入了精神的活力，物质的贫困难掩青春的气息、奋斗的热望与自由的呐喊。

二 质疑与疏离：延安文学的发展

中国共产党在不同历史时期制定和颁布的文艺政策，对于指导文艺运动的健康发展起了很大的引导作用。这一时期，许多马列文论经典著作通过各种渠道进入延安，有力地指导了延安文艺运动与文艺创作的发展。1940年5月，由曹葆华、天蓝合译的延安第一部马列文论译著《马克思、恩格斯、列宁论艺术》由新华书店出版发行，在延安文艺界引起强烈反响，鲁艺专门召开座谈会，研讨该书翻译出版的巨大意义。1940年4月，萧三根据苏联出版的《列宁论文化与艺术》一书，译成《列宁论文化与艺术》一文，发表在《中国文化》第2卷第6期上，对于列宁关于文化的形成与发展、艺术的阶级性与党性、社会主义文化的内容与实质等问题做了介绍和阐发。除此之外，萧三还翻译了《论艺术工作者应学取马列主义》，罗烽写了《高尔基论艺术与思想》，欧阳山写了《马列主义和文艺创作》，上述这些关于马列经典文论的译著与研究文章，对于指导延安时期文人创作起到了积极作用。

在中国共产党的文艺政策与马克思列宁主义文艺理论指导下，这一时期的文艺活动有了健康发展。1940年，抗日战争进入最为艰苦的阶段，报告文学作为"文学轻骑兵"，能迅速、及时、真实反映八路军、新四军指战员及各抗日根据地人民群众奋勇杀敌、保家卫国的英雄事迹，得到广大作家的青睐和重视。沙汀的《我所见之H将军》，对贺龙卓越的军事指挥才能与丰富细腻的内心世界做了深入分析和细致剖露，刻画出有血有肉、崇高伟大但又平凡质朴的八路军高级将领形象。陈荒煤的《刘伯承将军会见记》，以与刘伯承将军在八路军指挥部的一次普通会见写起，显示出了刘伯承在大敌当前的危急时刻运筹帷幄、决胜千里的从容心态与必胜信心。作品通过一些平凡的生活场景与真实细节，为读者描摹出右眼失明、脑神经受损的八路军高级将领刘伯承克服常人难以想象的困难，为抗日大业鞠躬尽瘁的牺牲与奉献精神。黄钢的报告文学《我看见了八路军》《树林里——陈赓的兵团是怎样作战的之一》《雨——陈赓的兵团是怎样作战的之二》《森林里》《雨》对普通八路军指战员做了生动刻画，为世人展现出无产阶级领导的人民军队过硬的政治军事素质，对八路军平等的官兵关系、深厚的军民情谊做了生动叙述。韦明的《掩护》、田间的《最后一颗手榴弹》、李湘洲的《苦战磨河滩》、宋昕的《大杨庄之战》、齐语的《断桥血战纪实》等均是来自战场一线的作品，描绘的是战争进行状态中的八路军战士的英勇形象，表现和讴歌了广大战士保家卫国、驱逐日寇的钢铁意志。这些报告文学选材真实、感情充沛，人物形象生动，作家们以雄辩的事实、生动的细节、精心的设计把共产党领导下的人民军队群像展现给读者，再现了中国人民浴血奋战、抵抗日寇的顽强斗志与必胜信念。

小说方面，梁彦的《磨麦女》与温馨的《凤仙花》，集中展示了革命根据地劳动妇女争取自由，反抗封建礼教与封建等级制度的艰苦历程，展现了边区妇女由从前愚昧不觉悟的奴隶最终成长为无产阶级革命战士的可喜变化。丁玲的《入伍》与晋驼的《结合》采用对比手法，凸显出参加革命的部分知识分子身上存在的"小资"情调以及目空一切、骄傲自满、眼高手低的精神弱点作了细致描摹和尖锐剖露。洪流的《乡长夫妇》描写了农民冯春山当上乡长后，不思进取，沉浸在自己的小家庭生活中，后来在乡党支部书记的批评帮助下悔过自新，把自家余粮借给国家的转变过程。庄启东的《夫妇》反映了农民出身的军人夫妇，男的作战勇敢但是身上具有浓厚的大男子主义习气与作风，女的则自私自利，对丈夫的家庭暴行逆来顺受，毫无主见。两人经过抗日军政大学的学习，改正了各自身上的错误，最后建立起众人交口称赞的模范家庭。这一时期的小说多集中在短篇创作方面，短篇小说的创作与欣赏适合当时的战时环境，选材较广，但是多属于知识分子心目中的工农兵形象想象，文人化创作倾向较浓。

戏剧方面，延安剧坛出现演"大戏"的热闹局面。1939年末，于敏在《介绍工余的〈日出〉公演》中首提"大戏"一词，他在文章中指出：工余剧团"要演一个'大戏'，一个'写得好'的戏，一个'难演'的戏，来锻炼自己，这个选择便落在《日出》身上。"① 根据张庚的回忆，《日出》在延安的上演是毛泽东提议的："我记得上演这个戏是毛泽东同志提议的。他说，延安也应该集中上演一点国统区名作家的作品，《日出》就可以演。"② 1940年元旦，曹禺四幕话剧《日出》由工余剧协在延安演出，获得极大成功，公演八天，观众将近一万人，中央领导对此也是赞赏有加。1940年至1942年初这段时间，延安舞台上先后演出了《塞上风云》《伪君子》《求婚》《上海屋檐下》《带枪的人》《北京人》《太平天国》《团圆》《农村曲》（歌剧）、《大雷雨》《突击》《钦差大臣》《蜕变》《阿Q正传》《李秀成之死》《铁甲列车》《马门教授》《新木马计》等经典性的话剧、歌剧。京剧则有《打渔杀家》《四进士》《法门寺》《武家坡》《群英会》《空城计》《宋江》《玉堂春》《奇双会》《六月雪》《梅龙镇》等③。

近50部"大戏"，其中大部分为外国经典戏剧，其余均为国统区著名剧作家的代表剧目，有些"大戏"还被不同剧社反复演出。这些"大戏"无疑是戏剧精品，但是剧作反映的时代背景、包孕的思想内涵、艺术表现方式显然与延安当时的文艺现状尤其广大观众普遍的欣赏趣味是脱节的。"大戏"在延安上演的动机无疑是好的，可以锻炼和检验延安戏剧工作者的能力，开阔观众的艺术欣赏视野，但是如果充斥延安舞台的剧作都是脱离观众实际接受水平、偏离群众欣赏趣味的所谓"大戏"，那么这样的戏剧演出只能是闭门造车，孤芳自赏，这样的艺术活动终将是空中楼阁，是没有扎根于广阔生活土壤的艺术，是难以产生具有中国气派与中国作风的艺术作品。

杂文方面也出现了很不和谐的声音。1941年10月萧军、丁玲先后发表了《纪念鲁迅：要用真正的业迹！》《我们需要杂文》，1942年2月华君武等发表了《讽刺画展的"作者自白"》，1942年3月丁玲、艾青、萧军、草明等四位作家先后发表《三八节有感》《了解作家，尊重作家》《还是杂文时代》《希特勒的自画像》，1942年4月萧军又发表了《论同志的

---

① 于敏：《介绍工余的〈日出〉公演》，《新中华报》1939年12月16日。
② 艾克恩编著：《延安文艺史》上册，河北教育出版社2009年版，第2271页。
③ 据丁玲"不完全、不准确的回忆"。参见丁玲《延安文艺座谈会的前前后后》，《新文学史料》1982年第2期。

"爱"与"耐"》等火药味颇浓的杂文。这些杂文对于解放区存在的等级制度、不民主作风、男女不平等现象提出尖锐的批判，有些文章不无讽刺与揶揄的口吻，引起工农干部们的强烈不满。在工农干部眼中，这些知识分子穿着奇装异服，满口奇谈怪论，仗着自己识文断字，看不起工农干部和农民这些"衣食父母"，是应该认真改造和深刻反省的对象，是资本主义不良作风对于革命队伍的严重侵蚀，是会毁坏革命的优良传统并给敌以利用的害群之马。王实味、丁玲、萧军、艾青等人则不是这样认为的，他们认为知识分子从国统区来到偏僻、落后、闭塞的解放区，应该担当起启蒙群众的角色，改造解放区存在的不良现象与陋习，以使革命队伍更加纯粹、高尚。从现在的角度来衡量延安时期知识分子与工农干部之间的矛盾，他们各自站在自己的立场上看问题应该说都有一定道理，但是，在战时特殊的环境中，解放区政权在国民党与日本帝国主义战争炮火威胁下岌岌可危，知识分子大肆挖苦、讽刺工农干部，揭露与揶揄解放区存在的不良现象就有必要予以纠正。对于知识分子没有全身心地投入抗战的洪流中去、没有融入广大农民群众的艰苦生活中去、没有从农民兄弟的立场与情感上审视生活就需要加以改造和自我反省了。

三 蜕变与新生：延安文学的繁荣

1942年5月2日，毛泽东以他和时任中宣部副部长凯丰的名义，邀请延安文艺界知名人士召开座谈会交换和讨论大家对文艺问题的意见。座谈会的目的和动机是"深入了解延安文艺界的动向，准备解决文艺界存在的问题并着手制定战时共产党的文艺指导思想和文艺政策"。[①] 毛泽东在座谈会上发表的"引言"和"结论"，经过整理以《在延安文艺座谈会上的讲话》为题发表在1943年10月19日的《解放日报》上。延安文艺座谈会的召开和《讲话》的公开发表，解决了"革命文艺在民族和民主革命历程中必须解决的一系列重大理论和政策问题，为文艺如何高效率地配合无产阶级政党在军事和政治上的斗争，指明了方向"。[②]

延安文艺座谈会召开之后，延安文艺界整风运动随着全党普遍整风运

[①] 严家炎：《二十世纪中国文学史》中册，高等教育出版社2010年版，第325页。
[②] 同上书，第326页。

动更加深入地开展起来。许多左翼知识分子在毛泽东文艺思想的引领和指导下认识到了自己的不足和战争形势的严峻,为自己身上浓厚的个人主义与不合时宜的小资情调而自卑,逐渐萌生出集体主义的意志,陈学昭回忆当时心情"懊悔自己成了个知识分子",① 李又然感慨"生我者父母,再生我者集体精神",② 陈荒煤后来回忆:"经过整风,深挖思想,我也真诚地意识到,我这个'左翼作家'还不能算是无产阶级的,只能称之谓革命的小资产阶级作家。"③

现在看来,整风运动在康生的直接策划和操作下制造了许多冤假错案,例如著名的"王实味事件",很多投奔革命的文艺青年在审查干部、清洗坏人的运动中被错误地划为特务、叛徒、汉奸,威逼利诱、严刑拷打是康生们惯用的伎俩和方式。在整个审干抢救运动中,延安当地自杀身亡者就有五六十人,抗战后到延安的知识分子有80%竟被抢救成"特务"④,因此,毛泽东1945年3月25日在枣园军委系统干部大会上讲:"对不起,大家受委屈了!你们是上海、北京来延安山沟闹革命,受到从头到脚的审查。要我看,是应当的,但太狠了。"⑤ 毛泽东对于整风、审干、抢救运动的评论是客观的,这些运动确实有扩大范围、矫枉过正、方式方法不当的地方,很多左翼知识分子因此付出沉重的代价甚至有人为此丧失了宝贵的生命,但是在严酷的运动旋涡中,许多知识分子灵魂受到了震撼,在血与火的革命熔炉中意识到了自己的不足与缺点,体会到了革命的残酷与血腥,意识到了中华民族面临严重的危机与自己身上担负的艰巨而光荣的革命任务。

大部分左翼知识分子经过延安文艺座谈会和整风运动,改变了立场,深入群众艰苦的生活中,努力从丰富的民间和质朴的群众生活中汲取艺术营养,彻底改变了五四新文艺的文人化倾向,努力创作深受老百姓喜爱、看得懂、听起亲的具有民族气派与农村气息的艺术精品。

在戏剧方面,涌现出《逼上梁山》《三打祝家庄》《钢筋铁骨》《穷人恨》《血泪仇》等新编历史剧以及把秧歌和其他地方剧种优点融合在一起

---

① 陈学昭:《天涯归客》,浙江人民出版社1980年版,第178页。
② 李又然:《精度习惯与集体精神》,《解放日报》1942年7月16日。
③ 陈荒煤:《冬去春来》,江苏文艺出版社1994年版,第408页。
④ 朱鸿召:《延河边的文人们》,东方出版中心2010年版,第187页。
⑤ 赵海:《毛泽东延安纪事》,陕西人民出版社1993年版,第188页。

创造出来的民族新歌剧《白毛女》《王秀鸾》《刘胡兰》《赤叶河》等，成为具有"中国作风""中国气派"的真正为群众喜闻乐见的民族新歌剧的典范之作。在音乐方面，如马可、贺敬之的《南泥湾》，郑律成、公木的《八路军进行曲》，冼星海、塞克的《生产大合唱》等振奋人心、鼓舞士气的优秀作品，慷慨激昂的音乐旋律与抗战紧张、严肃的现实生活是紧密联系在一起的。在小说方面，丁玲的《一颗未出膛的枪弹》、孔厥的《一个女人翻身的故事》、秦兆阳的《俺们的毛主席有办法》、孙犁的《荷花淀》、马烽、西戎的《吕梁英雄传》、欧阳山的《高干大》等都是深受边区群众喜闻乐见的代表作。

上述作品在鼓舞人民士气、增强抗战信心方面发挥了显著作用，真正响应了毛泽东关于在延安建立文武并重的两支军队的倡议和号召，一支以"鲁总司令"为首、中国左翼知识分子作家为主体的文艺大军在革命圣地延安异军突起，一种新型的、具有浓厚意识形态的、带有明显无产阶级属性的、迎合工农大众审美情趣的文学体制在延安得以建构，把延安文艺运动推向高潮。

[原载《宝鸡文理学院学报》（社会科学版）2015年第5期]

出版延安的"知识"与"政治"
——延安与生活书店的战时交往史

范　雪[*]

在中国现代文学、文化史的研究中,对中国共产党与出版的关系的讨论,常常围绕着"体制"这一核心议题展开,主要有三类说法:"统战"、"政治化"和"一体化"。中共在1935年确立统一战线政策后,大力吸收知识分子和青年学生入党,并在国统区争取文化机构,出现了一批进步书店,这些进步书店,即指共产党"统战"下的非官办出版单位。"政治化"说法多见于对战时国统区"左"倾文化机构的讨论,用来解释为什么抗战期间全国文化会出现显著的倒向共产党的现象[①]。关于文学生产和出版机制的"一体化"讨论,主要指1949年后由国家力量推行的全国文学文化的单位化、制度化[②]。这虽然不是这篇文章要讨论的抗战时段的问题,但却是我们了然于心的历史走向,因此也需要我们以这个历史方向为参照,解释"一体化"前史的隐约眉目。

通过上述三种说法,我们能看到体制化问题的三个要素——政党、知识分子和机构(在本文中是书店)。"统战"、"政治化"和"一体化"对这三个要素各有侧重,但一个较为一致的特征是,都将"体制化"描述为政党逐渐渗入、掌握出版机构的过程。这就引出了两个问题。第一,在知识

---

[*] 作者单位:东南大学人文学院中文系。
[①] "政治化"的说法参见洪长泰和叶文心关于抗战文化的研究。Hung, Chang-tai, *War and Popular Culture: Resistance in Modern China*, 1937—1945, Berkeley: University of California. Press, 1994. Wen-hsin Yeh, "Progressive Journalism and Shanghai's Petty urbanities: Zou Taofen and the Sheng Huo Enterprise", in Frederic Wakeman and Wen-hsin Yeh (eds.), *Shanghai Sojourners*, Berkeley: Center for Chinese Studies Monograph Series, 1992, pp. 186–238.

② 洪子诚：《问题与方法：中国当代文学史研究讲稿》，北京大学出版社 2010 年版。

生产、传播的过程中，政党、知识分子和书店三类要素的边界并不清晰，往往互生交错，我们需要在具体的历史现场中厘清他们以怎样的逻辑交往。第二，我们需要在知识的版图里，考察政党如何获得知识圈的入场券，而不是随意地把长征后偏居西北的共产党处理为可以轻松进出其他领域的非历史的存在。这篇论文要讨论的具体问题是，延安为什么及如何进入全国知识市场？这首先关系着延安内部的知识生产格局，其次涉及延安与党外书店的关系。论文以新华书店和生活书店为中心展开论述，这两个书店分别是延安内外知识生产机构最重要的代表。

一　新华书店与延安的出版发行

新中国成立后的新华书店是全国最重要的官方出版机构，由总店、总分店、分支店建立起从北京到全国各地方的垂直出版发行系统，控制全国的出版物①。但是，1949 年后新华书店的规模、能力不只来自党办书店这一支传统。据相关研究，新华书店经过收编民营书店，学习、占有大型民营书店出版发行的经验、网络和结构，才得以形成新中国成立后的格局。②可以说，从延安到全国，新华书店发生了很大的变化，中共在新中国成立后的"一体化"能力，并不能上推至延安时期。那么，延安时期的新华书店是怎样的？以它为例，可以说明延安怎样的知识生产状况？

新华书店 1937 年在延安成立，它是长征后中共完善苏区宣传体制的一个部分。在江西苏区时期和长征中，共产党的机关报是《红色中华》。西安事变后，共产党开始改造和扩张党的新闻媒体，将"红中社"和《红色中华》改名为"新华社"和《新中华报》（1941 年被《解放日报》取代），同时第二份官方刊物《解放》周刊创刊。为管理各类机关刊物，1937 年初中央党报委员会成立，委员会下设出版发行科。"新华书店"一开始并非实体机构，而是出版发行科的一个名目。两年后，延安的出版规模有所扩大、重要性逐步升级，出版发行科遂改为中央出版发行部，部长

---

① 赵生明主编：《新华书店诞生在延安》，华岳文艺出版社 1989 年版，第 246—253 页。
② Nicolai Volland, "The Control of the Media in the People's Republic of China", Ph. D dissertation, Heidelberg University, 2003, pp. 243–292.

由组织副部长李富春兼任。① 新华书店也于 1939 年 9 月在延安北门外建起了门市部，成为一个较为完整的、有独立结构的实体机构，这也是延安第一个可以展览、买卖的官方书店。②

那么，放在延安整体的知识生产格局中，新华书店是什么位置呢？下面所列项目是延安有编写、出版、印刷或发行权力的主要机构：

撰写、编审：马列学院编译部（1941 年改组为中央研究院，1943 年并入党校第三部）；新华社、解放社；《共产党人》《中国青年》《中国妇女》《中国文化》《八路军军政杂志》《文艺突击》等刊物编辑社。

出版：中国人民红军总政治部、八路军总政治部宣传部；新华社、解放社；各刊物编辑社。

印刷：中央财经部印刷厂（原来专印苏票，后来印刷书籍）、八路军印刷厂。

发行：新华书店，各级党委、党支部，交通机关。

尽管据书店自己的说法，从建成到 1941 年，新华书店发行解放社的书籍 130 多种、其他机关编辑社编纂的丛书 30 多种、报纸杂志近 10 种，是延安知识出版的重要角色③，但就地位而言，新华书店的工作和权力范围很有限，书店是发行机构，基本只负责传播、分散、销售出版物。书店在成为有独立结构的实体机构后，设置了七个科：批发、发行、进货、栈务、邮购、会计、门市，很显然，这些科不涉及任何书籍报刊的编审和出版工作。在延安，制造知识的权力掌握在领袖和知识分子手里，新华书店是较为工具性的角色。

即使是在发行上，新华书店也不是我们熟悉的现代发行机构。现代书店的基本特征，是依靠人际、赞助、阅读群体和文化关系，建立起自己的

---

① 《关于建立发行部的通知》，陕甘宁边区财政经济史编写组：《抗日战争时期陕甘宁边区财政经济史料摘编》第九编，陕西人民出版社 1981 年版，第 615 页；《中国共产党组织史资料汇编》，红旗出版社 1983 年版，第 332 页；周保昌：《回忆新华书店在延安初创时期》，《书店工作史料第一辑》，新华书店总店 1979 年版，第 35—37 页。

② 赵生明主编：《新华书店诞生在延安》，华岳文艺出版社 1989 年版，第 158 页。

③ 叶林：《三年来的新华书店》，《新中华报》1940 年 11 月 14 日。

发行网络。延安的发行工作并不依赖书店，而是沿党的组织系统展开，从中央到县，覆盖工农商学兵。这是从苏区传下来的经验，《红色中华》的发行即依靠地方党委宣传部和军团政治部。① 1939 年的一份文件要求从中央到县一级的党委"一律设置发行部"，发行和兵站、军队的运输部门相挂钩，以实现散播出版物的目的。②

这样的发行状况，说明延安的知识生产有非市场导向的特征③，我们在这里要提出的问题是，非市场导向给延安带来了什么困难？

在延安，以出版物为载体的知识传播、流通，其基本方式是派发而不是买卖，这对新华书店扩大、完善发行网有负面影响。1941 年新华书店提出制度改革的建议，称赠送及记账往来制度不利于书店业务的发展和健全，书店需要建立起买卖制度；同时书店应有独立的经济核算制度，有自己的代办处、推销处和代售处。④ 新华书店的要求引发了一些变化，但并未有根本性的变革。从一些材料看，1941 年后书店加快建分店的速度，1942 年华北新华书店总店建成后，报刊和书籍发行明确分工⑤，但整体而言，新华书店在 1945 年之前规模有限，有说法称直到华北书店（生活、读书、新知在根据地联合创建的书店）并入新华书店后，书店规模才扩大了一些。⑥ 可以说，直至抗战结束，共产党都未建起以书店为核心的有规模的出版发行事业。党组织是知识传播、扩散的主要渠道。这意味着一个困难：在党组织没有层级覆盖的地区，共产党在知识市场上的渠道和竞争力会非常有限，延安无法获得全国性的知识话语权。

---

① 《把发行工作健全起来》，《红色中华》1937 年 9 月 13 日。
② 史育才：《抗日战争时期太行地区的书报出版发行工作》，《书店工作史料第一辑》，新华书店总店 1979 年版，第 83 页。
③ Christopher Reed 曾对这一特征有过专文讨论。Christopher A. Reed, "Advancing the (Gutenberg) revolution: the Origins and Development of Chinese Print Communism, 1921 – 1947" and the "introduction" in CynthiaBrokaw and Christopher A. Reed (ed.), *From Wood Blocks to the Internet: Chinese Publishing and Print Culture in Transition, Circa 1800 to 2008*, Leiden; Boston: Brill, 2010, pp. 275 – 311.
④ 《为求书报推销合理化、新华书店改变发行制度、取消赠送实行购买制》，《新中华报》1941 年 5 月 15 日。
⑤ 齐武：《晋冀鲁豫边区的新闻出版工作，1938—1946》，张静庐辑注：《中国近现代出版史料·丁》上卷，中华书局 1959 年版，第 237—243 页。
⑥ 《新华书店发展简史》，张静庐辑注：《中国近现代出版史料·丁》上卷，中华书局 1956 年版，第 256—265 页。

二　延安的高级"知识共同体"

延安的知识创造，掌握在理论家和有理论能力的政治领袖手里，他们是延安知识生产格局中最显眼的群体。笔者认为在1942年整风之前，延安的理论知识生产者（包括中共领袖和高级知识分子）与理论出版物的读者（中共领袖、知识分子、干部、学生）形成了一个"知识共同体"，他们分享着共同的知识类型与文本。

延安出版物的对象主要是知识分子。1943年之前，新华书店每年发行经售的书籍在30种以上，基本上是马恩列斯著作、苏共指定的理论著作和中共领袖的理论作品。① 这些出版物和边区数量最大的"读者"群体——农民——并无太多关系。整风使得这种情况发生了一定程度的改变。整风中，党动用组织力量发动了"文化下乡""书报下乡"后，边区才开始比较多地出现《丰衣足食》《怎样养娃娃》《二流子转变》等一类通俗读物，有图有字的《大财东与老百姓》《伤兵到处是家庭》《日本兵上吊》等面向农民的出版物，以及万年历、领袖挂图、年画挂图等农民用得着的印刷产品。② 其实，即使是在整风后，延安知识市场上的主流产品仍是哲学和社会科学理论，这一点与其他根据地有鲜明差别。在晋察冀、晋冀鲁豫，1945年华北书店、新华书店供给的书籍中，1/5是马列知识和中共领袖的理论作品，近3/5是通俗读物。③ 同年的延安新华书店虽然有通俗读物，但仍保持高级理论知识的出版势头，1944年1月的《解放日报》提醒人们，延安的书报有90%是为知识分子干部准备的，并由此建议要出更多的通俗和中级读物。④

延安为什么要大量出版理论书籍？毛泽东在六届六中全会上称"一个伟大的革命运动的政党"，必须有革命理论，他号召全党有研究能力的人，

---

① 赵生明主编：《新华书店诞生在延安》，华岳文艺出版社1989年版，第226—276页。
② 同上书，第158页。
③ 齐武：《晋冀鲁豫边区的新闻出版工作，1938—1946》，张静庐辑注：《中国近现代出版史料·丁》上卷，中华书局1959年版，第242页。
④ 黎文：《怎样把书报送到工农兵手里》，《解放日报》1944年1月20日。

都要研究马恩列斯理论①。理论需要标准，需要有官方指定的版本，延安的理论生产正是制造知识的标准，确立理论的准确版本。

在延安的出版机构中，解放社的政治重要性、出版量令人瞩目。解放社由党报委员会管理，中共中央指定解放社是党的文件、领导人言论、中共历史、马恩列斯著作的出版机构。解放社的代表性出版物，是四部大部头的书籍：《马恩丛书》《抗日战争丛书》《列宁选集》《斯大林选集》。我们可以以《列宁选集》的编订过程为例，考察知识标准的产生。解放社对《列宁选集》的翻译，以苏联马列研究院编订的 6 卷本《列宁选集》为底本，其中苏联外国工人出版社出过的汉文版在延安是翻印，剩下的由延安马列学院编译部翻译。这个选集从列宁的海量文章中选定，实际上是确定了列宁学说的基本范围，并有各种文字的翻译版本，其目的是（在这个选集的中文版序言中说得很清楚）：全世界无产阶级和被压迫人民掌握同一、标准的理论武器②。

一个由领袖和知识分子共享的"知识共同体"，以及作为知识标准的理论书籍，共同指向知识分子在延安的重要地位。当时一批重要的理论知识的翻译者、撰写者都在马列学院供职，而马列学院是延安等级最高的学校，学员要在"抗大"、"陕公"、党校锻炼过，才有资格进马列学院进一步深造。整风前延安的知识分子处在一个政治和社会地位颇高的"知识共同体"中，理论的价值在政治正确层面被广泛接受，他们在报刊上的发言、影响力也超过了很多红军的高级将领。

"知识共同体"的运作，引出以"知识"为方式，延安与国统区书店建立起的关系网络，而这大大扭转了延安依靠党组织进行知识传播的制度的限制。

在与延安发生诸多牵连的国统区的出版机构中，以生活书店规模最大。延安和生活书店的牵连，从抗战爆发前一直延续到 20 世纪 40 年代，各种线索绵绵延延，在对交往史展开详细讨论前，我们可以先领略一下他

---

① 毛泽东：《学习》，《毛泽东选集》第 2 卷，人民出版社 1991 年版，第 532—533 页。1941 年毛泽东设计整风后"中央须设一个大的编译部，把军委编译局并入，有二三十人工作，大批翻译马恩列斯及苏联书籍，如再有力，则翻译英法德古典书籍"。参见《毛泽东书信选集》，人民出版社 1983 年版，第 136 页。

② 《新华书店发展简史》，张静庐辑注：《中国近现代出版史料·丙》，中华书局 1956 年版，第 248—255 页。

们之间浓厚的缘分。1936年，毛泽东曾让叶剑英与刘鼎购买艾思奇的《大众哲学》和柳湜的《街头讲话》①，而此时这二人正是上海生活书店的撰稿人。战争爆发后，艾思奇到陕北成为延安"知识共同体"的重要成员。柳湜在生活书店做主编，1941年他带着生活书店的资源到延安创建华北书店。华北书店在延安创建后，由林默涵接管，而抗战初期林默涵曾在武汉做过《全民抗战》的编辑，这个杂志是生活书店抗战期间最重要的刊物，邹韬奋任刊物主编，柳湜是副主编。1938年，林默涵离开书店去了延安，随后在马列学院学习、入党。另外，据有关研究，毛泽东的两篇重要哲学著作《矛盾论》和《实践论》，来自他对《辩证唯物论与历史唯物论》的详尽研读。② 这本书的译者沈志远1938年被生活书店特聘为高级编辑，主编书店的高级理论刊物和书籍，而更有意思的是，沈志远的刊物随后成为延安发起的"中国化"讨论在国统区的最重要的阵地。

从20世纪30年代中期到40年代，这些牵连表面看起来零星、断续，但背后正是抗战爆发前后国内知识格局的变化。尽管毛泽东说共产党有两路人马的传统——"军事战线"和"文化战线"，但30年代的江西苏区和上海左翼却不能混为一谈。江西苏区的知识生产能力有限，军队里有理论生产能力的人很少。这在"统战"政策确立后才发生变化。战争爆发后，北京、上海和武汉等文化中心的相继陷落，文化界已有大名的理论家奔赴延安，给在知识领域影响力甚微的陕北中共带来了知识生产的资本，延安逐渐成为重要的知识源地。这场迁徙左右了战时中国知识生产的格局，也注定了延安与生活书店交往史的发生。

三 知识合作：延安与生活书店

1932年成立的生活书店，其前身是1929年邹韬奋在上海创办的《生活周刊》。邹韬奋是书店的领袖，也是灵魂人物。抗战爆发后，生活书店从上海搬到武汉，武汉沦陷后又搬到重庆。1938年下半年，书店落脚重庆后开始了一段稳定发展的时期，直到1941年国民政府封禁生活书店重庆总

---

① 毛泽东：《给叶剑英、刘鼎的信》，中共中央文献研究室编：《毛泽东书信选集》，人民出版社1983年版，第80—81页

② 龚育之：《从〈实践论〉谈毛泽东的读书生活》，《毛泽东的读书生活》，生活·读书·新知三联书店2009年版，第35—43页。

店，不得不进一步向内陆迁徙，而向内陆迁徙则为生活书店扩张规模提供了机遇。战前生活书店只有上海、广州两家分店，战争开始后它很快成为拥有52家分支店的大型书店，发行网络覆盖很广，旗下有近十种刊物。①

规模渐大的生活书店开始着手一项贯穿其重庆三年历史的工作：整顿机构。1938年具有非凡重要性的"编审委员会"成立。"编审委员会"是生活书店的大脑，直辖于总经理邹韬奋，控制一切杂志书籍的编校、印刷和收购等工作，也就是说，发表、出版什么人的作品，什么内容、类型、主题的文章和书，都由"编审委员会"决定。委员会成员如下所示：

挂名：胡愈之（主席）、沈兹九、刘思慕。他们1938年后主要在香港、南洋活动，与生活书店的直接关联少。

合作：茅盾、戈宝权。30年代就与邹韬奋交好的茅盾、戈宝权以文学、翻译的身份帮助书店文学类的出版物。戈宝权同时是重庆《新华日报》的编委。

书店领导：沈志远（副主席）、邹韬奋、张仲实、金仲华（副主席）、史枚、柳湜、胡绳、艾逖生（秘书）。"编审委员会"的运作主要靠这些人。他们是书店高级干部，全店的选举和规章制度确认他们的领导权力。②

"编审委员会"，特别是其中掌握实际权力的书店领导的重要特点，是与中共党员有相当高的重合。胡愈之、沈志远、张仲实、柳湜在抗战前就入了党，史枚、胡绳在1938年前后入党。

为什么书店成员会与中共党员重合？这一情况如何会发生？"统一战线"和"政治化"两种说法在解释这个问题时，分别以中共和书店为主角讨论党如何控制或影响书店领导层。这两类讨论的一个困境是，使书店发生变化的领导层是"统战"中被笼络的进步对象呢，还是"政治化"过程里渗入书店的共产党员？这当中的关键，可能是怎么看待这些知识分子的身份，在历史叙述形成的过程中，不少在20世纪30年代知识分子入党的

---

① 生活书店史稿编辑委员会编：《生活书店史稿》，生活·读书·新知三联书店2007年版，第116—117页。

② 胡绳、曹靖华、廖庶谦稍后进入编委会。见《生活书店史稿》，生活·读书·新知三联书店2007年版，第101页。

时间是后来追认的,或称当时是秘密党员,先入为主地把他们看作党员、为完成党的任务而进入书店并不合适。我认为,在生活书店与中共交往合作的例子中,党、书店、领袖、知识分子等不同角色的位置,并不是固定的权力等级关系。"政党"和"知识"是不同的领域,实现合作首先需要能够被对方认可,而这就关系到一个至关重要的问题:战时的主流知识是什么?

在20世纪30年代,《生活周刊》的内容主要是介绍城市中的职业信息和家庭生活经验[①]。30年代后半期,马列理论成为全国市场上的流行知识。生活书店紧追市场新变化,与众多马列理论家建立合作,出版此类书籍,其中的一个重要举措是将读书出版社的一些重要成员收入生活书店,委以重任。

读书出版社是一间热衷唯物论辩证法和马克思政治经济学的出版社,据叶文心的研究,这个出版社有鲜明的左翼倾向[②]。它的三个主要负责人夏征农、艾思奇和柳湜(据称当时都是秘密的中共党员),是"左翼作家联盟"和"中国社会科学家联盟"的成员。但需要留意的是,在拥有左翼身份的同时,他们也有另一种身份:畅销书作者。艾思奇的《哲学讲话》在1934年出版后,风靡全城乃至全国;柳湜在1936年3—8月间连续出版了5本畅销书:《国难与文化》《街头讲话》《社会相》《实践论》《救亡的基本认识》。1936年前后,邹韬奋吸收艾思奇和柳湜为《生活星期刊》撰稿人,通过艾思奇、柳湜,一批马克思主义理论家与书店建立联系,生活书店逐渐成为马克思主义理论的重要出版商。

抗战爆发成为改变知识生产版图的重要节点。艾思奇、陈伯达等奔赴延安,柳湜、胡绳、沈志远等正式进入生活书店。柳湜成为邹韬奋身边的重要编辑,掌握发行量最大的《全民抗战》;胡绳主持知识普及性的《读书月报》;沈志远主编书店的大型理论刊物《理论与现实》。通过整理1931—1945年生活书店的书籍出版类型(见表1),可以看到战争开始后书店的出版格局大规模向马列和社会科学倾斜,战前生活书店以辩证法唯物论为核心的理论生产群体延续到了战争中。

[①] Wen-hsin Yeh, *Shanghai splendor: Economic Sentiments and the Making of Modern China*, Berkeley, Calif.: University of California Press, 2007, pp. 101 – 128.

[②] Wen-hsin Yeh, *Shanghai Splendor*, pp. 129 – 151.

表 1　　　　生活书店抗战前后的出版类型与主要作者群体

类型	1931—1936 年出版册数	1937—1945 年出版册数	1937—1945 年主要编著者（括号内为种类数）
马、列、斯	0 册	24 册	张仲实(3)、吴理屏(3)
哲学	2 册	16 册	艾思奇(2)、张申府(2)、胡绳(2)、沈志远(2)
中国政治	3 册	16 册	胡绳(2)、吴清友(2)
国际政治外交	24 册	47 册	张建甫(2)、冷壁(2)、沈志远(2)、钱亦石(2)、张仲实(2)、世界知识社(2)
法律	1 册	16 册	全民抗战社(2)、邹韬奋(2)、韩幽桐(2)、沙千里(2)
军事	1 册	36 册	毛泽东(3)、金仲华(3)、郭化若(2)、朱德、李富春、冯玉祥、罗瑞卿
经济学	19 册	31 册	沈志远(5)、骆漠耕(3)、钱俊瑞(3)
基础社科读物	23 册	107 册	钱俊瑞(4)、曹伯韩(3)、胡愈之(3)、张友渔(2)、侯外庐(2)、李公朴(2)、金仲华(2)、沙千里(2)
个人言论	10 册	27 册	邹韬奋(7)、王明(2)、冯玉祥(2)
文艺作品	66 册	61 册	

注：根据"生活书店图书目录"整理，参见《生活书店史稿》，生活·读书·新知三联书店 2007 年版，第 389—430 页。

从 20 世纪 30 年代知识制造的大本营上海，到抗战中两个知识生产重镇——延安与重庆，共产党和生活书店共用一批熟练操作流行知识的理论家。他们也构成延安和书店的关系网络。艾思奇、何干之、吴亮平（吴理屏）、李初梨、张仲实、陈伯达等是生活书店 30 年代编撰群体的几个重要人物，抗战爆发后他们奔赴延安，但并未割断与知识界的网络，从表1看，他们仍是生活书店倚重的作者。

这是以"知识"为平台的交往史，生活书店和延安的革命政党都注意到握有文化资本的马列理论家的重要性。战争导致的知识生产者从上海去延安，是知识网络与格局变化的关键节点。左翼的文化资本与革命政权在延安重合，延安由此携带着"政治"和"知识"的双重意涵，与党外的文化机构建立起千丝万缕的合作关系。

四 出版延安"知识"与"政治"

生活书店与延安的交往合作提出了一个问题：在日益看重延安的过程中，书店如何理解"政治"的延安和"知识"的延安？

战争开始后，书店越发感到马列理论的重要性，于是立即约稿延安，立意高远地出了一套"中国文化丛书"。"中国文化丛书"由周扬主编，稿件均来自延安：洛甫《中国革命史》、陈伯达《革命的三民主义》、何干之《中国社会经济结构》、艾思奇《中国化的辩证法》、王右铭《中国化的经济学》、周扬《文学的基本问题》、陈昌浩《现阶段民众运动》、吴理屏《抗日统一战线》、朱克《游击战术》以及艾思奇等集体创作的《现代中国思想史》。这套书出版后，各方销路非常好，后来又把毛泽东、陈昌浩写的《游击战争的一般问题》列入其中。

由丛书的编排，我们能看到书店如何接受延安的"政治"和"知识"。这套丛书的作者几乎都参加了20世纪30年代上海左联的组织和活动，艾思奇、陈伯达、何干之等是生活书店的合作者，尽管他们到延安后进入体制各司其职，但他们在丛书中的地位却不逊于中共领袖。后来加入的毛泽东在这套书里没能扮演掌握哲学思想等指导性理论话语权的角色，中国革命、统战、思想史、唯物论等重要话题均未染指，其所著的关于游击战争一书是一本军事类的作品。书店对毛泽东的定位大概仍是与"朱毛红军"或"八路军"挂钩的军事领袖。事实上，生活书店始终热心与理论知识分子合作，而不是政党领袖（参见表1）。抗战八年间，生活书店的出版物中，毛泽东的个人论集有3本，冯玉祥有2本，蒋介石只有1本。"延安"的重要性是那些能够生产理论的知识分子，"延安"只有通过在20世纪30年代的知识市场上积累下资本的一批人，才能够在生活书店的出版版图中被呈现。

出版延安的"知识"和"政治",可以通过书店刊物如何展开"中国化"的讨论,得到一个更为具体的图景。

《理论与现实》是最早对延安提出的"中国化"展开系统论述的刊物。主编沈志远1925年入党,随后赴苏读书,回国后加入"中国社会科学家联盟"任常委,30年代已是重要的马列理论作者,他的《新经济学大纲》曾是延安党校政治经济学教科书。1938年在出版理论学术名著上抱有雄心壮志的生活书店请沈志远担任"特约编译员","专为本店整理及翻译世界名著,每月至少在六万字以上,一年中希望能完成近百万字"。沈志远很快主编了一套书店引以为豪的"新中国学术丛书",这是生活书店战时出版物中,学术性最强的一套作品。[①] 随后,沈志远又负责主编《理论与现实》,这个刊物表达了生活书店的文化抱负,1939年4月创刊后很快召集了一批身在延安、重庆等地的理论家,打造刊物的深度。撰稿者主要有潘梓年、沈志远、陈伯达、艾思奇、侯外庐、胡绳、周扬等。

"中国化"不是抗战时才有的概念,也不是延安最早提出的。从20年代初开始,无政府主义者、中国基督教、教育界、社会学界都提出过"中国化"的问题,考虑外来的思想、技术如何落实在中国的环境中。中共提出"中国化"是抗战期间影响广泛的事件,从发文时间和人事关联上看,《理论与现实》对"中国化"的讨论,是对延安观点的回应。

延安最早提出"中国化"的,是张闻天在特区文化协会成立时的讲话和随后《解放》周刊上发表的署名从贤的《现阶段的文化运动》。这两份文献对"中国化"的理解,基本上是从大众化、民族形式方面入手,反对欧化、西洋化的文化,强调文化与老百姓的关联。[②] 1938年10月毛泽东发表的《论新阶段》是延安"中国化"论述的核心文本。毛泽东在讲话中提出:"洋八股必须废止,空洞抽象的调头必须少唱,教条主义必须休息,而代替之以新鲜活泼的,为中国老百姓所喜闻乐见的中国作风与中国气

[①] 这套书有侯外庐《实践伦理学大纲》、李季谷《物观世界史纲》、李绍鹏《苏联经济之理论与实际》、李达《通货膨胀讲话》、钱俊瑞和沈志远合著的《中国经济问题与国防经济建设》、张仲实《前资本主义社会史》。

[②] 《张闻天年谱》上卷,中共党史出版社2000年版,第524页;从贤:《现阶段的文化运动》,《解放》1937年第23期。

派。"① 这番意见虽不能简单概述为大众化，但显然毛泽东的"中国化"有一个重要落脚点：中国老百姓。

1938年4月艾思奇发表在武汉《自由中国》上的文章的重点，颇有不同。他认为"通俗化不等于中国化现实化"，全国学者所要努力的是"用中国的现实来发展哲学的理论"，方法上要以新哲学辩证法的唯物论为核心，佐以其他哲学理论。② 艾思奇显然不是在思考普及的问题，而是要综合各种理论和中国现实，创造新的哲学学说。陈伯达在创造新文化上的观点与艾思奇相似。他将"中国化"与"新启蒙运动"挂钩，强调用民族/中国的旧的文化形式来实现大众化，新内容和旧形式的互相促进，将最终产生中国的新文化。

艾思奇和陈伯达是1936—1937年"新启蒙运动"的重要参与者。奔赴延安后的陈伯达，其看法虽渐往利用传统文化形式启蒙大众的方向走，但仍强调实现一个全新文化的总体愿望。艾思奇的观点则更多延续"新启蒙"的主干想法，"中国化"的概念反而使之释放了一直以来启蒙大众的压力，更看重综合各种理论获得"中国"的新声。1938年底陈伯达、艾思奇等人在延安成立了新哲学会，从《新哲学会缘起》这份发言词来看，这个团体的任务更贴近艾思奇的想法，即集中外古今各家之说，努力建立"更基本的、更一般的、更理论的"学说。③ 艾、陈的论述与中共领袖的差异是，"中国化"的核心是否是"老百姓"。毛泽东的"中国气派和中国作风"建立于对"老百姓"和"中国人民"的设想之上，而知识分子们则把理论家看作创造中国新文化的主体。

《理论与现实》诸家对"中国化"的申发与艾思奇和新哲学会一致，与中共领袖的说法差别较大。在创刊词中，沈志远说过去学术和现实之间缺乏关联，现在要做出改变，实现"理论现实化"和"学术中国化"。④ 创刊号的首篇文章是新华日报社社长潘梓年的《新阶段学术运动的人物》，他称学术是文化的"中枢"和"首脑"。⑤ 把理论知识分子视为中国新文化主体，在侯外庐的文章中更加清晰。侯外庐热情描述了清代朴学、公车

---

① 毛泽东：《论新阶段》，《解放》1938年第57期。
② 艾思奇：《哲学的现状和任务》，《自由中国》创刊号，1938年4月1日。
③ 艾思奇等：《新哲学会缘起》，《战时文化》1939年第1期。
④ 沈志远：《创刊献辞》，《理论与现实》创刊号，1939年4月15日。
⑤ 潘梓年：《新阶段学术运动的任务》，《理论与现实》创刊号，1939年4月15日。

上书、"五四"运动、新社会科学运动中，知识阶层行动理论的传统，并将当下的学术传统归并至这一在理论和现实之间不断冲撞摩擦的历史中。在这一历史传统里，知识阶层不仅是学术的主体，更是中国革命的领导。①

《理论与现实》揭开"学术中国化"讨论序幕后，生活书店的另一个较为通俗的知识类杂志《读书月报》对这场文化活动做了简明扼要的介绍。艾寒松、潘菽和柳湜的文章都强调"中国从一个旧国家变成一个新国家，当然在政治、经济、国防、文化等等方面都有很多需要，这种需要都要有待于近代学术的帮助解决"，但外国的学术和理论未必能够解决中国的需要，因此，需要一班各行各业的理论家设计出适合中国现实的方案。②

作为对延安提出的"中国化"问题最早的规模化的讨论，生活书店的这两份刊物显然是以知识生产者自身为主体来理解延安声音。毛泽东的《新阶段论》虽被引述，但有意思的是，讨论者只是借此说明这篇文章是使用"中国话"的范例。在对"中国化"特别是"马克思主义中国化"的整体把握上，他们仍倾向由理论家对中国的现实问题设计方案、做出指导。

由此，我们不难看到，兼有多重身份的理论家建立起书店和延安的联系，扩大了延安在知识市场上的重要性和影响力，但这个过程并不是从政治核心的党与毛泽东，推及延安，再推及国统区书店的过程。我们对党改造知识分子的历史，非常熟悉，但中共尚未建国时，知识分子接受中共的动机和方式，并不完全由党控制。"延安"对于书店这样一个文化机构的意义，也不是政党的逐渐渗透，政党的声音需要通过知识生产的逻辑才能够被认识和呈现。柳湜、沈志远等人在生活书店的地位，来自他们在知识市场上的资本，他们对自我角色的理解也兼有文化人（编辑、理论家）和组织干部两方面的自觉。真正的改变，发生在生活书店总店被国民党封禁之后。国民政府封禁书店的行为造成了两种后果，其效果都将书店更彻底地推向中共，主要表现有二：1. 书店总经理邹韬奋对政府极为怨恨，坚定转向中共，要求把自己的骨灰埋在延安；2. 生活书店联合读书出版社、新

---

① 侯外庐：《中国学术的传统与现阶段学术运动》，《理论与现实》创刊号，1939 年 4 月 15 日。
② 逖：《谈"中国化"》；潘菽：《学术中国化问题的发端》；柳湜：《论中国化》，《读书月报》1939 年第 1 卷第 3 期。

知书店去太行和延安开店，由此转移了相当一批人才、资金和机器，中共自身的知识生产与传播能力由此逐渐走强。

结论

现代中国文学、文化的"体制化"问题，是不同领域互生交涉的过程。尽管延安被看作1949后新中国国家政权的起源，但在抗战期间，全国的政治和文化生态颇为多元，延安与左翼文化机构都在此语境之中。延安的知识生产状况可能比我们所了解的更为复杂。在这篇论文的例子中，20世纪30年代左翼的知识生产传统，与从江西苏区和长征传下来的军队传统，形成了延安知识格局的多种层次，而将之放在全国的知识生产中看，这些促成构成了中共与党外出版机构的合作，也标示出延安在整个知识市场中的地位。

我们能看到"知识"在这个过程中的重要性，包括知识类型、知识的意义、知识分子的功能，以及论文强调的，知识生产的运作逻辑。由此，我们需要讨论生活书店辨认、接受的是哪一部分的延安。鉴于篇幅原因，生活书店进一步靠近中国共产党的"体制化"过程无法在这里展开，但这个过程与本文描述的历史相似，"体制化"伴随着书店的文化主体性不断强化的过程，而非被政党悄悄接手。在本文所考察的延安出版的问题里，理论知识分子因战争爆发从上海到延安或重庆，具有节点性意义。我试图提出，在延安，特别是整风前的延安，政治文化高度重视"知识"的特征，这不仅是党在确立思想的标准，也是延安进入全国知识版图、建立其强大知识话语权的过程。

（原载《文学评论》2016年第5期）

延安文艺整风与"鲁艺"的教育体制变革

王江鹏[*]

延安"鲁艺"是红色艺术教育的鼻祖，被誉为"革命文艺的摇篮"，它是抗战时期重要的艺术教育、研究和创作机构，培养了大批战争急需的文艺人才，同时也创作了一系列优秀的艺术作品。延安"鲁艺"从1938年4月成立至1945年11月前后北迁，共经历了七年左右的时间，其间先后两次更名，最后与延安大学合并。在这几年时间里随着社会环境的变化和党的文艺方针的调整，"鲁艺"的教育体制也在进行着改变，其中延安文艺整风对"鲁艺"的体制变革更是产生了深刻的影响。延安文艺整风运动在中国共产党文化建设史上具有重要的历史意义，对中国革命和建设事业产生了深远的影响。本文所要做的，就是从教学方针、创作方向、实践形式等方面梳理延安文艺整风影响"鲁艺"教育体制变革的具体线索，揭示出中国共产党人运用马克思的基本原理解决中国革命实际问题的实践经过。

一 延安文艺整风与"鲁艺"教学方针的实施

"鲁艺"教学方针的变化在其学校章程、课程设置、学制、组织机构以及作品风格等因素中都有明确的体现。根据"鲁艺"各时期教育观念侧重点的不同，笔者认为大致可分为以下三个阶段。

（一）1938年至1939年之间，"鲁艺"的教学以抗战为中心

1938年"鲁艺"成立时，其成立宣言明确指出："它的成立，是为了

---

[*] 作者单位：西北大学艺术学院。

服务于抗战，服务于这艰苦的长期的民族解放战争。"① 《鲁迅艺术学院创立缘起》也明确声称："艺术工作者——这是对于目前抗战不可缺少的力量。因之，培养抗战的艺术工作干部，在目前也是不容稍缓的工作。"② 由以上可知，"抗战"是"鲁艺"建立的主题词，虽然其成立宣言也声称要为抗战胜利以后的新中国而工作，但就当时的境况来看，"鲁艺"的教学目标是为了培养抗战的艺术干部，其教学方针也主要以抗战为中心实施。"鲁艺"第一届招生简章中关于报考资格的规定也反映了这一教学方针。"（1）对抗战有明确认识与坚强胜利的信心，并曾积极参加抗日救亡运动；（2）在文学与艺术上有基本的修养，并决心从事于抗战文艺工作；（3）有刻苦耐劳、不怕苦难、不怕牺牲的精神。"③ 学制方面，"鲁艺"在初期施行的是6个月的短期培训学制，即学生学满6个月就可毕业，第三届时学制改为8个月，这种短学制的设置方式主要是为了适应抗战急需文艺宣传人才的情况，为前线快速培养干部。系部设置方面，第一届时设戏剧、音乐、美术三个系，第二届增设了文学系，1939年初第三届时将之前的四个系改编为研究部、专修部和普通部三个部，普通部旨在培养各个艺术门类都懂一些的具有综合能力的艺术干部，以适应抗战综合艺术人才的需要，这种三部制也是为了满足抗战不同层次的文艺宣传需求。后来，"敌人加紧围攻晋东南和逼近边区的时候，为了能更深入敌后的宣传和配合军队的需要，于是我们又改编为两个连（完全按军事部队），一个是到晋东南去的（大部是以前普通部同学）；另一连是留守老家（大部是以前研究及专修部）"④。这种系部设置的变化足以反映出"鲁艺"以抗战为中心的教学方针。学员人数方面，"从第一届的60人、70人到第二届的150人、160人，直到现在的第三届增加到400人。……'鲁艺'如此飞快的扩大，是因为'鲁艺'产生在大时代的抗战烽火中，更重要的是因为'鲁艺'执行

---

① 鲁迅艺术学院：《鲁迅艺术学院成立宣言》，文化部党史资料征集工作委员会编《延安鲁艺回忆录》，光明日报出版社1992年版，第3页。
② 毛泽东、周恩来、林伯渠等：《鲁迅艺术学院创立缘起》，文化部党史资料征集工作委员会编《延安鲁艺回忆录》，光明日报出版社1992年版，第1页。
③ 延安文艺丛书编委会编：《延安文艺丛书·文艺史料卷》，湖南文艺出版社1987年版，第632页。
④ 张颖：《改编后的鲁艺》，文化部党史资料征集工作委员会编：《延安鲁艺回忆录》，光明日报出版社1992年版，第75页。

了正确的战时艺术教育的方针"。① 课程设置方面除了政治和艺术课程外，经常请中央领导，前线回来的将领，实习归来的文艺干部到校讲演抗战的形势，还时常组织有关时事政治问题的讨论会，提高学员的政治觉悟，另外，"鲁艺"院歌也明确地唱出了要用艺术做武器打倒日本帝国主义的心声。由以上可知，"鲁艺"初创时期的目标非常直接，就是为抗战服务，使艺术成为服务于抗战的另一种武器，"鲁艺"的招生、学制、系部设置以及教学内容等都围绕这一中心制定和实施。

（二）1940年至1942年文艺整风之前，"鲁艺"的教学强调"专门化""正规化"

1940年1月毛泽东在陕甘宁边区文化协会第一次代表大会上发表了《新民主主义的政治与新民主主义的文化》的演讲，论述了新民主主义文化的含义和基本特征，此时抗战进入相持阶段，考虑到抗战后建国的需要，"鲁艺"的教学方针也有所调整。"1940年7月'鲁艺'新制定了趋向于正规化和专门化的教育计划及其实施方案。方案明确规定了'鲁艺'的教育方针和教育的具体目标，前者为'团结与培养文学艺术的专门人才，以致力于新民主主义的文学艺术事业'；后者为'培养适合于抗战建国需要的文学艺术之理论、创作、组织各方面的人才；这些人才必须具备社会历史知识与艺术理论之相当修养，技术巩固的某种技术专长'。"② 1940年12月，中央干部教育部长罗迈在《预祝一九四一年延安干部教育的胜利》中声称："关于延安方面的干部学校教育，抗战初期所采取的三几个月的短期训练班的方式，一般地已经过去了。依我看来，延安的干部学校正处在这种短期训练班逐渐进到正规学校的过渡时期中。"③ 随之在1941年初，"鲁艺"第四届时将学制改为三年一届，第一学年打基础，后两个学年着重专业发展，并严格规定学员必须学满三年才可以毕业；从该年6月份开始，"鲁艺"施行大部制管理，即成立文学、戏剧、美术、音乐四个部，将原来的系、团、场等单位按专业归口管理，还成立了政治、院务、教务、编译四个部，由此"鲁艺"教育的专业化程度得到加强。

---

① 徐一新：《鲁艺的一年》，文化部党史资料征集工作委员编：《延安鲁艺回忆录》，光明日报出版社1992年版，第53页。
② 王培元：《延安鲁艺风云录》，广西师范大学出版社2004年版，第79页。
③ 罗迈：《预祝一九四一年延安干部教育的胜利》，《新中华报》1941年1月16日。

"鲁艺"第五届招生简章也明确规定："年龄在十八岁以上，中等教育程度，身体健康，能吃苦耐劳，有从事艺术文学工作之决心，并愿为抗战建国及建立新艺术文学服务者，不分性别，均可投考。"① 与前阶段不同，第一届简章提出的"曾积极参加抗日救亡运动""不怕牺牲的精神"等内容被去掉了，"决心从事于抗战文艺工作"改为了要有"从事艺术文学工作之决心"，足见"鲁艺"教学方针的变化。课程设置方面，分为全校共同学习的必修课和各个系的专修课，专修课又分为基础理论课和专业技能课，专业技能课又按不同专业设置专业选修课，这种课程设置既注重知识的全面性又重视专业技能训练，从而形成了一套专业性的课程体系。这时的"鲁艺"还有一支高水准的专业教师队伍，比如美术系的王曼硕、王式廓、蔡若虹等，音乐系的冼星海、吕骥、李焕之等，为"鲁艺"的专业教学准备了良好的师资条件。此时的"鲁艺"弥漫着专业化的艺术气氛，音乐系经常选唱一些西方音乐大师莫扎特、舒伯特等的著名歌曲，戏剧系实验话剧团还引进了苏联的斯坦尼斯拉夫斯基的表演体系，美术系学员举办了后印象派画家塞尚的画展以及毕加索画展，艺术家们提出了不同的艺术发展道路，创作出了许多不同风格倾向的艺术作品。可以说该时段"鲁艺"的教学方针注重教育的正规化和专门化，突出了艺术自由多元的文化特性。然而，这种自由多元的教学思路与延安当时战时环境所要求的文艺发展方向不协调，战时的延安施行的是统一的集体主义革命意识形态，而这种自由多元的教学方针与之相左，它带动了延安思想意识的波动，引起了中共领导的警惕，并随之开展了文艺整风运动，由此产生了"鲁艺"教学方针的再次调整。

（三）1942 年文艺整风后，"鲁艺"的教学强调文艺为人民大众服务，文艺服从于政治

延安文艺整风对"鲁艺"教育体制的变革产生了深刻的影响。文艺座谈会之后，毛泽东亲自到"鲁艺"向师生讲话，号召大家从学院这个"小鲁艺"走到工农群众的"大鲁艺"中去，鼓动"鲁艺"艺术家为人民大众服务。这明显体现了毛泽东的群众观与群众路线工作法。②"鲁艺"成员

---

① 毛泽东、周恩来、林伯渠等：《鲁迅艺术学院创立缘起》，文化部党史资料征集工作委员会编《延安鲁艺回忆录》，光明日报出版社 1992 年版，第 647 页。
② 汪青松：《毛泽东的群众观与群众路线工作法的当代意义》，《江淮论坛》2014 年第 1 期。

对建立初期以及后来学院式的教学思想进行了反思，周扬作为"鲁艺"的核心人物，这种反思尤为深刻："我们的正规化是建立在'学习第一'上面的，而不是建立在理论与实际、所学与所用的联系上。这就给了资产阶级思想的影响在我们教育上增长的机会。对于专门化，我们着重的也仅只是技巧上的成就，和书本知识的累积。我们没有把共产主义观念和实际工作能力当作专门人材必备的条件。"① 延安文艺整风的核心文件《在延安文艺座谈会上的讲话》明确强调："我们的文艺工作者一定要完成这个任务，一定要把立足点移过来，一定要在深入工农兵群众、深入实际斗争的过程中……移到工农兵这方面来，移到无产阶级这方面来。"② "我们的文学艺术都是为人民大众的，首先是为工农兵的，为工农兵而创作，为工农兵所利用的。"③ 执行《讲话》的精神，座谈会后中央下发了《关于执行党的文艺政策的决议》以及《发展群众艺术的决议》两个文件，"鲁艺"响应党的号召发动了文艺下乡运动，组织文艺工作团和艺术家赴专区和敌后开展文艺工作，积极深入群众，为人民大众服务。胡一川通过仔细观察变工队的劳动状况，按照民众的审美习惯创作了他的代表性作品《牛俱变工队》。为了使民众更好地接受艺术作品，古元则根据大众的意见重新刻制了《离婚诉》《哥哥的假期》。通过下乡运动，"鲁艺"的艺术家们真正做到了与工农兵的生活融为一体，按照人民的喜好创作自己的作品，由此出现了新年画、新剪纸、新洋片等群众喜闻乐见的艺术形式。力群在谈到延安座谈会前后木刻艺术的变化时也说："虽然我1940年到延安之后刻的木刻，已经逐渐有了我自己的风格，但是基本上还没有脱离外国影响。老百姓不喜欢看。延安文艺座谈会之后……老百姓喜欢了。比方说我刻的《小姑贤》插图，就是根据'鲁艺'所在地桥儿沟的老百姓自己创作的剧本刻的木刻画插图。有人把我的插图贴在桥儿沟的街头墙报上，老百姓围着看，很喜欢。这样，我们的作品就和老百姓打成一片了。"④ 由此可知，通过延安文艺整风，"鲁艺"的教学方针遵循了《讲话》所阐释的文艺精神，其教学真正转向了为人民大众服务的方向。

---

① 罗君策：《周扬文集》，人民文学出版社1984年版，第415页。
② 《毛泽东选集》，人民出版社1991年版，第857页。
③ 同上书，第863页。
④ 王海平、张军锋：《回想延安·1942》，江苏文艺出版社2002年版，第136页。

强调文艺服从于政治是延安文艺整风之后"鲁艺"教学方针变革的明确方向。《讲话》中明确阐释："党的文艺工作，在党的整个革命工作中的位置，是确定了的，摆好了的；是服从党在一定革命时期内所规定的革命任务的。"① 文艺批评方面，《讲话》也明确了政治标准的重要地位："但是任何阶级社会中的任何阶级，总是以政治标准放在第一位，以艺术标准放在第二位的。"② 这时"鲁艺"纠正了前期脱离根据地实际的"专门化""正规化"的教学方针，强调文艺服务于政治的功能，这在"鲁艺"艺术作品的创作活动中有明确的体现。何其芳在谈到整风后文艺对边区政策的作用时有这样一个例子："比如在绥米区域，人口多，土地少，政府号召移民到南边来开荒，在有一次移民大会上，原来报名的只有二十几个人，等到这个剧团演出了一个叫下南路的戏，在舞台上把南边土地多、政府帮助移民安家立业并三年不缴公粮这些事实表演了出来，报名的就变成了五十几个。"③ 钟敬之对"鲁艺"在整风后的教学方针的执行情况方面也有明确的记述："随着整风运动的进展，'鲁艺'的同志们在文艺的创作和活动上，也出现了一派新的景象。为纪念抗战五周年，同志们以饱满热情，突击创作了配合当前政治斗争的音乐、戏剧等节目，在一九四二年的'七七'晚会上演出。如歌曲《抗战五周年进行曲》（麦新词曲）、《毛泽东进行曲》和军歌合唱《七月里在边区》，以及反映前方军民对敌进行反扫荡斗争的独幕剧，有陈荒煤的《我们的指挥部》、袁文珠的《军民之间》、姚时晓的《民兵》和骆文的《三光政策》等。"④ 可以说延安文艺整风之后，"鲁艺"的教学方针旨在实现文艺和政治的结合。置身抗日战争的大背景下，可知文艺不可能脱离当时的社会语境而独立存在的，只有融入其中才能发挥应有的作用，两者关系的强化是历史的必然，因此，整风后，"鲁艺"强调文艺从属于无产阶级政治的教学方针是对当时历史语境的呼应。另外，也应该看到，整风后"鲁艺"艺术作品过度的政治化和宣传化使得文艺对精神世界的表现深度相对变浅，题材也相对单一平面。但是，这些局限和瑕疵并不能抹杀"鲁艺"教学方针变革的现实意义，正是这种变革

---

① 《毛泽东选集》，人民出版社1991年版，第866页。
② 同上书，第869页。
③ 何其芳：《关于现实主义》，上海文艺出版社1962年版，第70页。
④ 钟敬之：《延安鲁迅艺术学院概貌侧记》，《新文学史料》1982年第2期，第62页。

才使文艺的地位在革命政治需要的推动中逐步提高，文艺的启蒙和鼓动作用才得到强有力的发挥。在文艺与政治相互作用的关系中，"鲁艺"的变革起到了重要的衔接和转化作用，从而使文艺成了社会启蒙的主要力量。

整体来说，延安文艺整风对"鲁艺"教学方针的实施产生了巨大的影响，它使"鲁艺"纠正了一系列不适宜当时现实环境的文艺观念，摆正了文艺的地位，明确了文艺的任务。这一变化过程既有艺术自身逻辑发展的轨迹，又有政治方向和社会环境改变、文艺服务对象制约等其他因素的影响，反映了中国共产党人运用马克思主义的基本原理，实事求是、因势利导解决中国实际问题的经过。值得注意和深思的是，从"鲁艺"的发起建立到发展完善的每一步，政治领导者的文艺思想始终发挥着举足轻重的影响力，在这一过程中，"鲁艺"的文艺观念在一步步地加强艺术的政治性和服务性功能，从而逐渐使文学艺术服从于党的政治活动。

二 延安文艺整风与"鲁艺"民族化大众化的创作方向

延安文艺整风使"鲁艺"明确了人民大众是文艺作品的主要表现对象和观赏者，因此文艺民族化大众化的创作方向成为必然的选择。为了使自己的作品更易普及和大众化，便于根据地民众更好地接受，"鲁艺"的一些音乐家开始吸收民族民间的音乐元素进行创作；一些画家也开始学习民间版画、年画、剪纸等传统的民族艺术表现形式，作品的艺术风格也随之产生了变化。比如古元借鉴古代画像石艺术分层分栏构图的表现形式，运用阳刻为主的写实性表现方法制作了《拥护咱们老百姓自己的军队》，给民众亲切真实的感受。力群则吸收民间剪纸的艺术元素，强调线条弱化明暗，刻制了《丰衣足食》，达到了通俗写实的艺术效果。他们将传统美术的造型语汇与民间木刻的技法融合到自己的木刻创作之中，将革命的内容与民族的形式相结合，从而创造了一种新型的大众喜爱的艺术表现方式。力群自己也说："从'讲话'之后，我们的木刻画不再有阴阳脸了，像中国年画一样，因此有了中国作风、中国气派。这在艺术上是很重要的。"[①]曾经的左翼美术家胡一川、陈铁耕、沃渣等人，他们前期的作品多以五四以来的个人主义和自由主义为核心，其木刻多表现出一种西方化的风格特

---

① 王海平、张军锋：《回想延安·1942》，江苏文艺出版社2002年版，第138页。

征。经过整风，这些艺术家转向了具有民族民间特征的线刻风格，这种改变适应了根据地民众的欣赏习惯和审美趣味，受到了民众的欢迎。钟敬之还记述了整风后1943年春节"鲁艺"秧歌队的情况："这是'鲁艺'在实践文艺新方向的一个新的跃进，许多新的创作和演出节目，在延安人民中产生强烈反应，群众称之谓'鲁艺'的'斗争秧歌'。在开始时演出的节目，多采取民间秧歌中的旱船、小车、花鼓、快板等小形式，编入新内容新唱词，为群众所喜欢。"① 周扬在谈及解放区的文艺特点时也说："解放区文艺的另一个重要特点之一，就是和自己民族的，特别是民间的文艺传统保持了密切的血肉关系……绘画方面，解放区的木刻、年画、连环画等，都带有浓厚的中国作风与中国气派……音乐方面，也产生了许多在群众中广泛流行的民歌风的歌曲。"② 可以说，延安文艺整风之后，民族化大众化成为"鲁艺"文艺创作的方向，艺术家们积极地从民族民间艺术中汲取营养，创造出群众喜闻乐见的作品，从而使文艺成为鼓动大众的有效工具。这一创作方向使其作品契合了大众的审美趣味，也在一定程度上改变了中国传统主流美术贵族化、文人化的特征。

从20世纪初开始，中国的文艺总体上显示出从传统向现代转变的趋势，当时一些西方的现代艺术陆续进入中国，一些留学生如李铁夫、李叔同等出国学习西方现代美术，一系列西式的现代美术学校也相继成立，比如国立中央大学艺术系、广州市立美术学校、国立西湖艺术院、苏州美术专科学校等。此时的新文化运动也强调对传统艺术的改造和革新，如当时陈独秀提出的"美术革命"观念等。延安"鲁艺"的教育体制继承了五四时期艺术教育的现代性，比如"鲁艺"的课程设置、学习制度、上课方式等和传统学堂相比都呈现出现代教育的基本特征。同时，结合新的历史环境，特别是在整风运动之后，"鲁艺"的教育体制强化和拓展了文艺现代性的内涵，主要表现是其文艺作品对民众生活和革命活动的现代化表达，具体手段是"鲁艺"实行的艺术民族化大众化的创作方向，使文艺精英走向大众，实现了对人民大众的真正发现，从而使文艺的现代性向前迈了一大步。早在五四时期中国文艺就确定了"走向民众"文化目标，当时曾大力推行"白话文运动"，左翼时期也提倡为民众服务的"大众美术"，但在

---

① 钟敬之：《延安鲁迅艺术学院概貌侧记》，《新文学史料》1982年第2期，第62页。
② 罗君策：《周扬文集》，人民文学出版社1984年版，第519页。

这两个时期，这一目标并未真正直接触及民众并产生根本的改造力量。正如周扬所言："从新文艺的历史来看，新文艺虽是从'五四'以来一直向着大众的，但和大众结合的程度却仍然是非常之微弱。除开许多别的原因，新文艺本身有一个致命的缺点，它缺乏着'老百姓所喜闻乐见的，新鲜活泼的中国作风中国气派'。"① 和"五四"以及左翼时期相比，文艺整风后的"鲁艺"更加注重对民族艺术从内容到形式的改造，从而使艺术的大众化民族化得到更加彻底的执行，并且将现代性与民族性恰当地结合，推动了文艺的现代性进程。

总之，在文艺整风的作用之下，"鲁艺"对之前现代文艺脱离大众的缺陷进行了深刻的反思，从而实现了创作方向的变革。这一变革不仅改变了艺术的表现方式，扩大了艺术的表现对象，并且将人民大众吸纳进艺术的创作主体中，从而使艺术家的智慧与民间智慧实现了有机融合。现代性和民族性是中国现代文艺价值追求的两个重要方面，"鲁艺"的教育体制变革为中国文艺的现代化发展加入了民族化、大众化的因素，拓展了现代性的内涵，在现代性和民族性协调发展方面为后来者提供了很好的范例。

三 延安文艺整风与"鲁艺"的社会实践机制

"鲁艺"将文艺对大众的启蒙从五四时期的理论构想转变到可实施的状态，其方法就是构建了具体可行的社会实践机制。首先是组织机构方面，"鲁艺"美术系先后成立美术工厂、美术供应社等机构，专门为学员和教师提供社会实践的场所。第二是学制规定方面，"鲁艺"最初的学制为6个月，每学期3个月，共两个学期，规定第一学期结束后，学员必须到前线部队中实习3个月，然后再返回继续第二学期的学习。这种课程设置使社会实践的时间长度等于学校学习时间长度的二分之一，学校学习、社会实践、在学校学习的课程设置方式有利于将学校获得的知识运用到社会实践中，使课堂学习和社会实践有机结合。第四届时改为三年，期间出现了脱离实际的教学状况，通过文艺整风又调整为两年，并纠正了之前教学思路。1938年建校后，基于延安物资缺乏的现实情况，"鲁艺"的教职学员积极参加开荒生产，1941年抗战进入困难时期，延安组织了大生产运

---

① 罗君策：《周扬文集》，人民文学出版社1984年版，第410页。

动,"鲁艺"学员更是积极参加各种劳动,这些活动都为学员透彻理解人民大众的思想情感打下了基础。另外,"鲁艺"学员还通过艺术团的形式直接参加社会实践,如中央六中全会之后,胡一川带领罗公柳、彦涵、华山等人组成的木刻工作团深入太行山敌后根据地开展木刻创作,他们先后在八路军的多个部队举办木刻展览;1940年焦心河带领文化考察团在绥德地区长期和牧民生活在一起,了解人民大众的生活进行创作。在制定教学方针方面,"鲁艺"也非常重视理论和实践的结合,如1942年"鲁艺"的教学文件《鲁迅艺术文学院教育计划及实施方案》明确规定:"有计划地定期外出实习,或作实习表演,或举行展览,并经常地组织各种社会活动,以加强与民众的联系,从他们中间获得经验与批评。"[1] 此外,"鲁艺"还采取到校外画宣传画、办街头画报,组织漫画研究会、平剧团、实验剧团等方式组织社会实践。

如果说前面这些是"鲁艺"在实践制度、实践机构、实践的组织方式等方面表现出的对社会实践的重视的话,那么文艺整风之后,"鲁艺"更是将这种社会实践机制具体而深刻地执行开来,其中最重要的方式就是开展了"在中国新文艺史上还是第一次"[2] 的文艺下乡运动,组织艺术家们深入群众参加社会实践活动。何其芳曾经分析过整风前后所产生的变化:"抗战初期,由于客观实际的要求与文艺工作者们的热情,很多人都到前方去过。那也可以说成了一种运动。然而那时大家只有朦胧的为抗战服务的观念,缺乏明确的为工农兵并如何去为他们的认识。而且多半都不是真正打算长期深入地生活,不过是到前方去搜集材料,就回来写自己的作品。这样产生出来的作品,虽说数量不少,也多少尽了一些宣传鼓动的作用,总不能够写出当前斗争的主人公的真面目,完成文艺所分担的正确地反映实际并用以教育群众的任务。和从前比较起来,这次的下乡运动是有着质的差异的。因为经过了去年五月毛主席在文艺座谈会的指示,经过十个月来的整风,大家已经认识到这次下乡并不是一个简单的搜集材料的问题,而是一个有严重意义的改造自己,改造艺术的问题。"[3] 钟敬之也记述了整风后"鲁艺"的社会实践活动,"鲁艺组成一个包括各专业人员四十

---

[1] 王培元:《延安鲁艺风云录》,广西师范大学出版社2004年版,第36页。
[2] 何其芳:《关于现实主义》,上海文艺出版社1962年版,第64页。
[3] 同上。

二人参加的'鲁艺工作团',于十二月二日由张庚同志率领出发去绥德专区开展工作,历时四个多月,于四四年五月返延。他们走遍绥、米、佳、吴和子洲等许多城镇乡村,做了大量工作,如演出专场八十六次,创作大小剧本十六个,歌曲七首,作了社会调查六十六次,收集民间歌曲和剧本四百个,民间剪纸一百六十幅。……同年十一月,中央令王震同志率领三五九旅部队,组成'八路军南下远征军'出发南征,当时'鲁艺'就派出有周立波、姚时晓、海啸、杜利、张孔林等同去随军参加工作,他们战转陕、晋、豫、鄂、湘、赣、粤七省,历尽艰辛,在火热的斗争中经受锻炼。"[1] 这些史料足以反映出整风之后"鲁艺"对社会实践的重视及其取得的成果。

蔡若虹在评价"鲁艺"的教学方法时认为:"鲁艺最有创造性的一举,就是把学院里的小天地和社会的大天地挂起钩来,把社会实践(包括生产实践)放在艺术实践的同等地位,从而使所学与所用、生活与创作密切地结合在一起。"[2] 文艺整风后"鲁艺"执行的这种文艺下乡的社会实践机制使艺术家们真正深刻认识到人民大众的重要性,学会了以人民大众的身份和感受去创作,了解到什么样的艺术样式是当时大众所最需要的,从而在艺术风格和审美观念上转向了大众,创作出真正属于人民大众的作品。从纵向来看,五四时期的文艺理念注重知识的启蒙,倡导个性自由,力图通过文化变革改造社会,其主体是自由知识分子,其触力点在文化,其革命的目标是封建文化专制。延安文艺整风则是在五四和左翼文艺的基础之上进一步深入,无产阶级领导者是文艺理念的制定者,人民大众是文艺的中心,其目标是建立无产阶级政权,力主将文化运动和政治革命相结合从而促动社会变革。如果说五四时期的文艺启蒙是一种构想和设计,延安文艺整风则是在此基础上的体制性的深化和具体构建,在以毛泽东为中心的党中央指导下,在"鲁艺"构建了合理的社会实践机制,从而使文艺对大众的启蒙最终落到了实处。

总体来说,延安文艺整风对"鲁艺"教学体制的变革产生了深刻的影响,它使"鲁艺"在教学方针上转变为强调文艺为人民大众服务、文艺服

---

[1] 钟敬之:《延安鲁迅艺术学院概貌侧记》,《新文学史料》1982年第2期,第63页。
[2] 蔡若虹:《一个崭新时代的开拓——回忆延安鲁艺的美术教学活动》,文化部党史资料征集工作委员会编《延安鲁艺回忆录》,光明日报出版社1992年版,第392页。

从于政治，从而明确了文艺的阶级属性和地位；在艺术创作上转变为注重艺术的民族化大众化，确立了艺术发展的方向，拓展了文艺现代性的内涵；它促使"鲁艺"构建了合理的社会实践机制，从而使课堂教学和社会实践相结合，创作出了真正属于人民大众的作品。在这一变革过程中，"鲁艺"通过制定合理的教学方针和管理制度，构建有效的组织机构和实践机制，从而使中国共产党在文艺整风运动中推行的文艺思想得到准确的实施。这一变革的成功实现是中国共产党人运用马克思主义基本原理实事求是解决中国革命实际问题的重要成果，在中国共产党文艺史上具有里程碑的意义，对新中国成立后文艺以及艺术教育产生了深远的影响。

[原载《西北大学学报》（哲学社会科学版）2016年第6期]

六　延安文艺研究专题

（一）《讲话》与毛泽东文艺思想

抗战文学的分野与联动
——新民主主义文化理论的形成与战时区域政治

周维东[*]

"新民主主义"理论是中共在延安时期建构的关于近代中国政治、文化发展规律的理论体系，在中国历史上产生过重大影响，对其进行深入研究，具有历史和现实的双重价值。充分认识"新民主主义"的开拓性和创造性，总体视野不能局限在抗战时期的边区之内，应当注意到在"统一战线"宏观背景下，中共与"国府"之间的微妙互动，只有在此格局下，"新民主主义"出现的动机及其建构机制才能充分展开。

由于战争的原因，抗战时期的中国文化形成较为清晰的地域分野，这种格局影响到学界认识这一时期历史、文化的基本视野：依据当时的地域分野，各自封闭进行研究，着力挖掘地域、政治与文化的相互关联。这种研究视野的合理性无须赘言，但它忽略了抗战文化在"分野"背后的整体性特征，即：各个不同的政治区域，因为民族国家的纽带，彼此保持着微妙的联系，影响到彼此的政治实践和文化建设。本文对"新民主主义"概念及其文化理论进行再考察，便是将它置于国、共互动的格局中，注意到"延安"问题的"域外语境"，以期对其理论特点和内在丰富性有更多认识。

---

[*] 作者单位：四川大学文学与新闻学院。

一　为什么需要"新民主主义"？

"新民主主义"概念提出的背景，与国、共之间的"主义"之争有紧密联系，具体来说，便是两党如何处理好"共产主义"与"三民主义"之间存在的分歧。第一次国共合作破裂后，三民主义与共产主义之间的共存基础逐渐薄弱，两党再次合作，必须解决两种意识形态分歧造成的鸿沟。作为抗日"统一战线"的积极推动者，中共在推动建构"反帝统一战线"①的过程中，开始改变"土地革命"时期对待三民主义的态度。

1935年10月，王明在共产国际第七次代表大会上作题为《论殖民地半殖民地国家的革命运动与共产党的策略》的演讲，引用了共产国际领袖季米特洛夫的一段话："对于孙中山主义，除了解释他对个别问题的不正确观点和与共产主义的不同点外，还应当向群众解释：孙中山本人是一个中国近代伟大的革命家。他的思想，尤其是他的行动，的确是有价值和值得钦佩的。……同时，还应当向群众证明：孙中山革命思想和革命传统中最好的一部分遗产，也由我们共产党继承了。"② 共产国际本次大会的主题之一，便是号召世界无产阶级革命与反帝结合起来，以应对"二战"爆发前复杂的国际形势。共产国际的这种转变，迅速在中共领导人的言论中得到反响，他们开始在公开场合表示对三民主义的敬重和拥护："依然赞助革命的三民主义"③，"中山先生的三个主要思想——民族主义、民权主义、民生主义——今天恰恰便利于国、共合作的事业"④，"可以而且应当拥护革命的三民主义的理论基础"⑤，"诚心诚意拥护孙中山先生的三民主义，宣传三民主义"⑥……中共此举的目的，是为了建立所谓"反帝统一战

---

① 王明在共产国际第七次代表大会上作《论殖民地半殖民地国家的革命运动与共产党的策略》的演讲，其中第二部分的题目是："建立扩大和巩固反帝统一战线，是殖民地和半殖民地国家中共产党员最重要的任务"。参见《中共中央文件选集》第9卷，中共中央党校出版社（党内发行）1986年版，第516—563页。
② 王明：《论殖民地半殖民地国家的革命运动与共产党的策略》，第557—558页。
③ 中共中央宣传部：《国民党三中全会后我们的任务》，《中共中央文件选集》第10卷，中共中央党校出版社（党内发行）1985年版，第175页。
④ 王明：《救中国的关键》，《中共中央文件选集》第10卷，第228页。
⑤ 董必武：《共产主义与三民主义》，《解放周刊》第1卷第6期，1937年6月14日。
⑥ 洛甫：《关于抗日民族统一战线与党的组织问题》，《中共中央文件选集》第10卷，第622页。

线",与国民党结束敌对的状态,然而,这种过度树立三民主义权威的做法,也为日后自身发展留下隐患。抗战进入相持阶段后,"国府"开始忌惮中共抗日力量的迅速发展,制定了种种限制中共的策略,其中利用"三民主义"的权威性瓦解"共产主义"在中国存在的合法性基础,是理论上的重要措施。在这方面"反共文人"叶青的理论文章最富攻击性。

叶青(1896—1990),原名任卓宣,四川南充人。早年曾赴法国勤工俭学,与周恩来、陈延年等发起组织中国少年共产党,并加入中国共产党。1927年转投中国国民党,在抗战中因发起"三民主义研究及三民主义文化运动"获得声名。叶青的"三民主义研究及三民主义文化运动",一个重要的动力和立场便是"反共",在此基础上,他抛出了"马克思主义不适合中国说"和"一次革命论"等观点,企图在理论上取消共产主义在中国发展的合法性和必要性。

叶青的"马克思主义不适合中国说"源于他对"社会主义"的独特理解。在叶青看来,社会主义的本质便是"国有制",以此出发,"三民主义"中的"民生主义"因包含"国营实业,节制资本,平均地权"的内容,因此,在本质上就是"社会主义",而且是"中国底社会主义"[1]。叶青认为:"中国走上社会主义的道路与欧洲不同","欧洲资本主义发达,阶级分化明显,要实现社会主义,一般说来,自非阶级斗争、社会革命、无产阶级专政不可。这在孙先生,不唯不反对,而且是承认的。中国不然。资本主义未发达,阶级分化未明显,要实现社会主义,只须国营实业、节制资本、平均地权就够了。所以民生主义是中国底社会主义,这种中国底社会主义在世界社会主义所占的地位,是与苏联、英国的社会主义并列的、具体的、特殊的一种社会主义。"[2] 这也即是说,马克思主义"是以资本主义或资本主义底发达为条件的",对于中国这种"初期的资本主义,亦非发达的资本主义",只能采用民生主义[3]。所以,"三民主义可以满足中国现在和将来底一切要求,它一实现,中国便不需要社会主义了;从而组织一个党来专为社会主义而奋斗的事,也就不必要了"[4]。这实际是

---

[1] 任卓宣:《三民主义之完美及基本认识》,帕米尔书店1982年版,第127页。
[2] 同上书,第127—128页。
[3] 叶青:《与社会主义者论中国革命》,时代思潮社1939年版,第18、19页。
[4] 任卓宣:《三民主义之完美及基本认识》,第171页。

消解中国共产党存在的必要性。

叶青的"一次革命论"也是基于中国社会的"特殊性"上。他将欧美的历史概括为民族主义时代、民权主义时代、民生主义时代三个时期,将前两个时代归为政治革命阶段,后一个时代归为经济革命或社会革命阶段。由此反观中国,他认为中国"由封建主义到资本主义的革命和由资产主义到社会主义的革命是合而为一的"①,这便是中国社会的特殊性。这样的认识,叶青认为基于"两个事实":"(一)从中国内部的历史发展看来,它处在由封建主义向资本主义的阶段,或资本主义初期,应走资本主义道路;(二)从中国外部的历史发展看来,代表世界历史发展的欧洲则处在由资本主义到社会主义的阶段,并且已有六分之一的地面开始了社会主义的建设,所以应走社会主义道路。""一次革命在实现民权主义和民族主义时,要采用暴力革命或武力革命底方式。在实现民生主义时,即实现社会主义时,便是和平的转变"②。叶青的"一次革命论"认为中国革命可以"毕其功于一役",也就是为了证明中国只需要代表资本主义的政党足矣,更进一步说,便是代表社会主义的中国共产党没有存在的必要了③。

国民党利用三民主义的权威性打压其他政治主张的做法,使中国共产党意识到:为建立"统一战线"而对三民主义过度认同,并不适宜政党长期发展的需要。然而,在全民族共同抗战的背景下,公然反对三民主义,也不会得人心。针对这种现实,中国共产党决定"广泛地动员全国同胞,切切实实地实行三民主义"④,"力争以革命的言行相符的真正三民主义去对抗曲解的与言不顾行的假三民主义,以真正的三民主义的姿态,去反对假三民主义,即顽固分子"⑤。在此基础之上,中国共产党有意淡化共产主义与三民主义的关系问题(特别是差异的地方),认为"中国当前的问题,不是实行三民主义或是实行社会主义、共产主义的问题,而是是否实行与

---

① 任卓宣:《三民主义之完美及基本认识》,第213页。
② 同上书,第224页。
③ 叶青认为:"一次革命论底正确是一个政党论底正确之证明。有人认为'今日的中国'需要'代表资本主义历史使命的政党',明日的中国需要代表社会主义历史使命的政党,因而反对我底一个政党论,乃是他对于一次革命论毫无所知的表示。"充分暴露了他的理论核心。(任卓宣:《三民主义之完美及基本认识》)。
④ 《中央为开展国民精神总动员运动告全党同志书》,《中共中央文件选集》第11卷,中共中央党校出版社(党内发行)1986年版,第53页。
⑤ 《中央关于宣传教育工作的指示》,《中共中央文件选集》第11卷,第62页。

如何实行真三民主义的问题。"①

以"真三民主义"驳斥"假三民主义",对于反击国民党用三民主义打压共产主义有重要意义,同时有利于中共获得对三民主义的阐释权,从而在以三民主义为政治基础的抗日民族统一战线中获得领导地位。但是,仅仅用"真三民主义""假三民主义"的概念,并不能从根本上压倒诸如叶青的反共理论,至少有两个问题必须解决。第一,什么是"真三民主义"?针对这一问题,中共并不能给出明确的答案。一方面,抗日民族统一战线的构成具有复杂性,要想给出各派都认可的"真三民主义"十分难;另一方面,对于国民党立党之本的"三民主义",中共要想获得权威阐释权,并不具有法统优势。第二,如何在理论上澄清共产主义与三民主义的关系,并说明中国共产党的主张代表了"真三民主义"?这也是一个极难的问题,它需要中共理论家超越自身理论框架,创造一个全新的理论格局。

中国共产党领导人也意识到这个问题的重要性,王稼祥在《关于三民主义与共产主义》一文明确指出:"对于共产党人来说,在抗战中仅仅区别真、假三民主义是不够的,仅仅反对假三民主义也是不够的。共产党人在抗日民族统一战线中要坚持自己的信仰,要证明存在和发展的合理性,甚至在一定程度上要争取领导权,就必须坦率、鲜明的、清楚的说明共产主义、马克思主义与真三民主义的联系和区别。"② 在这篇文章中,王稼祥系统地论述了"共产主义"与"真三民主义"的关系。其实,这已不是共产党第一次涉及这一问题。早在 1937 年,为推动抗日民族统一战线的建立,董必武便撰文《共产主义与三民主义》在《解放周刊》第 1 卷第 6 期刊出;之后,在 1938 年 10 月 20 日中共六届六中全会上,王明作《目前抗战形势与如何坚持持久战争取最后胜利》的报告,也针对这一问题提出看法;1939 年 3 月 13 日,《新中华报》发表社论《纪念孙中山和马克思》,也就三民主义与共产党、共产主义的依存关系进行了论述。所有关于共产主义与三民主义关系的论述,大体都是强调两者在现阶段的一致性和存在的差异性,这种看法可以说明中共坚持抗日民族统一战线的决心,但在国

---

① 张闻天:《拥护真三民主义反对假三民主义》,《张闻天文集》,人民出版社 1985 年版,第 42 页。
② 王稼祥:《关于三民主义与共产主义》,《解放》第 86 期,1939 年 9 月 25 日。

民党政权作为国家正统的形势下，共产主义绝无可能取代三民主义，这也使中共在争取统一战线中的文化领导权时必然处于劣势。

"新民主主义"理论的创造性，正是在这种背景下才更凸显了出来。"新民主主义"的特点是：它是一个阶段性的概念，但包含中国革命长期的目标。说它是阶段性的概念，是因为它只是中国革命在一个时期内体现出的特征，即"旧民主主义—新民主主义—社会主义"序列上的一个阶段，并不像"三民主义"或"共产主义"是革命终极实现的目标。说它包含中国革命的长期目标，是因为其具有较为实在的历史内涵。"民主主义革命"的任务是"改变这个殖民地、半殖民地半封建的社会形态，使之变成一个独立的民主主义的社会"①。而"新民主主义"的出现，是因为世界格局发生了变化，"民主主义"不再是"旧的、被资产阶级领导的、以建立资本主义的社会和资产阶级专政的国家为目的的革命，而是新的、被无产阶级领导的、以在第一阶段上建立新民主主义的社会和建立各个革命阶级联合专政的国家为目的的革命"②。它的本质内涵可以用"抗战建国"来概括，而其又增加了"联合专政"的内涵。

通过"新民主主义"，共产主义与三民主义的隔阂被搁置了起来，它们的关系可以理解为："新民主主义"是三民主义在抗战时期的发展，同时又是共产主义在中国实现的第一阶段目标。而通过"旧民主主义——新民主主义——社会主义"的历史概括，三民主义被统一到共产主义的洪流当中。在这里，三民主义的名称已经为"民主主义"所改写，而通过"民主主义"必须向"社会主义"发展的事实，实际使三民主义成了共产主义的初级阶段——或者说共产主义是"真三民主义"发展的必然结果。毛泽东的新民主主义理论，在处理"三民主义"与"共产主义"的关系上，采用了"时间压倒空间"的策略：他用"民主主义"这一具有普遍性的概念，消解了三民主义与共产主义的内在分歧；而通过中国革命发展的阶段理论，使三民主义和共产主义由空间上的并列关系，变为了时间上的先后关系，从而为中共获得对三民主义的阐释权提供便利③。

---

① 毛泽东：《新民主主义论》，《毛泽东选集》第2卷，人民出版社1991年版，第666页。
② 同上书，第668页。
③ 章伯锋、庄建平主编：《抗日战争》第3卷，《民族奋起与国内政治》，四川大学出版社1997年版，第523页。

国民党对待"新民主主义"的态度，可以反观这个理论体系的现实效果。"新民主主义"理论在国统区传播后，被国民党文宣部门下文查禁。国民党中央国家杂志审查委员会认为："'新民主主义论'一文，违背抗建国策，应予查禁，函达查照等因，奉此遵查，该文内容异常荒谬，某党对于此抗战形势更于我有利之时，提出此种荒谬之名词，显系别有用心，而其必发动党内及同情该党之报章杂志作普遍之宣传亦为意料中事。"① 因此，"除分电所属各级审查机关审查原稿时应切实注意，凡遇有宣传此类名词之文字，应一律予以检扣或删削补送外，用特电请查照"②。国民党的反应，在一个侧面说明了"新民主主义"提出后，对于提升中共在统一战线中的文化影响力起到了重要作用。

当然，新民主主义理论的出现是多方面原因的综合，其中与"三民主义"作为"一个信仰"存在的缺陷也不无关联。对三民主义文学思潮有系统研究的学者倪伟指出："三民主义尽管内容宏富，包罗极广，但还是没能构成鲜明而严密的理论体系。不仅如此，它包含的多元价值之间还存在着矛盾和冲突。"③ 这种缺陷使三民主义的地位虽然被国民党抬得很高，但并没有形成具有统摄性的权威解读，"孙中山逝世后的不多几年里，国民党内部便迅速地裂变出众多派系和集团，每一个派系和集团都以孙中山的继承人自居，宣称拥有思想上的正统地位"④，三民主义的缺陷和国民党的内斗，无形中消解了国民党解读三民主义的权威性，这给予了中国共产党用"民主主义"重构"三民主义"的机遇。

二　民族立场与阶级立场的协调

毛泽东对于"新民主主义文化"的内涵，用"民族""科学""大众"三个关键词进行概括，这实际是"左联"解散后，中共首次针对新形势明确提出自己的文化纲领，在此之前出现的"两个口号"，因为双方争执不断，使中共的文化主张变得并不十分明确。

---

① 《国民党查禁毛泽东同志著"新民主主义论"一文代电》（1940年6月13日），《南方局党史资料·文化工作》，重庆出版社1990年版，第443页。
② 同上。
③ 倪伟：《"民族"想象与国家统制：1928—1949年南京政府的文艺政策及文艺运动》，上海教育出版社2003年版，第28页。
④ 同上。

今天，学界关于"两个口号"的研究成果汗牛充栋，对论争来龙去脉的考证结果也十分丰富，这有利于后人认识该问题的复杂性，但也会让问题变得更加扑朔迷离："两个口号"究竟争什么？为什么争？越发难以说清楚。其实，抛开烦琐的现实人事纠葛，从宏观上认识"两个口号"，一部分问题反而容易清晰，不管现实当中"两个口号"如何被提出并发生矛盾，这场论争的本质都不会改变，那便是左翼文化在民族危机背景下遭遇的转型之困——说白了，便是如何在理论上适度整合阶级立场与民族立场的矛盾。这个看似简单的问题，在中国马克思主义理论家还未走向成熟之际，并不容易解决。

马克思主义指导下的世界无产阶级运动，是一种国际主义运动，虽然它在不同民族和地区呈现出不同的形态，但在马克思主义的理论体系中，都只被解释为"革命阶段"的问题。在马克思主义的经典著作中，现代民族国家被视为资本主义的产物，因此它不仅不是无产阶级革命的目标——甚至还是革命的对象，如《共产党宣言》就认为："工人没有祖国。决不能剥夺他们所没有的东西。因为无产阶级首先必须取得政治统治，上升为民族的阶级，把自身组织成为民族，所以它本身还是民族的，虽然完全不是资产阶级所理解的那种意思。"[1] 列宁在《社会主义革命与战争（俄国社会民主工党对战争的态度）》中也曾指出："革命的阶级在反动的战争中不能不希望自己的政府失败，不能不看到自己的政府在军事上的失利会使它更易于被推翻。"[2] 在这样的理论背景下，中共指导下的左翼文化，虽有意与抗战建国达成妥协，但如何在理论上找到可以妥协的依据？妥协可以达到怎样的程度？并不易在阵营内部达成一致。

无产阶级革命与民族主义的矛盾，在中共革命道路中也不乏表现，中共关于"中东路事件"的表态就是个典型例子。1929年，中、苏之间关于中东路的权益发生纠葛，使国内的"反苏"情绪高涨，也使中共陷入选择立场的两难：从顺应民意的角度来说，中共理应坚定地站在民族主义的立场上，毕竟对大多数普通民众来说，他们都不可能自觉成为"国际主义"的信徒。而从坚持自身革命属性的角度，因为苏联是当时世界无产阶级运

---

[1] 马克思、恩格斯：《共产党宣言》，《马克思恩格斯选集》第1卷，人民出版社1995年版，第291页。

[2] 《列宁选集》第2卷，人民出版社1995年版，第526页。

动的大本营，对苏联的支持，才能保证自身革命的纯粹性。最终，中共最终选择了"保卫苏联"，它使中共在一段时期民意大失。中共的这种选择，可以看出在马克思主义本土化还不成熟的境况下，无产阶级革命面对民族主义时的困窘处境。

"两个口号"出现的整体背景，是中共针对国内矛盾转移而作出的战略调整，在这一时期，共产国际也意识到：在殖民地半殖民地地区，无产阶级运动必须与民族主义运动达成妥协。所以，虽然"两个口号"论争表现出冲突大于统一，但它们提出的初衷（或者说基本立场）并无分歧，它们论争的焦点是：当无产阶级运动需要与民族主义妥协，妥协的程度究竟怎样才算合理？

毛泽东曾经将"两个口号"的分歧概括为立场问题，这也是后来很多学者对此问题的看法，抓住了问题的关键。但"两个口号"是一个有立场（阶级立场）、一个无立场，还是两个都有立场，只是程度不同？学界并没能充分认识，譬如在"国防文学"提出之时，就有批评者认为犯了"取消主义"和"爱国主义"的错误①——显然认为是没有立场。然而，事实并不尽然，"国防文学"在提出之初，是作为"国防政府"的对应物，如果我们注意这一时期中共关于"国防政府"的论述，就知道这个口号并非没有立场。中共在《八一宣言》中，这样界定"国防政府"和"抗日联军"：

大家起来！冲破日寇蒋贼的万重压迫，勇敢地：与苏维埃政府和东北各地抗日政府一起，组织全中国统一的国防政府；与红军和东北人民革命军及各种反日义勇军一块，组织全中国统一的抗日联军。②

可见这里的"国"，并非国民党主持的"中华民国"，而是以苏维埃政权为中心的"国"；与之相适应，中共在这一时期提倡的统一战线也是"抗日反蒋的统一战线"③，这种情况直到1936年4月25日《中国共产党中央委员会为创立全国各党各派的抗日人民阵线宣言》发表后，才有所改变。不过，在此之后中共提出的"人民阵线""民主共和国"等概念，也

---

① 徐行：《我们现在需要什么文学》，《文学运动史料选》第3册，上海教育出版社1979年版，第276—282页。
② 《为抗日救国告全体同胞书》，《中共中央文件选集》第9册，第486页。
③ 《中央为目前反日讨蒋的秘密指示信》，《中共中央文件选集》第9册，第486页。

都超越了"中华民国"的内涵。从这个角度来说,"国防文学"并非没有立场,在某种程度上甚至比"民族革命战争的大众文学"更有立场。可见,"两个口号"论争的根本还是个"度"的问题:民族立场与阶级立场究竟能够妥协到怎样的程度才算合理。对此,不光知识分子难以得出一个结论,中共领导层内部其实也没有拿定主意,"两个口号"论争最终无疾而终,直到抗战爆发后的延安,也无法给出一个孰是孰非的结论,在一个侧面也说明了这个问题。

中共面对民族主义时的理论局限,在国、共竞争的背景下,成为自身发展的一个"软肋"。近代中国革命的重要动力之一是寻求民族独立和解放,对民族主义的漠视(或者说"不兼容")无疑会失去很大一部分群众基础。国民党右派对中共的打压,利用的也正是这一点。在孙中山去世后,国民党右派开始重新解释"三民主义",如戴季陶认为孙中山的思想学说是以孔孟的传统道德观念为基础的伦理哲学,因此"(革命)是从仁爱的道德律产生出来,并不是从阶级的道德律产生出来的"[①],用意便是借"三民主义"与传统文化的渊源,说明国民党在中国革命道路上的正统性,反之——中共坚持的共产主义——则不具备这样的正统性。戴季陶的这种主张,后来成为国民党右派反对共产主义的惯常做法。第一次国共合作失败后,蒋介石也以类似方法说明国民党的正统性,认为"总理的遗教,是渊源于中国固有的政治与伦理哲学之正统思想"[②],"孔子之道,至汉儒而支离,至宋儒而空虚,至王阳明而复兴,追至我们总理而集大成"[③]。这种"儒化三民主义"的做法,与戴季陶的思维模式高度一致,都是利用"正统"的思想打压异己,从而确立自身的合法性和理论优势,其所借助的力量正是近代中国的民族主义思潮。

国民党利用民族主义来排除异己的做法,也体现在其主导的文艺思潮上,"民族主义文艺"运动便是典型的例子。"民族主义文艺"理论家将"民族"视为中国新文艺应该具备的"中心意识",认为"文艺作品应该

---

① 戴季陶:《孙文主义之哲学的基础》,民智书店1925年版,第41—42页。
② 蒋中正:《国父遗教概要》,秦孝仪主编:《先总统蒋公思想言论总集》第3卷,"中国国民党中央委员会党史委员会"1984年版,第2页。
③ 蒋中正:《自述研究革命哲学经过的阶段》,秦孝仪主编:《先总统蒋公思想言论总集》第10卷,"中国国民党中央委员会党史委员会"1984年版,第544页。

是集团之下的生活表现，绝不是个人有福独享的单独行动"①；"艺术作品在原始状态里，不是从个人的意识里产生而是从民族的立场所形成的生活意识里产生的，在艺术作品内所显示的不仅是那艺术家的才能，技术，风格和形式；同时在艺术作品内所显示的也正是那艺术家所属的民族底产物"②。在对"民族"的理解上，"民族主义文艺"属于"典型的自然决定论"③，认为"民族是一种人种的集团"，"决定于文化的，历史的，体质的及心理的共同点"④。也就是说，是一些先在的特征决定了民族的边界，"民族"是超越个体的自然存在——这与当下广泛接受的、将民族视为"想象的共同体"⑤的观点正好相反。

"民族主义文艺"理论的政治意图十分明显：首先，其试图利用近代以来的民族主义情绪，强化"民族"在文艺活动中的重要性，从而掩盖如"阶级""个人"等其他因素的存在；其次，其利用"人种论"掩盖民族需要"认同"的事实，从而使处在执政地位的国民党成为中华民族天然"代言人"，进而排斥其他观念和党派。"民族主义文艺"的理论话语策略，与国民党右派对三民主义的阐释如出一辙，都是利用国民党执政的事实做文章，将民族主义与政党利益结合起来。

作为执政党，国民党拥有操纵民族主义的先天优势，但其建构的民族主义理论话语也并非无懈可击，其最大的缺陷，是过度利用民族主义为其政党服务，从而使理论体系丧失了必要的包容性，在根本上与追求进步的现代思潮形成冲突。譬如国民党对"民族"内涵的诠释，要么将之转化为"道统"，要么将其种族化，将它们作为现代国家或文艺的指导思想，无疑漠视了"五四"以来的新文化思潮。再者，国民党理论家将民族主义作为文化"统制"的工具，排斥新文化强调的个体独立性，也无疑会招致一大批现代知识分子的不满。正是由于这些原因，国民党关于民族主义的言论和观点，在实际运用中都显得效果不佳，不仅遭到左翼知识分子的抨击和

---

① 傅彦长：《以民族意识为中心的文艺运动》，《前锋月刊》第 1 卷第 2 期，1930 年 10 月 11 日。
② 《民族主义文艺运动宣言》，《前锋月刊》第 1 卷第 1 期，1930 年 6 月 1 日。
③ 倪伟：《"民族"想象与国家统制：1928—1949 年南京政府的文艺政策及文艺运动》，第 27 页。
④ 《民族主义文艺运动宣言》，《前锋月刊》第 1 卷第 1 期，1930 年 6 月 1 日。
⑤ [英] 本尼迪克特·安德森：《想象的共同体：民族主义的起源与散布》，吴叡人译，上海人民出版社 2005 年版。

嘲讽，即使自由主义知识分子也不支持。

毛泽东关于"新民主主义文化"的论述，既考虑到中共之前面对民族主义问题的理论局限，也针对了国民党民族主义话语中存在的问题。"新民主主义文化"将"民族"作为首要特征，明显是对中共过去文化纲领的丰富和补充。在关于"民族主义"与"国际主义"问题上，毛泽东创造性地使用了"民族形式"的概念，他说："中国文化应有自己的形式，这就是民族形式。民族的形式，新民主主义的内容——这就是我们今天的新文化。"① 通过"形式"与"内容"的两分法，新民主主义文化的性质变得扑朔迷离，虽然它具有"民族的形式"，但因为还有"内容"的因素，"民族"究竟能产生多少影响，并未可知。关于"新民主主义的内容"，毛泽东说："它是我们这个民族的，带有我们民族的特性。它同一切别的民族的社会主义文化和新民主主义文化相联合，建立互相吸收和互相发展的关系，共同形成世界的新文化"，是"革命的民族文化"。② 显然，这里的内容只是包含民族的特性，其精髓还是"国际主义"，因为它最终要成为一种"世界的新文化"。通过"民族形式"，毛泽东解决了无产阶级革命作为国际主义与民族主义难以兼容的问题。

"新民主主义文化"关于"民族形式"的论述，不仅与国民党的民族话语拉开距离，与"民族革命战争的大众文学"中的民族话语也有很大差异。对"民族革命战争的大众文学"而言，"民族"是文学的重要内容，是精神内核。胡风认为："应该批判地承继那些作品新开拓的道路，勇敢地追过那些记录，从各个角度上更广泛更真实地反映民族革命战争运动，推动民族革命战争运动，用思想力宏大的巨篇也用效果敏快的小型作品来回答人民大众的要求。"③ 显然，这里所说的"民族"是文学的内容，所实现的功能是"推动民族革命战争运动"——即民族主义精神，而写作的方法——则是具有西洋气质的"现实主义"④，这种理论在思维特征上与"民族形式"正好相反。

相对于国民党民族主义理论的封闭性，"新民主主义文化"在"民族"

---

① 毛泽东：《新民主主义论》，《毛泽东选集》第 2 卷，人民出版社 1991 年版，第 707 页。
② 同上书，第 706 页。
③ 胡风：《人民大众向文学要求什么？》，《文学丛刊》第 3 期，1936 年 5 月 31 日。
④ 同上。

口号的基础上，补充了"科学"和"大众"的内容，从而使理论更具有包容性。毛泽东理解的"科学"，"是反对一切封建思想和迷信思想，主张实事求是，主张客观真理，主张理论和实践一致的"，体现在文化上，便要求"清理古代文化的发展过程，剔除其封建性的糟粕，吸收其民主性的精华，是发展民族新文化提高民族自信心的必要条件"①。这样的论述，避免了近代社会中存在的文化民族主义思维，将民族主义与"五四"强调的"怀疑"精神结合了起来。关于"大众"，毛泽东强调，"它应为全民族中百分之九十以上的工农劳苦民众服务，并逐渐成为他们的文化"②，这个口号不仅让新民主主义文化延续了"左翼"的传统，同时突出了"民主"精神和"平民"精神——这也是五四新文化运动当中重要的口号之一。

"新民主主义文化"在使用"大众"概念时，虽然让人联想到左翼文学的传统，但实际内涵却发生了一些改变。在左翼文艺理论的表述中，"大众"更重要的是指称文艺的性质，强调文学的阶级性，并不仅仅指文学的"通俗化"。毛泽东对"大众"的阐述，并没有强调阶级性，而是说明文化普及的重要性，不管是引用列宁"没有革命的理论，就不会有革命的运动"③，还是强调"在抗日战争中，应有自己的文化军队，这个军队就是人民大众"④，整个理论逻辑都是从现实需要的角度出发，突出了文化的实用功能。这种改变从一个侧面说明，随着中共革命事业的发展，其理论创造能力也不断增强，它不再拘泥于某个固定的理论体系中，而是针对实际做出合理的调整，"新民主主义文化"的形成充分印证了这一点。

三 余论：延安文艺的"域外语境"

"新民主主义"文化理论的形成，标志着延安文艺进入一个新的阶段。学界对延安文艺发展阶段的认识，一般都强调延安文艺座谈会的象征意义和指导作用。的确，在这次大会上，延安文艺的指导思想得到了统一，许多具体分歧得到了解决，进而影响到延安文艺创作的面貌，但如果继续追踪毛泽东《在延安文艺座谈会上的讲话》的理论基础，就不能不回到"新

---

① 毛泽东：《新民主主义论》，《毛泽东选集》第2卷，第707—708页。
② 同上书，第708页。
③ 同上。
④ 同上。

民主主义"文化理论。至少在两个方面可以看到二者的一致性。第一，理论框架的结构。"新民主主义"文化理论利用历史唯物主义思想，打破了过去左翼文化理论的既有框架，针对中国革命的特点创造新的理论体系。这一点，在《讲话》当中也体现了出来，《讲话》别开生面的地方，在于没有引用太多马克思主义的经典理论作基础，而是从实际情况出发，进而形成自己的理论体系。实际上，《讲话》中许多避而不谈的问题，通过"新民主主义"文化理论，才能够充分理解。譬如"普及与提高"的关系，其中回避的问题，便包含着"国际主义"和"民族主义"的矛盾：延安文艺可不可以借助民族形式来实现对革命思想的普及？这个问题，实际在"新民主主义"文化理论中已经被详细说明，也正是因为如此，延安文艺座谈会后，诸如"新秧歌""新年画""改编戏"等艺术形式蓬勃发展，形成后期延安文艺的整体风格。第二，务实的精神。这一点与第一点有很大的关联，当中共领导人走出教条主义的窠臼之后，指导他们革命实践的重要思想便是从实际出发。"新民主主义"文化理论在这方面体现得十分明显，譬如"民族""科学""大众"三个口号，在中国现代文化中都有丰富的接受历史，毛泽东对它们的解释并没有沿袭这些概念的历史，而是从中共需要出发，重新解释。这种务实的精神经过整风运动，逐渐在延安各界被广泛接受，在延安文艺座谈会上，"文艺为什么人的问题"能够成为一个核心问题，并成为《讲话》的基础，如果没有务实作为后盾，整个体系并不具有毋庸置疑的权威性——至少有多重理论建构的可能。

"新民主主义"文化理论形成的背景是一个复杂的问题，本文从国、共意识形态互动的角度进行分析，只是其中一个视角而已。它带给我们的启示，在于认识延安文艺当中的问题，应该注意到"域外语境"的存在和作用。这里的"域外"，是指延安文艺发生的"边区"（后称"解放区"）之外的地区，具体来说，便是"国统区"和抗战时期的"沦陷区"。在抗战当中，边区、国统区与沦陷区之间的关系十分微妙，它们既有对抗、又有联合，且十分不稳定，它要求各个不同地区必须对此保持灵敏的反应，审时度势制定自己的施政纲领和战略思想。因此，虽然战争导致了地域分野，但绝不意味着不同地区的文艺孤立发展，它们与"域外"都有着千丝万缕的联系。

对于中共领导下的边区（解放区）来说，"域外语境"的意义尤其重大，因为对这个地区和背后的政党来说，它们的胸怀从来都面向着中国的未来，由于长期处在相对弱势的地位上，它们必须不断调整与"域外"的联系，并能够将对"域外"的反应迅速内化在自己的施政纲领和理论创造中。所以，对于延安文艺而言，"域外语境"具有阶段性和具体性的特征，所谓阶段性，是因为边区面临的政治形势在不断发生着变化，相应地，边区做出的反应也在变化；所谓具体性，是因为针对具体的文艺理论或政策，它的"域外语境"都有具体所指，并非只是宏大的背景。延安文艺"域外语境"的这两个特征，要求我们在认识这段文艺思潮时，不能轻易将某种现象、某个特征视为"独创"，在区域互动、博弈的环境中，矛盾的双方常常是互为表里、相辅相成。只有如此，今天对于延安文艺的认识才可能更加深刻。

[原载《北京师范大学学报》（社会科学版）2015年第3期]

复调语境中的《在延安文艺座谈会上的讲话》

杨向荣*

在中国现代文艺思想史上，《在延安文艺座谈会上的讲话》（以下简称《讲话》）的形成并不是中国现代文艺思想的单线续写，而是多种因素交织影响下的复调发声。在特定的时代语境下，《讲话》整合了时代、语境和理论等多重理论话语，呈现出一种复调的审美文艺观。

一 《讲话》与中国传统文化

中国传统文化的影响在毛泽东文艺批评思想的形成中占据着十分重要的地位，有学者曾统计毛泽东著述中的语言素材，发现毛泽东引用最多的是孔子的原话[②]，表明毛泽东的知识构成受中国传统文化的影响很大。

毛泽东的中国传统文化情结要追溯到他自小的受教经历。他8岁进私塾接受儒家教育，系统地熟读了《三字经》《幼学琼林》《论语》《中庸》《大学》等经书典籍。此外，毛泽东还熟读了一些凝结着中国传统文化精神的旧章体小说，如《三国演义》《水浒传》《西游记》《说岳全传》等。他酷爱中国古典诗词，在抗战岁月中仍坚持读《唐诗三百首》，并喜欢创作诗词。在其求学过程中，对他产生深远影响的老师，如启蒙恩师毛宇居、一代学者杨昌济、古文老师袁吉六等，都是在中国传统文化上有着深厚造诣的学者。中国传统文化浸润和熏陶着毛泽东，并化为一种深层文化心理结构，在其文艺思想的形成和发展中发挥着巨大的作用。

在中国古代文学理论与批评史上，始终贯穿着将文艺与政治相结合、

---

* 作者单位：浙江传媒学院文学院。
① 尼克赖特：《西方毛泽东研究：分析及评价》，《毛泽东思想研究》1989年第4期。

从政治和功用的角度论述文艺的观点。传统诗歌的"美刺说"包含了文艺的政治意义，儒家的"厚人伦，美教化，移风俗"的诗教传统即是从诗歌的社会功用的角度出发的，而孔子的"兴观群怨"说也与政治意愿的表达有关；曹丕的《典论·论文》称文学是"经国之大业，不朽之盛事"，强调文学的功用；柳宗元主张"文以明道"，白居易和元稹致力于新乐府运动，主张"文章合为时而著，歌诗合为事而作"，韩愈和柳宗元倡导古文运动，提出"文以载道"的文艺观。唐宋八大家、明代前后七子、清代桐城派也都偏重文艺的功用性。可以说，在中国古典文论中，文艺不可能完全脱离政治而存在，而突出政治性这一特点贯穿于毛泽东及其《讲话》的整个文艺思想体系，这与中国传统文化的基调也有着一致性。

经世致用精神是中国传统文化的精髓，也是中国文化传统思想的内在发展。从王夫之到曾国藩、魏源、谭嗣同等，他们都是主张经世致用并付诸实践的代表人物。鸦片战争之后，中国内忧外患，林则徐、龚自珍和魏源等有识之士掀起了一场经世致用的思想浪潮。毛泽东生长于湖湘大地，湖湘文化蕴含的爱国思想及其力戒空谈虚浮、主张务实躬行、倡导实事求是的学风对毛泽东产生了深刻的影响。近代改良派要求对文学进行改良，也是从经世致用的目的出发。如梁启超和胡适等学者以更新国民为目的的改良思想对毛泽东也产生了重要影响。在北大期间，毛泽东对胡适的《文学改良刍议》一文，特别是其中提出的作文"须言之有物""不作无病之呻吟""务去滥调套语""不避俗字俗语"等主张，印象深刻，并在多年以后《反对党八股》的演讲中对此再次予以强调。在经世致用思想的影响之下，毛泽东的艺术主张取得了巨大的实际效果，如革命文艺尤其是抗日剧社在群众中起到了很大的宣传作用。可见，在文艺领域主张文艺与政治的结合，提出政治和艺术的双重标准，将文艺放到时代的政治背景之下来研究，正是中国传统文化精神在毛泽东内心积淀的结果。

二 《讲话》与中国现代文论话语

20世纪早期，在中国政治局势的影响下，思想界呼吁社会变革，力图挽救民族危亡，五四新文化运动应运而生。这是一场解放国人思想的伟大运动，它承担着思想启蒙的任务，促进了西方思想的传播，也为随后中国革命道路的探索迎来了曙光。五四新文化运动批判孔孟以来"文以载道"

的传统文论思想,但其针对的不是"文以载道"本身,而是"道"的内容。五四新文化运动形成了新的思想解放潮流,同时也为《讲话》的出现提供了思想基础和准备。

1921年,文学研究会成立,《文学研究会宣言》说:"将文艺当作高兴时的游戏或失意时的消遣的时代,已经过去了。我们相信文学是一种工作,而且又是于人生很切要的一种工作。"① 创造社从前期到后期也逐渐完成了从文学革命到革命文学的转变。1923年,《中国青年》杂志的诞生标志着革命文学的萌芽,要求文学担负起社会革命的重任。1927年大革命失败后,无产阶级革命文艺理论开始发展和兴盛起来,这个时期的文学批评呈现出凝重的政治色彩,涌现出了诸如"文学的阶级性色彩""文学的政治功用""文学的党派性"等文艺主张。

这个时期的不少文艺理论家表现出对政治视角的偏好。李大钊构建起以"爱"和"美"为核心的新文学观。"我们所要求的新文学,是为社会写实的文学,不是为个人造名的文学;是以博爱心为基础的文学,不是以好名心为基础的文学;是为文学而创作的文学,不是为文学本身以外的什么东西而创作的文学"。② 在李大钊看来,新文学是社会功能和艺术功能相统一的文学。早期鲁迅强调真、善、美的统一,认为真、善、美是文艺批评的标准。鲁迅不同意"为艺术而艺术"的纯文学观,主张将文学与思想倾向性、社会功利性和革命战斗性结合在一起,提出了"遵命文学"的主张。可以说,李大钊和鲁迅文艺批评观的政治维度与《讲话》文艺批评观的政治视域有着很大的相似性。瞿秋白早期的文艺批评也同样立足于政治视域,强调政治性与艺术性的融合。有学者指出,瞿秋白"习惯于从政治视角切入批评对象,进而进行深入的阶级分析,从中引发出切实的政治论断"③。他强调政治与艺术相结合的文艺批评观与《讲话》所提出的文艺批评的"两个标准"在内涵上有其一致性。与瞿秋白一样,周扬早期在分析文艺作品时也大多从政治视角切入,主要立足于作家进步的阶级立场和指导思想。如在分析《雷雨》时,他认为繁漪、周萍和周冲等人物形象"本身就是封建家庭的构成部分。所以,他们的死亡一方面暴露了封建家庭的

---

① 转引自黄曼君《中国近百年文学理论批评史》,湖北教育出版社1997年版,第302页。
② 李大钊:《什么是新文学》,《星期日》1919年12月8日。
③ 黄曼君:《中国近百年文学理论批评史》,湖北教育出版社1997年版,第547页。

残酷和罪恶，同时也呈现了这个制度自身的破绽和危机"①。在某种意义上，周扬 20 世纪 30 年代的文艺批评观是《讲话》政治话语的先声。

20 世纪的中国文论，从开始就打上了明显的政治烙印，这种政治使命对毛泽东和《讲话》文艺思想的形成均产生了很大影响。在《讲话》发表之前，文论界所发生的一场有关抗战文艺价值和前途的论争，可以说是《讲话》"两个标准"论的前奏和先声。在抗日战争的背景下，抗战文艺阵营中一部分富有爱国热忱的作家急于歌颂伟大的民族战争，发挥文艺的战斗武器作用，由此产生了一些牵强附会、空喊口号且缺乏艺术性的作品。1938 年，周扬指出，"单单凭几篇政治论文，剪接新闻上的一些消息，就写成抗战主题的作品，那也只会产生出空洞概念，标语口号的东西"②。在周扬的理论视域中，作家进步的阶级立场和正确的政治思想才是第一位的，而作家的艺术观和艺术修养只处于附属地位。与周扬的观点相呼应，茅盾也批评了把抗战观念强加在人物身上，只注重写"事"而不注重写"人"的现象。

周扬和茅盾的观点在当时并未受到重视，但后来梁实秋的批评言论引发了争议。梁实秋认为，"于抗战有关的材料，我们最为欢迎，但是与抗战无关的材料，只要真实流畅，也是好的，不必把抗战勉强截搭上去"③，又说："我相信人生中有许多材料可写，而那些材料不必限于'与抗战有关'的。"④梁实秋看到了当时抗战文艺的不足，但他"不必限于与抗战有关"的文艺主张由于与时代要求有所疏离而遭到了不少人的诘难。因"与抗战无关"论而受到批评的还有沈从文。对抗战文艺，沈从文提出要避免"虚伪""浮夸"，认为"'成为政治工具'，文学则只能堕落"。⑤ 这场论争所涉及的实质问题，实际上就是文艺应当遵循政治标准还是艺术标准。论争引发了文艺界对文艺政治性和艺术性的重新讨论，《讲话》正是把这两者统一起来，进而提出了文艺批评的"两个标准"论。

《讲话》与左翼文艺思想的联系主要表现在"文艺大众化"问题之上。1930 年，中国左翼作家联盟在上海成立，明确指出中国无产阶级革命文学

---

① 《周扬文集》第 1 卷，人民文学出版社 1984 年版，第 203 页。
② 转引自黄曼君《中国近百年文学理论批评史》，湖北教育出版社 1997 年版，第 661 页。
③ 梁实秋：《编者的话》，《中央日报》1938 年 12 月 1 日。
④ 梁实秋：《与抗战无关》，《中央日报》1938 年 12 月 6 日。
⑤ 沈从文：《文学运动的重造》，《文艺先锋》1942 年第 2 期。

的首要问题就是文学的大众化问题。瞿秋白先后发表《普罗大众文艺的现实问题》《论大众文艺》等文,认为革命文艺应当是大众化的文艺,大众文艺"要用劳动群众自己的言语,针对着劳动群众实际生活所需要答复的一切问题……去完成劳动民众的文学革命"①。在讨论中,瞿秋白解答了"用什么话写,写什么东西,为着什么写,怎么样去写以及要干些什么"等问题,从某种意义上说,这是《讲话》文艺方向论的先声。《讲话》提出,革命文艺是为"最广大的人民"服务的,文艺大众化"就是我们的文艺工作者的思想感情和工农兵大众的思想感情打成一片"②,要用工农兵自己所需要和接受的东西去服务人民群众。

《讲话》沿袭了"五四"以来关于革命文艺与文艺大众化的讨论,将文艺运动作为革命工作的枢纽,对文艺服务的对象以及如何创造大众文艺作了更明确、系统的回应,并完成了从大众文艺向工农兵文艺的过渡,在延续文艺为革命服务的线索上进一步强调了文艺的阶级、政治和意识形态属性。

三 《讲话》与马克思主义文论中国化

《讲话》所提出的很多文艺主张,在某种意义上也是马克思主义文论思想的中国化。

《讲话》所提出的"两个标准"论可以追溯到马克思主义的文艺批评原则:历史观点和美学观点相统一的原则。这一原则最早由恩格斯在《卡尔·格律恩〈从人的观点论歌德〉》中提出:"我们绝不是从道德的、党派的观点来责备歌德,而只是从美学和史学的观点来责备他,我们并不是用道德的、政治的或'人的'尺度来衡量他。"③ 在谈论歌德及其作品时,恩格斯对文艺批评的美学观点和历史观点进行了具体深入的阐释,除了指出不是从道德的、政治的或"人"的尺度来衡量歌德外,他还批评歌德"在自己的作品中对当时的德国社会的态度是带有两重性的……在他心中经常进行着天才诗人和法兰克福市议员的谨慎的儿子、可敬的魏玛的枢密顾问

---

① 《瞿秋白文集》第 3 卷,人民文学出版社 1953 年版,第 886 页。
② 《毛泽东文艺论集》,中央文献出版社 2002 年版,第 52—53 页。
③ 《马克思恩格斯选集》第 4 卷,人民出版社 1972 年版,第 256—257 页。

之间的斗争"①。在恩格斯对歌德的评论中，他所倡导的美学的观点和历史的观点的批评标准是针对抽象的"人"的观点和狭义的道德、政治和党派的观点而言的，其用意在于反对用错误的政治观点和道德观点评价作家及其作品，而并不意味着完全否定文艺批评的政治尺度和道德尺度。相反，恩格斯十分赞赏维尔特的"那些社会主义的和政治的诗篇"，称维尔特为德国无产阶级第一个和最重要的诗人，并高度评论他的诗歌描述了"对于社会关系和政治关系的全部观点"②。在这里，用历史的观点来要求、衡量和评价作家作品，对艺术及其所反映出来的社会内容要结合一定的历史环境进行分析，作家的创作要顺应和表现进步的历史潮流，其基点就是强调批评的政治标准；而用美学的观点来要求、衡量和评价作家作品，应当自觉地注重文艺的特殊规律和审美属性，遵循艺术的特殊规律，肯定作品的审美意义和审美价值，其基点就是强调批评的艺术标准。

《讲话》所提出的"两个标准"论，还明显受到苏联革命文艺话语的影响。沃罗夫斯基认为文艺批评有两个标准：艺术标准和思想标准。"我们评价一部艺术作品，就需要运用两种尺度：第一，它是否符合艺术性的要求……第二，它是否贡献出了某种新的、比较高级的东西，所谓新的东西，指的就是它用来丰富文学宝库的那种东西"。③ 这里的第一个尺度是指文艺批评中的艺术标准，第二个尺度则是指艺术作品的内容，即思想内容方面的标准。普列汉诺夫则明确以内容与形式的统一为文艺批评的标准："艺术作品的形式同它的思想愈相符合，那么这种描绘就愈成功。……在艺术的整个宽广的领域中，都能同样适合地运用我在上面所说的标准：形式和思想完全相一致。"④ 在强调思想性与艺术性的同时，普列汉诺夫尤为注重思想性："任何一个政权，只要注意到艺术，自然就总是偏重于采取功利主义的艺术观。这也是可以理解的，因为它为了自己的利益就要使一切意识形态都为它自己所从事的事业服务。"⑤ 在他看来，绝对的艺术标准是不存在的，而且也不可能存在，人们对艺术的观念在历史发展过程中不

---

① 《马克思恩格斯选集》第4卷，人民出版社1972年版，第256页。
② 同上书，第347页。
③ 《沃罗夫斯基论文学》，人民文学出版社1981年版，第55页。
④ 普列汉诺夫：《艺术与社会生活》，《没有地址的信艺术与社会生活》，韦陈宝等译，人民文学出版社1962年版，第288—289页。
⑤ 《普列汉诺夫美学论文集》第2卷，人民出版社1983年版，第830页。

断地发生着变化。

《讲话》所提出的文艺批评标准，是对马列经典理论家所倡导的美学的观点（艺术性）和历史的观点（思想性）具体化和中国化。虽然毛泽东所说的"政治标准"和恩格斯所说的"历史的观点"内涵不尽相同，但其内在精神是一致的。毛泽东所说的"政治标准"包含浓厚的历史意识，他把抗日、团结和进步作为当时的政治标准。这一方面与当时延安的政治文化语境相关，另一方面也是为了使文艺能有助于群众改变历史，推动历史的前进。

此外，《讲话》还吸收了马克思主义的现实主义创作理论，认为革命文艺的创作原则是"社会主义的现实主义"，并对当时革命文艺"为人民"的目的和"为人民服务""为政治服务"的方向作出了积极的探索。在《致斐·拉萨尔》中，马克思批评了从观念出发的"席勒化"创作倾向，推崇"莎士比亚化"，提倡从现实生活出发，通过特定环境中现实人物的真实描写，揭示生活的本质。《讲话》则明确指出，革命文艺是生活在革命作家头脑中反映的产物，"文艺作品中反映出来的生活却可以而且应该比普通的实际生活更高，更强烈，更有集中性，更典型，更理想，因此就更带普遍性"[①]。马克思和恩格斯对"现实主义"高度重视，其根本原因在于，无产阶级革命斗争的现实使得他们不主张以虚空幻想和浪漫情调代替实际存在的阶级关系，而《讲话》对人民的生活和面临的现实问题如此看重，则是因为，在毛泽东看来，革命文艺应当结合劳动人民的生活实践，帮助群众推动历史的前进。

《讲话》还多次提及列宁和苏联文学。在解决文艺为什么人服务的问题时，《讲话》提到，"列宁在一九〇五年就已着重指出过，我们的文艺应当'为千千万万劳动人民服务'"[②]。文艺为人民服务、文艺事业是整个革命事业的一部分的观点，出现在1905年俄国《新生活报》刊载的列宁的文章《党的组织和党的出版物》中。列宁在文中指出，出版物应该成为党的出版物，文学应具有党性；《讲话》则指出，文艺工作者首先要解决的是无产阶级和人民大众的立场问题，"必须站在党性和党的政策的立场"[③]

---

① 《毛泽东文艺论集》，中央文献出版社2002年版，第64页。
② 同上书，第56页。
③ 同上书，第49页。

之上。《讲话》将"人民"放在核心位置,将"为人民"和"如何为人民"视为解决文艺工作问题的中心和关键,这些观点均受到了苏联文论话语的影响,同时也是革命文艺"大众化"路线讨论的延续,更是由延安政治和文艺工作所面临的局势决定的。

可以说,马克思主义贯穿整个《讲话》精神,毛泽东认为,文艺工作者的学习问题,就是要学马克思主义。作为一个马克思主义者,毛泽东的《讲话》也被认为是"'二战'以来马克思主义文论中最有体系色彩且影响最大的论作之一"[①]。

四 《讲话》与延安政治文化语境

在《讲话》发表之时,中国面临的最大的社会现实是抗日战争这一严峻的时代形势。正是基于当时延安面临的时代形势及其相应的政治文化语境,《讲话》这部文艺工作的指导性和政策性文件应运而生。

《讲话》产生于1942年的延安,当时中国国内的政治形势相当严峻。抗日革命根据地在1942年接连受到敌军的强烈攻击,民族解放事业备受压力,需要广大人民群众的支持。因此,加强革命队伍的团结,取得革命队伍思想和行动的一致,便成为当时的首要任务。为了解决尖锐的民族矛盾,取得革命事业的胜利,政治需要通过影响和管理文学艺术,使文学艺术运动与当时的革命战争互相结合,更好地团结人民,争取战争的最终胜利。基于此,《讲话》一开始就明确提出文艺座谈会召开的目的:使文艺很好地成为整个革命的一个组成部分,作为团结人民、教育人民、打击敌人、消灭敌人的有力武器,帮助人民同心同德地同敌人作斗争。[②]

此外,在内战期间,革命文艺运动有力地配合军事上的反围剿,进行了文化上的反围剿,并取得了不错的成果。在严峻的政治局势中,革命文艺的发展也面临着困境。由于党内出现过几次"左"倾和"右"倾的错误,特别是王明的机会主义在革命队伍内部导致了教条主义和宗派主义的思想情绪,影响了革命文艺队伍的团结。而且,当时革命文艺的发展方向和服务对象也不明确,文艺批判和思想斗争缺乏马克思主义的指导,自由

[①] 钱理群等:《中国现代文学三十年》,北京大学出版社1998年版,第353页。
[②] 《毛泽东文艺论集》,中央文献出版社2002年版,第49页。

主义思想泛滥，极大地阻碍了革命文艺的发展。可以说，《讲话》正是顺应这种延安政治文化语境的时势需要而出现的。

毛泽东强调意识形态是由社会物质世界所决定的，同时肯定了意识形态对物质世界的反作用。在毛泽东看来，文学艺术并非仅受现实状况的单向作用，文艺思想是在政治形势的强烈需求下应运而生的，因此，《讲话》所提出的诸多文艺主张不可避免地带有政治意识形态的印迹。正是针对国内革命运动和革命文学的发展所面临的一系列现实问题，毛泽东试图找出方针、政策和办法，并在延安政治语境的前提下，对文学艺术这种意识形态进行讨论，使之得以完善，以求得革命文艺对政治局势和革命工作的协助，从而打倒民族的敌人，完成民族的解放。

毛泽东对马克思主义文艺批评的继承，是与当时中国具体国情相适应的，《讲话》是马克思主义文艺批评中国化的理论成果。毛泽东在《讲话》中提出："必须将马克思主义的普遍真理和中国革命的具体实践完全地恰当地统一起来，就是说，和民族的特点相结合，经过一定的民族形式，才有用处，决不能主观地公式地应用它。"[①] 在学习和继承马克思主义思想的同时，毛泽东一直注重将之与中国的具体实践、与延安的政治文化语境相结合。《讲话》坚持将马克思主义文艺理论与中国的革命实践结合起来，这既符合中国在革命历史条件下文艺发展的实际需要，也极大地促进了中国革命和革命文艺的发展。

《讲话》受到中国传统思想文化的影响，并将五四以来的文艺话语、马克思主义文论话语和中国的政治文化语境有机地结合起来。多层次的文论话语构建与特殊的中国经验相结合，最终造就了这一中国现代文论史上的重要理论成果。《讲话》出台后，迅速成为中国现代文论话语中的主流声音，其权威性地位的确立，不仅对当时的文艺实践产生了很大影响，同时也规范了此后文学艺术的发展方向。

（原载《文学评论》2015 年第 6 期）

[①]《毛泽东文艺论集》，中央文献出版社 2002 年版，第 42 页。

误译、改造与立法

——从列宁的《党的组织和党的文学》到毛泽东的《讲话》

张景兰[*]

20世纪20年代末,郭沫若、成仿吾等无产阶级革命文学倡导者们,以辛克莱的"一切文艺都是宣传"和无产阶级革命文学应该自觉地成为无产阶级政治的武器为基本文艺观,他们对文学的阶级性、文学与生活、文学与政治的关系等的理解不仅受到来自以人性论为基点的梁实秋等人的反对,也受到同样接受了马克思主义唯物史观文艺论的"自由人"胡秋原的理论批评,就连后来成为同一阵线的鲁迅也持不同意见。但在30年代初"左联"成立之后,为激烈的政治斗争的环境所决定,这种极端政治功利性的文艺观并没有得到应有的反省,而是被更具政治影响力和理论影响力的瞿秋白、冯雪峰等人发扬光大,瞿秋白的"留声机论"更是成为左翼文学理论的标签。这不仅因为他们是直接参加政治军事斗争、具有很高声望的党内知识分子,还与当时的苏联文艺政策和思想有着密切的关系,或者说,正是后者为政治工具论的左翼文艺理论和实践提供了权威性的理论资源。在这一过程中,不能不提到对中国左翼文艺理论和运动产生深远影响的文献——列宁的《党的组织和党的出版物》。

一 "党的文学"——误译、传播与争议

在1982年之前,《党的组织和党的出版物》一直被译作《党的组织和党的文学》,被视为列宁强调文学的无产阶级党性原则的重要文献,这其实是一个误解甚至曲解。该文写于1905年11月,是列宁论述党的报刊工

---

[*] 作者单位:淮海工学院文学院。

作和其他文字宣传工作的重要文献。当时，10月的全俄政治罢工胜利以后，沙皇尼古拉二世迫于形势而颁布《关于完善国家制度的宣言》，许诺"赐予"民众以"公民自由的坚实基础"即人身不可侵犯和信仰、言论、集会、结社等自由，废除对报刊的预先检查制度。在此之前，俄国无产阶级是没有言论、出版自由的，布尔什维克宣传党的观点只能在"非法"的条件下进行。从法律上说，可以公开出版自己的报刊，通过"合法"的途径宣传党的观点了。但列宁认为，无产阶级只是替俄国争得了"一半的自由"。不同党派群体的思想斗争需要建立党领导的出版社、报纸、书店等，加强党的宣传鼓动工作。① 正是根据当时政治和思想文化斗争的需要，列宁写下了《党的组织和党的出版物》一文，指出："与资产阶级写作上的名位主义和个人主义、'老爷式的无政府主义'和唯利是图相反，社会主义无产阶级应当提出党的出版物的原则"，"这不只是说，对于社会主义无产阶级，写作事业不能是个人或集团的赚钱工具，而且根本不能是与无产阶级总的事业无关的个人事业。……写作事业应当成为整个无产阶级事业的一部分，成为由整个工人阶级的整个觉悟的先锋队所开动的一部巨大的社会民主主义机器的'齿轮和螺丝钉'。写作事业应当成为社会民主党（苏联共产党的前身）有组织的、有计划的、统一的党的工作的一个组成部分。"② 文章的主要精神是强调党的报纸杂志要成为整个无产阶级事业的宣传工具和武器。

　　在20世纪30—80年代长达半个多世纪的时间里，中国主流意识形态领域包括文艺理论界一直认为，这是列宁关于文艺的党性原则的文献，是列宁对马克思主义文艺观的一个重要发展，并且还把它作为一般文艺创作和批评的标准。但从一开始，其中就存在着误译、曲解和断章取义。列宁的这篇重要文章最早的中译文出现在1926年12月的《中国青年》6卷19号第144期上，标题为《论党的出版物与文学》，文章的中心词是"党的文学"，还出现了"文学家应当无条件加入党"这样明显不合常理和曲解原文意思的文句。1930年，"左联"刊物《拓荒者》1卷2期上又刊载了成文英（即冯雪峰）的译文，题目译为《论新兴文学》，是从日本冈译秀虎的译文重译的，其中把此前的"党的文学"译为"集团的文学"。20世

---

① 参见《〈党的组织和党的出版物〉中译文为什么需要修改?》，《红旗》1982年第22期。
② 《列宁全集》第12卷，人民出版社1987年版，第93页。

纪30年代真正明确提出"党的文学"并产生广泛影响的是瞿秋白的译文，但他并没有完整地翻译列宁的原文，而是在翻译苏联亚陀斯基等关于列宁论托尔斯泰的文章的注解中，涉及这篇文章的主要内容。之所以出现这种理解和翻译，是因为关键词"jintepatypa"既有文献、出版物等含义，也有文学之义，但联系全文的语境和内容，这里的含义应是出版物，包括报纸、刊物、书籍等。但苏联注者带着"岗位派""拉普派"文艺观的一贯特征，把文学的阶级性看作其唯一特性，因而在引用列宁的这篇文章时，为我所用地把列宁关于作为宣传工具和革命武器的党的宣传工作、党的出版物的党性要求普遍化为对一般的文学艺术创作的要求。[①] 而这种理解正符合政治家、革命家身份和视角的知识分子瞿秋白等人的现实斗争需要，也和20年代末以来的武器论、工具论文艺观一脉相承。因而"党的文学"和文学的党性原则成为"左联"文学创作和批评的信条被传播和运用。所以，我们看到，30年代初"自由人"胡秋原在与"左联"的论争中就引用了左翼理论家所误译的列宁的话语，并持保留与怀疑态度："伊力支（即列宁——引者）说过文学应该是党的文学，强调过哲学之党派性。不过，一个革命领袖这么说，文学者没有反对的必要……然而既谈文学，仅仅这样说是不能使人心服的。"[②] 胡秋原似也受翻译的影响，认为列宁曾提出"党的文学"，但他凭直觉却感到了"领袖"的政治要求和"文学者"的艺术作为之间的差别，即政治要求需要通过文学者的主体得以体现，而不是将自身完全客体化和工具化。冯雪峰在《并非浪费的论争》中则回应说："列宁的关于文学和哲学的党派性的原则，当然应该在普罗革命文学创作上，尤其在批评上来应用，发展。"[③] 这些是当时错误译文的传播例证。

其实，从原文全篇看来，列宁并没有说要有一种隶属于党的文学。他说得很明确："这里说的是党的出版物和它应受党的监督。"（着重号为引者所加）党的出版物实际上属于直接宣传与传播政党意识形态的理论性刊物与书籍，它的写作与文学创作的差别不言而喻。而且，列宁还指出："任何比喻都是有缺陷的。我把写作事业比作螺丝钉，把生气勃勃的运动

---

① 参见艾晓明《中国左翼文学思潮探源》，北京大学出版社2007年版，第261—264页。
② 胡秋原：《浪费的论争》，载《文艺自由论辩集》，现代书局1933年版，第201页。
③ 冯雪峰：《并非浪费的论争》，载《文艺自由论辩集》，现代书局1933年版，第247页。

比作机器也是有缺陷的。……无可争论,写作事业最不能作机械划一,强求一律,少数服从多数。无可争论,在这个事业中,绝对必须保证有个人创造性和个人爱好的广阔天地,有思想和幻想、形式和内容的广阔天地。……在这个领域里是最来不得公式主义的。"这两个"无可争论",就是强调人们必须尊重写作事业的个人创造性,尊重它本身的规律。党的报刊宣传文字的写作尚且如此,更何况是以基于社会生活经验和个人思想情感、以想象虚构为主要手段的文学创作呢! 但这一点并没有被20世纪30年代苏联的革命文艺家(拉普)和中国的左翼理论家们重视,他们把列宁关于党的出版物的党性要求变为党对文学的要求,把特殊变成了一般。

  关于党性,其对应的概念是自由,列宁也预料到他所阐述的关于党的出版物的观点必然招致主张"绝对自由"的资产阶级知识分子的非议,因此他指出:"每个人都有自由写他所愿意写的一切,说他所愿意说的一切,不受任何限制。但是每个自由的团体(包括党在内),同样也有自由赶走利用党的招牌来鼓吹反党观点的人。言论和出版应当有充分的自由。但是结社也应当有充分的自由。……党内的思想自由和批评自由永远不会使我们忘记人们有结合成叫作党的自由团体的自由。"列宁一方面区分了个人写作和党的报刊文字的界限,承认个人写作是自由的,但针对党的出版物,他坚定地认为党性原则高于个人言论思想自由;另一方面文中也有一处涉及作为具有意识形态表现功能的文学艺术的创作问题,指出资产阶级作家、画家和女演员的自由不过是对资产阶级的经过伪装的依赖。"在以金钱势力为基础的社会中,在广大劳动者一贫如洗而一小撮富人过着寄生生活的社会中,不可能有实际的和真正的'自由'","生活在社会中却要离开社会而自由,这是不可能的"。这里,列宁确实是以阶级社会形而上的哲学自由之不可能来否定形而下的思想创作自由之可能性。不过,确切地说,对于文学创作主体的思想自由与艺术独立,列宁并没有充分考虑,或者说文学创作不是他在此处所关心的话题。列宁阐述的是党的宣传工作与党组织的关系问题,是在意识形态领域与资产阶级的斗争问题,那么作为具有意识形态表现功能的文学创作应怎样对待?虽然列宁在此并没有正面论及,但他多次提到了写作的个人性、规律性和创造性,而且从列宁对别林斯基、赫尔岑、车尔尼雪夫斯基、托尔斯泰、高尔基等的评论中,我们可以看出他对艺术家的包容和对文艺创作规律的尊重。由此我们推断,作为丰富复杂的文学写作，不能以政治代替文学，以党性代替真实性。"党的文学"是不符合原文意思的，也是不能成立的。

二 毛泽东《讲话》——继承、转换与改造

但是，由于源头的误读和翻译者的主观思想逻辑"党的文学"在20世纪30年代左翼理论界被广泛传播、接受和信奉。"左联"时期，由于政治和文化环境的限制使得它基本停留在理论倡导层面，对于广大的文学创作者特别是非党员作家还没能形成全面切实的支配力量。但到了1942年的延安，被压迫的政治力量在一定范围内取得政权，它就需要在思想文化领域建立起相应的领导权，加上抗战环境下急需文艺的社会动员力量，于是，列宁的关于意识形态斗争中的党性原则因为符合现实的需要，被再次提出，并且被推而广之地运用到对文学艺术创作的普遍要求上。1942年5月14日，延安文艺座谈会期间，博古在延安权威媒体、中国共产党党报《解放日报》上重新译载了列宁的这篇文章，并用醒目的黑体字刊出，题目就是后来在中国通用的《党的组织和党的文学》，这可以说是延安文艺整风的指导性文献和毛泽东《在延安文艺座谈会上的讲话》（以下简称《讲话》）出台的前奏。

1943年10月19日的《解放日报》全文发表了毛泽东的《讲话》。《讲话》从文艺的大众化、阶级性、文学与政治等"左联"时期已有的文艺观念入手，对以往的左翼文艺思想进行了继承、生发和转换，形成了政治家视角的、以政治实用主义为核心的一整套文艺观。关于《讲话》的思想精髓，周扬当年的解释是文艺为群众服务和如何服务，当代研究者更多关注其中的文学从属于政治的定位，政治标准第一、艺术标准第二的批评原则及其带来的负面影响，还有研究者认为《讲话》精神就是对"党的文学"的确立。[①] 而从它之所以能对一大批原本具有现代批判意识的左翼知识分子产生理论影响力来看，有两点不容忽视：一是对30年代左翼文学运动中的文艺大众化、文学的阶级性与党性等理论的继承和发展，二是由无产阶级政治主体的新兴意识形态话语衍生的知识分子与工农兵思想道德高

[①] 袁盛勇：《"党的文学"：后期延安文学观念的核心》，《中国现代文学研究丛刊》2005年第3期。

下的定位。简言之，文学的党性原则和知识分子思想改造构成了《讲话》的精髓。

《讲话》的根本出发点就是要把文艺工作作为一般革命工作的一部分，要"使文艺很好地成为整个革命机器的一个组成部分，作为团结人民、教育人民、打击敌人、消灭敌人的有力武器，帮助人民同心同德地和敌人作斗争"，造成一支"文化的军队"。这是对左翼文艺理论中文学的阶级性、政治宣传功能、革命武器论等的合乎逻辑的生发和拓展，是对列宁的"齿轮和螺丝钉"说的直接继承。事实上《讲话》就是直接以20世纪30年代左联理论家翻译和传播的列宁话语为依据的："无产阶级的文学艺术是无产阶级整个革命事业的一部分，如同列宁所说，是整个革命机器中的'齿轮和螺丝钉'。"那么，如何实现这一目标？《讲话》提出关键的问题在于作家、艺术家的服务对象、主观立场、态度问题等。服务对象是工农兵群众；立场就是无产阶级立场，对于党员就是党的立场、党性原则；态度是只应歌颂。其实，前两者是左翼文艺观中固有的元素。

如前所述，20世纪30年代由对列宁文章的误译而来的，由冯雪峰、瞿秋白等介绍、倡导的"党的文学"观在一批党员作家、理论家中已有广泛影响。而文学为人民大众服务，这原本就是从"五四"时期萌芽、到"左联"有了大规模的理论探讨和尝试的文学追求，只不过在"左联"时期关于"大众化"的问题主要还停留在理论探讨阶段，对其实现途径也有多种不同看法。1930年3月1日郭沫若发表于《大众文艺》第2卷第3期上的《新兴大众文艺的认识》，要求左翼作家"去教导大众，老实不客气的去教导大众，教导他怎样去履行未来社会的主人的使命"[①]。陶晶孙说："文艺大众化的本意不是找寻大众的趣味为能事。还要把他们所受的压迫和榨取来讨究，大众所受的骗诈来暴露。"[②] 郑伯奇说得更干脆："中国目下所要求的大众文学是真正的启蒙文学。"[③] 这些对大众文艺的表述中包含着明显的知识分子主体和主导话语逻辑，有着"为大众"的道德热情与"化大众"的潜意识冲动。而《讲话》则在左翼理论家们原有的理论话语基础上使之发生巨大的结构性转换。关于这一点，当年周扬说得很清楚：

---

① 《文学运动史料选》第2册，上海教育出版社1979年版，第632页。
② 同上书，第633页。
③ 同上书，第638页。

"初期的革命文学者是自以为已经'获得无产阶级的意识'——那时所理解的'大众化'就是将这'无产阶级意识'用大众容易接受的形式灌输给大众,为的是去改造大众的意识";而"毛泽东同志作了关于'大众化'的完全新的定义:大众化'就是我们的文艺工作者的思想感情和工农兵大众的思想感情打成一片'。这个定义是最正确的"。① 关于知识分子和工农大众,毛泽东由看似现身说法的思想感情的转换经历而得出人所熟知的道德评价:"拿未曾改造的知识分子和工人农民比较,就觉得知识分子不干净了,最干净的还是工人农民,尽管他们手是黑的,脚上有牛屎,还是比资产阶级和小资产阶级知识分子都干净。"因此,文艺工作者要"把自己的思想感情来一个变化,来一番改造"。这一结论使得这些原本抱着改造社会使命的知识分子在逻辑上失去了改造社会的资格,成了应当被改造的对象。

固然,知识分子自身肯定有需要改造的地方,鲁迅在左联时期曾多次批评左翼知识阶级中动摇、分化的分子,20世纪40年代国统区的左翼理论家胡风和延安的文艺理论家王实味等在反思批判带着"几千年的精神奴役的创伤"② 的"肮脏黑暗的旧中国的儿女"③ 时都包括知识分子自身,但二者与《讲话》的根本不同就在于是共同改造而进步,还是一方改造另一方,这就使得主要由知识分子承载、传播的民主、自由、科学、独立等现代价值理性在逻辑和事实上也被视为肮脏思想而抛弃,鲁迅所体现的知识分子的主体性、独立性、批判性也就被逻辑性地否定掉了。事实上,早在1939年11月,毛泽东就在给周扬的一封信里说:"鲁迅表现农民着重其黑暗面,封建主义的一面,而忽略其英勇斗争、反抗地主,即民主主义的一面,这是因为他未曾经验过农民斗争之故。由此,可知不宜把整个农村都看作旧的。所谓民主主义的内容,在中国,基本上即是农民斗争,即过去亦如此,一切殖民地半殖民地亦如此。现在的反日斗争实质上即是农民斗争。农民,基本上是民主主义的,即是说,革命的,他们的经济形式、生活形式,某些观念形态、风俗习惯之带着浓厚的封建残余,只是农民的

---

① 周扬:《〈马克思主义与文艺〉序言》,延安《解放日报》1944年4月11日。
② 胡风:《由现在到将来》,载《胡风评论集》中卷,人民文学出版社1984年版,第316页。
③ 朱鸿召:《王实味文存》,上海三联书店1998年版,第134页。

一面，所以不必说农村社会都是老中国。在当前，新中国恰恰只剩下了农村。"① 在当时的战争环境下，要求文学歌颂农民和农民斗争（战争和革命的主要力量），自然有其合理性和必要性，但因此全盘否定知识分子所体现的现代价值理性显然失之偏颇，其在实践中造成的负面后果也早已是被历史证明了的。

  关于歌颂与暴露《讲话》要求革命文艺工作者要区分不同的服务对象和政治环境而采取不同的立场态度，明确指出："革命的文艺家，暴露的对象，只能是侵略者、剥削者、压迫者及其在人民中所遗留的恶劣影响，而不能是人民大众。""对人民群众，对人民的劳动和斗争，对人民的军队，人民的政党，我们当然应该赞扬。"这也是一个合理性和局限性并存的观点。合理性在于区分了两类不同性质的矛盾，有利于发挥战争环境下的文艺动员力量；局限性在于这种思想以抽象的、总体的人民的名义排除了对个体的精神、思想、文化、道德等问题的复杂性表现的必要，并逻辑地规定了对无产阶级先锋队（党）及其领袖只准歌颂不能暴露的文学政策。鲁迅早就说过："世间那有满意现状的革命文学？除了吃麻醉药！""革命成功以后，闲空了一点；有人恭维革命，有人颂扬革命，这已不是革命文学。他们恭维革命颂扬革命，就是颂扬有权力者，和革命有什么关系？"② 在鲁迅看来，革命是一个在思想和社会层面不断变革和完善的过程，是一种对当权者的批判性、战斗性的思维，恭维、颂扬的文学已不是革命文学。这和政治家所需要的文学的党性和工具性显然相背离。在逻辑上，由大众到党再到领袖是一个逐层递进的关系，而文学需要歌颂大众到歌颂党、歌颂领袖也就顺理成章。关于这其中的奥义，周扬晚年回忆道："政治是什么？政治大体上可以分两方面。一个是政权机构——政党，这是上层建筑里面实的部分。虚的部分是政治思想、政治态度、政治观点。讲文艺服从政治，当然要服从那个实的，虚的怎么服从呢？只能服从那个实的，实的就是政党领导。文艺服从政治就是服从党的领导。这个问题，我还可以讲一件我经历的事情。我在延安的时候写了一篇评王实味的文

---

① 毛泽东：《致周扬》（1939年11月7日），载《毛泽东文艺论集》，中央文献出版社2002年版，第259—260页。
② 鲁迅：《集外集·文艺与政治的歧途》，载《鲁迅全集》第7卷，人民文学出版社2005年版，第117页。

章，文章中说文艺服从政治主要是服从政治倾向、政治思想。主席专门同我谈这篇文章。当时他说，文艺服从政治，只是服从政治思想，不服从人啊？服从政治，也要服从人。我当时觉得主席讲得对。"①

三 从"党的文学"到"党的出版物"——整合、立法与祛魅

对于毛泽东《讲话》的理论意义和效果评价首先应当着眼于历史，看到其产生的特定背景和视角。《讲话》实质上是战争年代政治和军事领导人出于现实斗争需要而提出的政治实用主义文艺思想，其在发表之初，就是基于特定的政治环境和需要被理解和接受的。1942 年 5 月 23 日，毛泽东在文艺座谈会上作"结论"讲话的当天《解放日报》上就发表署名塞克的文章《论战时艺术工作和创作态度》，认为，"假如有一个作品，他既不是出自名家的手笔，在技术上又很粗劣，但在思想上是新的、尖锐的、明晰的，题材是活泼新鲜的，他在群众中间掀起了一个打击敌人的巨大的行动"在这种情形下，选择它是必然的，作家"不应该有一丝一毫脱离开或放松这个意义而去偏爱艺术形式的美"。② 这样的观点可谓具有代表性，即认为在抗战这个大的政治背景下，文学的政治作用要高于艺术价值，文学应当服从政治。这是延安广大的文艺工作者在接受环境上与 30 年代相似而又有不同的地方，如果说在 20 世纪 30 年代国共两党政治斗争的环境下，还可以有置身其外的空间和立场，那么，怀着投身抗战、解放民族的热情投奔延安的文学、艺术家们没有任何理由和心理逻辑不服从抗战、不服从领导抗战的党。所以《讲话》发表之后，从 30 年代左翼文坛走来的许多文艺家们纷纷表态，如曾经以个性和女性主体姿态扬名文坛的丁玲就明确表示：要"改造自己，洗刷一切过去属于自己的情绪"，"要在整个革命机器里做一颗螺丝钉，在雄壮的革命队伍中当一名小小的号兵"；③ 诗人艾青也表态："文艺和政治，是殊途同归的"，"在为同一的目的而进行艰苦斗争的时代，文艺应该（有时甚至必须）服从政治"；④ 以缠绵梦幻的诗文而

---

① 周扬：《思想解放和社会主义现代化建设》，载《周扬文集》第 5 卷，人民文学出版社 1984 年版，第 348 页。
② 刘增杰：《从左翼文艺到工农兵文艺》，《中国现代文学丛刊》2006 年第 5 期。
③ 丁玲：《解答三个问题》，载《丁玲近作》，四川人民出版社 1980 年版，第 170 页。
④ 艾青：《我对目前文艺工作的意见》，载《艾青全集》第 5 卷，花山文艺出版社 1991 年版，第 398 页。

著称的何其芳则反省说:"整风以后,才猛然惊醒,才知道自己原来像那种外国神话里的半人半马的怪物,一半是无产阶级,还有一半甚至一多半是小资产阶级。才知道一个共产主义者,只是读过一些书本,缺乏生产斗争知识与阶级斗争知识,是很可羞耻的事情。"① 作家们不仅在文学创作的对象、态度上纷纷转向反映和歌颂工农兵,自觉放弃以往的创作个性和风格,而且,与30年代"左联"时期相比,发生更大变化的是,知识分子的道德原罪、自我改造、脱胎换骨等观念逐渐被内化和自觉化。

同时,和20世纪30年代列宁文章的翻译、传播和争论相比,《讲话》的发表就不是一个纯粹的文艺理论事件,它是伴随着延安党内整风运动而产生的一个权威思想纲领,成为全体文艺工作者此后必须学习领会和贯彻执行的教科书。1943年10月19日,《解放日报》全文发表《讲话》的同一天,新华社播发了中共总学委关于学习毛泽东《讲话》的通知,第二天《解放日报》全文发表了这份电文:"《解放日报》十月十九日发表的毛泽东同志在一九四二年五月延安文艺座谈会上的讲话,是中国共产党在思想建设理论建设的事业上最重要的文献之一,是毛泽东同志用通俗语言所写成的马列主义中国化的教科书。……规定为今后干部学校与在职干部必修的一课,并尽量印成小册子发送到广大学生群众和文化界的党外人士中去。"② 这样《讲话》就从党的领导人的"讲话"升级为"党"对文学和文化事业的规定和要求,成为文艺界的"立法"事件。随后,《讲话》还很快传播到抗战后期的国统区,重庆的《新华日报》1944年1月1日就以《毛泽东同志对文艺问题的意见》为题,摘要发表了《讲话》的主要内容,不久又转载了周扬等人阐释《讲话》的系列文章。郭沫若、茅盾等都积极撰文响应;而胡风、舒芜等因对《讲话》的局部观点持不同看法后来都受到批判。随着1949年新政权的建立,《讲话》又从党在战争年代的文艺策略,由党内到党外,由战争时期的特定区域到新中国的全社会,成为新政权对全社会的文艺立法,后来的文艺和文艺家的命运也就被历史性地决定了。

需要说明的是,1942年的文艺整风和毛泽东《讲话》的巨大历史影响虽然借助了政治手段和力量,但最初主要依靠的还是其在理论逻辑上的强

---

① 何其芳:《改造自己,改造艺术》,《解放日报》1943年4月3日。
② 《解放日报》1943年10月20日。

大整合力。《讲话》之所以发生效力有着中国现代知识分子思想文化的内在逻辑。这些吮吸五四精神的乳汁成长的左翼文学艺术家并非根本上的个人主义、自由主义者，在他们的思想深处，启蒙批判依然是服从于社会革命和民族解放需要的，政治功利主义的文艺现"劳工神圣"的民粹主义思想、民族国家高于一切的社会责任感和道德情感，使得一批曾经追随鲁迅的外部批判和自我反省的左翼启蒙知识分子在毛泽东《讲话》的精神洗礼下，也包括在敢于坚持己见、思想"顽固"的王实味被反复批判甚至逮捕羁押的政治压力下，思想观念和情感态度自然发生了巨大的逆转。而把这些作家的思想转变说成完全由于政治的压力乃至政治恐怖是不符合历史实际的。

当然，正如有学者所指出的，当年即便没有苏联理论家对列宁文章的错误注解和"左联"理论家对"党的文学"的误译，"左联"的党员知识分子和革命政治家毛泽东也会发明类似的概念和提法，以达到以文学为政治服务、为党服务的实用目的。[①] 这种说法不无道理，正如马克思所说："理论在一个国家的实现程度，决定于理论满足这个国家需要的程度。"[②] 但在经典马克思主义文艺理论资源还很有限、马列主义更多的是作为政治信仰的年代，"党的文学"的理论来源及其"权威性"所发生的巨大作用还是无与伦比的。

总之，从《党的组织和党的文学》到《讲话》，是一个从误读、误译、传播到进一步改造和立法的过程。"党的文学"论是20世纪30年代中国共产党处于政治、军事上被压迫时期，一批党员知识分子在文艺思想领域的斗争中接受和信奉的文艺观和理论武器，它既是现实斗争在文艺领域的需要，又有苏联岗位派文艺思想的渊源，《讲话》则更加发挥、发展了被误解的列宁话语，在40年代的战争条件下对延安乃至国统区左翼文艺界产生了强大的政治整合和思想动员作用。但1949年以后，随着"党的文学"论对30年代左翼文学运动中多样形态的清理统一、为全社会文艺领域立法，那种以知识分子为主体的启蒙批判性文学精神被消解和清除了，文学完全沦为一元化政治意识形态的工具。1949年以后直至80年代初，其对

---

① 袁盛勇：《"党的文学"后期延安文学观念的核心》，《中国现代文学研究丛刊》2005年第3期。

② 《马恩全集》第1卷，人民出版社1956年版，第462页。

文艺领域的长期禁锢已经到了严重扭曲和戕害文艺思想的程度,对于这种文艺观及其话语渊源的清理也就成为必然。所以,在1982年,由中共中央编译局、列宁斯大林著作编译室重译了列宁的文章,并改题为《党的组织和党的出版物》,发表在该年11月第22期的《红旗》杂志上,并配发了重译说明,还之以本来面目。这篇深刻影响中国现当代文学和思想文化的文献终于被洗去历史的尘埃,被误译、误读了的"党的文学"论对中国文艺和思想领域的影响也就自然终结。

(原载《山东社会科学》2016年第10期)

(二) 丁玲研究

女性立场、革命想象与文学表述
——以《太阳照在桑干河上》和《秧歌》为例

颜 浩[*]

在众多土改题材的现当代小说中,两位女性作家的作品《太阳照在桑干河上》和《秧歌》可谓风格鲜明,命运也迥异。丁玲的《太阳照在桑干河上》曾被视为解放区文艺路线的代表作,获得了"我们社会主义现实主义最初的比较显著的一个胜利"之类的赞誉。[①]而张爱玲的《秧歌》自出版后便争议不断,毁誉参半。除了"反共小说"这顶大帽子外,批评意见主要集中于对张爱玲是否了解农村、是否有能力驾驭政治题材的质疑。王德威便曾不无遗憾地指出:"明火执仗的写作政治小说毕竟不是她的所长,如果彼时她能有更好的选择余地,她未必会将《秧歌》与《赤地之恋》式的题材,作为创作优先考虑的对象。"[②]袁良骏更直指《秧歌》和《赤地之恋》"这两部作品乃是张爱玲的败笔,毫无可取之处"。[③]但在另一种视角下,《秧歌》同样因为其政治关注而受到高度的赞誉,被褒扬为"中国小说史上的不朽之作""一部充满了人类理想与梦想的悲剧"。[④]近年来随着学术研究视野的拓展与深化,对延安文艺和左翼文学的重新审视与反思往往

---

[*] 作者单位:中国传媒大学文学院。
[①] 冯雪峰:《〈太阳照在桑干河上〉在我们文学发展上的意义》,袁良骏主编《丁玲研究资料》,天津人民出版社1982年版,第340页。
[②] 王德威:《此恨绵绵无绝期——张爱玲,怨女,金锁记》,《现代中国小说十讲》,复旦大学出版社2003年版,第186页。
[③] 袁良骏:《张爱玲的艺术败笔:〈秧歌〉和〈赤地之恋〉》,《华文文学》2008年第4期。
[④] 夏志清:《中国现代小说史》,香港中文大学出版社2001年版,第335、367页。

将《太阳照在桑干河上》作为分析样本,"政治式的写作模式"转而成为批判矛头的主要指向:"这种政治式写作在小说叙事上表现出来的最大特点是叙述者自己对故事解释的视角几乎完全隐去,像一个毫无自由意志的传声筒";"文学中具有同情心和人道热情的人文传统至此完全绝迹,它被毫不留情的残酷斗争的新传统所取代"①。

事实上,无论是将《太阳照在桑干河上》简单地判断为意识形态预设的产物,还是单纯从政治视角来解读《秧歌》,都存在着对作品的创作意图与审美意蕴的误读和遮蔽。而这两部看上去南辕北辙的小说,在深层内涵上却有着诸多相似的特性。尤其是两位女作家或隐或显的女性意识对其革命想象与文学表达所产生的影响,更有必要做出深入的阐释与辨析。摒弃简单的价值判断与立场评估,对这两部作品的解读也能使我们对现当代历史、政治与文学之间的复杂关系有更深刻的认识。

一 "女性":视角建构与叙事意义

众所周知,强烈的女性意识和鲜明的女性人物是丁玲早期创作的主要特色之一。而《太阳照在桑干河上》被认为是丁玲服从延安文学体制改造、彻底放弃性别立场与思考的标志。证明之一就是她笔下那些特立独行的女性形象已经踪影不见,而代之以符号化的单面角色:或者是狐狸精型的"坏女人"和地主婆,或者是苦大仇深的贫雇农妇女,无不按照阶级身份对人物进行了概念化的简单处理。女性主义研究著作《浮出历史地表》认为在这种有意识的"根本性的转变"之后,丁玲的创作"不再是一种发问、思索,而更近于一种翻译",只是将意识形态的概念"翻译"成艺术文本,"而不再去触动这些概念本身"。因此《太阳照在桑干河上》虽然是一部复杂的、有艺术力的小说,"但却是工具化了的艺术和工具化艺术的功力"。从妇女解放运动的角度来看,丁玲的全面放弃与妥协也标志着已经觉醒的女性性别意识"重新流入盲区"。②

然而,通过对作品的细读不难发现,相较于面目模糊的男性群像,女性仍然是《太阳照在桑干河上》真正的主角。而从这些女性人物所附带的

---

① 刘再复、林岗:《中国现代小说的政治式写作——从〈春蚕〉到〈太阳照在桑干河上〉》,唐小兵主编《再解读:大众文艺与意识形态》,北京大学出版社2007年版,第44、46页。

② 孟悦、戴锦华:《浮出历史地表》,河南人民出版社1989年版,第139页。

信息可以看出，性别观察的视角在小说中依然存在，只不过呈现出更为曲折与复杂的状态。在努力理解和服从革命意识形态规训的同时，创作惯性又促使丁玲不自觉地寻找自身意愿的表达空间。政治话语与女性话语的交错扭结，以及由此产生的游离、怀疑与犹豫，不仅折射出作者内心的认同焦虑，也对文本的结构与叙事方式产生了深刻影响。

作为小说中塑造得最出色的"地主婆"，李子俊女人不仅出身富贵，容貌美丽，而且要强、精明，善于见风使舵。在暖水屯的土改过程中，她和她的家庭都是斗争的主要对象。丁玲尽职尽责地写出了民众如何从畏惧、犹豫到觉醒和反抗的过程，无疑是对土改政策与效果最理想的阐释。然而，在整个"斗地主"的过程中，作为男性家长的李子俊基本上处于缺席和隐身的状态，原本养尊处优、躲在他身后的女人则被迫走到了幕前。这种男女地位的翻转不仅改变了故事情节的演进过程，也为革命叙事增加了性别观看的视角。李子俊女人不仅是一个需要"斗争"的地主婆，更是一个站在聚光灯下、被暖水屯男女审视的性别角色。在小说中，她甫一出场，便是借助于男性的视角，展示了"一个三十来岁的生得很丰腴的女人"的惊惶与不安，引来了男性的怜悯与同情。为了自保，她刻意讨好那些原本看不上眼的长工，动用的也是女性的性吸引力："这原本很嫩的手，捧着一盏高脚灯送到炕桌上去，擦根洋火点燃了它，红黄色的灯光便在那丰满的脸上跳跃着，眼睛便更灵活清澈得像一汪水。"在面对越来越强大的革命压力时，她也以自己的女性身份与之对抗："她只施展出一种女性的千依百顺，来博得他们的疏忽和宽大。"

而在男人们的眼中，这个原本遥不可及的地主的女人如今成了可以随意赏玩的对象，这一事实本身就标志着土改的胜利。在瓜分李子俊果园的同时，李子俊的女人也成了他们调笑的目标："在树上摘果子的人们里面不知是谁大声道：'嘿，谁说李子俊只会养种梨，不会养葫芦冰？看，他养种了那末大一个葫芦冰，真真是又白又嫩又肥的香果啦！''哈……'旁树上响起一片无邪的笑声。"[①]《太阳照在桑干河上》通过李子俊女人的形象塑造，写出了女性的挣扎、怨恨、无助与尊严的被剥夺。虽然这一切都被置于政治正确性与道德正义性之下，但丁玲那一句忍不住的评论"可是

[①] 丁玲：《太阳照在桑干河上》，张炯主编《丁玲全集》第 2 卷，河北人民出版社 2001 年版，第 128、131—132、187—188 页。

就没有一个人同情她",还是隐约暴露出了作者的女性立场。在李子俊女人的故事中,性别意识不仅构建了丁玲观察与表现生活的视角,也成为小说情节演进的推动力量。借助于一个"坏女人"的身份变迁与命运沉浮,暖水屯的土改从政策到细节得以渐次展开,并呈现出丰富而多元的内在世界。

事实上,如果联系丁玲的其他创作可以发现,"女性"一直是她延安时期关注与思考的重心之一。《在医院中》那位"种田的出身,后来参加了革命"的院长以"看一张买草料的收据那样懒洋洋的神气"[①]接待上海产科学校毕业的医生陆萍,无疑是一种极富象征意味的隐喻。在小说《夜》和杂文《"三八"节有感》中,丁玲探讨了延安妇女被"落后"的恐惧所束缚的精神世界与现实处境:那些抱着凌云志向投奔革命的女性表面上获得了和男性同等的权利和地位,但事实上曾经制约她们的男权体系与性别歧视并未改变,她们逃不脱被讥讽为"回到家庭的娜拉"以致遭到背弃的命运。这些"同一切的理论都无关,同一切主义思想也无关,同一切开会演说也无关"[②]的情节,既隐含着作者对政治权力掌控女性命运的担忧,更体现出她对于延安革命语境下的性别关系模式的质疑,其理论出发点与五四时期并无二致。以女性视角来观察与想象革命,呈现出性别观念与社会主流意识的矛盾与冲突,使得丁玲延安时期的作品显示出自《梦珂》和《莎菲女士的日记》而来的内在延续性。

也正是在性别意识与革命想象这一共同的立足点上,丁玲与张爱玲之间有了对比阐释的可能。《秧歌》的主线之一是通过女子月香的眼睛观察土改过后的乡村社会,她的返乡、求生、抗争及最后的死亡,构成了小山村的革命图景。而月香这样依附于城市的女性因为分到了田地而还乡生产,无疑也是"乡下跟从前不同了,穷人翻身了"的有力证明。但另一方面,观察者月香同时也是被审视与被观察的对象。对外来的革命作家顾岗来说,从月香的女性魅力中获得的精神满足是克服饥饿与寂寞的有效手段:"他回过头来,看见月香笑嘻嘻地走了进来。在灯光中的她,更显得艳丽。他觉得她像是在梦中出现,像那些故事里说的,一个荒山野庙里的

[①] 丁玲:《在医院中》,《丁玲全集》第 4 卷,河北人民出版社 2001 年版,第 240 页。
[②] 丁玲:《"三八"节有感》,《丁玲全集》第 7 卷,河北人民出版社 2001 年版,第 61 页。

美丽的神像，使一个士子看见了非常颠倒，当天晚上就梦见了她。"① 革命的激情被性的幻想所覆盖，正义性与崇高感被现实生活的庸俗与鄙陋所消解，张爱玲依然凭借着惯用的"参差的对照"的价值判断与审美眼光，打量着变革的时代与人性。

张爱玲强烈的女性意识在《秧歌》中更为直接的表现，则是看似旁逸斜出的"沙明的故事"。这段被胡适认为应该删除的情节，其实并非无关紧要的闲笔，张爱玲借助这个故事集中呈现了她对于革命的本质性认知。从个人身份上来说，沙明同样是一个典型的"出走的娜拉"。只不过她所受的感召不是女性解放的启蒙宣传，而是"延安与日军接战大胜的消息"。她为了参与那些"太使人兴奋"的"秘密活动"离开了家庭，更换了新的名字，投身革命队伍。从文化心理上而言，更名意味着与家族血脉和过往生活的决裂。刻意选择"很男性化"的新名字，也显示了隐藏性别身份、追寻独立自我的目的。

然而，对于大多数男性革命者而言，沙明这样为革命激情而出走的"娜拉"和普通女性其实并无区别，承担的依然是性别想象的角色。丁玲曾经感叹过延安女性始终是性别凝视的焦点："不管骑马的，穿草鞋的，总务科长，艺术家们的眼睛都会望着她。"由此产生的直接后果是女性婚姻的不自主："女同志的结婚永远使人注意，而不会使人满意的。"② 张爱玲笔下的沙明也没有逃脱类似的命运，她的年轻、清俊和少女美很快引起异性的关注，她的婚姻同样是解放区女性的典型形态，只不过更增添了一些张爱玲式的刻骨冷嘲："此后每星期接她来一次。她永远是晚上来，天亮就走，像那些古老的故事里幽灵的情妇一样。"③

但在沙明与王霖关系的书写中，张爱玲并没有停留于简单的对错批判，她更愿意呈现的是环境压迫下人性的扭曲与变异。尽管没有什么感情基础，但与沙明短暂生活的王霖是快乐而有人性的，这与他在小山村中乏味无聊、刻板僵化的党干部形象反差甚大。究其原因，为了效忠革命而抛弃患病妻子的举动，是他人生与性格的转折点。因此可以说，"沙明的故事"不仅体现了张爱玲书写革命的方式，也是整部小说情节推进和叙事逻

---

① 张爱玲：《秧歌》，皇冠出版社1968年版，第57、105页。
② 丁玲：《"三八"节有感》，《丁玲全集》第7卷，河北人民出版社2001年版，第60—61页。
③ 张爱玲：《秧歌》，皇冠出版社1968年版，第73页。

辑不可或缺的一环:"其实在王霖的人性僵化的渐进里体会沙明的象征性意义,就知道现存所有有关沙明过往的叙述都切合题旨。"①

从李子俊女人、沙明等女性的形象塑造和命运书写中可以看出,在思考与阐释革命时代的两性关系时,丁玲与张爱玲这两位风格迥异的作家可谓殊途同归。她们从不同的领域切入政治与革命,理念与思路不尽相同,文学表述方式各有千秋,得出的结论自然也有所差异。然而,共同的女性立场却使她们拥有了近似的视角,并对文本的叙事方式与结构产生潜在的影响。这或许并不仅因为两位创作者都是女性,更重要的因素还在于性别意识已经根深蒂固地决定了她们认知与想象世界的方式。

二 性别视野下的"翻身"想象

作为长期在城市生活的知识女性,丁玲与张爱玲对于乡村都说不上熟知。丁玲自称是在离开乡村重返城市后,"在我的情感上,忽然对我曾经有些熟悉,却又并不深深熟悉的老解放区的农村眷恋起来",这种情感本身便显示出她的旁观者地位。因此她也承认,"我的农村生活基础不厚,小说中的人物同我的关系也不算深",在晋察冀边区一个多月"走马看花地住过几个村子"的经验便是她写作《太阳照在桑干河上》的基础。② 早期张爱玲对于农村的认识主要来自她的乡下保姆们,她们身后那片遥远的土地在想象中是模糊而陌生的:"她心目中的乡下是赤地千里,像鸟瞰的照片上,光与影不知道怎么一来,凸凹颠倒,田径都是坑道,有一人高,里面有人幢幢来往。"③ 虽然张爱玲自承"写《秧歌》前曾在乡下住了三四个月",④ 但就算加上《异乡记》中那段长途寻夫的经历,她的农村生活经验也仍然单薄。然而,两位女作家都凭借着敏锐的观察与思考,较为准确地把握住了土地改革带来的乡村社会的深层变化。尤其是传统乡村政治的瓦解和伦理体系的裂变,在两部作品中都有较大篇幅的表现。值得注意的是,女性群像的塑造成为两位女作家的底层观察与乡村书写的切入点。

---

① 高全之:《张爱玲学》,麦田出版社2011年版,第188页。
② 丁玲:《〈太阳照在桑干河上〉重印前言》,《丁玲全集》第9卷,河北人民出版社2001年版,第97页。
③ 张爱玲:《小团圆》,皇冠文化出版有限公司2009年版,第249页。
④ 殷允芃:《访张爱玲女士》,蔡凤仪主编:《华丽与苍凉:张爱玲纪念文集》,皇冠文学出版有限公司1996年版,第159页。

女性立场的引入与坚持，使得变化中的乡村世界在她们笔下有了更为具体和独特的呈现。

从《太阳照在桑干河上》可以看出，丁玲是从人身依附和精神压抑的双重角度，关注和展示了乡村女性的生存状态，矛头指向的不仅是男权中心意识，更重要的目标还是传统宗法制的社会体系。在这种创作意图的影响下，暖水屯最有势力的地主钱文贵的家庭成了批判的样板。他的妻子被塑造成唯丈夫之命是从的影子式的人物："伯母是个没有个性的人，说不上有什么了不起的坏，可是她有特点，特点就是一个应声虫，丈夫说什么，她说什么，她永远附和着他，她的附和并非她真的有什么相同的见解，只不过掩饰自己的无思想、无能力，表示她的存在，再末就是为讨好。"钱文贵的媳妇顾二姑娘则视公公如猛虎："她才二十三岁。她本来很像一棵野生的枣树，欢喜清冷的晨风，和火辣辣的太阳。她说不上什么美丽漂亮，却长得苗壮有力。自从出嫁后，就走了样，从来也没有使人感觉出那种新媳妇的自得的风韵，像脱离了土地的野草，萎缩了。……她怕，她怕她公公。"侄女黑妮在这个家庭中更是无足轻重，她虽然痛恨钱文贵破坏自己的幸福，但也无力反抗伯父的权威，"因此，在这个本来是一个单纯的、好心肠的姑娘身上，涂了一层不调和的忧郁"。

女性在家庭结构中居于从属地位，服从于夫权和父权的约束与规训，这是以家族为本位的中国式人伦关系的基本形态，也是"家国同构"的宗法制度的主要特征之一。因此丁玲对钱文贵家庭内部男尊女卑状态的呈现，落足点并不仅是妇女的解放，更是为土改等政治性手段介入家庭、并最终实现由家庭改造转向社会变革的目标寻求合法性依据。所以，与钱家"有着本能的不相投"的黑妮在"八路军解放了这村子"后就获得了自由，她的新生并不被认为是个人抗争的结果，而是革命路线的胜利："她原来是一个可怜的孤儿，斗争了钱文贵，就是解放了被钱文贵所压迫的人。她不正是一个被解放的吗？"尤其是她出现在土改之后"怒吼的群众"的游行队伍中，给予钱文贵以反叛者的沉重一击，更是"这世界真是变了"的最佳写照。

然而，政治性话语的强势渗透并没有完全改变丁玲对于女性命运的深层关注。钱文贵老婆一辈子依附于家庭，没有自己的主见，但在丈夫遭受批斗的时候，她仍然"守在他面前，不愿意把他们的命运分开"。虽然丁玲尽职尽责地写出了"地主婆"被群众运动所震慑时的"丑态",但克制的用词和语气背后隐含的,还是对缺乏自主意识的女性的"哀其不幸,怒其不争"。

这种对于女性精神世界的敏锐观察,在底层妇女群体的书写中有更为集中的表现。小说中的贫雇农妇女的地位更加卑微,她们与丈夫之间不仅是嫁鸡随鸡的附属关系,更要承受长期贫穷带来的肉体和精神的双重折磨。即使是村里最泼辣的女人周月英,用打骂和争吵来掩饰常年独守空房的内心怨恨,最终也只能选择忍耐与屈服。丁玲描写了短暂的相聚后她重新送丈夫外出的场景,"她送他到村子外,坐到路口上,看不见他了才回来",并同情地感叹"她一个人的生活是多么的辛苦和寂寞呵",这种细腻的体察与感受都显示出丁玲始终不曾放下的女性立场。

受此影响,丁玲不仅着力表现了乡村女性对于物质贫困的无奈与麻木,更震惊于她们灵魂深处的困顿与苍白。村副赵得禄的女人在这方面最具代表性,她在小说中的第一次出场就是触目惊心的:"有一个妇女正站在一家门口,赤着上身,前后两个全裸的孩子牵着她,孩子满脸都是眼屎鼻涕,又沾了好些苍蝇。……她头发蓬乱,膀子上有一条一条的黑泥,孩子更像是打泥塘里钻出来的。"挨了丈夫的打骂之后,她再度在公众面前赤身露体:"只听哗啦一声,他老婆身上穿的一件花洋布衫,从领口一直撕破到底下,两个脏兮兮的奶子又露了出来。"如果说早年丁玲通过莎菲、梦珂等知识女性探究了女性身体与社会认知的关系,那么赵得禄女人这类乡村女性的出现,则拓展了这一问题的思考空间。随意裸露的"身体"在这里不再具有性别层面的意义,只是作为丈夫和家庭的附属品而存在。女性放弃了经营自己身体的权力,不仅意味着她们对这种依附关系的彻底服从,更折射出她们精神世界的空虚与荒芜。

正因为如此,在展示土改的胜利成果时,女性的精神觉醒成为丁玲重点表现的部分。而在丁玲看来,乡村妇女思想落后的重要根源是衣食温饱的基本需求尚未得到满足,物质贫困遮蔽了精神改造的可能性:"从前张裕民告诉她说妇女要抱团体才能翻身,要识字才能讲平等,这些道理有什么用呢?她再看看那些人,她们并不需要翻身,也从没有要什么平等。"要从根本上改造乡村妇女的生存状态,必须首先将她们从困窘的生活中拯救出来。正是在这种思维逻辑之下,土改运动从性别层面上获得了合理性支持。丁玲也确实写出了革命浪潮袭来后底层妇女命运的变化——赵得禄女人终于有了蔽体的衣服，也由此获得了基本的人身尊严："她穿了一件蓝士林布的，又合身又漂亮。"周月英在运动中表现积极，她的家庭矛盾也因此得到了缓解："妇女里面她第一个领头去打了钱文贵……她在这样做了后，好像把她平日的愤怒减少了很多。她对羊倌发脾气少了，温柔增多了，羊倌惦着分地的事，在家日子也多，她对人也就不那末尖利了。这次分东西好些妇女都很积极，参加了很多工作，她在这里便又表现了她的能干。"①

革命的介入以"均贫富"的方式改变了乡村宗法制社会的伦理体系与价值规范，女性的权利在一定程度上获得了承认与默许。丁玲这种基于政治考量的审慎乐观，在张爱玲的笔下也同样有所表现。刚回到家乡的月香见到的第一位共产党员王霖，一开口便对她宣讲"现在男人女人都是一样的"，给她留下了很好的印象："从来没有一个人像这样对她说过话，这样恳切，和气，仿佛是拿她当作一个人看待，而不是当一个女人。"然而与丁玲明显不同的是，张爱玲并不认为革命的发生会对女性地位的提升产生实质性的影响，更不认为性别问题可以通过政治革命获得解决。成为劳动模范的金根与妻子的相处方式一如从前，两人同桌吃饭时，月香只有趁丈夫背转身才敢伸筷子夹菜的场景，体现出乡村社会固有的伦常观念并未因革命的到来而有所更易。那些男女平等的大道理就像他们身后"白粉墙高处画着小小的几幅墨笔画"一样，"都是距离他们的生活很远的东西"。因此，王霖和顾岗十分看重、被认为是思想改造重要手段的冬学，在月香身上并未产生效果。她虽然学会了唱革命歌曲，但显然认为一切的宣传鼓动都与己无关："她对于功课不大注意。她并不想改造她自己。像一切婚后感到幸福的女人一样，她很自满。"②

与《太阳照在桑干河上》类似，张爱玲在《秧歌》中同样对底层女性的生存困境和精神世界予以了深切的关注。但不同于丁玲将注意力集中于外部环境的改造，张爱玲依然坚守着对幽微人性的考察与审视，月香、谭大娘、金花这些在灰暗人生中挣扎的"不彻底的小人物"是乡村故事真正

---

① 丁玲：《太阳照在桑干河上》，张炯主编《丁玲全集》第 2 卷，河北人民出版社 2001 年版，第 19、15、59、165、30、298 页。

② 张爱玲：《秧歌》，皇冠出版社 1968 年版，第 58、63、92 页。

的主角。在应对无孔不入的贫穷和饥饿时,她们展示的不是觉悟与反叛,而是尽力求生的本能。月香的精明算计、谭大娘的阳奉阴违、金花为自保出卖哥嫂,无论是作为政治运动的参与者还是受益者,她们的形象都称不上光明和上进。但正是这些卑微琐碎的人性之常,不仅增加了土改叙事的表达层次与深度,更为重新审视革命的手段与意义提供了极具个人性的视角。

更为重要的是,张爱玲的历史认知和价值观念并未随着新时代的到来而发生根本转变。她虽然清楚地意识到"旧的东西在崩坏,新的东西在滋长中",但依旧认为"斩钉截铁的事物不过是意外",她的目光仍然落在饮食男女这样的小事情之上,她所惯常书写的"生活的斗争,家常的政治"[①]在《秧歌》中同样有着充分的发挥。这一点在月香夫妇与顾岗的关系变化上,有着最为明显的体现。顾岗偷吃独食的个人行为,将他与月香、金根及整个乡村之间小心翼翼建立起来的信任完全破坏。几个私藏起来的茶叶蛋,成为最终悲剧发生的隐性导火索。以如此"平淡而近自然"的方式呈现出"日常生活的一切都有点不对,不对到恐怖的程度",或许比任何繁复描写和宏大叙事都更为惊心动魄。

由此可见,个人命运与激变时代之间的离合关系,是丁玲与张爱玲书写土改前后乡村故事的重心。而女性群像的构建和女性立场的带入,使得"女性"作为家国叙事重要维度的意义得以凸显。相较而言,丁玲对于政治运动改造底层妇女的精神境界,使她们获得新的生命能量抱有信心,因而有意识地将妇女解放置于革命实践的大背景之下加以考察。张爱玲则对妇女解放议题本身的合理性与可行性秉持着怀疑的态度,更着力于表现"存在于一切时代""有着永恒的意味"[②]的人性,关注革命语境下人性的常态与变异。两位女作家从相似的起点出发,在意义的探索中走向分野,不仅显示出各自文学理念与社会认知上的差异,更鲜明地昭示了现代文学在想象和表述革命时的不同路向。

[①] 王德威:《重读张爱玲的〈秧歌〉与〈赤地之恋〉》,《一九四九:伤痕书写与国家文学》,生活·读书·新知三联书店(香港)有限公司2008年版,第85页。

[②] 张爱玲:《自己的文章》,《华丽缘——散文集一·一九四○年代》,皇冠文化出版有限公司2010年版,第115页。

三 乡村书写中的性别政治

虽然顶着所谓"反共小说"的标签，但张爱玲在《秧歌》中对于土改的原始目的——重新分配农村的土地和财富——并未表示质疑。月香返乡的当晚，就和丈夫金根秉烛查看分配得来的地契："她非常快乐。他又向她解释，'这田是我们的田了。眼前日子过得苦些，那是因为打仗，等打仗完了就好了。苦是一时的事，田是总在那儿的。'这样坐在那里，他的那只手臂在她棉袄底下妥帖地搂着她，她很容易想象到那幸福的未来，一代一代，像无穷尽的稻田，在阳光中伸展开去。这时候她觉得她有无限的耐心。"[①] 土地对于中国农民的意义是不言而喻的，张爱玲对此并不陌生。早年从保姆何干"总是等着要钱，她筋疲力尽的儿子女儿"以及何干宁可在城中乞讨也不愿回乡的恐惧心态中，她早已敏感地察知了"背后那块广阔的土地"[②] 的真相。因此，对于月香从土地中获得的满足与安稳感，张爱玲表现出了充分的理解。

但随后围绕那面意外得来的镜子展开的情节中，张爱玲在这一问题上更为深入的思考得以呈现。已经完成的土改留在月香家的印记，除了金根的劳模称号外，就是一面红木镶边的大镜子。这个"斗地主"的胜利果实令村中的每个人艳羡不已："金有嫂向来胆小，但是一提起那面镜子，她兴奋过度，竟和她婆婆抢着说起话来。"第二日妯娌俩再度相见时，大镜子仍然是令金有嫂激动的话题，"她憔悴的脸庞突然发出光辉来"。但这个得而复失的战利品只令月香沮丧，反而是与她日常使用的残破镜子形成的反差更加刺目："平常倒也不觉得什么，这时候她对着镜子照着，得要不时地把脸移上移下，躲避那根绒绳，心里不由得觉得委屈。"

"镜子"一直是张爱玲小说中的重要意象，承载了她对于生命虚空与人世无常的深切体验。然而，与此前发生在镜子前的都市故事不同，《秧歌》中作为土改战利品的镜子被赋予了更加复杂的时代内涵。从表面上看，新、旧两面镜子的对比凸显出农村土改前贫富悬殊、财富集中于少数人的基本事实，"均贫富"的革命模式由此获得了正义性。但对于月香来

[①] 张爱玲：《秧歌》，皇冠出版社 1968 年版，第 38 页。
[②] 张爱玲：《雷峰塔》，皇冠出版文化有限公司 2010 年版，第 228 页。

说，这面令人羡慕的大镜子本身就是镜花水月，其作为象征物的意义只停留在想象中。

残破的旧镜子里别扭而尴尬的幻影，才是时代风潮中现实世界的折射。与镜子问题同时出现的，是月香重新回归已然陌生的故乡时的不适与失望，以及在乡村和城市之间游移不定、找不到安身之所的惶惑与恐惧。

更进一步而言，作为胜利象征物的镜子的得而复失，以及月香在土改之后才返回家乡这些细节，也意味着她不是在政治运动现场被解放的女性，她对于土改没有"翻身乐"之类的切身体验。她的全部生活理念只建立在"她总相信她和金根不是一辈子做瘪三的人"这一思想基础之上。在小乡村中她是真正见过世面、"有本领的女人"，种种求生手段证明她并不是等待革命或男性解放的弱者。和张爱玲其他小说中的女性一样，月香也是"现实狡猾的求生存者，而不是用来祭祀的活牌位"。显然，张爱玲无意将月香打造成反叛的英雄，她最后点燃粮库大火的抗议举动，遵循的还是生活自身的逻辑。或者也可以说，张爱玲对于被政治裹挟的批判或认同的立场表达没有兴趣，她关注的仍然是轰轰向前的时代列车上个体的命运与际遇。

然而，在顾岗为土改胜利唱赞歌的剧本中，死去的月香却以一个充满诱惑力的"坏女人"的形象登场："她主要的功用是把她那美丽的身体斜倚在桌上，在那闪动的灯光里，给地主家里的秘密会议造成一种魅艳的气氛。"① 在小说结尾悲凉氛围的笼罩下，这个反差极大的虚幻想象显得愈加意味深长。男性凭借外在的力量征服和改造堕落的女性，原本是中国传统两性文化的常见法则，也是近代以来启蒙知识分子在性别问题上最常采用的解决方式之一。顾岗的剧本既延续了这种习见的性别模式，又增添了土改、国民党间谍、特务破坏活动等与争夺和巩固政权相关的内容。在小乡村的现实世界中，顾岗因为偷吃的举动在月香那里颜面尽失。但在虚构的艺术创作中，他可以通过重塑月香的形象将羞辱感完全释放，并重新掌握两人微妙关系中的主动权。月香不仅再度成为男性欲望投射的对象，更在政治话语的重新解读中改头换面。而在一场以强制分配财产为手段、以重新规划社会阶层为目标的革命中，满足男性对于异性的想象却成了最为醒

---

① 张爱玲：《秧歌》，皇冠出版社1968年版，第45页。

目，也是最无所顾忌的标签。其中政治权力与性别权力的媾和与共谋，是张爱玲对顾岗的"戏中戏"最为犀利的嘲讽，也是她在《秧歌》中书写土改故事的重心所在。

性别政治参与土改的历史逻辑合法性的建构，在《太阳照在桑干河上》也有直接的呈现。作为小说中最为特殊的人物，黑妮的故事集中承载了丁玲对于革命背景下的女性命运的思考。在地主伯父钱文贵的眼中，与他有血缘关系的黑妮并不是真正的亲人，只不过是一个随时可以用来交换好处的筹码："并不喜欢她，却愿意养着她，把她当一个丫鬟使唤，还希望在她身上捞回一笔钱呢。"颜海平正是从女性与宗法制社会权力关系的角度，肯定丁玲对于黑妮形象的塑造："传统和现代的种性政治一旦用一种强加的身份——它同时也是一种社会扭曲——占有黑妮并把她工具化，黑妮就成了现代中国那些在日常生活中人们被抹杀了的、快乐的化身和喻象。她是生命快乐的显现，而只有当这两种权力关系都被拆解的时候这种快乐才会显现，这种拆解发生在丁玲笔下划时代的土地改革的时刻，土地改革给中国农民带来了翻天覆地的变化，为中国革命赋予了真实的内容，为人性再造、生命再生留下了一份无价的想象财富。"[①] 这固然可以在普遍意义上解释土地革命对于农村女性的解放意义，但不足以概括黑妮"这一个"所携带的丰富而暧昧的信息。

更重要的是，丁玲不仅写出了黑妮命运的不幸与处境的尴尬，更对她的恋爱与婚姻成为男性利益权衡的筹码给予了密切关注。在暖水屯众人的眼中，黑妮给人的印象并不坏："觉得她是一个好姑娘，忘了她的家庭关系"。但在曾经的恋人程仁眼中，这个地主家的女子是影响自己前程的障碍物。以新的身份重新回到故乡后，他对黑妮的态度有了彻底的转变："只是程仁的态度还是冷冷的。"值得注意的是，程仁主动背弃爱情的原因，并不是由于与黑妮在革命认知上的差异。八路军进驻之后就当了妇女识字班教员的黑妮，"教大伙识字很耐烦，很积极，看得出她是在努力表示她愿意和新的势力靠拢，表示她的进步"。程仁不再将黑妮视为结婚对象，最关键的因素还是她的出身，这近乎原罪的政治属性切断了恋爱的可能性："程仁现在既然做了农会主任，就该什么事都站在大伙儿一边，不

[①] 颜海平：《中国现代女性作家与中国革命，1905—1948》，季剑青译，北京大学出版社2011年版，第362页。

应该去娶他侄女,同她勾勾搭搭就更不好,他很怕因为这种关系影响了他现在的地位,群众会说闲话。"

不难看出,这种两性关系的处理模式是较为典型的革命书写:向往进步的革命青年通过主动放弃私人情感,来保持内心的忠诚与纯洁。在暖水屯的土改斗争最为激烈之时,程仁拒绝了钱文贵送上门来的"美人计",更使他对黑妮残存的歉疚感都消散殆尽:"程仁突然像从噩梦惊醒,又像站在四野荒漠的草原上。……他不再为那些无形中捆绑着他的绳索而苦恼了,他也抖动两肩,轻松地回到了房里。"程仁从一个"落在群众运动浪潮尾巴上"的犹豫者,成长为率先冲上台去批斗钱文贵的积极分子,"正确"处理了与黑妮的关系无疑是其中最关键的因素。曾经在五四时期作为"人的发现"重要象征的自由恋爱,在革命文学的表述中转而成为被否定的破坏力量。

不过,从丁玲对"黑妮的故事"的讲述方式上看,她对于这种爱情模式的意识形态内涵心存疑惑,对于将女性视为政治平衡器和牺牲品的逻辑合理性也并未完全接受。尽管她按照政策的要求给了黑妮一个看似光明的结局,但黑妮的故事仍然不是典型的革命叙事。她与男权和父权的矛盾与对抗,与五四妇女解放运动的理路与观念更为契合。她对旧式家庭的反抗、在遭遇背叛时的冷峻反应,都塑造出了一个觉醒的"娜拉"形象。这种五四启蒙话语对革命话语的渗透与改造,借助于女性形象的构建得以实现,更能显示出丁玲在革命与女性问题上的基本立场与态度。

然而,与张爱玲不同的是,丁玲对于通过革命手段改造世界和人性始终保持着信心。黑妮的故事发生在"暖水屯已经不是昨天的暖水屯了"这个光明的背景之下,服务于"这是一个结束,但也是开始"的思维逻辑和创作原则。丁玲通过梳理黑妮的人生道路,探索了政治运动中女性解放的可能性,但并未将这种思考向纵深推进。黑妮与程仁在瓜分地主财产的欢庆人流中重逢,两人的表现迥然不同。重新将黑妮视为阶级同志的程仁神态轻松,"像一个自由了的战士",黑妮则只是"收敛了笑容一言不发远远的走着"。丁玲没有就他们的未来做更多的描绘,只用"在他们后面更拥挤着一起起的人群"[①] 将矛盾与分歧轻巧地掩盖,个体的身影再度淹没在

---

① 丁玲:《太阳照在桑干河上》,《丁玲全集》第 2 卷,河北人民出版社 2001 年版,第 19、21、300、275 页。

群体的洪流中。但值得深思的是，脱离了宗法制旧式家庭控制的黑妮，在新的政治权力的掌控下会有怎样的命运？在拥有初步的性别自主意识之后，她又该如何处理变化了的两性关系？丁玲没有、也不可能提供答案，这必然地决定了《太阳照在桑干河上》只能是未完成的、有限度的女性主义。在这一点上，塑造了真实的月香和虚构的月香双重幻象的张爱玲，显然比丁玲走得更远。

从性别与革命这一宏大主题的文学表现来看，《太阳照在桑干河上》和《秧歌》这两部土改题材的小说都具有典型代表性。丁玲与张爱玲以各自不同的政治眼光切入生活，作品的创作意图、写作方式和社会评价等方面都有较大差异，但强烈而执着的女性意识却将她们导向了相似的立场。她们忠实于自己对时代的审视与思考，构建出极富个人特色的故事与人物。尤其是其中女性群像的塑造和对女性命运的探索，显示出两位创作者以性别视角观察革命的共同愿景。这种思想内涵和价值观念上的同与异，以及在对比中呈现的张力和可能性，正是将这两部作品进行比较研究的意义所在。

（原载《文艺争鸣》2015年第2期）

《我在霞村的时候》的版本与修改

陈 扬[*]

  《我在霞村的时候》是丁玲陕北时期的重要作品。小说写成后初发表于1941年的《中国文化》，后多次被其他刊物转载，或收入文集。直至1957年"反右"，公开批判"丁、陈反党小集团"后，与《在医院中》《"三八"节有感》等作品一起成为众矢之的。20世纪80年代丁玲复出，其小说重新引起了研究者的关注和兴趣。20世纪80年代中后期，随着研究视角的日益拓展，对这篇小说的研究达到了一个相当的高度，但在研究繁荣的同时，却很少有人注意到小说发表后的版本、修改情况。《我在霞村的时候》有过多次修改，尤其是1950年丁玲本人修改的一次，并不仅是文辞的修饰，而是能在一定程度上反映出她的心态和艺术追求。她不像某些作家那样对旧作进行伤筋动骨的修改，甚至连主题、情节都改掉了，而是精雕细琢，丰富、圆满贞贞的形象。本文即在版本梳理的基础上，对这篇小说的修改情况作一考释，以考察丁玲在建国初期的心态。[①]

一

  《我在霞村的时候》初刊于《中国文化》[②]第三卷第一期，杂志注明出版日期为"民国三十年六月二十日"（以下简称"《中国文化》本"）。现在的一些资料如《丁玲全集》《丁玲研究资料》《丁玲年谱长编》等都标识该小说作于1940年，"《中国文化》本"文末有一落款"一九四一、一、

---

[*] 作者单位：南京大学中国新文学研究中心。
[①] 本文讨论版本问题，并非在严格意义上的现代文学版本学范畴之内，只是针对单篇小说的修改情况，对书籍的排版、装帧、发行、流布等问题从略。
[②] 《中国文化》由陕甘宁边区文化协会主编。

二"。可能是指最后完成或是投稿的日期。1942年重庆的《学习生活》①第3卷第1、2两期转载,按"《中国文化》本"照录。

1944年胡风编选《我在霞村的时候》小说集,初再版的情况可参阅《生活·读书·新知三联书店图书总目:1932—1944》:"丁玲著,桂林远方书店1944年3月初版,1946年4月北平1版,169页,36开。上海新知书店1946年2月再版,1946年10月大连再版,169页,32开。收入《新的信念》《县长家庭》《入伍》《我在霞村的时候》《秋收的一天》《压碎的心》《夜》七篇小说。初版时著者署名冰之。"② 笔者见到的版本是1946年4月北平版,"这样的装帧和《七月丛书》中其他的书完全不同。据说这是地下印制的"③ (其中所收录的《我在霞村的时候》一篇简称"远方本")。各地再版时可能有个别修订,但总的来说属于一个版本。"远方本"对"《中国文化》本"作了一些修改,主要是文字上的修饰和润色,下文将详述。④

1947年开明书店请冯雪峰编选《丁玲文集》,其中收录了《我在霞村的时候》。由冯雪峰撰写的后记广为人知,是丁玲作品最经典的评论之一。后记里说:"这里的七篇,一半还是书商偷印的材料,一半则都选自《我在霞村的时候》一集子中。"⑤ 笔者未见到这个本子,但推测应该与"远方本"基本一致。1949年3月上海春明书店出版的作为现代作家文丛第八集的《丁玲文集》,从篇目、内容、后记看就是冯雪峰代选的本子,对"远

---

① 《学习生活》由赵冬垠、楚云主编,重庆出版。
② 曹鹤龙、李雪映编:《生活·读书·新知三联书店图书总目:1932—1994》,生活·读书·新知三联书店1995年版,第83页。
③ 龚明德:《〈我在霞村的时候〉版本录》,《书城》1994年第9期。此外,笔者所见还有新知书店出版、光华书店发行的《我在霞村的时候》,版权页注:一九四六年十月初版,一九四八年二月再版。
④ 值得一提的是,1950年8月三联书店重新出版《我在霞村的时候》小说集,1951年1月第2版的版权页上注明:"一九四三年吉林远方书店初版一九五〇年八月三联(京)第一版(修订)一九五一年一月第二版。"查阅《民国时期总书目》与《生活·读书·新知三联书店图书总目:1932—1994》,均未查到有吉林远方书店这样一个版本,应是桂林远方书店之误。胡风回忆《我在霞村的时候》是他在桂林期间给新知书店(远方书店)出版的。见《胡风回忆录》,人民文学出版社1997年版,第282页。
⑤ 冯雪峰:《从〈梦珂〉到〈夜〉》,《中国作家》第1卷,1948年第2期。

方本"只作了极少数标点、文字的修订。① 1947 年周扬编选《解放区短篇创作选》,第一辑收录了《我在霞村的时候》,所依据的是"《中国文化》本",也是进行了少数标点、字词的修订。这几个版本都没有经过太大的改动,不能算是新的版本。

1950 年 8 月三联书店(京)重新出版《我在霞村的时候》,由丁玲本人校阅,进行了较大的修改(所收《我在霞村的时候》一篇简称"三联本")。后来"新文学丛书"之一的《丁玲选集》②,《延安集》③ 均收录了《我在霞村的时候》一篇,所本皆为"三联本"。"三联本"的修改是小说自发表后修改得最多、也最值得注意的一次,是本文将要重点论述的。

1958 年,《文艺报》将批判王实味、丁玲、萧军、罗锋、艾青等人的文章以《再批判》为名结集出版,附录中刊有《我在霞村的时候》,文末注:"根据 1946 年新知书店版'我在霞村的时候'单行本原文。该书在 1950 年三联书店出版时,作者曾作过修改。有的批判文章,所根据的是后一种版本。"④ 远方书店是新知书店当时在桂林的化名,因此,所刊的实际上就是"远方本"。

经历了二十余年的磨难后,丁玲于 1979 年复出。人民文学出版社很快出版了《丁玲短篇小说选》⑤,以"三联本"为基础,根据 20 世纪 80 年代的出版要求作了一些校订,主要是标点符号和语词规范。而后,1983 年的《丁玲文集》和 2001 年的《丁玲全集》情况也大致如此。

以上就是《我在霞村的时候》的版本概况。此篇小说作为丁玲的代表作,不断被收入各种作家作品集,因没有什么重要的改动,这里不一一详述。

---

① 笔者未能找到 1947 年开明书店出版的冯雪峰编选的《丁玲文集》。1947 年 7 月,因为著作版权问题,叶圣陶和梅林代表文协聘请律师与春明书店交涉。和解之后,叶建议由春明书店出版一套"现代作家文丛"以挽回影响,见商金林《叶圣陶传论》,安徽教育出版社 1995 年版,第 683 页。所以笔者推测春明书店与文协合作出版的《丁玲文集》很有可能用的就是之前的纸型。还有一种可能,所谓的开明版《丁玲文集》实际并未出版,直接转由春明书店出版。这是笔者的浅见,希望方家指正。
② 《丁玲选集》,开明书店 1951 年 7 月初版,1951 年 12 月 2 版。
③ 《延安集》,人民文学出版社 1954 年版。
④ 文艺报编辑部编:《再批判》,作家出版社 1958 年版,第 170 页。
⑤ 《丁玲短篇小说选》,人民文学出版社 1981 年版。

二

据笔者统计，"远方本"对"《中国文化》本"的修改有六十余处，主要有以下几类。

1. 标点符号的改动：如"《中国文化》本"中的几处问号，"远方本"改成了感叹号。

2. 文字性的删改和修饰、一些技术性的处理，如：

"《中国文化》本"：上面写着农民救国会办事处，妇女救国会霞村分会，民众武装自卫会。

"远方本"：上面写着××会办事处，××会霞村分会。

农救会一类组织是国民党政府解散和取缔的对象，为通过"国统区"的出版物审查作此处理。

另外，此版本还有若干衍文、脱字、错字，不一一列举。

"三联本"在"远方本"的基础上又进行了大小计一百余处的改动，修改了许多书面化、欧化的、冗长的句子，并使小说用词更加准确传神，如：

"远方本"：我便答应了他到离三十里地的霞村去住两个星期。

"三联本"：我便答应他到霞村去住两个星期，离政治部有三十里路。

3. 有些改动则不只是字词上的修饰。比如在"我"初见马同志，与他聊天时，有这样的心理活动：

"远方本"：像这样的青年人我在前方看了很多很多，当刚刚接触他们的时候常常感到惊讶，觉得这些同自己有一点距离的青年们都实在变得很快，不过一多了，也就失去了追求了解他们的热心了。所以我便又把话拉回来。

"三联本"：像这样的青年人我在前方看了很多很多，当刚刚接触他们的时候常常感到惊讶，觉得这些同自己有一点距离的青年们都实在变得很快，我便又把话拉回来。

丁玲是敏感的，她删去的部分也正是后来被批判的。一篇著名的批判文章所依据的是"远方本"，作者写道："对于村上的干部和积极分子，'我'没有一点感情。一个村干部热情地对她说：'等你休息几天后，我们一定请你做一个报告；群众的也好，训练班的也好，总之，你一定得帮助我们……'这种要求,我们认为是一定会得到支持的,可是,'我'的回答却是冷冰冰地拒绝。她说:'像这样的青年人我在前方看了很多很多,当刚刚接触他们的时候常常感到惊讶,觉得这些同自己有一定距离的青年们都实在变得很快,不过一多了,也就失去了追求了解他们的热心'。这一段话透露了'我'内心的真实,她承认了自己与这些热情的青年有距离,承认了对他们'失去追求了解他们的热心'。但是,无论'我'或作者都没有对这种不应有的现象表示遗憾和批判。同时,应该说,'我'之所以这样,并不是因见得多了,而是由于她的思想上有问题。"① 这一大段话将对青年失去热情拔高到了思想上的问题。

在"我"询问院子里的嘈杂是怎么回事时,马同志回答:

"远方本":刘大妈的女儿贞贞回来了。想不到她才是英雄呢。

"三联本":刘大妈的女儿贞贞回来了。想不到她才了不起呢。

丁玲意识到将贞贞称为"英雄"不太妥当,甚至有些危险,所以换成"了不起",程度有所减弱。果然,这一点又被上文所提到的批判文章挑了出来:"然而,灵魂里充满资产阶级个人主义思想的丁玲,却通过作品中另外一些正面人物的口,把贞贞这个失节的女人称作'英雄'。"② 而且从另一方面看,这样的改动也更口语化一些。

在"我"与贞贞聊天时,贞贞的表白有几处改动:

"远方本":"后来我是被派去的,也是没有办法,现在他们不再派我去了,听说要替我治病……"

"三联本":"后来我是被派去的,也是没有办法,我在那里熟,工作重要,一时又找不到别的人,现在他们不再派我去了,要替我治病……"

"远方本":"人大约总是这样,那怕到了更坏的地方,还不是只得这样,硬着头皮挺着腰肢过下去,难道死了不成?现在呢,我再也不那么想了,我说人还是得找活路,除非万不得已。"

"三联本":"人大约总是这样,那怕到了更坏的地方,还不是只得这样,硬着头皮挺着腰肢过下去,难道死了不成?后来我同咱们自己人有了联系,就更不怕了,我看见日本鬼子在我的捣鬼之后,吃败仗,游击队四

---

① 陆耀东:《评"我在霞村的时候"》,文艺报编辑部编《再批判》,作家出版社1958年版,第98—99页。

② 同上书,第97页。

处活动，人心一天天好起来，我想我吃点苦，也划得来，我总得找活路，还要活得有意思，除非万不得已。"

贞贞到底在日本人那里做什么工作、起到了什么作用，之前交代得比较含糊，大概是向游击队传递情报一类。添加的部分突出了贞贞的工作成果，不可替代的重要性，日本人在她的捣鬼之下吃了败仗。这样一来更强调了贞贞工作的意义以及她不回来的合理理由。此外，贞贞不光要"找活路"，除非万不得已，她还要"活得有意思"——一个"有热情的，有血肉的，有快乐、有忧愁、又有明朗的性格的人"更加凸显，她不只是被动麻木地承受苦难，还要勇敢追求生活的乐趣。

小说最后贞贞谈及自己决定离家的原因时：

"远方本"："我这样打算是为了我自己，也为了旁人，所以我并不觉得有什么对不住人的地方，也没有什么快乐的地方。别人说我年轻，见识短，脾气别扭，我也不辩，有些事也并不必要别人知道。"

"三联本"："我这样打算是为了我自己，也为了旁人，所以我并不觉得有什么对不住人的地方，也没有什么高兴的地方。而且我想，到了××，还另有一番新的气象。我还可以再从新做一个人，人也不一定就只是爹娘的，或自己的，别人说我年轻，见识短，脾气别扭，我也不辩，有些事情哪能让人人都知道呢？"

"人也不一定就只是爹娘的，或自己的"，这里贞贞未说出的话是："人还可以是集体的。"到延安经过一番锻炼，就可以"再从新做一个人"。在之前的版本中，贞贞虽然开朗、乐观，但多少给人一种无知无畏之感。这句话加上去以后，贞贞之所以拒绝夏大宝的求婚奔赴延安，一方面当然是自尊的缘故，更重要的是她头脑中有了新思想的萌芽和成熟的考虑，认识到人除了自我和家庭外，还有集体。这一改动提高了贞贞的思想认识。

在1981年出版的《丁玲短篇小说选》后记里，丁玲说："我把《莎菲女士的日记》《我在霞村的时候》《在医院中》这三篇所谓'毒草'、'反党文章'都不作改动，收集在这本集子里，以求得到广大读者的批评再批评。"① "不作改动"的说法是不确切的，实际上有不少改动。"三联本"很多标点的使用、断句、句式都颇成问题，《丁玲短篇小说选》改掉了一

---

① 《〈丁玲短篇小说选〉后记》，人民文学出版社1981年版。

些用法上已经过时的字词和大量的标点，以符合 20 世纪 80 年代的出版规范。经过一番修改，句子更加通顺，如：

"三联本"："我对这村子的认识是很热闹的。"

"人文本"："我认为这村子是很热闹的。"

"三联本"："我开始总以为是谁家要娶新娘子了，他们答应我不是的。"

"人文本"："我开始总以为是谁家要娶新娘子了，他们回答我不是的。"

1983 年出版的《丁玲文集》收集了丁玲 1927 年至 1982 年发表的绝大部分作品，是当时丁玲作品最完善的版本，"更重要的是，这些作品全部经过陈明仔细校勘，改正了不少错讹，添加了一些注释，并得到丁玲认可，因而这部文集也是丁玲作品总汇的第一个权威版本"[1]。此版本的《我在霞村的时候》在《丁玲短篇小说选》的基础上，又删去了许多冗余的虚词。2001 年的《丁玲全集》则基本与《丁玲文集》本相同，是为《我在霞村的时候》的定本。

三

丁玲早期的写作特点是精力旺盛、速度又快，较少字斟句酌，所以有时不免泥沙俱下。陈明有这样较为客观的评价："谈到丁玲作品的文字，她开始写作的时候，在文字方面似乎没有作很多准备，有不少的地方不合语法规范，但仍能得到当时的编辑和读者的欢迎，我想这可能是由于她对人物内心刻画的委婉、细致与丰富，而不是她的欧化的、有时又夹着湖南土语、并且显得有些拖泥带水的文字。"[2]

"远方本"对作品的字句稍加整饬，但战争年代写作和出版的条件毕竟有限，当然无暇精雕细琢，总体来说还是比较粗糙的。新中国成立后，随着三联的《我在霞村的时候》的重新出版及开明书店策划出版"新文学选集"，丁玲有了条件也有了契机对旧作进行全面的回顾修改，自然十分重视。与其他一些作家对旧作伤筋动骨的修改相比，丁玲这篇小说实际上

---

[1] 李向东：《关于〈丁玲文集〉的出版经过》，《湖南人文科技学院学报》2007 年第 3 期。

[2] 陈明：《丁玲及其创作——〈丁玲文集〉校后记》，《丁玲文集》第 6 卷，湖南人民出版社 1984 年版，第 679 页。

改得不多，并且主要侧重于艺术方面。原因可以从两个方面来考虑：1. 这篇作品一直颇受好评，政治上没有什么问题；2. 丁玲本人很喜爱贞贞这个人物形象。

有些研究笼统地说延安整风运动期间《在医院中时》①《"三八"节有感》《我在霞村的时候》受到了批判，对这几篇作品不加区分。仔细考察，1942年延安文艺整风运动全面开始后，《在医院中时》《"三八"节有感》等作品的确受到了批评，但《我在霞村的时候》却未在其列。胡风编选集的时候虽然没有写序言或后记，但以《我在霞村的时候》命名小说集，证明他认为这是几篇作品中的代表作。而在《从〈梦珂〉到〈夜〉》里，冯雪峰更是用诗一般的语言盛赞贞贞这个形象："这灵魂遭受着破坏和极大的损伤，但就在被破坏和损伤中展开她的像反射于沙漠面上似的那种光，清水似的清，刚刚被暴风刮过了以后的沙地似的那般广……"② 如果说胡风、冯雪峰因当时身在"国统区"，对延安的真实情况不大了解的话，那么从1947年周扬编选的《解放区短篇创作选》就可以看出该小说在解放区得到的评价。该创作选第一辑第一篇就选了《我在霞村的时候》，编者前言中说明了选择的标准："要求一个作品比较真实，比较生动地反映出抗日战争与农村改革，反映出工农兵的斗争与生活"，"这些作品，主要是文艺座谈会以后的东西，或者更正确的说，是文艺座谈会讲话的方向在创作上具体实践的结果"。③《我在霞村的时候》无论写作还是发表都在文艺座谈会之前，那么它的入选就证明了是"文艺座谈会讲话的方向在创作上具体实践的结果"——这是很高的评价，更是政治上的肯定。丁玲在新中国成立后编选自己的文集时，只要包括陕北时期的小说，就必选这篇作品。当然也不是没有质疑的声音，郭沫若读过《解放区短篇创作选》后，认为丁玲的《我在霞村的时候》和其他的十一篇小说比较起来，"在手法上毋宁是有逊色的。这正好是一个标准尺度，由此可以知道其他十一位作家是已经达到了怎样高的水准"④。丁玲却非常不屑于这样的批评，在一封解放战争时期给陈企霞的信中，她说："……'我在霞村的时候'，是你所

---

① 《在医院中时》初发表于1941年《谷雨》创刊号，后来被《文艺阵地》转载时改题为《在医院中》。
② 冯雪峰：《从〈梦珂〉到〈夜〉》，《中国作家》第1卷，1948年第2期。
③ 周扬编：《解放区短篇创作选·编者的话》，东北书店1947年9月再版。
④ 郭沫若：《〈板话〉及其他》，《文汇报》1946年8月16日。

喜欢的作品,'时代青年'的同志说这篇作品不易懂,我只笑了笑,让郭沫若去领导读者吧!"①

从艺术的角度出发,丁玲对贞贞是颇为喜爱、自得的。她利用重新出版的机会对小说进行修改,遣词炼句,不断丰富、圆满贞贞的形象,大的修改都集中在贞贞身上。她曾在一份检讨中坦言:"我曾经向很多人说过,我是更喜欢在霞村里时的贞贞的。为什么我会更喜欢贞贞呢?因为贞贞更寄托了我的感情,贞贞比陆萍更寂寞更傲岸,更强悍。"②虽然《我在霞村的时候》的故事背景设定为冬天,却有着同一时期小说少见的明朗色调。整篇小说下笔较为从容,前半部分为贞贞的出场耐心铺垫、层层渲染,叙事的角度、节奏都颇具艺术运思,并没有多少后来《在医院中时》所挟带的不平之气与"深刻不安的历史气氛"③。尤其是贞贞出场之后,有这样一段描写:"阴影把她的眼睛画得很长,下巴很尖。虽是很浓厚的阴影之下的眼睛,那眼珠却被灯光和火光照得很明亮,就像两扇在夏天的野外屋宇里洞开的窗子,是那么坦白,没有尘垢。"这几乎是丁玲写人最好的片段之一。④

以上,丁玲有理由认为《我在霞村的时候》政治上没有什么问题,艺术上也是成功的,其实更深层次的原因还在于她的艺术自信。在延安文艺座谈会以后,丁玲给人的印象是颇为政治化的,似乎已经彻底"脱胎换骨""革面洗心"。建国之后,作为体制内的一名党员作家且身兼多个领导职位,她不断鼓吹要"做好一名小号兵",但对文学创作则一直保留着骄傲与坚持。张凤珠说,丁玲对《讲话》当然非常信服,"但是从骨子的深处她是不自觉的。她自己从不否定《莎菲女士的日记》。她不说就是了,不像有些人,建国以后,就把自己原来的作品说得一无是处"⑤,"从内心

---

① 转引自刘白羽《丁玲不止一次向党进攻》,《人民日报》1957年8月28日。
② 丁玲:《关于〈在医院中〉》(草稿),《中国现代文学研究丛刊》2007年第6期。
③ 黄子平在《病的隐喻与文学生产——丁玲的〈在医院中〉及其他》一文中认为,丁玲那一时期的作品与艾青、萧军、罗烽、王实味等人的作品一起,构成了一种深刻不安的历史气氛。见唐小兵编《再解读:大众文艺与意识形态》,北京大学出版社2007年版。
④ 作家王蒙回忆少年时读《我在霞村的时候》,贞贞这个形象把他"看傻了":"原来一个女性可以是那么屈辱、苦难、英勇、善良、无助、热烈、尊严而且光明。十二岁的王蒙从此才懂得了对女性的膜拜和怜悯,向往、亲近和恐惧,还有一种男人对女人的责任。这就是爱情的萌发吧。"王蒙:《不成样子的怀念》,人民文学出版社2005年版,第143页。
⑤ 邢晓群:《张凤珠访谈——关于丁玲》,《丁玲与文学研究所的兴衰》,山东画报出版社2003年版,第155页。

里，她瞧不起行政工作，也瞧不起周扬。她认为只有作品才能说明一个人，而且作用是长久的"①。"一本书主义"虽然是罗织的罪名，却也并非空穴来风，从某种程度上反映了她的文学态度——对过去成绩的自信及对未来的期许。以曹禺为例，在《曹禺选集》里对旧作进行了大刀阔斧的修改："所以这次重印，我就借机会在剧本上做了一些更动，但更改很费事，所用的精神仅次于另写一个剧本"，"既然当初不能一笔写好，为何不趁重印之便再描一遍呢。我就根据原有的人物、结构，再描了一遍（有些地方简直不是描，是另写）"。② 20 世纪 50 年代初期的环境相对宽松，这些修改大多不是迫于外界的压力，而是作家的自觉自愿。曹禺或许是比较极端的例子，但严苛的自我批评和旧作修改实在是普遍的情况。③ 在这种氛围下，丁玲的自信和坚持就十分显眼了。《丁玲选集》自序里，她没有过多贬抑旧作："从这本集子里面大约可以看得出一点点我的创作的道路。是长长的路，也是短短的路"，"我知道自己在创作中的缺点和不足，但我也知道我正在依恃着什么，追求着什么来充实自己，来完成工作"。④ 艺术上的自信和追求显而易见，无论是早期的《莎菲女士的日记》还是后来的《太阳照在桑干河上》，实际上她都是本着历史的态度对待的，从未将旧作否定到不堪的地步，连表面的姿态也不愿多做。但考察这些走入新中国的作家时，却要分情况对待，他们对于旧作的修改不一定是一个进化的过程，也就是说，定本并非就是善本，而且多数是越改越差。但具体到丁玲，可以说《我在霞村的时候》与她大部分作品的修改是一个进化的过程，足见其对文学艺术性的一贯追求。

当然，实际情况也许比本文所述要复杂得多。在丁玲一生中，主要是"左转"以后，"两个丁玲"或曰"二重的生活"现象是一直存在的。在一些相对随意的谈话、书信中，我们能看到对文学艺术性有着高度理解和不懈追求的丁玲，而在较为正式的报告、文章里，看到的则多是能够极为娴熟地运用体制话语，高度强调文学思想性、政治性的丁玲，她对作品的

---

① 邢晓群：《张凤珠访谈——关于丁玲》，《丁玲与文学研究所的兴衰》，山东画报出版社 2003 年版，第 153 页。
② 《曹禺选集·自序》，《曹禺选集》，开明书店 1951 年 8 月初版。
③ 陈改玲在《重建新文学史秩序：1950—1957 年现代作家选集的出版研究》（人民文学出版社 2006 年版）一书中详细探讨了有关情况。
④ 《丁玲选集·自序》，《丁玲选集》，开明书店 1951 年 12 月第 2 版。

修改也因时因地有所不同。研究作品怎样修改，不仅能够了解作家艺术上发展的过程，也是探究其不同时期创作心态的一个窗口。在对丁玲进行专门研究时，其作品的修改情况是值得关注的。[①]

(原载《中国现代研究丛刊》2015 年第 2 期)

[①] 已有研究者对《太阳照在桑干河上》的版本与修改做过研究，但对一些重要的中短篇小说如《在医院中时》的修改，或由于资料的匮乏，还未有专门研究。

土改运动的心灵史诗和复杂书写
——重读《太阳照在桑干河上》

袁盛勇[*]

《东北日报》于1949年2月16日第4版刊发了一则简短的"文化消息",云:

> 太阳照在桑干河上出版
>
> 丁玲同志以华北土改为题材的长篇小说《太阳照在桑干河上》已由光华书店出版。作者从1946年7月起,参加了怀来土改工作团,以后又到冀中一带参加土改工作,从这些实际斗争中,作者取得了自己小说的人物同故事。这部小说主要写的是土改初期农民起来和地主斗争的情形。(丹)

确如上述文字所言,《太阳照在桑干河上》(下称《桑干河上》)是一部叙写土改的长篇小说。它于1948年由大连光华书店出版,8月出版布面精装本,初版发行1500册;9月出版平装本,初版发行5000册。上述消息实则就是出版广告吧,比起小说出版的时间来,来得真是有些晚了。消息后作者署名"丹",可能是朱丹。他当时任《东北画报》社社长,丁玲于1948年11月出国参加世界民主妇女大会前夕,曾将一只木箱子存放在他那里,里面有留给丈夫陈明的《桑干河上》精装本,可见丁玲对他很信任。但他是画家,也许消息的作者更有可能是报社的记者或通讯员吧,这有待进一步考证。"土改"是解放战争初期发生在解放区的一件富有历史意义的大事,这为随后不久解放战争的胜利奠定了坚实基础,也为共产党

---

[*] 作者单位:重庆师范大学文学院。

在全国执政积累了宝贵的政治财富。1946年7月,丁玲参加了晋察冀中央局组织的土改工作队,先在怀来县南边的辛庄体验生活,随后转到东八里村,后又转至涿鹿县温泉屯,正式投入土改工作。在火热的土改生活中,丁玲积累了不少生动感人的素材,她把自己多年对根据地和解放区农村的感情沉浸其中,感受农村在土改运动中各个层面的复杂而微妙的脉动,体会到共产党领导农民翻身解放的巨大历史价值,她终于感受到了一种创作的冲动。由于战事突然吃紧,在她不得不离开温泉屯返回张家口,又从张家口步行至阜平时,她感到这部小说已经在心中逐渐成形了。丁玲曾在初版序言中写道:"1946年7月,我参加了怀来土改工作团,后来转到涿鹿县,九月底就仓促地回到阜平。这一段工作没有机会很好总结。但住在阜平,我没有别的工作,同时又有些人物萦回脑际,于是就计划动笔写这本小说。我当时的希望很小,只想把这一阶段土改工作的过程写出来,同时还像一个村子,有那么一群活动的人,而人物不太概念化就行了。"语言朴素,说的均是实情,也直抵小说的本真。

丁玲于1946年11月开始写作这部小说,到1948年6月定稿,基本上是一气呵成。但中间也有过一些短暂的停顿,因为她在创作时偶尔也会觉得对于党的土改政策把握得还不是很透彻,也听到过一些不太正常的批评,这让丁玲感到难堪和被动,也就增加了一层思想的焦虑。那还得从周扬说起。1947年9月,丁玲写完《桑干河上》第54章,出于对周扬的信任,更由于周扬当时为华北局宣传部副部长,已经成为毛泽东文艺思想的权威阐释者,所以就把一份复写稿交给周扬征求意见,这当然也带有恳请周扬加以审查并推荐出版的意味在里边。周扬一直没有回应,即便在1948年6月,当丁玲告知他小说已经"突击完工"时,他仍"不置一词",对其写作"有意的表示着冷淡"[①]。更让丁玲恼火的是,早在1947年10月,当丁玲把复写稿交给周扬后不久,在出席晋察冀中央局召开的一次土地会议时,丁玲忽然听到会议主持人彭真在会上批评有些作家有"地富"思想,美化地主的女儿。据说会后,晋察冀军区一位政治部副主任还对萧三说:丁玲怎么写这种东西?对此,丁玲后来回忆说:"书没写完,在一次会议上,听到了批评:说有些作家有'地富'思想,他就看到农民家里怎

---

① 丁玲1948年6月14日日记,《丁玲全集》第11卷,河北人民出版社2001年版,第337页。

么脏,地主家里女孩子很漂亮,就会同情地主、富农。这话可能是对一般作家讲的,但我觉得每句话都冲着我。我想,是呀!我写的农民家里是很脏,地主家里的女孩子像黑妮就很漂亮,而顾涌又是个'富农',我写他还不是同情'地富'?所以很苦恼。于是,不写了,放下笔再去参加土改。"① 这不仅让写作暂时中断,让丁玲加重了对周扬的反感,也促使丁玲不得不在小说中把黑妮的身份改为地主钱文贵的侄女,并删去了不少设计好的场景。丁玲是热诚豪爽的。1948年9月19日,她在写给胡乔木、周扬的信中还说:"周扬同志对这本书的批评,我还是愿意你当面对我说……写封信给我也很好嘛!乔木同志向来对我不客气,肯直说,我也很欢迎你给我些意见,一本书是会包含许多缺点的,有什么不能听的呢?听了批评也不会丧失信心的,也不会改行的。"② 话说到这个份上,可知丁玲对周扬当面不说、背后乱说的行为是多么失望,多么刻骨铭心啊!丁玲在日记中还曾颇有感触地说:"只要我有作品,有好作品,我就一切都不怕,小人是没有办法的!"③ 可见在丁玲心目中,周扬或许已经被归入"小人"行列了。

好在天无绝人之路,就在丁玲感到绝望时,1948年6月15日,她在西柏坡遇见了党的领袖毛泽东。毛泽东很有兴致地询问了丁玲生活和创作的近况,并且答应读她的小说原稿。谈话中,毛泽东甚至把丁玲的创作跟鲁迅、郭沫若、茅盾放在一起,列为一等。这就给了丁玲极大的肯定和信心,翌日即把书稿交给毛泽东的秘书胡乔木。随后,党内著名哲学家艾思奇、诗人萧三等集中审读了小说,他们认为这是第一部规模较大、较有系统地反映土改的文学作品,内容符合党的政策,作品有政治价值和艺术价值,因而向中宣部建议,小说稍加修改即可出版。看了这个建议,为慎重起见,胡乔木也挤时间看了原稿。这样,就在7月的一天下午,当毛泽东邀胡乔木、艾思奇和萧三一同到山坡林子里散步时,他们三人又商议了一次,对周扬所说的原则问题并不同意,肯定了小说的重要价值。毛泽东得知三位是在商议《桑干河上》,问讨论得怎么样,胡乔木说,写得好,个

---

① 丁玲:《生活、思想与人物》,《丁玲全集》第7卷,河北人民出版社2001年版,第437页。
② 王增如、李向东:《丁玲年谱长编》上卷,天津人民出版社2006年版,第230页。
③ 丁玲1948年6月22日日记,《丁玲全集》第11卷,河北人民出版社2001年版,第342页。

别地方稍加修改就可出版。毛泽东说，丁玲是个好同志，就是少一点基层锻炼，有机会当上几年县委书记，就更好了。显然，党内分管意识形态的有关领导——比如周扬和胡乔木——对一部作品还是产生了较大的甚至是原则性分歧，周扬不认可《桑干河上》，但胡乔木认为写得好，这种分歧不仅会干扰、阻碍作品的正常写作和出版，而且也会增加意识形态领域人际关系的矛盾甚或分裂的危险。倘若不是丁玲在当时有通天的本领，有毛泽东的保驾护航，小说能否出版那就真是一个谜了。有学者曾就此指出，一部小说要经过那么多人的反复审查，甚至要由党内最高领袖毛泽东亲自认可才能出版，可见文学艺术不仅确然成了党的革命事业的有机组成部分，而且对文学作品的出版有着严格的政治性规范：什么样的作品可以出版，何时才能出版，以什么样的规格出版，都得根据当时党的政治需要或党的政策才能确定，都得在出版之前经得起反复的严格审查[①]。应该说，这在相当长时期内是一种历史的真实存在，值得关注与思考。

丁玲是个深受五四新文化影响的作家，鲁迅在其文学和文化观念的成长中也产生过重要影响，此种影响曾在延安文艺整风之前表现得尤为突出。后来经过整风学习和思想改造，丁玲也是衷心渴望自己能够脱胎换骨，完全解除自己的思想武装，使自己成为一个名副其实的革命作家，成为一名合格的党的文艺工作者。这些在她后来的文学话语实践中确实有着非常真实的体现。但是，丁玲到底是一个有着自我文学信念的人，她骨子里所具有的自尊和自傲始终潜隐着，并且在不经意间往往焕发出夺目的美学和人性光辉。即使经历了思想改造，丁玲身上所流淌着的启蒙观念、女性意识和知识分子气也并没有完全消失，而是在顽强地潜滋暗长着。不了解这一点，也就不可能真正理解丁玲。所以，一方面她宣称要做一个政治化的人，要做一个工农化的作家，但另一方面在她的日记、书信等私语空间里，在她创作的文本缝隙中，我们总能感觉到她仍然保留了她一以贯之的那种东西，尽管表现得那样隐蔽，又只是那样的轻轻一缕。在这个意义上，丁玲在宣称消融于大众的同时，其实并没有完全压抑自己。这正是丁玲的复杂之处，也是其可贵之处。这种特性其实在《桑干河上》也有着非常真实而复杂的呈现，也正因如此，这部小说在当时党的文学链条中，可

[①] 参见钱理群《1948：天地玄黄》，山东教育出版社1998年版，第192—196页。

感已经跟意识形态话语达成了某种契合。

丁玲以往在创作中曾表现出的那种女性主体意识明显减弱了。《桑干河上》从表层来看，已无意描述在重大历史转折关头作为女性的主人公的存在和遭遇。解放对于个体，对于女性的意义似乎已不在丁玲的主要关注视野之内。即使是小说中给人留下了深刻印象的女性形象黑妮，也已不见了贞贞、陆萍身上的那种强烈的自我意识——一种关注自身命运而不妥协的女性主体意识。丁玲使黑妮成为一个具有政治意义的形象，她最终的解放——脱离收养她十多年的伯父钱文贵，并非其自身努力、奋斗的结果，而是土改的结果。小说中，丁玲还将程仁与黑妮的情感波折与阶级斗争形势密切关联起来。在他们的爱情曲折中展示的不是阶级情感与男女爱情的冲突，而是阶级冲突对爱情的利用与反利用。于是，爱情也成了政治生活的一部分，穷人爱情的获得必须以阶级、政治上的翻身为前提。但是，丁玲的独特之处在于，她对大变动时代女性命运的关注并没有完全被意识形态化的写作所湮没。在实际创作中，我们可以发现，尽管丁玲力图通过理性的分析展现党所领导的土地革命的壮阔波澜，歌颂农民革命的觉醒，但是小说仍然闪现着她那独特女性意识的光辉，这可从丁玲对黑妮这个人物定位的改动上看出来。黑妮是她最喜欢的一个女孩，虽然她曾因为把这个漂亮的女孩写成地主的女儿而被周扬、彭真等人批评为有"地富"思想，在这种压力下，她不得不修改了其中的部分内容，但无论如何，她没有放弃描写这个女孩，而是很巧妙地把她转换成为地主钱文贵的侄女，使她成了一个中间人物。在小说中，丁玲对黑妮尽管着墨不多，黑妮的经历和生存体验也并不完整、深刻，并且在整个事变中似乎也已丧失了作为个体应该具有的主动性，但我们还是可以感受到丁玲对她所怀有的深切同情和关注。在丁玲眼里，黑妮本来就是一个单纯的好心肠的姑娘，黑妮是美丽的、充满青春气息的，虽然她的身上有一层不调和的忧郁，但作者对她的喜爱是不可否认的。所以，黑妮就像是作者的一个精神幻影，她在小说中游荡，就像是在悄然释放着丁玲的心灵密语。这也表明，丁玲对于青春期女性那份独有的关怀，自她从事创作以来，一直没有断绝，只是显得更加隐约和缥缈罢了。正因如此，黑妮身上所具有的那层不可调和的忧郁，不仅是那个变动社会在某些女性身上的真实投影，而且也是丁玲在新的意识形态话语自觉言说中的或一层面微妙心理的自我表达。

淡,与会者的态度大多比较暧昧。在笔者看来,丁玲宁可让小说在习惯于运用阶级论话语和党的文学观念来分析作品的那些教条主义者眼里显出某种灰色的调子,也不会过于违背现实和历史的本来面目,这就不是一个寻常的党员作家所能做到的了。人们不能不佩服丁玲的胆识和勇气。

我们还可更为细腻地解读小说中的某些层面,进一步理解丁玲这部小说在矛盾叙事中不乏坚韧个性的风采。小说中,为丁玲所熟悉的知识分子和知识女性在这里不再作为叙述主体出现,取而代之的是革命化了的农民群众的视点,尤其是党的意识形态视点,小说明显带有对小资产阶级知识分子的贬抑色彩。比如对知识分子式的干部文采,丁玲采用的是一种嘲讽语气,说他在某些地方很像学者的样子,不懂装懂地乱说一通,并喜欢拜访名人,到处夸耀。"六个钟头的会"这一章,丁玲细致地描写了文采夸夸其谈、自以为是的样子,并特别指出他运用的是谁也听不懂、太长、太文化的语言——这是一个浮在革命表层的带着主观主义、教条主义等种种毛病的知识分子干部。而这些毛病正是毛泽东在《整顿党的作风》《改造我们的学习》《在延安文艺座谈会上的讲话》等报告中反复指斥的知识分子的缺点。此外,文采从一开始的自高自大,到一步步认识到自身缺陷,最后自觉向群众学习的过程,也就成了一个艺术化地再现毛泽东关于知识分子思想改造过程的典型。在这个意义上,丁玲的创作过程实际上就是向党的文学观自觉归化的过程,她的这部小说也就与毛泽东的《讲话》构成了一种互文关系。实际上,我们也可看出,丁玲塑造文采这一形象正是作家自我反省和身份追认的一种体现,不免有要跟文采这类知识分子划清界限,以期确立一个符合意识形态需求、忠于党和革命理想的自我的目的。所以,文采这个人物在小说中是受压抑的,是那种缺少阳光气味的男人,而这也多少保留了丁玲作为革命女性作家的一种优越感,也就跟她在早期创作中所具有的那种女性优越感具有一脉相承的关系,只是她在此时已经自觉地借重于新的意识形态话语所具有的先在优势了。丁玲在 1955 年谈到这部小说时曾说:"我在写文采时,曾努力克制自己,把他压缩,总想笔下留情。我不愿让他的形象压倒其他的人,我不喜欢他成为一个主角。"①在这一意义上,或许可以说,丁玲在其女性主体意识中曾具有的那种优越

---

① 丁玲:《生活、思想与人物》,《丁玲全集》第 7 卷,河北人民出版社 2001 年版,第 434 页。

际上是富裕中农（兼做点生意）的地拿出来了，还让他上台讲话……那富裕中农没讲什么话，他一上台就把一条腰带解下来，这哪里还是什么带子，只是一些烂布条，脚上穿着两只两样的鞋。他劳动了一辈子，腰已经直不起来了。他往台上这一站，不必讲什么话，很多农民都会同情他，嫌我们做的太过了。我感觉出我们的工作有问题，不过当时不敢确定，一直闷在脑子里很苦闷。当我提起笔来写的时候，很自然就先从顾涌写起了，而且写他的历史比谁的都清楚。"[1] 显然，丁玲在此是忠实于生活本身和自己的观察与体验的，她试图在党的文学所许可的范围内，不乏机敏、平实而客观地写出土改运动中农村生活的本来和自己的个性。在此意义上，《桑干河上》是一个矛盾的，有貌似不可调和的各种因素沉稳存在其间的，一个充满诗意的结构。丁玲在小说中注重探索和表现农村新人物的内心生活，擅于在其心灵的成长中揭示旧有文化心态剥落的艰难。正因如此，后来有些批评家还不无遗憾地指出：张裕民、程仁等农村新人形象理应成为全书的主角，但是小说对他们行动的积极性，是表现得不够的，他们身上所具有的犹疑不决的缺陷，是写得相当模糊的[2]。即使连当初参与审读小说原稿的艾思奇、萧三和江青等人，尤其是艾、江二人，也感到"钱文贵对农民的迫害，农民后来翻身，两者的斗争，尚不尖锐……翻身大会写得很好，总觉得力量不够"[3]。而彭真、周扬等人认为作者表现了不应有的"地富"思想，批评就更为严厉了。前录文化消息最后说丁玲"这部小说主要写的是土改初期农民起来和地主斗争的情形"，虽也表达了小说的主题，但这并非作品最为精彩处，在主流批评家看来，恰好是丁玲写得不足之所在。或许是以上种种负面因素的叠加，也或许是周扬在文艺界的影响力更深，1948年10月29日哈尔滨《文学战线》编辑部为《桑干河上》召开的座谈会，尽管到会者也有刘芝明、周立波、严文井、舒群等当时比较有名的文化人，但据丁玲日记所言，刘与舒均以没有读完而未发表高见，周亦如此，只有"严文井认为是一部好作品"[4]。可见座谈会气氛比较冷

---

[1] 丁玲：《生活、思想与人物》，《丁玲全集》第7卷，河北人民出版社2001年版，第436页。
[2] 参见陈涌《丁玲的〈太阳照在桑干河上〉》，《人民文学》1950年第5期。
[3] 1948年8月18日陈明致丁玲信。见王增如、李向东《丁玲年谱长编》上卷，天津人民出版社2006年版，第229页。
[4] 丁玲1948年10月29日日记，《丁玲全集》第11卷，河北人民出版社2001年版，第351页。

以真正称得上是一部描写20世纪40年代解放区土改运动中人们的心灵史诗似的作品。关于"史诗似"的说法,最初是丁玲的革命引路人之一冯雪峰提出的①,评价颇高,但要真正明了其含义,恐怕还须人们给以多方面探讨和揭示。这里,笔者将从对社会大变动中各色人等的心灵变化的深刻叙写上,来理解这部经典作品的史诗似的价值。

一方面,《桑干河上》从写作动机到叙述内容,再到出版后所产生的社会效应,都显示了丁玲对于主流政治话语的自觉认同。毫无疑问,丁玲跟当时的解放区作家一样,也是依据一定的政治理性来提炼生活素材的,选择素材时总体上也是以党的土地政策作为基本依据,其创作意图也是为了写出一部符合党的文学观念的小说作品。具体构思和写作时,丁玲也是力求在政策许可的范围内进行艺术加工,她在当时已较为自觉地把党的意识形态化为自己的艺术思维。小说以解放区的土改运动这一重大社会政治题材为描写对象,而且塑造了群众带头人张裕民、程仁等农村新人形象,阐明了共产党领导下的革命必然走向胜利的历史理念。这些,都是党的文学观念中的应有之义,以丁玲当时的身份和处境而言,是可以理解的。另一方面,丁玲又在小说中坚守着一些自己从生活中得来,并触动了自己情感之弦的东西。她在人物塑造和对北方农村错综复杂之宗法关系的叙写上,无论对正面人物还是反面人物,也无论是对土改干部还是一般群众,都尽量忠实于自己的观察和思考,尽管仍然不可避免地带有一些新的教条在里边,但是能做到这点就很不容易了。比如,书中写到的地主就各有差异,隐藏最深、韬略最多的地主钱文贵来说,也并非是那样一个张狂的恶霸地主形象,钱文贵固然也坏,但丁玲把他写得不声不响、深藏不露,这就写出了丁玲所知地主的实情。顾涌这个人物,也是丁玲的一个独特发现和创造,她在顾涌身份及其人生经历的叙写上颇费踌躇。勤劳能干的顾涌对土地一直抱有一个地道农民的强烈渴望,但土改中类似的富裕中农却大多被错划为富农了,这是丁玲所不能理解而苦恼的。丁玲曾经说过其中的原委:"有一天,我到一个村子去,看见他们(土改工作人员)把一个实

---

① 冯雪峰曾在1952年发表的《〈太阳照在桑干河上〉在我们文学发展史上的意义》中认为该小说是"一部艺术上具有创造性的作品,是一部相当辉煌地反映了土地改革的、带来了一定高度的真实性的、史诗似的作品;同时,这是我们社会主义现实主义在现时的比较显著的一个胜利,这就是它在我们文学发展史上的意义!"(冯雪峰《雪峰文集》第2卷,人民文学出版社1983年版,第416—417页)

《桑干河上》最具有女性抗争意识的悲剧人物要算地主李子俊的老婆。若按阶级论话语来分析，李子俊的老婆应是一个会遭到极端丑化、简化与非人化的写作对象，就像江世荣老婆、钱文贵老婆那样，被描绘成妖魔，以适应"党的文学"规定的审美需要。但丁玲笔下的李子俊老婆却不是这样，她有着自己的独特性。她曾经是吴家堡首富的闺女，从小使唤着丫头仆妇，而且是出名的白俊；她是一个要强的女人，在娘家什么也不会做，只知道绣点草儿、花儿玩耍。嫁到李家来后，李子俊却是个大烟鬼，身体又坏，四个孩子又小，她不得不担当起了这个破败之家的担子，做饭、挑水、自己收租，省吃俭用。她惧怕钱文贵的欺压、农会的革命以及两面三刀者如任国忠之流的威胁，所以四处讨好、磕头，拼命在各方面前说些好话。大厦将倾、灾祸临头的时候，她"成天就设法东藏一个箱子，西又藏一缸粮食，总想把所有的东西全埋在地下，一颗心悬在半天里"。这个女人有着自己的难处、自己的智谋，也有自己的屈辱和愤怒。丁玲对这个人物虽然着墨不多，甚至连姓名都没给她取，但我们还是可以感受到作者对她的同情与理解。丁玲写出了这个女人在土改这场历史大变动中如何坚强地寻求安身立命之地的真实过程和心境。丁玲显然明白李子俊老婆作为一个人尤其是一个女人的生存艰难，因为她正在承受的压力是双重的：在家里，她是真正的主心骨，她要承担家庭的重担，同时她又得应付土改中的种种变动。她似乎自强自立，但并没有因此获得自身的解放。她仍然只是李子俊的私人附属品，她的自强也不足以让她自如地面对社会的变动，所以她总是小心翼翼地应付着。对于像李子俊老婆这样的女人，丁玲是把她们放在一个社会的大变动中来写的，是带着一种同情之理解的。这就使得丁玲的女性关怀意识具有一种本于女性和人性之爱的较为宽厚的根基。从这一点上，我们正可看出丁玲的不平凡之处，尤其是把她的这部小说跟周立波的《暴风骤雨》进行比较阅读的时候，丁玲所具有的女性意识和人性关怀就显得愈加突出，作品的魅力也在这些地方显现出来。

但是，丁玲对于新的意识形态话语和党的文学观的自觉认同，使得她对女性命运的关怀也带上了一层阶级论色彩，她曾经所具有的那种女性批判意识和启蒙意识在总体上仍将走向不断衰竭。其实，这也是为党的文学观所内在决定了的。比如，当曾经具有变天思想的侯忠全夫妇，最后终于安心地分到了土地时，满心欢喜地互相望着，笑了，笑到两个人都伤心了。为什么呢？正如村民所言，他俩算是醒过来了。儿子对他俩说："菩萨不是咱们的，咱们年年烧香，他一点也不管咱们。毛主席的口令一来，就有给咱们送地的来了，毛主席就是咱们的菩萨，咱们往后要供就供毛主席。"这里，农民显然将"菩萨""救世主"之类的话语指向了党的领袖毛泽东，这种新的权威崇拜意识在丁玲的小说中不但没有削弱，反而越来越强，小说结尾所叙写的中秋节的狂欢其实就演变成了一场崇拜毛泽东的大狂欢：农会干部带来了毛泽东的画像，农会主任程仁带领大家对着画像鞠躬。丁玲在小说中，不仅没有表达出一丝批判，反而表现出一种衷心的认同。在此，丁玲曾具有的那种现代理性精神也就荡然无存了。正是出于这种强烈的心理认同，所以后来丁玲交代，她的这部小说成了一种感恩的写作实践。1979年，她在为这部小说所写的"重印前言"中说："那时我总是想着毛主席，想着这本书是为他写的，我不愿辜负他对我的希望和鼓励。那时我总想着有一天我要把这本书呈献给毛主席看的。……我那时每每腰痛得支持不住，而还伏在桌上一个字一个字地写下去，像火线上的战士，喊着他的名字冲锋前进那样，就是为着报答他老人家，为着书中所写的那些人而坚持下去的。"[①] 这种情感应该说是非常热诚、真实的，但是对于一个知识分子和作家来说，此种情感的出场可能是有危害的，是缺乏警醒和反思的。当然，话说回来，延安文人经过文艺整风和思想改造之后，已经成了党的文艺工作者了，已经不是如今一般人理解的知识分子了，因此，采用知识分子的视角去批评当时的丁玲等人及其文学创作，也不一定合适。

的确，延安文学形成和发展的历史，在一定程度上正是延安文人或解放区知识分子被不断予以心灵改造的历史，但是，这个过程非常复杂。延安文人所曾经历的欢欣和痛苦，丁玲都曾一一品尝过。延安文艺整风后，丁玲是以一种较为独特的心理来对待写作境遇的变化的。她曾经是一个所谓旧社会的理想主义者，她在延安接受了较为彻底的思想改造，她似乎以自我压抑乃至自我放逐的方式，表达了对毛泽东思想和党的文学观的认同。但是，她的自我文学理念在内心依旧高傲地挺立着，因而她活得有些自哀自怜。1948年12月3日，她在日记中写道："我了解了我的地位，我的

[①] 丁玲：《〈太阳照在桑干河上〉重印前言》，《丁玲全集》第9卷，河北人民出版社2001年版，第99页。

渺小。整风以后，本来就毫无包袱了，但有时也还以为自己能写一点书。现在我明白了，我在党内是毫不足道的，我应该满足……我了解了我工作的渺小，我了解了许多人为什么改行。……我以前也能忍受的，但我现在已经不只是忍受而是安然处之了。"① 这里反复提及"渺小"，表达的不是一种自谦、一种自我强加的贬抑，更是一种自我嘲讽和无奈的表白。在一定意义上，整风以后的丁玲并非如她自己所言"毫无包袱"，而是负载了更为隐秘的心灵之痛。因为创作之于丁玲，本就有着在寂寞和宽恕中寻找自我救赎的意义。或许，只有理解了这一点，丁玲在《桑干河上》上所表达的种种复杂情怀，那种至今仍能打动人的史诗似的心灵叙写，才会更加引起后来者的无限感慨和思索。

（原载《现代中国文化与文学》第17辑，巴蜀书社2015年版）

---

① 丁玲1948年12月3日日记，《丁玲全集》第11卷，河北人民出版社2001年版，第364页。

丁玲的逻辑

贺桂梅[*]

一

在 20 世纪中国的经典作家中，丁玲可以说是唯一一个与"革命"相始终的历史人物。这不仅指作家活跃程度和创作时间之长，也指终其一生她都对革命保持了一种信念式的执着。从初登文坛的 20 世纪 20 年代后期，到"流放者归来"的 80 年代，丁玲一生三起三落，都与 20 世纪中国革命及其文艺体制的曲折历史过程关联在一起。革命成就了她，革命也磨砺了她。丁玲生命中的荣衰毁誉，与 20 世纪中国革命实践不分彼此、紧密纠缠。

在她青春犹在的革命辉煌时代，她是革命的迷人化身。在她的晚年，革命衰落的年代，她是革命漫画式刻板面孔的化身。其一生，可以说活生生地演示出 20 世纪中国不同的革命形态。1909 年，中国末代皇帝溥仪登基的第二年，丁玲随湖湘"新女性"的母亲一同入读新式女校：三十一岁的母亲读预科，五岁的丁玲读幼稚班。那应是她革命生涯的开端。1984 年，八十岁高龄的丁玲雄心勃勃地创办了"新时期"第一份"民办公助"刊物《中国》。很多人对这一举动表示不解。李锐说："总觉得像办刊物这样繁重的工作，绝不是一个八十老妪能够担当的了。"丁玲生命的最后两年，也耗尽在这份新式刊物上。其间的七十七年中，从五四新文化运动的反抗封建包办婚姻、无政府主义革命的"自己决定自己的生活"而走向革命政党的"螺丝钉"，从延安边区的明星作家、新政权文艺机构的核心组

---

[*] 作者单位：北京大学中文系。

建者、新中国的文艺官员和多次政治批判运动中的受难者,到"新时期"不合时宜的"老左派"作家,丁玲不只用手中的笔,更用她的生命书写了20世纪中国革命的历史。

英国历史学家霍布斯鲍姆曾将20世纪称为"短促的""革命的"世纪。他的纪年法主要以欧洲为依据,这个世纪只有七十七年。事实上,中国革命的历史比霍布斯鲍姆所论述的要更长、更广阔、更深刻,也更复杂,以至于费正清说,历史上所有的革命形态,在现代中国都发生了。而丁玲,是(这些)革命的一个活的化身:她是革命的肉身形态。

二

如何评价丁玲这样一个作家在20世纪中国的存在,不仅是文学史的核心问题,无疑也是思想史乃至政治史的难题。

一般研究著作,主要关注丁玲作为"文学家"的一面。但是,仅仅从文学家的角度去理解丁玲,便会忽略她生命中许多更重要的时刻。

1933年至1936年,被国民党秘密囚禁的三年,是丁玲一生最幽暗的时段。一个风头正健的革命女作家的人间蒸发,曾使鲁迅慨叹"可怜无女耀高丘",更是此后丁玲革命生涯最重要的历史"污点",最要说清又难以说清的暧昧岁月。晚年丁玲曾以"魍魉世界"为题,记录这段历史。鬼魅一般的影子生存,对于一生以"飞蛾扑火"般的热情和决绝投身革命之光的丁玲,是多么不堪的记忆,恐怕很少有人能够体会吧。

1943年,是丁玲一生中"最难挨的一年"。她因批判性杂文《三八节有感》和小说《在医院中》,在1942年延安整风中被点名批评,因主动检讨和毛泽东的保护,未受大碍。但南京被捕的历史,却使她成为"抢救运动"中的重点审查对象。亲历者描述"丁玲当时精神负担很重"。那"可怕的两个月"对她是"噩梦似的日子","我已经向党承认我是复兴的特务了"(丁玲日记)。虽然不久"特务"问题得到澄清,但这个"历史的污点"此后伴随丁玲一生。"新时期"平反的作家中,丁玲是最晚的一个,仅次于胡风,关键原因就在这"污点"无法在一些革命同志那里过关。1984年拿到"恢复名誉"通知的丁玲感慨:"四十年的沉冤终于大白了,这下我可以死了!"

另一重要时期是1958年,丁玲从辉煌的顶点跌落至另一幽谷,她珍惜的一切都被剥夺：政治名誉、文坛位置，特别是共产党员的党籍。她被从革命队伍中开除出去了："以后，没有人叫你'同志'了。你该怎么想？"五十四岁的丁玲，追随丈夫陈明去往北大荒，像一个传统妇女那样，靠丈夫的工资，在冰天雪地的世界生活了十二年。在脸上刻着"右派"印记的岁月里，丁玲记住的仍旧是许多温馨情义和充满着劳动欢愉的时刻。她后来的北大荒回忆，题名"风雪人间"。虽有"风雪"，却还是"人间"的生活。但是，那些文字中留下的被"文革"造反派审讯、暴打和批斗的时刻，一脸血污的"老不死"，无疑也构成了革命历史中最难堪的记忆之一。

真正的难题，其实不在丁玲那里，而在人们无法理解处于"新时期"的"丁玲的逻辑"。

1979年，丁玲回到离开了二十一年的北京。这是王蒙慨叹"故国八千里，风云三十年"的时期，是张贤亮从"灵"到"肉"地书写"一个唯物论者的启示录"的时期，是曾经的"右派"书写"伤痕""反思"历史的时期。但是，丁玲却说，她真正要写的作品，并不是记录伤痕的《牛棚小品》，而是歌颂共产党员模范的《杜晚香》。她对"新时期"引领风潮的年青作家发出批评之声，她猛烈抨击三十年代的故交、不革命的沈从文，她与重掌文坛的周扬在许多场合针锋相对，她在"清除精神污染"运动中强调作家是"政治化了的人"，特别是她出访美国，当那些同情她的西方文人们希望听到她讲述自己的受难经历时，丁玲却很有兴味地说起北大荒的养鸡生活……所有的这些"不合时宜"，使得曾经的"右派"丁玲，在"反思革命"的"新时期"，又变成了人人避之唯恐不及的"左派"。

20世纪的中国历史，无疑也是一部知识分子与革命爱恨（怨）交织的心态史和精神史。亲历者的故事，常常有两种讲法。一种是"受难史"，在压迫/反抗的关系模式中，将革命体制的挤压、改造、批判和伤害，视为一部具有独立人格的思想者受难的历史；另一种讲法是"醒悟史"，在革命已不为人们所欲的年代，忘记了曾经的革命热情，而将自己的革命经历描述为一部充满怨恨的屈辱史。"往事并不如烟"，可是留下来的，都是"思痛录"，是受伤害、被侮辱的记忆。但丁玲是例外。她的故事，无法纳入其中。

丁玲确实是"不简单"的。与其说她是一个"活化石"，莫如说她是革命的肉身形态：她用自己活生生的生命，展示了20世纪中国革命的全部复杂性。

三

　　为丁玲作传，因此也是困难的。她的一生在荣辱毁誉之间的巨大落差，特别是她在后革命时代的"不合时宜"，使得要讲述她的故事，总是难免捉襟见肘、顾此而失彼。

　　同情和热爱她的人，容易把故事讲成"辩诬史"。丁玲是复杂的，因此围绕着她的种种误解和传说，常使熟悉和理解她的人不平。特别是，作为革命体制内最有才华的作家之一，丁玲的后半生，其实大部分时间都不是在写文学作品，而是在写"申辩书"。要告诉人们一个"真实的丁玲"，总是要与复杂的历史人事关系相关的各种谣言、传说、误解和歪曲做斗争，总是难掩难抑辩护之情。但是，如果将丁玲的一生，固执在说明她之"不是"，反而使人无法看清她之所"是"。更重要的是，辩护式写法其实也使写作者停留在丁玲置身的历史关系结构中，而无法超越出来尽量"客观"地描述这个"结构"本身，由此重新理解丁玲的所作所为、所思所想。20世纪已然远去，曾经与丁玲爱恨纠葛的当事人和利益格局，今天也大都已成历史。在这样的情境下，客观地描述丁玲的一生，不只具备可能，也是新的历史条件下重新认知丁玲和20世纪革命的必要步骤。

　　讲一个完整的丁玲故事，或许最好的办法，是回到"丁玲的逻辑"。一九四一年在延安的时候，丁玲写了后来引起无数争议的著名小说《在医院中》。关于小说的主人公陆萍，丁玲说，这是一个"在我的逻辑里生长出来的人物"。这固然是在谈小说创作，其实也是丁玲的现身说法。

　　丁玲是一个个性和主体性极强的历史人物，对她喜者恶者大都因为此。喜欢者谓之"光彩照人""个性十足"，不喜欢者谓之"艺术气质浓厚""不成熟""明星意识"，批判者谓之"自由主义和骄傲自满""个人主义"……所谓"丁玲的逻辑"，就是她始终以强烈的主体意识面对、认知外在世界，并在行动和实践过程中重新构造自他、主客关系，以形成新的自我。她有强烈的自我意识，但并不自恋；她有突出的主观诉求，但并不主观主义；她有丰富的内心世界，但并不封闭；她人情练达，但并不世故；她的生命历程是开放的，但不失性格的统一性……尽管一生大起大落，经历极其复杂，晚年丁玲对自己的评价却是"依然故我"。

　　如何理解这种"丁玲的逻辑"，实则构成理解丁玲生命史的关键。

四

在尝试以"丁玲的逻辑"完整地描述丁玲生命史的传记作品中,新近由中国大百科全书出版社出版的《丁玲传》,做出了特别值得称道的努力。

这本传记的作者李向东和王增如,多年从事丁玲研究,而且成果斐然。他们具备其他研究者所没有的一大优势:王增如是丁玲生前最后一任秘书,在她身边工作四年,耳濡目染丁玲的风采,并参与采集、整理了许多丁玲的第一手史料。这些史料,有的是对丁玲的录音采访,有的是丁玲的书信、日记与文件,还有一些以前未曾披露或未受到关注的创作手稿。与此同时,他们也细致阅读了丁玲的全部作品、丁玲研究的多种史料和学术成果,以及与丁玲相关的文学与历史事件的研究著作。在写作这部传记之前,关于"丁玲最后的日子""丁陈反党集团"及丁玲办《中国》的过程,他们都有专著出版。特别是2006年出版的六十万字的《丁玲年谱长编》,综合各种史料,对丁玲的一生做了详细梳理,是目前丁玲研究的集大成之作。

在充分的文献和研究准备基础上,他们写作了这部传记,力图探索丁玲"曲折复杂的心路历程"。应当说,《丁玲传》颇为完满地达成了这一诉求。这是目前丁玲传记中,史料最翔实、丰富,生平经历梳理清晰、准确,叙述语言生动流畅而具有较强的可读性,评价方式也中肯而平实的一部传记。可以说,它写出了一个"活生生"而又"完整"的丁玲。

传记掌握了丰富的文献史料,因而对许多此前丁玲生平中模糊不清的人生经历、人际关系和历史事件过程,都做了清晰明确的描述。更重要的是,它体认丁玲的角度,是颇为"平民化"的。书中记录和描述丁玲一生经历的详细过程,既包括人际关系和重要事件,也包括日常生活的饮食起居行止,以及主要活动场所的历史氛围,从而颇为生动地还原出了某种历史现场感。丁玲当年住在什么地方、居所的格局、吃些什么用些什么,都在传记中做了细致的呈现。缺乏对丁玲当年生活的详细勘察,缺少对历史现场中的人物的深入体认,这些日常生活细节恐怕也很难"还原"。这就把丁玲从历史的"抽象"中,拉回到作为一个普通"人"的生活状态中。

这部尝试写丁玲"心路历程"的传记,在丁玲所作所为的基础上,更关心她之所以如此作为的"所思所想"与"思想和情感"。对于后者,传记作者很少做介入式评价，而主要借助丁玲自己的作品、回忆录、书信和文件等，描述这些行为背后的心理动机和思想活动。事实上，像丁玲这样极善书写自己内心活动的作家，这样的史料并不难得到，真正需要的，是仔细阅读作品和深入体察丁玲的内心世界。例一是 1924 年初到北京的丁玲。不体认此时丁玲对已故好友王剑虹的思念，就难以理解她之写出《梦珂》和《莎菲女士的日记》的内在情绪底蕴。传记将此时丁玲人际交往的基调，落实在与王剑虹的情感关系中："'你像剑虹！'这是她择友的最高评价。"这种描述，实则相当准确地把握到了丁玲的内心世界。例二是 1931 年胡也频就义之后，丁玲不久即主编左联的机关刊物《北斗》，并加入共产党，担任左联的党团书记。这一丁玲急剧"左"倾的过程，一般解释为她受胡也频牺牲的激励。固然有很大这方面的因素，但传记也用一小节"我是被恋爱苦着"写丁玲与冯雪峰的恋情及对丁玲革命行为的影响。事实上，当年在《不算情书》中，丁玲就毫不隐讳地写到了她与冯雪峰的情感关系。传记结合相关的书信史料，展示这一时期丁玲颇为复杂的心理过程，仍需要一定的勇气。

基于对丁玲作品和相关史料的详细解读，从丁玲自身的逻辑出发，对她生命中丰富的情感世界和人际关系做出准确把握，这样的例子在这本传记中很多。这包括丁玲南京时期与冯达的关系，延安时期与萧军、毛泽东、彭德怀等人的交往，包括她与陈明的恋情，也包括她与周扬的矛盾，以及 20 世纪 50 年代初期与萧也牧的关系等。值得称道的，是叙述者的态度。显然，作为现代文学史上"绯闻"不下于萧红，曾风传要与领导人恋爱、结婚的明星女作家，丁玲的"传奇"故事并不少。但是，《丁玲传》采取的基本态度是不回避也不猎奇，而是据可靠的史料陈述历史过程，道出丁玲的真实心态。

解志熙称道这部传记的一大优点，是"叙述事迹的平实道来和分析问题的平情而论"。所谓"平实"，是以史料说话，所谓"平情"，是力求实事求是的客观分析。这也使本书摆脱了"辩诬史"的态度。重要一例，涉及 20 世纪 40 年代后期，周扬阻挠《太阳照在桑干河上》的出版。这是丁玲与周扬结怨的关键。不同于一般研究者只站在丁玲的立场上看问题，《丁玲传》也尝试从周扬的心理和动机出发，解释他之所以如此的缘由。另外一例，涉及 20 世纪 50 年代初期丁玲主持文坛期间对萧也牧小说《我们夫妇之间》的批判。与那种简单地评判丁玲用一篇文章(《作为一种倾向来看》)"消灭了萧也牧"不同,传记分析了萧也牧小说的内容、丁萧的私人交往、新中国建立初期解放区干部及解放区文学在京、津、沪等大城市面临的处境,和作为文艺界领导与解放区干部代表的丁玲的态度,从而较为丰满地呈现了这一事件的不同侧面。这使传记表现出了颇高的历史研究的"客观性"。所谓"客观",并不是一定能够有确凿的史料坐实历史人物的行为逻辑,而是超越"私怨说",不仅站在传主的立场,也体认相关其他历史人物的心理和处境,尽量对事件做出相对合理和公正的解释。这就是"平情而论"的真实含义了。

五

可以说,《丁玲传》以尽可能完美的方式、用"丁玲的逻辑"书写了丁玲完整而丰富的生命史。它同时涉及了所需的三个层面:外在性或客观性的丁玲一生行止,内在性或主观性的丁玲心路历程,分析性或阐释性地在历史关系格局中评价丁玲。在这部传记的"后记"中,作者道出写作意图,即"贴近丁玲复杂丰富的内心世界"来写丁玲的一生,以"让传主眉目清晰"。尽管是一部如此丰富而复杂的生命史,但作者指出,丁玲仍有她之为"丁玲"的独特性所在,那就是其"性格"的三大鲜明特点:"孤独,骄傲,反抗。"

这一概括方式可以说并非传记书写本身所需,而是写作者对丁玲人格的一种体认。这也是"难题"所在。尽管从个人性格而言,确可说丁玲有这样的气质,但是,仅有这样的气质,并不能使丁玲成为革命者,并与中国革命历史相始终。贯穿丁玲一生的,与其说是一种"性格",莫如说是一种生存态度和独特的生命哲学,即"丁玲的逻辑"。

最能显示这种"丁玲的逻辑"的,是她用小说塑造的女性人物。从上海时期的梦珂和莎菲,到延安时期的贞贞和陆萍、桑干河畔的黑妮,再到晚年的杜晚香,人们普遍能辨识出这个女性形象序列的巨大变化,但也很快能意识到她们的某种一致性。这种巨大变化和内在一致性,共同构成"丁玲的逻辑"。正如她丰富广阔、多变多舛的生命经历。"性格"可以解释丁玲的"一致性",但无法解释她如此强大的生命可塑性和承受能力。

理解"丁玲的逻辑"离不开"革命"。可以说,"丁玲的逻辑"就是

"革命的逻辑"。瞿秋白曾评价丁玲是"飞蛾扑火，非死不止"。对"火"的向往，包含着对"在黑暗中"的现实的反抗，和对"光明"的未来的追逐。这是革命者的内在精神气质。晚年的丁玲仍如是说："革命是什么？革命就是走在时代最前面的一股力量，是代表时代的东西。"这种理想主义的气质，固然可以说是 20 世纪进化论史观的投影，不过，没有这种气质就不可能有任何革命的行动。这是历史赋予丁玲而被她内在化的一种精神气质。

在丁玲的意识中，"革命"有其具体所指，那就是共产党和社会主义革命。丁玲早在她少女时代的湖湘，就已通过母亲的好友向警予而知道了革命，更在上海平民女校和上海大学与瞿秋白、王剑虹等交往的时期，直接进入革命文人圈，但是，直到 1932 年才加入共产党。而一旦加入，终其一生她都对革命保持着"爱情"般的忠诚，"新时期"仍旧如此。许多研究把这一时期丁玲对革命信念的表白，视为受周扬等宗派挤压而被迫做出的"表演"。这可以解释丁玲在某些场合与周扬针锋相对的行为和言辞，但无法解释她"新时期"之后写作的 200 多篇文章。在这些作品中，丁玲仍旧是那个"革命的丁玲"。考察一下丁玲如何言说她理解的"党"是有意思的，因为其中很少理论性的阶级分析，而是情感性的表白和信念式的执着。她说"共产党员对党只能一往情深，不能和党算账，更不能讲等价交换"，表达的正是一种"忘我""无我"的投入状态，而且是一种情感结构式的精神状态。在这里，革命的艰苦可以与革命信念剥离开来，"受难史"也可以转化为"考验"和"磨砺"。由此衍生出一种独特的反抗性革命哲学，就像她在 20 世纪 40 年代给予陆萍的赠言："人是在艰苦中生长。"

1931 年之前，丁玲就是向往"革命"的，但那是无政府主义式的革命，是"自己安排自己在世界上的生活"。这使丁玲甫一出现在文坛，就是最激进、最摩登的个人主义姿态。如福柯理论所言，这种现代个人主义实则深刻地内在于西方基督教文化传统。它所塑造的现代个人，是一种"内在的人"，一种实际上与外在的现实相隔离、丧失行动能力的人。莎菲时代的丁玲也是如此。加入革命政党而自愿做"螺丝钉"，对于丁玲是一次巨大的跳跃，但非彻底的"断裂"，而是以革命的方式改造了这种自我的结构：它赋予这一结构一种不断地朝向外部、通过实践而更新自我的能力。无产阶级政党革命召唤的固然是"献身"是"无我",也是"更大的自我"的获得。那意味着在革命的斗争实践中,在与"艰苦"展开搏斗的生活经历中,不断地磨砺自身,不断地认知外在世界,并通过实践转化成自我的构成部分,以塑造新我。莎菲式向内的个人主义是脆弱的,但陆萍式"在艰苦中生长"的主体却是坚韧的。这种主体哲学的终点形态,就是那个卑微而强大的杜晚香:她像是一枝被人遗忘但生命力顽强的"红杏",在不断地吸纳世界的美好愿望中塑造自己的新品质,最终用她的生命感动了世界。

《杜晚香》实则是丁玲最有意味的作品。那是丁玲在历经磨难的晚年,终于完成的革命者形象。据王增如对丁玲创作手稿的考证,还在写《在医院中》时,丁玲就说其实她并不想写陆萍这样"脆弱""感伤"的小资产阶级知识分子,而是想写一个"共产党员"。只是苦于无法在生活中找到模型,不得已写成了那个"未完成"的陆萍。杜晚香是其完成形态。她身上包含着两个关键要素:其一是主人公孤独地生长,其二是外在的革命之光全部转化为个人的内在修炼。至此,革命者终于可以超越革命体制而独立存在了:她不是革命体制的附属品,而是革命信念的化身。丁玲就是以这样的方式,超越了受难史的逻辑。

显然,要理解丁玲的生命史,需要理解这属于丁玲的"革命的逻辑"。她以理想主义的气质、以对革命信念爱情式的投入、以在艰苦中生长的生存态度,独自承担了革命和革命的全部后果。"新时期"的丁玲对革命史的反思,显然并没有达到应有的深度。但有意味的是,她只批判革命中的"封建"(宗派主义),从不否定革命信念和革命体制。真正让丁玲显得不合时宜的,其实是"新时期"的历史情势。具体到文艺体制的重构方面,很难说20世纪80年代的丁玲就一定是落伍的。"新时期"是以破竹之势展开的,共同的历史情绪使人们将那次断裂看作"历史的必然"。但正是丁玲的存在,显示出了"新时期"的"时"之建构性。80年代已成为历史,在"新时期"的社会变革于今天产生了如此复杂的历史后果的今天,更为心平气和地理解丁玲的"逆时"之举,或许并非不可能。这并不是要在"左"与"右"之间重新肯定丁玲,而是去思考革命体制自身的断裂与延续,是否可能以更深厚的方式展开。

丁玲是一个历史人物,"她的一生凝聚了太多中国现、当代文学史乃至思想史的内涵"（张永泉）。深入丁玲的逻辑中去理解她的生命史，才能把握丁玲"不简单"在何处，更是超越丁玲的时代性、更深刻地反思其革命经历的前提。而且，这种理解，显然不只关乎丁玲个人，同时也是进入20世纪革命者"丰富复杂的内在世界"，深入革命史的肌理层面以把握历史的复杂性，从而更为自觉地承担20世纪革命作为"遗产"与"债务"的双重品性的契机。没有这样的理解，20世纪的历史将始终缺少必要的现实重量：它或将被迅速地遗忘，或将换一种方式重复归来。

（原载《读书》2015年第5期）

反法西斯战争中的"隐蔽力量"
——以丁玲《我在霞村的时候》及其翻译为例

熊 鹰[*]

一 丁玲作品在印度：被遗忘的历史

1949年4月18日，在布拉格召开的世界拥护和平大会的晚宴上，一位印度女代表激动地对丁玲说，很多印度人都看过她的"戏和文章"。戏指的是《重逢》，即1937年8月西北战地服务团成立后丁玲临时编写的单幕剧本，1938年曾在印度用英语上演，丁玲也曾收到寄送来的演出说明书。[①]这个剧本是怎样传到印度、在印度的演出又是什么样子现在已不得而知。那么，那位印度女代表所记的文章指的又是什么呢？此时，日后带给丁玲巨大荣誉的《太阳照在桑干河上》刚在国内出版三个月，最初的俄文连载要等到1949年5月。在此之前，想必印度的女代表们读到的是丁玲其他作品的英语翻译。

作为中国现代著名的女作家，丁玲的作品早在1935年就已被翻译成了英语。白色恐怖中，1933年丁玲被国民党软禁在南京，为此以宋庆龄为首的中国民权保障同盟展开了积极的营救工作。为了引起国际社会的重视和同情，并给国民党施压，使其尽快释放丁玲，1935年史沫特莱将丁玲的《水》《某夜》等作品翻译成英文，刊登在美国的《亚洲和美洲》杂志上。小说在美国的接受情况很好，很快得到了美国左翼刊物的频繁转载。这些翻译不但对营救丁玲起到了积极的作用，更促进了中美进步人士之间的合

---
[*] 作者单位：中国社会科学院文学研究所。
[①] 王增如、李向东编：《丁玲年谱长编》上卷，天津人民出版社2006年版，第243页。

作，围绕营救丁玲创造出了一套有别于资产阶级人权概念的人权话语。[1] 1936年斯诺也曾在《活的中国——现代短篇小说选》的翻译集中收录了丁玲的《水》《夜会》和《消息》，并在英国伦敦出版。[2]

以上是20世纪30年代丁玲作品在英语世界的译介情况。此时丁玲主要是以受到五四新文化洗礼、追求自由与解放的中国女性作家的形象被介绍给英语世界的读者。众所周知，1936年从南京政府的软禁中逃出的丁玲来到了延安，开始了一段"一步不离地和人民的艰苦的长期斗争在一起"[3]的相当长的斗争历程。就在个人斗争与民族斗争共生的40年代，丁玲的作品曾再次被翻译成英文。抗日战争胜利后的1948年，在布达佩斯举行的世界民主妇女第二次代表大会的晚宴上，同行的陆璀曾骄傲地向匈牙利作家介绍丁玲是一位著名的作家，她的《我在霞村的时候》已于1945年被译成了英文。[4] 这里提到的《我在霞村的时候》是指在胡风的编选下出版于1944年桂林的小说集，收录了《新的信念》《县长家庭》《入伍》《我在霞村的时候》《秋收的一天》《压碎的心》《夜》共七篇小说。将此部小说集翻译成英文的是新中国的著名外交官、中国驻欧洲的第二位女大使龚普生（1913—2007）。然而，和史沫特莱及斯诺的翻译不同，龚普生的这本翻译集并没有在英美国家出版，而是于1945年由印度的Kutub出版社出版。当时的龚普生在周恩来的指示下自1941年起就在美国攻读硕士学位，其间短暂回国，翻译完这本小说集后又再次赴美攻读博士学位。这本题为"When I Was in Sha Chuan"（《我在霞村的时候》）的小说收录了"When I Was in Sha Chuan"（《我在霞村的时候》）、"New Faith"（《新的信念》）、"Ping—Ping"（《破碎的心》）、"The Journalist and the Soldier"（《入伍》）、*Night*（《夜》）等六篇作品。这或许才是印度女代表口里谈到的丁玲的文章。

长久以来，丁玲这个时期以《我在霞村的时候》为代表的一系列写作一直是女性主义文学研究的重点。它也常常引起学者们对于知识分子和革命关系的探讨。这些研究都将丁玲的小说置于中国国内革命的大浪潮中，以此来探讨知识分子个人或女性在面对种种政治和历史环境时的抉择。在

---

[1] 苏真：《如何营救丁玲：跨国文学史的个案研究》，《山东社会科学》2014年第12期。
[2] 孙瑞珍、王中忱编：《丁玲研究在国外》，湖南人民出版社1985年版，第542页。
[3] 雪峰：《从〈梦珂〉到〈夜〉》，《中国作家》1946年第2期。
[4] 王增如、李向东编：《丁玲年谱长编》上卷，天津人民出版社2006年版，第234页。

英美学术界，龚普生的翻译也经常作为中国女性主义小说的文本而被引用。例如，梅仪慈曾借助龚普生的这一翻译研究丁玲的女性观，认为《我在霞村的时候》的主题是丁玲对"作了女人真倒霉"的控诉和反思，并认为这篇小说和后续的《三八节有感》是丁玲延安时期对妇女问题的集中思考。① 但是，长期以来龚普生的这个翻译集自身的历史却鲜有提及。以女性主义为代表的研究都只从中国内部的视角探讨了丁玲的文学创作和知识分子改造与抗日战争及国内革命的关系，从而忽视了中国争取民族独立、抗击帝国主义与法西斯主义历史中重要的一环，即"外交"或"外部联络"的历史，也没有充分表达中国抗日战争和世界反法西斯战争的历史联系。中国的抗日战争和反帝斗争从一开始就是世界民族独立运动和反帝斗争的一部分；1939 年德国入侵波兰、1941 年"太平洋战争"爆发后，中国与美国以及印度的关系变得更为紧密，中国抗日战争的战场和印度的反帝民族独立运动以及世界各地的反法西斯战场更为紧密地联系在了一起。

或许我们可以换个思路，提出一系列不一样的问题。例如，是怎样的历史契机让龚普生翻译了丁玲的这本小说集？它又缘何在印度出版？龚普生的政治外交活动和中国的现代文学又有何联系？1945 年的这次翻译实践和 1935 年间史沫特莱及斯诺的翻译又有何历史连续性？我们又该怎样从翻译的角度看待丁玲的国际性和其所肩负的使命？因此，与以往试图从女性主义视角来探讨丁玲《我在霞村的时候》这一时期写作的研究不同，在这篇文章中，我准备通过对龚普生翻译的解读勾画出丁玲文学在世界反法西斯战争中的独特位置，以及其所处的那个广阔的跨文化网络。更为重要的是，我想借此挖掘出那些围绕在丁玲及其周围的形形色色的反法西斯的"隐蔽力量"。正是因为有了这些来自医疗与文化领域的国际援助力量，中国才取得了抗日战争及反法西斯战争的胜利。这一部分的历史是 20 世纪中国历史的重要组成部分，也是现代作家丁玲创作及革命生涯的重要组成部分。

二 隐蔽的力量：抗日战争的政治寓言

《我在霞村的时候》是丁玲争议比较大的一篇作品。围绕着"贞贞"

---

① Yi-tsi Feuerwerker, "Ting Ling's 'When I Was in Sha Chuan (Cloud Village)'", Signs, Vol. 2, No. 1 (Autumn, 1976), p. 275.

到底是"军妓"、"随营妓女"还是"慰安妇",以及"贞贞"到底是为我方游击队、边区政府还是为日军服务,学术界一直各持异议。① 在20世纪50年代后期批评所谓的"丁陈反党集团"时,还曾将贞贞看作丁玲为自身"变节"的一种辩护。这里需要指出的是,目前这些基于贞贞身份的争议无疑受到了各个时期文学批评所关心的主要问题及各个时代意识形态的限制。但是,我们也需要看到各种研究彼此分歧之所以很大,一部分原因是来自小说自身表述上的曲折与隐晦,也正是这些表述上的曲折与隐晦,从侧面凸显了霞村的神秘及隐藏在霞村中的革命力量的复杂性。

丁玲在小说中从未正面交代过贞贞到底是什么身份,读者即便读到小说的最后也不知道"那一天"到底发生了什么。②《我在霞村的时候》从一开始就带有侦探小说的色彩。当"我们"到了村公所,只见"大门墙上,贴上了很多白纸条,上面写着××会办事处,××会霞村分会……但我们到了里边,却静悄悄的,找不到一个人"③。到达刘二婶那里,"忽然院子里发生一阵嘈杂的声音,不知有多少人在同时说话,也不知道闯进了多少人来……我挤到人群堆里去瞧,什么也看不见,他们也是无所谓的在挤着而已,他们都想说什么,都又不说,只听见一些极简单的对话,而这些对话只有把人弄糊涂的"④。"我"只好随着人群走到了中间的窑洞门口,"只见窑里挤着满满的都是人,而且还雾沉沉的看不清"⑤,我又只好退了出来。就这样,丁玲用一种类似侦探小说的写法将不知到底发生了什么、焦急等待情节展开的读者引到了贞贞面前。而贞贞的出场则是典型的"红楼梦"写法,还没见到人,"便听见另外一个声音扑哧一笑"⑥,真是千呼万唤始出来。

可是,即便当贞贞的故事通过不同人的诉说与其自己的"坦白"而慢慢展开时,读者对于贞贞到底发生了什么仍然会有许多疑点。例如,当"我"走到一个天主教堂拐角的地方,听到两个打水的妇人在议论贞贞,

---

① 董炳月:《贞贞是个"慰安妇"——丁玲〈我在霞村的时候〉解析》,《中国现代文学研究丛刊》2005年第2期。
② 丁玲1950年对小说的修改突出了贞贞对革命任务的认知。本文中的引文采用1944年胡风所编辑的单行本。
③ 丁玲:《我在霞村的时候》,远方书店1944年版,第99页。
④ 同上书,第101—102页。
⑤ 同上书,第102页。
⑥ 同上书,第112页。

说她"还找过陆神父,一定要做姑姑,陆神父问她理由,她不说,只哭,知道那里边闹的什么把戏,现在呢,弄得比破鞋还不如……"①"我"所寄宿的刘二婶也对"我"说起一年半前鬼子来到霞村的情景,"咱们住在山上好些,跑得快,村底下的人家有好些都没有跑走,也是命定下的,早不早迟不迟,这天咱们家的贞贞却跑到天主教堂去了,后来才知道她是找那个外国神父要做姑姑去的,为的也是风声不好……就那一忽儿,就落在火坑了"②。对于贞贞为何到天主教堂去,"那里面闹的什么把戏",她和神父交涉了些什么,贞贞在天主教堂中又是如何被鬼子掳去的,以及这个天主教堂在霞村到底是一种什么样的存在,读者一无所知。读者能读到的只是,在小说中,丁玲用景物描写的方式,一再提到了"一个未被毁去的建筑得很美丽的天主教堂"。来到霞村的"我"所住的靠山的树林里"就直望到教堂",虽说我"没有看见教堂,但我已经看到那山边的几排整齐的窑洞,以及窑洞上的一大块整齐的树叶,和绕在村子外边的大路上的柳林",这"美丽的天主教堂"所构成的风景使"我很满意这村子"③。小说中,这个像谜一样的"美丽的天主教堂"从一开始就为小说笼上了一层神秘色彩。

和天主教堂一样神秘的还有霞村的后山,当贞贞和刘二婶们就她的婚事发生争执时,"她并没有到我的房中去",而是"向后山跑去了",这是"山上有些坟堆,坟堆周围都是松树,坟前边有些断了的石碑,一个人影子也没有,连落叶的声音也没有"④的后山。在这样的后山中又隐藏了怎样的神秘力量呢?贞贞又跑到了后山的哪里呢?她那个晚上又是在山里的哪里度过的呢?"我"和贞贞的"男友"并没有找到她。只是,第二天一大早,贞贞跑来告诉"我"她明天也要动身了,因为"他们叫我回××去治病"⑤。这对于"我"显然是一个惊喜,因为在此前和贞贞的谈话中,她只是说起"他们听说要替我治病"⑥。经过后山上的一个晚上,贞贞却带来了"他们"的最新安排。"我"刚走出她的家门,就碰到了在群众中做工

---

① 丁玲:《我在霞村的时候》,远方书店1944年版,第106页。
② 同上书,第103页。
③ 同上书,第97页。
④ 同上书,第123页。
⑤ 同上书,第97页。
⑥ 同上书,第126页。

作的年轻人,"告诉了我关于她的决定证实了她早上告诉我的话很快便会实现了"①。霞村的后山中似乎隐蔽着一股革命力量,决定了"贞贞"的去向,安排着"贞贞"的命运。"我"的离去正赶上敌人的大扫荡,而莫主任要把此处的伤病员全都送走。② 因此,霞村虽说是边区某个普通村庄,但它可能正是我军的一个根据地。无论是教堂也好,后山也好,都在小说中占据着推动情节发展、决定人物命运的关键地位。可是,丁玲对于它们却都采用了曲折而隐晦的描写,使它们仿佛成了隐蔽在暗处的某种神秘力量。而丁玲对于这些情节的设置长期以来并没有引起足够的重视。

事实上,翻译了小说集《我在霞村的时候》的龚普生自身也长期从事基督教团体的工作。龚普生 1932—1936 年求学于燕京大学的经济系。毕业后,她来到上海,加入了上海基督教女青年会,到上海附近的宝山县做农民工作,后转入学生工作。③ 上海基督教女青年会成立于 1906 年,是世界女青年会在中国上海的分部。当时中国的基督教女青年会聚集了一批同情左翼思想及共产主义的教会干事,她们中有美国人陆慕德(Maud Russell)、夏秀兰(Lily Haass)和耿丽淑(Talitha Geriach),以及新西兰人艾黎(Rewi Alley)等。她们和宋庆龄关系密切,建立了各类包括童工委员会在内的劳工组织和女工夜读学校,以改善中国的劳工环境。在当时的中国干事郑裕之的要求下,史沫特莱、斯诺、《中国之声》的主编葛贵思女士(G. Grenich)等都曾为上海基督教女青年会下属的女工学校做过演讲。史沫特莱为女工们讲述了中共的抗日政策及国民党对共产党人的迫害。④ 1938 年,史沫特莱还曾在汉口将各类宗教团体的传教士组织起来,成立了一个"国际慰劳团",为八路军募集了 4000 多元。⑤ 作为一种国际援助力量,进步的宗教团体曾给予过物资极度困乏的八路军及我国的抗日力量以巨大的帮助。20 世纪 30 年代,上海基督教女青年会甚至吸收了一大批中共党员。江青在奔赴延安前也曾在上海基督教女青年会参加各类工作。龚普生自身也是在上海基督教女青年会工作期间入党的。

---

① 丁玲:《我在霞村的时候》,远方书店 1944 年版,第 128 页。
② 同上书,第 125 页。
③ 燕京研究院:《燕京大学人物志》第 1 辑,北京大学出版社 2001 年版,第 388 页。
④ Karen Garner, Vecious Fire, *Maud Russell and the Chinese Revolution*, Araberst: University of Massachusetts, 2009, pp. 135 - 136.
⑤ 陆海莉:《抗战时期朱德和传教士的交往》,《党史文汇》2004 年第 1 期。

1939年，中国基督教女青年会的陆慕德被史沫特莱和斯诺笔下的延安深深地吸引，于该年夏天通过中国基督教女青年会的前会员邓颖超的安排访问了延安，而在延安负责召集女性党员参加座谈会，欢迎陆慕德的正是丁玲。① 这次对延安的访问，使陆慕德了解到了中共的全面抗日政策以及后方老百姓对中国抗日的大力支持。同时，美国的基督教女青年会也参与了世界反法西斯斗争，她们一直在呼吁美国对日本禁运和禁售油品及其他各类军需用品。1940年，美国的基督教女青年会开始公开谴责日本对中国发动的侵略战争，并要求美国政府尽快出兵参与反法西斯战争。② 正是这些进步的世界基督教女青年会的干事积极推动着美国与中国的联系，帮助中国获得了抗日战争的国际援助。而工作在延安的丁玲与上海基督教女青年会的龚普生从她们各自所在的地方，为争取国际援助这一共同的目标努力。

为了更好地利用各类支持抗日的积极因素，自1936年起，中共中央就颁布了较明确的宗教政策，保障宗教自由和传教自由，明确提出"对确以传教为职业的教堂与牧师神甫等不得侵犯"③。1939年2月1日颁布的《陕甘宁边区抗战时期施政纲领》也指出，"在尊重中国主权与遵守政府法令的原则下，允许任何外国人到边区进行宗教的活动"④。1944年的《中央关于外交工作指南》则进一步强调"容许外国牧师神甫来边区及敌后根据地进行宗教活动，并发还其应得之教堂房产"⑤。在各种政策的支持下，据1944年边区政府的调查统计，边区内共有佛教会8处，清真寺十余座，天主教堂20多处，以及基督教福音堂7处，各类信教群众计数百万人。⑥ 事实上，当时丁玲所领导的陕甘宁边区文协在搬到杨家岭之前，其办公地点就设在一座天主教堂内。⑦ 这些在边区蓬勃发展的宗教团体，在承认中共领导地位的同时，也成了中国抗日战争中一股"隐蔽的力量"。抗日战争期间，贞贞的故事就发生在一个有着美丽的天主教堂的小村庄。

---

① Karen Garner, Vecious Fire, *Maud Russell and the Chinese Revolution*, Araberst：University of Massachusetts, 2009, pp. 171-172.
② Ibid., p.175.
③ 中央档案馆：《中共中央文件选集》第11册，中共中央党校出版社1986年版，第135页。
④ 同上书，第644页。
⑤ 中央档案馆：《中共中央文件选集》第12册，中共中央党校出版社1986年版，第575页。
⑥ 郭林：《陕甘宁边区的民族关系》，陕西师范大学出版社2001年版，第146页。
⑦ 李向东、王增如：《丁玲传》上册，中国大百科全书出版社2015年版，第216页。

中国取得抗日战争、世界反法西斯战争的胜利，很大程度上得益于各类隐藏在深处的力量，它们从不同的方向涌到了一起，相互交汇，共同抵抗住了法西斯的侵略浪潮。对于 20 世纪 40 年代的中国而言，争取以美国为代表的世界反法西斯同盟的国际援助尤为关键。下面我会进一步论述，龚普生的翻译集《我在霞村的时候》得以出版，正是得益于包括世界基督教青年会在内的诸多隐蔽在深处的世界反法西斯力量的共同努力。它汇集了来自中国、美国和印度的反法西斯力量。而出版后的英文小说集则又为推动世界更好地了解抗日战争中的中国、为中共争取国际援助做出了贡献。

三　成为问题的印度

完成了在上海基督教女青年会的工作后，龚普生得到周恩来的指示，于 1941 年赴美国哥伦比亚大学攻读宗教学硕士学位。同年 12 月，日本偷袭珍珠港。龚普生应邀去美国一百多所大学和许多团体讲演，介绍中国人民坚持抗战、反对法西斯的斗争情况，她的足迹遍及美国半数以上的州。[①]在美国，龚普生认识了美国总统罗斯福夫人以及著名黑人歌唱家保罗·罗伯逊、女作家赛珍珠等知名人士。太平洋战争爆发以后，正是美国出兵加入反法西斯战争的关键时期。龚普生向美国总统夫人及社会进步人士积极介绍了中国的抗日情况，从一定程度上影响并推动了美国的参战。

学成后的龚普生于 1943 年回到重庆，时值皖南事变后，政治环境很差，周恩来领导下的中央南方局工作艰难，正在安排很多同志转移。出于培养党的高级外交人才的长远考虑，周恩来再次派遣龚普生赴哥伦比亚大学攻读国际关系专业的博士学位，并在美国开展"隐蔽的"外交工作。但是，龚普生的签证遇到了麻烦。直到 1944 年下半年，赛珍珠用"东西协会"的名义邀请龚普生赴美讲学，才使龚普生得以获准离开重庆飞往美国。[②]估计正是在这段滞留重庆的时间里，龚普生读到了刚刚在桂林出版的小说集《我在霞村的时候》。巧合的是，此时，章汉夫和那位在上海突然造访丁玲并意外地和丁玲一起被捕的潘梓年正在为周恩来领导下的《新

---

① 燕京研究院：《燕京大学人物志》第 1 辑，北京大学出版社 2001 年版，第 388 页。
② 叶祖孚：《资深女外交家龚普生》，《国际人才交流》1995 年第 9 期。

华日报》工作。① 这位章汉夫即龚普生后来的丈夫。20世纪30年代初上海地下党组织遭受严重破坏的时候,从莫斯科回国的章汉夫经香港到上海,与应修人一起担任江苏省委的工作。应修人在随后的1933年5月到丁玲寓所时遇埋伏的国民党特务,跳窗牺牲。一个星期后章汉夫也被国民党抓住,囚禁于南京。② 曾在上海负责宣传工作的章汉夫在上海及后来的南京囚禁期间是否曾与丁玲有过接触未曾可知。当时龚普生与章汉夫尚未结婚,她对丁玲的翻译是否受到章汉夫及潘梓年的影响也不得而知。

但是,龚普生再次赴美并不顺利。因为太平洋战争爆发,日本切断了航空线路,从重庆到美国只能先到昆明,然后从昆明翻越喜马拉雅山到达印度的加尔各答,再从加尔各答飞往美国。当时中美两国间的战略物资大抵也是通过这条"驼峰航线"经印度转运的。印度成了联结中美航运及物资运输的重要枢纽。龚普生在印度滞留了半年,待到第二次世界大战结束,美亚通航,她才于1945年8月来到美国,随后加入了刚刚成立的联合国人权委员会,参加联合国人权年鉴的编纂工作。龚普生的翻译大约就是完成于她在印度的滞留期间,并赶在她赴美前在印度出版了。

滞留印度期间,龚普生曾从印度的加尔各答给国内发回过一篇简短的报道,题为《战争世界中的印度》。在文章中她写道:"虽然印度军队是志愿募召的,但是也有二百多万散布在世界各战场",可是印度人对于参战并不积极:

> 战争又似乎和加城的人民隔得很远,战争没有在他们本土进行。没有受过战争威胁。士兵的死伤,是为了职业,是当兵这职业的必然不可避免的。战争给他们带来了繁荣或带来了限制,在他们只是一种意外,对一个意外的获得和他们没有关系,他们像看戏的。观众,看着一切的去去来来。③

当时的印度,并不认为世界大战的战火会延及自己。即便是曾给予中国许多支持的印度国大党领导人尼赫鲁也认为印度本土不会沦为战场。他

---

① 乔郁松:《乔冠华与龚澎:我的父亲母亲》,中华书局2008年版,第60页。
② 《章汉夫传》编写组:《章汉夫传》,世界知识出版社2003年版,第25页。
③ 龚普生:《战争世界中的印度》,《文汇周报》1945年第21—22期。

在《印度的统一》一文中写道："谁会侵略印度呢？德国是不太会鲁莽冒进的，因为欧洲国家互相牵扯。而苏联是不会侵略印度的。因为苏联奉行国际和平主义，侵略印度不符合它的利益。阿富汗和边境少数民族也不会，因为我们对他们实行友好的民族政策，而不是像英国那样的蛮进。……日本是有可能的侵略者，据说它有征服亚洲和世界的雄心，但那只有当中国被彻底打败，美国、苏联、英国也无能为力时才会轮到印度。但这不太可能发生。另外沙漠和喜马拉雅也是我们的天然屏障。"① 因此，即便是在1939年德国入侵波兰以后，大多数印度人对第二次世界大战会发展成什么样子，仍十分漠然。龚普生在文章中叙述了一个她与印度朋友一起观看电影的故事：

> 当银幕上映着欧战的新闻片时，他轻轻地问我说："知道吗，这些战争和我们毫不相干。你说对我们的自由有什么影响？战争以来，战事胜利以来，我们没有得到更多的自由啊！""那远东的战争呢？日本的企图，日本的侵略？"我忍不住问他。他笑着说"我们手被捆着的人无能为力啊！"这种对战事，对印度问题的看法，对侵略者威胁的漠然，实在是使人不置信，但是这一态度不是特殊的现象。而在这四百万的人口中就没有对这次战争有正确了解的！②

在当时的印度，"一般的印度报纸总有四页至八页，多半大页，但是往往找遍了也找不到一点中国消息"③。这就是当时印度社会和一般印度民众对于反法西斯战争和中国抗日战争的普遍态度。

印度长期处于英国殖民统治之下，一直以来为了争取自由与独立与英国殖民者展开长期的斗争。1939年英国对德宣战，将印度拖入战争，加重了印度的人力及物力负担。此时，印度国民大会领袖尼赫鲁就宣称，如果英国不给予印度独立与自由，印度就拒绝与这样的殖民政府站在一起。1940年10月，印度曾在甘地的领导下发起过全国范围的反战运动，一直

---

① Jawaharlal Nehru, *The Unity of India: Collected Writings 1937–1940*, New York: The John Day Company, Inc., 1942, p. 25.
② 龚普生：《战争世界中的印度》，《文汇周报》1945年第21—22期。
③ 同上。

到 1941 年 5 月才平息。① 但是，即便是太平洋战争爆发、英美联合参战以后，丘吉尔仍然拒绝给予印度以独立，甚至反对罗斯福提出的给予印度自治权的建议。② 当时的印度处于英帝国主义与法西斯主义的双重威胁下，此时的印度人民有着双重的斗争任务："他们一方面要克服狭窄的国家主义的危险，同时另得他们的自由。"③

但是，印度对参战的冷淡并不影响太平洋战争爆发后美国对印度的关心。由于受到斯诺等人的影响，罗斯福认为印度对保障东南亚的安全有极大的作用。罗斯福希望通过印度，塑造一个与英国旧式帝国主义国家不同的美国新型全球大国形象。他甚至多次希望丘吉尔能够在给予印度自主权方面松口。④ 当时的丘吉尔仍然固守旧式的殖民主义，而罗斯福早就预见了历史不可逆转的力量，美国的进步知识界也流行着一种对印度问题的普遍关心。龚普生在《世界战中的印度》提到，在加尔各答有许多国际组织都在为那些休假或工作中的官兵服务，它们中就有龚普生曾工作过的基督教女青年会。除此之外还有一个叫作"东西友谊协会"的团体，每星期举行集会，帮助盟军从文化方面了解印度。⑤ 龚普生这里所提到的"东西友谊协会"就是赛珍珠在美国成立的"东西协会"。在龚普生翻译集的扉页上赫然用中英文分别写着"天下一家"和"within the foursea sallmenare-brothers"，即"四海之内皆兄弟"，这恰恰是赛珍珠所翻译的《水浒传》的英文书名。鉴于龚普生 1945 年的赴美也是受到赛珍珠的邀请，龚普生对印度事务的关心、她的翻译集在印度的出版应该和赛珍珠的"东西协会"有一定的关系。

赛珍珠的"东西协会"（The Eastand West Association）成立于 1942 年，主要通过出版书籍及举办文化讲座来介绍中国等东方国家的文化，促进美国大众对这些国家的了解。1943 年秋，"东西协会"的工作重点正是中国与印度。协会将目光锁定在美国的各大图书馆，希望通过"培养"图书管理员来改变美国图书馆的书架，从而影响美国大众的视野。自 1942 年

---

① ［日］伊原泽周：《论太平洋战争期中的中印关系》，《抗日战争研究》2013 年第 2 期。
② ［日］伊原泽周：《论太平洋战争期中的中印关系》，《抗日战争研究》2013 年第 2 期。
③ 龚普生：《战争世界中的印度》，《文汇周报》1945 年第 21—22 期。
④ Auriol Weigold, Churchill, *Roosevelt and India*: *Propaganda During World War II*, New York: Routledge, 2008, pp. 91 - 93.
⑤ 龚普生：《战争世界中的印度》，《文汇周报》1945 年第 21—22 期。

开始，协会就为美国各大图书馆提供题为"中国与印度：人民与他们的土地"的一系列背景介绍课程，该活动得到纽约和布鲁克林公共图书馆的支持。赛珍珠、林语堂、史沫特莱和甘地的传记作者奚里哈兰尼等知名作家连续为公众开展了六期讲座。同时，还配以阅读书单和相关展览。活动很成功，在全美吸引了超过 250 个公共图书馆。在此成功经验的基础上，"东西协会"决定加大协会的出版力度，每月开展读书会用以讨论协会出版的畅销书，并在协会通讯上刊登书评、广告和东西文化领域的相关内容。"东西协会"还计划在 1944 年春天，分两个专题开设更为深入的"印度"及"中国"课程，帮助美国大众熟悉中国和印度。① 而这些讲座的内容则由发行《亚洲和美洲》杂志的出版社出版成一系列的小册子，以 30 美分到 50 美分的价格发行。这其中就有《印度的人民》(*The People of India*)、《中国的人民》(*The People of China*) 和《中国、印度和苏联家庭生活照片集》(*Picture Portfolios*) 等。赛珍珠自己题为《中国的大众教育》的小册子也相当受欢迎。② 太平洋战争爆发以后，中国和印度无疑是美国对亚洲的关注点所在，而美国及印度也是中国极力想争取的反法西斯力量。共同的历史使命将中国、美国及印度紧密地连在了一起。而此时，能够使不同国家的人们增进互相间的了解，更好地沟通与交流的正是文学。

四 文学的作用

一直以来，进步的印度工人阶级与民族独立运动领导者也曾慷慨地给予世界反法西斯运动以支持。例如，1934 年孟买纺织工人反对希特勒的大罢工就是印度工人的创举，这也是全世界第一次有组织地对法西斯的示威和抗议。1938 年，印度还曾选派过国民大会医疗队到中国，到边区帮助过八路军。③ 问题是，新的形势下，如何才能让印度人民更好地了解中国的抗日战争、通过中国看到反对英帝国主义的希望，并发挥印度在世界反法西斯战争中的作用呢？也许正是出于这样的考虑，龚普生在印度翻译并出

---

① "International Understanding: An East - West Program", *ALA Bulletin*, Vol. 37, No. 9 (October 1943), p. 292.
② Meribeth E. Cameron, "Recent Pamphlet Materials on Eastern Asia and the Pacific Area", *The Far Eastern Quarterly*, Vol. 4, No. 4 (August 1945), p. 378.
③ 龚普生：《战争世界中的印度》，《文汇周报》1945 年第 21—22 期。

版了丁玲的小说集。

在翻译本的序言中，龚普生写道："过去20年中国的新文学运动创造了一大批女性作家。她们中的大多数都只有短暂的写作生涯。她们中的一些退隐了家庭，另一些则远远落后于她们同时代的作家，落后于不断前行中的文学潮流。而丁玲是少数几个随着时间推移愈显光辉的一位。……她对抗日民族战争具有特殊的贡献。"① 龚普生所谓的"特殊的贡献"应该指的是丁玲能让世界更好地了解延安的生活和工作，了解中国共产党领导下的全民抗战。用龚普生自己的话来说，在延安工作与写作的丁玲，"通过对老妇人，年轻的贞贞和农民的描绘，丁玲为我们描绘了西北普普通通的人民是怎样生活的，她们是怎样在日本法西斯的蹂躏下取得反法西斯斗争的胜利"②。

由于此前史沫特莱和斯诺对丁玲在英语世界的译介，丁玲可能是当时英语世界的读者最为熟悉且尚健在的中国现代作家之一。并且由于上海那位"莎菲女士"骑着张学良东北军的马经西安径直来到了延安，对于丁玲的这一"转变"，国外的读者和记者们充满了好奇。1944年6月由驻重庆的外国记者发起组织的中外记者团一行21人开赴延安，丁玲是他们主动提出要访问的对象之一。24日，丁玲出席了延安文艺界在边区银行大楼举行的中外记者团招待会，向外国记者们介绍了延安的情况，并反驳了国民党散播的延安发表文章需要经过审查的谬论。③ 这次外国记者团到延安和晋西北、晋察冀等抗日根据地的考察是中共在对外联络工作中的一项巨大的胜利，也是周恩来领导下设在重庆的中央南方局长期斗争的结果。周恩来特地安排了南方局外事组成员龚澎和龙飞虎陪送中外记者团由重庆入延安。④ 而这位龚澎即是同样毕业于燕京大学、周恩来重庆期间的外事秘书、龚普生的同胞亲妹妹。由于这些外国记者随后发出的对延安积极正面的报道，打破了国民党长期以来对延安所实施的封锁。在此之后，延安和边区又迎来了中缅印战区美军司令部派出的军事观察组。⑤ 1944年在重庆的龚普生一定是知道了外国记者团访问延安、采访丁玲的一幕，并因此在自己

---

① Gong Pusheng, *When I was in Sha Chuan*, Poona: Kutub Publishers, 1945, p. 1.
② Ibid., p. 3.
③ 王增如、李向东编：《丁玲年谱长编》上卷，天津人民出版社2006年版，第181页。
④ 中共中央文献研究室编：《周恩来年谱》，中央文献出版社1998年版，第584页。
⑤ 同上书，第580页。

的翻译序言里也记下这次访问。① 长期在周恩来领导下在美国从事对外联络工作的龚普生肯定明白，再也没有比丁玲更适合向世界介绍中国抗日战争现状的作家了。

也许正是出于对1944年外国记者采访延安的自觉，龚普生将丁玲小说集中《入伍》一篇的标题索性改成了《记者与士兵》(The Journalist and the Solider)。② 有意思的是，也正是在《入伍》这篇小说中，丁玲通过主人公"徐清"之口说出了抗日战争中"文人"的心理及痛苦的"自我改造"过程。主人公徐清总抱怨，"今天是文人无用，文人受轻视的时候，你们听听别人一说到'新闻记'三字的声音吗，不过，话说回来，要是有这么几杆枪，咱们留下来打游击，几十人打到几百人，几百到几千，几千到几万，那倒怪有趣的，而且我相信我的聪明也还可以在那上面求发展……没有枪，干不了大事，也干不了小事"③。不能"施展才能"的徐清，"一想到他过去的一个同学现在翼中领了几千人，做队长，他就觉得他实在是可以有比这更大的前途，他希冀能有这样机会，他也在找着这样机会……"④ 这或许是刚到延安就希望能够马上去前线看打仗的丁玲的心情写实。只是经过了西北战地服务团和下乡开展农民工作之后，丁玲已经领悟到了"纤笔一枝谁与似？三千毛瑟精兵"的道理。

既然丁玲的作品在抗战时期具有"特殊贡献"，那么，龚普生又是怎样在对丁玲作品的翻译中向印度及世界人民传达中国全民抗日的情况，并尽可能多地争取国际援助的呢？龚普生在翻译文学文本之外，还有意地为中国文化中的一些特殊事物与革命中的新词汇加上了注释。例如，龚普生为小说中出现的"炕"、"高粱"、"破鞋"和"他妈的"都加上了详尽的注释。她努力使这些中国语境中的术语与文化现象能够为印度读者所了解，例如在解释"通讯员"一词时，龚普生写道："通讯员像英国军队中的送信员，他们常常在日军控制区域的游击队伍中从事危险的通讯传递工作，他们常常要穿过日军的封锁。有时他们身着制服，有时候则乔装成农民以骗过敌人。"⑤ 其中，尤其值得注意的是，龚普生特别留意对边区共产

---

① Gong Pusheng, *When I was in Sha Chuan*, Poona：Kutub Publishers, 1945, p. 3.
② Gong Pusheng, *When I was in Sha Chuan*, Poona：Kutub Publishers, 1945, p. 77.
③ 丁玲：《我在霞村的时候》，远方书店1944年版，第70页。
④ 同上书，第75—76页。
⑤ Gong Pusheng, *When I was in Sha Chuan*, Poona：Kutub Publishers, 1945, p. 87.

党领导下的民主生活的介绍。对于"选举委员会",她介绍说,"当游击队解放了原先被日军占领的地区,也为他们带去民主生活方式",使"每个人都能对重大问题进行投票",新成立的选举委员会的成员由"那些因英勇抗击日军而获得农民尊重的人们所组成",他们的主要工作是"鼓励农民积极参与选举,使他们能够越来越多地参与民主建设"①。而在民主生活中展开的"批评"则是一种集体探讨某一事情、表达某一观点的民主过程。批评对于"那些因贫困无知而被剥夺了正义的农民而言是一种全新的方式",批评"给予他们生活的骄傲和尊严,是他们日常生活的一部分"②。这些对边区民主生活方式的介绍无疑能引起长期处于英国殖民统治下、无法得到真正民主的印度人民的共鸣与向往。对长期受到英国殖民统治的印度人民来说,所谓的民主并不是什么国会或自上而下的民主,而是人民的地方自治,最底层的民主。③ 而丁玲的文学和龚普生的注释恰恰向印度人民展示了在共产党领导下的延安存在着一种不同于资产阶级民主方式的、中国民众日常性的民主生活。这对于印度人民或许是一种鼓励,能激起他们加入中国抗日和反法西斯的斗争中来,为争取一种新的民主生活而努力。

龚普生还在她添加的注释中直接提到印度。例如,对于"窑洞"一词,龚普生解释为:"窑洞,在中国西北部陕西或山西多见,由于多山,人们总是在岩石里打洞并建造房子。窑洞冬暖夏凉,门窗俱全,通风良好。好一点的窑洞还有白粉墙。西北地区的大厅和医院也建在这些窑洞里。当印度的国会医疗队到达西北和八路军一起工作时,他们也是在窑洞中的医院里开展工作的。"④ 这个医疗队也即是龚普生在《战争世界中的印度》一文中所提到的印度国民大会医疗队。1937 年 11 月 27 日,毛泽东以八路军总司令朱德的名义致函时任国大党主席的尼赫鲁,请求印度给予八路军医疗方面的援助。尼赫鲁接到信后积极回应了八路军的请求,在其主持召开的国大党第五十三次会议上通过了派遣医疗队援助中国抗日的决

---

① Gong Pusheng, *When I was in Sha Chuan*, Poona: Kutub Publishers, 1945, p. 107.
② Ibid., p. 77.
③ Jawaharlal Nehru, *The Unity of India: Collected Writings 1937 – 1940*, New York: The John Day Company, Inc. 1942, p. 13.
④ Gong Pusheng, *When I was in Sha Chuan*, Poona: Kutub Publishers, 1945, p. 8.

议。① 1938年9月底，柯棣华、巴苏等大夫率领的印度援华医疗队到达汉口，周恩来于10月7日、10日两次会见他们。② 1939年1月22日，印度援华医疗队又辗转来到延安。如果"贞贞"真的能回到延安治病，给她治病的是印度的国会医疗队也未尝可知。1938年的印度国会医疗队和1941年以后的印度志愿军对于中国取得抗日战争以及世界反法西斯战争的胜利而言都是至关重要的鼓励与援助。那些印度医生像来自加拿大的白求恩一样，工作在边区的窑洞甚至是教堂里，成为中国及世界反法西斯战争中一股强大的"隐蔽力量"。

结语

"自从帝国主义这个怪物出世以后，世界的事情就联成一气了"③

龚普生翻译集的扉页上印着的"天下一家"和"with in the four seas all men are brothers"有多重解释的可能，它既可以是基督教教义中的在上帝面前众人平等，皆为兄弟姐妹的解释，还是赛珍珠所翻译的《水浒传》的英文书名，也可以是对全世界无产阶级联合的一种期待。它所展现的正是抗日战争时期，面对帝国主义与法西斯侵略时，多种进步力量汇合与交融的可能性。正像书中的题字所体现的那样，来自中国、美国和印度，各自持有不同的教义、精神和主旨的人们都能在反法西斯这一共同的事业中找到汇合点。

中国民族独立与反帝运动的领导人一早就注意到了，要实现中国的反帝斗争就需要争取尽可能多的国际援助，并加入全球反帝反殖民斗争的大浪潮中去。第一次国内革命失败后的1927年，宋庆龄就参加了在布鲁塞尔召开的反帝与反殖民大会，参与了由爱因斯坦、高尔基、辛克莱和尼赫鲁等共同发起组织的反帝联盟。④ 从此刻起，中国的反帝斗争就已经和包括印度在内的广泛的"第三世界"联系在了一起。而中国的抗日战争也早已是世界反帝运动的一部分。

---

① 陈永成：《抗战时期的印度援华医疗队》，《百年潮》2014年第2期。
② 中共中央文献研究室编：《周恩来年谱》，中央文献出版社1998年版，第113页。
③ 《毛泽东选集》第1卷，人民出版社1991年版，第161页。
④ 傅绍昌：《宋庆龄对建立国际反战反法西斯统一战线的特殊贡献》，《历史教学问题》2012年第5期。

处于大时代中的龚普生敏锐地看出了国际援助对于中国革命的重要性。早在燕京大学求学时，她就曾通过加强对外联络工作，成功地领导了燕京大学的"一二·九"运动。她在斯诺的帮助下，召开了中国学生的第一次外国记者招待会，打开了中国学生运动的国际宣传的局面。而中国学生们的反帝精神通过外国记者又传到了巴黎，直接鼓舞了正在欧洲筹建的反法西斯世界学联。①

抗日战争爆发以后，龚普生及其妹妹龚澎以她们开展对外联络工作的才能加入周恩来领导的"外交"工作。1939年，在党的六届六中全会"集中一切力量，反对日本法西斯军阀侵略者，加紧对外宣传，力争国外援助，实现对日制裁"精神的指导下，周恩来在重庆建立了中共中央南方局，主要任务就是要加强国际统一战线，宣传中共的对外政策，扩大影响。当时的重庆有四十多个国家的外交代表机构，有各种国际性反法西斯组织与中外文化协会十余个，政治、经济、军事、商业、外交等各个领域外籍人士近千名、以及外国记者上百名，是国际反法西斯统一战线各种力量的聚合地。② 如果争取利用得当，它们都可以成为中国抗日战争中强大的"隐蔽力量"。而被派往美国的龚普生则与周恩来"里应外合"，通过影响第一夫人和赛珍珠等知识层以及在各个高校进行宣传演讲为中国的抗日战争争取国际援助。太平洋战争爆发以后，印度迅速成为世界反法西斯战争中值得争取的关键因素。中、美、印各自的民族利益都已和世界反法西斯战争的胜利紧密地联系在了一起。就在此时，龚普生发现了丁玲在国际社会中的知名度以及丁玲文学作品在世界反法西斯战争中的作用。通过翻译，她希望能够让世界，特别是举棋不定的印度更好地了解中国的反帝抗日斗争。

龚普生的这次翻译是继1935年、1936年间史沫特莱及斯诺翻译之后的又一次借助丁玲的小说让世界了解中国的翻译实践。也正是在世界反帝与反法西斯同盟中，在中国自1927年以来积极争取国际援助的一贯政策中，形成了龚普生与史沫特莱及斯诺翻译的历史连续性。龚普生对《我在霞村的时候》的翻译得以完成依靠的正是包括赛珍珠的东西协会和世界基

---

① 龚普生：《一二·九运动中的对外联络工作》，《一二·九在未名湖畔》，北京出版社1985年版，第77—85页。

② 乔郁松：《乔冠华与龚澎：我的父亲母亲》，中华书局2008年版，第47页。

督教青年会在内的这些反法西斯的进步力量。另一方面,她的翻译也将丁玲的文学置于了这样一种跨国联系的网络中,使文学发挥了抗击法西斯主义的巨大力量;文学和其他诸多因素一起,成为反法西斯运动中不使用枪炮的强大的"隐蔽力量"。

(原载《文学评论》2015年第5期)

红色文艺光环下的丁玲解读
——以钱杏邨、冯雪峰、茅盾的评论为中心

文学武[*]

1927年，丁玲以其处女作《梦珂》开始登上文坛，不久《莎菲女士的日记》等也陆续刊出，迅疾在文坛刮起了一阵旋风。正如当时一篇评论所指出的那样："丁玲女士是一位新进的一鸣惊人的女作家。自从她的处女作《梦珂》《莎菲女士的日记》《暑假中》《阿毛姑娘》等在《小说月报》上接连发表之后，便好似在这死寂的文坛上，抛下一颗炸弹一样，大家都不免为她的天才所震惊了。"[①] 从此，围绕丁玲的评论大量出现。值得注意的是，左翼文学批评界对丁玲始终给予极大的关注，丁玲在很长一段时间一直是左翼批评界注意的焦点，其蕴含的红色经典意义逐渐生成和清晰，这种情形在早期重要的几位左翼文学批评家阿英（钱杏邨）、冯雪峰和茅盾的评论中表现得尤为明显。他们对丁玲的评论既有合理的历史内核，初步展示了左翼文学理论和批评的成绩、特点，但很多时候也带有早期左翼文学批评的幼稚和偏颇，对丁玲颇多误读，留下了很深的"左"的痕迹。而这种批评模式在后来的文学实践中更带来了不少消极影响，深刻的历史教训值得人们反思。

一

钱杏邨早年是"太阳社"的重要成员，曾经以《死去的阿Q时代》一文在批评界一鸣惊人。钱杏邨这一时期的文学思想深受当时国际上流行

---

[*] 作者单位：上海交通大学人文学院。
[①] 毅真：《丁玲女士》，《妇女杂志》1930年第16卷第7期。

的"拉普"和"纳普"理论的影响,用所谓无产阶级文学教条理论来剪裁丰富的文学现象,在对许多作家的评论中都典型体现出"唯我独革"的心态,而《死去的阿Q时代》这篇文章也集中反映了钱杏邨激进而又偏颇的文学理念。他武断地把文化批判从思想领域引入文学领域,以作家的阶级意识和阶级立场来划分阵营,把以鲁迅为代表的五四文学看成革命文学的对立面,宣称:"不但阿Q时代是已经死去了,《阿Q正传》的技巧也已死去了……这个狂风暴雨的时代,只有具着狂风暴雨的革命精神的作家才能表现出来,只有忠实诚恳情绪在全身燃烧,对于政治有亲切的认识,自己站在革命的前线的作家才能表现出来!"① 然而这样一篇充斥许多错误观念的文章竟然被当时的"太阳社"吹捧为"实足以澄清一般的混乱的鲁迅论,是新时代的青年第一次给他的回音"②。可见钱杏邨的批评在当时已有相当的影响。随后钱杏邨在对茅盾、叶绍钧、陈衡哲、凌叔华、苏雪林、白薇、庐隐等许多作家的评论中都沿袭了这样的批评模式,即把作家的阶级立场放置在首要的位置,要求作家遵循唯物辩证法的创作原则,他对丁玲的评论自然也无法跳出这样的模式。

丁玲在文坛刚刚产生影响的时候,就进入钱杏邨的批评视野,丁玲作品的时代性和独特性引起了他的特殊兴趣。1929年,钱杏邨在《海风周报》上发表《〈在黑暗中〉——关于丁玲创作的考察》一文,这篇文章也是丁玲研究出现的最早一篇论文,着重对丁玲刚刚出版的第一部小说集进行了评论。在此基础上,钱杏邨又在稍后以"钱谦吾"的笔名发表《丁玲》一文,此外,钱杏邨还曾经在《一九三一年中国文坛的回顾》《关于〈母亲〉》等文章中对于丁玲的小说《水》和《母亲》做过评论。在这些评论中,钱杏邨一方面展现出了他敏感的文学嗅觉,比较准确地指出了丁玲创作的独特价值;但另一方面,他某些地方流露的文学感悟能力又常常被他信奉的机械唯物论观念所窒息、扼杀,呈现出"扭曲现实"的脸谱主义,因而,他对丁玲的评价很多时候是不客观的,对作家更多的是责难而不是理解,这种盛气凌人的批评自然难以经受历史的考验。

在钱杏邨看来,丁玲之所以迅速在文坛上崛起,取代了以前冰心、庐隐等女性作家的位置,很重要的一点是她的《莎菲女士的日记》等作品中

---

① 钱杏邨:《死去的阿Q时代》,《太阳月刊》1928年3月号。
② 《〈太阳〉月刊编后》1928年3月号。

贡献出了一群性格独异的新女性。他说："这几部创作，是一贯的表现了一个新的女性的姿态，也就是其他的女性作家的创作中所少有甚至于没有的姿态，一种具有非常浓重的'世纪末'的病态气分的所谓'近代女子'的姿态。"① 对于丁玲出色的描写能力和把握人物精神世界的能力，钱杏邨也颇为欣赏，他说："作者似长于性欲描写。那种热情的，冲动的，大胆的，性欲的，一切性爱描写的技巧，实在是女作家中所少有的。"② 他进而把丁玲笔下女主人公的精神特点概括为："她们的生活完全是包含在灵与肉，生与死，理智与感情，幸福与空虚，自由与束缚，以及其他一切的这样的现象的挣扎冲突之中，而终于为物质的诱惑所吸引，在苦闷的状态的内里，陷于灰心，丧志，颓败，灭亡……"③ 这些语言是批评家在直接感悟作品、进入作家心灵世界后的真实显露，也从一个侧面验证了钱杏邨作为一个评论家毕竟有着不同于一般人的眼光。就像有的学者指出的那样："作为最早一位新兴文学的研究者和批评者，钱杏邨这一时期的理论研究视野并不狭窄，他的批评尝试涉足于一个相当广的范围……这种广泛的研究和阅读培养了他的艺术鉴赏力。"④ 因而，我们看到，当稍晚丁玲因为创作长篇小说《母亲》而遭到某种指责，批评这部作品主题"太模糊，不亲切"等诸多缺陷时，钱杏邨倒是站出来为丁玲辩护，批评那些评论者"理解太机械，没有理解得'艺术形象化'的意义"。钱杏邨还以少有的宽容说："《母亲》虽然有缺点，但这缺点并不能掩饰它的优点，在1933年的中国文坛中，毕竟是一种良好的收获。"⑤ 钱杏邨对丁玲的这些评论，无疑是评论家在某种程度上忠实于客观生活，忠实于艺术感受、一定程度冲破"左"倾观念束缚所获得的成就，在丁玲研究中自有其应有的价值。

但是，此时的钱杏邨无论就其总体批评观念还是批评语言来说，都带有浓重的"左"倾文艺理论基调，是机械唯物论的代言人，庸俗的社会学评论成为其理论出发点，他对丁玲的评论中更是时时表现出了这些典型特征。在革命文学刚刚萌发的时期，钱杏邨就提出了"力的文艺"的口号，

---

① 钱谦吾（钱杏邨）：《丁玲》，《现代中国女作家》，北新书局1931年版。
② 钱杏邨：《〈在黑暗中〉——关于丁玲创作的考察》，《海风周报》1929年第1期。
③ 同上。
④ 艾晓明：《中国左翼文学思潮探源》，北京大学出版社2007年版，第127页。
⑤ 钱杏邨：《丁玲的〈母亲〉》，《现代》第4卷第4期，1933年11月。

"我们不能不应用 Marxism 的社会学的分析方法"①。但"力的文艺"在他这里只是简单的"阶级"的代名词而已。后来他进一步发挥说:"一个普罗列塔利亚作家要想在一切方面都坚强起来,他一定要能够把握得普罗列塔利亚的人生观与世界观。他应该懂得普罗列塔利亚的唯物辩证法,他应该用着这种方法去观察,去取材,去分析,去描写。"② 在这种观念指导下,钱杏邨在评论作家时就经常把落脚点放在作家的阶级意识和作品的社会内容上,把文学和生活的复杂关系简单化,文学作品和批评家先入为主的观念是否吻合以及吻合的程度成为衡量作品成败的标尺。钱杏邨的这些批评理论在他对丁玲的评论中得到了充分的验证,这一切都使得钱杏邨的作家评论在很大程度上成为自己批评观念的附庸,失去了应有的活力,成为"左"倾机械唯物论批评滥觞时期的代表之作。

　　钱杏邨认为,丁玲固然为中国新文学贡献出了一些独特的元素,然而她早期的几部作品因为描写的对象是受到"五四"影响的新女性,这些女性在当时的社会中已经成为落后时代的产物,其存在没有任何积极的意义,是彻底失去理想的颓废者,应该全盘否定。这种观察的出发点和他当年批判鲁迅如出一辙。他为此激烈批评丁玲笔下的这群新女性:"反映在丁玲的创作里的女性姿态,就是这样的一群姿态:她们拼命追求肉的享乐,她们把人生看得非常阴暗,她们感受性非常的强烈,她们追求刺激的心特别的炽怪……""在每一篇里,都涂着很浓厚的伤感的色调,显示出作者的对于'生的厌倦'而又不得不生的苦闷灵魂"。③ 很显然,钱杏邨的这些指责是非常过火的,完全不承认在中国历史进程中起过积极作用的小资产阶级知识分子的历史地位。这样,丁玲早期作品中最富有生命力、最为人们所熟悉的叛逆型女性形象的意义被钱杏邨一笔勾销了。不仅如此,钱杏邨还处处要求作家去表现所谓进步的阶级意识,在题材上去写所谓的"尖端题材",把有机的、丰富的现实主义内涵凝固为公式化的创作模式。他这样批评丁玲的作品:"《在黑暗中》只表现了作者的伤感,只表现了这一种人生。作者对于文学本身的认识,仅止于'表现',没有更进一步的提到文学的社会意义……作者只认识'文学是人生的表现'的一个原则,

---

① 钱杏邨:《关于文艺批评——力文艺自序》,《海风周报》1929 年第 9 期。
② 钱杏邨:《中国新兴文学中的几个具体问题》,《拓荒者》创刊号,1930 年 1 月 10 日。
③ 钱谦吾(钱杏邨):《丁玲》,《现代中国女作家》,北新书局 1931 年版。

忘却了'尖端的题材'的摄取。"① 其实，钱杏邨这里所念念不忘的"文学社会意义""尖端题材"正是庸俗社会学批评最常使用的名词，这样的后果必定使文学成为宣传的工具，把所有作家的创作绑在公式主义的战车上。从这样的观念出发，他极力批评丁玲落后的阶级意识导致了作品灰色的格调："作者不曾指出社会何以如此的黑暗，生活何以这样的乏味，以及何以生不如死的基本原理，而说明社会痼疾的起源来。"② 作家的世界观和创作方法被钱杏邨完全等同起来，文学直接变成了诠释社会意识形态的工具。

正是抱着这样偏激的批评观念，当丁玲后来逐渐放弃了早期的文学理想，走上"革命与恋爱"模式的创作道路时，钱杏邨倒反而大加赞赏。因为在他看来，丁玲的这些作品代表了一种进步的革命立场，是作家世界观转变的标志。钱杏邨对丁玲的《韦护》评论道："这一部长篇的主旨，很显然的，是'革命的信心'克服了'爱情的留恋'，这一个概念就是很正确的概念，是她在前期所绝对不会如此主张的概念。……这是她思想的发展。"③ 这分明是用政治标准代替了艺术本身的标准，客观的效果必然是从根本上取消了艺术自身。对于丁玲抛弃"革命加恋爱"模式后创作的《水》，钱杏邨将其视为当时左翼文艺运动最优秀的成果："作为反映这一题材的主要作品，那是丁玲的中篇小说《水》。《水》不仅是反映了洪水的灾难的主要作品，也是左翼文艺运动1931年的最重要的成果。……作者深刻地抓住了在洪水泛滥中的饥饿大众的，在实际生活的体验中逐渐生长的，一种新的斗争的个性，辩证法的描写了出来。"④ 钱杏邨之所以推崇《水》，就是因为《水》展示了丁玲运用唯物辩证法的创作方法，成为他心目中最符合革命文学规范的样本。

特别应当指出的是，钱杏邨此时的文学批评因为常常搬用国际流行的无产阶级文学话语，以激进、革命的姿态出现，再加上当时中国左翼文艺理论的水平普遍不高，很容易被同时期的左翼文学界奉为经典。可以看到，在20世纪30年代不少评论丁玲的文章都或多或少受到钱杏邨观点的

---

① 钱杏邨：《〈在黑暗中〉——关于丁玲创作的考察》，《海风周报》1929年第1期。
② 钱谦吾（钱杏邨）：《丁玲》，《现代中国女作家》，北新书局1931年版。
③ 同上。
④ 钱杏邨：《1931年中国文坛的回顾》，《北斗》1932年第2卷第1期。

影响，甚至在新中国成立后的相当一段时期，仍能在丁玲评论中见到类似模式的批评。但实际上，这种批评模式是建立在十分错误的理论基础上的，如冯雪峰所批评的那样："将具体生活现象变成了概念，将意识形态看成简单的抽象的东西，也将生活和意识形态的关系看成机械的简单关系。"①"钱杏邨的文艺批评，自他的开始一直到现在，都不是正确的马克思主义的批评。"② 因而它在文学实践中带来的危害也更大，这一点越到后来看得越清楚。

二

冯雪峰早年是一个痴迷文学创作的诗人，他从事丁玲评论的工作虽然略晚于钱杏邨，但较为清醒的头脑、扎实的理论功底使得他的批评比起钱杏邨要客观得多。在冯雪峰的心目中，丁玲具有非同寻常的地位，他与丁玲之间深厚的友情使得冯雪峰在很长一段时间都在关注丁玲的创作道路。从1932年他发表《关于新的小说的诞生——评丁玲的〈水〉》，到新中国成立后的《〈太阳照在桑干河上〉在我们文学发展上的意义》，冯雪峰对丁玲创作中出现的许多现象都及时给予揭示，这些文章在丁玲研究中自然也占有不可替代的地位。

左翼文学时期的冯雪峰与"左"倾机械唯物论的代表人物钱杏邨有着不少的区别。冯雪峰虽然支持"创造社""太阳社"对革命文学理论的倡导，但又十分不满于他们对于文学简单、机械的理解，更不满意他们在批评中粗暴的态度和关门主义倾向。因而冯雪峰在"左"倾文学理论泛滥、甚嚣尘上之时，却能够冷静思考，甚至给予一定程度的抵制，是十分难得的。如冯雪峰1928年发表的《革命与知识阶级》一文就充分显示了其在重大理论问题上的独立思考能力，对于极端"左"倾批评理论抱有警惕和怀疑的态度。他很不赞同钱杏邨等那些动辄否定反封建意义、否定五四时期知识分子的做法，坚持认为中国反封建革命的任务并未完成，也为鲁迅的价值进行辩护："在'五四''五卅'期间，知识阶级中，以个人论，

---

① 冯雪峰：《论民主革命的文艺运动》，《雪峰文集》第2卷，人民文学出版社1983年版，第130页。
② 冯雪峰：《"阿狗文艺"论者的丑脸谱》，《雪峰文集》第2卷，人民文学出版社1983年版，第349页。

做工做得最好的是鲁迅。"① 对于丁玲创作中出现的"革命与恋爱"模式的作品，冯雪峰虽然也肯定它是作家创作道路的一次重要转变，但并没有像钱杏邨那样把《韦护》《一九三〇年春上海》等作品抬到那样高的地位，他甚至认为丁玲的《田家冲》"至多不能比蒋光慈的作品更高明"②。这说明冯雪峰对当时盛行的这种模式化创作的弊端是有所认识的。对于丁玲投身左翼文学运动后创作的《水》，冯雪峰也没有像其他评论家那样无限夸大它的意义，认为"这还只是新的小说的一点萌芽"③。随着冯雪峰马克思主义文艺理论水平的逐步提高，他对"左"倾机械唯物论危害的认识越来越清晰，后来能够站在更宽阔的视野对其前期评论的不足进行反思和修正。这一点在他1947年所写的《丁玲文集·后记》中就已表现出来。在这篇带有总结丁玲创作道路意味的文章中，冯雪峰对"莎菲型"女性的评价比起早年的激烈指责要温和一些，他肯定丁玲的《梦珂》"闪耀着作者的不平凡的文艺才分，惹起广大读者的注意，却也更透明地反射着那时代的新的知识少女的苦闷及其向前追求的力量"。"第二篇问世的《莎菲女士的日记》，是《梦珂》的一个发展，艺术手段也高得很远了。"④ 同时，对于他自己和钱杏邨都曾经高估的《水》，也更能清醒地发现其隐含的问题所在："《水》，以艺术对现实对象的深度和艺术的精湛而论，反而大不及以前的《莎菲女士的日记》。""它的不满人意的地方，照我看来，是在于以概念的向往代替了对人民大众的苦难与斗争生活的真实的肉搏及带血带肉的塑像。……这作品是有些公式化的，同时也显见作者的生活和斗争经验都还远远地不深不广。"⑤ 丁玲小说《水》存在的这些问题实质上是作者片面理解文学与政治、文学与作家世界观、创作方法等关系带来的结果，作者往往生吞活剥地从概念出发而不是从具体生活的真切感受中，通过艺术手段所自然达到的。丁玲创作中的这些问题在当时左翼作家中是普遍存在的，冯雪峰的这些评论，一定程度上触及了片面的"左"倾唯物论的要

---

① 画室（冯雪峰）：《革命与知识阶级》，《无轨列车》1928年第2期。
② 何丹仁（冯雪峰）：《关于新的小说的诞生——评丁玲的〈水〉》，《北斗》1932年第2卷第1期。
③ 同上。
④ 冯雪峰：《〈丁玲文集〉·后记》，《雪峰文集》第2卷，人民文学出版社1983年版，第205页。
⑤ 同上书，第209页。

害,对于纠正左翼作家创作中的概念化倾向起到不可低估的作用。

对于包括丁玲曾经受到热捧的"革命恋爱"小说,此时冯雪峰也能冷静地剖析其致命的弱点,"仅仅千篇一律地在所谓小资产阶级分子的一些意识上的纠纷上兜圈子,并没有深掘到这些小资产阶级的意识上的冲突实在反映着时代的矛盾根源和阶级关系"。① 这可以看作冯雪峰站在历史的高度,对于这种概念化创作模式的一次较为彻底的清算。对于后来丁玲曾经遭受很多非议的小说《我在霞村的时候》,冯雪峰也力排众议,给以充分肯定:"《我在霞村的时候》,作者所探究的一个'灵魂',原是一个并不深奥的,平常而不过有少许特征的灵魂罢了;但在非常的革命的展开和非常事件的遭遇下,这在落后的穷乡僻壤中的小女子的灵魂,却展开了她的丰富和光芒的伟大。"② 冯雪峰认为,小说之所以达到这样的效果,就是因为作者长久体验生活、拥抱生活,进而用形象的方式来塑造人物。考虑到冯雪峰这篇文章的写作已经是在延安文艺座谈会之后,当时的绝大多数革命知识分子普遍接受了党的领导者对文艺问题的权威论断,他仍然能从复杂人性的角度来切入,显示了自己的独立思考精神。到了后来,冯雪峰在评论丁玲的著名小说《太阳照在桑干河上》时,已经能够较为熟地运用恩格斯典型性理论来分析作品,从而对作品巨大的社会意义和现实主义特征做了很好的阐释。他说:"我认为这一部艺术上具有开创性的作品,是一部相当辉煌地反映了土地改革的、带来了一定高度的真实性的、史诗似的作品;同时,这是我们社会主义现实主义的在现时的比较显著的一个胜利,这就是它在我们文学发展上的意义。"③

但冯雪峰文学批评的复杂之处在于:虽然冯雪峰曾经较早从事马克思主义文艺理论的翻译和介绍工作,虽然他不认同"创造社""太阳社"的理论主张,也能够在一定程度上对当时盛行的机械唯物论加以抵制和批评。但总体来说,他并没有能够完全摆脱"左"的教条理论束缚,在反"左"的同时自己也不知不觉间陷入"左"的理论怪圈,因而在对不少文学理论问题的理解上亦有明显的失误,这些失误在他对丁玲的评论上

---

① 冯雪峰:《〈丁玲文集〉·后记》,《雪峰文集》第 2 卷,人民文学出版社 1983 年版,第 208 页。
② 同上书,第 212 页。
③ 冯雪峰:《〈太阳照在桑干河上〉在我们文学发展上的意义》,《文艺报》1952 年第 10 期。

都——暴露了出来。冯雪峰早年的《革命与知识阶级》尽管与钱杏邨等人的观点有明显的分野，但不能否认的是也有不少"左"的论调，比如对知识分子在反封建时期的先进作用估计不足，认为他们只能充当革命的"附庸"。同时也错误地认为五卅以后"国民主要（次要当然要继续与封建势力斗争）是应该生活在工农阶级与资产阶级的斗争中的"①。进而混淆了社会性质。站在这样的立场上，冯雪峰在评论丁玲转向革命文学之前的作品时，对作者描写的一群小知识分子就充满了排斥和否定，甚至由此来批评作家所谓错误的政治立场："丁玲在写《梦珂》，写《莎菲女士的日记》，以及写《阿毛姑娘》的时期，谁都明白她乃是在思想上领有着坏的倾向的作家。那倾向的本质，可以说是个人主义的无政府性加流浪汉（Lumken）的知识阶级性加资产阶级颓废的和享乐而成的混合物。"他指责《莎菲女士的日记》中的知识女性流露的是一种"苦闷的，无聊的，厌倦的不健康的心理状态"②。这样的论点和钱杏邨对丁玲的评论并没有什么本质的区别。其实这种过火的、以作家政治立场画线的做法恰恰和他曾经流露的较为正确的观点处于无法调和的矛盾中，冯雪峰很长一段时间就这样来回摇摆。

由于冯雪峰此时的文艺评论模式在整体上无法完全与钱杏邨划清界限，也无法超越自己所处的时代，那种他所批判的钱杏邨式的机械唯物论痕迹在其评论丁玲的文章中也是经常可以见到。例如，当时盛行着的"唯物辩证法的创作方法"就一再被冯雪峰当作评判作家的工具，其实质就是片面夸大"唯物辩证法"的思想方法对创作起着直线式的决定作用，鲜明地强调作家作品的政治性和阶级性倾向；要求作家选取所谓的重大题材，突出工农大众的历史作用等。这些倾向在冯雪峰左联时期写作的《关于新的小说的诞生——评丁玲的〈水〉》一文中表现得尤其明显，很大程度上带有早期左翼文学批评的通病。丁玲参加左翼文学活动后，急于要摆脱以前的创作模式，于1931年发表了小说《水》。这篇小说在艺术上虽然很粗糙，存在很多缺陷，因而谈不上有多少艺术的创造。但因为它直接选取了当时中国南方洪水泛滥的重大事件，在作品中讴歌了农民觉醒、反抗的斗

---

① 画室（冯雪峰）：《革命与知识阶级》，《无轨列车》1928年第2期。
② 何丹仁（冯雪峰）：《关于新的小说的诞生——评丁玲的〈水〉》，《北斗》1932年第2卷第1期。

争生活。这些在钱杏邨、冯雪峰甚至茅盾等不少左翼批评家看来，标志着唯物辩证法的创作方法开始被作家自觉运用，不仅是丁玲创作也是左翼文学上的重大事件，于是《水》就被赋予了特殊重要的地位。为此，冯雪峰认为丁玲的《水》意味着作家在思想上有了巨大的飞跃，同以前的旧意识彻底决裂，成了"新的小说家"。冯雪峰理解的新小说家只是就作家的世界观来谈的，根本没有涉及任何文学内在因素："新的小说家，是一个能够正确地理解阶级斗争，站在工农大众的利益上，特别是看到工农劳苦大众的力量及其出路，具有唯物辩证法的方法的作家！"① 冯雪峰还总结出《水》在文坛上出现的价值："第一，作者取用了重要的巨大的现实的题材……第二，在现象的分析上，显示作者对于阶级斗争的正确的坚定的理解。第三，作者有了新的描写方法。"② 到了20世纪40年代，冯雪峰依然坚持认为从《莎菲女士的日记》到《水》，是作家思想进步的表现，"《水》依然是作者发展上的一个标志，同时也是我们新文艺发展上的一个小小标志"③。这些都是从阶级论出发，把艺术视作政治附庸的产物。冯雪峰特别看重作家世界观的改造，特别看重作品中表现出的阶级意识。在他看来，只要一个作家"从观念论走到唯物辩证法，从阶级观点的朦胧到走到阶级斗争的正确理解"，马上就会成为一个"新的作家"。④ 至于作品艺术上的成败得失则被放在了无足轻重的地位，这都证明冯雪峰一旦涉足具体的文学对象时也会深深地陷入他所否定的"左"倾机械论的泥淖。因此，人们惋惜地发现，一个并不缺少美的感受和创作经验的批评家，一个并不缺少丰富理论素养的批评家，在对《水》的评论中竟然出现了让人难以接受的，也被历史证明是不准确的结论。直至后来冯雪峰总结历史教训，对早期左翼文艺理论思潮开始系统反思的背景下，在涉及评论丁玲时，这种机械、生硬套用政治理论术语、主题先行，忽视对作品进行精细美学分析的模式仍很严重。如动辄批评丁玲早期作品主人公只是"空虚"

---

① 何丹仁（冯雪峰）：《关于新的小说的诞生——评丁玲的〈水〉》，《北斗》1932年第2卷第1期。
② 同上。
③ 冯雪峰：《〈丁玲文集〉·后记》，《雪峰文集》第2卷，人民文学出版社1983年版，第210页。
④ 何丹仁（冯雪峰）：《关于新的小说的诞生——评丁玲的〈水〉》，《北斗》1932年第2卷第1期。

"绝望""没有拥有时代前进的力量"①，动辄把是否能反映出较广、较深的社会内容作为人物典型化的唯一尺度，甚至把典型性和阶级性当作同一概念而误用。他批评《太阳照在桑干河上》的黑妮"没有完全写好"，"这个人物和小说中故事的联系虽然是有机的，但说到以她的性格去和她的环境、事件及别的人物相联系，则其有机性就不够充分和深刻"②。冯雪峰的审美判断在这里出现了严重的偏差。可见，冯雪峰的文学批评始终是矛盾的统一体，在丁玲评论中，他惊人的才华和平庸的见解常常交织在一起。在当时中国马克思主义文艺理论尚未成熟、独创性理论匮乏且"左"倾观念根深蒂固的情况下，冯雪峰和他的很多同时代人一样，也无力摆脱这样的悲剧宿命。

三

在左翼文学批评家中，茅盾的文学批评是很有个性的。由于茅盾从事实际的文学批评很早，积累了十分丰富的文学经验，而且对西方的各种文学理论和思潮涉猎很广，因此并不像钱杏邨那样对新兴的无产阶级文学理论充满狂热、亢奋，态度较为审慎。即使在"左"倾唯物论大行其道的时候，他也有不同程度的抵触，宁愿保持一种距离。同时，茅盾在进行具体的文学评论时，更多的是从文学的角度而不是政治的角度来考察，对文学本质的见解比起钱杏邨和冯雪峰来都更准确、更贴近文学本体；对作家的态度也较为宽容和温和，远远没有像钱杏邨的粗暴和冯雪峰的严厉。因此，当茅盾评论丁玲的时候，自然就带来一些特别新鲜的元素，显示出了左翼文学批评的实绩和高度。

茅盾深受五四新文化运动思潮的影响，他是带着五四现实主义文学的传统而跨入左翼文学的批评阵营来的。当钱杏邨把国际上的"拉普"和"纳普"那套理论拿来当作至高无上的原则，并把火力对准鲁迅等五四时期的作家时，茅盾本能地挺身而出，捍卫着以鲁迅为代表的现实主义精神，批评钱杏邨的那套头脚倒置的所谓新写实主义理论，和钱杏邨展开激烈的论战。茅盾坚持认为作家应该描写客观存在的现实，现实是具体可感

---

① 冯雪峰：《〈丁玲文集〉·后记》，《雪峰文集》第 2 卷，人民文学出版社 1983 年版，第 205 页。
② 冯雪峰：《〈太阳照在桑干河上〉在我们文学发展上的意义》，《文艺报》1952 年第 10 期。

的历史过程而不是干巴巴的主观理念，否则必定造成对现实的歪曲。他说："慎勿以'历史的必然'当作自身幸福的预约券，且又将这预约券无限止地发卖……把未来的光明粉饰在现实的黑暗上。"① 茅盾对于忽略艺术美感、片面夸大文学宣传作用的观点也十分反感，批评倡导"革命文学"的作家"有革命热情而忽略于文艺的本质，或把文艺也视为宣传工具"②，这不啻是对钱杏邨等的棒喝，在庸俗社会学面前亮出了鲜明的反对大旗。同时茅盾还认识到，五四新文学的反封建意义是不能简单否定的，它在中国社会的进程中曾经扮演着积极、进步的角色。所以茅盾1933年发表的《女作家丁玲》对丁玲早期作品《莎菲女士的日记》的评论，就能从反封建的历史环境中揭示莎菲等充满叛逆和反抗传统礼教的精神，敏锐发现这些女主人公和五四时期的精神关联。茅盾说："她的莎菲女士是心灵上负着时代苦闷创伤的青年女性的叛逆的绝叫者。莎菲是一个个人主义者，旧礼教的叛逆者。"显然，茅盾认为评论人物不能离开其具体的历史环境。莎菲虽然是五四时期的青年女性，但当时中国反封建的历史进程并没有结束，而且有时还在激烈进行，"莎菲们"的反抗当然在一定的阶段仍具有积极的意义。茅盾的这些见解比起钱杏邨甚至冯雪峰都更加符合实际。对于"莎菲"等遭人非议的恋爱生活方式，茅盾也不是简单地否定，更不是像钱杏邨那样动辄上纲上线，斥责其"堕落"，也没有像冯雪峰那样斥责她们是一群追求资产阶级生活方式的"恋爱至上主义者"。他更多的是一种理解和同情："她要求一些热烈的痛快的生活；她热爱着而又蔑视她的怯弱的矛盾的灰色的求爱者，她终于从腼腆拘束的心理摆脱，从被动的地位到主动……这是大胆的描写，至少在中国那时的女性作家中是大胆的。莎菲女士是'五四'以后解放的青年女子在性爱上的矛盾心理的代表者！"③ 茅盾把左翼批评家常常从政治角度评价"莎菲型女性"的做法还原为社会和文化心理的层面，将其解读为"性爱矛盾心理的代表者"，可谓别出心裁，更有说服力。

综观20世纪30年代的左翼文学批评，能够像茅盾这样精细入微地从作品入手，进而恰如其分地总结出作家作品的创作特色以及文学史意义，

---

① 艾晓明：《中国左翼文学思潮探源》，北京大学出版社2007年版，第124页。
② 茅盾：《从牯岭到东京》，《小说月报》第19卷第10期，1928年10月。
③ 茅盾：《女作家丁玲》，《文艺月报》1933年第2号。

并报以一种和作家平等的姿态而不是居高临下的姿态，确实非常罕见。在批评家和作家的关系中，李健吾曾经发表过很好的见解："一个作者不是一个罪人，而他的作品更不是一片罪状……在文学上，在心灵的开花结实上，谁给我们一种绝对的权威，掌握无上的生死？"[1] 批评家的角色更多的是用心灵去咀嚼和体味杰作的魅力，而不是法官和裁判。显然，茅盾的文学批评实践很接近李健吾的这种理想，他对丁玲《莎菲女士的日记》的这些评论历来被人们视为权威和经典是很有道理的，它一扫当时的那种死抱僵硬文学理论、执着于政治功利批评的做法，把文学审美的主动权真正交给了读者。稍后茅盾评论丁玲的小说《母亲》，也依然延续了这样的模式。丁玲在转向革命文学后虽然告别了《莎菲女士的日记》时代，不仅创作了带有浓厚"革命加恋爱"题材意味的《韦护》《一九三〇年春上海》等作品，也创作了诸如《水》《田家冲》此类凸显革命和反抗的作品。这些作品虽然一时赢得了左翼文学界的喝彩，但丁玲也深深地陷入困惑之中。作为一个很有天分的作家，她当然知道这类紧跟左翼文艺潮流的作品是难以获得长远的生命的。带着矛盾的心理，她有意把笔触拉回到自己熟悉的生活，创作了和时代保持一定距离的小说《母亲》。然而小说刚刚问世，那些信奉唯物辩证法创作方法的批评家马上就横加指责，如署名"犬马"的作者批评《母亲》描写的时代太模糊，缺乏时代精神，"所以在下笔的时候，不自觉的会怀着感伤的情调，多作'开元盛世'的追忆，以及关于这破落大户的叙述，而不能实际把握住那一时代，为那一时代的运动与转变画出一个明显的轮廓"[2]。他也同时批评《母亲》很多描写日常生活的篇章是刻意模仿《红楼梦》。对于这种盛气凌人、缺少宽容精神的批评，茅盾十分反感，他认为这对于丁玲过于苛刻，完全是从抽象观念出发而不是从真实的艺术感受出发得出的错误结论。茅盾反驳说："这些真是具体地（不是概念）地描写了辛亥革命前夜'维新思想'的决荡与发展。并不是一定要写'革命党人'的手枪炸弹才算是'不模糊'地描写了那'动荡的时代'！"[3] 茅盾这里所致力的是建立批评家和作家之间互相理解、彼此

---

[1] 刘西渭（李健吾）:《边城——沈从文先生作》,《李健吾文学评论选》, 宁夏人民出版社1982年版，第50页。

[2] 犬马:《读〈母亲〉》,《申报·自由谈》1933年6月28日。

[3] 茅盾:《丁玲的〈母亲〉》,《文学》1933年第1卷第3期。

尊重的平等关系，这对于文学批评而言，是一种更具建设性的做法。

然而，茅盾的文学批评道路也不是一条直线，有时会出现微妙的变化，呈现出不平衡甚至矛盾的状态。特别是20世纪30年代茅盾实际参加"左联"组织从事文学批评时，"左"倾的文学理论也不可避免地影响到他，留下了时代的烙印，批评成就和特色都有所减弱。如茅盾早期所写的作家论，"比较尊重作家创作的选择及其特殊的艺术追求，也比较注意审美的判断……这时茅盾的批评是比较宽容和切实的"①。但是到了1933年他所写的《女作家丁玲》，也在很多方面附和流行的"左"倾理论，从作家世界观的转变来机械地理解丁玲创作的转向。作家的阶级立场、生活道路等非文学因素越来越受到重视，他原来较少关注的题材、主题等也逐渐排斥了对作品美感的咀嚼和欣赏。如茅盾把丁玲的创作道路划分为《莎菲女士的日记》时期、"革命与恋爱"时期和以《水》为代表的时期，这样的划分显然是以丁玲思想的历程而不是以文学本身的逻辑进程作为依据。他认为作家思想的进步必然造成文学世界的进步，其结果自然无形地把《水》提高到和作品自身不相称的位置："《水》在各方面都表示了丁玲的表现才能的更进一步的开展……可是这篇小说的意义是很重大的。不论丁玲个人，或文坛全体，这都表示了过去的'革命与恋爱'的公式已经被清算！"②事实上，虽然《水》的确终结了"革命加恋爱"的文学创作模式，但却同时开启了概念化更为严重的唯物辩证法创作方法的模式，而这种模式给文学带来的负面影响更为深远，遗憾的是茅盾当时并没有意识到。他的这些评论基调人们都似曾相识地在钱杏邨、冯雪峰那里见到过。在"唯物辩证法的创作方法"像无物之阵那样无处不在的时候，即使茅盾这样出色的批评家也无法独善其身，真正与其划清界限。直到晚年，茅盾对这些现象才能做出较为彻底的反思，认为这是左翼文学批评整体水平的贫弱所导致："健全正确的文艺批评尚未建立起来，批评家尚未摆脱旧的习惯。"③

钱杏邨、冯雪峰和茅盾都是中国左翼文学较有影响的批评家，在血与火的年代，他们都以极大的热情投身到中国左翼文艺运动，扩大了左翼文艺的影响。在对著名左翼作家丁玲的评论中，他们几乎同时发现了这位作

---

① 温儒敏：《中国现代文学批评史》，北京大学出版社2005年版，第87页。
② 茅盾：《女作家丁玲》，《文艺月报》1933年第2号。
③ 茅盾：《〈春蚕〉、〈林家铺子〉及农村题材的作品》，《新文学史料》1981年第1期。

家的文学生命，并以自己的批评方式做出了阐释，不少地方充满真知灼见，构成了丁玲研究历史链条的重要一环。但也应该看到，钱杏邨、冯雪峰、茅盾的丁玲评论存在的缺陷也是无可避讳的，他们都企图通过具体的文学形象来图解意识形态领域的抽象概念，文学审美的中介方式几乎消失了，文学封闭地焊接在政治、阶级等的标签上，因而，丁玲一定意义上成了他们发挥这种批评理念的传声筒。人们看到的是，在丁玲红色意义凸显的背后却是对文学本体的迷失，中国左翼文学批评由此也面临着严重的危机和挑战。钱杏邨、冯雪峰和茅盾在评论丁玲中的成败得失、经验教训在中国左翼文艺思潮中是带有共性的，在今天仍不失为供人们反思的典型范例。

（原载《文学评论》2015 年第 5 期）

一类故事的两种写法
——《我在霞村的时候》与《金宝娘》的互文阅读

李明彦[*]

法国学者朱丽叶·克里斯蒂娃认为:"任何作品的本文都像许多行文的镶嵌品那样构成,任何本文都是其他文本的吸收和转化。"[①]从这一观点出发,她提出了"互文性"概念,常常用来比较两个具体或特殊文本之间的关系,以及一文本通过记忆、重复和修正,向它文本产生扩散性影响。艾布拉姆斯也说过:"任何一部文学文本'应和'其他的文本。或不可避免地与其他文本相互关联的种种方法。这些方法可以是公开的或隐秘的引证和引喻;较晚的文本对较早的文本特征的同化;对文学代码和惯例的一种共同累积的参与等。"[②]这说明,引入互文性视角,有助于我们发现一个文本和其他文本的对话,后一文本对前文本的吸收、转化以及对文学惯例的遵循,由此发现两个文本中隐藏密码。

丁玲的《我在霞村的时候》和马烽的《金宝娘》两部短篇小说有较多的相似之处。丁玲的《我在霞村的时候》创作于延安解放区,马烽的《金宝娘》创作于晋绥边区,两篇小说虽时间指向不一致,但也有诸多相似之处。如两者设置的故事空间均是解放区,从作者层面看,去除性别的差异,两人都是具有相同的政治身份,都是革命阵营的小说家。更重要的是,这两篇小说都"关切农村社会中被邪恶势力和世俗观念折磨着的苦命的灵魂"[③],探讨的是农村失贞女子的现实困境和出路问题。诸多的相似性,让

---

[*] 作者单位:东北师范大学文学院。
[①] Julia Kristeva, "Word Dialogue and Novel", The Kristeva Reader, oril moied, Oxford: Blackwell Publisher Ltd., 1986, p. 36.
[②] [美]M. H. 艾布拉姆斯:《欧美文学术语词典》,北京大学出版社1990年版,第373页。
[③] 杨义:《中国现代小说史》第3卷,人民文学出版社1998年版,第565—566页。

我们对两篇小说进行互文阅读有了充分的理由。这两篇以失贞女性为言说对象的作品，有着超越时间和空间的相似性，在相似性中又有诸多相异处，呈现出异质同构、同质异构的复杂局面。

一 故事样本：听来的与看到的

丁玲的《我在霞村的时候》和马烽的《金宝娘》的主题都是反映农村失贞妇女面临的困境和出路问题。这两个故事的主题词是一样的，如失贞、妇女、革命、出路，等等。但两者的普遍相似中，故事样本的来源却不一样，这也在一定程度导致了两者的写法不尽相同。

丁玲的《我在霞村的时候》于1941年发表在《中国文化》6月20日第3卷第1期。讲述的是霞村一个叫贞贞的年轻女子，因反抗包办婚姻，跑到天主教堂去做姑子，结果被日本人掳去做了"慰安妇"[1]。因不堪忍受，贞贞两次从日军那里逃回来，后来因游击队情报工作的需要，贞贞又回到了日军那里。染了一身性病后，回到霞村的贞贞被村民视为不洁之物，处处受到歧视和排挤。据丁玲的回忆，这篇小说并不是丁玲根据亲眼所见的现实加工而成，而是"听"来的故事：

> 我写《我在霞村的时候》就是那样。我并没有那样的生活，没有到过霞村，没有见过这一个女孩子。这也是人家对我说的。有一个从前方回来的朋友，我们两个一道走路，边走边说，他说："我要走了。"我问他到哪里去，干什么？他说："我到医院去看两个女同志，其中有一个从日本人那儿回来，带来一身的病，她在前方表现很好，现在回到我们延安医院来治病。"他这么一说，我心里就很同情她。一场战争啊，里面很多人牺牲了，她也受了许多她不应该受的磨难，在命运中是牺牲者，但是人们不知道她，不了解她，甚至还看不起她，因为她是被敌人糟蹋过的人，名声不好听啊。于是，我想了好久，觉得非写出来不可，就写了《我在霞村的时候》。这个时候，哪里有什么作者个人的苦闷呢？无非想到一场战争，一个时代，想到其

---

[1] 董炳月：《贞贞是个慰安妇》，《中国现代文学丛刊》2005年第2期。

中不少的人——同志、朋友和乡亲，所以就写出来了。①

从丁玲晚年的回忆来看，《我在霞村的时候》中贞贞的故事梗概和精要部分完全和"前方回来的朋友"讲述的故事一致。这一故事样本也在延安时期萧军所记的日记中出现，和丁玲的回忆大体相同。萧军在1940年8月19日的日记中记载过《一个干部的小脚老婆》《一个从侮辱中逃出的女人》《一个妇委秘书》《月亮》四则小故事。这四个小故事的核心都与女性有关。其中，《一个从侮辱中逃出的女人》记载了这样一个故事：

> 一个在河北被日本掳去的中年女人，她是个党员，日本兵奸污她，把她掳到太原，她与八路军取得联络，做了很多的有利工作，后来不能待了，逃出来，党把她接到延安来养病——淋病。②

在1942年萧军和丁玲发生冲突之前，延安时期的萧军和丁玲是无话不谈的朋友，关系极为密切，甚至因为丁玲和萧军过于频繁的交往，导致萧军爱人王德芬跟丁玲的关系一度非常紧张。在萧军的日记中，丁玲的代称是"T"。从萧军的日记来看，8月15日、8月16日和9月1日都有萧军和丁玲的倾心长谈，9月8日萧军要见毛泽东和洛甫之前也特意找过丁玲进行商量，9月24日清晨萧军曾在丁玲卧室里谈论杜益退夫斯基回忆录，10月6日日记还记载了丁玲向萧军询问萧红的过往，10月9日丁玲把自己和母亲、孩子九年前的合影拿给萧军看。从两人这种密切联系来看，萧军日记中记载的故事和丁玲晚年回忆听朋友讲的故事出处应该是相同的。

1940年9月下旬，丁玲遇到了人生的一次政治风波。因为丁玲在20世纪30年代曾被国民党拘捕3年，到延安之后，特别是在1940年，一度盛传丁玲有过自首叛变失节的行为，延安中央组织部就丁玲的这段历史展开调查，并于1940年10月4日由陈云和李富春出具结论，认定丁玲并无自首情节。"政治上是否失贞"这一问题给丁玲造成的压力和困扰可想而知。丁玲创作《我在霞村的时候》的具体时间有不同的说法，有的认为创

---

① 丁玲：《谈自己的创作》，张炯主编《丁玲全集》第8卷，河北人民出版社2001年版，第87页。
② 萧军：《萧军日记》（1940），《新文学史料》2007年第3期。

作于1940年，有的认为创作于1941年1月2日①，大体可以肯定的是：写作时间恰好是丁玲最苦闷最压抑的审查时期前后。这也可以从萧军的日记中找到佐证。据萧军1940年9月24日的日记记载，当天萧军去找丁玲，丁玲正阅读杜益退夫斯基回忆录，丁玲对萧军说："我近来的感情不知怎的……总好像对杜氏小说中人同情一样，对每个人全感到可怜！"她说着，一只眼睛有一条泪流落到枕头上了。②可见此时的丁玲内心汹涌的情感喷薄欲出，掩藏的难过、屈辱和不安一定是极为强烈的，想要说话的冲动让她重新对这个故事进行了加工改造。因此，这则"听来的故事"变成了小说，可以想见作家对笔下人物寄予了强烈的情感，作者通过笔下人物来抒心中愤懑和进行自我辩解显然也是情理之中的事情，这也是为什么这一时期同为作家的丁玲和萧军都听到这个故事，却只有丁玲把它改造成小说。另外，丁玲早期小说有一个显著的特点，就是大量描写年轻女子反对封建包办婚姻，反对旧传统对女性的禁锢，笔下的女性形象都有鲜明的个性特征。因此，在创作《我在霞村的时候》，她把故事原型中的中年女子改成了自己熟悉的年轻女子，并虚构出逃婚的情节，以此来作为小说的一个引子，这都是作家写作惯性的延伸。

马烽的小说《金宝娘》根据他1947年在晋绥边区参加土改的经历为素材创作而成，是一个"看到"了之后再进行加工创作的故事。《金宝娘》写于1948年11月，最初发表时小说名为《一个下贱女人》③，发表在《晋绥日报》上，1949年改名《金宝娘》发表在《新华周报》第1卷第12期上，1949年11月，马烽以《一个下贱女人》为小说集名被天下图书公司印行出版。马烽的这部小说集是作为"大众文艺丛书"推出的，这一丛书还包括赵树理的小说集《传家宝》、曾克的小说集《铁树开了花》、孙犁的小说集《嘱咐》、康濯的小说集《亲家》、方纪的小说集《人民的儿子》、秦兆阳的小说集《平原上》、杨朔的中篇小说《望南山》、赵熙的中篇小说《问题在哪里?》、陈森的中篇小说《劳动姻缘》、孙犁的中篇小说《村歌》、俞林的中篇小说《杨赶会的一家》、董均伦的中篇小说《刘志丹的故事》、吕剑的报告文学《十月北京城》、萧也牧的散文和报告文学合集《山

---

① 王周生：《丁玲年谱》，上海社会科学院出版社1997年版，第77页。
② 萧军：《人与人间——萧军回忆录》，中国文联出版社2006年版，第335页。
③ 最初发表时题名为《一个下贱女人》，不是《一个下贱的女人》。

村纪事》、严辰的散文和报告文学合集《在城郊前哨》、王亚平的诗集《穆林女献枪》、严辰的诗集《生命的春天》、胡奇的剧本《报功单》、逯斐、陈明等的剧本《生死仇》，这些都是当时解放区文学家的作品，以反映农村革命和建设以及解放战争为主要内容。马烽原先在《晋绥大众报》从事编辑和创作工作，1947年春边区政府开展了土地改革运动，《金宝娘》正是马烽根据自己在山西崞县参加土改运动的亲身经历写成。

"视觉符号有助于精确的模仿，声音则能更有效地激发听者的意欲"[1]。作为一个从看到的故事加工而成的《金宝娘》，在秉持"真实地反映现实生活"[2] 这一创作理念的马烽那里，为了"客观地再现现实生活"，在创作时会尽可能地把自己所看到的故事原型以写实的笔法真实地再现出来，囿于这种限制，传统现实主义观念下的作家对故事样本进行加工改造和情感渗透的程度要弱一些，熔铸作家想象力的空间要小一些。马烽曾回忆说："《金宝娘》就是这时候写成，发表在《晋绥日报》上的。后来还写了《村仇》《光棍汉》《赵保成老汉》等几篇，也都是参加土改的收获。这些短篇，自我感觉比以往的作品有所提高。主要原因是有一定的生活基础。从此，我也更加坚信毛主席《讲话》中所指出的：'生活是创作的唯一源泉'这一真理。"[3] 加上此时的马烽和西戎在《晋绥日报》有一个专版，有直接的写稿压力和动力，他的这些创作未尝完全是生命力冲动的结果，有时候是出于革命的功利目的。而《我在霞村的时候》作为一个"听来的故事"，作者可以虚构和展现的空间更多，需要填补"听者的意欲"的要素更多，加上此时的丁玲被怀疑为"政治失贞"，这对一个视政治清白为生命的丁玲而言是一种创伤体验。萧军曾在日记中记载他和丁玲之间的差异时说："我们虽然是在一个方向前进着，但我们总是有着一条界线存在着，她爱她的党……我爱我应该有的自由。"[4] 由此可见，"政治失贞"的谣言对于一个"爱党如命"的丁玲而言，这是多么深刻的一种创伤体验。从心理学的角度而言，创伤体验之后会寻求某种心理代偿，对于一个作家

---

[1] [法]卢梭：《论语言的起源：兼论旋律与音乐的模仿》，洪涛译，上海人民出版社2003年版，第6页。

[2] 马烽：《偶然机遇，步入文坛》，《中国当代作家选集丛书·马烽》，人民文学出版社1992年版，代序第29页。

[3] 马烽：《扎根吕梁山》（续），《当代文学研究资料与信息》1996年第6期。

[4] 萧军：《萧军日记》（1940），《新文学史料》2007年第3期。

而言，最好的心理代偿方式无疑是借助自己手中的笔。听来的"失贞故事"和作家欲对"政治失贞"谣言的阻击，在这里形成了自然的对接。可见，丁玲以"听到的故事"创作而成的小说，作家因压抑、愤懑而导致的情感渗透要胜于马烽"看到的故事"中的情感投入，要借小说抒胸中块垒的情绪更强烈。一般而言，听来的故事往往考验作家的感受力，看来的故事更考验作家的观察力，虽然两者并无优劣之分，但感受力更考验作家的艺术才情、想象力以及结构文本的能力，因而文本的指向空间要更宽广。听来的故事，需要作家用更多的生命体验去填补各个故事细节的空白，从而使听来的故事成为熔铸自己生命体验带有强烈个性特征的文本。因此，两个小说文本中故事来源的不一样，以及作家主体创作情感的不一样，几种因素的综合作用，使得两个文本在意义、旨趣和写法上有较多的差异。

二 人物形象：圆形人物与扁平人物

在丁玲把《我在霞村的时候》的主人公命名为"贞贞"的时候，就已经显现出了作者对这一人物赋予了极大的情感认同。失贞之实和贞贞之名构成了一个巨大的反讽，从一开始我们就能感受到作家对笔下人物坚定的支持和内心的呐喊，也让贞贞的人物形象丰富而多元。这篇小说中所塑造的贞贞形象，因视角不同和声音的不同，使得这篇小说呈现出"多声部"的特点。在丁玲笔下，贞贞不是肮脏的，反而是如圣女般地纯洁无瑕：

> 她的身子稍稍向后仰地坐在我对面，两手分开撑住她坐的铺盖上，并不打算说什么话似的，最后把眼光安详地落在我的脸上了。阴影把她的眼睛画得很长，下巴很尖。虽是很浓厚的阴影之下的眼睛，那眼珠却被灯光和火光照得很明亮，就像两扇在夏天的野外屋宇里洞开的窗子，是那么坦白，没有尘垢。①

这是丁玲在《我在霞村的时候》中第一次见到贞贞时的外貌描写。无疑，面对一个失贞于日本人并被乡邻所厌弃的女子，这样倾注情感的外貌描写是很大胆的。丁玲曾在一份写于1942年下半年的检讨与说明中，非常

---

① 丁玲：《我在霞村的时候》，《丁玲文集》第3卷，湖南人民出版社1982年版，第231页。

直白地言及自己对贞贞的喜爱："我曾经向很多人说过，我是更喜欢在霞村里时的贞贞的。为什么我会更喜欢贞贞呢？因为贞贞更寄托了我的感情，贞贞比陆萍更寂寞更傲岸，更强悍。"① 作家王蒙曾这样评价过丁玲和她笔下的贞贞："她是那一辈人里最有艺术才华的作家之一。特别是她写的女性，真是让人牵肺挂肚，翻瓶倒罐。丁玲笔下的女性有一种特殊的魅力，娼妓、天使、英雄、圣哲、独行侠、弱者、淑女的特点集于一身，卑贱与高贵集于一身。她写得太强烈，太厉害，好话坏话都那么到位。少年时代我读了《我在霞村的时候》，贞贞的形象让我看傻了，原来一个女性可以是那么屈辱、苦难、英勇、善良、无助、热烈、尊严而且光明。十二岁的王蒙似乎从此才懂得了对女性的膜拜和怜悯，向往、亲近和恐惧，还有一种男人对女人的责任。这也就是爱情的萌发吧。少年的王蒙从丁玲那里发现了女性并从而发现了自己。"② 这告诉我们，贞贞无疑是现代文学史上少有的文学形象。

如何评价和认识贞贞这一人物形象？这篇小说给我们提供了至少三种视角：一是"我"看贞贞；一是霞村村民看贞贞；一是贞贞看贞贞。"我"看贞贞还可细分为作为政治部干部的"我"看贞贞，作为女人的"我"看贞贞，作为知识分子的"我"看贞贞，这就使得贞贞这一人物形象多元而复杂，成为现代文学史上一个经典的"圆形人物"。下面我们具体看看这篇小说中作家是如何来评价贞贞的。

"我"看贞贞。《我在霞村的时候》和《金宝娘》一样，都采用了"外来者介入"的叙事模式，即具有一定先进思想（政治的、文化的）的外来者进入封闭的空间（通常是乡村），从而与这一封闭空间的民众形成一种看与被看的关系，"看者"往往带有政治启蒙或者思想启蒙的任务，代表着进步的一极；"被看者"则往往是一群病态的庸众，代表着一种否定性的意义，这种模式的最终目的是要显现病灶并找到治疗的方法。作为外来者的"我"是如何看贞贞的呢？我们先看作为政治部干部的"我"是如何看贞贞的。这一"我"认为贞贞是英雄。在《我在霞村的时候》初版本中，作者借村里的负责人马同志之口这样评价贞贞："刘大妈的女儿贞

---

① 丁玲：《关于〈在医院中〉》（草稿），《中国现代文学研究丛刊》2007 年第 6 期。
② 王蒙：《我心目中的丁玲》，《读书》1997 年第 2 期。

贞回来了。想不到她才是英雄呢!"① 后来的修订本中这段话被丁玲改成了"刘大妈的女儿贞贞回来了。想不到她才了不起呢。"作为具有政治觉悟的"我"而言,贞贞为了革命利益而牺牲自己的行为是值得赞赏的,贞贞就是一个光辉的英雄形象。但是,这一评价在作品中却时常被作为女性的"我"所怀疑和担忧。在小说中,作者常常借阿桂之口说"我们女人真作孽",表达了对贞贞这一做法的同情、忧虑和无能为力。"我"从女人的角度深刻地知道贞贞这一举动的不易,尤其是在面对男权话语为主导的乡村社会。但这并不妨碍作为女人的"我"与同样为女人的贞贞"关系更密切了,谁都不能少了谁,一忽儿不见就会彼此挂念"。当贞贞拒绝了夏大宝的求婚时,作为女性的"我"希望"找到一个可以哭的地方去哭一次",认为她是"受伤太重",并指出因拒绝父母的再一次逼婚而发怒的贞贞是"复仇女神"。作为知识分子的"我"在文中出现的频率较少,"我"第一次见到贞贞时,贞贞是把"我"当成一个知识分子(文化人)和女人来看的,贞贞向"我"求证南方女人是不是念过很多书,充满了对知识的渴望和新生的向往;而在知识分子的"我"看来,贞贞并不是一个愚昧的盲众,而是一个有着自尊和理想、具有独立人格的人,是一个类似于"莎菲"的有自主思想和独立人格,敢于反抗传统的人。这三重身份在小说中,相互缠绕,又相互掣肘,使得贞贞的形象变得极为复杂。

霞村村民看贞贞。在霞村村民看来,女性的贞操胜于女性的生命,一个失去贞洁的女人,其作为女人的价值就不复存在,何况贞贞的贞操是被民族敌人所夺取,相当于二次失节——不仅失掉了女人贞洁,更失掉了民族气节,这就更值得唾弃了。像杂货店老板和"因为有了她才发生对自己的崇敬,才看出自己的圣洁来,因为自己没有被敌人强奸而骄傲"的霞村妇女们,把贞贞视为"缺德的婆娘""比破鞋还不如"。在这些带有男权色彩的男人和被男权意识同化的女人们看来,女人的贞操大于女人的生命,饿死事小失节事大,贞操是女人之为女人的前提和基础,失去贞操的女人,无论是为了民族大义,还是为了革命利益,在他们看来,这都是不具有合法性的。不仅霞村和贞贞不相干的村民这么看,贞贞的爱人夏大宝、贞贞的父母亲人的潜意识里又何尝不是这样想的?在这种道德逻辑下,贞

---

① 丁玲:《我在霞村的时候》,《中国文化》1941年第3卷第1期。

贞是一个荡妇形象。

贞贞看贞贞。在这篇小说中，贞贞对自己的评价也是分裂的，可以分成"作为革命事业参与者的贞贞"看自己和"作为女人的贞贞"看自己。作为革命事业参与者的贞贞是如何看自己的呢？贞贞认为为了革命利益做出的牺牲，并不是一件丢人的事，因此，贞贞第一次见到"我"的时候是坦然的，"不显得拘束，也不觉得粗野"，在讲述她的历史的时候"心平气和，甚至使你以为她是在说旁人那样"。这正是因为在贞贞的心中，革命利益才是最高的利益，个人的身体在崇高的革命利益面前所做的牺牲是正当而值得的。如果贞贞仅仅是这样单向度地看待自己，那么，这篇小说就是一部传统的反法西斯主题的革命小说，不会引起那么大的争议。作为女人的贞贞在看待和评价自己时，往往又和作为革命事业参与者的贞贞完全不同，两者之间的裂隙在文本中时隐时现。作为女人的贞贞又如何看待自己呢？在贞贞的潜意识里，因为失贞的缘故，即便是有"革命利益大于一切"的说辞为自己辩护，并不能以革命的正当性来解释自己的失贞行为，作为女人的她时常陷入一种难以释怀的境地，常常认为"我已经是一个有病的人"。对贞操的本能维护实际上是贞贞生命中最重要的事情，这一隐性的链条贯穿了整篇小说，这或许是丁玲的有意为之。小说中贞贞对外界的胁迫有过三次拒绝，这三次拒绝实际上都与"拒绝失贞"有关：当贞贞父亲嫌贫爱富要把贞贞嫁作米铺老板的填房，贞贞以跑到天主教堂做姑子的方式拒绝了来自父性权力的安排和压迫，试图保住自己的贞洁，这是贞贞的第一次拒绝；贞贞被日本人强暴并胁迫带走后，贞贞"跑回来过两次"，这也是贞贞为保护自己不再受辱所采取的拒绝失贞的行动，这是贞贞的第二次拒绝；第三次拒绝是贞贞回到霞村后，拒绝了恋人夏大宝的悲悯和同情，以到延安去治病和学习的方式斩断了和霞村的联系。既然霞村村民鄙夷和唾弃贞贞的失贞，贞贞的拒绝暗示了和传统贞操观念的决裂，她要以出走的方式"拒绝失贞（妥协）"于庸众。可以说，贞贞的三次拒绝占据了小说的主要情节，说它是小说的主体并不为过，这说明在贞贞的心里，她虽然反抗传统，但又时刻以传统来衡量自己。虽然像莎菲一样有着个性解放的一面，却又无论如何也迈不过"失贞"这一前提性和本源性的缺失所带来的心理创伤。即便小说最后留下一个光明的尾巴，以迈向新生的方式出走延安来让贞贞和过往决裂，这又何尝不像中国版的"娜拉"，

"娜拉走后怎样"的疑问和可以预见的命运又何尝不会宿命般地降临在她身上。

　　视角的多元与分裂，造成了《我在霞村的时候》中女主人公贞贞的形象丰富而多元，难以一言以概之。她既是英雄、复仇女神，又是有独立个性的"莎菲"（丁玲曾说过，贞贞"比莎菲乐观，光明，但是精神里的东西，还是有和莎菲相同的地方"[1]），还是民族革命战争的受害者，传统道德的受害者，是福斯特所说的"圆形人物"。马烽《金宝娘》中女主人公翠翠则是"扁平人物"，单一而直白，简单而明了，像是作者为了某一政治写作理念而生活在矛盾冲突之中的人物形象。《金宝娘》中的主人公是翠翠和贞贞一样，是一位失贞的农村妇女。但在这篇小说中，马烽对翠翠这一人物形象的处理极为简单，她和《白毛女》中的喜儿一样，都是一种"类型化"人物。对于翠翠这一人物形象，更像是为作家先行设定的主题，即"旧社会把人变成鬼，新社会把鬼变成人"的需要而存在。在小说中，翠翠本是一个"全店头村挑头的好闺女"，嫁给根元之后，恪守妇道，勤俭持家，侍奉老小，日子虽不富裕却也安稳。地主刘贵才觊觎翠翠美色，先是陷害根元，迫使根元逃亡外地，更可恶的是日本人来了之后，当上伪村主任的刘贵才逼着把翠翠送上日本人的碉堡，从此翠翠彻底堕落，变成了不事劳作、靠卖淫为生的坏女人。店头村解放后，不思悔改的翠翠成了"女二流子"，直到新政权进行土改之后，在"我"的引导下，金宝娘幡然醒悟，认识到自己所遭受的一切并不是因为自己的命不好，并不是命里注定要受罪，而是因为阶级压迫。最后通过对刘贵才的批斗和土地改革，金宝娘获得了解放，失踪已久的根元回到的故乡，一家人团圆过上了男耕女织的生活。

　　如何来看待金宝娘这一人物形象？从通篇来看，可以分成"我"看金宝娘；男性村民看金宝娘；女性村民看金宝娘。"我"在《金宝娘》中有双重身份：一是作为土改干部的政治身份；一是作为男人的性别身份。但和《我在霞村的时候》中"我"分裂三种视角相互掣肘相互否定和怀疑不同，这篇小说的"我"两种身份往往是合二为一出现的。例如，在小说中，"我"第一次见到金宝娘的时候是这样描写她的外貌的："惨白的脸上

---

[1] 丁玲：《生活、思想与人物》，袁良骏编《丁玲研究资料》，天津人民出版社 1982 年版，第 156 页。

有很多皱纹，眼圈发黑。剪发头，宽裤腿，还穿着一对破旧的红鞋。"这既是以男性的眼光在审视一个堕落的女子——"破旧的红鞋"无疑直指传统文化中男人对堕落女人的代称和想象，同时也是以政工干部的身份在审视一个农村的好逸恶劳、游手好闲、不事劳作的二流子。男性视角下的金宝娘和政治视角下的金宝娘并没有矛盾和撕裂。至于男性村民和女性村民如何看待金宝娘，小说交代得极为简略，因为在小说中除了"我"之外，发过声的只有刘拴拴、刘拴拴他娘。男性村民如刘拴拴，认为金宝娘是个烂货、贱女人，一脸的鄙夷和唾弃；女性村民如刘拴拴他娘，认为金宝娘走上卖淫之路是没有办法，表现出一丝女性的同情。在"我"的政治觉悟的开导下，很快，所有发声的人都取得了一致，认为金宝娘的堕落不在她自身，而是万恶的旧社会和地主阶级的压迫造成的。综观全文，金宝娘这一人物形象是作者为了凸显"翻身道情"这一主题需要而设立的一个单纯的指称对象，远远不如贞贞丰满和立体，呈现出"扁平人物"的特点。

三　话语冲突：民间伦理的胜利与政治话语的狂欢

《我在霞村的时候》与《金宝娘》中最集中的冲突模式，都不约而同地涉及民间秩序与政治话语之间的矛盾、斗争和调和，这一组二元矛盾也是很多革命小说所常用的冲突模式。民间秩序主要指的是乡土中国的传统意义秩序，这其中起主要作用的是民间伦理。政治话语指的是革命话语和阶级斗争话语。民间伦理是乡土中国几千年遗留下来的"集体无意识"，带有传统性，革命话语指向的是崇高的革命事业和革命目的，往往被视为具有现代性的话语，这两者之间被视为差异性的存在，但并不是不可调和。这两篇小说都写到了民间伦理和政治话语之间的矛盾，但表现方式和效果却大为不同。

《我在霞村的时候》表现了民间伦理和政治话语之间的分歧，但结果却是民间伦理塑造了政治话语。《我在霞村的时候》中，虽说政治话语掺杂进了小说叙事，但却没有左右其叙事的机制。相反，民间伦理叙事在这篇小说中是显性叙事，政治话语叙事在文中往往作为隐性叙事出现，如边区政府派贞贞去日占区，又让贞贞去延安治病学习等，都是作为"背景"而不是"前景"进行展示，这也预示了民间伦理话语与政治话语的势力并不均衡。在作者笔下，民间伦理的力量异常强大，远远胜过政治话语，政治话语一直试图与民间伦理和解，但实际两者未能实现步调一致。

首先，失贞的贞贞在民间伦理看来是值得唾弃的。虽然贞贞是受害者，她的失贞行为是被迫，她依然在霞村这一封闭空间里被视为异类，被乡民称之为"起码一百个男人总'睡过'""还做了日本官太太"，是个"缺德的婆娘"，"是不该让她回来的"。这种民间伦理的力量充斥环绕着霞村的每个角落，让人无处可逃，甚至连"我"也不得被动不介入这一空间去——"我"刚到霞村的时候村民们鬼鬼祟祟的议论和那些让人摸不准头脑的"极简单的对话"就是例子。之所以"我"一开始被村民所排斥，除了对外来者本能的警惕外，还因为"我"来自政治部，自然被村民视为政治力量的代理人，是"政治话语"的化身，这体现了民间伦理和政治话语之间并不是毫无裂隙的。民间伦理的道德预设和强大力量，又使得被视为"政治话语"代言人的"我"不得不被霞村村民放置在民间伦理的天平上一再被"称量"，正如小说中写道，"连我也当着不是同类人的样子看待"，"尤其那一些妇女们，因为有了她才发生对自己的崇敬，才看出自己的圣洁来，因为自己没有被敌人强奸而骄傲"。显然，"我"并没有被霞村的村民视为"民间秩序"的归复者，并没有被民间伦理完全接纳。即便是后来贞贞和她父母、夏大宝发生冲突，大家想让"我"介入其中调和矛盾，但从小说的字里行间来看，"我"并未被视作他们的同类人，只不过是因为"我"从政治部下来的身上天然带有的"政治标签"。让"我"劝贞贞，只不过是希望借助"我"的政治权威性，改变贞贞的态度和想法，从而向强大的民间伦理认罪和妥协。

其次，已经失贞的贞贞逃回来之后又被组织上派去搜集情报，这种牺牲个人成就集体利益的方式在民族革命战争中的正义性是无须多言的。然而，强大的民间伦理以其固有的道德逻辑，并不认可政治话语的简单认定，而是以强大的力量裹挟了霞村村民的头脑，包括贞贞的父母、亲人和恋人。除了霞村的积极分子马同志认为贞贞"了不起"外，几乎所有霞村的村民并不认可这种牺牲。在他们的道德逻辑里，已经失贞的贞贞为民族革命战争所做的一切，其伦理合法性是值得质疑的，政治合法性就更值得质疑了。显然，在村民的意识里，民间伦理是被视为政治话语合法性的前提和基础，民间秩序所判定的"失贞"同时也等同于政治上的"失贞"，不管贞贞的牺牲自我成就集体如何政治正确都于事无补。从某种程度上来说，民间伦理和道德秩序塑造和决定了政治话语的性质和可能性。这也是为什么贞贞即便是做了于民族而言有功的行为还是被视作异类的原因。小说把贞贞被掳为"慰安妇"的故事作为背景，而把贞贞和民间伦理之间的冲突作为前景，显然是丁玲意识到了在霞村这一封闭的话语空间里，民间伦理以其固有的道德逻辑的运转力量之巨大是不可抗拒的，甚至民族国家话语和政治话语在这里都如"强弩之末"，丝毫不能动摇其根本。丁玲要讨论的不是"过去时"状态下谁导致了贞贞的悲剧，而是立足于"现在时"的当下时空，把贞贞放置在一个相对封闭和独立的民间伦理场域之中，让种种矛盾聚焦于贞贞身上，从而凸显了民间道德伦理的无形力量。小说最后，贞贞以去延安治病学习逃离了霞村这一民间伦理场域，转换到一个政治话语场域，以一种极为简单粗暴的方式"逃离"而不是"解决"自己所面临的困境，看似是政治话语取得了胜利，实际上我们读出来的却是相反的隐喻：以一种逃兵式的方式来达到民间伦理和政治话语的和解，在掩盖了矛盾的同时，更显出了民间伦理对政治话语的压倒性优势，两者的裂隙并未因贞贞的离去达到调和。

　　政治话语和民间伦理之所以未能达到预期的调和效果，显然和叙述者"我"的判断和立场有关。正如有论者指出的那样，《我在霞村的时候》中的叙述者"我""在某种程度上仍然接近那个制造大众与文化人矛盾的不协调因素"[1]。如前文所论述的那样，这个有判断、有自我的叙述者所持有的女性立场干扰了"我"的话语表述，导致"我"并不是政治话语与民间伦理的缝合者和沟通者；相反，"我"所持有的女性主义立场加大了两者的裂隙。这部作品中，叙述者态度的暧昧不明，对事件走向的介入和控制不力，使得小说中民间伦理话语完全占据了上风，压过了政治话语，后者甚至不得不处于"失声"状态，因而造成了小说的含混性，甚至让人怀疑边区政府牺牲贞贞的贞操去搜集情报的正当性。加上小说中主人公贞贞在谈论民族敌人时"从没有向我表示过对人有什么恨"，还谈到"日本的女人也都会念很多书，那些鬼子兵都藏得有几封写得漂亮的信……总哄得那些鬼子当宝贝似的揣在怀里"，这种生活日常性的突出无疑消解了战争的残酷性、非正义性以及政治话语的权威性、合法性，甚至削弱了失贞这一

---

[1] 孟悦、戴锦华：《浮出历史地表》，中国人民大学出版社2004年版，第128页。

事件的屈辱性。这也是为什么丁玲在20世纪50年代受到批判时这篇小说被认为"立场有问题"①。

《金宝娘》这篇小说中民间伦理与政治话语之间的分歧和冲突也是存在的，但在处理两者的关系时，叙述者对叙事走向的强力控制使得政治话语更加表面化、更多地介入叙事中去，从而改变了《我在霞村的时候》中政治话语式微的局面。在强大的政治话语主导和统摄下，政治话语变成了前景和主旋律，民间伦理变成了背景和伴奏，后者的存在无非印证前者的正确性。在"我"问中农刘拴拴金宝娘靠什么过活时，刘拴拴以鄙夷的口吻说："田不耕，地不种，腰里就有米面瓮。这女人，嗨！不能提了，以前接日本人、警备队，后来又接晋绥军。烂货！"除此之外，隐约能读到的民间伦理的发声体现在对地主刘贵才违背公序良俗，勾引金宝娘，陷害根元以及把她送给日本人这些行径的揭露上。事实上，作为一个类似于"白毛女模式"的翻身故事，作者重点是要把政治话语对民间伦理话语的引导书写出来，因此，在小说中，作为政治符号的"我"这样对刘拴拴说："这不能怪金宝娘，这都是旧社会逼害的！在旧社会，不要说女人，就是男人，被逼走上邪道的也不少。"当金宝娘在"我"的引导下，明白了自己之所以变成人人唾弃的"下贱女人"，是因为地主刘贵才的勾引和压迫。所以，在打倒地主的过程中，先是对刘贵才进行了道德控诉，最后以"打到"这一阶级斗争方式使得民间伦理和政治话语合二为一；同时使读者意识到：解决民间伦理问题最有效和最直接的方式是通过政治话语（阶级斗争）。可以说，作家预设了"旧社会把人变成鬼，新社会把鬼变成人"这一主题时，就决定了政治话语必须从一个隐蔽的叙事动力源上升到表层，从而在文本中发挥更大的作用，成为起决定作用的主导话语。

政治话语对民间伦理的引导、吸收和归化，除了和小说预设的主题有关外，还和文中的叙述者"我"有密切的关系。正因为作为政治化身的"我"时刻统摄全局，处处发声，才使得这篇小说变成了政治话语的狂欢。《金宝娘》中，小说一开头就明确写道："一九四七年冬天，我被分派到店头村领导土地改革"，这种明确的政治身份和阶级指向参与了后续的一系列叙事，使得小说叙事被纳入政治叙事的框架。而《我在霞村的时候》开

---

① 华夫：《丁玲的"复仇的女神"》，《文艺报》1958年第3期。

头,对"我"去霞村的原因解释为政治部太吵,需要一个安静的地方修养,并没有明确的政治任务,政治身份也基本未予交代,"我"更多地是以文化人(知识分子)和女性的身份出现在霞村。另外,与《我在霞村的时候》中把贞贞失贞的原因作为虚化的背景不同,《金宝娘》用了整整一章占全小说四分之一的篇幅回叙了金宝娘失贞的原因在于地主刘贵才的压迫陷害,也就是小说中所说的"旧社会的逼害",这既是为了让故事的来龙去脉更清晰,同时也是为后来的政治解决方案埋下伏笔。另外,《我在霞村的时候》里,故事发生的空间一直是封闭和恒定的,只有霞村这一空间预设,没有发生过空间位移。丁玲正是通过这种稳定的空间结构来隐喻民间伦理及其道德逻辑的恒定和强大。而在《金宝娘》这篇小说中,故事的空间发生过位移。故事的前三部分发生在店头村,故事的最后一部分发生在区里,"区里"是强有力的新政权所在地,它预示着更广阔和强大的政治空间和力量,空间的位移无疑象征着一个失贞堕落女人的重生,同时也让读者时刻意识到这一重生背后的原因。因此,在作者的潜意识里,底层农民的进步和变化与社会空间的变化是相契合的。同样,小说一开始出现的鞋是"破旧的红鞋",最后出现的鞋是"崭新的黑布鞋",这种前后对比无非是让"翻身道情"的主题进一步升华。这些前后对比无疑让充当最后解决力量的政治话语在文本中实现了狂欢,而《我在霞村的时候》没有这些对比和变化,自然无法给予政治话语更多的主导地位,只能默默地看着民间伦理取得胜利。

结语

总体而言,创作于1947年的《金宝娘》和创作与1940年的《我在霞村的时候》在很多地方都有相似之处,像两篇小说的主题都讨论失贞妇女的出路问题,采用的外来者介入的"看——被看"的叙事模式,对政治话语与民间伦理冲突的展现等,这些相似背后又有诸多相异之处,形成一种互文效应。本文限于篇幅,两篇小说中"病的隐喻""翻身道情""启蒙与革命"等方面留待另撰文论述。

马烽是否阅读过丁玲的《我在霞村的时候》,现在的史料不得而知。但据马烽回忆,1940年冬天到1943年初,马烽在延安"鲁艺"附设的部队艺术干部训练班学习,比较系统地阅读了新文学作品和外国文学作品,对丁玲的《水》印象深刻①。马烽于1942年春天在《解放日报》的文艺副刊上发表了《第一次侦查》，而丁玲任《解放日报》文艺副刊主编是在1941年9月到1943年3月，在时间点上两者是有交集的。在延安时期，马烽很有可能阅读过丁玲的《我在霞村的时候》。当然，马烽是否阅读过丁玲的《我在霞村的时候》并不重要，马烽与丁玲对同一题材的不同写法以及两篇小说后来的命运更值得我们思索。

在某种程度上，《金宝娘》是《我在霞村的时候》的"洁本"，前者对后者进行了种种纯化和修正，把与革命意识系统相契合的成分予以保留，对叙述者暧昧不清的态度予以明确化和肯定化，对人物命运的走向修改得更为直接和明朗，把小说结构变得更简单和清晰，把小说语言写得更通俗易懂，这些"手术"的作用使得小说更切近延安文艺座谈会上所提到对"立场问题""态度问题""为谁服务""如何服务"的要求。当然，这种纯化是以牺牲人物的丰富性和叙事的多样性为代价的。或许是吸取了《我在霞村的时候》中歧义丛生让人难以把握的教训，《金宝娘》在小说结构上也进行了一系列"简单化"的处理，四个部分可以分为"发现问题（产生误会，发现存在的问题）""分析问题（找到问题的根源，一般都是阶级压迫）""解决问题（阶级斗争的方式）""主题升华（阶级斗争成功后带来光明前途和大团圆结局）"。这种结构模式也成为后来许多革命历史题材小说的结构样本。这种提纯和简单化的弊端是文本的丰富性和多义性的散失，"多声部"变成了"单旋律"，复调变成了独白。出现这一原因，除了作家才情、文学修养、生活积累、写作视野和性别差异之外，一个很重要的原因在于《我在霞村的时候》创作于延安文艺座谈会之前，《金宝娘》创作于延安文艺座谈会之后。马烽曾系统学习过延安文艺座谈会精神，对党的文艺方针、路线以及作家政治立场和如何写比较了解。马烽类似于小故事的写法虽带来了艺术性的不足，但却很好地实践了延安文艺座谈会上提到的民族化通俗化写法，成为解放初期文学的主流走向。有意味的是，《金宝娘》还积极参与了新政权的社会改造，起到了不小的作用。如1950年在北京兴起了改造妓女的运动，除了封闭妓院、安置妓女生活外，还加强了对妓女思想的改造，"对妓女的教育改造，首先是向她们解

---

① 马烽：《偶然机遇，步入文坛》，《中国当代作家选集丛书·马烽》，人民文学出版社1992年版，代序第25页。

释人民政府封闭妓院及对待妓女的政策，稳定她们的情绪。然后用生动的典型例子进行教育，给她们讲述《白毛女》《血泪仇》《一个下贱的女人》等故事，组织观看《日出》《九尾狐》等话剧。教养院还组织她们进行政治学习和文化学习，使她们逐步克服'命中注定'以及寄生思想，树立起重新做人的信心和劳动观点"①。两篇小说社会效应的不同，也预示了在20世纪50年代的政治环境中，会有不同的命运在等待着它们。

（原载《文艺争鸣》2015年第12期）

---

① 中共北京市委党史研究室：《中国共产党北京历史第二卷（1949—1978）》，北京出版社2011年版，第42页。

(三) 赵树理研究

回到"事情"本身：重读《邪不压正》

罗　岗[*]

一　"重读"的起点：由"人"出发还是由"事"出发？

赵树理的小说《邪不压正》[①]1948年10月13日起在《人民日报》上连载，马上就引起了激烈的争论。1948年12月21日《人民日报》发表了党自强的《〈邪不压正〉读后感》和韩北生的《读〈邪不压正〉后的感想与建议》两篇观点相互对立的文章。1949年1月16日《人民日报》又用了一个版的篇幅，发表了耿西的《漫谈〈邪不压正〉》、而东的《读〈邪不压正〉》、乔雨舟的《我也来插几句——关于〈邪不压正〉争论的我见》、王青的《关于〈邪不压正〉》一组文章展开讨论，同时还配发了《人民日报》编者的文章《展开论争推动文艺运动》。这篇文章指出，围绕《邪不压正》这篇小说"论争的重点，主要集中在作品的现实指导意义上，因而也牵涉到对农村阶级关系、对农村党的领导、对几年来党的农村的政策在农村中的实施……一些基本问题的认识的分歧"。

具体来看这场讨论，可能涉及的问题并不止于"作品的现实指导意义"。党自强认为《邪不压正》"把党在农村各方面的变革所起的决定作用忽视了，因此，纸上的软英是脱离现实的软英，纸上的封建地主是脱离现实的封建地主，于是看了这篇小说就好像看了一篇《今古奇观》差不多，

---

[*] 作者单位：华东师范大学中文系。
[①] 赵树理：《邪不压正》，《赵树理全集》第3卷，大众文艺出版社2006年版，第280—318页。

对读者的教育意义不够大"。批评的焦点固然集中在"作品的现实指导意义",但也隐含着将《邪不压正》理解为与《小二黑结婚》有着某种类似的、描写"农村青年男女爱情及其波折"的小说。正是出于这样的理解,他认为赵树理这部作品在"人物塑造"上存在着较大的失误:"小宝应该是优秀的共产党员,应该是有骨气的。软英应是由希望、斗争、动摇、犹豫以致坚定。坚定的思想应该必须是在党的直接或间接教育培养下产生出来的。"① 不过,另一位评论者耿西"不同意党自强同志那种结论。那个结论好像是从几个固定的框子里推断出来的,并没有切合实际的分析",而且他与党自强的分歧还在于"赵树理这个作品不是写一个普通的恋爱故事,而是通过这个故事在写我们党的土改政策。特别是在写一个支部在土改中怎样把党对中农的政策执行错了,而又把它改正过来。这篇小说便是在这种波动中发生在一个农家的故事。这正是我们在土改运动的某个侧面和缩影。因此,这个作品只能拿我们党在土改中的政策去衡量。离开了这个标准,我以为很难涉及这篇小说的本质"②。

赵树理应该同意耿西对《邪不压正》的判断,他在回应这场讨论的《关于〈邪不压正〉》一文中特别强调:"我在写这篇东西的时候,把重点放在不正确的干部和流氓身上,同时又想说明受了冤枉的中农作何观感,故对小昌、小旦和聚财写的比较突出一点。"与这种构想有关,"小宝和软英这两个人,不论客观上起的什么作用,在主观上我没有把他两个当作主人翁的",他俩的恋爱关系不过是条结构上的"绳子"而已,"把我要说明的事情都挂在它身上,可又不把它当成主要部分"。由此一来,《邪不压正》中的人物"刘锡元父子、聚财、二姨、锡恩、小四、安发、老拐、小昌、小旦等人,或详或略,我都明确地给他们以社会代表性",这样才能"使我预期的主要读者对象(土改中的干部群众),从读这一恋爱故事中,对那各阶段的土改工作和参加工作的人都给以应有的爱憎"③。

如果着眼于"事",《邪不压正》的重点不在"恋爱",而在"土改",这点恐怕相当清楚。然而,着眼于"人",《邪不压正》究竟塑造出了怎样

---

① 党自强:《〈邪不压正〉读后感》,《人民日报》1948年12月21日。
② 耿西:《漫谈〈邪不压正〉》,《人民日报》1949年1月16日。
③ 赵树理:《关于〈邪不压正〉》,《赵树理全集》第3卷,大众文艺出版社2006年版,第369—372页。

的主要人物形象,是聚财还是软英?就不太明白了。与赵树理的《关于〈邪不压正〉》同时刊登在《人民日报》上的,还有一篇竹可羽的《评〈邪不压正〉和〈传家宝〉》,这篇评论同样具有总结这场讨论的性质:"这篇小说的主题,既非软英和小宝的恋爱故事(党自强说),也非党的中农政策问题(耿西说);这篇小说的主人公,既非软英和小宝(党自强说),也非元孩和聚财(耿西说),而是软英和聚财。"很显然,竹可羽试图整合两种互相冲突的说法,同时也指出赵树理的这篇小说"问题就在于作者把正面的主要的人物,把矛盾的正面和主要的一面忽略了",这一问题的集中表现就在于赵树理没有塑造好"软英"这个"主要正面人物","作者把软英写成一个等待着问题解决的消极人物,作者没有把农村青年的婚姻问题和农村问题结合起来,指出合理的争取或斗争过程。因此,这个问题这个人物,没有给予我们读者以应有的教育意义。"①

尤其值得注意的是,竹可羽对赵树理的批评,并非完全着眼于"作品的现实指导意义",他读了赵树理的《关于〈邪不压正〉》后,又在《人民日报》上发表了一篇《再谈谈〈关于《邪不压正》〉》,进一步联系"社会主义现实主义"的创作方法,以苏俄文学的果戈理《死魂灵》和高尔基《母亲》塑造"典型人物"为创作典范,认为"人物创造"在赵树理的创作思想上"还仅仅是一种自在状态","因此,假使这可以算是作者创作思想上不够的地方,那末,这个弱点正好在《邪不压正》上明显地暴露出来,并在《关于〈邪不压正〉》上作了这个弱点的一种说明"。进而告诫赵树理,在"社会主义现实主义"文学中,"人的因素"具有"决定的意义","因为人,永远是生活或斗争的核心,永远是一个故事、事件或问题的主题。所以说,社会主义现实主义,首先在善于描写人。但,这在当前中国文艺界,似乎还没有普遍被重视起来……在赵树理的创作思想上,似乎也还没有这样自觉地重视这个问题"。②

确实,赵树理的创作并不以"人"为中心,也很难说他塑造出了什么令人难忘的"典型形象"。就像赵树理自己所说的那样,"每天尽和我那几个小册子中的人物打交道",写作的材料"大部分是拾来的,而且往往是

---

① 竹可羽:《评〈邪不压正〉和〈传家宝〉》,《人民日报》1950年1月15日。
② 竹可羽:《再谈谈关于〈邪不压正〉》,《人民日报》1950年2月25日。

和材料走得碰了头，想不拾也躲不开"。① 这种似乎比较被动的创作方法，正是被竹可羽视为对"人物创造"还处于"一种自在状态"的表现。采访并翻译过赵树理三部书的杰克·贝尔登同样对他小说中的"人物描写"表示失望："……人物往往只有个名字，只不过是一个赤裸裸的典型，什么个性也没表现出来，没有一个作为有思想的人来充分展开的人物。"② 无论是认为赵树理笔下的人物不够"典型"（如竹可羽），还是缺乏"个性"（贝尔登），都意味着赵树理小说不以"人"为重点和中心的写法，和一般意义上的"现代小说"有较大的分野，也使得深受"现代小说"阅读趣味影响的批评家和翻译家难以理解赵树理的小说。

但对于试图冲破"现代小说"乃至"现代主体"惯例的文学研究者，赵树理小说的这一"反现代"的特质却不能不引起他们的注意。洲之内彻在讨论"赵树理文学的特色"时，非常具体地指出"赵树理小说"与以"心理主义"为基本特征的"现代小说"的区别："赵树理的小说没有人物分析。既是现代小说创作的基本方法，同时又是削弱现代小说的致命伤的所谓心理主义，和赵树理文学是无缘的。心理主义可以说是自动地把现代小说逼近了死胡同。即使这样，无论如何它对确立现代化自我也是不可缺少的，或者说是不可避免的，也可以说是现代化命运的归宿。受到这种宿命影响的读者，对赵树理的文学恐怕还是不满意的吧。或许是赵树理证明了中国还缺少现代的个人主义等。对于这类有碍于革命的东西不能不有所打击。而所谓新文学的文学概念之所以暧昧，其原因就在于此。即：一方面想从封建制度下追求人的解放，同时另一方面又企图否定个人主义。如此而已，岂有他哉！"③ 而竹内好则更进一步地确认了"赵树理文学"这种"反现代"的"现代"特质："从不怀疑现代文学的束缚的人的观点来看，赵树理的文学的确是陈旧的、杂乱无章的和混沌不清的东西，因为它没有固定的框子。因此，他们产生了一个疑问，即这是不是现代文学之前的作品？……粗略地翻阅一下赵树理的作品，似乎觉得有些粗糙。然而，如果仔细咀嚼，就会感到这的确是作家的艺术功力之所在。稍加夸张的

---

① 赵树理：《也算经验》，《赵树理全集》第 3 卷，大众文艺出版社 2006 年版，第 349 页。
② 转引自洲之内彻《赵树理文学的特色》，黄修己编《赵树理研究资料》，北岳文艺出版社 1985 年版，第 461 页。
③ 同上书，第 462 页。

话，可以说其结构严谨甚至到了增一字嫌多，删一字嫌少的程度。在作者和读者没有分化的中世纪文学中，任何杰作都未曾达到如此完美的地步。赵树理以中世纪文学为媒介，但并未返回到现代之前，只是利用了中世纪从西欧的现代超脱出来这一点。赵树理文学之新颖，并非是异教的标新立异，而在于他的文学观本身是新颖的。"①

赵树理自己或许并没有意识到他的小说具有"以中世纪文学为媒介""重返现代"的特质，但竹内好指出他的作品"结构严谨甚至到了增一字嫌多，删一字嫌少的程度"，赵树理想必会很满意。赵树理小说的结构不以"人"为焦点，而是以"事"为重心，看似随意，却极用心。只不过这份"用心"不一定能被那些一直要求小说写"人"的读者充分体会罢了。按照赵树理的说法，他的小说重点在"事"，却也不是为"写事"而"写事"，"事"的背后是"问题"："我在做群众工作的过程中，遇到非解决不可而又不是轻易能解决的问题，往往就变成所要写的主题。"② 这段话常被简单地理解为"赵树理小说"就是"问题小说"，然而，如果把"问题"放在之前讨论的赵树理小说的焦点从"人"到"事"的转换中，就会发现"问题小说"也不简单。"事"一旦遇到"问题"就从静态的存在变成动态的过程，就意味着原来的存在遭到质疑，过去的秩序不再稳定。因此，人们可以借由这一时刻，追问这"事"合不合"道理"、通不通"情理"。赵树理通过"问题"把"事""理""情"三者勾连起来，在动态中把握三者的关系，让"事"不断地处于"大道理"和"小道理""新道理"和"旧道理"以及"人情""爱情""阶级情"等不断冲突、更新与融合的过程中：譬如乡村男女过去的婚姻都是"媒妁之言，父母之命"，但"婚姻法"颁布了，小青年的"爱情"就不仅"合情"，而且"合理""合法"了（《小二黑结婚》）；阎家山一直是富人掌权、穷人受压，但共产党来了，这样的"事"就不合"理"了（《李有才板话》）；地主出租土地获得地租从来不算是"剥削"，但如今是"劳动"还是"土地"创造"价值"，这"理"一定要辩辩清楚了（《地板》）……由于围绕"问题"来组织"事""理""情"之间的关系，不只使得赵树理小说"在工作中

---

① 转引自竹内好《新颖的赵树理文学》，黄修己编：《赵树理研究资料》，北岳文艺出版社1985年版，第481—482页。

② 赵树理：《也算经验》，《赵树理全集》第3卷，大众文艺出版社2006年版，第350页。

找到的主题，容易产生指导现实的意义"，并且也让作品的"结构严谨甚至到了增一字嫌多，删一字嫌少的程度"。这种既将"内容"形式化，又把"形式"内容化的方式是"赵树理文学"的真正"新颖"之处，其关注的核心并非日本学者所感兴趣的"现代主体"之批判意识，而是新的"道理"是否能够符合"情理"地深刻改变、契合并升华这块古老土地上的种种"事情"。至于"人"根本就不存在着所谓抽象的"人性"和"主体"，只有回到"事情"及其遭遇"问题"的过程中，"人"的改变才变得合"情"合"理"。如此看来，《邪不压正》中聚财那一句"这真是个说理地方"，对"赵树理文学"来说，可谓画龙点睛之笔。

二 不同的"时间"，不同的"道理"

小说的题目"邪不压正"是一个成语："正"和"邪"之间的关系，最终必然是邪不能压正，正压住了邪。但小说的开始，说的却是"邪"压住了"正"，开始时谁是"邪"？当然是地主刘锡元，他向王聚财家强行提亲，要把他们家的十七岁的闺女强行娶过来。让她嫁给刘锡元家的儿子，这个儿子已经四十多岁了，娶过老婆，老婆死掉了，现在要娶第二个老婆，叫续弦。续弦是强迫王聚财，不管你答应不答应，就要把你的女儿娶过来。故事一开始，其实不是"邪不压正"而是"邪"压住了"正"。所以，第一个小标题"太欺人呀！"你一看"太欺人呀"就知道说的是这种正邪关系——这篇小说的每一个小标题是引用小说中人物所说的话，都打上引号——这个"太欺人呀"一开始展现出的恰恰不是"邪"不压"正"的局面，而是"邪"压住了"正"的状况。

小说的第一句话就点明了这个正邪关系的来龙去脉：

> 1943年旧历中秋节，下河村王聚财的闺女软英，跟本村刘锡元的儿子刘忠订了婚，刘家就在这一天给聚财家送礼。

时间、地点、人物和事件，样样俱全，一看特清楚。不过，特清楚的事情很可能在阅读时就滑过去了，表面上看，这几句话是介绍时间、地点、人物、事件这样几个要素。但这里面并不简单。大家注意"1943年旧历中秋节"。这一个对时间的表达把"1943年"这个"公元纪年"

和"旧历"也即"农历纪年"的"中秋节"并置在一起。对于中国农民来说，一般用"农历"来纪年月日，这样和干农活相匹配。小说故意用"1943年旧历中秋节"这样一种杂糅的方式来记录故事发生的时间，赵树理是为后面的发展埋下了一个伏笔：1943年作为"公元纪年"代表的是一种农民还没有意识到的，但又即将深刻改变农民生活的这样一种时间记录方式。① 这种时间记录方式如果落实到后文，就知道它是和共产党、八路军的纪年联系在一起的，因为"公元纪年"的普遍确定，是在中华人民共和国建立之后，从此再也不用所谓"民国几年"了，在正常场合也不再使用"农历"了。所以，这个"1943年"作为"公元纪年"可以说它是一种现代的时间记录方式，正好与旧式的、传统的时间记录方式区别开来了。

仅就"现代"而言，"公元纪年"和"农历"很容易区分开来，但"公元纪年"与"民国纪年"是怎样一种关系呢？所以，赵树理在小说中，还需要处理"公元纪年"与"民国纪年"的关系。因为"民国纪年"作为一种与"农历"相区别的时间记录方式，在某种情况下也代表了"现代"对农村的改变。然而正如小说所描述的，这是怎样一种改变啊。王聚财回忆他与刘锡元家关系时说：

> 我从民国二年跟着我爹到下河村来开荒，那时候我才二十，进财（就是王聚财的弟弟——引者按，下同）才十八，刘家（就是刘锡元家）大小人见了我弟兄们，都说"哪来这两个讨吃的孩子？"我娶你姐那年，使了人家（指刘家）十来块钱，年年上利上不足（就是借了钱要交利息，每年上利上不足，就是利息都还不足的话，带来的一个结果怎么样呢，也就是），本钱一年比一年滚的大，直到你姐（你姐指的是聚财老婆，因为他的这个话是对着安发说的）生了金生，金生长到十二，与给人家放了几年牛，才算把这笔账还清。他家的脸色咱

---

① 关于"公元纪年"之于东亚现代历史的意义，参看柄谷行人《历史与反复》，王成译，中央编译出版社2011年版。特别是第二部第一章"近代日本的话语空间——1970年＝昭和四十五年"。但柄谷行人基本上是在日本的天皇纪年和公元纪年的紧张关系中来处理"近代日本""话语空间"的开放性与封闭性、普遍性与特殊性的问题；关于"近代中国时间制度与观念的变迁"，参看湛晓白《时间的社会文化史》，社会科学文献出版社2013年版。湛晓白的研究涉及从观念、器物到制度等诸多层面的"近代时间"在"中国"的确立过程，但遗憾的是她的研究几乎完全以城市为主体，忽略了中国最广大的农村的历史与经验。

还没看够？还指望他抬举抬举？

这段话相当清晰地呈现出与"民国纪年"联系在一起的农村图景：贫者越贫，富者越富。王聚财他爸带着两个十八岁、二十岁的壮小伙子到下河村来开荒，那个时候刘家就是地主了，最终的结果就是王家欠了刘家一屁股债。从"民国二年"到"1943年"，也就是二十年过去了，结果是好不容易才把这个账还清楚。在赵树理看来，"1943年"不仅表征了一种新的、现代的时间记录方式，而且代表了共产党、八路军的力量。这种力量不只是要改变"农历纪年"标示的中国农民的传统生活，更要解救因为有了"民国"的介入而变得日益贫困的农村社会。

"民国纪年"带来的是农村的贫富差距进一步拉大，刘锡元家越来越有钱，变成了当地的一个大地主。赵树理的其他作品也和《邪不压正》一样，不断地在农民和地主之间"算账"，这个账往往和土地出租的"租"或借钱的"息"有关系。"收租"和"收息"的结果是地主越来越富，农民越来越穷。农民既然越来越穷，还不起地主的债，只能把土地卖给地主，变成了少地或者无地农民，最终由"自耕农"沦落为"佃农"。农村贫富差距的加剧以及土地愈益集中、农民愈益贫困这种状况恰恰是在民国这些年中发生的。费孝通1938年写的《江村经济》指出土地的问题成了当时一个非常尖锐的问题。费孝通那时候在英国留学，他不赞成当时的农民革命，但他还是在书中强调，共产党领导的红军进行革命的力量，就是那些丧失了土地的农民的欲求。所以，不解决中国的土地问题，国民党要想打败共产党、打败红军，用当时的话来说，就是解决"赤化"问题，是根本不可能的："国民党政府在纸上写下了种种诺言和政策，但事实上，它把绝大部分收入都耗费在反共运动，所以它不可能采取任何实际行动和措施来进行改革，而共产党运动的性质，正如我所指出的，是由于农民对土地制的不满而引起的一种反抗，尽管各方提出各种理由，但有一件事情是清楚的，农民的境况是越来越糟糕了。"[①] 费孝通在1938年说出这样看似激烈的话，我们就会明白民国所导致的农村的贫富差距和土地的问题已经显得多么尖锐。

---

① 费孝通：《江村经济》，内蒙古人民出版社2011年版，第215—216页。

因此，小说的开头看似平淡，却包含了深广的历史内容。这些内容通过对"时间"不同的表述显示出来，"时间"成了理解这篇小说重要的因素。因为不同时间所对应的是不同的力量、不同的人物和不同的习惯，譬如与农历连在一起的是农民的传统习惯以及跟这种传统习惯联系在一起"礼俗社会"。所谓"礼俗社会"也即维系农村社会的是靠礼数、讲习俗。小说写小旦那么坏，村里人都知道他不是一个好东西，但见了面还要叫"小旦叔"，就是不能撕破面子；虽然地主刘锡元是来聚财家逼婚的，同样"礼数"不能缺，譬如说生客吃什么、熟客如何接待，小说中就有很多交代。问题在于，当八路军、共产党带来一些新的因素如"减租减息"、"婚姻自主"乃至"土地改革"等，介入并影响到传统社会，那么，传统农村会发生什么变化？具体来说，聚财的想法会变化吗？软英和小宝的思想发生了什么变化？这些变化又是怎样产生的？小昌发生了什么变化？小旦为什么也会发生某些变化？……这些变化都与新的因素介入传统农村社会密切相关。小说开头的时间看上去是简单的几种时间纪年的并置和杂糅，背后蕴含的意味却非常深厚复杂，耐人寻味。

说清"时间"之后，就交代"事情"，"下河村王聚财的闺女跟本村刘锡元的儿子刘忠订了婚"这个事情看上去同样很顺，村子里面两家人的闺女和儿子订婚，岂不是一件好事？在农村，类似的事情可能每天都在发生，而且中秋节也是一个好日子，亲家来给王聚财送礼，可为什么"十五这天，聚财心里有些不痛快"呢？小说没有交代，留了一个悬念，而是宕开一笔，写这时家来了一个人，"恭喜恭喜！我来帮忙！他（指王聚财）一听就听出是本村的穷人老拐"。为什么在来的这个"老拐"前面要加上"穷人"这个限定词，是为了马上显示出"阶层"和"阶级"的问题。聚财家不是"穷人家"，来他们家帮忙的老拐才是"穷人"，从这儿至少看出这个下河村已经有了"阶层"之分。"这老拐虽是个穷人，人可不差，不偷人不讹诈，谁家有了红白大事，合得来就帮个忙吃顿饭，要些剩余馍菜；合不来就是饿着肚子也不去"，这算是介绍老拐的来历。我们都知道，赵树理的小说笔法以明白晓畅为胜，甚至有人会认为他的写法太通俗，但通俗并不等于呆板，恰恰相反，赵树理的写法相当灵动，他在小说开头采用全知全能的视角，告诉读者哪一年哪一天哪一家的儿子和哪一家的女儿订婚，然后发生了什么事情。这是一个相对静止的画面，为了打破这种静止,画面中突然出现了一个人,就是穷人老拐。在交代"穷人老拐"的来历时,透过他的眼光立即把王聚财家和刘锡元家的关系勾勒出来,"像聚财的亲家刘锡元,是方圆二十里内有名的大财主,他偏不到他那里去;聚财不过是普通庄户人家,他偏要到他这里来"。以穷人老拐的视野把上河村的阶层和阶级的分化显示出来了。刘锡元是地主,王聚财家只是一个普通的庄户人家,但普通的庄户人家也比穷人老拐的生活状况要好。由此,上河村至少分成了三种人:第一等是上层的地主,中间一层是像王聚财这样的普通农民,然后还有一些穷人。老拐为什么要去给人家帮忙?因为他家里太穷了,没吃没喝的,通过帮忙可以要点饭要点菜。小说到此为止,还没有交代王聚财为什么心里不痛快。

  聚财在房间里睡了一小会,又听见他老婆在院里说(你看,这一段话是很重要的,赵树理小说中人物对话是非常重要的,这一段人物的对话初读时并不好懂——引者按,下同)"安发!你早早就过来了?他妗母(也就是舅母)也来了?(这是什么意思?安发与王聚财老婆是什么关系?当然看到后边就知道他们是姐弟关系。所谓他妗母是她站在孩子金生的角度,安发是她弟弟,他妗母是她弟媳妇)——金生!快接住你妗母的篮子!——安发!姐姐又不是旁人!你也是凄凄皇皇的,贵巴巴买那些东西做甚?——狗狗!(这个狗狗是谁呢?狗狗就是安发的儿子,所以她是大姑)来,大姑看看你吃胖了没有?这两天怎么不来大姑家吃枣?你姐夫身上有点不得劲,这时候还没有起来!金生媳妇(交代他们家儿子金生已经娶了媳妇!)且领你妗母到东屋里坐吧!金生爹(就是王聚财)!快起来吧!客人都来了!"紧接着,"聚财听见是自己的小舅子两口子,平常惯了,也没有立刻起来,只叫了声:'安发!来里边坐来吧!'"

  正如前面所说,农村作为"礼俗社会"的一个重要特点,也可以说是"熟人社会"。所谓"熟人社会",就是七大姑八大姨,彼此都是亲戚,关系非常密切,整个村庄的运作利用这种亲缘关系来展开。果然,"这地方的风俗,姐夫小舅子见了面,总好说句打趣的话",安发和王聚财开玩笑说:"才跟刘家结了亲,刘锡元那股舒服劲,你倒学会了?"地主不下地干活,在一般农民眼中就是享福,聚财这么晚了还没起床不是要向地主学习吗？到这时，小说才揭示出聚财为什么心里不痛快，不痛快的原因是他根本不愿意把女儿许给刘锡元家，不愿意和刘锡元结亲家，但是，又不敢不结。由此又引出了小说中另一个人物小旦，他是来替刘家提亲的：

聚财说：“太欺人了呀！你是没有看见人家小旦那股劲——把那张脸一洼：'怎么？你还要跟家里商量？不要三心二意了吧！东西可以多要一点，别的没商量头！老实跟你说，人家愿意跟你这样人家结婚，总算了、看得起你来了！为人要不识抬举，以后要出了什么事，你可不要后悔！'”

姑且不论小旦这个人物在小说后面发展中还会起到重要的作用。透过姐夫与小舅子的对话，把这段事情重新理清楚了：王聚财实际上是被迫把女儿许给刘锡元的儿子做老婆的。

在《邪不压正》中，赵树理不仅利用了时间来交代背景，而且运用空间来推动情节。聚财家一个院子里有几间房，安发到北房里去见王聚财的同时，安发媳妇和金生媳妇就进了东房。王家嫁女儿有两个主角，一个是家长王聚财同不同意女儿出嫁；另一个则是女儿软英，她愿不愿出嫁？小说通过安发进北房将事情的原因交代清楚了，也通过安发媳妇进东房和聚财媳妇聊天把软英的态度揭示出来。男人和男人一块说事，女人和女人一块聊天。某种程度上说，有点像电影中的"平行蒙太奇"，实际上它是同时发生的。男人和女人在不同的地方聊天，可他们讲的是同一件事，虽然讲的是同一件事情，不过各种人对此反应还是不同的；男人有男人的态度，女人有女人的看法，然而他们也有一种"态度"的共同点，那就是地主刘锡元家财大气粗，仗势欺人，而"狗腿子"小旦作为"厉害角色"，更是一上来就吓唬住了王聚财这个普通庄户人家。

这时候，又来了一个亲戚二姨，二姨是王聚财老婆的妹妹、安发的姐姐：

东房里、北房里，正说的热闹，忽听得金生说："二姨来了？走着来的？没有骑驴？"二姨低低地说："这里有鬼子，谁敢骑驴？"听说二姨来了，除了软英还没有止住哭，其余东房里北房里的人都迎出来。他们有的叫二姨，有的叫二姐，有的叫二妹；大家乱叫了一阵，一同到北房里说话。

不仅二姨来了，而且她的到来还表明了形势的差别。安发和王聚财同在下河村，而二姨来自上河村，低低的一句"这里有鬼子"，就表明上河村和下河村的区别，下河村还在日本人的控制下，上河村却已经来了八路军。安发说"二姐两年了还没有来过啦！"为什么这么久没有来过？聚财老婆说："可不是？自从前年金生娶媳妇来了一回，以后就还没有来！"二姨说："上河下河只隔十五里，来一遭真不容易！一来没有工夫，二来，"她突然把嗓音放低，"二来这里还有鬼子"。

二姨前面是低低的声音，现在是压低了嗓音，可以看出赵树理写人物对话，并不过多地进行文学性的情态描写，基本上都是语言描写，如果有情态描写，一定是点睛之笔。二姨两次压低声音，说下河村有鬼子，带出来的是上河村来了八路军，安发老婆说："那也是'山走一时空'吧！这里有鬼子，你们上河不是有八路军？还不是一样？"

优秀的小说家书写一个人物，不仅要塑造这个人物实质的性格，而且还要赋予人物某种推动故事和情节发展的功能。譬如二姨，从上河村到下河村，利用空间的移动，就把"八路军"带入了故事中，这个因素对小说情节的发展特别是对软英的命运产生了重大影响。赵树理不是在小说中预先介绍一下原来下河村被日本人占领，大财主刘锡元的气焰才这么嚣张，而上河村已经来了八路军，接下来情况会有变化，是非常巧妙地通过功能性人物来把这些背景带入叙述中：

二姨说："那可不同！八路又不胡来。在上河，喂个牲口，该着支差才支差，哪像你们这里在路上拉差？"

她为什么不敢骑驴来聚财家？因为二姨怕路上碰见日本鬼子，把她的驴抢走，说是要拉差。所以，她不敢骑驴，只能走路来下河村。二姨第二次来下河村则是骑驴的，因为那时下河村已经被八路军占领了。过了春节之后，她心里很坦荡，就带着自己老公一起到下河村来了。别小看骑不骑驴这个细节，在小说中也有其功能。二姨第二次来下河村，到安发家里，那时"土改"已经给安发分了刘锡元家的一间房子，但没有分给他牲口圈，所以，她的驴只能拴在院子里，驴粪把院子搞脏了。安发因此与同院的小昌家吵架。小昌家为什么跟他们吵架？因为原来是长工的小昌，通过斗地主成了农会主席，他的势力大了，小昌老婆就冲安发老婆发火。二姨在小说中第三次出现，是工作团到下河村整顿土改之际，大家又问她有没有骑驴，她说，哪里敢骑驴？因为土改出现了偏差，家里有驴等好东西，就要把它抢过来重新分掉。二姨家抢先把驴卖了，以免在"拉平填补"时把驴拉去分了。一头驴，一个二姨，表面上只是小说中过过场，却起到了重要的功能性作用。二姨总共出现三次，都是在小说转折的关节点上，通过她家的"驴"讲出了背后一连串的故事。

安发老婆说"这我可不清楚了！听说八路军不是到处杀人、到处乱斗争？怎么有说他不胡来？"金生说："那都是刘锡元那伙人放的屁！你没听二姨夫说过？斗争斗的是恶霸、汉奸、地主，那些人都跟咱们村的刘锡元一样！"二姨说："对了，对了！上河斗了五家，第一家叫马元正，就是刘锡元的表弟，还有四户也都跟马元正差不多，从前在村里都是吃人咬人的。七月里区上来发动斗争，叫村里人跟他们算老账，差不多把他们的家产算光了！斗争就都那些人。依我说也应该！谁叫他们从前那么霸气？"金生媳妇说："八路军就不能把咱下河的鬼子杀了，把刘锡元拉住斗争斗争？"二姨问："刘锡元如今还是那么霸气？"聚财说："不是那么霸气，就能硬逼住咱闺女许给人家？"二姨说："我早就想问又不好开口。我左思右想，大姐，为甚么给软英找下刘忠那么个男人？人家前房的孩子已经十二三了，可该叫咱软英个什么？（因为软英那年才十七岁。）难道光攀好家就不论人？听大姐夫这么一说，原来是强逼成的，那还说什么？"

在农民眼中，要有一个"好家"，就是王聚财说的，我嫁女儿也要找一个吃喝不愁的"好家"。刘锡元家有钱，聚财把女儿嫁给他是图他们的钱财吗？即使到了"减租减息"之后，聚财还说"看看再说"。虽然聚财不想把女儿嫁给刘忠，但他更不愿意把女儿嫁给小宝，因为小宝是一个穷光蛋，女儿嫁给他肯定要受苦了。嫁一个好人家不仅仅是一个人品格上的好坏，还包括对物质利益的算计，用今天的话讲，就是要看经济条件。这一点是小说中非常重要的因素，也是聚财这样的普通农民要盘算的地方。聚财老婆说："我看嫁给槐树院小宝也不错！"因为小宝他娘也请人来说过媒的，王聚财没同意。安发老婆说："也不怨大姐夫挑眼儿，家里也就是没甚。"这里和"好家"形成了对比。这时，聚财老婆就说："这话只能咱姐妹们说，咱软英从十来岁就跟小宝在一起打打闹闹很熟惯，小心事早就在小宝身上。去年元孩来提媒，小东西有说有笑给人家做了顿拉面，后来一听你姐夫说人家没甚，马上就噘了噘嘴嘟噜着说：'没甚就没甚！我爷爷不是逃荒来的？'"

说话间，刘锡元家提亲送礼的人来了："媒人原来只是小旦一个人，刘家因为想合乎三媒六证那句古话，又拼凑了两个人。一个叫刘锡恩，一个叫刘小四，是刘锡元两个远门本家。刘锡元的大长工元孩，挑着一担礼物盒子；二长工小昌和赶骡子的小宝抬着一架大食盒。元孩走在前边，小宝、小昌、锡恩、小四，最后是小旦，六个人排成一行，走出刘家的大门往聚财家里来。"元孩、小昌、小宝和小旦，这些在小说后面的情节中发挥作用的人物，通过"提亲"出场了。虽然说前文说小旦很凶，但赵树理并没有从旁观者的角度来写小旦是怎么样的坏，而是抓住一个重要的细节：小旦来了就想抽鸦片烟。这样的效果又一次通过空间的分配来表达："客人分了班：安发陪着媒人到北房，金生陪着元孩、小昌、小宝到西房，女人们到东房，软英一听说送礼的来了，早躲到后院里进财的西房里去。"聚财、进财兄弟是住在一起的，有两进院子。一进院子有西房、东房、北房，另一进院子也有西房。空间的分配在下文中也发挥了重要作用，因为最终要安排小宝和软英的见面。在这个既定的空间里，赵树理首先写小旦的恶习，他不愿跟大家说"庄稼话"（就是"农民的话"），想抽大烟，到处找能抽大烟的地方。于是，聚财老婆让进财带小旦不要进西房而是到北房里去，因为软英躲在西房里：

  小旦走了，说话方便得多。你不要看锡恩和小四两个人是刘锡元的本家，说起刘锡元的横行霸道来他们也常好骂几句，不过这回是来给刘家当媒人，虽然也知道这门亲事是逼成的，表面上也不能戳破底，因此谁也不骂刘锡元，只把小旦当成刘锡元个替死鬼来骂。小旦一出门，小四对着他的脊背指了两下，安发和锡恩摇了摇头，随后你一言我一语，小声小气骂起来——这个说"坏透了"，那个说"一大害"……各人又都说了些小旦讹人骗人的奇怪故事，一直谈到开饭。

几个媒人在说话，这时候才把小旦的特征全暴露了，又抽大烟又是一个坏蛋，而且还是刘锡元的狗腿子。小说对聚财家空间的利用很关键，院子里有几间房间，东房里几个女人谈得很热闹，而西房里谈的则是另一套。

金生问："元孩叔！你这几年在刘家住的怎么样？顾住顾不住（就是说能顾了家不能）？"元孩说："还不跟在那里那时候一样？那二十几块现洋的本钱永远还不起，不论哪一年，算一算工钱，除了还了借粮只够纳利。——嗳！你看我糊涂不糊涂？你们两家已经结成了亲戚……"元孩这个老长工在刘家打长工这么多年，最后的结果是每年赚了钱只能给刘家做利息，根本不能还本钱。小昌说："谁给他住长工还讨得了他的便宜？反正账由人家算啦！金生你记得吗，那年我给他赶骡，骡子吃了三块钱药，不是还硬扣了我三块工钱？"这段对话的关键是"算什么账？说什么理？势力就是理！""算账"和"说理"都是靠"势力"，如果这个原则不改变，农民就没有"说理"的"地方"，只能靠"老规矩"来维持。

维持农村社会的"老规矩"就是"礼俗"。来聚财家做媒人的这几位说了一会儿闲话，到了开饭的时候，他们要分开来吃，就是讲"礼俗"，譬如生客吃挂面，熟客饸饹，等等。三个媒人虽然是本村的人，还是和生客一样吃面条。元孩、小昌、小宝虽然跟媒人办的是一件事情，可是三个人早已跟金生声明不要按生客待，情愿吃饸饹。值得注意的是，"小旦在后院北屋里吸大烟，老拐给他送了一碗挂面"。虽然大家都说小旦是一个坏人，在这里讹人，但礼数不能不尽到。

赵树理小说的体贴周到，就是能让农民懂，写到农民心坎里。他不从抽象的角度去描写农民，而是着力描写农民生活世界中特别细腻丰富、非常有质感的部分。这决定了他的小说拒绝从抽象的概念出发，譬如刘锡元作为大地主是怎样欺负王聚财这样的普通农民，赵树理通过特别具体的描写，深刻地揭露了农村社会的"不平等""有势力者就有道理"的情形。而这种揭露也是与刘锡元"送彩礼"给聚财家的"礼俗"联系起来，"这地方的风俗，送礼的食盒，不只装能吃的东西，什么礼物都可以装"，然后说第一层、第二层、第三层、第四层怎么样，"要是门当户对的地主豪绅们送礼，东西多了，可以用两架三架最多到八架食盒"。这里特别强调"门当户对"，意思当然是说刘锡元和王聚财家不是门当户对。如果是门当户对"最多到八架食盒","要是贫寒人家送礼,也有不用食盒只挑一对二尺见方尺把高的木头盒子的,也有只用两个篮子的。刘家虽是家地主,一来女家是个庄稼户,二来还是个续婚,就有点轻看,可是要太平常了又觉得有点不像刘家的气派,因此抬了一架食盒,又挑了一担木头盒子,弄了个不上不下",如此具体而犀利的描写,就是要显示刘家既有点轻看王聚财家,但又觉得不能失自己的身份。"礼俗社会"最讲究"婚丧嫁娶",所以男女双方都很看重"彩礼"。农村有一句俗话说得好,男方和女方,"结婚前是冤家,结婚后是亲家"。因为结婚前两家要讨价还价,女方开什么条件,男家又给什么条件,条件达不达到,两家为此吵来吵去,最后把"彩礼"给定下来了,但是结婚以后就不能谈这些,变成亲家了:"这地方的习俗,礼物都是女家开着单子要的。男家接到女家的单子,差不多都嫌要得多,给送的时候,要打些折扣。比方要两对耳环只给一对,要五两重手镯,只给三两重的,送来时自然要争吵一会儿。两家亲家要有点心事不对头,争吵得就更会凶一点。女家在送礼这一天请来了些姑姑姨姨妗妗一类女人们,就是叫她们来跟媒人吵一会儿。"吵架时,最重要的是,作好作歹,拖一拖就过去了,并不是一定会补齐礼物,而是要把这种"礼俗"做足。

关键在于,赵树理通过描写"礼俗",一是要表现出刘家仗势欺人,王家委曲求全,"势力"不仅是个"理",而且还是个"礼"。二是"仗势"的刘家,还挺会"算账"。一个地主不会"算账"就成不了地主。他表面上答应给什么东西,目的是要把人家闺女娶回来。彩礼都是给闺女的,闺女结婚后还是要带回婆家。刘家送的彩礼都是一些刘忠前妻用过的,而且还打了折扣,譬如刘忠前妻戴的是纯金手镯,现在送给软英的是镀金手镯。写得如此细致,固然突出了刘家的精明小气,同时也显示小旦的蛮横霸道,本来媒人的作用是居中调停,说好说歹,但小旦的态度却非常霸道。他一上来就说:"你们都说的是没用话!哪家送礼能不吵?哪家送礼能吵得把东西抬回去?说什么都不抵事,闺女已经是嫁给人家了!"此时,小旦已经不耐烦了,再不往下听,把眼一翻说:"不行你随便!我就只管到这里!"聚财老婆说:"老天爷呀!世上哪有这么厉害的媒人?你拿把刀把我杀了吧!"小旦说:"我杀你做什么?行不行你亲自去跟刘家交涉!管不了不许我不管?不管了!"说着推开大家就往外走,急得安发跑到前面伸开两条胳膊拦住,别的男人也都凑过来说好话,连聚财也披起衣服一摇一晃出来探问是什么事。大家好歹把小旦劝住。然后还要请他们吃饭,这一大段对"礼俗"的描写,回应了这一节的标题"太欺人呀!",显示了看似温情脉脉的"礼俗"背后"势力"造成的深刻"不平等"。

当这些人在闹的时候,小宝不见了。小宝在叫小旦出来之后,转到西房去看软英。这一段描写应该是整篇小说中赵树理用笔最重的地方。一对相爱的年轻人面对着地主的仗势欺人,两人一点办法也没有,只能算着"日子"穷伤心。但"日子"的出现,意味着"时间"有可能带来新的变化:

> 小宝问软英要说什么,软英说:"你等等!我先想想!"随后就用指头数起来。她数一数想一想,想一想又数一数,小宝急着问:"你尽管数什么?"她说:"不要乱!"她又数了一回说:"还有二十七天!"这个比说什么话都让人心酸,可为什么她要算了又算呢?
>
> 小宝说:"二十七天做什么?"她说:"你不知道?九月十三!"小宝猛然想起来刘家决定在九月十三娶她,就回答她说:"我知道!八月十五到九月十三,还有二十九天!"软英说:"今天快完了,不能算一天。八月是小建,再除一天……"

八月十五到九月十三都是"农历"的时间:"两个人脸对脸看了一大会儿,谁也不说什么。突然软英跟唱歌一样低低唱道:'宝哥呀!还有二十七天呀!'唱着唱着眼泪骨碌碌就流下来了!小宝一直劝,软英只是哭。就在这时候,金生在外边喊叫:'小宝!小宝!'小宝这时才觉得自己脸上也有热热的两道泪,赶紧擦,赶紧擦,可是越擦越流,擦了很大一会儿,也不知道擦干没有,因为外边叫的紧,也只得往外跑。"

这样一个悲惨的场景,赵树理却将它放在"行动"的框架中来呈现。本来小宝去叫小旦,然后转来看软英。这时,外面已经闹了一通后,要吃酒席。金生去叫小宝,小宝必须出来和他们见面。两个人只有这短短一段时间相聚,而且只能流眼泪、算日子,一点办法也没有。赵树理重笔浓彩描写这个场景,是要突出如果没有"新力量"来改变下河村的"旧势力",软英和小宝虽然彼此相爱,可他们自己没有任何能力去改变命运。"小宝抬着食盒低着头,一路上只是胡猜想二十七天以后的事","二十七天"之后会怎样？时间再次发挥重要的作用。就在这二十七天里，本来认为不可能改变的一切，因为新力量的到来而发生改变了。

三 "说理"的世界，到底能不能把"理"说清？

到了第二部分"看看再说!"，本来这个故事要接着讲在二十七天里面下河村发生了什么事情。不过，好的小说家笔下往往跌宕起伏，先不正面去写，反而从侧面或反面宕开一笔，造成文笔起伏的效果。赵树理也是如此，他没有直接写二十七天后如何如何，而是宕开一笔写那个看似无关紧要的人物二姨。表面写二姨，实际上还是在写下河村的故事，在写软英和小宝的命运：

> 二姨回到上河，一直丢不下软英的事，准备到九月十三软英出嫁的时候再到下河看看，不料就在九月初头，八路军就把上河解放了，后来听说实行减租清债（"减租清债"就是"减租减息"——引者按，下同），把刘家也清算了，刘锡元也死了，打发自己的丈夫去看了一次，知道安发家也分了刘家一座房子，软英在九月十三没有出嫁，不过也没有退了婚。过了年，旧历正月初二，正是走娘家的时候（这时候到了1944年），二姨想亲自到下河看看，就骑上驴，跟着自己的丈夫往下河来。

八路军到了下河，二姨就敢骑驴了。二姨和她丈夫知道弟弟安发分了刘锡元家的一座房子，"他们走到刘锡元家的后院门口，二姨下了驴，她丈夫牵着驴领着她往安发分下的新房子里走。狗狗在院里看见了，叫了声'妈！二姑来了！'安发两口、金生两口，都从南房里迎出来"。

金生两口是给舅舅拜年的。三户人家碰在一起。然后还是从驴开始说起，二姨丈夫说驴没地方拴，只好拴到安发家门口。二姨丈夫问安发："你就没分个圈驴的地方？"安发说："咱连根驴毛都没有，要那有什么用？不用想那么周全吧！这比我那座透天窟窿房就强多了。"接下来进房间讲是怎么打倒刘锡元的。

关于"打倒刘锡元"这一段在小说中起了重要作用，构成了前面"太欺人啦"向后面"看看再说"的过渡，也意味着八路军作为一种"新力量"的到来,正在改变"旧势力",使得原来主宰农村社会的"正邪"关系逐渐发生了变化。在前文中,小昌和元孩来给王家送彩礼,小昌说了一段话,说今天这个世道,"势力就是理"。有权有势是"硬道理",刘锡元家有钱有势,所以他们说的都是"理"。但八路军的到来,要把这个"旧势力"打倒,看看能不能重新讲出"新道理"。刘锡元怎么死?是不是大家把他打死的?金生说:"打到没人打他,区上高工作员不叫打,倒是气死了的。"安发说:"那老家伙真有两下子!要不是元孩跟小昌,我看谁也说不住他。"因为"减租减息"要重新算账,算农民和地主之间的账,看看地主究竟有没有剥削农民。金生说:"刘锡元那老家伙,谁也说不过他,有五六个先发言的,都叫他说得没有话说。后来元孩急了,就说:'说我的吧?'刘锡元说:'说你的就说你的,我只凭良心说话!(注意,倒是地主刘锡元说他只凭'良心'说话,可见'良心'是多么靠不住。)你是我二十多年的老伙计,你使钱我让利,你借粮我让价,年年的工钱只有长支没有短欠!翻开账叫大家看,看看谁沾谁的光?我跟你有什么问题?'"如果按地主刘锡元的账本来算账的话,农民永远是没有理的。所以,说"理"关键是站在什么角度上来说这个"理"。这里有两种关于"理"的理解,原来认为"势力就是理"。但"势力"不是赤裸裸地表现出来,而是转化为一种"算账"的话语,在地主刘锡元那里,"算账"才是理。表面上地主最讲道理,欠债还钱似乎是天经地义,甚至可以用市场经济、契约精神等来讲这是"在理"的:你欠了我的钱,当然要还钱,还不起本就要先还利,如果按照这个方法算账,刘锡元自然是占了理,谁也说不过他。但是,在这个"理"之外还有另一个"理",在小说中叫"老直理":

>元孩说:"我也不懂良心,我也认不得账本,我是个雇汉,只会说个老直理:这二十年我没有下过工,我每天做是甚?你每天做是甚?我吃是甚?你吃是甚?我落了些甚?你落些甚?我给你打粮食叫你吃,叫你吃上算我的账,年年把我算光!这就是我沾你的光!凭你的良心!我给你当这二十年老牛,就该落一笔祖祖辈辈还不起的账?呸!把你的良心收起!照你那样说我还得补你……"他这么一说,才给大家点开路。

这是两种"理"的争论,赵树理另有一篇小说《地板》专门讨论这个问题：究竟是土地创造了价值还是土地上的劳动创造了价值？按照地主的逻辑，地是我的，租给你种，当然要收租。但问题在于，光有这块土地，没有土地上投入的劳动，土地会不会创造价值？更关键的是，地主可不可以凭借土地的所有权去剥削别人？这又是一个"道理"。

穷人该不该受穷，每个人是否都应该拥有平等的权利？这个"道理"作为既得利益集团的地主未必肯承认。实际上，农民就是要争这个"理"，这个朴素的道理，也许可以更直观地表述为"耕者有其田"。有自己的田，农民就可以在自己的田地上丰衣足食。这个朴素的道理——也就是"老直理"——构成了农民起来推翻地主那个"歪理"的动力。地主要保住"算账就是理"，其实并非靠的是"说理"，更要依靠"势力"。如果没有势力的话，地主没法子维持他的理。反过来说，假如农民没有共产党、八路军撑腰的话，同样没有办法斗倒刘锡元。"势力就是理"，一定是一种"势力"在支持一种"理"。这是两套道理的斗争，也是两种势力的斗争。赵树理在这儿描写的就是中国农村的阶级斗争，表现的就是剥削阶级与被剥削阶级、压迫阶级与被压迫阶级的斗争。然而，赵树理在小说中从来都不是通过喊标语口号来达到目的的，他将这些阶级观念和斗争意识转化为农民在日常生活中能够体会掌握的对象。那些看似家长里短、婆婆妈妈的事情，在他的笔下可能蕴含着深刻的"大道理"。赵树理可以透过"小事件"来写"大道理"，这是他的本事。"大道理"变成了"小事件"，但只要仔细去体会"小事件"的写法，就会发现赵树理原来是在讲一个"大道理"。

"他这么一说，才给大家点开路，这个说'……反正我年年打下粮食给你送'，那个说'……反正我的产业后来归了你'……那老家伙后来发了急，说'不凭账本就是不说理！'，一个'不说理'把大家顶火了。"在此情况下，大家要打刘锡元，高工作员没让打。这时候，小昌指着老家伙的鼻子说："刘锡元！这理非叫你说清不可！你逼着人家大家卖了房、卖了地、讨了饭、饿死了人、卖了孩子……如今跟你算算账，你还说大家不说理。到底是谁不说理？"如果只有那个账本的理，地主就可以拿着"欠债还钱"的理，做一切不合"道理"甚至伤天害理的事。歌剧《白毛女》中，黄世仁逼杨白劳还钱有一个具体的情境。按照中国传统习俗，"追债"一般只追到过年前的腊月二十九，年三十也即过年那一天不能去讨债。这就是为什么欠账的人腊月二十九之前都出去躲债，年三十可以回家过年的原因。过了年，又是新的一年，你可以再欠别人一年。但黄世仁不管这个规矩。杨白劳回来过年，给女儿喜儿带了两尺红头绳作为新年礼物，本来准备欢欢喜喜过大年，没想到黄世仁却在此时上门逼债。这不仅是地主对农民的经济压迫，而且破坏了千百年中国农村的伦理习惯，也就是成了"礼俗社会"的破坏者。正如孟悦指出的那样，地主黄世仁"逼债"的"一系列的闯入和逼迫行为不仅冒犯了杨白劳一家，更冒犯了一切体现平安吉祥的乡土理想的文化意义系统，冒犯了除夕这个节气，这个风俗连带的整个年复一年传接下来的生活方式和伦理秩序。作为反社会的势力，黄世仁在政治身份明确之前早已就是民间伦理秩序的天敌"①。与此相比，在《邪不压正》中，虽然王聚财等人都恨小旦，但见到小旦还是要叫一声"小旦叔"。小旦躲在后边抽大烟也要给他送一碗挂面过去。这就是中国人的讲"礼数"。黄世仁却不管这些"礼俗"，在大年三十晚上家人团聚的日子，逼债逼到杨白劳喝卤水自杀了。今天却有人站在黄世仁的立场上，根据"算账就是理"，谴责杨白劳没有"契约精神"，这是完全罔顾中国传统的"生活方式和伦理秩序"。所以，讲不讲"理"的背后还有这个基于传统"礼俗社会"的"老直理"。

于是，可以进一步追问，"算账才是理"，这个"理"是谁带来的？"算账"代表着一种经济理性、一种现代观念。这种理性的算计与晚清、民国以来的现代化有很大的关系。原来中国的乡村共同体，地主与农民之间的关系并不那么对立，因为中国土地制度大概从宋代开始，有所谓"田底权"与"田面权"的区别，用今天的话说，土地具有复合而非单一的产权关系，因此，以前的乡村共同体——也有学者叫"乡里空间"——农民与地主的关系还可能披上一层温情脉脉的"面纱"，不一定表现得那么尖锐。而进入现代，特别是到了民国，农民与地主因为土地的产权关系发生了深刻变化——由复合的产权关系变为单一的产权关系——在这个变化中，地主与农民之间的矛盾变得非常尖锐，而这个尖锐矛盾的表现形式之一即是地主奉为信条的"算账才是理"。②赵树理的《地板》直接回应了

---

① 孟悦：《〈白毛女〉演变的启示》，王晓明主编《二十世纪中国文学史论》第3卷，东方出版中心1997年版，第195页。

② 关于中国土地所有制的变迁与"地主"和"农民"之间矛盾的激化，可参看《人民至上》，特别是第一章"'乡土空间'的崩溃与'士绅共和国'的失败"，上海人民出版社2012年版。

土地创造价值还是土地上的劳动创造价值的问题。他的另一篇小说《福贵》讲的是地主对农民的残酷剥削不仅使一家人变穷，而且让福贵这个原来特别能干的孩子变成村里的二流子和小偷。福贵为什么成了二流子？并不是他天性如此。地主对农民的剥削并不只是经济上的剥夺，而且改变了农村的社会关系，造成了最令人不能容忍的游手好闲、好吃懒做和偷鸡摸狗的"二流子"。《邪不压正》中的小旦是不是一直就是地主"狗腿子"？在做"狗腿子"之前是否也像"福贵"那样有一个从普通农民堕落成"二流子"的过程？这些隐含在"算账才是理"背后的现象也许更值得我们进一步思考。

当时是"减租减息"而不是"土地改革"。虽然清算了刘锡元，但并没有把他家所有的地都收走，刘忠家里还有"四十来亩出租地、十几亩自种地和这前院的一院房子"。农民把地主打倒了，分了地主的土地、房子和浮财，那么这些土地和财产分给谁呢？这又显示出赵树理的别具匠心，他从二姨写到安发，写安发的原因不仅仅是二姨要去找自己的弟弟，更重要的是安发这样的老实人——从前文可以看出，他是一个只会谈"庄稼话"的老实人——"减租减息"也给他带来了好处，分了一处房子给他。那么，清算地主的土地究竟分给谁了？赵树理通过狗狗和小昌的儿子小贵之间的关系，引出小昌老婆与安发老婆的冲突：

二姨问："北房里住的是谁？"（这又是一个空间上的划分，可以和聚财家里的空间分布对照来看——引者按）安发说："说起来瞎生气啦，这一院，除了咱分这一座房子，其余都归了小昌。"二姨问："他就该得着那么多？"安发说："光这个？还有二十多亩地啦！人家的'问题'又多，又是农会主任，该不是得的多啦？你听人家那气多粗？咱住到这个院里，一座孤房，前院都是刘忠的，后院都是小昌的——碾是人家的，磨是人家的，打谷场是人家的，饭厦和茅厕是跟着人家伙着的，动手动脚离不了人家。在咱那窟窿房里，这些东西，虽然也是沾邻家的光，不过那是老邻居，就比这个入帖多了！"

"前院都是刘忠的，后院都是小昌的"，安发的这个话带出了"新问题"，清算地主之后，打倒了一种"不平等"，有没有可能因为种种原因造成了一种新的"不平等"？打倒了刘锡元，为什么小昌又起来了？尽管小昌原来也是受苦受穷的，但他现在为什么一下"牛起来了"？这时，那个关键的人物"老拐"又出现了。就像竹内好说的那样，赵树理的小说无一处有闲笔。前面老拐来帮忙，带出了村里的阶级分化。这次老拐又出现了，正好是来拜年，问题当然是如老拐这样的穷人有没有从"减租减息"中得到好处？二姨笑着说："老拐！你就没有翻翻身？"老拐也笑了笑说："咱跟人家没'问题'！"什么叫"没问题"？其实是一个"新问题"。安发说："你叫我说这果实分的就不好，上边既然叫穷人翻身啦，为什么'没问题'的就不能翻？就按'问题'说也不公道——能说会道的就算的多。"

在这段对话中，赵树理忽然很触目地插入了"问题"这个农民相对陌生的词语，前后的对话都用的是农民的口头语，唯独"问题"不是农民的口头语，而且农民也不一定清楚"问题"究竟是什么意思。具体而言，"问题"指的是地主与农民之间的剥削关系，把剥削关系揭示出来叫"有问题"，所谓"清算"也即清算这种剥削关系；假如地主与你没有剥削关系，清算出的地主的财物也就跟你没关系，这就是"没问题"。关键的是赵树理为什么要用"问题"这个词，而且特意打上引号。实际上他通过这个打上引号的词语，表明了区上工作队的"减租减息"只是做成了一锅"夹生饭"，表现为工作队用农民不太理解的新名词，硬生生地嵌入农民的日常生活语言中。农民即使会说"翻身""问题"等新名词新说法，并不意味着他们已经很好地理解这些"名词""说法"背后的含义。虽然农民不能自觉地把工作队所说的"问题"与自己的切身利益联系在一起，但也能自发地发现清算的果实分得不公平，就像安发说的那样："像小旦！给刘家当了半辈子狗腿，他有什么'问题？胡捏造了个'问题'，竟能分一个骡子几石粮食！"

小旦本来是地主家的狗腿子，可是会见风使舵，就在"清算"中成了"积极分子"。回到小说的题目"邪不压正"，表面上看邪正分明，刘锡元是"邪"，受压迫的农民是"正"。可是在"正"与"邪"之间，往往还有"灰色地带"，"灰色地带"就会出现像小旦这样的人物，他根本不是地主，也成不了地主，好吃懒做，还抽大烟，给他多少地，他吃的吃，卖的卖，永远是穷光蛋。如果按照经济地位来划分阶级，那么小旦只能是贫农，但他作为流氓无产者，见风使舵，直接转化为"坏干部"。所以安发这样说小旦："不用提他了，那是个八面玲珑的脑袋，几时也跌不倒！"①那么，正邪之间的"灰色地带"究竟怎么处理？共产党、八路军和工作队该如何对待小旦这样的人物？这是赵树理在《邪不压正》中提出来的严峻的问题。在根据地，往往因为小旦这样的"坏干部"，使共产党之前取得的成就化为乌有，影响老百姓对于"新力量"的认同。②

在新的形势下，由"旧历"中秋节标志的传统农村世界在经受"民国"以来的变动后，再一次因为共产党、八路军的到来，开始发生某种新变化。这些变化对村里哪些人产生了什么样影响？安发分到一间房，老拐什么也没有得到，小旦和小昌好像"发了"，而且变得"牛气了"……那么，聚财家发生了什么变化？"说理"的问题又再一次出现了，软英应不应该与刘忠退婚？二姨去找大姐也就是王聚财的老婆，王聚财老婆告诉妹妹，在应不应该退婚这件事上，父亲与女儿完全闹翻了。王聚财和软英为什么闹翻了？父亲有一套父亲的道理，女儿有一套女儿的道理，两套道理通过二姨表达出来。通过这两套不同的道理，我们可以看出王聚财代表了老一代的农民，而软英则是成长中的新一代农民，他们面对八路军、共产党带来的新变动，做出了不同的反应。

首先看王聚财怎么对二姨说这件事。二姨先去探王聚财的口气。王聚财说："年轻人光看得见眼睫毛上那点事！一来就不容易弄断，二来弄断了还不知道是福是害！日本才退走四个月，还没有退够二十里，谁能保不再来？你这会惹了刘忠，到那时候刘忠还饶你？还有小旦，一面是积极分子，一面又是刘忠的人，那种人咱惹得起？他们年轻人，遇事不前后想，找出麻烦来就没戏唱了！"按王聚财的理解，这个世道究竟有没有变，我们不知道，要看看再说。这就呼应了小标题"看看再说！"更重要的是，王聚财心里面所想的并不仅仅是"看看再说"，背后有一个更深的打算，这个打算代表了中国农民对世界更基本的看法，如果说"算账"，这也是

---

① 赵树理在发表于1948年3月16日《新大众》报的《发动贫雇要靠民主》中指出："每个村子里，都有一种灵活的滑头分子，好像不论什么运动，他都是积极分子——什么时行卖什么，吃得了谁就吃谁；谁上了台拥护谁。这些人，有好多是流氓底子，不止没产业，也不想靠产业过活，分果实迟早是头一份，填窟窿时候又回回是窟窿。可是当大多数正派贫雇农还不相信自己的时候，偏好推这些人出头说话，这些人就成了天然的积极分子。"说的正是他后来笔下的"小旦"现象。参见《赵树理全集》第3卷，大众文艺出版社2006年版，第253页。

② 关于北方农村的"坏干部"问题，可以参看李放春《"地主窝"里的清算风波——兼谈北方土改中的"民主"与"坏干部"问题》，黄宗智主编《中国乡村研究》第6辑，福建教育出版社2008年版。

"算账"吧，但不是现代经济理性的"算账"，而是传统小农经济的"算账"。这就是看你会不会"过日子"。他说小宝是一个不会"过日子"的人，不会为自己打算："去年人家斗刘家，他也是积极分子，东串连人，西串连人，喊口号一个顶几个，可是到了算账时候，自己可提不出大'问题'，只说短了几个工钱，得了五斗麦子。人家小旦胡捏了个问题还弄一个骡子几石粮食，他好歹还给刘家住过几年，难道连小旦都不如？你看他傻瓜不傻瓜？只从这件事上看，就知道他非受穷不可！要跟上小宝，哪如得还嫁给人家刘忠！"王聚财是一个中农，他的"算账"就是如何为自己着想。所谓小农意识建立在自给自足的经济基础上，决定了他光会为自己着想，不会为别人想。而小宝这样的农民，只为别人想不为自己想，在王聚财心目中，这就是不会"过日子"的表现："嫁刘忠合适就嫁刘忠，嫁刘忠不合适再说，反正不能嫁小宝！"王聚财斩钉截铁地说了这个结论。"聚财说了这番话，二姨觉得'还是大姨夫见识高！应该拿这些话去劝劝软英。'"二姨认同了王聚财对小宝的判断，也认为小宝不是一个会过日子的人，不能把女儿嫁给他。这里可以看出中国农民对一个人有没有出息有一套自己的理解，而且看起来很有道理。接下来，二姨就去劝软英。软英也对二姨说了一番道理。软英要嫁给小宝，不愿意嫁给刘忠。有这样的想法并不是简单地反抗自己的爹，和他对着干。她说："要以我的本意，该不是数那痛快啦？可是我那么办，那真把我爹气坏了。爹总是爹，我也不愿意叫他再生气。我的主意是看看再说。刘锡元才死了，刘忠他妈老顽固，一定要他守三年孝。去年八月十五到九月十三，二十七天还能变了卦，三年工夫长着啦，刘家还能不再出点什么事？他死了跑了就不说了，不死不跑我再想我的办法，反正我死也不嫁给他，不死总要嫁给小宝！"软英说完了，二姨觉得这话越发句句有理。两个人各有各的道理，两套道理放到一处是对头，不过也有一点相同——都想"看看再说"，都愿意等三年。

四 "世道"在变，"人"也在变

赵树理再次把"时间"作为《邪不压正》的一个非常重要的"变量"。前面是"二十七天"，三九二十七，也是"三"的倍数，现在则变成"三年"。相对千百年来不变的中国农村，无论是"二十七天"还是

"三年",其实都是很短的一瞬间,但如今为什么可以成为重要的时间变量?因为当时的中国社会——特别是农村社会——正在发生翻天覆地的变化,这种变化深刻地决定了并改变着小宝、软英和聚财等这些普通农民的命运。不过,农民是否自觉地意识到社会正在发生这样的变化呢?更不用说他们能否将这种变化与自己命运的改变联系起来?在这一点上,可以看到王聚财和他女儿软英的区别:王聚财总是怀疑这个世道是不是真变了。譬如说日本人退去四个月,退出二十里,日本人会不会再回来?他认为这个世道确实在变,但是不是真的变了他打了一个大大的问号。而软英认为,先不要去考虑世道是不是真的变了,而是认为既然世道在变了,那么随着今天的变化,一定会发生更大的变化。二十七天都可以发生那么大的变化,为什么三年就不能发生更大的变化呢?

表面上看,两代人的看法当然有很大的冲突,不过,更根本的分歧是对变化的不同理解之间的冲突。可是,时间不等人,第三章就叫"想再'看看'也不能"。时间突然加快了:"这三年中间果然有些大变化——几次查减且不讲,第一个大变化第二年秋天日本投降了;第二个大变化是第三年冬天又来了一次土地改革运动,要实行填平补齐。第一个大变化,因为聚财听说蒋介石要打八路,还想'看看再说',软英的事还没有动;第二个大变化,因为有些别的原因,弄得坚持想'看看'也不能了。"第二个变化也就是到了1946年10月,10月发生了的情况和"填平补齐"有直接联系,也和"土地改革"有很大关系。由于国共合作共同抗战的原因,共产党在农村原来采取的是"减租减息","减租减息"没有完全打倒地主,很多穷人也没有真正翻身。像地主刘忠还有一处院子、四十多亩出租地和二十多亩自种地,而老拐这样的穷人则跟讨饭差不多。"填平补齐"就是要进一步"均贫富",让经过"减租减息"的地主把土地交出一部分,将贫富之间的差距进一步缩小。但是,这个要求到了下河村,却带来了这样的结果:"元孩说:'区上的会大家都参加过了。那个会叫咱们回来挤封建,帮助没有翻透身的人继续翻身。'"但问题在于"封建尾巴总共五六个,又差不多都是清算过几次的,可是窟窿就有四五十个,那怎么能填起来?"小宝说:"平是平不了的,不过也不算很少!这五六户人家一共也有三顷多地啦!五七三百五,一户还可以分七亩地!没听区委说'不能绝对平,叫大家都有地种就是了!'"又有人说"光补地啦?不补房子?不补浮财?"又有人说:"光补窟窿啦?咱们就不用再分点?"本来"填平补齐"就是为了避免两极分化,可是事情一到这就变了味了,因为某些积极分子如小旦、小昌之类,是为了在清算地主的过程中多分好处,所以他们会觉得这次"填平补齐"又是一次分好处的机会,而不是要给那些受穷的、没有翻透身的人进一步翻身。如此一来,积极分子光顾考虑自己的利益了,只有小宝表示异议:我们让大家有地种就可以了,不是真正的拉平。但马上有人就接着小宝的话说:我们为什么不可以再分点?我们是积极分子,要靠我们来挤地主的土地和浮财,如果挤不出来,你们这些人又分什么!你们光拿胜利的成果,我们有什么动力来干这些事?赵树理在这里非常尖锐地揭示出农村变革中极其严峻的问题,那就是广大群众与干部和积极分子之间的矛盾。积极分子往往这样认为,既然要靠我们来挤地主的土地和浮财,当然要从其中拿好处。这时小旦之类就跳得最高,说不拿好处怎么行呢?

当时无论是"填平补齐"还是"土地改革",一个重要依据就是看有没有"剥削",第一看是不是把土地租给别人种,第二看家里面有没有雇用长工?如果没有剥削就不该分地。像王聚财家虽然有一些地,但这些地是自己开荒得来的,包括自种地也是靠自己的劳力,没有雇用别人。按照共产党的土改政策,这样的地不应该分。可是,为了让大家有浮财有土地可以分,让更多的人挤出来钱和地来,最终的结果是上河村的干部把王聚财等人也列入"封建",视为要清算的对象。元孩虽然发现问题,"见他们这些人只注意东西不讲道理",但小昌说:"我看不用等!羊毛出在羊身上,下河的窟窿只能下河填,高工作员也给咱带不来一亩地!"于是,那些不该清算的人也要拿来重新清算,那些老老实实种地的庄稼人也要把土地和财物交出来。正是这股"清算"风波,再一次把软英卷入风口浪尖上。小昌作为农会主任,他不但要清算那些不该清算的农民,还借此机会派小旦为自己十四岁的儿子小贵向软英提亲。

《邪不压正》和一般写"土改"的小说选的视角不太一样,譬如周立波的长篇小说《暴风骤雨》描写土改,关注的是地主阶级与贫雇农之间的阶级矛盾,这一矛盾集中表现在大地主韩老六和最穷的农民"赵光腚"之间的冲突上。这是一般"土改小说"常常采用的叙述模式,但赵树理没有选择这个更便于描写斗争和冲突的叙述模式,《邪不压正》中虽然有大地主刘锡元，也有贫雇农元孩和小昌，但整个叙述是从王聚财这个"中农"的视角展开的。① 王聚财首先受到刘锡元的逼迫，仗势欺人来提亲；等刘锡元倒台之后，本来是翻身做主人的穷人小昌，做了农会主任之后，他反过来又派小旦来提亲。小昌与刘锡元原本是对头，"减租减息"时就是依靠小昌、元孩才最终打倒了刘锡元。但小昌和刘锡元都利用了原来的狗腿子小旦来压迫王聚财，要软英嫁给刘忠，或嫁给小贵。这种同构关系揭示出改变中国农村社会结构的艰巨性、长期性和复杂性。实际的情况并不是那么正邪分明、打倒地主就万事大吉了。赵树理要揭示出这种现象背后更深刻的危机，不过他也意识到小昌并不是刘锡元，聚财不是以前的聚财，软英更不是以前的软英了。因为世道变了，人也在变。

不过，赵树理没有把这种潜移默化的变化归结于抽象的、外来的力量，如工作队的高工作员，或是工作团的团长——他甚至是一个无名无姓的人物——共产党、八路军，包括区委和工作队，这些对农民来说，都是一种抽象的、外来的力量，关键在于这种抽象的力量是否能够具体地对"人心"进行改造？② 当小昌通过小旦再次向王聚财家逼婚时，王聚财已经不是原来的王聚财了，特别是软英更不是原来的软英了。赵树理既要写出他们的变化，同时更要显示出是什么力量带来了这种变化，"软英这好似后，已经是二十岁的大闺女了，遇事已经有点拿得稳了"，她不仅是长大了，而且还渐渐了解了这个外面正在改变着的世界，"想来想去，一下想到小贵才十四岁，她马上得了个主意。她想：'听小宝说男人十七岁以上才能订婚（晋冀鲁豫当时的规定），小昌是干部，一定不敢叫他那十四岁的孩子到区上登记。'"当年刘锡元来逼亲时，根本没有"登记"这一套说法，大家可以想一想，"登记"这一套规定是怎么来的？"今天打发小旦来说，也只是个私事，从下了也不过跟别家那些父母主婚一样，写个贴。我就许下了他，等斗争过后，到他要娶的时候，我说没有那事，他见不得官，就是见了官，我说那是他强迫我爹许的，我自己不愿意，他也没有办法。"之前的软英只会和小宝两人流眼泪、算日子，但现在她却有了主意。

---

① 关于"中农"在"北方土改"中复杂的地位以及中共对其态度的变化和调整，参看黄道炫《盟友抑或潜在对手？——老区土地改革中的中农》，《南京大学学报》2007 年第 5 期。
② 近年来的研究特别注重土改中的"人心"改造问题，有所谓从"翻身"到"翻心"的说法，具体可以参见刘卓《光明的尾巴？——试以〈太阳照在桑干河上〉谈土改小说如何处理"变"》，《现代中文学刊》2014 年 6 期。

同样可以想一想她为什么有了主意？她的主意是从哪里来的？

正是因为有了这样一个变化，虽然小旦、小昌逼着软英嫁给小贵，还把王聚财也给清算了，聚财只好把家里的十五亩好地和刘家给他们的彩礼交出来了，才算过了这一关。这个事情发生在1946年，但过了一年，政府公布了《土地法大纲》，真正的"土改"开始了。村里来了土改工作团。王聚财"摸不着底，只说是又要斗争他，就又加了病——除了肚疼以外，常半夜半夜睡不着觉，十来天就没有起床。赶到划过阶级，把他划成中农，整党的时候干部们又明明白白说是斗错了他，他的病又一天一天好起来。赶到腊月实行抽补时候又赔补了他十亩好地，他就又好得和平常差不多了。"1946年开始的晋绥地区的土地改革确实走了一段"过激化"的弯路，不仅斗了中农，而且把地主也扫地出门。地主当然应该在政治上和经济上斗倒，但斗倒之后还是要让他们自食其力地生活下去。所以，要改正土改中某些"过激化"的做法。而要改正"过激化"，必然要清算其中起坏作用的干部。① 像小旦这样的人物，"工作团一来，人家又跑去当积极分子，还给干部提了好多意见，后来工作团打听清楚他是个什么人之后，才没叫他参加贫农小组。照他给干部们提的那些意见，把干部说得比刘锡元还坏啦！"聚财低低地说："像小昌那些干部吧，也就跟刘锡元差不多，只是小旦说不起人家，他比人家坏得多，不加上他，小昌还许没有那么坏！"安发说："像小昌那样，干部里边还没有几个。不过就小昌也跟刘锡元不一样。刘锡元那天生是穷人的对头，小昌却也给穷人们办过些好事，像打倒刘锡元，像填平补齐，他都实实在在出过力的，只是权大了就又蛮干起来。小旦提那意见还不只是说谁好谁坏，他说'……一个好的也没有，都是一窝子坏蛋，谁也贪污得不少，不一齐扣起来让群众一个一个追，他们是不会吐出来的！'"小旦在"干部洗脸"的过程中，又要转过头来斗这些干部，他全盘否定"新力量"带来的变化，所以很容易见风使舵，否定

---

① 赵树理在1948年1月4日的《新大众》报上回答读者来信时说："你说那些统治贫雇的坏干部，光用命令也压不下，他敢阳奉阴违。今后执行土地法，要靠土地法上规定的合法执行人（贫农团、农会、农代会）来执行，不能再靠那些坏干部做。至于他们要破坏的话，就用边府定出的《破坏土地改革治罪条例》治他的罪。"赵树理：《不要误解行政命令》，《赵树理全集》第3卷，大众文艺出版社2006年版，第250页。

一切。①

工作团自然不能"否定一切",只是纠正了某些"过激"的做法。所有这些变化,都是通过王聚财的眼光呈现出来的。正是因为看到了这些,王聚财才说出了心里话:"我活了五十四岁了,才算见行动说过这么一回老实话!这真是一个说理的地方!"要真成为一个可以让农民"说理的地方",关键在于土改不能简单地依靠某些积极分子,而是要依靠更广大的人民群众。这也就是当时赵树理强调的:"今后执行土地法,要靠土地法上规定的合法执行人(贫农团、农会、农代会)来执行,不能再靠那些坏干部做。"②解决了下河村的"问题","散会以后,二姨挤到工作团的组长跟前说:'组长!我是上河人!你们这工作团不能请到我们上河工作工作?'组长说:'明年正月就要去!'"为什么要到上河村去,前面已经交代了,上河村的"填平补齐"同样有"过激化"的倾向,二姨把自己家的驴卖了,把做种的花生也吃了,因为害怕清算他们家。《邪不压正》描写新的力量介入农村,是从"上河"到"下河",又从"下河"到"上河",农村的变革刚刚开始,还要继续下去……

五 三种时间,三重道理

《邪不压正》描写的是农村从"减租减息"到"土地改革"之间发生的故事,赵树理将外部世界的变化,最终落实到农民的生活世界、土地关系、婚丧嫁娶和邻里关系的变化上,通过书写看似日常的变化折射出巨大的社会变革。

关于《邪不压正》,其实还有许多可以讨论的地方。譬如除了有意构建的三种时间(农历纪年、民国纪年和公元纪年)外,小说是否也利用了空间的变化?像院落与院落之间,同一院落的东房、北房、西房之间以及不同村庄之间(如上河村与下河村),这些空间的变化与小说需要处理的内容和问题之间构成了一种怎样的关系?很值得我们继续深入

---

① 1947年初,为解决干部的贪污浪费、强迫命令等问题,中共曾展开"洗脸擦黑"运动,对干部进行政治思想教育,打击贪污浪费、官僚主义倾向,但这一运动并不以干部为排斥对象。参见黄道炫《洗脸:1946—1948年农村土改中的干部整改》,《历史研究》2007年第4期。

② 赵树理:《不要误解行政命令》,《赵树理全集》第3卷,大众文艺出版社2006年版,第250页。

探究下去。

但在这儿，笔者还想进一步讨论《邪不压正》中"三种时间"的构建：一种是"公元纪年"的1943年，一种是"农历纪年"的中秋节，还有一种是王聚财在回忆往事时，用了"民国纪年"的民国二年。小说开头三种不同时间的记录方式，预示着赵树理要处理的三个层面的故事，或者说三种因素相互产生联系，不断冲突、改造和融合。与"农历时间"联系在一起的是中国的乡村世界，也即像王聚财这样的普通农民的生活世界。对于"时间"的理解就是对于"世界"的理解。用农民的话说，就是对于世道变化的理解。与"农历时间"相对的是"民国纪年"，自秦汉以来形成的农耕社会，进入民国，遭遇现代，它本身发生了急剧的分化，可以将其视为明清以来农村社会变化的延续以及不断危机化的过程。假如历史只在这两种时间中循环，那么，农民只会变得越来越穷，从自耕农变成贫农，从贫农变成雇农，就像小昌、元孩和小宝那样，要么没有土地只能给地主打长工，要么只有很少的地靠租地做雇工养活自己。"租"和"息"成了悬在这些农民头上的两把刀，而地主则会说"算账才是理"，结果是利滚利，农民永远还不清。这个"恶性循环"必然带来农村的破产，农村的破产意味着绝大多数的农民无法养活自己，农村的矛盾则越来越尖锐。第三种时间"公元纪年"代表了共产党、八路军这种新的改变中国农村的力量，这种力量致力于打破"农历纪年"和"民国纪年"所形成的"恶性循环"。正如费孝通指出的那样："如果人民不能支付不断增加的利息、地租和捐税，他不仅将遭受高利贷者和收租人、税吏的威胁和虐待，而且还会受到监禁和法律制裁。但当饥饿超过枪杀的恐惧时，农民起义便发生了。也许就是这种情况导致了华北的'红枪会'，华中的共产党运动。如果《西行漫记》的作者是正确的话，驱使成百万农民进行英勇的长征，其主要动力不是别的而是饥饿和对土地所有者及收租人的仇恨。"①

这种致力于打破"恶性循环"的叙事，不仅出现在赵树理小说中，而且也成为"延安文艺"最主要的母题之一，譬如被视为"延安文艺"典范的歌剧《白毛女》，地主黄世仁逼债逼得杨白劳喝卤水而死，杨白劳死后，父债子还，喜儿被抓去黄家做丫鬟抵债；黄世仁强奸了喜儿，她只能逃到

---

① 费孝通：《江村经济》，内蒙古人民出版社2011年版，第215页。

深山中，头发变白了，所以叫"白毛女"，当地人叫她"白毛仙姑"。这也是地主压迫农民的一个"恶性循环"。怎么样才能打破这个"恶性循环"呢？歌剧中出现了和喜儿青梅竹马的大春，他带领八路军解救了白毛女，白毛女又恢复了喜儿的身份。这就是"旧社会将人变成了鬼，新社会让鬼变成了人"。关键在于无论是之前的"喜儿"还是后来的"白毛女"，都无法依靠自己来改变悲惨的命运，只有某种新的力量的介入，才带来了解放的转机。《邪不压正》同样如此，没有第三种时间的介入，就不可能打破原来两种时间的"恶性循环"。在小说中则表现为软英面对刘锡元家的逼婚，她和小宝都没法掌握自己的命运，只能哭着"算日子"。在《邪不压正》第一部分"太欺人呀！"中，无论是感叹命运的聚财，还是哭哭啼啼的软英，所有人都是以接受命运为前提的，谁也没有办法改变命运。在这算来算去的"二十七天"中，只有上河村的八路军的到来，打倒了刘锡元，才改变了软英的命运。

　　不过，新力量的介入也需要有一个过程。和"农历纪年"联系在一起的，是农村的伦理世界和农民的生活世界，它最重要的特质就是讲"礼数"，有人称其为"礼俗社会"——与"礼俗社会"相对应的是"法理社会"，这是借用大家熟悉的费孝通的说法："在社会学里，我们常分出两种不同性质的社会，一种并没有具体目的，只是因为在一起生长而发生的社会，一种是为了要完成一件任务而结合的社会。用 Tonnies 的话说：前者是 Gemeinschaft，后者是 Gesellschaft，用 Durkheim 的话说：前者是'有机的团结'，后者是'机械的团结'。用我们自己的话说，前者是礼俗社会，后者是法理社会。"[①]——新力量介入农村社会，首先必须考虑与这个"礼俗社会"的关系：既要关联，更要改造。就像《白毛女》中带着"八路军"归来的大春，"一方面，他是民间秩序的归复者，另一方面，他又是新政治力量的代理人。但是，只有当他是代表民间秩序的归复者时，他才是政治的代表……也就是说，只有当大春的民间身份得到确认时，他的政治身份才得到确认。而这个由红军或八路军所代表的政治必须是民间伦理秩序的支持者，必须曾经带给人好日子，否则根本没有叙事功能"[②]。如果

[①] 费孝通：《乡土中国》，《费孝通全集》第 6 卷，内蒙古人民出版社 2009 年版，第 111 页。
[②] 孟悦：《〈白毛女〉演变的启示》，王晓明主编：《二十世纪中国文学史论》第 3 卷，东方出版中心 1997 年版，第 194 页。

说《白毛女》侧重于"新力量"与"礼俗社会"的关联,那么《邪不压正》则强调了"新力量"对"礼俗社会"的改造。小说开头写道,小旦本是个坏蛋,但他来聚财家做媒人就要把他当媒人看待,他躲在后面抽大烟,还要给他送一碗挂面,小辈见了他还是要叫"小旦叔"。这就是农村社会的"讲礼数";但到小说结尾,软英起来控诉小旦,有一句很关键的话:"小旦叔,不,小旦!我再不叫他叔了!"新的"法理"打破了"礼俗社会"的规则。法律规定不能包办婚姻,规定男女结婚要自愿,甚至规定了结婚登记的年龄。因为有了这些新的"法理",元孩宣布散会,大家都要走,软英才能说:"慢点!我这婚姻问题究竟算能自主不能?"区长说:"我代表政权答复你:你和小宝的关系是合法的。你们什么时候想订婚,到区上登记一下就对了,别人都干涉不着。"以前农民的婚姻是"父母之命,媒妁之言",没有"合法"一说。"到区上登记一下"的"登记"也很重要——赵树理写过一部小说就叫《登记》——这同样标志着一种"法理"的介入,正深刻地改变着原来的"礼俗社会"。

"赵树理"原来叫"赵树礼",他名字中的"礼"之所以换成"理",是因为他知道"礼俗社会"虽然也有其"道理",但问题在于,"礼俗社会"的"理"碰到了地主"算账"的"理"就要一败涂地。在地主看来,"算账"才是"讲道理",否则就是不讲道理,"礼俗社会"的"理"根本不值一提。就像小昌说的"势力就是理","礼俗社会"的"理"没有"势力"撑腰,自然不成其为"理",农民的"理"碰到地主的"理",肯定是说不上"理",只能堕入"恶性循环"。假如农民固守由"礼俗社会"产生的"理",在"恶性循环"中一定处于下风,必然出现如王聚财这样唯唯诺诺,什么事情都要看看再说的人。倘若农民都像王聚财这样,就无法打倒刘锡元这类大地主。因此,农民的这个"理"必须和共产党带来的"理"结合起来,才能真正打倒由"民国政治"撑腰的地主刘锡元的"理"。三种"时间"到来了三重"道理"。《邪不压正》最后写道,王聚财说:"这真是个说理地方!"如果按照农民的"理",刘锡元和小昌都是仗势欺人,不合"礼数",但农民对他们没什么办法,只能默默忍受。可现在不同了,因为有了共产党、八路军、区委、法院和工作团,终于有了一个"说理"的地方。只因有了新的"法理"的介入,农民的"理"才得以申诉,受欺压的状态才得以改变。就像小说中王聚财憋了一肚子气,气得"生病"了,可一旦可以"说理",他的"病"就好了。从象征层面上看,"病""理"相通,说通了"道理","病"也就好了。由此可见,"赵树理"的名字改得很有"道理"。

(原载《文艺争鸣》2015 年第 1 期)

乡村变革的文化权力根基
——再读《小二黑结婚》与《李有才板话》

程 凯[*]

1947年,"赵树理方向"的提出使赵树理从一个根据地的大众文艺作家被树立为解放区文学的代表,乃至"新的人民文艺"方向[①]。其时,无论周扬、陈荒煤还是郭沫若都褒扬其作品充分表现了解放区农村和农民的"新"。不过,征之赵树理的前期创作,《小二黑结婚》《李有才板话》以及《李家庄的变迁》均写新政权下"落后村"的转变。其笔下的"新"非纯然的新,是以"旧"为底色的"新"。此由"旧"向"新"的转变固然系于新政权的政治机能和群众工作,但进一步讲,新因素能够发挥作用尚需特别嫁接在乡村原有的价值、伦理、组织与活力基础之上。就此而言,赵树理对于乡村变革中由"旧"转"新"的条件、途径、方式以及"新"的根基有一套自己的理解。这套理解既与同时期共产党的乡村革命实践有高度契合,又与之有不易察觉的区别。因此,把握他视野中的"新"与"变",尚需还原"方向"提出之前赵树理一系列文艺实践中的问题脉络与针对性。它尤其关联着赵树理所身处的太行根据地在政治实践与文艺实践上的摸索。

---

[*] 作者单位:中国社会科学院文学研究所。
[①] 1947年8月,晋冀鲁豫边区文联在中共中央宣传部的指示下召开了为期十六天的文艺工作座谈会,着重讨论赵树理的创作。时为边区文联领导人的陈荒煤发表《向赵树理方向迈进》一文,称赵树理自述的创作原则"老百姓喜欢看,政治上起作用"是"毛主席文艺方针最本质的认识,也应该是我们实践毛主席文艺方针最朴素的想法,最具体的作法",号召边区文艺工作者向他学习、看齐。参见中国作家协会山西省分会编《山西革命根据地文艺资料》上册,北岳文艺出版社1987年版,第403页。

一 "落后"与"通俗"

赵树理独特的通俗文艺实践开始受到重视并发挥越来越重要的作用与1941年后根据地政治实践的变化有着连动关系。这一时期，共产党开始逐步调整乡村治理方式，大规模发动减租减息、推行"合理负担"，推动乡村政权与社会改造①。其政治实践越来越强调对固有乡村社会统治、经济、社会关系的触动、改造，并经由深入"发动与组织群众"创造一种新的政治、经济、社会、生活形态。同时这一阶段又是共产党借整风运动和群众运动，大力推行群众路线，建立新工作方法的时期。赵树理的创作在问题意识和方法上及时回应了这一系列转变，使其作品具有了成为"群众路线"在文艺领域内对应物的资质。

在"深入"发动群众、摸索群众路线的过程中，群众的"落后性"成为革命政治越来越需要正面处理的对象。像1942年黎城的离卦道暴动就促使根据地领导人意识到"具体了解落后群众"之必要以及过去的"大众化运动"之不足，因而提出："不为过去'大众化运动'所局限，要深入农村，了解农民，打破形式主义和局限于机关文化的机关主义，要使文化成为大众——首先是农民大众自己的文化。"② 以往，新文化人主导的"大众化运动"多诉诸建立"民革室""乡村俱乐部"等方式。这类机关化的、按部就班的文化普及工作未尝不能产生正面效用，但也易于沦为事务性地"做"，且囿于"小学教员""乡村知识分子"的圈子，而绝缘于不识字的大众。因此，时任边区政府主席的杨秀峰在1943年文联扩大执委会上曾有针对性地提出乡村文化的主导权需从乡村知识分子手中转到"群众文化领袖"手中，因为"一个真正的群众领袖，他说一句话，群众是非常拥护的，有时比我们说上好几次，还来得有效。这样的领袖，文化水平虽不高，但我们倘能不断加以培养、提高，他们在群众中所起的作用，往往是

---

① "减租减息"这类经济措施所具有的政治意义在这一阶段得到重新认识。像晋冀豫党委在总结中就指出，"减租减息牵连到复杂的农村习惯的统治关系与土地关系，不能只当事务性工作去做，满足于入户调查，必须从研究与检查契约关系入手，把握其错综复杂的土地关系和社会关系，'减租减息做得好，就等于农会工作做好了一半'。参见《关于农会工作的指示（1941年1月）》，太行革命根据地史总编委会编《群众运动》，山西人民出版社1989年版，第159页。

② 《新华日报（华北版）》社论：《文化战线上的一个紧急任务》，《山西革命根据地文艺资料》上册，北岳文艺出版社1987年版，第94页。

惊人的"①。

这里,看重"群众文化领袖"对应于重视乡村原有的组织基础。不难理解,在乡村社会中,除了那些按上级要求建立的各种农救会、青救会等组织之外,真正在政治、社会、经济、生活层面起作用的是一些"前现代"色彩浓厚的团体、帮派,它们或依托宗族关系或诉诸民间宗教、民间信仰。同时,乡村自发的文化活动也往往起到联合、组织的作用。外来势力、乡村政权要发挥作用均需依靠这些结构性力量。这些团体、帮派联合产生出形形色色的"领袖",其中不少是旧势力的遗存或勾结,但也有不少属于底层群众自己的"领袖"和带头人。杨秀峰提醒大家注意的就是这部分人。这部分人当然不会天然处于理想状态,甚至因其文化落后更容易被旧思想、旧习气左右。不过,从共产党的角度讲,群众的"落后性"是一个可以被转化的力量:因为群众的"落后"是被动的,被理解为受压迫、受蒙蔽的结果,越"落后"意味着被压迫越深,同时也就预示着一旦产生觉悟的反抗力量越大。

只是,能有效调动这种力量的前提在于正视此种"落后",而非以主观的"光明"遮蔽、忽视这种"落后"。如杨秀峰文中所说,"了解群众"特别要"了解其隐藏的,没有暴露的一面",即"旧的封建思想与敌伪的有害的奴化侵略思想在群众中所起的影响"②。这种了解"不是广泛的去了解",尚需"选择群众运动开展最深入的地区去了解"。这里值得注意的是,了解群众的落后面与深入展开群众运动是相辅相成的关系:"了解"不是静态的了解,而是在新旧的碰撞中了解;同时,正因为群众运动有深入的必要,客观地、耐心地了解群众必须成为前提,否则群众运动就流于灌输与包办。这意味着,越是群众工作深入的地方对群众的落后性了解、挖掘越深,越了解群众的落后性,越产生深入群众工作的动力。

长期自觉从事大众文艺实践的王春和赵树理正是在有效展开群众工作的意义上一再重申通俗文艺的核心作用。以往对通俗文艺效用的理解是利用通俗形式可以更有效地传达"新",使革命的、新的意识渗透入民众底层。这其实还是一种自上而下、自外而内的"通俗"意识,蕴含着一种等

---

① 杨秀峰:《文化工作要配合群众运动——在文联扩大执委会的讲话》,《山西革命根据地文艺资料》上册,北岳文艺出版社1987年版,第171页。

② 同上书,第170页。

级差别①。可王春、赵树理等人基于群众工作所产生的通俗意识是自下而上的，就是说，首先要深入把握群众意识被旧思想、旧文化决定的状况，才能产生深入群众工作的途径。就此而言，群众的旧思想、旧文化不是一种固化、静态的存在，而是要革命者以其主动态度去把握、"深入"的"现实"，并在同样的文化层次上找到与之争夺的方式。左翼思想传统中当然也强调群众意识是被旧思想、旧文化决定的，但对这种"决定"的认识缺乏一个主动理解的机制，导致对它的不断"确认"。这种确认设置了新、旧的截然对立，并因为其确认实际上强化了旧的决定性，因而其立场往往是坚持用新文化与之对抗，将后者排挤、清除。这样一种直接诉诸对抗与教育的方式不免使它将旧思想、旧文化本质化，难以深入其肌理，调动旧传统原有的活力、动能向新思想、新文化转化。对照之下或许可以说，赵树理等人实践的"通俗"不是教育式的而是转化式的。

左翼文化人的群众文艺工作基点是要以"新"带"旧"，乃至以"新"抗"旧"，因而视赵树理式"通俗"的危险在于以新化旧不成，反而新的会被带成旧的。可是对王春、赵树理而言，左翼文化人尚未能充分认识旧的，也就未能把握群众的"现实"，其文化工作只能"浮在上面"，不能真正作用于群众。

赵树理在1942年的晋冀豫区文化人座谈会上拿着迷信读物、唱本批评新文艺的故事已普遍为人所知。而王春更于稍后的一篇文章中称在群众精神的市场上"'天下'确实大部分还是人家的"。他将一般笼统称之的"封建迷信思想"做了详细分类与分析：第一类，作为"总的思想指导原则"的是"听天由命，安分守己""命运""报应"，"这种东西，曾经阻碍过减租运动，阻碍过翻身斗争，甚至阻碍到抗日动员"；第二类是"阴阳禁忌"，"这更厉害，因为它是人民日常生活行动的总顾问"；第三类是巫神，可分为"驱邪斩鬼"的"法师"和装神弄鬼的"巫神"两种；第

---

① 赵树理在新中国成立后一再对"通俗"概念包含的等级差别提出批评："'通俗'这个词儿虽然大家习用已久，可是我每次见到它的时候都觉得于心不安。'俗'字本来是旧社会的所谓'上流人物'轻视和侮蔑劳动人民的字眼儿——如说'世俗之徒'，'凡夫俗子'之类。'俗'的对方是他们自己的特殊性，他们名为'雅'，就是一切语言、行动与'众'不同的意思……要从文艺中划出一块小小地盘来叫做'通俗文艺'，那么保留下的那个大地盘该叫做什么'文艺'呢？用这个词儿，不但对普及工作者有点下眼看待，就是对占着大地盘的'文艺'也未免有点不敬。"参见赵树理《彻底面向群众》，《赵树理全集》第5卷，大众文艺出版社2006年版，第269页。

四类是"教",也分两派,一派是秘密结社,"常被野心家利用来'起事'",另一派"是所谓'纯良'的'善教',不牵涉政治,专宣传迷信",其"'经典'浩博,'善书'满车,好比《老母家书》之类不下千百种","其在人民精神上为害之烈,实不亚于有形的枪会、拳会";第五类是"卜",为"骗子集中的大阵地","书籍汗牛充栋,家数千差万别","操着给人民'指引明路'之权";第六类是"高等"的讲《东方朔》《推背图》,老百姓"谁见了也不得不起敬请教"。此外,再加上《二十四孝图》,宣传"三纲五常""皇图永固"的说书、唱戏,标榜"安分守己"而为青年爱好的小唱本,实用手册式的《万事不求人》。这些形形色色、从低到高的封建迷信思想"是一张千经万纬的网",群众在这个网子底下罩久了,"人民的错觉发生了,就会以为这是'自己的东西',就拿着不放"。就此而言,"打这个敌人比打日本帝国主义还困难"①。

认清现实的目的在于确认工作从哪里着手:"切实知道'悲惨状况'悲惨到什么程度,这才会改变不屑于齿及'一个茅坑'或一本《宣讲拾遗》的高贵态度,而把所谓'民族'、'民间'之争,长行、短行之辩推开一点……"② 在此意义上,王春理解毛泽东思想在文化上的根本作用就是"第一次解决了中国文化运动与中国人民生活相结合的问题"。他特别强调毛泽东号召下的陕北经济、文化建设活动不是宏伟的"五年计划"之类,而是"每村一个货郎担,每家一个茅坑"之类的"十一运动"。"我们过的就是这现实,就只有从这里作起,而且并不怕人笑话就要拿出来;因为这才是实践中国革命的办法,这就伟大。"③ 与此配合,衡量"进步""提高"的坐标、尺度也不能脱离原有基础。所谓"翻身""翻心"在他看来并不意味着某种对革命目标的自觉认同,而更体现在对原有思想束缚的挣脱与原有体系的失效、失信:

> 我认识家乡阴阳先生的两大家系,一家姓卫,一家姓马。这都是祖传龙虎山灵符,"阴阳两宅"精通的名手;然而现在不只群众没人

---

① 王春:《继续向封建文化夺取阵地》,《山西革命根据地文艺资料》上册,北岳文艺出版社1987年版,第281—285页。
② 同上书,第281页。
③ 同上书,第280页。

再去找他，连他们自己也变了：姓卫的家族中的一个，成了太行区的文教工作英雄；姓马的家族中的青年，有的为革命牺牲于蒋、阎队伍之手，有的在这里做政府工作。阴阳！好不平凡的概念！老百姓竟然解除了这个束缚，垒牛槽竟敢不再去选吉日，这怎么不是天翻地覆的大事情？①

细读王春的文章会发现他在文中描述了前后两种"决定性"：一种是封建迷信思想"千经万纬"的网对群众思想的决定性作用，一种是群众摆脱这种束缚对"翻身""翻心"所起的决定性作用。他将这两种决定性表达得相当充分。问题在于，如果前者的"决定性"是一种绝对束缚的话，如何能发生后面彻底的转变。换句话说，在这样的描述中，看不到"变"的过程、条件与逻辑。王春前面对封建迷信的描述中，勾勒了一个民众的精神世界，其构成既有别于现代思想也不同于传统读书人的思想。而当这样一种特殊的思想世界变化时难道不也会有其自身的逻辑和方式吗？这种思想变化不可能是知识分子式的思想转变，那它的条件、逻辑又是什么？王春有意回避了对这一过程的描述，而只呈现了其结果。这或许让人意识到，这样一种转变不是一种"（思想）过程"式的转变，而是一种根据形势变化而做的调整、选择。原有的迷信思想不是被意识性地"克服"了，而是在这种选择中被"抛弃"了。"因为蝗虫可以打绝，所以蝗神庙没香火。因为旱灾真能度过，所以再不见祈雨的行列"②——这里强调的还是实际理性对迷信的克服，但实际上的对应关系可能并不那么直接。也就是说，旧体系的失效并不只是一一对应地起作用，其失效是连带性的失效，且这种失效也未必是彻底的铲除。

由此我们可以回过头去质疑王春所描述的那个"千经万纬"的网对民众思想的束缚是否真那么绝对。这个决定性本身的强调是不是恰好是新文化知识分子为之赋予的色彩。而实际上，这些体系究竟如何作用于民众是更值得考察的问题，它也影响着民众"转变"的方式。赵树理早期创作的认识意义就在于他以作品的方式触及、呈现了这种属于民众的、

---

① 王春：《继续向封建文化夺取阵地》，《山西革命根据地文艺资料》上册，北岳文艺出版社1987年版，第286页。

② 同上。

特殊的精神作用方式和转变逻辑。这些恰在一般革命叙述中是难以传达出来的。

二 "转变"的逻辑

赵树理的成名作《小二黑结婚》①的一个突出主题是破迷信。小说的另一条线索，即村中旧势力把持政权干涉自由恋爱在原型事件中是造成悲剧的主要因素②，但在小说中却被处理得颇为简单，特别是矛盾上交区里后，只做了几句简单的交代——"区上早就听说兴旺跟金旺两个人不是东西，已经把他两个人押起来了"——即将这条线索轻巧地推向背景。这种处理在我看来并不如现在的一些批评者所言是一种"青天模式"，而出于作者写作此小说的重点不在乡村政权改造层面。作者在"金旺兄弟"一节交代村政权被恶势力把持的来龙去脉以及最后补上斗争金旺兄弟的斗争会，都使其构成一条完整线索。但整部小说的"焦点"设定不在这个情节链上，而在小芹与小二黑的自由恋爱。然而，读过小说的人都会感觉到整部作品的"重心"并非小芹与小二黑的恋爱故事，这两个主角和他们的关系在作品中是以"事"的方式展现，并未进入"情"的层面。所以，小芹与小二黑的恋爱在小说中起的是一个"焦点"的作用，是从阻挠其自由恋爱的角度呈现、揭示这个村落中存在的种种支配性势力。把握政权的恶势力固然是其中最醒目的，且为引发正面冲突的因素，但按照作者的设定，这种政权为流氓把持的"落后状态"不足以产生"典型性"，也就是说只有特殊性、不具普遍性，所以它的解决是一种"处理"式的、背景化的解决，它一旦超出村落就不构成真正可展开的"矛盾"。这种处理方式的要害在于让它不变成针对政权的揭露式、批评式作品，而具有一种"柔和性"。这固然与作者对根据地政权状态的认定有关，但更与作品的基调设计有关。从原型案件到小说，重心从被害人、凶手转到二诸葛、三仙姑两个喜剧人物身上，是这部作品对现实加以转化的关键所在。

我们看，恰好因为金旺兄弟的阻挠被轻巧地处理掉，才使得二诸葛、

---

① 赵树理：《小二黑结婚》，《赵树理全集》第 2 卷，大众文艺出版社 2006 年版，第 210—235 页。以下所引《小二黑结婚》原文均出于此。

② 董均伦：《赵树理怎样处理〈小二黑结婚〉的材料》，黄修己编：《赵树理研究资料》，北岳文艺出版社 1985 年版。

三仙姑的阻挠突出出来。而他们本来是小说的重心所在——小说以他们的逸事起头，中间经历了金旺兄弟的插入，随着金旺兄弟退出，他们再度占据前台，做了充分表演，构成作品的华彩乐段，最后以他们的"转变"收尾。两个恋爱青年的父母之迷信在原有案件中并不构成突出要素，但在小说中却形成一条主脉。这一方面有助增加喜剧因素，但更重要的还在于封建迷信思想构成另一种支配性力量。如果说金旺兄弟代表村庄里的一种显性支配力量的话，那么，求卜问卦、装神弄鬼则是一种隐性支配力量的代表。这在前述王春的文章中已讲述得很清楚。可以说，赵树理的这篇小说与王春的文章有共通的出发点，即对于改造旧乡村而言，取得政治支配权尚不足以达成目的，更重要的在于扭转其思想文化支配权。

不过，赵树理通过作品所构造出的迷信思想在乡村中的状态和转变方式与王文有值得分辨的差别。王文特别强调了"千经万纬"的迷信之网对民众精神、言动的束缚，为了强调民众精神的"悲惨状况"，使得这种束缚也带有了一种绝对性色彩。但赵树理在小说一开始讲述两个"神仙"的故事时就充满了对这些"迷信"活动的调侃。这种喜剧性的"破除"不单是作者的赋予，它更基于民众自身的态度。换句话说，民众对于诸多民间信仰、迷信活动的态度是"信"中有"不信"，或者说，"可信"与"不可信"之间可以并行、交换。

二诸葛"不宜栽种"的故事体现了农民以实际理性对过分相信课卦的调侃。而"米烂了"固然暴露了三仙姑的"下神"实为装模作样，但于扮神之际不忘照顾家务其实又是一种乡民很可理解、原谅的生活"常情"。因此，乡民对他们的嘲笑不能过分理解为"批判""否定"。甚至"嘲笑"这个词儿都显得有些重，它准确地说是一种有人情味儿的打趣。似乎大家对这些融入日常生活细节的"迷信"之真假、出入有一种心照不宣的宽容。它们不是对生活的绝对控制、压迫，而是生活的延长，乃至自身也被置于日常生活的"常情""常理"中加以衡量。因此，作者特别在"三仙姑的来历"一节追溯了她下神与其生活需求的关联，从中可以看出，其迷信活动不但不是对生活的约束、压迫，反而是其扩大欲望、生命力的一种堂而皇之的途径。扮神对三仙姑而言是借此拓展她在乡村社会中的能量，从而使她获得某种超出常规的"特权"和自由空间。她那种醉翁之意不在酒、以扮天神招揽青年的行径似乎因为罩上了下神的外衣而为大家默认。

但后果是她在日常生活中越来越脱离正轨，日显"妖气"，及至与女儿争风吃醋的程度，已有些走火入魔了。从乡民基于实际理性与常情的标准看，二诸葛、三仙姑之可笑不在于其占卜、扮仙，而在于其超出"合适"尺度的"迷"与"迂"，"妖"与"泼"，但这些尚属于"可接受的不正常"，甚至可视为必要的调剂。

不过，进一层，二诸葛、三仙姑在村里固然被视为喜剧人物，但仍有其"威势"。这基于占卜、扮神在乡间的固有权威。当三仙姑扮神逼小芹与吴先生成婚时，小芹置之不理，于福这个"老实后生"却紧着"跪在地下哀求"。值得注意的是，小说把占卜、扮神写成父母干涉自由婚姻的一种手段。换句话说，迷信作为一种形式并不是单独成立和发挥作用的，其威势和被接受均因其依附乡村固有的法则、伦常。而"婚姻自由"这个焦点事件背后呈现的是新、旧两种法则的冲突与争夺。只是赵树理不直接写这两种法则的冲突，却拉出一个迷信的层面来入手。从反迷信入手的功能在于：迷信是依附旧法则的，但它又是旧法则的派生物中更不合理的一种形式——所谓迷信、民间信仰常常是主流宗教的各种杂烩和简陋形式——这种形式固然有时强化着旧法则的权威，有时却因其"邪"、不近情理或简陋而沦为乡民调侃的对象，大大降低了其权威性。这意味着，在新旧法则的冲突中，迷信或许不但不是旧法则的帮手，反而是其软肋。

当然，在实际生活中，状况可能相反，迷信活动会加强旧法则的权威，使新法则的推广困难重重。但赵树理着意打造另一种基于乡村现实的可能性：即旧法则因为与迷信绑在一起而失了"理"，新法则因为反迷信而占了"理"。它的现实基础是乡民对迷信活动所持调侃态度中蕴含的自由空间与翻转可能。只是乡民的调侃并不会自动转成对旧法则的否定和对新法则的肯定。这样一种正面冲突需要在一个不依赖于乡村伦常、法则秩序的空间中展开。因此，小说中矛盾的解决转到了区公所这样一个新空间中。区公所代表的新法则及其权威性当然使得新理对旧理取得了绝对性胜利，占卜、扮神完全没有了施展空间。但如果小说只写了区公所里新法则的胜利，则这种胜利只是外在的，且只限于"事"上的胜利，而不能进于"理"的胜利，因为它不能对乡村的"理"产生辐射性影响。恰如二诸葛要区长"恩典恩典"背后蕴含的意思："女不过十五不能订婚，那不过是官家的规定，其实乡间七八岁订婚的多着哩。请区长恩典恩典就过去了……"① 这里面包含着"官家"与"乡间"、"法理"与"情理"的对立。二诸葛显然认为前者不能完全作用于后者，官家的法虽然不同，但乡间还要按老规矩办。他当然无意挑战官家的权威，却又按照旧惯习将"官"看成可以讨价还价的对象。只是，他认为得理的基础"命相不对"在新法理面前完全不起作用，反而削弱了他的声势。

相比教育二诸葛时以理对理的"硬"，三仙姑的转变突出了"讲理"之外另一种"软"的机制，就是大家的"看"。这种"看"一方面来自陌生人的眼光，另一方面其实又同样是普通乡民的打量。这种打量既是外来的又不是外来的，准确地说，它是对一种乡村固有常情、常理的强化。三仙姑的"妖"因其长期置于熟悉的环境中而获得一种习惯成自然的存在余地，但这种"可接受的不正常"在陌生人眼里瞬间变成了取笑对象。而三仙姑就在这种陌生人的取笑眼光中瞬间失了势、破了功，她之前信心满满的理、势、功都变得不堪一击。"半辈子没有脸红过，偏这会撑不住气了"——这颇像一个新文学传统中熟悉的"觉悟"瞬间：没有主体性的、被约束奴役的精神主体在一个时刻获得超出其惯性状态而审视自我的契机。它通常导致两种延伸：或者如祥林嫂的追问转化成现代人的自我质疑，或者如丁玲小说《新的信念》中的老太婆实现一种自我解放和翻转。但在赵树理这里，三仙姑的羞愧并没有产生脱离、超越乡土社会的后果，反而是让她恢复了乡村社会要求的"正常"。回到村里，她"对着镜子研究了一下，真有点打扮得不像话"，由此"把自己的打扮从顶到底换了一遍，弄得像个当长辈人的样子"，撤了香案，不再装神弄鬼。

这里的"转变"被处理得相当"自然"，几乎是一种无冲突的转变。它的基础恰恰在于三仙姑原有"迷信活动"中几重因素就是依据一种生活逻辑耦合在一起的，下神也好、家长的支配权也好、老来俏也好，都不具备超越性，也就不具备抵抗性。赵树理这里写出的"转变"是一种基于前现代情势的转变，它与传统乡村中理、势、情、德几重法则的组合作用方式相关。他抓住"破迷信"这个环节来设计、描写乡村的由"旧"转"新"，恰好因为"迷信"所诉诸的文化、精神、思想层面有一种根基性和

---

① 王春：《继续向封建文化夺取阵地》，《山西革命根据地文艺资料》上册，北岳文艺出版社1987年版，第286页。

辐射性。迷信某种程度上可以视为一种特殊的文化权力，它对乡村、乡民固有的伦常、法理、信仰、生活有一种再组织和转化的作用。一定程度上讲，民间宗教、民间信仰既使得乡村落后之为落后，也是其活力之为活力的来源，如三仙姑这种人以及围绕她的聚集、打趣正是乡村一种活力的表现。因此，借由破迷信一方面可以去除乡民思想、精神上的桎梏，另一方面也有可能转化乡村的活力。王春在前引文中所举的例子，即那些风水世家转变为"文教工作英雄"恰在这一脉络上是有迹可循的。这种转变对乡村自身而言与其说是翻身、颠覆，不如说是某种"去弊"、"修复"与"再生"。

三　组织与"民主"

许多参与了20世纪40年代乡村革命的观察者印象深刻的就是此类基于乡村自身活力的"再生"[①]。在共产党的论述中，这系于群众身上蕴含的革命自发性与潜力。但对赵树理他们而言，重要的是这种潜力存在的具体条件是什么，调动的途径又是什么。《小二黑结婚》虽然是一出围绕世情展开的"小戏"，但它借一个恋爱纠纷写出新政权下乡村由"旧"转"新"的过程中，文化权力转移能够起到的作用。或者说，作者所理想的乡村转变是需要以文化权力的转移为中介的，并最终作用于文化权力层面。如果说，《小二黑结婚》由于其入手点在恋爱、迷信等问题，较容易被纳入移风易俗的范畴的话，那么《李有才板话》里文化权力所占据的位置、发挥的作用，就更能看出赵树理对文化权力之于革命政治关系的想象。

《李有才板话》[②] 触及的题材比《小二黑结婚》宏大，它高度配合1943年后根据地的主导政治任务——建立基层民主政权[③]。这意味着，新政权不再单限于上层组织，且要扎根乡村，改变乡村原有政治格局，使旧

[①] ［美］贝尔登：《中国震撼世界》，邱应觉译，北京出版社1980年版，第603页。
[②] 赵树理：《李有才板话》，《赵树理全集》第2卷，第249—304页。以下所引《李有才板话》原文均出于此。
[③]《李有才板话》反映的"工作"背景是1943年展开的减租减息、合理负担、推行累进税等社会经济政策。如当时的工作报告中所说，这些经济政策推行的手段和目的在于充分"组织、发动群众"，壮大、健全农会，改造政权；特别要面向"落后群众""落后区村"。且群众运动需以民主运动为归依，"应将群众运动与民主运动密切地结合起来"（参见李大章《过去群众工作的简单回顾与今后的工作方针——在太行分局高干会上的报告》，《群众运动》，第201页）赵树理的写作显然与这一系列措施、要求有高度配合。

有乡村变为与革命相配合的有机的政治共同体。这已经不是潜移默化的移风易俗所能达至的使命,而需调动普遍的政治自觉性,并将其有效组织起来。

《李有才板话》写的就是一个被旧势力把持操控的村子如何经由"民主"改造,产生真正属于农民自己的组织,自己解放自己。小说中很晚才出场的县农会主席老杨发挥着关键性作用,他在前一轮农民的自发斗争被地主势力瓦解后来到村里,掌握了实情,与底层农民打成一片,解散旧农救会,组建新农救会,斗争了旧势力,组建了新政权。小说结尾时,保守农民老秦向他叩头谢恩,他教育老秦:

> 你这老人家真是认不得事!斗争老恒元是农救会发动的,说理时候是全村人跟他说的,我们不过是几个调解人。你的真恩人是农救会,是全村民众,那里是我们?依我说你也不用找人谢恩,只要以后遇着大家的事情靠前一点,大家是你的恩人,你也是大家的恩人……

这话好像很冠冕堂皇,按之实情,老杨的作用当然不只是"调解人",而是决定性的发动者、组织者。他之所以强调自己只是农救会的辅助,依据的是让农民"自己解放自己"的革命理念。但如果抽象地认为"自己解放自己"的根源在于农民被压迫而孕育的天然反抗性,那么这个自我解放中真正关键的环节——如何组织起来——就被忽视了。而《李有才板话》着重表现的正是这个"组织"的过程。意识到这一点,那么老杨在其中起的作用既非他自己说的"调解人",也非老秦眼中天降的"恩人"。具体说,他固然是一个"自觉"的组织者,但他的组织活动之成立又根植于乡村原有的组织基础。在他开始发起串联组织新农救会时,一上午就发展了五十五个会员,"小字辈"们有些不满足,他却说:"不少,不少!这么大个小村子,马上说话马上能组织五十多个人来,在我做过工作的村子里,这还算是第一次遇到。"发动组织迅速被归结为"一般人对他们仇恨太深"。可是,压迫深、仇恨深并不能自然转化为组织、反抗力量,重要的还在于原有的"组织"基础。

正是在这一点上显示出主人公李有才及其快板的重要。实际上,李有才这个主人公在小说中很少得到正面表现——作者对其窑洞的描述比对他本人的描述更具体——但从整个小说的问题意识可以看出,他和以他为代表的快板——开始是他一个人编，后来成了集体性创作——居于枢纽位置，因为他在乡村原有格局中发挥了组织作用。大槐树下和他的破窑洞变成了"小字辈"们的活动中心。他之所以成为一个中心人物不是因其"思想进步"或有组织能力，而是"他会说开心话"，会"编歌子"，由此而产生了一种天然的吸引力与团结力。小说中呈现的他的快板似乎专门是对村子里权势人物的讽刺，但实际上，"不论村里发生件什么事，有个什么特别人，他都能编一大套"。对这类人物在乡村中的作用，赵树理有比小说中传达的更为丰厚的理解。他在20世纪60年代的一篇文章中曾批评新农村的文化生活不如旧农村：

> 旧中国农村，小孩子有成套的游戏方式，老人们有许多小故事。有聚集的地方，如光棍家里，冬夜里有许多人说鬼，说狐，说狼，说蛇等等。多少有点文化的老病号，看了故事就说，很受欢迎。过年是很热闹的。娶媳妇，过满月，亲戚们见了面，说不完的话。八音会是很好的，最爱好的人，在自己家里贴上油，贴上东西，任劳任怨，是好"俱乐部主任"。……现在的俱乐部主任不如旧社会人家那个"主任"。有的俱乐部在初办时还有几本书，还有人去，过几天就少了，再过几天俱乐部主任感到寂寞，索性就关门了，生产队买回化肥没处放，就放在俱乐部，再过些时候，就干脆取消了。①

显然，在赵树理眼里，旧农村并不是一个"无声的中国"，哪怕是底层农民也有着颇丰富的文化生活。更重要的是旧农村的文化生活真正植根于农民日常生活的整体性中。他对根据地文联热衷搞"民革室"不感兴趣，对新农村里的"俱乐部"屡有批评，都因为它们是一种脱离了农民生活的"机关"，那里面的"文化"不能真正与农民的生活连为一体，也就难以为继。他在文章中特别建议农村俱乐部里应该住上人，有人住才有人气，大家才愿意去。老百姓去俱乐部不应该是单为了"文化"，应该像串门一样，家长里短，议论纷纷，自娱自乐。这其中既体现了文化，也容纳了人情和舆论。因此，八音会、自乐会才是他理想中的"俱乐部"，就在

---

① 赵树理：《文艺面向农村问题——在山西省第三次文代会上的讲话》，《赵树理全集》第6卷，第207—208页。

某家的炕头上。而且能招揽大家来到家里、能聚拢大家的一定是李有才这样热心而又在文化上有本事的人。由此，在乡村原有的文化活动中自发地产生着它的带头人和组织者。乡民正是在这样的文化活动中被串联起来。

不过，如赵树理文中提到的，村庄中的许多聚集点都在"老光棍""老病号"家，他们一方面是村落的边缘人，一方面却是民众文化的中心人物。现实中，这些文化活动产生的多属娱乐式文化，甚至与迷信、封建活动联系在一起，难免泥沙俱下。赵树理在《李有才板话》里对这种民众自身的文化活动进行了一种理想化的改写，特别突出了它的另一面：即这类文化活动在构成一个文化娱乐空间之外同时构成了一个舆论空间，这个舆论空间是属于民众自身的，他们的立场、视角、态度在其中发酵、传播，加上快板这样的文化形式，就进一步构成一种有辐射性和影响力的文化权力。它的存在是乡村"民主"改造的基础。

小说里的快板集中于对村中势力人物的点评。其意识、指向均高度政治化。从艺术形式而言，它其实类似于一种20世纪40年代流行的政治讽刺诗，有一种取消艺术转化中介环节的直白性。这种形式常常依托于一种高度对抗的政治形势，活跃于一个旧体制崩溃的前夜，配合着前夜期民众的心理与政治意识。小说中，这种形式占据前台本身就意味着对这个村落处于何种阶段的预设。快板一登场即将村子当下的格局、政治状态与对抗性做了规定性呈现。快板不仅是介绍性的，更是评价式的，它从而具有一种"舆论性"，对应着作者理解的乡民所能产生的自发觉悟与反抗程度。同时，作为舆论工具，它还有特别的组织力与调动性。也就是经由这种快板的传播可以串联起一股力量，构成对村中既有势力的抗衡，而产生了快板的空间和几个积极分子无形中成了这股势力的中心。一旦旧势力松动，他们就可以转化为现成的政治力量。

在第一次村长改选中，小字辈们依托的就是这样一种自发力量。不过，从改选结果可以看出，小字辈们在村中能够团结的力量大概只有三分之一，其余三分之二仍处于旧势力的威势下或取中间立场。这意味着，对旧势力现有格局的揭露、讽刺并不能真正动摇其基础，因为原有势力起作用的方式、手段并未受到触及。如小说中交代，对老恒元等人而言，老百姓的"骂"，他们并不放在心上，他们真正感到威胁的是对其或明或暗的操控、应付手腕的"明白"和揭露。这尤其体现在"丈地"一事上。"丈地"既是上级政权推行的要害政策,又是涉及村中每一户切身利益的事。如果说改选村长之类属于乡村政治中的"上层",那么"丈地"才是触及基层运作机制的部分。为此,老恒元的布置是非常用心的,尽显其老辣。其布置首先基于对乡村与公家关系的确认。"丈地"是为了征粮、纳税,无论地主或贫农都希望少征粮、少纳税,因此在"瞒地"问题上长期以来形成了乡村共同体的一致立场,即一本公账、一本私账,前者给公家用,后者由乡村自己掌握①。可以说,在"丈地"问题上体现乡村共同体最大的利益一致性和之于公家的对抗性。至于村庄内部分配的不合理则要符合那个整体的利益。老恒元正是充分利用这一点,通过给小户一些好处使得"丈地"成为走过场,不仅抵抗了新政权的政策,自己取得利益,还"团结"了大多数,争取了人心——老秦就认为:"我看人家丈的也公道,要宽都宽,像我那地明明是三亩,只算了二亩!"因此,李有才对"丈地"玄机的揭露就不仅是一般性讽刺,而是深入一个具体操弄过程,触及其控制术的根本。这才使得老恒元真正感到威胁——"只恨他们不该把自己的心事猜得那么透彻"——因此"非重办他几个不行",一定要将其赶走。

这里,快板的力量来自一种"明白",即不会被旧势力种种花招迷惑,具有一种认识上的穿透力。只是,这种"明白"要进一层发挥效力不能只停留于现象层面。即如"丈地"这样的事例中,仅仅揭露老恒元等人"假丈地"并不能解决在此问题上乡民与地主利益的一致和与公家的对立。因此,针对这类新问题,进一步的"明白"是对新政权相应政策的清楚把握。这由小元对老秦的反驳中表述出来:"那还不是哄小孩?只要把恒元的地丈公道了,咱们这些户,二亩也不出负担,三亩还不出负担;人家把三百亩丈成一百亩,轮到你名下,三亩也得出,二亩也得出!"这更深一层的"明白"来自对根据地推行的"累进税制"的清楚掌握。后者正意在于征粮、纳税上让利于小户,侧重大户,以"削弱封建势力",破除"瞒地"的利益共同体。由此可看出,小说的设定是,在老杨来到村里之前,小字辈们不仅有了自发的反抗意识,而且有了对村子格局的清醒认识,还具备了对新政权相关政策的初步掌握,甚至也有了一定的组织和中心力量。只是,这些力量尚未进入一种自觉调动、组织的阶段,且由于旧势力

---

① [印]杜赞奇:《清理财政:书手与丈量土地》,王福明译,《文化、权力与国家——1900—1942年的华北农村》,江苏人民出版社1996年版。

政权在手，他们很容易被打击和瓦解。老杨起的作用就是让他们意识到可以通过改组农救会将既有势力组织成正式的、有政权支持的组织。同时，他作为上级政权代表帮助——去除旧式村政权的障碍。一旦新农救会建立，接下来的斗地主、改选等就是水到渠成的了。老杨最后所说，他不过是调解人，事是大家办的，固然有官方说法之嫌，但整个小说的构造确实意在强调乡村的民主改造想要真正有效不能仅依靠外力，必须调动原有的"内力"，而这"内力"的存在又特别系于乡村中底层民众打造的文化权力的基础。

小说结尾处，老杨提出有才干又热心的李有才应该在新政权中"担任点工作干"，为此大家推举他的合适位置是"民众夜校教员"。这意味着在新政权中，他发挥作用的层面仍在文化教育上，并不直接介入政治。实际上，在第一次改选的斗争中，在安排谁出头竞选的议论中，李有才充分表现了其"谋士"眼光与调动才能。在老杨到来之前，他是村里小字辈的主心骨，可以想见，老杨走后，他保持纯民间地位的"明白"、热心、出谋划策同样会是新政权的支撑，同时也蕴含政权出现偏差时可能的制约。换句话说，他的位置是保持了在政权之外，再生产乡村"修复"与"再生"机制的力量。他是一种新类型的"乡村知识分子"：可能不识字，不依托原有的文化资源体系，来自底层民众，代表他们的立场、价值、道德、文化，无权无势也不谋权势，有为民众服务的公心与才干。这样的人在现实乡村中可能未必如李有才那样"典型"，但具备这类基因的人，在赵树理眼中大概并不少见。因此，找到一种途径和机制让这一类人充分发挥作用正是乡村变革的重要环节。乡村的民主改造固然以政权改造为成果体现，但仅限于此，难保置身重重矛盾中的政权不变质、失效或随波逐流。因此，在赵树理看来，挖掘像李有才这样的人，调动他们与乡村政权相配合，才是实现农民"自己解放自己""自己当家做主"的关键，他们不仅是民主改造的助手，更是民主扎根乡村的基石。

结语

随着之后"土改"运动的展开，随着群众路线要求的深化，《李有才板话》一度成为在"土改"工作中如何走群众路线的通俗教科书。但在如何发动群众之外，《李有才板话》尚有包含着对新政权下乡村文化政治形态的预想。这种构想的实现系于两个维度：一是认识乡村变革中文化权力的枢纽性作用，另一个维度则是新政治如何产生属于民众的新文化。这意味着，所谓文化权力不仅是对原有乡村文化力量的调动，它要对新政权取得效应，必须取得与新政权共同进步的品质。可这种"新"又要植根群众自发的创造。问题在于，革命政治要求的"新"是在不断变化、提升中的，它在一定形势、时段内对"新"的要求与农民参与其中所能感受、把握到的"新"取得了较高的一致性。但是随着革命要求的进一步提升以及这种"新"必须被置于更大的范畴内而趋于复杂化，则原有"新"的形态显出其不足和疲态。因此，把握、创造新的艺术形式与之配合就成为必要。

1947年，"赵树理方向"的提出配合着总结解放区文艺经验以打造"新的人民文艺"之基础的意图。但随着新中国的建立，赵树理的创作很快遭遇了瓶颈。他之后的一系列努力均意在突破这种困境，以与新的政治要求取得一致。比如，随着互助合作运动成为共产党在农村政策的主导方向，他也更注重劳动互助在新农村所起的组织作用与综合性影响。但在依靠生产互助、合作社发挥引导作用的大前提下，乡村的文化生活处于何种位置、起到何种作用、面临何种问题——赵树理的思想中仍然保留着对这一系列问题的持续思考。只是，这些想法要更多地经由对戏曲、曲艺等专门艺术领域的意见传达出来，而弱化了其整体性指向。如果意识到他对乡村文化政治持有独特立场的话，那么，对于他在新中国成立后与文艺主流之间既配合、追随，又摩擦、批评，乃至抵抗的状态就会有更贴切的理解。

（原载《文艺研究》2015年第3期）

"赵树理方向"与《讲话》的历史辩证法

李 杨[*]

美国记者杰克·贝尔登（Jack Belden）在出版于1949年的长篇"非虚构写作"《中国震撼世界》（*China Shakes the World*）中用整整一节的篇幅讲述1947年在山西解放区旅行时采访著名作家赵树理的经历。其中描述"边区名人"赵树理出场的文字尤为意味深长：

> 这天一清早就下雪。我坐在我那石板地的屋子里，感到有些郁闷和孤独。这时，他从外面走进来——一位幽灵似的人，身穿棉袍，头戴小帽。他像私塾先生似地鞠了个躬，就在我的炭火盆前找了个凳子坐下，贪婪地烤着手。他一边打着寒战，一边仰头看了我一眼，然后又垂下眼皮，从我的桌上拣起一颗瓜子，熟练地嗑起来。他怯生生地看了我一会儿，不自然地笑了笑。一个很腼腆的人！[①]

"一个幽灵似的人"，贝尔登笔下的赵树理形象让人印象深刻，更为神奇的是，它成了赵树理一生的生动写照。在某种意义上，赵树理的确可以称得上是20世纪中国现当代文学史上一个幽灵式的人物：从1947年被推举为表征中国文艺发展方向的标志性人物，到很快与主流文艺渐行渐远，再到1970年遭极左政治迫害致死，赵树理变幻莫测的面目以及起伏跌宕的奇诡人生，为我们理解中国现代文艺的肌理和结构提供了一个极为鲜活的例证。其征候性意义，远不在已被符码化的跨时代作家丁玲、何其芳等人之下。尤其是赵树理的文学理念与《讲话》之间的相互映照——其契合、

---

[*] 作者单位：北京大学中文系。
[①] ［美］杰克·贝尔登：《中国震撼世界》，邱应觉等译，北京出版社1980年版，第108页。

抵牾与分裂，更成了中国现代文化政治的演进及其历史主体生成的生动投影。

一 "错位"或"误读"："赵树理方向"的生成

1943年，在北方局调查研究室工作的赵树理在农村调查时，了解到一桩农村干部迫害争取婚姻自由的青年农民岳东至致死的案件，他以此为直接素材，在这一年的5月写成了一篇"通俗小说"《小二黑结婚》。彭德怀很喜欢，为小说题词："像这种从群众调查研究中写出来的通俗故事还不多见"。小说出版后受到了太行山区读者的欢迎。同年，赵树理又发表了中篇小说《李有才板话》，1946年初发表长篇小说《李家庄的变迁》。三部作品的连续出版为赵树理赢得了声誉。但赵树理成为"方向"，却始于时任北方局宣传部长的周扬的发明。在发表于1946年8月26日出版的《解放日报》的著名文章《论赵树理的创作》中，周扬不仅将赵树理的三部作品称为"三幅农村中发生的伟大变革的庄严美妙的图画"，并总结出赵树理小说在"人物的创造"和"语言的创造"上的两大特点，更在文章的结尾，将赵树理与1942年召开的"延安文艺座谈会"联系起来："'文艺座谈会'以后，艺术各部门都达到了重要的收获，开创了新的局面。赵树理同志的作品是文化创作上的一个重要收获，是毛泽东文艺思想在创作实践上的一个胜利。"[1] 周扬将赵树理的创作提升到了一个前所未有的政治高度。此文得到了身在国统区的左翼文坛大佬郭沫若和茅盾的热情呼应[2]。1947年7月26日至8月10日，晋冀鲁豫边区文联根据中共晋冀鲁豫中央局宣传部的指示召开文艺座谈会，专题讨论赵树理的创作。赵树理参加并在会上介绍了自己的创作。在讨论过程中，大家参考郭沫若、茅盾、周扬等对赵树理创作的评论及赵树理创作过程、创作方法的自述，反复热烈讨论，最后获得一致意见，认为赵树理的创作精神及其成果，实应为边区文艺工作者实践毛泽东文艺思想的具体方向。8月10日，《人民日报》发表

---

[1] 周扬：《论赵树理的创作》，此文最早于1946年7月发表于张家口出版的《长城》杂志，然后，8月26日的延安《解放日报》《北京杂志》9月号和《东北文化》10月号相继予以转载。

[2] 郭沫若：《读了〈李家庄的变迁〉》，《北方杂志》第1、2期，1946年9月；茅盾：《关于〈李有才板话〉》，《群众》第12卷第10期，1946年9月、《论赵树理的小说》，《文萃》第2卷第10期，1946年12月。

了主持文联日常工作的副理事长陈荒煤在文联座谈会上的总结发言，题为《向赵树理方向迈进》。在中共历史上，只有两位作家被树为"方向"，一为鲁迅，二就是赵树理。毛泽东在《新民主主义论》中这样评价："鲁迅是中国文化革命的主将"，"鲁迅是在文化战线上代表全民族的大多数"，"鲁迅的方向，就是中华民族新文化的方向"①。鲁迅去世后，赵树理又作为一面新的旗帜被推出。赵树理很快成了延安的风云人物，以致美国记者贝尔登1947年到达解放区进行采访时，发现赵树理已经变成了解放区"可能是共产党地区中除了毛泽东、朱德之外最出名的人"②。

多年以来，赵树理与《讲话》之间的这种因果关系竟成了研究者的共识："赵树理同志的作品一鸣惊人，是《小二黑结婚》的发表。在1942年毛主席《在延安文艺座谈会上的讲话》的昭示和鼓舞下，在老赵同志多年从事创作和深入农村生活三十年的基础上，1943年5月，发表了《小二黑结婚》。"③ 此说甚至被一些严谨的外国研究者采用。日本学者鹿地亘在1952年为《李有才板话》的日译本撰写的前言《赵树理和他的作品》中，在回答"（赵树理的）小说为什么受到读者如此喜爱"这一设问时，信誓旦旦地说"关于这个问题的简单答案，说到底，就是他在忠实地实践前年（1942年5月）毛泽东指示的文艺运动的方针方面获得了成功"④。捷克中国现代文学史家普实克在为捷文版《李有才板话》写的《后记》中也有非常近似的说法："赵树理和其他新中国的作家对于为谁写作问题没有一点疑惑。关于这一点。毛泽东主席在文艺座谈会上已经讲清楚了。首先，中国的文学必须为最广大的工农兵群众服务。赵树理根据这个原则，准确地讲了文学应该具有什么形式的问题，以便恰当地完成这项任务。"⑤

事实上，毛泽东1942年5月在延安文艺座谈会上发表讲话时，赵树理并不在延安。也就是说，要等到《讲话》正式发表的1943年，赵树理才在山西第一次接触到《讲话》。赵树理要到1943年底才能看到毛泽东在1942年5月在延安发表的《讲话》。这意味着赵树理发表于1943年的《小

---

① 毛泽东：《新民主主义论》，《毛泽东选集》第2卷，人民出版社1991年版，第698页。
② [美]杰克·贝尔登：《中国震撼世界》，邱应觉等译，北京出版社1980年版，第109页。
③ 史纪言：《汾水呜咽泪流长——回忆赵树理同志》，高捷《回忆赵树理》，山西人民出版社1985年版，第59页。
④ 黄修己编：《赵树理研究资料》，北岳文艺出版社1985年版，第454页。
⑤ 同上书，第522页。

二黑结婚》和《李有才板话》，根本不可能是学习《讲话》的结果。"文革"中赵树理谈到他当年学习毛泽东《讲话》的心情时回忆说："毛主席的《讲话》传到太行山之后，我像翻身农民一样感到高兴。我那时虽然还没有见过毛主席，可是我觉得毛主席是那样了解我，说出了我心里要说的话。十几年来，我和爱好文艺的熟人们争论，但是始终没有得到人们同意的问题，在《讲话》中成了提倡、合法的东西了。我心里有一种说不出的高兴。"① 研究者的"倒放电影"其实并不意味着对历史的向壁虚构。赵树理的光芒无疑来自《讲话》的映照，只有当赵树理的创作被用来诠释《讲话》的正确性，"赵树理方向"才能够成立。可以说，没有《讲话》，还是会有赵树理，却不可能会有"赵树理方向"。在这一意义上，与其说是周扬"发现"了赵树理，不如说是周扬"发明"了赵树理与《讲话》的内在联系。《讲话》作为整风运动的重要文件发表后，周扬为宣传《讲话》，选中了通俗小说家赵树理，使《讲话》得以"道成肉身"。周扬在这里完整复现了福柯论述的"权力制造出知识"的过程。在福柯那里，权力制造出知识；另一方面，不通过预想和构造权力关系，知识也难以成其为知识。福柯的话语实践理论扭转了知识的生产流程：不是先有病人才有医生，而是先有医生才有病人；不是先有犯人才有监狱，而是先有监狱才有犯人。在这里，则表现为先有《讲话》，才有赵树理。

在1949年7月2日召开的首届全国文代会上，赵树理跻身大会主席团，周扬在代表解放区的文艺工作者所作的大会基调性报告《新的人民的文艺》中，对赵树理的创作推崇备至，将《李有才板话》定义为"解放区文艺的代表之作"。赵树理是唯一同时被收入新中国成立前后出版的"新文学选集丛书"和"人民文艺丛书"的经典作家。这两套书预设了"中国现代文学"与"中国当代文学"的分野，体现出不同的文学范式，赵树理被同时收入两套丛书，成为具有"跨时代"意义的中国作家，显示了他在文学史上的特殊地位。

但赵树理的辉煌却出人意料地短暂。新中国成立后赵树理在他自己代表的"人民文艺"的道路上磕磕绊绊，举步维艰。不仅他自己的创作一直跟不上时代的步伐，他负责主持的大众文艺研究会与《说说唱唱》发表的

---

① 赵树理：《回忆历史认识自己》，《赵树理全集》第5卷，北岳文艺出版社2000年版，第379页。

作品不断受到批评，他始终坚持的文学观念与主流文艺渐行渐远。赵树理衰落的一个重要标志就是落选 1951 年的斯大林文学奖，这是冷战时期社会主义阵营设立的与诺贝尔文学奖对抗的全球最高文学奖项。与赵树理同属"解放区文学"的丁玲小说《太阳照在桑干河上》、周立波小说《暴风骤雨》与贺敬之和丁毅的歌剧《白毛女》同时获得斯大林文学奖。赵树理这一代表"文学方向"的作家与作品竟然无法通过国内推选，其吊诡之处不言自明。到 1953 年 9 月 23 日全国第二次文代会开幕时，与四年前的首届文代会不同，赵树理的明星色彩已消退殆尽，几个重要的报告都不曾提到他的名字。赵树理的"黄金时代"几乎才刚刚开始就已经结束了。

1951 年初，赵树理被调任中宣部文艺干事，这是因为"胡乔木同志批评我写的东西不大（没有接触重大题材）、不深，写不出振奋人心的作品来，要我读一些借鉴性作品"①。作为这一时期中共意识形态领域重要领导人的胡乔木亲自为赵树理选定了契诃夫、屠格涅夫等俄罗斯伟大作家的作品以及《新民主主义论》《在延安文艺座谈会上的讲话》、列宁论文艺摘录等理论著作，让他住进中南海庆云堂，解除一切工作，闭门尽心读书。但这一绝好的学习机会，却被赵树理给浪费了。当时，严文井和他对门而居，两人几乎天天辩论中外文学的优劣。严文井一方面惊愕于赵树理的古典文学修养，断定他"不是个通俗作家"，另一方面则感到他不仅不想改造自己的知识结构，而且想说服别人也不必去钻研外国名著。②

赵树理如同一颗璀璨的流星快速划过中国左翼文学的天空，而在《讲话》精神的体现者赵树理陨落的过程中，《讲话》作为中国文艺最高纲领的地位从未有过动摇。赵树理与《讲话》之间的关系耐人寻味。在胡乔木给赵树理开出的学习书单中，毛泽东的《讲话》赫然在目，这意味着在胡乔木看来，赵树理并没有"读懂"《讲话》。那是否意味着几年前刚刚提出的"赵树理方向"其实是一次误读？赵树理，准确地说，或者还包括以周扬为代表的"赵树理神话"的缔造者，其实从一开始就没有真正读懂《讲话》？

二 "政治"与"政策"

刊发于 1947 年 8 月 10 日《人民日报》的著名文章《向赵树理方向迈

---

① 戴光中：《赵树理传》，北京十月文艺出版社 1987 年版，第 174 页。
② 同上书，第 275 页。

进》归纳了赵树理作品成为"方向"的三个原因。第一，赵树理的作品政治性很强。他反映了地主阶级与农民的基本矛盾，复杂而尖锐的斗争。他是站在人民的立场来写的，爱憎分明，有强烈的阶级情感，思想情绪是与人民打成一片的。第二，赵树理的创作是选择了活在群众口头上的语言，创造了生动活泼的、为广大群众所欢迎的民族新形式。第三，赵树理从事文学创作，真正做到全心全意地为人民服务。他具有高度的革命功利主义和长期埋头苦干、实事求是的精神，他写作的动机和目的，都是为了群众的，为了战斗的，为了提出与解决某些问题的。用他自己的话来说是要"老百姓喜欢看，政治上起作用"①。

将赵树理小说的"政治性"与《讲话》的"政治性"进行比较，我们不难发现二者的抵牾与疏离。终其一生，赵树理都是主动以文学服务于政治的作家。"我在做群众工作的过程中，遇到了非解决不可而又不是轻易能解决了的问题，往往就变成了所要写的主题。"② 赵树理一直强调文学创作要直接为当前的中心任务服务。他说："我在抗日战争初期是作农村宣传动员工作的，后来做了职业的写作者只能说是'转业'。从这种工作中来的作者，往往都要求配合当前政治宣传任务，而且要求速效。"③ 从表面上看，赵树理无疑是体现了《讲话》要求的"文艺为政治服务"的原则，但问题在于，《讲话》中的"政治"并不是一个本质化的概念，尤其不能等同于赵树理所理解的一时一地的"政策"。据胡乔木回忆，《讲话》正式发表后，不仅在陕甘宁边区产生了巨大的影响，在国统区重庆也传来了郭沫若和茅盾等人的评价。毛泽东对郭沫若的评价最为欣赏，郭沫若认为《讲话》的好处在于"有经有权"，也就是说《讲话》既有"经常的道理"又有"权宜之计"。毛泽东对这一说法非常欣赏，觉得找到了知音④。

在某种意义上，《讲话》中的这种"经与权"的关系是毛泽东辩证思想的集中体现，辩证法历来被视为"毛泽东思想"的精髓。毛泽东将郭沫若视为"知音"，显然是因为能真正在辩证法意义上理解《讲话》的人并不太多。绝大多数人只是从字面上理解毛泽东关于"文艺为政治服务"

---

① 陈荒煤：《向赵树理方向迈进》，《人民日报》1947 年 8 月 10 日。
② 赵树理：《也算经验》，《人民日报》1949 年 6 月 10 日。
③ 赵树理：《〈三里湾〉写作前后》，《文艺报》1955 年第 19 期。
④ 《胡乔木回忆毛泽东》，人民出版社 1994 年版，第 60 页。

"文艺为人民服务""文学作品要先普及"的呼吁。这其中，既包括赵树理，也包括周扬。就延安时期的主流政治"新民主主义政治"而言，"新民主主义"本身就是一个充满了"经与权"的辩证概念。在毛泽东的论述中，一方面，新民主主义具有资产阶级革命的性质，是抗日战争时期统一战线的表现方式；另一方面，新民主主义政治不同于旧民主主义政治的地方，是新民主主义革命是无产阶级领导的革命，并最终以社会主义革命作为自己的目标。前者为"权"，后者为"经"；前者是民族解放，后者是阶级解放。这种关系决定了延安时期的所有新民主主义政策，包括土地政策、乡村政治等其实都是过渡性的，赵树理的作品如果只是停留于对这一现象的描述，就不可能表现出两种政治之间的相互协商与相互否定，由此，他永不可能触摸到《讲话》真实的灵魂。

赵树理之所以未能写出同时代的周立波、丁玲那样的"伟大"作品不是因为艺术功力的差距，而在于作品表现的是不同的"政治"以及作家对"政治"的理解和认知。赵树理前期的创作横跨中共不同的"土地政治"：抗日战争时期中共放弃了中央苏区时期实施的"打土豪分田地"的土地政策，转而实施减租减息，一方面要求地主减租减息，以改善农民的生活条件，另一方面要求农民交租交息，照顾地主富农的利益，这一土地政策为中共抗日民族统一战线的建立，为动员和团结全民抗战做出了重要的贡献。随着抗战胜利，国共两党的阶级矛盾重新上升为主要矛盾，中共的土地政策发生了巨变。1946年中共中央发出了《五四指示》，重新吹响了实行"耕者有其田"的土地改革运动的号角。1947年——正是"赵树理方向"诞生的这一年的10月10日，中共中央公布了《中国土地法大纲》，宣布了曾是天经地义的封建土地制度的死刑。中国农村出现了空前规模的"翻身"运动。几位亲身经历了这一巨大历史变迁的外国记者和作家都表达了中国土地革命带来的震撼。1947年以观察员身份参加山西张庄土改的美国人韩丁指出："新发布的《土地法大纲》在1946年至1950年中国内战时期的作用，恰如林肯的《黑奴解放宣言》在1861年至1865年美国南北战争期间的作用。"① 同年，在河北武安县十里店村对中共解放区的土地改革进行调查研究的加拿大人柯鲁克夫妇则在《十里店——中国一个村庄

---

① ［美］韩丁：《翻身——中国一个村庄的革命纪实》，韩惊译，北京出版社1980年版，第7页。

的群众运动》一书中称："共产党人着手改变中国旧的传统土地关系之日，也就是开始改造整个中国社会之时。对于中国几亿无地和少地的农民来说，这意味着砸碎无所不在的地主统治阶级的枷锁，意味着第一次获得牲口和房屋。这是一场激发农民破除已养成的卑怯心理和改变附庸地位的斗争，奋起反抗长期压迫他们的人的斗争。"[1] 而在与赵树理有过深入接触的塞尔登眼中："共产党的土地政策，在中国夺取政权的斗争中，起了决定性的作用。因为它动员了多少年来受压抑的广大群众奋起推翻旧社会。土地革命从两个方面打破了中国农民似乎是千古不变的蛰伏状态：一方面是精神的，另一方面是物质的；一方面是从内部起作用，另一方面是从外部起作用。在精神方面，土地改革唤起了农民的希望。这是他们生平第一次产生的激情。在物质方面，土地改革给农民提供了与地主进行斗争的手段。"[2]

遗憾的是，赵树理这一时期的创作并没有表现出这一时代的巨变。赵树理仍然在继续着李有才的事业，娓娓道出他眼中的乡村故事。经过了一年多的努力，1948年，万众瞩目的赵树理在《人民日报》刊出了一部反映土地改革的中篇小说《邪不压正》。这部试图反映农村土改中一部分农村基层干部以权谋私的"问题小说"——仍然是我们在《小二黑结婚》《李有才板话》中见过的农村"坏干部"的故事，以中农王聚财一家及其闺女软英在婚事上的四次波折作为主线，无论主题、题材还是结构方式与写作技巧都没有真正摆脱赵树理前几部小说的框架与元素。而在同一年，周立波完成了《暴风骤雨》，丁玲交出了《太阳照在桑干河上》。把这三部小说放到一起，我们就不难理解《邪不压正》这部"态度暧昧"的小说发表后引发的广泛争议。争议给赵树理带来的，是与日俱增的困惑，他从此再不谈起这篇小说，更没有把它选进自己的集子。其实，比起写《小二黑结婚》与《李有才板话》的赵树理，写《邪不压正》的赵树理并没有什么变化，问题是时代变了，"政治"也变了。抗日根据地的文艺作品大多叙述抗日故事，宣传抗日英雄，尤其是在国共合作的前期，边区反映阶级斗争和仇恨主题比较中央苏区时期急剧减少。到了20世纪40年代中期，国

---

[1] ［加］柯鲁克（Crook, I.）、［加］柯鲁克（Crook, D.）：《十里店——中国一个村庄的群众运动》，安强、高建译，上海人民出版社2007年版，第1页。

[2] ［美］杰克·贝尔登：《中国震撼世界》，邱应觉等译，北京出版社1980年版，第189页。

共矛盾上升之后，以《白毛女》为代表的表现阶级矛盾的作品才开始大量涌现。而在周立波和丁玲的作品中，不仅表现了韩丁等外国观察家感受到的土地革命"天翻地覆"的意义，展开了中国农村"波澜壮阔、气势磅礴的历史图卷"，甚至已经开始展望农村土地改革之后继续社会主义革命的前景①。在土地革命的狂欢中看到社会主义革命的前景，这才是真正的"历史辩证法"！1947 年采访过赵树理的美国记者杰克·贝尔登尽管知道赵树理的名望，并且对其人品表达了敬意，但他仍准确地看到赵树理写作中存在的问题："（我翻译了赵树理的三本书）说实话，我对赵树理的书感到失望。有人说，他的书如果翻译成外文，就会使他成为一个闻名世界的大文学家。我不同意这一点。他的书倒不是单纯的宣传文章，其中也没有多提共产党。他对乡村生活的描写是生动的，讽刺是辛辣的。他写出的诗歌是独具一格的，笔下的某些人物也颇有风趣。可是，他对于故事情节只是进行白描，人物常常是贴上姓名标签的苍白模型，不具特色，性格得不到充分的展开。最大的缺点是，作品中所描写的都是事件的梗概，而不是实在的感受。我亲身看到，整个中国农村为激情所震撼，而赵树理的作品中却没有反映出来。"②

三 "新社会"与"新主体"

甚至在赵树理早期的三部代表性作品《小二黑结婚》、《李有才板话》和《李家庄的变迁》——这几部"赵树理方向"赖以确立的经典作品中，我们仍能够读出赵树理与《讲话》的貌合神离。尽管从周扬开始，不断有评论家以含混的"阶级斗争"来解读赵树理的作品，但朴实的赵树理却始终没有拔高这些作品的阶级性。许多年后，赵树理回忆自己的写作时曾谈道："《李有才板话》，是配合减租斗争的，阶级阵营尚分明，正面主角尚有。不过在描写中不像被主角所讽刺的那些反面人物具体。《李家庄的变迁》，是揭露旧社会地主集团对贫下中农种种剥削压迫的，是为了动员人民参加上党战役的（这一任务没有赶上），其中虽然也写到党的领导，但

---

① 见《暴风骤雨》第二部第 26 篇对工作队萧队长在带领农民完成了土地改革之后的心情的描写。载周立波《暴风骤雨》，人民文学出版社 1952 年版，第 355—356 页。

② ［美］杰克·贝尔登：《中国震撼世界》，邱应觉等译，北京出版社 1980 年版，第 117 页。

写得不够得力，原因是对党的领导工作不太熟悉。"①

《李家庄的变迁》算得上是赵树理这一时期作品中的另类。就赵树理的主观意志而言，他创作《李家庄的变迁》的出发点与前两部小说并没有什么不同，仍然是"革命功利主义"的体现，仍然是为了"配合当前政治宣传任务"，但这篇小说无意中采用的结构，却使得它成了赵树理一生中最接近"现代小说"的一次努力。这部完成于 1945 年前后的小说，描写了一个山西小村落从民国十七八年开始一直到抗战时期的历史。以一个小村落的变迁来讲述中国历史上的大事，如民国十九年蒋阎战争，二十五年红军北上，二十六年抗战开始阎锡山与八路军合作、组织牺盟会，后来新旧军的冲突，以及人民政权的成立。一群生活在穷乡僻壤的农民，终于在这时代的波涛中，觉悟起来，强大起来，最后获得了翻身。"虽然是一个村庄的变迁为小说的背景，然而实际上却是一幅中国农村的缩影。从这幅图画中，我们看到了民族和社会斗争的姿态。"② 这种写作方式，尤其是"历史感"的带入，才是真正的书写历史主体的方式。这部作品与赵树理前两部作品的不同，很快就被日本学者竹内好注意到了，他指出，"每个场面中人与人之间的关系都是有意义地向前发展和变化的。即随着情节的展开，场面本身也在开展。因此，在这里，情节已不成为其主要的因素了"③。

尽管初具"现代小说"的骨架，《李家庄的变迁》显然还不是一部成熟的"现代小说"，但如果沿着《李家庄的变迁》写下去，赵树理不仅有可能写出类似于丁玲《太阳照在桑干河上》和周立波的《暴风骤雨》那样的史诗性作品，更可能在 20 世纪五六十年代风起云涌的农村题材作家中找到自己的位置。遗憾的是，赵树理对自己的突破并没有形成明确的自觉意识，更让人遗憾的是，包括周扬在内的赵树理的评论者并没有意识到这部"用普通话写的，多少接近小说的调子"④ 的作品的突破以及对于赵树理创

---

① 赵树理：《回忆历史认识自己》，《赵树理全集》第 5 卷，北岳文艺出版社 2000 年版，第 376 页。
② 荃麟、葛琴：《〈李家庄的变迁〉》，《文学作品选读》，生活·读书·新知三联书店 1949 年版。
③ 黄修己编：《赵树理研究资料》，北岳文艺出版社 1985 年版，第 431 页。
④ 荃麟、葛琴：《〈李家庄的变迁〉》，《文学作品选读》，生活·读书·新知三联书店 1949 年版。

作的意义,相反,通过与赵树理已成为经典的《小二黑结婚》和《李有才板话》的比较,批评家指出赵树理在这部小说中令人遗憾地失去了前期小说的"民族"风格。周扬在《论赵树理的创作》中比较赵树理的三部作品时,认为《李家庄的变迁》固然"涉及了抗战期间山西发生的许多重要事件,包含了历史和现实的政治内容,可以看出作者在这里有很大的企图。可是和作者的企图相比,这篇作品就没有达到它所应有的完成的程度,还不及《小二黑结婚》与《李有才板话》在它们各自范围内所完成的那样成功。它们似乎更完整、更精炼"①。

作为"赵树理方向"的缔造者,一方面,周扬赋予了赵树理的创作以意义;另一方面,他对赵树理作品的解读又规约和限制了赵树理的创作潜能。可谓成也周扬,败也周扬。在周扬看来,《小二黑结婚》之所以是一部超越时代的杰作,是因为这部作品是一部新社会的颂歌:"作者是在这里讴歌自由恋爱的胜利吗?不是的!他是在讴歌新社会的胜利(只有在这种社会里,农民才能享受自由恋爱的正当权利),讴歌农民的胜利(他们开始掌握自己的命运,懂得为更好地命运斗争),讴歌农民中开明、进步的因素对愚昧、落后、迷信等等因素的胜利,最后也是至关重要,讴歌农民对封建势力的胜利。"②周扬在这里显然是重复了他曾赋予鲁艺《白毛女》的那个曾经脍炙人口的主题"旧社会把人变成鬼,新社会把鬼变成人"。将《小二黑结婚》解读为对新社会的歌颂,的确超越了"五四"启蒙文化的"自由恋爱"的"陈旧"主题,但当周扬把中国农村和农民的解放完全解读为一种外在的军事与政治胜利的时候,他完全忽略了"农民"阶级对"解放"与"翻身"的内在自觉,恰如日本学者洲之内彻在《赵树理文学的特色》中指出的,赵树理的写作不是现代自我意识觉醒后的写作,他的农民"安居乐业,优哉游哉","只不过是具有社会意义、历史价值的影子而已","新的政府和法令,如同救世主一般应声而到。道路是自动打开的"③。而历史主体意识的生成恰恰是"人民意识"——也是《讲话》的核心和基础。

---

① 周扬:《论赵树理的创作》,此文最早于1946年7月发表于张家口出版的《长城》杂志,然后,8月26日的延安《解放日报》、《北京杂志》9月号和《东北文化》10月号相继予以转载。
② 同上。
③ 黄修己编:《赵树理研究资料》,北岳文艺出版社1985年版,第463页。

刘少奇1945年7月在中共"七大"的报告《论党》中明确指出："人民群众自己的解放，只有人民群众自己起来斗争，自己起来争取，才能获得，才能保持与巩固；而不是任何群众之外的人所能恩赐、所能给予的，也不是任何群众之外的人能够代替群众去争取的。所以恩赐的观点，代替群众斗争的观点，是错误的。"① 作为一个坚持"现实主义"的农民作家，赵树理不能真正领会如此抽象的历史主体的意义，并不让人惊讶。真正让人惊讶的是以马克思主义文艺理论修养著称的文艺战线领导人周扬竟然也会与"唯物辩证法"失之交臂！

1970年，山西省高级人民法院奉命成立"赵树理专案组"，赵树理被隔离审查，被折磨批斗至死。临死之前，被造反派打断了两根肋骨的赵树理，忍着剧痛，抄写了毛主席的《卜算子·咏梅》，郑重地交给女儿赵广建藏好，严肃地说："小鬼，如果将来有一天你能见到党的领导，就替我把它交给党，党会明白我的。"② 这个"党的领导"——赵树理临死前浮现于脑海中的"党"的形象，其实就是赵树理的教父、引路人周扬。只是赵树理并不知道，从延安开始就一直是中共文艺战线最高领导人之一的周扬此时已变身为从20世纪30年代一直到60年代的"文艺黑线"的"总头目"和"祖师爷"，失去了人身自由。周扬多年来对赵树理的力挺成了他的罪状之一，而他为鲁艺歌剧《白毛女》创设的主题"旧社会把人变成鬼，新社会把鬼变成人"亦受到全面清算。1965年由上海舞蹈学校创作的芭蕾舞剧《白毛女》经过不断的改编，最终成了"文革""样板戏"的代表作品。一位评论家曾在《人民日报》撰文总结了芭蕾舞剧《白毛女》所表达的全新政治美学追求："把一条阶级斗争的红线贯穿在《白毛女》这部剧作中，通过舞剧所塑造的活生生的人物形象，对广大观众揭示了：在沉重的奴役压迫下的旧中国农民，始终没有屈服，而是顽强不屈地英勇战斗着！广大的革命农民在毛主席和中国共产党的领导下拿起了枪杆子，为夺取政权进行着武装斗争，不断地扩大战斗的行列，从一个胜利走向又一个新的胜利，将革命不断地推向前进！"③

---

① 1945年4月23日至6月1日，中国共产党第七次全国代表大会在延安举行，刘少奇在会上作关于修改党章的报告。这个报告，1950年1月经作者改名为《论党》，由人民出版社出版。《刘少奇选集》上卷，人民出版社1981年版，第351页。
② 赵广建：《回忆我的父亲赵树理》，《山西日报》1978年10月22日。
③ 陈荒煤：《向赵树理方向迈进》，《人民日报》1947年8月10日。

四 "农民"与"人民"

尽管陈荒煤在总结和定义"赵树理方向"时一如既往将赵树理创作的"政治性"摆在首位,但赵树理创作真正的标志性特征无疑是第二项,即"赵树理的创作是选择了活在群众口头上的语言,创造了生动活泼的、为广大群众所欢迎的民族新形式"①。对应于《讲话》有关文艺大众化的深入论述以及对文艺工作者要把思想、感情和立场转移到人民大众这边来的要求,立志告别五四作家梦,做"文摊"作家,为老百姓——农民服务的赵树理经由周扬、郭沫若、茅盾等文艺权威反复撰文推介,被推到了五四文艺的对立面,成了实践《讲话》精神的典型代表。

赵树理在表述自己的创作原则时,同样把"老百姓喜欢看"放在"政治上起作用"之前,并始终将前者视为后者的前提②。事实上,赵树理对《讲话》的理解和认同主要从这一层面展开。据他自己回忆,他有意识地使通俗化为革命服务萌芽于1934年,他一直对上海"左联"关于文艺大众化的讨论十分关注,写过提倡文艺大众化的文章;到抗日战争前,赵树理共发表了二三十万字各种形式的作品,其中主要是通俗文艺。1941年冬,太行区抗日根据地文联举行文艺创作座谈会,赵树理在会上为通俗化大声疾呼。《小二黑结婚》发表后,有人撰文批评赵树理在当前抗日的中心任务下,却只写了一个简单的男女恋爱故事,没有什么意义。由此可见,在读到《讲话》之前,赵树理在创作中一直备感压力,《讲话》的到来,使他如遇甘霖,他不无自豪地说,毛主席"批准"了我,"承认"了我。"他对《讲话》爱不释手,反复研究,最后,凭他惊人的记忆力,竟能一字不落地背下这篇二万字的著作。"③

赵树理一生的朋友王春在《赵树理是怎样成为作家的?》一文中说,赵树理的家庭和成长环境带给了他一辈子使用不完的三件宝:一是懂得农民的痛苦,二是熟悉农村各方面的知识、习惯和人情等,三是通晓农民的艺术④。"为农民写作"一直是赵树理的自觉追求。他的拟想读者是没有多

---

① 陈荒煤:《向赵树理方向迈进》,《人民日报》1947年8月10日。
② 公盾:《谈芭蕾舞剧〈白毛女〉的改编》,《人民日报》1967年6月11日。
③ 戴光中:《赵树理传》,北京十月文艺出版社1987年版,第175页。
④ 王春:《赵树理怎样成为作家的?》,《人民日报》1949年1月16日。

少文化甚至不识字的农村听众。"我自己宁可不在文艺界立案，也不改变我的看法。只要群众看得懂、爱读，这就达到我的目的了。"①

赵树理的问题在于，他将《讲话》中提出的"为人民服务"——"为工农兵服务"朴素地理解成了"为农民服务"。赵树理终其一生致力于写作农村题材，致力于为农民写作，但《讲话》中的"人民"或"工农兵"并不是赵树理理解的传统意义上或现实生活中的"农民"，而是一个新的历史主体，是一个由"无产阶级"领导的"想象的共同体"——"我们的文艺，既然基本上是为工农兵，那么所谓普及，也就是向工农兵普及，所谓提高，也就是从工农兵提高。"②

换言之，按照《讲话》的逻辑，作为将农民"组织起来"和创造新的历史主体的工具，"文学"不可能用来为旧农民服务，或用于满足旧农民的低级趣味。显然，在这里，"农民"本身就是一个现代性发明，"农民"只有在"人民"或"工农兵"这种"想象的共同体"中才能获得意义。胡乔木曾这样回忆这一段历史："就在延安，毛主席提出了组织起来的口号，这个组织起来不是说要固守农民的本来面貌，而是作为改造农民的手段提出来的。毛主席的这个思想是一贯的，在40年代有许多重要的发展。"③

正因为缺乏这种理解"人民"或"工农兵"意义的"历史总体意识"，赵树理对《讲话》中所包含的"人民辩证法"以及历史逻辑缺乏真正的感知。"毛主席要我们'长期地、无条件地、全心全意地到工农兵群众中去'，我是老老实实长期地无条件地全心全意遵照着的。""我不敢说我这种体会就能合乎毛主席文艺理论的精神，只能说我主观上是按照毛主席文艺理论的精神来做的，特提出来就正于诸位同志们。"④ 赵树理的坚持当然无法体现出"毛主席文艺理论"，因为在一个"无产阶级专政"的社会主义国家，真正的历史主体是"工人阶级"而不是"农民阶级"——毛泽东在1949年发表的《论人民民主专政》中明确指出："严重的问题是教育农民。农民的经济是分散的，根据苏联的经验，需要很长的时间和细心

---

① 戴光中：《赵树理传》，北京十月文艺出版社1987年版，第157页。
② 毛泽东：《在延安文艺座谈会上的讲话》，《毛泽东选集》第3卷，人民出版社1991年版，第859页。
③ 《胡乔木回忆毛泽东》，人民出版社1994年版，第60页。
④ 赵树理：《谈"久"——下乡的一点体会》，《人民文学》1960年8月号。

的工作，才能做到农业社会化。没有农业社会化，就没有全部的巩固的社会主义。农业社会化的步骤，必须和以国有企业为主体的强大的工业的发展相适应。人民民主专政的国家，必须有步骤地解决国家工业化的问题。"①

赵树理由此进退失据。新中国成立后，领导曾要求赵树理把创作的题材由农村转移到工厂来。他当然服从命令，进京不久就跑到一家生产喷雾器的小厂去体验生活、搜集素材。他满以为工厂也和农村一样，大家同吃同住同劳动，可以在日常生活中细细地静默观察，慢慢地了然于胸。谁知这老一套根本行不通。工人们白天上班，无暇闲谈，晚上回家，各奔东西，简直找不到一个聊天的机会，要想介入都不容易，深入更是无从谈起。在这里，赵树理——李有才根本没有机会施展他的"板话"才能！备感沮丧的赵树理只好回头，"觉得路子太生，又想折回来走农村的熟路"②。

赵树理并没有意识到他面对的并不是一个题材问题，而是"世界观"的问题。赵树理的艺术选择恰恰印证了《讲话》批评的一种现象："因为没有弄清为什么人，他们所说的普及和提高就没有正确的标准，当然更找不到两者的正确关系。"③赵树理始终认为"普及"比"提高"重要得多。他认为，今天的中国人民在艺术欣赏习惯上，存在着两种感情体系，两种艺术境界。"戏台上挂上桌裙，搭上椅背，书场上摆开了鼓板，弦师寅起弦来，玩高跷、竹马的打开了场，广大的群众便立刻进入了艺术境界，而接受过新文艺传统的人往往不能承认这些里面有什么真正的艺术。钢琴揭开了盖了，合唱队站齐了，朗诵者拿出稿子来了，新文艺爱好者便立刻进入了艺术境界，而没有接近过这种传统的群众，往往一边听着，一边瞪着眼找不到任何妙处。"他主张后者向前者学习④。尽管赵树理承认现代中国文学存在的三个传统（古代、民间、五四新文学与外国文学）应该融合、结合，但他始终明确认为这三者中应以民间文学为正统，而完全不了解社会主义文艺为"世界现代文艺"之一种。

---

① 毛泽东：《论人民民主专政》（1949年6月30日），《毛泽东选集》第4卷，人民出版社1991年版，第1477页。
② 赵树理：《决心到群众中去》，《人民日报》1952年5月22日。
③ 毛泽东：《在延安文艺座谈会上的讲话》，《毛泽东选集》第3卷，人民出版社1991年版，第859页。
④ 赵树理：《"普及"工作旧话重提》，《北京日报》1957年6月16日。

赵树理看到了《讲话》对"普及"的强调，并以实践文艺的"普及"功能为己任，却没有意识到《讲话》对"普及"的强调和论述是在与"提高"既对立又统一的辩证关系中展开的。对这种辩证关系，《讲话》其实做了非常清晰的论述：

> 普及工作和提高工作是不能截然分开的。不但一部分优秀的作品现在也有普及的可能，而且广大群众的文化水平也是在不断地提高着。普及工作若是永远停止在一个水平上，一月两月三月，一年两年三年，总是一样的货色，一样的"小放牛"，一样的"人、手、口、刀、牛、羊"，那末，教育者和被教育者岂不都是半斤八两？这种普及工作还有什么意义呢？人民要求普及，跟着也就要求提高，要求逐年逐月地提高。在这里，普及是人民的普及，提高也是人民的提高。而这种提高，不是从空中提高，不是关门提高，而是在普及基础上的提高。这种提高，为普及所决定，同时又给普及以指导。……所以，我们的提高，是在普及基础上的提高；我们的普及，是在提高指导下的普及。正因为这样，我们所说的普及工作不但不是妨碍提高，而且是给目前的范围有限的提高工作以基础，也是给将来的范围大为广阔的提高工作准备必要的条件。①

《讲话》中提到的"小放牛"，源于延安文艺座谈会第二天的一个插曲：曾经是"创造社""狂飙社"成员，到延安后长期率领陕甘宁边区民众剧团在各地乡村巡回演出的柯仲平，介绍该团坚持走通俗化道路，在边区巡回演出大受欢迎的情况。在延安文艺界热衷演大戏、"关门提高"受到批评的舆论环境里，他颇为得意地说："这两年在演大戏的过程中，好些人把给老百姓看的小戏给忘了，我们民众剧团就是演《小放牛》。你们瞧不起《小放牛》吗？老百姓却很喜欢。剧团离开村庄时，群众都恋恋不舍地把我们送得好远，并送给很多慰问品。你们要在哪些地方找到我们剧团？怎么找呢？你们只要顺着鸡蛋壳、花生壳、水果皮、红枣核多的道路走，就可以找到。老百姓慰劳我们的鸡蛋、花生、水果、红枣，我们吃不

---

① 毛泽东：《在延安文艺座谈会上的讲话》，《毛泽东选集》第 3 卷，人民出版社 1991 年版，第 862 页。

完，装满了我们的衣袋、行囊和马褡。"他那种扬扬得意的神情，逗得会场上许多人都哈哈大笑。毛泽东也乐了，插了一句："你们吃了群众慰劳的鸡蛋，就要更好地为群众服务，要拿出更好的节目来为群众演出，不要骄傲自满。你们如果老是《小放牛》，就没有鸡蛋吃了。"①

毛泽东在不经意间谈到的虽然是民众剧团的命运，同时也预示了赵树理的未来。在毛泽东看来，无法发挥文艺的"普及"功能的趋向当然必须纠正，但如果文艺停留于"普及"，不能"逐年逐月地提高"，"老是《小放牛》"，自然只能被时代抛弃。在《讲话》的"普及"与"提高"的辩证关系中，"提高"是"普及"的目的，"普及"只是"提高"的基础与中介。——"普及"是"权"，"提高"是"经"。对这一辩证关系缺乏认知，导致了赵树理对文艺"普及"功能的本质化理解，更导致了他对民间文艺的"偏执"。"文革"后孙犁曾深有体会地谈到他对赵树理的感受：

> 这一时期（指新中国成立后——引者注），赵树理对于民间文艺形式，热爱到了近乎偏执的程度。对于"五四"以后发展起来的各种新的文学形式，他好像有比一比的想法。这是不必要的。民间形式，只是文学众多形式的一个方面。它是因为长期封建落后，致使我国广大农民，文化不能提高，对城市知识界相对而言的。任何形式都不具有先天的优越性，也不是一成不变，而是要逐步发展，要和其他形式互相吸收、互相推动的。
>
> 流传民间的通俗文艺，也类型不一，身形各异。文艺固然应该通俗，但通俗者不一定皆得成为文艺，赵树理中后期的小说，读者一眼看出，渊源于宋人话本及后来的拟话本。作者对形式好像越来越执着，其表现特点为：故事行进缓慢，波澜激动幅度不广，且因过多罗列生活细节，有点近乎卖弄生活知识。遂使整个故事铺摊琐碎，有刻而不深的感觉，中国古代小说的白描手法，原非完全如此。②

赵树理的命运无疑是一场悲剧。1968年，在批判赵树理的高潮中，山

---

① 艾克恩：《毛泽东同志〈在延安文艺座谈会上的讲话〉的前前后后》，《解放军报》1992年5月5日。
② 孙犁：《谈赵树理》，《天津日报》1979年1月4日。

西大学中文系的一名学生偷偷地去看他,赵树理用疑惑不解的目光看着他,问道:"农家子弟,你说,我的小说在农村到底是毒害了人还是教育了人?""我最怕农村人也说我是黑帮;我一辈子都是为他们写作啊!"[①] 赵树理的迷惑和委屈让人动容。面对强加在他头上的不实之词,赵树理恳请有关部门"作为学术问题,以主席《讲话》及其他有关文件为尺度,彻底清查一番",又说,"我以为这过程可能与打扑克有点相像。在起牌的时候,搭子上插错了牌也是常有的事,但是打过几圈来就都倒正了。我愿意等到最后洗牌的时候,再被检点"[②]。但赵树理显然没有等到这一天。这个终其一生以《讲话》的实践者自居,并一直坚决相信《讲话》与自己站在一边的"农民作家",最终成了"历史"洪流中的一个悲剧人物。"历史辩证法"这一现代性装置的逻辑一旦展开,便不可遏制,它不但会碾轧"他者"与"敌人",还常常会反噬自身,甚至包括自己的儿女。

余论

以《讲话》为镜,幽灵般的赵树理被映照得通体透亮、纤毫毕现,反过来,"赵树理方向"的升降沉浮又使我们获得了一个前所未有的视域,得以重新思考和理解《讲话》的真正意义所在。

在某种意义上,周扬等人发明"赵树理方向"最大的问题是对《讲话》意义的简化,这种"简化"不仅体现"赵树理方向"的提倡者未能真正懂得《讲话》蕴含的"历史辩证法",还在于他们只是从"文学艺术"的层面理解《讲话》。当他们将赵树理的创作解读为对《讲话》的成功实践的时候,他们实际上将《讲话》当成了一种文学创作方法。他们的问题意识,局限于讨论作家艺术家在创作时如何根据《讲话》的要求确立自己的政治立场、艺术风格和读者定位。事实上,在《讲话》发表以后的70多年时间里,有关《讲话》的意义的代表性论述,无论是坚持将《讲话》视为一种具有划时代意义、在任何时候都不会过时的普遍性的文艺原则,还是认为《讲话》是在特定的战时背景下诞生的一种特定的文艺政

---

① 赵广建:《旧居门前——回忆我的父亲赵树理》,高捷编:《回忆赵树理》,山西人民出版社1985年版,第53页。
② 李萌羽、温奉桥:《一条离开河流的鱼——论建国后的赵树理》,http://blog.sina.com.cn/s/blog_ 4cb0c8830100086e.html。

策，由于其过多地强调了政治性，忽视了艺术性，因此在进入和平时期之后，应该废止……这些看似截然对立的观点却分享和默认了一个共同的前提，那就是与"赵树理方向"的提出者一样，都将《讲话》视为一种文艺政策、文艺纲领甚至是一种创作方法。但如果我们还原《讲话》发表的历史语境，并进而考察半个多世纪来这部文献的传播与实践，我们不难发现《讲话》并不是一本单纯的"文艺学"或"美学"文献。它关注的问题，与其说是"文艺"的"政治化"，不如说是一种以"文艺"为名的文化政治实践。

在把"延安道路"视为一条通向现代性（road to modernity）① 的独特道路来理解的意义上，"延安文艺"，无论就其理论想象还是就其发挥的历史作用和产生的深广影响而言，早已不仅仅是一种文学和艺术的选择，因此，也不存在一套能够对它进行评判的所谓"美学的"标准，这也就是《讲话》以及延安的文艺/文化政治实践在 70 多年的中国文学或文艺学研究中被不断幽灵化的真正原因。

(原载《文学评论》2015 年第 4 期)

---

① Liah Greenfield, *Nationalism: Five Roads to Modernity*, Harvard University Press, 1993.

"民间伦理"与现代文学的雅俗互动及其分野
——以三仙姑、曹七巧形象为中心

洪 亮[*]

一 作为通俗文学研究之"问题"的赵树理和张爱玲

黄修己先生在评述范伯群先生主编的《中国近现代通俗文学史》时，曾对其取舍的标准提出了质疑，其中提到，为什么像赵树理这么"通俗"的作家没有进入通俗文学史，反倒是张爱玲等人的小说却被当作了通俗文学。[①]实际上黄先生的说法未必准确，因为在《中国近现代通俗文学史》中，共有两处提及张爱玲，一处是在绪论中，张爱玲是作为"在不丧失纯文学与通俗文学各自特色的前提下，相互吸收对方的长处，以增加自己作品的艺术魅力"[②]的典型作家而被提到的，从上下文来看，很显然著者在这里把张爱玲当作"纯文学"作家；另一处则是讲张爱玲对《海上花列传》的翻译，至于她自己的小说，并没有被当作通俗文学来评述。不过，黄先生的质疑也绝非无的放矢，因为在同样由范伯群先生编著（或参编）的另外两部通俗文学史中[③]，张爱玲及其作品均被列入，而在范先生关于通俗文学的论文集《多元共生的中国文学的现代化历程》（复旦大学出版社2009年版）中，也有一篇专论张爱玲等"新市民小说"作家的论文。由这种截然不同的处理方式似乎可以看出，研究者在面对张爱玲这样的"跨界"

---

[*] 作者单位：山东师范大学文学院。
[①] 黄修己：《中国新文学史编纂史》第2版，北京大学出版社2007年版，第228页。
[②] 范伯群主编：《中国近现代通俗文学史》上卷，江苏教育出版社2000年版，绪论第26页。
[③] 范伯群、汤哲声、孔庆东：《20世纪中国通俗文学史》，高等教育出版社2006年版；范伯群：《中国现代通俗文学史（插图本）》，北京大学出版社2007年版。

作家时，难免会有些犹豫不决。至于赵树理，截至目前从没有进入任何一部通俗文学史著作，这说明研究通俗文学的学者，对于赵树理不属于通俗文学作家这一点还是比较肯定的。然而，对此进行质疑者却也不乏其人，除了黄修己先生以外，袁良骏先生在与范伯群先生的论争中也表达了类似的观点。① 综上，可以说在通俗文学研究中，赵树理和张爱玲是两位往往会被作为"问题"提出的作家。

对于这类问题，范伯群先生曾做过明确的解释或回应，比如他在《中国近现代通俗文学史》的绪论中说："决定纯、俗的关键还在于内容，通俗文学的职能是以'娱心悦目'为己任而能与'俗众沟通'者，因此，我们将四六骈俪的《玉梨魂》划入通俗文学范围，而将梁启超直至赵树理划入纯文学作家群体中去。"② 另外他在回应袁良骏先生时则重申了他自己对"通俗文学"下的定义：中国近现代通俗文学是指以清末民初大都市工商经济发展为基础得以繁荣滋长的，在内容上以传统心理机制为核心的，在形式上继承中国古代小说传统为模式的文人创作或经文人加工再创造的作品；在功能上侧重趣味性、娱乐性、知识性与可读性，但也顾及"寓教于乐"的惩恶劝善效应；基于符合民族欣赏习惯的优势，形成了以市民层为主要读者群，是一种被他们视为精神消费品的，也必然会反映他们的社会价值观的商品性文学。③

据此，他认为赵树理等作家属于"主流文学"，不应作为通俗文学的研究对象。④ 而对于张爱玲，范先生尽管是在"通俗文学"的视域内对其进行评价，但仍不忘强调她作品中的纯文学因素，使用了一系列评语如"超越雅俗""新文学的通俗版""俗事雅写"等来概括其创作特征，而如下一段论述则尤为耐人寻味：张爱玲的作品"谁都可以读得懂，但懂的深度不同。雅的糖块溶解在不透明的俗的咖啡中，这里已经分不清是谁征服了谁，可以说是雅文学的胜利，也可以说是俗文学的再生"⑤。既然在张爱

---

① 袁良骏：《"两个翅膀论"献疑——致范伯群先生的公开信》，《文艺争鸣》2002年第6期。
② 范伯群主编：《中国近现代通俗文学史》上卷，江苏教育出版社2000年版，绪论第29页。
③ 这一定义出自范伯群为《中国近现代通俗作家评传丛书》（南京出版社1994年版）所作的《总序》，后在范先生及其他研究者的著作中多次被引用。
④ 范伯群：《"两个翅膀论"不过重提文学史上的一个常识——答袁良骏先生的公开信》，原载《文艺争鸣》2003年第3期，收入《多元共生的中国文学的现代化历程》，复旦大学出版社2009年版。
⑤ 范伯群、汤哲声、孔庆东：《20世纪中国通俗文学史》，第249页。

玲那里雅与俗"已经分不清",那么无论将其划入通俗文学还是纯文学,似乎都无不可。然而,如果我们将这段话与《中国近现代通俗文学史》绪论中所谓的"在不丧失纯文学与通俗文学各自特色的前提下……"相对照,也可以发现其间微妙的差别。

上述解释尽管可以自圆其说,但仍无法掩盖一些问题。比如,若将通俗文学定位为产生于大都市、以市民阶层为目标读者的消费文学,那么赵树理等不能算作通俗作家便是理所当然的。可是,为何通俗文学偏偏只能产生在都市,而农村就不能有"通俗文学"呢?至少从字面意思上来看,"通俗"一词与城市或者乡村并无必然的联系,而赵树理的小说在最初发表时,恰恰是被题作"通俗故事"的。另外,假如说决定雅俗的关键在于内容,那恐怕很难说张爱玲小说的内容在何种意义上是"通俗"的,所谓"俗事雅写",固然可以用来概括张爱玲的特色,但是许多纯文学作家岂不都是"俗事雅写"的吗?"事"虽然是"俗"的,但是一经"雅"的眼光的观照,便可能具有全新的性质,这方面的例子几乎无须列举,因此,不能因为张爱玲的作品描写了市民的世俗生活,就判断它是通俗文学;而从职能上说,张爱玲的小说也与"娱心悦目"有着相当的距离。至于说张爱玲作品中雅与俗"已经分不清",恐怕也不是解决问题之道。所以,对这些问题进行进一步的探讨仍然是必要的。

无论赵树理还是张爱玲,在现代文学史中都可谓重量级的作家,因此在通俗文学的研究中,当他们被作为"问题"提出的时候,便格外引人瞩目。这些问题并不仅仅事关二人作品的定性,也涉及整个现代文学中"雅"与"俗"是如何互相渗透的,以及它们之间的分野问题,等等。下面,本文将选取赵树理和张爱玲的两部代表性作品作为切口,尝试从一些新的角度对此问题进行探讨。

二 三仙姑:"为老不尊"的"丑角"

论者往往会注意到,赵树理和张爱玲这两位风格迥异的作家,却塑造出了颇为相似的两个人物形象,那就是《小二黑结婚》中的三仙姑和《金锁记》中的曹七巧。的确,二人身上的某些共同点是显而易见的,比如她们都遭遇了不幸的婚姻(一个嫁给了"只会在地里死受"的于福,一个嫁给了"没有半点人气"的姜家二少爷),都由于性压抑而导致了变态的性格（一个借助装神弄鬼的手段和村子里的后生打情骂俏，一个则先是和小叔子有着暧昧关系，后又拿儿子当半个情人），又都为了满足自己的变态欲望而试图扼杀儿女的幸福（一个想要拆散女儿的自由恋爱并把她嫁给一个退职军官，另一个则教坏儿子、逼死儿媳并用谎言吓退女儿的追求者），等等。这方面的研究成果已经有很多①，不过笔者所关注的，则是在这两个人物形象背后，是否隐藏着某种来自"民间"的资源，以及这两部作品是否会因此而与通俗文学发生某种关联。

首先来看三仙姑。对于小说的主题（提倡自由恋爱、歌颂解放区新风）而言，这个人物形象似乎是无关紧要的，我们如果按照人物与主题的关系，来把《小二黑结婚》中的人物归一下类，得到的结果或许是这样的：小二黑、小芹——代表新思想与新风气的进步青年；金旺兄弟——农村的黑暗、反动势力；区长——共产党政策的化身，农村进步力量的领导者与支持者；二诸葛——愚昧落后、封建思想严重的老一代农民。至于三仙姑，我们却很难在上述谱系中为她找到一个位置，表面上看，她似乎和二诸葛是同一类型的人物，但实际上这两个形象之间有着很大的差别：在小说的情节发展中，二人作为男女主人公的父母，扮演的都是阻碍主人公恋爱的角色，但是他们反对小二黑和小芹恋爱的原因却大相径庭，二诸葛的理由之一是他已为小二黑订下了童养媳，之二是小二黑和小芹"命相不对"，这都可谓地地道道的"封建行为"和"封建思想"；至于三仙姑，却是由于怕自己当了岳母后不能再与小二黑等青年人打情骂俏，才反对二人的结合，这似乎很难与"封建落后"等断语挂上钩。往往有论者指出，三仙姑虽然是个喜剧性的人物，但其遭遇实际上是悲剧性的，她对不幸婚姻的抗争，对美、对爱情的追求，不但没有得到周围人们的理解，而且也被小说作者所忽视，研究者甚至因此而指责赵树理的农民性思维的狭隘与盲视。② 不过这倒是从反面提醒了我们，三仙姑或许本来就不是什么落后的农村妇女形象，要对这一人物做出更为合理的解读，还需要寻找新的视角。

---

① 如陈兴：《三仙姑与曹七巧人物形象辨析》，《山西师范大学学报》（社会科学版）1994年第2期；宋阜森：《比较：曹七巧、三仙姑二重性格的双向流动》，《山东社会科学》2005年第6期。

② 参见三溪《如何看待三仙姑——兼论赵树理妇女观的内在矛盾》，《浙江大学学报》1992年第3期；陈兴《从三仙姑人物塑造看赵树理创作的缺憾》，《晋阳学刊》1994年第1期。

杨天舒曾经从地方戏曲中的"彩旦""方巾丑"等丑角的角色特征与功能角度入手，重新阐释了三仙姑、二诸葛等人物形象，这是较为成功的尝试。关于三仙姑，她指出：

> 可是三仙姑这个母亲却自我否认老旦的身份，不但以"小旦"自居，更转而与女儿争夺小旦的位置。小说中她居然怨恨妒忌女儿、喜欢女儿的男朋友、打扮得被区长误以为是个新媳妇，这些细节都表现了她自我角色定位的畸形。以花哨的打扮和调笑的言行来否认自己的老旦的身份，使得三仙姑同农村社会伦理充满了错位与冲突。就在这样的角色错位中，三仙姑具有了"女丑"的因素，进入不伦不类的"彩旦"行列。三仙姑既然被设定为一个与乡村自然伦理相冲突的彩旦，那么她在人物的形象和功能上自然就只能承担彩旦角色的一切程式。也就是说，三仙姑只要履行她作为一个滑稽的彩旦的种种功能，诸如浓妆艳抹、动作夸张、插科打诨、自作聪明、撒泼耍赖等等即可，代表历史发展方向和鼓励自由恋爱的主题，自然有"小旦"和"小生"承担。①

至于二诸葛，杨天舒则认为赵树理在他身上引入了戏曲中"方巾丑"迂腐、糊涂的性格因素。这些论述是颇有洞见力的，需要略作补充的是，尽管三仙姑和二诸葛同为丑角，但是，如上文所述的二者之间的差别仍不能忽略。丑角之所以为丑角，当然不仅仅是因其滑稽可笑的言行举止，更是因为他或她身上体现了违背人情事理的因素，而三仙姑和二诸葛的区别，恰恰在于他们"违背"了什么：二诸葛的"丑"，固然有"方巾丑"迂腐、糊涂的一面，但他的种种言行却都可以"翻译"成意识形态的规训对象（封建落后），因而可以说他违背的是主流话语所提倡的新精神；但对三仙姑的言行则绝难进行这样的翻译，她的悖谬之处，其实在于违背了民间的伦理秩序（亦即引文中所谓"农村社会伦理"或"乡村自然伦理"）。长幼有序是民间伦理秩序中最重要的方面之一，而正如杨天舒所分析的，三仙姑却处处与这种秩序产生了错位。因此，在民间伦理的观照下，她就成了一个"为老不尊"的典型。

---

① 杨天舒：《论赵树理小说人物的戏曲丑角化》，《南京师范大学文学院学报》2011年第4期。

可以说，在《小二黑结婚》这样一部具有明显的政治色彩的小说中，恰恰是最为"非政治化"的人物三仙姑，却最能吸引读者的眼球。这固然可以用传统戏曲中丑角经常"喧宾夺主"的特点来解释，但同时也表明了民间伦理的强大力量。作者塑造出这样一个人物形象，或许本来只是为了调节氛围、增强趣味性，给本身可能略显单薄的恋爱故事添点"料"，但是民间伦理的资源一经调用，便会在意识形态的规训之外，显示出自身经久不衰的生命力。

然而，必须指出的是，尽管多数读者读罢《小二黑结婚》之后可能对三仙姑的印象最深刻，但与此同时，读者（即便是没有接受过新文学熏陶的读者）也一定明白，小说中真正的主角仍然是小二黑和小芹，三仙姑的形象无论多么生动也只是一个配角。从作者的角度来说，赵树理所要创作的是一篇关于解放区农村青年婚恋问题的"问题小说"，而绝不是单纯的"通俗故事"。民间伦理可以被借用，以避免意识形态的传达沦为枯燥的说教，而使其更容易为受众所接纳，却绝不能取意识形态而代之，尽管作品传播的实际效果可能与此略有偏差，但是也不可能完全走到它的反面。从这个角度来说，无论《小二黑结婚》看起来有多么通俗，其作为政治小说的性质都不会从根本上发生改变。

像《小二黑结婚》这样，通过一个游离于政治话语之外的人物来体现民间的价值观念，并不是政治话语与民间伦理结盟的唯一形式。孟悦通过对"白毛女"故事几经加工修改的过程的分析，指出歌剧《白毛女》的情节设计，在很大程度上是以"民间日常伦理秩序的道德逻辑"为出发点的，比如过年的场面就展现了以天伦之乐为理想的社会形态，以及辞旧迎新礼俗之中的文化价值系统，而黄世仁的"闯入和逼迫行为不仅冒犯了杨白劳一家，更冒犯了一切体现平安吉祥的乡土理想的文化意义系统……作为反社会的势力，黄世仁在政治身份明确之前早已就是民间伦理秩序的天敌"，因此，"民间伦理秩序的稳定是政治话语合法性的前提。只有作为民间伦理秩序的敌人，黄世仁才能进而成为政治的敌人"[①]。与《小二黑结婚》只是借助三仙姑来插科打诨相比，《白毛女》中这种民间伦理与政治话语的互渗和结合，或许具有更重要的意义，而且我们循此思路，会发现

[①] 孟悦：《〈白毛女〉演变的启示——兼论延安文艺的历史多质性》，唐小兵编《再解读：大众文艺与意识形态》，北京大学出版社2007年版。

许多表现"革命"的作品中都暗含着类似的民间伦理秩序。

仍以赵树理的小说为例,《福贵》的主人公是一个靠着抬死人、当鼓吹手等被人认为下贱的营生过活,并时有偷鸡摸狗行为的无赖式农民。但是小说中写道,福贵本也是有房有地的,只是后来母亲病重,希望临终前看到他和虽是童养媳、却也算得上青梅竹马的银花成婚,结果,为了操办婚事和母亲的丧事,他欠下了王老万一笔高利贷,于是此后便受着王老万的盘剥,一步步丧失了土地和房产,直至沦落到后来的样子。很显然,在小说里,高利贷是导致福贵沦落的罪魁祸首,可是他之所以被套上高利贷的枷锁,却是因为"遵母命成婚"和"举债葬母",在民间的道德伦理秩序中,这无疑是一种受到高度褒扬的"孝子"行为。因此,他沦落后的一系列不光彩行径便都可以得到原谅,而借别人"举债葬母"之机对人大加盘剥的王老万则成了民间伦理的敌人,同时也是政治的敌人。另如《孟祥英翻身》,讲述的本来也是一个有关婆媳关系的伦理故事。故事中的孟祥英婆婆不是对儿媳恶语相骂,就是教唆儿子对儿媳施虐,完全是一个在民间故事中往往受到谴责的"恶婆婆"形象。后来,孟祥英当上了村干部,她和婆婆间的冲突,便成了民间伦理秩序中的"婆媳冲突"与政治上的"进步"与"落后"之冲突的复合,而且在很大程度上,正是由于孟祥英长期受到婆婆的欺压,她后来颇具政治色彩的"翻身"经历才具有了合法性。

与《小二黑结婚》相比,在上述几部作品中,政治话语与民间伦理的结合,可谓更加"深层",尽管如此,恐怕没有人会认为《白毛女》等是通俗作品,毕竟在这部作品中,对于民间伦理的借用只是手段而绝非最终目的。同样地,在赵树理那些被认为是"通俗"的小说中,也都有一个作者所真正意欲表达的政治主题,因而范伯群先生判定赵树理的作品属于"主流文学",是很有道理的。

三 曹七巧:人性扭曲的母亲形象

如前文所述,从《金锁记》中的曹七巧身上,我们很容易找到三仙姑的影子。如果忽略二者在生活环境等方面的外在差别,我们会发现,两部作品都讲述了关于她们与子女之间关系的伦理故事。与通常人们心目中的仁爱、无私、宽厚的母亲形象相比,曹七巧与三仙姑都显得颇为另类,但是，她们的"另类"程度却大相径庭。如果说三仙姑是由于她的"为老不尊"而显得有几分可笑的话，那么，作为长辈的曹七巧的所作所为，则已远远超出了"为老不尊"的范围，冷酷到让人毛骨悚然。

对于儿子长白，七巧还是有一丝"爱"的，但这种爱绝不是什么纯净的母爱，而是一种极度畸形的情感。小说写道，七巧躺在烟榻上抽烟，"把一只脚搁在他肩膀上面，不住的轻轻踢着他的脖子"，这种动作中所含的暧昧情味是相当明显的；纵容儿子赌钱、捧戏子，甚至为了笼络住他而故意教唆他吸鸦片，则更不像是一位母亲的所作所为；更可怕的是，她还把对儿子畸形的爱转化为对儿媳疯狂的恨，故意向外人宣扬儿子儿媳的床笫之事，直折磨得儿子的一妻一妾先后死去。至于对女儿长安，七巧的做法则可谓凶狠，这不仅体现在她让女儿缠足、教她吸鸦片，更体现在她千方百计地破坏女儿的婚事。当看到七巧把追求女儿的童世舫邀至家中，故意向他透露女儿的鸦片烟瘾时（实际上，当时长安戒烟已接近成功），相信每一位读者都会不寒而栗。

像曹七巧这样的形象，不仅在通俗文学中很难出现，就是在新文学的人物画廊中，也可以说绝无仅有。即使放眼世界文学，作为母亲形象而恐怖程度能出其右的，大概也只有古希腊神话中的美狄亚等寥寥几个。有研究者指出，在中国传统小说中也出现过性格病态的母亲，如凌濛初《初刻拍案惊奇》中就有母亲因儿子劝阻她与道士的私情而欲置之于死地的故事；而《红楼梦》中所写的王夫人对宝玉强烈的控制欲，也与七巧有几分相似，熟谙《红楼梦》等中国古代作品的张爱玲，在塑造七巧的形象时，对传统文学有某种程度上的借鉴是非常可能的。① 但是，她刻画人物的方式却迥异于《红楼梦》等作品。《红楼梦》中王夫人对宝玉的管束，尤其是对宝玉和女孩子交往的粗暴干涉，一方面体现着她作为母亲的"慈威"，另一方面也有维护"男女授受不亲"的封建伦理的意味；而从七巧的行为中，我们则连类似这样的"理由"都绝难发现。七巧的人格扭曲程度，已经无法在伦理的范畴内来理解，只能说这是一种长期的性压抑所造成的心理变态，这一点倒是更接近现代的精神分析学说，而与传统文学中对"恶母"的描写大异其趣。

---

① 秦弓：《张爱玲对母亲形象的阴性书写》，《湖北大学学报》（哲学社会科学版）2007年第3期。

当然，如果将曹七巧与三仙姑比照着看，我们也可以说在曹七巧的故事中包含着一点民间伦理的影子，因为《金锁记》的主要情节毕竟也是围绕"母女/子关系"展开的，但是，那只不过是一丝"影子"而已。在这部作品中人性的阴暗面被揭露得如此惊心动魄，相比之下，故事后面的民间伦理的影子，就模糊得让人难以察觉了。假如有一位读惯通俗文学的市民读者来看《金锁记》，他很可能要感到惶惑，因为他将很难从这样的作品中找到与自身阅读经验的相通之处，至多只会发现小说中的语言与旧小说有些类似罢了。一个耐人寻味的现象是：《金锁记》是张爱玲的代表作，这是现代文学研究者的共识，但许多喜爱张爱玲的普通读者（即所谓"张迷"）却往往会更看重《倾城之恋》之类貌似更有鸳蝴气息的作品，这或许可以作为《金锁记》并不是一部"通俗"作品的旁证。

　　不过，我们也不能说张爱玲同时操着两副笔墨，一边写着《金锁记》这样的"纯文学"，一边写着《倾城之恋》这样的"通俗文学"，因为这两类作品的相通之处，要远远大于它们的差别。尽管《金锁记》在张爱玲的作品中显得有些特别，但正如张爱玲自己所说："我的小说里，除了《金锁记》里的曹七巧，全是些不彻底的人物。他们不是英雄，他们可是这时代的广大的负荷者。因为他们虽然不彻底，但究竟是认真的。他们没有悲壮，只有苍凉。"[①] 曹七巧与张爱玲笔下其他人物的差别，仅在于是否"彻底"，而与雅俗并没有必然的关联。实际上，无论是对"苍凉"的美学风格的追求，还是对于人性弱点的剖析，在张爱玲的作品中都是一以贯之的。即以《倾城之恋》而论，这虽然是一部婚恋题材的小说，但是，其中却处处表现着对于感情、甚至是对于人性的不信任。像范柳原对白流苏说的，只有当整个世界都毁掉了，他们再相遇的时候，才可能相互之间有一点真心，这里所传达的完全是一种对于爱情的刻骨铭心的绝望，与那种卿卿我我的鸳蝴小说相比，其差别一目了然。

　　而且，张爱玲本人也从不认为自己的作品是通俗小说。她在自己的小说《多少恨》的前言中写道：

　　　　我对于通俗小说一直有一种难言的爱好；那些不用多加解释的人

[①] 张爱玲：《自己的文章》，《张爱玲作品集·流言》，花城出版社1997年版，第175页。

物，他们的悲欢离合。如果说是太浅薄，不够深入，那么，浮雕也一样是艺术呀。但我觉得实在很难写，这一篇恐怕是我能力所及的最接近通俗小说的了……①

张爱玲虽然说出了自己对通俗小说的喜爱，但与此同时，也无意中（？）在自己的作品与通俗小说之间画出了一道清楚的界线。因此，我们尽可以讨论张爱玲在哪些方面借鉴了通俗小说，但要是真正把张爱玲划入通俗作家之列，则未免有些武断。

张爱玲《自己的文章》中的一段表述，经常被引用来论证其作品融合雅俗的特点："我的作品，旧派的人看了觉得还轻松，可是嫌它不够舒服。新派的人看了觉得还有些意思，可是嫌它不够严肃。"然而，在这句话之后，张爱玲紧接着写道："但我只能做到这样，而且自信也并非折中派。我只求自己能够写的真实些。"② 在笔者看来，往往被漏掉的这后半段话绝非无关紧要，因为它说明，张爱玲虽然意识到了自己的作品可能受到不同的解读，但她本人对这些作品的性质还是有确定的判断的。自信并非折中派的张爱玲，或许不太可能同意她的作品中雅与俗"已经分不清"这样的说法。至于张爱玲到底是在何种意义上融合雅俗的，有研究者认为，所谓"不够舒服"，是指书中的技巧太洋气了，但这些故事的确是市民读者所熟悉的，因此，才赢得了广泛的受众。然而，若说张爱玲的"技巧"会让旧派读者不舒服，恐怕不大可信，正如经常被研究者指出的，她的小说里的人物对话，往往酷似《红楼梦》等古代小说中人物的口吻，有的地方甚至直接袭用旧小说的词句，如果说有人会对此感到不舒服，那也更有可能是"新派"读者。真正会让旧派的人觉得"不舒服"的，大概还是作品里那种颇具现代意味的、对于人性弱点的近乎残酷的揭露，就如上文所分析的那样。另一方面，认为张爱玲写的故事为读者所熟悉、因而获得了广泛的受众这一观点，恐怕也值得商榷，通俗文学的娱乐功能决定了其故事情节往往是新奇、甚至是怪诞的，因为这样才更能唤起读者的兴趣，这方面最好的例子就是武侠小说。读者之所以读通俗小说，未必是想要看他们所熟悉的故事，就如鲁迅的母亲不喜欢自己儿子的小说，而反倒喜欢张恨水，

---

① 张爱玲：《多少恨·前言》，《张爱玲作品集·惘然记》，第85—86页。
② 张爱玲：《自己的文章》，《张爱玲作品集·流言》，花城出版社1997年版，第177页。

这恰恰是由于在她看来鲁迅小说中写的都是她知道的事，所以才觉得无趣。

因此，若说张爱玲对通俗小说有所借鉴的话，那么，这种借鉴更主要的是在语言等"形式"方面，至于"内容"，如果是指故事的题材等，那么它本身是无所谓雅俗的，而且，比起经常有猎奇倾向的通俗文学来，新文学甚至反倒更加关注日常的、世俗的生活。笔者认为，真正决定作品性质的，还是在于作品中所体现的价值观念，如果这种观念是现代的、精英的，那么无论作品的外形如何通俗，其作为新文学的性质都不会改变。

四 结论

在通俗文学研究方兴未艾的今天，对于雅俗文学关系的讨论已经有很多，但是这些讨论多数是在"内容/形式"的二元框架内进行的，而且这里的"内容"又往往被理解为题材或者故事情节之类，这难免会造成某种遮蔽。事实上，范伯群先生大概早就注意过这个问题，在他为通俗文学所下的定义中，就明确提出了"在内容上以传统心理机制为核心"的标准。很显然，范先生在这里已经把"内容"理解为隐藏在文本背后的"心理机制"。只不过，在讨论张爱玲等作家时，一些研究者似乎没有很好地将这一见解贯彻。本文所讨论的"民间伦理"，在很大程度上是与范先生所谓"传统心理机制"相通的。当然"民间"与"传统"并不能等同，相对来讲"传统"是具有延续性、固定性的，但"民间伦理"则更容易随着社会风俗的变化而变化。比如，传统心理对于"有情人终成眷属"的故事是容易接受的，但是还达不到认同"自由恋爱"的程度，在现代文学发生之初，自由恋爱基本是属于青年知识分子的精英话语，但后来随着这一观念的迅速深入人心，并受到民间伦理的认同，在通俗文学中便出现了许多表现自由恋爱的作品。因此，本文用"民间伦理"一词来指称体现在文学作品中的来自民间的价值观念与价值标准，并认为在关于雅俗文学的互动及其分野的讨论中，"民间伦理"具有重要的意义。

由前文的分析可见，在赵树理的《小二黑结婚》等许多作品中，民间伦理都有着不同形式、不同程度的体现，但它总是处于陪衬地位，并不会影响甚至取代小说中所要表达的政治主题，却可以让这些政治主题的传达更容易为人所接受。这让我们看到：新文学对于通俗文学的借鉴，不仅仅可以体现在形式上,或者是具体的故事情节上,还可以更进一步,在深层的价值标准上对民间伦理加以借用。对于赵树理这样面向大众进行创作的作家而言,这一点尤为重要。张爱玲的例子则告诉我们,如果作品中传达出的伦理价值观念是精英的而非民间的,那么,这样的作品就不可能是通俗文学,无论它在形式上对通俗文学做了何种程度的借鉴,也无论作品中写到的故事是多么世俗。

上述观点概括起来就是:体现"民间伦理"是通俗文学的最重要特征之一,一方面,新文学可以对"民间伦理"加以借用,只要不影响作品主题的表达,新文学本身的性质就不会改变,这是雅俗互动的一种重要形式;另一方面,如果一部作品没有体现出民间伦理,则它基本不可能是通俗文学。也就是说,"民间伦理"既可以作为考察雅俗互动的一个重要维度,也可以作为判别雅俗分野的一条有效标准。

当然,笔者无意将"民间伦理"视作区分雅俗的绝对的、甚至是唯一的标准,而只是认为,它可以作为探讨雅俗文学关系时供参考的维度之一。另外,本文所讨论的"雅俗互动",其实主要是站在新文学单方面的立场上,如何站在通俗文学的角度来看待这一问题、以求得出更为全面的结论,则是有待进一步讨论的。

(原载《中国现代文学研究丛刊》2015 年第 7 期)

地方色彩与解放区文学
——以赵树理的文学语言为中心

李松睿[*]

一 赵树理、地方色彩与思维方式

赵树理在20世纪40年代最让读者感到新奇的地方，当属他那极为独特的语言。这一时期很多评论家都对此赞叹不已。郭沫若就认为赵树理的创作"最成功的是语言。不仅每一个人物的口白恰如其分，便是全体的叙述文都是平明简洁的口头话，脱尽了五四以来欧化体的新文言臭味"[①]。而周扬的看法也与此类似，他在《论赵树理的创作》一文中高度赞扬了赵树理的语言成就：

> 他在他的作品中那么熟练地丰富地运用群众的语言，显示了他的口语化的卓越的能力；不但在人物对话上，而且在一般叙述的描写上，都是口语化的……他的表现方法上，特别是语言形式上吸取了中国旧小说的许多长处。但是他所创作出来的绝不是旧形式，而是真正的新形式，民族形式。他的语言是群众的活的语言。[②]

从这些颇具代表性的言论来看，人们对赵树理语言的关注主要集中在两个地方：一是赵树理能够运用劳动人民的语言进行创作，一扫五四新文

---

[*] 作者单位：中国艺术研究院。
[①] 郭沫若：《读了〈李家庄的变迁〉》，《论赵树理的创作》，晋察冀新华书局1947年版，第47页。
[②] 周扬：《论赵树理的创作》，《解放日报》1946年8月26日。

学欧化色彩浓重的弊病；二是在赵树理的小说中，叙述语言和人物对话均为生动简洁的口语，因而与五四新文学有着显著不同。评论家在理论层面上对新文学所应使用的文学语言的构想，终于随着赵树理的出现转化为文学史事实。正像一位评论者所言："《李有才板话》的成功，不是在于写作的技巧，而是赵树理没有方巾气的写作态度，加上一向未曾被人注意的写作材料，透过真正的人民语言以完成的创作总和，就是使中国文学革命发展二十余年的结果，已显出了理论和实践吻合的端绪。"① 至此，语言问题无疑是理解赵树理作品在20世纪40年代的特殊意义的关键。

有趣的是，随着时代氛围、知识谱系以及问题意识的变化，人们重新阅读赵树理时往往会注意一些新的东西。其中较为突出的，就是赵树理作品中浓郁的地方色彩。事实上，赵树理一生都主要活动在他的家乡山西，而晋东南地区的人事风物，也构成其作品最主要的书写对象。至少从生活环境和写作对象来看，赵树理是一个典型的地方性作家。以至于今天只要提及赵树理的作品，人们就总会联想起晋东南地区的乡土风光。

20世纪40年代对赵树理作品讨论时，却没有人注意到其语言的地方色彩，赵树理也不被看作地方性的乡土作家。彼时批评家关注的重点，是赵树理语言所蕴含的大众化特征。例如，邵荃麟和葛琴就曾赞叹赵树理的语言"是非常朴素简明的，没有浮泛的堆砌，没有那种烦琐、纤细的笔调"，并强调"为了使文艺更容易被大众接受……必须反对那种扭扭捏捏的文腔，提倡这种朴素的美"②。

那么，是否可以将评论家"无视"赵树理创作中的地方色彩，理解为他们在品评作品时过于强调政治标准，因而无暇顾及作品的地域特征？如果联系这一时期评论家对其他解放区作家的论述，那么，对赵树理作品地方色彩的"忽视"就并非如此简单。以周立波为例，他的长篇小说《暴风骤雨》刚一发表，就有评论家指出，"因为作者真实地表现了农村，所以作品的地方色彩也很丰富"③。在面对《暴风骤雨》时，他们一下子就把握到作品的地方色彩。那么，为什么在讨论赵树理的小说时，地域特征却被

---

① 杨文耕：《李有才板话》，《文艺复兴》第3卷第6期，1947年8月。
② 邵荃麟、葛琴：《李家庄的变迁》，《文学作品选读》，生活·读书·新知上海联合发行所1949年版，第309页。
③ 韩进：《我读了〈暴风骤雨〉》，《东北日报》1948年6月22日。

轻易地忽略了呢？为什么在今天看来极为清晰的文学事实，在当年的评论家那里却视若无物呢？

上述文学史现象表明，对20世纪40年代的解放区文学来说，地方色彩绝不仅仅是某种文学风格。左翼批评家在用一种不同于今人的思维方式来理解文学的地方色彩。正是这一思维方式的存在，使得《暴风骤雨》这类作品的地方色彩可以为评论家感知，而赵树理小说的地域特征则无法被人们体认。当这一思维方式不再起作用时，赵树理作品的地方色彩才被看作其最重要的创作特色之一。在这个意义上，探讨本文处理的问题——地方色彩与解放区文学，首先必须仔细探讨这一独特的思维方式。由此，才能理解地方色彩在这一时期解放区文学中处在什么样的位置，发挥着怎样的功能。

需要指出的是，虽然可以注意到这种思维方式的存在，但它本身却是"隐形"的，无法被直接论述。只有在人们运用这一思维方式进行的批评活动中，才能够对它进行讨论。就像显微镜下的有机细胞切片，它那无色透明的特性使得研究者虽然能够感知它的存在，但却无法对其进行观察和描述，只有使用特殊的试剂将之染色后才能记录它的形态。而赵树理作品或许可以充当显影这一思维方式的最佳"试剂"。这是因为：一方面，正是在探讨赵树理语言的地方色彩在不同历史时期由隐变显的过程中，才能发现制约着20世纪40年代批评家感知地方色彩的思维方式；另一方面，由于赵树理的语言本身存在着某些特质，才使那种思维方式呈现出独特的面貌。在这个意义上，对赵树理的小说语言进行分析，可以帮助我们理解该思维方式的运行方式，以及文学的地方色彩在特定历史时期所具有的意义。

二 方言土语的显与隐

20世纪40年代的评论家对赵树理作品最感惊异的地方之一，是他能够运用农民口语进行写作，从而一改新文学长期为人诟病的欧化腔调。对于这一文学现象，评论界存在着两种不同的解释。一种以周扬为代表，认为赵树理文学语言的成功是学习毛泽东《在延安文艺座谈会上的讲话》

（以下简称《讲话》）的结果，"是毛泽东文艺思想在创作上实践的一个胜利"①。另一种则以陈思和为代表。在《民间的沉浮》中，他认为赵树理作品的语言风格得益于作家"来自民间社会的家庭背景和浸淫过民间文化的熏陶"②。也就是说，前者将赵树理文学语言的特点，归结为作家在思想感情、生活作风等方面向农民学习的结果；而后者则认为赵树理本身就是农民，其作品的文学语言是天然形成的。

不过，赵树理文学语言最有趣的地方，既不是它成功地实践了毛泽东《讲话》的文艺思想，也不是它表现出农民化或"民间化"的特点，而是它能够同时具备上述两方面特征。赵树理曾明确表示："我会说两种话，跟知识分子说知识分子的话，跟农民说农民的话。"③ 这种"见人说人话，见鬼说鬼话"式的对待语言的方式，才是赵树理最为独特的地方。由于作家明确将农民作为其潜在读者，他特别强调要向农民"介绍知识分子的话，也要设法把知识分子的话翻译成他们的话来说"④。在这里，赵树理使用的"翻译"一词需要特别留意。由于翻译是沟通两种不同语言的中介性活动，因此，当作家将自己的书写行为定义为翻译时，显然意味着其文学语言既和输出语言（"知识分子的话"）、输入语言（"农民的话"）联系在一起，又与这二者并不相同。在这个意义上，翻译是理解赵树理文学语言的关键。

从20世纪20年代末到40年代，赵树理文学语言的翻译特征贯穿始终。只不过在早期作品中，翻译特征表现得更为明显，而在40年代以后的成熟作品里，该特征则以较为隐蔽的方式呈现出来。以赵树理1929年的小说《悔》为例，这篇小说的情节非常简单。青年学生陈锦文因故被校长开除并被勒令离校。由于感到愧对父亲，陈锦文在家门口徘徊良久，无颜入门。正在这时，陈锦文在门外听到父亲给邻居高声朗读两份文字材料，一份是他用白话文写的作文，另一份则是校长用文言文写给父亲的信。小说正是在对这一情景的描写中，极为清晰地呈现了不同语言之间的翻译过程：

---

① 周扬：《论赵树理的创作》，《解放日报》1946年8月26日。
② 陈思和：《民间的沉浮》，《陈思和自选集》，广西师范大学出版社1997年版，第210页。
③ 李普：《赵树理印象记》，《长江文艺》第1卷第1期，1949年6月。
④ 赵树理：《也算经验》，《人民日报》1949年6月6日。

"以下便是他的作文了，"父亲继续说道："'我们少年人，无论吃啦穿啦，都是靠着父母，但父母不是终身可以靠的。'终身，就是一辈子的意思。"

"这我懂得。"何大伯说。

"唉！爸爸呀！别讲吧！……我疯了吗？我做这文的时候，是怎样来呀?！……"他（陈锦文——引案）这样的想下去。

"'……所以我们必须乘着少年努力的向学，为将来立身的预备……'努力，就是咱们平常所说的'加劲'来……"①

"信掉到地下了！"何大伯说："你把这信念给我们听听吧！我最爱听这些。"

……

"'子英先生大鉴：''子英'是我的字。'大鉴'是给我看，是尊敬的意思。"

"'仆之与先生之遇也深，故之无需寒暄。'他是说校长和我是老相识，所以也不用说客气话。'兹启者'，就是说现在给你写信的意思呀！——'仆今此举，对先生甚抱愧怍。'"②

在第一段引文中，父亲由于担心何大伯无法理解"终身""努力"等农民较为生疏的语汇，耐心地将它们翻译成"一辈子"和"加劲"。而在第二段引文中，父亲则为何大伯翻译文言语汇和传统书信体例。考虑到赵树理的父亲也是一位乡村知识分子，而作家自己读书后无法找到固定工作，一直都对父亲心怀愧疚，因此，这篇小说带有明显的自我影射色彩。小说所描写的将白话文或文言文翻译成"农民的话"的情形，也经常出现在赵树理所在的乡村知识分子家庭中。在这个意义上，作家正是从生活经历出发，把将"知识分子的话"翻译成"农民的话"的行为，转化为对自己在文学创作中使用的语言的定位，并将其清晰地呈现在小说叙事中。

因此，赵树理文学语言所具有的口语化特性，既不是对"群众的语言"的学习，也不能直接等同于口语，它生发于两种语言之间的翻译行为中，是翻译实现的某种效果。这既构成了他和解放区其他作家在语言上的

---

① 赵树理：《悔》,《赵树理全集》第1卷，大众文艺出版社2006年版，第24页。
② 同上书，第25页。

主要区别，也使得20世纪40年代的评论家在以那种思维方式考察其作品时，无法感知在今天被人们普遍承认的地方色彩。

毛泽东《讲话》发表后，解放区作家开始在思想感情、语言风格等多个层面进行自我改造，使作品能够更好地为工农兵服务。在这一潮流中，周立波无疑是最努力的作家之一，也是改变作品风貌最为成功的一个。在学习了《讲话》后，周立波表示，自己曾经"在心理上，强调了语言的困难，以为只有北方人才适宜于写北方，因为他们最懂得这里的语言"，因此，没能很好地表现其"热爱的陕甘宁边区"，转而认为"语言的困难"是"可以克服的，只要能努力。夸大语言的困难，是躲懒的借口"[1]。显然，改变自己语言的决心，是周立波在1942年后特别重视方言土语的根源，而小说《暴风骤雨》正是实践这一写作策略的尝试。这部小说的文学语言是知识分子学习农民口语的典型，将其与赵树理作品对方言土语的使用进行对比，最可看出两种语言之间的区别。在将二者进行比较的过程中，批评家用以理解作品的思维方式正可以清晰地呈现出来。

在《暴风骤雨》中，周立波大量使用东北方言以加强作品的地方色彩。由于他对方言土语的使用毫无节制，以至于初版时很多读者觉得"应该更多地加些注解"[2]才能看懂。正是在读者意见的压力下，周立波后来在小说中不断添加对东北方言的注解。把《暴风骤雨》最初的东北书店1948年上卷版、人民出版社1951年上下卷版、人民文学出版社1952年上下卷版以及人民文学出版社1956年一卷本进行对比，明显可见注释不断增加。

在初版中，作家更多是以夹注的形式向读者介绍东北地区特定的劳动方式或土改政策。例如小说描写韩世元霸占老宋开垦的土地时说的"我要包大段"，就以夹注的形式写明："注：包大段是租种一大段地，不叫别人种。"[3] 而在后来的历次修订中，周立波一方面将原有的夹注改成更为正规的页下注，另一方面则开始大幅度增加《暴风骤雨》中的注释数量，而且添加的内容全部是对东北方言的解释。试看下面这段引文：

---

[1] 周立波：《后悔与前瞻》，《解放日报》1943年4月3日。
[2] 《〈暴风骤雨〉座谈会记录摘要》，《东北日报》1948年6月22日。
[3] 周立波：《暴风骤雨》，东北书店1948年版，第43页。

> 七月里的一个清早……豆叶和西蔓谷上的露水,好像无数银珠似的晃眼睛。道旁屯落里,做早饭的淡青色的柴烟,正从土黄屋顶上高高地飘起。一群群牛马,从屯子里出来,往草甸子走去。一个戴尖顶草帽的牛倌,骑在一匹儿马的光背上,用鞭子吆喝牲口,不让它们走近庄稼地。这时候,从县城那面,来了一挂轱辘大车。轱辘滚动的声音,杂着赶车人的吆喝,惊动了牛倌。他望着车上的人们,忘了自己的牲口。前边一头大牤子趁着这个空,在地边上吃起苞米棵来了。

在这部小说的早期版本中,这段文字没有任何注释。不过在1956年的"定本"中,作家一下子添加了四个页下注,分别解释"西蔓谷""草甸子""儿马"以及"牤子"等方言,即:

1. 西蔓谷即苋菜。
2. 长满野草的低湿地。
3. 没有阉的牡马。
4. 公牛。[①]

在周立波不断增添注释的行为中,透露出解放区作家的尴尬处境。一方面,他们要响应《讲话》的号召,力争使作品能够为工农兵"喜闻乐见";而另一方面,通过学习民间的语言,这些作家掌握了大量方言土语,并尝试将它们纳入作品之中。然而,一旦这种做法成为文学事实,他们又会遭遇来自两个层面的质疑。首先,方言土语具有明显的地方性特征,会对其他地区的读者造成阅读障碍。不过这个层面上的质疑比较容易处理,作家用加注释的方式就较好地解决了问题。

第二个层面的批评更为棘手。周扬在谈到《讲话》发表后解放区作家普遍学习各地的方言土语时指出:"'文艺座谈会'讲话以后,学习民间语言,民间形式的努力,产生了很多的优秀的结果……但有些作者却往往只在方言、土话、歇后语的采用与旧形式的表面的模仿上下功夫。赵树理同志却不是那样……在他的作品中,他几乎很少用方言、土语、歇后语这

[①] 周立波:《暴风骤雨》,人民文学出版社1956年版,第1页。

些；他决不为了炫耀自己语言的知识，或为了装饰自己的作品来滥用它们。"① 也就是说，虽然学习方言土语是作家自我改造的手段，但如果使用不当，反而可能成为知识分子改造不彻底的表征。周立波某种程度上就是那类"炫耀自己语言的知识"的作家。那么，这位热衷于使用东北方言的湖南作家，到底与赵树理有何不同？他们的文学语言又存在着哪些差别呢？

其实，赵树理并非如周扬所言，很少使用方言土语。在有些作品中，他和周立波一样要在小说中添加注释以帮助读者理解那些极具地方色彩的语汇。因此，他们的差异并不在于是否使用方言土语，而是运用民间语言时的姿态。《暴风骤雨》中的注释主要有两种类型，第一种是注出北满地区特定的劳动方式，第二种则是解释东北特有的方言。无论是哪一种注释，周立波都用平板、客观的语言作注，这就使得读者面对"西蔓谷即苋菜"这样文字时，无法感到叙事者的存在，而更多是在知识的层面上获得对东北方言的了解。在这个意义上，《暴风骤雨》中触目可及的众多注释，的确如周扬所言，有作家"炫耀"自己丰富的语言知识的嫌疑。

在赵树理 20 世纪 40 年代的小说中，他和周立波一样会使用大量方言土语来描写人物的对话。试看下面两段描写：

  李有才道："……小保领过几年羊（就是当羊经理），在外边走的地方也不少……"② 小胖说："我们这互助组用的是继圣和宿根两家的场子打麦。继圣家场里的辘轴坏了，宿根家的辘轴有点不正，想请你给洗一洗（就是再破得圆一点）。"③

这两段文字分别选自《李有才板话》和《刘二和与王继圣》，其中对人物口语的描绘都使用了具有地方特色的方言，晋东南地区之外的读者很难完全领会其含义，因此，赵树理用夹注的方式为读者予以解说。

如果把赵树理小说的注释与《暴风骤雨》中的进行对比，我们会发现，前者表现出明显的口语化特征，而且可以让读者感到平易近人的叙事

---

① 周扬：《论赵树理的创作》，《解放日报》1946 年 8 月 26 日。
② 赵树理：《李有才板话》，《赵树理全集》第 2 卷，大众文艺出版社 2006 年版，第 259 页。
③ 赵树理：《刘二和与王继圣》，《赵树理全集》第 3 卷，大众文艺出版社 2006 年版，第 211 页。

者的存在。这样的注释不是客观地向读者传达某种知识，更像是叙事者用读者听得懂的语言翻译那些方言。更有意味的是，赵树理书写注释的方式和他在小说《悔》中，描写父亲为何大伯翻译白话文和文言文的方式基本相同。两个相隔近二十年的文本都用"……，就是……"这样的句式，把读者感到费解的内容翻译成平易简洁的语言。由此可见，将文学语言理解为某种意义上的翻译，对赵树理来说是一以贯之的。只不过在早期作品中，翻译以非常明显的方式直接呈现在文本内部，而在赵树理成熟期的小说里，它更倾向于以注释这类较为隐晦的方式出现。

　　赵树理和周立波书写注释的不同风格，表征着两种对待语言的态度。《暴风骤雨》中随处可见的方言土语，显然是作家向工农兵学习语言、改造自我的结果。然而小说中数目众多的注释，以及那种客观、平板的注释语言，却不断提醒着读者这些方言土语其实是作为知识出现在小说里的。由于注释语言和叙事语言呈现为两种截然不同的风格，使得《暴风骤雨》中的注释没有参与到叙事进程中，成了游离在正文之外的冗余物。赵树理的小说虽然同样大量使用方言，但作家将自己的注释定位为翻译，用口语化的方式为读者讲解那些方言，这就使必须加注的方言避免了被作为知识强行灌输给读者的命运。注释的叙事者和小说的叙事者在很大程度上是重合的，注释里的内容和小说正文有机地结合在一起。

　　正是两种不同的对待语言的方式，使得赵树理和周立波虽然同样使用方言土语以加强作品的地方色彩，却在批评家那里受到不同的待遇。而人们理解地方色彩的思维方式的某些特点，也正是在这样的差别中得到显影。如前所述，《讲话》发表后，"学习群众的语言"成了解放区作家的自我要求。他们真诚地相信学习方言土语一方面可以摆脱欧化文风，另一方面则能够改造自己身上的小资产阶级"劣根性"。在这个意义上，地方色彩成了知识分子出身的作家用来获得"无产阶级立场"的手段。然而悖谬的是，由于方言土语被以周立波为代表的解放区作家以知识的形式应用在作品中，反而使地方色彩成了知识分子未能完全改造自己的标志。而在赵树理那里，由于他自觉地将自己的文学语言定位成翻译，使得其作品中的方言土语不是作为知识去告知读者，而是用平等的姿态为读者进行讲解。这一独特的理解语言的方式使得赵树理作品中的方言土语，没有像其他解放区作家的作品那样被批评家看作炫示其语言知识，而是被指认为"毛泽东文艺思想在创作上实践的一个胜利"①。

由此可见,在解放区文艺理论家的批评话语中,地方色彩在某种程度上从属于知识分子改造问题。作家一旦被认为并没有真正获得"无产阶级立场",作品中的地方色彩反而会成为立场存在缺陷的标志。而当赵树理被视为实践《讲话》精神的典型时,批评家会更多地关注其在知识分子改造问题上的成功,其作品的地方色彩本身却不再提及。因为制约着评论家理解作品的思维方式会自动把方言土语"过滤"为"群众的语言",并将其指认为作家获得"无产阶级立场"的标志。在笔者看来,这一点构成了解放区评论家考察作品地方色彩时的重要特征之一。赵树理语言的地方色彩也正是在这样的思维方式下无法为人们感知。直到 20 世纪 70 年代末,当以《讲话》为基础建立起来的文艺批评体系崩坏时,这一思维方式才开始失去作用。例如赵树理笔下一些对人物语言的描写:

  小福道:"雇不起长工不雇吧,雇得起管不起吃。"有才道:"启昌也还罢了,老婆不是东西!"②

20 世纪 40 年代,这类对话被指认为"熟练地丰富地运用了群众的语言,显示了他的口语化的卓越的能力"③。蕴含于其中的山西特色在那一思维方式下只能被显影为"群众的语言"。而新时期研究者在分析这一段落时,则特别指出"小福"和"有才"的对话"前一句是条件句,后一句是让步句,当中不用任何连接词,完全靠语调衔接,山西农民习惯于这种说法"④。显然,从较为笼统的"群众的语言"到具体而微的山西农民的口语,人们用以理解作品的思维方式已经悄然转换。

三　方言土语与书面语

除了作品语言风格极具口语化特征之外,赵树理文学语言在 20 世纪 40 年代受到赞誉的另一个特点,是叙述语言和人物对话没有明显差别。如

---

① 周扬:《论赵树理的创作》,《解放日报》1946 年 8 月 26 日。
② 赵树理:《李有才板话》,《赵树理全集》第 2 卷,大众文艺出版社 2006 年版,第 254 页。
③ 周扬:《论赵树理的创作》,《解放日报》1946 年 8 月 26 日。
④ 高捷:《从流派的角度看赵树理创作的艺术特色》,《汾水》1981 年第 1 期。

果我们把赵树理的小说和其他解放区作家的作品放置在一起，这一特点是非常明显的。不过，对本文来说，重要的并不是这种差别本身，而是人们在不同时期对这一差别的看法，从侧面展现出40年代人们理解地方色彩的思维方式的某些特征。

在解放区的文学实践中，赵树理叙述与对话同一的文学语言自身，就与其他解放区作家形成对话关系，并在一定程度上构成了对书面语的批判。这一点在他的《李有才板话》中表现得尤为突出。在这部小说里，作家并没有真的像批评家所言，完全使用"口头话"，而是有意将书面语纳入其作品。正是小说对书面语的呈现，将赵树理对语言的态度表现得淋漓尽致。小说第三章《打虎》生动地描绘了农民听到章工作员要召开会议时的反应。在章工作员主持重新选举村长的会议前，小顺催促正准备放牛的李有才到会场去，而后者却用一段非常精彩的议论，将章工作员惯用的书面语讽刺了一番：

有才道："误不了！我把牛送到椒洼就回来，这时候又不怕吃了谁的庄稼！章工作员开会，一讲话还不是一大晌？误不了！"小顺道："这一回是选举会，又不是讲话会。"有才道："知道！不论什么会，他在开头总要讲几句'重要性'啦，'什么的意义及其价值'啦，光他讲讲这些我就回来了！"①

在这段描写中，李有才生动的口语包裹着章工作员口中"什么的意义及其价值"这类书面语，将二者的差异以极端的方式呈现出来。章工作员用的那些已然成为陈词滥调的书面语因脱离了自身的语境，丧失了原本具有的严肃性和重大意义，在鲜活的农民口语的映衬下，显得呆板、生涩。仅看赵树理处书面语的方式，我们已经可以感到他对这种语言形式的厌弃和鄙夷。

在赵树理的笔下，书面语属于那些脱离实际的"坏"干部。只有能够运用鲜活的民间语言的人才是小说的正面人物。《李有才板话》中，老杨同志就是章工作员的结构性对立物，他们对待语言有着截然不同的态度。

小保道："那么明天你就叫村公所召开个大会，你把道理先给大

---

① 赵树理：《李有才板话》，《赵树理全集》第2卷，大众文艺出版社2006年版，第260页。

家宣传宣传，就叫大家报名参加，咱们就快快组织起来干！"老杨同志道："那办法使不得！"小保道："从前章工作员就是那么做的，不过后来没有等大家报名，不知道怎样老得贵就成了主席！"老杨同志道："所以我说那办法使不得……一来在那种大会上讲话，只能笼统讲，不能讲得透彻……我说不用那样做：你们有两个人会编歌，就把'入了农救会能怎样怎样'编成个歌传出去，然后咱们出去几个人跟他们每个人背地谈谈……"①

显然，章工作员的工作方法，就是聚集农民开会，宣传"农救会"的"道理"。如果联系起前面的分析，那么，这些"道理"，就只能用"重要性""什么的意义及其价值"这类陈词滥调表达出来。在老杨同志看来，这样的工作方法因为"不能讲得透彻"，根本不可能有效，因此，他用"编歌"和"背地谈谈"的方式开展工作。无论是"编歌"，还是"背地谈谈"都意味着以鲜活的口语和农民进行交流。赵树理在《李有才板话》中提出的问题，是如何在农村地区有效开展党的工作。而当他把这一政治性的思考转化为文学形式时，选择了以语言的差异来表征两种不同的工作态度。在这个意义上，小说中的书面语无疑代表了脱离地方实际、好高骛远的工作态度，而口语则代表了实事求是的精神。这种文学语言与政治态度之间水乳交融的状态，或许是 20 世纪 40 年代的左翼批评家特别看重赵树理语言的原因之一。

由于解放区在 40 年代始终处在极端恶劣的环境中，这就使得党的干部必须根据所在地区的实际情况确定工作方法，更好地推动革命发展。因此赵树理在小说中拒绝僵化的书面语，以农民熟悉的口语进行表达，的确符合现实环境的要求并与毛泽东文艺思想暗合。在这一时期，很多解放区作家因为不能像赵树理那样避免两种语言夹杂而受到了不同程度的批判，但在他们的作品中，空谈宏观问题的人同样是被嘲讽、揶揄的对象，也让他们操持农民无法理解的书面语。

以丁玲的长篇小说《太阳照在桑干河上》为例，虽然这部作品在语言上被认为"还没有完全把握到群众语言的精神与实质"②，但丁玲却和赵树

---

① 赵树理：《李有才板话》，《赵树理全集》第 2 卷，大众文艺出版社 2006 年版，第 294 页。
② 陈涌：《丁玲的〈太阳照在桑干河上〉》，《人民文学》第 2 卷第 5 期，1950 年 9 月 1 日。

理一样，对空谈误国的干部予以尖刻的讽刺。土改工作组组长文采同志就是这样一个反面人物，正是无法让农民听懂的语言让他变得荒唐可笑。

  这天晚上的会，人数虽然没有第一天多，散会仍然很晚。文采同志为了要说服农民的变天思想，他不得不详细的分析目前的时局。他讲了国民党地区的民主运动，和兵心厌战，又讲了美国人民和苏联的强大。他从高树勋讲到刘善本，从美国记者斯诺、史沫特莱，讲到马西努，又讲到闻一多、李公朴的被暗杀。最后才讲到四平街的保卫战，以及大同外围的战斗……这些讲话是有意义的，有些人听得很有趣。可惜的是讲得比较深，名词太多，听不懂，时间太长，精神支不住，到后来又有许多人睡着了。①

  显然，由于文采同志使用书面语将与本地生活无关的国际、国内大事统统演说一番，使他本人没有被当地群众接受。而他对当地方言的学习，最终也只是停留在以书面语发言后，再用方言问"老乡们，懂不懂？精密不精密？"② 因而成了老百姓模仿、戏谑的对象。

  有趣的是，很多解放区作家虽然在小说中讽刺那些操着书面语的干部，但这些作家并没有改变自己的叙述语言。也就是说，虽然当时很多批评家都将叙述语言与人物口语分裂的现象视为小说形式的缺陷和作家未能完成自我改造的标志，然而这种分裂的状态却普遍存在于这一时期的作品中。包括《太阳照在桑干河上》《暴风骤雨》在内的很多作品都面临着类似的指责，但那些知识分子出身的作家却没有在创作中做出改变。

  新中国成立以后，有些作家还自觉追求这种在40年代受到批判的形式，主动强化作品的语言分裂现象，即一方面在作品的叙述部分使用书面语，另一方面则在人物对话中使用方言土语以加强地方色彩。新中国成立后出现的一些产生了广泛影响的农村题材作品，如《山乡巨变》《红旗谱》等都表现出这一特点。而这类作家中最典型的一个，就是周立波。笔者将以周立波为个案，具体分析作家如何强化作品的语言分裂现象。

---

  ① 丁玲：《太阳照在桑干河上》，《丁玲全集》第2卷，河北人民出版社2001年版，第125—126页。
  ② 同上书，第109页。

在1951年的文章《谈方言问题》中，周立波明确表示小说的叙述部分应该使用书面语，而人物对话则必须加入方言土语才能达到真切、传神的效果。周立波之所以发表对这一问题的看法，是因为邢公畹在短文《谈"方言文学"》中认为文艺作品中的方言土语是某种"引导我们向后看的东西"和"走向分裂的东西"①，因此，作家只能以中华民族的"共同语"进行写作。这一观点引起了很多文学爱好者的反驳，刘作聪就撰文对邢公畹的观点予以批驳。邢公畹在为自己的观点辩护时认为，作家在战争环境下用方言进行写作，无疑可以起到发动群众、开展宣传的功效，然而，新中国成立后，作家则应该通过在文学中使用中华民族的"共同语"，以帮助这种"共同语"的形成，因此，方言土语应该从文学语言中清除出去。

或许是因为这次论争涉及的文学语言问题非常重要，而周立波又以在作品中大量使用方言闻名于世，《文艺报》在刊发刘作聪和邢公畹的文章前，特意将两篇文章寄给周立波并征求意见。这就是周立波卷入这场论争的直接原因。在《谈方言问题》一文中，周立波对邢公畹的观点予以一一驳斥，强调，"我们过去要用方言来创作，来写农民，将来也会用方言创作，也还是要写农民的"。他甚至宣称如果放弃使用方言，"我们的创作就不会精彩"②。他还在文章里对写作中应该如何使用方言做了区分，表示：

　　采用某一地方的、不大普遍的方言，不要用在叙事里。写对话时，书中人物是哪里人，就用那里的话，这样才能够传神。③

显然，周立波主动追求在作品中用两种不同的语言，并认为这是作品具备艺术感染力的原因之一。

在这场论争中，批评家将方言视为战争环境下的权宜之计，必须在新中国成立后的文学创作中予以清除，而作家则坚持其作品的语言分裂状态，高度认可方言土语对于文学的意义。如果考虑到方言土语在20世纪40年代是评论家号召作家学习的对象，那么论争中一系列相互矛盾的观点得以在新的历史语境下产生，正表明人们对以方言土语形式出现的地方色

---

① 邢公畹：《谈"方言文学"》，《文艺学习》第2卷第1期，1950年8月。
② 周立波：《谈方言问题》，《文艺报》第3卷第10期，1951年3月10日。
③ 同上。

彩的理解方式发生了改变。因此，地方色彩还牵涉着比知识分子改造问题更为复杂的维度，必须更为细致地分析40年代解放区小说中的语言分裂现象，才能真正体认地方色彩在这一时期的文学中究竟意味着什么，构成人们用以理解地方性的思维方式受到哪些因素的影响。

  周立波的小说中，叙述语言和人物对话以分裂的状态出现，恰与赵树理那种完全使用口语的叙述方式形成鲜明的对照。需要指出的是，周立波的作品并不仅仅在叙述语言和人物对话的分裂状态中表现了书面语和方言之间的差异。有些时候，作家在刻画某个人物时也会同样加强这种分裂状态。而且在这类对人物的描绘中，语言分裂背后蕴含的不同诉求，要比在赵树理、丁玲的作品中显影得更为清晰。《暴风骤雨》的主人公萧队长是一个在土改工作中走群众路线的好干部。为了突出萧队长接近群众的工作作风，小说着重表现了他学习东北方言的过程，让他渐渐能使用诸如"翻土拉块的"[1]等极富地方色彩的语汇。于是，就有了一个颇为有趣的场景：

  萧队长又说：
  "在后方，卧底胡子也抠出来了。明敌人，暗胡子，都收拾得不大离了。往后咱们干啥呢？"全会场男女齐声答应道：
  "生产。"萧队长应道："嗯哪，生产。"
  妇女里头，有人笑了，坐在她们旁边的老孙头问道：
  "笑啥？"一个妇女说：
  "笑萧队长也学会咱们口音了。"[2]

  虽然这段描写只是作家为增加趣味而设置的闲笔，但却有极为深刻的内涵。延安整风后，知识分子出身的干部开始改造自己的工作作风，通过向工农兵学习来更好地完成革命工作。《暴风骤雨》中的萧队长就是在这一背景下塑造出来的好榜样。如果单纯分析萧队长的工作方法，那么，他简直就是从党的文件中走出来的好干部。有趣的是，当作家在小说中试图将这一人物生动化、文学化时，富有意味地选择了主人公学会了当地方言的细节。也就是说，萧队长密切联系群众、完成土改工作以及习得东北方

---

[1]　周立波：《暴风骤雨》上册，新华书店1949年版，第51页。
[2]　周立波：《暴风骤雨》下册，新华书店1949年版，第296页。

言在小说中处在相同的结构位置上。作家正是用萧队长"口音"的改变，在小说结尾处标记了他的成功。在这个意义上，富有地方色彩的方言土语，成了印证主人公取得革命胜利的"勋章"和标志。

从周立波对萧队长口语的描写来看，以方言土语形式出现的地方色彩与知识分子改造问题有着密切的关联。然而，小说接下来对萧队长的描写，却把文学用语的话题引向了一个更为复杂的维度。在上面那段引文之后，小说这样描绘萧队长独处时的情景：

> 萧队长一个人在家，轻松快乐，因为他觉得办完了一件大事。他坐在八仙桌子边，习惯地掏出金星笔和小本子，快乐地但是庄严地写道：
>
> "彻底消灭封建势力，就是彻底消除了几千年来阻碍我国生产发展的地主经济……记得斯大林同志说过：'落后者便要挨打。'一百年来的我们的历史，是一部挨打的历史。一百年来，我们的先驱者流血牺牲渴望达到的目的，就是使我们不再挨打的目的，如今在以毛主席为首的中共中央的英明领导下，快要达到了。"
>
> 写到这儿，萧队长的两眼潮润了，眼角吊着两颗泪瓣。①

如果说萧队长在农民面前总是自觉地使用方言，甚至连口音也发生了改变，那么，当独处一室的时候，这位知识分子出身的干部则更愿意在"小本子"上以书面语抒发自己激动的心情。在小说中，萧队长通常都与元茂屯的农民生活、战斗在一起，只有在这一时刻，他才终于从具体事务中脱身出来，在更高的层次上思考工作的意义。或许可以说，正是因为萧队长与元茂屯农民暂时分开，他才能在那段使他"两眼潮润"的文字中，把自己的工作放置在几千年来的封建剥削史和一百年来的中国革命史中予以理解，并为中华民族的命运而热血沸腾。从这个角度来看，使用何种语言进行表达，似乎与言说者能够站在多高的层次上思考问题息息相关。当萧队长根据茂屯的实际情况处理问题时，他只能运用地方性的方言土语进行表达，而当他在中国革命史的层面上思考工作的意义时，他就必须使用书面语进行相应的思考。

---

① 周立波：《暴风骤雨》下册，新华书店1949年版，第308页。

值得注意的是，无论是周立波还是赵树理、丁玲，这些解放区作家将笔下人物所用的语言作为重要的表现手段。于是，每当人物开始用书面语进行表达时，他们的视野就会超越地方的局限，在更为宏观的背景下展开。只不过章工作员和文采同志把这类思考不切实际地放置在乡村环境中，因而成了好高骛远的反面人物。而萧队长则与他们不同，他在元茂屯组织土改时选择了当地农民能够听懂的方言。只有在夜深人静的情况下，他才会暂时脱离元茂屯的具体环境，用"金星笔"和"小本子"这两个典型的知识分子意象，以书面语思考土改工作在更高层面上的意义。由此可见，具有地方色彩的方言土语，在解放区文学中与地方的实际状况、实事求是的工作作风等处在结构性的对应关系中。而知识分子所使用的书面语，则意味着以宏观的视野思考问题。将文学语言中的方言土语与地方状况、工作作风等问题联系起来，或许是 20 世纪 40 年代解放区批评家体认地方性问题时的重要特点，而这也构成了人们用以理解地方色彩的思维方式的组成部分之一。

只有充分了解方言土语在解放区文学中的位置后，我们才能够意识到 20 世纪 50 年代初那场关于方言写作问题的论争所具有的重要意义。正是这场论争透露了人们借以理解地方色彩的思维方式发生改变的信息。在邢公畹的论述中，方言土语只有在特定的历史语境下才值得被纳入文学语言。新中国成立后，作家应该放弃使用方言，转而用中华民族的"共同语"进行创作。这一种观点意味着，方言土语以及它所表征着的地方性经验在新中国成立后显现出局限性，中国当代文学必须比解放区文学获得更广阔的视野，在全国范畴内思考问题。在这一要求下，方言土语被偏激的批评家剥夺了在文学语言中的立足之地，也就顺理成章了。而周立波为方言写作辩护的角度也显得意味深长，因为他并没有强调方言土语对于知识分子改造等问题的意义，而是关心方言如何使作品更符合现实主义的要求。他还以"牤子"一词为例，认为如果让东北农民讲出"公牛"这样的语汇，就会让读者觉得不够真实。也就是说，作家是在文学的拟真效果的意义上来理解方言的作用的。从强调方言写作的政治作用，到看重方言在文学阅读层面上的拟真效果，这一过程中变化的正是人们用以考察地方色彩的思维方式。

结语

本文对赵树理文学语言的两个特点的分析，说明地方色彩在 20 世纪 40 年代解放区文学中绝不仅仅是某种文学风格，而是与很多更为复杂的问题联系在一起。它一方面与解放区知识分子改造问题息息相关，另一方面则勾连着作品究竟在地方还是在全国的层面上思考问题。正是在这一理解地方色彩问题的思维方式的作用下，赵树理文学语言所蕴含的地方色彩无法为这一时期的批评家所感知，而是直接被"过滤"为所谓"群众的语言"，并成为号召其他作家学习的"方向"。只有在新的历史条件下，当那种理解地方色彩问题的思维方式发生变化时，赵树理作品中的地域特征才能够被批评家们发现。而地方色彩对于文学的意义，也不再与作家的政治态度相关，而是重新成为某种独特的风格和使作品更具拟真效果的手段。

（原载《文学评论》2016 年第 1 期）

赵树理的话本实践与"民族形式"探索

郭冰茹[*]

在 20 世纪中国文学史上，赵树理对民族形式的探索被赋予了里程碑式的意义。以往的研究更多从民族性、民间性、语言艺术、叙事特征等方面来讨论赵树理的创作特点及其在民族形式探索方面取得的成就，而较少关注赵树理对中国小说话本传统的创造性转化。事实上，正是由于对话本传统的借鉴，赵树理确立了小说应该好"听"的标准，并由此建构起一整套文学观念和叙述体系。从某种意义上说，赵树理的民族形式探索建立在对话本传统的激活、吸收、利用和改造的基础上，而他的探索无法深入也是由于对话本传统的过分倚重。

一

与古典戏曲、古典诗词、章回小说等不同，话本[①]作为中国古典文学的重要文体，早在乾隆时期就已经衰亡了。郑振铎在论及话本衰亡时认为，当话本的内容由最初的"各地的新闻，社会的故实，当代的风光"转变为"枯涩无聊""隔膜而不真实"的"古人之事"时，当话本的作用由"实际上的应用，而变作了非应用的拟作"时，当话本的功能由"娱悦听

---

[*] 作者单位：中山大学中文系。
[①] 通常意义上的话本指的是说话人的底本，"话"即口头讲述的故事。当说话这种口头文学向书面形式转变、由供给说话艺人使用的底本变成供给读者阅读欣赏的文本时，它才成为文学意义上的小说。这种转变得益于两个方面，一是书坊出于牟利，将话本汇集刊行；二是文人的润色加工大大加强了话本的可读性，见罗小东《话本小说叙事研究》，学苑出版社 2002 年版。本文使用的"话本"概念指的是其经文人润色后供给读者阅读的"文学意义上的小说"，也有学者将这种小说文体称为"话本小说"，见欧阳代发《话本小说史》，武汉出版社 1994 年版，第 8—9 页。本文用"话本实践"来指称赵树理的小说创作，也是由于他在小说文本表现出极为显著的话本小说的叙事特征。

众"变成"文人学士们自己发泄牢骚不平或劝忠劝孝的工具"时,"话本的制作遂正式告了结束,话本的作者也遂绝了踪影"①。作为五四新文化运动的身体力行者,郑振铎既是站在"平民"或"民间"的立场上来肯定话本,也是站在这一立场上来解析话本衰亡的原因,同时也为我们提供了理解新文学利用旧形式的思路。换言之,正是因为有了"新闻故实""实际应用"和"娱悦听众"的立场,话本所具有的叙事特征才与革命宣传的目标和文艺大众化的诉求相吻合,话本的合法性才得以重新确立并被赋予时代意义,而赵树理的话本实践也正是在此背景下得以展开的。

如果对照"左联"时期文艺理论家对文艺大众化问题的诸多讨论和当时关于该论题形成的决议,我们可以清楚地看到话本的许多特点都与"大众化"的具体要求相吻合。例如,冯乃超认为:"文学的大众化问题首先要有能使大众理解——看得懂——的作品,这不能不要求我们的作家在群众生活中认识他们的生活,也只有这样才能够具体的表现出来。同时,文学的任务如果是民众的导师,它不能不负起改革民众生活的任务,就是说文学该有提高民众意识的责任。"② 冯乃超提及的"群众生活"和文学作品的教化功能恰恰是话本所具备的。瞿秋白也注意到可"说"性的文艺作品对底层民众的宣传作用,他在署名宋阳的文章中明确指出革命文艺应当借鉴话本:"旧式的大众文艺,在形式上有两个优点:一是它和口头文学的联系,二是它用的浅近的叙述方法。这两点都于革命的大众文艺应当注意的。说书式的小说可以普及不识字的群众,这对于革命文艺是很重要的。有头有脑的叙述,——不像新文艺那样'颠颠倒倒无头脑的'写法,——也是现在的群众最容易了解的。因此,革命的大众文艺,应当运用说书滩簧等类的形式。"③ 左翼批评家对话本文体的意识形态阐释,成为利用这一旧形式的理论铺垫,并在新内容与旧形式之间找到某种关联。

当然,尽管话本自身的特点契合文艺大众化的某些要求,但在左翼批评家眼中,它始终是带着封建毒素的已经僵死了的旧形式。为此,周扬特

---

① 郑振铎:《明清二代的平话集》,《郑振铎文集》第 5 卷,人民文学出版社 1988 年版,第 333—334 页。
② 乃超:《大众化的问题》,文振庭编:《文艺大众化问题讨论资料》,上海文艺出版社 1987 年版,第 13 页。
③ 宋阳:《大众文艺的问题》,文振庭编:《文艺大众化问题讨论资料》,上海文艺出版社 1987 年版,第 59 页。

别强调:"我们一方面要对这些封建的毒害斗争,而一方面必须暂时利用这种大众文学的旧形式,来创造革命的大众文学。不过我们不要忘记劳苦大众是应该享受比小调,唱本,说书,文明戏等等,更好的文艺生活的。"① 文艺需要大众化,旧形式应该被改造,这是共识。然而如何改造,什么样的作品符合大众化的要求,对于这些具体的问题,左翼批评家却只有原则性的意见,没有明确的理论探讨,更没有具体的创作实践。在20世纪40年代的民族形式论争中,这一论题得以深入,但真正有意识地利用话本,成功复活并且革新了这一旧形式的文本实践直到赵树理才出现。

赵树理成长于北方农村,乡村生活的经验使他对评书有着深厚的感情。评书即为说书,和秧歌、地方戏等一样是农村广受欢迎的艺术形式。赵树理深知这些艺术形式在农村的作用和价值,因此,当最初的文学实践在父老乡亲那里遭遇挫折后,他便果断地抛弃了从新文学中习得的表现方式,转而借鉴传统的、民间的叙事资源。不过与诸如《吕梁英雄传》《铁道游击队》《烈火金刚》等套用章回体的旧形式来讲述革命新内容的小说不同,赵树理一开始就摒弃了话本小说中入话诗、头回、正话、篇尾等僵化的程式套语,将侧重点放在其可"说"性上,并以评书应该好"听"的标准来要求小说创作。换言之,赵树理在可读和可听的特性上接受并改造话本这一旧形式,其目的是为了追求最好的传播效果。从某种意义上说,赵树理的话本实践着力于重建文本与读者之间的关系,在最大限度地发挥文艺的传播效果的同时,也多少改变了现代小说的文体特征,其文学史意义因此得以凸显。

二

话本最初由勾栏瓦肆的说书底本发展而来,它"不是我们文学意义上的小说,因为它的指向从来都是'说',是朝向口头文学的"②。到明中叶以后,随着社会文化语境的转变,印刷业的繁荣,文人加入了话本的收集、整理、印行和创作,话本完成了由口头文学向书面形式的转变。尽管如此,话本用于大众消费的性质没有改变,配合口头说唱的程式套语和叙

---

① 起应:《关于文学大众化》,文振庭编:《文艺大众化问题讨论资料》,上海文艺出版社1987年版,第141页。

② 罗小东:《话本小说叙事研究》,学苑出版社2002年版,第6页。

事特征也得以保留。赵树理摈弃的是其僵化老套的程式套语，借鉴吸收的则是其以"说"为指向发展起来的叙事特征。

话本里正话的开头往往先将时间、地点和人物交代清楚，这是为了帮助听众/读者迅速进入故事，跟着叙述人经历人物的命运遭际与悲欢离合。例如，话本小说《蒋兴哥重会珍珠衫》以"话中单表一人，姓蒋名德，小字兴哥，乃湖广襄阳府枣阳县人士"① 开头，这样的开头在"三言二拍"中几乎篇篇可见。赵树理也采用这种方式开头。《小二黑结婚》以"刘家峧有两个神仙，邻近各村无人不晓：一个是前庄上的二诸葛，一个是后庄上的三仙姑"② 开篇；《三里湾》则以"三里湾的村东南角上，有前后相连的两院房子，叫'旗杆院'"③ 开头。赵树理深谙讲故事的技巧，这样的开头明显突出了小说文本的可"说"性④。对文本可"说"性的追求显然服务于让听众容易"听"、能"听"懂的要求，因为故事的听众不比读者，他们往往没有耐心等待叙述人铺排场景，烘托氛围。

为了营造一个生动形象的"说"故事的氛围，话本小说常常模拟书场情境，让叙述人现出原身，以第一人称告诉读者/听众，是"我""自家"在讲故事。以话本小说《陈御史巧勘金钗钿》和《新桥市韩五卖春情》为例：

看官，今日听我说"金钗钿"这桩奇事。⑤

说话的，你说那戒色欲则甚？自家今日说一个青年子弟……⑥

即便叙述中不出现第一人称，那众多的"话说""且说""却说""再说"等衔接语也清晰地提示读者，分明有一个叙述人站在你面前讲故事，

---

① 冯梦龙：《蒋兴哥重会珍珠衫》，《喻世明言》，北方妇女儿童出版社2002年版，第1页。
② 赵树理：《小二黑结婚》，《赵树理文集》第1卷，工人出版社1980年版，第1页。
③ 赵树理：《三里湾》，《赵树理文集》第2卷，工人出版社1980年版，第337页。
④ 在赵树理的小说序列中，也有个别文本比较特殊，比如《互作鉴定》（1962）是以一封长信开头，这样处理与赵树理对读者的设定有关，他说："我在写《小二黑结婚》时，农民群众不识字的情况还很普遍，在笔下就不能不考虑他们能不能读懂、听懂。"而《互作鉴定》"是因为近年来接触到不少有关知识青年参加农业生产的问题，见得多了，想写这么一篇激励青年，起一点作用"，换言之，"是写给青年学生看"的。见赵树理《做生活的主人》，黄修己编《赵树理研究资料》，北岳文艺出版社1985年版，第145页。
⑤ 冯梦龙：《陈御史巧勘金钗钿》，《喻世明言》，北方妇女儿童出版社2002年版，第23页。
⑥ 冯梦龙：《新桥市韩五卖春情》，《喻世明言》，北方妇女儿童出版社2002年版，第36页。

他甚至会用"说话的,你……"来营造一种与读者进行对话的状态,以强化文本的可"说"性。曾有研究者将这种叙述方式定义为"第一人称全知叙事"①。倘若依照西方叙事学关于叙事视角的理论,这一概念并不准确。全知叙述者不是故事中的人物,没有固定的观察位置,"他"像上帝般掌控着故事,对故事中的人和事无所不知,因此,在叙述过程中使用的是第三人称。而第一人称叙述者首先得是故事中的人物,"我"参与了故事的发展过程,这就使得不管采取哪种叙事视角来讲述故事,这个视角都是有限的,换言之,"上帝"不可能是"我"或者"自家"。不过,话本小说中的"我"变成了"上帝","我"是叙述人,"我"来讲故事,"我"对整个故事了然于胸,这种在西方或者中国现代小说中只能依赖有意识的视角越界才能达到的叙事效果,因为模拟书场情境的存在,自然而然就实现了。全知叙事人以第一人称"说",将有效地缩短其与读者/听众之间的距离,因此更容易引起读者的共鸣,方便读者的感情移入。赵树理就借鉴了话本小说这种对叙述人的处理方式,比如,《登记》(1950)以"诸位朋友们,今天让我来说个新故事"开头,随后的叙述也不断地被"我"打断,出现诸如"闲话少说,我还是接着说吧""这里就非交代一下不行了""以前的事已经交代清楚,再回头来接着说今年正月十五夜里的事吧"②等语句。《孟祥英翻身》(1945)、《表明态度》(1951)、《灵泉洞》(1958)、《老定额》(1959)、《卖烟叶》(1964)等也都有类似的表达方式。这些过场读起来会觉得啰唆,但如果诉诸听觉,则会增加听众的现场感,更容易调动起听众的情绪。

赵树理对文学作品可"说"性的追求一是为了适应农村读者的接受习惯,二是为了满足使他们能"懂"的基本诉求。为此,赵树理除了借鉴诸多评书的艺术技巧外,最见功力的是他在语言使用上的充分自觉。他认为:"作品语言的选择,首先要看读者对象。写给农村干部看,用农村干部能懂的语言;写给一般农民看,用一般农民能懂的语言。"③那么,如何让书面表达出来的语言被一般农民听懂呢?赵树理尝试"把知识分子的话

---

① 罗小东:《话本小说叙事研究》,学苑出版社2002年版,第106页。
② 赵树理:《登记》,《赵树理文集》第1卷,工人出版社1980年版,第288页。
③ 赵树理:《做生活的主人》,黄修己编:《赵树理研究资料》,北岳文艺出版社1985年版,第145页。

翻译成他们的话来说"①，以适应目标读者的文化水准。借用他自己举过的例子，或许可以说明其中的问题。

赵树理在《三里湾》中写王玉梅的出场："就在这年九月一号晚上，刚刚吃过晚饭，支部书记王金生的妹妹王玉梅便到旗杆院西房的小学教室里来上课。"② 这种简单直接的叙述将时间、地点、人物、事件在一个不长的句子里全都交代得清清楚楚。他同时也列举了另一种可能的语言表达方式：

> 要按我们通常的习惯，可以从三里湾的夜色、玉梅离开家往旗杆院去写起，从从容容描绘出三里湾全景、旗杆院的气派和玉梅这个人的风度仪容——如说"将满的月亮，用它的迷人的光波浸浴着大地，秋虫们开始奏起它们的准备终夜不息的大合奏，三里湾的人们也结束了这一天的极度紧张的秋收工作，三五成群地散在他们住宅的附近街道上吃着晚饭谈闲天……村西头半山坡上一座院落的大门里走出来一位体格丰满的姑娘……"接着便写她的头发、眼睛、面容、臂膊、神情、步调以至穿过街道时和人们如何招呼，人们对她如何重视等等，一直写到旗杆院……③

赵树理还进一步解释道：

> 给农村人写，为什么不可以用这种办法呢？因为按农村人们听书的习惯，一开始便想知道什么人在做什么事，要用那种办法写，他们要读到一两页以后才能接触到他们的要求，而在读这一两页的时候，往往就没有耐心读下去了。④

换言之，赵树理认为这种细密的描写是写给知识分子的、用来"看"的，而不是写给农村读者的、让他们能"懂"的文本。

---

① 赵树理：《也算经验》，黄修己编：《赵树理研究资料》，北岳文艺出版社1985年版，第98页。
② 赵树理：《三里湾》，《赵树理文集》第2卷，工人出版社1980年版，第339页。
③ 赵树理：《〈三里湾〉写作前后》，《赵树理文集》第4卷，工人出版社1980年版，第1487页。
④ 同上。

此外，符合农村人"听书"习惯的文本和用于"看"的文本在句法结构上也有明显差异。听觉是时间性的感知方式，诉诸听觉的表达要求句子的核心构成（主谓宾）结构紧凑、句法简单、修饰语少、句子短小精炼，这样才能便于听众牢牢抓住叙述人想要表达的意思，不会因为过多的修饰语造成听觉的惰性，而当文句诉诸阅读/视觉时，读者更愿意借助叙述人细致生动的描写，排比、比喻、拟人等修辞手法的运用，去构筑一个想象的空间。赵树理在写王玉梅的出场时所做的对照已经充分地说明了这个问题。同样是在《三里湾》中，另一个例子也许更为明显，赵树理用"她知道板凳都集中在西墙根"①，而不是"她知道西墙根权桠凌乱的一排黑影是集中起来的板凳"②。两句话进行对比，前者句子短小，做宾语的主谓结构非常简单，没有复杂的修饰语，听众一听就能明白；后者则句子冗长，结构复杂，做宾语的主谓结构中包含着定语和状语，增加了"听懂"的难度。不光是《三里湾》，赵树理希望农民不仅能看懂、更能"听懂"的系列文本使用的都是这种结构简单、修饰语少的句子，这构成了赵树理独特的语言风格和表达方式。

显然，赵树理对话本的借鉴并不止于技巧，而是创造性地发展了其可"说"性的特征，在语言表达和句法结构上做足了功夫。这一努力不仅为其作品确立起鲜明的个人风格，帮助他实现了小说既能"看懂"又能"听懂"的通俗化目的，同时也为新文学建立民族形式确立了可资借鉴的榜样和方向。换言之，赵树理的文本实践不仅在"新内容"方面有所贡献，更在形式探索上为现代小说的发展带来了新的元素。

三

自1943年的《小二黑结婚》到1964年的《卖烟叶》，赵树理对中国小说的民族形式的探索始终专注于话本传统，其小说创作在语言使用和表达方式上也都变化不大。1947年，他的创作实践得到解放区文艺界高层领导的肯定，被誉为"方向"，但他倡导的这种通俗化的文学实践并没有引起一场大至文学观念、小至创作技巧的文学变革。新中国成立后，他的作

---

① 赵树理：《三里湾》，《赵树理文集》第2卷，工人出版社1980年版，第339页。
② 赵树理：《〈三里湾〉写作前后》，《赵树理文集》第4卷，工人出版社1980年版，第1487页。

品常常受到指摘,几乎没能真正起到"方向"的作用。究其原因,除了旧形式下的新内容并不总与不断变化的时代诉求高度吻合之外,还与赵树理的观念立场以及旧形式本身的局限有关。

就如何创造新的民族形式而言,赵树理常以二元对立式的思维模式看待新文学传统与民间传统的关系,表现出一种观念上的褊狭。赵树理的传记、生平材料、回忆文章都表明他曾经是五四新文学的爱好者,写过新诗和新小说,但后来他改变了自己的创作思想,放弃了新文学而转向通俗文学。不管是传记作者还是赵树理本人,都明确表示这种转变是因为新文学无法在广袤的乡村起到传播新知的作用。戴光中的《赵树理传》曾描述了这样一个细节:赵树理被鲁迅的小说《阿Q正传》所震动,他兴高采烈地将这篇小说读给自己的父亲听,可是还没读到一半,父亲就起身走开了。传记作者遂发表议论:"一部描写农民生活的举世闻名的小说,居然在中国的农村中找不到知音,这情形大出赵树理的预料。"[①] 虽然这则材料并没有在赵树理相关的回忆文字中得到证实,但选择鲁迅的小说《阿Q正传》来说明新文学与农村读者的隔阂,阐释赵树理放弃新文学转而成为"文摊文学家"却颇具说服力。尽管新文学与传统文学之间的联系并未完全断裂,但不可否认的是,新文学是通过不断地批判和否定传统文学来确立自身的主体地位的,而鲁迅的创作实践无疑为新文学奠定了坚实的基础。如果鲁迅的小说《阿Q正传》无法被广大农民群众所接受,那么,新文学与劳动者的阅读习惯之间肯定存在着较大距离。因此,为了能让占人口绝大多数的农民读者喜闻乐见,民族形式必须寻找来自本土的传统和资源。

在关于民族形式的理论建构中,赵树理屡屡将民间传统,特别是评书、曲艺与五四新文学对立起来,以确立民间传统的合法性。这一点最突出地表现在赵树理对语言的选择上。赵树理首先对"知识分子的语言"和"劳动人民的语言"做了区分,继而通过若干具体实例来证明"知识分子的语言"与"劳动人民"之间的隔阂。例如,他说自己从学校回到家乡,"一不留心,也往往带一点学生腔,可是一带出那等腔调,立刻就要遭到他们的议论"[②]。他强调文艺工作者在文艺创作中要特别注意"口气":

---

① 戴光中:《赵树理传》,北京十月文艺出版社1987年版,第44页。
② 赵树理:《也算经验》,黄修己编:《赵树理研究资料》,北岳文艺出版社1985年版,第98页。

"打开收音机,侯宝林、郭启儒讲话是一种口气,我们新文艺工作者讲起来又是一种口气。倒不是新文艺工作者有意这样,他们现在好多人是在努力学习劳动人民的口气,但还没有学好,那是可以原谅的。问题是如果你提倡那种语言,就不能原谅了。"① 在赵树理看来,以"知识分子的语言"建构起来的"五四以来的新小说和新诗","在农村中根本没有培活了"②,基本算是失败的,所以文艺界更应该重视用"劳动人民的语言"创作的包括评书、曲艺在内的民间传统。

赵树理从语言的使用问题出发,进而引申出关于曲艺和新文学的关系问题,他说:"曲艺是高级的,同时又是普及的。当然,不是每一个作品都是高级的,好的坏的都有。其他的文学也一样,能说今天的新文学作品都是高级的吗?如果从直接为工农群众服务来看,曲艺还是比较直接一点……我觉得我们的东西满可以像评话那样,写在纸上和口上说是统一的,这并不低级,拿到外国去决不丢人。评话硬是我们传统的小说,如果把它作为正统来发展,也一点不吃亏。"③ 赵树理的看法在某种程度上是对"普及"与"提高"之间关系的再阐述,契合了20世纪50年代初文艺主管部门将解放区文学典范化的迫切要求。然而,他与新文学阵营的立场并不相同。对新文学阵营而言,对旧形式的利用始终都是在改造基础上的利用,但对赵树理而言,评书才是"正统",是需要进一步发展的。

赵树理为评书正名,为之辩护的语气呼之欲出,显示了他与新文学阵营之间在观念和立场上的矛盾④。当他将知识分子/工农群众、五四新文学/大众文学放置在二元对立的语境中并做出高低优劣的价值判断时,这种观念上的褊狭很难让他获得深受新文学传统影响的广大知识分子的理解和认同。很难想象,没有新文学阵营的支持,赵树理对民族形式的探索究竟能走多远。事实上,赵树理在新中国成立以后进行的一系列文艺通俗化实践,包括主编或筹办通俗刊物、开书场、动员文艺工作者将新文学改编成

---

① 赵树理:《和工人学习者谈写作》,黄修己编:《赵树理研究资料》,北岳文艺出版社1985年版,第123页。
② 赵树理:《艺术和农村》,黄修己编:《赵树理研究资料》,北岳文艺出版社1985年版,第95页。
③ 赵树理:《从曲艺中吸取养料》,黄修己编:《赵树理研究资料》,北岳文艺出版社1985年版,第125、129页。
④ 张霖:《两条胡同的是是非非》,《文学评论》2009年第2期。

曲艺等工作"因无人响应而归于消灭了"①。之所以会"无人响应",除了知识分子的文艺观念、审美趣味、生活经验与旧形式相去甚远,使他们不能够或者不愿意去"响应"之外,赵树理在对待新文学传统方面的观念局限恐怕也起着作用。

评书这一传统曲艺形式自身并非无懈可击。赵树理写人记事借用了评书/话本的处理方法:人物甫一出场,性格就大致定型,事件的发展皆由人物行动推进;叙述人散点透视,边走边看,用移动的视点观照事件的发展过程,而无意于将叙述眼光聚焦于某个具体人物身上。纵观赵树理作品的评价史,即便是在他被树为"方向"的时代,评论家对其作品的批评也始终存在,而且大多集中在人物形象和主题思想两方面。《李有才板话》(1943)"关于青年一代新的人物的描写还不够突出和深入,有些人物只不过是尽了仅能给人以模糊印象的'跑龙套'的任务"②;《邪不压正》(1948)因主题不明引发了不少争议③,以至于赵树理不得不专门写文章来澄清自己的创作意图。《三里湾》(1954)也存在"新人"形象不清晰、"典型化"程度不够,以及反映农村"两条路线斗争"不深入等问题④。赵树理曾对这些问题有所回应。他认为并不是自己写得不好,而是他/农民读者与"内行"评论家看小说的重点不同。他打比方说:"作一件棉衣,一个裁缝批评起来,往往是说胸前的棉花厚了些,或下摆宽了些……这些意见没有一条不值得重视。如果发现人家确实说得对,下次就能做得更好一点,然而却不能因此就断定那件棉衣根本要不得或者恰合适。"⑤ 赵树理认为自己受到批评是因为其文学观念和审美标准与"内行"不同。显然,

---

① 赵树理:《回忆历史,认识自己》,黄修己编:《赵树理文集》第4卷,工人出版社1980年版,第1841页。

② 冯牧:《人民文艺的杰出成果——推荐〈李有才板话〉》,黄修己编:《赵树理研究资料》,北岳文艺出版社1985年版,第175页。

③ 关于这篇小说的主题,有人认为是恋爱故事,有人认为是解读党的中农政策,也有人认为是写家庭矛盾;批评家依据自己的理解展开讨论,引发了争议。这些文章包括韩北生《读〈邪不压正〉后的感想与建议》,《人民日报》1948年12月21日;党自强《〈邪不压正〉读后感》,《人民日报》1948年12月21日;耿西《漫谈〈邪不压正〉》,《人民日报》1948年12月21日;而东《读了〈邪不压正〉》,《人民日报》1949年1月16日;乔雨舟《我也来插几句——关于〈邪不压正〉争论的我见》,《人民日报》1949年1月16日;王青《关于〈邪不压正〉》,《人民日报》1949年1月16日;竹可羽《评〈邪不压正〉和〈传家宝〉》,《人民日报》1950年1月15日。

④ 洪子诚:《中国当代文学史》,北京大学出版社1999年版,第99页。

⑤ 赵树理:《关于〈邪不压正〉》,黄修己编:《赵树理研究资料》,北岳文艺出版社1985年版,第102页。

他对人物和事件的处理符合书场听众的审美口味和审美期待，却无益于文本实现其应该承担的意识形态诉求。

如果对照同样讲述农业合作化运动的长篇小说《创业史》，《三里湾》中存在的问题可能会凸显得更为清晰。柳青指出，《创业史》"要向读者回答的是：中国农村为什么会发生社会主义革命和这次革命是怎样进行的。回答要通过一个村庄的各个阶级人物在合作化运动中的行动、思想和心理的变化的过程表现出来。这个主题思想和这个题材范围的统一，构成了这部小说的具体内容"[1]。为了达到这个叙述目的，作者不仅努力组织起农村各阶级、阶层错综复杂的矛盾线索，力图展现"共同富裕"与"个人发家"两条路线上的矛盾斗争，而且抓住每一个可以利用的细节，对人物的思想境界进行符合主流意识形态要求的提升，着力塑造具有共产主义觉悟的农村"新人"梁生宝，而这两方面恰恰是《创业史》获得批评界充分肯定的部分。长篇小说《三里湾》讲述了一个同样的故事，但邻里亲眷之间的是非纠葛穿插于原本应该剑拔弩张的路线斗争之中，这样的写法虽然增加了作品的生活气息，增大了故事的叙事容量，却稀释了路线斗争的紧迫感和紧张感，模糊了文本所要传达的斗争主题。而且，赵树理的小说有重事不重人的特点，人物出场，性格定型，有时甚至直接用绰号来突出人物特点，比如"翻得高"（范登高）、"糊涂涂"（马多寿）等。这种处理方法使得人物在故事发展过程中没有成长的空间。而且由于外视点的使用，人物的语言和行为被详细记录，而内心生活却无法得到细致呈现，这样一来，也无形中阻碍了人物在故事中的成长。这种笔法处理"旧人旧事"生动鲜活，但要塑造社会主义新人则显得力不从心。毕竟，"新人"并非天然形成，其成长过程同时也是意识形态训导的过程，省略了这个过程，"典型化"自然就成了问题[2]。因此，赵树理虽然最早贴近《讲话》精神，始终以高度的革命功利主义态度进行文学创作，在思想立场上也从未偏离过主流意识形态，但其作品的叙事效果却不能充分体现中国共产党的意识形态诉求。

赵树理深谙农民读者的趣味和心理，所以他会借鉴评书/话本的叙事方式，而不是像柳青那样紧密关注路线斗争的进程，及时给予符合主流意

---

[1] 柳青：《提出几个问题来讨论》，《延河》1963年第8期。
[2] 郭冰茹：《十七年（1949—1966）小说的叙事张力》，岳麓书社2007年版，第74—86页。

识形态的议论和评价。也正因如此，活跃在他文本中的不是被"典型化"了的高大完美的英雄，而是生活在乡土中国的小人物。在关于"文化变革"的研究中，詹姆逊认为："每种艺术形式都负载着特定的生产方式及意识形态所规定的意义。当过去时代的形式因素被后起的文化体系重新构入新的文本时，它们的初始信息并没有被消灭，而是与后继的各种其他信息形成新的搭配关系，与它们构成全新的意义整体。"① 赵树理的话本实践恰恰呈现出利用旧形式所构成的"全新的意义整体"与新中国成立后文学的意识形态诉求之间的罅隙。

与此相关的是赵树理所确立的小说评价标准。赵树理推崇的评书/说书是话本小说和章回说部的早期形式，是一种诉诸口头和听觉的艺术形式。赵树理以评书好"听"的标准来要求小说，认为"我觉得我们的东西满可以像评话那样，写在纸上和口头上说是统一的"②。可是，由于听觉是一种时间性的感知方式，过耳即逝，为了照顾听觉，文字表达使用的句法、句式虽然短小简单，描述却注定是琐碎重复的。关于这一点，突出地表现在叙述人对空间的描摹和对时间的提示上，赵树理一丝不苟地写李有才的窑洞：

> 三面看来有三变，门朝南开，靠西墙正中有个炕，炕的两头还都留着五尺长短的地面。前面靠门这一头，盘了个小灶，还摆着些水缸、菜瓮、锅、匙、碗、碟；靠后墙摆着些筐子、箩头，里面装的是村里人送给他的核桃、柿子；正炕后墙上，就炕那么高，打了半截套窑，可以铺半条席子；因此你要一进门看正面，好像个小山果店；扭转头看西边，好像石菩萨的神龛；回头来看窗下，又好像小村子里的小饭铺。③

他还不厌其烦地用"第二天吃过早饭""这天晌午""这天晚上""隔了两天"等大的时间单位，或是"会又开了""选举完了""谈了一会""吃过了饼"等表示事件具体进程的语汇进行时间提示，或者不停地对事

---

① 伍晓明、孟悦：《历史—本文—解释：杰姆逊的文艺理论》，《文学评论》1987 年第 1 期。
② 赵树理：《从曲艺中吸取养料》，黄修己编：《赵树理研究资料》，北岳文艺出版社 1985 年版，第 129 页。
③ 赵树理：《李有才板话》，《赵树理文集》第 1 卷，工人出版社 1980 年版，第 20 页。

件发展过程中节外生枝的时间点进行屡屡强调。比如，在小说《卖烟叶》中，叙述人首先交代贾鸿年知道大事不好后开始号啕痛哭，然后搁置这个情节，转而倒叙其大哭的具体原因，原因交代清楚后便再次提醒读者贾鸿年大哭的事，用以连接因插叙而被中断的故事线索。当然，对于听众而言，这样的方位描摹和时间提示是必不可少的，它们不仅能够帮助听众通过听觉建构起立体的空间，抓住故事的线索，而且能有效地烘托出说书的氛围，但也正是因为迁就听觉，对于读者而言，这些占据大量篇幅的琐碎交代往往显得多余而无法忍受。

诉诸听觉与诉诸视觉的艺术活动在审美上有着本质的区别。"从事讲述的说话人往往能够利用现场的临即性、突发随兴的机智、群众间的互动互染的常态而吸引其受众进入当下的故事情境，这个在传播效果上看来的确占据优势的书场叙事传统一旦书面化、文本化之后却极可能暴露出一个失去临场语境的问题"[①]，以至于出现前文所述的松散的结构和主题、无法得到聚焦的主人公和累赘的闲言碎语等。赵树理在进行民族形式的探索时，只看到了评书通俗易懂、为广大人民群众喜闻乐见的一面，却忽视了现代小说自身的文体特性和艺术规律。文学不同于曲艺，有自己的审美情趣、艺术格调和评价标准，也有经过五四新文学的启蒙和鸳蝴小说的熏染而逐渐培育起来的稳定的作家圈和读者群。这也许是评论家大多从文艺大众化的层面肯定赵树理的创作，而鲜有从严肃的艺术尺度衡量其作品的原因。当赵树理立足于农村那些识字不多、文化水平有限的读者时，他对艺术性的追求便自然地放在次要的位置上。正如他自己所言："我以为只要能叫大多数人读，总不算赔钱买卖。至于会不会因此就降低了作品的艺术性，我以为那是另一个问题，不过我在这方面本钱就不多，因此也没有感觉到有赔了的时候。"[②] 从某种意义上说，这种不以追求艺术性为目的的功利化的写作很难超越时代，当承载功利化的时代语境不存在了，这些文本也就失去了阅读的价值和意义。

在20世纪中国文学的现代化进程中，赵树理为文学的通俗化实践做出了不懈的努力，他在民族形式上的探索，使民间传统，特别是以评书为代

[①] 张大春：《小说稗类》，广西师范大学出版社2004年版，第268页。
[②] 赵树理：《也算经验》，黄修己编：《赵树理研究资料》，北岳文艺出版社1985年版，第98页。

表的通俗曲艺参与到新文学的建构中来。不过，也正是由于过分看重通俗曲艺在特定受众中的传播效果，使他无法超越自身的立场观念以及旧形式的局限，他不遗余力倡导的"革命通俗文艺"也因乏人响应而寂寂无声。赵树理的话本实践因此成为一个生动的个案，帮助我们深入了解新文学利用旧形式取得的成就以及存在的问题，也为我们进一步探索民族形式的建构和当下的文学创作提供了可资借鉴的宝贵经验。

（原载《文艺研究》2016年第3期）

寻找"能说话"的人

——赵树理小说片论

李国华[*]

众所周知,赵树理小说面世不久,就被积极纳入经典化的过程。因此,一方面赵树理小说的价值和意义得到高度肯定,另一方面赵树理的小说文本也被封闭起来。这是当下赵树理研究不得不面对的历史遗产和重负。学界目前正在进行对赵树理的重新研究,无论是立意于讨论文学的本土性/地方性,还是立意于探索中国农村与中国革命/道路的关联,都可谓面对这一历史遗产和重负的可能路径。本文遵从类似的学术路径,发现赵树理小说中有一个基本的文本事实还有待于深入阐发,即"能说话"的人与赵树理的农村革命叙述的相关性。农民因为没有什么势力,又受到宗族文化的制约不敢说话,造成革命来临之际,不会说话。于是,寻找"能说话"的人,既是赵树理叙述的农村革命成败的关键点之一,也是赵树理的小说叙述成败的关键点之一。

一

所谓寻找"能说话"的人,对于赵树理而言,或者从对于赵树理小说写作的总体考察来看,大约可以分为三个相互关联的问题:其一,所以要寻找"能说话"的人,是因为农民说话的欲望遭到了压抑,需要有"能说话"的人出场,释放农民被压抑的欲望;其二,所以能够找到"能说话"的人,是因为说话是农民生存的本能需要;其三,"能说话"的人所以重要,不仅因为他们能疏导农民的欲望,而且因为农村革命必须通过"能说

---

[*] 作者单位:同济大学中文系。

话"的人的中介作用才能最终成功。

赵树理的成名作《小二黑结婚》表明,这三个相互关联的问题,早早就出现在了他的小说叙述中。小说这样叙述区上派人到刘家峻组织召开斗争金旺、兴旺兄弟的群众大会:

> 起先大家还怕扳不倒人家,人家再返回来报仇,老大一会没有说话,有几个胆子太小的人,还悄悄劝大家说:"忍事者安然。"有个被他两人作践垮了的年轻人说:"我从前没有忍过?越忍越不得安然!你们不说我说!"……他一说开了头,许多受过害的人也都抢着说起来……①

这短短的一段叙述,后来成为赵树理小说叙述翻身故事的主要套路。无论是《李有才板话》关于"阎家山,翻天地"的叙述,还是《李家庄的变迁》关于铁锁、冷元、二妞等人积极参加革命使李家庄发生变迁的叙述,都是从被"作践垮了"的人物开始小说叙述的。由此可见,在赵树理笔下,农民都有"说"的欲望,只是"怕扳不倒人家",被金旺、兴旺兄弟的势力压着而已。一旦有人开始"说"了,大家"也都抢着说起来",争先恐后地释放自己"说"的欲望。这说明在威压之下,每个人"说"的欲望都被压抑,都存有反抗之心,只是需要一个释放欲望的突破口罢了。这个突破口源于革命政权的积极诱导,因为群众大会是区上派员组织召开的。但更重要的是,小说叙述最先发言的人是"被他两人作践垮了的",意味着"说"的欲望必须是在被压抑到极限之时才会一遇到突破口就迸发出来。换言之,《李家庄的变迁》中二妞质疑"为什么不敢说"②,乃是"说"的欲望被压抑到极限时的爆发。否则,"忍事者安然"就是农民最高的处世哲学。而一旦这种"说"的欲望的释放与革命紧密地结合在一起,"越穷越革命"的革命谣谚的合法性也就被构建出来了。

在《李有才板话》中,赵树理将李有才的身份设定为"没有地,给村里人放牛""没有家眷"的雇农,但又说他爹留给他一孔土窑三亩地,只

---

① 赵树理:《小二黑结婚》,《赵树理全集》第2卷,大众文艺出版社2006年版,第233—234页。
② 赵树理:《李家庄的变迁》,《赵树理全集》第3卷,大众文艺出版社2006年版,第5页。

是"后来把地押给阎恒元"①，暗示李有才的雇农身份与阎恒元的权势有关。这个生活在阎家山最底层的人，是老槐树底最能"说"、敢"说"的一个人。相比之下，薄有土地、拥有妻儿的老秦就是个自觉的哑巴。阎恒元料定他在陌生人面前不敢"说"，年轻人说他几句，他也"就不说话"了。老杨同志来到阎家山工作时住在他家，他害怕官官相卫，不但希望自己的老婆不说话，还因为自己五岁的女儿念了小顺编的快板而打了她一掌，并骂道："可哑不了你！"② 被压迫的老秦不仅是个自觉的哑巴，而且希望一家人都成为哑巴，压抑"说"的欲望。这意味着未到"置之死地而后生"的时候，老秦是"不敢说"的。而李有才无所牵挂，作为一个纯粹靠出卖劳动力为生的雇农，他几乎就是农村的无产阶级，因此敢"说"，而且能"说"，李有才既是阎家山农民心声的代言人和引导者，也是革命政权建立乡村秩序的最有效的合作者。当然，这里还有一个需要先分析的细节是老秦强制妻儿变成哑巴。老秦在自己家里，所以具有这样的能力，肇因于传统的宗族文化，也就是《李家庄的变迁》中，李如珍认为二妞能"说"就是"无法无天"的宗族文化。在铁锁家与春喜家的官司中，事主分别是双方的妻子，但"说理"时却不允许她们在场，理由是小毛解释为什么不叫二妞时说的："家有千口，主事一人。有你男人在场，叫你做什么？"③ 在威压之下不敢"说"的老秦，因为可以将"说"的欲望释放在妻儿身上，从而逃避了"为什么不敢说"的命题。

赵树理在《刘二和与王继圣》和《邪不压正》里也叙述了同样的情形。《刘二和与王继圣》中的老刘因为租种王光祖的土地，租住王光祖的房舍，对于地主不"说理"的言行一再忍让，什么都不敢"说"，甚至制止儿子刘二和去说理。《邪不压正》中的王聚财在刘锡元、小旦以及小昌的威压下，敢怒而不敢"说"，而且反对女儿软英不忍气吞声、一定要嫁给小宝，认为她只看得见眼毛底下的事情。这便意味着，"为什么不敢说"不仅是威压的问题，更是传统的宗族文化的问题。必须从根本上摧毁传统的宗族文化，才能真正解决"为什么不敢说"的困境。也正因为如此，近似于农村的无产阶级的雇农李有才，才被赵树理叙述为阎家山老槐树底人

---

① 赵树理：《李有才板话》，《赵树理全集》第 2 卷，大众文艺出版社 2006 年版，第 249 页。
② 同上书，第 286 页。
③ 赵树理：《李家庄的变迁》，《赵树理全集》第 3 卷，大众文艺出版社 2006 年版，第 6 页。

的心声的代言者，以及"阎家山，翻天地"的总结者。同样，聚宝在《刘二和与王继圣》中扮演了类似李有才的角色。一度，赵树理似乎也打算让老拐在《邪不压正》中演出同样的戏份，但可能因为在小说叙事上另有讲究，仅于开头和临近结尾时灵光乍现就消失了。李有才、聚宝已经不担心会失去什么，因此，"为什么不敢说"呢？在赵树理的小说叙述中，他们成了最早的敢"说"、能"说"的一群，是农村社会中"说"的欲望的集中表现者。

但是，赵树理并未在小说中将李有才、聚宝等人物的意义绝对化，而是塑造了个别与之参照的人物，如《刘二和与王继圣》中的李安生及《邪不压正》中的小旦。李安生是王光祖家的长工，与聚宝一样没有财产、没有儿女，但却绝对维护王光祖家的利益。小旦在"土改"的历次运动中，回回都作为穷人受到照顾，但却始终不像老拐那样守着穷人的正义，而是趋炎附势、私心自用。因此，就赵树理的小说叙述而言，"越穷越革命"并不是绝对的，穷而"说理"，像李有才、聚宝一样，才能与革命建立积极的关联。

赵树理并不单纯叙述穷人的革命。应当说，他叙述的主要是农民的革命。因此，他的小说以更多的篇幅来叙述有一定产业的农民"为什么不敢说"的困境以及走出困境的道路。《李家庄的变迁》是个最有力的例证。小说前半部分集中笔墨叙述铁锁一家经济上的衰落及铁锁的太原之行，后半部分叙述冷元、王安福、白狗等人的觉醒，通篇未曾叙及一个雇农。可见，李家庄变迁的关键并不在于农民内部的阶层划分，而在于农民作为一个阶级对李家庄世界之"理"的掌控。也就是说，像铁锁这样的农民"为什么不敢说"以及如何变得敢"说"，可能才是赵树理小说叙述最重要的命题。《邪不压正》同样证明了这一点。王聚财是一个有产的农民，他在小说结尾得出的"这真是个说理的地方"的判断，作为整个小说叙事上的意义制高点，意味着叙事者对于其判断的认同。因此，赵树理以《邪不压正》再次表明，农民"为什么不敢说"以及如何变得敢"说"，是最重要的命题。

二

一旦"说"的欲望被发现和释放，接踵而来的问题就是应该如何说理。《李有才板话》叙述老杨同志来到阎家山后，通过体察民情，了解到农会把持在阎恒元手上,根本没有可能服务于老槐树底"老"字辈、"小"字辈的利益,于是着手重新组织农救会。在准备的过程中,积极分子小明表示没有阎家的话难以成事,没有"干得了说话的",而老杨同志则认为"老槐树底的能人也不少,只要大家抬举,到个大场面上,可真能说他几句"。另一个积极分子小保就问:"人家要说理咱怎么办?人家要翻了脸咱怎么办?"① 小保提出了一个非常重要的问题,就是在"说"的欲望被革命释放出来之后,农民并不知道该如何"说",也不知道该"说"到怎么的程度才算合"理"。这也就意味着,当"说"的欲望刚刚被释放出来的时候,不管"农民"是否具有"说"的能力,都不清楚"说"的性质和目的是什么。从小保担心"人家要翻了脸咱怎么办"来看,他显然并不理解老杨同志带来的革命是一个阶级推翻另一个阶级统治的暴烈的行动,还纠缠在农村日常人际关系的细节中。毛泽东在1927年所说的"革命不是请客吃饭,不是做文章,不是绘画绣花,不能那样雅致,那样从容不迫,文质彬彬,那样温良恭俭让",尚非赵树理笔下的农村社会中进行革命的流行法则。事实上,在赵树理笔下,农民总是存留着"温良恭俭让"②的幻想。

在《刘二和与王继圣》中,赵树理通过流落他乡多年的聚宝的视角发现黄沙沟农民翻身非常不彻底,就询问原因:

> 小胖说:"为什么?"又指着老刘、大和、二和、铁则、鱼则说:"这几个人?算了吧!教着曲也唱不响!背地里不论给他们打多少气,一上了正场就都成了闷葫芦了。自己不想翻,别人有什么法?"
>
> 大和向聚宝说:"老叔你不摸内情:人不能跟人比,一个人有一个人的本事。小胖人家是武委会主任,嘴一份手一份,能说能打;像我们这些人,平常只在黑处钻着,上了大场面能说个啥?谁知道什么该说什么不该说?说出去谁知道是啦不是啦?"③

---

① 赵树理:《李有才板话》,《赵树理全集》第2卷,大众文艺出版社2006年版,第293页。
② 毛泽东:《湖南农民运动考察报告》,《毛泽东选集》第1卷,人民出版社1991年版,第17页。
③ 赵树理:《刘二和与王继圣》,《赵树理全集》第3卷,大众文艺出版社2006年版,第202页。

大和向聚宝和盘托出了"像我们这些人"的"说"的困境，因为没有小胖那样的权力，"平常只在黑处钻着"，权力对于他们而言是神秘的，所以即使释放"说"的欲望的场合出现了，也不知道"上了大场面能说个啥"，更不知道"什么该说什么不该说"，"说出去"之后会有怎样的结果。对于大和这些人而言，关于"说"的一切都无法预判、不可控制，因此，不管能不能"说"，都选择了"不说"。这个"不说"与屈于权势的"不敢说"有联系，也有区别。联系之处在于，大和的"不说"与其父老刘一样，在威压之下或深或浅地失去了"说"的能力；区别之处在于，威压之下的"不敢说"，更多是因为不敢，不是不能或不会，而有了"说"的场合却"不说"，则主要还是因为不能或不会。这一点在《邪不压正》中有进一步的表现，其中的安发就被叙述为一个"只会说几句庄稼话"[1]而应酬不了小旦的老实人。

更精彩的细节是安发、二姨和金生在群众大会上斗争刘锡元的对话：

安发说："那老家伙真有两下子！要不是元孩跟小昌，我看谁也说不住他。"二姨问："元孩还有那本事？"金生说："你把元孩看错了，一两千人的大会，人家元孩是主席。刘锡元那老家伙，谁也说不过他，有五六个先发言的，都叫他说得没有话说。"[2]

刘锡元虽然已经失势，成了群众大会上的阶下囚，但在"说"的方面依然占据上风，"五六个先发言的，都叫他说得没有话说"，可见"说"的能力之强。这也便反证，农民作为刘锡元的对手，虽然在权力秩序上已经反败为胜，但并未同时获得"说"的能力。能不能"说"、该怎么"说"，成为"革命的第二天"[3]的重大问题。虽然刘锡元在小说中莫名其妙地死了，但赵树理显然无意于以权力的更替说明一切，在小说叙述中以暴力将他处死，而是试图构建"说理"的逻辑，使刘锡元在"理"的意义上认识

---

[1] 赵树理：《邪不压正》，《赵树理全集》第 3 卷，大众文艺出版社 2006 年版，第 285 页。
[2] 同上书，第 291 页。
[3] 丹尼尔·贝尔说："革命的设想依然使某些人为之迷醉，但真正的问题都出现在'革命的第二天'。那时，世俗世界将重新侵犯人的意识。人们将发现道德理想无法革除倔强的物质欲望和特权的遗传。人们将发现革命的社会本身日趋官僚化，或被不断革命的动乱搅得一塌糊涂。"[美]丹尼尔·贝尔：《资本主义文化矛盾》，赵一凡、蒲隆、任晓晋译，生活·读书·新知三联书店 1989 年版，第 75 页。

自己。也就是说，能不能"说"，该怎么"说"的问题，乃是与革命行动密切相关的革命伦理与革命文化的问题。必须在"说"的层面上驳倒刘锡元，农民参与的革命行动的合法性才能真正确立。

但是，农民并不知道"人家要说理咱怎么办"的答案。老杨同志表示"用农救会出名跟他们说理"①，虽然解决了"说"的名义问题，但并未从思想上提高小明他们的认识，而只是从组织上给予他们支持。这种支持，毫无疑问主要是一种权力。正因为如此，在阎家山欢天喜地的干梆戏声中，老秦将老杨同志当成救命恩人来跪谢，使得后者不得不教育前者说："大家是你的恩人，你也是大家的恩人……"② 跪谢救命之恩，在很大意义上正是农民对革命最主要的感受。③ 虽然感恩也是革命发生之后一种正常的感情指向，但值得注意的是老秦式的感恩背后是主体意识的沉埋。老秦显然并不理解老杨同志所说的"大家是你的恩人，你也是大家的恩人"，而只能眼见为实，视老杨同志为恩人。这样一来，一旦"说"的欲望需要释放，类似老秦的农民就会将这一欲望转嫁他处，自身则始终缺乏"说"的能力。在这个意义上，《小二黑结婚》中的小二黑和小芹与二诸葛老婆并没有什么区别。小二黑和小芹都不情愿父母包办各自的婚事，但不知怎么"说"服父母。后来小二黑知道"说"了："我打听过区上的同志，人家说只要男女本人愿意，就能到区上登记，别人谁也做不了主……"④ "理"是"人家说"的，虽然切合小二黑的意愿，但小二黑借来"说"父母时，其力量便主要是因为"区上"作为权力的存在。小二黑的"说"本身是无力的，二诸葛便不以为然，甚至到了"区上"也公然说"那不过是官家规定"。因此，除了找"区上"，小二黑实际上并不知道二诸葛要"说理"时该怎么"说"回去。二诸葛老婆也如此，当三仙姑来势汹汹地兴师问罪时，除了"咱两人就也到区上说说理"⑤，的确难以有别的抵挡进攻的台词。类似的细节普遍地出现在赵树理小说当中，如《来来往往》中金山

---

① 赵树理：《李有才板话》，《赵树理全集》第2卷，大众文艺出版社2006年版，第294页
② 同上书，第302页
③ 当然，需要分辨的是，所谓感恩，也是一种塑造。比如《东方红》，原来是陕西葭县民队移民延安时编唱的《移民歌》，后来经各种渠道进入延安文艺工作者的视野，变成可供演唱的歌曲《东方红》。参见公木《谈谈〈东方红〉这支歌》，《文化月刊》1998年第8期。
④ 赵树理：《小二黑结婚》，《赵树理全集》第2卷，大众文艺出版社2006年版，第224页。
⑤ 同上书，第229页。

"说"不过张世英就要"叫你指导员说说"①,《李家庄的变迁》中铁锁"说"不过李如珍,修福老汉就建议铁锁"上告他"②,《三里湾》中袁小俊"说"不过玉生时,"能不够"就教唆女儿"去找干部评评理去",而小俊说"他已经先去了"③,李林虎、赵正有、袁丁未就驴的问题"说"到词穷时也提出"到区上和他讲讲理""跟你到区上说说理"④,等等,不一而足。总之,"说"的能力始终是赵树理小说中的一个重要问题。

三

"能说话"的人在赵树理笔下的农村变革中扮演了举足轻重的角色。这一创作模式从《小二黑结婚》就开始了,斗争金旺、兴旺兄弟的群众大会能顺利进行,主要依靠那被"作践垮了"的年轻人敢于第一个开口"说"。而在《李有才板话》中,"能说话"的李有才的重要性更是毋庸置疑,就是继承了李有才"说"的能力的小顺,也成为老杨同志在阎家山展开动员工作和组织工作的得力助手。"能说话"的李有才的"能"主要表现在编快板,通过快板揭露阎家山政治现实的真相。阎恒元对李有才"说"的能力深感恐惧,便诬蔑他"造谣生事","简直像汉奸",将他驱逐出阎家山,⑤ 这从反面充分说明一个"能说话"的人在乡村社会秩序当中占据多么重要的位置。小顺把李有才的板话念给老杨同志听,"老杨同志越听越觉着有意思,比自己一件一件打听出来的事情又重要又细致",想亲自访问李有才⑥。其后,在组织农救会时,老杨同志请李有才编了一个入会歌,村民"听了这入会歌,马上就有二三十个入会的"⑦,效果相当惊人。而当张得贵散布谣言说农救会不长久,老村长永远不离阎家山时,又是李有才编了快板,"这样才算把得贵的谣言压住"⑧。最后,阎恒元在阎家山的统治被顺利终结了,老杨同志又请李有才"编个纪念歌",并在

---

① 赵树理:《来来往往》,《赵树理全集》第 2 卷,大众文艺出版社 2006 年版,第 348 页。
② 赵树理:《李家庄的变迁》,《赵树理全集》第 3 卷,大众文艺出版社 2006 年版,第 10 页。
③ 赵树理:《三里湾》,《赵树理全集》第 4 卷,大众文艺出版社 2006 年版,第 197 页。
④ 同上书,第 352—353 页。
⑤ 赵树理:《李有才板话》,《赵树理全集》第 2 卷,大众文艺出版社 2006 年版,第 276—277 页。
⑥ 同上书,第 288 页。
⑦ 同上书,第 295 页。
⑧ 同上书,第 298 页。

他编出后说，"这就算这场事情的一个总结吧"。① 这一切从正面表明了"能说话"的人在认识和改造乡村社会秩序上的重要性。甚至可以说，李有才是阎家山的史诗作者。他不仅代表了阎家山人对于自己家乡的认知和理解，而且引导外来者了解阎家山的历史和现状，他编的快板发挥了阎家山地方社会史的功用。同时，更为重要的是，在"阎家山，翻天地"的过程中，李有才编的快板起到了社会动员作用和最终的价值评判作用，从而具有了史诗的功能。而从老杨同志的角度言之，他在阎家山的社会动员和组织工作的成功与李有才的"能说话"直接相关。这表明革命在乡村社会中的发生和成功，首先必须与"能说话"的人结合在一起，然后才有可能更为顺利地实现革命的目标，建立革命的秩序。

在《孟祥英翻身》中，去西峧口协助工作的第五专署工作员之所以要亲自去找孟祥英的婆婆商量，让孟祥英当妇救会主任，就是因为此乃革命工作在乡村展开的必由之路。虽然孟祥英的婆婆以一个"干不了"顶到底，但工作员鉴于孟祥英"能说话"且"说话把得住理"②，始终没有放弃。据小说的叙述，孟祥英当了妇救会主任以后，果然成了生产度荒的英雄，影响了西峧口所属的整个区的妇女。在《小经理》中，三喜被群众选为村里合作社的经理，"能说话"也是重要的理由之一。他"说个话，编个歌，都是出口成章，非常得劲"③，不仅开斗争会时发挥了很大作用，而且当上了经理，对"革命的第二天"的建设也同样起作用。赵树理延续这一叙述路数，在《三里湾》中专门叙述了金生等人如何"说"服范登高放弃资本主义个人生产的道路，并加入社会主义合作化运动。其中有一个细节是范灵芝在旗杆院东房制作分配总表，同时北房在开支部大会，做范登高的思想工作。范灵芝无心听到范登高强调私有制度存在时不能反对个人生产，却被张永清、王金生他们反驳得很好，"暗自佩服这些人的本领"④。这充分说明，即使是在社会主义建设时期，赵树理仍然认为"能说话"相当重要。同样的情况在《"锻炼锻炼"》中也有表现。主任王聚海瞧不起妇女，认为高秀兰"连'锻炼'也没法'锻炼'"，但在她的一张批评他

---

① 赵树理：《李有才板话》，《赵树理全集》第 2 卷，大众文艺出版社 2006 年版，第 303—304 页。
② 赵树理：《孟祥英翻身》，《赵树理全集》第 2 卷，大众文艺出版社 2006 年版，第 382 页。
③ 赵树理：《小经理》，《赵树理全集》第 3 卷，大众文艺出版社 2006 年版，第 223 页。
④ 赵树理：《三里湾》，《赵树理全集》第 4 卷，大众文艺出版社 2006 年版，第 295—296 页。

"太主观"的大字报贴出来之后,就说:"没想到秀兰这孩子还是个有出息的,以后好好'锻炼锻炼'还许能给社里办点事。"① 没有"说"的能力,就是想要在社会主义建设中发挥作用也是不可能的。因此,无论就革命还是就建设而言,在赵树理笔下的农村社会变迁中,"能说话"的人都相当重要。

"能说话"的人的重要性还表现在赵树理的小说叙事上。《地板》中的小学教员王老三也是个"能说话"的人。就赵树理的叙述意图而言,这篇小说是要破除农村的一个习惯性误会——"出租土地也不纯是剥削"②。不过,《地板》的叙述脉络是要以一个比地主王老四更能"说"的人在情理上说服后者。"能说话"的人对于赵树理小说叙述的意义由此可见一斑。如果说《地板》的整个结构都依赖小学教员王老三"说"的能力,那么《富贵》的结尾则需要主人公能"说"清楚自身所背负的道德污蔑的根源。小说人物"说"的能力是赵树理结构小说的重要因素。在《李家庄的变迁》中,小常来到李家庄进行牺盟会的组织工作,发现冷元"说"的能力强,"暗暗佩服这个人的说话本领"③,这里也应当透露出赵树理在小说叙述上的用心。自从冷元"说"的能力被小常发现后,铁锁在整个小说叙述中的重要性就迅速降低了。而在《刘二和与王继圣》中,赵树理再一次叙述了一个"能说话"的人——聚宝。小说写王光祖、王继圣都对聚宝回到黄沙沟感到不安,试图笼络他,但聚宝不仅丝毫不为所动,而且谋算着:"不说是不说,说就得给他个厉害叫他怕。"④ 不过,由于《刘二和与王继圣》并未完成,在聚宝感叹"照你们这样,一千年也翻不了身"⑤ 之后,小说叙述将发生怎样的峰回路转,聚宝怎样能"说",大和、宿根、铁则、鱼则等人是否由"不说话"变得能"说",是不便猜测的。据《邪不压正》叙述安发由"只会说几句庄稼话"到成为贫农组长,或许可以逆推赵树理小说叙述的线索可能是大和等人终于掌握了"说"的能力。因此,在

---

① 赵树理:《"锻炼锻炼"》,《赵树理全集》第5卷,大众文艺出版社2006年版,第226—227页。
② 赵树理:《也算经验》,《赵树理全集》第3卷,大众文艺出版社2006年版,第350页。
③ 赵树理:《李家庄的变迁》,《赵树理全集》第3卷,大众文艺出版社2006年版,第58页。
④ 赵树理:《刘二和与王继圣》,《赵树理全集》第3卷,大众文艺出版社2006年版,第216页。
⑤ 同上书,第219页。

赵树理的小说中，"能说话"的人不仅与革命有着密切的关系，而且与关于革命的小说叙述有着密切的关系。当然，所谓赵树理在小说叙述上的用心，未必是自觉的，他毕竟不是一个在小说叙述上特别用心的作家。

作为"理"上和小说叙事上的平衡，赵树理在小说中设置了另外一种类型的"能说话"的人，他们就是如李如珍、小毛、小旦、刘锡元、常有理、小腿疼、贾鸿年这类人物形象。这些反面人物虽然千差万别，但都能说会道①。赵树理通过他们的存在明确其小说的叙事指向，即"能说话"的人必须在符合革命和社会主义建设的要求的条件下，才是变革农村社会秩序的有机组成部分。否则，"说"的能力越强越危险。

无论如何，赵树理叙述的革命以及革命叙述的重要任务都是寻找"能说话"的人。只有找到"能说话"的人，革命才能更为有效地楔入乡村社会秩序的重建；只有依赖"能说话"的人，革命才能更直接地在"理"上有所表现，从而更好地构造新的农村社会秩序。

（原载《文艺研究》2016年第3期）

---

① 就人物形象的分类而言，黄修己分出二诸葛系列、三仙姑系列、孟祥英系列、小字辈系列、翻得高系列、万宝全系列、农村知识青年系列等七种，又指出马多寿、富贵是孤立的形象，无疑更加细腻。他进而以《小二黑结婚》为赵树理小说创作的主系统，以《李有才板话》为副系统，认为，"从《小二黑结婚》开始，便有了一个稳定的构成体系，这种稳定性是作家生活基础牢固的表现，也是成熟的表现"。这种以人物形象的归纳来推演赵树理小说创作状况的意见，也别有深刻之处，参见黄修己《赵树理研究》，山西人民出版社1985年版，第93—104页。

（四）《白毛女》研究

《白毛女》与诉苦传统的形成

王彬彬[*]

一

1946年5月4日，刘少奇主持中共中央会议，通过了《中共中央关于土地问题的指示》[①]这个具有划时代意义的文件，史称"五四指示"。这个指示首先指出：在山西、河北、山东、华中"各解放区"有极广泛的群众运动，广大群众在反奸、清算、减租、减息斗争中，"直接从地主手中取得土地"、实现"耕者有其田"；群众热情极高，在群众运动深入开展的地方，"基本上解决了或正在解决土地问题"。"五四指示"接着指出：面对"各解放区"群众的此种行为，"一部分汉奸、豪绅、恶霸、地主"发出了骂声；一些"中间人士"也表示了怀疑，在中共党内，"亦有少数人感到群众运动过火"。

"五四指示"一开始就提出了面对群众直接从地主手中夺取土地的行为，党应该怎么办的问题，而之所以出现"怎么办"的问题，是因为直接剥夺地主土地，意味着中共中央的土地政策和政治路线发生剧变。抗战时期，中共在自己的占领区实行减租减息政策。减租减息，前提是承认地主对土地财产的所有权，而剥夺地主土地财产，则意味着对地主地权财权的否认，意味着中共又恢复了"土地革命时期"的土地政策和政治路线。这

---

[*] 作者单位：南京大学新文学研究中心。
[①] 《刘少奇年谱》下卷，中央文献出版社1996年版，第42页。

当然是极其重大的变化。

怎么办？"五四指示"做出了很肯定的回答：

> 各地党委在广大群众运动面前，不要害怕普遍地变更解放区的土地关系，不要害怕农民获得大量土地和地主丧失土地，不要害怕消灭农村中的封建剥削，不要害怕地主的叫骂和诬蔑，也不要害怕中间派暂时的不满和动摇。相反，要坚决拥护农民一切正当的主张和正义的行动，批准农民获得和正在获得土地。对于汉奸、豪绅、地主的叫骂应当给予驳斥，对于中间派的怀疑应当给以解释，对于党内的不正确观点，应当给以教育。
>
> 各地党委必须明确认识，解决解放区的土地问题是我党目前最基本的历史任务，是目前一切工作的最基本的环节。必须以最大的决心和努力，放手发动与领导群众来完成这一历史任务，并依据下列各项原则，给当前的群众运动以正确的指导。

在要求各地党委遵循的"各项原则"中，第一条是："在广大群众要求下，我党应坚决拥护群众在反奸、清算、减租、减息、退租、退息等斗争中，从地主手中获得土地，实现'耕者有其田'。"[①]

5月5日，毛泽东对"五四指示"做了审订并致信刘少奇；"此件略有增减，请酌"；"可用中等密码发出"，"关于宣传事项（不要谈土地革命等）请草一简电"[②]。中共中央随即发出了"五四指示"。虽然实质上恢复了"土地革命时期"的政策，但为了不给外界过于强烈的刺激，根据毛泽东的意见，这一次没有用"土地革命"的名义，而称为"土地改革"。5月13日，刘少奇遵照毛泽东的指示，起草了《中共中央关于暂不宣传改变土地政策的指示》。这个"指示"共三条。第一条是强调"实现土地关系的根本改变"对于"巩固解放区"、对于"反对国民党的政治进攻和军事进攻"是极其必要的，同时也是"正当与正义的"。但是，"暂时不要宣传农民的土地要求"，不要宣传土地政策的改变，不要宣传"解放区"的"土改运动"，"以

---

① "五四指示"内容，见《中国土地改革史料选编》，国防大学出版社1988年版，第253页。

② 《刘少奇年谱》下卷，中央文献出版社1996年版，第42页。

免过早刺激反动派的警惕性,以便继续麻痹反动派一个时期,以免反动派借口我们政策的某些改变发动对于群众的进攻"。紧接着是:

> 二、为了拥护当前的群众运动,各地报纸应当尽量揭露汉奸、恶霸、豪绅的罪恶,申诉农民的冤苦。各地报纸应多找类似白毛女这样的故事,不断予以登载,应将各处诉苦大会中典型动人的冤苦经过核对事实加以发表,以显示群众行动之正当和汉奸恶霸豪绅之该予以制裁。在文艺界应该鼓励白毛女之类的创作。①

中共中央在决定开始"土地改革"时,把《白毛女》树立为文艺创作的样板。《白毛女》后来产生那样大的影响,与此当然有很大关系。1946年5月,"土改运动"即在中共的"各地解放区"轰轰烈烈地展开;中华人民共和国成立后,土改运动"更在全国范围内锣鼓喧天地进行。在中华人民共和国成立前后的"土改运动"中,"新歌剧"《白毛女》一演再演。《白毛女》虽是歌剧,却能在理论上证明"土改"的刻不容缓和合理合法。同时,《白毛女》因为是歌剧,更能在感情上起着动员作用。在"土改运动"中,"动员"是非常重要的工作。中共中央高度重视这项工作。需要动员广大农民起来与地主算账、从地主手中夺取土地财产,也需要动员其他人员,包括城市中的市民、知识分子认同"土改"、支持"土改"。而文艺作品是情感动员的绝佳方式。中共中央虽然十分重视文艺的政治功能,但在中央文件中明确将某部文艺作品树为标兵的情形,却很罕见。抗战结束后的"土改",对于中共来说,意味着历史的重大转折。"土改"能否成功地推进,关乎中共的生死存亡。而《白毛女》能在"土改运动"中发挥独特作用,所以受到中央的如此推许。

刘少奇是在强调"诉苦"的必要时提及《白毛女》的。作为中共领导人之一刘少奇看重的是《白毛女》中的"诉苦"内容,看重的是其控诉功能。刘少奇以中央的名义发出"应该鼓励白毛女之类的创作"的指示,自然会导致"诉苦文学"的兴盛。"诉苦"不仅仅在"土改"题材的创作中几乎成为必备的内容,也不仅仅在"土改"时期的创作中普遍存在,在

---

① "五四指示"内容,见《中国土地改革史料选编》,国防大学出版社1988年版,第253页。

"土改"结束之后,"诉苦"仍然是文艺作品的常见内容。可以说,《白毛女》出现后,"诉苦"成为中国文学的一种传统。

二

《白毛女》真可谓应运而生之作。《白毛女》成为样板、标兵,并对此后文艺创作产生巨大影响,与它出现于1945年春的延安有极大的关系。如果早出现几年,出现在中共还不可能改变土地政策的时候,《白毛女》不会受到中共顶层的高度重视;如果晚出现几年,出现在"土改"已顺利展开之后,《白毛女》的政治意义也不会那么突出。出现在延安,所以能够立即进入中共顶层的视野,这一点也并非无关紧要。《白毛女》还有一层幸运之处,那就是问世于中共七大召开期间。它的首次演出,观众是毛泽东等党的领袖和参加七大的代表。它不需要经过一个从下往上产生影响的过程。中共中央在对"土地改革"进行顶层设计时,把《白毛女》纳入了计划之内,或者说,把《白毛女》作为了一块材料,这使它一开始就占据了政治影响和文化影响的制高点。

《白毛女》其实首先把如何看待地主、如何对待地主以及如何在文艺作品中描写地主的问题摆在了人们面前。

在如何看待和如何对待地主的问题上,中共的态度有过几次变化。1927年国共合作破裂后,中共开始了武装割据,在自己的占领区建立了苏维埃政权。"打土豪,分田地"六个字形象地概括了这个时期中共的土地政策,也形象地说明了看待和对待地主的态度。这个时期,中共实行的是消灭地主阶级的政策。在中共党史上,这个时期被称为"土地革命时期","革命"二字说明了一切。"西安事变"后,国共为实现"第二次合作"而开始了谈判。1937年7月17日,中共代表周恩来、秦邦宪、林伯渠同国民党代表蒋介石、张冲、邵力子在庐山举行会谈,中共代表提议以《中共中央为公布国共合作宣言》作为两党合作的政治基础[①]。经过双方反复磋商后,9月22日,国民党方面终于同意公布《中共中央为公布国共合作宣言》。中共的"宣言"中,有一条是"停止以暴力没收地主土地的政

[①]《中共党史大事年表》,人民出版社1987年版,第120页。

策"①。改变"土地革命时期"的做法，变没收地主土地为减租减息，变消灭地主为与地主结成统一战线，不仅仅是实现国共再次"合作"的条件，也是中共自身存在、发展所必需。1941 年 9 月，时任中共北方分局书记的彭真，在《关于晋察冀边区党的工作和具体政策的报告》中说："抗战和抗日根据地的支持，需要广泛而巩固的民族统一战线，而敌后根据地（处在乡村）统一战线的两个主角则是地主和农民。农民是抗日的主力，抗日的支柱，而地主则是现在不可缺少和不能丧失的抗日同盟者。"② 这当然不是彭真个人的看法，而是在阐释中央看待和对待地主的现行态度。

1942 年 1 月 28 日通过的《中共中央关于抗日根据地土地政策的决定》也强调："承认地主的大多数是有抗日要求的，一部分开明绅士并是赞成民主改革的。故党的政策仅是扶助农民减轻封建剥削，而不是消灭封建剥削，更不是打击赞成民主改革的开明绅士。故于实行减租减息之后又须实行交租交息，于保障农民的人权、政权、地权、财权之后，又须保障地主的人权、政权、地权、财权，借以联合地主阶级一致抗日。"③

地主必须减租减息，农民应该缴租缴息；农民的财产权必须得到保障，地主的财产权也应该得到保障。如果按照这个原则评价《白毛女》，《白毛女》的政治合法性就不是十分充分。《白毛女》中，杨白劳因为欠了地主黄世仁的租和钱，所以才有黄世仁强迫杨白劳以喜儿抵租抵账之举。剧中的黄世仁的所作所为，当然是丑恶、残暴的，但收租收账这一行为本身，却是符合中共抗战时期的政策的。

抗战时期，中共把地主阶层作为统一战线中的重要部分，并不意味着就不对地主进行斗争。对地主，是既斗争又联合，也就是所谓"一打一拉"。1942 年 2 月四日做出的《中共中央关于执行土地政策决定的策略的指示》，对于"一打一拉"的实质解释得很清楚。这个"指示"首先强调，在群众真正发动起来、实行了减租减息后，"又要让地主能够生存下去"。"指示"强调，"在政治上则实行三三制"。对于"三三制"，毛泽东的解释是："根据地抗日民族统一战线政权的原则，在人员分配上，应规定为共产党员占三分之一，非党的左派进步人士占三分之一，不左不右的

---

① 《解放》周刊第 18 期，1937 年 10 月 2 日。
② 《中国土地改革史料选编》，国防大学出版社 1988 年版，第 70 页。
③ 同上书，第 83 页。

中间派占三分之一。"① 一个地主如果赞成抗日而又并不反共,就有参与执掌政权的资格。抗日根据地的政权中,必须有三分之一的人员是这种既赞成抗日又并不反共的"开明绅士"。这个关于"策略的指示"指出,吸收"开明绅士"参与政权,是要让他们"觉得还有前途",是要拆散他们与日本人和国民党"顽固派"的联合。

为了不让地主阶层与日本人和国民党"顽固派"联合起来,所以要对地主采取联合的政策。但仅有联合是不够的,同时也要有斗争。这个关于"策略的指示"是这样表述的:"联合地主抗日是我党的战略方针。但在实行这个战略方针时,必须采取先打后拉、一打一拉、打打拉拉、拉中有打的策略方针。"这个关于"策略的指示"还就减租减息的具体策略做了说明。关于减息,是这样强调的:"抗战以后是借不到钱的问题,不是限制息额的问题,各根据地都未认清这个道理,强制规定,如息额不得超过一分或一分半,这是害自己的政策,今后应该听凭农民自己处理,不应该规定息额,目前农民只要有钱贷,即使利息是三分四分,明知其属于高利贷性质,但于农民有济急之益。"② 抗战期间,减租可以强制执行,因为地主的田地是明摆着的,无法隐瞒,也可以以法令的方式限制地主"夺佃"(所谓"夺佃"即拒绝出租田地)。但却无法强制减息,因为一个人有多少现钱,别人是无法知晓的。如果他认为息额过低,就可以拒绝出借,这谁也没办法。抗战开始后,由于各根据地强制规定息额,导致有钱人普遍捂紧钱袋,不再借出。民间借贷活动停滞,这首先对需钱应急的贫苦农民造成麻烦,甚至让他们陷于绝境。中央强调不应该由政府规定息额,听凭借贷双方商定,哪怕息额三分四分也不要干涉,实际上是默认了高利贷的合法,因为三分四分的息额,的确是高利贷了。

《白毛女》中,杨白劳一是欠了黄世仁的租,二是欠了黄世仁的高利贷。前面说过,按照中央的政策,杨白劳本有缴租的义务。至于高利贷,也是借钱时杨、黄双方商定的,按照中央政策,也合法。所以,黄世仁的逼租逼债的方式虽然凶残、歹毒,但这"租"和"债"本身却是受法律保护的。

---

① 毛泽东:《抗日根据地的政权问题》,《毛泽东选集》第2卷,人民出版社1991年版。
② 《中共中央关于执行土地政策决定的策略的指示》,《中国土地改革史料选编》,国防大学出版社1988年版,第87—88页。

三

当然,《白毛女》中黄、杨的租佃关系和借贷关系,发生在中共到来并开展减租减息运动之前。但既然减租减息运动开展以后都承认收租和放高利贷的合法性,那黄、杨之间的租佃行为和借贷行为就仍然受抗日民主政权的法令保护。何况,中共的减租,是指"今后"的租额必须下降,并不追究过去。这一点,《中共中央关于执行土地政策决定的策略指示》也做了强调:"减租是减今后的,不是减过去的"①,即便是按照减租后的租额,杨对黄的欠租,也只是一个额度过高而应该减低的问题,而不是一个应该一笔勾销的问题。

正因为抗战期间中共在自己的根据地对地主实行的是"一打一拉"而非一棍打死的政策;正因为既要把地主的威风打下去又要团结地主"共同抗日";正因为既要迫使地主减租减息又要动员农民缴租缴息,所以,在理念上地主一般不是恶贯满盈、罪该万死、应予消灭的。各根据地的文艺作品在描绘地主形象时,当然也受这种中央精神的影响、制约。抗战期间中共各根据地文艺作品中的地主,往往是贪婪但并不贪得无厌;奸诈但并不丧尽天良;凶狠但并不蛇蝎心肠。对于这一点,沈仲亮在《在小说修辞与政治意识形态之间——从峻青〈水落石出〉看解放区小说"地主"形象的嬗变》一文中,有这样的概括:"这一时期的'地主'形象主要以懒惰、无赖、吝啬、贪婪、狡猾、阳奉阴违的面目示人。如《租佃之间》(李束为,1943)中的金卯、《红契》(李束为,1944)中的胡丙仁、《石磙》(韶华,1944)中的马三爷……等。他们贪图便宜、剥削劳动、偷奸耍滑,也搞些傻气十足的小破坏、耍点自以为是的小伎俩,这些缺点很容易和他们的个人性格结合起来,他们是可笑的、可厌的,但与十恶不赦的坏面貌还相差很远。"② 这样的概括大体是准确的。

《白毛女》中黄世仁的出现,带动了文艺作品中地主形象的改变。《白毛女》是根据晋察冀边区河北西部某地流传的"白毛仙姑"的故事创作的。根据贺敬之的说法,《白毛女》所依据的"白毛仙姑"的故事,本身

---

① 《中国土地改革史料选编》,国防大学出版社 1988 年版,第 87 页。
② 沈仲亮:《在小说修辞与政治意识形态之间》,《中国现代文学研究丛刊》2009 年第 1 期。

已经是一种"文学创作"："这个故事是老百姓的口头创作，是经过了不知多少人的口，不断地在修正、充实、加工，才成为这样一个完整的东西。"① 1944 年，这个故事流传到延安，贺敬之等人便据此创作了"新歌剧"《白毛女》。1945 年 4 月，《白毛女》在延安上演。

1945 年春，世界历史面临着转折，亚洲历史面临着转折，中国历史面临着转折，中共的历史也面临着转折。这时候，在欧洲战场上，德国败局已定；在亚洲战场上，日本也徒然垂死挣扎。2 月 4 日至 11 日，苏、美、英三国首脑斯大林、罗斯福、丘吉尔在苏联克里米亚半岛的雅尔塔举行会议。2 月 3 日，已经获知此信息的毛泽东给在重庆与国民党谈判的周恩来发来了电报，指出罗斯福、丘吉尔、斯大林已在开会，数日后即可见结果；又指出苏联红军已经迫近柏林、"各国人民及进步党派声势大振，苏联参与东方事件可能性增大。在此种情形下，美、蒋均急于和我们求得政治妥协"②。这意味着，形势可能变得对中共很有利。三国首脑雅尔塔会议的成果之一，是签署了《苏美英三国关于日本的协定》，规定苏联在德国投降、欧战结束后 2—3 个月内出兵中国，参加对日作战。毛泽东的预见很准确，苏联果然直接介入东方事务，而这对中共当然是大好消息。

1945 年 4 月 23 三日，中共第七次全国代表大会在延安召开，毛泽东致开幕词，指出，"目前的时机是很好的。在西方，反对法西斯德国的战争即将胜利地结束了。在东方，反对法西斯日本的战争，也接近了胜利，我们现在是处在胜利的前夜"。这样的话语显示出毛泽东的好心情。一个旧时期即将结束了。一个新时期即将开始了。既然旧时期即将结束，旧时期的政策也便即将废弃了；既然新时期即将开始，新时期的新政策也就必须产生了。紧接着，毛泽东强调，在打败日本后，中国存在着"光明"和"黑暗"两种前途："或者是一个独立、自由、民主统一与富强的中国，或者是一个半殖民地的半封建的分裂的贫弱的中国。"而"我们的任务"是"建设独立、自由、民主、统一与富强的新中国，力争光明前途，反对黑暗前途"③。这样的话语，则显示了毛泽东建设"光明"的"新中国"的

---

① 贺敬之：《〈白毛女〉的创作与演出》，中国当代文学研究资料丛书《贺敬之专集》，江苏人民出版社 1982 年版。
② 《毛泽东年谱》中卷，人民出版社、中央文献出版社 1993 年版，第 576 页。
③ 《第七次全国代表大会毛泽东同志开幕词》，《解放日报》1945 年 5 月 1 日。

政治雄心。

就是在这样的时候,"新歌剧"《白毛女》上演了。据张庚回忆,1945年4月28日,《白毛女》在中央党校礼堂首次公演,毛泽东、周恩来、朱德等中央领导和参加七大的代表观看了演出。剧中,当喜儿被从山洞救出时,后台响起了"旧社会把人变成鬼,新社会把鬼变成人"的歌声,而毛泽东和其他中央领导闻歌起立、热烈鼓掌。率先起立的,应该是毛泽东。在这样的场合,毛泽东不站起来,其他人不宜起身,而毛泽东起立了,其他人当然也会跟着。刚刚在七大开幕式上强调过"光明"和"黑暗"两种前途的毛泽东,有理由为"旧社会"与"新社会""人"与"鬼"的对比而兴奋。这样的戏,出现得真是时候。眼下太需要这样的文艺作品了。第二天,中共中央办公厅派人传达了中央书记处的意见。张庚说:

> 意见一共有三条:第一,这个戏是非常适合时宜的;第二,黄世仁应该枪毙;第三,艺术上是成功的。传达者并且解释这些意见说:农民是中国的最大多数,所谓农民问题,就是农民反对地主阶级剥削斗争的问题。这个戏反映了这种矛盾。在抗日战争胜利后,这种阶级斗争必然尖锐化起来,这个戏既然反映了这种现实,一定会很快广泛地流行起来的。不过黄世仁如此作恶多端,还不枪毙他,这反映了作者们的右倾情绪,不敢放手发动群众,广大观众一定不答应的。[①]

中央首先肯定这个戏"非常适合时宜"。什么"时宜"呢?就是抗战胜利后的"时宜"。抗战时期,理论上民族矛盾是最主要的矛盾,所以地主阶层也是团结的对象。抗战胜利,意味着阶级矛盾再次成为中国社会最主要的矛盾。因为农民是中国的"最大多数",阶级矛盾就主要体现为农民阶级与地主阶级的矛盾;阶级斗争就主要体现为农民与地主的斗争。抗战的胜利,当然意味着"抗日民族统一战线"的终结。既然农民与地主的矛盾上升为最主要的矛盾,地主当然就不再是团结的对象,而是斗争的主要目标。一九四六年五月,陈毅在论及如何执行中央"五四指示"时指

---

① 张庚:《回忆延安鲁艺的戏剧活动》,刘增杰等编:《抗日战争时期延安及各抗日民主根据地文学运动资料》,山西人民出版社1993年版,第468页。

出："减租减息政策本身是带有妥协性的。"① 减租减息、承认地主的人权、政权、地权、财权，是抗战时期的政治妥协，是一种无奈之举。现在，抗战胜利了，妥协便变得没有必要。为建立"抗日民族统一战线"而实行的减租减息政策，也必须被"土地革命时期"的"打土豪，分田地"所取代。

而《白毛女》在这样的时候登场，对于唤醒和强化广大农民的阶级意识，对于动员广大农民与地主做斗争，对于让社会各阶级理解、认同新一轮的土地革命，都有重大意义，所以，得到了毛泽东等中央领袖的赞赏。不过，认为作者没有让黄世仁被枪毙是因为有"右倾情绪"却是一种不公正的批评。贺敬之等人的思想还受着抗战时期中央对待地主政策的影响，不敢把黄世仁往死里写。没有枪毙黄世仁这一点，虽不适合抗战胜利后的"时宜"，却是适合抗战时期的"时宜"的。

四

毛泽东和中共中央十分看重《白毛女》中的诉苦内容，十分看重《白毛女》的控诉功能。此后的"土改运动"中，诉苦成为常用甚至必用的动员手段。"土改"工作组在任何一个村庄发动群众起来与地主做斗争时，总是先开诉苦大会。这当然不是说，中央是从《白毛女》中懂得了诉苦的动员功能。实际上，群众性的诉苦本是毛泽东的发明。当年在井冈山地区"打土豪，分田地"、进行"土地革命"时，毛泽东就发明了诉苦大会这种动员形式。当年跟随毛泽东闹革命者回忆了在湖南酃县中村分田的情形：分田以前，工农革命军师委和中共酃县县委在中村的圩头开了一个"军民诉苦大会"，毛泽东等领导人在会上讲话，号召穷苦农民团结起来，开展打土豪分田地运动；刘寅生等十几个贫苦农民在会上发了言、诉了苦。"会后，斩杀了两个土豪劣绅"②。诉苦作为一种动员形式，本是毛泽东十几年前的政治创造，而《白毛女》强烈的诉苦色彩，可能唤醒了毛泽东的记忆。毛泽东为《白毛女》起立鼓掌，实在很有道理。

所以，虽然不能说是《白毛女》使中央领导人懂得了诉苦的重要性，

---

① 《中国土地改革史料选编》，国防大学出版社1988年版，第259页。
② 余伯流、夏道汉：《井冈山革命根据地研究》，江西人民出版社1986年版，第203页。

但却可以说是《白毛女》提醒了中央领导人在新一轮的土地革命中，必须充分发挥诉苦的动员作用。此后，诉苦运动始终伴随着"土改运动"，诉苦运动总是"土改"的序曲、前奏。在中央的布置下，各地党委都很重视以诉苦的方式发动群众。例如，中共西北局1947年1月31日发出的《关于修正土地征购条例的指示》中强调："征购必须与群众诉苦清算斗争结合起来。诉苦诉得越深越好，群众就越能发动，觉悟越加提高。"① 又例如，1947年6月15日中共太行区党委在《关于太行土地改革的报告》中说，在旧历年关，武安县4000多个农民代表一齐进城，斗争住在城里的地主，"全城到处开起了'诉苦会'"。②

"土改运动"开展起来后，"各解放区"的文艺创作，面貌都发生了明显变化。诉苦，出现于各种体裁的文艺作品。诗歌、小说、戏剧，都争写农民在地主压迫下的苦难，地主也变得凶残之极、歹毒万分。"诉苦文学"大潮中的作品，不少都能看到《白毛女》的影子。可以说，许多这类作品，都或多或少地、有意无意地仿效了《白毛女》。1946年9月，李季的长篇叙事诗《王贵与李香香》在《解放日报》发表，也轰动一时。中共中央宣传部部长陆定一在《解放日报》撰文，热情赞许③。郭沫若、茅盾等人也极口称颂。《王贵与李香香》的故事发生在20世纪30年代：青年农民王贵父亲因为缴不起地主崔二爷的租子，被崔二爷鞭打而死；王贵则被李家收养，并与李香香相爱；荒淫的崔二爷早就打起了李香香的主意，在王贵参加革命时逮捕了他，欲置之死地；在爱情的作用下变得十分勇敢的李香香给游击队报信，王贵获救；王贵与李香香终于洞房花烛。这样的故事情节，明显与《白毛女》有承袭关系。《王贵与李香香》写了穷人的穷而善、富人的富而恶。"羊肚子毛巾包冰糖，虽然人穷好心肠"，这是说李香香的父亲李德瑞。而地主崔二爷则是"一颗脑袋像山药蛋，两颗鼠眼笑成一条线"；"县长面前说上一句话，刮风下雨都由他"。更写了穷人的苦难和贫富的差距"掏完了苦菜上树梢，遍地不见绿苗苗。百草吃尽吃树干，捣碎树干磨面面。二三月饿死人装棺材，五六月饿死人没人埋"。而崔二爷则是"窖里粮食霉个遍"。崔二爷凶恶至极、歹毒至极、残暴至极，

---

① 《中国土地改革史料选编》，国防大学出版社1988年版，第335页。
② 同上书，第372页。
③ 陆定一：《读了一首诗》，《解放日报》1946年9月28日。

在穷人不断饿死时，还逼租不止。王贵的父亲缴不起租，竟被活活打死。十三岁的王贵则被迫成了崔二爷家的"没头长工"。可以说，《王贵与李香香》中崔二爷的形象，脱胎于《白毛女》中的黄世仁。

这时期，以"诉苦"为诗题而载入史册的诗歌，就不止一首。唐弢、严家炎主编的《中国现代文学史》，论述了这时期的"工农兵群众诗歌创作"，特意介绍了诗歌《赵清泰诉苦》。在诉苦会上，赵清泰悲愤地唱道："同泰会呀！吃人虫呀！真可恨呀！你逼死我九口人呀！今天反了同泰会呀，明天打了我黑枪也甘心呀！"① 1947 年，《晋察冀日报》发表了长篇叙事诗《王九诉苦》，也产生轰动效应，作者张志民也一举成名。《王九诉苦》中的孙老财是："进了村子不用问，大小石头都姓孙"；"孙老财算盘劈扒打，算光一家又一家。"而王九的苦难是："我双手捧起那没梁的斗，眼泪滚滚顺斗流。量了一石又一石，那一粒谷子不是血和汗。""我王九心像钝刀儿割，饭到嘴边把碗夺。""长工三顿稀汤汤，树叶馍馍掺上糠。划根洋火点着了，长工的生活苦难熬。"

峻青发表于 1947 年的小说《水落石出》，也有着标志性意义。《水落石出》中的陈云椎，本是"抗日民主政权"所认可的"开明绅士"，是"三三制"中的一个"三"，但小说却让其最终露出了恶霸地主的"真面目"。从开明绅士到恶霸地主，陈云椎这个人物形象的变化，反映的是历史潮流的变化，是政治局势的变化，是政策策略的变化。所谓"开明绅士"本是抗战时期的称谓，授予一些本来也是地主的人以"开明绅士"的称号，是为建立"抗日民族统一战线"而采取的策略。现在，阶级矛盾已经取代民族矛盾而重新上升为主要矛盾，"抗日民族统一战线"的使命已经终结，本来也是地主的人头上的"开明绅士"帽子必须摘掉，而还其作为地主甚至恶霸的"本来面目"②。

"土改运动"兴起后，出现了大量以"土改"为题材的小说，这类作品如今被研究者称作"土改小说"。在"土改小说"中，诉苦大会往往是不可或缺的场景，所以，"土改小说"往往是一种诉苦文学，或者说，首先表现为诉苦文学。"土改小说"的代表性作品《太阳照在桑干河上》和

---

① 唐弢、严家炎主编：《中国现代文学史》第 3 册，人民文学出版社 1980 年版，第 254—255 页。

② 沈仲亮：《在小说修辞与政治意识形态之间》，《中国现代文学研究丛刊》2009 年第 1 期。

《暴风骤雨》，都浓墨重彩地写了诉苦大会。丁玲的《太阳照在桑干河上》和周立波的《暴风骤雨》这两部长篇小说，写作时间大体相同，也都问世于共和国成立前夕。在《太阳照在桑干河上》中，诉苦大会分为两个阶段。在第一个阶段，群众控诉地主钱文贵让自己遭受的苦难，但钱文贵不在场。诉苦者"接着一个一个的上来，当每一个人讲完话的时候，群众总是报以热烈的吼声。大家越讲越怒，有的人讲不了几句，气噎住了喉咙站在一边，隔一会儿，喘过气来，又讲"。领导土改的干部"觉得机不可失，他们商量趁这劲头上把钱文贵叫出来，会议时间延长些也不要紧，像这样的会，老百姓是不会疲倦的"。于是，钱文贵被民兵押到了会场，头上被戴上了纸糊的高帽子。跪在地上的钱文贵"头完全低下去了，他的阴狠的眼光已经不能再在人头上扫荡了。高的纸帽子把他丑角化了，他卑微地弯着腰，屈着腿，他已经不再是权威，他成了老百姓的俘虏，老百姓的囚犯"。面对钱文贵，新一轮的诉苦开始了，新一轮的高潮出现了："人们只有一个感情——报复！他们要报仇！他们要泄恨，从祖宗起就被压迫的痛苦，这几千年来的深仇大恨，他们把所有的怨苦都集中到他一个人身上。他们恨不能吃了他。"

《暴风骤雨》中的诉苦内容更为饱满。诉苦大会是群众集体性地诉苦。穷人还可以单独诉苦，例如，在土改工作组的干部"访贫问苦"时，就可以听到穷人的哀叹、哭泣和控诉。《太阳照在桑干河上》和《暴风骤雨》既写了穷人的单独诉苦，又写了集体性诉苦，而《暴风骤雨》在两方面都写得更为充分。《暴风骤雨》第一部主要写穷人与地主韩老六斗争，第二部主要写穷人与地主杜善人的斗争。在第一部，穷人开斗争会，面对面地控诉韩老六的场景就多次出现。最后一次的诉苦会是在韩老六家的院子里召开的。会前，妇女小孩都唱起了新编的歌："千年恨，万年仇，共产党来了才出头。韩老六，韩老六，老百姓要割你的肉。"这一次的诉苦会后，韩老六被拉出去毙了。

五

所谓"诉苦"是指诉说过去的苦难、控诉那让自己受苦受难者。共和国成立后，文学中的诉苦更为普遍化，其功能也多样化。

现实中的诉苦运动是"土改运动"的一部分。诉苦，一开始是与"土改"紧密联系着的。在"土改运动"中发动群众诉苦,是为了土改的顺利开始和深入进行,诉苦发挥着政治动员的功能。共和国成立后,"土改运动"在更大的范围内更为波澜壮阔地展开。以土改为题材的文学作品自然也不少,其中又以小说最具代表性。这一类作品,仍然继承了此前土改小说的诉苦传统,诉苦也仍然承担着政治动员的使命。但是,随着"新社会"的到来,诉苦的政治意义首先在现实生活中发生了变化。共和国成立后的几十年间,"忆苦"是经常性的政治活动。"土改运动"中,"诉苦"与"清算"是连在一起的,诉苦的目的是为了"清算"地主的罪恶、"清算"地主的欠债。共和国成立后,"忆苦"是与"思甜"连在一起的,回忆"旧社会"的苦难,是为了更加珍惜"新社会"的甜蜜。所以,"忆苦思甜"取代了"诉苦清算"而诉苦文学则变成了忆苦文学。不过,"忆苦"不过是"诉苦"的别名,或者说,忆苦仍然是一种诉苦。

在1946年开始的"土改运动"中,《白毛女》就具有了象征意义,这种象征意义在共和国成立后并未减退。中国人民解放军每占领一地,就一场接一场地演出《白毛女》。1963年问世的话剧《霓虹灯下的哨兵》写的是解放军进占上海时的故事。剧中,《白毛女》的象征功能就很明显。《霓虹灯下的哨兵》布景是上海南京路。第二场的背景是南京路上华灯初上时。摩天大楼上霓虹灯光闪闪烁烁,霓虹灯组成的《白毛女》演出海报和美国电影《出水芙蓉》广告,形成强烈对照。这是"光明"与"黑暗"的对照,是"腐朽"与"新生"的对照,是新旧社会的对照。《白毛女》与《出水芙蓉》的"冲突"不仅仅是一种背景,还进入了故事,成为剧情的一部分。卖报的阿荣吆喝着"旧社会把人变成鬼,新社会把鬼变成人"遭到敌视"新社会"的非非的挖苦。剧中,解放军战士童阿男思想出了问题,周德贵和童妈妈以诉苦的方式对童阿男进行"阶级教育"。老一辈以诉苦、忆苦的方式教育思想出了问题的年轻人,是共和国成立后几十年间文学作品里的常见情节。

在"文革"前十七年间的文艺作品里,诉苦、忆苦已经是相当多见的现象,到了"文革"时期,此种现象则更为普遍。在"革命样板戏"中,诉苦、忆苦几乎是必不可少的剧情。《智取威虎山》中第三场是"深山问苦"。杨子荣等人来到了常猎户家中,猎户父女本不想提及过去的伤心事,杨子荣则一再启发父女忆起过去的苦难,一再鼓励、催促这父女说出过去的苦难，这样，小常宝终于开始了控诉："八年前风雪夜大祸从天降！/座山雕杀我祖母掳走爹娘。/夹皮沟大山叔将我收养，/爹逃回我娘却跳涧身亡。/娘啊！避深山爹怕我陷入魔掌，/从此我充哑人女扮男装。/白日里父女打猎在峻岭上，/到夜晚爹想祖母我想娘……"（1970年7月演出本）杨子荣启发猎户父女回忆过去的苦难、鼓励和催促他们说出过去的苦难，是为了启发他们的阶级觉悟、强化他们的阶级意识，这仍然承袭的是"土改运动"中诉苦清算的传统。不过，像这种承袭"土改运动"中"诉苦清算"传统的现象，在"革命样板戏"中并不多见。诉苦在"革命样板戏"中通常已发挥着新的功能。

在"革命样板戏"中，英雄人物必定苦大仇深。苦大仇深是成为英雄的条件。因为苦大仇深，所以革命意志无比坚定。所以，在"革命样板戏"中，总要提及英雄人物所受的苦难，或者自诉，或者由他人代诉。《红灯记》第五场是"痛说革命家史"，李奶奶已经诉说到了李玉和的苦难。第八场，李玉和与李铁梅狱中相见，李玉和又唱道："无产者一生奋斗求解放，/四海为家，穷苦的生活几十年。"（1970年5月演出本）长期的"穷苦生活"是成为"刚强铁汉"的原因。《智取威虎山》第四场"定计"，参谋长决定派杨子荣"扮土匪钻进敌心窝"，理由是："他出身雇农本质好，/从小在生死线上受煎熬。"正因为受过很多苦，所以"杨子荣有条件把这副担子挑"。江青们虽然彻底否定"文革"前十七年的文艺，但"革命样板戏"其实在不少方面仍然承袭着"十七年"的传统。英雄人物在生死关头、紧要时刻须诉苦，这也是"十七年"时期的文艺传统。例如，问世于1960年的歌剧《洪湖赤卫队》，第四场是英雄人物韩英与母亲在狱中相见。彭霸天让韩母和韩英牢房相会，是希望韩母劝说韩英召回赤卫队，向保安团投降，否则天亮后即将韩英处死。走进关押韩英的牢房，见韩英遍体鳞伤，韩母也曾"悲恸万状"。得知韩英如不召回赤卫队便会被处死，韩母也感到了"两难"："如今我儿遭灾殃，/为娘怎能不心伤！/彭霸天，黑心狼，/要逼你写信去召降。你要是写了，/怎对得起受苦人和共产党；你要是不写，/明天天亮你……就要离开娘！/儿呀，儿呀！/为娘怎能看着我儿赴刑场！/心如刀绞，/好似乱箭穿胸膛！"对此，韩英有一番长长的回答："娘的眼泪似水淌，/点点洒在儿的心上。/满腹的话儿不知从何讲，/含着眼泪叫亲娘……娘啊！/娘说过二十六年前，/数九寒冬北风狂,/彭霸天,丧天良,/霸占田地,/强占茅房,/把我的爹娘赶到那洪湖上。/那天大雪纷纷下,/我娘生我在船舱,/没有钱,泪汪汪,/撕块破被做衣裳。/湖上北风呼呼响,/舱内雪花白茫茫,/一床破絮象渔网,/我的爹和娘,/日夜把儿贴在胸口上。/从此后,一条破船一张网,/风里来,雨里往,/日夜辛劳在洪湖上。/狗湖霸,活阎王,/抢走了渔船撕破了网。/爹爹棍下把命丧,/我娘带儿去逃荒。"韩英以诉苦的方式说服母亲接受自己的慷慨就义,以诉苦的方式证明自己必须意志坚定、视死如归。

诉苦、忆苦也是阶级认同的方式。"革命现代京剧"《红色娘子军》中,既有吴清华的诉苦,也有连长替党代表洪常青诉苦。该剧第二场是"诉苦参军"。党代表洪常青也是恳切地鼓励吴清华诉说自己的苦难:"清华,这都是你的阶级姐妹,和你一样,祖祖辈辈,当牛做马!有什么苦,有什么恨,你就对大家说吧!"于是,吴清华开始了控诉:"十三年,一腔苦水藏心底,/面对亲人,诉不尽这满腹冤屈。/南霸天凶残歹毒横行乡里,/逼租讨债,打死我爹娘,抛尸河堤!爹娘啊!……硬抓我这五岁孤儿立下一张卖身契,/从此锁进黑地狱,/每日浑身血淋漓!/睡牛棚,盖草席。/芭蕉根,强充饥,/两眼望穿天和地,/孤苦伶仃无所依。"党代表洪常青鼓励吴清华诉说自己的苦难,是为了唤起吴的"阶级仇恨"、启发吴的"阶级觉悟"。在第三场,吴清华因为报仇心切,提前开枪,致使南霸天逃脱,于是有了第四场"教育成长"。吴清华强调,"我跟南霸天有两代的血海深仇",连长便开始了对吴清华的"阶级教育":"光知道你有仇哇你有恨,/无产者哪个不是苦出身?"在列举了小菊、周英的苦难后,连长强调党代表洪常青"更是苦大仇深":"党代表生长在海员家庭,/受尽了剥削压榨、苦痛酸辛。/他的娘惨死在皮鞭下,/十岁当童工,父子登海轮。/仇恨伴随年纪长,/风浪中磨炼出钢骨铁筋……"(1970年5月演出本)连长替洪常青诉说苦难,是为了告诉吴清华"翻开工农家史看,/冤仇血泪似海深";是为了让吴清华明白工人农民是一家人,属于同一阶级阵营。以诉苦的方式实现工农的阶级认同,在《杜鹃山》中也有表现。雷刚的自卫军都是农民,他们不知道党代表柯湘是何出身,当柯湘说自己"风里来,雨里走"时,罗成虎"意外地"问:"你也是穷苦出身?"于是柯湘开始了诉苦:"家住安源萍水头,/三代挖煤做马牛。/汗水流尽难糊口,/地狱里度岁月,不识冬夏与春秋……"(1973年9月演出本)柯湘是要以苦难证明自己与自卫军是同一类人。

《白毛女》出现在历史的转折点上,因而对此后几十年间的文艺创作产生广泛而深刻的影响。此后几十年间,诉苦、忆苦在文艺作品中的普遍存在,与《白毛女》有着一定程度的关系。

(原载《扬子江评论》2016年第1期)

《白毛女》：从民间本事到歌剧、电影、京剧、舞剧
——兼论在文体演变中革命叙事对民间叙事的渗透

高旭东　蒋永影[*]

《白毛女》的歌剧、电影、舞剧都在国际上获过奖，这在当代中国是不多见的。与戏曲有着悠久的历史传统、话剧有着从文明戏以来的经验不同，《白毛女》之前，歌剧在中国是一张白纸。当年跟随西北战地服务团的邵子南从晋察冀边区将"白毛仙姑"的故事带到"鲁艺"，工作在晋察冀边区的林漫（李满天）将其小说《白毛女人》托人带给周扬，周扬为什么决定以歌剧而不以话剧或其他艺术形式表现白毛仙姑这一他认为戏份很足的题材，至今仍是一个谜。现在有研究者为邵子南争功，认为不应该忽视他的历史作用，其实歌剧《白毛女》的异军突起，大半要归功于周扬。如果说《白毛女》署名尚有不完整的话，那么主要遗漏的并非邵子南而是周扬。作为延安鲁迅艺术文学院的院长，周扬决定利用"鲁艺"的力量以歌剧的形式表现白毛仙姑，从确定主题、推翻邵子南写出的初稿、否定传统戏曲的表现形式，到对创作组的安排以及对剧作提出修改意见，周扬是名副其实的总策划人与创作班子的总负责人。

有的批评家认为，《白毛女》的演出在延安之所以引起轰动，观众场场爆满，是因为歌剧中关于大春与喜儿爱情的民间叙事盖过了革命叙事[①]。其实，早期的歌剧版本恰恰不是靠爱情打动人心的。大春与喜儿的爱情只是在开头点染了一下，几乎无足轻重，大春在早期歌剧中的戏份很少。因此，《白毛女》本事与早期歌剧文本的关系、以及后来各种文体改编本中

---

[*] 作者单位：中国人民大学文学院。
[①] 吴迪：《重读红色经典〈白毛女〉》，《博览群书》2004年第12期。

革命叙事与民间叙事的关系,值得关注。尽管过去《白毛女》研究涉及歌剧改编或者从歌剧到舞剧改编的成果不少,但没有一篇论文将《白毛女》从民间本事到歌剧、电影、京剧、舞剧的演变进行全面系统的贯通研究,而从这一演变中考察革命叙事对民间叙事的渗透以及随着时代的变化人物与主题所发生的变异,更是不应回避或忘却的一种新中国戏剧史的典型现象。

一 白毛仙姑的本事与早期歌剧《白毛女》

1946年3月,剧本主要执笔人贺敬之撰写《〈白毛女〉的创作与演出》时,离《白毛女》的歌剧演出还不到一年,这个民间故事应该是他从邵子南与林漫处得知的全貌,否则,当时退出剧组的邵子南就会出来证伪。

贺敬之对这个民间故事进行了这样的描述:1940年在晋察冀边区河北西北某地流传着白毛仙姑的故事,说白毛仙姑通体皆白,常在夜间出来,村民甚至村干部都迷信白毛仙姑,因为村人的确见过她,白毛仙姑让人每月初一与十五给她上供,供品在第二天的消失更加强了村人的迷信。有一次疏忽而未上供,就听见神坛后面传出"你们……不敬奉仙姑,小心有大灾大难……"的怪音。八路军治下的区干部到某村召集会议,村民居然无人到会,说今逢十五都去奶奶庙给白毛仙姑上供去了。区干部调查此事后,感到无论是野兽还是敌人的搞鬼,都是破除迷信的好机会,就带领武装去庙里捉鬼。当白毛仙姑又出来拿供品时被喝问是人是鬼,白毛仙姑向喝问者扑过来,被打了一枪后飞身逃走。区干部带领武装追赶,循着孩子的哭声,看到了抱着孩子的白毛仙姑。她已经无路可逃,在区干部持枪逼问下,就对区干部说出了一切:九年前只有十七八岁的她被村中无恶不作的恶霸地主看上,以讨租为名逼死了她的父亲,把她抢了去。她被奸污怀孕后,那个恶霸地主开始厌弃她,在娶亲时阴谋害死她。有一个好心的老妈子得知此事,在深夜把她放走。她无处可去,就在深山中找了一个山洞住下来,并生下了孩子。由于山洞生活不见阳光,又不吃盐,满头长发全白了。她去拿庙里的供品吃时被人发现,以其白发白身而被称为"白毛仙姑",迷信的村人从此开始敬奉她,她就靠村人的供品度日。外面世界发生的抗战、八路军到来,她一概不知道。区干部被白毛仙姑的故事感动得流泪，告诉她世道已经变了，把她救出山洞，重新过上人的生活①。

白毛仙姑的故事是邵子南从晋察冀边区带回来的，周扬最早让邵子南作为《白毛女》歌剧创作的主笔，但是邵子南写出的像朗诵诗一样的剧本，并配以秦腔的唱腔，周扬很不满意，要求推倒重来。邵子南不同意进行大改动，宣布退出创作组。周扬让贺敬之担任主笔，由王滨组织创作组共同讨论每一幕每一场应该有哪些戏，贺敬之现场记录后再去写歌词和对白，然后由马可、张鲁、瞿维等人谱曲，经张庚、王滨审定后，由丁毅刻写蜡纸油印出来。二十岁的贺敬之被委以如此重任，就拼命写，结果写到第六幕最后一场病倒了，最后这一场就由丁毅写出。1945年4月下旬，六幕歌剧《白毛女》作为向"七大"的献礼正式公演。

《白毛女》的早期歌剧剧本曾经由延安新华书店印行，在情节上与贺敬之所描述的那个白毛仙姑的故事几乎完全一致。当然，歌剧中的人名是虚构的，大春、大婶等形象在贺敬之和林漫②讲述的白毛仙姑故事中都未出现，而歌剧剧本里设计大春这一人物是为了增加强抢有未婚夫的喜儿的黄世仁的罪恶③。而选择在大年三十抢喜儿，也是为了这样的艺术目的。当黄世仁的黑手还没有伸出来时，喜儿在等躲账的爹爹回家过年，大婶与大春来看望喜儿一家④。杨白劳具有底层农民老实善良的本色，他知道地主每逢年底都会来催账才出去躲账，但是穷人再穷，过年也要想方设法满足一家人吃上饺子的企盼，他还不忘给女儿扯上二尺红头绳，可见对女儿

---

① 贺敬之：《〈白毛女〉的创作与演出》，《白毛女》，中国青年出版社2000年版，第215—217页。

② 李满天（林漫）：《我是怎样写出小说〈白毛女人〉的》，姚乃文、姚宝瑄编：《在燃烧的土地上抗战文学的足迹》，北岳文艺出版社1988年版，第213—216页。在西北战地服务团从晋察冀将白毛仙姑的故事带回延安的同时，李满天（当时名为林漫）托人给周扬带去的小说《白毛女人》也影响了歌剧的创作。这篇小说在战争年代辗转中被李满天丢失，周扬也没有将稿件保存下来。李满天后来根据记忆写出的《我是怎样写出小说〈白毛女人〉的》，所讲述的"白毛女"的本事与贺敬之的版本基本上是一致的，也是晋察冀某山区有白毛仙姑神出鬼没，庙中的供品为其所食，追击白毛仙姑的区干部被说成是获得上级支持的"村武委会主任"，白毛仙姑讲述自己进山的原因与贺敬之讲述的也基本相似，只是最后在斗倒恶霸地主后，白毛仙姑当上了妇救会主任。这两个版本的白毛仙姑的本事，都只有一个故事的大体轮廓，人物也只有白毛仙姑及其父亲、好心的老妈子与恶霸（李满天的故事中连好心的老妈子也没有），而且没有姓名，因此，《白毛女》中人物的姓名是早期歌剧虚构的，后来被其他文体沿用。

③ 参见贺敬之《〈白毛女〉的创作与演出》、李满天《我是怎样写出小说〈白毛女人〉的》以及华东新华书店1949年版（根据1947年版翻印）《白毛女》第一幕。

④ 延安鲁艺文艺学院集体创作，贺敬之、丁毅执笔，马可、张鲁作曲：《白毛女》，华东新华书店1949年版（根据1947年版翻印），第一幕第一场。

的宠爱。杨白劳回来后问喜儿,他出去躲账期间少东家有没有人来。喜儿说来过一回就再也没有来。杨白劳暗暗高兴,岂知黄世仁在家里琢磨着怎么把漂亮的喜儿弄到手。果然,正在父女与大婶高兴地包饺子时,他派狗腿子穆仁智来,请杨白劳到黄府有事相商。在穆仁智的精确计算下,杨白劳一共欠了黄世仁租子一石五斗与大洋二十五块五毛,他们知道杨白劳根本还不起,就提出将喜儿抵债,杨白劳被强逼着在出卖女儿的契约上按了手印。回到家后,杨白劳感到无法面对女儿与死去的妻子,状告黄家更是走不通的路,因为黄家与官府是一体的。愧疚与绝望使一个老实的农民在除夕之夜女儿入睡后,喝卤水自杀了。

歌剧后面的处理也几乎与白毛仙姑的故事一样:喜儿进黄家后受尽黄母的虐待和黄世仁的糟蹋,喜儿在黄家就是一部底层女人被卖身到富贵人家的被凌辱史。她被黄世仁强奸,拿绳子想上吊被及时赶到的张二婶救下。接下来一场是七个月之后,她怀了黄世仁的孩子,黄家正在张罗着为黄世仁娶亲。从小接受从一而终观念的喜儿无奈地把希望寄托在黄世仁身上:"身子难受不能说啊,/事到如今无路走啊,/哎,没法,只有指望他,低头过日月啊。"① 她问黄世仁:"我身子一天一天大啦,你叫我怎么办嘛。人家都笑我,骂我,我想死也死不了,我活着你叫我怎么活呀?"② 她为了生下的孩子有个名分,幻想着黄世仁能够娶她。黄世仁怕在娶亲时怀孕的喜儿闹出什么事来,就先拿话稳住她,使她产生了黄家张罗办喜事是要娶她的错觉。她对张二婶说:"身子已有七个月啦,有什么法子,这回也总算是……"③ 从阶级论的角度看,喜儿有这样的选择会觉得很别扭,她怎么能对逼死父亲的仇人寄予希望呢?不过,问题是这个仇人又是喜儿肚子里孩子的爹。喜儿想让黄世仁娶她,其实是一种为孩子着想的母性与生存的无奈,她觉得自己是黄世仁随便扔的鞋子,但肚子里的孩子却是黄家的种,这就是喜儿产生错觉的原因。然而,毫无人性的黄家在进一步积累罪恶,他们不但碾碎了喜儿的这点幻想,而且还要把怀胎七个月的喜儿卖给人贩子。剧中的张二婶对喜儿多有关照。她听了喜儿说黄世仁要娶她的

---

① 延安鲁艺文艺学院集体创作,贺敬之、丁毅执笔,马可、张鲁等等作曲:《白毛女》,第63页。延安"鲁艺"的全名是"延安鲁迅艺术文学院",但在传播中却出现了不同的称谓,我们只能遵照书的封面与版权页所注明的称谓引用,特此说明。

② 同上书,第64页。

③ 同上书,第65页。

话,告诉她黄世仁要娶的不是她,而是城里赵家的闺女。喜儿闻言彻底崩溃,天真老实的她开始痛斥黄世仁,而这又加速了要把她卖掉的进程。幸亏张二婶听到了黄世仁他们罪恶的阴谋,并帮助喜儿逃出黄家。

喜儿逃出黄家为什么不去找大春?其实按照喜儿的贞操观念,遭黄世仁强奸后她就觉得无脸与大春在一起了,因而才会对黄世仁产生幻想。她逃出黄家后仍怀着黄世仁的孩子,怎么好意思去找大春?而且以黄家的势力,她逃入谁家都可能给这家人带来灾祸,自己也会被抓去卖掉。早期歌剧震撼人心的是:恶霸黄世仁欺男霸女,逼死老的,凌辱少的,将老的逼得喝卤水自杀,将少的逼到深山中生下孩子,忍饥挨冻,过着野人一样的生活。一个如花似玉的花季少女却不得不长年在荒山野岭中生活,被逼成了满头白发的"鬼"。她一面要与恶劣的自然和野兽搏击,一面又要照顾进山后生下的幼小的孩子,她自己也才是一个十八九岁的孩子。她到奶奶庙里取供品吃,被人发现后被尊为白毛仙姑,她就利用村民的迷信,靠供品养活自己与孩子。歌剧最后的情节也完全取自民间传说:八路军召开减租减息大会,居然没有村民参加,他们都到奶奶庙给白毛仙姑上供去了。不相信鬼神的区干部就上山捉鬼,喝问来取供品的喜儿,喜儿也像传说中那样向喝问者扑过去,被打了一枪后开始奔逃。因为寻找者心目中以为是敌人假借鬼神捣乱,而喜儿心目中拿枪者就是黄世仁一伙,因而才出现激烈的对立。区干部在寻找中听到婴儿哭声找到喜儿的住处,喜儿在母子生命受到威胁的情况下才开始说话。区干部听了喜儿的控诉非常感动,将喜儿救出山洞,使她从鬼变成了人,重新生活在阳光下,并与她的仇人黄世仁进行斗争。早期的歌剧基本上保留着民间的素朴情感、农民原生态的迷信与愿望。直到最后一幕,这一民间故事才被加入革命叙事,旧社会把人逼成鬼、新社会把鬼变成人这一主题得以凸显。

二 歌剧的修改与电影的改编

《白毛女》在延安演出三十多场,场场爆满,之后开始向延安之外的地区推广。很快解放战争爆发,《白毛女》在舆论上赋予了共产党夺取全国政权的必要性与正义性,对黄世仁的仇恨转化为对扶持黄世仁的社会制度以及这个制度的代理人蒋介石集团的仇恨。于是,《白毛女》的演出成为发动群众的宣传武器,很多人看了这一歌剧后主动报名参军,并喊出了

"为喜儿报仇"的口号。《白毛女》在演出中也在不断地修改。

歌剧《白毛女》版本众多。在延安新华书店初版后,最重要的版本有五种。1946年初贺敬之的修改本,1947年由晋察冀新华书店印行,可称"晋察冀本"。1947年丁毅的修改本由东北书店1947年印行,可称"东北本"。1950年贺敬之等人的修改本,该版本1951年荣获斯大林文艺奖二等奖,1952年由人民文学出版社出版,可称"人文社甲本"。1954年第2版做了重大修改,可称"人文社乙本"。后来的多次印刷都是依据这个"人文社乙本",但该版本却将1950年贺敬之、马可为"人文社甲本"写的《前言》放在了前面,因而极容易造成版本的混淆。现在有些学术论文认为在贺敬之、马可1950年的修改本里喜儿已经放弃了对黄世仁的幻想,是将"人文社甲本"与"人文社乙本"混淆了。还有一个1962年贺敬之等人的修改本,当时由中国歌剧舞剧院演出,但未出版,2000年由中国青年出版社出版,可称"青年本"。

1945年10月到1946年初,华北联合大学会同抗敌剧社在张家口演出歌剧《白毛女》时,在剧组的剧本讨论会上有人认为,喜儿的悲惨遭遇写得很动人,大春的形象却显得太单薄,杨白劳死后他也消失了。喜儿从山洞里被救出来,他也只是随着众人出来欢迎,这对一个原来与喜儿有情的男人,似乎有点说不过去。如果大春去参加八路军,那么就需要有人指引。贺敬之根据这些意见对剧本进行了修改而成为"晋察冀本"。这个版本略略增加了喜儿的反抗性格,删除了个别细节,不过喜儿的形象总体变化不大。修改较大的是大春与赵大叔。剧本增加了大春、大锁强烈反抗狗腿子逼租,痛打穆仁智;增加了赵大叔外出打工见过红军,回乡向大春等讲述红军帮助穷人闹翻身的故事,并引导大春去西北寻找红军。后来是大春带领八路军来到杨格村,而不再是八路军来了大春表示欢迎。首先对六幕歌剧做出重大修改的是丁毅的"东北本"。该版本将六幕改为五幕,即删除了喜儿在山洞生活的第四幕,并对第五幕(原第六幕)第一场进行了较大的修改,认为这场戏要表现的喜儿被人误认为是鬼而引起的迷信,阻碍了斗争的发展。白毛女的故事之所以引起轰动,就是民间把一个逼上山的女人当作白毛仙姑加以崇拜,这是民间故事的原生态。丁毅的修改破坏了这种原生态,向着革命化的叙事转变,不过这个版本前面几幕基本没有改动,对喜儿性格的修改也不多。

对喜儿性格的重大修改还是来自贺敬之。1950年贺敬之为了歌剧《白毛女》参选斯大林奖而进行了较大的修改。前三幕基本不动，与丁毅一样删除了原第四幕，几乎重写了最后两幕。这次修改在后半部分加强了喜儿的反抗性格与大春的革命斗志，但前三幕中的喜儿还是那个怀着身孕幻想黄世仁娶她的喜儿。那段逼问黄世仁娶她的对白几乎是一字未动，对黄世仁寄托希望的唱词也仅仅是去掉了几个语气助词："身子难受不能说，/事到如今无路走，/哎，没法，只有指望他……低头过日月啊……"①这也表明贺敬之是很不愿意改变喜儿性格的，尽管在延安演出时就有人对喜儿的幻想感到别扭，而且直到这个版本大春还是循着孩子的哭声找到的喜儿。然而，随着阶级斗争观念越来越被强调，喜儿模糊阶级阵线的幻想就成为立场问题。于是在1954年"人文社乙本"和此后多次印刷中，怀胎七月的喜儿不再对黄世仁抱有任何幻想。"没法，只有指望他，低头过日月"改为"没法，只有咬紧牙关，低头过日月"②。黄世仁娶亲时为了稳住她，暗示办喜事是为她办的，喜儿不再是感到"这回也总算是……"的安慰，而是"如蒙大耻，如受重击"③。当张二婶怕喜儿上当，告诉她黄世仁要娶的不是她，喜儿当即打断张二婶子的话说："二婶子！你把我看成什么人了！黄世仁他是我的仇人！就是天塌地陷我也忘不了他跟我的冤仇啊。他能害我，能杀我，他可别妄想拿沙子能迷住我的眼……哪怕是有一天再把刀架在我脖子上吧，我也要一口咬他一个血印！"④ 从阶级论角度看，即使喜儿对黄世仁毫无幻想，但是生下的孩子也还是地主恶霸的"狗崽子"，所以从"人文社乙本"开始，对喜儿的孩子再无交代。对于喜欢刨根问底的中国观众而言，喜儿怀胎七月而不作任何交代，无疑是明显的漏洞。

贺敬之似乎意识到了改来改去改出来的矛盾，所以在1962年他为中国歌剧舞剧院的演出再一次修改歌剧《白毛女》。在这个版本中，喜儿虽然被强奸，却并未怀孕，也就不存在对黄世仁抱有幻想以及后来生孩子的问题。"没法，只有咬紧牙关，低头过日月"已经被更具有反抗精神的唱词

---

① 《白毛女》，人民文学出版社1952年版，第64页。
② 同上书，第56页。
③ 同上书，第57页。
④ 同上书，第58—59页。

取代:"天天想呀时时盼,/梦里脚步声声近——/亲人来救我呵……"① 在黄家办喜事时,穆仁智暗示喜儿要攀高枝即黄世仁要纳她为妾,喜儿如蒙大耻地大声制止:"穆仁智!你胡说!"② 黄世仁见喜儿强烈反对做他的妾,就用以前的债务一笔勾销放她走、过两天让王大婶来接她稳住喜儿。喜儿无孕一身轻地反抗黄家,然而,消失的并非仅仅是逻辑上的矛盾。直到"人文社甲本",前三幕的喜儿都是美丽天真却横遭苦难,涉世未深而容易上当,既仇视黄世仁又因怀了他的孩子对他寄予幻想的有血有肉的农家女。她被逼死父亲的仇人糟蹋,在思念大春与丧失贞操的精神创伤中挣扎(她的贞操观从她被强奸后要上吊自杀即可看出来),又不得不出于母爱为肚子里的孩子求助杀父仇人,这种文学表现已具有切入血淋淋的现实人生的深度。但是,在后来不断地修改中,这个被逼入复杂人生的活生生的喜儿消失了,代之以被阶级仇恨填满胸膛的性格单一的喜儿。而且,早期剧本中的喜儿被强奸,下一场是喜儿已有七个月的身孕,黄世仁怕有身孕的女人妨害他娶亲才想卖掉喜儿;然而,喜儿既然没有怀孕,"青年本"仍然沿用下一场是七个月后,黄世仁还将喜儿当成麻烦要卖掉就不如早期剧本合乎逻辑。

不过,无论歌剧怎样修改,自电影产生后,歌剧的影响越来越小。1949年中共负责电影的袁牧之等人决定将歌剧《白毛女》改编成电影,因而在"人文社甲本"于1952年出版之前,1950年由长春电影制片厂拍摄的电影《白毛女》已经在1951年全国各大影院上映。这部由王滨与水华导演、演员基本上还是鲁艺歌剧剧组的原班人马(只有田华代替王昆演喜儿而一举成名)的电影,造成了万人空巷的轰动效果,首轮上映观众达600多万人,仅上海就达80多万人,创下当时中外影片最高的票房纪录。电影也在国际上获奖,法国媒体甚至推其为世界十大名片之一的东方作品③。电影中虽然插曲较多,但已非歌剧而是故事片,而且对歌剧的情节改变也不少。

电影开始是杨白劳等农民在田野里收割丰收的粮食,这与歌剧里因三

---

① 延安鲁迅艺术文学院集体创作,贺敬之、丁毅执笔,马可、张鲁等作曲:《白毛女》,中国青年出版2000年版,第53页。

② 同上。

③ 振淦、志刚:《中国影片在国外》,《文化艺术十年成就资料汇编》上编,文化部办公厅研究室1961年编印,第333页。

年大旱缴不起租子非常不同，电影更突出了地主的剥削，以至于在丰收年景里缴租后也剩不下几粒粮食。大春与喜儿很快就要结婚，他们并肩在田野里欢快地劳动。坐车路过农忙地的黄世仁看上了美貌的喜儿，杨白劳缴租时，穆仁智说往年欠的钱让他腊月交上，为此，电影详细展示了喜儿与大春整个冬天都在辛苦地挣钱还债的多个镜头。两家老人将大春与喜儿的婚期就定在过年，杨白劳想到黄家缴上钱后回来给孩子庆婚，大春给喜儿买了鲜花，准备结婚的喜儿在家里一边绣着鸳鸯一边唱：

> 北风吹，雪花飘，
> 风天雪地两只鸟。
> 鸟飞千里情意长，
> 双双落在树枝上。
> 鸟成对，喜成双，
> 半间草屋做新房。①

有了大春送的鲜花，电影插曲中扎红头绳那一段的唱词也发生了变化："风卷雪花在门外，/镜子里头鲜花戴。/鲜花插在心头上，/年年月月开不败。"② 电影完全以爱情为主线并极力渲染大春与喜儿的情投意合。然而，杨白劳万万没想到两个孩子的血汗钱仅够还利钱，黄世仁让他把25元的本也交了，在杨白劳傻眼时被逼着按了卖喜儿抵债的手印。杨白劳喝卤水死后喜儿在哭爹时，赵大叔对穆仁智说，她爹欠的债让婆家来还，穆仁智不同意，以至于大锁说，这哪里是要账，明明是抢人家媳妇来了！中国人形容好事集于一身会说"又娶媳妇又过年"，电影选择在过年与喜儿新婚时被抢，就更加突出了黄世仁欺男霸女的恶劣本性。

喜儿被抢进黄家后托张二婶捎信给王大婶，说"我活着是他家的人，

---

① 参见1950年长春电影制片厂《白毛女》电影、水华等改编《电影文学剧本·白毛女》，中国电影出版社1959年版，第15页。电影文学剧本将"北方吹，雪花飘"误印为"北风吹，风花飘"，以电影为准加以改正。

② 参见1950年长春电影制片厂《白毛女》电影。1959年《电影文学剧本·白毛女》将电影中的这段插曲删去，但这段插曲又出现在刘帅甫根据1950年长春电影制片厂同名电影改编的红色经典电影阅读《白毛女》中。（参见《白毛女》，吉林出版集团有限责任公司2012年版，第43—44页。）

死了是他家的鬼"①，而大春则在外面叹息"连心的人儿活拆散"②。喜儿在黄家为大春做鞋，被黄世仁看见后，派穆仁智将大春的租地收回来。喜儿被黄世仁强奸后，张二婶对赵大叔说，喜儿的心思全在大春身上，被糟蹋后老想寻死，让他想个法子。赵大叔让大春带着喜儿投奔红军，但大春带着喜儿还没有跑出门，就被发现了，喜儿让大春不要管她赶快跑，大春终于过河找到了红军。与早期歌剧喜儿在深山中将孩子养活不同，在电影中，喜儿逃出黄家在山中生下的孩子很快就死了。大春带领八路军开进杨格村后，张二婶将喜儿给大春做的鞋子交给了大春。大春与大锁追赶白毛仙姑时，躲藏起来的喜儿听到大春与大锁互相称呼对方名字，就知道亲人来了，这样喜儿就免于被大春打一枪（京剧、舞剧也都免了这一枪，就是后来的改编越来越向着理想化的方向发展，歌剧还是尊重民间传说，并且正是凭着喜儿的血印子与孩子的哭声才找到喜儿）。相认后，喜儿躺在大春怀里是影片最感人的一幕。斗倒恶霸地主黄世仁后影片的最后镜头，喜儿的头发又变黑了，她与王大婶、大春一家在忙收割，她拿下头巾给全副武装的大春擦汗，看着大春挑起庄稼，她的脸上洋溢着幸福的笑容。

可见，电影是一个与歌剧非常不同的新的文本。本来在歌剧的修改中就开始增加大春的戏份，却并未暗示两人有再续姻缘之意。而电影则以喜儿与大春的爱情贯穿始终，这是一种新的创造。可以说，在《白毛女》问世后的所有改编中，这是唯一强化民间叙述的文本。如果说歌剧《白毛女》是苦难传奇与革命拯救的二重奏，那么，电影《白毛女》就是苦难传奇、爱情悲欢与革命拯救的三重奏，其中爱情的主题尤其醒目。而且对爱情的强调也为喜儿在遭受各种令人难以忍受的苦难时能够活下去找到了合理的解释，但同时也有一个漏洞：尽管刚刚开始在深山生活是因为她听到黄家在到处搜捕她，但风头过去后她完全可以去寻找红军与大春，而不必待在山里当三年的白毛仙姑。

三 京剧与舞剧中革命叙事对民间叙事的变异

电影《白毛女》感动了日本松山芭蕾舞团的创始人清水正夫，他又从

---

① 水华等改编，贺敬之、丁毅执笔：《电影文学剧本·白毛女》，中国电影出版社1959年版，第29页。

② 同上书，第30页。

田汉那里得到歌剧剧本，开始创作芭蕾舞剧《白毛女》。松山芭蕾舞团1958年到中国访问时，演出的三幕芭蕾舞剧《白毛女》对中国芭蕾舞界触动很大。但是，在中国的芭蕾舞剧《白毛女》诞生前，京剧先走了一步。1958年马少波、范钧宏改编的京剧《白毛女》剧本由中国戏剧出版社出版，并由中国京剧院演出。不过，京剧主要根据1954年人民文学出版社出版的歌剧剧本加以改编，受电影影响较小。尽管京剧也是一种"歌剧"，但京剧《白毛女》除了少数地方，并没有沿用歌剧的歌词。比如喜儿那段著名的《北风吹》在京剧中是：

　　大雪飞北风紧天阴云暗，
　　盼新年怕新年偏到新年。
　　财主家过新年百事如愿，
　　穷人家新年到心惊胆寒。①

歌剧中那个天真未凿的盼望爹爹带回白面可以吃顿饺子的小姑娘已不复存在，代之以阶级立场鲜明的一个新喜儿。京剧里的喜儿在黄家就开始了对地主阶级压迫的反抗，她多次拒绝黄世仁的纠缠，在她遭到强奸上吊未果后满台追着怒斥黄母的细节，也为后来的舞剧所吸取。在她成为白毛仙姑后，在奶奶庙再遇黄世仁与穆仁智就上演了一段歌剧中没有的全武行。京剧《白毛女》在情节上与歌剧保持大致一样的前提下，细节有多处改动。电影中最先出场的是赵大叔，京剧中最先出场的却是穆仁智，他以小丑插科打诨的方式介绍了自己的卑鄙与黄世仁要霸占喜儿的险恶用心，然后才是喜儿出场。尽管群众迷信奶奶庙白毛仙姑的民间生态在京剧中保存下来，但京剧中大春的反抗性格明显有所强化，他在喜儿被抢进黄家后，与大锁一同将喜儿救出。当穆仁智带着家丁追来时，舞台上进行了一大段痛打穆仁智的全武行。随后还增加了一个搜捕大春、赵大叔掩护大春的细节。在歌剧中日本人来了抓住黄世仁的岳丈，但在京剧中黄世仁去庙里躲雨时对穆仁智说他岳丈是县里日本人的维持会长，成为舞剧最后严惩

---

① 马少波、范钧宏改编：《白毛女》，中国戏剧出版社1958年版，第3页。

汉奸恶霸的铺垫①。京剧《白毛女》没有成为革命样板戏令人费解，毕竟这个戏是由杜近芳、李少春、叶盛兰、袁世海等名角演唱的。甚至舞剧《红色娘子军》在"文革"后期都改编成京剧演出，但是京剧《白毛女》却完全遭到冷落。当然在艺术上，京剧《白毛女》败笔也不少，从穆仁智的插科打诨、赵大叔掩护大春所表现出的对黄家狗腿子的耍弄，到喜儿胸有成竹地在河边扔红鞋摆脱黄家的追捕（歌剧中是喜儿拼命逃跑时脚陷在泥里鞋子脱落了），冲淡了这个戏的悲剧气氛。

《白毛女》成为样板戏，既非歌剧亦非京剧，而是芭蕾舞剧。正如电影是一个不同于歌剧的新文本，舞剧也是一个新文本。舞剧《白毛女》由上海舞蹈学校1964年下半年排演，1965年正式公演。这出八场芭蕾舞剧有一个序幕，喜儿与一大群被压迫的受苦民众在"多少长工被奴役，多少喜儿受苦难"的歌曲声中起舞：

> 看人间，哪一块土地不是我们开，
> 哪一片山林不是我们栽，
> 哪一间房屋不是我们盖，
> 哪一亩庄稼不是我们血汗灌溉！②

这一怒斥霸占土地、压榨人民的"地主狗汉奸"的歌声，将喜儿个人的不幸上升为普天下受压迫的劳苦大众的不幸。

在早期歌剧中，杨白劳、喜儿的悲惨遭遇被表现得淋漓尽致，直到八路军来了才将喜儿拯救出苦海，喜儿是一号人物，杨白劳是二号人物。大春与赵大叔的戏份都非常少，大春只在喜儿被穆仁智强拉去抵债时才有点

---

① 1972年1月上海电影制片厂摄制的革命现代舞剧《白毛女》序幕：随着歌曲"可恨地主狗汉奸，土地他霸占……"银幕上出现黄世仁与"维持会"的木牌。第八场喜儿控诉黄世仁的场地，银幕上出现了人们高举大字横幅"严惩汉奸恶霸黄世仁"。此外，不同的革命现代舞剧剧本《白毛女》第五场都有这么一段话："赵大叔和王大春号召军民团结起来，和汉奸恶霸地主黄世仁展开斗争。"（上海市舞蹈学校集体创作：《革命现代芭蕾舞剧·白毛女》，北京出版社1967年版，第22页；李辉编：《八大样板戏·白毛女》，光明日报出版社1995年版，第423页）第八场："群众纷纷起来控诉，严惩了汉奸恶霸地主黄世仁。"（上海市舞蹈学校集体创作：《革命现代芭蕾舞剧·白毛女》，第24页）

② 这段歌词在舞剧剧本中是："看人间，哪一块土地不是我们开，哪一亩庄稼不是我们栽，哪一间房屋不是我们盖。"（上海市舞蹈学校集体创作：《革命现代芭蕾舞剧·白毛女》，第26页；李辉编：《八大样板戏·白毛女》，第413页）我们文中的引用以1972年上海电影制片厂摄制的革命现代舞剧《白毛女》序幕中的插曲为准。

儿反抗的表示，后来就没有他的戏了①。赵大叔也仅仅作为杨老汉的好乡亲对杨白劳与喜儿的悲惨遭遇表示同情，对恶霸的横行表示愤怒。他们都是在八路军救了喜儿后作为欢迎群众的面目出现的，大春也没有在喜儿被救后与之成亲的暗示。对于挣扎在苦难中没有受过八路军教育的杨各庄村民众，这是一种现实主义的文学表现。后来所有的修改都是站在阶级论的立场，突出恶霸地主的罪恶与农民的反抗。先是在歌剧修改中突出大春痛打穆仁智与参加八路军，赵大叔因外出看到红军成为大春无路可走时的指路人。紧接着又修改喜儿的性格，让她在被强奸怀孕后也不再对黄世仁抱有半点幻想，而是时刻想着要报被杀父、被凌辱的血海深仇。电影为突出黄世仁的罪恶，在大春过年娶媳妇时去抢人家的媳妇，但喜儿的心里无论什么时候就只有大春，从而对来自黄家的凌辱进行了激烈的反抗。不过，即使到了强调反抗精神的京剧《白毛女》中，李少春扮演的杨白劳仍然还是二号人物。但是，到了芭蕾舞剧《白毛女》中，反抗精神由大春、赵大叔、喜儿最后传递到杨白劳身上，他再不是喝卤水自杀的杨白劳，而是抡起扁担与穆仁智等狗腿子拼命的反抗者。穆仁智带着账本与卖身契到了杨家，杨白劳根本不按手印，而是经过了使用拳头、手抡扁担的几个回合的反抗，直到被打死。不过，杨白劳被降为四号人物，因为大春的戏份陡然上升，他作为革命武装斗争的代表而成为二号人物，参军的动机已由为杨家复仇解救喜儿，转变为解放普天下的劳苦大众，其中第五场几乎成为大春的独舞戏。赵大叔的身份已从见过红军的普通群众变为地下共产党员，他拦住大春不要与持枪的敌人硬拼，等喜儿被抢走后，他从怀里掏出八路军的袖标指引大春去找八路军。当大春带领八路军回到杨格村时，赵大叔又成为带头欢迎八路军的人，他因之上升为三号人物。喜儿进了黄家就开始反抗了。当黄世仁要强奸她时，她奋力挣扎，打了黄世仁一记响亮的耳光，并且从香案上拿起香炉砸向黄世仁，然后在张二婶的帮助下逃跑了，所以她根本没有被奸污。对黄世仁的处理，歌剧只说逮捕起来公审法办，电影只说判处死刑，只有在芭蕾舞剧中，可以听到两声清脆的枪声。在枪毙了黄世仁后，在"永远跟着共产党，永远跟着毛主席"的歌曲声中，喜儿从大春手中接过钢枪，戴着红花跟在大春身后参军闹革命去了。

---

① 贺敬之：《〈白毛女〉的创作与演出》，《白毛女》，中国青年出版社2000年版，第220页。

芭蕾舞剧《白毛女》从思想到艺术上败笔都不少。在思想上，对人物的无限拔高，结果使人物成为概念化的人，而非活生生的人。如果杨白劳像剧中描绘的那样，一上场就抢着扁担，金刚怒目，黄世仁怎么敢把钱借给他？反过来说，你那么有骨气，明知道黄世仁吃人不吐骨头，为什么还要借黄世仁的钱？喜儿非常接近无产阶级革命战士的思想品德，为什么还要在山上生活"许多个春秋冬夏"？即使不去找八路军，那么利用群众对"白毛仙姑"的迷信，聚众造黄世仁的反总还是可以的。艺术上的细节败笔试举一例：在喜儿被抢走后，赵大叔从怀里掏出八路军袖标，音乐立刻变成欢快的进行曲式，赵大叔挥舞着袖标在舞台上欢快地舞蹈，众人也跟着他欢快地舞蹈，但这是在杨白劳被打死、喜儿被抢走的悲惨时刻，出现这种欢快的音乐舞蹈令人感到特别的别扭。

当然，抹杀芭蕾舞剧《白毛女》的艺术成就是不妥当的。从序幕的"看人间，哪一块土地不是我们开"的插曲，到结尾"看东方，百万工农齐奋起，风烟滚滚来"的插曲，舞剧从喜儿被压迫的个案向着被压迫的东方民族觉醒的高度转化。如果说京剧一开头就将喜儿写成一个阶级论塑造的人物，芭蕾舞剧在黑发喜儿扮演者茅惠芳的优美舞蹈中，倒真是把喜儿那种农家女的欢庆新年的天真味表现出来了。凌桂明扮演的大春戴着白毛巾特别像一个乡村帅小伙，他与喜儿的双人舞把青年男女的爱意表现得恰到好处。喜儿在深山的舞蹈中，头发由黑变灰再变白也令人叫绝。石钟琴扮演的白发喜儿在与大春相认后的双人舞及单人舞，也特别令人感动[①]。这也是周恩来总理看了十七遍芭蕾舞剧《白毛女》的原因。

值得注意的是，在所有样板戏中，只有芭蕾舞剧《白毛女》在那个禁欲的红色年代突破了爱情禁区。当然，这与芭蕾舞剧只舞蹈不说话有关，与此前的电影对二人惊天地泣鬼神的爱情进行大肆渲染有关。相比之下，其他样板戏都是无性的。《林海雪原》中的少剑波与白茹本来是有点儿罗曼蒂克关系的，但是到了样板戏《智取威虎山》中就纯化成革命同志的关系。李勇奇是有媳妇的，然而一出场就遭到了不幸，只剩下他与母亲。这种安排与猎户老常只剩下父女俩以及《沙家浜》中只剩下沙奶奶与沙四龙，都是异曲同工。样板戏中有情人绝不能同台，阿庆嫂是有丈夫的，但

[①] 此处喜儿与大春的扮演者以1972年上海电影制片厂摄制的革命现代舞剧《白毛女》为准，前期与后来舞剧《白毛女》都有不同的扮演者。

阿庆早就跑单帮去了；《杜鹃山》中的柯湘是与丈夫一道来寻找雷刚的，不过一出场丈夫就牺牲了。《海港》《龙江颂》《红色娘子军》等样板戏中的男女主人公都是独身，最典型的是《红灯记》，祖孙三代全是光棍。就此而言，芭蕾舞剧《白毛女》中的喜儿与大春是非常幸运的。观众在观赏中可以忽略革命叙事而注重爱情叙事，而且舞剧将中国的民间舞蹈融会到芭蕾舞中，以歌唱伴舞打破了西洋芭蕾舞只舞不唱、全是器乐伴舞的惯例，全剧的伴舞歌曲达21首之多。这都是芭蕾舞剧《白毛女》的艺术创新。唯其如此，才能在国际芭蕾舞大赛上获得24枚奖牌，才能使上海舞蹈学校《白毛女》剧组变成上海芭蕾舞团，以至于直到今天，芭蕾舞剧《白毛女》仍然长演不衰，成为剧团的看家剧目。

　　从《白毛女》的改编中，我们可以看到革命叙事对民间叙事的强力渗透。可以说，《白毛女》从早期歌剧到后期芭蕾舞剧，构成了一部中国精神的变迁史。在早期歌剧中，黄世仁欺男霸女，怀孕的喜儿被逼入深山成为野人，如果这种悲惨的故事发生在中国古代，那么，观众企盼的就是清官与侠客来铲除人间的不平。在早期歌剧中，代替打击恶霸的传统清官与侠客的是打倒地主恶霸的共产党与八路军。六幕歌剧，只有最后一幕是表现共产党打倒恶霸的，所以说早期歌剧是以民间本事为主的。而到了芭蕾舞剧，则完全是农民阶级与地主阶级的你死我活的斗争，革命叙事占据了压倒性优势。这里，编导利用芭蕾舞剧不说话的特点，加入不少大春与喜儿鸳鸯戏水式的民间喜闻乐见的舞蹈，是值得特别指出的。

（原载《文艺研究》2016年第5期）

意象的革命
——兼谈歌剧《白毛女》的意象与主题

鲁太光[*]

一

在《关于批评的讲话中》，俄国文学批评家别林斯基如是说："确定一部作品美学上的优劣程度，应该是批评家的第一步工作。当一部作品经不住美学分析的时候，也就不值得对它作历史的批评了。"这就是说，文艺批评首先应该是美学批评，而后才是历史批评。然而，遗憾的是，在阅读革命文艺经典之作《白毛女》的有关研究、批评时，笔者读到的，绝大多数却都是历史批评，而少有美学批评。对这样一部震动了一个时代，感动了一代又一代观众，而且还将感动众多未来观众的文艺经典来说，这样的研究、批评，不说不公平，至少有缺憾。

当然，这样的缺憾是有其独特的历史原因的。

事实上，歌剧《白毛女》"从1944年冬到次年春在延安创作和首演以来"，就受到社会各界的普遍欢迎。其后，随着中国革命星火燎原，歌剧《白毛女》也从黄土高原走向中国，唱遍大江南北、长城内外。新中国建立后，歌剧《白毛女》又走出国门，产生国际影响。在这一过程中，歌剧《白毛女》受到的欢迎和肯定可以说是空前的。不要说它作为献礼节目在延安党校礼堂为党的第七次全国代表大会举行首场演出时感动了毛泽东、周恩来、朱德、刘少奇等中央首长和诸多"七大"代表，不要说见诸各种回忆文章的歌剧《白毛女》在各地演出时在观众中引发的近乎癫狂的"轰

---

[*] 作者单位：中国艺术研究院。

动效应",仅看那些文艺大家给予歌剧《白毛女》的高度评价就令人称羡。譬如,郭沫若看了歌剧《白毛女》之后欢呼这是"悲剧的解放",茅盾说它是"中国第一部歌剧",邵荃麟认为它"不是市民阶级的艺术而是人民大众自己的高级艺术",李健吾认为它是"工农兵方向在新歌剧方面的旗帜",田汉更是直言称颂,说它"是为革命立过功劳的……"

郭沫若、茅盾、邵荃麟、李健吾、田汉都是我国现当代文艺史上的大家,他们中有一个人对歌剧《白毛女》加以褒扬,几乎就可以确定它在中国当代文艺史上的地位,他们众口一词的肯定,自然更加凸显了这部歌剧的历史地位。然而,通过上文引用的语句就可以看出,他们对歌剧《白毛女》的评价虽然很高,但却主要集中在历史方面、社会方面、思想方面,而很少涉及审美方面,因而,"座谈歌剧《白毛女》的新演出"时,叶林就坦言诸多研究、评论者只是"抽象地估计《白毛女》的意义"。尽管叶林是从歌剧专业的角度出发谈这个问题的,但查阅当时的有关资料就会发现,这其实是一种普遍现象。

之所以出现这种现象,一个重要的原因是,在改换天地的革命过程中,我们的文艺家们都为浩浩荡荡的时代激流所裹挟,无暇进行审美批评,再加上歌剧《白毛女》的确包含着丰富的历史内涵,提出了尖锐的时代主题,唤醒了巨大的社会力量,因而,诸多文艺家在面对这部蕴含着超能量的作品时,往往忽略审美批评,直接进入历史批评。

遗憾的是,在新时期,歌剧《白毛女》再次遭遇同样的尴尬。

诚如亲历者所言:"'文革'前夕和'文革'期间,由于杨白劳被逼自杀的情节和喜儿逃出黄家前性格发展的渐进过程,被指责为宣扬资产阶级人性论和站在地主阶级立场歪曲、丑化劳动人民形象,从而构成剧本执笔者'反对革命文艺路线'的一大罪状。"因而,新时期伊始,歌剧《白毛女》研究和评论的重心就在廓清"文革"期间加诸其身的各种"左"的指责和罪状上。在这种情况下,期望对其进行审美批评无疑是一种奢望。但出人意料的是,自20世纪80年代后期始,"批判的角度则转到完全相反的方向。在一些人的笔下和口中,它又被说成了是'极左路线下的产物'。他们认为黄世仁与杨白劳两方只是债权人和债务人之间的关系,而不是剥削者、压迫者和被剥削者、被压迫者之间的关系,解决纠纷应当是按照经济法则偿还债务而不该搞阶级斗争"。在这样的语境中,历史批评自然占据了歌剧《白毛女》阐释的主战场。这样的批评与反批评一直延续到当下。譬如，新世纪初就有女大学生发出了喜儿为什么不嫁给黄世仁的"天问"。这表明，对歌剧《白毛女》的历史批评不仅没有过时，反而相当迫切。

新时期以降，关于《白毛女》，还有一条学术阐释的线索，即伴随着20世纪90年代的社会和知识转型，文学界流行"再解读"。这一新的阐释范式一方面拓宽了观察革命文艺的视野，但另一方面也带来了"新阐释的误区"。在这方面，孟悦发表于90年代初期的《〈白毛女〉演变的启示》有首创之功。在这篇文章中，孟悦一反此前对《白毛女》等"红色经典""政治工具论"的简单化批评，而是通过对《白毛女》文本内部及文本演变间"意义裂隙"的敏锐呈现，指出在《白毛女》叙事中，政治合法性的取得有赖于对"民间伦理"以及相应的"审美原则"的确认。她认为在歌剧《白毛女》中，"政治力量最初不过是民间伦理逻辑的一个功能。民间伦理逻辑乃是政治主题合法化的基础、批准者和权威"。但正如何吉贤指出的，"这种阐释总体上并没有跳出新时期以来有关文学想象和文学史叙事的框架。首先，在关于文学的理解中，它基本上还是一种启蒙主义的理解，即把文学理解为人的情感和欲望的表达，是与复杂深刻的人性相关，任何与政治和社会因素的过多纠缠，都是对文学本质的歪曲和文学性的丧失"。这也"牵涉到这类阐释所包含的另一个重要的问题，即对'民间'和'政治'的二元对立式的理解"。正是为了突破这种二元对立的阐释框架，李杨通过细致的研究表明："现代中国的社会主义革命一直是从对传统的修复——甚至是以'传统'为名开始的。这也是社会主义革命在形式上不同于五四启蒙革命的地方。但回归传统并不是现代政治的目标。在某种意义上，回归传统只是为了建构现代性生长的起点。因而，呈现在歌剧《白毛女》中的民间传统只是对'民间'和'传统'的借用，不是'一个按照非政治的逻辑发展开来的故事最后被加上一个政治化的结局'，而是政治的道德化，或者说这是现代政治创造的'民间'；是打着'民间'或'传统'旗号的现代政治"。他进而指出对"民间"或"传统"的借用正是现代性知识传播的典型方式。"这显然是《白毛女》成功的地方。"

何吉贤认为李杨的分析有其独到之处，"它彻底打破了原有的分析框架，打破了'民间'——'政治'的二元对立分析模式"，但可惜"李杨并没有沿着这一分析继续深入下去,他并没有继续分析现代政治在形成共同的'民族国家'和'阶级'这些'想象的共同体'时是如何利用'民间'和'传统'这些资源的?反过来,'民间'和'传统'这些资源又与现代'民族国家'和'阶级'这些'想象的共同体'形成了怎样的复杂关系?"他进一步追问:"中国革命,包括社会主义革命及作为其意识形态表述的革命文艺,是否能够包含在中国的'现代性生长'过程中?如果能够,则必须回答它们是如何包含在这一过程中的这一问题。因为不可回避的是,当前主流文学史叙述也正是以'现代性'为标准,而将'革命文艺'作为'现代性'的异质性因素,排斥在文学史叙述之外的。如果不回答这个问题,不在具体的历史语境中具体分析这种'现代性'因素的具体内容和所包含的深刻矛盾,则必然会使新的阐释'悬空'在一种无所指向的'抽象'的状态。"正是从这种不满出发,何吉贤把《白毛女》放在民族国家建设的背景下加以考察。经由这种新视野,何吉贤发现:"延安时期戏剧——戏曲实践中,从秧歌剧运动到'新歌剧'的实践,其最高的宗旨就是建构政治认同,而这种政治认同的基础是建立一种对新的民族主体或历史主体的表述,在延安的戏剧——戏曲实践中,就是把农民建构为新的民族主体或历史主体。"他征引杜赞奇的话强调说:"作为民族主权的基础,人民很古老,可是他们必须获得新生以参与新世界。"而在这一过程中,"知识分子与国家所面临的最重要的工程之一,过去是,现在依然是重新塑造'人民'。在这样的视野中,歌剧《白毛女》就以建构新的历史主体与民族国家表述的面貌呈现在我们面前:"在歌剧《白毛女》中,人民——'最广大的中国农民'以一种崭新的形象被塑造了出来。风雪之夜归来的杨白劳可以认为是老一代未经改造的农民,最后死在了风雪之夜;新一代的农民(喜儿、大春)经过'出走',经过革命队伍和'从人到鬼'、'从鬼到人'的否定转化,又以'新人'的形象重新'归来'。在这种明与暗、新与旧的戏剧冲突中,'历史的主体'进化了,新的民族——历史主体被塑造出来了。"

这样的学术清理自然极其必要,但在文本研究方法相对多元的当下,审美批评的缺席,无论如何令人感到遗憾,因为,经由审美批评,我们不仅可以打开新的批评空间,而且还可以为历史批评拓展道路。鉴于此,笔者将从"意象"这一文学研究的关键词出发,对歌剧《白毛女》进行审美批评尝试。行文至此，笔者忽然想到了叔本华的名言："美是唯一不受时间伤害的东西。"

二

> 北风（那个）吹，
> 雪花（那个）飘，
> 雪花（那个）飘飘年来到
> ……

无论何时何地，一听到这清亮的曲词，我们似乎就回到了1933年冬，回到了1933年冬的杨各庄，回到了1933年冬的除夕夜，回到了1933年冬除夕夜杨各庄的杨白劳家，回到了1933年冬除夕夜杨各庄杨白劳风雪飘摇的家，喜儿风雪飘摇的家，一切风雪飘摇的家……

在这里，我们遭遇了歌剧《白毛女》的第一个核心意象：雪花。

在这飘扬的精魂般的雪花中，我们先是看到一幅祥和的场景：除夕之夜，喜儿一边做窝窝，一边期盼外出躲债的父亲平安归来。在这样的深情期盼中，那飘扬的雪花似乎不那么冷清了，不那么凛冽了。而杨白劳的冒雪归来，则使这雪花意象进一步升温，尤其是他手中那二尺红头绳，像一支神奇的火柴，点燃了除夕的夜空，照亮了美丽的女儿、慈祥的父亲，照亮了这里的贫寒，更照亮了这里的温热。然而，随着穆仁智的出现，这微末的火柴带来的温热迅速消失了，这吉祥的雪花、和谐的雪花、美丽的雪花，竟一下子变了——变成了寒冷与封锁：在这无边的风雪的封锁中，杨白劳走投无路，自杀身亡；在这无边的风雪的封锁中，喜儿走投无路，卖身为奴；在这无边的风雪的封锁中，大春走投无路，离家出走；在这无边的风雪的封锁中，赵大叔走投无路，王大婶走投无路，一切穷苦者走投无路，只好忍辱偷生。

这意象的遽变迫使我们思考：这雪花是什么？它从何而来？

要回答这个问题，必须回到歌剧《白毛女》的主要执笔者贺敬之那里，回到他早期的诗歌创作，回到他那悲愤交加的"乡村的夜"。据贺敬之回忆，在由他执笔重新结构歌剧《白毛女》时，第一幕是由他提出并构思而成的，因为他特别喜欢年节时下雪和雪天那种抒情气氛，他说："可以讲，第一幕里全部的细节和感情都是我的，真正触动我的感情、真正体现我的灵魂和特点的就是整个第一幕，因为这种生活和情感我比较熟悉。这一幕我写得很专心，写到杨白劳自杀了，我精神恍惚，第二天有同学讲'贺敬之六亲不认了啊！'"贺敬之的夫子自道，为我们提供了理解歌剧《白毛女》中雪花意象的第一条线索。沿着这条线索，我们发现，这雪花意象首先是他童年苦难生活的记忆。在写于1940年12月的《雪，覆盖着大地向上蒸腾的温热》中，诗人如是描述自己的出生："……一九二四年，/雪落着，/风，呼号着，/夜，漆黑的夜……/在被寒冷封锁的森林里，/在翻倒了的鸟窠中，/诞生了一只雏鸟……"这就是诗人出生时的场景。这几近夭折的出生，赋予了诗人一双"穷人的眼睛"，使他早早就理解了人间的苦难，使他知道"在亚细亚的/灼伤的土地上"，没有人能够活得自由而幸福，因而，他以早期那虽略显稚拙但却无比锋利的诗笔为我们刻画了一幅幅凄凉的乡村图景。在《儿子是落雪天走的》中，我们看到："母亲衰老了——/她的脸是冬天/她的头发便是积雪。"在《红灯笼》中，我们看到在一个大雪纷飞的夜晚，那个漂泊多年的青年，在就要到达家门口时，被"强盗"一刀砍死在自己家门前。在《小全的爹在夜里》，我们看到：在渐渐笼罩大地的夜色中，小全的爹刚卖掉亲生的孩子，又目睹一个被抛弃的小孩冻馁而死。这是怎样的人生惨剧。在《醉汉》中，我们看到"一片冻结的白茫茫的大地"，看到"醉汉"冻死在自己女人的坟墓前："风从无边的原野里吹过来，/雪花飘落着……/雪花埋盖着醉汉的尸体，/渐渐地，越积越厚起来。"这层积的雪花越来越厚，越来越厚，使人窒息。

在这《乡村的夜》中，我们不仅看到了那在歌剧《白毛女》中漫天飞舞的雪花，而且还看到了在这漫天飞舞的雪花中移动的身影：在《牛》中，"王大爷家的要账的"赵大黑子，那"两眼比杀牛的老呓还厉害"的赵大黑子，那"活像阎王老爷"的赵大黑子，那"摔倒我、抢走我家小黄牛"的赵大黑子，不就是黄世仁和穆仁智的雏形吗？那哭泣着的爹娘，不就是杨白劳的影子吗？而那"在雪花落到的地方，/哪里没有哭声呢"的控诉，不正是歌剧《白毛女》中杨白劳、喜儿的控诉吗？在《夏嫂子》中，那因被侮辱而变疯——变成"披头散发的女鬼"——的夏嫂子，身上跳跃着的，难道不就是喜儿的影子？《小兰姑娘》中，那被李大爷抢走的小兰姑娘身上跃动的，则是喜儿的又一个影子。那在雪夜死去的"醉汉"，则是杨白劳的又一个化身。在《婆婆和童养媳》中，那勤劳而善良的童养媳身上，自然有喜儿的影子，相反，那面慈心奸、口是心非的婆婆，则是黄母的胚胎……

这就是歌剧《白毛女》中那漫天飞舞的雪花这一意象的意义之所在。它告诉我们，在那搁浅的老中国，在那搁浅的村庄，到处是黑暗，到处是风雪，到处是侮辱，到处是损害，到处是哭声，到处是骂声。在这样的哭声和骂声中，人变成了鬼，人间变成了地狱，而那在中国传统文化中原本象征着吉祥、象征着如意、象征着幸福、象征着安康的雪花，自然也就变异为灾难与不幸，变异为疾病与死亡……

如果我们考虑到贺敬之在《乡村的夜》中征用了一些民间文化资源——在《老虎和接生婆》中讲述了老虎恩将仇报的故事；在《祭灶》中讲述了年三十夜玉皇和灶君无视人间疾苦的故事，在《铁拐李》中讲述了把自己的腿当作柴火来烧的铁拐李的故事，如果我们考虑到少年贺敬之是被台儿庄的战火驱离家乡而走向流亡之路的，如果我们考虑到贺敬之还在《在教堂里》《圣诞节》等诗歌中反思了宗教的伪善，则歌剧《白毛女》中那漫天雪花意象的内蕴就更加丰富了。事实上，这是中国文学中一切雪花的集合：那在歌剧《白毛女》中飘扬的，难道不是一场在老中国的大地上下了千年的大雪？难道那不是关汉卿千古名剧《窦娥冤》中感天动地的六月飞雪？难道那不是鲁迅笔下那覆盖了祥林嫂的死却装点了鲁四老爷家门面的雪？难道那不是艾青笔下落在中国的土地上并以其寒冷封锁了中国的雪？……正因为这雪花包含了如此丰富、深沉的内容，它才变成了不死的精魂，飘扬在中国文学中，飘扬在歌剧《白毛女》舞台上，飘扬在读者/观众眼前，飘扬在读者/观众心中，令他们震慑，令他们沉痛，令他们不安。

这才是意象的力量。这才是美的力量。

在这震慑人心的美面前，我们依稀又听见了那清亮的歌声：

  北风（那个）吹，
  雪花（那个）飘，
  雪花（那个）飘飘年来到

……

哎，怎样的阳光才能融化这场下了千年的大雪呀?!

幸运的是，这太阳很快就要在世界的东方升起来了。

三

这就涉及歌剧《白毛女》的第二个核心意象：太阳。

经历了漫长的等待后，这太阳之歌终于在第五幕第二场响起：

太阳出来了，太阳出来了。
太阳光芒万丈，万丈光芒。
上下几千年，
受苦又受难，
今天看见出了太阳，
赶走万重黑暗！
……

这歌声，是那么的沧桑，又是那么的新鲜。

这歌声，是那么的凄凉，又是那么的温暖。

在这样的歌声中，我们看到东方红。

在这样的歌声中，我们看到太阳升。

这是中国人民经历千年冰雪的黑暗封锁后见到的第一抹曙光。这是人们在漫长的等待中就要绝望的时候横空出世的第一抹曙光，以至于那些期盼得太久的人们听到这歌声后往往情不自禁、热泪滚滚。因而，在笔者看来，这在歌剧第五幕第二场才以幕内合唱的形式姗姗来迟的太阳意义十分重大，或者说，在歌剧《白毛女》中，太阳意象远比雪花意象重要。因为，纵观全剧，雪花意象虽然笼罩了歌剧《白毛女》大半篇幅，但整体而言，这雪花不过是为太阳横空出世准备条件：雪花是原因，太阳是结果；雪花是背景，太阳是基调；雪花是陈词，太阳是结论……从这个角度看，歌剧《白毛女》的思想主题"旧社会把人变成鬼，新社会把鬼变成人"也可以进行适当区分："旧社会把人变成鬼"自然是背景，"新社会把鬼变成人"必然是基调。在这样的区分中，"太阳出来了"才是歌剧《白毛女》

的主旋律与文学母题。

然而,这个核心问题却被诸多研究者所忽视。在论及歌剧《白毛女》时,论者虽也间或提及这雷鸣般的太阳之歌,提到太阳意象,但往往一笔带过,而是将论述的重心放在"北风吹"上,放在"雪花飘"上,放在旧中国漫长的黑暗以及这黑暗对人们无声的浸染与戕害上。比如,许多回忆、研究文章在谈到歌剧《白毛女》的重大影响时,往往提到它在观众中引起的近乎癫狂的巨大反响——战士们看了后士气高涨、奋勇杀敌,农民们看了后群情振奋、踊跃翻身,甚至连被俘虏了的国民党士兵看了后也临阵倒戈,马上投入解放中国的战争中。但在这些文章中,往往暗示歌剧《白毛女》之所以产生这么巨大的影响,是因为观众们对旧中国的切齿之恨,是来源于观众们对旧社会、旧制度、旧文化的切齿之恨,即暗示雪花意象的强大感染力,但这样的暗示或阐释却忽略了一点,那就是:没有希望的怨恨产生的往往不是勇者的反抗,而要么是绝望的沉默——鲁迅说过,"不在沉默中灭亡,就在沉默中爆发",但纵观中国历史,"在沉默中爆发"的少之又少;要么是绝望的虐杀——就像《原野》中仇虎在盲目的杀戮之后迅速陷入精神的分裂一样。这表明:只有看到了希望的愤怒才能催生真正的勇士。这才是田汉称赞歌剧《白毛女》为中国革命立了功的真正原因——它让在老中国的重压下苦苦挣扎的人们看到了光明和希望。解放军战士看了歌剧《白毛女》后之所以奋不顾身、奋勇杀敌,是因为他们的刺刀上不仅凝刻着对旧社会、旧制度的深刻仇恨,更是因为他们的刺刀上还闪耀着希望的光芒。农民们看了歌剧《白毛女》后之所以群起"诉苦",积极"翻身",是因为他们感受到的不仅是漫漫长夜的冰冷、残酷,更是雄鸡一唱天下大白的光明远景。这就是说,在歌剧《白毛女》中,雪花意象之所以重要,一个最为重要的原因是它催生了太阳:雪花是母体,太阳是婴孩;雪花是过去,太阳是未来。

如果我们追溯一下自近代以来中国人对太阳/光明的渴求,则歌剧《白毛女》中的太阳意象意义就更加重大了。譬如,梁启超在《少年中国说》中就期望通过少年进步而实现中国的"红日初升"。譬如,五四时期,李大钊就纵情呼唤青春的中国,希望以青年的青春之光青春家庭、青春国家、青春民族。新文化运动的另一主将鲁迅虽自信旧中国是无可毁坏的"死屋",但为青年计,为未来计,他还是愿意"听将令",肩起黑暗的闸门,放青年到光明处去,放中国到光明处去。狂飙诗人郭沫若,为了光明的中国、中国的光明,愿在烈火中涅槃……

这说明,至少自近代以来,中国人就成了追太阳的人。

他们叹息掩涕、上下求索,但却屡屡受挫、无功而返。

直到中国革命爆发,直到延安时期,直到毛泽东1940年初在《新民主主义论》中比较正确地回答了"中国向何处去"的问题,中国人才找到了太阳,看到了希望。这才是歌剧《白毛女》中太阳的真意所在,也是歌剧《白毛女》中的太阳不同于现代文学中的一切太阳的真正原因。换言之,只有到了毛泽东的《新民主主义论》诞生,中国人民自近代以来上下求索的太阳才第一次具备了理论与实践的活力,也正是从这个时候开始,许多艺术家殚精竭虑、孜孜以求,希望赋予这思想和理论的太阳以文学的翅膀。贺敬之等人的最大贡献,就是第一次成功地将这一理论的太阳文学化、意象化,使之成为感动了无数中国人的新的文学意象。明白了这一点,那"太阳之歌"就更加响亮了:

> 太阳出来了,太阳出来了。
> 太阳光芒万丈,万丈光芒。
> 上下几千年,
> 受苦又受难,
> 今天看见出了太阳,
> 赶走万重黑暗!
> ……

四

歌剧《白毛女》的最大贡献,不仅在于创造了雪花意象,也不仅在于创造了太阳意象,而更在于实现了意象的革命——以太阳意象替代、升华了雪花意象,以寓言的方式宣告中国将进入一个新时代,同时宣告中国文学将告别"现代",进入"当代"。从这个意义上看,我们甚至可以说,如果毛泽东的《在延安文艺座谈会上的讲话》标志着中国当代文学在理论上的诞生,则歌剧《白毛女》这部集诗歌、音乐、戏剧于一体的革命文艺经典就标志着中国当代文学在创作上的诞生。

关于这一点，我们可以通过比较贺敬之与艾青的诗歌简要论证。

作为横跨现代和当代两个文学时代的诗人，艾青早期的诗歌也以雪花和太阳为其核心意象，然而，如果通读他的代表作，我们发现他笔下的雪花和太阳，与贺敬之笔下的雪花和太阳，有明显的不同。在艾青笔下，那雪花是那么的冰冷，那么的沉郁，以至于虽然诗人礼赞太阳比一切都美丽，比处女、比含露的花朵、比白雪、比蓝的海水都美丽，甚至为了这美丽的太阳愿意"在这光明的际会中死去"，但在他的诗歌中，即使在他礼赞太阳的名篇《向太阳》中，我们感受到更多的仍是沉郁，而非明亮，更多的仍是悲情，而非希望，也就是说，在艾青那里，由于缺乏现实的附丽，太阳意象并没有实现对雪花意象的升华。实际上，不仅在艾青那里这一升华没有完成，在现代文学中这一升华仍没有完成，也不可能完成：这是当代文学的责任与光荣。

而在贺敬之那里，我们感受到的则是完全不一样的情况。在他描写老中国暗夜的诗歌中，我们虽然也时刻感受到雪花的冰冷，但我们更看到，在这些诗歌中，一些与太阳有关的边缘意象在逐渐生长，也就是说，在贺敬之早期的诗歌中，我们就看到了太阳的孕育与生长。譬如，在写于1940年2月的《夜二章》中我们就听到诗人这样的心声："是的，在没有休止，/没有休止的夜里，/我们是一直用那赤热的期待，/期待天明呀！"在《我们的行列》中，我们则更多地看到"中国的火光""红色的心"等暖色调的意象。甚至在他主要写乡村生活记忆的《乡村的夜》中，我们看到的虽然更多的是悲剧，但这悲剧中升腾着的却是越来越强烈的反抗，而非屈从。譬如，《儿子是在落雪天走的》写的就是穷人的反抗；在《瓜地》中，我们看到在贫寒的日子里竟然出现了"磨盘一样大的太阳"的意象以及穷人的团结《黑鼻子八叔》写了农民英雄的复仇，写"在火里，在烟里……/黑鼻子八叔又站起来了！/向着风，向着火，向着烟……"正是这反抗的烟火驱散了哀伤，使人看到星火，看到希望。在他歌颂延安生活的诗歌中，太阳更是无处不在。譬如，他在《生活》中这样歌唱：

我们的生活：
太阳和汗液。

> 太阳从我们头上升起,
>
> 太阳晒着我们。
>
> 像小麦,
>
> 我们生长在五月的田野。
>
> 我们是小麦,
>
> 我们是太阳的孩子。
>
> 我们流汗,
>
> 发着太阳味,
>
> 工作,
>
> 在小麦色的愉快里。

这篇写于 1940 年 9 月的诗歌表明,虽然刚到延安不久,但解放区的太阳已经温暖、照亮了他,驱散了他身上旧日岁月的暗影,使他迅速成长为"太阳的孩子"——多么美丽的意象啊!在《我生活的很好,同志》《不要注脚——献给"鲁艺"》《雪,覆盖着大地向上蒸腾的温热》等诗歌中,诗人更进一步再现了他是怎样实现这升华的。在歌剧《白毛女》中,贺敬之和他的同志们则以更加集中、更加典型、更加鲜明、更加生动的方式,再现了这种精神升华的过程。这表明,贺敬之经历了现代文学的洗礼,并为其献上了自己少年的歌喉,他通过自己的创作,尤其是歌剧《白毛女》的创作,实现了意象的革命——以当代文学的核心意象"太阳"替代、升华了现代文学的核心意象"雪花",以卓异的方式宣告了中国即将到来的新生,宣告了现代文学的终结和当代文学的新生,也宣告了自己是中国当代文学的缔造者,自己是纯粹的"当代"诗人。年轻的诗人也借这意象革命的力量为自己迎来了一个新的诗歌时代,放声歌唱的时代!

(原载《传记文学》2016 年第 7 期)

第四篇　观点摘编

论延安文艺的时代性及其现实意义

沈文慧

延安文艺是在中华民族救亡图存的革命战争年代生成和发展的文艺形态，它为现代中国革命和文化建设提供了弥足珍贵的精神支撑和历史经验，是中华民族精神文化家园中的一朵艳丽的奇葩。鲜明的时代性、深广的人民性、坚实的民族性和始终不渝的创新性是其超越历史规定性、具有普适性和永恒性的精神内核，这些精神品质使延安文艺超越了特定历史时空，具有恒久的思想价值和艺术魅力。其中，对时代精神的准确把握和自觉弘扬是延安文艺最重要的精神本质。

［摘自《信阳师范学院学报》（哲学社会科学版）2015年第1期］

延安文学：现代性与民族性的双重追求

赵学勇 张英芳

现代性与民族性作为延安文学追求的两翼，既促使了文学主体性的回归，又形成了丰富的"中国经验"的表达。但不可否认的是，延安文学无论是在现代性的向度上，还是在民族性的向度上，都存在很多缺陷，最典型的如将民族的文学置换为"党的文学"，无疑是对文学职能的窜改与利用。再如，在现代性的维度上，延安时期文艺对革命和战争的无节制的话语书写，对作家主体创作的强行的意识形态要求，都必然伤及文学的审美表达。作为特殊年代的一段文学历程，延安文学的气质富有丰富的多重性，它既有为国家民族走向新生，面向未来的现代性实践，又有对传统的审慎反思与借鉴，还有对自"五四"以来整个文学格局的质疑与反观。作为新文学发展历程中的一个断面，延安文学孜孜以求的民族性以及鼓胀的民族意识，不断激励着一代又一代人对本民族文化身份的体认和对中华民族强大的向往,而这种向往本身就包含和灌注着深厚的现代化的情结和意识。显然,延安文学的这种精神遗产对当代文化建设的启示意义是不言而喻的。

[摘自《厦门大学学报》(哲学社会科学版)2015年第1期]

重新思考左翼文学

旷新年

1928年"革命文学"的倡导成为一个重要的文化事件,这是一个马克思主义的启蒙运动,它产生了一种新的政治文化和文化想象,掀开了中国现代文学史新的一页。20世纪30年代,左翼文学形成了波澜壮阔的时代潮流,将中国现代文学的发展推进到了一个新的历史阶段。1942年毛泽东《在延安文艺座谈会上的讲话》是对20世纪30年代左翼文学理论的一个重要总结,继"五四""人的文学"之后,产生了新的"工农兵文学",被周扬称为"第二次文学革命"。它成为中国当代文学的一个重要起源。20世纪80年代的"新启蒙运动"和"重写文学史",使左翼文学倾覆。1993年产生的"再解读"的学术现象被视为新左派文学史观的崛起,从"反现代性的现代性"的角度,对左翼文学做出了重新阐释。2004年,曹征路的《那儿》的发表,重新接续起左翼文学的传统,产生了所谓的"新左翼文学",也为重新思考左翼文学传统提供了一个重要的契机。在社会主义运动失败以后,全球左翼运动衰落,左翼文学如何重新组织起自己的话语,左翼文学能够提供怎样一种想象力,成为当下值得思考的问题。

(摘自《文艺理论与批评》2015年第1期)

赵树理小说中女性解放的艺术建构

王卓玉

女性解放作为社会解放的重要组成部分,在社会改革和文学作品中备受关注。中国女性的自我觉醒在封建社会受到封建政权、族权、神权、夫权的束缚和压制,自我解放的力量微乎其微。随着近代中国社会性质和时代环境的变化,国家和民族的危难使女性开始以独立的姿态思考自身、国家和民族的未来。赵树理作为中共文艺方针指导下文学创作实践和作家生活经验相结合的重要代表,其小说表达了女性在新时代自我解放的精神诉求,并以积极的姿态鼓励女性走出家门"翻身""翻心"。同时,赵树理在党的文艺政策指导下自觉把女性解放纳入社会解放的历史进程中,为女性自我尊严、地位和价值的实现指明了道路,并采取批评教育的方式引导旧式女性积极投身到社会革命和建设当中,实现女性解放和社会解放的双赢,同时实现现实语境与艺术建构的双赢。

(摘自《文艺理论与批评》2015年第1期)

从"鲁迅方向"到"赵树理方向"
——论20世纪三四十年代政治文化语境下的解放区文学

黄高峰

从1938年"鲁迅方向"的确立到1947年"赵树理方向"的提出,短短九年时间,无产阶级文艺事业的"方向"就来了一个大转变。这与当时文艺大众化运动和党的方针政策是分不开的。两个方向的提出都不是偶然性的,其中有外在的原因,也有文学自身的发展规律,与作家自身的世界观改造也不无联系。无论是鲁迅还是赵树理,从一个作家,到成为一个方向,都与其自身成熟的条件密不可分,都带有历史必然性。解放区文学选择应时而变，在抗日战争和夺取中国革命全面胜利的过程中，扮演了独特的角色，在中国现代文学史中书写了一道独特的乐章。

（摘自《文艺理论与批评》2015年第1期）

东北解放区新启蒙运动
——延安启蒙文学的地域实践

宋喜坤

东北解放区的新启蒙运动是五四启蒙运动的隔代传承，是对延安启蒙思想的继承和发展，是延安启蒙思想的东北文化实践。东北新启蒙运动通过文艺团体、报纸杂志和文学作品三方面进行实践和传播，对光复后的东北解放区人民群众进行的革命思想启蒙和文化启蒙做出了应有的贡献，产生了广泛的政治影响，极大地支援了土改斗争和解放战争。新启蒙运动在东北所做的工作不仅符合当时东北的文化状况，而且还具有一定的预见性，在新中国成立后的很多年里都是中国文艺所需要完成的任务。

（摘自《语文教学通讯》2015年第2期）

重视普及与呼唤精品
——读毛泽东《在延安文艺座谈会上的讲话》和
习近平《在文艺工作座谈会上的讲话》

赵炎秋

习近平总书记《在文艺工作座谈会上的讲话》和毛泽东《在延安文艺座谈会上的讲话》的基本精神都是要求文艺为人民服务。但侧重点有所不同：毛泽东重视普及与提高的问题，强调普及；习近平则强调文艺精品的创造，认为这是推动文艺繁荣发展的关键。但一些结构性矛盾阻碍着优秀的文艺作品的产生，只有化解这些结构性矛盾，才能多出文艺精品。

(摘自《中国文学批评》2015 年第 2 期)

文学史视阈中的"革命文学"及其结构谱系研究论纲

杨洪承

中国的 20 世纪是一个"革命"的世纪。"革命文学"成为这一时期独特的文学史现象。这一文学现象在 20 世纪中国社会革命的历史进程中应运而生，并且与文学史相互交织生成发展。其思想精神与 20 世纪中国文学与文化乃至民族生存紧密地联系在一起。中国现代"革命文学"谱系和结构研究视阈，既是对"革命文学"来龙去脉的历史还原，又是对现代"革命文学"的历史作用的现实考察。中国现代文学史中"革命文学"的典型现象再探究，除了在谱系与结构的本源上反思历史、正本清源外，探讨这一特殊文学现象究竟是如何深度介入文化、思想、社会革命、历史等重要领域所生成的具体学术问题的，将有益于在其内部解剖中探究其与当代社会现实的密切联系及其深远的历史意义，从而积极推进当代文学的深入发展。

(摘自《当代作家评论》2015 年第 2 期)

城市与乡村之间：日本战俘、"日本八路"的延安形象书写
——兼与西方记者报道比较

张焕香

当年曾有一批日本战俘、"日本八路"在延安度过了一段难忘的岁月，这段不同寻常的经历使他们对延安难以忘怀，延安随着他们对中国革命及中国共产党的理解与接受而呈现出不同的景致。同是外国人，他们与西方人对延安的认识又有巨大差异。考察延安在外国人心目中的形象变迁，既

可以了解延安的历史文化,也可以探寻外国人的战争文化心理对延安书写的影响。

[摘自《延安大学学报》(社会科学版)2015年第3期]

陇东红色歌谣:政治美学、革命记忆及民间叙事

王贵禄

"陇东红色歌谣"指土地革命战争、抗日战争和解放战争时期流传于甘肃陇东根据地的反映革命斗争生活的歌谣。陇东红色歌谣真切映现了从陕甘革命根据地的创建,到中国革命的胜利近20年的时间里发生的众多历史事件,以及这些历史事件在根据地普通民众中所引发的情感波澜、观念变动和愿景期待。同时,陇东红色歌谣也与葛兰西关于"民族—人民的文学"的命题有关,是观察陇东红色歌谣的基本视点。运用葛兰西政治美学的观点对陇东红色歌谣进行分析,陇东红色歌谣传达了一种颠覆性的意识形态(相对于统治阶级的意识形态,即国民党政府所建构的意识形态)和明确的革命认同。

(摘自《文艺理论与批评》2015年第3期)

现代中国革命"新生"故事的复杂性

——以丁玲为中心

卢燕娟

"新生"故事是新民主主义革命对启蒙"觉醒"故事的重要超越,现实历史和文化创作中大量出现的二流子改造、白毛女解放等新生故事,是新民主主义革命合法性的重要确证。而"新生"故事在现代中国革命中也同时充满复杂性。本文以丁玲本人经历国民党羁押之后的切身经历与她留存下来的文本相结合,通过重新解读其重要作品,呈现另一类"新生"故

事客观遭遇的艰难和尴尬,也进一步解读丁玲对新生者自身改造和重塑之艰巨性的思考。从这些讨论中,探讨和反思现代中国革命历史合法性中蕴含的复杂性、艰巨性和残酷性。

(摘自《文艺研究》2015 年第 3 期)

"工农兵的出场"与"人民性"的误读
——延安文艺的当代诠释与新世纪文学的底层想象

张继红

延安文艺思想与 20 世纪中国文学之间的关系,在新中国成立后也曾被主流文艺理论家所重视,甚至被认为是自五四以来"第二次更深刻的革命",特别是在"底层文学"思潮勃兴之际,工农兵、人民、普通民众等曾经指向革命主体的一些概念被重新启用,依此发掘其新时代的有效内涵,这是将当下底层写作与延安文艺进行"对接"的理论根源。在这种发掘与转化的"对接"研究中,工农兵话语、群众意识等相关"人民性"的讨论是批评界关注的一个重要话题。但是,作为深刻影响中国文学的性质和方向,甚至改变 20 世纪中国社会现代化进程的重大事件,延安文艺思想资源的有效性却被阐释者误读,这对文学史资源的当代阐释和新世纪文学介入现实的能力造成了不同程度的伤害。

(摘自《当代作家评论》2015 年第 3 期)

毛泽东与中华美学精神三题

陈 晋

习近平总书记强调,中国优秀传统文化是中华民族的精神命脉,是涵养社会主义核心价值的重要源泉,也是我们在世界文化激荡中站稳脚跟的坚实根基。这和传承和弘扬中华美学精神,充分体现中国作风和中国气派的典范的毛泽东诗词一脉相承。毛泽东的文艺思想和诗词创作,是对中华优秀传统文化和传统美学精神进行创造性转化和创新性发展的成果,也是习近平总书记关于"用现实主义精神和浪漫主义情怀观照现实生活"的当代观照。

(摘自《文艺理论与批评》2015 年第 3 期)

毛泽东与马克思主义美学中国化
——新民主主义革命时期的实践和理论

张玉能

毛泽东及其战友在新民主主义革命与社会主义革命和建设的进程中,十分重视文学艺术及其美学问题,把马克思主义和列宁主义的普遍原理与中国革命和建设的具体实践相结合,在建构毛泽东思想的过程中,也坚持和发展了马克思主义美学和文论,使马克思主义美学和文论中国化,奠定了马克思主义美学中国形态的根本原理和主体框架。因此,毛泽东思想的美学和文论也就是中国特色的马克思主义美学和文论。从总体上来看,毛泽东的美学和文论时至今日也没有过时,它的整体特征就在于它的工农兵方向、人民至上论、党性原则、"洋为中用,古为今用"方针、"百花齐放,百家争鸣"方针。它曾经在新民主主义革命时期与社会主义革命和建设时期发挥了巨大的作用,它将与中国当代社会主义审美实践和文艺事业齐头并进、同步发展、永放光辉。

(摘自《文艺理论与批评》2015 年第 3 期)

《新民主主义论》与周扬新文学史观的变化探微

张婧磊

进入 1940 年,周扬的新文学史观在对待旧文体、新文学的历史分期和对文学革命及主要人物的评价等方面发生了微妙的变化。这种变化与毛泽东的经典文献《新民主主义论》于 1940 年 1 月的发表有着直接的关系。通过研读《新民主主义论》发表前后周扬所写的有关新文学研究的文章发现,周扬新文学史观的变化与其身份的特殊性密切联系。周扬是马克思主义文艺理论家,更是中共文艺战线的主要领导者,其新文学史观此时已经带有一定的政治烙印。研究周扬此一时期文学史观中被后人忽视的细微差别,有助于准确把握周扬逐渐成为毛泽东文艺思想的权威阐释者的过程。

(摘自《理论界》2015 年第 3 期)

论整风前的延安文艺与外国文学

常海波

在延安文艺史上,外国文学有过一段难得的繁荣期。整风前的政策导向、鲁艺专门化、演大戏风潮、一组批判性杂文等四个环节表明,知识分子与政治领袖毛泽东的文艺思想分歧日益凸显。五四以后知识分子身上自由主义、个人主义、人道主义的外国文学基因深入骨髓。而毛泽东承袭马列主义的思想资源,一方面将之定性为资产阶级、小资产阶级情调,批评这种知识分子的文艺表现形式脱离了革命的主要基础,不能为工农兵服务;另一方面又竖起高尔基这面方向性大旗,不断暗示着文艺为政治服务的苏联经验。

[摘自《延安大学学报》(社会科学版)2015 年第 4 期]

抗战时期中国共产党领导下的文艺动员及其成效

李先明

抗战前后,抗日根据地广大民众的文化素质和民间文艺的特质,为文艺动员提供了必要性与可能性。在党的领导下,根据地的文艺动员,在抗战烽火硝烟中萌动,在日伪军残酷"扫荡"中成长,在革命力量发展壮大中成熟。特色鲜明的文艺动员,激发了广大民众的抗战积极性和主动性,树立了党的权威,促进了根据地文化生活的进步,为抗日民主政权的巩固和抗日战争的胜利奠定了坚实的社会基础。

(原载《南京社会科学》2015 年第 4 期)

无法忽视的"传统"
——"延安鲁艺"办学经验对共和国"作家培养体制"之启示

毕红霞

新中国成立之后,国家建立了专门的机构来培养作家,即 1950 年成立的"中央文学研究所",后改名为"文学讲习所"和"鲁迅文学院",延续至今。这套培养体制与 1938 年在延安成立的"延安鲁迅艺术学院"(以下简称"延安鲁艺")存在很大关联。它们不仅共同分享着毛泽东《在延安文艺座谈会上的讲话》精神,而且在制度建设和具体培养经验方面都存在很多共通之处。在如何处理政治和艺术的关系问题上,"延安鲁艺"的办学经验给新中国的"作家培养体制"提供了启示。

[原载《海南大学学报》(人文社会科学版) 2015 年第 4 期]

"农村新人"形象的叙事演变与土地制度的变迁
——以《太阳照在桑干河上》《创业史》《平凡的世界》《麦河》为中心

李兴阳

中国乡土小说中的"农村新人"形象,最能够代表不同历史时期对中国革命、社会制度和新国家形象的想象。他们的出现大多与土地制度变革有关。中国农村的土地制度先后经过土改、合作化、大包干和土地流转等四次大变革，乡土小说亦塑造了在变革中涌现的四代"农村新人"形象。他们参与到不同历史时期新土地制度的制定、执行和变革中，由此形成不同的新制度性人格。每一代"农村新人"的制度性人格都随土地制度的变革发生显著的变化，后来者往往是对前一代的扬弃，从而呈现出辩证发展的代际演变特征。"农村新人"形象曾是衡量作品成败的重要标准，也是观察中国社会制度变迁的风向标。

（原载《文学评论》2015年第4期）

论延安新音乐运动

张艳伟

延安新音乐运动是中国新音乐运动的重要阶段和组成部分。众多爱国音乐家聚集于延安，有组织、有计划地对延安民众乃至各个革命根据地的民众进行新音乐教育，把音乐作为教育民众的一种基本手段和常见形式，产生了《黄河大合唱》《团结就是力量》等抗战音乐中的传世力作，进一步唤起基层民众对革命战争与边区建设的热情。延安新音乐运动具有反帝反封建的、民族的、民主的、现实的、科学的、大众的、通俗的性质。

[摘自《郑州大学学报》（哲学社会科学版）2015年第4期]

现当代文学研究的知识社会学视野与互文性方法
——以土改叙事研究为例

阎浩岗

知识社会学为中国现当代文学研究提供了新视野，互文性研究方法是将知识社会学用于文学研究的可操作方法。按知识社会学的观点，"无产阶级意识形态"其实也是特定视角的产物，也会受到特定社会状况制约，因而具有一切意识形态所共有的意识形态性。同时，亦不能否认其他意识形态就其自身视角和社会状况而言的合理性、真理性。体现无产阶级意识形态的作品遵循一种区别于日常伦理的暴力革命伦理。就土改叙事而言，周立波的《暴风骤雨》是革命伦理的直接体现，《太阳照在桑干河上》及《翻身记事》是不同伦理纠结交融的产物，而《赤地之恋》及"新历史小说"的土改叙事则是对革命伦理的质疑和颠覆。它们都受作者写作时社会境况和个人境况影响，体现一种特定视角。知识社会学对文学研究的启示是：应尊重历史、正视现实，重视视角转换与综合，不宜以单一视角将文学史写成简单的"进化"史。

（摘自《中国文学批评》2015 年第 4 期）

《讲话》的接受与"暴露派"的转向
——以刘白羽、艾青为考察中心

商昌宝

20 世纪 40 年代的延安整风运动以及文艺座谈会召开和《在延安文艺座谈会上的讲话》发表后，延安文人中的"暴露派"，例如刘白羽、艾青等纷纷转向，服膺《讲话》精神，并以实践行动深入工农兵，改造思想，最终成为歌颂社会主义现实主义的文艺工作者。

［摘自《湘潭大学学报》（哲学社会科学版）2015 年第 5 期］

开掘新的话语空间
——"抗战文艺"的历史、现状及可能性

鲁太光

随着 2015 年 9 月 3 日的到来，"抗战文艺"自然也成为被关注的焦点。然而，不得不遗憾地指出的是，尽管近年来出现了不少"抗战文艺"作品，尽管有不少作者声称自己的作品是"抗战文艺"的新发展或新收获，尽管有评论家认为某些作品是"抗战文艺"的新突破或新成果,但整体而言,与抗日战争这一历史事件的丰富性相比,与民众对这一题材作品的热切期盼相比,近年来的"抗战文艺"作品虽不能说是一无是处,也可以说乏善可陈。"抗战文艺"要想有所发展,就必须放下包袱,开掘新的话语空间。

(摘自《文艺理论与批评》2015 年第 5 期)

"记录历史"与"创造历史"
——论斯诺《西行漫记》的历史诗学

李 杨

《西行漫记》的"文学性"不应仅仅在"文学修辞"或"文学形式"层面加以理解,它还指涉"历史"的"诗学"特性,表现为对历史的认知、理解与预示。这部作品使红军、中国共产党和毛泽东"道成肉身",成为可辨识、可理解的现实政治力量,不仅仅表达和改变了"世界的中国观",而且形塑了一代中国人的"世界"观,并进一步建构了中国人的"国家认同"与"阶级认同"。这部以"记录历史"为名的作品既是"历史"的一部分,同时还成为创造"历史"的重要力量,深刻地影响了现代中国的历史进程。《西行漫记》生动地再现了长期被忽略的文类"非虚构写作"所具有的"文学"意义,并帮助我们再思"历史"的"文学性"。

(摘自《天津社会科学》2015 年第 5 期)

1940 年代延安文学中的妇女问题

李 振

20 世纪 40 年代延安由反对"新贤妻良母主义"而展开的一系列讨论,从表面上看好似由女性立场出发并试图改变女性困境,却在不自觉中陷入了一个非常尴尬的境地。女性的独立与解放、女性境遇的改变、此起彼伏的妇女运动,都被赋予了一个基本前提,那就是"全民抗战"。唯有在"全民抗战"基础上进行的妇女解放才是有可能的,才是具有合法性的。

[摘自《湘潭大学学报》(哲学社会科学版) 2015 年第 5 期]

"鲁艺木刻工作团"及其木刻创作

向 谦

1938 年冬,"鲁艺木刻工作团"在党中央的号召下成立,他们在团长胡一川的带领下深入太行山敌后抗日民主根据地开展艺术宣传工作。经过三年的奋斗,他们在敌后艰苦的条件下创造出许多人民群众、抗战官兵喜闻乐见的具有中国"民族形式"的木刻作品。1941 年,胡一川带着部分木刻作品回到延安,在延安鲁迅艺术学院进行了展览,引起了不小的反响,也为延安的木刻创作带来新风。在 1942 年毛泽东文艺座谈会思想方针的指导下,延安木刻创作在"鲁艺木刻工作团"的工作基础之上进一步发展,创作出更多老百姓喜闻乐见、艺术家交口称赞的木刻艺术作品,也成为抗战时期美术作品的经典代表,同时对当下的艺术创作思路有所启示。

(摘自《中国国家博物馆馆刊》2015 年第 6 期)

"文摊"文学家与当代说书人

——论赵树理和莫言的小说创作与说书传统的承继和发展

张相宽

作为中国现代文学解放区作家中的旗帜性作家和中国当代文学中的诺贝尔文学奖获得者,赵树理和莫言都在创作中回归了传统,都从说书艺术里汲取养分并创作出了在各自时代堪称典范的文学作品。赵树理出于为农民读者服务的功利目的和对外国文学的偏见,较为严格地采用了传统小说讲述故事的方法,使得他的小说具有了鲜明的民族性,但也造成了现代性不足的缺憾。莫言继赵树理之后,基于对文学创作的审美特质和西方文学影响的理性认识,在中外文学汇通的基础上,对传统说书艺术做出了更大胆的改革,使其作品既具有民族性又不失现代性。从赵树理到莫言,体现了中国传统说书艺术在现当代文学中的继承和创新,为中国文学如何走向世界提供了有益借鉴。

[摘自《内蒙古社会科学》(汉文版)2015年第6期]

延安文学精神论纲

李晓峰

延安文学是20世纪中国文学的重要构成。从文学发展史的角度看,延安文学不仅是一种历史文学现象,而且更具一种文学精神价值。延安文学精神是文学的时代使命担当精神,是文学为人民大众服务精神,是文学追求朴素与崇高相结合的艺术审美创新精神。延安时期异彩纷呈的文学实践(庞大的作家队伍、众多的文学社团、纷繁的文学期刊、丰厚的文学创作实绩)是延安文学精神形成的文学基础,毛泽东《在延安文艺座谈会上的讲话》是延安文学精神的理论核心。延安文学精神是中国当代文学发展的精神引领,对中国当代文学产生了重大而深远的影响。

[摘自《宝鸡文理学院学报》(社会科学版)2015年第6期]

延安时期新文字运动的历史价值与经验教训

王莉

延安时期新文字运动是我国语文改革史上重要的一环,它为当时的教育普及与团结抗日做出了重大贡献,为汉语拼音方案的制定提供了有益的借鉴,它也是一次有意义的文字改革试验,其中的经验教训为当今的语言文字本体研究和语文现代化建设带来很多启示。

[摘自《延安大学学报》(社会科学版) 2015 年第 6 期]

延安文艺大众化的微观权力运行机制

张仁竞

权力是从最小的单位以零散的方式形成的,具体来说是从个人的身体发生的。身体和主体是研究权力的主要因素。在对文艺大众化微观权力运行机制的考察中,"身体"处于核心位置。对身体内部和外部环境的分析主要通过以下几个途径进行:一是文艺大众化的主体界定;二是知识分子与群众的关系;三是大众话语的生成机制。通过上述分析可以看出,延安文艺大众化的成功实践是建立在其缜密的微观权力运行机制上的,体现为政治的驯服功能、工农群众的凝视效应和知识分子的自我超越。

[摘自《山西农业大学学报》(社会科学版) 2015 年第 7 期]

丁玲抗战小说的时代特色

曼 红

1937—1949 年的抗战文学具有鲜明的时代特征和民族印迹。在抗战文学史上,抗战时期的文学创作占有非常重要的地位,它不仅发挥了文学的宣传教育功能,成为动员人民投身民族抗战事业的有力武器,而且探索了一条适合抗日战争和中国读者审美习惯的战争文学。"天下兴亡,匹夫有责",共赴国难、救亡图存、个人荣辱和国家民族命运联系在一起。此时期的作品,可谓时代的产物。千载难遇的时机,成为丁玲创作的新基点,也是民族精神与民族气节的一种体现。丁玲的九部抗战作品都是民族的记忆与沧桑,是珍贵的也是最值得保留的文学遗产,为后人研究民族史、文学史奠定了一定的理论基础。笔者以丁玲的抗战小说为例,将民族学植入一种新的历史土壤和文化语境,从民族学的角度来探讨抗日作品中的时代特色。抗战时代虽已过去,但是值得反复书写,不管从国家、民族利益的价值体系,还是从那个特殊时代产生的作品中的"生存""道德""民族"观念来研究民族史,尊重生命、爱好和平对于当下有深刻的意义。

(摘自《社会纵横》2015 年第 7 期)

文艺要表现时代文化精神
——再论毛泽东《在延安文艺座谈会上的讲话》的当下启示

丁国旗　包明德

《在延安文艺座谈会上的讲话》所着重强调的文艺与人民的关系、文艺与生活的关系、文艺与政治的关系,在今天都有着特别现实的价值和意义。其中重要的原因就在于其与当时时代的紧密关系、与今天文艺创作和文艺理论现实所产生的诸多共鸣。文章围绕"文艺要表现时代文化精神"这一主题,以阐释《讲话》对于当下文艺理论与创作实践的启示意义。

(摘自《社会科学家》2015 年第 7 期)

从上海到延安:"文学旗手"建构的空间政治诗学
——延安文艺体制中的高尔基形象塑造

郭国昌

随着五四新文学革命的发生,高尔基逐渐为中国作家所熟知。但是,作为作家的高尔基真正成为一种政治文化权力符号是在中国共产党领导的左翼文艺运动兴起以后。在上海的左翼时期,尖锐剧烈的政党冲突使高尔基变成了文学与政治结合的"完美"代表。抗日战争全面爆发后,高尔基和鲁迅一样,在解放区通过一系列纪念大会被赋予了"文学旗手"的功能,并在延安文艺座谈会召开后被纳入了延安文艺体制当中,成为解放区独具特色的文艺生产方式。高尔基的人生历程、创作道路、道德追求、政治倾向等都被赋予了中国共产党的政党意识形态内涵,高尔基不再作为一个有个人情感和思想矛盾的独立作家而存在,而是变成了中国共产党领导下的无产阶级文学运动的集体符号。

(摘自《兰州学刊》2015年第8期)

在观念与经验之间
——丁玲小说《在医院中时》新读

秦林芳

《在医院中时》是一篇突出观念与经验之间的矛盾的作品。丁玲以"为革命忍受一切苦痛"的观念先行,对主题、人物等做出了具有革命功利性的设计。在作品前半部分的写作中,丁玲却以经验冲破了观念的约束。在写作后半部分时,丁玲则又回归"原意",表达了人只要"忍受"就能与环境谐和并获得"成长"的观念。作者在观念与经验之间的游移,造成了作品文本的分裂。

(摘自《中国现代文学研究丛刊》2015年第9期)

延安散文的"中国表达"
——延安文艺大系散文卷前言

张器友

延安散文继左翼散文之后,更全面地走向社会革命,走向劳动人民的生活和斗争,把散文从知识精英的圈层里解放出来。这个时期,长征、抗日战争和解放战争三大历史事件都在延安散文中得到了生动反映,现代散文表现生活的领域因此有了革命性拓展。延安散文语言及其形式,自觉追求中国老百姓所喜闻乐见的中国作风和中国气派,弃绝新、老八股,讲求"中国表达",拓展了现代散文的文体功能、表现领域和表现方法。

(摘自《西部学刊》2015年第9期)

新的、民主的、沐浴着阳光的人民形象
——古元版画艺术论

张作明

古元是一位在国内外享有盛誉的版画家,被公认为中国新兴木刻尤其是解放区木刻的优秀代表。在近半个世纪的创作生涯中,古元与人民息息相通、休戚与共,一贯坚持反映人民的心愿。他的艺术永远属于人民,并为中国和世界艺术宝库增添了璀璨的光彩。古元从事木刻创作的艺术历程,大致可以划分为三个时期,从"解放区的天是晴朗的天",到"向前,向前,向前",再到"一条大河波浪宽"。

(摘自《美术》2015年第9期)

延安两大文人集团"文抗"与"鲁艺"的观念分歧

程鸿彬

"文抗"和"鲁艺"是抗战时期延安最有影响的文艺机构,以二者为中心形成了解放区文艺界两大文人集团。在延安文艺座谈会召开前夕,两派文人围绕着"写什么"和"怎样写"展开了一场激烈论争。这场论争并非肇因于意气用事或宗派纠纷,而是存在着更深层次的观念分歧。在此后的当代文学进程中,类似的观念分歧仍然反复显现,以致衍化为体制化文学语境中无从化解的悖论。

(摘自《东岳论丛》2015年第10期)

延安时期知识分子叙事转型论

吴国如

受延安整风运动的影响，20 世纪 40 年代延安小说中的知识分子书写经历了化蛹为蝶般的艰难蜕变。仔细研读前后两个阶段的作品可以发现，二者之间显然有着截然不同的思想和风格。整风运动前后显示出截然不同思想和风格的延安小说知识分子叙事不仅见证了处于历史转折关键期的知识分子作家对自身的角色想象和身份定位，更反映了现代知识分子在现代民族国家的想象性建构和事实上参与过程中与主流话语博弈时特有的心路历程和精神状态。基于此，本文拟从文学话语的生产和构成入手，围绕知识分子、叙事、话语体系与身份意识之间的关系，在尽量还原特定历史时期的社会语境下，对 20 世纪 40 年代延安文学创作转型的复杂过程、样态和意义做一现象学症候式考察。

（摘自《文艺争鸣》2015 年第 10 期）

1946—1947 年赵树理小说在解放区外的传播与回响

郭文元

1946—1947 年，赵树理小说传播到解放区之外，但国统区对赵树理小说的最初评论，与解放区的评论是不完全同步的。郭沫若评价的着眼点主要在借之证明创作自由在解放区的实现；茅盾则依据其现实主义理想突出其对解放区阶级斗争温和性的反映；邵荃麟、朱自清等人坚持文艺标准，对其的赞扬中又有批评；而一向活跃的胡风选择沉默；沈从文的片言只语却透露出一种别样理解。这一切，都从不同侧面突出了不同评论者对中国文学"现代性"的不同理解。

（摘自《中国现代文学研究丛刊》2015 年第 11 期）

《白毛女》:"再解读"之后的反思

何吉贤

《延安文艺史》出版后,我在《文艺理论与批评》杂志上写过一个笔谈,其中提到,像延安文艺这样的文艺形态确实很特别,不像一般的文学史,可以在对文学有一种相对明确界定的情况下来研究和写作。延安文艺是文学、音乐、戏剧、美术及各种不同艺术门类甚至跨门类的一个综合体,同时它又跟政治和社会的变化有非常密切的关联,甚至就是具体政治的一部分。像《白毛女》这样的研究,跟一般文学或文艺研究不一样,与处理一般的文本、一般的文学现象不一样。

(摘自《长江文艺》2015年第12期)

丁玲的女性现代性体验书写
——延安女作家群研究之一

李 静

丁玲作为延安女作家群中的重要一员,她20世纪40年代的女性文学作品以一种反叛传统的现代性姿态,审视女性在传统向文明转型过程中的现代性体验和心灵困境。丁玲对现代性体验的书写,是以外来者"介入"的叙事方式,展现"外来者"和文本中的女性在遭受时空分离的生存处境之后,孤独的心理体验和无助的内心伤痛。这种体验又成为促使她们对时空进行重组,渴望生存境遇发生转机,并不断揭露和批判传统,进行现代性改造的动力。

(摘自《社会科学论坛》2015年第12期)

隐喻性叙事范式：解放区文学的情爱书写

孙红震

中国文学自古有着"香草美人、男女君臣"的隐喻传统，男女情爱一般蕴含着社会或政治意义，解放区文学的情爱书写亦是如此。在解放区文学叙事中，爱情伦理往往让位于革命伦理，情爱叙事也因而多表现为革命伦理的隐喻性叙事范式，并由此形成了别样的情爱景观，我们应当站在历史的视角客观辩证地对此予以研究和评价。

（摘自《渭南师范学院学报》2015年第13期）

论柳青延安时期小说的语言风格及其成因

白振有

延安时期的柳青创作了十多个短篇小说和一部长篇小说《种谷记》，其语言风格体现为朴素与简约两个方面。延安时期的生活经历，促成了柳青简约朴素语言风格的形成。这种语言风格深深地影响了以农村生活为创作题材、关注农民命运的陕西乃至全国其他地方作家的文学创作。研究柳青延安时期小说的语言风格，总结其经验教训，可以为当下文学创作提供有益的借鉴与启示。

[摘自《延安大学学报》（社会科学版）2016年第1期]

延安"部艺"：军队文艺教育的先驱

白 烨

延安"八路军延安留守兵团部队艺术学校"（简称"部艺"），在1941

年至1943年间成为抗战文艺的重要阵地、军队文艺教育的先驱、军队文艺人才的摇篮。"部艺"以切近抗战的办学理念和培养实用人才的育人路线，开创了政治与艺术相结合、专业与普及相结合、理论与实际相结合的以抗战文艺实践为主的文艺教育方针，丰富了部队的政治工作，强化了抗战的政治宣传，也为革命事业和人民军队培养了大批文艺领军人物与骨干人才，使部队的文艺工作和抗战的文艺事业后继有人、薪火相传。"部艺"三年的办学历史，给我们提供了宝贵的经验：1. 部队文艺工作是军队建设不可或缺的重要部分；2. 部队文艺教育需要坚持专业化与实践性的结合；3. 部队文艺教育重在培养德艺双馨的文艺新人；4. 部队文艺是整体文艺事业的重要构成。

（摘自《解放军艺术学院学报》2016年第1期）

延安民间艺人改造的意义
——以文艺"形式"问题为视角的考察

罗立桂

团结改造民间艺人是延安解放区文艺"大众化"运动中具有代表性和典型性的文艺事件，是解放区文学"大众化"实验的重要方式。在延安文艺实践探索中，韩启祥、李卜、汪庭有、刘志仁等大批的民间艺人被发现、被重视同时又被改造，关于他们的经历和故事也在几乎相同的模式框架内被反复叙述。民间艺人对民间艺术形式的掌握得心应手，他们的艺术技巧，能够用来向农民普及文艺，教育引导农民，成为当时延安的领导人和文人的基本共识。然而，民间艺人所掌握的旧形式虽然和大众日常生活关系密切，在和群众沟通方面得天独厚，但同时也容易承载封建思想、旧的意识形态。因此，团结利用民间艺人，就必须要面对文艺大众化自兴起以来面临的困境，这是延安民间艺人改造的意义所在。

（摘自《文艺理论与批评》2016年第1期）

延安"鲁艺"教育理念的演变

闵靖阳

"鲁艺"教育理念的演变经历了五个进程。以服务于抗日民族统一战线为指导思想。以马列主义为指导,实现中共政策,培养符合中共需要的文艺干部。培养适应抗战需要和建国需要的文艺人才,培养文艺普及人才与专门人才。否定关门提高,研究实际。以思想政治教育为首,以满足现实需要为准则。这种变化是国内形势以及中共政策变化的结果。坚持文艺为无产阶级政治服务、文艺为工农兵服务,坚持培养革命需要的文艺人才,坚持理论与实践统一,是"鲁艺"前、后期教育一以贯之的根本理念。

[摘自《延安大学学报》(社会科学版)2016年第1期]

延安时期丁玲女性书写的转变与"新人"塑造
——社会史视野下的《夜》的重读

王书吟

丁玲写于1941年的短篇小说《夜》,不仅体现了艺术创作手法的完整性,更包含丰富的社会史和法制史内容,与延安时期妇女解放及民主政权建设等剧烈的社会革命实践密切相关。通过借助1940年代初延安时期社会史及法制史的史料档案,将文本置于当时的历史语境之中,探讨对延安当地传统婚俗以及新政权对婚姻、情感的政策制定及实施,有助于理解文本中包含的社会主义新人的塑造及丁玲独特的女性视角关怀。

(摘自《中国现代文学研究丛刊》2016年第1期)

"新的写作作风"

——探讨丁玲整风之后的报告文学写作

刘 卓

本文尝试讨论丁玲在整风之后所写的、收在《陕北风光》中的系列报告文学中所呈现的"新的写作作风"。"新的写作作风"的出现与当时延安对于新闻报道、报告文学所偏重的客观性写作形式相关,但其关键之处用丁玲自己的话来说源于"心"的变化。"心"的变化不止于思想意识(立场)的转变,而是指向整个文艺生产过程的改造,它最终落实在创作者与对象之间的新的社会关系的形成。

(摘自《中国现代文学研究丛刊》2016 年第 1 期)

赵树理与文学的人民性

——再谈"十七年"文学的"人民性"

武新军

最近一段时间以来,文艺界大力强调"坚持以人民为中心的创作导向"。重新审视 20 世纪文学的"人民性"写作传统,可以为这一创作导向提供某些有益的参照。"十七年"文学的"人民性",主要体现在基础文化设施和传播媒介的人民化、工农兵成为写作的主体、工农兵成为文学的主要表现对象、"普及型"文体的大繁荣等几个方面。"十七年"文学所取得的成绩和所存在的局限,都值得我们认真思考。

[摘自《山西大学学报》(哲学社会科学版)2016 年第 1 期]

略论1940年代解放区土改题材小说的政治暴力形态

黎保荣

1945年抗战胜利以后,随着民族矛盾的退隐与阶级矛盾的提升,以解放区文学为中心,暴力叙事率先完成了由"战争暴力"到"政治暴力"的形态转化。它们以贯彻执行中共中央的土改政策为导向,全面展示"斗地主、分土地"的历史场景,高度体现了由阶级启蒙所引发的中国农村的巨变。"分土地"体现了"文斗"暴力,"斗地主"体现了"武斗"暴力,这与共产党不主张武斗地主、农民普遍不愿武斗地主的实际情况形成对比,体现了解放区作家们的阶级斗争激情与紧张阔大的想象,以及变"诗人"为"战士"的心理内涵。

(摘自《南京师范大学文学院学报》2016年第2期)

延安文艺:马克思主义大众化实践的成功经验及当代价值

许培春

马克思主义文艺理论是延安文艺产生的理论基础,延安文艺是马克思主义大众化的有效载体和必然结果。研究延安文艺与马克思大众化的关系,探索延安文艺如何推进马克思主义大众化,以适应传播意识形态的实质内涵,科学地运用为大众所喜闻乐见的文学艺术形式传播马克思主义,满足延安革命根据地民众的诉求和需要,总结延安文艺推进马克思主义大众化的当代启示等问题,既是历史发展的要求,也是现实的研究需要。

[摘自《兰州大学学报》(社会科学版)2016年第2期]

赵树理小说的民俗化叙事

白春香

英美新批评理论奠基人兰色姆认为,文学作品是由"表面的实体"和附着在"实体"之上的细节构成的,前者为"构架",后者为"肌质"。兰色姆的"构架—肌质"理论便于我们透视赵树理小说民俗化叙事的内在本质。如果从"构架"上来说,赵树理小说主要表现的是 20 世纪 30—60 年代中国农村在减租减息、土地改革、互助组、农业合作化运动、"大跃进"、两条路线的斗争等巨大的社会变革中存在的诸多问题;而从"肌质"上来说,它给我们展现的却是 20 世纪上半叶晋东南地区一幅幅原生态的独具特色的农村风俗画卷。民俗在赵树理小说中是无所不在的底色,它与小说所关注的"问题"书写完美融合在一起,它以原生态的本色示人,逼真地再现了农民本真的生存状态和精神风貌,展示了乡村社会独特的生命景观和生活情趣。赵树理小说中的民俗化书写,成为赵树理小说的诗性魅力之所在。

(摘自《现代中国文化与文学》第 19 辑,巴蜀书社 2016 年版)

农民形象的政治性与现代性叙事研究
——以左翼美术运动和延安美术中的农民图像为中心

李公明

文章从政治性与现代性叙事的视角综合性地研究左翼美术及延安美术中的农民图像,探讨了中国现代美术中的农民图像的政治性与现代性叙事的由来。通过对不少经典性作品的历史语境、创作动机等问题的分析,凸显出对这些农民图像作品的叙事语境化和历史化的理解,进而分别论述了左翼美术运动与延安美术中的农民形象在政治性、现代性叙事等方面的政治性内涵及其艺术审美特征,并且着重解释了从左翼美术到延安美术的政治性及现代性话语的发展、联系与区别。

[摘自《同济大学学报》（社会科学版）2016年第2期]

延安木刻对民间美术的重视和利用

吴继金

延安木刻工作者虚心向民间艺人学习，对民间美术进行了搜集和整理，积极探求木刻的中国化和民族化。他们运用中国民间木刻阳刻为主的表现方法，吸收了陕北民间剪纸的智慧，借鉴汉代画像砖、画像石的技巧，把民间美术的装饰性色彩、平面化构图、单线勾勒、夸张造型和象征手法吸收进来，并加以改造，使延安木刻从借鉴外来艺术形式转向为中国老百姓所喜闻乐见的民族形式。

（摘自《西北美术》2016年第2期）

文化的"政治化"：再论毛泽东的"延安讲话"

王晓平

通过将毛泽东《在延安文艺座谈会上的讲话》放在社会历史的具体性中加以考察，我们可以重新理解其历史的特殊性和政治上的普遍性。依次讨论《讲话》的历史缘起、毛泽东为新的历史主体即"人民"服务的观念，以及如何为此主体创建一种新文化的意见；在作品形成之后，其评判标准带出了阶级社会评定艺术的两个标准，即政治性和艺术性。所有这些都体现了毛泽东对于文化和政治之间互相作用的洞见，而这也是现代中国文化最重要的特点。通过对文化进行"政治化"，毛泽东实现了西方先锋派所欲达到的目标。虽然《讲话》基于战时的军事需要而发，但它也体现了毛泽东对创造具有社会主义倾向的文艺的最初考虑。

[摘自《华侨大学学报》(哲学社会科学版) 2016 年第 3 期]

包容与吸纳
——试论延安时期文艺理论的开放性
李 惠

长期以来,人们关于延安时期文艺理论的认识多重视于其意识形态的整一性与强烈的政治性诉求,而相对忽略了其多样的开放性。事实上,当我们深入延安时期的文艺理论文本,回归历史语境就会发现,延安时期知识分子宏阔的理论视野、活跃的理论思维及文艺创作中对西方文艺思想、陕北民间文艺形式的广泛吸纳,使文艺理论呈现出兼收并蓄、包容吸纳的开放姿态,形成了具有浓厚时代气息与强烈民族意识的延安文艺思想,对中国现当代文学影响深远。

(摘自《文艺理论与批评》2016 年第 3 期)

民间歌者、民间现实与民族风格
——以《李有才板话》与《天堂蒜薹之歌》为例
田 丰

乡村生活的长期经历和传统文化的长久浸淫,使得赵树理和莫言能够在从事文学创作时有意识地调动起自幼便开始储备的民间文化资源,将通过"耳朵阅读"获取的民间戏曲知识以讲述故事的方式融入小说文本创作中。在《李有才板话》和《天堂蒜薹之歌》这两部堪称典范的小说中,赵树理和莫言借助民间歌者李有才和张扣的板话与歌谣传达出农民的心声。他们同样来自乡村,对于农民的苦难生活和精神困境都有着切身的体会和真切的把握,因而能够在小说文本中真实地揭示出各自所处时代的民间现实。同时，他们还自觉地将创作之根深植在民间文化的沃土之上，着力汲取来自民间的养分，使其作品呈现出鲜明的民族风格。

[摘自《山西师大学报》（社会科学版）2016 年第 3 期]

在一派天然之中孕育
——赵树理的早期作品分析

龚自强

1943 年《小二黑结婚》的发表标志着赵树理创作的成熟，因此，1943 年可以作为赵树理创作中的一个重要分界点。赵树理的创作一直以来被"赵树理方向"的官方说法限定，被视为意识形态动力的产物。这既使得赵树理一夜之间爆得大名，也使得人们对赵树理作品的认识一直存在某种偏见。因此，对赵树理 1943 年以前早期作品的分析成为势在必行的一项学术清理工作。赵树理身在新旧时代交替的特定历史情境中，"文摊"的文学理想对于赵树理来说是自然而然的选择。而赵树理的早期作品尽管与意识形态有紧密的联系，但并未受到意识形态的明显规训，纯然是在一派天然之中的孕育。

[摘自《海南师范大学学报》（社会科学版）2016 年第 3 期]

通过"柳青现象"反观"赵树理方向"

魏 巍

"赵树理方向"在文学史上的大起大落比"柳青现象"更具有反思意义。通过《创业史》反观赵树理《三里湾》的创作，他把时代之困难看作首要书写问题的方式，在一个需要梁生宝式的象征整个民族国家走向的"英雄人物"的时代，显然是一个不合时宜的转型。赵树理方向的危机来自对文艺大众化问题理解的偏差，他"重事轻人"的写作虽然在语言上与工农大众打成一片却显示出了情感上的脱离，他的创作更具有普及的意义而忽视了《讲话》中要求的"提高"问题,这使"赵树理方向"一开始就成为一个被曲解的方向。对小二黑故事的"扭曲事实"的改变,也未能达到社会主义再教育的目的。作为政治性的写作,经典性力量的缺失使"赵树理方向"的失落成为必然。

(摘自《当代文坛》2016年第3期)

文化领导权的话语生成路径
——以《解放日报》改版为中心的考察

杨 琳

话语不等同于语言,媒介话语指向语言及其背后的"实践—权力"关系。基于葛兰西的分析框架,考察《解放日报》中媒介话语对文化变革的嵌入方式,可知延安时期中国共产党是以知识生产作为文化领导权生成的关键步骤,媒介话语以规训与调和功能承载着文化领导权的建构路径,而文化领导权的再现成为话语权争夺的实践生成。

(摘自《广西社会科学》2016年第4期)

人民性:延安文艺的民俗学阐释

徐明君

在大众化、通俗化的基础上,以新民主主义文化为目标指向的"民族形式"批判吸收新三民主义文艺和民族主义文艺,成为"两个口号"论争中的核心话语,建构了延安文艺"人民性"的思想基础。"民族形式"讨论促进了延安文艺对苏区文艺、左翼文艺、五四文艺的整合,实现了延安文艺从"民间形式"到"民俗形式"的过渡,从而使其具有了"人民性"的体制特征,并最终在毛泽东的《在延安文艺座谈会上的讲话》中明确为"工农兵文艺"。从文学活动的创作、接受主体来看,民间文学的平民性特征无疑更符合现代文学的演进潮流。当以"劳动人民"为主体内涵的"民间"理念上升为现代国家的建构原理时,"民间"也就获得了民族性意涵,民间文艺在延安由此获得立足点。民间文艺不仅继承五四文化传统,成为民族文化的基础,也具有"生活化"的民俗特征,成了与"源"最近的"流"。

(摘自《社会科学辑刊》2016年第4期)

《水浒传》改编与延安戏剧文学的革命叙事

焦欣波

延安时期戏剧文学对《水浒传》的改编,是基于抗战背景下民族"戏曲现代化"艺术改革和重构现代民族国家意识形态的需要,实现文艺为工农兵服务、为"战争、教育、生产服务"的政治目的。这种新的古典小说戏剧改编创作方式和审美范畴,主要通过塑造"新式英雄"、"丑化阶级敌人"与"美化人民群众",并广泛运用阶级仇恨模式以及乌托邦式的革命想象,围绕传统故事情节基本框架给予革命意识形态的整合、改造和遮蔽。延安水浒改编戏极大地丰富了现代戏剧的创作题材和思想内涵,客观上为延安新政权张扬了革命道德伦理依据和政治合法性,成为根据地(解放区)文艺大众化、革命化的经典形态,但这一改编却凸显出革命戏剧对水浒女性形象重构的困境。

(摘自《中国现代文学研究丛刊》2016年第4期)

延安文艺的传播环境生态探析

于 敏

从传播环境生态论的角度对延安文艺传播的环境生态,即自然地理环境、社会时代环境及媒介环境状况等方面进行全景考察,深入分析环境生态对延安文艺传播的各要素的形成与构成关系的影响,揭示环境生态对文学传播的重要作用,这对我们今天深入认知文学传播与环境生态的关系以及如何利用并营造利于文学传播的环境生态,构建良好的文化传播环境,更好地发挥文学传播所应有的社会功能具有一定的启迪意义。

(摘自《长江学术》2016 年第 4 期)

论延安时期文学教育的历史特征

翟二猛

延安时期文学教育的发生是中国共产党应对民族战争和革命战争的权宜之计,经历了从被动应对到主动设计的转变过程。这决定了这一时期的文学教育不同于中国传统的文学教育,具有理论构想与具体实践之间的间隙小、持续性、泛政治化、灵活性等特征。分析其历史特征,有助于我们从中总结出值得当今借鉴的历史经验,指导当下的文学教育。

[摘自《西北师范大学学报》(社会科学版) 2016 年第 4 期]

"新英雄主义":萧军的自我改造与创生

宋喜坤

新英雄主义精神是萧军运用"半步主义",通过思想构建和行为构建对英雄主义解构后的重构,是萧军顺应和接受延安知识分子改造的独特创生。新英雄主义不同于个人英雄主义和革命英雄主义,它拥有毛泽东思想和鲁迅精神的"双核心"思想,是萧军的价值观和文艺观,指导着萧军的文学创作,推进了东北新启蒙实践中的"双轨道"启蒙实践。它是恪守五四知识分子传统的现代作家所共有的特征,对研究现代知识分子独立自由的文化精神具有重要的参考价值。

(摘自《中国现代文学研究丛刊》2016 年第 4 期)

延安鲁迅艺术学院音乐教育模式对当代音乐教育的启示

李 萍

创立于特殊历史背景之下的鲁迅艺术学院(简称"鲁艺"),是中国共产党在革命圣地延安创建的第一所艺术院校。作为学校四大专业之一的音乐系当时培养了大批的音乐人才,在抗日战争中发挥了重要的作用,对于我国现代音乐教育具有开创性的意义。对于延安"鲁艺"音乐教育模式的研究因其特殊的时代背景和现实原因,对于我们具有非常大的经验价值,有必要对其进行梳理、总结和反思,在新的时代背景下发掘其对当代音乐教育的价值。

(摘自《中国音乐教育》2016年第5期)

解放区和"十七年"小说民俗叙事的政治化建构

罗宗宇　张超

民俗叙事政治化指的是民俗叙事为政治服务,以表现社会政治主题为指向。民俗叙事政治化是解放区和新中国成立后"十七年"小说创作中的普遍现象,其叙事建构方式有四种,即在一种阶级斗争的叙事框架和主题表现中叙述民俗、直接引用或表现时政色彩鲜明的民俗新风尚、当民俗冲突充当小说情节冲突时让政治力量介入并使得到主流意识形态支持的一方获胜、将民俗链上的某一旧民俗因素置换改造成体现时代政治内容的新民俗因素。

[摘自《湖南科技大学学报》(社会科学版)2016年第5期]

卞之琳延安时期诗歌创作中的"奥顿风"
——以《慰劳信集》为例

罗 玲

1938 年以后,卞之琳的诗风由"幽蓄深邃"转为"朴素明快"。作为卞之琳诗歌创作的一个重要转折点,《慰劳信集》虽以机智、幽默和现实主义风格著称,但在这部诗集中,无论是诗歌内容、诗体选择,还是语言词汇以及修辞手法的运用上,都可以看到"奥顿诗风"的痕迹。

[摘自《成都理工大学学报》(社会科学版) 2016 年第 5 期]

消融的"历史实践主体"
——赵树理小说中农民的政治化生存

李 刚 钱振纲

赵树理小说以充满农村生活情趣的口语化描写,记录了晋东南地区从抗战至合作社时期的重要政治经济事件。他笔下的农民主人公不再是简单地被启蒙、被同情的对象,而是真正的主人公,成了历史实践的主体。目前对赵树理的研究存在两种声音,一种是质疑,一种是支持,然而无论是质疑者还是支持者都认为,赵树理小说中的人物与五四以来追求个人价值的人物不同,没有"灵魂的搅动"和"矛盾的挣扎",即使放在无产阶级小说谱系中,与柳青、浩然的作品相比,这一"缺陷"也是存在的。而日本研究者竹内好似乎解决了这个问题,他认为:在赵树理的小说中,人物的典型并不在于个人与社会的对抗,而是"个人如何向集体靠拢,并最终消融于集体之中"。在当时的社会语境下,既要真实,又要政治,因此,他笔下的农民,除了幽默生动的绰号和真实朴实的乡间口语,就只能"消融于历史实践"中了。

(摘自《文艺争鸣》2016 年第 5 期)

解放区"有奖征文":"日常民族主义"的情感认同与建构

门红丽

伴随着"文艺大众化"的讨论和最终文艺政策的确定,解放区"有奖征文"迅速发展繁荣起来。这种依托报纸杂志,由不同的机构发起的文学生产运动不仅仅带来了报告文学的繁荣和"文艺大众化"的最终实现,它最大的作用仍然是意识形态层面的。与其说是政策自上而下的推行,不如说通过征文发起者的明宣传与暗指示,通过文学奖金的实质奖励与荣誉奖励,再加上应征者的主动迎合,征文将民众的日常生活与宏大主题紧密结合在一起,完成了"日常民族主义"的情感认同与建构。

(摘自《社会科学研究》2016 年第 5 期)

时代曲
——冼星海和贺绿汀的红色音乐

张姝佳

20 世纪 30 年代,中国民众经历着日本丧心病狂的侵略,但是,我们没有被敌人吓倒,中国百姓万众一心,奋起抵抗。在这个过程中,音乐作品出现了一种前所未有的新类型,人们称之为红色音乐。这些音乐以革命、救亡为主要内容,通过鼓舞群众斗志,为取得战争胜利发挥重要的作用。冼星海和贺绿汀正是生活在这个时期的作曲家,他们的作品包括了大量的革命歌曲、红色音乐,这些作品不仅为中国革命提供精神力量,也成为中国近代音乐史上音乐文化的一个重要组成部分。通过对这些革命歌曲的欣赏、研究,一方面可以不断散发这些音乐作品的艺术魅力,另一方面使不同年代的人们受到革命精神的感染,感受时代的精神力量。

(摘自《粤海风》2016 年第 5 期)

延安时期文化下乡运动对美术创作的意义

闫靖阳

1942年5月中共中央召开延安文艺座谈会,毛泽东正式要求文艺知识分子下乡,文化下乡运动从1943年3月全面开展一直持续到1945年9月延安文艺工作者进军东北。延安时期的文化下乡运动是中共中央发起的带有一定强制性的知识分子改造运动,通过政治体制和社会境况保证顺利进行,延安大部分文艺工作者都不同程度地参与到文化下乡运动中,接受中共和工农兵改造。它对美术创作的意义在于,知识分子基本完成了由小资产阶级知识分子向无产阶级文艺工作者的转变,经过下乡的美术工作者深切地感受和认识到工农兵的真实生活状态以及他们的艺术需求,为创作出为工农兵喜闻乐见的美术作品奠定了生活基础。在文化下乡运动之中和之后,美术界创造了一大批既具有高度的认识价值又具有高度的审美价值的作品。下乡经历成为美术工作者人生中最宝贵的财富,为工农兵服务是人生永恒的准则,时时要求自己走进工农兵生活成为他们艺术创造的永恒的源泉。

(摘自《文艺争鸣》2016年第5期)

周扬、周立波与鲁迅艺术文学院的"关门提高"

张根柱　付道磊

张闻天等对于"鲁艺"新教育方针的制定,是"鲁艺"走向正规化和专门化的前提与关键,但是,"鲁艺"正规化与专门化的真正实施是在周扬手中进行与完成的。周扬对于"鲁艺"实行的正规化措施在第四届、第五届学生的教育计划中开始体现。真正使"鲁艺"的正规化与专门化工作做出实绩的,是以周立波为代表的鲁迅艺术文学院的文学、戏剧、音乐及美术教员们。

(摘自《临沂大学学报》2016年第5期)

解放区小说中地主形象的不同书写

王雨田

解放区小说中部分地主形象的不同存在方式可以当作"土改—合作化"小说研究的重要补充。在解放区"减租减息"的运动背景之下，相关作品中的地主呈现出温和、喜剧、激烈等形态。随着解放战争的爆发，这些地主形象的多样化存在逐渐呈现出单一化表征。相关"土改—合作化"小说研究一般是对几部经典作品的反复阐释，这在有意无意间遮蔽了大量相关题材小说的丰富性，但正是以这些边缘文本为基础才出现了后来的经典作品。对这些边缘化小说的梳理对于反思"十七年"文学具有一定的文学史意义。

[摘自《四川师范大学学报》（社会科学版）2016 年第 5 期]

土地法令与现代作家的乡土书写

颜同林

20 世纪上半叶，中国不同的中央政府与地方割据政权均审时度势地颁发了一系列的土地法令以有效维持或改变农民与土地的关系。减租减息、土地所有权置换与重新分配是其中最为重要的内容。相应地，现代作家的乡土书写与农村想象图景，与土地法令的核心内容相互倚仗成为一种常态，这一点在解放区作家赵树理、丁玲、周立波等人的作品中尤为典型。由于边区政府的有力推进，带有阶段性特点的土地法令由旧解放区不断向新解放区扩散，真正从政治、革命的维度改写了中国现代乡村的历史进程，现代作家们的乡土书写也无不带有阐释政权法律的依附性特征。乡土题材的文学创作与土地法令的颁发与实践处于两个互视、并置甚至叠加交错的领域，大致奠定了乡土文学与乡村社会不断重构的同源衍变这一宏阔格局。

（摘自《广东社会科学》2016 年第 6 期）

从政治实践话语到文化阐释策略

——以詹姆逊对毛泽东思想的美学挪用为例

吴娱玉

西方左翼运动在现实中遭遇挫折之后,其实践经验转化为一种文本阐释的方法,但甚少有研究这样追问:政治实践的失败,如何在话语实践中重新获得新生?本文试图以个案研究——詹姆逊对毛泽东思想的美学挪用——将这一转化的来龙去脉展现清楚,这一转化以三种方式表现出来:一是理论的旅行——通过文本的旅行而发生变异;二是实践的影响——通过语境的抽空而发生变形;三是对毛思想的化用——保留能指,转变所指。在詹姆逊的视域中,毛的思想和实践是一个进行理论反思的着力点,也是一个理想化了的"他者"。

(摘自《文学理论研究》2016 年第 6 期)

"拥军"的图景

——古元《拥护咱们老百姓自己的军队》中的叙事、形式、风格及观念

曾小凤

本文以古元 1943 年创作的一幅木刻新年画《拥护咱们老百姓自己的军队》为例,通过分析画面的叙事结构、形式、风格,讨论延安美术关于"拥军运动"的视觉图式与观念。在方法论层面,试图通过细读图像提出问题,并结合图像内外诸种因素加以阐释;也试图从美术史的基本操作方式入手,对延安美术的艺术形式与风格特点,提出更为具体化的讨论。

(摘自《美术研究》2016 年第 6 期)

置换与改写：解放区土地斗争小说对民间故事的借用

张文诺

在解放区，反映农民土地斗争的小说是很有成就的一个小说类型。土地斗争小说是对解放区文艺政策的一次成功的实践，在对"长工斗地主"的民间故事母题进行置换与改写后，土地斗争小说既能反映全新的社会内容又能契合群众的期待视野而受到群众的欢迎，从而起到教育群众、鼓舞群众的目的。分析解放区土地斗争小说对民间故事母题的置换与改写的方式，有助于我们理解在文艺大众化的语境之下民间形式对解放区作家创作的影响。

[摘自《绍兴文理学院学报》（哲学社会科学版）2016 年第 6 期]

《野百合花》文本探析与知识分子身份悖论

续小强

王实味的《野百合花》是延安文艺时期的一个特殊存在，从组织生活的角度来看，对王实味的批判是合理的，但是在当时的环境下，王实味的《野百合花》并没有被当成文艺作品，而是被定性为思想意识形态的问题，是知识分子改造的问题，是与知识分子的改造紧密相连的党的干部教育的问题。仿佛一个隐喻，一个有关中国历史、革命、文化与政治的隐喻，一个有关作家、知识分子的隐喻。挖掘王实味身上特殊的悖论和矛盾，还原当时的历史语境，是从另一个层面解读延安文艺的历史性。

（摘自《小说评论》2016 年第 6 期）

贺敬之：延安精神铸就中流砥柱

李云雷

贺敬之认为，我们弘扬抗战精神，要弘扬包括国民党进步力量在内的全民族的爱国主义精神，要弘扬中国共产党和中国人民抗日和为新民主主义国家奋斗的革命精神。以毛泽东思想为灵魂的延安精神是抗战精神的核心内容。可以说，是延安精神铸就了抗战的中流砥柱。

（摘自《传记文学》2016 年第 7 期）

以《讲话》精神引领和推进当代中国马克思主义文论研究

党圣元

根据习近平总书记的《讲话》精神，中国的马克思主义文论研究，承担着探讨、阐述、构建、创新马克思主义文艺思想的学术使命，肩负着活跃、拓展、深化当代中国文艺理论与批评的现实任务。作为当下中国国家意识形态创新性建构的有机组成部分，马克思主义文论中国形态化建设，是中国经济崛起后对文化崛起的渴望与布局所提出的文化主张的重要组成部分。我们必须坚持守正与创新的辩证统一，始终面向不断变动中的文艺、文化和社会现实，在充分重视马克思主义文论与中国传统文论、儒家文学思想会通的同时，主动借鉴国外马克思主义文论与文化研究发展中取得的最新理论成果，进一步推动和深化马克思主义文论研究。

（摘自《社会科学家》2016 年第 9 期）

俄苏文艺思想对延安文学的影响
——以别林斯基、车尔尼雪夫斯基、杜勃罗留波夫文艺思想为例

施新佳

延安时期,别林斯基、车尔尼雪夫斯基、杜勃罗留波夫的文艺思想得到了积极译介,在形塑工农兵文学范式的过程中发挥了重要作用,促进了党的文艺政策、文学创作、批评体制的建立,同时,延安文学在接受此种思想的过程中也出现了某些偏差。历史背景的相似、理论体系建设的需要及马列作家的推崇,使"别、车、杜"的文艺思想对延安文学产生了深远影响。

(摘自《洛阳师范学院学报》2016 年第 10 期)

论 20 世纪 40 年代迁徙视阈中的解放区文学与沦陷区文学的互动

祝学剑

20 世纪 40 年代作家迁徙促进了解放区文学与沦陷区文学的交流互动。萧军等作家从沦陷区迁徙到解放区,将沦陷区文学的鲁迅精神、鲁迅杂文传统等要素传播到解放区。相反,冯雪峰等作家从解放区迁徙到沦陷区,对于加强沦陷区的文学领导,将党的文艺方针、解放区文学作品传递到沦陷区起到重要作用。从作家迁徙视阈来考察解放区文学与沦陷区文学之间的互动,对于理解解放区文学与沦陷区文学关系的复杂性、突破孤立静止地看待各区域文学的观点有重要意义。

(摘自《前沿》2016 年第 11 期)

《我在霞村的时候》的经典化历程

李明彦

丁玲延安时期创作的小说《我在霞村的时候》几经沉浮,成为文学经典,牵涉到政治语境的变动、权力话语的参与、历史机缘的耦合以及经典秩序的认定等多方因素。它从产生到逐渐经典化的过程,无疑是漫长而复杂的。它的经典地位的奠定,不仅仅取决于文本自身的艺术价值和审美品格,更有赖于外在的文化权力和意识形态的建构,是一个多种合力建构的结果。从经典的初步确立期到经典的反向建构期再到经典的固化和深化期,最终《我在霞村的时候》经历主流意识形态及翻译出版、文学批评、大众传播等多种因素的合力作用,成为经典文学,这一过程不是一个简单的静态过程,而是一个持续不断的冲突、争辩、遮蔽与调和的建构过程。

(摘自《文艺争鸣》2016 年第 11 期)

第五篇　博士学位论文摘要

《救赎 蜕变 转型——解放区文学再思考》

作者：孙胜存
导师：田建民
学校：河北大学
学科：中国现当代文学
内容摘要：论文以解放区文学为研究对象，围绕解放区作家主体精神转型的复杂性和解放区文学与五四文学传统的关系两个中心问题，采用层递式逻辑思维方法，围绕这两个中心问题对解放区文学展开再思考。论文共分五部分：引言、解放区文学研究综述、角色理论视阈下启蒙与救亡的纠结与互动、五四新文学的传承与转型、新历史语境下解放区文学的认识与再评价。

引言对论文选题的缘起、研究意义做了说明，同时对解放区文学、延安文学、苏区文学的渊源及逻辑关系进行了辨析，明确解放区文学与广义延安文学概念的同一性：1936年到1949年这一特殊的时间段内、在相对独立的以延安为中心的整个中国共产党领导的解放区这个特定区域内和抗日战争、解放战争等整体政治环境下的整个解放区文学。

第一章主要对国内外解放区文学研究进行学术史梳理和反思。国内解放区文学研究起步较早，真正进入学理化研究阶段则是在新时期以后。论文以问题意识为先导，对解放区文学研究的综述、丁玲和何其芳为代表的外来作家研究、赵树理和孙犁为代表的本土作家研究情况进行述评，并梳理了苏俄、日本、欧美、韩国等域外学者对解放区文学的研究。

"角色理论视阈下启蒙与救亡的纠结与互动"一章，主要在角色理论视阈下探讨解放区文学在建构其马克思主义政党的意识形态属性过程中，作家角色的转换及其主体精神的复杂性，从作家角度追寻解放区文学与五四文学传统之间关系的精神脉络。论文对延安外来作家复杂精神世界进行探寻，阐释了作家主体角色在启蒙与救亡的矛盾纠结中、在个性主义理想与抗日救亡现实的矛盾冲突中、在《讲话》精神指引下，自我角色重塑过程中实现自我精神的救赎与蜕变等问题。

"五四新文学的传承与转型"部分，从作家的文学创作角度进行分析，认为《讲话》发表后解放区文学创作经历了从启蒙向救亡转型的过程，而作家的文学创作中仍呼应着五四文学的启蒙传统。外来的知识分子因追求光明、追求进步、追求革命而选择了延安，开垦解放区文学的处女地，将五四启蒙精神与启蒙文学带到延安。他们在延安也感受到了革命的热情并愿意为革命献身，他们发现延安的美好并用无比激昂的热情讴歌延安新生活，创作了大量赞美、歌颂延安美好生活的作品。经历了短暂的革命狂热后，这些带有独立精神和审视能力的知识分子开始冷静地审视延安的现实，敏锐地发现了延安生活的不足，开始创作再现解放区生活的原生态作品。在自我角色期待下，他们开始越来越真切地感受到自身价值所在，主动而自觉地创作启蒙工农群众的作品。

"新历史语境下解放区文学的认识与再评价"一章，采用驳论式方法，在新的学术和历史语境下重新审视解放区文学。论文对解放区文学研究中以下观点进行了辩驳：解放区文学以图存救亡为主题的观念形态割裂了五四以来文学的启蒙精神；解放区文学尤其是延安文艺座谈会后的文学创作，缺乏文学的审美性；文艺大众化带来的仅仅是文学的通俗化，相对于五四文学来说，因降低了文学的标准而无法充分发挥文艺的功能。论文认为，对于解放区文学的认识和研究应该站在历史的学理高度，坚持实事求是的辩证态度；解放区文学作为一种崭新的文学样态，其独特的文学观念、审美形态和文学发展路向对五四文学传统有传承也有发展。

《抗战时期延安木刻中的风景及权力关系》

作者：谢依阳

导师：郑工

学校：中国艺术研究院

学科：美术学

内容摘要：本文主要讨论抗日战争时期延安木刻风景图像背后的权力关系问题。其研究视角是风景政治，所依据的研究材料是1937年至1945年的延安木刻及相关的文献资料，包括历史的影像资料。作为木刻图像中的风景政治研究，试图借助与大地人文景观相关的木刻图像，阐释其创作动机及意义表征，追究其图像生成的历史必然，建构抗战时期延安木刻中风景意象的话语系统。本文有两个目的：一是考察当时延安木刻创作与政治、经济、文化及文艺政策之间的关系；二是思考当时民族矛盾、阶级斗争及其政治诉求如何在木刻图像中得以存在。

延安木刻中的"延安"，是一个大的区域概念，即在抗战时期由中国共产党领导的抗日民主根据地，以陕甘宁边区为中心，包括晋察冀边区及八路军、新四军等活动的区域，因战争的缘故，其区域的界限并不稳定。本文讨论的范围以陕甘宁边区和晋察冀边区为主，因为这两个区域空间意义不同，木刻创作也各具特色。本文共六章，第一章分析区域空间的政治意涵；第二章考察延安木刻群体的组织形态、活动路线及作为共同体成员所经历的思想变化；第三章讨论"进入权"问题，围绕"破交战"和"袭击战"等游击战争题材，分析木刻图像中的意义内涵；第四章讨论"开发权"问题，围绕部队屯垦和农村合作互助等大生产运动题材，分析木刻图像中的意义内涵；第五章讨论大地空间意象的神圣化问题，涉及相关的地理景观和人文景观；第六章讨论民主根据地的政治认同问题，涉及"谁在风景中"及社会大众的文化立场。

对美术史的研究而言，抗战时期延安木刻的图像意义远远大于其风格样式的形式审美问题，或者说，图像表达中的政治问题甚至决定了形式语言的转向，这在其他地区或别的历史时期都难以实现。

《〈在延安文艺座谈会上的讲话〉理论溯源》

作者： 田韶峻

导师： 辜也平

学校： 福建师范大学

学科： 中国现当代文学

内容摘要：《在延安文艺座谈会上的讲话》（以下称《讲话》）不仅集中体现了毛泽东文艺思想，更是马克思主义文论"中国化"的典范，同时也是二十世纪以来我国最重要的理论文本之一。对《讲话》进行整体谱系性探源，可探究其在整个中国文艺发展链条中的相承关系，进而探讨马克思主义文论"中国化"的历程，并借此考察中国文艺观念的嬗变及转换间的内在机制。论文以核心术语为考察重心，从《讲话》涉及的四个关键词"工农兵""文艺工作者""武器""形式"及四对核心范畴"改造与结合""普及与提高""歌颂与暴露""政治标准和艺术标准"建构《讲话》理论，在此基础上考察每个关键词、核心范畴提出、深化的演变过程，力图揭示其生成的历史语境和变形图景，进而呈现它们整体流变的发展脉络。论文指出各关键词和核心范畴都与中国古代以来的文艺传统一脉相承，在它们的演变背后都蕴含着时代变迁及各种话语之间的内在冲突，从中国古代传统、"五四"新文学、左翼文艺观念到马克思主义文论和政治话语，正是诸种复杂、多元元素，构成了《讲话》诞生的话语背景。《讲话》是历史生成的文本，在承续中国古代文艺思想的基础的同时，对左翼文艺理论进行了创造性的补充与发展，同时它凝聚了一代共产党人集体智慧的结晶、充分体现了马克思主义思想精神内核。

《延安时期马克思主义大众化的文艺路径生成研究》

作者：敖叶湘琼

导师：谭元亨

学校：华南理工大学

学科：马克思主义中国化研究

内容摘要：本文从历史发展层面对延安时期马克思主义大众化文艺路径的生成问题进行探讨，以期完善人们对于延安时期文艺推进马克思主义大众化的认识，进而从中提取有益的经验启示。

马克思主义大众化立足于大众主体向度，凸显的是马克思主义理论与大众之间的关系，表明马克思主义对大众的价值。而马克思主义对于大众的理论价值必须借助大众的实践活动而得以转化为现实。马克思主义大众化路径就是旨在促使这一价值必然实现的实践过程。鉴于此，马克思主义大众化文艺路径就是指马克思主义大众化在文艺实践中的具体体现。文艺是人们的社会实践活动之一，然而，最终决定文艺成为马克思主义大众化路径选择的理由在于其所具备的三大实践优势：有助于大众对马克思主义的情感接受，有助于参与主体的主体性充分体现，以及有助于马克思主义传播面的扩大。不过，并非一切文艺实践都具备上述优势。换言之，作为马克思主义大众化路径选择的文艺实践优势不是自然属性，实则是在实践中后天生成的特点。这也就意味着，马克思主义大众化文艺路径不是自然存在物，而需在实践中生成。

历史地来看，延安时期切实实现了马克思主义大众化文艺路径的生成，主要在于这一阶段实现了马克思主义大众化与文艺大众化的有机整合。不过，延安时期马克思主义大众化文艺路径的生成并非从零开始。事实上，在延安时期之前，中共就已运用文艺宣传方式推进马克思主义大众化，为延安时期马克思主义大众化文艺路径的生成奠定了所需的主体、经验、理论和环境四大基础。延安时期马克思主义大众化文艺路径的生成不是一蹴而就的结果，实则经历了一个曲折渐进的过程。这从此阶段的马克思主义大众化与延安文艺工作的关系演变可见一斑。具体来说，经历了全国抗战爆发前后二者诉求契合、中共六届六中全会后二者发展失调、延安整风开始后二者有机整合、中共七大后二者全面推进四个阶段。这四个阶段的演进体现了延安时期马克思主义大众化文艺路径生成的历史合理性与逻辑必然性的统一。

通过对延安时期文艺工作推进马克思主义大众化这一历史现象的考察，从事实经验层面上证明了马克思主义大众化文艺路径不是预设的存在，而是生成的结果。并且，文艺路径的生成状态成熟与否直接影响文艺推进马克思主义大众化的效果好坏。鉴于延安时期的成功经验，实现当代中国马克思主义大众化文艺路径的生成应注意三方面。首先，科学认识文艺工作与马克思主义大众化的共生关系是重要前提。延安时期马克思主义大众化文艺路径的生成过程在一定程度上表现的就是二者共生关系的构建历程。在构建中需要注意抓住双方的共性，在此基础上合理发挥各自优势，形成良性互动。其次，实现参与主体的协作是关键。一方面，需要提升各主体的实践能力；另一方面，促进主体实践合力的形成。再次，借助其他马克思主义大众化路径的帮助是重要条件。一方面，应充分借助教育路径的基础力量支撑；另一方面，应借助传媒路径的宣传力量发挥。

《红旗下的激越与迟疑——周立波的文学创作与评价史》

作者： 张维阳
导师： 孟繁华
学校： 吉林大学
学科： 中国现当代文学

内容摘要： 本文认为，周立波既是一个党的忠诚的文艺战士，又是一个深受五四精神浸润的启蒙知识分子，他在政治一体化的时代里始终踟蹰于两端，一方面他为了国家和民族的大义在很大程度上牺牲了自己原有的艺术追求，一方面他又在政治所规定的文学格局中用自己的方式坚持了知识分子的"启蒙"理想，所以他的创作一方面表现出了对时代政治的呼应，一方面又在时代政治面前表现出了他的迟疑。

作为一个革命文艺战士，周立波将一生都献给了国家和民族的解放事业，他一生的文学创作都是为了这个宏大的目标服务的，因此，只有在"民族国家文学"的视域内阅读和考察周立波的文学创作，才能对其做出充分和恰当的解读和评价，所以本文的绪论部分在介绍了研究缘起和研究方法后首先回溯了晚清以来的知识分子想象和言说中国的传统与方法，勾画了其中"鼓励"和"讽刺"的两条主要路径，并对"鼓励"路径的胜出和"讽刺"路径的出局做出了解释，揭示了周立波依照前一种方式想象中国的必然性。随后，分析了周立波对毛泽东文艺思想的接受，并对周立波的"战士"和"学者"的双重身份做出了定位。最后，将周立波与同期的作家赵树理、孙犁和丁玲等人做出对比，发掘周立波作品中矛盾的特殊性和复杂性。

第一章讨论了周立波对革命后新世界的文学想象，由表层的生机盎然、欣欣向荣的"风景"，到深层的新世界所追求和执守的以"自由"、"尊严"和"民主"为主体的核心价值，从中看出周立波虽然按照《讲话》的要求积极地进行了自我改造，但其作为一名深受"五四"文化侵染的知识分子，其对"启蒙"话语的坚守并未因此而改变。

第二章讨论了周立波对于革命新人的描绘，从金戈铁马的将军到沐浴阳光的儿童,周立波用具体和形象的文学人物诠释了革命所带来的社会新变,是对革命后新的现实的书写,也是对《讲话》的致敬。

第三章分析了周立波对于革命后出现的社会问题的揭露。周立波所坚持的现实主义文学精神让他无法忽视阳光下的阴影,其对现实主义的忠诚让他的作品无法回避对现实的暴露和批判。这是现实主义文学精神的表露,也是"启蒙"精神的复现。

第四章梳理了不同时期评论界对周立波的评价,呈现了周立波的作品在不同时代里毁誉参半的遭遇,并对这样的现象做出了解释。

结语部分认为周立波对毛泽东文艺思想的接受源自对晚清以来知识分子革命理想的继承,周立波将"党的文艺战士"和"启蒙知识分子"双重身份融于一身,造成了其作品不可避免地带有深刻的思想冲突,也直接导致了其在文学批评史中的命运。

《中国现代文论中"小资产阶级知识分子"话语研究》

作者: 尹传兰
导师: 刘锋杰
学校: 苏州大学
学科: 文艺学
内容摘要: 从空间向度上看,有关小资产阶级的理论,主要来自马克思、恩格斯、列宁等革命领袖,但又是中国化的。在具体运用过程中,是将独属于政治—经济领域的小资产阶级概念泛化为涵盖文化与审美领域的文化概念与审美概念,这就导致了知识分子的全面小资产阶级化,继而引出文化与审美创作的主体到底是工农还是知识分子之争。在历经了陈独秀、瞿秋白、毛泽东、周恩来等人的中国化阐释以后,尤其是在毛泽东发表《在延安文艺座谈会上的讲话》以后,小资产阶级知识分子终以一种话语形态固定下来。同时,在马克思、恩格斯那里曾以经济为理据而划分出来的小资产阶级概念,在中国特殊的政治—文化场域中悄然膨胀了关涉文化生产场域中有关知识与文艺性质的指称,影响并规定了文学的发展方向乃至知识分子的历史命运。

从时间向度上看，小资产阶级知识分子话语建构贯穿了整个中国现代文论史。20世纪二三十年代的革命文学论争时期，通过探讨革命对知识分子的身份诉求，提出谁有资格成为革命文学的入场者与领导者等问题。当时的作家创作带有"趣味主义""动摇、幻灭""个人主义"等小资产阶级的根性与倾向，成功地将小资产阶级的标签贴到了知识分子身上，这些小资产阶级知识分子也被认作革命文学的局外人。在各种权力场的斗争中，小资产阶级知识分子从文学中心逐渐被边缘化而处于被支配地位。小资产阶级知识分子概念的生成与出场，成为后来知识分子"自我改造"和"自我放逐"的理论前奏。20世纪四五十年代是小资产阶级知识分子话语的成型期。此时，《在延安文艺座谈会上的讲话》成为绝对正确的政治和文化纲领，通过讨论有关文艺的服务对象、反映对象等问题，将小资产阶级与知识分子牢牢绑定在一起，知识分子与小资产阶级成为可以相互指代的称呼。有时甚至直接使用资产阶级称谓知识分子，可见对于知识分子保持了极高的政治警惕性。其间对小资产阶级、资产阶级的改造顺势演变成对知识分子的改造，知识分子由掌握与拥有一定知识创造主动性的群体成为被批判、被贬损的文化厄运的承载主体，这是对中国传统"学而优则仕""唯有读书高"的一次重大文化反拨，体现了某种程度上的去智化倾向。尽管在20世纪50年代末60年代初，曾出现过对于知识分子属性的重新厘定，要摘资产阶级、小资产阶级之帽而冠工人阶级、劳动人民之冕，但也只是灵光一闪，最终仍旧被权力话语中心所否定，知识分子仍然深陷"被动改造"与"自我改造"的泥淖。20世纪八九十年代伴随着改革开放、商品经济多元化时代的到来，时尚领域和现代化传媒催生了一个新的话语形态——"小资"，它与小资产阶级知识分子所指完全断裂，主要指向一种审美情趣和情调的肯定。"小资"的出现，标志着小资产阶级知识分子话语的消解，知识分子无须再背负沉重的小资产阶级恶名，其文化与审美创造主体地位得以确认，这在一定程度上使他们真正拥有了文化上的某些领导权。

纵观近百年来中国现代文论史上有关小资产阶级知识分子话语的发生、演变与消解过程，会发现小资产阶级知识分子话语的生成（亦即知识分子的被小资产阶级化）与长期被误用，其背后的理论动机其实是阶级对文化与审美的僭越。其实，知识分子丰富复杂的身份特征与文化内涵表明其在不同的历史阶段和文化发展的过程中会以多侧面的方式展现自身特性，整体性地参与历史与文化建构，而非只以某种单一属性呈现自身。当人们分析与界定知识分子的小资产阶级身份的同时，不应忽略他们作为文化与审美创造主体的基本属性。所以，在认识小资产阶级知识分子的概念、性质与作用时，只有充分揭示它的历史与文化的丰富复杂性，才能准确把握知识分子的多重属性，真正理解文化发展与文学创造的动力问题。

《从群体突围到个体救赎——时空转换与孙犁小说叙事的嬗变》

作者： 李华秀

导师： 马云

学校： 河北师范大学

学科： 中国现当代文学

内容摘要： 本论文主要研究对象是孙犁小说。包括孙犁的抗日小说、土改小说和《芸斋小说》。由于孙犁小说分别对应抗日战争、土地革命、"文化大革命"等重大历史事件，故采用"时空转换"视角。孙犁是一个讲究文学形式，坚持政治性与艺术性完美结合的人，因而本论文以孙犁小说主题为主要研究对象，以孙犁小说的叙事方法为切入点，旨在找到孙犁小说在以重大政治事件为叙事题材时发生的主题渐变与叙事嬗变之间的规律。

本论文由绪论和四大章构成。绪论部分详细阐明孙犁在中国现当代文学史上的意义、孙犁小说研究历史、现状及存在的问题，以及论文要达到的目标和研究方法等。由于抗战题材小说创作时间长，政治形势复杂，本论文用两章内容分别予以呈现；土改题材小说和"文革"结束后的《芸斋小说》各占一章。

第一章"抗战小说：战争空间下的群体突围"由四节内容构成，分别是：第一节"从围困中突围：孙犁抗战小说的叙述主题"；第二节"孙犁抗战小说中被围困的空间意象"；第三节"人群的集聚与突围：孙犁抗战小说中的'拟家结构'"；第四节"孙犁抗战小说中女性的'三重'突围"。

第二章"《风云初记》：记忆空间里的战争叙事"由三节内容构成，分别是：第一节"《风云初记》的情感记忆"；第二节"《风云初记》里的现实政治"；第三节"《风云初记》：人物形象的陌生化"。

第三章"日常空间下的叙事转换"由四节内容构成，分别是：第一节"孙犁土改小说中的'物象'"；第二节"孙犁土改小说中的'聚散结构'"；第三节"《铁木前传》：'拟家结构'的解体"；第四节"女性的艰难回归：从双眉到小满儿"。

第四章"《芸斋小说》：政治运动空间下的个体危机与救赎"由四节内容构成，分别是：第一节"政治运动中的异质空间与个体危机"；第二节"《芸斋小说》的死亡叙事"；第三节"《芸斋小说》的'碎片化'结构"；第四节"《芸斋小说》的道德批判与个体救赎"。

孙犁小说的重要贡献在于其叙事手段随主题渐变而嬗变，在不同政治环境中，不断寻找更合适的表达方式和修辞手段，将时代风云变幻的痕迹艺术地保存下来。抗战时期，孙犁小说主题是"群体突围"，叙事模式是"拟家结构"；土改时期孙犁小说讲述"群体"分化为"阶级"的过程，小说叙事模式改为"聚—散结构"，在《铁木前传》中，"拟家结构"被拆解，人群散去；到《芸斋小说》时，由于"文化大革命"对传统文化的彻底粉碎，以传统文化为基础的一切都破碎了：家庭、学校、机关……孙犁小说的叙事模式因而变成了"碎片化结构"。也因其碎片化，篇章结构只好用"榫接"方式渗透破碎感及渴望新旧文化"握手言和"的意图。

《芸斋小说》具有明显的向传统回归的倾向。无论总体布局还是话语层面，抑或小说中的伦理渗透层面，均表现出向中国传统文化回归的渴望。这是孙犁对自己一生经历和思想的总结，也是孙犁深刻反思中国革命道路之结果。《芸斋小说》的故事时间跨越近一个世纪。作者用"剪辑"手段，将各个历史时期的叙事碎片植入文本，近一个世纪的故事"拼贴"在一起，漫长的故事时间被"浓缩"并建构成一个狭小的文本空间，给读者造成一种大起大落的陡峭感。不断重复的叙事机制，强化着文本与时空之间的对应关系。

孙犁小说既是文学也是哲学，是自抗战以来中华民族精神的发展史。其艺术价值、伦理价值、思想价值难以估量。

《丁玲的多重身份与其文学活动》

作者：凌菁
导师：罗成琰　赵树勤
学校：湖南师范大学
学科：中国现当代文学

内容摘要：丁玲是中国现当代文学史上的典型人物。她一生的文学活动折射着中国现当代文学的发生、发展与转折，丁玲的人生轨迹及围绕她出现的"丁玲现象"反映了中国知识分子与文学、政治之间错综复杂的关系。丁玲成为洞察中国知识分子追寻现代化过程中的一个缩影。丁玲文学活动的复杂性源于丁玲身份的多样性和变动性。通过探讨丁玲的多重身份与其文学活动之间的关系，可以考察丁玲在复杂的身份谱系中对自我主体身份的追寻与失落，丁玲一生的文学活动表现出浓厚的作者情怀和强烈的五四精神。

丁玲一生经历作家、战士、文化官员及右派等多种身份的转变。她每一次身份的转变都是自身主动认同与外部社会力量综合而成的结果。在各种社会身份的背后，丁玲内心一直坚守着对作家主体身份的认同，这种认同在不同时期通过她的书写或其他文学活动方式体现出来。20世纪20年代，丁玲作为一个"娜拉式"的新女性离开家庭寻求女性的主体身份。在上海，丁玲选择了作家身份以性别叙事来建构女性的主体性，但女性的现实境遇及动荡的社会现实使其陷入性别迷茫的叙事焦虑之中，丁玲在这个阶段不断地寻求新的突破。

20世纪30年代，丁玲以战士的身份投入革命洪流中，力图实现对女性主体的自我救赎。战士身份虽然导致了丁玲创作的转型，但丁玲在书写革命时没有放弃对个体命运的关注，她的革命叙事呈现出复调话语的特点。她通过民族话语与个体话语的交叉、碰撞来思考个体与民族之间的关系。1942年延安文艺座谈会之后，丁玲尽管被不断地改造并进行了"自我改造"，但内心对主体身份的追求没有改变，这一时期的代表作《太阳照在桑干河上》仍带有鲜明的启蒙色彩，小说关注的焦点依然集中在对国民性的批判上。

新中国成立后，丁玲因拥有丰富的革命文学资源，而被体制规训成为一名文化官员。在体制的规约下丁玲实践着文化官员的身份，成为文学新体制的营造者和文艺导向的制定者。但丁玲内心强烈的创作情结和对文学理想的追求，又使其溢出主流话语之外，提出了诸如"一本主义"、尊重历史、独立思考等观点来体现自己对五四文学传统的韧性坚守。丁玲的"五四"情怀使其在20世纪50年代的政治运动中首当其冲，被扣上"右派"帽子清理出文学队伍，开始了长达20年的风雪人生。丁玲以隐忍、检讨等方式来寻求政治上的认同与接纳，一度丧失了知识分子的独立个性。但丁玲在与命运抗争的同时，让人看见了一颗倔强的灵魂和对个体生命尊严的守护及对写作理想的坚守。20世纪70年代后期丁玲回归体制后，她以迎合主流的姿态跻身文艺界，并为了洗刷身上的污名而做出了一些不被常人理解的举动和行为，一度造成人格上的自损。1984年，丁玲恢复合法身份后开始积极创办《中国》杂志试图承袭五四文学衣钵，以续写自己对主体身份的追寻，实现自己对文学理想的追求。《中国》以开放自由的姿态引导了中国新文学发展的方向，为知识分子建构了一个自由言说的公共领域，成为中国文学史上的一个"现代事件"。

丁玲一生在各种身份的转换中追寻自我主体。革命、战争、政治、人事等因素的影响虽一度使丁玲丧失主体性，但她内心对五四精神的坚守使她没有一味沉沦于时局话语中，从而使得其文学活动呈现出复杂的态势。丁玲在国家现代化的进程中关心个体命运，在集体主义话语中坚守理性思考，启蒙色彩始终贯穿其一生的文学活动。从身份认同角度考察丁玲一生的文学活动，可以还原一个丰富、真实、立体的丁玲形象，进而可以揭示中国现代化革命进程中政治与文学、个人与群体、传统与现代之间复杂的关系，求解其中隐含的深邃问题。

《周扬文化艺术管理思想研究》

作者： 王容美
导师： 田川流

学校：南京艺术学院

学科：艺术学

内容摘要：周扬感时代之风起而应之，青年时期以打破旧制度，建设新中国为理想，从此致力于我国社会主义文艺运动的政治实践。周扬早在左联时期就开始传播马克思主义，并深受列宁主义影响，列宁关于阶级斗争和社会主义文艺非自发性的理论成为周扬领导我国文艺的直接理论来源。他最早引入苏联的社会主义现实主义理论，并以此主导了我国的社会主义文艺运动；延安时期，周扬亲历党管理文艺的范式的创建：一方面，进行了马克思列宁主义中国化的初步尝试，将毛泽东列入马列谱系；另一方面，也使社会主义现实主义在《讲话》中获得了政治认可；新中国成立后，周扬成为建设社会主义文艺的具体领导者，他以《讲话》为纲领，以阶级斗争为理论基础，通过自觉推广和建设社会主义现实主义体系的方式贯彻毛泽东的文艺路线，强调用辩证的观念指导文艺管理实践，造就了我国"十七年"时期特有的文艺现象。研究周扬在各个历史时期的管理思想，解读他对我国文化艺术管理实践经验的理论思考和启示，是研究我国文艺管理不能回避的问题。

第六篇　新书评介

强化文学史书写空间意识的成功尝试
——评周维东《中国共产党的文化战略与延安时期的文学生产》

高树博[*]

一

周维东对空间维度在文学研究、文学史书写中之地位的关注和强调是一以贯之的，他呼吁在民间文学史重写过程中，必须加入空间的维度。他指出民国这个空间最根本的意义在于"它是中国现代知识分子的生存空间——知识分子的生存、发展、思考和创造都离不开这个空间，离开了这种空间谈文学，就是抽象地谈文学"。

对周维东而言，"民国空间"绝不只具有观念论的意义。它更是一种不同于以往的"文化社会学"和"外部研究"，能打破现有的"历史决定论"思维模式并能改变对文学的理解的方法。《中国共产党的文化战略与延安时期的文学生产》一书，是周维东强化民国文学史研究空间意识的一次相当成功的尝试。周维东把自己对文学空间的理性认识运用于具体的文学个案即"延安文学"的阐发。或许，使用"场域"一词来指称该书中的具体化空间视角可能更恰当。

二

虽然周维东声言，"民国空间"思维迥异于"文化社会学"的研究方式，但是，本文认为，《中国共产党的文化战略与延安时期的文学生产》所践行的依然是"文学社会学"研究，他所使用的关键词"文化战略"实质上

---

[*] 作者单位：四川大学文学与新闻学院。

属于社会文化体制和意识形态管理的范畴。在书中，中共延安时期的文化战略被概括为三种形式——统一战线、突击文化、整风运动。三种文化战略产生出不同的文学类型，周维东依据史料分析了这些文学形式产生的原因、审美效果、传播情况与不足之处，论证严密、合理。从另一个角度来讲，中共的这些文化战略，实质上是其意识形态建构与宣传的一部分。这涉及如何看待延安文学场域的运作问题。

首先，我们需要认识到，在延安时期的文学场中不存在对等的权力结构，但这不意味着中共对延安时期的文艺意识形态的领导是独断的、强制的、暴力的。其次，延安文学的生产队伍由多层次的人员构成，写作主体的不同选择将把文学引领到不同的境域。最后，中共对文化战略的异常重视和适时调整，恰好证明了文学空间/场域的边界是可以修改的。

总之，在此场域中，权力关系不是单向决定的，而是出现了各种抗争、游离、妥协、融合，甚至有作家试图脱出该场域。正是这样，才造就了延安时期的文学面貌的丰富多彩——人民性、革命性、民间性、程式化混杂在一起，成就了其独特的文学价值。

三

本书还把文学语境和社会语境关联起来研究，同样增加了我们的文学史知识，既加深了我们对中共在意识形态生产方面的政策的了解，也深化了我们对延安时期文学的认识，做到了宏观与微观的结合、历史与逻辑的统一。当然，若能增加对诸种文学文本的内部世界之场域结构的阐释，审美效果会更佳。周维东对延安时期的文学空间的生成和结构的分析始终贯穿着一个基本原则——立足于史料，又不拘泥于史料。该书扎实的史料积累、广泛的材料阅读、独到的材料重识都给笔者留下了深刻的印象。同时他还罗列了许多非典型性/非经典性的文学文本、文类，这是一种可喜的变化。1936—1948年的延安既是一个自然地理空间，更是一个社会政治文化空间。1912—1949年的民国亦复如是。周维东的这次尝试迈出了成功的第一步，希望他能沿此方向继续前行，把"民国空间"的概念再做进一步的理论提升与细化，对文中所意识到的未了问题做更深入的探讨。

（原载《现代中国文化与文学》第16辑，巴蜀书社2015年版）

新视角新收获
——评孙红震专著《解放区文学的革命伦理阐释》

沈文慧[*]

解放区文学是中国现代文学的一个重要组成部分，21世纪的十多年来，学界对其研究的着力点是从发生学的视角探究解放区文学的生成体制和运行机制，着重关注战争文化语境、意识形态规训、多种文化资源的碰撞与融合等复杂因素对解放区文学理论及其实践的深层制约。另外，关于解放区文学的社团期刊研究、文学与媒体的互动关系研究也越来越受到重视。在这样的学术背景下，孙红震的专著《解放区文学的革命伦理阐释》为解放区文学研究增添了新的成果。其特色主要有四个方面。

一是鲜明的问题意识。是否有基于自己独特的"问题意识"而生成的研究对象和审视对象的独特视角，是研究得以展开的基础。正是基于鲜明的"问题意识"，孙红震选择从"革命伦理"这一新颖独特的研究视角进入解放区文学。孙红震认为，这种令人诧异的叙事景观"有一个共同倾向：即对通常伦理形态的改换或背弃"。中华民族是一个伦理型文化的民族，但"在解放区文学叙事中，根深蒂固的传统与世俗的伦理规范却被改换面孔或被打得七零八落，何以解释？这显然不是'革命'二字就能解释清楚的"。对此"困惑"与"问题"的思考与追问成为其解放区文学研究的兴趣起点和基本动机。

二是新颖的研究视角。著者找到了"革命伦理"这一新颖有效的研究视角。华中师范大学博士生导师许祖华先生在为该书撰写的序中就指出，以"革命伦理"作为解放区文学研究的切入点，抓住了解放区文学生成与

---

[*] 作者单位：信阳师范学院文学院。

建构的逻辑基点，解放区文学的价值诉求、人物塑造、表达方式都与"革命伦理"纠结缠绕、密不可分，是形成解放区文学"特殊性"的一个重要元素，像这样系统深入地探讨这一问题的研究成果，尚属初见。这种新颖的研究视角"切入当时解放区群众的生存状态，切入解放区文学（创作与论争）原初的存在，触摸到当时作家的精神深处"，避免了人云亦云和跟风重复，拓展了解放区文学的研究空间和研究路径，开辟了新的学术增长点。

三是严谨的理论思维。文学伦理学批评"是一种从伦理的立场解读、分析和阐释文学作品、研究作家以及与文学有关问题的研究方法，是在借鉴、吸收伦理学方法基础上融合文学研究方法而形成的一种文学研究方法"。它将文学看作特定历史阶段伦理观念和道德生活的独特表达方式，是要从本质上阐释文学的伦理特性，既为文学阐释提供新的可能性，又为思考和解决现代社会的精神困境和价值危机提供参照视角。因此才有这样的认识："解放区文学的革命伦理叙事彰显了革命战争年代崇高的革命意识，显现出文学对现代中国革命与民族国家建构的积极参与和主动介入。"

四是充分的文本细读。文本细读是文学研究和文学批评最基础的工作。《解放区文学的革命伦理阐释》一书真正将文本细读落到实处，所有思想观点均以充分、细致、深入的文本细读为基础，更有对《钟》等大量一般性作品的解读。这些细读从文本深入解读作品的伦理内涵，揭示作品中伦理现象形成的社会历史根源。使之成为一部带着著者个人体温和生命热度的学术专著。

当然，本书尚有一些不足，如对革命伦理的生成问题阐释得过于简略，对革命伦理的复杂性把握不足，文本细读涉及的文体类型还不够丰富。

（原载《周口师范学院学报》2015年第6期）

《丁玲传》的求真与创新

袁盛勇[*]

《丁玲传》不仅是一部平实、厚重之作，而且是一部叙写细腻、史料与见解均有发掘和创新的著作。该传记的出版是2015年丁玲研究界的一件大事，此后人们对于丁玲文学和思想的研究及相关传记的写作，该书肯定是一个不可回避的存在，因为它不仅在一些重要方面推进了丁玲研究的深入，让人们得以有可能更具兴趣地重新认识和接近丁玲，而且在如何呈现丁玲思想的复杂性及其心路历程方面也提供了不少有益的经验。

在《丁玲传》中，李向东、王增如善于把对作品的解读跟丁玲一定时期所处的社会状态及其思想发展、心路历程联系起来予以理解，而且拿捏得比较准确、到位。由于传记作者用心去感受和体悟丁玲创作的一切，所以他们在写作中，往往善于把丁玲在不同阶段创作的文本勾连起来，让人们理解其文学发展的内在脉络，这在丁玲传记的写作中，不能不说是一种创新，当然，有时也会成为一种冒险。

延安时期是丁玲一生中最为重要的时期，《丁玲传》的作者于此用力甚勤，发掘了不少重要史料，写得细密、结实，读来酣畅淋漓，对人们准确理解丁玲尤其是延安文艺整风和审干、抢救运动中的丁玲，提供了不少难得的史料和分析，很多史料都是第一次集中披露，可说是做了一些前所未有的贡献。中国革命的发展既成就了丁玲，也限制了丁玲。革命对丁玲所带来的身心创伤是多方面的，她在生命的晚期其实就是在一种信仰的执迷中自我疗伤。丁玲的苦痛在于她要疗伤，但又从未忘记对于革命的热情，所以她所承受的苦痛，她所采取的战士的姿态，从她个人一面而言

---

[*] 作者单位：重庆师范大学文学院。

可能真的成了悲剧，但也正是打开这个悲剧之门才能看到丁玲执意承受苦痛的价值所在。当然，丁玲所受的创伤并非仅仅来自革命的外部，更多地来自革命内部，所以，确实应该给以适度反思。这方面，《丁玲传》也能给人以诸多宝贵的思想启发，非常难得。在阅读时可以明显感觉到，传记作者在理解丁玲时，是在感同身受，受着一种煎熬和疼痛，他们有时也情不自禁地为丁玲受到的不公正遭遇而流泪、而感叹唏嘘。正是在这样一种感叹中，读者可强烈感受到适度反思的宝贵。革命与丁玲，确乎是一个值得给以多重思考的话题。《丁玲传》在不少地方也强调了自由和个性之于一个革命作家的重要性，笔者以为，传记作者能够如此判断和认知，尽管严格说来还并不彻底，但对于那些执意否定后期丁玲存在价值的观点而言，是非常难得的反驳。

传记写作应该在还原传主的本来面目上更加真实与深刻地揭示历史事件的内涵和意义，也只有如此，才可能使人们在阅读相关人物传记时，获得真正富有历史和人文价值的启示。李向东、王增如在传记中对有关丁玲史料的全面发掘和梳理，以及对丁玲所做的一些较为新颖的审视与评判，尽管还存在这样那样的不足，但瑕不掩瑜，他们在总体上已经做出了迄今为止最为重要的努力，因而也取得了较为宝贵的学术创新和贡献。正是有了如此严肃并充满深情的学术创新与贡献，才会引发人们不断关注并探讨丁玲的激情，丁玲研究及其传记写作也才有可能不断走向深入，达到一个又一个新的历史高度和水平。

（原载《中国现代文学研究丛刊》2016 年第 1 期）

第七篇　学术活动

一 学术会议

延安文艺与文艺面向人民

——"纪念《讲话》发表 73 周年"研讨会在武汉召开

崔 柯

2015 年 5 月 23—24 日，由中国延安文艺学会主办的"延安文艺与文艺面向人民——纪念《讲话》发表 73 周年研讨会"在武汉举行。陈飞龙、涂途、胡木英、胡石英、孙小林、陶嘉善、刘永明、王挥春、何青剑、金戈、张永健、胡月平、林京路、鲁太光、刘卓、刘斐、崔柯等学者、艺术家及万建国、皮晓祥、殷立启、曹建平、王建平、王庆胜、陈云芝、肖元喜、张俊等武汉蔡甸区基层党支部书记、当地机关干部与企业负责人共计 50 多人出席了会议。会议围绕毛泽东《在延安文艺座谈会上的讲话》（以下简称"《讲话》"）对文艺与人民的关系的阐述，结合习近平总书记在文艺工作座谈会上的讲话中"以人民文艺为中心的创作导向"的论述，就文艺与社会主义文艺事业、市场经济条件下文艺创作的状况及以人民为中心的创作导向对当下文艺和文化实践的现实意义等议题展开了研讨。会议由中国延安文艺学会副会长陆华主持。

立足延安时期中国革命的历史语境和当下中国的社会现实，强调文艺为人民的创作导向对文艺创作的重要意义，批评当下文艺创作中的偏失，是本次会议的一个中心议题。

中国艺术研究院马克思主义文艺理论研究所原所长、《文艺理论与批评》杂志主编、中国延安文艺学会会长陈飞龙指出，文艺为人民服务是马克思主义文艺理论的核心内容，也是社会主义文艺创作的重要美学原则。毛泽东在严酷的战争环境中，从中国革命的实际出发，始终重视和直接关注文艺工作的导向性，《讲话》中强调文艺要为最广大的人民群众服务，不仅确定了文艺创作的正确方向，而且确立了一种新的文化立场，并由此建立了一种不同于中国古代文化和西方文化的真正意义上的新文化。习近平总书记在文艺工作座谈会上的讲话中提出坚持以人民为中心的创作导向，和《讲话》精神是一致的。在当下，继承和发扬《讲话》精神，重申文艺为人民的创作导向，可视为中国共产党领导文艺工作的一个新起点。华中师范大学文学院教授张永健认为，毛泽东的诗歌创作和《讲话》所阐发的文艺理论观，指出了一条文艺深入生活、扎根人民的创作方向，深刻影响了当时革命的文艺家，这些文艺家纷纷扛起背包，深入人民的现实生活，满怀真诚做老百姓的"小学生"，获得了源源不断的创作灵感，由此出现了一大批影响深远的优秀文艺作品。很多延安时期的革命文艺家受《讲话》精神的感召，把毛泽东文艺思想和人民的文艺事业作为信仰，虽历经磨难，仍然不改初衷。这种伟大高尚的品格和当下一些不良的文艺创作倾向，形成了鲜明的对比。

　　《长篇小说选刊》杂志副主编鲁太光则联系当下的社会现实和文学创作情况指出，强调文艺面向人民，具有迫切的现实意义。这是因为，新时期以来的文艺创作中已经渐渐偏离了这一创作导向。究其根源，在于新时期以来文艺观受到人性论和人道主义的影响，而从当下实际的文学实践来看，人性论和人道主义主导下的文学创作乏善可陈，文学创作不再关注人民的生活和感情，而和消费主义结合在一起，一味宣扬欲望。在当下，我们应该对新时期以来的文艺观进行反思，对现代文学以来逐渐形成的人民文艺的历史脉络进行梳理，对人民性的内涵和外延进行深入的阐释。

　　画家王挥春结合自己的创作实践指出，文艺创作要面向人民，面向群众，把人民群众的真善美和自己的主观感情结合起来、表现出来，才是真正面向人民的文艺创作。他强调了文艺创作和政治的关系，并指出，文艺创作不应脱离政治，但不是单一地讲政治，而应把政治内涵融化到文艺创作中去。他针对当下文艺创作中的偏失指出，当前的文艺家和理论家，有义务阐释、发扬延安文艺精神，将其普及到人民群众中，进而扭转当前不良的文艺创作倾向。

　　《中国改革开放》杂志原总编陶嘉善则强调，时代发生了变化，但毛泽东文艺思想的基本精神不能丢。在当下，继承和发扬毛泽东文艺思想，应和中国的社会实际，尤其是社会基层的工作实际联系起来，同时应当吸引更多年轻人参加这一工作，发展一支队伍。

中国艺术研究院马克思主义文艺理论研究所崔柯指出,在今天的文学史叙述中,人民性这个标准是被遮蔽的,遮蔽人民性的主要有两个相关的概念:一个是公民性,一个是艺术性或者说审美性。他认为,《讲话》是基于当时中国的社会现实和革命斗争任务,力图将文艺同广大人民群众的文化需求结合起来。以今天的公民性和艺术性消解人民性,是一种错位。所以,只有超出个人的狭隘视野,将自己和大多数人的命运和出路联系在一起,才能真正理解人民性的含义。参照国外对《讲话》的译介和接受状况,阐释《讲话》的历史意义和现实启示,是本次会议另一个集中议题。中国艺术研究院马克思主义文艺理论研究所原所长、《文艺理论与批评》原主编涂途详细地梳理了《讲话》发表之后在国际上的译介、传播和研究情况。他根据翔实的史料指出,20世纪40年代,朝鲜、日本等亚洲国家就译介了《讲话》。1949年开始,《讲话》被译介到西方国家。此后的几十年,《讲话》已经被广泛译介到世界五大洲的各个国家,并产生了很大的影响,很多国外文艺家和学者认识到了《讲话》对文艺实践的重要意义,力图将《讲话》和文艺创作、社会运动结合起来,国外学界也持续不断对《讲话》做出了很多专门的研究。直到21世纪,很多国家传播、研究《讲话》的热情依然不减。中国社会科学院文学研究所刘卓指出,2008年以来,国外思想界对毛泽东思想的研究和阐释出现了新的高潮,国外一些理论家重新翻译并且解读毛泽东的《矛盾论》和《实践论》等论著,力图重新阐释中国革命实践以及新中国成立后毛泽东的一些重要思想。她认为,这种研究路径,力图将毛泽东思想作为一种理论的原发点去应对当下的现实。西方学者力图通过《讲话》来思考的问题是:当前我们怎么通过文化问题去创造新的人,怎么进行社会关系的重构,怎么提出建设新的完整的世界的整体构想等。对于中国来说,继承延安文艺精神,不仅是一个学科内部的理论问题,而且有助于启发我们思考当下的社会政治议题。

音乐评论人刘斐结合国外学者对《讲话》的阐释指出,在今天理解《讲话》的人民性问题,应当注意到历史语境的不同。《讲话》发表时,所面对的是一个革命和战争的历史主体,《讲话》的方针和策略才得以直接贯彻到实践当中,并塑造出一个队伍。而今天,应当立足当下变化了的现实情境去重新理解人民的内涵。他认为,在今天,人民是一个具有超越性的概念,不同于资产阶级塑造起来的对实体的、个体的人的想象,人民是一个面向未来、不断进行自我更新、以开放的态度去塑造高于个体的范畴。研讨会上，一些延安时期的革命文艺工作者和文艺家的子女深情回忆了父辈从事革命文艺工作的经历，并结合现实重申了《讲话》的伟大意义。

胡木英和胡石英分别讲述了父亲胡乔木对亲身经历的《讲话》发表前后的一些历史细节的回忆，并联系当下的文艺现实阐释了《讲话》的现实意义。胡木英指出，改革开放以来，虽然我国经济上取得了不少的成绩，但是在文化艺术、思想意识形态领域存在较多的问题，在这种新的复杂条件下，怎么运用《讲话》中的文艺思想，继续坚持毛泽东文艺思想，是摆在我们所有人面前的一个重要任务。胡石英则指出，强调文艺深入生活，为广大的人民群众服务，不应被简单曲解为为政治服务。对文艺的人民性的理解，应当回到对毛泽东《讲话》精神的正确理解上。当下的文艺创作，存在着脱离人民甚至是背叛自己民族、为反共反华势力的政治需要服务的现象。强调坚持以人民为中心的创作导向，是抵制当前文艺领域里不良创作倾向的迫切任务。孙小林回忆了父亲林默涵从事文艺工作的一些具体事例。她指出，父亲林默涵一直是以《讲话》精神为指导来从事具体的文艺工作的。从新中国成立后一直到新时期，他始终将创造适合中国的社会现实和人民的思想情感的文艺作品作为文艺工作的基本诉求。孙小林批评了当下的文艺创作热衷于猎奇等创作倾向，她强调，当前我们仍然必须坚持《讲话》强调的文艺为人民服务的创作导向。

（原载《文艺理论与批评》2015 年第 4 期）

第二届丁玲研究青年论坛在黑龙江省举行

章晓虹

2015年8月20日至22日，由中国丁玲研究会、清华大学中文系、黑龙江省农垦宝泉岭管理局、宝泉岭农场共同主办的第二届丁玲研究青年论坛在宝泉岭管理局举行。来自中国、日本、韩国的40余名学者参加了本次论坛，就丁玲与北大荒、丁玲的思想与创作等议题进行了深入的学术研讨。

著名作家丁玲在北大荒工作、生活了12年，与北大荒人民结下了深厚的情谊，留下了《杜晚香》《风雪人间》等优秀文学作品。为亲身感受丁玲在北大荒的生活，论坛结束后，与会学者参观了丁玲昔日生活过的汤原、普阳及宝泉岭农场。此次论坛的成功举办，进一步增进了常德与丁玲的第二故乡北大荒的文化交流。

（原载《常德日报》2015年8月28日第A02版）

全国毛泽东文艺思想研究会
2015 年学术年会综述

梁玉水

全国毛泽东文艺思想研究会 2015 年学术年会暨第八届会员代表大会于 2015 年 10 月 24 日至 27 日在厦门召开。会议由厦门理工学院文化产业学院、文化发展研究院承办。来自全国高校、科研机构、杂志社等单位的百余位学者以"毛泽东文艺思想与当代中国社会主义文艺发展"为总论题，围绕毛泽东的《在延安文艺座谈会上的讲话》（以下简称《讲话》）、习近平在文艺工作座谈会上的讲话、当代中国社会主义文艺发展及 21 世纪中国马克思主义文艺学建构等问题进行了深入研讨。

一 深化问题、拓宽领域，推动毛泽东文艺思想研究新发展

北京大学的董学文在致辞中说，毛泽东文艺思想是中国共产党人集体智慧的结晶，是马克思主义文艺理论中国化的重大成果，我们要深化问题研究，拓展研究思路，深入把握其学理根据、历史地位、当代价值。江南大学的肖向东认为，毛泽东的《讲话》的真正价值在于其对马克思主义文艺理论中国化的建构及以民族文艺为标志的人民文艺思想的奠基。南昌大学的周平远认为，应该将《讲话》与《新民主主义论》关联起来，对毛泽东文艺思想进行整体性研究和结构性分析。湖南科技大学的李胜清指出，《讲话》更加深远并具有哲学性的命意在于其更新的根本提问方式，建构了一种新的文艺范式与表意机制。暨南大学的马志融认为，毛泽东文艺思想作为一个开放的、发展的理论体系，深蕴着符合文学艺术自有规律的核心性的理论抽象和价值判断。南昌大学的杜吉刚对为何延安文艺界没有广泛采用文艺"中国化"而采用了文艺"民族形式"这一提法的可能性原因

及其给文学理论建设本身遗留的问题进行了分析。鲁东大学的董希文认为，毛泽东文艺思想中的实事求是、理论联系实际、坚持主导价值取向及实践性品格等精神永远值得借鉴。湖北警官学院的林华瑜对市场化、网络化、经济全球化时代情境下坚持毛泽东文艺思想的人民性、实践性和民族性等核心内涵的当代性意义进行了阐述。华中师范大学的邹建军、中央民族大学的高邢生、南昌大学的文师华认为毛泽东文艺思想生动地、深刻地体现在其诗词、书法作品中。

二 在两个"讲话"的比较研究中深入把握两个"讲话"的精神

《求是》杂志社的马建辉认为，毛泽东的《讲话》着眼于民族解放的大局，而习近平的文艺讲话则着眼于民族复兴的大计，其目的在于通过剖析文艺现状，求得文艺事业的正确发展，完成中华民族伟大复兴的历史使命。湖南师范大学的赵炎秋认为，毛泽东重视普及与提高的问题，强调普及，习近平则强调文艺精品的创造，认真研究、领会这种侧重点，有利于我们加深对我国当前文艺现实与任务的认识，更好地推动有中国特色的文艺实践与理论的发展。河北师范大学的曹桂方认为，毛泽东在延安文艺座谈会上的讲话明确了新民主主义文艺的地位和作用及其发展方向和道路，催生了共产党领导的文艺事业的一个黄金时期，而习近平在北京文艺工作座谈会上的讲话则在改革开放日益深入的关键时刻，明确了社会主义文艺的地位、作用、发展方向，预示着我国革命文艺发展的又一个新时期、新阶段。哈尔滨师范大学的乔焕江以"从《讲话》到《讲话》：当代文学与人民性"为题，考察了毛泽东的《讲话》与人民性的具体生成及习近平的文艺讲话的新的历史时刻及其文学场，认为正是在对文学的人民性的"确立"和"再确立"的意义上，两个产生于不同历史时刻的《讲话》相遇了，我们应该从人民性的角度深入理解和阐释习近平的文艺讲话，充分意识、把握这个文本结构中人民性的决定性作用。

三 以习近平文艺讲话精神指导 21 世纪中国马克思主义文艺学建设

董学文认为，应将习近平的讲话作为指引当代马克思主义文艺学建设的"总开关"，推动"21 世纪的""中国的""马克思主义的"文艺学事业的起步和发展，实现中国马克思主义文艺理论从"中国化"向"中国的"的理论形态的升级与转换。北京大学的金永兵认为，习近平的讲话是在"新常态"下对社会主义文艺与文化的"新定位"，是在新的历史阶段对我国文艺与文化事业发展历史经验的"新总结"，是在新的历史起点上繁荣我国文艺和文化事业，实现中华文化伟大复兴的"新理论"，是新常态下中华民族伟大复兴之路系列深刻论述的有机组成部分。吉林大学的李志宏认为，习近平的讲话既昭示出建构中国马克思主义文艺理论的必要性和重要性，又催生了中国马克思主义文艺观在学理依据方面深化发展的新要求。山东师范大学的孙书文认为，习近平在文艺讲话中提出的"中华美学精神"描绘了马克思主义文艺观中国化的底色、根基与取向，为马克思主义文艺理论的中国化表述增加了美学光泽，为马克思主义美学的中国化提出了新的课题。山东大学的马龙潜认为习近平的文艺讲话中丰富的美学思想主要表现在他有关社会理想和审美理想的论述之中，认为"社会理想与审美理想的统一""通过社会理想来阐述审美理想"正是马克思主义经典作家们对美的本质研究的基本途径和方法。

四 反思当下文艺现实，重塑马克思主义文艺批评的精神

与会学者申明了文艺的人民性本位，批评了当前文艺创作、文艺批评中的不良倾向，呼吁重铸马克思主义文艺批评的精神。吉林大学的黄也平认为，当下"文学批评场"中存在着"自说自话批评流行""主流批评失'主'""市场批评火爆""理性稀薄、感觉批评主导"等特点，进而提出，在新的时代环境下，"社会批评"不应"失语"，不能忘记自己的责任，要回到"前沿地带"。内蒙古大学的李树榕认为，历史题材电视剧创作要在文化自省和文化批判的基础上建立起文化自信，"为历史存正气，为民族聚精神，为社会弘美德"。吉林大学的冯贵民、吴光正及延安大学的李惠认为，当前媚俗化、娱乐化的文艺创作，概念化的文艺研究文风严重危害社会主义文艺生态环境，呼吁营造社会主义文艺创作与研究的良好生态。厦门理工学院的柏定国对当前文化中的"反文化"现象进行了剖析，指出当代文化产业学科发展应当以意义重建为旨归。中南民族大学的龚举善认为，经济话语规模化进入当代文学批评场域，与马克思主义艺术生产理论的召唤、文学及其批评现场经济要素的参与、市场经济规则的体制化运作等密不可分。上海政法学院的张永禄认为，应倡导文艺批评重回公共空

间，做公共话语的引领者。中国传媒大学的杨杰强调历史维度是文艺研究与文艺创作不可忽视的视角，任何漠视历史或曲解历史应有之义的观念与方法必将使文艺误入歧途。

五 以"人民"为本位繁荣社会主义文艺事业，助力中华民族伟大复兴

上海社会科学院的马驰认为，作家艺术家们有选择"写什么"和"怎么写"的自由，但更应当谨记：人民的需要是当代文艺存在的根本价值。延安大学的李萍认为，在社会价值观多样化的当下，应该坚持社会主义主流价值观，倡导"百花齐放、百家争鸣"方针，建构"一元主导，多样共生"的长效化文艺发展生态新环境，繁荣社会主义文艺批评的精神。中国文联文艺志愿服务中心的杨富文指出，文艺志愿服务是新时期马克思主义文艺观中国化发展的必然要求，是践行文艺"人民性"、文艺"为人民服务"的重要途径，认为要深刻领会马克思主义文艺观"人民性"这一核心理念，推动文艺志愿服务事业的新发展。与会学者一致认为，文艺工作者要在唯物史观视野中，在中华民族伟大复兴、中国特色社会主义伟大事业的建设和发展中，立足中国经验、中国现象、中国问题，勇立历史潮头和社会前沿，以人民为本位，呼应时代召唤、凝聚审美理想和崇高信念，推动社会主义文艺事业的繁荣发展，助力中华民族伟大复兴。会议还完成了第八届理事会成员换届等议程。

(原载《文艺理论与批评》2016 年第 2 期)

纪念毛泽东同志《在延安文艺座谈会上的讲话》发表 74 周年暨柳青同志诞辰 100 周年全国学术研讨会会议综述

张子华

为纪念毛泽东同志《在延安文艺座谈会上的讲话》发表 74 周年，深入贯彻落实习近平总书记文艺工作座谈会讲话精神，学习并践行现实主义大师柳青深入生活、扎根人民的创作态度和精神品质，引领当代文学创作道路，由中共榆林市委宣传部、西北大学、榆林学院主办，榆林学院文学院、榆林市文学艺术界联合会、中共吴堡县委宣传部承办的"纪念毛泽东同志《在延安文艺座谈会上的讲话》发表 74 周年暨柳青同志诞辰 100 周年全国学术研讨会"于 2016 年 5 月 17—18 日在榆林学院召开。陕西省作协、中共榆林市委、榆林学院、榆林市作协的领导，来自全国各高校、研究机构以及榆林市各县区作协的文艺评论家、作家 50 余人参与了本次研讨会。会议包括柳青学术研讨会、"榆林市柳青、路遥研究院"揭牌仪式、探访柳青故居、参观柳青文学馆和柳青图书馆等议程。作为本次活动的重要环节，研讨会备受文学界、文艺批评界以及柳青文学爱好者的关注，研讨会的整个过程在宽松、自由的氛围中进行，专家、学者围绕柳青精神、柳青创作道路、柳青的文学成就及历史评价等主题，从各个层面、各个角度进行深入而广泛的探讨，剖析了当今社会上出现"柳青热"的原因及其现实意义，并指出现阶段柳青研究中的一些不足以及在今后的研究中有待于深化的问题。本文对与会专家、学者的观点进行综合、提炼，以供研究者参考。

一　柳青精神研究

柳青是 20 世纪 30 年代从延安走向文坛的一位作家，经历了延安整风运动，接受了毛泽东同志《在延安文艺座谈会上的讲话》精神，并长期深入农村基层生活，切身体验并思考中国的农村、农民问题，长期以来，对柳青精神的研究从未停止，本次研讨会上，多位专家、学者也从不同视角对柳青精神进行了解读。畅广元（陕西师范大学教授，柳青文学研究会会长）指出，实事求是地思考中国社会和文艺指导思想所存在的问题，是柳青思想的基本内容。柳青在思考历史和现实的时候，总是把自己深邃的历史感和强烈的现实感紧密地结合在一起，在指出当时对民主和人道的蔑视必然会导致严重的恶果的同时，强调终究有一天人民要探讨民主和人道在我国的具体形式和内容。冷梦（陕西省作家协会副主席）认为柳青精神就是中国作家深深植根于人民、深深植根于土地的精神，就是对人民和我们生存的这块土地永远怀抱着的一种深情，就是对文学的虔诚。邢小利（陕西省作家协会创作研究室主任）从柳青晚年时期的读书与反思谈柳青精神，他认为：一个敢于创作"创业史"歌颂"新事物的诞生"的人，能在其晚年读史之后慨叹自己对"我们生活的这个世界的历史知识懂得太少"，责备自己"太无知"，该是何等的沉重！也是何等的清醒！抚今追昔，鉴往知来，读史的焦点是解读现实，反思现实，思考未来。柳青的反思，带有深厚的生活经验和深沉的生命体验，绝非纸上谈兵。贺智利（榆林学院文学院教授）讨论了"柳青精神及其在当代的传承"，他认为柳青精神主要表现在以下几个方面：（1）对黄土地及生活在这块土地上的父老乡亲、兄弟姐妹刻骨铭心的挚爱。无论是柳青，还是路遥，他们都把自己最热烈、最深沉、最诚挚、最厚重的感情，倾注在广大劳动人民身上。（2）"存大气，成大气"的英雄主义精神。不断超越别人，同时不断超越自己，是柳青和路遥共同的创作追求。（3）宏大的政治抱负，思想家的风范。柳青和路遥都关心国家大事，政治上很成熟，有敏锐的判断力，对社会人生有着独特的、深刻的理解。（4）朴实本色的人格魅力。他们的作品，字里行间弥漫着真挚、朴实、动人的情感，无论写人、写景还是抒情，都洋溢着朴实而富有诗意的魅力。（5）"像牛一样劳作，像土地一样奉献"的伟大劳动者精神。柳青和路遥都把文学当作庄严而又神圣的事业，矢志为之终生奋斗，不惜付出生命。

二 柳青创作道路研究

在中国文坛，柳青是"十七年"时期"典型化"创作的代表作家，本次研讨会多位专家、学者仍关注着柳青的创作道路及其对当下文学创作的影响。龙云（陕西省作家协会副主席）认为要让一个作家超越时代是很困难的，我们现在也应该提倡让一个作家去拥抱时代，紧紧地把握时代的命脉，这和超越时代、前瞻时代是不冲突的，而且前瞻时代是很重要的，因此，怎么做到"拥抱时代，把握时代命脉"是很关键的。贾永雄（榆林学院文学院教授）指出柳青秉持关注农民、书写农民的"观察生活的独特角度和情感态度"，从表现抗战时期军民的英勇和解放区农民组织起来变工生产再到后来描写合作化运动，柳青"善于把握时代脉搏，表现时代主题"，能于大格局、大视野之中追求永恒的细节的"史诗品格——宏大结构与细致描绘"，并将现实主义深化、拓展，在生活语言和方言的运用方面能得当地运用地域文化元素。戴承元（安康学院文学与传媒学院教授）则从文学史的角度指出《创业史》对农民心理的深入描写具有重要的文学史意义。柳青在描写农民的时候，能像赵树理一样达到对农民思想的深入把握。李建军（中国社会科学院研究员）将柳青与中国历史上一些伟大作家如司马迁、国外的作家如莎士比亚作比较，论述柳青的创作精神与柳青的作品对于路遥、陈忠实，对于陕西文化，对于中国文学发展的影响，着重强调了柳青作品中对"个性尊严"的歌颂。杨海蒂（《人民文学》杂志副编审）指出，柳青以其思想深度、艺术功力、独特风格，成为现实主义文学的杰出代表。现实主义文学创作，意味着作者有肝有胆、作品有血有肉，意味着作者强烈的社会责任感和时代使命感。

三 对柳青的作品的多角度解读

对一个作家的研究，最集中的一定是对其作品的解读，本次研讨会也收到了多篇解读柳青作品的学术论文，以对柳青代表作《创业史》的解读为主，从其思想性、内容题材及叙写方式等方面进行了讨论。郜元宝（复旦大学中文系教授）从中国当代文学界围绕当代作家作品发表的一些研究、评论的两个小高潮即20世纪60年代初和70年代末80年代初为切入点展开了主题为"现实主义：一个未终结的命题"的发言。他认为，把柳青看作一个有思想的作家，可以分为几个方面看。第一，他特别关注时代精神，用《创业史》中一个老农民的话来说，他特别关心国策。第二，他特别关注当时中国另一个社会问题——农民问题。当时农民问题还是一个基本问题。第三，对农民形象的塑造。《创业史》中，柳青用各种方式让农民说话，而且让各种农民说话，说他们自己的话。他们的语言很丰富，梁三老汉这些人就是典型。段建军（西北大学文学院教授，柳青文学研究会副会长）通过与《白鹿原》作比较，来分析柳青的代表作《创业史》中所体现出来的历史观。在《创业史》中描写生活斗争、挖掘不同阶级之间的分裂、表现人生与艺术的张力不是柳青的最终目的，他的最终目的是发现和塑造底层涌现出来的农民英雄——梁生宝们，在改造旧的蛤蟆滩，创造历史新局面的过程中，始终保持清醒的头脑，以无私无畏的精神引导普通群众走上正确的人生道路。柳青把所有的鄙视、仇恨全都倾泻到旧势力一方。揭露和批判旧势力的没落和旧事业的腐朽，成为他创作的一项重要使命。李春燕（西安工程大学人文社会科学学院副教授）从"恪守与超越"的角度探讨了柳青的现实主义文学创作得失，她认为，考察柳青文学的创作道路，必须看到柳青首先是一位革命战士，然后才是一位作家。回望柳青的人生历程，可以清晰分辨出柳青是以革命战士的身份而从事文学创作的，这与为写作而寻找生活素材的人生轨迹不同。但是，柳青又不仅恪守现实主义文学创作已有的传统，他的文学创作及思维实现了对既有文学规范及习俗的超越。倪万军（宁夏师范学院文学院副教授）探讨了《创业史》与"十七年农村题材小说"之间的关系，他认为"十七年"的文学叙事具有其特殊性——人性的隐与显，即"十七年"农村题材小说的理论和思想；人与艺术的沦陷，即"十七年"农村题材小说的走向。"十七年"时期中国社会生活的丰富、复杂及阶级斗争使作家不可避免地受到影响，首先，作家不可回避当时阶级斗争的状况，表现特定的时代旋律。其次，作家要迅速认清形势，如何在时代的洪流中安身立命，也是部分作家风格转变的重要原因。最后，作家本身认识的局限性，使他无法看清当时的社会现实和中国的未来，盲从于各种政治宣传和口号。仵埂（西安音乐学院教授）通过柳青的中篇小说《狠透铁》讨论了乡村传统伦理与阶级意识的博弈。他认为，柳青作为一个优秀的现实主义作家，他身上所表现出来的那些受人尊重的特质就是当他观察到现实与自己的政治理念不一致时，他不会断然排斥现实，让现实为理念让道，他会认真对待这些与固有理念构成尖锐冲突的现实，尊重鲜活的生活，会在作品里呈现出这种现实的样态，甚或不惜颠覆自己原有的政治理念。

四 柳青及其作品对地域文学的影响

从陕西走上中国文坛乃至世界文坛的柳青，在其作品中多方面体现了秦地的色彩，比如语言中的方言词语、具有方言特色的语法句式等，而最重要也是最核心的是秦楚文化，秦楚文化的这种文化向心力影响着柳青，也影响着后来的陕西籍作家，如路遥、陈忠实、贾平凹等。本次研讨会也收到了多篇关于柳青对陕西的地域文学的形成及发展的影响。冯希哲（西安工业大学人文学院教授）主要从陈忠实对柳青创作思想的继承和超越的角度探讨柳青对陕西文文学发展的影响，他认为：柳青是陕西文学的重镇、灯塔，虽然其后的第二代作家已有数十位，但柳青的精神力量一直都在，且影响很大，如柳青的审美判断基本上是以生活本身和真实性为依据的。梁向阳（延安大学文学院教授）从文化性格讨论柳青和路遥创作。他认为，可以用"文学地理学"的视角来切入、研究柳青、路遥的文学创作，甚至可以将研究扩展到我们陕西的文学创作。他认为，柳青、路遥、陈忠实是"同根并立"的关系，某种意义上，他们的性格文化有许多相似性。杨静涛（榆林学院文学院讲师）指出，柳青与陕北文学的关系主要体现在对路遥的深刻影响上，并通过路遥对更多的陕北作家产生影响。柳青对陕北文学的深远影响，首先是他对中国农民命运的持续关注和对中国乡土社会发展的探讨成为以路遥为代表的陕北作家的精神资源和文学遗产，现实主义的创作原则、乡土题材至今仍然是陕北文学的主流，是陕北作家的主动选择。柳青为陕北文学涂抹了浓重的乡土传统和现实主义的底色。兰宇（西安工程大学人文学院教授）认为，柳青奠定了陕西文学的高度，从延安时期以后，陕西的文学形成了以柳青为代表的作家群，也确立了柳青在陕西文学的高度，此后，柳青在不同方面不同程度地影响着陕西的作家。另外，从文化的角度看，陕西这些有成就的作家，其创作都以农村为题材，而且这些作家都出生于农村，农村的大背景也成就了陕西作家的大气。

五　现阶段对柳青、柳青作品研究中存在的不足

从柳青步入文坛开始，学界就从未停止对柳青及其作品的评论和研究，近年来，许多学者重新将研究的焦点集中到柳青身上，形成了新的"柳青热"。虽然对柳青的研究经过了长期的争论，也取得了长足的进步，但仍有一些未涉及的和可以进一步拓展、深化的空间。本次研讨会，也有一些学者注意到了这些问题。王刚（咸阳师范学院文学与传播学院教授）认为，当下中国不管是政治意识形态领域，还是人文学术领域都谈到了问题意识。比如，习总书记就讲，每个时代总有属于自己的时代问题。所以，问题意识、问题导向不光是我们当下学者们需要强化的一个意识，也是身处特定时代语境中的柳青面临的意识。柳青对于现实世界的认可，也应该看作作为"思想家"的柳青的"文学理性"的展现。当下重读柳青，或者说重构乡土文学叙事，有必要把过去对柳青的研究进一步拓展，使柳青真正从"政治柳青"过渡到"文学柳青"、过渡到"文化柳青"，我们有必要从柳青文学创作的研究角度延展到对当下中国乡土问题的思考。张均（中山大学中文系教授）指出，当下的柳青研究有一些方法上的误解，事实上还是可以澄清的。他认为，关于柳青的研究有三个误解。第一个误解是《创业史》和政策的关系。柳青作为作家，对中国农村的政策自有他的一套认识，当柳青的看法和高层的看法互相吻合的时候，《创业史》第一部就这样诞生了，我们会发现柳青对政策的亲和，但不能说柳青的作品呼应政策是投机，这是两个完全不同的问题。当这个政策不符合人类利益的时候，他也不认同政策。第二个误解是《创业史》与公式化。每个时代都有固定的叙事模式，如果一个作家遵从了一个时代的通行的叙事方式，我们不能说这是公式化的。第三个误解是柳青是反人性的。这个问题是非常严重的，柳青笔下的人物性格是非常丰富的，这是传统中国文人共同的特征，他们笔下都非常"干净"。赵学勇（陕西师范大学文学院教授）指出，柳青及其《创业史》在中国当代文学史上，的确是一个非常独特的存在。从评价的深层方面，这不仅仅是一个柳青及其《创业史》的问题，实际上关系到对20世纪中国文学的很重要的经验总结，及至当下，我们对柳青的评价还没有走出政治评价的阴影，这就掩盖了对柳青文学成就的评价，这两个矛盾始终是纠缠在一起的，在今后关于柳青的研究中，有一个

问题值得注意,柳青是处在一个政治话语占主导地位的时代,这必然影响文学史对他的评价。这背后的问题就是如何把握文学柳青与政治柳青的关系,柳青的文学创作实际上是完全践行《在延安文艺座谈会上的讲话》精神,在20世纪五六十年代,通过这样的实践达到了他的文学高度,实际上也体现了这一时代文学的悲剧。

本次"纪念毛泽东同志《在延安文艺座谈会上的讲话》发表74周年暨柳青同志诞辰100周年全国学术研讨会"在紧凑而热烈的讨论中落下了帷幕。这次大会对于深入贯彻习近平总书记的文艺工作座谈会讲话精神,推动对现实主义大师柳青的研究都起到了积极而有益的作用。

[原载《榆林学院学报》(哲学社会科学版)2016年第5期]

二 纪念展览等

中国艺术摄影学会在延安举行座谈会

祁小军

1月25日,中国艺术摄影学会在延安举行座谈会,来自北京的十多位摄影家与延安市部分摄影家一道重温了毛泽东《在延安文艺座谈会上的讲话》和习近平《在文艺工作座谈会上讲话》精神,并就新时期摄影工作者如何为人民服务、为社会服务展开热烈讨论。

座谈会上,与会者各抒己见,讨论热烈。大家一致认为,摄影工作者要始终坚持为社会、为人民大众服务的思想,高唱主旋律,弘扬正能量,通过摄影艺术的表现形式,真实客观地记录社会发展和变迁,讴歌新时代、新生活、新风尚,反映人民新生活、新面貌、新气象。要把握正确的政策导向,坚持深入生活,深入实际,深入群众,歌颂人间真善美,大力弘扬积极向善向上的价值取向。要立足本土,扑下身子,扎根基层,脚踏实地拍摄一批有思想、有深度、有内涵的优秀摄影作品,创作出更多、更好无愧于时代的精品力作。

座谈会前,以中国艺术摄影学会主席杨元惺为首的13位摄影家与我市各级摄影协会会员共同参观了杨家岭革命旧址,并在旧址前集体重温了毛泽东《在延安文艺座谈会上的讲话》精神。

(原载《延安日报》2015年1月27日第1版)

坚守"与生活同在"的文学信念
——雷加百年诞辰纪念座谈会在北京举行

李晓晨

深入生活、扎根人民是一代代优秀的中国作家坚守的信念,凭着这条颠扑不破的真理,他们发现了埋藏在生活中的丰富矿藏,寻找到了蕴含在人民中的伟大力量,作家雷加就是其中的优秀代表之一。早在20世纪三四十年代,他在题为《与生活同在》的文章里这样表达了自己的文学信念:"我摆脱不了那些生活中感人的事件,常常是不知不觉地做了它们的光荣的俘虏。"他还多次说过,一个作家应该有生活,以后要继续积累和补充生活,才能够写下去。正是这种"与生活同在"的文学信念,促使他在70余载文学创作生涯中笔耕不辍,写下长篇小说《潜力》三部曲、散文特写集《五月的鲜花》《南来雁》《延安世纪行》等与时代同行的优秀作品。

1月28日,雷加百年诞辰纪念座谈会在中国现代文学馆举行。中国作协主席铁凝出席座谈会并讲话。中国作协党组书记钱小芊主持座谈会。中国作协副主席陈建功、李敬泽及各界专家学者、雷加亲朋故友80余人与会。

出生于辽宁的雷加,一生与祖国和人民的命运紧密相连。铁凝在讲话中回忆了雷加的一生和他的文学创作生涯。铁凝谈到,雷加和同时代的那批作家一起承担起时代和人民的重托,成为中国革命、建设和改革开放波澜壮阔的历史进程的参与者、见证者和记录者,为读者留下了一份珍贵而丰富的文学遗产。他毕生都深深眷恋着故乡的河流,鸭绿江的"清澈和深邃"一直牵动着作家的记忆和乡愁。然而,在雷加的心中还流淌着另一条大河,那就是生活,正是"与生活同在"的信念让他在祖国大地上奔走着、战斗着、创作着。雷加曾说过"生活对创作很重要","文学创作应该创造美,必须创造美,要给社会增加美,否则,文学作品就失去了存在的价值"。这些话普通而平实,却蕴含着深刻的道理,随着时间的流逝而历久弥新。

铁凝还谈到,雷加的文学生涯是与民族、国家的命运紧密相连的,从创作伊始他就显示了既是作家又是战士的风姿。作为东北作家群中的一员,雷加和那一代年轻的东北作家们一样,在九一八事变后承受着国破家亡、流离失散的命运,他写下的许多作品表达了对故土家园的深沉的爱和鼓舞人民打击侵略者的强烈愿望。

(摘自《文艺报》2015年1月30日第1版)

薪火相传
——纪念毛泽东同志《在延安文艺座谈会上的讲话》
发表七十三周年山西木刻版画展作品选

由太原市文化局主办,中央数字电视书画频道山西工作中心、山西省美术家协会版画艺术委员会等协办,太原美术馆承办的纪念毛泽东同志《在延安文艺座谈会上的讲话》(以下简称《讲话》)发表73周年"薪火相传——山西木刻版画展"近日在太原美术馆隆重开幕。

该展览集中展出以力群、牛文、王朵、高荣贵、侯琪、刘彩军、王雨来、侯玉生等十多位老中青山西版画艺术家的木刻版画作品100多幅,既包含山西抗日根据地的版画创作,也有新一代文艺工作者传承《讲话》精神所创造的艺术成果。这些作品主题鲜明,内容丰富,植根生活沃土,反映百姓生活,跃动民族精神,记录时代脉搏,体现了山西木刻版画在《讲话》精神的感召下,弘扬传统、薪火相承、扎根人民、扎根生活的创作道路。

我国版画历史悠久,而山西木刻版画又独具革命渊源。73年前,毛泽东同志发表《在延安文艺座谈会上的讲话》号召文艺为人民大众服务,山西抗日根据地版画创作即是在特定历史条件下和革命需要中诞生,是在《讲话》精神和党的文艺方针政策的引领下,对抗日根据地的战斗和生活给予了极富创造性的形象表达。同时,它还继承和发扬了鲁迅先生倡导的新兴木刻的传统,富有革命风骨,凝聚中国气派。一代版画大家力群先生即是以木刻为武器揭露社会黑暗,反映民间疾苦的新兴版画先驱者和代表人物之一。本次展览展出了《鲁迅像》《延安鲁艺夜景》《黎明》等力群先生的代表作品。

(摘自《山西日报》2015年6月5日第C4版)

《丁玲传》出版座谈会召开

李墨波　李云雷

近日，"丁玲与二十世纪中国革命——《丁玲传》出版座谈会"在北京举行。中国作协书记处书记阎晶明，中国大百科全书出版社副总编辑马汝军、学术分社社长郭银星，以及陈漱渝、吴福辉、颜海平、解志熙、解玺璋、贺桂梅等40余人与会研讨。会议由中国丁玲研究会会长王中忱主持。

新近出版的《丁玲传》以翔实的资料记述了丁玲的一生，书中引用大量第一手资料，记述了丁玲以"飞蛾扑火"般的执着，虽历尽坎坷仍然矢志不渝。阎晶明谈到，李向东、王增如所著的《丁玲传》严谨、扎实，是一部学术性作家传记，让我们看到了丁玲富有传奇性的一生，丁玲在时代风云中的个人独特性，她对创作的执着追求，以及她"说真话"的性格及其遭际令人印象深刻。

与会学者对《丁玲传》做了较高的评价，认为此书采用了大量谈话录音稿、未刊稿、私人通信、档案资料等新的史料基础上，提出了不少新的观点，并以"同情的理解"的态度贴近传主，是对丁玲研究的重要推进。《丁玲传》史料丰赡，言皆有据，既述传主的坎坷人生，亦写时代的波诡云谲，线索繁复但叙述清晰有序，且语言平实，不尚虚饰，娓娓道来而别具情致。与会学者还围绕丁玲与20世纪中国革命、丁玲创作的重新解读、作家传记的写法等问题展开了深入细致的研讨。

（原载《文艺报》2015年7月17日第1版）

近700件珍贵抗战文物国博首展

张茜琦

为纪念中国人民抗日战争胜利70周年，反映抗战文艺对抗战胜利的伟大贡献,中国国家博物馆日前推出《抗战与文艺:纪念抗日战争胜利70周年馆藏文物系列展》。该系列展由"文艺与抗战展""延安电影团史料展""抗战木刻展""抗战摄影展""梁又铭抗战美术作品展"五个展览组成,涉及照片、邮票、文献手稿、图书报刊等珍贵文物。共展出历史文物、美术和摄影作品以及历史照片等1109件,其中有近700件为首次展出。

(原载《北京商报》2015年7月28日第D4版)

文艺界纪念华君武诞辰百年

吴 华

7月30日,为纪念华君武诞辰100周年,缅怀华君武为中国美术事业作出的杰出贡献,由文化部、中国文联、中国美协主办的"纪念华君武诞辰100周年座谈会"在中国美术馆举行。

华君武从事漫画创作长达70余年,创作思路宽阔,对社会现象和世态变化拥有良好洞察力。他早年长于政治时事漫画,富有战斗性,作品紧扣时代脉搏、风格独特、通俗而富有哲理,致力于追求漫画的民族化和大众化,在国内外享有极高声誉,在革命战争中发挥了很大的宣传鼓动作用。后期以讽刺漫画为主,辛辣地讽刺了社会上种种丑陋、落后现象,构思巧妙,入木三分,富有幽默感。1988年,华君武获中国漫画最高奖"中国漫画金猴奖(成就奖)",2001年,获中国美术最高奖"中国美术金彩奖·终身成就奖"。

座谈会上,文化部副部长董伟,中国文联副主席、中国美协主席刘大为,中国美术馆馆长吴为山分别代表主承办单位讲话。美术家代表邵大箴、漫画界代表徐鹏飞、华君武亲属华方方分别发言,从不同角度回忆和评价了华君武的生平事迹和艺术成就。大家表示,作为延安文艺座谈会的与会者,华君武身体力行地提倡艺术为大众服务。他对基层的美术爱好者真诚相待、耐心帮助、广交朋友。数十年间,他多次把漫画作品展览办到工矿、部队以及农村的田间地头,让艺术真正走进人民,服务大众,不仅在当时产生了广泛的社会影响,也成为今天广大文艺工作者"深入生活、扎根人民"的实践楷模。

中国文联党组成员、副主席左中一和刘尚军、诸迪、田宇原等有关方面负责人以及美术界知名人士、华君武亲属出席座谈会。

"中国美术馆典藏活化系列展：世相——华君武百年诞辰纪念特展"同期展出。展览从华君武捐赠的2000余件作品中遴选出百余件精品奉献给观众，以此纪念华君武杰出的艺术成就，展览将持续至8月7日。

（原载《中国艺术报》2015年7月31日第1版）

中国文联召开"抗战中的中国文艺"座谈会
——回顾与总结文艺在抗战中发挥的重要作用

王春梅

"我1940年12岁参军，唱着'大刀向鬼子们的头上砍去''工农兵学商，一起来救亡，拿起我们的武器刀枪'，观看了晋察冀军区抗敌剧社演出的《我们的乡村》之后，这些抗战文艺作品把我带上了抗日战场。战争把我这个农村小姑娘托上了革命文艺舞台，让我成了一个有理想、有追求、为民族解放而斗争的女战士……"9月8日，中国文联在北京召开的纪念中国人民抗日战争暨世界反法西斯战争胜利70周年"抗战中的中国文艺"座谈会上，著名电影艺术家田华满怀深情地回忆起当年走上文艺抗战之路的经历。

中国文联主席孙家正，中国文联党组书记、副主席赵实，党组副书记、副主席李屹，党组成员、副主席左中一、夏潮、李前光，党组成员、书记处书记郭运德、陈建文和中国文联副主席冯远、刘兰芳、李雪健、李维康、杨承志、周涛、赵化勇、徐沛东，中宣部文艺局巡视员、副局长孟祥林等，抗战老文艺家代表胡可、田华、侯一民、赵连甲、赵玉明、陈勃、夏湘平、张源、权希军、金业勤等，以及各艺术门类知名艺术家代表、文艺理论评论家代表、各全国文艺家协会、中国文联机关有关部室的负责人参加座谈会。

会上，胡可、田华、侯一民、李准、孟卫东、黑明、高希希等艺术家代表围绕文艺与时代,文艺与人民,文艺与创新等作了发言。大家表示,抗战时期形成的以救亡图存为主题的抗战文艺,在唤醒民众、发动群众、激发人们爱国精神等方面,发挥了不可替代的重要作用。文艺只有与时代同频共振,只有与人民同呼吸共命运,只有不断开拓创新,才能获得真正的繁荣发展。

赵实在会上作了总结发言。她指出,中国人民的抗日战争,是中国人民反抗日本帝国主义野蛮侵略的正义战争,是世界反法西斯战争的重要组成部分,是近代以来中国抗击外敌入侵第一次取得完全胜利,是中国革命和中国走向民族复兴的伟大历史转折。伟大的中国人民抗日战争,以前所未有的气势震撼着人们的心灵,激发出团结御侮的巨大能量,彰显出气贯长虹的爱国主义精神。

(摘自《中国艺术报》2015 年 9 月 9 日第 1 版)

严文井百年诞辰纪念座谈会举行

吴 波

日前,"严文井百年诞辰纪念座谈会"在中国现代文学馆隆重举行。中国作家协会主席铁凝出席并致辞。会议由中国作协党组书记、副主席钱小芊主持。中国作协副主席、党组成员、书记处书记李敬泽,中国作协副主席陈建功、高洪波、张抗抗等人及周明、金波、杨匡满、文洁若等数十位作家、专家学者以及严文井的亲属和生前好友参加了本次座谈会。

严文井,原名严文锦。1915 年生,湖北武昌人,中国共产党党员。1934 年毕业于湖北省立高中,次年到北京图书馆工作,并开始以"严文井"的名字发表作品。1938 年赴延安。历任延安"鲁艺"文学系教师、《东北日报》副总编辑、中宣部文艺处处长、中国作协书记处书记、《人民文学》主编、人民文学出版社社长等职。著有长篇小说《一个人的烦恼》,散文集《山寺暮》,童话集《南南和胡子伯伯》《严文井童话寓言集》等。

(摘自《广州日报》2015 年 10 月 24 日 B8 版)

新版歌剧《白毛女》在延安举行全国巡演第一场演出

陶 明

11月6日晚，由文化部组织复排的新版歌剧《白毛女》在延安举行全国巡演的第一场演出，此后还将赴太原、石家庄、广州、长沙、上海、杭州、济南、长春巡演，12月15日回到北京中国剧院连演3场，总演出场次19场。《白毛女》是延安"鲁艺"在新秧歌运动中创作出的中国第一部新歌剧，也是民族歌剧的里程碑，2015年是歌剧《白毛女》在延安首演70周年。

（原载《文艺报》2015年11月9日第1版）

纪念歌剧《白毛女》首演70周年座谈会举行

鲁博林

为纪念歌剧《白毛女》在延安首演70周年，总结新版歌剧《白毛女》和3D舞台纪录片的成功经验，由文化部组织召开的"纪念歌剧《白毛女》首演70周年座谈会"昨日在北京举行。

文化部部长雒树刚、中宣部副部长景俊海、中国人民解放军总政治部宣传部部长禹光、国家新闻出版广电总局电影局局长张宏森等领导出席会议并致辞。歌剧表演艺术家郭兰英、解放军艺术学院原政委乔佩娟等老一辈艺术家和新版歌剧《白毛女》的主创人员等与会研讨。

雒树刚指出，文化部组织复排《白毛女》，就是要挖掘优秀传统之根，走上重塑经典之路，既引领当下的创作方向，又造就艺术的传承之人，从而形成中国气派的创作自觉。

景俊海强调，《白毛女》的成功复排演出给了我们诸多启示：第一，只有坚持与人民相结合，才能创作出穿越时空、深入人心的优秀作品；第二，只有坚持走民族化的道路，才能创作出具有特色有魅力的优秀作品;第三,只有坚持精益求精,才能锻造传承久远、富有生命力的优秀作品。

(原载《光明日报》2015年12月28日第9版)

罗工柳:从文艺战士到画坛耆宿
"创新先驱之路——罗工柳百年诞辰纪念展"在北京举行

黄 茜

为纪念艺术大师罗工柳先生诞辰100周年,3月29日,"创新先驱之路——罗工柳百年诞辰纪念展"在中央美术学院美术馆隆重开启。本次展览呈现罗工柳广为人知的油画代表作《地道战》《毛泽东在延安作整风报告》《毛主席在井冈山》《马本斋的母亲》《李有才板话》等,它们来自中国国家博物馆和中国美术馆的珍贵皮藏。同时首次展出罗工柳家属珍藏的大量创作草图,以及罗工柳留学苏联时期至晚年的作品构思图、色彩稿,用文献和作品串联起艺术家不凡的一生。

中国文联党组成员副主席书记处书记左中一、中国国家博物馆馆长吕章申、中国美术学院院长许江等出席展览开幕仪式。今年百岁高龄的罗工柳夫人杨筠和儿子罗安也难得地来到现场。

(摘自《南方都市报》2016年3月31日第GB07版)

纪念"5·23"延安文艺座谈会召开74周年

房 佳

五月的延安万物吐翠,百花争艳。5月16日晚,由中共延安市委宣传部主办,延安广播电视台承办,陕西爱乐乐团承演的交响音乐会——《山丹丹开花红艳艳》在延安文化艺术中心礼堂盛大上演。

74年前的5月23日,毛泽东同志发表了《在延安文艺座谈会上的讲话》，高瞻远瞩地分析了中国文艺的发展道路，明确指出了文艺"为谁服务"和"如何服务"的问题，鼓励文艺工作者深入群众生活，投入革命实践。74年来，在《讲话》精神的引领下，广大文艺工作者深入生活、深入实际，讴歌伟大的时代，传递人民的心声，创作出了一大批百姓喜闻乐见、具有中国作风和中国气派的优秀作品，使文艺事业得到了极大丰富和发展。

当晚的礼堂内，音乐齐鸣，掌声如潮。具有近60年历史的陕西爱乐乐团（原陕西省乐团）的演奏家们，在青年指挥家侯颉的指挥下，倾情演奏了小交响音画《九曲秧歌黄河阵》、交响组曲《山丹丹开花红艳艳》。由陕西爱乐乐团团长、国家一级作曲家崔炳元作曲的《山丹丹开花红艳艳》，由《山丹丹花》《刘志丹》《兰花花的故事》《秋收》《盘龙卧虎高山顶》《山丹丹开花红艳艳》六首曲目组成，优美动听的音乐旋律，再加上女高音歌唱家郭茜的深情吟唱，引起了台下观众的强烈共鸣。在下半场的演出中，乐团演奏了《春节序曲》《雷电波尔卡》《蓝色多瑙河》等经典曲目，欢快的旋律，让现场观众深深地陶醉在音乐营造的氛围中。当晚的礼堂内，座无虚席，市委、市人大、市政府、市政协的相关领导与数百名群众一同观看了演出。

（原载《延安日报》2016年5月17日第1版）

"鲁艺之路"系列活动在延安举办

白振华　白增峰

5月22日，纪念毛泽东《在延安文艺座谈会上的讲话》发表74周年延安美术学校30年暨延安国画院20年之"鲁艺之路"系列活动在延安举办。延安市委宣传部、延安市文联、延安革命纪念馆主办，陕西盛世长安陶业有限公司承办，陕西美协、西安美院、陕西国画院、西安中国画院等单位提供学术支持。

中国美协顾问、黄土画派艺术研究院院长刘文西，原中国美术家协会理事、中国美术杂志总编王仲，中盟董事会主席李越梨及马继忠、高民生、李玉田、刘丹、陈联喜、杨光利、张立宪、张小琴、成文正、陈斌、刘岚、刘长江、王永华、马良等艺术家，原延安文联副主席、延安文学主编曹谷溪，延安文联副主席张宝泉，延安艺术家联盟副主席高志海、袁茂林，延安美协主席、延安国画院院长李师明，民革画院院长贺成安等参加研讨会。

参会嘉宾对毛泽东主席《在延安文艺座谈会上的讲话》、习近平总书记文艺工作座谈会讲话做了认真研讨，同时对李师明创办延安美术学校30年暨延安国画院创办20年来在办学和美术教育方面所取得的成就给予充分肯定。

刘文西谈到，毛泽东主席、习近平总书记的文艺思想很有世界高度。《讲话》精神就是解决文化"为谁"服务的问题，提高全人类思想，克服个人主义。要实事求是，文艺方向是第一位，全心全意去实践。

曹谷溪谈到，刘文西老师培养的人才已崭露头角，这得益于美术院校的教育。艺术家要在人民群众中汲取营养。

张宝泉谈到，从毛泽东主席、习近平总书记的文艺座谈会精神及艺术家的成长来看，做艺术家，最怕人云亦云，妄自菲薄。贵在坚持。艺术是永远开放和开通的，人民的力量是强大的。

下午，在延安革命纪念馆举行延安美术学校成立30年暨延安国画院成立20年作品回顾展。延安市委宣传部、市文联、市美协等领导及陕西著名画家、社会各界人士等出席。画展展出陕西名家书画作品130余幅。

（原载《文化艺术报》2016年5月27日第7版）

走向自由——古元艺术的内在精神

薛　良

由中国美协、中央美术学院、北京画院、古元美术馆等多家单位联合主办的"走向自由——古元艺术的内在精神"展，于日前在北京画院美术馆开幕，展览将持续到7月28日。

此次展览以古元追求艺术自由的精神为内在逻辑，以基本的时间顺序为外部线索，汇集其延安时期的木刻版画、抗美援朝时期的战地速写、晚年的水彩写生以及暮年的藏书票等作品，全面地梳理、回顾古元先生的艺术人生与艺术成就。据悉，此展亦是北京画院美术馆今年推出的首个重点项目。

"走向自由"是古元走上艺术道路之后创作的第一套木刻连环画，主人公的原型是护送古元自西安奔赴延安的一位八路军战士。讲述的是出身雇农的"他"饱受地主压榨、资本家剥削、日寇侵略等悲惨的遭遇之后，参加抗日军队蜕变成一名革命战士的故事，虽然这套作品在创作手法上仍受西方版画的影响，但在创作主题上却隐藏着古元亲身的经历与思想蜕变的过程。

（摘自《美术报》2016年7月9日第1版）

纪念赵树理诞辰110周年座谈会召开

郑 璐

9月24日是赵树理诞辰110周年纪念日。9月22日上午，纪念赵树理诞辰110周年座谈会在晋城召开。

中国社会科学院文学研究所所长陆建德，山西省作协党组书记、主席杜学文，省文联副主席和悦出席座谈会并讲话，省作协副主席杨占平、中国赵树理研究会会长赵魁元、中国赵树理研究会常务副会长傅书华、省社科院文学研究所所长贾克勤参加座谈会。

会上，陆建德、和悦、赵树理孙女赵宇霞、日本和光大学教授加藤三由纪分别从不同角度，缅怀了人民作家赵树理卓越的文学成就、崇高的精神境界和坦荡的人生历程，充分表达了对赵树理的敬仰和缅怀之情。

赵沂旸在致辞中指出，文艺工作者要学习赵树理始终坚持以人民为中心的创作导向，在改革发展时代大潮中为人民放歌；学习赵树理始终坚持扎根人民、扎根生活的创作方法，在丰富实践中涵养创作源泉；学习赵树理始终坚持关注农村、情系农民的公仆情怀，在为民服务中体现自身价值；学习赵树理始终坚持淳朴厚道、高风亮节的崇高品格，始终保持社会主义文艺工作者的优良作风，创造出更好更多的文艺精品。

杜学文在讲话中指出，广大文艺工作者要增强学习、宣传和传承赵树理的责任感和使命感，学习赵树理的探索精神、创新精神和建设精神，把赵树理精神转化为自觉行动，不断加强对文艺工作的指导和扶持，继续学习、继承和创新赵树理的创作思想，积极为时代鼓与呼，不断推动文艺事业繁荣发展。

(原载《太行日报》2016年9月23日第1版)

在新的时代继续传递和跃动"初心"
——刘白羽百年诞辰纪念座谈会在北京举行

李晓晨

在中国现代文学馆的"作家书房"里，有一块空间属于作家刘白羽。自1936年开始文学创作，到奔赴延安，加入中国共产党，再到后来成为党的文艺工作的领导者，刘白羽的一生都与祖国和人民紧密相连。2016年适逢刘白羽百年诞辰，10月9日，中国作协在中国现代文学馆举行刘白羽百年诞辰纪念座谈会。中国作协主席铁凝出席会议并致辞。中国作协党组书记、副主席钱小芊主持会议。中国作协名誉副主席金炳华、中国作协副主席李敬泽出席活动。来自军队和地方的部分作家、评论家代表，以及刘白羽同志的家属、亲友，中国作协机关各部门负责人等70余人参加座谈会。

铁凝在致辞中回顾了刘白羽投身革命和文学事业所取得的成就，高度评价了刘白羽为人为文和他为党的文艺事业做出的卓越贡献。铁凝说，刘白羽毕生不曾放下他的笔。50余部作品400多万字，横跨小说、散文、报告文学、传记文学、通讯报道等门类，显示出一位杰出作家永不枯竭的创作活力。其中，《长江三日》《日出》等一系列散文杰作，唱响了新时代崇高、壮美的主旋律；长篇小说《第二个太阳》获得第三届茅盾文学奖。他的作品被翻译成英、俄、德、缅等多种文字，获得过斯大林文艺奖金。他毕生都是时代的歌者。他的写作，一直紧紧追随着中华民族伟大复兴的历史进程，从革命战争的壮丽史诗、抗美援朝的英雄故事，到社会主义建设的火热图景，他始终挺立在时代的潮头，他的笔始终为中国人民创造历史的斗争和实践而劳作，他的心始终为祖国的独立和富强而激动，他无愧于时代，无愧于人民。刘白羽曾多次说过，他不仅仅是一个作家，更是一位革命军人、一名共产党员。回顾他的一生，他的理想信念从不曾动摇，他的党性矢志不渝。晚年，他把一生的手稿，获得的奖章、奖状，收藏的字画、艺术品和图书全部捐赠给中国现代文学馆。他留下的不仅是那些珍贵的物品，更是一个共产党人清风明月般的无私风范，正是这种坚定不移、毕生奉行的共产主义信念，为其创作提供了不竭的激情和动力。

李祯盛、金炳华、王丽、张炯、范咏戈、周明、胡世宗、宋学武先后在会上发言。大家再一次谈及刘白羽的文学作品，回忆起曾经的岁月，先生的音容笑貌在饱含深情的讲述中逐渐鲜活起来。大家谈到，回顾刘白羽的一生，他留下了大量优秀的文学作品，更留下了宝贵的文学遗产和精神财富。作为一名共产党员，他始终坚持理想信念，不忘初心，执着追求，无私奉献。始终坚持正确的文艺方向，为人民写作，创作出许多反映伟大时代、塑造美好心灵、鼓舞教育人民不断奋进、传播正能量的作品。他是中国军事文学的奠基人之一，创作了许多优秀的军事文学作品，发现、培养了一大批部队作家，为中国军事文学的发展做出了重要贡献。他以自己的创作实践诠释了重要的美学理念，在深入生活、扎根人民中收获了珍贵的体悟。平日里，他实事求是，严谨务实，待人诚恳谦和，他的文学观和价值观影响了许多后辈作家。晚年，刘白羽将自己的手稿、图书、书画藏品捐赠给中国现代文学馆，体现了一个共产党员的无私风范和崇高品格。刘白羽女儿刘丹代表家属发言，向中国作协对父亲的关心和支持表示由衷感谢。她说，父亲常常说他是从一个在旧社会苦难中挣扎的知识分子成长为一个革命者的，是党给了他新的生命。因此，他从未忘记过入党誓言，并牢记自己的使命和责任。尽管他一生历经坎坷，但正是不灭的信仰和理想之光鼓舞他在逆境中奋发，保持一个共产党员的情操和境界，向着光明和希望不断前行。

(摘自《文艺报》2016年10月10日第1版)

《延安文艺简史展》开展
——千余图片再现延安时期文艺繁荣景象

李振武　鲁舰平

10月14日，在第十一届中国艺术节开幕前夕，《延安文艺简史展》在艺术节开幕式举办地延安大剧院开展。千余幅图片、41件实物、126本文献资料再现了延安时期文艺的繁荣景象。其中部分资料是首次展出。副市长杨霄出席了开展仪式。

本次展览由延安革命纪念地管理局主办，延安鲁艺文化园区管理办公室承办。展览共分为"革命文艺大集结""抗战文艺的旗帜——鲁艺""延安文艺座谈会""延安文艺大繁荣""延安文艺新出发""延安文艺大繁荣"6个单元，精选历史图片1000多幅，手迹照、题词照45幅，制作视频4个，选用引文、歌谱、说书、民歌43个片段，全面展示了延安革命文艺为民族解放和民主革命做出的巨大贡献，在延安成长起来的艺术家，更是成为新中国文艺战线的主力。

据介绍，首次展出的有毛泽东主席写给向隅、唐荣枚的一封回信。向隅和唐荣枚夫妇是"鲁艺"音乐系的教师，他们的儿子出生后，向隅夫妇向毛泽东写了一封信，想让主席给孩子取个名字。1939年9月5日，毛泽东回信："取名延生如何？如以为不妥，你们自己可拟出两三个，我替你们选一个。"信的原件由向延生提供给了本次展览。

延安鲁艺文化园区管理办公室主任茆梅芳说，延安时期涌现了大批具有中国作风、中国气派、中国精神并为人民群众喜闻乐见的经典作品，培养了新中国文艺战线的骨干力量，延安时期的革命文艺实践活动，是时代精神的火炬，是中华民族文化自信的深厚资源和根脉。

（原载《延安日报》2016年10月15日第2版）

"抗战中的延安鲁艺"在北大红楼展出

屈 菡

11月23日,由陕西延安"鲁艺"文化园区管理办公室与北京鲁迅博物馆(北京新文化运动纪念馆)共同主办的"抗战中的延安鲁艺"展览在北大红楼开幕。

展览通过700余幅历史、文献图片,展示了革命文艺家在艰苦卓绝的岁月里战斗、生活的历程,真实再现了延安"鲁艺"在中国共产党领导下,以文艺为武器,宣传、动员、组织群众,为中国革命做出的巨大贡献,以及延安鲁艺引领抗战文艺和革命文艺发展的历程。

鲁迅艺术学院是1938年中国共产党在延安创办的一所培养抗战文艺干部的高等艺术学府。1938年至1945年,"鲁艺"根据形势需要,不断调整教育目标和教育方针。从最初服务于抗日战争、解放战争,到中期以建设新民主主义文化为目标,后期升华为文艺为群众服务、为工农兵服务,实现了教育与生产劳动相结合、与政治斗争相结合,开创了中国文化教育的新途径,发挥了艺术在抗战中的最大效能。延安时期,"鲁艺"共培养本部及各类中短期班学员2000余名。抗战胜利后,"鲁艺"迁往华北、东北等地办学。新中国成立后,鲁艺师生分赴全国各地,成为全国文学艺术界的中坚和领导力量。

展览将持续至12月23日。

(原载《中国文化报》2016年11月28日第2版)

他的诗句永远留在中国人记忆中
——田间百年诞辰纪念座谈会在北京举行

李云雷

2016年适逢田间百年诞辰,12月8日,中国作协在中国现代文学馆举行田间百年诞辰纪念座谈会。中国作协主席铁凝出席会议并讲话。中国作协党组书记、副主席钱小芊主持会议。中国作协名誉副主席贺敬之,中国作协副主席李敬泽出席活动。来自军队和地方的部分作家、评论家代表,以及田间的家属、亲友,中国作协各部门各单位负责人等近百人参加座谈会。

铁凝在讲话中回顾了田间投身革命和文学事业所取得的成就,高度评价了田间为人为文和他为党的文艺事业作出的卓越贡献。铁凝说,田间把一生奉献给了党、奉献给了祖国、奉献给了中华民族争取解放和复兴的事业,他和他的诗都是不朽的。他战鼓般激昂的诗句,永远留存在中国人的记忆之中。1934年,年仅18岁的田间加入中国左翼作家联盟。1938年年初,田间在晋东南参加西北战地服务团成为战地记者,同年夏天到达延安并加入了中国共产党。在延安,田间等人发起了街头诗运动,《假使我们不去打仗》《义勇军》《中国的春天鼓舞着全人类》等诗作激情澎湃、明白晓畅、节奏强劲。创作于这一时期的长诗《给战斗者》是抗战时期中国新诗的重要收获。1942年,毛泽东同志发表《在延安文艺座谈会上的讲话》。田间响应《讲话》号召,相继完成了长诗《戎冠秀》《亲爱的土地》《铁的子弟兵》,尤其是1946年完成的长篇叙事诗《赶车传》,通过贫农石不烂的命运反映中国农民在中国共产党领导下争取解放的斗争,是一部恢宏壮阔的杰作。新中国成立后,田间从事大量文学组织工作,为中国社会主义文学事业的发展、为青年作家的成长做出了重要贡献。同时,田间的诗歌创作也进入了又一个丰收期,他热情歌唱胜利,歌唱新生活,歌唱劳动者和建设者。

铁凝谈到,在刚刚结束的中国文联十大、中国作协九大开幕式上,习近平总书记发表重要讲话,全国广大作家和文学工作者正在认真学习贯彻总书记的重要讲话。当此之际,我们纪念田间同志百年诞辰,具有特殊的意义。习近平总书记指出:"文艺创作方法有一百条、一千条,但最根本的方法是扎根人民。只有永远同人民在一起,艺术之树才能常青。"田间也正是一位把根深深扎在人民之中,与人民同甘共苦,与人民心心相印,与人民一道前进的诗人,就如诗人自己所言"我是人民的儿子,永远为人民而歌"。人民创造历史的伟大实践始终如北斗七星一般为诗人田间指引着方向和道路。在这条道路上,他毕生矢志不移,他把他深长的爱、澎湃的才情全部献给了人民的事业,献给了诗歌。他的诗也由此汇聚了无数战斗者和建设者的心声，成为时代的强音，永远铭刻在实现中华民族伟大复兴中国梦的壮丽征程上。钱小芊在主持时说，田间是一位杰出的诗人，也是一位经历战火洗礼的共产主义战士。在半个世纪的创作生涯中，田间同志始终将自己的诗歌创作和伟大祖国的命运紧密相连，把自己的文学理想融入党和人民的事业之中，真正做到了"胸中有大义、心里有人民、肩头有责任、笔下有乾坤"。田间同志是一个胸怀人民、心系时代的诗人。他的一生，就是以人民为中心，为人民抒写、为时代放歌、为历史立传的一生，他是作家深入生活，扎根人民的典范，他为我们弘扬社会主义核心价值观、推动诗歌和文学创作繁荣发展提供了宝贵的启示和借鉴。今天我们纪念诗人田间百年诞辰，就是要重温他的革命道路和诗歌创作生涯，学习他高尚的人格精神。在全国文学界深入学习习近平总书记在中国文联十大、中国作协九大开幕式上重要讲话的时候，我们要向田间同志学习，积极响应时代召唤，努力追求艺术理想，勇于担当和创造，奉献精品力作，筑造文学高峰，为弘扬中国精神，凝聚中国力量，推动社会主义文学事业的繁荣，实现中华民族伟大复兴中国梦做出新的更大贡献。

关仁山、樊发稼、尧山壁、石祥、张常海、张永健、马东林、王学忠、邓晓岚、陈宝光、魏超等先后在会上发言。大家谈到田间的诗歌经典，回忆起过往的岁月。田间的一生留下了大量优秀的文学作品，更留下了宝贵的文学遗产和精神财富。作为一名共产党员，他始终坚持理想信念，不忘初心，执着追求，无私奉献。在诗歌创作中，他始终坚持正确的文艺方向，为人民写作，创作出许多反映伟大时代、塑造美好心灵、鼓舞教育人民不断奋进的作品。他以自己的创作实践探索着文艺为人民服务的美学理想，在深入生活、扎根人民中收获了珍贵的经验与成就，他的文学观和价值观影响了许多后辈诗人。

田间夫人葛文代表家属发言，她回忆的田间在革命战争年代的几件小事，引发了大家的深思。她说，田间是一生忠于党的诗人，他不仅出色完成了党交给他的任务，而且主动承担起了党没有具体安排的一些任务，深入基层搜集素材，为人民而歌，而他之所以能够如此，是因为他的心里始终装着党，装着人民，始终牢记着一个共产党员的使命和责任。

(原载《文艺报》2016年12月9日，第1版)

第八篇　研究成果索引

2015—2016年延安文艺研究专著、史料、论文集

袁盛勇　宋颖慧

一　专著、论文集

涂绍钧：《图本丁玲传》，长春出版社2015年版。

周仰之：《人间事都付与流风·我的祖父周立波》，团结出版社2015年版。

丁七玲：《贺敬之》，中国文史出版社2015年版。

王学典：《左翼文学研究》，商务印书馆2015年版。

李晓灵：《渊源与化变·延安〈解放日报〉的传播体系及其当代价值之研究》，中国社会科学出版社2015年版。

段宝林、孟悦、李杨：《〈白毛女〉七十年》，上海人民出版社2015年版。

李向东、王增如：《丁玲传》，中国大百科全书出版社2015年版。

李仲明：《抗日战争时期的中国文化》，团结出版社2015年版。

白玮：《中国革命根据地音乐创作美学研究》，西南师范大学出版社2015年版。

姚伟民、段瑞明：《范长江研究论丛》第1辑，四川大学出版社2015年版。

袁行霈、赵仁珪：《诗壮国魂中国抗日战争诗钞》，中国青年出版社2015年版。

宋喜坤：《萧军和哈尔滨〈文化报〉》，中国社会科学出版社2015年版。

卢燕娟：《人民文艺再研究》，文化艺术出版社 2015 年版。

沙飞图：《中国抗战·晋察冀根据地抗日影像》，山西人民出版社 2015 年版。

程光炜：《艾青评传》，南京大学出版社 2015 年版。

薛永年、赵银邦：《写生的传统与当下意义——中国美术太行论坛文集》，山西人民出版社 2015 年版。

文天行：《抗战文化运动史》，中国文联出版社 2015 年版。

张卫波：《抗日根据地文化建设研究》，首都经济贸易大学出版社 2015 年版。

彭冠龙：《在历史与叙事之间：1946—1952 年土改小说创作研究》，四川大学出版社 2015 年版。

傅书华：《走近赵树理》，北岳文艺出版社 2015 年版。

刘旭：《赵树理文学的叙事模式研究》，北岳文艺出版社 2015 年版。

李骏虎：《经典的背景》，北岳文艺出版社 2015 年版。

董静如：《改革开放的中国文学——现代小说评论》，北岳文艺出版社 2015 年版。

王春林：《乡村书写与区域文学经验》，北岳文艺出版社 2015 年版。

杨占平：《颠沛人生——赵树理传》，北岳文艺出版社 2015 年版。

马顿：《小说何以艰难》，北岳文艺出版社 2015 年版。

杨占平：《颠沛人生·赵树理传》，北岳文艺出版社 2015 年版。

刘旭：《赵树理文学的叙事模式研究》，北岳文艺出版社 2015 年版。

朱凌：《赵树理阐释史·赵树理创作价值变迁与时代文化思潮之关系》，山东大学出版社 2015 年版。

张曦选编：《破碎与重建·1937—1945·抗战时期的中国文学研究》，上海人民出版社 2015 年版。

马志春、王海勇、杨宏伟、张用贵：《明证——在敌后壮大的抗日根据地报刊》，浙江工商大学出版社 2015 年版。

徐明君：《鲁艺文艺道路研究》，人民出版社 2015 年版。

赵魁元：《赵树理与阳城》，北岳文艺出版社 2016 年版。

杨琳：《回归历史的现场——延安文学传播研究（1935—1948）》，中国社会科学出版社 2016 年版。

刘可风：《柳青传》，人民文学出版社 2016 年版。

成葆德：《重读赵树理》，北岳文艺出版社 2016 年版。

白春香：《赵树理小说的民间化叙事》，北岳文艺出版社 2016 年版。

曹应旺：《抗战时期的毛泽东》，中译出版社 2016 年版。

王菱：《电影与抗战》，中国文联出版社 2016 年版。

段建军：《柳青研究论集》，西北大学出版社 2016 年版。

江震龙：《失败的文学疗救——从"福建"到"延安"》，生活·读书·新知三联书店 2016 年版。

杨利娟：《时代诉求与革命规限下的乡村言说——解放区农村题材小说研究（1937—1949 年）》，新华出版社 2016 年版。

李国华：《农民说理的世界·赵树理小说的形式与政治》，上海书店出版社 2016 年版。

仵埂、邢小利、董颖夫：《柳青研究文集》，西安出版社 2016 年版。

邢小利、邢之美：《柳青年谱》，人民文学出版社 2016 年版。

本书编委会：《走向自由——古元艺术的内在精神》，广西美术出版社 2016 年版。

冯肖华：《柳青文学思想与文学陕军创作论》，中国社会科学出版社 2016 年版。

贺桂梅：《赵树理文学与乡土中国现代性》，北岳文艺出版社 2016 年版。

蒋祖林：《丁玲传》，人民文学出版社 2016 年版。

张文诺：《文学大众化与解放区小说研究》，中国社会科学出版社 2016 年版。

二　史料

北京知青与延安丛书编委会：《青春履痕·北京知青大事记》，中央编译出版社 2015 年版。

[美] G. 斯坦因：《红色中国的挑战》，上海科学技术文献出版社 2015 年版。

程子华：《程子华回忆录》，中央文献出版社 2015 年版。

徐林：《从延安走来》，中央编译出版社 2015 年版。

陈明：《我与丁玲五十年——陈明回忆录》，中国大百科全书出版社2015年版。

［美］海伦·斯诺："国际人士看中国丛书"《延安采访录》，安危译，北京出版社2015年版。

［美］爱泼斯坦：《我访问延安：1944年的通讯和家书》，张扬等译，新星出版社2015年版。

王巨才：《延安文艺档案·1·延安戏剧》（延安戏剧家·1），太白文艺出版社2015年版。

王巨才：《延安文艺档案·2·延安戏剧》（延安戏剧家·2），太白文艺出版社2015年版。

王巨才：《延安文艺档案·3·延安戏剧》（延安戏剧家·3），太白文艺出版社2015年版。

王巨才：《延安文艺档案·4·延安戏剧》（延安戏剧组织），太白文艺出版社2015年版。

王巨才：《延安文艺档案·5·延安戏剧》（延安戏剧作品·话剧·1），太白文艺出版社2015年版。

王巨才：《延安文艺档案·6·延安戏剧》（延安戏剧作品·话剧·2），太白文艺出版社2015年版。

王巨才：《延安文艺档案·7·延安戏剧》（延安戏剧作品·话剧·3），太白文艺出版社2015年版。

王巨才：《延安文艺档案·8·延安戏剧》（延安戏剧作品·戏曲·1），太白文艺出版社2015年版。

王巨才：《延安文艺档案·9·延安戏剧》（延安戏剧作品·戏曲·2），太白文艺出版社2015年版。

王巨才：《延安文艺档案·10·延安戏剧》（延安戏剧作品·戏曲·3），太白文艺出版社2015年版。

王巨才：《延安文艺档案·11·延安音乐》（音乐家·1），太白文艺出版社2015年版。

王巨才：《延安文艺档案·12·延安音乐》（音乐家·2），太白文艺出版社2015年版。

王巨才：《延安文艺档案·13·延安音乐》（音乐家·3），太白文艺出版社 2015 年版。

王巨才:《延安文艺档案·14·延安音乐》(音乐史),太白文艺出版社 2015 年版。

王巨才:《延安文艺档案·15·延安音乐》(音乐组织),太白文艺出版社 2015 年版。

王巨才:《延安文艺档案·16·延安音乐》(音乐作品·歌曲·1),太白文艺出版社 2015 年版。

王巨才:《延安文艺档案·17·延安音乐》(音乐作品·歌曲·2),太白文艺出版社 2015 年版。

王巨才:《延安文艺档案·18·延安音乐》(音乐作品·歌曲·3),太白文艺出版社 2015 年版。

王巨才:《延安文艺档案·19·延安音乐》(音乐作品·歌剧·1),太白文艺出版社 2015 年版。

王巨才:《延安文艺档案·20·延安音乐》(音乐作品·歌剧·2),太白文艺出版社 2015 年版。

王巨才:《延安文艺档案·21·延安音乐》(音乐作品·歌剧·3),太白文艺出版社 2015 年版。

王巨才:《延安文艺档案·22·延安音乐》(音乐作品·秧歌剧·1),太白文艺出版社 2015 年版。

王巨才:《延安文艺档案·23·延安音乐》(音乐作品·秧歌剧·2),太白文艺出版社 2015 年版。

王巨才:《延安文艺档案·24·延安音乐》(音乐作品·秧歌剧·3),太白文艺出版社 2015 年版。

王巨才:《延安文艺档案·25·延安音乐》(作家·1),太白文艺出版社 2015 年版。

王巨才:《延安文艺档案·26·延安音乐》(作家·2),太白文艺出版社 2015 年版。

王巨才:《延安文艺档案·27·延安音乐》(作家·3),太白文艺出版社 2015 年版。

王巨才:《延安文艺档案·28·延安音乐》(作家·4),太白文艺出版社 2015 年版。

王巨才：《延安文艺档案·29·延安音乐》（作家·5），太白文艺出版社2015年版。

王巨才：《延安文艺档案·30·延安音乐》（作家·6），太白文艺出版社2015年版。

王巨才：《延安文艺档案·31·延安文学》（延安文学组织），太白文艺出版社2015年版。

王巨才：《延安文艺档案·32·延安文学》（延安文学作品·诗歌），太白文艺出版社2015年版。

王巨才：《延安文艺档案·33·延安文学》（延安文学作品·散文），太白文艺出版社2015年版。

王巨才：《延安文艺档案·34·延安文学》（延安文学作品·中长篇小说），太白文艺出版社2015年版。

王巨才：《延安文艺档案·35·延安文学》（延安文学作品·短篇小说），太白文艺出版社2015年版。

王巨才：《延安文艺档案·36·延安文学》（延安文学作品·报告文学），太白文艺出版社2015年版。

王巨才：《延安文艺档案·37·延安文论》（延安文论家·1），太白文艺出版社2015年版。

王巨才：《延安文艺档案·38·延安文论》（延安文论家·2），太白文艺出版社2015年版。

王巨才：《延安文艺档案·39·延安文论》（延安文论家·3），太白文艺出版社2015年版。

王巨才：《延安文艺档案·40·延安文论》（延安文论作品），太白文艺出版社2015年版。

王巨才：《延安文艺档案·41·延安影像》（延安电影家·1），太白文艺出版社2015年版。

王巨才：《延安文艺档案·42·延安影像》（延安电影家·2），太白文艺出版社2015年版。

王巨才：《延安文艺档案·43·延安影像》（延安电影家·3），太白文艺出版社2015年版。

王巨才：《延安文艺档案·44·延安影像》（延安摄影家），太白文艺出版社 2015 年版。

王巨才：《延安文艺档案·45·延安影像》（延安影像作品），太白文艺出版社 2015 年版。

王巨才：《延安文艺档案·46·延安美术》（延安美术家·1），太白文艺出版社，2015.09

王巨才：《延安文艺档案·47·延安美术》（延安美术家·2），太白文艺出版社 2015 年版。

王巨才：《延安文艺档案·48·延安美术》（延安美术家·3），太白文艺出版社 2015 年版。

王巨才：《延安文艺档案·49·延安美术》（延安美术家·4），太白文艺出版社 2015 年版。

王巨才：《延安文艺档案·50·延安美术》（延安美术组织·1），太白文艺出版社 2015 年版。

王巨才：《延安文艺档案·51·延安美术》（延安美术组织·2），太白文艺出版社 2015 年版。

王巨才：《延安文艺档案·52·延安美术》（延安美术作品·木刻·1），太白文艺出版社 2015 年版。

王巨才：《延安文艺档案·53·延安美术》（延安美术作品·木刻·2），太白文艺出版社 2015 年版。

王巨才：《延安文艺档案·54·延安美术》（延安美术作品·木刻·3），太白文艺出版社 2015 年版。

王巨才：《延安文艺档案·55·延安美术》（延安美术作品·漫画·1），太白文艺出版社 2015 年版。

王巨才：《延安文艺档案·56·延安美术》（延安美术作品·漫画·2），太白文艺出版社 2015 年版。

王巨才：《延安文艺档案·57·延安美术》（延安美术作品·漫画·3），太白文艺出版社 2015 年版。

王巨才：《延安文艺档案·58·延安美术》（延安美术作品·综合·1），太白文艺出版社 2015 年版。

王巨才：《延安文艺档案·59·延安美术》（延安美术作品·综合·2），太白文艺出版社 2015 年版。

王巨才：《延安文艺档案·60·延安美术》（延安美术作品·综合·3），太白文艺出版社2015年版。

梁山松、林建良、吕建伟：《烽火晋察冀·刘荣抗战日记选》，中国文史出版社2015年版。

石志民：《晋察冀画报文献全集》（全3卷），中国摄影出版社2015年版。

何方：《从延安一路走来·何方自述》，人民日报出版社2015年版。

陈翩：《八路军抗战文艺作品整理与研究》（全7册），武汉大学出版社2015年版。

刘润为：《延安文艺大系·1》（延安文艺史卷·上），湖南文艺出版社2015年版。

刘润为：《延安文艺大系·2》（延安文艺史卷·下），湖南文艺出版社2015年版。

刘润为：《延安文艺大系·3》（文艺理论卷·上），湖南文艺出版社2015年版。

刘润为：《延安文艺大系·4》（文艺理论卷·中），湖南文艺出版社2015年版。

刘润为：《延安文艺大系·5》（文艺理论卷·下），湖南文艺出版社2015年版。

刘润为：《延安文艺大系·6》（小说卷·上），湖南文艺出版社2015年版。

刘润为：《延安文艺大系·7》（小说卷·下），湖南文艺出版社2015年版。

刘润为：《延安文艺大系·8》（散文卷），湖南文艺出版社2015年版。

刘润为：《延安文艺大系·9》（诗歌卷），湖南文艺出版社2015年版。

刘润为：《延安文艺大系·10》（报告文学卷），湖南文艺出版社2015年版。

刘润为：《延安文艺大系·11》（秧歌剧卷·上），湖南文艺出版社2015年版。

刘润为：《延安文艺大系·12》（秧歌剧卷·下），湖南文艺出版社2015年版。

刘润为：《延安文艺大系·13》（歌剧卷·上），湖南文艺出版社2015年版。

刘润为：《延安文艺大系·14》（歌剧卷·下），湖南文艺出版社2015年版。

刘润为：《延安文艺大系·15》（话剧卷·上），湖南文艺出版社2015年版。

刘润为：《延安文艺大系·15》（话剧卷·下），湖南文艺出版社2015年版。

刘润为：《延安文艺大系·17》（戏曲卷·上），湖南文艺出版社2015年版。

刘润为：《延安文艺大系·18》（戏曲卷·下），湖南文艺出版社2015年版。

刘润为：《延安文艺大系·19》（音乐卷·上），湖南文艺出版社2015年版。

刘润为：《延安文艺大系·20》（音乐卷·下），湖南文艺出版社2015年版。

刘润为：《延安文艺大系·21》（美术卷），湖南文艺出版社2015年版。

刘润为：《延安文艺大系·22》（电影·摄影卷），湖南文艺出版社2015年版。

刘润为：《延安文艺大系·23》（舞蹈·曲艺·杂技卷），湖南文艺出版社2015年版。

刘润为：《延安文艺大系·24》（民间文艺卷），湖南文艺出版社2015年版。

刘润为：《延安文艺大系·25》（译文卷·上），湖南文艺出版社2015年版。

刘润为：《延安文艺大系·25》（译文卷·下），湖南文艺出版社2015年版。

任一鸣：《延安文艺大系·27》（文艺史料卷·上），湖南文艺出版社2015年版。

任一鸣：《延安文艺大系·28》（文艺史料卷·下》，湖南文艺出版社

2015 年版。

黎辛:《亲历延安岁月》,陕西人民出版社 2016 年版。

朱鸿召:《图说延安》,陕西人民美术出版社 2016 年版。

张奇虹:《永远白毛女·红色经典的非凡传奇》,北京出版集团 2016 年版。

赵魁元:《赵树理早期作品选》,北岳文艺出版社 2016 年版。

《延安时期的抗战宣传画》编委会:《延安时期的抗战宣传画》,陕西人民美术出版社 2016 年版。

董颖夫、邢小利、仵埂:《柳青纪念文集》,西安出版社 2016 年版。

朱鸿召:《天上的星星·延安的人》,红旗出版社 2016 年版。

咏慷、南梅先生、李华:《北斗星下去延安》,华南理工大学出版社 2016 年版。

刘润为:《延安文艺大系·序言集》,湖南文艺出版社 2016 年版。

马烽:《马烽与〈吕梁英雄传〉》,人民文学出版社 2016 年版。

孙国林:《延安文艺大事编年》,陕西师范大学出版社 2016 年版。

三 其他专著、论文集中的延安文艺研究

韩丛耀、赵迎新:《解放区的文学艺术》,载韩丛耀、赵迎新《中国影像史·第 8 卷·1945—1949》,中国摄影出版社 2015 年版。

倪钟之:《解放战争中的相声(1945—1949)》,载倪钟之《中国相声史》,武汉大学出版社 2015 年版。

吴小莲:《延安文艺精神的历史地位与当代价值》,载吴小莲《马克思主义视域下的艺术产业化研究》,武汉大学出版社 2015 年版。

詹七一:《赵树理:政治意识形态中身份认同的复杂性》,载詹七一《知识社会学视野中的文学家——以中国现代文学为例》,人民出版社 2015 年版。

江玉祥:《革命根据地的影戏》,载江玉祥《中国影戏与民俗》,四川人民出版社 2015 年版。

李缵绪:《不灭的真理之光——纪念〈在延安文艺座谈会上的讲话〉发表四十周年》,载李缵绪《民族文化新论》,云南人民出版社 2015 年版。

杨希之:《人民的文学 人民的心声——〈中国解放区文学书系·民间

文学编〉评介》《崭新内容与传统形式的统一——简评〈中国解放区文学书系·小说编〉》《略论解放区小说在题材上的开拓与发展——兼评〈中国解放区文学书系·小说编〉》《〈讲话〉指导下结出的丰硕成果——略谈〈中国解放区文学书系〉》《辉煌成就的充分展示——评〈中国解放区文学书系〉》，载杨希之《书林拾萃》，重庆出版社2015年版。

宋绍香：《赵树理文学在俄苏：译介、研究、评价》，载王晓平主编《国际中国文学研究丛刊·第3集》，上海古籍出版社2015年版。

王晓平：《求索"新民主主义的现代"：解放区文学》，载王晓平《追寻中国的"现代"："多元变革时代"中国小说研究1937—1949》，中国社会科学出版社2015年版。

程凯华、李婷：《孙犁、康濯、欧阳山、柳青等作家表现解放区农村新变化和农民新面貌的小说》，载程凯华、李婷《中国现代农村题材小说史·1917—1949》，中国文史出版社2015年版。

程凯华、李婷：《丁玲、周立波反映农村土地改革运动的小说》《孙犁、康濯、欧阳山、柳青等作家表现解放区农村新变化和农民新面貌的小说》，载程凯华、李婷《中国现代农村题材小说史·1917—1949》，中国文史出版社2015年版。

王新生：《论抗战时期延安和各根据地新秧歌运动的产生及作用》，载魏书文主编《八路军文化研讨会论文集·2013》，山西人民出版社2015年版。

刘运峰：《孙犁：解放区走来的文学巨匠——在"问津学术论坛"上的演讲》，载刘运峰《版本·文本·故实——中国现代文学与传播论丛》，南开大学出版社2015年版。

刘辉：《抗战时期党的文艺思想》，载刘辉主编《红色经典音乐概论》，西南师范大学出版社2015年版。

席扬：《"山药蛋审美"在解放区及中国当代文学中的价值意义》，载席扬《中国当代文学的"历史叙述"和"典型现象"》，人民出版社2015年版。

黄书泉：《中国文学现代性进程中的两类大众文学》《以解放区和海派三部长篇小说为例》，载黄书泉《文学消费与中国现当代长篇小说》，安徽教育出版社2015年版。

周维东：《走向"空间"史学（二）——以延安时期文学研究为例》，载周维东《民国文学：文学史的"空间"转向》，山东文艺出版社 2015 年版。

张立群：《论延安前期诗歌创作》，载周晓风、张全之、袁盛勇主编《区域文化与文学研究集刊·第 3 辑》，中国社会科学出版社 2015 年版。

罗嗣亮：《革命文艺的方向——延安时期的毛泽东文艺思想》，载罗嗣亮《现代中国文艺的价值转向——毛泽东文艺思想与实践新探》，社会科学文献出版社 2015 年版。

许向群：《刀笔投枪画意浓——以延安为代表的抗日根据地美术写生活动散记》，载薛永年、赵银邦主编《写生的传统与当下意义——中国美术太行论坛文集》，山西人民出版社 2015 年版。

刘郁琪：《毛泽东〈在延安文艺座谈会上的讲话〉对解放区小说叙事的形塑——以丁玲的"转变"和赵树理的"发现"为例》、闵靖阳：《延安时期美术批评的演变》，载党圣元、邱运华、孙世聪主编《马克思主义与文化研究·"马克思主义与文化研究"学术研讨会论文集》，中国社会科学出版社 2015 年版。

葛一虹：《抗日战争与解放战争时期国民党统治区的话剧（1937—1949）》，载葛一虹主编《中国话剧通史》，武汉大学出版社 2015 年版。

高琳：《抗战时期解放区歌剧研究》，载田可文《那些年，我们一起走过·田可文与他音乐学的学生们》，广西师范大学出版社 2015 年版。

张爱军：《沙漠似的广，清水似的清——不同的丁玲与〈我在霞村的时候〉》，载张爱军《文学经典赏析》，中国海洋大学出版社 2015 年版。

刘卫国：《战火中的抉择》，载刘卫国《中国新文学研究史》，社会科学文献出版社 2015 年版。

谢泳：《百年中国文学中的"赵树理悲剧"——从〈小二黑结婚〉的一个细节说起》，载谢泳《现代文学的细节》，北岳文艺出版社 2015 年版。

程光炜、陈晓明、孟繁华：《进入前沿的"解放区作家"》，载程光炜、陈晓明、孟繁华《中国当代文学六十年》，北京大学出版社 2015 年版。

梁寒光：《良师挚友——我和星海老师在延安的时候》，载唐永葆、周广平、吴志武主编《岭南音乐研究文萃》（下），中央音乐学院出版社

2015年版。

赵学勇:《陕西论坛·延安文艺与20世纪中国文学》、李静:《马克思主义"中国化"的理论与延安实践》、张英芳:《知识分子与"工农兵":双重创作主体下延安文艺的再解读》,载黄永林、阎志、张永健主编《新文学评论·16》,华中师范大学出版社2015年版。

曾鹿平、姚怀山:《延安时期的文艺:"小鲁艺"与"大鲁艺"》,载曾鹿平、姚怀山主编《延安文化思想概论》,陕西师范大学出版总社有限公司2015年版。

李大可、[韩]全炯俊:《毛泽东〈在延安文艺座谈会上的讲话〉在20世纪80年代韩国的译介》,载陈众议主编,程巍、徐德林执行主编《马克思主义文艺理论研究·第4辑·2014》,中国社会科学出版社2015年版。

周立波:《熔民族形式与个人风格于一炉》,载段崇轩《中国当代短篇小说演变史》,中国社会科学出版社2015年版。

高树博:《强化文学史书写空间意识的成功尝试——评周维东〈中国共产党的文化战略与延安时期的文学生产〉》,载毛迅、李怡主编《现代中国文化与文学》第16辑,巴蜀书社2015年版。

刘晓哲:《解放区文学及其文艺育德实践》,载刘晓哲《马克思主义文艺育德思想研究》,人民出版社2016年版。

李良玉:《延安时期的"大众化"音乐运动》,载李良玉主编《芳草集——硕士论文选编》,合肥工业大学出版社2016年版。

李继凯:《论延安文人与书法文化》,载李继凯《墨舞之中见精神·李继凯论书法文化》,中国社会科学出版社2016年版。

吴井泉:《1940年代的延安现实主义诗学》,载吴井泉《现代诗学传统与文化重构》,黑龙江人民出版社2016年版。

李松睿:《地方性与解放区文学》,载李松睿《书写"我乡我土"·地方性与20世纪40年代中国小说》,上海人民出版社2016年版。

李珊:《从〈在延安文艺座谈会上的讲话〉精神看抗日战争时期解放区音乐的民族化发展历程》,载何一民主编《抗日战争时期的西南建设与边地开发研究——"抗日战争与西南建设学术研讨会"论文集》,四川大学出版社2016年版。

王德威:《丁玲的"霞村"经验》,载王德威《想象中国的方法 历史·小说·叙事》，百花文艺出版社2016年版。

王晓平：《"无产阶级的主体性"：生成与难产——〈在延安文艺座谈会上的讲话〉研究》，载王晓平《怎样现代，如何文学？中国现代文学研究论集》，复旦大学出版社2016年版。

2015—2016 年延安文艺研究期刊论文

袁盛勇　宋颖慧

董芳：《理论与实践并重：马可音乐思想研究》，《艺术百家》2015 年第 A1 期。

钱理群：《赵树理身份的三重性与暧昧性》，《黄河》2015 年第 1 期。

旷新年：《重新思考左翼文学》，《文艺理论与批评》2015 年第 1 期。

何吉贤：《二十世纪中国革命与丁玲精神史：第十二次国际丁玲学术研讨会综述》，《文艺理论与批评》2015 年第 1 期。

范雪：《卞之琳的"延安"："文章"与"我"与"国家"》，《新诗评论》2015 年第 1 期。

刘亚：《试论孙犁延安时期小说的模糊叙事》，《延安职业技术学院学报》2015 年第 1 期。

何妍、李冠华：《误读策略——延安时期毛泽东的鲁迅论》，《延安大学学报》（社会科学版）2015 年第 1 期。

吴艳：《现场·问题及其特点：以延安文艺批评为例》，《文艺理论与批评》2015 年第 1 期。

孙静：《延安文艺的现代性追求漫谈》，《鸭绿江》（下半月版）2015 年第 1 期。

张器友：《人民本位、中国气派——贺敬之创作道路述评》，《时代文学》（上半月）2015 年第 1 期。

赵学勇、张英芳：《延安文学：现代性与民族性的双重追求》，《厦门大学学报》（哲学社会科学版）2015 年第 1 期。

沈文慧：《论延安文艺的时代性及其现实意义》，《信阳师范学院学报》（哲学社会科学版）2015 年第 1 期。

杨凯：《论延安文艺作品对吴满有形象的建构——兼及对此类文艺作品特点的分析》，《延安大学学报》（社会科学版）2015年第1期。

秋石：《历史现场与萧军〈延安日记〉》，《粤海风》2015年第1期。

侯晓雯：《吹响时代前进的号角从延安走向繁荣辉煌：再读〈在延安文艺座谈会上的讲话〉有感》，《南方论刊》2015年第1期。

孟西安：《延安永在他心中——访著名诗人贺敬之》，《时代文学（上半月）》2015年第1期。

张从容、李哲：《〈在延安文艺座谈会上的讲话〉对70年来中国文学发展的深远影响》，《大连大学学报》2015年第1期。

张嫣格：《政治与文化视域下审视：大众审美趋势探寻——以〈在延安文艺座谈会上的讲话〉谈起》，《云南社会主义学院学报》2015年第1期。

郭玉琼：《延安戏曲改革理论》，《云南艺术学院学报》2015年第1期。

白振有：《论欧阳山〈高干大〉对延安方言的运用》，《延安大学学报》（社会科学版）2015年第1期。

闵靖阳：《延安美术意识形态批评模式的形成》，《广西社会科学》2015年第1期。

吴祖枝：《桂林抗战漫画与重庆、延安抗战漫画比较探究》，《艺术科技》2015年第1期。

刘虹：《抗战前期延安出版的技术革新》，《出版科学》2015年第1期。

陈昊：《"东北小延安"区域中音乐的积淀与传承》，《艺术科技》2015年第1期。

黄高锋：《从"鲁迅方向"到"赵树理方向"：论20世纪三四十年代政治文化语境下的解放区文学》，《文艺理论与批评》2015年第1期。

《〈晋察冀画报〉人物志（摄影团队重要人物）》，《中国摄影家》2015年第1期。

《〈晋察冀画报〉九大经典报道》，《中国摄影家》2015年第1期。

张妙：《山西革命根据地音乐简论》，《戏友》2015年第1期。

韩晓芹：《1940年代社会转型与新中国文学形态的建构》，《当代文坛》2015 年第 1 期。

贾冀川:《战争气息的真实记录——论晋察冀边区戏剧》,《西南民族大学学报》(人文社会科学版)2015 年第 1 期。

司苏实:《〈晋察冀画报〉大事记》,《中国摄影家》2015 年第 1 期。

罗岗:《回到"事情"本身:重读〈邪不压正〉》,《文艺争鸣》2015 年第 1 期。

吴云峰、姚尚右:《论陕甘宁边区和华北抗日根据地的美术创作》,《西安文理学院学报》(社会科学版)2015 年第 1 期。

王卓玉:《赵树理小说中女性解放的艺术建构》,《文艺理论与批评》2015 年第 1 期。

郝丽娟:《叙事学视角下的三仙姑、小飞蛾形象探析》《大众文艺》2015 年第 1 期。

崔桐菲:《〈小二黑结婚〉艺术形式转换过程中的问题及思考:以豫剧形式为例》,《通俗歌曲》2015 年第 1 期。

李华秀:《孙犁抗战小说的叙事技巧与民族突围主题》,《中国语言文学研究》2015 年第 1 期。

顾和平:《对〈芦花荡〉浪漫情怀的另类思考》,《现代语文(教学研究)》2015 年第 2 期。

袁盛勇:《土改运动的心灵史诗和复杂书写——重读〈太阳照在桑干河上〉》,《现代中国文化与文学·17》,巴蜀书社 2015 年版。

赵炎秋:《重视普及与呼唤精品——读毛泽东〈在延安文艺座谈会上的讲话〉和习近平"在文艺工作座谈会上的讲话"》,《中国文学批评》2015 年第 2 期。

刘忠阳:《人性的再现与复归:论〈太阳照在桑干河上〉的现实意义》,《金田》2015 年第 2 期。

任军:《孙犁诗化小说的时代精神及其叙事策略》,《黄冈师范学院学报》2015 年第 2 期。

刘安海:《周扬的文学批评》,《城市学刊》2015 年第 2 期。

张在利、李先明:《抗战时期抗日根据地文艺动员的基本经验:以山东抗日根据地为中心的考察》,《佳木斯大学社会科学学报》2015 年第 2 期。

段俊:《山西抗日根据地的大剧演出及文艺观论争探析》,《山西档案》

2015 年第 2 期。

陈思广：《冀中平原的现实主义歌者与苦吟人：田涛新论（1934—1949）》，《廊坊师范学院学报》（社会科学版）2015 年第 2 期。

王荣：《20 世纪 40 年代"国统区"的延安文艺——论延安文艺及其作品在"国统区"的编辑出版》，《现代中国文化与文学·17》，巴蜀书社 2015 年版。

施学云：《草明散文创作论》，《文艺理论与批评》2015 年第 2 期。

杨联芬：《"红色经典"为什么不能炼成：以王林〈腹地〉为个案的研究》，《现代中文学刊》2015 年第 2 期。

颜浩：《女性立场、革命想象与文学表述》，《文艺争鸣》2015 年第 2 期。

孙波、赵法发、张安杰：《大历史中的小人物：刘巧儿"故事"的文化审视》，《陇东学院学报》2015 年第 2 期。

张远：《论东北解放区秧歌剧创作》，《戏剧文学》2015 年第 2 期。

刘凡嘉：《丁玲解放前小说中的革命意识》，《新疆职业大学学报》2015 年第 2 期。

段俊：《论抗战时期山西流动剧团的舞美装置》，《山西高等学校社会科学学报》2015 年第 2 期。

孙国林：《你可能不知道的 70 年前延安文艺座谈会细节》，《东西南北》2015 年第 2 期。

郭国昌、宋登安：《时代变迁中的文艺社会学探索：论陈涌的学术贡献》，《甘肃社会科学》2015 年第 2 期。

李国栋：《"文摊"里的民族国家——论延安时期赵树理小说的现代性追求》，《太原师范学院学报》（社会科学版）2015 年第 2 期。

张永健：《努力实践〈讲话〉精神塑造农民英雄典型——纪念毛泽东〈在延安文艺座谈会上的讲话〉发表七十三周年》，《汉口学院学报》2015 年第 2 期。

祝志满：《论〈延安文艺座谈会上的讲话〉的当代价值》，《广西职业技术学院学报》2015 年第 2 期。

侯业智、师伟伟：《〈讲话〉前延安文艺理论的发展与流变述评》，《延安大学学报》（社会科学版）2015 年第 2 期。

文学武：《女性·革命·炼狱》，《文艺争鸣》2015年第2期。

宋喜坤：《东北解放区新启蒙运动：延安启蒙文学的地域实践》，《语文教学通讯》（D刊学术刊）2015年第2期。

智联忠：《抗战时期华北解放区戏曲剧种流布研究》，《贵州大学学报》（艺术版）2015年第2期。

杨洪承：《文学史视阈中"革命文学"及其结构谱系研究论纲》，《当代作家评论》2015年第2期。

郑华玲：《歌剧〈白毛女〉的分析研究》，《艺术品鉴》2015年第2期。

陈扬：《〈我在霞村的时候〉的版本与修改》，《中国现代文学研究丛刊》2015年第2期。

颜浩：《女性立场、革命想象与文学表述：以〈太阳照在桑干河上〉和〈秧歌〉》为例，《文艺争鸣》2015年第2期。

吕达、刘瑞儒：《延安电影团的历史功绩与经验》，《甘肃社会科学》2015年第2期。

宋宝珍：《中国话剧的黄金时代——抗战戏剧的光辉业绩》，《中国文艺评论》2015年第2期。

席东：《浅析延安文艺在美国的研究现状》，《新西部》（理论版）2015年第3期。

刘郁琪、刘晰：《从价值叙事看解放区小说和左翼小说之差异》，《城市学刊》2015年第3期。

张继红：《"工农兵的出场"与"人民性"的误读——延安文艺的当代诠释与新世纪文学的底层想象》，《当代作家评论》2015年第3期。

张继红、张学敏：《延安文艺的"大众化"选择及其现代性悖论》，《天水师范学院学报》2015年第3期。

吴矛：《周立波、丁玲延安早期小说创作的言说方式》，《郑州师范教育》2015年第3期。

赵卫东：《延安文人的宗派主义问题考论：以鲁艺和文抗为中心》，《中国现代文学研究丛刊》2015年第3期。

郝学东：《论毛泽东〈在延安文艺座谈会上的讲话〉的理论与现实意义》，《广西青年干部学院学报》2015年第3期。

张根柱:《在文学大众化的道路上执着探索:延安"文协"初期的文学大众化实践论析》,《临沂大学学报》2015年第3期。

陈飞龙:《以人民为文化立场的延安话剧》,《文艺理论与批评》2015年第3期。

黄曼旖:《试论丁玲的自我认同困境——从〈我在霞村的时候〉文体模糊性谈起》,《广州广播电视大学学报》2015年第3期。

周恩知:《德国表现主义版画对延安木刻的影响》,《美术教育研究》2015年第3期。

张焕香:《城市与乡村之间:日本战俘、"日本八路"的延安形象书写——兼与西方记者报道比较》,《延安大学学报》(社会科学版)2015年第3期。

万良慧:《抗战文学中的抗战农民形象:以解放区与国统区的乡土抗战小说为例》,《沧州师范学院学报》2015年第3期。

窦丽丽:《"抗战文化"对后世之影响》,《天津史志》2015年第3期。

周维东:《抗战文学的分野与联动:新民主主义文化理论的形成与战时区域政治》,《北京师范大学学报》(社会科学版)2015年第3期。

王贵禄:《陇东红色歌谣:政治美学、革命记忆及民间叙事》,《文艺理论与批评》2015年第3期。

甄业:《旧剧革命的划时期的开端》,《当代戏剧》2015年第3期。

余建波:《浅析赵树理的小说创作观——〈小二黑结婚〉和原型故事相比较》,《湖南广播电视大学学报》2015年第3期。

李静:《还债与说理:试论赵树理的"难题"小说》,《河北广播电视大学学报》2015年第3期。

程凯:《乡村变革的文化权力根基:再读〈小二黑结婚〉与〈李有才板话〉》,《文艺研究》2015年第3期。

龙洁虹:《太行抗日民歌歌词特色研究》,《吕梁教育学院学报》2015年第4期。

赵新华、贺朝霞:《抗战时期初中国文教科书中的意识形态控制》,《广西社会科学》2015年第4期。

王华:《比较〈太阳照在桑干河上〉与〈暴风骤雨〉》,《作家》2015年第4期。

李先明：《抗战时期中国共产党领导下的文艺动员及其成效》，《南京社会科学》2015年第4期。

张卫波：《抗日根据地"文化下乡"运动的动员、兴起及影响》，《北京党史》2015年第4期。

汪晓万、邱奇杰：《赣东北根据地的红色歌谣及其创作特征》，《上饶师范学院学报》2015年第4期。

李欣：《一个时代的文学印记——谈谈赵树理小说中的民族化大众化追求》，《民办高等教育研究》2015年第4期。

管冠生：《论三仙姑与小二黑结婚的可能性——以精神分析理论重释〈小二黑结婚〉》，《太原大学学报》2015年第4期。

陆青：《群众文艺运动的新方向：浅析〈穷人乐〉的创作特点》，《党史博采（理论）》2015年第4期。

郭国昌：《奖励机制的转型与延安文艺体制的确立》，《中共党史研究》2015年第4期。

胡正强、李海龙：《论抗战时期中国共产党漫画宣传的主题与特色》，《南京政治学院学报》2015年第4期。

张艳伟：《论延安新音乐运动》，《郑州大学学报》（哲学社会科学版）2015年第4期。

徐元绍：《文艺大众化在解放区的践行探析》，《临沂大学学报》2015年第4期。

李夏：《抗战时期延安版画家作品个性与民族化的探索研究》，《解放军艺术学院学报》2015年第4期。

王钦鸿、赵双花：《论毛泽东〈在延安文艺座谈会上的讲话〉之战时意义及当今价值》，《济宁学院学报》2015年第4期。

罗嗣亮：《延安时期毛泽东文艺与政治关系思想对现代文艺转型的意义》，《学术交流》2015年第4期。

徐菁：《浅析〈在延安文艺座谈会上的讲话〉对当下文艺的积极影响》，《乌鲁木齐职业大学学报》2015年第4期。

毕红霞：《无法忽视的"传统"——"延安鲁艺"办学经验对共和国"作家培养体制"之启示》，《海南大学学报》（人文社会科学版）2015年第4期。

崔柯：《"延安文艺与文艺面向人民：纪念〈讲话〉发表 73 周年研讨会"在武汉召开》，《文艺理论与批评》2015 年第 4 期。

张英芳：《知识分子与"工农兵"：双重创作主体下延安文艺的再解读》，《新文学评论》2015 年第 4 期。

霍雨蕾：《延安文学作品中信天游的艺术特色》，《读书文摘》2015 年第 4 期。

常海波：《论整风前的延安文艺与外国文学》，《延安大学学报》（社会科学版）2015 年第 4 期。

李惠：《"延安文学"正名及其相关概念考辨》，《北京化工大学学报》（社会科学版）2015 年第 4 期。

李静：《〈在延安文艺座谈会上的讲话〉"主体"身份阐释》，《唐都学刊》2015 年第 4 期。

张从容、赵彩霞：《毛泽东〈讲话〉对中国文化发展的价值研究》，《辽宁师范大学学报》（社会科学版）2015 年第 4 期。

郑斯扬：《政治和文学——丁玲的〈水〉和〈太阳照在桑干河上〉》，《学术评论》2015 年第 4 期。

阎浩岗：《现当代文学研究的知识社会学视野与互文性方法——以土改叙事研究为例》，《中国文学批评》2015 年第 4 期。

刘琳：《歌剧〈白毛女〉中戏曲元素的运用及创新》，《戏剧文学》2015 年第 4 期。

陈晋：《延安时期知识分子的待遇》，《人民文摘》2015 年第 4 期。

冉思尧：《抗战时期延安的日常生活》，《党员干部之友》2015 年第 4 期。

焦建芳：《〈霞村〉的"另类"解读》，《青年时代》2015 年第 4 期。

李杨：《"赵树理方向"与〈讲话〉的历史辩证法》，《文学评论》2015 年第 4 期。

张雯雯、王春林：《赵树理：游走于文学与政治之间——从赵树理的一部长篇传记说开去》，《扬子江评论》2015 年第 4 期。

熊鹰：《反法西斯战争中的"隐蔽力量"：以丁玲〈我在霞村的时候〉及其翻译为例》，《文学评论》2015 年第 5 期。

阎秋霞：《1940—1970 年代"农村题材小说"价值论》，《文艺理论与批评》2015 年第 5 期。

赵焕亭：《丁玲笔下的抗战儿童形象及其历史价值》，《文艺理论与批评》2015 年第 5 期。

文学武：《红色光环下的丁玲解读——以钱杏邨、冯雪峰、茅盾的评论为中心》，《文学评论》2015 年第 5 期。

王斑、曹晓华：《革命热情与政治：丁玲作品精神分析解读》，《文艺理论研究》2015 年第 5 期。

李杨：《"记录历史"与"创造历史"——论斯诺〈西行漫记〉的历史诗学》，《天津社会科学》2015 年第 5 期。

王爱松：《论抗战时期国共两党文艺政策的分与合》，《文学评论》2015 年第 5 期。

贺桂梅：《丁玲的逻辑》，《读书》2015 年第 5 期。

吴浩苑：《"文化强国"语境下红色电影的形态嬗变：基于"文化工业"理论的再思考》，《青年记者》2015 年第 5 期。

孙国林：《毛泽东与延安鲁艺》，《党史博采（纪实）》2015 年第 5 期。

顾耿中：《新四军华中抗日根据地音乐戏剧活动概述》，《盐城师范学院学报》（人文社会科学版）2015 年第 5 期。

贺思：《"福贵"的现代性蜕变——赵树理〈福贵〉与余华〈活着〉形象分析》，《湖南大众传媒职业技术学院学报》2015 年第 5 期。

潘晓：《半岛风雷战鼓催——胶东抗日根据地抗战歌曲的倾诉主题论析》，《郧阳师范高等专科学校学报》2015 年第 5 期。

张丽军：《当代山东抗战文学论》，《百家评论》2015 年第 5 期。

李振：《1940 年代延安文学中的妇女问题》，《湘潭大学学报》（哲学社会科学版）2015 年第 5 期。

苏同敏：《从爱泼斯坦看历史虚无主义之谬——兼评〈我访问延安：1944 年的通讯和家书〉》，《延安文学》2015 年第 5 期。

刘卓：《民歌之"用"——论抗战时期北方根据地的新民歌搜集活动》，《文艺理论与批评》2015 年第 5 期。

王俊虎：《左翼知识分子与延安文学体制建构》，《宝鸡文理学院学报》（社会科学版）2015 年第 5 期。

马海娟：《从文小姐到武将军——延安时期女性作家的精神变迁》，

《延安大学学报》（社会科学版）2015年第5期。

卢燕娟：《从文艺腔到工农兵语言：延安文艺座谈会前后语言风格转型再讨论》，《首都师范大学学报》（社会科学版）2015年第5期。

申朝晖、刘凡嘉：《丁玲解放前小说中的启蒙思想》，《榆林学院学报》2015年第5期。

邱月：《延安木刻：西方现代艺术的本土化发展经验》，《中华文化论坛》2015第5期。

高颖君：《"反现代"的现代性——延安版画的艺术特征》，《美术学报》2015年第5期。

王咏梅：《山东抗日民主根据地（解放区）报纸通俗化运动》，《当代传播》2015年第5期。

毛巧晖：《延安时期解放区革命歌谣：社会记忆与时代"共名"》，《民间文化论坛》2015年第5期。

熊飞宇、靳明全：《日本视域下的中国战时文学研究》，《当代文坛》2015年第5期。

曹丽芹：《晋察冀抗日根据地的红色报刊》，《东方收藏》2015年第5期。

顾耿中：《新四军华中抗日根据地音乐戏剧活动概述》，《盐城师范学院学报》（人文社会科学版）2015年第5期。

彭西西：《左江革命根据地红色歌谣的曲调来源》，《音乐时空》2015年第5期。

袁武振、梁月兰：《国际友人在陕甘宁边区的活动及其贡献》，《延安文学》2015年第5期。

陈思广、张博文：《全面抗战初期中国抗战小说巡礼》，《西北师范大学学报》（社会科学版）2015年第5期。

崔柯：《贺敬之同志谈抗日战争和抗战文艺》，《文艺理论与批评》2015年第5期。

郭小良：《抗战时期〈边区群众报〉的女性报道及其意义》，《当代传播》2015年第5期。

商昌宝：《〈讲话〉的接受与"暴露派"的转向——以刘白羽、艾青为考察中心》，《湘潭大学学报》（哲学社会科学版）2015年第5期。

卢佳敏、宋亚梅：《启蒙与革命的交响——从女性身体书写看〈我在霞村的时候〉》，《决策与信息》2015年第5期。

秦国清：《"双重贞节"的悖论：再解读丁玲〈我在霞村的时候〉》，《青年文学家》2015年第5期。

章玉丽：《习近平文艺座谈会讲话与毛泽东文艺思想的共性探究》，《广西社会科学》2015年第6期。

范家进：《三重文化夹缝中的李珊裳：解读陈学昭长篇小说〈工作着是美丽的〉》，《中国现代文学研究丛刊》2015年第6期。

刘润为：《陈涌先生祭——中国文艺理论界的脊梁》，《文艺理论与批评》2015年第6期。

曹旖焕：《民族歌剧〈白毛女〉中的多元化创作手法》，《歌海》2015年第6期。

卢佳敏：《显性革命叙事下的启蒙意识：评丁玲〈在医院中〉》，《青年文学家》2015年第6期。

张相宽：《文摊文学家与当代说书人——论赵树理和莫言的小说创作与说书传统的承继和发展》，《内蒙古社会科学》（汉文版）2015年第6期。

沈文慧：《新视角 新收获——评孙红震专著〈解放区文学的革命伦理阐释〉》，《周口师范学院学报》2015年第6期。

特约、韩传喜：《抗战文学的整体考察与区域互动研究》（专题讨论），《哈尔滨工业大学学报》（社会科学版）2015年第6期。

杨红林：《延安电影团的摄影活动和摄影作品》，《中国国家博物馆馆刊》2015年第6期。

王莉：《延安时期新文字运动的历史价值与经验教训》，《延安大学学报》（社会科学版）2015年第6期。

侯业智：《启蒙·代言·想象：延安时期知识分子构建农村的叙述方式——以延安时期木刻版画为例》，《美术学报》2015年第6期。

侯业智：《论延安木刻版画的题材类型》，《黄河科技大学学报》2015年第6期。

李逸津：《试论毛泽东对苏联文学理论的选择性吸纳——兼评〈在延安文艺座谈会上的讲话〉》，《枣庄学院学报》2015年第6期。

曹凡：《毛泽东〈在延安文艺座谈会上的讲话〉对国统区文艺运动的影响》，《赤峰学院学报》（哲学社会科学版）2015年第6期。

何浩：《历史如何进入文学？——以作为〈保卫延安〉前史的〈战争日记〉为例》，《文学评论》2015年第6期。

潇牧、李孟阳、刘湃：《〈在延安文艺座谈会上的讲话〉对延安文艺的塑造及其历史地位的奠基》，《美苑》2015年第6期。

闵靖阳：《论延安鲁艺一以贯之的文艺理念》，《文艺理论与批评》2015年第6期。

李惠：《延安时期文艺理论研究现状及其拓展维度》，《佳木斯大学社会科学学报》2015年第6期。

李晓峰：《延安文学精神论纲》，《宝鸡文理学院学报》（社会科学版）2015年第6期。

杨向荣：《复调语境中的〈在延安文艺座谈会上的讲话〉》，《文学评论》2015年第6期。

杨琳：《文化美学与中国情怀——论〈在延安文艺座谈会上的讲话〉的当代价值》，《湖北民族学院学报》（哲学社会科学版）2015年第6期。

党子奇、王东静：《抗战时期延安新闻语言规范化传播研究——以延安新华广播电台为例》，《延安大学学报》（社会科学版）2015年第6期。

常忠伟：《解放战争时期东北解放区出版业的发展与影响》，《商丘职业技术学院学报》2015年第6期。

何颖：《〈新中华报·青年呼声〉之曲词歌调探究》，《戏剧文学》2015年第6期。

周维东：《"域外语境"与解放区文学的复调结构》，《哈尔滨工业大学学报》（社会科学版）2015年第6期。

张岩：《红色歌谣运动的创建及其内容形式和艺术特色》，《中国民族博览》2015年第6期。

向谦：《"鲁艺木刻工作团"及其木刻创作》，《中国国家博物馆馆刊》2015年第6期。

周洁：《赵树理〈福贵〉与余华〈活着〉的主人公比较》，《长安学刊》（哲学社会科学版）2015年第6期。

李松睿：《七十年后再回首——重读〈白毛女〉》，《文艺理论与批评》

2015 年第 6 期。

洪亮：《"民间伦理"与现代文学的雅俗互动及其分野——以三仙姑、曹七巧形象为中心》，《中国现代文学研究丛刊》2015 年第 7 期。

杨胜刚：《〈讲话〉与意识形态批评范式》，《社会科学家》2015 年第 7 期。

段吉方：《〈讲话〉与"文艺大众化"研究笔谈——"文艺大众化"与中国马克思主义美学的理论范式问题》，《社会科学家》2015 年第 7 期。

曼红：《丁玲抗战小说的时代特色》，《社科纵横》2015 年第 7 期。

鲁公：《鲁迅与抗战木刻》，《鲁迅研究月刊》2015 年第 7 期。

缪平均：《中外记者眼中的延安抗日解放区》，《文史春秋》2015 年第 7 期。

王克霞：《党群关系视野下的山东解放区革命歌谣》，《兰台世界》2015 年第 7 期。

张仁竞：《延安文艺大众化的微观权力运行机制》，《山西农业大学学报》（社会科学版）2015 年第 7 期。

刘春兰、杨哲：《毛泽东〈在延安文艺座谈会上的讲话〉的历史意义和当代价值》，《党史博采（理论版）》2015 年第 7 期。

丁国旗、包明德：《文艺要表现时代文化精神：再论毛泽东〈在延安文艺座谈会上的讲话〉的当下启示》，《社会科学家》2015 年第 7 期。

吴曾睿：《初探延安文艺运动中的萧军》，《金田》2015 年第 7 期。

张中良：《抗战时期敌后战场文学初论》，《中国现代文学研究丛刊》2015 年第 7 期。

韩春鸣：《抗日根据地的〈挺进报〉》，《海内与海外》2015 年第 7 期。

吴春雷：《山东抗日根据地践行群众文艺路线的历史意义》，《兰台世界》2015 年第 7 期。

高初：《抗战时期的边区摄影：一个意味深长的起点》，《中国摄影》2015 年第 7 期。

周铁菊：《战斗的"文旗"：晋察冀抗日根据地报纸战斗性研究》，《齐齐哈尔大学学报》（哲学社会科学版）2015 年第 7 期。

张纪鸽：《规约与建构》，《名作欣赏》（下旬刊）2015 年第 7 期。

郭国昌：《从上海到延安："文学旗手"建构的空间政治诗学：延安文

艺体制中的高尔基形象塑造》,《兰州学刊》2015 年第 8 期。

俞文蕊:《"落后"的老妻——解读丁玲〈夜〉中延安时期的婚姻问题》,《艺术科技》2015 年第 8 期。

董蕾、王俊虎:《延安文艺建构中的柳青及其文学精神》,《经营管理者》2015 年第 8 期。

秦原:《延安文艺座谈会之后的丁玲、艾青、何其芳》,《党史博览》2015 年第 8 期。

魏思佳:《音夜里的抗争——论白朗的小说创作（1931—1945）》,《名作欣赏》（文学研究）（下旬）2015 年第 8 期。

许彤:《历史的瞬间——论吴印咸摄影作品〈艰苦创业〉及其时代感》,《天津美术学院学报》2015 年第 8 期。

郝斌:《铁马耕耘——江丰木刻创作述论》,《天津美术学院学报》2015 年第 9 期。

秦林芳:《在观念与经验之间：丁玲小说〈在医院中时〉新读》,《中国现代文学研究丛刊》2015 年第 9 期。

杜雁冰:《文艺的灯塔：〈在延安文艺座谈会上的讲话〉的当代意义》,《理论与当代》2015 年第 9 期。

田颂云:《延安时期〈边区群众报〉女性新闻的社会功能》,《新闻爱好者》2015 年第 9 期。

吴继金:《抗日民主根据地的美术展览》,《中国国家博物馆馆刊》2015 年第 9 期。

曹广壮、陈涛:《论歌剧〈白毛女〉中音乐的表现特点》,《通俗歌曲》2015 年第 9 期。

赵学勇:《延安女作家群创作中集体与边缘的双重叙事》,《中国现代文学研究丛刊》2015 年第 9 期。

张器友:《延安散文的"中国表达"——延安文艺大系散文卷前言》,《西部学刊》2015 年第 9 期。

袁盛勇:《延安文学研究的还原性特征》,《文艺争鸣》2015 年第 9 期。

吴筑清、张岱:《红色影像记录者——延安电影团》,《纵横》2015 年第 9 期。

周明珠：《浅析抗战时期的延安木刻版画》，《大众文艺》2015 年第 9 期。

张作明：《新的、民主的、阳光沐浴着的人民形象——古元版画艺术论》，《美术》2015 年第 9 期。

崔小蒙：《浅析抗战时期延安木刻版画的艺术创作》，《文艺生活》（文海艺苑）2015 年第 9 期。

何立波：《晋察冀边区的文艺尖兵火线剧社》，《党史博采》（纪实版）2015 年第 9 期。

白云涛：《文艺抗战与文艺大众化运动》，《中国国家博物馆馆刊》2015 年第 9 期。

王平俊：《歌曲〈松花江上〉作品分析及艺术处理》，《北方音乐》2015 年第 9 期。

鲍庆忠：《顽强生命力的表现——重评〈我在霞村的时候〉》，《科教文汇》（上旬刊）2015 年第 10 期。

孟红、沈蕾：《〈生产大合唱〉〈南泥湾〉〈军民大生产〉：奏响时代强音》：《党史博采》（纪实版）2015 年第 10 期。

陈雷：《民俗体育视角下延安时期"安塞腰鼓"解读》，《兰台世界》2015 年第 10 期。

张晓兰：《红色文化凝聚中华魂——从几部典型作品看山西抗日根据地文化建设》，《党史文汇》2015 年第 10 期。

刘祯：《抗战时期延安戏曲论》，《戏剧文学》2015 年第 10 期。

吴妍妍：《延安时期印刷业与文艺书刊的出版》，《编辑之友》2015 年第 10 期。

徐子墨：《略论延安时期的大众性文艺运动》，《学理论》2015 年第 10 期。

吴国如：《延安时期知识分子叙事转型论》，《文艺争鸣》2015 年第 10 期。

程鸿彬：《延安两大文人集团"文抗"与"鲁艺"的观念分歧》，《东岳论丛》2015 年第 10 期。

张杰：《延安抗战年画的视觉形象表达与政治话语建构》，《美术观察》2015 年第 10 期。

刘润为:《被颠倒的历史的再颠倒——访〈延安文艺大系〉总主编刘润为》,《西部学刊》2015年第10期。

朱永芳:《比较:感受语言美的有效载体——以〈荷花淀〉的修改为例》,《语文知识》2015年第10期。

滕紫欣:《浅析荷花淀派兴起因素及其影响》,《牡丹江大学学报》2015年第10期。

王文涛:《延安文艺政策与长篇小说新格局的形成——以下乡运动为例》,《金田》2015年第11期。

朱岩:《萧向荣与延安电影团》,《党史纵横》2015年第11期。

吴妍妍:《延安时期文艺书刊的历史作用(1937—1947)》,《出版发行研究》2015年第11期。

周明珠:《浅析延安时期鲁迅艺术学院中的美术教育》,《大众文艺》2015年第11期。

姜蕾:《基于抗战时期苏北地区新四军木刻艺术研究》,《艺术品鉴》2015年第11期。

敖叶湘琼、谭元亨:《抗战时期延安文艺工作与马克思主义大众化的关系演变》,《广西社会科学》2015年第11期。

李惠:《试论"延安文学"命名的合理性——兼向袁盛勇教授请教》,《楚雄师范学院学报》2015年第11期。

石一冰:《晋察冀抗日根据地歌剧民族化的探索——两幕歌剧〈钢铁与泥土〉浅析》,《歌唱世界》2015年第11期。

秦林芳:《困境与突围——〈我在霞村的时候〉中的生命哲学》,《文艺争鸣》2015年第11期。

肖爱云:《文艺·大众·政治:大众化框架下的艺术与政治》,《艺术科技》2015年第11期。

何凤先:《川陕革命根据地红色歌谣在红色旅游中的开发应用研究》,《四川戏剧》2015年第11期。

郭文元:《1946—1947年赵树理小说在解放区外的传播与回响》,《中国现代文学研究丛刊》2015年第11期。

崔佳玲:《歌剧〈白毛女〉艺术赏析》,《戏剧之家》2015年第11期。

王瑾:《〈羊脂球〉与〈我在霞村的时候〉比较研究》,《金田》2015

年第 11 期。

杨馥嫚：《浅谈冼星海予延安鲁艺音乐系之贡献》，《北方音乐》2015年第 11 期。

孟红：《〈生产运动大合唱〉：大生产运动的全景式写照》，《党史纵览》2015 年第 12 期。

李静：《丁玲的女性现代性体验书写——延安女作家群研究之一》，《社会科学论坛》2015 年第 12 期。

冉思尧：《延安时期〈解放日报〉上的广告》，《文史天地》2015 年第 12 期。

何吉贤：《〈白毛女〉："再解读"之后的反思》，《长江文艺》2015 年第 12 期。

李明彦：《一类故事的两种写法——〈我在霞村的时候〉与〈金宝娘〉的互文阅读》，《文艺争鸣》2015 年第 12 期。

廖春梅：《张寒晖和他的〈松花江上〉》，《湖北档案》2015 年第 12 期。

邓银鹏、龚联：《连环画坛里一朵奇葩 红色文献的珍贵藏品——解放区根据地木刻连环画收藏述略》，《学理论》2015 年第 12 期。

徐莉：《晋察冀根据地新闻出版事业的特点与历史贡献》，《出版广角》2015 年第 12 期。

石一冰：《三军的鼓角 百姓的心声——晋察冀边区抗战歌曲创作概观》，《歌唱世界》2015 年第 12 期。

石娟娟：《革命战争时期延安民间音乐出版物与民族音乐学》，《出版广角》2015 年第 12 期。

史秉玉：《浅论音乐在"东北小延安"生产建设中所起的作用》，《经营管理者》2015 年第 12 期。

宋颖慧：《论延安文学中劳动英模形象的创构》，《海南师范大学学报》（社会科学版）2015 年第 12 期。

胡王骏雄：《现代中国文学中的延安文艺座谈会》，《青年文学家》2015 年第 12 期。

孙红震：《隐喻性叙事范式：解放区文学的情爱书写》，《渭南师范学院学报》2015 年第 13 期。

马钰婷：《浅谈亲水情结与水意象对孙犁创作的影响》，《青年时代》

2015 年第 13 期。

史昱冰：《晋察冀边区的"摄影与救亡"》，《文史精华》2015 年第 13 期。

朱建伟：《延安红色题材中国画作品技法语言分析与探索》，《美术教育研究》2015 年第 15 期。

李明帅：《山东解放区利用民间文艺进行社会动员的背景》，《赤子》（上中旬）2015 年第 15 期。

任中义：《呕心沥血宣传中国抗战——史沫特莱在抗战期间的采访报道》，《中国出版》2015 年第 15 期。

王树人：《〈小二黑结婚〉发表一波三折》，《文史博览》2015 年第 16 期。

陈祥：《抗战时期在华外国记者大起底》，《凤凰周刊》2015 年第 17 期。

李朝平：《思想进步，艺术却并未退步：以何其芳一篇杂文两个版本之比较为例》，《短篇小说》（原创版）2015 年第 17 期。

田阳：《孙犁抗战小说的荣辱观》，《文教资料》2015 年第 18 期。

毕耕、冯桂萍：《〈边区群众报〉：践行"群众路线"的典范》，《中国出版》2015 年第 19 期。

杜睿：《延安文艺时期的陕西文学》，《雪莲》2015 年第 20 期。

张丽、李洪伟：《张闻天与"东北小延安"文化兴起之考述》，《经济研究导刊》2015 年第 20 期。

张纪鸽：《规约与建构——〈讲话〉指引下的延安时期文艺》，《名作欣赏》2015 年第 21 期。

杨郁平、李宗堂：《试论歌剧〈白毛女〉的独特魅力》，《大众文艺》2015 年第 22 期。

王涛：《医学借喻与文学书写的联姻：以〈在医院中〉为例》，《青年文学家》2015 年第 23 期。

潘美益：《延安美术图像符号中人的改造与重塑》，《科研》2015 年第 25 期。

闵江红：《生态女性主义视域下〈荷花淀〉新论》，《名作欣赏》2015 年第 27 期。

申朝晖、刘凡嘉:《绘制民族革命战争的史诗画卷:从〈红旗谱〉到〈荷花淀〉》,《名作欣赏》2015年第27期。

李晓燕:《毛泽东文艺思想对40年代解放区文学的影响》,《文学教育》2015年第28期。

刘昱聘:《解析丁玲的〈太阳照在桑干河上〉中钱文贵的个人悲剧》,《短篇小说》(原创版)2015年第29期。

李象群:《"红星照耀中国"创作谈》,《文化月刊》2015年第29期。

王楠:《浅论荷花淀派的特点——以孙犁小说为例》,《名作欣赏》2015年第32期。

李建军:《王实味与鲁迅的文学因缘》,《新地文学》2015年第34期。

朱殿封:《记者笔下的责任——由撰写冀鲁边区抗战报道说起》,《青年记者》2015年第34期。

吴妍妍:《延安时期的文艺期刊出版与延安文化政策》,《兰台世界》2015年第34期。

陈鑫、贾钢涛:《延安时期〈中国青年〉杂志的办刊特色及启示》,《兰台世界》2015年第34期。

赵玲丽:《毛泽东〈在延安文艺座谈会上的讲话〉对解放区小说创作主题的影响——以赵树理、丁玲、孙犁的小说创作为例》,《雪莲》2015年第35期。

周明珠、冯颜明:《从新兴木刻的发展探究力群版画艺术创作》,《山海经》(故事)2016年第C2期。

李文馨:《中国抗战时期的艺术特征浅析》,《领导科学论坛》2016年第Z1期。

白烨:《延安"部艺":军队文艺教育的先驱》,《解放军艺术学院学报》2016年第1期。

王俊虎:《论延安时期左翼知识分子的文学活动》,《西安翻译学院学报》2016年第1期。

宋颖慧:《延安文艺报刊中的"鲁迅"及其传播》,《延安大学学报》(社会科学版)2016年第1期。

袁盛勇:《〈丁玲传〉的求真与创新》,《中国现代文学研究丛刊》2016年第1期。

商昌宝、邱晟楠：《由报告文学创作看延安文艺转型》，《长安大学学报》（社会科学版）2016年第1期。

罗立桂：《延安民间艺人改造的意义——以文艺"形式"问题为视角的考察》，《文艺理论与批评》2016年第1期。

王书吟：《延安时期丁玲女性书写的转变与"新人"塑造——社会史视野下的〈夜〉的重读》，《中国现代文学研究丛刊》2016年第1期。

霍建波：《怀安诗社研究述评》，《延安大学学报》（社会科学版）2016年第1期。

沈金霞：《坚持文艺党性和人民性的统一——重读毛泽东〈在延安文艺座谈会上的讲话〉》，《湖南科技大学学报》（社会科学版）2016年第1期。

闫靖阳：《延安鲁艺教育理念的演变》，《延安大学学报》（社会科学版）2016年第1期。

闫靖阳：《论华君武延安时期的漫画创作》，《设计艺术》（山东工艺美术学院学报）2016年第1期。

熊忠辉：《群众办报：延安时期马克思主义大众化的新闻实践》，《长安大学学报》（社会科学版）2016年第1期。

高阳：《延安鲁迅艺术学院音乐系教学特色研究》，《北方音乐》2016年第1期。

张文诺：《论解放区文学中的解放书写》，《安康学院学报》2016年第1期。

逢增玉、张远：《〈东北文艺〉与东北解放区文学》，《晋阳学刊》2016年第1期。

张远、逢增玉：《〈东北文艺〉与东北解放区文学》，《文艺评论》2016年第1期。

李仲明：《抗战时期解放区诗歌创作述论》，《抗战史料研究》2016年第1期。

刘淑萍：《试论丁玲〈我在霞村的时候〉艺术创新性》，《顺德职业技术学院学报》2016年第1期。

郭世轩：《人民性：〈在延安文艺座谈会上的讲话〉之文化建构》，《江西社会科学》2016年第1期。

刘卓：《"新的写作作风"——探讨丁玲整风之后的报告文学写作》，《中国现代文学研究丛刊》2016年第1期。

李松睿：《地方色彩与解放区文学——以赵树理的文学语言为中心》，《文学评论》2016年第1期。

白振有：《论柳青延安时期小说的语言风格及其成因》，《延安大学学报》（社会科学版）2016年第1期。

李华秀：《孙犁抗战小说中的"拟家"结构》，《石家庄学院学报》2016年第1期。

白振有：《论延安时期秧歌剧对陕北方言资源的运用》，《咸阳师范学院学报》2016年第1期。

李瑞华：《论"歌谣体"新诗在左翼文学中的发生与嬗变》，《南京师范大学文学院学报》2016年第1期。

毛时安：《泥土质朴的魅力是永恒的——新版歌剧〈白毛女〉观后》，《歌剧》2016年第1期。

张文诺：《雅俗的完美统一——论陇东革命歌谣的艺术品格》，《昌吉学院学报》2016年第1期。

傅书华：《论赵树理在工农兵文学运动演化中的"史性"价值》，《山西大学学报》（哲学社会科学版）2016年第1期。

侯业智、张增粉：《延安时期红色经典艺术的传播研究——以歌剧〈白毛女〉为例》，《新闻知识》2016年第1期。

崔志远：《孙犁小说的"荷花淀风韵"》，《中国语言文学研究》2016年第1期。

武新军：《赵树理与文学的人民性——再谈十七年文学的"人民性"》，《山西大学学报》（哲学社会科学版）2016年第1期。

何新宇：《一首著名抗战歌曲的考证——张寒晖及其传世名歌〈松花江上〉》，《宁夏史志》2016年第1期。

王彬彬：《〈白毛女〉与诉苦传统的形成》，《扬子江评论》2016年第1期。

邢小利：《柳青一生的四个阶段——〈柳青年谱〉后叙》，《西北大学学报》（哲学社会科学版）2016年第1期。

闫红、彭建霞：《〈在延安文艺座谈会上的讲话〉建构文化领导权的基本方略》,《红色文化资源研究》2016 年第 1 期。

胡万友:《纪念毛泽东在延安文艺座谈会上的讲话发表 73 周年》,《诗词月刊》2016 年第 1 期。

韩振江:《毛泽东的〈讲话〉与马克思主义文化领导权的实现》,《粤海风》2016 年第 1 期。

冯民生:《陕西早期油画的历史考察及源流探究》,《西北美术》2016 年第 1 期。

赵丹:《马克思主义意识形态下的胡蛮美术史论研究》,《美术研究》2016 年第 1 期。

李国华:《反叙述:论赵树理小说的形式与政治》,《山西大学学报》(哲学社会科学版)2016 年第 1 期。

阎庆生:《重估孙犁的价值与文学史地位(专题讨论)——应对孙犁的文学史价值进行整体性评估》,《河北学刊》2016 年第 2 期。

刘玉凯:《孙犁小说的叙事张力、艺术特质和文学史价值》,《河北学刊》2016 年第 2 期。

王星慧:《华北抗日根据地小学之语文活教材探究》,《山西广播电视大学学报》2016 年第 2 期。

张凤燕:《"斗"与"被斗"书写中的艺术得失——关于〈暴风骤雨〉中的斗争会场面描写》,《沧州师范学院学报》2016 年第 2 期。

门红丽:《奖励机制与文艺生产的造势运动——解放区"有奖征文"解析》,《现代中国文化与文学·19》,巴蜀书社 2016 年版。

翟兴娥:《论 1940 年代三大区域文学的服饰书写》,《海南师范大学学报》(社会科学版)2016 年第 2 期。

魏本权、陈敬:《论沂蒙红色文艺的创作与传播——以"平鹰坟"为中心(1942—1978)》,《红色文化资源研究》2016 年第 2 期。

张丛皞:《重返历史现场:拓展中国现代文学研究的一种路径——以 1945—1949 年东北文学再研究为例》,《学习与探索》2016 年第 2 期。

黎保荣:《略论 1940 年代解放区土改题材小说的政治暴力形态》,《南京师范大学文学院学报》2016 年第 2 期。

张文诺:《论解放区文学中的土豪形象》,《沧州师范学院学报》2016 年第 2 期。

李公明：《农民形象的政治性与现代性叙事研究——以左翼美术运动和延安美术中的农民图像为中心》，《同济大学学报》（社会科学版）2016年第2期。

吴妍妍：《延安文艺图书出版与延安出版体制的规范化（1937—1947）》，《出版科学》2016年第2期。

侯业智：《延安时期知识分子构建农村的叙述方式——以延安时期木刻版画为例》，《延安文学》2016年第2期。

廖华英、陈勇：《延安时期的语言翻译特点与中国共产党形象的传播》，《文史博览》（理论）2016年第2期。

吴继金：《延安木刻对民间美术的重视和利用》，《西北美术》2016年第2期。

张皓、王纯：《延安文艺运动中的方向性问题和座谈会的召开——对毛泽东与萧军交往之再探讨》，《中国浦东干部学院学报》2016年第2期。

祁国凤、虞满华：《文艺创作方向与源泉的一脉相承——北京与延安的两个文艺座谈会》，《赤峰学院学报（汉文哲学社会科学版）》2016年第2期。

许培春：《延安文艺：马克思主义大众化实践的成功经验及当代价值》，《兰州大学学报》（社会科学版）2016年第2期。

徐军义：《现实主义叙述话语的历史价值——〈在延安文艺座谈会上的讲话〉精神下的〈创业史〉》，《社会科学论坛》2016年第2期。

周思辉：《卞之琳延安之行去与离的隐微因缘》，《燕山大学学报》（哲学社会科学版）2016年第2期。

李静：《延安文艺1942：躁动与蜕变》，《青海师范大学学报》（哲学社会科学版）2016年第2期。

刘晶晶：《从延安文艺座谈会上说开去》，《智富时代》2016年第2期。

李萍：《延安木刻版画中的"新中国想象"》，《文艺理论与批评》2016年第2期。

庞宇瑶：《陕甘宁边区广播及电影事业的开创和发展》，《传承》2016年第2期。

吕莉、尹奇岭：《论抗日根据地木刻艺术》，《东方论坛》2016年第

2 期。

张远：《东北解放区戏剧运动》，《文艺理论与批评》2016 年第 2 期。

李彦群：《抗日战争时期的教科书出版与历史使命》，《山西师大学报》（社会科学版）2016 年第 2 期。

李华秀：《孙犁的意义》，《河北学刊》2016 年第 2 期。

白杰：《赵树理：在民间立场上统合启蒙与革命》，《中国语言文学研究》2016 年第 2 期。

戴玉刚：《不能遗忘的"太行山剧团"》，《文史月刊》2016 年第 2 期。

乔雪：《从歌剧到芭蕾舞剧：论〈白毛女〉创作的叙事演变》，《常州工学院学报》（社会科学版）2016 年第 2 期。

王俊虎：《乡土·女性·语韵——比较视域中的孙犁与贾平凹小说艺术探析》，《现代中国文化与文学·19》，巴蜀书社 2016 年版。

苑英科：《从英雄情结到荷花淀文学风格的确立》，《华北电力大学学报》（社会科学版）2016 年第 2 期。

朱永芳：《比较：感受语言美的有效载体——以〈荷花淀〉为例》，《语文月刊》2016 年第 2 期。

王育育：《赵树理〈李有才板话〉中板话的语言艺术》，《文学教育》（下）2016 年第 2 期。

白春香：《赵树理小说的民俗化叙事》，《现代中国文化与文学·19》，巴蜀书社 2016 年版。

韦靖：《试论歌曲〈松花江上〉的艺术特色》，《文艺生活（文艺理论）》2016 年第 2 期。

徐科锐：《对贺绿汀"人民性"价值观的探索与思考》，《吉林师范大学学报》（人文社会科学版）2016 年第 2 期。

华艳君、朱瑜：《延安时期知识分子的"有机化"改造及其当代启示》，《陕西行政学院学报》2016 年第 2 期。

梁玉水：《全国毛泽东文艺思想研究会 2015 年学术年会综述》，《文艺理论与批评》2016 年第 2 期。

朱建伟：《"延安时期"的历史形象在绘画中的表现与塑造》，《美与时代（中）》2016 年第 3 期。

黄华：《论延安大生产运动中农村"新女性"形象的内容与传播》，

《现代传播》（中国传媒大学学报）2016年第3期。

宋珊：《延安时期女性戏剧艺术形象探析》，《延安大学学报》（社会科学版）2016年第3期。

李惠：《启蒙·想象·理性——延安时期文艺理论的现代性诉求》，《延安大学学报》（社会科学版）2016年第3期。

宋珊：《形象学视域下的延安时期戏剧》，《当代戏剧》2016年第3期。

李惠：《包容与吸纳——试论延安时期文艺理论的开放性》，《文艺理论与批评》2016年第3期。

田丰：《民间歌者、民间现实与民族风格——以〈李有才板话〉与〈天堂蒜薹之歌〉为例》，《山西师范大学学报》（社会科学版）2016年第3期。

陈群：《二诸葛形象新论——重读赵树理〈小二黑结婚〉》，《语文学刊（外语教育教学）》2016年第3期。

龚自强：《文学与意识形态的纠葛——论赵树理的文学世界》，《河北师范大学学报》（哲学社会科学版）2016年第3期。

冉思尧、侯业智：《延安时期新秧歌创作与知识分子改造摭谈》，《戏剧之家》2016年第3期。

孔令云：《整风前后延安对外国文学的接受与转向》，《南京师范大学文学院学报》2016年第3期。

王晓平：《文化的"政治化"：再论毛泽东的"延安讲话"》，《华侨大学学报》（哲学社会科学版）2016年第3期。

彭岚嘉、吴双芹：《新秧歌剧运动：革命时代的政治与娱乐》，《社会科学家》2016年第3期。

吴继金：《民间艺术在延安时期的传承》，《美术学报》2016年第3期。

王小艳：《古老模式的现代置换——从两种叙事模式看古典文学对赵树理小说的影响》，《社科纵横》2016年第3期。

韩悦：《赵树理小说的叙事模式初探》，《长安学刊》（哲学社会科学版）2016年第3期。

吴亮：《丁玲解放前小说语言变化研究》，《山西师大学报》（社会科学版）2016 年第 3 期。

吴继金：《延安时期的杂文风波》，《钟山风雨》2016 年第 3 期。

于海燕：《立本拓兴——力群与西北现代版画》，《新疆艺术学院学报》2016 年第 3 期。

陈剑：《以古元版画〈向吴满有看齐〉为中心的劳动英雄典型形象建构的图像研究》，《文化艺术研究》2016 年第 3 期。

刘亚琼：《烽火中的吕梁抗战文学》，《吕梁学院学报》2016 年第 3 期。

张磊：《抗战相持阶段根据地文艺工作的特点及其启示》，《解放军艺术学院学报》2016 年第 3 期。

郭冰茹：《赵树理的话本实践与"民族形式"探索》，《文艺研究》2016 年第 3 期。

卢军：《农村才子兼性情中人——汪曾祺眼中的赵树理》，《晋阳学刊》2016 年第 3 期。

魏巍：《通过"柳青现象"反观"赵树理方向"》，《当代文坛》2016 年第 3 期。

李国华：《寻找"能说话"的人——赵树理小说片论》，《文艺研究》2016 年第 3 期。

张立国：《报告文学之晋冀鲁豫》，《百家评论》2016 年第 3 期。

商昌宝：《螺丝钉的幕后贡献：周扬、胡乔木与〈讲话〉的生成》，《关东学刊》2016 年第 3 期。

子张：《吴伯箫年谱（1938—1941）》，《现代中文学刊》2016 年第 3 期。

彭维：《阿甲在延安平剧院的现代戏创作实践——源自〈旧剧革命的划时期的开端〉的思考》，《艺术评论》2016 年第 3 期。

张小芳：《歌剧〈白毛女〉的幕后故事》，《福建党史月刊》2016 年第 3 期。

陈飞龙：《秉承马克思主义文艺观　坚守社会主义精神高地——论贺敬之同志的马克思主义文艺观》，《文艺理论与批评》2016 年第 4 期。

焦欣波：《〈水浒传〉改编与延安戏剧文学的革命叙事》，《中国现代文学研究丛刊》2016 年第 4 期。

霍建波、张小静：《论〈荷花淀〉对〈红楼梦〉的传承与发展》，《国学》2016 年第 4 期。

潘佳荣：《寻找丁玲自己的声音——以黑妮为例揭示丁玲的个性特征》，《中国科技博览》2016 年第 4 期。

杜键：《重读〈在延安文艺座谈会上的讲话〉》（上），《美术研究》2016 年第 4 期。

兰庆炜：《延安地区曲艺——道情的研究综述》，《北方音乐》2016 年第 4 期。

谢同祥、刘瑞儒：《延安时期电影社会教育的创新理路》，《淮阴师范学院学报》（哲学社会科学版）2016 年第 4 期。

朱建伟：《中国画创作中延安红色主题形象的塑造类型探析》，《延安大学学报》（社会科学版）2016 年第 4 期。

武菲菲、赵学勇：《延安戏曲改革研究：大众化视角下的回顾与反思》，《长江学术》2016 年第 4 期。

翟二猛：《论延安时期文学教育的历史特征》，《西北师范大学学报》（社会科学版）2016 年第 4 期。

蔡洁：《延安时期政治文化的写照——以"毛泽东颂歌"为例的分析》，《中北大学学报》（社会科学版）2016 年第 4 期。

徐明君：《人民性：延安文艺的民俗学阐释》，《社会科学辑刊》2016 年第 4 期。

于敏：《延安文艺的传播环境生态探析》，《长江学术》2016 年第 4 期。

邱珍：《延安时期新秧歌运动与政治象征的实践逻辑》，《宁夏党校学报》2016 年第 4 期。

康桂英：《延安时期何干之对鲁迅思想的研究》，《湖南人文科技学院学报》2016 年第 4 期。

宋喜坤：《"新英雄主义"：萧军的自我改造与创生》，《中国现代文学研究丛刊》2016 年第 4 期。

戴小江、谢鹏：《延安时期〈抗战的中国丛刊〉的史料价值述评》，《云南档案》2016 年第 4 期。

李云安、张瑞：《论丁玲文学作品中的新型社会组织民俗建构》，《武陵学刊》2016 年第 4 期。

贾翠玲：《延安时期红色文献收集整理与数字化建设》，《延安大学学报》（社会科学版）2016 年第 4 期。

王勤瑶：《晋察冀边区的文化启蒙与建设——以〈晋察冀日报〉社论为对象的考察》，《党的文献》2016 年第 4 期。

陈剑、刘新：《艺术 革命 宣传——古元〈向吴满有看齐〉劳模"典型形象"的叙事建构》，《山东工艺美术学院学报》2016 年第 4 期。

孙紫桐：《工业题材小说的肇始——论草明的〈原动力〉》，《哈尔滨师范大学社会科学学报》2016 年第 4 期。

韩嵩楠：《试论新版歌剧〈白毛女〉的继承与创新》，《艺术研究》2016 年第 4 期。

冯晓芳：《从民间传说到电影"白毛女"故事的演变》，《电影文学》2016 年第 4 期。

张皓：《抗战时期毛泽东萧军关于鲁迅的看法与争论》，《北京师范大学学报》（社会科学版）2016 年第 4 期。

李国华：《乡村之外——追蹑赵树理小说中的城市因素（下）》，《名作欣赏》2016 年第 4 期。

刘江：《论赵树理的当下意义和价值——兼谈其符号性与非符号性》，《开封大学学报》2016 年第 4 期。

石国伟：《从〈小二黑结婚〉看赵树理小说的艺术特点》，《现代语文》2016 年第 4 期。

郝永光：《马可群众歌曲创作风格研究——以〈南泥湾〉为例》，《池州学院学报》2016 年第 4 期。

樊亚平：《从自由记者到中共党员：范长江走向中共的步履》，《山西大学学报》（哲学社会科学版）2016 年第 4 期。

张子华：《纪念毛泽东同志〈在延安文艺座谈会上的讲话〉发表 74 周年暨柳青同志诞辰 100 周年全国学术研讨会会议综述》，《榆林学院学报》2016 年第 5 期。

吴妍妍：《论柳青小说中的两性关系》，《当代文坛》2016 年 5 期。

甄东霞：《抗战时期延安新华书店的符号传播阐释》，《山西档案》2016 年第 5 期。

范雪：《出版延安的"知识"与"政治"——延安与生活书店的战时交往史》，《文学评论》2016年第5期。

李萍：《延安鲁迅艺术学院音乐教育模式对当代音乐教育的启示》，《中国音乐教育》2016年第5期。

何立波：《毛泽东关怀陕甘宁边区民众剧团》，《党史纵览》2016年第5期。

曹爱琴：《延安文艺与马克思主义话语体系刍议》，《毛泽东思想研究》2016年第5期。

袁盛勇：《对延安文艺的重新认知》，《河北学刊》2016年第5期。

罗玲：《卞之琳延安时期诗歌创作中的"奥顿风"——以〈慰劳信集〉为例》，《成都理工大学学报》（社会科学版）2016年第5期。

陈思广、廖海杰：《延安文艺政策与现代长篇小说新格局的形成》，《贵州师范大学学报》（社会科学版）2016年第5期。

庞海音：《延安鲁艺对新中国成立后文艺教育的影响》，《美育学刊》2016年第5期。

赵韫颖：《解放战争时期延安新文化运动中的戏曲改革精神在黑龙江地区的传播》，《民族艺术研究》2016年第5期。

焦金波：《延安〈解放〉周刊运行机制与马克思主义大众化》，《南昌师范学院学报》2016年第5期。

闵靖阳：《延安时期文化下乡运动对美术创作的意义》，《文艺争鸣》2016年第5期。

侯业智：《论延安木刻版画的艺术源流》，《榆林学院学报》2016年第5期。

韩伟：《革命文艺与社会治理：以延安时期新秧歌运动为中心》，《人文杂志》2016年第5期。

秦林芳：《论解放区前期文学中知识分子的自我批判》，《文学评论》2016年第5期。

王雨田：《解放区小说中地主形象的不同书写》，《四川师范大学学报》（社会科学版）2016年第5期。

罗宗宇、张超：《解放区和"十七"年小说民俗叙事的政治化建构》，《湖南科技大学学报》（社会科学版）2016年第5期。

张根柱、付道磊:《周扬、周立波与鲁迅艺术文学院的"关门提高"》,《临沂大学学报》2016年第5期。

路杨:《从"我乡我土"到"异地异路"——1940年代文学与"地方性"的再问题化》,《文艺理论与批评》2016年第5期。

范雪:《出版延安的"知识"与"政治"——延安与生活书店的战时交往史》,《文学评论》2016年第5期。

甄东霞:《抗战时期延安新华书店的符号传播阐释》,《山西档案》2016年第5期。

秦林芳:《"教育民众"与"花样翻新"——从〈西线生活〉看抗战初期解放区文艺的一种倾向》,《现代中文学刊》2016年第5期。

张策:《报告文学的战斗性》,《中国法治文化》2016年第5期。

高旭东、蒋永影:《〈白毛女〉:从民间本事到歌剧、电影、京剧、舞剧——兼论在文体演变中革命叙事对民间叙事的渗透》,《文艺研究》2016年第5期。

李刚、钱振纲:《消融的"历史实践主体"——赵树理小说中农民的政治化生存》,《文艺争鸣》2016年第5期。

周国申:《浅议〈荷花淀〉的语言特点》,《中学课程辅导》(教学研究)2016年第5期。

郝镜宇:《水畔的作家与其作品中水畔的女子——小谈沈从文的〈边城〉与孙犁的〈荷花淀〉》,《北方文学》2016年第5期。

薛正荣、孙一孜:《抗日战争时期新华社的宣传报道述论》,《宁夏师范学院学报》2016年第5期。

王宁:《历史尘埃下的现实主义精魂——论罗烽的中短篇小说》,《兰州文理学院学报》(社会科学版)2016年第5期。

徐科锐:《为"新音乐"而"音乐"——作为抗战时期的批评家贺绿汀》,《东北师大学报》(哲学社会科学版)2016年第5期。

门红丽:《解放区"有奖征文":"日常民族主义"的情感认同与建构》,《社会科学研究》2016年第5期。

杨胜刚:《关于中共和左联关系的史实考证》,《中国现代文学研究丛刊》2016年第5期。

张姝佳:《时代曲——冼星海和贺绿汀的红色音乐》,《粤海风》2016

年第 5 期。

庞海音:《延安鲁艺对新中国成立后文艺教育的影响》,《美育学刊》2016 年第 5 期。

杜键:《重读〈在延安文艺座谈会上的讲话〉(下)》,《美术研究》2016 年第 5 期。

曾小凤:《"拥军"的图景——古元〈拥护咱们老百姓自己的军队〉中的叙事、形式、风格及观念》,《美术研究》2016 年第 6 期。

续小强:《〈野百合花〉文本探析与知识分子身份悖论》,《小说评论》2016 年第 6 期。

杨向荣:《复调语境中的〈在延安文艺座谈会上的讲话〉》,《文学评论》2015 年第 6 期。

吴娱玉:《从政治实践话语到文化阐释策略——以詹姆逊对毛泽东思想的美学挪用为例》,《文艺理论研究》2016 年第 6 期。

张文诺:《置换与改写:解放区土地斗争小说对民间故事的借用》,《绍兴文理学院学报》(哲学社会科学)2016 年第 6 期。

白璐:《解放区经济建设中的新农民英雄形象——评欧阳山的长篇小说〈高干大〉》,《党政干部学刊》2016 年第 6 期。

陈俏湄:《"革命—亲情"的两难困境——论 20 世纪 40 年代解放区文艺"母亲丧子"题材的叙事策略》,《乐山师范学院学报》2016 年第 6 期。

张舟子:《赵树理传播接受中的误读与期许》,《许昌学院学报》2016 年第 6 期。

李萍:《延安木刻版画的非诗意化审美趋向》,《延安职业技术学院学报》2016 年第 6 期。

康华、杨一升:《延安时期的戏剧文化与党的历史教育》,《延安大学学报》(社会科学版)2016 年第 6 期。

李萍:《新时期延安木刻版画的发展历程及其出路探索》,《延安大学学报》(社会科学版)2016 年第 6 期。

刘满平:《延安文艺座谈会对陕北剪纸艺术发展的影响》,《陕西学前师范学院学报》2016 年第 6 期。

王圆圆:《〈延安文艺座谈会上的讲话〉对我国文艺事业的启示》,

《城市地理》2016年第6期。

宋颖慧：《劳动把"鬼"变成"人"——论延安文学中的二流子形象塑造》，《延安大学学报》（社会科学版）2016年第6期。

汪伟：《延安样式：革命视觉象征的构建与传播》，《天涯》2016年第6期。

王江鹏：《延安文艺整风与"鲁艺"的教育体制变革》，《西北大学学报》（哲学社会科学版）2016年第6期。

韩峰、邹燕：《陕甘宁时期外国友人的"延安观"》，《传播与版权》2016年第6期。

于淑梅：《1937—1949年中国解放区说唱艺术特征》，《遵义师范学院学报》2016年第6期。

马榕：《〈新儿女英雄传〉：开红色文学之先拒》，《南国博览》2016年第6期。

赵志学、强占全：《陇东红色民歌的音乐分析及传承创新策略》，《陇东学院学报》2016年第6期。

姜莞荻：《大众文化视阈下中国红色戏剧的现代化探索——以〈白毛女〉为例》，《新闻传播》2016年第6期。

廖春梅：《"人民艺术家"张寒晖与他的著名抗战歌曲〈松花江上〉》，《云南档案》2016年第6期。

戴唐儿：《中外记者笔下的毛泽东形象浅析——以赵超构和埃德加·斯诺为例》，《新闻研究导刊》2016年第6期。

陈旭：《论孙犁〈荷花淀〉中女性革命意识的觉醒》，《开封教育学院学报》2016年第6期。

高初：《摄影训练班：战时摄影机制的生成》，《中国摄影》2016年第7期。

任姝颖：《浅析歌剧白毛女》，《人间》2016年第7期。

王贺：《西北地区鲁迅纪念文献编年（1936—1949）》，《鲁迅研究月刊》2016年第7期。

庄金玉：《柳青与陕西文学》，《兰州学刊》2016年第7期。

刘守华：《烽火硝烟中诞生的解放区电影》，《档案记忆》2016年第7期。

张义青、侯业智：《延安木刻版画的艺术品格与当代启示》，《大众文艺》2016年第7期。

杨杰：《现实语境中的图像叙事——延安革命意识形态语境下的绘画形式语言建构》，《美术大观》2016年第7期。

高千越：《读〈临江仙〉词有感：试论延安时期丁玲文学中的个性意识》，《神州》（下旬刊）2016年第7期。

张磊：《〈新华日报·华北版〉：抗战宣传战线的一杆旗帜》，《军事记者》2016年第7期。

王鹏：《论周立波〈暴风骤雨〉中阶级伦理的建构》，《青春岁月》2016年第7期。

鲁太光：《意象的革命——兼谈歌剧〈白毛女〉的意象与主题》，《传记文学》2016年第7期。

陆华：《回顾歌剧〈白毛女〉的创作、演出、改编和研究情况》，《传记文学》2016年第7期。

李云雷：《贺敬之：延安精神铸就中流砥柱》，《传记文学》2016年第7期。

冉思尧、杨海艳：《延安"四怪"：大时代的文人们》，《现代领导》2016年第7期。

邹跃进：《"毛泽东时代美术"及其中心观念》，《中华书画家》2016年第7期。

李松睿：《书写"我乡我土"——地方性与20世纪40年代中国小说》，《文艺研究》2016年第7期。

曹书文：《人的意识与性别意识的双重失落——重读赵树理的〈锻炼锻炼〉》，《文艺争鸣》2016年第8期。

宋喜坤、张华威：《论萧军对东北新启蒙运动的贡献》，《文艺争鸣》2016年第8期。

陈平君、甘秋霞：《〈芦花荡〉中"反常"式的英雄塑造》，《文化学刊》2016年第8期。

甄东霞：《延安革命根据地时期出版业的传播特色》，《新闻战线》2016年第8期。

王律：《红色经典唱响时代强音——〈没有共产党就没有新中国〉诞

生记》,《当代人》2016 年第 8 期。

黎辛:《毛泽东与作家丁玲、陈企霞、草明的交往》,《党史博览》2016 年第 8 期。

杨雅麟:《〈荷花淀〉中水生嫂的性格特征分析》,《山东青年》2016 年第 8 期。

杨琳:《文化领导权的话语生成路径——以〈解放日报〉改版为中心的考察》,《广西社会科学》2016 年第 8 期。

张卫霞:《以秧歌剧为例论延安文艺对农民文化资源的转化》,《长江丛刊》2016 年第 9 期。

岳国芳、王晓荣:《延安时期〈中国妇女〉月刊与中共妇女观》,《东岳论丛》2016 年第 9 期。

刘倩:《重回经典:突破创新——中国民族歌剧〈白毛女〉评析》,《音乐时空》2016 年第 9 期。

王云芳:《戴着镣铐的舞蹈——方纪小说论》,《名作欣赏》2016 年第 9 期。

秦林芳:《丁玲的转折与中国新文学价值立场的嬗变》,《中国现代文学研究丛刊》2016 年第 9 期。

方朔:《作家萧军的办报遭遇》,《文史精华》2016 年第 9 期。

冉思尧:《萧军在延安下乡始末》,《文史天地》2016 年第 9 期。

王兆屹:《论〈边区群众报〉新闻报道的大众化特色》,《新闻知识》2016 年第 9 期。

李晓灵:《"范长江现象":中国现代新闻理想的历史隐喻》,《关东学刊》2016 年第 9 期。

马红:《中外记者参观团赴陕甘宁边区采访》,《炎黄纵横》2016 年第 9 期。

谢艳丽:《试论中国民族歌剧〈白毛女〉的音乐风格》,《艺术教育》2016 年第 9 期。

李立:《延安时期知识分子与马克思主义文艺理论的中国化》,《四川戏剧》2016 年第 10 期。

辛颖:《王琦对版画艺术形式的探索》,《文艺生活》(文海艺苑) 2016 年第 10 期。

朱建伟：《绘画作品中延安时期"历史形象"的塑造》，《美与时代（中旬刊）·美术学刊》2016年第10期。

张景兰：《误译、改造与立法——从列宁〈党的组织和党的文学〉到毛泽东〈讲话〉》，《山东社会科学》2016年第10期。

张培：《论延安文学中的农民形象的书写》，《北方文学》（下）2016年第10期。

黄玉婷：《女性尊严的艰难追寻》，《现代语文》（学术综合版）2016年第10期。

王新宇：《浅析〈在延安文艺座谈会上的讲话〉的政治意义及文艺影响》，《参花》（下）2016年第10期。

施新佳：《俄苏文艺思想对延安文学的影响——以别林斯基、车尔尼雪夫斯基、杜勃罗留波夫文艺思想为例》，《洛阳师范学院学报》2016年第10期。

张维阳：《"风景"中的新生活：周立波对革命新世界的描述》，《党政干部学刊》2016年第10期。

黎辛：《在延安，初见〈白毛女〉》，《传记文学》2016年第10期。

李丹梦：《中原漂泊与寻找人民中国的调子——李季论》，《文艺研究》2016年第10期。

杨帆：《东北解放区小说通俗化的理论号角——〈在延安文艺座谈会上的讲话〉的光辉指引》，《边疆经济与文化》2016年第11期。

陈佳：《中共意识形态教育的成功范例——抗战时期陕甘宁边区的戏剧运动考察》，《红广角》2016年第11期。

郭国昌：《文学旗手的调整与延安文艺新方向的确立》，《中共党史研究》2016年第11期。

吴鹰：《浅论中国民族声乐的发展——毛泽东〈在延安文艺座谈会上的讲话〉奠定了中国民族声乐学派的理论基础》，《人文天下》2016年第11期。

石娟娟：《文学秩序与文化领导权——〈在延安文艺座谈会上的讲话〉再解读》，《大众文艺》2016年第11期。

赵丹：《解放区、国统区文学对欧美文学的借鉴与创造》，《齐齐哈尔大学学报》（哲学社会科学版）2016年第11期。

祝学剑：《论二十世纪四十年代迁徙视阈中的解放区文学与沦陷区文学的互动》，《前沿》2016年第11期。

刘洁：《赵树理〈李有才板话〉与罗工柳木刻插图》，《文史月刊》2016年第11期。

齐慧爽：《孙犁抗战小说的独特魅力》，《戏剧之家》2016年第11期。

杨东：《循名责实——"延安"的概念史及其在战时的建构表达》，《中共党史研究》2016年第11期。

夏明亮：《高沐鸿：战斗在太行山上的山西本土诗人》，《党史文汇》2016年第11期。

高爽：《个体意识与主流话语的渐融——白朗小说论》，《关东学刊》2016年第11期。

王贝贝：《范长江的新闻思想对记者的实践启示——以〈新闻记者〉（1938）为例》，《今传媒》2016年第11期。

李明彦：《〈我在霞村的时候〉的经典化历程》，《文艺争鸣》2016年第11期。

卢毅：《国民党与〈野百合花〉事件》，《党史博览》2016年第11期。

朱安平：《〈暴风骤雨〉革除穷根》，《党史博采》（纪实）2016年第12期。

宋惠娟：《赵树理小说的方言语汇》，《名作欣赏》2016年第12期。

赵敏、廖鹏飞：《论赵树理小说中的评书手法》，《北方文学》2016年第12期。

文世芳：《对〈丽萍的烦恼〉批判风波的历史解读与思考》，《红广角》2016年第12期。

姜岚：《革命文艺的服务对象与形式选择的关系问题再认知——以〈在延安文艺座谈会上的讲话〉为依据》，《海南师范大学学报》（社会科学版）2016年第12期。

任葆琦：《说清延安戏剧改革发展史是我最大的心愿》（摘要），《中华魂》2016年第12期。

惠雁冰：《延安时期的戏剧运动》，《中国现代文学研究丛刊》2016年第12期。

牛靖晶、苏靖：《晋绥边区"五战友"创作的审美特征》，《戏剧之家》2016 年第 13 期。

刘旭：《如何重读赵树理：在"现代"与"不现代"之间》，《名作欣赏》2016 年第 13 期。

赵敏、廖鹏飞：《浅析曲艺对赵树理小说艺术风格产生影响的原因》，《大众文艺》2016 年第 13 期。

古文慧：《简论〈小二黑结婚〉和〈李有才板话〉里的方言词汇》，《青年文学家》2016 年第 14 期。

魏宇婷：《〈西行漫记〉版本研究》，《现代交际》2016 年第 14 期。

陈腾：《个性的张扬，生命力的迸发——读〈苦闷的象征〉与〈我在霞村的时候〉》，《小品文选刊》2016 年第 16 期。

戴竺芯、王梦雪：《浅析抗战时期范长江的新闻思想和实践》，《新闻研究导刊》2016 年第 16 期。

宋乃娟：《对人物形象的音乐创作手法的分析——以歌剧〈白毛女〉为例》，《艺术评鉴》2016 年第 17 期。

昊文舟：《重谈如新 荷香依旧——谈〈荷花淀〉的艺术赏析》，《教育现代化》（电子版）2016 年第 18 期。

于岸青：《从吴满有到郑信——〈大众日报〉第一个典型人物的诞生》，《青年记者》2016 年第 18 期。

彭译漵：《试论赵树理小说的民间化特点》，《剑南文学》2016 年第 18 期。

负婧：《歌剧〈白毛女〉音乐创作特性研究》，《北方音乐》2016 年第 19 期。

门曼丽：《自我的歌唱——延安模式与现今文艺创作本土化意义》，《戏剧之家》2016 年第 19 期。

陈磊：《赴根据地外国记者对中国共产党抗战报道研究》，《新闻研究导刊》2016 年第 20 期。

蒋碧玉：《丁玲创作中女性意识与政治意识的消长》，《知识文库》2016 年第 21 期。

方朔：《〈萧军日记〉背后的往事》，《文史精华》2016 年第 21 期。

蒋碧玉：《探究延安时期丁玲女性立场的坚持与放弃》，《知识文库》2016 年第 22 期。

刘媛媛：《战争背景下女性个体的光芒——重读丁玲〈我在霞村的时候〉》，《名作欣赏》2016年第22期。

李荣槐：《罗定枫：战地记者的非凡经历》，《老同志之友》2016年第22期。

农家：《延安美术意识形态批判模式的形成分析》，《戏剧之家》2016年第23期。

苏晓颖：《爱与革命——浅谈丁玲小说由〈梦珂〉到〈在医院中〉的转型》，《才智》2016年第23期。

仇珊珊：《延安时期毛泽东文艺思想研究》，《赤子》（上中旬）2016年第24期。

张永昊：《〈毛泽东在延安文艺座谈会上的讲话〉对新时期文艺工作的启示》，《决策与信息》2016年第24期。

杨军红：《抗战初期青年知识分子赴延安行走路线探析》，《党史文苑》2016年第24期。

黄玉婷：《女性尊严的艰难追寻——以〈我在霞村的时候〉〈女人之约〉为例》，《现代语文》2016年第28期。

冯林：《无名氏的不同结局——〈祝福〉祥林嫂与〈荷花淀〉水生嫂的命运分析》，《现代语文》（教学研究版）2016年第32期。

唐俪宁：《赵树理作品中农民形象的塑造》，《青年时代》2016年第32期。

孙国林：《延安时期的稿费制度》，《文学教育》2016年第36期。

常恺蓉：《浅议赵树理小说新旧交替中的人物——以〈邪不压正〉为例》，《名作欣赏》2016年第36期。

2015—2016年延安文艺研究博士、硕士学位论文

袁盛勇　宋颖慧

孙胜存：《救赎　蜕变　转型——解放区文学再思考》，导师：田建民，河北大学，博士学位论文，2015年。

谢依阳：《抗战时期延安木刻中的风景及权力关系》，导师：郑工，中国艺术研究院，博士学位论文，2015年。

田韶峻：《〈在延安文艺座谈会上的讲话〉理论溯源》，导师：辜也平，福建师范大学，博士学位论文，2015年。

敖叶湘琼：《延安时期马克思主义大众化的文艺路径生成研究》，导师：谭元亨，华南理工大学，博士学位论文，2015年。

张维阳：《红旗下的激越与迟疑——周立波的文学创作与评价史》，导师：孟繁华，吉林大学，博士学位论文，2015年。

尹传兰：《中国现代文论中"小资产阶级知识分子"话语研究》，导师：刘锋杰，苏州大学，博士学位论文，2015年。

韩岩岭：《鲁艺在佳木斯地区音乐教育研究：1946—1948》，导师：宋立权，哈尔滨师范大学，硕士学位论文，2015年。

刘晓丽：《延安文学女性形象研究》，导师：张立群，辽宁大学，硕士学位论文，2015年。

刘春艳：《柳青农村题材小说的承接与嬗变》，导师：申朝晖，延安大学，硕士学位论文，2015年。

魏建文：《从〈种谷记〉到〈创业史〉——柳青文学世界里的农业合作化运动书写》，导师：梁向阳，延安大学，硕士学位论文，2015年。

蒋倩：《湖湘文化视阈下的丁玲文学思想研究》，导师：王继平，湘潭

大学，硕士学位论文，2015 年。

饶秋晔：《周扬：在政治与文艺之间》，导师：傅莹，暨南大学，硕士学位论文，2015 年。

孙静：《延安文艺与"中国梦"》，导师：何满仓，延安大学，硕士学位论文，2015 年。

赵志强：《延安文艺战略中的鲁迅存在》，导师：何满仓，延安大学，硕士学位论文，2015 年。

蒋单：《哲学阐释学视角下译者主体性研究：杜博妮〈在延安文艺座谈会议上的讲话〉英译本个案分析》，导师：胡安江，四川外国语大学，硕士学位论文，2015 年。

吴建星：《冀东秧歌与中国北方其他秧歌的比较研究》，导师：胡京武，河北大学，硕士学位论文，2015 年。

孙玉坤：《图像与政治：〈晋绥人民画报〉中的民众动员》，导师：行龙，山西大学，硕士学位论文，2015 年。

朱瑶瑶：《论冼星海延安时期的音乐创作》，导师：周平远，南昌大学，硕士学位论文，2015 年。

杨纪虹：《贺绿汀音乐观念研究》，导师：陈宗花，河南大学，硕士学位论文，2015 年。

田雨：《延安时期思想政治教育的文学载体研究》，导师：王东维，延安大学，硕士学位论文，2015 年。

李平：《延安戏剧改革探论》，导师：赵学勇，陕西师范大学，硕士学位论文，2015 年。

尚林枭：《丁玲与延安：关于作家在革命熔炉中蜕变的个案考察》，导师：黄曙光，西南交通大学，硕士学位论文，2015 年。

邢燕：《走向延安的丁玲》，导师：赵学勇，陕西师范大学，硕士学位论文，2015 年。

慕生炜：《西北战地服务团研究》，导师：田刚，陕西师范大学，硕士学位论文，2015 年。

蔡娜：《革命与形式——延安时期叙事诗研究》，导师：梁向阳，延安大学，硕士学位论文，2015 年。

张戈：《政治文化视阈下的陕甘宁边区改造说书运动研究（1944—

1949)》,导师:付建成,西北大学,硕士学位论文,2015年。

黎秋婷:《倒在革命红旗下的歌手——1950年代郭沫若诗歌研究》,导师:周建江,广东技术师范学院,硕士学位论文,2015年。

高慧:《赵树理与柳青比较研究》,导师:王俊虎,延安大学,硕士学位论文,2015年。

刘岩须:《"赵树理方向"与赵树理小说喜剧色彩的多重蕴涵》,导师:王平,中国海洋大学,硕士学位论文,2015年。

陈洁:《契合与疏离——论赵树理的民间立场与主流文化的关系》,导师:罗兴萍,江南大学,硕士学位论文,2015年。

王琪:《周立波在赵树理小说〈李有才板话〉中的"清官情结"研究》,导师:董燕,中国政法大学,硕士学位论文,2015年。

倪昌立:《延安〈解放日报〉与中国共产党政党文化的构建》,导师:王天根,安徽大学,硕士学位论文,2015年。

陈潇:《〈延安讲话〉精神对陕西油画群体影响研究》,导师:冯民生,陕西师范大学,硕士学位论文,2015年。

王圆:《萧军在延安》,导师:田刚,陕西师范大学,硕士学位论文,2015年。

白强辉:《革命时代的政治与文学——萧军〈延安日记〉解读》,导师:刘卫国,中山大学,硕士学位论文,2015年。

倪坦:《解放区小说创作的"当代"性》,导师:田建民,河北大学,硕士学位论文,2015年。

武婧:《论赵树理小说与上党梆子之关联》,导师:袁盛勇,重庆师范大学,硕士学位论文,2015年。

王萌萌:《赵树理小说中的女性形象研究》,导师:林虹,郑州大学,硕士学位论文,2015年。

张茜:《一个人的"大众"——论赵树理在文学"大众化"时代的独特性》,导师:范伟,天津师范大学,硕士学位论文,2015年。

刘岩须:《"赵树理方向"与赵树理小说喜剧色彩的多重蕴涵》,导师:王平,中国海洋大学,硕士学位论文,2015年。

廉婷婷:《〈李有才板话〉沙博理译本中的意识形态操控》,导师:胡德香,华中师范大学,硕士学位论文,2015年。

马瑞：《论丁玲小说创作与知识分子的身份困惑》，导师：赵凌河，辽宁大学，硕士学位论文，2015年。

刘文慧：《丁玲小说的疾病隐喻》，导师：宾恩海，广西师范学院，硕士学位论文，2015年。

吴智丽：《丁玲：个体写作与时代命运的交融与碰撞》，导师：王春林，山西大学，硕士学位论文，2015年。

孙玉坤：《图像与政治：晋绥〈人民画报〉中的民众动员》，导师：行龙，山西大学，硕士学位论文，2015年。

李黎：《抗战宣传画对民间美术的借鉴——以延安和抗日革命根据地新年画、木刻版画创作为例》，导师：吕品田，中国艺术研究院，硕士学位论文，2015年。

刘金蕾：《文艺生态学视野下太行革命根据地民间文艺研究》，导师：段友文，山西大学，硕士学位论文，2015年。

秦龙：《陕甘宁边区抗战文化运动研究》，导师：董振平，山东师范大学，硕士学位论文，2015年。

高芳芳：《抗战时期晋绥边区文化建设研究》，导师：刘荣臻，太原科技大学，硕士学位论文，2015年。

孙洁：《1949年前后〈白毛女〉的接受传播研究》，导师：王荣，陕西师范大学，硕士学位论文，2015年。

张春秀：《与马克思主义大众化的实践研究》，导师：王同起，天津师范大学，硕士学位论文，2015年。

蒋黎婕：《延安知识女性的生活方式与话语形态》，导师：刘忠，上海师范大学，硕士学位论文，2015年。

金黎：《战火中的妇女之路——〈新华日报〉副刊与战时女性形象建构》，导师：张武军，西南大学，硕士学位论文，2015年。

范畅：《丁玲形象的媒介建构（1927—1949）》，导师：周云鹏，长沙理工大学，硕士学位论文，2015年。

林婷：《自我与革命——论丁玲的创作道路》，导师：陈怀琦，江西师范大学，硕士学位论文，2015年。

范子谦：《论延安时期中国共产党对陕甘宁边区妇女身体与形象的塑造》，导师：王林，山东师范大学，硕士学位论文，2015年。

李明帅：《解放战争时期山东解放区的文艺动员》，导师：李先明，曲阜师范大学，硕士学位论文，2015年。

冯亚雄：《图像符号学视野下的吴印咸延安时期摄影作品研究》，导师：韩丛耀，南京大学，硕士学位论文，2015年。

刘亚：《论孙犁创作的"中和"之美》，导师：马海娟，延安大学，硕士学位论文，2015年。

刘睿子：《〈小红军北上〉导演阐述报告》，导师：郭越，西北大学，硕士学位论文，2015年。

许亚龙：《叙事伦理与话语建构——现代中国的土改小说（1942—1952）》，导师：郭国昌，西北师范大学，硕士学位论文，2015年。

杜亚萍：《〈暴风骤雨〉：从小说到电影的叙事策略》，导师：岳凯华，湖南师范大学，硕士学位论文，2015年。

吴丹：《周立波在东北的社会活动与文学创作研究》，导师：徐志伟，哈尔滨师范大学，硕士学位论文，2015年。

刘依思：《歌剧〈白毛女〉中杨白劳艺术形象塑造探究》，导师：肖英群，内蒙古师范大学，硕士学位论文，2015年。

李华秀：《从群体突围到个体救赎——时空转换与孙犁小说叙事的嬗变》，导师：马云，河北师范大学，博士学位论文，2016年。

凌菁：《丁玲的多重身份与其文学活动》，导师：罗成琰 赵树勤，湖南师范大学，博士学位论文，2016年。

王容美：《周扬文化艺术管理思想研究》，导师：田川流，南京艺术学院，博士学位论文，2016年。

庄乾筱：《山东抗日根据地及解放区的文艺团体梳理研究》，导师：桂林，山东艺术学院，硕士学位论文，2016年。

郭玉杰：《周立波小说语言风格流变研究》，导师：白振有，延安大学，硕士学位论文，2016年。

马天华：《抗战时期冼星海音乐思想研究》，导师：肖志伟 李永春，湘潭大学，硕士学位论文，2016年。

孙倩：《通过"劳动"的"解放"——延安文学中的妇女形象研究》，导师：刘琼，重庆大学，硕士学位论文，2016年。

王如霞：《无政府主义思想视野下的丁玲（1927—1942）》，导师：熊权，河北大学，硕士学位论文，2016年。

任月瑞：《抗战时期晋绥根据地的戏剧运动研究》，导师：王星荣，山西师范大学，硕士学位论文，2016年。

刘凡嘉：《启蒙叙述视角下北京知青文学中的延安"影像"》，导师：申朝晖，延安大学，硕士学位论文，2016年。

陈晓静：《延安办报与重新办报：〈解放日报〉〈新华日报〉政治动员比较研究（1942—1945）》，导师：蒋含平，安徽大学，硕士学位论文，2016年。

吴曾睿：《延安知识分子思想改造研究》，导师：伍启杰，哈尔滨商业大学，硕士学位论文，2016年。

吴璇：《革命行旅与文学书写：白朗研究》，导师：刘晓丽，华东师范大学，硕士学位论文，2016年。

龙旭开：《贺绿汀抗战时期声乐作品演绎探究》，导师：贺吉军，湖南师范大学，硕士学位论文，2016年。

陈亚慧：《从新兴版画运延安木刻艺术——论版画的时代性》，导师：苏岩声，上海师范大学，硕士学位论文，2016年。

王晶晶：《延安影像——叙事风格与美学特质》，导师：余纪，西南大学，硕士学位论文，2016年。

马英之：《范长江战地报道研究》，导师：陈玉申，南京大学，硕士学位论文，2016年。

王力成：《地域符号、红色语境与文化意涵——近年来纪录片中的延安影像研究》，导师：黄宝富，浙江师范大学，硕士学位论文，2016年。

郭丽娟：《延安时期木刻艺术思想研究》，导师：王文权，延安大学，硕士学位论文，2016年。

李艳平：《陕甘宁边区民间艺术的时代价值研究》，导师：李长真，陕西科技大学，硕士学位论文，2016年。

王婷：《刘文西人物画研究》，导师：张健伟，河南师范大学，硕士学位论文，2016年。

李国栋：《在你的光辉里沐浴我的灵魂——论延安时期艾青创作的个性特征》，导师：李继凯，陕西师范大学，硕士学位论文，2016年。

岳夏夏：《论抗战时期艾青的诗歌创作》，导师：杨四平，安徽师范大学，硕士学位论文，2016 年。

何策：《两次文艺座谈会"讲话"的比较研究》，导师：张友群，扬州大学，硕士学位论文，2016 年。

王姗：《延安时期吴伯箫文学活动研究》，导师：梁向阳，延安大学，硕士学位论文，2016 年。

金璐璐：《毛泽东与习近平关于文艺工作讲话的思想政治教育解读》，导师：宋锡辉，云南师范大学，硕士学位论文，2016 年。

陈金霞：《延安时期的"三八"妇女节纪念研究》，导师：高凤林，延安大学，硕士学位论文，2016 年。

董译之：《延安木刻版画的画面与画题关系研究》，导师：顾丞峰，南京艺术学院，硕士学位论文，2016 年。

王晓艳：《延安时期党运用文学进行思想政治教育的实践与启示》，导师：周海燕，江苏大学，硕士学位论文，2016 年。

侯盛娟：《赵树理小说中的"合作化运动"叙事研究》，导师：刘卫东，天津师范大学，硕士学位论文，2016 年。

唐静雨：《赵树理小说中的山西婚俗研究》，导师：詹丹，上海师范大学，硕士学位论文，2016 年。

郝亚云：《论赵树理小说中的平民意识》，导师：张宗涛，陕西师范大学，硕士学位论文，2016 年。

余建波：《论赵树理 40 年代小说的乡村伦理书写》，导师：袁盛勇，重庆师范大学，硕士学位论文，2016 年。

杨泽：《国统区与解放区抗战报告文学比较论》，导师：张福贵，吉林大学，硕士学位论文，2016 年。

崔静雅：《挣扎与探索中的文学书写——四十年代解放区小说叙事研究》，导师：贺仲明，山东大学，硕士学位论文，2016 年。

谷家慧：《进入、转换、上升——对解放前"土改小说"中的"阶级话语"的研究》，导师：周展安，上海大学，硕士学位论文，2016 年。

侯媛媛：《〈解放日报〉运用大众文艺形式对劳模的宣传研究》，导师：高尚斌，延安大学，硕士学位论文，2016 年。

尚玲玲：《抗战时期陕甘宁边区文艺活动研究》，导师：刘平，山东大学，硕士学位论文，2016 年。

王宇晨：《赵超构〈延安一月〉写作特色研究——以叙事学为核心》，导师：刘少文，黑龙江大学，硕士学位论文，2016年。

习秋红：《论束为小说创作的民间性》，导师：孙玉生，牡丹江师范学院，硕士学位论文，2016年。

王美伟：《抗战歌曲与中国共产党的抗战宣传和社会动员》，导师：蒋贤斌，江西师范大学，硕士学位论文，2016年。

王莹斐：《〈晋察冀日报〉报人群体研究》，导师：蒋含平，安徽大学，硕士学位论文，2016年。

张孜文：《图像历史与战争动员：抗日战争时期〈晋察冀画报〉研究》，导师：蒋含平，安徽大学，硕士学位论文，2016年。

张雅琼：《延安时期中国共产党知识分子政策研究》，导师：丁永刚，长安大学，硕士学位论文，2016年。

李伟：《抗战时期〈晋察冀日报〉战争报道研究》，导师：徐新平，湖南师范大学，硕士学位论文，2016年。

2015—2016年延安文艺研究报纸资料

袁盛勇　宋颖慧

《"人民诗人"贺敬之忆〈白毛女〉幕后细节》,《海安时报》2015年1月1日第6版。

《延安时期的舞会风波》,《北京娱乐信报》2015年1月5日第12版。

洪钟:《在抗敌文协成都分会的日子里》,《四川政协报》2015年1月6日第4版。

吴云:《读孙犁》,《今晚报》2015年1月6日第13版。

曹燕凌:《来自德国的抗日战士汉斯·希伯》,《湖南工人报》2015年1月7日第7版。

《抗战时期的延安婚恋》,《法治新报》2015年1月7日第13版。

《"延安一代"改革开放初期全面接班》,《福州晚报》2015年1月8日第B7版。

《"我的阶级的眼睛被迷住啦"——诗人郭小川的检讨人生》,《阿拉善日报》2015年1月8日第5版。

郑新芳、芦燕:《革命史诗红旗谱 星河灿烂仰梁斌》,《保定晚报》2015年1月8日第25版。

王兴东:《我是怎样创作和修改剧本的》,《中国艺术报》2015年1月9日第5版。

《萧军"入党"记》,《昆山日报》2015年1月13日第B01版。

《延安时期与延安精神研究》,《延安日报》2015年1月15日第3版。

赵郁秀:《他回到了鸭绿江——忆雷加》,《文艺报》2015年1月19日第3版。

秋石:《在延安,萧军与毛泽东》(一),《昆山日报》2015年1月21

日第 B03 版。

毛宪文：《在文研所听丁玲讲课》，《文艺报》2015 年 1 月 23 日第 8 版。

祁小军：《中国艺术摄影学会在延安举行座谈会》，《延安日报》2015 年 1 月 27 日第 1 版。

贾平凹：《孙犁的意义》，《北碚报》2015 年 1 月 27 日第 4 版。

秋石：《在延安，萧军与毛泽东》（二），《昆山日报》2015 年 1 月 28 日第 B03 版。

《作家雷加百年诞辰纪念座谈会在京举行》，《深圳特区报》2015 年 1 月 29 日第 B01 版。

李晓晨：《坚守"与生活同在"的文学信念》，《文艺报》2015 年 1 月 30 日第 1 版。

李晓晨：《坚守"与生活同在"的文学信念——雷加百年诞辰纪念座谈会在京举行》，《文艺报》2015 年 1 月 30 日第 1 版。

金涛：《文学界纪念雷加百年诞辰》，《中国艺术报》2015 年 1 月 30 日第 2 版。

《延安时期的廉政漫画》，《皖江晚报》2015 年 2 月 5 日第 A4 版。

秋石：《在延安，萧军与毛泽东》（三），《昆山日报》2015 年 2 月 5 日第 B04 版。

倪斯霆：《一肚子故事的严文井》，《今晚报》2015 年 2 月 6 日第 17 版。

秋石：《在延安，萧军与毛泽东（四）——呼唤真实的萧红与萧军》，《昆山日报》2015 年 2 月 11 日第 B03 版。

《烽火年华的生死恋情——追忆延安时期的老作家柯蓝先生》，《中国国门时报》2015 年 2 月 13 日第 7 版。

《封芝琴与"刘巧儿"》，《陇东报》2015 年 2 月 14 日第 A3 版。

马春光：《〈高干大〉的叙事策略与语言特色》，《文艺报》2015 年 2 月 27 日第 6 版。

陈典松：《面向文坛 有容乃大——品读欧阳山》，《文艺报》2015 年 2 月 27 日第 8 版。

欧阳代娜、田海蓝：《欧阳山的文学之路与〈一代风流〉的创作》，

《文艺报》2015年2月27第5版。

朱献贞：《领一代风流的世纪大家 有中国气派的左翼干将》，《文艺报》2015年2月27日第5版。

张丽军：《乡土中国新式农民英雄》，《文艺报》2015年2月27日第6版。

刘虎林：《红色木刻坚守者——延安版画家赵明生》，《美术报》2015年2月28日第18版。

《乡土文魂忆孙犁》，《人民政协报》2015年3月2日第10版。

《延安文学的现代性》，《中国文化报》2015年3月3日第3版。

《丁玲情系张家口》，《张家口晚报》2015年3月5日第A22版。

《女性的美德与丰功——读丁玲与莫言有关文谈》，《青岛财经日报》2015年3月6日第A14版。

田斌：《柳青：投身抗战笔做枪》，《各界导报》2015年3月7日第7版。

赵胜兰：《三八佳节忆丁玲》，《常德日报》2015年3月9日第A03版。

《元宝村与〈暴风骤雨〉》，《黑龙江日报》2015年3月12日第12版。

张丽：《文艺中的"战争与和平"——陈维亚委员谈抗战题材文艺作品的创作与民族精神》，《人民政协报》2015年3月16日第9版。

张军：《以赵树理为例分析解放区文学》，《湖北大学报》2015年3月17，沙湖墨韵。

向云驹：《延安民间文艺是一座历史丰碑》，《文艺报》2015年3月18日第3版。

《再读孙犁的〈芦花荡〉》，《丽水日报》2015年3月23日第A04版。

刘畅、罗君：《革命洪流中的艺术人生》，《璧山报》2015年3月23日第3版。

王爱松：《也谈抗战时期文学的民族化》，《文艺报》2015年3月25日第3版。

《赵树理与涉县的渊源》，《邯郸晚报》2015年3月28日第5版。

陈漱渝：《无心插柳未成荫——忆丁玲》，《中国艺术报》2015年3月30日第8版。

《〈蓝花花〉之蓝》,《中国文化报》2015 年 4 月 1 日第 3 版。

江南鹤:《孙犁的风骨》,《渤海早报》2015 年 4 月 7 日第 16 版。

向岛:《孙犁与汪曾祺》,《渤海早报》2015 年 4 月 15 日第 16 版。

《以跨学科的视野回归历史的现场——评杨琳著〈回归历史的现场——延安文学传播研究（1935—1948）〉》,《陕西日报》2015 年 4 月 21 日第 16 版。

《歌剧〈白毛女〉,一唱七十年》,《浙江日报》2015 年 4 月 24 日第 18 版。

介子平:《新美术从根据地开始》,《美术报》2015 年 4 月 25 日第 23 版。

梁向阳、王姗:《杨朔的延安之路》,《文艺报》2015 年 4 月 27 日第 6 版。

吴周文:《解读杨朔与毛泽东两度文学情缘》,《文艺报》2015 年 4 月 27 日第 6 版。

贺桂梅:《赵树理的乡村乌托邦》,《中华读书报》2015 年 4 月 29 日第 13 版。

吕律:《南梁——陇东红色歌谣的发祥地》,《陇东报》2015 年 5 月 2 日第 A3 版。

《抗日烽火中成长的人民艺术家王大化》,《潍坊学院报》2015 年 5 月 5 日第 3 版。

《著名作家肖军的抚矿情结》,《抚顺矿工报》2015 年 5 月 5 日第 B04 版。

阿庚:《从延安到晋察冀》,《天津日报》2015 年 5 月 6 日第 15 版。

郎迎洁:《毛泽东与延安文艺座谈会》,《中国档案报》2015 年 5 月 8 日第 1 版。

李允经:《民族精神的集体记忆——抗战版画谈》（上）,《人民日报》2015 年 5 月 10 日第 12 版。

《艺术评论要做好真善美价值判断的引领》,《杭州日报》2015 年 5 月 14 日第 B06 版。

《72 年前的文艺座谈会》,《赤峰日报》2015 年 5 月 15 日第 7 版。

郭华悦:《丁玲的五月》,《安庆晚报》2015 年 5 月 15 日第 B07 版。

《纪念〈延安文艺座谈会上的讲话〉发表 73 周年 我市文艺采风活动走进下庙》,《渭南日报》2015 年 5 月 16 日第 3 版。

《艺术创作的源泉是生活——访〈王贵与李香香〉编导姬晓东》,《榆林日报》2015 年 5 月 21 日第 A6 版。

《100 张惠民票免费赠读者》,《华商报》2015 年 5 月 21 日第 A9 版。

王卉:《诵经典诗文扬时代新声》,《宝鸡日报》2015 年 5 月 21 日第 A11 版。

《薪火相传——山西木刻版画展作品欣赏》,《太原日报》2015 年 5 月 21 日第 12 版。

《全省文艺工作座谈会在并召开》,《山西日报》2015 年 5 月 22 日第 A1 版。

《文艺志愿服务主题活动丰富多彩》,《葫芦岛晚报》2015 年 5 月 22 日第 A2 版。

《扎根生活创作精品——榆林市纪念"文艺工作座谈会讲话"发言摘登》,《榆林日报》2015 年 5 月 22 日第 A6 版。

李太阳:《传递向上向善正能量 开创文艺事业新常态——纪念毛泽东同志〈在延安文艺座谈会上的讲话〉发表 73 周年》,《中国艺术报》2015 年 5 月 22 日第 3 版。

《谦虚谨慎的华君武》,《江城日报》2015 年 5 月 22 日第 7 版。

张婷:《文艺志愿服务"贵在坚持,重在实效"——专访上海市文联党组书记、专职副主席宋妍》,《中国艺术报》2015 年 5 月 22 日第 10 版。

《高山之巅》,《陕西日报》2015 年 5 月 22 日第 14 版。

《省文联艺术家为老人送欢乐——省文联艺术家把欢乐送到长春、通化、白山……》,《新文化报》2015 年 5 月 23 日第 A02 版。

《省老文学艺术家座谈会举办》,《山西日报》2015 年 5 月 23 日第 A2 版。

《群策群力推动文艺事业繁荣发展》,《益阳日报》2015 年 5 月 23 日第 A2 版。

李彦臻:《"翰墨乡愁"书画作品展开展》,《陇东报》2015 年 5 月 23 日第 A2 版。

《重温"讲话"精神繁荣文艺创作》,《资阳日报》2015 年 5 月 23 日第 2 版。

《"文艺圈"纪念"延安讲话"73 周年》,《山西青年报》2015 年 5 月 23 日第 2 版。

《20 余名国内知名艺术家来延采风》,《延安日报》2015 年 5 月 23 日第 2 版。

《省文艺界重温毛泽东〈在延安文艺座谈会上的讲话〉》,《山西商报》2015 年 5 月 23 日第 3 版。

赵文:《〈在延安文艺座谈会上的讲话〉的当代启示》,《文艺报》2016 年 5 月 23 日第 4 版。

《〈国乐飘香〉民族音乐会上演》,《吉林日报》2015 年 5 月 23 日第 8 版。

《孙犁:像古镜越磨越亮》,《上海文汇报》2015 年 5 月 23 日第 8 版。

智慧:《五月油画展揭幕》,《劳动报》2015 年 5 月 24 日第 A3 版。

《山西木刻版画展在太原美术馆亮相》,《山西经济日报》2015 年 5 月 24 日第 1 版。

《京剧票友演唱会》,《天天商报》2015 年 5 月 24 日第 1 版。

《琼剧文化乡镇行 走进革命老村》,《海南日报》2015 年 5 月 24 日第 7 版。

《我市文艺界开展纪念"5·23"系列活动》,《本溪日报》2015 年 5 月 25 日第 A5 版。

《辽宁延安文艺学会举行"讲话"73 周年研讨会》,《沈阳日报》2015 年 5 月 25 日第 A10 版。

《我市文艺界纪念〈在延安文艺座谈会上的讲话〉发表 73 周年》,《德阳日报》2015 年 5 月 25 日第 1 版。

《美术书法摄影展在河东博物馆开展》,《黄河晨报》2015 年 5 月 25 日第 2 版。

《"深入生活扎根人民"创作采风座谈会召开》,《甘肃日报》2015 年 5 月 25 日第 2 版。

《"到人民中去"》,《中国艺术报》2015 年 5 月 25 日第 2 版。

《我市文艺界召开座谈会纪念"延安讲话"》,《东台日报》2015 年 5 月 26 日第 1 版。

《"到人民中去"——我区纪念〈延讲〉发表73周年文艺演出掠影》，《永川日报》2015年5月26日第3版。

《组织文艺界人士深入基层创作》，《汕头日报》2015年5月26日第9版。

《陈明回忆夫人丁玲艰难平反路——曾找胡耀邦申诉》，《法治新报》2015年5月26日第14版。

《百幅名家版画太原美术馆展出》，《山西青年报》2015年5月26日第19版。

《省城文艺界纪念〈讲话〉发表73周年》，《中国文化报》2015年5月27日第10版。

曹维豇：《县文联开展纪念"5·23"讲话发表73周年活动》，《绥德报》2015年5月29日第2版。

涂绍钧：《丁玲真的是李自成后裔吗——关于安福蒋家的传说和史籍考辨》，《常德日报》2015年5月30日第A02版。

樊为之：《抗日战争期间的陕甘宁边区文化工作》，《陕西省社会科学院》2015年5月30日第3版。

《延安：重温"讲话"精神 服务人民》，《美术报》2015年5月30日第4版。

《面向大时代开启文艺新征程——苏州文艺界召开纪念〈讲话〉"深入生活扎根人民"座谈会》，《繁荣》2015年6月1日第1版。

白烨：《历久不衰的抗战题材写作（文学新观察）》，《人民日报海外版》2015年6月2日第7版。

《对赵树理的关注何以升温》，《山西日报》2015年6月3日第C1版。

《薪火相传——纪念毛泽东同志〈在延安文艺座谈会上的讲话〉发表七十三周年山西木刻版画展作品选》，《山西日报》2015年6月5日第C4版。

《有探索有创见的赵研专著——读〈赵树理小说的改编与传播〉感言》，《太行日报》2015年6月7日第3版。

李允经：《民族魂魄的震天呐喊（铭记·纪念中国人民抗日战争暨世界反法西斯战争胜利70周年）——抗战版画谈》（下），《人民日报》2015年6月7日第12版。

江英：《延安与抗战文化》，《光明日报》2015年6月9日第2版。

程岚岚：《〈新华日报〉与当代版画血缘深厚 很多名家是从〈新华日报〉走出去》，《江南时报》2015年6月25日第A03版。

《告诉你一个真实的丁玲——迄今最有深度的丁玲传记出版》，《乌鲁木齐晚报》2015年6月26日第B15版。

《罗浪：——开国大典奏国歌，"军乐之父"美名扬》，《东南早报》2015年7月3日第C03版。

《光影见史——在吴印咸诞辰115周年之际》，《中国文化报》2015年7月6日第7版。

吴为山：《光影见史——写在吴印咸诞辰115周年之际》，《人民政协报》2015年7月6日第8版。

《新老作家前赴后继抗战文学波推浪涌——抗战题材作品写作的历史与现实》，《太原日报》2015年7月7日第9版。

《国博隆重推出〈抗战与文艺系列展〉》，《宜宾日报》2015年7月8日第B4版。

《"抗战与文艺：纪念抗日战争胜利70周年馆藏文物系列展"开幕》，《中国文化报》2015年7月8日第1版。

夏琪：《王增如李向东夫妇鼎力完成〈丁玲传〉——专家评价该书在翔实完备准确可靠方面超越了既往之作》，《中华读书报》2015年7月8日第2版。

王萌：《吴印咸光影忆抗战》，《北京娱乐信报》2015年7月9日第11版。

《中国二十世纪作家之丁玲》，《重庆日报》2015年7月9日第14版。

王雨檬：《吴印咸光影忆抗日救国》，《中国艺术报》2015年7月10日第1版。

马建辉：《诚心诚意做人民的学生——纪念〈在延安文艺座谈会上的讲话〉发表73周年》，《光明日报》2015年7月12日第7版。

《〈丁玲传〉从新史料还原丁玲》，《中国出版传媒商报》2015年7月14日第14版。

《抗战与文艺：纪念抗战胜利70周年系列展在国博举行》，《消费日报》2015年7月15日第A8版。

邵杰：《以"抗战与文艺"回望民族抗争史》，《中国艺术报》2015年7月15日第8版。

《重温〈冀中一日〉续写岁月新篇》，《石家庄日报》2015年7月15日第9版。

《抗战时期的作家胡正》，《太原日报》2015年7月16日第11版。

《最翔实〈丁玲传〉出版——她的经历串联了20世纪中国革命》，《福州晚报》2015年7月17日第A38版。

《细说丁玲——期最后一任秘书著〈丁玲传〉获称最权威》，《半岛都市报》2015年7月17日第B4版。

《"最详实"〈丁玲传〉出版——丁玲最后一任秘书撰写，陈明交付一批从未公开的丁玲信件内容》，《解放日报》2015年7月17日第3版。

傅光明：《丁玲：这个"另类"不简单》，《大众日报》2015年7月17日第10版。

李墨波、李云雷：《〈丁玲传〉出版座谈会召开》，《文艺报》2015年7月17日第1版。

《翔实有深度的丁玲传记》，《姑苏晚报》2015年7月19日第B05版。

《重新认识丁玲》，《茂名日报》2015年7月20日第B4版。

傅光明：《丁玲的世界：简单与不简单》，《文艺报》2015年7月20日第5版。

《〈丁玲传〉翔实记述丁玲传奇人生》，《人民公安报》2015年7月24日第7版。

孙焕英：《塞克、冼星海合创抗日歌曲佳话》，《今晚报》2015年7月24日第24版。

《抗战文化红遍山西抗日根据地》，《山西农民报》2015年7月25日第C2版。

《别只聊张爱玲萧红了 传奇女作家还有丁玲》，《华西都市报》2015年7月26日第A07版。

张弘：《〈丁玲传〉：成于史料，败于温情》，《南方都市报》2015年7月26日第GB10版。

唐琰：《贺绿汀与〈游击队歌〉》，《邵阳日报》2015年7月28日第6版。

张茜琦：《近 700 件珍贵抗战文物国博首展》，《北京商报》2015 年 7 月 28 日第 D4 版。

贺桂梅：《丁玲非常重要》，《光明日报》2015 年 7 月 28 日第 11 版。

《延安歌声永不落——〈延安文艺大系〉"音乐卷"前言》，《中国文化报》2015 年 7 月 29 日第 3 版。

《纪念华君武诞辰 100 周年座谈会举办》，《中国文化报》2015 年 7 月 31 日第 1 版。

吴华：《文艺界纪念华君武诞辰百年》，《中国艺术报》2015 年 7 月 31 日第 1 版。

李云雷：《〈白毛女〉：风雨七十年》，《光明日报》2015 年 7 月 31 日第 13 版。

魏沛娜：《"一部集大成的丁玲传记"——中国大百科全书出版社出版〈丁玲传〉，以详实资料记述丁玲复杂人生》，《深圳商报》2015 年 8 月 2 日第 C05 版。

李家丽：《"纪念华君武诞辰 100 周年座谈会"在京举行》，《人民政协报》2015 年 8 月 3 日第 8 版。

李晓晨：《纪念华君武诞辰一百周年座谈会在京举行》，《文艺报》2015 年 8 月 3 日第 1 版。

《丁玲的一生，并非只有爱情纠葛——〈丁玲传〉还原传奇女作家跌宕起伏的人生》，《晶报》2015 年 8 月 4 日第 B07 版。

《〈解放区的天〉汇聚抗日洪流》，《云南日报》2015 年 8 月 4 日第 5 版。

张子毅、徐健：《回望硝烟 守卫和平——访剧作家胡可》，《文艺报》2015 年 8 月 5 日第 1 版。

刘宁：《抗战烽火中的中国文艺》（之一），《中国文化报》2015 年 8 月 5 日第 3 版。

《丁玲尘封私信及手稿首次曝光》，《新闻晨报》2015 年 8 月 6 日第 B01 版。

《一场深刻的思想洗礼——延安整风运动为夺取抗战胜利奠定重要思想政治基础》，《解放军报》2015 年 8 月 6 日第 8 版。

刘宁：《抗战烽火中的中国文艺》（之二），《中国文化报》2015 年 8

月7日第4版。

《抗战文化红遍山西抗日根据地》,《山西日报》2015年8月11日第C2版。

刘宁:《抗战烽火中的中国文艺》(之三),《中国文化报》2015年8月12日第3版。

《英雄的鲁艺精神需要沈音人继续发扬光大》,《沈阳日报》2015年8月12日第A09版。

《丁玲传》,《鄂州日报》2015年8月12日第A6版。

石英:《战火中感受抗战文化的熏陶》,《文艺报》2015年8月12日第2版。

《〈丁玲传〉:丁玲人生历程集大成》,《江西日报》2015年8月14日第B03版。

朱绍杰:《文艺的生活化、大众化、民族化——纪念抗战胜利70周年美展今日揭幕》,《羊城晚报》2015年8月14日第B04版。

《柯仲平》,《文山日报七都晚刊》2015年8月14日第4B版。

刘宁:《抗战烽火中的中国文艺》(之四),《中国文化报》2015年8月14日第4版。

《红星照耀中国——延安:中国共产党领导抗日战争的"心脏"》,《西安晚报》2015年8月14日第8版。

李瑛:《我演歌剧〈白毛女〉》,《天津日报》2015年8月14日第11版。

王子璇、耿建扩:《〈解放区的天〉:传唱不衰的经典》,《光明日报》2015年8月16日第4版。

刘旭:《群星荟萃大鲁艺战歌嘹亮延水河》,《北京青年报》2015年8月17日第B02版。

高博:《〈团结就是力量〉:凝聚奋进力量 奏响抗战最强音》,《白城日报》2015年8月17日第3版。

陈显信、岭之南:《鲁艺:文化抗战的一面旗帜》,《中国税务报》2015年8月17日第5版。

耿建扩、王子璇:《〈团结就是力量〉:战火中炼就的呐喊》,《光明日报》2015年8月17日第8版。

《深入敌占区演出抗日剧》,《福建老年报》2015 年 8 月 18 日第 7 版。

《文学：万众一心抒胸怀》,《浙江日报》2015 年 8 月 18 日第 14 版。

《烽火抗战中的文化坚守》,《陕西日报》2015 年 8 月 18 日第 16 版。

《陕甘宁边区的文娱生活》,《淇河晨报》2015 年 8 月 19 日第 CB - A08 版。

刘宁：《抗战烽火中的中国文艺》（之五）,《中国文化报》2015 年 8 月 19 日第 3 版。

郭超：《〈保卫黄河〉：必胜的乐观主义情怀》,《光明日报》2015 年 8 月 19 日第 9 版。

《艺术贴近生活，是抗战创作的主体》,《信息时报》2015 年 8 月 20 日第 C07 版。

《延安文艺座谈会之后的丁玲、艾青、何其芳》,《南阳日报》2015 年 8 月 22 日第 A4 版。

《书生意气化惊雷——丘东平》,《新华日报》2015 年 8 月 22 日第 2 版。

巩世锋：《重读陇东抗日歌谣》,《陇东报》2015 年 8 月 23 日第 3 版。

李树声：《饱蘸民族的辛酸、血泪和愤怒（铭记·纪念中国人民抗日战争暨世界反法西斯战争胜利 70 周年）——漫画及其在抗战中的战斗作用》,《人民日报》2015 年 8 月 23 日第 12 版。

《凝聚奋进力量 奏响抗战最强音》,《皖江晚报》2015 年 8 月 24 日第 A4 版。

张炯：《铭记那战火纷飞、全民奋起的年代——论我国反法西斯战争文艺的伟大精神》,《人民政协报》2015 年 8 月 24 日第 11 版。

《"灯塔"延安》,《新华每日电讯》2015 年 8 月 25 日第 5 版。

《"灯塔"延安：挺起中华民族全民抗战不屈的脊梁》,《内蒙古日报》2015 年 8 月 25 日第 5 版。

宋嵩：《血肉筑起的长城——回顾抗战中的文学》,《人民日报海外版》2015 年 8 月 25 日第 7 版。

《丁玲研究青年论坛举办》,《人民日报》2015 年 8 月 25 日第 12 版。

《于蓝：从延安出发的银幕征程》,《北京日报》2015 年 8 月 25 日第 19 版。

《没有忏悔的丁玲》,《法治周末》2015年8月25日,头条。

《以笔作枪 她是"武将军"他是战地作家》,《山西晚报》2015年8月26日第27版。

《〈团结就是力量〉:凝聚奋进力量奏响抗战最强音》,《兴安日报》2015年8月27日第A06版。

《版画里的延安抗战》,《南阳晚报》2015年8月27日第W6版。

曹显钰:《用"文化的军队"汇聚民族力量(纵横·延续我们的抗战记忆)》,《人民日报》2015年8月27日第5版。

王丽虹:《抗战音乐激励杀敌斗志》,《解放军报》2015年8月27日第10版。

章晓虹:《第二届丁玲研究青年论坛在黑龙江省举行》,《常德日报》2015年8月28日第A02版。

《荷叶上的露珠——赏读孙犁的〈荷花淀〉》,《三明日报》2015年8月28日第B3版。

《由〈芦花荡〉思战争》,《哈密开发报》2015年8月28日第3版。

《为工农兵创作:文艺家的历史选择》,《北京日报》2015年8月28日第4版。

《为什么说〈讲话〉拨正了抗战文艺运动的方向?》,《北京日报》2015年8月28日第4版。

《艾青的土地 中国的土地》,《中国国门时报》2015年8月28日第6版。

《抗战诗歌:硝烟中的擂鼓声》,《河北日报》2015年8月28日第11版。

蔡岫:《〈大刀进行曲〉作者麦新如何用音乐来抗战》,《北京晚报》2015年8月28日第39版。

王隰斌、弓佩玉:《丁玲西北战地服务团在临汾》,《临汾日报晚报版》2015年9月1日第5版。

《一度不知〈解放区的天〉由父亲创作》,《沈阳日报》2015年9月2日第A14版。

李云雷:《贺敬之:延安精神铸就"中流砥柱"》,《文艺报》2015年9月2日第1版。

《"灯塔"延安 挺起中华民族全民抗战不屈的脊梁》,《咸阳日报》2015年9月2日第2版。

霍俊明:《抗战诗歌:思想的胜利 美学的胜利》,《文艺报》2015年9月2日第3版。

张哲浩、王斯敏、杨永林:《延安"新文艺":抗战军民的精神滋养》,《光明日报》2015年9月3日第9版。

《唤起民众:文艺工作之使命——中国国家博物馆"抗战与文艺"系列展综述》,《中国文化报》2015年9月3日第2版。

《抗战文学:如何与世界对话?》,《文学报》2015年9月3日第2版。

王斯敏、张哲浩、杨永林:《"结成统一战线中新的战斗力量"——记陕甘宁边区首个抗日文艺社团"中国文艺协会"》,《光明日报》2015年9月3日第6版。

胡锦锡:《一首悲壮而富有感召力的抗日歌曲〈松花江上〉——追忆人民音乐家张寒晖》,《人民政协报》2015年9月3日第7版。

孙晓虎:《描绘抗日军民的爱国之心》,《人民政协报》2015年9月3日第8版。

张哲浩、王斯敏、杨永林:《延安"新文艺":抗战军民的精神滋养》,《光明日报》2015年9月3日第9版。

吴为山:《革命的时代与革命的史诗——美术画卷中的抗日战争》,《人民政协报》2015年9月3日第9版。

李继伟:《号召光明与胜利——抗战时期的诗歌朗诵运动》,《光明日报》2015年9月3日第11版。

《抗战文艺》,《内蒙古日报》2015年9月3日第14版。

胡凌虹:《继承抗战精神,用文艺续写时代新乐章——上海文艺家谈文艺工作者的责任和使命》,《中国艺术报》2015年9月4日第6版。

《现实主义美术观的全面确立》,《美术报》2015年9月5日第4版。

《莫耶:才女作家 执笔投身抗战洪流》,《泉州晚报》2015年9月6日第3版。

刘小清:《手无寸铁兵百万——范长江》,《盐阜大众报》2015年9月7日第A02版。

李晓晨:《首都文学界"纪念中国人民抗日战争暨世界反法西斯战争

胜利 70 周年"座谈会举行》,《文艺报》2015 年 9 月 7 日第 1 版。

石祥:《抗日救亡的不屈战歌》,《文艺报》2015 年 9 月 7 日第 3 版。

胡锦锡:《我珍藏了〈松花江上〉手迹》,《宝鸡日报》2015 年 9 月 8 日第 A11 版。

高博燕:《〈中国妇女〉:书写中国妇女抗战史诗》,《中国新闻出版广电报》2015 年 9 月 8 日第 6、7 版。

王春梅:《中国文联召开"抗战中的中国文艺"座谈会——回顾与总结文艺在抗战中发挥的重要作用》,《中国艺术报》2015 年 9 月 9 日第 1 版。

王思北:《革命理想铸就经典之作——访著名诗人贺敬之》,《枣庄日报》2015 年 9 月 9 日第 4 版。

《文艺凝聚抗战决心》,《人民日报》2015 年 9 月 9 日第 6 版。

胡可:《把戏剧视为另一种战斗》,《中国艺术报》2015 年 9 月 9 日第 6—7 版。

王思北:《革命理想铸就经典之作——访著名诗人贺敬之》,《光明日报》2015 年 9 月 9 日第 7 版。

周玮:《于蓝忆延安:文艺凝聚抗战决心》,《光明日报》2015 年 9 月 9 日第 7 版。

贺敬之:《革命理想铸就经典之作》,《宁夏日报》2015 年 9 月 9 日第 12 版。

《〈白毛女〉:风雨七十年》,《皖江晚报》2015 年 9 月 11 日第 A4 版。

方伟:《晋察冀抗战文艺在当代文艺创作中的价值实现》,《河北日报》2015 年 9 月 11 日第 11 版。

《悲凄歌声醒后人——〈松花江上〉和它的词曲作者张寒晖》,《黑龙江日报》2015 年 9 月 13 日第 3 版。

《〈小二黑结婚〉引领抗战文艺繁荣发展》,《太行日报》2015 年 9 月 16 日第 2 版。

《定州骄傲:人民艺术家张寒晖——人物档案》,《定州日报》2015 年 9 月 18 日第 2 版。

缪立新:《〈文艺阵地〉:抗战时期最有影响的文学刊物》,《镇江日报》2015 年 9 月 18 日第 10 版。

霍文达：《略述抗战时期陕甘宁边区和敌后抗日根据地的文化教育建设》，《中南民族大学报》2015年9月19日第2版。

博言：《〈中国妇女〉：见证抗战女性光辉》，《光明日报》2015年9月20日第8版。

乔忠延：《诞生在临汾的〈游击队之歌〉——抗战文化篇之炮火中的歌声》，《临汾日报》2015年9月22日第2版。

《〈解放区的天〉：传唱不衰的经典》，《黄河晨报》2015年9月22日第10版。

《〈团结就是力量〉：战火中炼就的呐喊》，《黄河晨报》2015年9月24日第10版。

王向峰：《抗日文艺战线的丰功伟绩》，《文艺报》2015年9月25日第2版。

《赵树理最恨"流氓干部"》，《老年生活报》2015年9月25日第6版。

汪曾祺：《赵树理：像穿行在热闹的集市人丛中》，《羊城晚报》2015年9月27日第B03版。

张子毅：《回望硝烟 守卫和平——访剧作家胡可》，《天津日报》2015年9月29日第24版。

《山西抗战美术对新美术的影响》，《山西日报》2015年9月30日第C1版。

《杨廷宾延安时期木刻版画里的二战人物》，《南阳理工学院报》2015年9月30日第4版。

《丁玲传》，《梅州日报》2015年10月2日第2版。

熊元义：《马克思主义文艺理论中国化的再思考——文艺理论家陈涌访谈》，《文艺报》2015年10月9日第3版。

庞井君：《研究抗战歌谣意义深远》，《中国艺术报》2015年10月9日第6—7版。

尧山壁：《我眼中的诗人田间》（一），《今晚报》2015年10月9日第16版。

李云雷：《陈涌：一个马克思主义学者的追求与人格》，《文艺报》2015年10月12日第3版。

《两次文艺座谈会的比较》,《喀什日报》2015年10月14日第A03版。

《毛泽东称鲁迅为"现代中国的圣人" 自认是其"学生"》,《福建老年报》2015年10月15日第7版。

吴小妮:《抗战时期革命根据地的节日动员》,《光明日报》2015年10月17日第11版。

吴波:《严文井百年诞辰纪念座谈举行》,《广州日报》2015年10月24日B8版。

杨建民:《赵树理看"小二黑"》,《人民政协报》2015年11月5日第11版。

《对"另一个"孙犁的克服与超越》,《文学报》2015年11月5日第21版。

张莉:《对"另一个"孙犁的克服与超越——从〈白洋淀之曲〉到〈荷花淀〉》,《文学报》2015年11月5日第20版。

《对"另一个"孙犁的克服与超越》,《文学报》2015年11月5日第21版。

《新版〈白毛女〉将全国巡演70年后再回延安首演》,《西安商报》2015年11月6日第3版。

陶明:《新版歌剧〈白毛女〉在延安举行全国巡演第一场演出》,《文艺报》2015年11月9日第1版。

《〈白毛女〉:红色歌剧 经典力量》,《亮报》2015年11月11日第LB18版。

《文艺名家笔下的石家庄解放》,《石家庄日报》2015年11月11日第9版。

石岩:《"老太太是一个大的历史现象"·丁玲身上的"五四"、延安、"新时期"》,《南方周末》2015年11月12日。

杨宁舒:《办报期间创作〈暴风骤雨〉周立波与本报的不解之缘》,《黑龙江日报》2015年11月18日第3版。

《文艺需要这种态度》,《科教新报》2015年11月19日第6版。

朱少伟:《抗战初期丁玲在陕北编辑〈二万五千里〉》,《联合时报》2015年11月20日第6版。

《重读孙犁〈荷花淀〉》，《繁荣》2015年11月23日第4版。

《照亮中国文艺的历史航向——学习毛泽东、习近平两个文艺座谈会上的讲话之浅见》，《鞍山日报》2015年11月30日第A05版。

陈炜敏：《歌剧〈白毛女〉背后的故事》，《济南日报》2015年12月1日第C01版。

《〈白毛女〉创作由来》，《浙江日报》2015年12月2日第13版。

《在延安上演的〈白毛女〉是如何创作的》，《东方早报》2015年12月7日第A19版。

《诗人肖三、艾青与张家》，《张家口晚报》2015年12月7日第A22版。

《歌剧〈星星之火〉背后的故事》，《人民代表报》2015年12月12日第A7版。

尚弓：《新旧诗体两相辉——读〈寻草集〉忆诗人章长石》，《解放军报》2015年12月12日第7版。

何吉贤：《〈白毛女〉与中国当代文学70年》，《文艺报》2015年12月18日第2版。

《延安时期知识分子的待遇》，《周闻天下》2015年12月19日第12版。

李继凯：《行走西北的"二萧"——纪念鲁迅为萧红、萧军作品作序80周年》，《文艺报》2015年12月21日第6版。

《歌剧〈白毛女〉应运而生》，《陕西日报》2015年12月22日第11版。

郁葱：《抗战中的河北诗人与诗篇：他们的作品能够代表那个时代》，《文艺报》2015年12月23日第2版。

鲁博林：《纪念歌剧〈白毛女〉70周年座谈会举行》，《光明日报》2015年12月28日第9版。

任晶晶：《纪念歌剧〈白毛女〉首演70周年座谈会举行》，《文艺报》2015年12月30日第1版。

肖云儒：《柳青的文格与人格》，《西安晚报》2015年12月30日第13版。

《怀念于敏：延安文艺座谈会的见证者》，《劳动时报》2015年12月

31 日第 4 版。

《柳青的两个奇迹》,《西安晚报》2016 年 1 月 1 日第 12 版。

《柳青的文学道路和文学精神》,《西安晚报》2016 年 1 月 1 日第 12 版。

《最详实丁玲传记》,《山西青年报》2016 年 1 月 5 日第 10 版。

《见到孙犁——西安 贾平凹》,《新华日报》2016 年 1 月 7 日第 14 版。

董永俊:《延安碾庄:古元的艺术摇篮》,《光明日报》2016 年 1 月 9 日第 11 版。

李晓晨:《在新的时代继续传递和跃动"初心"——刘白羽百年诞辰纪念座谈会在京举行》,《文艺报》2016 年 1 月 10 日第 1 版。

金涛:《中国作协纪念刘白羽百年诞辰》,《中国艺术报》2016 年 1 月 10 日第 1 版。

《刘白羽百年诞辰纪念座谈会在京举行》,《解放军报》2016 年 1 月 10 日第 3 版。

刘文戈:《毛泽东〈在延安文艺座谈会上的讲话〉对陇东分区文艺工作的影响》,《陇东报》2016 年 1 月 10 日第 3 版。

《革命摄影家沙飞在晋察冀的岁月》(上),《张家口晚报》2016 年 1 月 11 日第 A14 版。

《我和赵树理的三面缘》,《太行日报》2016 年 1 月 11 日第 5 版。

龚明德:《〈荷花淀〉中水生的年龄——旧日书刊之二》,《今晚报》2016 年 1 月 12 日第 12 版。

《文学界纪念刘白羽百年诞辰》,《人民日报海外版》2016 年 1 月 13 日第 9 版。

《延安文艺简史展开展仪式举行》,《陕西日报》2016 年 1 月 15 日第 2 版。

方翔:《从〈西行漫画〉到〈长征画集〉——24 幅画作与上海有着千丝万缕的联系》,《新民晚报》2016 年 1 月 17 日第 A04 版。

《罗工柳纪念展在中国美院开幕》,《杭州日报》2016 年 1 月 17 日第 11 版。

《在革命摄影家沙飞在晋察冀的岁月(下)》,《张家口晚报》2016 年 1 月 18 日第 A14 版。

张炯：《实践中推进马克思主义文艺理论的中国化》，《中国艺术报》2016年1月21日第6—7版。

陈飞龙：《建设面向21世纪中国的马克思主义文艺理论》，《中国艺术报》2016年1月21日第6—7版。

《延安文艺简史展在延安大剧院开展》，《延安新区》2016年1月22日第3版。

《"第二延安·丁玲与张家口"学术研讨会举行》，《张家口日报》2016年1月24日第A2版。

《〈冀中一日〉与孙犁故乡》，《石家庄日报》2016年1月27日第12版。

《坚持以人民为中心的创作导向 推动中国民族歌剧的传承发展——中国民族歌剧传承发展座谈会发言摘登》，《光明日报》2016年1月28日第16版。

《人民作家赵树理》，《太行日报》2016年1月29日第5版。

铁凝：《在严文井先生百年诞辰纪念座谈会上的讲话》，《文艺报》2016年1月29日第5版。

许建辉：《严文井先生的几封亲笔信》，《文艺报》2016年1月29日第8版。

缪立新：《在张家口的丁玲和〈长城〉月刊》，《镇江日报》2016年1月29日第10版。

罗飞：《不轻松的回望——读王文正口述〈我所亲历的胡风案〉想起的》，《中华读书报》2016年2月3日第5版。

《1942年延安文艺座谈会片断：萧军发言遭胡乔木反驳》，《松原日报》2016年2月18日第7版。

《我与赵树理先生的邂逅》（上），《太行日报》2016年2月21日第2版。

《我与赵树理先生的邂逅》（下），《太行日报》2016年2月28日第2版。

阎泽川：《〈兄妹开荒〉的创作演出》，《人民政协报》2016年2月25日第11版。

李向东、王增如：《〈三八节有感〉写到江青》，《羊城晚报》2016年2

月 29 日第 B04 版。

杨洪承：《"文章下乡，文章入伍"的缘起及意义》，《文艺报》2016 年 2 月 29 日第 7 版。

张旭林：《马烽与孙谦的战友情》，《黄河晨报》2016 年 2 月 29 日第 15 版。

李向东、王增如：《〈三八节有感〉引来麻烦》，《羊城晚报》2016 年 3 月 1 日第 B04 版。

《布衣隐者的清新淡雅——读孙犁〈采蒲台的苇：孙犁散文〉》，《茂名日报》2016 年 3 月 1 日第 B4 版。

李向东、王增如：《丁玲小说有影射?》，《羊城晚报》2016 年 3 月 2 日第 B04 版。

尚晓岚：《春风何处说柳青——纪念柳青诞辰一百周年》，《北京青年报》2016 年 3 月 4 日第 B01 版。

辛雯：《文学界纪念丁玲逝世三十周年》，《文艺报》2016 年 3 月 9 日第 1 版。

《元宝村与〈暴风骤雨〉》，《黑龙江日报》2015 年 3 月 12 日第 12 版。

李彦：《电影事业家汪洋诞辰百年纪念活动在京举行——童刚出席并讲话》，《中国新闻出版广电报》2016 年 3 月 29 日第 2 版。

黄茜：《罗工柳：从文艺战士到画坛耆宿"创新先驱之路——罗工柳百年诞辰纪念展"北京举行》，《南方都市报》2016 年 3 月 31 日第 GB07 版。

《〈东方红〉：（图）》，《天津日报》2016 年 4 月 11 日第 11 版。

龚明德：《英译〈王贵与李香香〉中的 high——旧日书刊之六》，《今晚报》2016 年 4 月 12 日第 16 版。

赵晶、宋曼青：《春暖花开柳色长青——"创新先驱之路——罗工柳百年诞辰纪念展"隆重开幕》，《中央美术学院校报》2016 年 4 月 13 日第 3 版。

范迪安：《中国美术主流在历史中前行的标志——罗工柳百年诞辰纪念》，《人民政协报》2016 年 4 月 15 日第 12 版。

丁士风：《卞之琳在延安与抗战前线》，《海门日报》2016 年 4 月 18 日第 11 版。

《黑土地上历经"暴风骤雨"》,《哈尔滨日报》2016年4月28日第30版。

韩毓海:《时刻想着人民,作品才会生动》,《工人日报》2016年5月2日第7版。

沈治鹏:《艾青:高举"火把"奔延安》,《重庆政协报》2016年5月6日第3版。

刘可风:《柳青传》,《渤海早报》2016年5月7日第15版。

孙玉蓉:《解放区文学研究的促进者——怀念石坚同志》,《天津日报》2016年5月9日第12版。

《"公民杯"国画展开展》,《延安日报》2016年5月11日第2版。

《延安文艺座谈会的前前后后》,《东昌时讯》2016年5月12日第4版。

《延安文艺座谈会若干意味深长的细节》,《东昌时讯》2016年5月12日第4版。

《文学名家笔下的张家口》,《张家口日报》2016年5月16日第A7版。

房佳:《纪念"5·23"延安文艺座谈会召开74周年》,《延安日报》2016年5月17日第1版。

杨雪婷:《书画家挥毫泼墨纪念〈延讲〉74周年》,《渝中报》2016年5月18日第1版。

《纪念毛泽东〈在延安文艺座谈会上的讲话〉发表74周年暨柳青诞辰100周年全国学术研讨会在榆举行——柳青路遥研究院揭牌》,《榆林日报》2016年5月19日第A1版。

《延安讲话的版本之别》,《中国商报》2016年5月19日第6版。

《弘扬长征精神 推动主旋律作品创作——纪念长征胜利80周年暨长征题材文艺创作研讨会发言摘编》,《人民日报》2016年5月19日第14版。

张哲浩、刘贝:《柳青诞辰100周年研讨会举行》,《光明日报》2016年5月20日第9版。

《纪念毛泽东同志〈讲话〉发表74周年座谈会举办》,《山西日报》2016年5月21日第A2版。

《什么是深入生活———从赵树理的小说说起》,《上海文汇报》2016

年5月21日第4版。

辛华：《省城老文学艺术家重温〈讲话〉精神》，《太原晚报》2016年5月21日第12版。

《纪念5·23延安文艺座谈会书画惠民展启动》，《涟水日报》2016年5月22日第A1版。

赵文：《〈在延安文艺座谈会上的讲话〉的当代启示》，《文艺报》2016年5月23日第4版。

《纪念毛泽东〈在延安文艺座谈会上的讲话〉暨柳青诞辰100周年全国学术座谈会专家团走进柳青故乡》，《阳光报》2016年5月23日第13版。

《纪念"5·23"讲话发表74周年暨贯彻落实"习近平总书记在文艺座谈会上的讲话"精神》，《延安日报》2016年5月24日第2版。

《为人民抒怀朗诵会纪念"5·23"讲话》，《三晋都市报》2016年5月24日第A12版。

《省文联举办"为人民抒怀"朗诵会》，《山西日报》2016年5月24日第2版。

《紧紧把握人民需求 繁荣发展文艺事业——我市文艺工作者纪念毛泽东〈在延安文艺座谈会上的讲话〉发表74周年学习贯彻习近平在文艺工作座谈会上的讲话精神》，《黄河晨报》2016年5月24日第2版。

《百名书画家作品交流展在兰举行》，《甘肃日报》2016年5月24日第2版。

《"5·23"讲话发表74周年座谈会》，《德阳日报》2016年5月24日第3版。

《我省举办纪念毛泽东同志〈在延安文艺座谈会上的讲话〉发表74周年座谈会》，《山西工人报》2016年5月24日第3版。

辛华：《省文联举办纪念〈讲话〉朗诵会》，《太原晚报》2016年5月24日第18版。

《省城百名老文学艺术家举办座谈会》，《生活晨报》2016年5月25日第A7版。

唐珺：《专家学者畅谈文艺与社会》，《羊城晚报》2016年5月25日第A05G版。

畅广元：《思想家柳青》，《榆林学院报》2016年5月25日第2版。

贾永雄：《柳青——未完成的大师》，《榆林学院报》2016年5月25日第2版。

蔺红：《作品才是硬道理——在纪念毛泽东〈在延安文艺座谈会上的讲话〉发表74周年暨全市文学创作工作会议上的发言》，《原平时报》2016年5月26日第3版。

《弘扬柳青精神 推动新时期文艺创作与研究》，《文化艺术报》2016年5月27日第1版。

杨海蒂：《现实主义道路依然广阔》，《文艺报》2016年5月27日第2版。

白振华、白增峰：《"鲁艺之路"系列活动在延安举办》，《文化艺术报》2016年5月27日第7版。

《纪念〈在延安文艺座谈会上的讲话〉发表74周年文艺演出延安举行》，《西北信息报》2016年5月31日第A5版。

《纪念毛泽东同志〈在延安文艺座谈会上的讲话〉发表74周年暨"贯彻落实习近平总书记在文艺座谈会上的讲话精神"书画作品邀请展暨座谈会在延安隆重开幕》，《三秦都市报》2016年5月28日第A08版。

《原平召开纪念〈讲话〉发表74周年暨文学创作表彰会》，《忻州日报文化旅游周刊》2016年5月29日第1版。

张婷：《"我的这支画笔是人民给的"》，《中国艺术报》2016年5月30日第5版。

《倡导文艺工作者向群众学习》，《揭阳日报》2016年5月30日第6版。

《平川区举行纪念延安文艺座谈会诗歌朗诵会》，《白银日报》2016年5月31日第2版。

刘宇：《弘扬柳青精神的现实文如荷花，人如荷花》，《今日永城》2016年6月1日第A4版。

《意义及陕西文学前瞻》，《文化艺术报》2016年6月10日第A04版。

黄国焕：《全国11位诗友聚长治朗诵诗歌纪念赵树理》，《宝安日报》2016年6月12日第A23版。

《柳青文学的根在哪里》，《榆林日报》2016年6月16日第A6版。

郝庆军：《林默涵文艺思想对当下文艺工作的启示》，《文艺报》2016年6月20日第2版。

李跃力：《陕北游记与"新中国"想象》，《山西日报》2016年6月22日第10版。

曹正文：《工作着是美丽的——记陈学昭》，《今晚报》2016年6月23日第16版。

艾斐：《"文摊"作家赵树理的永恒昭示与当代意义》，《文艺报》2016年6月29日第2版。

《石家庄可歌可泣的英雄人物在"经典"中闪光》，《石家庄日报》2016年6月29日第7版。

《赵树理是农村新文化普及者》，《山东商报》2016年6月30日第B02版。

《祭柳青：创陕西文学之伟业》，《文化艺术报》2016年7月1日第A10版。

《学柳青：我们以行动传承他的精神》，《文化艺术报》2016年7月1日第A11版。

《柳青著作》，《文化艺术报》2016年7月1日第A13版。

《悠悠故乡情——回忆艾青》，《今日金东》2016年7月1日第4版。

徐应才：《根植在生活土壤的人民文艺高峰》，《中国出版传媒商报》2016年7月1日第12版。

《去除符号，呈现真实的古元》，《京华时报》2016年7月3日第10版。

张器友：《延安文艺运动中的散文（图）》，《天津日报》2016年7月4日第11版。

张文灿：《萧军〈延安日记〉里的名字之谜与情感纠葛》，《中国政法大学校报》2016年7月5日第8版。

梁桂：《柳青精神是文学陕军再出发的旗帜》，《文艺报》2016年7月6日第3版。

史飞翔：《柳青精神的时代价值》，《宝鸡日报》2016年7月8日第A9版。

《大作家的写作桌——回忆采访柳青的故事》，《宝鸡日报》2016年7

月 8 日第 A9 版。

白烨：《当代作家的光辉典范——从〈柳青传〉看柳青的为人与为文》，《文艺报》2016 年 7 月 8 日第 2 版。

李云雷：《"柳青精神"及启示》，《文艺报》2016 年 7 月 8 日第 3 版。

畅广元：《思想家柳青》，《文艺报》2016 年 7 月 8 日第 3 版。

段建军：《简谈柳青精神》，《文艺报》2016 年 7 月 8 日第 3 版。

阎纲：《柳青创造了两个奇迹》，《文艺报》2016 年 7 月 8 日第 3 版。

薛良：《走向自由·古元艺术的内在精神》，《美术报》2016 年 7 月 9 日第 1 版。

《延安文艺：为人民盛开的文艺之花》，《长沙晚报》2016 年 7 月 10 日第 A06 版。

梁照堂：《从版画转型的油画大家》，《新快报》2016 年 7 月 10 日第 A22 版。

田呢：《古元艺术的内在精神》，《光明日报》2016 年 7 月 10 日第 12 版。

吴振东：《繁荣中华文化 实现伟大复兴》，《山西工人报》2016 年 7 月 11 日第 4 版。

刘晓晖：《民间开出文艺之花》，《中国新闻出版广电报》2016 年 7 月 15 日第 7 版。

《在纪念周巍峙同志诞辰一百周年座谈会上的讲话》，《中国艺术报》2016 年 7 月 18 日第 2 版。

薛良：《走向自由——古元艺术的内在精神》，《文艺报》2016 年 7 月 18 日第 5 版。

方朔：《作家萧军的办报遭遇》，《湖南工人报》2016 年 7 月 20 日第 7 版。

《在纪念周巍峙同志诞辰 100 周年座谈会上的讲话——2016 年 7 月 15 日》，《中国文化报》2016 年 7 月 22 日第 1 版。

《说不尽的赵树理》，《太行日报》2016 年 7 月 24 日第 2 版。

《曹谷溪：要学柳青专注地干一件事》，《榆林日报》2016 年 7 月 30 日第 A6 版。

《"文摊"作家赵树理》，《太行日报》2016 年 7 月 31 日第 2 版。

马以鑫:《〈延安文艺大系〉:根植于生活土壤的人民文艺》,《南方日报》2016年8月4日第A18版。

《永恒的〈李有才板话〉——重读〈李有才板话〉有感》,《太行日报》2016年8月7日第2版。

肖复兴:《重读〈荷花淀〉(图)——孙犁先生逝世十四周年纪念》,《天津日报》2016年8月9日第10版。

《赵树理的永恒昭示与当代意义》,《山西日报》2016年8月10日第10版。

《赵树理与鲁迅》,《太行日报》2016年8月14日第2版。

《毛泽东与〈边区群众报〉》,《延安日报》2016年8月16日第8版。

文彦群:《李国涛说孙犁》,《今晚报》2016年8月16日第16版。

《陕北民歌的继承与发扬》,《陕西日报》2016年8月19日第14版。

《赵树理与小小说》,《太行日报》2016年8月21日第2版。

《为群众需要而创作——柯仲平在陇东创作的三个大型歌剧》,《陇东报》2016年8月26日第3版。

《学习习近平讲话精神传承赵树理创作方向》,《太行日报》2016年8月28日第2版。

《相通的"大家"——连环画家贺友直与文学作家赵树理》,《太行日报》2016年8月28日第2版。

《胶东红色文学的创作成就与历史意义》,《中国社会科学报》2016年8月29日第5版。

《率先"到群众中去",长诗〈吴满有〉推动文学转型》,《今日金东》2016年8月31日第7版。

《为毛主席延安文艺座谈会讲话收集意见》,《今日金东》2016年8月31日第8版。

梁向阳:《延安文艺座谈会的几个细节》,《人民政协报》2016年9月1日第9版。

张奇虹、张阳阳、陈芳:《永远的〈白毛女〉》,《人民政协报》2016年9月1日第11版。

阮德加:《版画战士古元》,《人民政协报》2016年9月1日第12版。

寿小南:《我们绝不应该忘记丁玲》,《北京青年报》2016年9月2日第 B02 版。

《谈画家对创作源泉制约的认识与适应——延安时期美术活动的启示》,《文化艺术报》2016 年 9 月 2 日第 13 版。

《一生的至交挚友——赵树理与王春》,《太行日报》2016 年 9 月 4 日第 2 版。

曹文汉:《古元和长春》,《吉林日报》2016 年 9 月 4 日第 4 版。

李颖:《延安精神的由来和体现》,《人民政协报》2016 年 9 月 8 日第 9 版。

张旭林:《赵树理永远是"榜样"》(上),《黄河晨报》2016 年 9 月 10 日第 7 版。

《时间让文学留下凭据——思念赵树理》,《太行日报》2016 年 9 月 11 日第 2 版。

《我对赵树理研究的一点认识和期望》,《太行日报》2016 年 9 月 11 日第 2 版。

《通俗化:赵树理的自觉追求——读〈赵树理全集〉一得》,《太行日报》2016 年 9 月 11 日第 2 版。

木梓辛:《孙犁的风格》,《民主与法制时报》2016 年 9 月 11 日第 9 版。

张旭林:《赵树理永远是"榜样"(下)》,《黄河晨报》2016 年 9 月 12 日第 15 版。

傅书华:《赵树理研究的现实意义(文艺新视界)》,《人民日报》2016 年 9 月 16 日第 8 版。

《值得一读的〈赵树理研究文丛〉》,《太行日报》2016 年 9 月 18 日第 2 版。

张旭林:《云烟深处 张旭林 赵树理永远是榜样》,《运城日报》2016 年 9 月 19 日第 3 版。

李跃森:《探寻民族记忆中的红色基因》,《文艺报》2016 年 9 月 21 日第 8 版。

《中国赵树理研究会第五届会员代表大会召开》,《太行日报》2016 年 9 月 23 日第 1 版。

《人民作家赵树理诞辰 110 周年 晋城举行座谈会隆重纪念》,《山西晚报》2016年9月23日第7版。

《赵树理诞辰110周年座谈会在晋城举办 300余名专家学者缅怀"人民作家"》,《山西日报》2016年9月24日第2版。

《赵树理文学的魅力所在》,《太行日报》2016年9月25日第2版。

《什么是深入生活——从赵树理的小说说起》,《太行日报》2016年9月25日第2版。

《赵树理研究的现实意义》,《太行日报》2016年9月25日第2版。

《赵树理文学的魅力所在》,《太行日报》2016年9月25日第2版。

《参加延安文艺座谈会》,《北京晨报》2016年9月26日第A23版。

赵思运:《何其芳奔赴延安的发生学探析》,《文艺报》2016年9月26日第6版。

《丁玲与〈太阳照在桑干河上〉》,《张家口晚报》2016年9月27日第A14版。

《为什么有人对赵树理的作品"不以为然"?》,《太行日报》2016年9月28日第5版。

《把他放在历史的长河中考量》,《山西日报》2016年9月28日第8版。

张振胜:《周仰之:我写祖父周立波》,《中华读书报》2016年9月28日第19版。

《柳青传》,《启东日报》2016年9月30日第2版。

《周立波和〈暴风骤雨〉——文艺作品中的土改》,《黑龙江日报》2016年10月10日第12版。

李晓晨:《在新的时代继续传递和跃动"初心"——刘白羽百年诞辰纪念座谈会在京举行》,《文艺报》2016年10月10日第1版。

李振武、鲁舰平:《〈延安文艺简史展〉开展——千余图片再现延安时期文艺繁荣景象》,《延安日报》2016年10月15日第2版。

《柳青传》,《启东日报》2016年10月18日第2版。

汪曾祺:《赵树理同志二三事》,《文汇报》2016年11月1日第11版。

陈晓黎:《为农民写作的赵树理写出〈小二黑结婚〉》,《文汇报》2016年11月1日第11版。

《人民作家赵树理》,《茂名晚报》2016年11月3日第19版。

《赵树理：中国民族乡土文学小说的"开山鼻祖"——纪念赵树理诞辰 110 周年》，《兰州日报》2016 年 11 月 6 日第 R04 版。

《〈柳青〉：蛤蟆滩歌声荡漾创业重担压肩上》，《文化艺术报》2016 年 11 月 11 日第 A13 版。

《兄妹开荒》，《延安日报》2016 年 11 月 15 日第 8 版。

黎辛：《在延安，初见〈白毛女〉》，《今日汝州》2016 年 11 月 17 日第 4 版。

沈占德：《〈华君武漫画展〉在黑龙江美术馆举办》，《讽刺与幽默》2016 年 11 月 18 日第 6 版。

刘悠扬：《丁玲之子蒋祖林著书〈丁玲传〉披露母亲生平》，《深圳商报》2016 年 11 月 20 日第 C04 版。

郝雨：《中国现代作家的永恒价值问题——关于赵树理研究的拓展与深化》，《文艺报》2016 年 11 月 21 日第 3 版。

屈菡：《"抗战中的延安鲁艺"在北大红楼展出》，《中国文化报》2016 年 11 月 28 日第 2 版。

《邓拓与〈晋察冀日报〉》，《张家口晚报》2016 年 11 月 29 日第 A14 版。

王治国：《萧军对延安文艺座谈会的贡献》，《人民政协报》2016 年 12 月 1 日第 11 版。

陈家鹦、周立军：《毛泽东与延安时期的〈解放日报〉》，《海东时报》2016 年 12 月 9 日第 A08 版。

金涛：《文艺界纪念诗人田间百年诞辰》，《中国艺术报》2016 年 12 月 9 日第 1 版。

李云雷：《他的诗句永远留在中国人记忆中——田间百年诞辰纪念座谈会在京举行》，《文艺报》2016 年 12 月 9 日第 1 版。

《牢记使命 主动引领 为繁荣发展延安文艺不懈努力》，《延安日报》2016 年 12 月 10 日第 3 版。

《学习贯彻总书记文代会讲话精神 推动延安文艺事业迅猛发展》，《延安日报》2016 年 12 月 10 日第 3 版。

《让鲁艺精神在传承红色文化中绽放》，《延安日报》2016 年 12 月 12 日第 7 版。

《〈丁玲传〉：迄今最翔实、最全面、最深度的丁玲传记》，《黔西南日报》2016年12月14日第7版。

秋石：《与萧军的交往》（一），《昆山日报》2016年12月19日第B03版。

《以文字穿越岁月的烟尘》，《联合日报》2016年12月23日第4版。

《延安赵树理办报抗日》，《人民代表报》2016年12月24日第A7版。

《赵树理与毛泽东》，《太行日报》2016年12月25日第2版。

秋石：《与萧军的交往（二）》，《昆山日报》2016年12月27日第B04版。

《讴歌时代作品 发展文艺事业》，《晋中日报》2016年12月29日第5版。

《延安时期毛泽东如何同性格怪异的文化人交往》，《松原日报》2016年12月29日第7版。

后　　记

本卷年鉴编竣，仿佛感到了别样的轻松和愉悦。因为，这是我来陕西师范大学任职后想做的事情之一。它的编纂并非外力作用的结果，而是我与学科同人自觉的承担。

有时想，自己从事延安文学研究也有十多年了，21世纪以来，有那么多师友都在关注和研究这个话题，不少更为年轻的博士生、硕士生也在不断加入研究队伍中来，每年也产出了不少较为优秀的研究成果，还有不少颇有意义的学术研讨和纪念活动也开展得有声有色，既然如此，我们为何不把这些较为分散的成果集中起来予以展示呢？于是，就有了编一部年鉴的想法。这想法很快得到了李继凯教授、赵学勇教授和文学院院长张新科教授的支持。初来乍到，担心出版经费不够，最初还想到了延安大学文学院院长梁向阳教授，向阳兄也是爽快答应予以支持。不久之后，所在中文学科顺利进入了国家首批世界一流学科建设名单（当初张新科教授如此介绍后，我还悄悄告诉他说错了，应该是国家一流，但随即知道，还真叫"世界一流"），出版费用在院、校领导支持下也就顺利解决了，但还是要特别感谢向阳兄的。正是有了如许同人和友人的支持与信任，我和诸位一样才会不断在学术之路上自信地走着。延安同人其实有着得天独厚的条件，在我还是有些欣羡的。后来又想到了延安鲁艺文化园区，跟其负责人茆梅芳女士也取得了联系，因为我曾被他们作为专家邀请过，在园区食堂还吃过几天颇有筋道的陕北面食，印象很深，也让我对延安鲁艺更为亲近了。如此，我心中的延安文艺研究和这部年鉴的编纂，也就感到非常踏实了。

经过商量，本年鉴组建了学术委员会和编委会，学术顾问和学术委员会可说得到了不少专家、同人的大力支持，这里既有左中右的，也有老中青的，感谢诸位，尤其对中国社会科学院学部委员杨义先生等前辈学者的无私奉献表示敬意！编委会成员均是我所在学科和文学院的同事与朋友。以后根据延安文艺研究情形和年鉴编纂需要，会不断调整和完善。

述评部分，邀请延安大学王俊虎教授撰写了年度综述，尽管时间紧任务重，但他愉快接受并顺利完成了，所在学科田刚教授担任了此文的专家审读，一并致谢。

年鉴编纂，对我而言尚属初次，几大板块的确定，栏目的细分，以及选文的择取，都是经过反复增删，观点摘编部分不少论文也是较为优秀，但因篇幅有限，只好如此，遗珠之憾在所难免，感谢诸位作者的出色研究和衷心支持，不当之处，还请海涵。各板块和各栏目文章均按发表时间先后顺序编排；选文尊重原作，仅个别地方按编辑要求做了技术处理；凡标为摘录的文章，皆因篇幅原因而由编者做了必要处理；作者单位为发表文章时所署单位。

编纂中，文学院青年教师宋颖慧博士和我指导的博士生杜睿出力不少，观点摘编、博士学位论文摘要、新书评介、学术活动栏的主要工作均由她们完成，研究生尚进、王帆、郭雪霞也协助做了一些文本格式转换和校对事宜，谨此说明。

经费所限，凡入选论文全文者，均在年鉴出版后赠书一册，以作酬谢和纪念，其他作者亦请海涵。中国社会科学出版社文艺编辑室主任郭晓鸿博士，编辑了不少好书，感谢她的认真细致和支持。由于学识与经验不足，也由于较为匆忙，本年鉴的缺憾当存在不少，欢迎读者诸君批评指正。年鉴编辑部邮箱：YAWYYJNJ@163.com。

窗外又是艳阳天，不由再写上几句，以抒胸臆：

> 前辈同人好胸襟，
> 年鉴编竣暖洋洋。
> 汉唐气魄长安始，
> 最是革命话延安。

袁盛勇
2017 年 12 月 11 日于西安